兒女英雄傳

文　康　撰
饒　彬　標點
繆天華　校注

三民書局

總目

引言

繆天華

曹雪芹和文鐵仙（康）同是身經富貴的人，晚年窮愁著書，所寫的小說卻正相反：紅樓夢是帶有懺悔的，描寫過去的風月繁華之盛，以及衰落敗家的情況；兒女英雄傳不寫家庭的衰敗，而描寫理想中的賢子、女英雄，和圓滿的家庭。

所以然者，有人以為因讀者的興趣的轉移，一般人已厭倦於紅樓夢的男女柔情，別流於是乎興起。如兒女英雄傳，旨在揄揚勇俠，贊美粗豪，一反紅樓夢的一味歌頌癡情，多愁善感，而描寫智勇兼具的十三妹，欲使英雄與兒女之概，備於一身，以滿足讀者趨新厭舊的心理。這種說法，也頗合理。

兒女英雄傳是平話體的小說，作者摹擬說書人的口吻，更能迎合大眾的口味，敘述極細膩、通俗、生動。作者是旗人，旗人最會說話，所以小說裏的對話特別流利、漂亮、詼諧多趣。胡適之先生說：「前有紅樓夢，後有兒女英雄傳，都是絕好的京語教科書。」這部小說的特點，是用活的北平話寫，和文人的「掉書袋」的作品迥然不同。

如第四回敘安公子初遇十三妹於旅店中的一段：

……只見對門的那個女子抬身邁步款款的走到跟前，問著兩個更夫說：「你們這是作甚麼呀？」

跑堂兒的接口說道：「這位客人，要使喚這塊石頭，給他弄進去。你老躲遠著瞧，小心碰著。」那女子又說道：「弄這塊石頭，何至於鬧的這等馬仰人翻的呀？」張三手裏拿著钁頭，看了一眼，接口說：「怎麼『馬仰人翻』呢？瞧這傢伙，不這麼弄，弄得動他嗎？打諒頑兒呢。」那女子走到跟前，把那塊石頭端相了端相，……約莫也有個二百四五十觔重。原是一個碾糧食的碌碡，上面靠邊，卻有個鑿通了的關眼兒。……那女子更不答言，他先挽了挽袖子，……找著那個關眼兒，伸進兩個指頭去勾住了，往上只一悠，就把那二百多斤的石頭碌碡，單撒手兒提了起來。向著張三、李四說道：「你們兩個也別閒著，把這石頭上的土，給我拂落淨了。」兩個人屁滾尿流，答應了一聲，連忙用手拂落了一陣說：「得了！」那女子……滿面含春的向安公子道：「尊客，這石頭放在那裏？」那安公子羞得面紅過耳，……說：「有勞，就放在屋裏罷。」那女子聽了便一手提著石頭，款動一雙小腳兒，上了臺堦兒，那隻手撩起了布帘，跨進門去。輕輕的把那塊石頭放在屋裏南牆根兒底下。回轉頭來，氣不喘，面不紅，心不跳。……

這一段寫一個文謅謅的書獃安公子跟豪爽逞強的女俠作一個對比，真能驚心動魄，引人入勝。

又如第三十五回寫安公子中舉人時的情形：

安老爺看了，樂得先說了一句：「謝天地！不料我安學海今日竟會盼到我的兒子中了。」手裏拿著那張報單，回頭就往屋裏跑。這個當兒，太太早同著兩個媳婦也趕出當院子來了。太太手裏還拿著根煙袋。老爺見太太趕出來，便湊到太太面前道：「太太，你看這小子，他中也罷了，虧他怎麼還會中的這樣高。太太，你且看這個報單。」太太樂得雙手來接，那雙手卻攥著根煙袋，一個忘了神，便遞給老爺。妙在老爺也樂得忘了神，就接過那根煙袋去，一時連太太本是個認得字的也忘了，便拿著那根煙袋，指著報單上的字，一長一短，念給太太聽。……這個當兒，只不見了安公子。你道他那裏去了？原來他自從聽得「大爺高中了」一句話，怔了半天。一個人兒站在屋旮旯兒裏，臉是漆青，手是冰涼，心是亂跳，兩淚直流的在那裏哭呢。……

上面一段寫熱中功名的心理，雖然是庸俗的思想，卻寫得極生動而富於人情味。

兒女英雄傳的結構是緊湊的，高潮時起，但是因為全書殘缺了後面若干回，以致故事的末尾，嫌結束得太匆促了。這是美中不足。

本局所印行的這部小說，是以上海申報館仿聚珍版兒女英雄傳（僅有正集）為底本，並校以其他善本。坊間通行的本子，目前似乎沒有加新式標點符號的，玆特請饒彬先生將全書加標點符號，敬希讀者注意和指教。

民國六十三年秋校畢記

兒女英雄傳考證

繆天華

兒女英雄傳，題「燕北閒人著」，而作者的真名是文康。卷首有一篇馬從善的序，說得非常明白：

兒女英雄傳一書，文鐵仙先生康所作也。……晚年諸子不肖，家道中落，先時遺物，斥賣略盡。先生塊處一室，筆墨之外無長物，故著此書以自遣。……余館於先生家最久。宦遊南北，遂不相聞。昨來都門，知先生已歸道山。……生平所著，無從收拾，僅於友人處得此一編。亟付剞劂，以存先生著作。……

文康，費莫氏，字鐵仙，號悔盦，滿洲鑲紅旗人。曾祖溫福，為工部尚書，後以陣亡賞伯爵；祖父勒保，為經略大臣，有功封公爵。文康以貲為理藩院郎中，出為郡守，洊擢觀察，丁憂旋里，特起為駐藏大臣，以疾不果行，遂卒於家。

馬從善的序寫於光緒戊寅（四年，西元一八七八），兒女英雄傳大概定稿於道光年間。可是這書前面還有兩篇序：一篇是雍正閼逢攝提格（甲寅，十二年，一七三四）觀鑑我齋的序，另一篇是乾隆甲寅（五十九年，一七九四）東海吾了翁的序，都說這部小說的作者是燕北閒人。照這樣說，和馬從善的序就有了抵觸：作者不可能活得那麼久。而且，燕北閒人到底是什麼人呢？關於這些疑問，中國小說史略（第二十七篇）以為此二序（觀鑑我齋跟吾了翁）「皆作者假託」，這是極正確的說法。因為以前的小說家，多喜歡託之古人，正如儒林外史前面一篇閒齋老人的序恐怕也是作者假託的一樣。

還有一點理由：這小說中屢次提到紅樓夢，觀鑑我齋的序裏也提及紅樓夢，請想想看：雍正朝哪裏有紅樓夢？小說裏又提到品花寶鑑中的人物，徐度香與袁寶珠（第三十二回），品花寶鑑前三十回作於道光中，雍正、乾隆時的人哪裏會知道這書裏的人物呢？這豈不是作假露出了馬腳？（以上據胡適之先生之說，見胡適文存第三集兒女英雄傳序。）

小說裏的人物，常取同時人為藍本，或隱取前人而變幻其字。例如紀獻唐，蔣瑞藻小說考證八云：

……紀者，年也；獻者，曲禮（下）云，「犬名羹獻」；唐為帝堯年號：合之則年羹堯也。……其事跡與本傳所記悉合。

小說原是半真半假的居多，如果加以尋繹，多少總會有些線索。十三妹未詳所指，或當是作者想像中的女英雄。安驥（安公子），是作者有慨於其子之不肖而反寫之，是他所希望的佳肖子孫。

兒女英雄傳本來有五十三回，現在殘存四十回。馬序說：

書故五十三回，蠹蝕之餘，僅有四十回可讀，其餘十三回，殘缺零落，不能綴輯；且筆墨弇陋，疑為夫已氏所續，故竟從刊削。

胡適之氏認為馬從善這篇序，「有歷史考證的材料」，的確如此。所以四十回本的兒女英雄傳的故事是沒有結束的，因此後來復有續集出現。續集三十二回，序題「不計年月無名氏」，文意均極拙劣，想是北京書賈雜湊而成的。續集卷末云有「二續」，但是二續書終於未見。

開宗明義閒評兒女英雄
隱西山閒門課驥子

三千里孝子走風塵
末路窮途幸逢俠女

原序一

上古結繩而治，後世聖人易之以書契。書契之興，經尚矣。作經非聖人初意也。皆有所為而作，不得已於言也。故易之作，為闡天心之微也。書之作，為觀天道之變也。詩之作，為通人心之和也。禮之作，為大人道之防也。春秋之作，為合天心人事，以誅心維道，使天下後世之亂臣賊子懼，上紹歷聖作經之心，下開百世作史之例者也。嗣是經變為史，龍門子長、司馬溫公、晦翁諸人，皆因之。此外代有作者，顧已得失參半。時至五代，世無達人，正史而外，稗史出焉。

稗史，亦史也。其有所為而作，與不得已於言也，何獨不然。然世之稗史，充棟折軸，愜心貴當者蓋寡。自王新城喜讀說部，其書始寖寖盛。而求其旨少遠，詞近微，文可觀，事足鑑者，亦不過世行之西遊記、水滸傳、金瓶梅、紅樓夢數種。蓋西遊記為自治之書。邱真人見玄門之不競，借釋教以警玄門，意在使之明心性，全軀命，本誠正以立言也。水滸傳、金瓶梅、紅樓夢同為治人之書。一則施耐庵見元臣之失臣道，予盜賊以愧朝臣，意在教忠，本平治以立言也；一則王鳳洲痛親之死冤且慘，義圖復仇雪恥，又不得手仇人而刃之，不獲已影射仇家名姓，設為穢言，投厥所好，更酖其篇頁，思有以中傷之，其苦心苦於臥薪吞炭，是則意在教孝，本修身以立言也；一則曹雪芹見簪纓鉅族、喬木世臣之不知修德載福，承恩衍慶，託假言以談真事，意在教之以禮與義，本齊家以立言也。是皆所謂有所為而作，與不得已於言者也。閒嘗竊計之，顧安得有人焉，於誠正、修齊、治平而外，補出格致一書，令我先睹為快哉。繼復熟思之，數書者，雖立旨在誠正、修齊、治平，實託詞於怪力亂神，西遊記其神也、怪也，水滸傳其力也，金瓶梅其亂也，紅樓夢其顯託言情，隱欲彌蓋，其怪力亂神者也。格局備矣，然則更何從著筆別於誠正、修齊、治平而外，補一格致之書哉！用是欽欽在抱者久之。

吾有友一人焉，無他嗜好，但好讀說部，所見且甚夥。吾一日以前說質之，吾友曰：「有是哉！大學格致一章，而今亡矣，誠未易言。然即怪力亂神，反而正之，不有所謂曰：常與德與治與人者，不又一格局乎？近有燕北閒人所撰正法眼藏五十三參一書，厥旨頗不謬，是特借語近齊東之野，還以質之吾子，子其云何？」吾受而讀之，其書以天道為綱，以人道為紀，以性情為意旨，以兒女英雄為文章。其言天道也，不作玄談；其言人道也，不離庸行；其寫英雄也，務摹英雄本色；其寫兒女也，不及兒女之私；本性為情，援情入性，有時詼詞諧趣，無非借褒彈為鑑影，而指點迷津；有時名理清言，何異寓唱歎於鐸聲，而商量正學。是殆亦有所為而作，與不得已於言者也。

吾不圖吾無意中，果得於誠正、修齊、治平而外，快覩此格致一書也。吾友以為妄。曰：「子真有嗜痂癖者矣。試即以子之言證之，西遊記誠為自治之書，不與餘三書等。餘三書者，水滸傳以橫逆而終以草菅，金瓶梅以斲傷而終於潰敗，紅樓夢以恣縱而終於困窮。是皆託微詞，伸莊論，假風月，寓雷霆。其有裨世道人心，良非鮮淺。以視是書之遊談掉弄，詎足與之上下牀哉！且人不幸而無學鑄經，無福修史，退而從事於稗史，亦云陋矣。更假名壺盧，提禪語以文其陋，予以為每況愈下，但供噴飯也，何格致之足云？」吾正告之曰：「君言左矣，是殆不然。夫大學之所謂格致者，非僅萍實商羊之謂。謂致吾之知，即物而窮其理也。人為萬物之靈，窮理必從人始。彼水滸諸書，以皮裏陽秋為旨趣，其說理也隱而微。是書以眼前粟布為文章，其說理也顯而現。修道之謂教，與其隱教以不善降殃，為背面敷粉，曷若顯教以作善降祥，為當頭喝棒乎。且如西遊記、水滸傳、金瓶梅亦幸遇悟一子、聖歎、竹坡諸人，讀而批之，中人以下，迺獲領解耳。紅樓夢至今不得其人一批，世遂多信為談情，乃致誤人不少。何況怪力亂神，聖人不語；忠孝節義，萬古同歸。以是為遊談，遊談何害？且如太史公，良史也，不諱揮金殺人。孟子，亞聖也，其罕譬焉，引人入勝者，立言尤多詼諧。何有於燕北閒人，而顧斤斤厚彼薄此哉？」吾友聞之，始囅然而笑，愀然以思，默然不語。

嗟乎，近俳近優，都堪惹厭。談空談色，半是宣淫。醒世者，恆墮狐禪。說理者，輒歸腐障。自非苦口，可能喚醒癡人？不有婆心，何以維持名教？至借筆墨而代哭，志亦堪悲。果通呼吸於太空，天應欲泣。君真健者，尚一聲長嘯，譜成幾疊清商；僕本恨人，早三歎廢書，灑落滿襟熱淚。爰伸紙削牘而為之序焉。

雍正閼逢攝提格上巳後十日，觀鑑我齋甫拜手謹序。

原序二

是書吾得之春明市上。其卷端顏曰：正法眼藏五十三參。初以為釋家言，而不謂稗史也。展而讀之，見為燕北閒人撰，為新安畢公同參，為觀鑑我齋序，均不知為何許人。其事則日下舊聞，其文則忽諧忽莊，若明若昧，莫得而究其意旨。一笑投之庋閣間，亦同近出諸說部例視之矣。久之，慮遂果蟫腹，檢出偶一翻閱，乃覺稍稍可解。又研讀數四，更於沒字處求之，始知其所以忽諧忽莊，若明若昧者，言非無所為而發也。噫，傷已！惜原稿半殘闕失次，爰不辭固陋，為之點金以鐵，補綴成書，易其名曰：兒女英雄傳評話，且弁數言於卷首云。

時乾隆甲寅暮春望前三日，東海吾了翁識。

原序三

兒女英雄傳一書，文鐵仙先生康所作也。先生為清大學士勒文襄公保次孫，以貲為理藩院郎中。出為郡守，洊擢觀察，丁憂旋里，特起為駐藏大臣。以疾不果行，遂卒於家。先生少席家世餘蔭，門第之盛，無有倫比。晚年諸子不肖，家道中落，先時遺物，斥賣略盡。先生塊處一室，筆墨之外無長物，故著此書以自遣。其書雖託於稗官家言，而國家典故，先世舊聞，往往而在。且先生一身親歷乎盛衰升降之際，故於世運之變遷，人情之反覆，三致意焉。先生殆悔其已往之過，而抒其未遂之志歟！

余館於先生家最久。宦遊南北，遂不相聞。昨來都門，知先生已歸道山。訪其故宅，久已易主。生平所著，無從收拾，僅於友人處得此一編。亟付剞劂，以存先生著作。嗟乎，富貴不可常保，如先生者，可謂貴顯，而乃垂白之年，重遭窮餓，讀是書者，其亦當有所感也。

書故五十三回，蠹蝕之餘，僅有四十回可讀，其餘十三回，殘缺零落，不能綴輯；且筆墨弇陋，疑為夫已氏所續，故竟從刊削。書中所指，皆有其人，余知之，而不欲明言之。悉先生家世者，自為尋繹可耳。

時光緒戊寅陽月，古遼閬圃馬從善偶述。

回目

緣起首回　開宗明義閒評兒女英雄　引古證今演說人情天理

詞曰：

俠烈英雄本色，溫柔兒女家風。兩般若說不相同，除是癡人說夢。　兒女無非天性，英雄不外人情。最憐兒女又英雄，纔是人中龍鳳。

——調寄西江月

八句提綱道罷。這部評話原是不登大雅之堂的一種小說，初名金玉緣，因所傳的是首善京都一椿公案，又名日下新書。篇中立旨立言，雖然無當於文，卻還一洗穢語淫詞，不乖於正，因又名正法眼藏五十三參，初非釋家言也。後經東海吾了翁重訂，題曰：兒女英雄傳評話。相傳是太平盛世一個燕北閒人所作。

據這燕北閒人自己說，他幼年在塾讀書，適逢一日先生不在館裏，他讀到「宰予晝寢」一章，偶然有些困倦，便把書丟過一邊，也學那聖門高弟隱几而臥。纔得睡著，便恍惚間出了書房，來到街頭。只見憧憧擾擾眼前換了一番新世界，兩旁歧途曲巷中，有無數的車馬輻輳，冠蓋飛揚，人往人來，十分熱鬧。當中卻有一條無偏無頗的蕩平大路；這條路上，只有一個瘦骨銳頭，鬢髮根根上指的，在前面挺然直立的走了去。閒人一時正不知自己走那條路好，想要向前面那個問問修途，苦於自己在他背後，等閒望不著他的面目。就待一步一趨的趕上借問一聲，不想他愈走愈遠，那條路愈走愈高，眼前忽然一閃，不見了他。不知不覺竟走到雲端裏來了。沒奈何，一個人踽踽涼涼站在雲端裏一望，纔看出雲外那座天。原來雖說萬變萬應，卻也只得一縱一橫。縱裏看去，便是宗動天、日天、月天、水天、火天、金天、木天、土天、二十八宿天，共是九天。橫裏看去，便是無上天、四人天、忉利天、堅首天、持鬘天、常橋天、福生天、福受天、廣來天、大梵天、梵輔天、梵眾天、少光天、光音天、無量光天、少淨天、徧淨天、無量淨天、善見天、善現天、無想天、無煩天、無熱天、無邊空處天、無邊識處天、無所有處天、非想天、非非想天、色究竟天、須燄摩天、兜率陀天、樂變化天，還有一座他化自在天，共是三十三天。他到的那個所在，正是他化自在天的天界。

卻說這座天，乃是帝釋天尊、悅意夫人所掌。掌的是古往今來忠臣孝子、義夫節婦的後果前因。這日恰遇見天尊同了夫人升殿，那燕北閒人便隱在一個僻靜去處，一同瞻仰，只見那：天宮現彩，寶殿生雲，仙樂悠揚，香煙繚繞。左一行，排一層紫袍銀帶的仙官；右一行，列幾名翠袖霓裳的宮嬪。堦下列著是：白旄黃鉞、彩節朱旛、金蓋、銀蓋、紫芝蓋，映日飛揚。龍旗、鳳旗，是月華旗，隨風招展。雕弓、羽箭、飛魚袋，畫著飛魚。玉輦、金根，馴象官牽著馴象。飛電馬、追風馬，跨上時電捲風馳。龍驤軍、虎賁軍，用著他龍拿虎跳。一個個，一層層，都齊臻臻、靜悄悄的分列兩邊。殿上龍案頭，設著文房四寶。旁邊擺著一個硃紅描金架子，架上插著四面硃紅繡旗，旗上分列著忠孝節義四個大字。一時仙樂數聲，畫閣開處，左有金童，右有玉女，手提寶爐，焚著白檀紫降，引了那帝釋天尊、悅意夫人出來。那天尊頭戴攢珠嵌寶冕旒，身穿海晏河清龍袞，足登朱絲履，腰繫白玉鞓。那悅意夫人不消說自然是日月龍鳳襖，山河地理裙了。身後一雙日月宮扇，簇擁著出來。那時許多星官神將早排列在堦下。只聽殿頭官喝道：「有事出班早奏，無事捲簾退班。」只見班部叢中，閃出四位金冠朱黻的天官，各各手捧文冊一卷，上殿奏道：「今日正有人間兒女英雄一樁公案，該當發落，請旨定奪。」早有殿上宮官，接過那文冊，呈到龍案上。天尊閃目一看，降旨道：「這班兒發落他閻浮人世去，須得先叫他明白了前因後果，纔免怨天尤人。但是天機不可預洩，可將那天人寶鏡放在案前，叫他各人一照，然後發落。」值殿官領旨。早有一簇人抬過一座金鑲玉琢、鳳舞龍蟠的光明寶鏡來。寶鏡安頓完畢。天尊便把那架上的忠孝節義四面旗兒發下來，交付旁邊四個值殿官捧到堦前，向空中只一展，但見憑空裏就現出許多人來。為首的是個半老的儒者氣象，裝束得七品京堂樣子。同著一個半老婆婆，面上一團的慈祥忠厚。次後便是一個溫文儒雅的白面書生。又是兩個絕色女子，一個豔如桃李，凜若冰霜；一個裙布釵荊，端莊俏麗。還有一個朱纓花衮的長官，一個赤面白髯的壯士。又有一個澹妝嫠婦，兩雙中年老年夫妻。還有個六七分姿色的青衣侍婢，後面隨著許多男的女的，老的少的，村的俏的，都俯伏在殿外。天尊發落道：「爾等此番入世，務要認定自己行藏，莫忘本來面目。可抬頭向天人寶鏡一照者。」眾人抬起頭來一看，只見那寶鏡裏，初照是各人的本來面目，次後便見鏡裏大放光明。從那片光裏，現出許多離合悲歡、榮枯休咎的因緣來。大眾看了，也有喜的，也有怒的，也有哀的，也有樂的，這個揚眉吐氣，那個掩目垂頭。鼓舞一番，歎息一番。看夠多時，只見那寶鏡中，金光一閃，結成一片祥雲瑞靄現出忠孝節義四個大字。眾人看了，一齊向上叩首，口中齊祝「聖壽無疆」。那殿頭官又把旗兒一展，那些人依然憑空而去，愈走愈遠，墮入雲中，不見蹤影。悅意夫人向天尊道：「今日天尊的這番發落，可謂歡喜慈悲。只是這班忠臣孝子、義夫節婦，雖然各人因果不同，天尊何不大施法力，暗中呵護，使他不離而合，不悲而歡，有榮無枯，有休無咎，也顯得天尊的造化，更可以培養無限天和。天尊意下何如？」天尊道：「夫人，你不見那後邊的許多人，便都是這班兒牽引的線索、護衛的爪牙，至於他各人到頭來的成敗，還要看他人世後怎的個造因，纔知他沒世時怎的個結果。況這氣數有個一定，就是天作的，也不過奉著氣運而行，又豈能合那氣運相扭？你我樂得高坐他化自在天，看這椿兒女英雄公案，霎時好耍子也。」悅意夫人道：「請問天尊，要作到怎的個地步，纔算得個兒女英雄？」天尊道：「這兒女英雄四個字，如今世上人，大半把他看成兩種人、兩樁事。誤把些使氣角力好勇鬬狠的，認作英雄。又把些調脂弄粉、斷袖餘桃的，認作兒女。所以一開口便道是某某英雄志短，兒女情長。某某兒女情薄，英雄氣壯。殊不知有了英雄至性，纔成就得兒女心腸。有了兒女真情，纔作得出英雄事業。譬如世上的人，立志要作個忠臣，這就是個英雄心。忠臣斷無不愛君的，愛君這便是個兒女心。立志要作個孝子，這就是個英雄心。孝子斷無不愛親的，愛親這便是個兒女心。至於節義兩個字，從君親推到兄弟夫婦朋友的相處，同此一心，理無二致。必是先有了這個心，纔有古往今來那無數忠臣烈士的文死諫、武死戰；纔有大舜的完廩浚井，泰伯、仲雍的逃至荊蠻；纔有郊、祁弟兄的問答；纔有冀缺夫妻的相敬；纔有漢光武、嚴子陵的忘形。這純是一團天理人情，沒有一毫矯揉造作。淺言之，不過英雄兒女常談。細按去，便是大聖大賢身分。但是要作到這個地步，卻也頗不容易。只我從開闢以來，掌了這座天關，至今，縱橫九萬里，上下五千年，求其兒女英雄、英雄兒女，一身兼備的，也只見得兩個。一個是上古的女媧氏，只因他一時感動了一點兒女心，不忍見那青天的缺陷、人面的不同，煉成三百六十五塊半五色石，補好了青天，便完成了浩劫，一十二萬九千六百年的覆載。拈了一撮黃土，端正了人面，便畫出了寅會至酉會，八萬六千四百年的人形，從兒女裏作出這番英雄事業來。所以世人纔號他作神媒。一個是掌釋教的釋迦牟尼佛。只因他一時奮起一片英雄心，不許波斯匿國那些婆羅門外道擾害眾生，妄干國事，自己割捨了儲君的尊嚴富貴，立地削髮出家，明心見性，修成個無聲無色、無臭無味、無觸無法的不壞金身，任那些外道邪魔，惹不動他一毫的煩惱憂思恐怖，把那些外道普化得皈依正道，波斯匿國國王纔落得個國治身尊，波斯匿國眾生纔落得個安居樂業，到後來父母同昇佛果，元配得證法華，善侶都轉法輪，子弟並登無上，從英雄上透出這種兒女心腸來，所以眾生都尊他為大雄氏。此外三代以下，秦不足道也。講英雄第一個大略雄才的，莫如漢高祖。他當那秦始皇併吞六國，統一四海，全盛的時候，只小小一個泗上亭長，手提三尺劍，從芒碭斬蛇起義，便赤手創成了漢家四百年江山，似乎稱得起個英雄氣壯了。究竟稱不起，何也？暴秦無道，群雄並起，逐鹿中原，那漢王與西楚霸王項羽，連合攻秦，約先入關者王之。漢王乘那項王燒咸陽，弒義帝，降子嬰，東蕩西馳的時候，早暗地裏間道入關，進位稱王，那項王是個力拔山、氣蓋世的腳色，枉費一番氣力，如何肯休，便把漢王的太公俘了去，舉火待烹，卻特特的著人知會他，作個挾制。替漢王設想，此時正該重視太公，輕視天下，學那竊父而逃，遵海濱而處，終身欣然，樂而忘天下的故事。豈不是從兒女中作出來的一個英雄？即不然，也該低首下心，先保全了太公，然後布告天下，問罪興師，合項王大戰一場，成敗在所不計，也還不失為能屈能伸的大丈夫本色。怎生公然說：『我翁即爾翁，爾欲烹爾翁，請分我一盃羹。』幸而項王無謀，被他這幾句話牢籠住了，不曾作出來。儻然萬有一失，他果的謹遵台命，把太公烹了，分盃羹來，事將奈何？要說漢王料定項王有勇無謀，斷然不敢下手，兵不厭詐，即以君之矛，還刺君之盾，那項王是個殺人不眨眼的魔君，漢王豈不深知？豈有以父子天親，這等賭氣鬬智的？所以禍不旋踵，天假呂后，變起家庭，趙王如意死於酖毒，戚夫人慘極人彘。以致孝惠不祿，這都因漢高祖沒有兒女真情，枉作了英雄事業，纔遺笑千古英雄。再要講到兒女一個情深義重的莫如唐明皇。為了一個楊貴妃，焚香密誓，私語告天，道是：『在天願為比翼鳥，在地願為連理枝。』這番恩愛，似乎算得是個兒女情長了。究竟算不得，何也？當玄宗天寶改元以後，把個楊貴妃寵得佚蕩驕縱，幃薄不修。那楊貴妃的來歷，倒也不消提起，致傷忠厚。獨怪他既有個梅妃，又想著楊妃，及至得了楊妃，便棄了梅妃。又不能終棄梅妃，以至惹下楊妃。自己左右的兩個人，尚且調停不轉。又丟下六宮佳麗，私通三國夫人。除了選色徵歌之外，一概付之不聞不問。任著那五王交橫，奸相當權，激反胡奴，漁陽兵起。他卻有賊不討，轉把個不穩的天下，丟開不問。帶上個受累的貴妃，避禍而行。及至弄到兵變馬嵬，六軍抗命，卻又束手無策，不知究奸相、責驕師、斬驕兵。眼睜睜的看著人把個平日愛如性命的寶貝，活活逼死。息壤在彼，七月七日長生殿的話，豈忘之乎？況且春秋通例，法在誅心。安祿山之來，為楊貴妃而來，不是合唐家有甚的不共戴天之仇。唐明皇之走，也明知安祿山為著楊貴妃而來，合唐家沒甚不共戴天之仇，所以纔不辭蜀道艱難，護著貴妃遠避。及至貴妃既死，還瞻顧何來？自然就該王赫斯怒，撥轉馬頭，馘安祿山之首，懸之太白，也還博得個失之東隅，收之桑榆，給天下兒女子吐一口氣。何以又三郎郎當，三郎郎當，愈走愈遠，固無怪肅宗即位靈武，不候成命，日後的南內西內，左遷右遷，父子之間，愈弄愈弄出一番不好處的局面來。就便楊貴妃以有限歡娛，無多受享，也使他落了一生笑柄，萬古羞名。這都因唐明皇沒有英雄至性，空談些兒女情腸，纔哭壞世間兒女。可見英雄兒女四個字，除了神媒、大雄之外，一個有名的大度赤帝子、風流李三郎，尚且消受不得，勉力不來，怎的能向平等眾生身上求全責備？方今正值天上日午中天，人間堯舜在上。仁風化雨所被，不知將來成全得多少兒女英雄，正好發落這班兒入世，作一場兒女英雄公案，成一篇人情天理文章，點綴太平盛事。這便是今日繡旗齊展，寶鏡高懸，發落這樁公案的本意也。」悅意夫人聽了，一一領會。一切人天皆大歡喜。

只見天尊把龍袖一擺，殿頭官纔喝得聲「退班」，那燕北閒人耳輪中，只聽得一片喧嘩，喊道：「捉、捉、捉。」隨著便是地裂山崩的一聲響亮，嚇得他一步踏空雲腳，一個立足不穩，早從雲端裏落將下來。一跤跌醒，卻是一場大夢。睜開眼來看看，但見院子裏一班逃學的孩子，正在那裏捉迷藏耍子。口裏只嚷道：「捉、捉、捉。」面前卻立著合他同硯的一個新安畢生，手裏拿著一方戒尺，拍的那桌子亂響。笑嘻嘻的叫道：「醒來、醒來，青天白日，卻怎的這等酣睡？」他道：「我正夢著一段新奇文章，不曾聽得完，卻被你們這班人來打斷了。」說著，便把他夢中所聞所見，雲端裏的情節，詳細告訴了那畢生一遍。畢生道：「先生不在館，你看他們大家在那裏捉迷藏，捉得好不熱鬧。我正要拉你去一同頑耍，你倒捉住我說這雲端裏的夢話。快來捉迷藏去。」說著，拉了他便走。那閒人也就信步隨了他去。一時早把夢中的話忘了一半。不因他這番一個迷藏一捉，一生也不曾作得一個好夢。只著了半世昏迷，迷而不覺，也就變成不可圬也的一堵糞土之牆，不可雕也的一塊朽木。便落得作了個燕北閒人。列公，牢記話頭：只此正是那個燕北閒人的來歷，併他所以作那部正法眼藏五十三參的原由，便是吾了翁重訂這部兒女英雄傳評話的緣起。這正是：雲外人傳雲外事，夢中話與夢中聽。要知這部書傳的是班甚麼人，這班人作的是樁甚麼事，怎的個人情天理？又怎的個兒女英雄？這回書纔得是全部的一個楔子，但請參觀，便見分曉。

第一回　隱西山閉門課驥子　捷南宮垂老占龍頭

兒女英雄傳的大意，都在緣起首回交代明白，不再重敘。這部書究竟傳的是些甚麼事？一班甚麼人？出在那朝那代？列公壓靜❶，聽說書的慢慢道來。

這部書近不說殘唐五代，遠不講漢魏六朝，就是我朝大清康熙末年，雍正初年的一樁公案。我們清朝的制度，不比前代，龍飛東海，建都燕京，萬水朝宗，一統天下。就這座京城地面，聚會著天下無數的人才。真個是冠蓋飛揚，車馬輻輳，與國同休的。先數近支遠派的宗室覺羅，再就是隨龍進關的滿洲、蒙古、漢軍八旗，內務府三旗，連上那十七省的文武大小漢官，何止千門萬戶。說不盡的九天閶闔開宮殿，萬國衣冠拜冕旒。這都不在話下。如今單講那正黃旗漢軍，有一家人家。這家姓安，是個漢軍世族舊家。這位安老爺本是兄弟兩個，大哥早年去世，止剩他一人，雙名學海，表字水心，人都稱他安二老爺。論他的祖上，也曾跟著太汗老佛爺征過高麗，平過察哈爾，仗著汗馬功勞上頭掙了一個世職。進關以後，累代相傳，京官外任，都做過。到了這安二老爺身上，世職襲次完結，便靠著讀書上進。所喜他天性高明，又肯留心學業，因此上見識廣有，學問超群，二十歲上就進學中舉。怎奈他文齊福不至，會試了幾次，任憑是篇篇錦繡，字字珠璣，會不上一名進士。到了四十歲開外，還依然是個老孝廉。孺人

❶ 壓靜：止人喧囂之詞，用於說書。

佟氏也是漢軍世家的一位閨秀，性情賢慧，相貌端莊，針黹女工不用講，就那操持家務，支應門庭，真算得起安老爺的一位賢內助。只是他家人丁不旺，安老爺夫妻二位，子息又遲，孺人以前生過幾胎都不曾存下。直到三十以後，纔得了一位公子。這公子生得天庭飽滿，地格方圓，伶俐聰明，粉妝玉琢。安老爺、佟孺人十分疼愛。因他生得白淨，乳名兒就叫作玉格，單名一個驥字，表字千里，別號龍媒。也不過望他將來如天馬雲龍，高飛遠到的意思。小的時候，關煞花苗都過，交了五歲，安老爺就教他認字號兒，寫順硃兒❷。十三歲上，就把四書、五經念完。開筆作文章作詩，都粗粗的通順。安老爺自是喜歡。過了兩年，正逢科考，就給他送了名字，接著院考，竟中了個本旗批首。安老爺、安太太的喜歡，自不必說。連日忙著叫他去拜老師，會同案，謁官拜客。諸事已畢，就埋頭作起舉業的工夫來。那時候公子的身量，也漸漸長成，出落得目秀眉清，溫文儒雅。只因養活得尊貴，還是乳母丫鬟，圍隨著服侍。慢說外頭的戲館飯莊，東西兩廟，不肯教他混跑，就連自己的大門，也從不曾無故的出去站站望望。偶然到親戚一家兒走走，也是裏頭嬤嬤媽，外頭嬤嬤爹的跟著。因此上把個小爺養活得十分靦腆。聽見人說句外話，他都不懂。再見人舉動野調些，言談粗鹵些，他便有氣，說是下流沒出息。就連見個外來的生眼些的婦女，也就會臊的小臉兒通紅，竟比個女孩兒還來得尊重。那安老爺家的日子，雖比不得在先老輩手裏的寬裕，也還有祖遺幾處房莊，幾戶家人。雖然安老爺不善經理家計，仗著這位太太的操持，也還可以勉強安穩度日。他家的舊宅子，本在後門東不壓橋地方，原是祖上蒙恩賞的賜第。內外也有百十間房子。自從安老爺的老太爺手裏，因晚年好靜，更兼家裏人口稀少，住不了許多房間，又不肯輕棄

❷ 順硃兒：描紅習字帖。

祖業，倒把房子讓給遠房幾家族人來住，留了兩戶家人，隨同看守。為的是房子既不空落，那些窮苦本家人等，也得省些房租。他自家卻搬到墳園上去居住。他家這墳園又與別家不同，就在靠近西山一帶，這地方叫作雙鳳村。相傳說：從前有人見兩隻彩鳳，落在這地方山頭上，百鳥圍隨，因此上得了這個村名。這地原是安家的老園地，到了安老爺的老太爺手裏，就在這地裏踹了一塊吉地，作了墳園，蓋了陰陽兩宅。又在東南上，蓋了一座小小莊子。雖然算不得大園庭，那亭臺樓閣、樹木山石，卻也點綴結搆得幽雅不俗。附近又有幾座名山大刹，圍著莊子，都是自己的田園佃戶，承種交租。那安老爺的老太爺，臨終遺言，曾囑咐安老爺說：「我平生在此養靜，一片心神，都在這個地方。將來我百年以後，不但墳園立在這裏，連祠堂也要立在這裏。一則我們的宗祠裏，本來沒有地方了。二則這園子北面，土山以後，界牆以前，正有一塊空地，你就在這地方正中，給我蓋起三間小小祠堂，立主供奉。你們既可以就近照應，便是將來的子孫，有命作官固好，不然，守著這點地方，也還可以耕種讀書，不至凍餓。」後來安老爺便謹遵父命，一一的照辦。此是前話不提。傳到安老爺手裏，這位老爺，天性本就恬淡，更兼功名蹭蹬，未免有些意懶心灰，就守定了這座莊園，課子讀書。自己也理理舊業，又有幾家親友子弟，因他的學問高深，都送文章請他批評改正，一天卻也沒些空閒。偶然閒來，不過飲酒看花，消遣歲月，等閒不肯進城。安太太又是個勤儉當家的人，每日帶了僕婦侍婢，料理針線，調停米鹽。公子更是早晚用功，指望一舉成名，不干外事。外頭自有幾個老成家人，支應門戶。又有公子的一個嬤嬤爹，這人姓華名忠，年紀五十歲光景，一生耿直，赤膽忠心，不但在公子身上十分盡心，就連安老爺的一應大小家事，但是交給他的，他無不盡心竭力，一草一木都不肯糟塌。真算得奶公子裏的一個聖人。因此老爺、太太待他格外加恩，不肯當一個尋常奶公子看待。這安老爺家，通共算起來，內外上下，也有二三十口人。雖然算不得簪纓門第、鐘鼎人家，卻倒過得親親熱熱、安安靜靜，與人無患，與世無爭，也算得個人生樂境了。

這年正逢會試大比之年。新年下安老爺、安太太，把家中年事一過，便帶了公子進城，拜過宗祠，到至親本家幾處，拜望了拜望，仍舊回家。匆匆的過了燈節，那太太便將安老爺下場的考籃、號簾、裝吃食的口袋盒子、衣帽等物，打點出了。安老爺一見便問道：「太太，你此時忙著打點這些東西作甚麼？」太太說：「這離三月裏也快了，拿出來看看，該洗的縫的、添的置的，早些收拾停當了，省得臨時忙亂。」那安老爺拈著幾根小鬍子兒，含笑說：「太太，你難道還指望我去會試不成？你算我自二十歲上中舉，如今將近五十歲，考也考了三十年了，頭髮都考白了，功名有福，文字無緣，也可以不必再作此癡想。況你我如今有了玉格，這個孩子，看去還可以望他成人，倒不如留我這點精神心血，用在他身上，把他成就起來，倒是正理。太太，你道如何？」太太還未及答話，公子正在那裏檢點那些考具的東西，聽見老爺的話，便過來規規矩矩、慢條斯理的說道：「這話還得請父親斟酌。要論父親的品行學業，慢道中一個進士，就便進那座翰林院，坐那間內閣大堂，也不是甚麼難事。但是功名遲早，自有一定，天生應吃的苦，也要吃的。就算父親無意功名，也要把這進士中了，纔算得作完了讀書的一件大事。」安老爺聽了，笑了一笑，說道：「孩子話。」那太太便在旁說道：「老爺，玉格這話很是。我也是這個意思。這些話我心裏也有，就是不能像他說的這麼文謅謅❸的，老爺竟是依他的話，打起高興來，管他呢，中

❸ 文謅謅：文雅安詳之貌。亦作「文縐縐」。

了好極了，就算是不中，再白辛苦這一場，也不要緊，也是嘗過的滋味兒罷咧。」列公，這科甲功名的一途，與異路功名，卻是大不相同。這是件合天下人，較學問見經濟的勾當。從古至今，也不知牢籠了多少英雄，埋沒了多少才學。所以這些人寧可考到老，不得這個中字，此心不死。安老爺用了半生的心血，難道果真就肯半途而廢不成？原是見了這些考具，一時的牢騷話。及至聽見公子小小年紀，說了這一番大道理，心中暗暗歡喜。又恐怕小人兒高興，只得笑著說是小孩子話。及至太太又加上一番相勸，不覺得就鼓起高興來。說道：「既如此，就依你們娘兒們的話，左右是家裏空坐著，再走這一盪就是了。」說著，看看到了三月初間。太太把老爺的衣帽鋪蓋，吃食等件，打點清楚。公子也忙著揀筆墨，洗硯臺，包草稿紙，諸事停當。這安老爺便坐車進城，也不租小寓，就在自己家裏住下。這房子，雖說有幾家本家住著，正廳兒沒佔，原備安老爺、太太、公子有事進城住的。平日自有留下的家人看守。這家人們知道老爺回家，前幾天就收拾鋪設，掃地焚香的預備停妥。到了三月初六日，太太打發公子帶了隨侍家丁，跟隨老爺進城。入場出場又按著日子，打發家人接送，預備酒飯，打點吃食。公子也來請安問候，都不必細說。三場已畢，這老爺出了場，也不回家，從場門口坐上車，便一直的回莊園來。太太、公子接著問好請安，預備酒飯。問了一番場裏光景。一時飯罷，公子收檢筆硯，便在卷袋裏找那三場的文章草稿。尋了半日，只尋不著。便來問安老爺說：「文章稿子，放在那裏了？等我把頭場的詩文抄出來，好預備著親友們要看。」安老爺說：「我三場都沒存稿子，這些事情，也實在作膩了。便有人要看，也不過加上幾句密圈，寫上幾句通套批語，贊揚一番，說這次必要高中了。究竟到了出榜，還是個依然故我，也無味的很。所以我今年沒存稿子，不但不必抄給人看，連你也不必看。這一出場，我就算中了。」說畢，拈鬚而笑。公子聽了無法，只得罷了。

日月迅速，轉眼就是四月。到了放榜的頭一天晚上，這太太弄了幾樣菓子酒菜，預備老爺候榜，好聽那高中的喜信。安老爺坐下就笑著說道：「這大概是等榜的意思了。聽我告訴你們，外頭只知道是明日出榜，其實場裏今日早半天，就拆彌封填起榜來了。規矩是拆一名，唱一名，填一名。就有那班會想錢的人，從門縫兒裏傳出信來，外頭報喜的接著分頭去報。如今到了這時候不見動靜，大約早報完了，不必再等。你們既弄了這些吃的，我樂得吃個河落海乾❹睡覺。」說著，吃了幾杯悶酒，又說了會閒話，真個就倒頭酣呼大睡。那太太同公子並內外家人，不肯就睡，還在那裏左盼右盼，看看等到亮鐘以後無信，大家也覺得是無望了，又乏又困，興致索然，只得打點要睡。上房將在關了房門，忽聽得大門打得山響。一片人聲報說：「頭二三報，報安老爺中了第三名進士。」列公，你道安老爺既中得這樣高，為甚麼直到此時纔報？原來填榜的規矩，從第六名填起，前五名叫作五魁，直等把榜填完，就是半夜的光景了，然後倒填五魁。到了填五魁的時候，那場裏辦場的委員，以至書吏衙役、廚子火夫，都許買幾斤蠟燭，用釘子釘的大木盤，插著托在手裏輪流圍繞，照耀如同白晝，叫作鬧五魁。那點過的蠟燭，拿出來送人還算一件取吉利的人情禮物。因此上，填到安老爺的名字，已是四更天的光景。那報喜的誰不想這個五魁的頭報？一得了信，便隨著起早下圓明園的車馬，從西直門連夜飛奔而來，所以到這裏還沒亮。閒話休提，這太太因等不見喜信，正在卸妝要睡，聽得外面喧嚷，忙叫人開了房門，出去打聽。那門上的家人，早把報條接了進來給老爺、太太、公子叩喜。這一番吵，吵得安老爺也醒了，連忙披衣起來。

❹ 河落海乾：喻淨盡，有「不留餘地」的意思。或作「河涸海乾」。

公子呈上報條，看了滿心歡喜，一時想起來自己半生辛苦，黃卷青燈，直到鬚髮蒼然，纔了得這樁心願，不覺喜極生悲，倒落了幾點淚。太太也覺心中頗有所感，忍淚含笑勸解說：「老爺，這正該歡喜，怎麼倒傷起心來呢？」定了一會，大家纔喜逐顏開，滿臉堆下笑來。公子便去打點寫手本、拜帖、職名，以及拜見老師的贄見、門包、封套。家人們在外邊開發喜錢，緊接著就有內城各家親友看了榜，先遣人來道喜。把位安太太忙得頭臉也不曾好生梳洗得。正是：「人逢喜事精神爽。」乏也忘了，困也沒了。忙忙的帶著丫鬟僕婦，一面打點帽子衣服，又去平兌銀兩，找紅氈，拿拜匣。所喜都是自己平日勤謹的好處，一件一件的預先弄妥，還不費事。安老爺看著太太忙得連袋煙也沒工夫吃，便說道：「太太不必忙，今日沒事，有一天的工夫呢，我後下天進城不遲。歇歇再收拾罷。」說著，自己梳洗已畢。忙穿好了衣服，先設了香案，在天地前上香磕頭。又到佛堂、祠堂行過了禮。然後內外家人都來叩喜，這些情節，都不必細講。安老爺一面料理了些自己隨手用的東西，便催著早些吃飯。吃飯中間，公子便說：「雖然多辛苦了幾次，如今卻高高的中了個第三，可謂上天不負苦心，文章自有定論。將來殿試那一甲一名，雖不敢必，也中個第三就好了。」安老爺笑道：「這又是孩子話了。那一甲三名的狀元、榜眼、探花，咱們旗人是沒分的。也不是旗人必不配點那狀元、榜眼、探花，乃本朝的定例，覺得旗人可以吃錢糧，可以考繙譯，可以挑侍衛，宦途比漢人寬些，所以把這一甲三名，留給天下的讀書人大家巴結去。這是本朝珍重名器，培植人材的意思。況且探花兩個字，你可知道他怎麼講？那狀元自然要選一個才貌品學，四項兼備的，不用講了。就是這探花，也須得個美少年去配他。為的是瓊林宴的這一天，叫他去折取杏花，大家簪在頭上，作一段瓊林佳話。這是唐代的故事。你看我雖然不至於老邁不堪，也是望五的人了，世上那有這樣白頭蹀躞的探花？豈不被杏花笑人？果然那樣，那不叫作探花，倒叫作笑話兒了。」公子道：「便不得探花，翰林也是穩的。」老爺說：「那又不然。在常情論，那名心重的，自然想點個翰林院的庶常。利心重的，自然想作個榜下知縣。有才氣的，自然想個分部主事。到了中書，就不大有人想了。歸班更不必講。我的見識，卻與人不同。我第一怕的是知縣。不拿出天良來作，我心裏過不去。拿出天良來作，世路上行不去。那一條路兒，可斷斷走不得。至於那入金馬、登玉堂，是少年朋友的事業，我過了景了。就便用個部屬作呢，還作得來。但是這個年紀，還靴桶兒裏掖著一把子稿，滿道四處去找堂官，也就露著無趣。我倒想用個冰冷中書，三年分內外用。難道我還就外用不成？那時一紙呈文，掛冠林下，倒是一樁樂事。不然，索性歸了班，十年後纔選得著。且不問這十年後如何，就這十年裏，我便課子讀書，成就出一個兒子來，也算不虛度此生了。」公子自是不敢答言。安太太聽了說道：「老爺也忒慮得遠，我只說萬事都是盡人事，聽天命，自有個一定。」老爺說：「太太這話卻倒不錯。」說話間，一時吃罷了飯，便有幾家拜從看文章的門生學生，趕來道喜。人來人往，應酬了一番，那天就不早了。安老爺纔得進城，到了住宅，早有部裏長班送信，告知老爺中在第幾房，並房師的官銜姓名科分住處。從次日起，便去拜房師，拜座師，認前輩，會同年，會同門，公請老師，赴老師請，刻齒錄，刻硃卷。那房師、座師，見了都說：「一見你這本卷子，便知為老手宿儒，晚成大器，如今果然。可見文有定評。」說著，十分歎賞。這安老爺一連忙了數日，不曾得閒，直等謝恩領宴，諸事完畢，纔得略略安靜，五十歲的老頭兒，也得伏案埋頭，作起楷來。轉眼覆試期考已過，緊接著殿試，那老爺的策文，雖比不得董仲舒的天人三策，卻頗頗的有些經濟議論，與那抄策料，填對句的不同。那些同年見了，都道定人高選。怎奈老爺是個走方步的人，凡那些送字樣子，送詩篇兒這些門路，都不曉得去作。自己又年屆五旬，那殿試卷子，作的雖然議論恢宏，寫的卻不能精神飽滿。因此上點了一個三甲。及至引見，到了老爺這排，奏完履歷，聖人往下一看，見他正是服官政的年紀，臉上一團正氣，胸中自然是一片至誠。這要作一個地方官，斷無不愛惜民命的理。就在排單裏，安學海三個字頭上，點了一個硃點，用了榜下知縣。少時引見一散，傳下這旨意來。安老爺一聽，心裏想道：「完了，正是我怕走的一條路，恰恰的走到這條路上來。」登時倒抽了一口氣，涼了半截。心裏的那番懊惱，不但後悔此番不該會試，一直悔到當年不該讀書。在人群兒裏，險些兒不曾哭了出來。便有一班少年新進，湊來攜手作賀。有的說，「班生此去，何異登仙。」又有的說，「當年是擁書權拜小諸侯，而今真個百里侯矣。」又有一班外行朋友，說是「這榜下即用，是老虎班，一到就補好缺的。」又有的說，「在京的和尚，出外的官。」這就得了。一面就答訕❺著薦幕友，薦長隨。落後，還是幾位老師，認真關切，走來問道：「外用了不必介意，文章政事，都是報國。況這宦途如海，那有一定的。且回去歇歇再談罷。」這老爺也只得一一的應酬一番。又有那些拜從看文章的門生，跟著送引見。見老爺走了這途，轉覺得依依不捨。安老爺從上頭下來，應酬了大家幾句。回到下處，吃了點東西，向應到的幾處，勉強轉了一轉，便回莊園上來。

那時早有報子報知。家人們聽見老爺得了外任，個個喜出望外。只有太太合公子，見老爺進門來，愁眉不展，面帶憂容，便知是因為外用的原故。一時且不好安慰，倒提著精神，談了些沒要緊的閒話，老爺也強為歡笑，說：「鬧了這許多天了，實在也乏了，且讓我歇一歇兒，慢慢的再計議罷。」誰想有

❺ 答訕：藉機交談。另作因不好意思而隨口敷衍談話。亦作「搭赸」、「搭訕」。

了年紀的人，外面受了這一場的辛苦勞碌，心裏又加上這一番的煩惱憂思，次日便覺得有些鼻塞聲重，胸悶頭暈，懨懨的就成了一個外感內傷的病。安太太急急的請醫調治，好容易出了汗，寒熱往來，又轉了瘧疾。瘧疾纔止，又得了秋後痢疾。無法，只得在吏部遞了呈子，告假養病。每日價醫不離門，藥不離口。把個安太太急得燒子時香，吃白齋❻，求籤許願，鬧得寢食不安。連公子的學業功課，也因侍奉湯藥，漸漸的荒廢下來。直到秋盡冬初，安老爺纔得病退身安，起居如舊。依安老爺的心裏，早就打了個再不出山的主意了。怎奈那些關切一邊的師友親戚骨肉，都以天恩祖德，報國勤民的大義勸勉。老爺又是位循規蹈矩，聽天任命，不肯苟且的人，只得呈報銷假投供。可巧，正遇著南河高家堰一帶黃河決口。俗語說：「倒了高家堰，淮揚不見面。」這一個水災也不知傷了多少民田民命，地方大吏飛章入奏請帑，並請揀發知縣十二員，到工差遣委用。這一下子，又把這老爺打在候補候選的裏頭挑上了。列公，安老爺這樣的一個有經濟、有學問的人，難道連一個知縣作不來？何至於就愁病交加，到這步田地？有個原故。只因這老爺的天性恬淡，見識高明，廣讀詩書，閱盡世態。見世上那些州縣官兒，不知感化民風，不知愛惜民命。講的是走動聲氣，好弄銀錢，巴結上司，好謀升轉，甚麼叫錢穀刑名，一概委之幕友、官親、家丁、書吏，不去過問，且圖一個旗鑼傘扇的豪華，酒肉牌攤的樂事。就便有等稍知自愛的，又苦於眾人皆醉，不容一人獨醒，得了百姓的心，又不能合上司的式。動輒不是給他加上個難膺民社，就是給他加上個不甚相宜，輕輕的就踹掉了，依然有始無終，求榮反辱。因此上自己一中進士，就把這知縣看作了一個畏途。如今索性挑了個河工，這河工更是個有名的虛報工段，侵冒錢糧，逢迎奔走，吃

❻ 吃白齋：有些吃素的人，連鹽都不入口，只吃白飯，叫做「吃白齋」。

喝攪擾的地方，比地方官尤其難作。自己一想，可見宦海無定，食路有方，天命早已安排在那裏了。倒不如聽命由天的鬮著作去。或者就這條路上，立起一番事業，上不負國恩，下不負所學，也不見得。老爺存了這個念頭，倒打起精神，次第的過堂引見，拜客辭行，一切瑣屑事情，都已完畢，纔回到莊園。略歇息了歇息，便有那些家人回說：「欽限緊急，請示商量，怎的起行。」那些家人也有說，該坐長船的。也有說，該走旱路的。也有說，行李另走的。也有說，家眷同行的。安老爺說：「你們大家且不必議論紛紛，我早有了一個牢不可破的主見在此。」這正是：得意人逢失意事，一番歡喜一番愁。要知那安老爺此番起行赴官，怎的個主見，下回書交代。

第二回　沐皇恩特授河工令　忤大憲冤陷縣監牢

這回書緊接前回，講的是那安老爺揀發了河工知縣。把外面的公私應酬料理已畢，便在家打點著上路的事來。這日飯罷無事，想要先把家務交代一番。因傳進了家中幾個中用些的家人，內中也有積伶❶些的，也有糊塗些的，誰不想獻個殷勤，討老爺喜歡，好圖一個門印的重用。那知老爺早打了個僱來回車的主意，便開口先望著太太說道：「太太，如今咱們要作外任了。我想此番到外任去，慢講補缺的話，就這候補知縣，也不知天准我作，不准我作，還不知命容我作，不容我作。」說到這裏，大家就先怔了一怔。太太只得答應了一聲。又聽老爺往下說道：「我的怕作外官，太太是知道的。此番偏偏的走了這條路。在官場上講，實在是天恩，我有個不感激報效的嗎？但是我的素性，是個拘泥人，不喜繁華，不善應酬。到了經手錢糧的事，我更怕。如今到外頭去作官，自然非家居可比，總得學些圓通。但那圓通得來的地方好說，到了圓通不來，我還只得是笨作。行得去，行不去，我可就不知道了。所以我的主意，打算暫且不帶家眷，我一個人帶上幾個家人，輕騎減從的先去看看路數。如果處得下去，到了明秋，我再打發人來接家眷不遲。家裏的事，向來我就不大管，都是太太操心，不用我囑咐。我的盤纏，現有的儘可敷衍，也不用打算。我所慮者，家裏雖有兩個可靠的家人，實在懂事的少。玉格又年輕，萬一有個

❶ 積伶：機靈；伶俐。

緊要些的事兒，以至寄家信，帶東西這些事情，我都託了烏明阿烏老大了。他雖合咱們滿洲漢軍隔旗，卻是我第一個得意門生。他待我也實在親熱，那個人將來不可限量。太太白❷看著幾天兒就上去了。我起身後，他必常來，來時太太總見見他。玉格也可以合他時常親近，那是個正經人。此外第一件心事，明年八月鄉試，玉格務必教他去觀觀場。」因向公子說：「你的文章，我已經託莫友士先生，合吳侍郎給你批閱，可按期取了題目來，作了分頭送去。」公子一一答應。說到這裏，太太纔要說話，只見老爺又說道：「哦，還有件事，前日我在上頭，遇見了咱們旗人卜德成卜三爺，趕著給玉格提親。」太太聽見有人給公子提親，連忙問道：「說得是誰家？」老爺道：「太太不必忙著問，這門親不好作，大約太太也未必願意。他說的是隆府上的姑娘。你算我家，雖不是查不出號兒來的人家，現在通共就是我這樣一個七品大員，無端的去合這等闊人家兒去作親家，已經不必，況且我打聽得姑娘脾氣驕縱，相貌也很平常，我走後儻然他再託人來說，就回覆說我沒留下話就是了。至於玉格今年纔十七歲，這事也還不忙。我的意思，總等他進一步，功名成就，纔給他提親呢。」太太說：「這家子聽了去，敢是不大合式。拿著我們這麼一個好孩子，再要中了，也不怕沒那富室豪門找上門來，只怕兩三家子趕著提來，還定不得呢。」老爺說：「倒也不在乎富室豪門，只要得個相貌端正，性情賢慧，持得家，吃得苦的孩子，那怕他是南山裏、北村裏都使得。」太太說：「教老爺說的真個的，我們孩子，怎麼了就娶個南山裏、北村裏的。這時候且說不到這些事，倒是老爺纔說的一個人兒先去的話，還得商量商量。老爺雖說是能吃苦，也五十歲的人了。況且又是一場大病纔好，平日這幾個丫頭們服侍，老婆子們伺候，我還怕他們不能周

---

❷ 白：「明白」的簡詞。如「老爺白想想」。

到，都得我自己調停。如今就靠這幾個小子們，如何使得呢？再說，萬一得了缺，或者署事有了衙門，老爺難道天天在家不成？別的慢講，這顆印是個要緊的。衙門裏，要不分出個內外來，斷乎使不得。老爺自想想。」老爺說：「何嘗不是呢？我也不是沒想到這裏。但是玉格此番鄉試，是斷不能不留京的。既留下他，不能不留下太太照管他，這是相因而至的事情，可有甚麼法兒呢？」那公子在一旁，正因父親無法不起身赴官，自己無法不留京鄉試，父子的一番離別，心裏十分難過。就以父親的身子年紀講，沿路的風霜，異鄉水土，沒個著己的人照料，也真不放心。如今又聽父母的這番為難，是因自己起見。他便說道：「我有一句糊塗話不敢說，只怕父母不准，據我的糊塗見識，請父母只管同去，把我留在家裏。」老爺、太太還沒等說完，齊說道：「那如何使得？」公子說：「請聽我回明白了。要講應酬世務、料理當家，我自然不中用。但我向來的膽兒小，不出頭，受父母的教導，不敢胡行亂走的這層，還可以自信。至於外邊的事，現在已經安頓妥當了，家裏再留下兩個中用些的家人，支應門戶，我不過查查問問，便一意的用起功來。等鄉試之後，中與不中，就趕緊起身，隨後趕了去，也不過半年多的光景。一舉兩得，不知可使得使不得？」太太聽了，只是搖頭。老爺也似乎不以為可。但是左歸右歸❸，總歸不出個道理來。還是老爺明決。料著自己一人前去有多少不便，大家又彼此都不放心。聽了公子的這番話，想了一想，便向太太道：「玉格這番話，雖說的是孩子話，卻也有些兒見識。我一個人去，你們娘兒兩個都不放心。太太既同去，太太便沒有甚麼不放心的了。有了太太同去，玉格又沒甚麼不放心的了。可又添上了個玉格在家，我同太太的不放心。這本是椿天生不能兩全的事。譬如咱們早在外任，如今從外

❸ 左歸右歸：任憑如何打算。

任打發他進京鄉試，難道我合太太還能跟著他不成？況且他也這樣大了，歷練歷練也好。他既有這志向，只好就照他這話說定了罷！太太想著怎樣？」那太太聽了，自然是左右為難。但事到其間，實在無法。便向老爺說道：「老爺主見自然不錯，就這樣定規了罷。但是老爺前日不是說帶了華忠去麼？如今既是這樣說定了，把華忠給玉格留下。那個老頭子也勤謹，也嘴碎❹，跟著他裏裏外外的，又放一點兒心。」老爺連說：「有理。我要帶了華忠同去，原為他張羅張羅我的洗洗汕汕這些零星事情，看個屋子，如今把他留下，就該派戴勤去也使得。戴勤手裏的事，有宋官兒一個人也照料過來了。」

當日計議已定，便連日派定家人，收拾行李。安老爺一面又把自己從前從過一位業師跟前的世弟兄程師爺請來，留在家中，照料公子溫習舉業，幫著支應外客。那程師爺單名一個式字。他也有個兒子，名叫程代弼，雖不能文，卻寫得一筆好字，便求安老爺帶去。不計修金，幫著寫寫來往書信。外邊去的，是門上家人晉升、籤押家人葉通、料理家務家人梁材，還有戴勤並華忠的兒子隨緣兒。大小跟班的三四個人，外薦長隨兩三個人，以至廚子火夫人等。內裏帶的是晉升家的、梁材家的、戴勤家的、隨緣兒媳婦。這隨緣兒媳婦，便是戴勤的女孩兒。並其餘的婆子丫鬟，共有二十餘人。老爺一輛太平車，太太一輛河南棚車，其餘家人，都是半裝半坐的大車。諸事安排已畢，這老爺、太太辭過親友，拜別祠堂，便擇了個長行吉日，帶領裏外一行人等，起身南下。這日公子送到普濟堂，老爺便不教往下再送。當下爹兒娘兒們依依不捨，公子只是垂淚。太太也是千叮萬囑，沾眼抹淚的說個不了。安老爺便含著淚說道：「幾天的離別，轉眼便得聚會，何必如此？」說著，又吩咐了公子幾句安靜度日，奮勉讀書的話。竟自

❹ 嘴碎：說話囉唆。

合太太各各上車去了。公子送了老爺、太太動身，眼望著那車兒去得遠了，還在那裏猷猷的呆望。那老爺、太太在車上，也不由得幾次的回頭遠望，只是戀戀不捨。這正是古人說的：「世上傷心無限事，最難死別與生離。」這公子一直等一行車輛人馬都已走了，又讓那些送行的親友先行，然後纔帶華忠並一應家人回到莊園。真個的，他就一納頭❺的杜門不出，每日攻書，按期作文起來。這且不表。且說那安老爺同了家眷，自普濟堂長行，當日住了常新店。沿路無非是曉行夜住，渴飲饑餐。這一日，到了王家營子。渡過黃河，便到南河河道總督駐箚的所在，正是淮安地方。早有本地長班，預先給找下公館，沿河接見。上下一行人便搬運行李，暫在公館住下。安老爺草草的安頓已畢，便去拜過首縣山陽縣各廳同寅，見過府道。然後纔上院投遞手本，稟到稟見。那河臺本是個從河工佐雜微員出身，靠那逢迎鑽幹的上頭，弄了幾個錢。卻又把皇上家的有用錢糧，作了他致送當道的進身獻納。不上幾年，就巴結到河工道員。又加他在工多年，講到那些裏頭挑壩、下掃、加隄的工程，怎樣購料，怎樣作工，怎樣省事，怎樣賺錢，那一件也瞞他不過。因此上歷署兩河事務，就得了南河河道總督。待人傲慢驕奢，居心忮刻陰險。那時同安老爺一班兒揀發的十二人，早有一大半各自找了門路，要了書信，先趕到河工，為的是好搶著鑽營個差委。及至安老爺到來投遞了手本，河臺看了，便覺他怠慢來遲。又見京中不曾有一個當道大老寫信前來託照應他，便疑心安老爺仗著是個世家旗人，有心傲上。隨吩咐說：「教他等見官的日子，隨眾參見。」安老爺是個坦白正路人，那裏留心這些事。一般也隨眾打點些京裏的土儀，給河臺送去。及至送到院上，巡捕傳了進去，交給門上，那門上家人看了看禮單，見上面寫著，不過是些京靴、縉紳、

❺ 一納頭：埋著頭；低著頭。

杏仁、冬菜等件，便向巡捕官發話道：「這個官兒來得古怪呀，你在這院上當巡捕，也不是一年咧，大凡到工的官兒們送禮，誰不是緙繡、呢羽、綢緞、皮張，還有玉玩、金器、朝珠、洋表的？怎麼這位爺送起這個來了？他還是河員送禮，還是看墳的打抽豐來了？這不是攪嗎？沒法兒也得給他回上去。」說著，回了進去。又從中說了些懈怠話，那河臺心裏，更覺得是安老爺瞧他不起，又加上了三分不受用。當時就吩咐出來，說：「大人向不收禮，這樣的費心費事，教安老爺留著送人罷。」次日正是見官日子，安老爺也隨眾投了手本。少時傳見。那河臺先算定了安老爺是個不通世路、沒有能幹的人。及至見面，遞上履歷，纔知這老爺是由進士出身。又見他舉止安詳，言詞慷慨，心裏說：「這人既是如此通達諳練，豈有連個送禮的輕重過節兒，他也不明白的理。這分明看我是個佐雜出身，他自己又是兩榜，輕慢我的意思。倒得先拿他一拿。」因又動了個忌才之意。淡淡的問了幾句話，就起身讓走送出來了。那安老爺也只道新官見面之常，不過如此，也不在意。從此就在淮安地方候補聽差。除了三八上院，朔望行香，倒也落得安閒無事。安老爺本是個雅量，遇著那些同寅宴會，卻也去走走，但是一有了歌兒舞女，再見打牌搖攤，可就弄不來了。久之，那些同寅，也覺得他一人向隅，滿座不歡。漸漸的就有些聲氣不通起來。這且不在話下。

卻說河臺一日接得邳州稟報，稟稱邳州管河州判病故出缺。這缺本是個工段最簡的冷靜地方，又恰巧輪到安老爺署事到班，便下劄縣牌，委了安老爺前往署事。安老爺接了委牌，稟辭出來，又到府裏稟辭。淮安府見面先談了幾句官話，便問：「吾兄你請定了幕中的朋友了沒有？」安老爺說：「卑職到此不久，人地生疎，正要合大人討人呢。」知府說：「很好，那前任請的朋友錢公，就很妥當，你就請他蟬聯下去罷。」說著，從靴掖兒裏，掏出一個名條。安老爺連忙的接過來，見上面寫著錢如甫三個字，當下收了。這天便是山陽縣請吃晚飯。飲酒中間，安老爺也請教了一番到工如何辦事的話。那首縣便說：「辦工首在得人。兄弟這裏卻有一個千妥萬當的人，他從前就在邳州衙門，如今在兄弟這裏。只是兄弟這裏人浮於事，實在用不開。二哥你帶了他去，大可助你一臂之力。」說著，便叫了那人來叩見。安老爺一看，見那人生得大鼻子、高顴骨、一雙鼠眼、幾根黃鬚，看去就不像個安分之徒。因是首縣薦的，便先問了問他的名姓。那人回稱姓霍，名叫士端。那首縣便道：「明日就到安太老爺公館伺候去罷。」那人謝了一謝，便退下去。一時酒散，安老爺次日便拜客辭行，帶了家眷奔邳州而來。在路無話。到了那裏，自有一班的書吏衙役迎接。並那到任堂規，以至同城官員，如何接風宴會，都不必煩瑣。安老爺到任後，所喜工輕政簡，公事無多。老夫妻二人，就照平日在家一般的過起勤儉日子來。心中只是記掛著公子。所喜接得幾封家信，知道家中安靜，公子照常讀書，也就無可惦念了。

一日，安老爺接著邳州直河巡檢的稟報，報稱：沿河碎石坦坡一段，被水沖刷，土岸墊陷，稟請興修。安老爺接了稟帖，親自帶了工書人等，到工查看，不過有十來丈工程。偶因木樁脫落，以致碎石倒塌散漫，卻都不曾沖去。儘可撈用，那土工也墊陷得無多。自己雖不懂，看了去大約也不過百十金的事。回來便吩咐該房書役辦稿，就在歲修銀兩項下，動支趕辦。次日，房裏送進稿來，先送師爺點定，籤押呈上老爺標畫，見那稿倒還辦得明白，只那工段的丈尺，購料的堆垛，錢糧的多少，卻空著沒填。旁邊粘著一個小小紅籤兒，上寫著「請內批」三個字。那核辦的師爺也不曾填寫。老爺當下叫籤押說：「你去問問師爺，這數目怎麼沒填寫？想是漏了。」少停，籤押回稱說：「問過師爺，師爺說，候老爺把錢糧數目批定，再核料物尺丈，向來是這等辦的。」老爺說：「這怎麼講？難道我自己會銷算不成？你大約沒聽清楚，等我自己問去罷。」說著，便起身來到書房，那師爺聽得東家過來了，連忙換上了帽子，作揖迎接。腳底下可還是兩隻鞋。送茶讓坐已畢，老爺就問起這句話來。只見那師爺咬文嚼字的說道：「規矩是這等的，要東家批定了，報多少錢糧，晚生纔好照著那錢糧的數目，核算工料的。」老爺說：「那丈尺是勘明白了，既有了丈尺，自然是核著丈尺算工料，核著工料算錢糧。怎麼倒先定錢糧數目呢？況且叫我批定，又怎樣個約略核計多少呢？譬如就照前日現勘的丈尺，據先生你看，應用多少錢糧？」那師爺說：「要照現勘的丈尺，多也不過百十金罷了。」老爺說：「可又來，就著這數目據實報出去就是了。」那師爺連連搖頭說：「這是作不來的。」老爺便問：「這又怎麼講呢？」那師爺道：「承東家不棄，請晚生在這衙門幫辦公事，可不敢不傾心吐膽的奉告。我們這些河工衙門，這據實兩個字用不著、行不下去哪。即如東家從北京到此，盤費日用，府上衙門內外上下，那一處不是用錢的？況且京中各當道大老，合本省的層層上司，以至同寅相好都要應酬的，倒尤其不容易。這也在東家自己，晚生也不敢冒昧多說。但是，就我們這衙門講，晚生是有也可，沒有也可，倒也不計較。只這內而門印跟班，以至廚子火夫，外而六房三班，以至散役，那一個不是指望著開個口子，弄些工程吃飯的？此猶其小焉者也，再加一個工程出來，府裏要費，道裏要費。到了院費，更是個大宗。這以後委員勘工要費，收工要費，以至將來的科費、部費，層層面面，那裏不要若干的錢？東家是位高明不過的，請想想，可是據實兩個字行得去的？」老爺聽了這話，心下一想：「要是這樣的頑法，這豈不是拿著國家有用的帑項錢糧，來供大家的養家肥己、胡作非為麼？這我可就有點子弄不來了。」因向那師爺說道：「據先生你講起來，這外費是沒法的了。至於我的家人，斷乎不必。我的這層，更不消提起。」那師爺見不是路，固然不願意，但是三分匠人，七分主人，也無法，只得含含糊糊的，核了二三百金的錢糧，報了出去。從此衙門內外，人人抱怨，不說老爺清廉，倒道老爺獃氣，都盼老爺高升，說：「再要作下去，大家可就都札上口袋嘴兒了。」且不說眾人的七言八語，卻說一日忽然院上發下了一角公文，老爺拆開一看，原來是自己調署了高堰外河通判。老爺看畢，正在心裏納悶說：「我到這裏不久，又調署了高堰，這是何意？」早見那長隨霍士端興匆匆的走上來道喜說：「這實在是件想不到的事。這缺要算一個美缺，差不多的求也求不到手。如今調署了老爺，這是上頭看承得老爺重。再不然，就是老爺京裏的有甚麼硬人情兒到了。這番調動，老爺可必得像模像樣答上頭的情纔使得呢！」老爺便說：「我也不過是盡心竭力，事事從實，慎重皇上家的錢糧，愛惜小民的性命，就是答了上司的情了。難道還有個甚麼別的法子不成？」霍士端說：「這個全不在此，只這眼前便有一個機會，小的正要回老爺。這下月便是河臺的正壽，可不知老爺打算怎麼樣個行法？」老爺道：「那早已辦妥當了。我上次在淮安首縣，就說過每人備銀五十兩，公辦壽屏壽禮，我已經交給首縣了。」霍士端笑道：「難道老爺打算這樣就完了不成？」老爺說：「依你還要怎樣呢？」霍士端回說：「小的可敢說怎麼樣呢？不過是老爺待小的的恩重，見不到就罷了，既見到了，要不拿出血心來提補老爺，那小的就喪盡天良了。就小的知道的說，那淮徐道是綢緞紗羅，淮揚道辦的秀氣，是四方硯臺，外面看著是一色的紫檀匣子，盛著端石硯臺。裏面卻用赤金鑄成，再用漆罩上一層。這分禮可就不菲，淮海道是一串珍珠手串，八兩遼參。河庫道辦的更巧，是專人到大人原籍，置一頃地，把莊頭佃戶，兌給本宅的少爺，卻把契紙裝了一個小匣兒，帶到院上，當面送的。就是那二十四廳，也各有各的路數，各有各的巧妙。老爺如今就這五十兩公分，如何下得去？何況老爺現在調署這樣一個美缺呢！」老爺說：「這可就坑了我了。慢說我沒有這樣家當，便有，我也不肯這樣作法。」霍士端說：「這事，老爺有甚麼不肯的？這是有去有來的買賣。不過是拿國家庫裏錢，搗庫裏的眼，弄得好巧了，還是個對合子的利兒呢！不然的時候，可惜這樣個好缺，只怕咱們站不穩。」老爺聽到這裏，便說：「你不必往下講了，去罷去罷。」那霍士端看這光景，料是說不進去，便趔趔的退了下來，另作他自己的打算去了。

話休絮煩，安老爺自從接了調署的劄文，便一面打發家眷，到高堰通判衙門任所，自己一面打點上院謝委，就便拜河臺的大壽。不日到了淮安，正遇河臺壽期將近，預先擺酒唱戲，公請那些個河員。眾人的禮物，都是你賭我賽，不亞如那臨潼鬭寶一般。獨安老爺除了五十兩公分之外，就是磕了三個頭，吃了一碗麵。便匆匆的謝委稟辭，上任而去。不到一日，到了新任。只見那裏人煙輻輳，地道繁華，便是衙門的氣概，吏役的整齊，也與那冷清清的邳州小衙門不同。更兼工段綿長，錢糧浩大，公事紛繁。一連幾日接交代、點垛料、核庫冊，又加上安頓家眷，把個安老爺忙得茶飯無心，坐臥不定，這纔料理清楚。列公，你道那河臺，既是合安老爺那等不合式，安老爺又是個古板的人，在他跟前沒有一毫的趨奉，此外又不曾有個致意託情的，他忽然把安老爺調了這樣一面美缺，到底是個甚麼意思？列公有所不知，這從中有個原故。那高堰外河地方，正是高家堰的下游受水的地方。這前任的通判官兒，又是個精明鬼兒，他見上次高家堰開了口子之後，雖然趕緊的合了龍，這下游一帶的工程，都是偷工減料作的，斷靠不住。他好容易挨過了三月桃汛，吃是吃飽了，擄是擄夠了，算沒他的事了。想著趁這個當兒躲一躲，另找個把穩道兒走走。因此謀了一個留省銷算的差使，倒讓出缺來，給別人署事。那河臺本是河工上的一個蟲兒，他有甚麼不懂的？只是收了人家的厚禮，不能不應。看了看這個立刻出亂子的地方，若另委別人，誰也都給過個三千二千、一千八百的，怎好意思呢？沒法兒，可就想起安老爺來了。偏看了看收禮的帳，輕重不等，大家都格外有些盡心，獨安老爺只有壽屏上一個空名字，他已是十分的著惱，又見這安老爺的才情見識，遠出自己之上，可就用著他當日說的那個拿他一拿的主意了。想著如此，把他一調，既壓一壓外邊的口舌，他果然經歷伏汛，保得無事，倒好保他一保，不怕他不格外盡心。儻然他辦不來，索性把他參了，他也沒的可說。因此上纔有這番調署。那安老爺睡著夢裏，也算不到此。不想皇天不佑好心人，偏是安老爺到任之後，正是春盡夏初長水的時候。那洪澤湖連日連夜長水。高家堰口子，又沖開一百餘丈，那水直奔了高家堰外河下游而來。不但兩岸沖刷，連那民間的田園房舍，都沖得東倒西塌，七零八落。那安插難民，自有一班兒地方官料理。這段大工，正是安老爺的責成。一面集夫購料，一面通稟，動帑興修。那院上批將下來，批得是：

> 高堰下游工段經前任河員修理完固，歷經桃汛無虞，該署員到任，正應先事預防，設法保護，乃偶遇水勢稍長，即至漫決沖刷，實屬辦理不善。著先行摘去頂戴，限一月修復，無得草率偷減，大干未便。

安老爺接著看了，便笑了一笑。向太太說道：「這是外官必有之事，況這窮通榮辱的關頭，我還看得清楚。太太也不必介意。倒是這國帑民命，是要緊的。」說著，傳出話去。即日上工，就駐在工上，會同營員，督率那些吏役兵丁工夫，認真的修作起來。大家見老爺事事與人同甘同苦，眾情踴躍，也仗著夫齊料足，果然在一月限內，便修築得完工。雖說不能處處工歸實用，比起那前任並各廳的工程，也就算加倍的工堅料實，大不相同了。一面完工，一面通報上去，稟請派員查收。你道巧是不巧，正應了俗語說的：「屋漏更遭連夜雨，船行又遇打頭風。」偏偏從工完這日下雨起，一連傾盆價的下了半個月的大雨。又加著四川、湖北一帶江水暴漲，那水勢建瓴而下，沿河陡漲七八九尺丈餘，水勢不等。那查收的委員，又是合安老爺不大聯絡的，約估著那查費也未必出手，便不肯刻日到工查收。這個當兒，越耗雨越不住，雨越不住，水越加漲。又從別人的上段工上，開了個小口子，那水直串到本工的上泊岸裏，刷成了浪窩子，把個不曾奉憲查收的新工，排山也似價坍了下來。安老爺急得目瞪口呆，只得連夜稟報，那河臺一見大怒，便批道是：

甫作新工，尚未驗收，遽致倒塌，其為草率偷減可知。仰即候參。

一面委員摘印接署，一面委員提安老爺到淮安候審。那委員取出文書，給安老爺看。見那奏稿上參的是革職拿問，帶罪賠修。安老爺的頂子，本是摘了去的了。國家的王法不敢不領，立刻就是兩個官役看了起來。幸而安老爺是個讀書明理、閱歷通達的人，毫無一點怨天尤人光景。但說鄰省水漲，洪澤湖倒灌，上段口岸沖決，我可有甚麼法子呢？斷不敢說冤枉，總是我安學海無學無能，不通庶務，讀書一場，落得這步田地，辜負天恩祖德，再無可說了。只是安太太那裏經過這些事情，只嚇得他體似篩糠，淚流滿面。老爺說：「太太，事已至此，怕也無益，哭也無用。我走後你急急的也到淮安，找幾間房子住下，再慢慢的商量個道理。」話休絮煩。那安老爺同了委員起程。太太也在那衙門住不住了，便連夜的歸著行李，拖泥帶水的，也奔淮安而來。安老爺到淮投到，本沒有甚麼可問的情節，便交在山陽縣衙門收管，追取賠修銀兩。還虧那山陽縣因他是個清官，又是官犯，不曾下在監裏，就安頓在監門裏一個土地祠居住。那太太到了淮安，還那裏找甚麼公館去，暫且在東關飯店安身。那時幕友是走了，長隨是散了，便有幾個孤身跟班的，養活不開，也薦出去了。只剩下程代弼程相公，並晉升、梁材、戴勤、隨緣兒，幾個家人，並幾個僕婦丫鬟，無處可去。可憐安老爺從上年冬裏出任外官，算到如今，不過半年光景，便作了一場黃粱大夢。這正是：世事茫茫如大海，人生何處不風波。要知那安老爺夫妻此後怎的個歸著，下回書交代。

第三回　三千里孝子走風塵　一封書義僕託幼主

上回書交代的，是安老爺因本管的河工兩次決口，那河道總督，平日又合他不對，便借此參了一本，革職拿問，帶罪賠修。將安老爺下在山陽縣縣監。雖說是安頓在土地祠，不致受苦，那廟裏通共兩間小房子，安老爺住了裏間，外間白日見客，晚間家人們打鋪，旁邊的一間小灰棚，只可以作作飯菜，頓頓茶水，安太太租了幾間飯店，暫且安身，幸而是個另院，還分得出個內外。只是那賠修的官項，計須五千餘金，後任工員催逼得又緊，老爺兩袖清風，一時那裏交得上。沒奈何，只得寫了家信，打發梁材進京，將房地田園折變。且喜平日看文章的這些學生裏頭，頗有幾個起來的，也只得分頭寫信，託他們張羅，好併湊著交這賠項。一面就在家信裏諭知公子，無論中與不中，不必出京。且等著此地官項交完，或是開復原官，或是如何，再作道理。梁材候老爺的信寫完，封妥，收拾了當，即便起身。那老爺、太太，自有一番的囑咐，不表。列公，你看拿著安老爺這樣的一個厚道長者，辛苦半生，好容易中得一個進士，轉弄到這個地步，難道果真是皇天不佑好心人不成？斷無此理。大抵那運氣循環，自有個消長盈虛的定數，就是天也是給氣運使喚著，定數所關，天也無從為力。照這樣講起來，豈不是好人也不得好報，惡人也不得惡報。天下人都不必苦苦的作好人了？這又不然。在那等傷天害理的，一納頭的作了去，便叫作「自作孽，不可活。」那是一定無可救藥的了。果然有些善根，再知悔過，這人力定可以回天，便叫作「天作孽，猶可違。」何況安老爺這位忠厚長者呢。看不得他飛的不高，跌的不重。須知他苦的不盡，甜的不來。這是一。再說，安老爺若榜下不用知縣，不得到河工；不到河工，不至於獲罪；不至獲罪，安公子不得上路；安公子不上路，華蒼頭不必隨行；華蒼頭不隨行，不至途中患病；華蒼頭不患病，安公子不得落難；安公子不落難，好端端家裏坐著，可就成不了這番英雄兒女的情節、天理人情的說部。

列公，卻莫怪說書的嘵舌。閒話休提。卻說那河臺，一面委員摘去安老爺的印信，一面拜發摺子，由馬上飛遞而來，不過五六天，就得見面。當朝聖人，愛民如子。一見河水沖決，民田受害，龍顏大怒。便照摺一道旨意，將安學海革職拿問，帶罪賠修。這個旨意，從內閣抄了出來，幾天兒工夫，就上了京報。那報房裏，便挨門送看起來。安公子雖是閉門讀書，不問外事，早有那些關切些的親友，得了信，遣人前來探聽。也有說白來看看的，也有說打聽任上一向有無家信的，卻都不肯明說。這日有向來拜從安老爺看文章的一位梅公子，也是個世家，前來看望。見了安公子，便問：「老師這一向有信麼？」安公子說：「便是許久沒接著老人家的諭帖了。」梅公子又問說：「也沒聽見甚麼別的事呀？」安公子見他問的奇怪，連忙答說：「無所聞。這話從何而起？」梅公子道：「昨日聽見個朋友講起，說老師在河工上，有個小小的罣誤，卻也不知其詳。要是吏部認得人，何不託人打聽打聽。見了原奏，就可知道詳細了。」安公子聽說，驚疑不定。要著人到烏宅打聽，偏偏的烏大爺新近得了閣學欽差，往浙江查辦事件去了。別處只怕打聽得不確，轉致誤事。當下那程師爺在坐，便說道：「吏部我有個同鄉，正在考功司，等我去找他問問，就便託他抄個原奏的底子來看看，就放心了。」說著，連忙起身進城去打聽。隨後悔公子也就告辭。安公子急得熱鍋上螞蟻一般，一夜也不曾好生得睡。直到次日晌午，那程師爺纔趕回來。一見公子，便說：「事體卻不小，幸喜還不礙。」說著，從懷裏把那抄來的原奏掏出來，遞給公子閱看。只見上面的出語寫的是：

請旨革職拿問，帶罪賠修，俟該參員果否能於限內照數賠繳，如式修齊，再行奏聞請旨。

公子看完，那程師爺又說道：「據部裏說：只要銀子賠完，工程報竣，還可以送部引見。照這案情，大約沒有個不開復的。只不曉得老翁任所，打算得出許多銀子來不能？」公子道：「老人家帶的盤纏，本就無多。自己又是一文不要的，縱然有幾兩養廉，這幾個月的日用，兩三番的調任，大約也用完了。任上一時那裏弄得出五六千銀子來？家中又別無存項，偏烏克齋又上了浙江。如果他在京，大約弄個兩三千金還容易。這便如何是好？」說著，便急得淚流不止。程師爺連忙說：「世兄，你且不要煩惱，等咱們大家慢慢計議出個道理來。」公子說：「我的方寸已亂，斷無道理可計議了。」那時安老爺留在家中照料家務的，還有個老家人，姓張名叫進寶，原是累代陳人，年紀有七十餘歲。他見公子十分的著急，便同華忠從旁說道：「我的小爺，你別著急，倘然你要急出個好歹來，我們作奴才的，可就吃不住了。如今有個商量。」因向程師爺說道：「我們小爺，本就沒主意，再經了這事，別為難他了。倒是程師老爺替想想，行得行不得。這如今老爺是有了銀子，就保住官兒了，沒有銀子保不住官，還有不是。老爺任上沒銀子，家裏又沒銀子，求親靠友去呢，就讓人家肯罷，誰家也不能存許多現的。」程師爺便道：「不必定要如數，難道老爺在外頭，不作一點打算不成。如今弄多少是多少，也只好是集腋成裘了。」

那張老頭兒聽了說道：「好哇，正是這話了。」因又向公子道：「這話也不用遠說，只這眼前就有一個地方，可以打算。華忠他也知道。咱們這西山裏不是有座寶珠洞嗎？那廟裏當家的不空和尚，他手裏卻有幾兩銀子。向來知道他常放個三頭五百的賬。老爺常到他廟裏下棋閒談，合他認得，奴才們也常見。如今就找他去，那和尚可是個貪利的，大約合他空口說白話，也不得行。我們圍著莊子的這幾塊地，年終不是有二百多銀的租子嗎？就把這個對給他，合他說明白了，按月計利，不論年分，銀到歸贖。合他借多少是多少，下餘的再想法子。必得這樣，那銀子纔打算得快。我們小爺是不懂這些事情的，程師老爺你老白替想想怎麼樣？」那師老爺說道：「豈但白替想想，我承老爺的相待，我們又從幼就在一處，同親弟兄一樣。如今託我在家照料，我雖不能為力，難道連一句話也不肯說不成？慢講照這樣辦法，沒有差錯，就便有些差錯，老爺日後要怪，就算你我一同商量的都使得。那銀子有處寄去很好，儻然沒有妥便，就是我走一盪也使得。」那張老頭兒說道：「怎麼驚動起師老爺來了。你老人家別看我這七十來歲的老頭子，託我們老爺的福，也還巴結著跑的動。何況是報答主人兒呢！」華忠聽了，便插嘴道：「老大爺，你老人家算了罷，那可不是話。你要去，在你老人家可算得忠心報主咧。不是我說句怎嗎兒❶的話，這個年紀，儻然經不得辛苦，有點兒頭疼腦熱，可不誤了大事了嗎？你老人家弄妥當了，還是我跑罷。」那張進寶道：「你更離不得了，你去了，這位小爺出來進去的，交給誰呀？」兩個擷老頭子，你一言，我一語，推個不了，卻都為主人的事。公子怔了半天，說道：「你們先不必爭吵，先打算銀子去要緊。有了銀子，我自己去，我已經想了半天了。你們想老爺這番光景，太太不知急的怎麼個樣兒，再

❶ 怎嗎兒：那樣。

加上惦記著我，二位老人家心裏，更不知怎麼難過。不如我去見見倒得放心。如果有了銀子，就是嬤嬤爹跟我去，至多再帶上一個人，咱們明日就起身。」程師爺笑道：「世兄，你可是不知世務之難了。那銀子借得成否，還不得知。就便可成，還有許多應商的事，如何就定得明日起身呢？況且，老翁把你留京，深望你這番鄉試，一舉成名。如今場期將近，丟下出京，儻然到那裏，老人家的公事，已有頭緒了，恐怕倒大不是老人家的意思。」公子說道：「不見得我這一進場就中，滿算著中了，老人家弄到如此光景，我還要這舉人何用？」程師爺道：「這是你的孝思不匱，原該如此。但此刻正是沿途大水，車斷走不得。你難道還能騎長行牲口去不成？此事還得斟酌。」那張進寶、華忠二人，也是苦苦的相攔。怎奈公子主意已定，說：「你們大家都不用說了，再說我就真急了。」華奶公見公子發急，只得哄他說道：「且等借了銀子來，咱們慢慢再講去的話。」因向程師爺說：「師老爺不知道，我們這位小爺，只管像個女孩兒似的，馬上可巴圖魯❷。從小兒就愛馬，老爺也常教他騎，就是劣蹶些兒的馬，也騎得住。真要去，那長行牲口倒不必愁。」說著，又道：「今日回回師傅，索興別作那文章了罷。咱們回來，帶著小么兒們，在這園子周圍散誕❸散誕。」程師爺道：「正是。不要過於那個，暢一暢罷。」公子口裏答應著，只是發怔。說話間，外邊拿進兩個職名來，一個上寫著管曰枌，一個上寫著何之潤。原來那管曰枌號叫子金，是個舉人。何之潤號叫麥舟，由拔貢用了小京官，已經得了主事。都是安老爺造就出來的學生。也因曉得了安老爺的信息，齊來安慰公子。公子看了職名，即刻叫請。二人進來，安慰了一番。

❷ 巴圖魯：勇敢，滿洲話。

❸ 散誕：舒散。

公子也把方纔的話，一一的告訴二人。那管子金便先說道：「不想到老師如此的不順，我們已寫了知單去，知會各同膗的朋友，多少大家集個成數出來。但恐太倉一粟，無濟於事。這裏另備了百金，是兄弟的老人家同何老伯的。」何之潤接著也說道：「偏是這當兒，烏克齋不在家，昨日老人家已經懇切寫了一封信，由提塘給他發了去了。他在外面登高而呼，只怕還容易些。況且浙江離淮安甚近，寄去也甚便。老師這事情，大概也就可挽回了。龍媒，你不必過於惦記，把身子養得好好兒的，好去見老人家。」公子一一的答應致謝。少刻，又有那些親友們來看。人來人往，亂了半天。也有說是必該親去的，也有說還得斟酌的。公子此時意亂如麻，只有答應的分兒，也不及合那些人置辯。眾人談了幾句，不能久坐，一一的告辭。公子纔送了出去，又見門上的人跑進來回道：「舅太太來了。」原來舅太太就是佟孺人娘家的嫂子。早年孀居，無兒無女。佟孺人起身時，曾託過他常來家裏照應照應。今日也是聽見這個信息，前來看望。一進門見了公子，就說道：「你瞧這是怎麼說呢！」說著，便掏小手巾兒擦眼淚。一路進來，又慢慢的細問了一番。自有家中留下的兩個女人，並華嬤嬤支應裝煙倒茶。正說閒話間，那張進寶從廟裏回來，進門先給舅太太請了安。公子便趕著問道：「怎麼樣？」張進寶回道：「奴才到了那裏，那不空和尚先前有些推託。後來聽見老爺這事，他說：『既然如此，老爺是我廟裏的護法，再沒不出力的，都照你說的怎麼好怎麼好。但是多了沒有，我這裏只有二千銀子，就全拿了去，可得大少爺寫個字據。』依奴才看，他倒不是怕奴才這個人靠不住，他是靠不住奴才這歲數了。大概再多幾兩他也還拿得出來，如今他只借給二千銀子，他是扣著利錢說話呢。」公子更不問別的長短，便問：「銀子呢？」張進寶說道：「那得明日兌了他，立了字兒，就可以拿來。」說著，便又將方纔在外如何商量，並公子怎樣要去的話，回了舅太太一遍。舅太太聽了，連忙說道：「噯喲，好孩子，那可使不得。二三千里地呢。這麼太遠的，你可不許胡鬧。」公子本來生怕舅母攔他，聽了這話，早急得滿面通紅。兩眼含淚的說道：「好舅母，別攔我了。我聽見這信，心裏已經急的恨不得立刻就飛到淮安見著面纔好。再要攔著我不教去，我必彆出一場大病來。那時死了……」這句話沒說完，就放聲大哭起來。把個舅太太慌的拉著他的手說道：「好孩子，好外外❹，你別著急，別委屈。咱們去，咱們去，有舅母呢。」這公子纔不言語了。列公，這安公子是那女孩兒一般百依百順的人，怎麼忽然的這等執性起來？從來說，父子至性，有了安老爺這樣一個慈父，自然就養出安公子這樣一個孝子。他這一段是從至性中來的。正所謂兒女中的英雄。一時便有個富貴不能淫，貧賤不能移，威武不能屈的意思。旁人只說是慢慢的勸著，就勸轉來了。那知他早打了個九牛拉不轉❺的主意。一言抄百總，任是誰說，算是去定了。話休絮煩，次日張進寶便把外間的事情分撥已定，請公子在那借約上畫了押，把銀子兌回來。內裏多虧舅太太住下，帶了華嬤嬤並兩三個僕婦，給他打點那路上應穿的衣服，隨手所用的什物。一時商定華忠跟去。又派了一個粗使小子，名叫劉住兒的，跟著好幫著路上照應。僱了四頭長行騾子，他主僕三個人，騎了三頭，一頭馱載行李銀兩，連諸親友幫的盤費，也湊了有二千四五百金，那公子也不及各處辭行，也不等選擇吉日，忙忙的把行李弄妥，他主僕三人，便從莊園上起身，兩個騾夫跟著，順著西南大路，奔長新店而來。

到了長新店，那天已是日落時分。華忠、劉住兒服侍公子吃了飯，收拾已畢，大家睡下，一宿晚景

❹ 外外：北平人稱外甥為外外。

❺ 九牛拉不轉：十分堅決。

不提。次日起來，正待起身，只見家裏的一個打雜的更夫，叫鮑老的，闖了進來。向著劉住兒說道：「你快家去罷，你們老奶奶子不濟事❻兒咧。」那劉住兒一怔，還沒及答言，華忠便開口問道：「這是那裏的話？我走的時候他媽還來託付我，說：『道兒上管著他些兒，別惹大爺生氣。』怎麼就會不濟事兒了呢？」鮑老說：「誰知道哇！他摔了一個觔斗，就沒了氣兒了麼。」華忠又問說：「誰教你來告訴的？」鮑老說道：「他家親戚兒。我來的時候，棺材還沒有呢！」華忠說：「你難道沒見張爺就來了麼？」鮑老說：「我本是前兒合張爺告下假來，要回三河去。因為買了點東西兒晚了，夜裏個纔走。他家親戚兒，就教我順便報這個信來。來的時候，張爺進城給舅太太道乏去了，沒見著。」兩個人這裏說話，劉住兒已經爬在地下哭著，給安公子磕頭，求著先放他回去發送他媽。華忠就撅著鬍子說道：「你先別為難大爺，你聽我告訴你。咱們這個當奴才的，主子就是一層天，除了主子家的事，全得靠後。你媽是已經完了，你就飛回去也見不著了。依我說，你倒不如一心的伺候大爺去。到了淮安，不愁老爺、太太不施恩。你白想想，我這話是不是？」那劉住兒倒也不敢多說。公子聽了，連忙說道：「嬤嬤爹不是這樣。他這一件事，我看著聽著心裏就不忍。再說我原為老爺的事出來，他也是個給人家作兒子的，豈有他媽死了，不教他去發送的理？斷乎使不得。倒是給他幾兩銀子，放他回去，把趕露兒換了來罷。」原來這趕露兒也是個家生子兒，他本姓白，又是趕白露這天養的，原叫白露兒。後來安老爺嫌他這名字白呀白呀的不好叫，就叫他趕露兒。人也還勤謹老實。華忠聽公子這話，想了一想，因說道：「大爺這話倒也是。」便對劉住兒說：「你還不給大爺磕頭嗎？」那劉住兒連忙磕了一個頭起來，又給華忠磕頭。華忠拿了五

❻ 不濟事：不中用。有時意謂死亡。

兩銀子，回明公子賞了他。囑咐說：「你這一回去，先見見張爺，告訴明白張爺，就說大爺的話，把趕露兒打發了來，教他跟了去。可告訴明白了他，我跟著大爺，今日只走半站，在尖站上等他，教他連夜走，快些趕來。你趕緊把你的行李拿上也就走罷！」那劉住兒一面哭，一面收拾，一面答應，忙忙的起身去了。隨後華忠又打發了鮑老，便一人跟著公子起行上路，到了尖站。安公子從這晚上起，就盼望趕露兒來，左盼右盼，總不見到。華忠說：「今日趕不到的。他連夜走，也得明日早上來。大家睡罷。」誰想到了次日早上，等到日出，也不見趕露兒來。華忠抱怨道：「這些小行子們，再靠不住。這又不知在那裏頑兒住了。」因說：「咱們別耽誤了路。給店家留下話，等他來了，教他後趕兒罷。」說著，便告訴店裏，我們那裏尖，那裏住，我們後頭走著個姓白的夥計，來了，告訴他。店主人說：「你老萬安罷。這是走路的常事。等他來，說給他就完了，誤不了事。」華忠便同了公子，按程前進。不想一連走了兩站，那趕露兒也沒趕來。把公子急的不住的問嬤嬤爹：「他不來可怎麼好呢？」華忠說道：「他娘的，這點道兒趕不上，也出來當奴才。大爺不用著急，靠我一個人兒，挺著這把老骨頭，也送你到淮安了。」列公，你道那劉住兒回去，也不過是一天的路程，那趕露兒連夜趕來，總該趕上安公子了。怎麼他始終不曾趕上呢？有個原故。原來那劉住兒的媽，在宅外頭住著，劉住兒回家，就奔著哭他媽去了。接連著買棺盛殮，送信接三，昏的把叫趕露兒這件事，忘得蹤影全無。直等到三天以後，他纔忽然想起。告知了張進寶，被張進寶著實的罵了一頓，纔連忙打發了趕露兒起身。所以一路上左趕右趕，再趕不上公子。直等公子到了淮安，他纔趕上。真成了個白趕路兒的了。此是後路不提。

卻說那華忠一人服侍公子南來，格外的加倍小心，調停那公子的饑飽寒暖，又不時的催著兩個騾夫，早走早住。世上最難纏的無過車船店腳呀。這兩個騾夫，再不說他，閒下一頭騾子，他還是不住的左支腳錢，右討酒錢，把個老頭子嘔的嚷一陣，鬧一陣，一路不曾有一天的清淨。一日，正走到茌平的上站。這日站道本大，公子也著實的乏了，打開鋪蓋要早些睡，怎奈那店裏的臭蟲咬的再睡不著。只見華忠纔得躺下，忽又起來開門出去。公子便問：「嬤嬤爹你那裏去？」華忠說：「走走就來。」一會兒纔得回來，復又出去。公子又問：「你怎麼了？」華忠說：「不怎麼著，想是喝多了水了，有些水瀉。」說著，一連就是十來次。先前還出院子去，到後來就在外間屋裏走動，哼啊哼的，哼成一處，嗳喲啊，嗳喲的，嗳喲成一團。公子連忙問：「你肚子疼呀？」那華忠應了一聲進來。只見他臉上發青，摸了摸手足冰冷。連說話都沒些氣力。一會兒便手腳亂動，直著脖子喊叫起來。公子嚇得渾身亂抖，兩淚直流，撮著手只叫道：「這怎麼好！這可怎麼好！」這一陣鬧，那走更的聽見了，快去告訴店主人說：「店裏有了病人了。」那店主人點了個燈籠，隔牕戶叫公子開了門，進來一看說：「不好！這是勾腳痧，轉腿肚子。快些給他刮出來，打出來纔好呢！」趕緊取了一個青銅錢，一把子蔴稭，連刮帶打，直弄的週身紫爛渾青，打出一身的黑紫泡來。他的手腳纔漸漸的熱了過來。店主人說：「不相干兒了。可還靠不住，這痧子還怕回來。要得放心，得用針扎。」因向公子說：「這話可得問客人你老了。」公子說：「只要他好。只是這時候可那裏去找會扎針的代服去呢？」店主人說：「你老要作得主，我就會給他扎。」公子是急了答應不上來，還是華忠拿手比著，叫他扎罷，他纔到櫃房裏拿了針來，在風門、肝俞、腎俞、三里，四個穴道，扎了四針。只見華忠頭上微微出了一點兒汗，纔說出話來。公子連連給那店主人道謝，就要給他銀子。店主人說：「客人，你別，咱一來是為行好，二來也怕髒了我的店。真要死了，那就累贅多了。」

說著，提著那燈籠照著去了，還說是，「客人，你可想著關門。」公子關了門，倒招呼了半夜的爐爐爹，這纔沉沉睡去。一宿無話。次日只見那華忠睡了半夜緩過來了，只是動彈不得。連那臉上也不成人樣了。公子又慰問了他一番。跑堂兒的提著開水壺來，又給了他些湯水喝。公子纔胡擄忙亂的吃了一頓飯。那店主人不放心，惦著又來看。華忠便在炕上給他道謝。那店主人說：「那裏的話，好了，就是天月二德❼。」公子就問：「你看著明日上得路了罷？」店主人說：「好輕鬆話，別說上路，等過二十天起了炕，就算好的。」華忠說：「小爺，你只別著急，等我歇歇兒告訴你。」店主人走後，他便向公子說：「大爺呀，真應了俗語說的：『一人有福，託帶滿屋。』一家子本都仗著老爺，如今老爺走了這步背運，帶累的大爺你受這樣苦惱。偏又遇著劉住兒死媽，只可恨趕露兒這個東西，到今日也沒趕來。原說滿破著不用他們，我一個人也服侍你去了，誰想又害了這場大病。昨兒險些兒死了。在咱們主僕，作兒女作奴才，都是該的。只是我假如昨日果然死了，在我死這麼一千個，也不過臭一塊地。只是大爺你前進不能，後退不能，那可怎麼好？如今活過來了，這就是老天的慈悲。」那華老頭兒說到這裏，安公子已就是哭得言不得，語不得。他又說道：「我的好小爺，你且莫要傷心，讓我說話要緊。」便接著說道：「只是我雖活過來，要照那店主人說的，二十天後不能起炕的話，也是瞎話。大約也得個十天八天，纔掙扎得起來。儻然要把老爺的這項銀子耽擱了，慢說我就銼骨揚灰❽，也抵不了這罪過。我的爺，你可是出來作甚麼來了？我如今有個主意。這裏過了茌平，從大路上岔道往南二十里外，有個地方，叫作二十八棵紅柳樹，

---

❼ 天月二德：舊時星相家以「天德」、「月德」為吉星，所以「天月二德」是「幸運」的意思。

❽ 銼骨揚灰：極言痛恨甚深，欲斫磨其骨，而散揚其灰。「銼」亦作「挫」。

那裏有我一個妹夫子。這人姓褚，人稱他是褚一官。他是一個保鏢的。他在那鄧家莊地方跟著師父住。我這妹妹比我小十來多歲。我爹媽沒了，是我們兩口子，把他養大了聘的。所以他們待我最好。如今他跟著他師父，弄得家成業就。上年他還捎了書子來，教我們兩口子，帶了隨緣兒，告假出去，脫了這個奴才坯子，他們養我的老。我想著受主子恩典，又招呼了你這麼大，撂下走了，天良何在？那還想發生嗎？我可就回覆了他們了，說等求著你們的時候，再求你們去。這書子我不還求大爺你念給我聽來著麼？如今我求他去，大爺你就照我這話，並現在的原故，結結實實的替我給他寫一封書子，就說我求他一直的把你送到淮安，老爺自然不虧負他的。你可不要轉文❾兒，那字兒要深了，怕他不懂。你把這信寫好了帶上，等我託店家找一個妥當人，明日就同你起身。只走半站到茌平那座悅來老店落程住下，再給騾夫幾百錢，叫他把這書子送到二十八棵紅柳樹，叫褚老一找到悅來店來。他長的是個大身量，黃淨子臉兒，兩撇小鬍子兒，左手是個六枝子。儻然他不在家，你這書子裏寫上，就叫我妹妹到店裏來，該當叫甚麼人送了你去。這點事，他也分撥的開。我這妹子右耳朵眼兒豁了一個，大爺你可千千萬萬，見了這兩個人的面，再商量走的話。不然，就在那店裏耽擱一半天，倒使得。要緊，要緊。我只要掙扎的住了，隨後就趕了來。路上趕是趕不上了。算得辜負了老爺、太太的恩典，苦了你大爺了。只好等到任上，把這兩條腿交給老爺罷。」說著，也就嗚嗚咽咽的哭起來。公子擦著眼淚，低頭想了一想說：「有那樣的，就從這裏打發人去約他來，再見見你不更妥當嗎？」華忠說：「我也想到這裏了。一則隔著一百多地，騾夫未必肯去。二則如果褚老一不在家，我那妹子，他也好不跑出這樣遠來。三則一去一來，又得耽誤

❾ 轉文：即「掉文」。說話時運用文言的詞句。

工夫。你明日起身，又可多走半站。我的爺，你依我這話，是萬無一失的。」公子雖是不願意，無如自己要見父母的心急，除了這樣，也再無別法。就照著華忠的話，一邊問著，替他給那褚一官，寫了一封信。寫完，又念給他聽，這纔封好。面上寫了，「褚宅家信」。又寫上「內信送至二十八棵紅柳樹，鄧九太爺寶莊，問交舍親褚一爺查收」。寫明年月，用了圖書，收好。華忠便將店主人請來，合他說找人送公子到茌平的話。那店主人說：「巧了，纔來了一起子從張家口販皮貨，往南京去的客人。明日也打這路走。那都是有本錢的，同他們走，太保得重了，也不用再找人。」華忠說：「你還是給我們找個人好，為的是把這位送到了，我好得個回信兒。」店主人說：「有了，有了，那不值甚麼，回來給他幾個酒錢就完了。」公子見嬤嬤爹一一的佈置的停當，他纔略放下一分心。便拿了五十兩一封銀子出來，給嬤嬤爹盤費養病。華忠道：「用不了這些，我留二十兩就㪍使的了。還有一句話囑咐你，這項銀子，可關乎著老爺的大事。大爺的話，路上就有護送你的人，可也得加倍小心。這一路是賊盜出沒的地方，下了店不妨，那是店家的干係。走著須要小心，大道正路不妨，十里一墩，五里一堡，還有來往的行人。背道須要小心，白日裏不妨，就讓有歹人，他也沒有大清白晝下手的，黑夜須要小心，就便下了店，你切記不可胡行亂走。這銀子不可露出來，等閒的人也不必叫他進屋門。為的是有一等人，往往的就扮作討吃的花子、串店的妓女，喬妝打扮的來給強盜作眼線、看道兒，不可不防。一言抄百語，你『逢人只說三分話，未可全拋一片心』，切記切記。」公子聽了，一一的緊記在心。一時彼此都覺得心裏有多少話要說要問，只是說不出。主僕二人好生的依依不捨。

話休絮煩，一宿無話。到了五更，華忠便叫了送公子去的店夥來，又張羅公子洗臉吃些東西，又囑咐兩個騾夫一番，便催著公子，會著那一起客人同走。可憐那公子嬌生慣養，家裏父母萬般珍愛，乳母丫鬟多少人圍隨。如今落得跟著兩個騾夫，戴月披星，沖風冒雨的上路去了。這正是：青龍與白虎同行，吉凶事全然未保。要知那安公子到了茌平，怎生叫人去尋褚一官，那褚一官到底來與不來？都在下回書交代。

第四回　傷天害理預洩機謀　末路窮途幸逢俠女

上回書交代的是安公子因安老爺革職拿問，帶罪賠修，下在監中，追繳賠項。他把家中的地畝折變，帶上銀子，同著他的奶公華忠南來。偏生的華忠又途中患病。還幸喜得就近百里之外，住著他一個妹丈褚一官。只得寫信求那褚一官設法伴送公子，就請公子先到茌平相候。

這日公子別了華忠上路。那時正是將近仲秋天氣，金風颯颯，玉露泠泠，一天曉月殘星，滿耳蛩聲雁陣，公子只隨了一個店夥、兩個騾夫合那些客人，一路同行，好不悽慘。他也無心看那沿途的景致。走了一程，那天約莫有巳牌時分，就到了茌平。果然好一座大鎮市。只見兩旁燒鍋當鋪，客店棧房，不計其數。直走到那鎮市中間，路北便是那座悅來老店。那店一連也有十幾間門面。正中店門大開，左是櫃房，右是廚竈。門前搭著一路罩棚，棚下擺著走桌條凳。棚口邊安著飲水馬槽。那條凳上坐著許多作買作賣單身客人，在那裏打尖吃飯。旁邊又歇著到站驢子、二把手車子，以及肩挑的擔子、背負的背子，亂亂烘烘，十分熱鬧。到了臨近，那騾夫便問道：「少爺，咱們就在這裏歇了。」公子點了點頭。騾夫把騾子帶了一把，街心裏早有那招呼買賣的店家，迎頭用手一攔，那長行騾子是走慣了的，便一抹頭，一個跟一個的，走進店來。進了店，公子一看，只見店門以內，左右兩邊，都是馬棚更房。正北一帶腰廳，中間也是一個穿堂大門。門裏一座照壁，對著照壁正中，一帶正房，東西兩路配房。看了看，只有儘南頭，東西對面的兩間，是個單間。他便在東邊這間歇下。那跟的店夥問說：「行李卸不卸呀？」公子說：「你先給我卸下來罷。」那店夥忙著鬆繩解扣，就要扛那被套。騾夫說：「一個人兒不行，你瞧不得那件頭小，分量夠一百多斤呢！」說著，兩個騾夫幫著搭進房來，放在炕上。回手又把衣裳包袱、裝錢的捎馬子、吃食簍子、碗包等件拿進來。兩個騾夫便拉了騾子出去。那跟來的店夥，惦著他店裏的事，送下公子，忙忙的在店門口要了兩張餅，吃了就要回去。公子給了他一串錢，又給嬤嬤爹寫了一個字條兒，說已經到了茌平的話。打發店夥去後，早有跑堂兒的拿了一個洗臉的木盆，裝著熱水，又是一大碗涼水，一壺茶，一根香火進來。隨著就問了一聲：「客人吃飯哪？還等人啊？」公子說：「不等人，就吃罷。」卻說那公子雖然走了幾程路，一路的梳洗吃喝拉撒睡，都是嬤嬤爹經心用意服侍。不是煮塊火腿，便是炒些菓子醬帶著，一到店必是另外煮些飯，熬些粥，以至起早睡晚，無不調停的周到。所以公子除一般的受些風霜之外，從不曾理會得途中的渴飲饑餐那些苦楚。便是店裏的洗臉木盆，也從不曾到過跟前。如今看了看那木盆，實在腌臢，自己又不耐煩，再去拿那臉盆和飯碗的這些東西。怔著瞅了半天，直等把那盆水晾得涼了，也不曾洗。接著飯來了，就用那店裏的碗筷子，渰❶茶胡亂吃了半碗，就擱下了。一時間，那兩個騾夫也吃完了飯，走了進來。原來那兩個騾夫，一個姓苟，生得傻頭傻腦，只要給他幾個錢，不論甚麼事他都肯去作。因此，人都叫他作傻狗。一個姓郎，是個極匪滑賊，長了一臉的白瘢瘋，因此人都叫他白臉兒狼。當下他兩個進來，便問公子說：「少爺，昨日不說有封信要送嗎？

❶ 渰：音ㄆㄠˋ。用水沖漬叫做「渰」，見集韻，今每用「泡」字。清波雜志：「高宗自相州渡河，荒野中借半破瓮盂，溫湯渰飯。」

送到那裏呀？」公子說：「你們兩個誰去？」傻狗說：「我去。」公子便取出那封信來，又拿了一吊錢，向他道：「你去很好。這東南大道岔下去有條小道兒，順著道兒走，二十里外有個地方，叫二十八棵紅柳樹。你知道不知道？」傻狗說：「知道哇！我到那鄧家莊兒上趕過買賣。」公子說：「那更好了。那莊上有個褚家。」說著，又把那褚一官夫婦的長相兒，告訴了他一遍。又說：「你把這信當面交給那姓褚的，請他務必快來。如果他不在家，你見見他的娘子，只說你們親戚姓華的說的，請他的娘子來。」傻狗說：「叫他娘子到這店裏來。人家是個娘兒們，那不行罷。」公子說：「你只告訴明白了他，他就來了。這是一封信。一吊錢是給你的。都收清了，就快去罷。」那白臉兒狼看見，說：「我合他一塊兒去。少爺你老也支給我兩吊，我買雙鞋。瞧這鞋不跟腳了。」公子說：「你們兩個都走了，我怎麼著？」白臉兒狼說：「你老可要我作甚麼呀？有跑堂兒的呢，店裏還怕短人使嗎？」公子扭他不過，只得拿了兩吊錢給他。又囑咐了一番，說：「你們要不認得，寧可再到店裏櫃上問問，千萬不要誤事。」白臉兒狼說：「你老萬安。這點事兒了不了，不用說了。」說著，兩人一同出了店門，順著大路就奔了那岔道的小路而來。正走之間，見路旁一座大土山子，約有二十來丈高。上面是土石相攙的，長著些高高矮矮的叢雜樹木，卻倒是極寬展的一個大山懷兒。原來這個地方，叫作岔道口。有兩條道，從山前小道兒穿出去，奔二十八棵紅柳樹，還歸山東的大道；從山後小道兒穿過去，也繞得到河南。他兩個走到那裏，那白臉兒狼便對傻狗說道：「好個涼快地方兒。咱們歇歇兒再走。」傻狗說：「纔走了幾步兒，你就乏了。這還有二十多里呢！走罷。」白臉兒狼道：「坐下，聽我告訴你個巧的兒。」傻狗只得站住。二人就摘下草帽子來，墊著打地灘兒❷。白臉兒狼道：「傻狗哇，你真個的給他把這書子送去嗎？」傻狗說：

「好話哩，接了人家兩三吊錢，給人擱下，人家依嗎？」白臉兒狼說：「這兩三吊錢，你就打了飽咯兒❸了。你瞧咱們有本事，硬把他被套裏的那二三千銀子搬運過來，還不領他的情呢！」正說到這句話，只見一個人騎著一頭黑驢兒，從路南一步步慢慢的走了過去。白臉兒狼一眼看見，便低聲向傻狗說：「嘎！你瞧好一個小黑驢兒。墨定兒似的東西，可是個白耳掖兒、白眼圈兒、白胸膛兒、白肚囊兒、白尾巴梢兒。你瞧外帶著還是四個銀蹄兒，腦袋上還有個玉頂兒，長了個全，可怪不怪？這東西要擱在市上，碰見愛主兒，二百吊錢管保買不下來。」傻狗說：「你管人家呢！你愛呀，還算得你的嗎？」說著，只見驢上那人把扯手往懷裏一帶，就轉過山坡兒過山後去了，不提。那傻狗接著問白臉兒狼：「你纔說告訴我個甚麼巧的兒？」白臉兒狼說：「這話可法不傳六耳，也不是我壞良心來兜攬你。因為咱們倆是一條線兒拴倆螞蚱飛不了。我迸不了你的。講到咱們這行啊，全仗的是磨攪訛，綳泚皮賴臉，長支短欠，摸點兒，賺點兒，纔剩的下錢呢。到了這盪買賣，算你我倒了運了。那僱騾子的本主兒，倒不怎麼樣，你瞧跟他的那個姓華的老頭子，真來的討人嫌。甚麼事兒他全通精兒，還帶著挺撅挺横，想沾他一個官板兒❹的便宜也不行。如今他是病在店裏了。這時候又要到二十八棵紅柳樹，找甚麼褚一官。你算他的朋友，大概也不是甚麼好惹的了。要照這麼磨一道兒到了淮安，不用說，騾子也幹了，咱們倆也賠了。」傻狗說：「依你這話，怎麼樣呢？」白臉兒狼說：「依我，這不是那個老頭子不在跟前嗎？可就是你我

---

❷ 打地攤兒：坐在地上。「攤」亦作「攤」。

❸ 打飽咯兒：因為吃得太飽而氣逆上衝作聲，叫做「打飽咯兒」，引申作「滿足」的意思。

❹ 官板兒：銅錢。因為錢是公家鑄的，所以稱「官板兒」。

的時運來了。咱們這時候拿上這三吊錢，先找個地方兒，潦倒上半天兒。回來到店裏，就說見著姓褚的了，他沒空兒來，在家裏等咱們。把那個文謅謅的雛兒誆上了道兒，咱們可不往南奔二十八棵紅柳樹，往北奔黑風崗。那黑風崗是條背道，趕到那裏，大約天也就是時候了。等走到崗上頭，把那小么兒❺誆下牲口來，往那沒底兒的山澗裏一推，這銀子行李，可就屬了你我哩。你說這個主意高不高？」傻狗說：「好可是好。就是咱們馱著往回裏這一走，碰見個不對眼的瞧出來呢？那不是活饑荒嗎？」白臉兒狼說：「說你是傻狗，你真是個傻狗。咱們有了這注銀子，還往回裏走嗎？順著這條道兒，到那裏快活不了這下半輩子呀？」傻狗本是個見錢如命的糊塗東西，聽了這話，便說：「有了，咱就是這麼辦咧。」當下二人商定，便站起身來，搖頭幌腦的走了。他兩個自己覺著這事商量了一個停妥嚴密，再不想人間私語，天聞若雷；暗室虧心，神目如電。又道是：路上說話，草裏有人聽。這話暫且不表。

且說那安公子打發兩個騾夫去後，正是店裏早飯纔擺上，熱鬧兒的時候。只聽得這屋裏淺斟低唱，那屋裏呼么喝六，滿院子賣零星吃食的，賣雜貨的，賣山東料的、山東布的，各店房出來進去的亂串。公子看了說道：「我不懂這些人，走這樣的長道兒，乏也乏不過來，怎麼會有這等的高興。」說著，一時間悶上心來。又惦著孃孃爹，此時不知死活。兩個騾夫去了半天，也不知究竟找得著找不著那褚一官？那褚一官也不知究竟能來不能來？自己又不敢離開這屋子，只急得他轉磨兒的一般，在屋裏亂轉。轉了一會，想了想這等不是道理，等我靜一靜兒罷。隨把個馬褥子鋪在炕沿上，盤腿坐好，閉上眼睛把自己平日念過的文章，一篇篇的背誦起來。背到那得意的地方，只聽他高聲朗誦的念道：「是罔極之深恩未

---

❺ 小么兒：小僮。

報，而又徒留不肖肢體。遺父母以半生莫殫之愁，百年之歲月幾何？而忍吾親有限之精神，更消磨於生我劬勞之後。」正閉著眼睛，背到這裏，只覺得一個冰涼挺硬的東西，在嘴脣上哧溜了一下子。嚇了一跳，連忙睜眼一看，只見一個人站在當地，太陽上貼著兩塊青緞子膏藥，打著一撒手兒大鬆的辮子，身上穿著件月白棉綢小袷襖兒，上頭罩著件藍布琵琶襟的單緊身兒，緊身兒外面繫著條河南褡包，下邊穿著條香色洋布袷褲，套著雙青緞子套褲，磕膝蓋那裏都麻了花兒❻了，露著桃紅布裏兒。右大腿旁，拖露著一大堆純泥的白縐綢汗巾兒。腳下包腳面的魚白布襪子，一雙大掖巴魚鱗撒鞋，可是靸拉著。左手拿著擦的鏡亮二尺多長的一根水煙袋，右手拿著一個火紙捻兒。只見他噗的一聲，吹著了火紙，就把那煙袋往嘴裏給楞入。公子說：「我不吃水煙。」那小子說：「你老吃潮煙哪。」說著，就伸手在套褲裏，掏出一根紫竹潮煙袋來。公子一看，原來是把那竹根子上，鑽了一個窟窿，就算了煙袋鍋兒。這一頭兒不安嘴兒，那紫竹的竹皮兒，都被眾人的牙磨白了。公子連忙說：「我也不吃潮煙。我就不會吃煙。我也沒叫你裝煙，想是你聽錯了。」那賣水煙的一聽這話，就知道這位爺是個怯公子哥兒，便低了頭出去了。這公子看他纔出去，就有人叫住，在房簷底下站著，咇嚕咇嚕的吸了好幾袋。把那煙從嘴裏吸進去，卻從鼻子裏噴出來。賣水煙的把那水煙袋吹的忑兒嘍嘍的山響。那人一時吃完，也不知腰裏掏了幾個錢給他。這公子纔知道這原來也是個生財大道，暗暗的稱奇。不多一會，只聽得外面嚷將起來。他嚷的是：「聽書罷，聽段兒罷。羅成賣絨線兒，大破壽州城、寧武關，胡迪罵閻王，婆子罵雞，小大姐兒罵他姥姥。」公子說：「怎麼個講法？」跟著便聽得絃子聲兒，噔楞噔楞的彈著。走進院子來，看了看原來是

❻ 麻了花兒：開裂破碎。

一溜串兒瞎子。前面一個拿著一枝柴木絃子，中間兒那個拿著個破八角鼓兒，後頭的那個，身上背著一個洋琴，手裏打著一付扎板兒。噔咚扎咶的就奔了東配房一帶來。公子也不理他，由他在牕根兒底下鬧去，好容易聽他往北彈了，早有人在那裏接著叫住。這個當兒，恰好那跑堂兒的提了開水壺來沏茶。公子便自己起來倒了一碗，放在桌子上涼著。只倒茶的這麼一個工夫兒，又進來了兩個人。公子回頭一看，竟認不透是兩個甚麼人。看去一個有二十來歲，一個有十來歲，前頭那一個打著個大長的辮子，穿著件舊青綯綢寬袖子夾襖，可是桃紅袖子。那一個梳著一個大歪抓髻，穿著件半截子的月白洋布衫兒，還套著件油脂模糊破破爛爛的，天青緞子繡三藍花兒的緊身兒。底下都是四寸多長的一對金蓮兒，臉上抹著一臉的和了泥的鉛粉，嘴上周圍一個黃嘴圈兒，胭脂是早吃了去了。前頭那個抱著面琵琶，原來是兩個大丫頭。公子一見，連忙說：「你們快出去。」那兩個人也不答言，不容分說的，就坐下彈唱起來。公子一躲躲在牆角落裏，只聽他唱的是甚麼「青柳兒青，清晨早起丟了一枚針」。公子發急道：「我不聽這個。」那穿青的道：「你不聽這個，咱唱個好的。我唱個『小兩口兒爭被窩』你聽。」公子說：「我都不聽。」只見他握著琵琶直著脖子問道：「一個曲兒你聽了大半拉咧，不聽咧？」公子說：「不聽了。」那丫頭說：「不聽，不聽給錢哪。」公子此時只望他快些出去，連忙拿出一吊錢，擄了幾十給他。他便嘻皮笑臉的把那一半也搶了去。那一個就說：「你把那一撇子給了我罷。」公子怕他上手，趕緊把那一百拿了下來，又給了那個。那兩個把錢數了一數，分作兩分兒，掖在褲腰裏。那個大些的走到桌子跟前，就把方纔涼的那碗涼茶端起來，咕嘟咕嘟的喝了。那小的也抱起茶壺來，嘴對嘴兒的灌了一肚子。纔撅著屁股扭搭扭搭的走了。且住，說書的，這話有些言過其實。安公子雖然生得尊貴，不曾見過外面這些下流事情，難道上路走了許多日子，今日纔下店不成？不然，有個原故。他雖說走了幾站，那華奶公都是跟著他。破正站走，趕尖站住，尖站沒有個不冷清的。再說每到下店，必是找個獨門獨院。即或在大面兒上❼，有那個撅老頭子，這些閒雜人也到不了跟前。如今短了這等一個人，安公子自然益發受累起來。這也算得聞鼓鼙而思將士了。

閒話休提。卻說安公子經了這番的吵擾，又是著急，又是生氣，又是害臊，又是傷心。只有盼望兩個騾夫，早些找了褚一官來，自己好有個倚靠，有個商量。正在盼望，只聽得外面踏踏踏踏的，一陣牲口蹄兒響。心裏說是好了，騾夫回來了。他可也沒算計算計，此地到二十八棵紅柳樹有多遠，一去一回，得走多大工夫。騾夫究竟是步行去的，騎了牲口去的，一概沒管。只聽得個牲口蹄兒響，便算定是騾夫回來了，忙忙的出了房門兒，站在臺堦兒底下等著。只聽得那牲口蹄兒的聲兒，越走越近，一直的騎進穿堂門來，看了看，纔知不是騾夫。只見一個人，騎著匹烏雲蓋雪的小黑驢兒。走到當院裏把扯手一攏，那牲口站住，他就棄鐙離鞍下來。這一下牲口，正是正西面東，恰恰的合安公子打了一個照面。公子重新留神一看，原來是一個絕色的青年女子。只見他生得兩條春山含翠的柳葉眉，一雙秋水無塵的杏子眼，鼻如懸膽，脣似丹硃，蓮臉生波，並桃顋帶靨，耳邊廂戴著兩個硬紅墜子，越顯得紅白分明。正是不笑不說話，一笑兩酒窩兒。說甚麼出水洛神，還疑作散花天女。只是他那豔如桃李之中，卻又凜如霜雪。對了光兒，好一似照著了那秦宮寶鏡一般，幌得人膽氣生寒，眼光不定。公子連忙退了兩步，扭轉身子，要進房去，不覺得又回頭一看。見他頭上罩著一幅玄青縐紗包頭，兩個角兒搭在耳邊，兩個角兒一直的

❼ 大面兒上：大庭廣眾的地方。

蓋在腦後燕尾兒上。身穿一件搭腳面長的佛青粗布衫兒，一封書兒的袖子，不捲蓋著兩隻手，腳下穿一雙二藍尖頭繡碎花的弓鞋，那大小只好二寸有零，不及三寸。公子心裏想道：「我從來怕見生眼的婦女，一見就不覺得臉紅。但是親友本家家裏，我也見過許多的少年閨秀，從不曾見這等一個天人相貌。作怪的是他怎麼這樣一副姿容，弄成恁般一個打扮，不尷不尬，是個甚麼原故呢？」一面想著，就轉身上了臺堦兒，進了屋子，放了那半截藍布帘兒來。巴著帘縫兒望外又看。只見那女子下了驢兒，把扯手搭在鞍子的判官頭兒上，把手裏的鞭子望鞍橋洞兒裏一插。這個當兒，那跑堂兒的從外頭跑進來，就往西配房儘南頭，正對著自己住的這間店房裏讓。又聽跑堂兒的接了牲口，隨即問了一聲說：「這牲口拉到槽上喂上罷？」那女子說：「不用，你就給我拴在這牕根兒底下。」那跑堂的拴好了牲口，回身也一般的拿了臉水、茶壺、香火來，放在桌兒上。那女子說：「把茶留下，別的一概不用。要飯要水，聽我的信。我還等一個人，我不叫你，你不必來。」那跑堂兒的聽一句應一句的，回身向外邊去了。跑堂兒的走後，那女子進房去，先將門上的布帘兒高高的吊起來，然後把那張柳木圈椅挪到當門，就在椅兒上坐定。他也不茶不煙，一言不發，獃獃的只向對面安公子這間客房瞅著。安公子在帘縫兒裏邊被他看不過，自己倒躲開，在那巴掌大的地下來回的走。走了一會，又到帘兒邊望望。見那女子還在那裏，目不轉睛的向這邊呆望。一連偷瞧了幾次，都是如此。安公子當下便有些狐疑起來，心裏敁敠❽道：「這女子好生作怪，獨自一人，沒個男伴，沒些行李，進了店，又不是打尖，又不是投宿，獃獃的單向了我這間屋子望著，是何原故？」想了半日，忽然想起說：「是了，這一定就是我嬤嬤爹說的，那個給強盜作眼線、看

❽ 敁敠：音ㄉㄧㄢ ˙ㄉㄨㄛ。揣摩輕重；思量。

道路的甚麼婊子罷。他儻然要到我這屋裏看起道兒來，那可怎麼好呢？」想到這裏，心裏就像小鹿兒一般，突突的亂跳。又想了想，說：「等我把門關上，難道他還叫開門進來不成？」說著，趷踏的一聲，把那扇單扇門關上。誰知那門的插關兒掉了，門又走扇，纔關好了，吱嘍嘍又開了。再去關時，從帘縫兒裏見那女子，對著這邊不住的冷笑。公子說：「不好，他准是笑我呢！不要理他。只是這門關不住，如何是好？」左思右想，一眼看見那穿堂門的裏邊東首，靠南牆放著碾糧食一個大石頭碌碡，心裏說：「把這東西弄進來，頂住這門就牢靠了。萬一褚一官今日不來，連夜間都可以放心。」一面想，一面要叫那跑堂兒的。無奈自己說話，向來是低聲靜氣、慢條斯理的慣了，從不會直著脖子喊人。這裏叫他，外邊斷聽不見。為了半晌難，仗著膽子低了頭，揪開帘子，走到院子當中，對著穿堂門，往外找那跑堂兒的。可巧，見他刁著一根小煙袋兒，交叉著手，靠著牕臺兒在那裏歇腿兒呢。公子見了，鬧了個點手換羅成，朝他點了一點手兒。那跑堂兒的瞧見，連忙的把煙袋桿望巴掌上一拍，磕去煙灰，把煙袋掖在油裙裏，走來。問公子道：「要開壺啊？你老。」公子說：「不是，我要另煩你一件事。」跑堂兒的陪笑說道：「這是那兒的話，怎麼煩起來咧。伺候你老，你老吩咐啵。」公子纔要開口，未曾說話，臉又紅了。跑堂兒的見這個樣子，說：「你老不用說了，我明白了，想來是將纔串店的這幾個姑娘兒，不入你老的眼，要另外叫兩個。你老要有熟人只管說，別管是誰，咱們都灣轉得了來。你老要沒熟人，我數給你老聽，咱們這兒頭把交椅，數東關裏住的晚香玉，那是個尖兒。要講唱的好，叫小良人兒你老白聽聽那個嗓子，真是掉在地上摔三截兒。還有個旗下金，北京城裏下來的。開過大眼，講桌面兒上那得讓他咧。還有個煙袋疙疸兒，還是個雛兒呢。你老說叫那一個罷？」一套話公子一字兒也不懂，聽去大約不是甚麼正經話，便羞得他要不的，連忙皺著眉垂著頭，搖著手說道：「你這話都不在筋節上。」跑堂兒的道：「我猜的不是，那麼著你老說啵！」公子這纔斯斯文文的，指著牆根底下那個石頭礅磚說道：「我煩你把這件東西給我拿到屋裏去。」那跑堂兒聽了一怔，把腦袋一歪。說道：「我的大爺。你老這可是攪我咧。跑堂兒的雖說是勤行，講的是提茶壺、端油盤、抹桌子、刷板凳。人家掌櫃的土木相連的東西，我可不敢動。再說那東西少也有三百來觔。地下還埋著半截子。我就這麼輕輕快快的給你老拿到屋裏去了？我要拿得動那個，我也端頭號石頭，考武舉去了，我還在這兒跑堂兒嗎？你老，這是怎麼說呢？」正說話間，只見那女子叫了聲：「店裏的拿開水來。」那跑堂兒的答應了一聲，趄身就往外取壺去了，把個公子就同泥塑一般，塑在那裏。直等他從屋裏兌了開水出來，公子又叫他說：「你別走，我同你商量。」那跑堂兒的說：「又是甚麼？」公子道：「你們店裏，不是都有打更的更夫麼？煩你叫他們給我拿進來，我給他幾個酒錢。」那跑堂兒的聽見錢了，提著壺站住，說道：「倒不在錢不錢的，你老瞧那傢伙，真有三百斤開外，怕未必弄得行啊！這麼著啵，你老破多少錢啵？」公子說：「要幾百就給他幾百。」跑堂兒的搖頭說：「幾百不行，那得月干楮。」說著，又伸了兩個指頭。這句話，安公子可斷斷不得明白了。不但公子不得明白，就是聽書的也未必明白，連我說書的也不得明白。說書的當日聽人演說兒女英雄傳這樁故事的時候，就考查過揚子方言那部書，那部書竟沒有載這句方言。後來遇見一位市井通品，向他請教，他纔註疏出來，道是：「月之為言二也，以月字中藏著二字也。干之為言千，千之為言吊也。干者千之替語也。吊者千之通稱也。楮之為言紙也。紙，錢也。即古之所謂寓錢，喻制錢。一而二，二而一者也。合而言之，月干楮者，兩吊錢也。不僅惟是，如流干楮、玉干楮，自一二以至九十皆有之。」自從聽了這番妙解，說書的纔得明白。如今公諸同好。閒言少敘。那安公子問了半天，跑堂兒的纔說明是要兩吊錢。公子說：「就是兩吊，你叫他們快給我拿進來罷。」跑堂兒的擱下壺，叫了兩個更夫來。那兩個更夫，一個生的頂高細長，叫作杉槁尖子張三。一個生得壯大黑粗，叫作壓油墩子李四。跑堂兒的告訴他二人說：「來把這傢伙，給這位客人挪進屋裏去。」又悄說道：「喂，有四百錢的酒錢呢！」這李四本是個渾蟲，聽了這話，先走到石頭邊說：「這得先問他一問。」上去向那石頭楞子上，噹的就是一腳。那石頭風絲兒也沒動。李四噯喲了一聲，先把腿蹲了。張三說：「你擱著啵。那非離了拿钁頭把根子搜出來，行得嗎？」說著，便去取钁頭。李四說：「咻，你把咱們的繩槓也帶來。這得倆人抬呀。」少時，繩槓、钁頭來了。這一陣嚷嚷，院子裏住店的、串店的，已經圍了一圈子人了。安公子在一旁看著。那兩個更夫脫衣裳、綰辮子、摩拳擦掌的纔要下钁頭，只見對門的那個女子抬身邁步款款的走到跟前，問著兩個更夫說：「你們這是作甚麼呀？」跑堂兒的接口說道：「這位客人，要使喚這塊石頭，給他弄進去。你老躲遠著瞧，小心碰著。」那女子又說道：「弄這塊石頭，何至於鬧的這麼弄，弄得動他嗎？打諒頑兒呢。」那女子走到跟前，把那塊石頭端相了端相，見有二尺多高，徑圓也不過一尺來往，約莫也有個二百四五十觔重。原是一個碾糧食的碌碡，上面靠邊，卻有個鑿通了的關眼兒，想是為拴拴牲口，再不插根桿兒，晾晾衣裳用的。他端相了一番，便向兩個更夫說道：「你們兩個等馬仰人翻的呀？」張三手裏拿著钁頭，看了一眼，接口說：「怎麼『馬仰人翻』呢？瞧這傢伙，不這閃開。」李四說：「閃開怎麼著？讓你老先坐下歇歇兒。」那女子更不答言，他先挽了挽袖子，把那佛青粗布衫子的衿子，往一旁一緬，兩隻小腳兒往兩下裏一分，拿著樁兒，挺著腰板兒，身北面南，用兩隻手靠定了那石頭，只一撼，又往前推了一推，往後攏了一攏，只見那石頭腳跟上，周圍的土兒就拱起來了。重新轉過身子去，身西面東又一撼，就勢兒用右手輕輕的一搯，把那塊石頭就搯倒了。看的眾人齊打夯兒的喝彩。就中也有嚄的一聲的，也有嗐的一聲的，都悄悄的說道：「這纔是勁頭兒呢！」當下把個張三、李四嚇得目瞪口呆，不由得叫了一聲：「我的佛爺老子！」他纔覺得他方纔那陣討人嫌鬧的不彀味兒。那跑堂兒的一旁看了，也嚇得舌頭伸了出來，半日收不回去。獨有安公子看著心裏反倒加上一層為難了。甚麼原故呢？他心裏的意思，本是怕那女子進這屋裏來，纔要關門。怕門關不牢，纔要用石頭頂。及至搬這塊石頭，倒把他招了來了。這個當兒，要說我不用這塊石頭了，斷無此理。若說不用你給我搬，大約更不能行。況且這等一塊大石頭，兩個笨漢尚且弄他不轉，他輕輕鬆鬆的就把他撥弄躺下了，這個人的本領，也就可想而知。這不是我自己引水入牆、開門揖盜麼？只急得他悔焰中燒，說不出口，在滿院子裏乾轉。這且不言。且說那女子把那石頭搯倒在平地上，用右手推著一轉，找著那個關眼兒，伸進兩個指頭去勾住了，往上只一悠❾，就把那二百多斤的石頭碌碡，單撒手兒提了起來。向著張三、李四說道：「你們兩個也別閒著，把這石頭上的土，給我拂落淨了。」兩個人屁滾尿流，答應了一聲，連忙用手拂落了一陣說：「得了！」那女子纔回過頭來，滿面含春的向安公子道：「尊客，這石頭放在那裏？」那安公子羞得面紅過耳，眼觀鼻、鼻觀心的答應了一聲，說：「有勞，就放在屋裏罷。」那女子聽了便一手提著石頭，款動一雙小腳兒，上了臺堦兒，那隻手撩起了布帘，跨進門去。輕輕的把那塊石頭放在屋裏南牆根兒底下。回轉頭來，氣不喘，面不紅，心不跳。眾人伸頭探腦的向屋裏看了，

❾ 悠：謂借力而懸空搖蕩。

無不詫異。

不言看熱鬧的這些人，三三兩兩，你一言，我一語的猜疑講究。卻說安公子見那女子進了屋子，便走向前去，把那門上的布帘兒掛起，自己倒閃在一旁，想著好讓他出來。誰想那女子放下石頭，把手上身上的土，拍了拍，抖了抖，一回身就在靠桌兒的那張椅子上坐下了。安公子一見，心裏說：「這可怎麼好？怕他進來，他進來了。盼他出來，他索性坐下了。」心裏正在為難，只聽得那女子反客為主，讓著說道：「尊客請屋裏坐。」這公子欲待不進去，行李、銀子都在屋裏，實在不放心。欲待進去，合他說些甚麼？又怎生的打發他出去？俄延了半晌，忽然靈機一動，心中悟將過來。這是我粗心大意，我若不進去，他怎得出來？我如今進去，只要如此如此，恁般恁般，他難道還有甚麼不走的道理不成？這正是：也知蘭蕙非凡草，怎奈當門礙著人。要知安公子怎生開發那女子，那去找褚一官的兩個騾夫回來，到底怎生攛賺安公子，那安公子信也不信？從也不從？都在下回書交代。

第五回　小俠女重義更原情　怯書生避難翻遭禍

這回書緊接上回，講的是安公子一人落在茌平旅店，遇見一個不知姓名的女子，花容月貌，荊釵布裙，本領驚人，行蹤難辨，一時錯把他認作了一個來歷不明之人，加上一番防範。偏偏那女子又是有意而來，彼此陰錯陽差，你越防他，他越近你。防著防著，索興防到自己屋裏來了。及至到了屋裏，安公子是讓那女子出來，自己好進去。那女子是讓安公子進去，他可不出來。安公子是女孩兒一般的人，那裏經得起這等的磨法。不想這一磨，正應了俗語說，「鐵打房樑磨繡針」，竟磨出個見識來了。你道他有了個甚麼見識？說來好笑，卻也可憐。只見他一進屋子，便忍著羞，向那女子恭恭敬敬的作了一個揖，算是道個致謝。那女子也深深的還了個萬福。二人見禮已罷，安公子便向那捎馬子裏拿出兩吊錢來，放在那女子跟前，卻又說不出個所以然來。那女子忙問說：「這是甚麼意思？」公子說：「我方纔有言在先，拿進這塊石頭來，有兩串謝儀。」那女子笑了一笑，說：「豈有此理，笑話兒了。」因把那跑堂兒的叫來說：「這是這位客人賞你們的，三個人拿去分了罷！」那兩個更夫正在那裏平墊方纔起出來的土，聽見兩吊錢，也跑了過來。那跑堂兒的先說：「這我們怎麼倒穩吃三注呢？」那女子說：「別累贅，拿了去，我還幹正經的呢。」三個人謝了一謝，兩個更夫就合他在牕外分起來。那跑堂兒的只叫得苦。他原想著這是點外財兒，這頭兒要了兩吊，那頭兒說了四百，一吊六百文，是穩穩的下腰了。不料給當面抖摟亮了，也只得三一三十一，合那兩個，每人六百六十六的平分。分完了，他算多剩了一個大錢，掖在耳朵眼兒裏，合兩個更夫拿著鐝頭、繩槓去了，不提。

公子見那女子這光景，自己也知道這兩吊錢又弄疑相❶了。纔待趔趔兒的躲開，那女子嚷道：「尊客請坐，我有話請教。請問尊客上姓？仙鄉那裏？你此來自然是從上路來，到下路去，是往那方去？從何處來？看你既不是官員赴任，又不是買賣經商，更不是覓衣求食，究竟有甚麼要緊的勾當？怎生的伴當也不帶一個出來，就這等孤身上路呢？請教。」公子聽了頭一句，就想起嬤嬤爹囑咐的「逢人只說三分話，未可全拋一片心」的話來了。想了想，我這「安」字說三分，可怎麼樣的分法兒呢？難道我說我姓寶頭兒，還是說我姓女不成？況且祖宗傳流的姓，如何假得？便直捷了當的說：「我姓安。」說了這句，自己可不會問人家的姓，緊接著就把那家住北京，改了個方向兒，前往南河，掉了個過兒說：「我是保定府人，我從家鄉來，到河南去，打算謀個館地作幕。我本有個伙伴，在後面走著，大約早晚也就到。」那女子笑了笑說：「原來如此。只是我還要請教，這塊石頭，又要他何用？」公子聽了這句，口中不言，心裏暗想道：「這可沒的說的了。怎麼好說我怕你是個給強盜看道兒的，要頂上這門，不准你進來呢？」只得說是：「我見這店裏串店的閒雜人過多，不耐這煩擾，要把這門頂上，便是夜裏也嚴謹些。」自己說完了，覺著這話說了個周全，遮了個嚴密，這大概算得「逢人只說三分話，未可全拋一片心」了。只見那女子未曾說話，先冷笑了一聲，說：「你這人怎生的這等枉讀詩書，不明世事？你我萍水相逢，況且男女有別，你與我無干，我管你不著。如今我無端的多這番閒事，問這些閒話，自然有個

❶ 疑相：誤會或差錯之意。

原故。我既這等苦苦相問，你自然就該侃侃而談，怎麼問了半日，你一味的吞吞吐吐、枝枝梧梧，你把我作何等人看待？」列公，若論安公子，長了這麼大，大約除了受父母的教訓，還沒受過這等大馬金刀❷兒的排揎❸呢。無奈人家的詞嚴義正，自己膽怯心虛，只得陪著笑臉兒說：「說那裏話，我安某從不會說謊，更不敢輕慢人。這個還請原諒。」那女子道：「這輕慢不輕慢，倒也不在我心上。我是天生這等一個多事的人，我不願作的，你哀求會子也是枉然。我一定要作的，你輕慢些兒也不要緊。這且休提，你若說你不是謊話，等我一樁樁的點破了給你聽。你道你是保定府人，聽你說話，分明是京都口吻。而且滿面的詩禮家風，一身的簪纓勢派，怎的說得倒是保定府人。你道你是往河南去，如果往河南去，從上路就該岔道，如今走的正是山東大路，奔江南、江北的一條路程。若說你往南河、淮安一帶，還說得去，怎的說倒是往河南去？你又道你是到河南作幕，你自己自然覺得你斯文一派，像個幕賓的樣子。只是你不曾自己想想，世間可有個行囊裏裝著兩三千銀子，去找館地當師爺的麼？」公子聽到這裏，已經打了個寒噤，坐立不安。那女子又復一笑，說：「只有你說的，還有個伙伴在後的這句話倒是句實話。只是可惜你那個老伙伴的病，又未必得早晚就好，來得恁快。你想，難道你這些話都是肺腑裏掏出來的真話不成？」一席話把個安公子嚇得閉口無言。暗想道：「怎麼我的行藏，他知道得這等詳細？據這樣看起來，這人好生作怪，不止是甚麼給強盜作眼線的，莫不竟是個大盜，從京裏就跟了下來，果然如此，不但嬤嬤爹在跟前不中用，就褚一官來也未必中用。這便如何是好呢？」不言公子自己肚裏猜度，又聽

❷ 大馬金刀：大模大樣。

❸ 排揎：責備。或單用一個「排」字。

那女子說：「再講到你這塊石頭的情節，不但可笑可憐，尤其令人可惱。你道是為怕店裏閒雜人攪擾，你今日既下了這座店，站了這間房，這塊地方，今日就是你的產業了。這些串店的固是討厭，從來說，無君子不養小人。這等人喜歡的時節，付之行雲流水也使得。煩惱的時節，狗一般的可以吆喝出去。你要這塊石頭何用？再要講到夜間嚴謹門戶，不怕你腰纏萬貫，落了店都是店家的干係，用不著客人自己費心。況且在大路上大店裏，大約也沒有這樣的笨賊，來做這等的笨事。縱說有銅牆鐵壁，擋的是不來之賊。如果來了，豈是這塊小小的石頭擋得住的？如今現身說法，就拿我講，兩個指頭，就輕輕兒的給你提進來了。我白日既提得了來，夜間又有甚麼提不開去的？你又要這塊石頭何用？你分明是誤認了我的來意，妄動了一個疑團，不知把我認作一個何等人。故此我纔略略的使些神通，作個榜樣，先打破你這疑團，再說我的來意。怎麼你益發的左遮右掩、瞻前顧後起來？尊客，你不但負了我的一片熱腸，只怕你還要前程自誤。」列公，大凡一個人，無論他怎樣的理直氣壯，足智多謀，只怕道著心病。如今安公子正在個疑鬼疑神的時候，遇見了這等一個神出鬼沒的腳色，一番話說得言言逆耳，字字誅心，叫那安公子怎樣的開口？只急得他滿頭是汗，萬慮如麻，紫漲了面皮，倒抽口涼氣，七的一聲，撇了酥兒❹了。那女子見了，不覺呵呵大笑起來，說：「這更奇了，鐘不打不響，話不說不明，有話到底說呀，怎麼哭起來了呢？再說，你也是大高的個漢子咧，並不是小，就是小，有眼淚也不該向我們女孩兒流哇。」這句話一愧，這位小爺索興嗚嗚咽咽的痛哭起來。那女子道：「既這樣，讓你哭。哭完了我到底要問，你到底得說。」公子一想，我原為保護這幾兩銀子，怕誤了老人家的大事，所以纔苦苦的防範支吾。如

❹ 撇了酥兒：哭，北平土話。

今他把我的行藏，說的來如親眼見的一般，就連這銀子的數目他都曉得。我還瞞些甚麼來？況且，看他這本領心胸，慢說取我這幾兩銀子，就要我的性命，大約也不費甚麼事。或者他問我，果真有個道理也未可知。左思右想，事到其間，也不得不說了。他便把他父親怎的半生攻苦，纔得了個榜下知縣，怎的被那上司因不託人情，不送壽禮，忌才貪賄，便尋了個錯縫子參了，革職拿問，下在監裏，帶罪賠修。自己怎的丟下功名，變了田產，去救父親這場大難。怎的上了路，幾個家人回去的回去，沒來的沒來，臥病的臥病，只剩了自己一人。那華奶公，此時怎的不知生死。打發騾夫去找褚一官夫婦，怎的又不知來也不來。一五一十，從頭至尾，本本源源，滔滔滾滾的對那女子哭訴了一遍。那女子不聽猶可，聽了這話，只見他柳眉倒豎，杏眼圓睜，顋邊烘兩朵紅雲，頭上現一團殺氣，口角兒一動，鼻翅兒一搧，那副熱淚，就在眼眶兒裏滴溜溜的亂轉，只是不好意思哭出來。他便搭赸著理了理兩鬢，用袖子把眼淚沾乾。向安公子道：「你原來是位公子。公子，你這些話，我卻知道了，也都明白了。你如今是窮途末路，舉目無依，便是你請的那褚家夫婦，我也曉得些消息。大約他絕不會來，你不必妄等。我既出來多了這件事，便在我身上，還你個人財無恙，父子團圓。我眼前還有些未了的小事，須得親自走盪，回來你我短話長說著。此時纔不過午錯❺時分，我早則三更，遲則五更必到。儻然不到，便等到明日也不為遲。你須要步步留神，第一拿定主意。你那兩個騾夫回來，無論他說褚家怎樣的個回話，你總等見了我的面，再講動身。要緊，要緊。」說著，叫了店家拉過那驢兒騎上，說了聲：「公子保重！請了。」一陣電捲星飛，霎時不見蹤影。半日公子還站在那裏呆望，悵悵如有所失。

❺ 午錯：過午。

卻說那女子搬那石頭的時節，眾人便都有些詫異。及至合公子攀談了這番話，牕外便有許多人，走來走去的竊聽。一時傳到店主人耳中，那店主人本是個老經紀，他見那女子行跡有些古怪，公子又年輕不知庶務，生恐弄出些甚麼事來，店中受累。便走到公子房中要問個端的。那公子正想著方纔那女子的話，在那裏納悶。見店主人走進來，只得起身讓坐。那店主人說了兩句閒話，便問公子道：「客官，方纔走的那個娘兒們是一路來的麼？」公子答說：「不是。」店主人又問：「這樣一定是向來認識，在這裏遇著了。」公子道：「我連他的姓字名誰，家鄉住處，都不知道，從那裏認得起？」店主人說：「既如此，我可有句老實話說給你。客官，你要知我們開了這座店，將本圖利，也不是容易。一天開了店門，凡是落我這店的，無論腰裏有個一千八百，以至一吊兩吊，都是店家的干係，保得無事，彼此都願意。萬一有個失閃，我店家推不上乾淨兒來。事情小，還不過費些精神脣舌，到了事情大了，跟著經官動府，那聽審隨衙，也說不了。這咱們可講得是各由天命。要是你們自己各兒，招些邪魔外祟來弄的受了累，我可全不知道。據我看方纔這個娘兒們，太不對眼❻，還沾著有點子邪道。慢說客官你，就連我們開店的，只管甚麼人都經見過，直斷不透這個人來。我們也得小心，客官你自己也得小心。」公子著急說：「難道我不怕嗎？他找了我來的，又不是我找了他來的。你叫我怎麼個小心法兒呢？」那店主人道：「我倒有個主意。客官，你可別想左了。講我們這些開店的，仗的是天下仕官行臺，那怕你進店來喝壺茶、吃張餅，都是我的財神爺，再沒說拿著財神爺往外推的。依我說：難道客官你真個的還等他三更半夜的回來不成？知道弄出個甚麼事來。莫如趁天氣還早躲了他。等他晚上果然來的時候，我們店裏就好合他

❻ 不對眼：看不入眼。

打饑荒了。你老白想想，我這話，是為我，是為你？」公子說：「你叫我一個人兒，躲到那裏去呢？」那店主人往外一指說：「那不是他們腳上的夥計們回來了？」公子往外一看，只見自己的兩個騾夫回來了。公子連忙問說：「怎麼樣，見著他沒有？」白臉兒狼說：「好容易纔找著了那個褚爺，給你老捎了個好兒來。他說家裏的事情，摘不開不得來，請你老親自去，今兒就在他家住。他在家老等。」公子聽了猶疑。那店主人便說：「這事情巧了。客官，你就借此避開了，豈不是好？」那兩個騾夫都問：「怎麼回事？」店家便把方纔的話說了一遍。騾夫一聽，正中下懷，便一力的攛掇公子快走。公子固是十分不願，一則自己本有些害怕，二則當不得店家、騾夫兩下裏七言八語，三則想著相離也不過二十多里地，且到那裏見著褚一官，也有個依傍，四則也是他命中注定，合該有這場大難，心中一時忙亂，便把華奶公囑咐的走不得小路，合那女子說的，務必等他回來見了面再走的這些話，全忘在九霄雲外。便忙忙的收拾行李，背上牲口，帶了兩個騾夫，竟自去了。列公，說書的說了半日，這女子到底是個何等樣人？他到此究竟為著些甚麼事？他因何苦苦的追問安公子的詳細原委？又怎的知道安公子一路行藏？他既合安公子素昧平生，為甚麼挺身出來，要攬這樁閒事？及至交代了一番話，又匆匆的那裏去了？若不一一交代明白，聽書的聽著豈不氣悶？如今且慢提他的姓名籍貫，原來這人天生的英雄氣壯，兒女情深，是個脂粉隊裏的豪傑、俠烈場中的領袖。他自己心中，又有一腔的彌天恨事，透骨酸心。因此上雖然是個女孩兒，激成了個抑強扶弱的性情，好作些殺人揮金的事業。路見不平，便要拔刀相助，一言相契，便肯瀝膽訂交。見個敗類，縱然勢焰薰天，他看著也同泥豬瓦狗。遇見正人，任是貧寒求乞，他愛的也同威鳳祥麟。分明是變化不測的神龍，好比那慈悲度人的菩薩。那兩個騾夫，在岔道口土山前，先看見的那個騎驢兒的，便是這個人。他從山下經過，耳輪中正聽得白臉兒狼說：「咱們有本事，硬把他被套裏的那二三千銀子搬運過來，還不領他的情呢！」的這句話，心中一動，說：「這不是一樁倚勢圖財的勾當麼？」他便把驢兒一帶，繞到山後，下了驢兒，從山後上去，隱在亂石叢樹裏竊聽多時，把白臉兒狼、傻狗二人商量的傷天害理的這段陰謀，聽了個詳細。登時義憤填胸，便依著那兩個騾夫說的路數兒，順了大道一路尋來，要訪著安公子，看看他怎生一個人，怎樣一個來歷。及至到那悅來老店訪著了，見安公子那一番的舉動，早知他是不通世路艱難、人情利害的一個公子哥兒。看著不由得心中又是好笑，又是可憐。想著這番情由，又不覺得著惱。因此借那塊石頭，作了一個見面答話的由頭。誰想安公子面嫩心虛，又吞吞吐吐的不肯道出實話。他便點破了疑團，一席話激出公子的實話來。纔曉得安公子是個孝子，又恰恰的碰上了他那一腔酸心恨事，動了個同病相憐的心，想救他這場大難。方纔明明聽得兩個騾夫商量，不給褚一官送那封信去。便是安公子不受騾夫的賺，不肯動身，又叫他一人怎樣的登程？因此自己便輕輕兒的把這樁不相干、沒頭腦的事兒一肩擔了起來。想著先走這遭，把這事弄個澈底周全，也不值得問這兩個騾夫，自己自然有個叫他好好的送安公子穩到淮安的本領。故此臨行諄諄的囑咐公子，無論騾夫怎樣個說法，務必等他回來見面再行。至於那老店主的一番好意，可巧成就了騾夫的一番陰謀，那女子如何算計得到？這又叫作無巧不成書。如今說書的把這話交代清楚，不再絮煩，言歸正傳。

卻說那兩個騾夫引著安公子出了店門，順著大路轉了那條小路，一直的奔了岔道口的那座大土山來。書裏交代過的，從這山往南岔道，便是上二十八棵紅柳樹的路，往北岔道，便是上黑風崗的路。他兩個不往南走，引了安公子往北而行。行了一程，安公子見那路漸漸的崎嶇不平，亂石荒草，沒些村落人煙，心中有些怕將起來。便說：「怎的走到這等荒僻地方來了？」白臉兒狼答說：「這是小道兒，那比得官塘大道呢！你老看遠遠的不是有座大山崗子嗎？過了那山崗子不遠兒就瞧見那二十八棵紅柳樹咧。」公子只得催著牲口，趲向前去。行了一程，來到黑風崗的山腳下。只見白臉兒狼向傻狗使了個眼色說：「你可緊跟著些兒走，還得照應著行李合那個空騾子。我先上崗子去看，有對頭來的牲口，好招呼他一聲兒，不然，這等窄道兒擠到一塊子，可就不好開咧。」公子心下說：「不想這兩個騾夫能如此盡心，到了倒得賞他一賞。」那白臉兒狼說著，把騾子加上一鞭子，那騾子便鑿著腦袋使著勁，奔上坡去。捵的脖子底下那個鈴鐺唏啷嘩啷山響。不想上了不過一箭多遠，那騾子忽然窩裏發炮的一閃，把那白臉兒狼從騾子上掀將下來。你道這是甚麼原故？這個書雖是小說評話，卻沒那些說鬼說神沒對證的話。原來那白臉兒狼正走之間，路旁有棵多年的乾老樹。那老樹上半截，剩了一個杈兒活著，下半截都空了，裏頭住了一窩老梟。這老梟大江以南叫作貓頭鴟，大江以北叫作夜貓子，深山裏面，隨處都有。這山裏等閒無人行走，那夜貓子白日裏又不出窩，忽然聽得人聲，只道有人掏他的崽兒來了，便橫衝了出來，一翅膀正搧在那騾子的眼睛上。那騾子護疼，把腦袋一撥甩，就把騎著的人掀了下來。連那脖子底下拴的鈴鐺，也甩掉了，落在地下。那騾子見那鈴鐺滿地亂滾，又一眼岔❼，他便一趔頭❽順著黑風崗的山根兒跑了下去。那馱騾又是戀群的，一個一跑，那三個也跟了下來。那白臉兒狼摔的草帽子也丟了，幸而不曾摔重，他見四頭騾子都跑下去，一咕嚕身爬起來，顧不得帽子，撒開腿就趕。這趕腳的營生，本來兩條腿

❼ 眼岔：眼睛看在別處而不注意。

❽ 一趔頭：一轉頭。亦作「一扎頭」。

跟著四條腿跑，還趕不上，如今要一個人跟著四頭騾子跑，那裏趕得上呢？一路緊趕緊走，慢趕慢行，一直的趕至一座大廟跟前。那廟門前有個飲馬槽，那騾子奔了水去，這纔一個站住，都站住了。傻狗先下了牲口，攏住那個騾子罵道：「不填還人❾的東西，等著今兒晚上宰了你吃肉。」安公子在牲口上定了定神，下來口裏歎道：「怎麼又岔出這件事來？」抬頭一看，只見那廟好一座大廟，只是破敗的不成個模樣。山門上是「能仁古剎」四個大字，還依稀彷彿看得出來。正中山門外面，用亂磚砌著左右兩個角門。儘西頭有個車門，也都關著。那東邊角門牆上，卻掛著一個木牌，上寫「本廟安寓過往行客」。隔牆一望，裏面塔影衝霄，松聲滿耳。香煙冷落，殿宇荒涼。廟外有合抱不交的幾株大樹。挨門一棵樹下，放著一張桌子，一條板凳。桌上晾著幾碗茶，一個錢管籮。樹上掛著一口鐘，一個老和尚在那裏坐著，賣花化緣。公子便問那老和尚道：「這裏到二十八棵紅柳樹還有多遠？」那老和尚說：「你們上二十八棵紅柳樹，怎的走起這條路來？你們想是從大路來的呀，你們上二十八棵紅柳樹，自然該從岔道口往南去纔是呢！」公子一聽，「這不又繞了遠兒了嗎？」說著，只見那白臉兒狼滿頭大汗的趕了來。公子問他道：「你看如今又耽擱了這半天工夫，得甚麼時候纔到呢？」白臉兒狼氣喘吁吁的說：「不值甚麼，咱們再繞上崗子去，一下崗子就快到了。」公子向西一望，見那太陽已經啣山，看看的要落下去。便指著說道：「你看這還趕的過這崗子去嗎？」兩個騾夫未及答言，那老和尚便說：「你們這時候還要過崗子，可是不要命喝粥了。我告訴你們，這山上兩月頭裏，出了一個山貓兒。幾天兒的工夫，傷了兩三個人了。這往前去，也沒飯店人家，依我說：你們今晚在廟裏住下，明日早起再過崗子去罷！」說著，拿起鐘錘

❾ 不填還人：不知圖報人之恩德之意。

子來，噹噹噹的便把那鐘敲了三下。只見左邊的那座角門，嘩啦一響，早走出兩個和尚來。一個是個高身量，生得渾身精瘦，約有三十來歲。一個是個禿子，將就材料，當了和尚，也有二十多歲。一齊向公子說：「施主尋宿兒呀，廟裏現成的茶飯，乾淨房子住一夜，隨心布施，不爭你的店錢。」公子纔點了點頭，還沒說出話來。那白臉兒狼忙著搶過來說：「你別攪局，我們還趕道兒呢！」那兩個和尚發話道：「人家本主兒都答應了，你不答應，就是我們僧家賺個幾百錢香錢，也化的是十方施主的，沒化你的。」不由分說，就先把那馱行李的騾子拉進門去。傻狗忙攔他說：「你也不打聽打聽，誰買的胡琴兒，你就拉起來咧。」白臉兒狼一見，生怕嘈嘈起來，倒誤了事。想了想，天也真不早了，就趕到崗上天黑了也不好行事。又加著自己也跑乏了，索興今晚在廟裏住下，等明日早走，依舊如法泡製⑩，也不怕他飛上天去。便攔傻狗說：「不，咱們就住下罷。」他倒先轟著騾子趕進門來。公子進門一看，原來裏面是三間正殿，東西六間配殿，東北角上一個隨牆門，裏邊一個拐角牆擋住，看不見院落。西南上一個柵欄門裏面馬棚槽道俱全。那佛殿門牕脫落，滿地鴿翎蝠糞，敗葉枯枝。只有三間西殿，還糊著牕紙，可以住人。那和尚便引了公子，奔西配殿來。公子站在臺堦上，看著卸行李。兩個和尚也幫著搭那馱子，搭下來往地下一放，覺得觔兩沉重。那瘦的和尚向著那禿子丟了個眼色道：「你告訴當家的一聲兒，出來招呼客人。」那禿子會意，應了一聲，去不多時，只見從那邊隨牆門兒裏，走出一個胖大和尚來。那和尚生得濃眉大眼，赤紅臉，糟鼻子，一嘴巴子硬觸觸的鬍子。查兒脖子上帶著兩三道血口子，看那樣子像是抓傷的一般。他假作斯文一派，走到跟前，打著問訊說道：「施主辛苦了。這裏不潔淨，一位罷咧，

⑩ 如法泡製：原是中藥鋪製藥的術語，世俗對於一切依照老樣子做的事，都叫「如法泡製」。「泡」亦作「炮」。

請到禪堂裏歇罷，那裏諸事方便，也嚴謹些。」公子一面答禮，回頭看了看，那配殿原來是三間，通連南北，順出兩條大炕，卻也實在難住。便同了那和尚往東院而來。

一進門，見是極寬展的一個平正院落。正北三間出廊正房，東首院牆另有個月光門⓫兒，望著裏面像是個廚房樣子。進了正房，東間有槽隔斷堂屋，西間一通連。西間靠牕南炕，通天排插。堂屋正中一張方桌，兩個杌子，左右靠壁子兩張春凳。東裏間靠西壁子，一張木牀，挨牀靠牕兩個杌子。靠東牆正中一張條桌，左右南北擺著一對小平頂櫃。北面卻又隔斷一層，一個小門，似乎是個堆零星的地方。屋裏也放著臉盆架等物。那當家的和尚，讓公子堂屋正面東首坐下，自己在下相陪。這陣鬧，那天就是上燈的時候兒了。那時正是八月初旬天氣，一輪皓月，漸漸東升，照得院子裏如同白晝。接著那兩個和尚把行李等件送了進來，堆在西間炕上。當家的和尚吩咐說：「那腳上的兩個夥計，你們招呼罷。」兩個和尚笑嘻嘻的答應著去了。只聽那胖和尚高聲叫了一聲：「三兒點燈來。」便有一個十五六歲的小和尚，點了兩個蠟燈來。又去給公子倒茶打臉水。門外化緣的那個老和尚，也來幫著穿梭也似價服侍公子，公子心裏十分過意不去。一時茶罷，接著端上菜來。四碟兩碗，無非豆腐、麵筋、青菜之類。那油盤裏，又有兩個盅子，一把酒壺。那老和尚隨後又拿了一壺酒來，壺粱兒上拴著一根紅頭繩兒。說：「當家的，這壺是你老的。」也放在桌兒上。那和尚陪著笑，向安公子道：「施主，僧人這裏是個苦地方，沒甚麼好吃的。就是一盅素酒，倒是咱們廟裏自己淋的。」和尚說著，站起來拿公子那把壺滿滿的斟了一盅送過去。公子也連忙站起來說：「大師傅不敢當。」和尚隨後把自己的酒也斟上。端著盅兒，讓公子說：

⓫ 月光門：圓形的門。

「施主，請！」公子端起盅子來，虛舉了一舉，就放下了。讓了兩遍，公子總不肯沾脣。那和尚說：「酒涼了，換一換罷。」說著，站起來把那盅倒在壺裏，又斟上一盅。說道：「喝一盅，僧人五葷都戒，就只喝口素酒。這個東西冬天擋寒，夏天煞水，像走長道兒還可以解乏。喝了這一盅，我再不讓了。」那和尚一面送酒，公子一面用手謙讓，說：「別斟了，我是天性不飲，抵死不敢從命。」一時匆忙，手裏不曾接住，一失手，連盅子帶酒掉在地下，把盅子碰了個粉碎，潑了一地酒。不料這酒潑在地下，忽然間噝的一聲，冒上一股火來。那和尚登時翻轉面皮，說道：「呔，我將酒敬人，並無惡意，怎麼你把我的酒也潑了，盅子也摔了？你這個人好不懂交情。」說著，伸過手來，把公子的手腕子拿住，往後一擰。公子噯喲了一聲，不由的就轉過臉去，口裏說道：「大師傅，我是失手，不要動怒。」那和尚更不答話，把他推推搡搡推到廊下，只把這隻肐膊往廳柱上一搭，又把那隻肐膊也拉過來，交代在一隻手裏攥住，騰出自己那隻手來，在僧衣裏抽出一根麻繩來，十字八道，把公子的手捆上。只嚇得那公子魂不附體，戰兢兢的哀求說：「大師傅不要動怒，你看菩薩分上，憐我無知，放下我來，我喝酒就是了。」那和尚儘他哀告，總不理他。怒轟轟的走進房去，把外面大衣甩了，又拿了一根大繩出來，往公子的胸前一搭，向後抄手，繞了三四道，打了一個死扣兒，然後擰成雙股，往腿下一道道的盤起來，繫緊了個繩頭。他便叫三兒拿傢伙來。只見那三兒連連的答應說：「來了，來了。」手裏端著一個紅銅鏇子，盛著半鏇子涼水。鏇子邊上擱著一把一尺來長，潑風也似價的牛耳尖刀。公子一見，嚇的一身雞皮疙疸，頂門上轟的一聲，只有兩眼流淚，氣喘聲嘶的分兒，也不知要怎樣哀求纔好。沒口子只叫：「大師傅，可憐你殺我一個，便是殺我三個。」那和尚睜了兩隻圓彪彪的眼睛，指著公子道：「呔，小小子兒，別說閒話。

你聽著，我也不是你的甚麼大師傅。老爺是行不更名，坐不改姓，有名的赤面虎黑風大王的便是。因為看破紅塵，削了頭髮。因見這座能仁古刹，正對著黑風崗的中峰，有些風水，故此在這裏出家，作這樁慈悲勾當。像你這個樣兒的，我也不知宰過多少了。今日是你的天月二德，老爺家裏有一點摘不開的家務，故此不曾出去。你要啞默悄靜的過去，我也不耐煩去請你來了。如今是你肥豬拱門，我看你肥豬拱門的這片孝心，怪可憐見兒的，給你留個囫圇尸首，給你口藥酒兒喝，叫你糊裏糊塗的死了，就完了事了。怎麼露著你的鼻子兒尖，眼睛兒亮，瞧出來了，抵死不喝。我如今也不用你喝了，你先抵回死我瞧瞧，我要看看你這心有幾個窟窿兒。你瞧那廚房院子裏，有一眼沒底兒的乾井，那就是你的地方兒。這也不值的嚇的這個嘴臉，二十年又是這麼高的漢子。明年今日，是你抓週兒的日子。咱爺兒倆有緣，我還吃你一碗羊肉打滷過水麵呢。再見罷。」說著，兩隻手一層層的把住公子的衣衿，唿喳一聲，只一扯扯開，把大衿向後又掖了一掖，露出那個白嫩嫩的胸脯兒來。他便向銅鏇子裏拿起那把尖刀，右手四指攏定了刀靶，大拇指按住了刀子的掩心，先把右肐膊往後一掣，豎起左手大指來，按了按安公子的心窩兒。可憐，公子此時早已魄散魂飛，雙眼緊閉，那凶僧瞄準了地方兒，從肐膊肘兒上往前一冒勁，對著公子的心窩兒刺來。只聽噗、嗳呀、咕咚、噹啷啷，三個人裏頭，先倒了一個。這正是：雀捕螳螂人捕雀，暗送無常死不知。要知那安公子的性命何如？下回書交代。

第六回　雷轟電掣彈斃凶僧　冷月昏鐙刀殲餘寇

這回書緊接上回，不消多餘交代。上回書表得是那凶僧把安公子綁在廳柱上，剝開衣服，手執牛耳尖刀，分心就刺。只聽得噗的一聲，咕咚倒了一個。這話聽書的列公，再沒有聽不出來的。只怕有等不管書裏節目，妄替古人擔憂的，聽到這裏先哭眼抹淚起來，說書的罪過可也不小。請放心，倒的不是安公子。怎見得不是安公子呢？他在廳柱上綁著。請想，怎的會咕咚一聲倒了呢？然則，這倒的是誰？是和尚。和尚倒了，就直捷痛快的說和尚倒了，就完了事了，何必鬧這許多累贅呢？這可就是說書的一點兒鼓噪。閒話休提。卻說那凶僧手執尖刀，望定了安公子的心窩兒纔要下手，只見斜刺裏一道白光兒，閃鑠鑠從半空裏撲了來。他一見就知道有了暗器了。且住，一道白光兒怎曉得就是有了暗器？書裏交代過的，這和尚原是個滾了馬的大強盜。大凡作個強盜，也得有強盜的本領。強盜的本領，講得是眼觀六路，耳聽八方。慢講白晝，對面相持，那怕夜間腦後，有人暗算，不必等聽出腳步兒來，未從那兵器來到跟前，早覺得出個兆頭來，轉身就要招架個著。何況這和尚動手的時節，正是月色東升，照的如同白晝。這白光兒正迎著月光而來，有甚麼照顧不到的。他一見，連忙的就把刀子往回來一掣，待要躲閃，怎奈右手裏便是牕戶，左手裏又站著一個三兒，端著一鏇子涼水，在那裏等著接公子的心肝五臟，再沒說反倒往前迎上去的理，往後料想一時倒退不及，他便起了個賊智，把身子往下一蹲。心裏想著且躲開了頸嗓咽喉，讓那白光兒從頭上撲空了過去，然後騰出身子來再作道理。誰想他的身子蹲得快，那白光兒來得更快，噗的一聲，一個鐵彈子正著在左眼上。那東西進了眼睛，敢是不要站住，一直的奔了後腦杓子的腦瓜骨，咯噔的一聲，這纔站住了。那凶僧雖然凶橫，他也是個肉人。這肉人的眼珠子上，要著上這等一件東西，大概比揉進一個沙子去利害。只疼得他噯喲一聲，咕咚往後便倒，噹啷啷手裏的刀子也扔了。那時三兒在旁邊正獃獃的望著公子的胸膛子，要看這回刀尖出彩。只聽咕咚一聲，他師傅跌倒了。嚇了一跳，說：「你老人家怎麼了？這準是使猛了勁，岔了氣了。等我騰出手來扶起你老人家來啵！」纔一轉身，毛❶著腰要把那銅鏇子放在地下，好去攙他師傅。這個當兒，又是照前噗的一聲，一個彈子從他左耳朵眼兒裏打進去，打了個過膛兒，從右耳朵眼兒裏鑽出來，一直打到東邊那個廳柱上，吧噠的一聲，打了一寸來深，進去嵌在木頭裏邊。那三兒只叫得一聲，「我的媽呀！」鏜，把個銅鏇子扔了，咕咚也窩在那裏了。那銅鏇子裏的水潑了一臺堦子。那鏇子唏啷嚨啷一陣亂響，便滾下臺堦去了。

卻說那安公子此時已是魂飛魄散，背了過去，昏不知人，只剩得悠悠的一絲氣兒，在喉間流連。那大小兩個和尚，怎的一時就雙雙的肉體成聖，他全不得知。及至聽得銅鏇子掉在石頭上鏜的一聲響亮，倒驚得甦醒過來。你道這銅鏇子怎的就能治昏迷不省呢？果然這樣，那點蘇合丸、聞通關散、熏草紙、打醋炭這些方法，都用不著。儻然遇著個背了氣的人，只敲打一陣銅鏇子就好了。列公，不是這等講。人生在世，不過仗著氣血兩個字。五臟各有所司，心生血，肝藏血，脾統血。大凡人受了驚恐，膽先受傷，肝膽相連，膽一不安，肝葉子就張開了，便藏不住血。血不歸經，一定的奔了心去。心是件空靈的

❶ 毛：傴僂；彎曲。

東西，見了渾血，豈有不糢糊的理？心一糢糊，氣血都滯住了，可就背過去了。安公子此時，就是這個道理。及至猛然間聽得那銅鏇子鏘啷啷的一聲響亮，心中吃那一嚇，心繫兒一定是往上一提，心一離血，血依然隨氣歸經，心裏自然就清楚了。這是個至理，不是說書的造謠言。如今卻說安公子甦醒過來，一睜眼，見自己依然綁在柱上。兩個和尚又倒橫躺豎臥，血流滿面的倒在地下，喪了殘生。他口裏連稱怪事，說：「我安驥此刻還是活著？還是死了？這地方還是陽世啊？還是陰司？我這眼前見的這光景，還是人境啊？還是……」他口裏「還是鬼境」的這句話說還不曾說完，只見半空裏一片紅光，唰，好似一朵彩霞一般，噗，一直的飛到面前。公子口裏說聲不好，重又定睛一看，那裏是甚麼彩霞，原來是一個人。只見那人頭上罩一方大紅縐綢包頭，從腦後燕尾邊兒向前來，擰成雙股兒，在額上紥一個蝴蝶扣兒。上身穿一件大紅縐綢箭袖小襖，腰間繫一條大紅縐綢重穗子汗巾，下面穿一件大紅縐綢甩襠中衣，腳下的褲腿兒看不清楚，原故是登著一雙大紅香羊皮挖雲實納的平底小靴子。左肩上掛著一張彈弓，背上斜背著一個黃布包袱，一頭搭在右肩上，那一頭兒卻向左脅下掏過來繫在胸前。那包袱裏面是甚麼東西，卻看不出來。只見他芙蓉面上，掛一層威凛凛的嚴霜，楊柳腰間，帶一團冷森森的殺氣，雄糾糾、氣昂昂的一言不發。闖進房去，先打了一照，回身出來，就抬腿，吧的一腳，把那小和尚的尸首踢在那拐角牆邊，然後用一隻手捉住那大和尚的領門兒❷，一隻手揪住腰胯，提起來只一扔，合那小和尚扔在一處。他把腳下分撥得清楚，便蹲身下去把那把刀子搶在手裏，直奔了安公子來。安公子此時嚇得眼花撩亂，不敢出聲。忽見他手執尖刀，奔向前來，說：「我安驥這番性命休矣。」說話間，那女子已走到面前。

---

❷ 領門兒：衣上的領口。

一伸手先用四指搭住安公子胸前橫綁的那一股兒大繩，向自己懷裏一帶。安公子哼了一聲，他也不睬，便用手中尖刀穿到繩套兒裏，哧嚕的只一挑，那繩子就齊齊的斷了。這一股兒一斷，那上身綁的繩子，便一段段的鬆了下來。安公子這纔明白，他敢是救我來了。但是我在店裏碰見一個女子，害得我到這步田地，怎的此地又遇見一個女子，好不作怪。

卻說那女子看了看公子那下半截的繩子卻是擰成雙股挽了結子，一層層繞在腿上的，他覺得不便去解。他把那尖刀背兒朝上，刃兒朝下，按定了分中，一刀到底的只一割，那繩子早一根變作兩根，兩根變作四根，四根變作八根，紛紛的落在腳下，堆了一地。他順手便把刀子唿嚓一聲，插在牕邊柱子上。這纔向安公子答話。這句話只得一個字，說道是：「走。」安公子此時鬆了綁，渾身麻木過了，纔覺出酸疼來。疼的他只是攢眉閉目，搖頭不語。那女子挺胸揚眉的，又高聲說了一句道：「快走。」安公子這纔睜眼望著他，說：「你，你，你，你這人叫我走到那裏去？」那女子指著屋門說：「走到屋裏去。」安公子說：「哪，哪，我的手還捆在這裏，怎的個走法？」不錯，前回書原交代的，捆手另是一條繩子。這話要不虧安公子提補，不但這位姑娘不得知道，連說書的還漏一個大縫子呢。閒話休提。卻說那女子聽了安公子這話，轉在柱子後面一看，果然有條小繩子捆了手，繫著一個豬蹄扣兒。他便尋著繩頭解開，向公子道：「這可走罷。」公子鬆開兩手，慢慢的拳將過來，放在嘴邊咈咈的吹著。說道：「痛煞我也。」說著，順著柱子把身子往下一溜，便坐在地下。那女子焦躁道：「叫你走，怎的倒坐下來了呢？」安公子望著他，淚流滿面的道：「我是一步也走不動了。」那女子聽了，纔要伸手去攙，一想男女授受不親，到底不便。他就把左肩的那張彈弓褪了下來。弓背向地，弓弦朝天，一手托住弓靶，一手按住弓鞘，向公子道：「你兩手攀住這弓，就起來了。」公子說：「我這樣大的一個人，這小小弓兒如何擎得住？」那女子說：「你不要管，且試試看。」公子果然用手攀住了那弓面子，只見那女子左手把弓靶一托，右手將弓鞘一按，釣魚兒的一般輕輕的就把個安公子釣了起來。從旁看看，倒像樹枝兒上站著個纔出窩的小山喜鵲兒，前仰後合的站不住。又像明杖❸兒拉著個瞎子，兩隻腳就地兒報拉。卻說那公子立起身來站穩了，便把兩隻手倒轉來扶定那弓面子，跟了女子一步步的踱進房來。進門行了兩步，那女子意思要把他扶到靠排插的這張春凳上歇下。還不曾到那裏，他便雙膝跪倒，向著那女子道：「不敢動問，你可是過往神靈？不然，你定是這廟裏的菩薩來解我這場大難，救了殘生。望你說個明白，我安驥果然不死，父子相見，那時一定重修廟宇，再塑金身。」那女子聽了這話，笑了一聲，道：「你這人越發難說話了。你方纔同我在悅來店對面談了那半天，又不隔了十年八年，千里萬里，怎的此時會不認得了，鬧到甚麼神靈菩薩起來。」安公子聽了這話，再留神一看，可不是店裏遇見的那人麼？他便跪在塵埃說道：「原來就是店中相遇的那位姑娘。姑娘，不是我不相認，一則是燈前月下，二則姑娘你這番裝束，與店裏見的時節，大不相同，三則我也是嚇昏了，四則斷不料姑娘你就肯這等遠路深更趕來救我這條性命。你真真是我的重生父母，再養……」說到這裏，咽住一想，不像話。人家纔不過二十以內的個女孩兒，自己也是十七八歲的人了，怎生的說他是我父母爹娘，還要叫他重生再養。一時生怕惹惱了那位女子，又急得紫漲了面皮，說不出一個字來。誰想那女子不但不在這些閒話上留心，就連公子在那裏磕頭禮拜，他也不曾在意。只見他忙忙的把那張彈弓掛在北牆一個釘兒上，便回手解下那黃布包袱來。兩手從脖子後

❸ 明杖：瞎子用以探路的手杖。

頭繞著往前一轉，一手提了往炕上一擲。只聽噗通一聲，那聲音覺得像是沉重。又見他轉過臉去，兩隻手往短襖底下一抄，公子只道他是要整理整理衣裳。忽聽得喀吧一聲，就從衣襟底下，忑楞楞抽出一把背兒厚、刃兒薄、尖兒長、靶兒短、削鐵無聲、吹毛過刃、殺人不沾血的纏鋼折鐵雁翎倭刀來。那刀跳將出來，映著那月色燈光，明閃閃，顫巍巍，冷氣逼人，神光繞眼。公子一看，又阿噯了一聲。那女子道：「你這人怎生的這等糊塗，我如果要殺你，方纔趁你綁在柱子上，現成的那把牛耳尖刀，殺著豈不省事些？」公子連連答說：「是，是。只是如今和尚已死，姑娘你還拿出這刀來何用呢？」那女子道：「此時不是你我閒談的時候。」因指定了炕上那黃布包袱，向他說道：「我這包袱萬分的要緊，如今交給你，你扎掙起來上炕去，給我緊緊的守著他。少刻這院子裏定有一場的大鬧，你要愛看熱鬧兒，𥦗戶上通過小窟窿，巴著瞧瞧使得，可不許出聲兒。萬一你出了聲兒，招出事來，弄的我兩頭兒照顧不來，你可沒有兩條命，小心。」說著，噗的一口先把燈吹滅了，隨手便把房門掩上。公子一見又急了，說：「這是作甚麼呀？」那女子說：「不許說話，上炕看著那包袱要緊。」公子只得一步步的蹭上炕去，也想要把那包袱提起來，提了提沒提動，便兩隻手拉到炕裏邊，一屁股坐在上頭，謹遵台命，一聲兒不哼，穩風兒不動的，聽他怎生個作用。卻說那女子吹滅了燈，掩上了門，他卻倚在門旁，不則一聲的聽那外邊的動靜。約莫也有半盞茶時，只聽得遠遠的兩個人說說笑笑，唱唱咧咧的，從牆外走來。唱道是：

八月十五月兒照樓，兩個鴉虎子去走籌。一根燈草嫌不亮，兩根燈草又嫌費油。有心買上一枝羊油蠟，倒沒我這腦袋光溜溜。

一個笑著說道：「你是甚麼頭口，有這麼打自得兒沒的有。」一個答道：「這就叫禿子當和尚，將就材料兒。又叫和尚跟著月亮走，也借他點光兒。」那女子聽了，心裏說道：「這一定是兩個不成材料的和尚。」他便吮破牕紙，望牕外一看。果見兩個和尚，嘻嘻哈哈，醉眼糢糊的走進院門，只見一個是個瘦子，一個是禿子。他兩個纔拐過那座拐角牆，就說道：「咦，師傅今日怎麼這麼早，就吹了燈兒睡了？」那瘦子說：「想是了了事了罷咧。」那禿子說：「了了事，再沒不知會咱們扛架椿的。不要是那事兒說合了蓋兒了，老頭子顧不得這個了罷。」那瘦子道：「不能，就算說合了蓋兒了，難道連尋宿兒的那一個，也蓋在裏頭不成？」二人你一言，我一語的，只顧口裏說話，不防腳底下鏜的一聲，踢在一件東西上，倒嚇了一跳。低頭一看，原來是個銅鏇子。那禿子便說道：「誰把這東西扔在這兒咧？這準是三兒幹的。咱們給他帶到廚房裏去。」說著，灣下腰去，揀那鏇子起來。一抬頭，月光之下，只見拐角牆後躺著一個人。禿子說：「你瞧那不是架椿，可不了了事了嗎？」那瘦子走到跟前一看，道：「怎麼個呀？」灣腰再一看，他就嚷將起來說：「敢則是師傅。你瞧三兒也幹了。這是怎麼說？」禿子連忙扔下鏇子。趕過去看了，也詫異道：「這可是邪❹的。難道那小子有這麼大神通不成？但是他又那兒去了呢？」禿子說：「別管那些，咱們踹開門進去瞧瞧。」說著，纔要向前走，只聽房門響處，嗖，早躥出一個人來，站在當院子裏。二人冷不防，嚇了一跳。一看見是個女子，便不在意。那瘦子先說道：「怪咧，怎麼他又出來了？這又不像說合了蓋兒了嗎？既合了蓋兒，怎麼師傅倒幹了呢？」禿子說：「你別鬧，你細瞧這不是那一個。這倒得盤他一盤。」因向前問道：「你是誰？」那女子答道：「我是我。」禿子道：「是

❹ 邪：出奇。

你，就問你咧。我們這屋裏那個人呢？」女子道：「這屋裏那個人，你交給我了嗎？」那瘦子道：「先別講那個，我師傅這是怎麼了？」女子道：「你師傅這大概算死了罷。」瘦子道：「知道是死了，誰弄死他的？」女子道：「我呀。」瘦子道：「你講甚麼情理弄死他？」女子道：「准他弄死人，就准我弄死他。就是這麼個情理。」瘦子聽了這話說的野，伸手就奔了那女子去。只見那女子不慌不忙，把右手從下往上一翻，用了個葉底藏花的架式，吧，只一個反巴掌，早打在他腕子上，撥了開去。那瘦子一見，說：「怎麼著，手裏有活，這打了我的叫兒了，你等等兒，咱們爺兒倆較量較量，你大概也不知道你小大師傅的少林拳，有多麼霸道。可別跑。」女子說：「有跑的不來了，等著請教。」那瘦子說著，甩了外面的僧衣，交給禿子說：「你閃開，看我打他個敗火的紅姑娘兒模樣兒。」那女子也不合他鬬口，便站在臺堦前，看他怎生個下腳法。只見那瘦子緊了緊腰，轉向南邊，向著那女子吐了個門戶，把左手攏住，右拳頭往上一拱，說了聲：「請。」且住，難道兩個人打起來了，還鬧許多儀注不成？列公，打拳的這家武藝，卻與廝殺械鬥不同。有個家數，有個規矩，有個架式。講家數為頭，數武當拳、少林拳兩家。武當拳是明太祖洪武爺留下的，叫作內家。少林拳是姚廣孝姚少師留下的，叫作外家。大凡和尚學的都是少林拳。講那打拳的規矩，各自站了地步，必是彼此把手一拱，先道一個「請」字，招呼一聲。那拱手的時節，左手攏著右手，是讓人先打進來，右手攏著左手，是自己要先打出去。那架式拳打腳踢，拿法破法，各有不同。若論這瘦和尚的少林拳，卻頗頗的有些拿手。三五十人，等閒近不得他。只因他不守僧規，各廟宇存身不住，纔跟了這個胖大強盜和尚，在此作些不公不法的事。如今他見這女子方纔的一個反巴掌有些家數，不覺得技癢起來。又欺他是個女子，故此把左手攏著右拳讓他先打進來，自己再破出去。那女子見他一拱手，也丟個門戶❺，一個進步，便到了那和尚跟前。舉起雙拳，先在他面門前一幌，這叫作開門見山。卻是個花著兒，破這個架式，是用右胳膊橫著一搪，封住面門，順著用右手往下一抹，拿住他的左腕子一擰，將他身子擰轉過來，卻用右手從他脖子右邊反插將去，把下巴一掐，叫作黃鸞搊膝。那瘦和尚見那女子的雙拳到來，就照式樣一搪。不想他把拳頭虛著幌了一幌，趄回身去就走。那瘦子哈哈大笑說：「原來是個頑女觔斗的，不怎麼樣。」說著，一個進步跟下去，舉拳向那女子的後心就要下手。這一著叫作黑虎偷心。他拳頭已經打出去了，一眼看見那女子背上明幌幌、直矗矗的掖著把刀。他就把拳頭往上偏左一提，照左哈肋巴打去。明看，著是著上了，只見那女子左肩膀往前一扭，早打個了空。他自覺身子往前一撲，趕緊的拿了個拿樁站住。只這拿樁的這個當兒，那女子就把身子一扭，甩開左腳，一回身噹的一聲，正踢在那和尚右肋上。和尚哼了一聲，纔待還手，那女子收回左腳，把腳跟向地下一碾，輪起右腿，甩了一個旋風腳吧，那和尚左太陽上早著了一腳，站腳不住，咕咚向後便倒。這一著叫作連環進步鴛鴦枴。這是姑娘的一樁看家的本領，真實的藝業。卻說那禿子看見，罵了聲「小撒糞的❻，這不反了嗎？」一氣跑到廚房，拿出一把三尺來長鐵火剪來，輪得風車兒般，向那女子頭上打來。那女子也不去搪他，連忙把身子閃在一旁，拔出刀來單臂掄開，從上往下只一蓋，聽得嚓的一聲，把那火剪齊齊的從中腰裏砍作兩段。那禿和尚手裏只剩得一尺來長、兩根大鑷頭釘子似的東西，怎的個鬭法？他說聲「不好」，丟下回頭就跑。那女子趕上一步，喝道：「狗男子，那裏走！」在

❺ 丟個門戶：武術家的術語，即「擺個架式」的意思。亦作「吐門戶」，或作「做門戶」。

❻ 小撒糞的：罵人的話。

背後舉起刀來，照他的右肩膀一刀，唬嚓從左肋裏砍將過來，把個和尚弄成了黃瓜醃蔥，剩了個斜岔兒了。他回手又把那瘦和尚頭鼻將下來，用刀指著兩個尸首道：「賊禿驢，諒你這兩個東西，也不值得勞你姑娘的手段。只是你兩個滿口唚的是些甚麼。」正說著，只見一個老和尚用大袖子握著脖子，從廚房裏跑出來，溜了出去。那女子也不追趕，向他道：「不必跑，饒你的殘生。諒你也不過是出去送信，再叫兩個人來。索性讓我一不作，二不休，見一個，殺一個，見兩個，殺一雙，殺個爽快。」說著，把那兩個尸首踢開，先清楚了腳下。

只聽得外面果然鬧鬧吵吵的，一轟進來一群四五個七長八短的和尚，手拿鍬钁棍棒，擁將上來。女子見這班人渾頭渾腦，都是些刀靶。心裏想道：「這倒不好合他交手，且打倒兩個再說。」他就把刀尖虛按一按，托地一跳，跳上房去。揭了兩片瓦，朝下打來。一瓦正打中拿棗木槓子的一個大漢的額角，噗的一聲倒了，把槓子撂在一邊。那女子一見，重新跳將下來。將那槓子搶到手裏，掖上倭刀，一手掄開槓子，指東打西，指南打北，打了個落花流水，東倒西歪。一個個都打倒在東牆角跟前，翻著白眼撥氣兒。那女子冷笑道：「這等不禁插打，也值的來送死。我且問你，你們廟裏照這等沒用的東西，還有多少？」言還未了，只聽腦背後暴雷也似價一聲道：「不多，還有一個。」那聲音像是從半空裏飛將下來，緊接著就見一條純鋼龍尾禪杖，撒花蓋頂的，從腦後直奔頂門。那女子眼明手快，連忙丟下槓子，拿出那把刀來往上一架。棍沉刀軟，將將的抵一個住。他單臂一儹勁❼，用刀挑開了那棍，回轉身來，只見一個虎面行者，前髮齊眉後髮蓋頸，頭上束一條日月滲金箍，渾身上穿一件玄青緞排扣子滾身短襖，

---

❼ 儹勁：「儹」同「攢」，是「聚」的意思。把渾身的氣力聚在一點，叫做「儹勁」。

下穿一條玄青緞兜襠腰雞腿褲，腰繫雙股鸞帶，足登薄底快靴，好一似蒲東寺不抹臉的憨惠明，還疑是五臺山沒吃醉的花和尚。那女子見他來勢凶惡，先就單刀直入取那和尚。那和尚也舉棍相迎，他兩個，一個使雁翎寶刀，一個使龍尾禪杖。一個棍起處似泰山壓頂，打下來舉手無情。一個刀擺處如大海揚波，觸著他抬頭便死。刀光棍勢，撒開萬點寒星。棍豎刀橫，聚作一團殺氣。一個莽和尚，一個俏佳人。一個穿紅，一個穿黑。彼此在那冷月昏燈之下，來來往往，吆吆喝喝，這場惡鬬，鬬得來十分好看。那女子鬬到難解難分之處，心中暗想說：「這個和尚倒來得恁的了得，若合他這等油鬬，鬬到幾時？」說著，虛幌一刀，故意的讓出一個空子來。那和尚一見舉棍，便向他頂門打來。女子把身子只一閃，閃在一旁，那棍早打了個空。和尚見上路打他不著，掣回棍便從下路掃著他踝子骨打來，棍到處，只見那女子兩隻小腳兒，拳回去踴躂一跳，便跳過那棍去。那和尚見兩棍打他不著，大吼一聲，雙手儧勁輪開了棍，便取他中路，向左肋打來。那女子這番不閃了，他把柳腰一擺，平身向右一折，那棍便擦著左肋奔了脅下去。他卻揚起左肐膊，從那棍的上面向外一綽，往裏一裹，早把棍綽在手裏。和尚見他的兵器被人吃住了，咬著牙，撒著腰，往後一拽。那女子便把棍略鬆了一鬆，和尚險些兒不曾坐個倒蹲兒，連忙的插住兩腳，挺起腰來往前一掙。那女子趁勢兒把棍往懷裏只一帶，那和尚便跟了過來。女子舉刀向他面前一閃，和尚只顧躲那刀，不防那女子抬起右腿，用腳跟向胸膛上一登，噹，他立腳不穩，不由的撒了那純鋼禪杖，仰面朝天倒了。那女子笑道：「原來也不過如此。」那和尚在地下，還待扎掙，只聽那女子說道：「不敢起動，我就把你這蒜錘子，砸你這頭蒜。」說著，掖起那把刀來，手起一棍，打得他腦漿迸裂。霎時間，青的紅的白的黑的都流了出來。嗚呼哀哉，敢是死了。那女子回過頭來，見東牆邊那五個死了三個，兩個扎掙起來，在那裏把頭碰的山響，口中不住討饒。那女子道：「委屈你們幾個，算填了餡了，只是饒你不得。」隨手一棍一個，也結果了性命。那女子片刻之間，彈打了一個當家的和尚、一個三兒，刀劈了一個瘦和尚、一個禿和尚，打倒了五個做工的僧人，結果了一個虎面行者，一共整十個人。他這纔抬頭望著那一輪冷森森的月兒，長嘯了一聲，說：「這纔殺得爽快。只不知屋裏這位小爺嚇得是死是活？」說著，提了那禪杖，走到牕前，只見那窗檽兒上果然的通了一個小窟窿。他巴著往裏一望，原來安公子還方寸不離，坐在那個地方。兩個大拇指堵住了耳門，那八個指頭握著眼睛，在那裏藏貓兒呢。

那女子叫道：「公子，如今廟裏的這班強盜，都被我斷送了，你可好生的看著那包袱，等我把這門戶給你關好，向各處打一照再來。」公子說：「姑娘，你別走。」那女子也不答言，走到房門跟前看了看那門上並無鎖鑰屈戌，只釘著兩個大鐵環子，他便把手裏純鋼禪杖，用手灣了轉來，灣成兩股，把兩頭插在鐵環子裏，只一擰擰了個麻花兒，把那門關好。他重新拔出刀來，先到廚房，只見三間正房，兩間作廚房，屋裏西北另有個小門，靠禪堂一間堆些柴炭，那廚房裏牆上掛著一盞油燈，案上雞鴨魚肉以至米麵俱全。他也無心細看，趄身就穿過那月光門，出了院門，奔了大殿而來。又見那大殿並沒些香燈供養，連佛像也是暴土塵灰。順路到了西配殿一望，寂靜無人。再往南便是那座馬圈的柵欄門。進門一看，原來是正北三間正房。正西一帶灰棚，正南三間馬棚，那馬棚裏卸著一輛糙蓆篷子大車，一頭黃牛，一匹蔥白叫驢，都在空槽邊拴著。院子裏四個騾子，守著個草簾子在那裏啃。一帶灰棚裏不見些燈火，大約是那些做工的和尚住的。南頭一間，堆著一地喂牲口的草，堆裏臥著兩個人，從牕戶映著月光一看，只見那倆人身上止剩得兩條褲子，上身剝得精光，胸前都是血跡糢糊，碗大的一個窟窿，心肝五臟都掏去了。細認了認，卻是在岔道口看見的那兩個騾夫。那女子看了點頭道：「這還有些天理。」說著，趄身奔到了正房。那正房裏面燈燭點得正亮，兩扇房門虛掩，推門進去，只見方纔溜了的那個老和尚，守著一堆炭火，旁邊放著一把酒壺，一盅酒，正在那裏燒兩個騾夫的狼心狗肺吃呢。他一見女子進來，嚇的纔待要嚷，那女子連忙用手把他的頭往下一按，說：「不准高聲，我有話問你。說的明白，饒你性命。」不想這一按，手重了些，按錯了筍子，把個脖子按進腔子裏去，哼的一聲也交代了。那女子笑了一聲說：「怎的這等不禁按。」他隨把桌子上的燈拿起來，裏外屋裏一照，只見不過是些破箱破籠衣服鋪蓋之類。又見那炕上堆著兩個騾夫的衣裳行李，行李堆上放著一封信，拿起那信來一看，上寫著褚宅家信。那女子自語道：「原來這封信在這裏。」回手揣在懷裏，邁步出門，嗖的一聲，縱上房去。又一縱，便上了那座大殿。站在殿脊上四邊一望，只見前是高山，後是曠野，左無村落，右無鄉鄰，止那天上一輪冷月，眼前一派寒煙，這地方好不冷靜。又向廟裏一望，四邊寂靜，萬籟無聲，再也望不見個人影兒。說：「端的是都被我殺盡了。」看畢，順著大殿屋脊回到那禪堂東院，從屋上跳將下來，纔待上臺堦兒，覺得心裏一動，耳邊一熱，臉上一紅，不由得一陣四肢無力，連忙用那把刀拄在地上，說：「不好，我大錯了。我千不合，萬不合，方纔不合結果了那老和尚。如今正是深更半夜，況又在這古廟荒山，我這一進屋子，見了他，正有萬語千言，旁邊要沒個證明的人，幼女孤男，未免覺得，……」想到這裏，渾身益發搖搖無主起來。呆了半晌，他忽然把眉兒一揚，胸脯兒一挺，拿那把刀上下一指，說道：「癡丫頭，你看這上面是甚麼？下面是甚麼？便是明裏無人，豈得暗中無神？縱說暗中無神，難道他不是人不成，我不是人不成？何妨。」說著，他就先到廚房，向竈邊尋了一根秫稭，在燈盞裏蘸了些油，點著出來。到了那禪堂門首，一隻手扭開那鎖門的禪杖，進房先點上了燈。那安公子見他回來，說道：「姑娘，你可回來了。方纔你走後，險些兒不曾把我嚇死。」那女子忙問道：「難道又有甚麼響動不成？」公子說：「豈止響動，直進屋裏來了。」女子說：「不信，門關得這樣牢靠，他會進來。」公子道：「他何嘗用從門裏走，從牕戶裏就進來了。」女子忙問：「進來便怎麼樣？」公子指天畫地的說道：「進來他就跳上桌子，把那桌子上的菜舔了個乾淨。我這裏拍著牕戶，吆喝了兩聲，他纔夾著尾巴跑了。」女子道：「這到底是個甚麼東西？」公子道：「是個挺大的大狸花貓。」女子含怒道：「你這人怎的這等沒要緊。如今大事已完，我有萬言相告，此時纔該你我閒談的時候了。」只見他靠了桌兒坐下，一隻手按了那把倭刀。言無數句，話不一席。纔待開口，還未開口，側耳一聽，只聽得一片哭聲。哭道是：「皇天菩薩救命呀！」那哭聲哭得來十分悲慘。正是：好似錢塘潮汐水，一波纔退一波來。要知那哭聲是怎的個原由？那女子聽了如何？下回書交代。

第七回　探地穴辛勤憐弱女　摘鬼臉談笑馘淫娃

上回書表的是那個不知姓名穿紅的女子，在能仁寺掃蕩了廟裏的凶僧，救了安公子的性命。正待向安公子講他前番在悅來店走的情由，此番到這廟裏的原故，只聽得一片哭聲，口叫皇天救命。他便詫異道：「奇呀，這廟裏的和尚被我殺得盡淨，廟外又前是高山，後是曠野，遠無村落，近無人家，況又是深更半夜，這哭聲從何而來？」安公子說：「哭了這半日了，方纔還像是拌嘴似的來著。我只道是街坊家呢！」女子說：「豈有此理。此處那有個街坊，事有蹊蹺。」說著，又聽得哭起來。那女子便走到當院裏，順著那聲音聽去，好似在廚房院裏一般。他忙忙的掖好了刀，來到那月光門裏。只聽得哭聲越近，竟是在堆柴炭的那一間房裏。走到那破牕戶跟前一看。只見堆著些柴炭，並無人跡。看了看那門，卻是鎖著。他便用手扭斷了鎖進去，只見挨北牆靠西，也有個小門關著。靠東柴垛後面，合著裝煤的一個大荊條筐上面，扣著一口破鐘，也有水缸般大小。他心裏想道：「這口鐘放得好蹊蹺。」因把那破鐘揭起，放在一邊。再掀開筐一看，果見一個人黑魆魆的作一堆兒蹲在那裏喘氣。列公，你道這人為何在此？原來這廟裏和尚作惡多端，平日不公不法的事，也不止安公子這一件。就筐子裏這個人，也是這日午間來打尖的。那和尚把他關鎖在屋裏，扣在大筐底下，並說不許作聲。但要高聲，一定要他性命。就交給那個禿子，合那瘦的和尚替換照應。這人在筐裏悶了半日，忽聽得外面一陣喧鬧，次後卻聽不見些聲息，連那兩個和尚也不來查看他。他一時急悶，饑渴難當，不由的一聲哭喊，被這位好事的姑娘聽見，就尋聲救苦的搜尋出來。那人還只道是和尚來了，嚇得不敢作聲。女子道：「你這人不要害怕，我是來救你的，快些隨我出來，到這月色燈光之下，問你個端的。」說著，自己先走進了廚房。那人聽得是個女子聲音，纔慢慢的站起來，戰兢兢的隨後跟了來。那女子正在那裏撥那盞油燈，聽他跟了來，回頭一看，只見他年紀約莫五十餘歲，是個鄉下打扮。纔待合他說話，不想那人奔向前來，叫了聲：「我的孩兒，我只道今生不能合你相見，原來你還好端端的在此，只是你媽媽怎麼不見？」女子一聽，心裏詫異說：「這是那裏說起？」因說道：「你想是悶糊塗了，認錯了人。」那人揉了揉眼睛一看，纔曉得是自己認差了。慌得他連忙跪下，道：「姑娘，是我小老兒眼瞎了。姑娘，你是何人前來救我？」女子說：「你且莫問我，且把你的姓名原故說來。」那人說：「這話說來話長，姑娘既承你救了我這條草命，怎的領我去見見我那女兒、老伴兒纔好。」女子忙問道：「你的妻女在那裏？」那人說：「那大師傅推推搡搡的把我推出來，就鎖我在這裏，誰知道他弄到那裏去了？」女子道：「咻！既這等，我方纔把這廟裏走了個遍，怎的不曾見個人來？」那人聽了，又哭起來道：「天哪！這一定是沒了命了。」女子道：「你且莫哭，你耐心在這裏歇歇兒等候，不可亂走，等我務必給你尋來纔罷。」那人聽了，又磕下頭去。及至起來，那女子早一路刀光出去了。

卻說安公子正因女子尋那哭聲不見回來，心中在那裏盼望。忽然聽得女子進來，隔著排插說道：「姑娘，你聽這隔壁又拌起來了。」女子側耳凝神的聽了一會，那聲音竟是從裏間屋裏來。他便進到裏間，留神向桌子底下，以至牀下看了一番，連連的搖頭納悶。列公，你道他為何在桌子牀下尋找起來？原來外間窮山僻壤，有等慣劫客商的黑店，合不守清規的廟宇，多有在那臥牀後邊、供桌底下設著地窨子，或是安著地道，往往遇著孤身客人，半夜出來劫他的資財，不就害人性命，甚至關藏婦女在內。外省的地平，又多是用木板鋪的，上面嚴絲合縫蓋上，輕易看不出來。這些勾當，大約一樁也瞞不過這女子。就便這能仁寺裏的和尚，平日怎的不公不法，他也略知，只是與自己無干，不值得管這閒事。及至方纔合那個瘦子、禿子兩個和尚交手，聽了那一段不三不四的，早料定這廟中除了劫財害命，定還有些傷天害理的勾當作出來。因急切要救安公子，且不能兼顧到此。如今聽了那個老頭兒的一番話，早又動了他一個俠烈心腸，定要尋出那母女二人的所在，看是個甚麼情由。滿屋裏尋了一會，不見個蹤跡。急的怒氣填胸說道：「今日就上天入地，一定要尋著他纔罷。」說著，滿屋裏端相一會，看看北面那一槽隔斷，安的有些古怪。進了那小門一看，只見並無一物，止一條黑夾道子，從那間柴炭房北牆後面，直通到兩間廚房的西北牆角那個門去。從那門縫裏，便看得見廚房燈光，也不像有甚麼原故。趄身回來再找，只見那屋裏放著的兩個平頂櫃，北邊一頂搭著鎖，南邊一頂櫃門虛掩。順手開了那櫃門，見裏面擱著一頂舊僧帽，合些茶碗茶盤，隨手動用的東西。一層塵土，像是不大開的光景。看完又到北邊那頂櫃子跟前，把鎖頭開開一看，心中大喜。說：「在這裏了。」原來這頂櫃子裏面，中腰不安抽屜，下面也沒榻板，那後面的背板，一扇到底，抹的油光水滑，像是常有人出入的樣子。那櫃門一開，早聽得隔著背板，一個人說道：「我勸你的不是好話，張嘴就講罵，動手就講打，等大師傅回來，你瞧我給你告訴不給你告訴。告訴了，要不了你的小命兒，我見不得你。」又一個道：「那怕你這禽獸告訴，我此時視死如歸，那個還要這性命？」又聽得一個蒼老聲音說道：「事情到了這裏，我們還是好生求他，別價破口。」這女子聽了，那裏還按納得住。一面把那把刀掖在背後，一面伸手就把那櫃子背板一拍，拍的連聲山響。只這一拍，聽得裏面嘩啷嘩啷的一陣鈴鐺響，就有個人接聲兒說：「來了！」又聽他一面走著，一面嘟囔道：「我告訴你，大師傅可是回來了。我看你可再罵罷。」外面聽了，連連的又拍了兩下。又聽得裏面說：「來了。你老人家別忙啊。這個夾道子，還帶是漆黑，也得一步兒一步兒的慢慢兒的上啊。」說著，那聲音便到了跟前。接著聽得扯的那關門的鎖鍊子響，又一陣鈴聲，那扇背板便從裏邊吱嘍開了。那女子對面一看，門裏閃出一個中年婦人，只見他打半截子黑炭頭也似價的鬢角子，擦一層石灰牆也似價的粉臉，點一張豬血盆也似價的嘴脣，一雙肉胞眼，兩道掃箒眉，鼻孔撩天，包牙外露，戴一頭黃沉沉的簪子，穿一件玄青扣縐的衣裳，捲著大寬的桃紅袖子。妖氣妖聲，怪模怪樣的問了那女子一聲，說：「我只當是我們大師傅呢。你是誰呀？」說著，就要關那門。那女子探身子輕輕的用指頭把門點住。那婦人說：「你只不叫關門，你到底說明白了，你是誰呀？」那女子道：「你怎的連我也不認得了？我就是我麼。」那婦人道：「可一個怎麼你是你呢？」女子道：「你不叫我是我，難道叫我也是你不成？」婦人道：「我不懂得你這繞口令兒啊，你只說你作甚麼來了？誰叫你來的？你怎麼就知道有這個門兒？」那女子原是個聰明絕頂的，他就借著那婦人方纔的話音兒，說道：「我是你們大師傅請我來的。你不容我進去，我就走。」婦人道：「我們大師傅請你來的，請你來作甚麼？」女子道：「請我來幫著你勸他呀。」那婦人聽了，這纔裂著那大薄片子嘴笑道：「你瞧大水沖了龍王廟，一家人不認得一家人咧。那麼著請屋裏坐。」他這纔把門開開，女子道：「你先走。」只見他一面先走，口裏說道：「你瞧大師傅可又找了個人兒勸你來了。人家可比我漂亮，我看你還不答應。」女子讓他走後，一腳跨進門去，只見裏面，原來是個夾牆地窨子。那門裏一條夾道，約莫有二尺來寬，從北頭砌就樓梯一般，一層層的臺堦下去。靠西一帶磚牆，靠東一層隔斷板子，中間方牕，南頭有一個小門，從門裏直透出燈光來。女子看了，先把那扇背板門摘下來，立在旁邊，纔一步步的下臺堦來。走到石堦盡處，進了那個小門，一眼就看見十七八歲的女子在裏面。他那形容，合自己生的一模一樣，好像照著了鏡子一般。不覺心裏暗驚道：「奇怪，都道是人心不同，各如其面。怎生有這等相像的？」定了一定，把那地窨子裏周遭一看，下面一樣的方磚墁地，上面橫著一尺來見方的通連大木，大木上搪著一塊一塊的石板。料想這石板上，便是那間堆柴炭的屋子。四圍一看，西面板壁門牕，南北東三面，卻是磚牆。西北角留個進風出氣的氣眼。屋裏正北安一張大牀，牀東頭直上擺著三四個箱子，牀西腳底下掛著個帘兒。靠西壁又是一張獨睡牀，靠東牆南首一架衣裳隔子，北首一桌兩杌，靠南牆一張春凳。那女子便坐在那條凳上，旁邊坐著個老婆兒，想是他的母親。那老婆兒也是個村莊打扮，那女孩兒穿一件舊月白宮綢夾襖，繫一條青串綢夾裙，頭上略略的有些釵環，下面被裙兒蓋著，看不出那腳的大小。但見他雖則隨常裝束，卻是紅顏綠鬢，俏麗動人。雖是鄉間女兒，露著慧性靈心，溫柔不俗。只是哭得粉光慘淡，鬢影蓬鬆，低頭坐在那裏垂淚，看著好生令人不忍。這穿紅的女子看罷，走到他跟前，平平的道了一個萬福。說道：「這位姑娘，一個女孩兒人家，既把身子落在這等地方，自然要商量個長法兒。事款則圓❶，你且住啼哭，休得叫罵。」這句話還不曾說完，只見那穿月白的女子站起身來，惡狠狠的向他面上啐了一口道：「呀呸，放屁！這是甚麼所在？甚的勾當？還有何商量？你怎麼叫我不要啼哭叫罵，我看你也是人家一個女孩兒，你難道

❶ 事款則圓：事情要慢慢地考慮，才能圓轉應付。「款」是緩的意思。

就能甘心忍受不成？你快快給我閉了那張口，再要多言，可莫怨我女孩兒家粗鹵。」那老婆兒忙攔道：「兒啊，不要這樣，這位姑娘，說的是好話。」那女子又厲聲道：「甚麼好話，他不過與強盜通同一氣。我倒可惜他這等一個好模樣兒，作這等的無恥不堪的行徑，可不辱沒了女孩兒三個字。」

列公，這兒女英雄傳已演到第七回了，這位穿紅的姑娘的談鋒本領性格兒，眾位也都領教過了。大約他自出娘胎不曾屈過心，服過氣，如今被這穿月白的女子這等辱罵，有個不翻臉的麼？誰知兒女英雄作事，畢竟不同。他見了這穿月白的女子這等的貞烈，心裏越加敬愛，說：「這纔不枉長的合我一個模樣兒呢。」隨即向後退了一步，把臉上的唾沫星子擦了擦，笑著歎了一聲，道：「姑娘，你受這等的委屈，自然該急怒交加，我不怪你。只是我要請教，難道你這等啼哭叫罵會子，就沒事了不成？你再想想。」穿月白的女子道：「還想些甚麼？我不過是個死。」穿紅的女子聽了，笑道：「螻蟻尚且貪生，怎麼輕輕兒的就說個死字。」穿月白的女子道：「我不像你這等怕死貪生，甘心卑污苟賤，給那惡僧支使。虧你還有臉來勸說我。」那個討厭的女人見他一句一罵，看不過了，拿著根潮煙袋，指著那穿月白的女子說道：「格格❷兒，你可別拿著合我的那一銃子性兒❸合人家鬧。你瞧瞧，人家脊梁上，可掖著把大刀呢！」那穿月白的女子道：「那怕他一把刀，就是劍樹刀山我不怕。」穿紅的女子正要打疊起無限的低情屈意，安慰那穿月白的女子，又被這討厭的婦人一岔，他便回頭喝道：「這又與你何干？要你來多嘴。」那婦人道：「一個人鼻子底下長著嘴，誰還管著誰不准說話嗎？」穿紅的女子道：「就是我管著你不准

❷ 格格：清朝貴族女子的稱呼。旗人對姑娘們常尊稱「格格」。

❸ 一銃子性兒：急性子。或作「一寵性兒」，亦作「一沖性兒」。

說話。」說著，就回手摸身後那把刀，那婦人見這樣子便有些發毛❹，一扭頭道：「不說就不說，你打諒我愛說話呢！我留著話還打點閻王爺呢。」那女子纔轉身來向著那老婆兒道：「老人家，我看你這令愛姑娘一團的烈性，萬種的傷心，此時就有甚麼樣的話，大約也合他說不進去。老人家，你問他一聲，我們且離了這個地方，外面見見天光，可好不好？」老婆兒聽了，向他女兒道：「聽見了，兒啊！這位姑娘敢是好意。」那穿月白的女子道：「甚麼地方我不敢去，就走，看他又把我怎的？」說著，站起來就走。那個婦人見了扯住他道：「你站住，人家大師傅叫我住這兒勸你，可沒說准你出這個門兒。你那兒走哇？守著錢糧兒過啵！你又走囉！」那穿紅的女子聽了，拔下那把刀來，用刀背把他的肐膊一攔，向那母女二人道：「你娘兒兩個只顧走。」那母女見了也有些害怕，只得就走。那穿紅的女子用刀指著那婦人道：「你也出去！」那婦人道：「又要我作甚麼呀。」口裏只顧說，他卻連忙拿了他的煙袋、潮煙、火紙跟了出來。那穿紅的女子也隨即拿了燈，緊跟著出了那地窨子門。他恐怕那婦人到西間去看見安公子，又得費一番脣舌，便站在當門，讓他母女二人在那張木牀上坐下。說道：「姑娘少坐，等我請個人來給你見見。」說著，便拉了那婦人，腳不沾地的進了北邊那隔斷門。正不知他那裏去了，那穿月白的女子納悶道：「這個人來的好生作怪，方纔我乍聽了那混帳女人的話，只道他果然是和尚找來勸我的。及至我那等拒絕他，他不著一些惱，還是和容悅色，宛轉著說。看他竟是一片柔腸，一團俠氣。怎的此時又把那混帳東西拉了去？難道是又去請那個和尚去了不成？果然如此，好叫人不得明白。」那老婆兒也是獃獃的發悶。正盼望間，只見那女子同了那婦人拿著個火亮兒，從夾道子裏領了一個人來，望

❹ 發毛：害怕。

著他母女說道：「你娘兒們且見見這個人再講。」那穿月白的女子抬頭一看，那裏是和尚，原來是他父親。他父女夫妻一見，呀的一聲，就攜手大哭起來。那老頭兒道：「兒啊，千虧萬虧，虧了這位姑娘救了我的性命。不然，此時早已悶死了。」那穿月白的女子，此時纔知那穿紅的女子，全是一片屈己救人之心。正要下拜，只聽他說道：「你們且不必繁文。大家坐好了，把你們的一往情由說明，我就自有道理。」他父女夫妻就在木牀上坐下。穿紅的女子便在靠牕戶杌子上坐下，那婦人也要挨著他坐。他喝聲道：「你另找地方坐去。」那婦人道：「這可是新樣兒的遊僧撵住持，我們的屋子，我倒沒了座兒了。」說著，蹲下在那櫃子底下，掏出一個小板凳兒來，塞在屁股底下坐了。一聲兒不言語，噗哧噗哧，只吃他的潮煙。

亂過了這一陣，那老頭兒纔望著穿紅的女子說道：「姑娘，我小老兒姓張，名叫張樂世，鄉親叫順了嘴都叫我張老實。我是河南彰德府人，在東關外落鄉居住。哥兒兩個，兄弟張樂天是學裏的秀才，去年沒了，剩了我一個人，同了我這老伴兒，帶著女兒過日子。我這女孩叫作張金鳳，今年十八歲了，從小兒他叔叔叫他念書認字，甚麼書兒都念過，甚麼字兒都認得，學得能寫會算，又是一把的好活計。我這老婆子是京東人，他有個哥哥在京東幫人作買賣。要講我家還算有碗粥喝。只因我們河南一連三年旱澇不收，慌亂的了不得。這些鄉親，不是這家借一斗高粱，就是那家要幾升豆子，我那裏供給得起？說聲沒有，他們就強奪硬搶。我合老婆兒說，這個地方兒，可住不得了。我們商量著，把幾間房、幾畝地典給村裏的大戶。又把傢傢伙伙的折變了，一共得了百十兩銀子，套上家裏的大車，帶上娘兒兩個，想著到京東去投奔親戚找個小買賣作。不想今早走岔了路，走到這條背道上來。走了半日，肚子裏餓了，沒處打尖，見這廟門上掛著個飯幌子，就在這裏歇下。這廟裏的師傅們，把我們讓到了禪堂來，吃了他一頓素飯。臨走我拿了兩掛兒東錢，合六百六十六個京錢給他。他家當家的大和尚擺手說：『一頓飯也值得收你的錢，我化你個善緣罷。』我說：『我一個鄉老兒，你可化我甚麼呢？』他說：『我不化你東，不化你西，只化你盤頭大閨女❺。』我說：『這地方兒我那裏給你買木魚子去呢？』他就指著女兒，說道：『你這不是現成的一個盤頭大閨女麼？』女兒聽了，站起來就走。我們兩口兒也搶白了他幾句。待要出門，那大師傅就叉著門，不叫我們走。這大嫂也不知從那裏來，把他娘兒兩個拉住。那大師傅就把我推推搡搡，推到那間柴炭房裏去，扣在大筐底下。往後的事情，我就不知道了。」說著，向他老婆兒道：「後來是怎的，你告訴這位姑娘。」那老婆兒哭眼抹淚的說道：「阿彌陀佛！說也不當家花拉❻的，這位大嫂一拉，就把我們拉在那地窨子裏。落後那大師傅也來了，要把我們留下。說了半日，女兒只是碰頭撞腦要尋死，也是這位大嫂說著，讓那大師傅出去，等他慢慢的勸我女兒。姑娘，你想想這件事可怎麼點得頭呢？正鬧得難解難分，姑娘你就進來了。」那穿紅的女子道：「且住，你們是甚麼時候進去的？那和尚是甚麼時候出來的？你這令愛姑娘，可曾受他的作踐？」那婦人道：「月亮爺照著嗓膈眼子呢！人家大師傅甜言蜜語兒，哄著他，還沒說上三句話，他就把人家抓了個稀爛，還作踐他呢！說得他那麼軟餑餑兒似的。」那穿紅的女子也不理他。只見那老婆兒連連搖手，說：「受他甚麼作踐，倒沒有價。」那穿紅的女子點了點頭兒，說：「這話我都明白了。既然如此，少時我見了那大師傅，央及央及

❺ 盤頭大閨女：梳著髮髻的大姑娘。

❻ 不當家花拉：猶罪過。含有「非同兒戲」之意。

他叫他放你一家兒逃生如何？」那張金鳳只是低頭垂淚，那老兩口兒聽了，連連的作揖下拜，說道：「果然如此，我們來生來世，就變個驢變個馬報姑娘的好處。再不，我們就給你吃一輩子的長齋，都使得。」那穿紅的女子說：「這話言重。」纔回頭要向那婦人搭話，只聽他自己在那裏咕囔道：「放啊，我們還留著祭竈呢！」那穿紅的女子，見他這等的語言無味，面目可憎，那怒氣已是按納不住，無奈得問問他的來歷，只得冷笑了一聲，向他道：「就讓你說。你把你是怎樣一樁事情，也說來我聽聽。」那婦人道：「我還說話嗎，我只打量你們把我當啞吧賣了呢。」說著，又伸著脖子抽了兩口潮煙，磕了煙袋，滅了火紙。他纔站起來滿地張牙舞爪的說道：「說這不當著他們倆老兒的麼，你也不是外人，我討個大，說咱們姐兒們，今兒碰在一塊兒算有緣。」那穿紅的女子說：「你站住，別合我論姐兒們。我是我，他是他，你是你。」那婦人道：「親香❼點兒倒不好？我今兒怎麼碰見你們姐兒們，都是這麼撅巴❽棍子似的呢。」那穿紅的女子催他說道：「你說罷，別累贅！」他纔接著說道：「我賤姓王，呸，我們死鬼當家兒的姓王。他們哥兒八個，我們當家兒的是第老的❾。人家都知道掙錢養家，獨他好吃懶做，喝酒耍錢，永遠不知道顧顧我。我全仗著人家大師傅一個月貼補個三吊五吊的。趕他死了，我說這還守個甚麼勁兒呢？我可就跟了這廟裏的大師傅來了。要提起人家大師傅來，忒好咧！真別辜負了人家的心。你們瞧，我這腦袋上都是鍍金的。這件衣裳是買了整匹的花兒洋縐現裁的。我這褲子汗塌兒，都是綢子的。

❼ 親香：親熱。
❽ 撅巴：硬。
❾ 第老的：最小的，北平土話。

總說了罷，算萬道絲兒把我裏著呢。吃的更不用講了，天天的肥雞大鴨子，你想咱們配麼？」那女子說道：「別咱們，你是你。」婦人道：「我就是我。我到了這廟裏沒半年，人家大師傅，花的那錢，打我這麼個銀人兒都打出來了。就是一樣兒，活重些兒。」那女子問道：「你這樣好吃好穿，還有甚麼重活叫你作呀？」婦人道：「你不知道，我們這廟裏爺兒五六個呢。大師傅是個當家的，二師傅是個帶髮兒修行，好本事渾實著的哪。還有個小大師傅、小二師傅。小大師傅，打的一都⑩的好拳。小二師傅是個掃腦兒，也不弱。還有個三兒，你等一回大師傅來了，你都見得著的。他們爺兒五哇，洗洗汕汕、縫縫連連都得我。我一個人兒張羅的過來嗎？可巧今兒個早起，他們娘兒們來了。我們大師傅，就要把他們留下。我樂得甚麼似的。誰知大師傅那麼耐著煩兒俯給他，他還不願意。人家拿出來的大紅綢子，他也不要。還有五兩的中錠，整個兒的大元寶，他也不要。末後大師傅翻箱倒籠，找出小拇指頭兒壯的一支真金鐲子來，想著要給他戴在手上呢。他伸手唿嚓的一下子，把人家的脖子抓了個長血直流的。你瞧他歹毒不歹毒？」那女子問道：「這之後便怎麼樣呢？」那婦人道：「怎麼樣，人家大師傅拔出刀來就要殺他呀。你打量怎麼著，我好容易救月兒似的纔攔住了。我說：『人生面不熟的，別忙，你老等我勸勸他。』誰知越勸他倒把他勸翻了，張口娼婦，閉口蹄子。」說著，又對那穿月白的女子道：「你瞧娼婦頭上戴這個，身上也穿這個，你怎麼說呢？」那穿紅的女子問他道：「這等說，你還不曾勸動他？少停，你們大師傅回來，你怎麼對他呢？」那婦人笑嘻嘻的道：「你聽啊，如今不是我們大師傅找了你來了麼？我瞧你這嘴又來得，你勸他，他沒個不答應的。你算我們廟裏，他們爺兒五哇，除了二師傅，他是在外

⑩ 一都：一套。

頭跑海走黑道兒的，三兒小呢，可巧剩他爺們三個，咱們姐兒三個，咱們鬧個劉海兒的，金蟾墊香爐，各抱一條腿兒。你瞧這高不高？」那穿紅的女子本就一腔子的忿氣，聽這婦人說的這等無恥不堪，那裏還忍耐得住。只見他一言不發，回手拔出那把刀來，刀背向地，刀刃朝天，從那婦人的下巴底下，往上一掠，唰一聲，早變了個血臉的人。不曾聽他一聲兒，咕咚往後便倒。這一倒，但見個東西翻在半空裏，從半空打了一個滾兒，吧，掉在地下。大家一看，原來把那婦人的前臉子削下來了，落在平地，還是五官亂動。那穿紅的女子不禁持刀大笑說：「這個東西，怪不得他如此不堪無恥，原來他戴著個鬼臉兒呢！」那老兩口兒見了，嚇得體似篩糠的道：「姑娘，你怎的把他殺了？可不嚇煞了人！」倒是那張金鳳一見，十分痛快，說道：「殺得好。這等禽獸一般的人，留他在世上何用。」那老兩口兒道：「兒啊，你那裏知道，他是那大師傅的心上人。他回來見殺了他的人，你我都是沒命的了。這越發不好了。」那穿紅的女子笑道：「我看你們說來說去，不過是怕那個大師傅。你們跟我見見那大師傅去。」那張金鳳聽見要見和尚去，他便有些不願意。穿紅的女子笑道：「方纔我聽你刀山咧，劍樹咧，死呀，活呀的，倒像傻沖打的⑪似的，怎麼此刻完了本事了？不妨跟我來。」說著，拉了他的手就走，那老兩口兒也只得跟了出來。

及至出了房門一看，只見那月光之下，滿院橫倒豎臥七長八短的一地死和尚。把個老婆兒嚇得跌了一跤，幸喜牕戶擋住，不曾跌倒。老頭兒嚇得閉口無言。那張金鳳怔了一回，說道：「呀，如今世上那有這等的一個出眾英雄，來作這等的驚人的事業！」那穿紅的女子聽了他這話，酒窩兒一動，蛾眉兒一

⑪ 傻沖打的：有傻勁的人。

挑，用兩個指頭指著鼻子笑著說道：「不敢欺，就是我！」當下姑娘臉上的那番得意，慢說出將入相，八座三臺，大約立刻叫他登基坐殿，成佛昇天，他也不換。閒話休提。卻說他把話說完，便把那父女夫妻三人讓進房來。自己重新進屋裏，一刀把那婦人的鬼臉兒札起來，住院子一丟。又把那尸首提起來，也向那西牆角一扔，說聲：「跟了你大師傅去罷！」那張金鳳看了，定了會神，這纔大悟轉來，說：「哦，我曉得了，你那裏是甚麼勸我，竟是來救我全家兒的性命的，一位恩深義重的姐姐。姐姐請上，受我全家一拜。」連那老兩口兒也跪在塵埃，拜個不住。忙得那穿紅的女子說：「阿呀呀，你二位老人家快快請起，不可折了我的壽數。」他老兩口兒起來，那女子又去拉張金鳳。那張金鳳跪著不肯起來，說道：「請問姐姐姓甚名誰？家鄉何處？住在那裏？怎的就曉得我在此地遭這場大難？前來搭救？望姐姐說個明白，我張金鳳生必啣環，死當結草。」那穿紅的女子說道：「這話纔叫作說也話長。」說著，便把張樂世張老頭兒，讓在堂屋西邊春凳上，張老婆兒母女二人，讓在東邊春凳上。他自己卻在北面靠桌上首杌子上坐下，把那把刀放在桌兒裏邊靠牆。大家這纔側耳凝神，聽他說他的來歷。只見他滿臉堆歡，不慌不忙，未曾開口，先將身子往西一探，向那西間的南炕，叫了一聲安公子。這正是：人生第一開心事，辛苦功成閒話時。要知那姑娘說出些甚麼言詞，下回書交代。

第八回　十三妹故露尾藏頭　一雙人偏尋根究底

這回書說書的先有個交代。列公，你看書中說的，不知姓名的這個穿紅的女子，不過是個過路兒的人，遇見椿不相干兒的事，得了騾夫的一句話，救了安公子。聽得張老頭兒的一聲哭，救了張金鳳，便救了他兩家的性命。殺了一晚，講了萬言，講得來滿口生煙，殺得來渾身是汗，被那張金鳳罵得眼淚往肚子裏咽，被那王八的奶奶兒嘔得肝火往頂門上攻。直到此時，方喘轉這口氣來。纔落得張金鳳明白他是片俠氣柔腸。那排插後面，還寄放著一個說煞說不清的安公子，還得合他費無限的脣舌。若講一個閨門女子，這叫作不安本分，無故多事。要講他這種胸襟，這番舉動，就讓是個血性男子也作不來。替他細想去，他是沽名？還是圖利？難道誰求他作的？還是誰派他作的不成？總不過一個不忍人之心，纔動得了這片兒女心腸，英雄肝膽。只是天地雖大，苦人甚多，那裏找得著許多的穿紅女子來。閒言少敘，卻說這位姑娘，見張金鳳問他的姓名來歷。欲待不說，不但打不破張金鳳這個疑團，就連安公子直到此時，也還不得知他是怎樣一個人，怎生一椿事。若此刻先對張金鳳講一番，回來又向安公子說一遍，又恐聽書的道是重絮。故此他未曾開口，先向西間排插後面叫了聲「安公子」。這個當兒，張老夫妻兩個，因方纔險些兒性命不保，此時忽然的骨肉團圓，驚喜交加，匆忙裏並不曾聽得那姑娘叫「安公子」三個字。張金鳳聽得明白，心裏詫異道：「這裏怎生的有個甚麼安公子？況且我看這人也是個黃花女兒❶，豈有遠路深更，合位公子同行之理？就說是他的至親兄弟，也該有個稱呼。怎的稱作公子，還稱起他的姓來？此事好不明白。」且不言張金鳳在那裏納悶。卻說安公子在排插後面炕裏邊，守著那個黃包袱。聽得東間忽而殺了一個人，忽而救了一個人。哭一陣，笑一陣，罵一陣，拜一陣，聽得呆了。那位姑娘叫了他一聲，他直不曾聽見。姑娘見他不答應，又連叫道：「安公子睡著了？」他這纔聽得，連忙的答應了一聲，說：「嗻，不曾睡。」姑娘說：「既沒睡，下炕來有話合你說。」只聽他又應了一聲。只是止聽得人聲兒，不見個人影兒。那姑娘急了，又催他說：「怎麼著？」只聽他作難道：「這怎樣個下炕法呢？」姑娘道：「怎麼又會下不來炕了呢？」聽他道：「一身的鈕襻子，被那和尚撕了個稀爛，敞胸開懷，赤身露體，走到人前，成何體面？」姑娘道：「這又奇了，你方纔不是這個樣兒見我的麼？難道我不是個人不成？」又聽他慢條斯理的說道：「呵，呵，呵，非也非也，方纔是性命呼吸之間，何暇及此。如今是患退身安哪，我是寗可失儀，不肯錯步。」姑娘聽了，說道：「我的少爺，你可酸死我了。這麼著，我給你出個主意。你把那帶子解開，衣裳一件一件的掩上，繫上帶子，套上馬褂兒，大約也就不至於赤身露體了罷。」只聽他道：「有理，有理！」緊接著就像是在那裏整理衣裳帶子。遲了一會，依然不見下來。但聽他咳了一聲，說：「了不得了，這更下不去了。」姑娘問說：「這又是個甚麼緣故呢？」只這一句，再也聽不見他答應。此時把個姑娘慪得冒火，合他嚷道：「是怎麼下不來，你到底說呀！憑他甚麼為難的事，你自說，我有主意。」他又俄延了半晌，纔低聲慢語的說道：「我溺了。」姑娘一聽，心裏說道：「這是怎麼說呢？我這裏又不曾衝鋒打仗，又不曾放礮開山，不過是我用刀砍了幾

❶ 黃花女兒：處女。

個不成材的和尚，何至於就把他嚇的溺了呢！」這姑娘心裏只管是這等想，但是他已經溺了，憑是怎樣的大本領，可怎麼替他出這個主意呢？想了半日無法，只好作硬文章了，說：「你就溺了，也得下炕來。」不想這句話一逼，人急智生，又逼出他一個見識來了。他見那姑娘催得緊急，便蹲在那排插的角落裏，把褲子擰乾，拉起襯衣裳的袷襖來，擦了擦手，跳下炕來。纔一下炕，又朝著那位姑娘跪下了。那姑娘大馬金刀的坐在上面，把眉一皺，說：「你怎麼這麼俗啊起來？」

列公，話下且慢講那位姑娘的話，百忙裏先把安公子合張金鳳的情形，交代明白。在安公子是個尊重誠實的少年，此時只望那穿紅的姑娘，說明來歷，商個辦法，早早的上路去見他父母，兩隻眼並不曾照到張金鳳身上。在張金鳳此時幸而保得自己的身子、父母的性命，只知感激依戀那位穿紅的姑娘，一條心更送不到安公子身上。但是從炕上跳下那樣大一個人來，再沒說看不見的。況且他雖說是個鄉村女子，外面生得一副月貌花容，心裏藏著一副蘭心蕙性，他平日見的，止不過是些俗子村夫，今日萍水相逢，忽然見這等一個斯文一派的少年公子，自然不覺得眼光一閃。又見安公子跪在地下，把他羞得面起紅雲，抽身往裏間就走。那穿紅的姑娘，一把拉住說不許跑，跟姐姐這裏坐著，便把他拉在自己身後坐下，這纔向安公子道：「我們方纔作的這樁事，說的這段話，你都聽明白了不曾？」安公子道：「聽明白了。」姑娘說：「如此很好，免得我重敘。」因指著張老夫妻二位向他道：「你看這兩位老人家，可是一介平民，你可是個貴家公子，他們就不應同你一處坐，何況叫你同他敘禮。但是聖人說的：『素患難，行乎患難。』如今大家都在患難之中，這可講不得你的門第，過去見個禮兒。」安公子此時的感激姑娘，佩服姑娘，直同天人一樣。假如姑娘說日頭從西出來，他都信得及，豈有個不謹遵台命的？忙答應了一聲，一抖積伶兒把作揖也忘了，左右開弓的請了倆安。張老實慌得搶過來跪下說：「公子，你折煞我小老兒了。」那老婆兒也是拉著兩隻袖子，拜呀拜的拜個不住，口裏說道：「阿彌陀佛，不當家花拉的。」公子見禮罷。那姑娘又指張金鳳，向他道：「這裏還有個人兒呢！這是我妹子，也見個禮兒。」又趕著說：「別請安了，作揖罷！」安公子轉過身來，恭恭敬敬的作了一個揖。張金鳳也羞答答的還了一個萬福。那姑娘先向張老說道：「老人家，勞動你先把這一桌子的酒菜傢伙檢開，擦乾淨了桌子，大家好說話。」張老應了一聲，便一件件的搬出門去，堆在廊下。安公子此時經了那姑娘的這番琢磨，臉兒也闖老了，膽子也闖大了，也來幫著張老搬運。他一眼看見了那把酒壺，就發起恨來道：「咦，這就是方纔那賊禿灌我的那毒藥壺，待我來。」說著，提了那把酒壺，站在簷下向那和尚跟前一扔，說：「如今我也回敬你一盃。」姑娘說道：「還要怎麼沒來由。」一時張老擦淨了桌子。那姑娘便把張老同公子讓在西首春凳，張老婆兒讓在東首春凳坐下。他纔回頭向張金鳳道：「妹子，你方纔問我的姓名家鄉住處，還說怎的就曉得你在這裏遭這場大難，前來搭救，不是這話嗎？我是個不通世路隱姓埋名的人。況且，你我如浮萍暫聚，少一時伯勞東去雁西飛，我這殘名賤姓，竟不消提起。至於我的家鄉，離此甚遠，即便說出個地名兒來，你們也不知道方向兒，也不必講到。話下要問我的住處，說來卻離此不遠，也不過在四五十里之外，卻是個上不在天，下不著地的地方兒。」安公子聽了說：「這等，難道姑娘你在雲端裏住不成？」姑娘答道：「差也不多。」公子說：「那有個在雲端裏住的理呢？」那姑娘也不合他分辯，接著又向張金鳳道：「妹子，你想我在五十里地的那邊，你在五十里地的這邊，我就不知道這府這縣這山這廟，有你這等一個人，怎的知道今年今月今日今時，有你遭難的這樁事，會前來搭救呢？」張金鳳道：「既這等，姐姐因何到此？」那姑娘道：「我這個人，雖是個多事的人，但是凡那下坡走馬，順風使船，以至買好名兒，戴高帽兒的那些營生，我都不會作。我今日可是為救一個人來了，卻不是救你。」說著把臉一沉，手一指，指著安公子道：「我可是特來救安公子你來了，不知你知道不知道？明白不明白？」安公子聽了連忙站起來道：「姑娘，人非草木，方纔我安驥只為自己沒眼力、沒見識，誤信人言，以致自投羅網，被那和尚綁上，要取我的心肝。那時我的生死關頭，不過只爭一線，若不虧姑娘前來搭救，再有十個安驥只怕此時也到無何有之鄉了。此恩終身難報，怎說得個不知？只是我知道姑娘前來救我，卻不知姑娘因何前來救我？更不得知姑娘因何一直趕到此地來救我？還求你說個明白。再求你留下姓名，待我安驥稟過父母，先給你寫個長生祿位牌兒，香花供養。你的救命深恩，再容圖報。」那姑娘道：「幸而你明白是我救你，不然，大約你有三條命也沒了。你那圖報不圖報的話，不必提，我的姓名，你不必問。必要問我，就捏個假名姓告訴你何妨。」張金鳳說道：「姐姐，不是如此。便是妹子這裏，也一定要請問姐姐個姓名。就便是姐姐施恩不望報，也得給我們這受恩的留些地步纔好。姐姐要不說，妹妹只得又跪下了。」那姑娘連忙一把拉住說：「快休這樣，我縱然不說姓名，自然也得說明來歷。不然，叫你們大家看著我這個樣兒，還是平妖傳的胡永兒，還是鎖雲囊的梅花娘？還真個的照方纔那禿孽障說的，我是個女金斗呢？我的姓名，雖然可以不談，有等知道我的，認識我的，都稱我作十三妹。你們大家都叫我十三妹就是了。」大家聽了都稱了聲「十三妹姑娘」。這個地方兒要讓安公子積伶了。他聽了這話，想了一想道：「姑娘你這稱呼，是九十的十字，還是金石的石字？」十三妹道：「這隨你算那個字都使得。」只見他不容再問，便長吁了口氣，眼圈兒一紅，說道：「你們要知我的來歷，我也是個好人家的兒女，我父親也作過朝廷的二品大員。」張金鳳聽了，忙站起來福了一福道：「原來是位千金小姐，妹子不知，方纔多多得罪。」那姑娘笑道：「你這話更可不必，你我不幸託生個女孩兒，不能在世界上烈烈轟轟作番事業，也得有個人味兒。有個人味兒，就是乞婆丐婦，也是天人。沒些人味兒，讓他紫誥金閨，也同狗彘。小姐又怎樣？大姐又怎樣？還說句笑話兒，你也見過一個千金小姐，合強盜撒對兒的麼？」那張老道：「甚麼話，那說書說古的菩薩降妖捉怪的多著呢！」

安公子接著問道：「姑娘既是位大家閨秀，怎生來得到此？」十三妹道：「你聽我說。我父親曾任副將，只因遇著了個對頭，這對頭是個天大地大，無大不大的一個大腳色。正是我父親的上司。」說到這裏咽住，把臉一紅，又說道：「卻又因我身上的事，得罪了那廝。他就尋個縫子，參了一本，將我父親革職拿問，下在監裏。父親一氣身亡。那時要仗我這把刀、這張彈弓子，不是取不了那賊子的首級，要不了那賊子的性命。但是使不得。甚麼原故呢？一則他是朝廷重臣，國家正在用他建功立業的時候，不可因我一人私仇，壞國家的大事。二則我父親的冤枉，我的本領，闔省官員皆知。設若我作出件事來，簇簇新的冤冤相報，大家未必不疑心到我。縱然奈何我不得，我使父親九泉之下，被一個不美之名，我斷不肯。三則我上有老母，下無弟兄，父親既死，就仗我一人奉養老母。萬一機事不密，我有個短長，母親無人養贍。因此上忍了這口惡氣。又恐那賊子還放我孀母孤女不下，我叫我的乳母丫鬟，身穿重孝，扮作我母女模樣，扶柩還鄉。我自己卻奉了母親，避到此地五十里地開外的一個地方，投奔到一家英雄。這家英雄，現年八十餘歲，真算得個不讀詩書的聖賢，不怕勢利的豪傑。不想到了那裏，正遇著他遭了一口大椿不得意事情，幾乎把前半世的英名喪盡。是我拔刀相助，不但保全了他的英名，還給他掙過了一口氣來。他便情願破業傾家，要把我母女請到他家奉養。只是我這人，與世人性情不同，恰恰的是曹操一個反面。曹操曾說，『寗使我負天下人，不使天下人負我。』我卻是只願天下人受我的好處，不願我受天下人的好處。當下只收了他一匹驢兒，此外不曾受他一絲一粒。只叫他在這上不在天，下不著地的地方，給我結了幾間茅屋，我同老母居住。又承他的推情，那裏村中眾人的仗義，每日倒有三五個村莊婦女，輪流服侍老人家，頗不寂寞。我纔得騰出這條身子來，弄幾文錢，供給老母的衣食。只是我一個女孩兒家，除了針黹女工，那是我生財之道？說來不怕你大家笑話，我活了十九歲，不知橫針豎線。你就叫我釘個鈕襻子，我不知從那頭兒釘起。我只得靠著這把刀、這張彈弓，尋趁些沒主兒的銀錢用度。」那安公子聽到這裏，問道：「姑娘，世間那有個沒主兒的銀錢？」姑娘道：「你是個紈袴膏粱，這也無怪你不知，聽我告訴你。即如你這囊中的銀錢，是自己折變了產業，去救你的令尊，交國家的官項，這便是有主兒的錢。再如那清官能吏，勤儉自奉，賸些廉俸；那買賣經商，辛苦販運，賸些資財；那莊農人家，耕種刨鋤，賸些衣食；也叫作有主兒的錢。此外，有等貪官污吏，不顧官聲，不惜民命，腰纏一滿，十萬八萬的飽載而歸；又有等劣幕豪奴，主人賺朝廷的，他便賺主人的，及至主人一敗，他就遠走高飛，捲囊而去；還有等刁民惡棍，結交官府，盤剝鄉愚，仗著銀錢，霸道橫行，無惡不作；這等錢，都叫作沒主兒的錢。凡是這等錢，我都要用他幾文。不但不領他的情，還不愁他不雙手奉送。這句話要說白了，就叫作女強盜了。」公子說：「姑娘言重。據這等聽起來，雖那崑崙奴、古押衙、公孫大娘、線娘輩，皆不足道也，強盜云乎哉！強盜云乎哉！」姑娘忙攔他道：「算了，夠酸的了。」張金鳳接著問道：「我看姐姐這等細條條的個身子，這等嬌娜娜的個模樣兒，況又是官宦人家的千金，怎生有這般的本領，倒要請教？」那姑娘道：「這也有個原故。我家原是歷代書香，我自幼也曾讀書識字。自從我祖父手裏，就了武職，便講究些兵法陣圖，練習各般武備，因此我父親得了家學真傳，那時我在旁見了這些東西，便無般的不愛。我父親膝下無兒，就把我當個男孩兒教養，見我性情合這事相近，閒來也指點我些刀法鎗法，久之就漸漸曉得了些道理。及至看了那各種兵書，纔知不但技藝可以練得精，就是膂力也可以練得到。若論十八般兵器，我都算拿得起來。只這刀法、鎗法、彈弓、袖箭、拳腳，卻是老人家口傳心授。又得那位老英雄贈我的這頭驢兒。這驢兒日行五百里，但遇著歹人，或者異物怪事，他便咆哮不止。真真是個神物。因此，任我所為，就把個紅粉的家風，作成個綠林的變相。這便是我的來歷。我可不是上山學藝，跟著驪山老母學來的。」張金鳳也嫣然一笑。張老夫妻在旁聽了，只是點頭咂嘴。安公子說道：「方纔我看那些和尚，都來得不弱。那個頭陀，尤其凶橫異常。怎的姑娘你輕描淡寫的，就斷送了他。今聽如此說來，原來家學淵源，正所謂『惟大英雄能本色，是真名士自風流』了。」十三妹道：「你先慢講這些閒話。如今我的話是說完了，要請教你了。你我在悅來店怎的個遇見？怎的個情由？他三位無從曉得，與他三位無干，此時不必曉舌。只是我臨別的時節，這等的囑咐你，千萬等我回來見面再走。你到底不候著我回店，索性等不到明日，倉猝而行。這怎麼講？這也罷了，只是你又怎的會走到這廟裏來？倒要請教。」安公子聽了這話，慚惶滿面，說道：「姑娘，你問到這裏，我安驥誠惶誠恐，愧悔無地。如今真人面前講不得假話，我在店裏聽了姑娘你那番話，始終半信半疑。原想等請了褚一官來，見了他再作道理。不想那去請褚一官的騾夫，還不曾回來，那店主人便來說了許多的混帳話，我益發怕將起來。正說著，兩個騾夫回來，又備說那褚一官不能前來，請我今晚就在他家去住的話。那騾夫、店家，又兩下裏一齊在旁攛掇，是我一時慌亂，就匆匆而走。不想將上那座高嶺，又出樁岔事，連那不通人性的啞吧畜生，也欺負起人來，忽然的一驚，就跑到此地。要不虧兩個騾夫，沿途保護，他還不知跑到那裏纔止。偏偏的又投了這凶僧的一座惡廟，正所謂飛蛾投火，自取焚身。姑娘，我死不足惜。只是我讀書一場，不得報父母的大恩，倒誤了父母的大事，已經十死莫贖了。如今幸而不死，又把姑娘你一片俠腸，埋沒得曖昧不明，我安龍媒真真的媿悔無地。」十三妹道：「你也曉得後悔，我索性叫你大悔一悔。你不但不曾認清我這番好意，你連那騾子的好意都辜負了。聽我告訴你，你方纔口口聲聲罵的那個欺負你的畜生，正是你的救命恩人。你心心念念感激的那兩個騾夫，倒是你的勾魂使者。」安公子聽了吃驚道：「姑娘，你此話怎講？」那張老夫妻合張金鳳聽了這話，更摸不著頭腦。只聽姑娘望著大家說道：「今日這場是非，也叫作合當有事。我今日因母親的薪水不繼，偶然出來走走。不想走到岔道口的山前，遇見兩個人在那裏說話。我騎著驢兒，從旁經過，只聽得一個道：『咱們有本事，硬把他被套裏的那二三千銀子搬運過來，還不領他的情呢！』我聽了這話一想，這豈不是一樁現成的事？與其等他搬運，我何不搬運來用用。因把牲口一帶，繞到山後，要聽聽這樁事的方向來歷。」安公子便問道：「究竟是兩個甚麼人呢？」十三妹笑道：「好，叫你得知，就是你感激不盡的那兩個騾夫。」說著，便把他怎的抱怨，怎的商量，怎的說不到二十八棵紅柳樹，送信回來怎的賺安公子出店上路，怎的到黑風崗要把他推落山澗，拐了銀子逃走的話，說了一遍。又把自己如何借搬弄那塊石頭搭話，纔得說明；臨別又如何諄諄的囑咐安公子不可輕易動身，他到底懷疑不信，以致遭此大難，向張金鳳並張老夫妻訴了一番。張金鳳這纔得明白這姑娘的始末根由，就連安公子也是此時纔如夢方醒。只聽他說道：「姑娘，我安龍媒枉讀詩書，在你覆載包羅之下，全然不解。如今看了你這番雄心俠氣，竟激動我的性兒了。我竟要借你這把鋼刀一用。」說著伸手就拿那刀。十三妹一把按住他，問道：「你這又作甚麼？這個東西，可不是頑兒的。一個不留神，把手指頭拉個大口子，生疼要流血的。你嬤嬤爹又沒在跟前，誰給你吹呀？」只見他滿面通紅，說道：「這也顧不得許多了。姑娘你務必借我一用。」十三妹說：「你要作甚麼罷？」安公子道：「我要尋著那兩個騾夫，把這大膽的狗男女，碎尸萬段，消我胸中之恨。」十三妹道：「這樁事不勞費心，方纔那位大師傅，不曾取你的心肝的時候，二師傅已就把他兩個的心肝取了去了。你若不信，給你件憑據看看。」說著向懷裏掏出那封信來，遞給公子，安公子一看，果然是交騾夫送去的那封信。連說道：「有天理呀，有天理。」十三妹說：「少爺，你別慪我了，我還有許多話要講呢。」安公子這纔歸坐。

只見那十三妹指著他，向張老夫妻並張金鳳道：「你們三位，可別打量這位安公子和我是親是故，我和他也是水米無交，今日纔見。然則一個萍水相逢的人，又因何替他出這樣的死力呢？我本來的意思，原是得了那騾夫口裏一個信息，要擎這注現成銀子。及至訪著安公子，見他那番光景，知他是個正人。問起情由，又知他是個孝子。我心裏先暗暗的欽敬，便不肯動手。後來聽到他令尊的那番委屈，又與我父親所遭的冤枉，大略相同。因此，我從這任俠尚義之中，又動個同病相憐之意，便想救他這場大難。」說著，回頭又向安公子道：「俗語說的，『救火須救滅，救人須救徹。』我明明聽得那騾夫說，不肯給你送這封信去請褚一官。況且那褚一官，我也略曉得些消息，便去請他，他三五天裏也來不了。至於他的娘子，你就等到一百年，他也未必來的。就讓你在悅來店呆等，不致遭騾夫的毒手，你又怎生的到得淮安？所以我纔出去走那一盪，要把事情替你佈置的周全停妥，好叫你上路趲程，早早的圖一個父子團圓，人財無恙。不想我把事情弄妥了，趕回店來，你倒躲了我。問問店家，他合我言語支離，推說不知去向。及至問到他無話可支了，他纔說是兩個騾夫，請你到褚家住歇去了。我一聽，這事不好了。他兩個既不曾到褚家去，褚家這話從何而來？可不是他賺你上黑風崗去？是那裏去，這豈不是我不曾提你出火炕來，反沉你到海底去了麼？我十三妹這場孽，可也造得不淺。我就撥轉頭來，順著黑風崗這條路，趕了下來。纔上得黑風崗的山坡，月光之下，只見一個牲口脖子上拴的鈴鐺，合一個草帽子，扔在路旁。我只說這一定是走這條路無疑了。不想前行了幾步，轉尋不出那牲口的腳蹤兒來。眼前一片荒草，倒像人跡不到的一般。一直尋到崗子頂上，越不見個影兒。那月色照得如同白晝。我便探身往山澗下一望，也得不到些情形。只得順著牲口的腳蹤找了回來。見這牲口腳蹤兒，踹的散亂，直奔了這廟裏來。至於這座廟裏，和尚的行徑，我早已曉得。我一想這事，尤其不妙了。便算你幸而不曾遭這騾夫的暗算，依然脫不了強盜的明劫，還不是一樣？我就一口氣趕到廟前。還不曾見個端的，我那個驢兒，先不住的打鼻兒，不肯往前走。我看了看廟門，又關得鐵桶相似。我便下了牲口，拴在樹上，一縱身上了山門，往廟裏一望。只見正殿院落漆黑，只有那東西兩院，看得見燈火。我就蹲身跳將下來。只是我雖會蹲縱，我那驢兒可不會蹲縱。我便悄悄的開了左邊角門，把牲口拉進來。見這東配殿裏，堆著些糧食，就先把牲口寄頓在那屋裏，然後出來縱上房去。」

且住，列公，聽說書的打個岔。你聽這姑娘的話，就怪不得他方纔把廟裏走了個遍，就是不曾到東配殿了。原來他進廟來，就偷偷兒的進去寄頓了一回驢兒了。你我不知。閒話休提，言歸正傳。再講那十三妹說道：「及至我上了房，隱在山脊後一看，正見那凶僧，手執尖刀，合公子你說那段話。彼時我要跳下去，誠恐一個措手不及，那和尚先下手，傷了你的性命。因此，暗中連放了兩個彈子，結果了兩個僧人。至於後來的那班禿廝，都是經公子你眼見的。我原無心要他的性命，怎奈他一個個自來送死。也是他們惡貫滿盈，莫如叫他早把這口氣還了太空，早變個披毛戴角的畜生，倒也是法門的方便。再說假如這時要留他一個，你未必不再受累，又費一番脣舌精神。所以纔斬草除根，不曾留得一個。安公子，如今你大約該信得及我不是為打算你這幾兩銀子而來了罷？」說到這裏，回頭又向著張金鳳叫了聲：「妹子，你聽我這話，可是我特來救安公子，不是特來救你一家性命，這就不消再講了。」此時安公子被十三妹一番言語，問得閉口無言，只有垂淚。半晌歎了一口氣道：「姑娘，我安龍媒真是百口無詞。只是姑娘你也有一些兒欠通之處。」十三妹聽了說道：「怎麼說了半天，我倒有了不是了呢？你倒說說，我倒聽聽。」安公子說：「姑娘，你若在店裏，就把那騾夫要謀我資財、害我性命的話，直捷了當的告訴了我，豈不省了你一番大事？」十三妹聽了這話，倒不禁笑起來說：「這話我一點兒不欠通，倒是你作夢呢！假如你是個老練深沉、有膽有識的人，我說了這話，你自然就用些機關，加些防範。你只看我那等的剖白囑咐，你還自尋苦惱，弄到這步田地。那時再告訴你這話，不知又該嚇成怎的個模樣。甚而至於益發疑我，倒誤把那兩個狼心狗肺的東西，當作好人，合他訴起衷腸來，可不更誤了大事了麼？」安公子聽了，連連拍腿點頭說：「不錯的，不錯的。姑娘，你如今就說我酸也罷，俗也罷，我安龍媒對了你這樣的天人，只有五體投地❷了。」說著，又拜了下去。那十三妹把身子閃在一旁，也不來拉，也不

❷ 五體投地：極端佩服。按，這原是佛家的話，謂以頭和兩手兩膝著地，是最高的敬禮。楞嚴經：「阿難聞已，

還拜，只說了一句道：「這倒不敢當此大禮。」張老也連忙站起來道：「我小老兒倒有一句拙笨話，也不用講這個那個，只我們兩家六條性命，都是姑娘你救的。安公子他為官作宦，怎麼樣也報了恩了。只是我們兩口兒，是一對老朽無用的鄉老兒，女兒又是個女孩兒家，你這樣大恩，今生今世怎生答報的了？」那老婆兒也在一旁說：「噯，真話的！」十三妹把手一擺，說：「老人家快休如此說，要說你兩家性命，不是我十三妹救的，這話也是欺人。只是我方纔說過的，安公子還得感激那頭騾子。我這妹妹還得感激那個沒臉的女人。這話怎麼講呢？要不虧那個騾子忽然一跑，安公子早已上了山崗，被那騾夫推落山澗，我便來救，也是遲了。我這妹子，要不虧那沒臉的女子，從中多事，早已遭那凶僧作踐，我便來救，也是晚了。難道這果真是一個兩條腿的畜生，一個四條腿的畜生作得來的不成？這是個天，難道誰又看見天那裏怎的個支使？誰又聽見天怎的個吩咐的不成？這便是你二人一個孝心、一個節烈所感，天纔牽引了我來，正不是一樁偶然的事。如今安公子的性命保住了，資財保住了，他的二位老人家可保無事了。我這妹子的性命保住了，身子保住了，你二位老人家可保無事了。我雖然句句的藏頭露尾，被你二人層層的尋根究底，話也大概說明白了。千里搭長棚，沒個不散的筵席。將軍不下馬，你我各自奔前程。恕我失陪。」說著，掖上那把刀，邁步出門，往外就走。這正是：鏡中花影波中月，假假真真辨不清。要知那十三妹忙碌碌的又向那裏去？下回書交代。

重復悲淚，著體投地，長跪合掌而向佛言。」

第九回　憐同病解橐贈黃金　識良緣橫刀聯嘉耦

這回書緊接上回，講的是十三妹向安公子、張金鳳並張老夫妻，把一往的原由來歷交代明白。邁步出門，朝外就走。安公子一見慌了，只慌得手足無措，卻又不好上前相攔。張老夫妻二人，更是沒了主意，也只說得個姑娘不要忙。只有張金鳳乖覺，他見十三妹纔把話說完，掖上那把雁翎寶刀，頭也不回，抬身就走，他便連忙搶了兩步，搶到十三妹面前，回身迎頭一跪，雙手抱住十三妹兩腿說：「姐姐那裏去？你此時是去不得的了啊！」安公子同張老夫妻見了，便也一同上前圍著不放。十三妹道：「這又奇了。你們的事，是撥弄清楚了，我的話也交代明白了，你們如何還不放我去？」張金鳳道：「我是斷斷不放姐姐去的。」十三妹道：「既如此，你且起來。」張金鳳雙關緊抱，把臉靠住了那姑娘的腿，賴住不動，說：「要姐姐說了不去，我纔起來。」十三妹用手把他扶起，說：「你且起來，我纔說去不去的話。」說著，扶起張金鳳。大家重復歸坐。只見十三妹笑向大家指著張老夫妻道：「他二位老人家罷了，你們兩個枉有這等個聰明樣子，怎麼也恁般獃氣？你們道我真個要去麼？你看這等的深更半夜、古廟荒山，雖說救了你兩家性命，這個所在，被我鬧得血濺長空，尸橫遍地，請問就這樣撂下走了，叫你們兩家四個，無依無靠的人，怎麼處？就便你們等到天亮，各自逃生，大路上也難免有人盤問。這豈不是沒救成你們，倒害了你們了麼？就算我是個冒失鬼，鬧了個煙霧塵天，一概不管，甩手走了，你們想想，難道炕上那個黃布包袱，我就這等含含糊糊的丟下不成？就算我也丟下不要了，你們只看牆上掛的我這張彈弓。我這張彈弓，是銅胎鐵背，鏤銀硏金，打一百二十步開外，不同尋常兵器，從我祖父手裏，傳流到今，算個傳家至寶。我從十二歲用起，至今不曾離手，難道我也肯丟下他不成？」張金鳳道：「既如此，姐姐為何忽然說要去呢？」十三妹道：「一則看看你二人的心思，二則試試你二人的膽量，三則我們今日這樁公案，情節過繁，話白過多，萬一日後有人編起書來，這回書找不著個結扣，回頭兒太長，因此我方纔說完了話，便站起來要走，作個收場，好讓那作書的借此歇歇筆墨，說書的借此潤潤喉嚨。你們聽聽有理無理？」

十三妹說明這段話，不但當時在場的大家聽了，把心放下，就連現在聽書的也都說有理。卻說安公子經了這一番喧鬧，又聽了這半日長談，早把那黃布包袱，忘在九霄雲外。如今因十三妹提著，他纔想起。連忙爬到炕上，雙手抱起來，送到十三妹跟前，放在桌兒上，說：「姑娘，這是你交給我看守著的那個包袱。我聽你說的要緊，方纔鬧得那等亂烘烘的，我只怕有些失閃，如今幸而無事，原包交還。姑娘請收明了。」姑娘道：「借重費神，只是我不領情。這東西與我無干，卻是你的。」安公子詫異道：「這分明是姑娘你方纔交給我的，怎生說是我的東西起來？」十三妹道：「你聽我說。方纔在店裏的時候，你不說你令尊太爺的官項，須得五千餘金，纔能無事麼？如今你囊中止得二千數百兩，纔有一半。聽起來他老人家又是位一塵不染，兩袖皆空的。世情如紙，只有錦上添花，誰肯雪中送炭，那一半又向那裏弄去？萬一一時不得措手，後任催得緊，上司逼得嚴，依然不得了事，那時豈不連你這一半的萬苦千辛，也前功盡棄？所以今日晌午，我在悅來店出去，走那一盪，就是為此。我從店中別後，便忙忙的先到家中，把今晚不得早回的原由，稟過母親。一面換了行裝，就到二十八棵紅柳樹找著你提的那位老英雄，要暫借他三千金，了你這樁大事。若論這位英雄的家當，慢說三千金，就是三萬金，他一時也還拿得出來。若論他同我的義氣，莫講三萬金，便是三十萬金，他也甘心情願，我也用得他的。所以他聽見我說個借字，就立刻照數的盤出來，問我送到那裏。我說：『不必遣人運送，給我捆載停妥，就捎在我驢兒上帶去罷。』倒虧他的老成見識，說道：『這三千金，通共也不過二百來斤，不怕帶不了去，但是東西狼犺❶，路上走著，也未免觸眼。』因問我，還是本地用？遠路用？如本地用，有現成的縣城裏字號票子。遠路用，有現成的黃金帶著，豈不簡便些。我聽他說得有理，就用了他二百兩足色黃金，大約也夠三千銀光景了。」說著解開那包袱，又把兩封紙包拆開，只見包著二百兩，同泰號硃印上色葉金。

安公子還不曾答話，那張老看了說：「這樣值錢的東西，二百二百的幫人，真可少見。又想的這樣周到。姑娘，你不要真是個菩薩轉世罷？」張老婆兒一旁看了，也不住的點頭砸嘴，說道：「只聽說金子是件寶貝，鍍個冠簪兒啊、丁香兒啊，還得好些錢呢！敢是真有這麼大包的。你看看，黃澄澄的怪愛人兒。阿彌陀佛！」那張金鳳雖是個鄉村女子，卻天生得不落小家氣象。且此時一心只有十三妹姐姐，餘事都不在心上。不過遠遠的看了一看，暗暗的敬服。十三妹略無多言。只有安公子承這位十三妹姑娘保了資財，救了性命，安了父母，已是喜出望外。如今又見他這番深心厚意，宛轉成全，又是歡忻，又是感激。想起自己一時的不達時務，還把他當作個歹人看待，又加上了一層懊悔，一層羞媿。只管滿臉是笑，不覺得那兩行眼淚，就如湧泉一般，流得滿面啼痕。只聽他抽抽噎噎的向那姑娘道：「姑娘，我安驥真無

❶ 狼犺：笨重。

話可說了。自古道：『大恩不謝。』此時我倒不能說那些客套虛文。只是我安驥有數的七尺之軀，你叫我今世如何答報？」說著便嗚嗚的哭將起來。張老夫妻看了，也不住的在一旁擦眼抹淚。連張金鳳也不覺滴下淚來。十三妹道：「大家不必如此。公子你也且住悲啼，不須介意。要知天下的資財，原是天下公共的，不過有這口氣在，替天地流通這樁東西。說這是你的，那是我的，到頭來究竟誰是誰的？只求個現在取之有名、用之得當就是了。用得當，萬金也不算虛花；用得不當，一文也叫作枉費。即如這三千兩金，成全了你一片孝心、老人家半世清名，這就不叫作虛花枉費。不但授者心安，受者心安，連那銀子都算不枉生在天地間了。何況這幾兩銀子，我原說一月必還，又不是白用他的。這一月之內，自有那沒主兒的錢送上門來，替你還他。連我也不過作個知情底保的中人。這手來，那手去，你又何必這等較量錙銖？」安公子聽了，只得領受收好不提。再講那十三妹這番解橐贈金，又了卻一樁心事，便要商議打發他兩家男女上路的話。只是看看這四個人之中，一個是瘦怯怯的書生，一個是嬌滴滴的女子，那張老夫妻雖然年紀大些，又是一對鄉愚。經了這番大難，一個個嚇得神魂不定，坐立不安。這上路的事情，一時從何商起。想了一想，便對大家說道：「如今諸事已妥，就該計議到你們的上路了。但是要計議大事，先得定了心神，纔得周到細密。如今我要不先把你們的心安了、神定了，就說萬言，也是無益。大約此時你們心裏，第一件怕這一院子死和尚。第二件怕有外人來闖破這場人命官司，性命干連。第三件惹了這場大禍便走了，日後破案，也難免掛誤。我告訴你們，這三樁事都不要緊。人生在世，不過仗著天地的一口氣。及至死了，是個忠臣孝子、義夫節婦，超出輪迴，這口氣便去成神。是個平人，這口氣再入輪迴，便去作鬼。到了這班混帳和尚，人死燈滅，就想作個鬼也是不能的。這是第一樁不必怕。

再講到這個地方，我方纔表過的，前是高山，後是曠野，遠無村，近無鄰，這樣深更半夜，絕沒人來。就便這和尚再有些夥黨找了來，仗我這口刀，多了不能，有個三五百人兒還搪住了。這是第二樁不必怕。至於慮到日後的掛誤官司，我若見不透日後的怎樣收場，也不肯作眼前的這番事業。這是第三樁不必怕。這話不是空談得的，少一時自然要還你們一個憑據。可不知你們四位信得及，信不及？」張老聽了先說道：「姑娘的話，豈有個不信的咧？不過怕來個人兒闖見，鬧饑荒。鬼可怕他作儈呀！我們作莊稼的，到了青苗在地的時候，那一夜不到田裏守莊稼去？誰見有個鬼哪？」安公子接著說道：「是啊，鬼神者，二氣之良能也。以二氣言，則鬼者陰之靈也，神者陽之靈也。以一氣言，則引而伸者為神，返而歸者為鬼，其實一物而已。怕他則甚，怕他則甚？只是姑娘到底怎樣打發我們上路？」十三妹也沒工夫合他掉那酸文，說道：「你且不要忙，如今你們為難的事，是都結了。我此刻卻有件為難的事，要求你諸位。」話未說完，安公子先跳起來道：「姑娘，你有甚麼為難的事，只管說。慢講上山捉虎、下海擒龍，就便赴湯蹈火、碎骨粉身，我安龍媒此時都敢替你去作。」那十三妹把眼皮兒挑了一挑，說道：「如此好極了。你就先把這一院子死和尚，給我背開他。」安公子聽了皺著眉，裂著嘴，搖著頭道：「這樁事卻難。」十三妹道：「既這樣，可詐甚麼鬫兒❷呢？」因回頭向張老夫妻道：「這事得求你二位老人家。」張老道：「這背死尸，小老兒卻也來不得的呢！」姑娘笑道：「豈有此理，難道咱們還管給他打掃地面麼？」那老婆兒問道：「到底作儈呀？」姑娘道：「我從晌午起，鬧到這時候兒了，這如今便再有這等的五六十里地，我還趕得來；就再有這等的三二十和尚，我也送得了。但是我從吃早飯後到此時，水米沒沾唇，

❷ 詐甚麼鬫兒：玩什麼騙人的花頭。

我可餓不起了。想來你們四位，也未必不餓。」那老婆兒道：「噯，這大半日，誰見個黃湯辣水來咧。就是這早晚那裏買個饝饝餅子去呢？」姑娘道：「不用買，我方纔到廚房裏，見那裏煮的現成的肉、現成的飯，想來是那班和尚的夜消兒。咱們何不替他吃了，也算一場功德。」張老夫妻聽了道：「這敢是好。」說著，趁著月色，老倆口兒連忙到廚房裏去整頓。到了廚房，見那燈也待暗了，火也待乏了，便去剔亮了燈，通開了火，果見那連二竈上靠著一個鍋子，裏頭煮著一蹄肘子，又是兩隻肥雞。大沙鍋裏的飯，因坐在湯罐口上，還是熱騰騰的。籠屜裏又蓋著一屜饅頭。那案子上調和作料，一應俱全。二人正在那裏打點，只見安公子也跑來幫著抓撓。張老兒道：「公子，你不能。小心著燙了手，你去等著吃去罷。」安公子看了看，卻也沒處下手，只得走開。纔走到正房，十三妹便問道：「你又作甚麼來了？」安公子道：「那裏用不著我。」十三妹道：「你看人家那樣大年紀，都在那裏張羅，你難道連剝個蒜也不會麼？」安公子道：「剝蒜我會。」說著，忙忙又跑了去。不提。

卻說那十三妹見他三人都往廚房去了，便拉了張金鳳的手，來到西間南炕坐下。這纔慢慢的問他幾歲上留的頭？幾歲上裹的腳？學過活計不成？有了婆家沒有？問了半天，怎奈那十三妹只管一長一短的問，那張金鳳只有口裏勉強支應的分兒，卻緊皺雙眉，一句話也說不出來。十三妹心中納悶，說：「妹子，你如今禍退身安，正該歡喜，怎麼倒發起怔來了？」這句話一問，那張金鳳越發臉上青黃不定，索性坐也不是，站也不是起來，把個十三妹急得拉著他問道：「你不是嚇著了？氣著了？心裏不舒服呀？」張金鳳只是搖頭。十三妹納了半天的悶兒，忽然明白了，說：「我的姑奶奶，你不是要撒溺哇？」張金鳳聽了這句，纔說道：「可不是。只是此刻怎得那裏有個淨桶纔好！」十三妹說道：「這麼大人了，要撒溺到底說呀，怎麼彆著不言語呢！還這麼鑿四方眼兒❸，一定要使個淨桶。請問一個和尚廟，可那裏給你找馬子去。快跟了我來罷。」說著，攙著張姑娘到東裏間，替他四處一找，一時也找不出個撒溺的傢伙來。一眼看見那和尚的洗臉盆，在盆架兒上放著，裏頭還有半盆洗臉水。十三妹姑娘連忙拿到房門口兒，潑在當院子裏。進來便把那洗臉盆，放在靠牀沿跟前，催著他小解。張金鳳見了，這纔忙忙的袖手進去，解下裙子，退了中衣，用外面長衣蓋沿，然後蹲下去，鴉雀無聲的小解。一時完事，因向十三妹道：「姐姐不方便方便麼？」十三妹道：「真個的，我也撒一泡。」說著因低頭看了一看，見那臉盆裏，張姑娘的一泡溺，不差甚麼就裝滿了。他便伸手端起來，也潑在院子裏，重新拿進房來小解。這位姑娘的小解法，就與那金鳳姑娘大不相同了。渾身上下，本就只一件短襖，一條褲子。莫說裙子，連件長衣也不曾穿著。只見他雙手拉下中衣，還不曾蹲好，就嘩拉拉鏘啷啷的撒將起來。張金鳳從旁看著，心裏暗暗的說道：「看他俏生生的這兩條腿兒，雪白粉嫩同我一般，怎麼會有這樣的武藝？這樣的氣力？真也令人納罕。」說話間，十三妹站起整理中衣，張金鳳便要去倒那盆子。十三妹道：「那還倒他作甚麼呀，給他放在盆架兒上罷！」且住，說書的，這十三妹既是一位正氣不過的俠女，你為何這等唐突他起來？列公，非唐突也。一則是這位姑娘生性豪爽，一片天真，從不會學那小家女子，遮遮掩掩，扭扭捏捏。二則兩個女孩兒在一處，本沒有甚麼避諱。三則姑娘的這泡溺，大約也是彆急了，這叫作風火事兒，斯文不來。閒話休提。且說那張金鳳整好衣裙，仍同十三妹回到西間坐下。此時氣兒也緩過來了，臉兒也有紅似白的了。兩個人纔掩上房門，一問一答的談起心來。談到婆家那裏，張姑娘又低了頭含羞

---

❸ 鑿四方眼兒：呆板。

不語。十三妹道：「這男婚女嫁，是人生大禮，世上這些女孩兒，可臊的是甚麼？我本就不懂。好妹妹，我是個急性子人，你有話爽爽快快的說，不許慪我。」張金鳳只得紅著臉，說了一句：「還沒有呢。」十三妹道：「我問你一句話，可不怕你思量。我聽見說你們居鄉的人兒都是從小兒就說婆婆家，還有十一二歲，就給人家童養去的，怎麼妹妹的大事還沒定呢？」張金鳳道：「這也有個緣故。只因我爹媽膝下無兒，想要招贅。又因我叔叔臨危，再三囑咐說，一定要揀一個讀書種子。因此還不曾定。」十三妹道：「噯喲，這鄉村地方兒，可那裏去找個真讀書種子呢？就有。也不過是個平常鄉愚，如何消受得妹子你起。」說著，低頭想了一想，又道：「妹妹，既如此，姐姐給你做個媒，提一門親如何？」張金鳳聽了，低下頭去，又不言語。十三妹站起來，拍著他的肩膀兒說：「不許害羞，說話！」張金鳳悄聲道：「姐姐你叫我怎樣個說法？此時爹媽是甚麼樣的心緒？妹子是甚麼樣的時運？況這路途之中，那裏還提得到此？」十三妹道：「你這話我聽出來了，想是不知我說的是個甚麼人家兒，甚麼人物兒。我索性明明白白的告訴你，我要給你提的，就是你方纔見的這個安公子。你瞧瞧門戶兒、模樣兒、人品兒、心地兒，大約也還配得上妹妹你罷。」這張金鳳再也想不到十三妹提的，就是眼前這個人。霎時間羞得他面起紅雲，眉含春色，要住不好，要躲不好，只得扭過頭去。怎當得十三妹定要問他個牙白口清❹，急得無法，說道：「姐姐，這事要爹媽作主，怎生的只管問起妹子來！」十三妹道：「自然要他二位老人家作主，何消說得。只是我先要問你個願意不願意？」那張金鳳此時被十三妹磨的，也不知嘴裏是酸是甜，心裏是悲是喜，只覺得胸口裏像小鹿兒一般突突的亂跳。緊咬著牙，始終一聲兒不言語。倒把個十三妹

❹ 牙白口清：說得清清楚楚。

慪得沒法兒了。因說道：「我看這句話，大約是問不出你來了。你瞧我也認得幾個字兒。」說著，走到堂屋裏，把那桌子上茶壺裏的茶，倒了半碗過來。蘸著那茶，在炕桌上寫了兩行字。張金鳳偷眼一看，只見寫的一行是「願意」兩個字，一行是「不願意」三個字。只聽十三妹笑道：「妹妹來罷，你要願意，就把那『不願意』三個字抹了去，留『願意』兩個字。你要不願意，就把那『願意』兩個字抹了去，留『不願意』三個字。這沒甚麼為難的了罷？」說著，便去拉張金鳳的手，那張姑娘那裏肯伸手去抹那字。只是怎禁得十三妹的勁大，被拉不過，只得隨手一陣的亂抹。不想可巧恰恰的把個「不」字抹了去。十三妹嘻嘻的笑道：「哦，單把個『不』字抹去了，這便是願意願意，是不是？果然如此好極了。這件事交給姐姐，保管你稱心如意。」這張金鳳姑娘被十三妹纏磨了半日，臉上雖然十分的下不來，心上卻是二十分的過不去。只在這過不去的上頭，不免又生出一段疑惑來。你道這是甚麼緣故？張金鳳原是個聰明絕頂的人，他心裏想著，要論安公子的才貌品學，自然不必講是個上等人物了。尤其難得的，是眼見他的相貌，耳聽他的言談。見他相貌端莊，就可知他的性情；聽他的言談儒雅，就可知他的學問，更與那傳說風聞的不同。雖然如此，一個人既作了個女孩兒，這條身子，比精金美玉還尊貴。縱然遇見潘安、子建一流人物，也只好發乎情，止乎禮。但是止乎禮，是人人有法兒的；要說不准他發乎情，雖是聖賢仙佛也沒法兒。所苦的是這情字兒，雖到海枯石爛，也只好擱在心裏，斷斷說不出口來。便是女孩兒家不識羞，說出口來，這事也不是求得人的，也不是旁人包辦得來的。不想今日無端的萍水相逢，碰見了這個十三妹。第一件先從泥裏救了我的性命，第二件便從意外算到我的終身。這等才貌雙全的一個安公子，他還恐怕我有個不願意，要問我個牙白口清，還不許不說。這個人心地的厚，腸子的熱，也算到了頭兒了。只是他也是個女孩兒，俗語說的，「人同此心，心同此理。」若說照安公子這等的人物，他還看不入眼，這眼界也就太高了，不是情理。若說他既看得入眼，這心就同枯木死灰，絲毫不動，這心地也就太冷了，更不是情理。若說一樣的動心，把這等終身要緊的大事，百年難遇的良緣，倒扔開自己，雙手送給我這樣一個初次見面、旁不相干的張金鳳，尤其不是情理。這段緣故，叫人實在不能不疑。莫非他心裏有這段姻緣，自己不好開口，卻明修棧道，暗度陳倉，先說定了我的事，然後好借重我爹媽，給他作個月下老人，聯成一牀三好，也定不得。若果如此，我不但不好辜負他這番美意，更得體貼他這片苦心，纔報得過他來。只是我怎麼個問法兒呢？這張姑娘只管如此，心問口，口問心的一番盤算，臉上那種為難的樣子，比方纔彆著那泡溺，還露著為難。忍不住，趕著十三妹叫了一聲姐姐，說道：「姐姐，妹子雖則念了幾年書，也知道了古往今來的幾個人物，幾樁公案。只是有一個故典，心裏始終不得明白，要請教姐姐。」十三妹早聽出他話裏有話，笑問道：「你且說來我聽。」張金鳳道：「記得那大乘經上，講的我佛未成佛以前，在深山參修正果，見那虎餓了，便割下自己的肉來喂虎。見那鷹餓了，便刳出自己的腸子來喂鷹。果然如此，那我佛的慈悲，真算得愛及飛禽走獸了。只是他自己不顧他自己的皮肉肝腸，這是個甚麼意思？」列公，這句話要問一個村姑蠢婦，那自然就一世也莫想明白了。這十三妹本是個玲瓏剔透的人，他那聰明，正合張金鳳針鋒相對。聽了這話，冷笑了一聲，接著歎了一口氣，說：「妹子，你可記得漢書有兩句話道的最好，道是：『可為知者道，難為俗人言。』你我雖是傾蓋之交，你也算得我一個知己了。但是做姐姐的心事，更自不同。只可為自己道，難為知者言。總而言之，一句話，慢說跟前這樣的美滿良緣，大約這人世上的姻緣二字，今生於我無分。」

張金鳳聽了這段話，更加狐疑。還要往下問，只聽安公子在院子裏說道：「嚄，嚄，好燙。快開門。」說著，只見他捧著一盤子熱騰騰的饅頭，推門放在桌子上。他姐妹兩個，就連忙把話掩住不提。緊接著張老夫妻把煮的肘子肥雞，連飯鍋、小菜、醬油、蒜片、飯碗、匙筯分作二三盪，都搬運了來，分作兩桌。安公子同張老在堂屋地桌上，張金鳳母女同十三妹在西間炕桌上。張老又把菜刀案板也拿來，把那肘子切作兩盤分開。十三妹道：「那兩隻雞不用切了，咱們撕了吃罷。」安公子聽見，就要下手去撕。十三妹想起他那兩隻手，是方纔擰溺褲襠的，連忙攔他道：「你那兩隻手算了罷。」安公子聽了說：「等我洗洗去。」說著，跑到東屋裏，在那洗臉盆裏就洗。十三妹嚷道：「用不著你多事，你不用在那盆裏洗手。」安公子說：「不怕，水不涼，這是我剛纔擦臉的，還溫和呢！」把個張金鳳急的又是害羞，又是要笑，只得掉過頭去。十三妹絲毫不在意，如同沒事人一般，只說了一句，「你就洗了手，我也不准你動。」說話間，那張老婆兒已經把兩隻肥雞，撕作兩盤子放好。他老兩口兒，餓了一天，各各飽餐一頓。張姑娘、安公子也吃了些，只有十三妹姑娘如風捲殘雲，吃了七個饅頭，還找補了四碗半飯。剛纔放下筷子，道：「得了，我這肚子裏是一點兒不為難了。咱們打仗啊！上路啊！商量罷！」張老道：「等我把傢伙先揀下去，歸著歸著。」十三妹道：「還管他歸著傢伙嗎？你老人家，倒是沏壺茶來罷。」張老一面去沏茶，安公子幫著張老婆兒，把傢伙都撤去，堆在廊下。一時茶來了，大家漱口喝茶。張姑娘同母親這纔在牕臺兒上，各人找著自己的煙荷包煙袋，吃了一袋煙。大家照舊在堂屋裏歸坐已畢。十三妹對眾人說道：「飯兒是吃在肚子裏了，上路的主意，我也有了。就是得先合你兩家商量。你兩家四位裏頭，一邊是到下路去的，一邊是到上路去的。兩頭兒都得我護送，我縱有天大的本事，我可不會分身法兒。我先護送你們那一頭兒好？」安公子道：「姑娘先許的送我，自然是送了我去。」十三妹道：「這是你的主意。人家爺兒三個呢？在這廟裏餓著，等人命官司！」安公子道：「不然，他有爺兒三個，還怕路上沒照應不成？」十三妹道：「夢話，這裏弄了這樣一個大未完，自然得趁天不亮走，半夜裏難免不撞著歹人。即或幸而無事，你瞧這爺兒三個，老的老，少的少，男的男，女的女，露頭露腦，走到大路上，算一群逃難的，還是算一群拍花❺的呢？遇見個眼明手快作公的，有個不盤問的嗎？一盤問，有個不出岔兒的嗎？你算是沒事了，你也想想這句話，說的出口呀！」說畢，也不合他再談。回頭問著張老夫妻說：「你二位老人家的意思怎麼樣？」二人還未及答言，張金鳳是個有心思的，他可把正話兒反說著，便對十三妹道：「姐姐原是為救安公子而來，如今自然送佛送到西天❻。我爺兒三個，託安公子的一點福星，蒙姐姐救了性命，已經是萬分之幸。不見得此去再有甚麼意外的事，即或有事，這也是命中造定，真個的叫姐姐管我們一輩子不成？」十三妹也不答言，又回轉頭來，向著安公子道：「你聽聽人家這纔叫話。你聽著臉上也下得來呀？心裏也過得去呀？」把個安公子問的諾諾連聲，不敢回答。

只見十三妹欠身離坐，向張老夫妻道：「這樁事，卻得你二位老人家作主。要得安然無事，除非把你兩家合成一家，我一個人兒就好照顧了。」張老道：「怎麼合成一家呢？」十三妹道：「如今且把上路的話擱起，我的意思，要先給我妹妹提門親，給你二位老人家招贅個女婿。可不知你二位願意不願意？」張金鳳聽了，站起來就走。十三妹離坐，一把拉住，按在身旁坐下，說：「不許跑！」把個張姑娘羞得

❺ 拍花：江湖上黑語，稱拐帶女子為「拍花」。

❻ 送佛送到西天：幫助別人，有始有終。

無地自容，坐又不是，走又不能。只聽得他父親說道：「姑娘，我一家子的性命，都是你給的，你說甚麼有個不願意的？只是這個地方，這個時候，那裏去說親去呀？」十三妹道：「遠不在千里，近只在目前。」因指著安公子道：「就是他。你二位相看相看，中意不中意？」張老跳起來道：「姑娘，這是偺話？他是官宦人家，我是鄉老兒，怎麼攀配得起？罪過，罪過。」十三妹道：「這話你們不用管，只說願意不願意？」張老聽了，瞅著老婆兒，老婆兒瞅著女兒。一時老兩口兒，大不得主意起來。十三妹道：「不用問你們姑娘，在家從父，出嫁從夫，願意不願意，由不得他作主。」老婆兒道：「好，還怕不好嗎？只是俺們拿偺賠送呢？」十三妹道：「這話你們也不必管，就只成不成的一句話，不用猶疑。」張老心裏战敠了半日，說道：「姑娘這話，這麼說罷，我們公母倆⑦是千肯萬肯的咧，可是倒踏門兒的女婿，我們纔敢應聲兒呢。再這話也得問問安公子。」十三妹道：「這事在我。」因含笑先拍了張金鳳一把，說：「姑奶奶，我喝定了你的謝媒茶了。」這纔叫了聲「安公子」，說道：「你大概沒甚麼推辭罷！」誰想安公子起初見這位姑娘，且不商量上路，百忙裏要給張金鳳說親，已經覺得離奇，及至聽見說到自己身上，更加詫異。心裏一想，這可又是件糟事。我從幼兒的毛病兒，見個生眼兒的娘兒們，就沒說話先紅臉，再要聽見說媳婦兒，那更了不得了。今日同這二位混混了半夜，好容易臉不紅了，這時候忽然又給說起媳婦來，就說媳婦兒也罷，也有這樣當面鼓、對面鑼的說親的嗎？這位媒人的脾氣兒，還帶著是不容人說話，這可怎麼好？我看這事，比方纔那和尚讓酒還累贅。這小爺正在那裏心裏為難，聽十三妹如此一問，他趕緊站起，連連的擺手說：「姑娘，這事斷斷不可。」十三妹道：「哦，不可，想是你

⑦ 公母倆：謂夫婦。

嫌我這妹妹醜。」安公子道：「非也。從來娶妻娶德，選妾選色。那戰國的齊宣王，也曾娶過無鹽。蜀漢的諸葛武侯，也曾娶過黃承彥之女。都是奇醜無對的。究竟這二位淑女相夫，一個作了英主，一個作了賢相。醜又何妨？況且這張家姑娘，是何等的天人相貌，那裏還說得到個醜字？不為此。」十三妹道：「既不為此，想來是你嫌我這妹妹窮。」安公子道：「更非也。自古道濁富莫如清貧，我夫子也曾說過：『富貴貧賤，皆須以道得之。』這貧富二字，原是市井小人的見識，豈是君子談得的。窮又何妨？也不為此。」十三妹道：「也不為此，想來是你嫌我這妹妹家裏沒根基。」安公子道：「尤其非也。姑娘你這等一位高明人，難道連那瑤草無塵根的這句話也不曉得？這根基兩個字，不在門庭家世上講，要在心地品行上講的。你只看張家姑娘這等的玉潔冰清，可是沒根基的人做得來的？不為此，不為此。」十三妹道：「你這話我聽出來了，一定是你已經定下親事了。這又何妨。像你這等的世家，三妻四妾的儘有，也沒有甚麼斷斷不可的去處呀。」安公子急的搖頭道：「不曾，不曾。我並不曾定下親事。」十三妹笑道：「你不曾定親，問著你，你這也非也，那也非也，儘著飛來飛去，可把我飛暈了。倒是你自己說說罷。」安公子纔說道：「姑娘，我安驥此番拋棄功名，折變產業，離鄉背井，冒雨衝風，為著何來？為的是父親身在縲絏之中，我早到一日，老人家早安一日。不想我在途中忽然的主僕分離，到此地又險些兒性命不保。若不虧姑娘趕來搭救我，雖死也作個不孝之鬼。如今得了殘生，又承姑娘的厚贈，恨不得立刻就飛到父親跟前纔好，那裏還有閒工夫作這等沒要緊的勾當？況且父親的待我，雖然百般愛惜，教訓起來，卻是十分嚴厲。今日這樁事，若不稟命而行，萬一日後父親有個不然起來，我何以處張金鳳姑娘？又何以對姑娘你？姑娘，這事斷斷不可。」十三妹聽安公子的話，說得有裏有面，近情近理，待要駁他，一時卻駁不倒。無如此時，自己是騎著老虎過海，可真下不來了。只得勉強冷笑一聲，說：「我的少爺，你這可是看鼓兒詞看邪了。你大概就把這個叫作臨陣收妻。你聽我告訴你。你要說為老人家的事，如今銀子是有了。我既說過保你個人財無恙，骨肉重逢，這話自然要說到那裏，作到那裏。你要說定親這件事沒要緊，自古『不孝有三，無後為大』，況且俗語說的：『過了這個村兒，沒這個店兒。』你要再找我妹妹這麼一個人兒，只怕你走遍天下，打著燈籠也沒處找去。你要說慮到老人家日後有個不允，據我聽你講起你家太爺的光景來，一定是一位品學兼優、閱歷通達的老輩，斷不像你這樣固執不通。慢說見了我妹妹這等德言工貌的全才，就聽見我這等的癡傻獃呆的作事，都沒有個不允的理。你放心，況且事情到了這個地步了，只有成的理，沒有破的理。你以為可，也是這樣定了；你以為不可，也是這樣定了。你可知些進退。」張老夫妻，一旁看了，自然不好搭話。張金鳳更是萬分的作難。不想死心眼兒的，遇見死心眼兒的了。只見安公子氣昂昂的高聲說道：「姑娘不可如此。『三軍可奪帥也，匹夫不可奪志也。』我安驥寧可負了姑娘，作個無義人，絕不敢背了父母，作個不孝子。這事斷斷不能從命。」十三妹聽了，登時把兩道蛾眉一豎，說：「不信你就講的這等決裂。很好，你既不能從命，我也不敢承情。算我年輕好事，冒失糊塗。我是沒得說了，只怕有個主兒，你倒未必合他講的過去。」安公子道：「憑他甚麼主兒，難道還好強人所難不成？便是這等，我也不妨合他去講。」十三妹聽了這話，滿臉怒容，更不答話。一伸手從桌子上綽起那把雁翎寶刀來，在燈前一擺，說：「就是我這把刀，要問問你這事到底是可喲，是不可？還是斷斷不可？」說話間，只見他單臂一揚，把刀往上一舉，撲了安公子去，對準頂門往下就砍。這正是：信有雲鬟稱月老，何妨白刃代紅絲。要知安公子性命如何？下回書交代。

第十回　玩新詞匆忙失寶硯　防暴客諄切付雕弓

上回書講的是十三妹仗義任俠，救了安龍媒、張金鳳，並張老夫妻二人。因見張姑娘是個聰明絕頂的佳人，安公子是個才貌無雙的子弟，自己便輕輕的把一個月下老人的沉重，擔在身上，要給他二人聯成這段良緣。不想合安公子一時話不投機，惹動他一沖的性兒，羞惱成怒，還不曾紅絲暗繫，先弄得白刃相加。按這段評話的面子聽起來，似乎純是十三妹一味的少不更事，生做蠻來。卻是不然。書裏一路表過的，這位十三妹姑娘是天生的一個俠烈機警人。但遇著濟困扶危的事，必先通盤打算一個水落石出，纔肯下手。與那西遊記上的羅剎女、水滸傳裏的顧大嫂的作事，卻是大不相同。即如這樁事，十三妹原因俠義兩個字上起見，一心要救安、張兩家四口的性命，纔殺了僧俗若干人。既殺了若干人，其勢必得打發兩家，趕緊上路逃走，纔得遠禍。講到路上，一邊是一個瘦弱書生，帶著黃金輜重。一邊是兩個鄉愚老者，伴著紅粉嬌娃。就免不了路上不撞著歹人，其勢必得有人護送。講到護送，除了自己一身之外，責堪旁貸者，再無一人。講到自己護送，無論家有父母，不能分身遠離。就便得分身，他兩家一南一北，兩路分程，不能兼顧，其勢不得不把兩家合成一路。講到兩家合成一路，又是一個孤男、一個幼女，非鴉非鳳，不好同行。更兼二人年貌相當，天生就的一雙嘉耦，使他當面錯過，也是天地間的一樁恨事。莫若借此給他合成這段美滿姻緣，不但張金鳳此身得所，連他父母，也不必再計及到招贅門婿，一同跟了女兒前去，倒可圖個半生安飽。如此一轉移間，就打算個護送他們的法兒，也還不難。自己也算救人救徹，救火救滅，不枉費這番心力。此十三妹所以挺身出來，給安龍媒、張金鳳二人執柯作伐的一番苦心孤詣也。又因他自己是個女孩兒，看著世間的女孩子，自然都是一般的尊貴，未免就把世間這些男子貶低了一層。再兼這張金鳳的模樣，言談性情行徑，都與自己相同，更存了個惺惺惜惺惺的意見。所以為他作個媒，心裏只有張金鳳的願不願，張老夫妻的肯不肯，那安公子一邊，直不曾著意。料他也斷沒個不願不肯的理。誰想安公子雖是個少年後生，卻生來的老成端正，一口咬定了幾句聖經賢傳，斷不放鬆。這其間弄得個作媒的，在那一頭兒，把弓兒拉滿了，在這一頭兒，可把釘子碰著了，自然就不能不鬧到揚眉裂眦，拔刀相向起來。這是情所必至，理有固然的一段文章。列公莫認作十三妹生做蠻來，也莫怪道說書的胡謅硬扭。話休絮煩，言歸正傳。卻說安公子見十三妹揚刀奔了他來，噯呀了一聲，雙手握著脖子，望門外就跑。張老婆兒是嚇得渾身亂抖，不能出聲。張老見了，一步搶到屋門，雙手叉住門框說：「姑娘，這可使不得，有話好講。」嘴裏只管苦勸，卻又不好上前用手相攔。這個當兒，張金鳳更比他父母著急。你道他為何更加著急？原來當十三妹向他私下盤問的時候，他早已猜透十三妹要把他兩路合成一家、一舉三得的用意。所以一任十三妹調度，更不顧問。料想安公子在十三妹跟前受恩深重，也斷沒個不允之理。不料安公子倒再三的推辭。他聽著如坐針氈，正不知這事怎的個收場，只是不好開口。如今見一直鬧到拿刀動杖起來，便安公子被逼無奈應了，自己已經覺得無味，儻然他始終不應這句話，這十三妹雷厲風行的一般性子，果然鬧出一個大未完來，不但想不出自己這條身子何以自處，請問這是一樁甚麼事，成一回甚麼書？莫若此時趁事在成敗未定之天，自己先留個地步。一則保了這沒過門女婿的性命。二則全了這一相情願媒人的臉面。三則也占了我女孩家自己的身分。四則如此一行，只怕這事倒有個十拿九穩，也不見得。想罷，他也顧不得那叫避嫌，那叫害羞，連忙上前把十三妹擎刀的這隻右肐膊，雙手抱住，往下一墜，乘勢跪下，叫聲：「姐姐請息怒！聽妹子一言告稟。」因說道：「姐姐，這話不是我女兒家不顧羞恥，事到其間，不說是斷斷不得明白的了。姐姐的初意，原是因我兩家分途行走，兼顧不來，纔要歸作一路。歸作一路，同行不便，纔有這番作合。姐姐的深心，除了妹子體貼的到，不但爹媽不得明白，大約安公子也不得明白。若論安公子方纔這番話，所慮也不為無理。只是我們做女孩的，被人這等當面拒絕，難消受些。在我替我算計，此時惟有早早退避，纔是個自全的道理，還有何話可說。所難的是，姐姐方纔當面給我兩家作合的這句話，不但爹媽應准的，連天地鬼神都聽見的。我張金鳳可只有這一條道兒可走，沒第二句話可商量。如今事情鬧到這步田地，依我說，把這婚姻兩字權且擱起。也不必問安公子到底可與不可的話，我就遵著姐姐的話，跟著爹媽一直送安公子到淮安。一路行則分轍，住則異室，也沒甚麼不方便的去處。到了淮安，他家太爺、太太以為可，妹子就遵姐姐的話，作他安家的媳婦；以為不可，靠著我爹爹的耕種刨鋤，我娘兒兩個的縫聯補綻，到那裏也吃了飯了。我依然作我張家的女兒。只是我雖作張家女兒，卻得借重他家這個安字兒，虛掛個招牌字號，那時我便長齋繡佛，奉養爹媽一世，也算遵了姐姐的話，一天大事就完了。姐姐此時，何必合他惹這閒氣？」

張姑娘這幾句話，說得軟中帶硬，八面兒見光，包羅萬象，把個鐵錚錚的十三妹倒在那裏為起難來了。只得勉強說道：「咻，豈有此理。難道咱們作女孩兒的，活得不值了，倒去將就人家不成？你看我到底要問出他個可不可來再講。」

再說安公子若說不願得這等一個絕代佳人，斷無此理。只因他一團純孝，此時心中只有個父母，更不能再顧到第二層。再加十三妹心裏作事，他又不是這位姑娘肚子裏的蛔蟲，如何能體貼得這樣周到呢？所以纔有這場決裂。如今聽張金鳳這幾句話，說了個雪亮。這是椿一舉三得的事，難道還有甚麼扭揑的去處。那時他正在牕外進退兩難，聽得十三妹說到底要問他個可不可，便從張老胳肢窩底下鑽進來跪下，向十三妹道：「姑娘不必動氣了，我方纔一時迂執，守經而不能達權。恰纔聽了張家姑娘這番話，心中豁然貫通。如今就求姑娘主婚，把我二人聯成匹耦，一同上路。到了淮安，我把這段下情先向母親說明，父親如果准行，卻是天從人願。儻然不准，我豁著受一場教訓，挨一頓板子，也沒的怨。到了萬萬無可挽回，張姑娘他說為我守貞，我便為他守義，情願一世不娶哪！這話皇天后土，實所共鑒。有渝此盟，神明殛之。姑娘你道如何啦啊？」十三妹見安公子這個光景，知他這話不是被逼無奈，直是出於天良之誠，不覺變嗔為喜，這纔把膀根兒一鬆，刀尖兒朝下一轉，手裏攥著那把刀，向安公子、張金鳳道：「你二人媒都謝了，還合我鬧的是甚麼假惺惺兒呢？」說著，把張姑娘攙起，送到東間暫避。回身出來，便向張老夫妻道喜。張老道：「我的姑娘，你可真太費心了。」張老婆兒道：「我的菩薩，沒把我嚇煞了。如今可好咧！」姑娘道：「告訴你老人家罷，這就叫作不打不成相與。」說著，回頭又向安公子道：「妹夫，你可莫怪我鹵莽，這是天生的一件成得破不得的事。大約不是我這等鹵莽，這事也不得成。至於你方纔拒婚的這段話，卻也說得不錯。婚姻人事，自然要聽父母之命纔是。但是父母也大不過天地，今夜正是月圓當空，三星在戶。你看這星月的光兒，一直照進門來了。你二人都在客邊，想來彼此都沒個紅定。只是這大禮不可不行，就對著這月光，你二人在門裏對天一拜，完成大禮。」說著便請張老招護了安公子，張老婆兒招護了張姑娘拜過天地。十三妹又走到八仙桌子跟前，把那盞燈拿起來，彈了彈蠟花，放在桌子正中。說道：「你二人就向上磕三個頭。妹夫，就算拜告了父母。妹妹就算參見了公婆。」拜畢，十三妹又向張老夫妻道：「你二位老人家請上坐，好受女兒女婿的禮。」二人道：「我們罷了。鬧了個半日，也該姑爺歇歇兒了。」十三妹道：「不然，這個禮可錯不得。」說著便自己過去，扶了張姑娘同安公子站齊了，雙雙磕下頭去。張老道：「白頭到老的，這都是恩人的好處。我老兩口兒下半世，可就靠著姑爺了。」老婆兒道：「那還用說哩。他疼咱們閨女，有個不疼咱倆的？」一時大禮行罷，把個張老喜歡的無可不可說：「我沏壺熱茶來，大家喝喝。」說著拿了茶壺，到廚房裏沏茶去了。安公子此時是怕也忘了，臊也忘了，樂的也不知該說那一句話是頭一句，轉覺得滿臉周身的不得勁兒，在那裏滿地亂轉。這個當兒，張姑娘還低著頭，站在當地不動。他母親道：「姑娘，你這邊兒坐下，歇歇腿兒罷。」張姑娘只合他母親努嘴兒，抬眼皮兒的使眼色。無奈這位老媽媽兒，總看不出來。急得個張姑娘沒法兒，只好賣嚷兒了。他便望空說道：「啊，我們到底該叩謝叩謝這位恩深義重的姐姐纔是。」一句話把安公子提醒，連說：「有理有理。」這纔忙忙的跑過來，同張姑娘雙雙跪下，向上給十三妹磕頭。安公子這幾個頭，真是磕了個死心塌地的。只見他連起帶拜的鬧了一陣，大約連他自己也不記得是磕了三個啊，還是磕了五個。十三妹也斂衽萬福，還過了禮，便一把把張金鳳拉到身旁坐下，看了他笑道：「嘖，嘖，嘖，果然是一對美滿姻緣，不想姐姐竟給你弄成了。這也不枉我這滴心血。」張姑娘聽了，感極而泣，不覺掉下淚來。

正說著，張老沏了茶來。大家喝罷。十三妹道：「咱們可就要歸著行李了。」因對張老道：「你老人家帶了你們姑爺，拿了燈，先到那地窨子裏，把他那幾個箱子打開。凡衣服首飾，以及零星有記認的東西，一概不要。但是所有金錢，不論多少，都給我拿出來。」二人聽了，也不知甚麼意思，只得拿燈前去。進了那個櫃門，張老道：「姑爺，你讓我拿著燈罷。」說著，接過燈來，照了安公子，一步一步從臺堦兒下去。二人進了地窨子門，果見有幾個箱子硌在牀頭上。一個一個搬下來打開，裏頭不過是些衣飾之類，也不細看。只見每個箱子裏，整的也有，碎的也有，都有兩三包銀子。一一拿出來，堆在地下。回頭看了看牀裏邊，放著個小包袱，提了提，覺得很重。打開一看，原來是他老婆兒合女孩兒的隨身包袱，連家裏帶出來的那一百兩銀子，都在裏頭。也提在地下。重復拿著燈搬運出來，說明了原因。十三妹略略數了一數，通共也有個千把兩銀子。因先揀了一包碎的，約略不足百兩，擱在一邊。又把那小包袱，仍交還他母女。然後指了那十幾包銀子，向安公子道：「我圖個便利，你把這一千來的銀子拿去，換給我一百金。」安公子聽了，叫聲「姑娘」，自己忙又改口道：「我怎麼還是這等稱呼，我自然也該稱作姐姐纔是。姐姐，這原是你的東西，怎說到換起來？」十三妹道：「你不換我不要了。」安公子連說：「換，換。」就拿了一包過來。十三妹接在手裏，向張金鳳道：「妹妹，咱們可不是空身兒投到他家去了。這一百金子，算姐姐給你墊個箱底兒罷。」隨把包兒遞給張老婆兒手裏。那老婆兒道：「姑娘怎嗎呢？罷呀！你疼你妹子，還疼的不夠呀，還給他這東西。」嘴裏說著，手裏可接過去了。張老看了，也一旁道謝不迭。十三妹交明了，就催安公子收那銀子。安公子再三的不肯道：「姐姐，你難道不留些使？」十三妹道：「方纔留下那一包碎的，儘夠我同母親過冬了。即或不夠，左右有那一項沒主兒的錢，我甚麼時候用，甚麼時候取。你別累贅，快些收去。大家好打點起身。」安公子聽了無法，只得收下。十三妹出了一回神，問著張老道：「我方纔在馬圈裏看見一輛蓆棚兒車，想來就是他娘兒兩個坐的。一定是你老人家趕來的呀。」張老道：「可不是我，還有誰呢！」十三妹道：「這輛車連牲口，都好端端的在那裏呢。你老人家這時候，就去把他收拾妥當了，回來把你們姑爺的被套、行李、銀兩，給他裝在車上。把一應的東西裝好，鋪墊平了，叫他娘兒兩個好坐。再把那個驢兒，解下邊套來，勻給你們姑爺騎。」說著，便問安公子道：「會騎驢呀？」安公子道：「馬也會騎，何況於驢。難道一路不是騎了包程驢子來的？只怕沒有鞍子。」張老道：「有，我車上捎著個帶馬褥子的軟屜鞍子呢。」十三妹道：「那就巧極了。牲口也有了，就叫你們姑爺騎上，跟著一夥同行。等都弄妥當了，咱們大家趁著天不亮就動身。我一直送你們過了縣東關，那裏自然有人接著護送下去。管保你們老少四口兒，一路安然無事。這算沒關我的事了。你們爺兒三個，就去收拾起來。我同我這妹妹，再多說一刻的話兒。」大家聽了，自是個個歡喜。張老道：「等我去看看牲口，把草口袋拿出來，先喂上他，回來好走路。」安公子道：「我也去，我在這邊閒著作甚麼！」說著，一同去了。這工夫，張家母女二人，把行李金銀，一包捆妥當。張老喂上牲口，同安公子進來。又叫那老婆兒幫著，三個搬運了幾次，纔得運完裝好。只見張老又忙忙的回來，向十三妹道：「姑娘我又想起件事情來了。咱們走後，萬一天明進來一個人，這一院子的死和尚，可怎麼好哇？」十三妹笑道：「這個都在我，只管放心走路，橫豎不與你我相干。」張老道：「這樣敢是好，我可招呼車去了。你們娘兒們收拾收拾，也是時候兒了，上車罷。」卻說十三妹見諸事已畢，便叫安公子去屋裏找分筆硯來用。安公子道：「此時要筆硯何用？我這裏現成。」說著，從懷裏掏出一個小小的布包來打開。只見裏面包著一塊圓式硯臺，用檀木盒兒裝著。那塊石頭細膩精純，那硯臺盒子上面，又密密的鐫著銘跋字跡，端的是塊寶硯。安公子又在靴掖裏取出筆墨來，研好了墨，連筆遞將過去。那十三妹左手托了硯臺，右手把筆蘸得飽了，跳上桌子，回頭叫安公子舉燈照著，他便在那正中對著房門的北牆上，筆墨淋漓，寫了兩行大字。安公子一面拿燈光照看，一面眼睛隨著筆，一字一字的往下看，接著口中念道：

貪嗔癡愛四重關，這闍黎重重都犯。他殺人污佛地，我救苦下雲端，刬惡鋤奸。覓我時，合你雲中相見。

念完，樂的他砸嘴搖頭，拍腿打掌的呵呵大笑，說道：「姐姐，我只見你舞刀弄棒、殺人如麻，以為奇特；再不曉得你胸中還埋著如此一段珠璣錦繡。這等書法，也寫得這等鳳舞龍飛，真令人拜服。只是大家方纔問姐姐你的住處，你只道在雲端裏住。如今這詞句裏又是甚麼『雲中相見』，莫非你真個在雲端裏不成？」十三妹笑道：「我這都是夢話，你不用問他。」安公子接著搖頭道：「不然，不然。這裏邊定有個道理。」說畢，還是在那裏獃獃的細揣摩那「雲中相見」的這句話。那十三妹早下了桌子，把筆硯放下，便把那把寶刀，依舊的插在腰間。又向牆上取下那張彈弓來跨上，然後揣上那包銀子，一口把燈吹滅。說道：「別耽延了，走罷。」邁步出門，朝外先走。張家母女合安公子見了，也只得忙忙的隨了出來。這十三妹出得院門，先到配殿把驢兒拉上，就一直的奔了馬圈。見那車輛牲口都已妥當，隨即打發張家母女上了車。安公子也拉了他的牲口。十三妹又把自己的驢兒，也交給他帶著。開了門，讓大家出去。張姑娘在車裏問道：「姐姐不走，還等甚麼？」十三妹道：「我還有點事兒。你們在外邊略等。」說著催了車輛牲口出門，自己重新把門關好。然後他纔就地托的一縱，縱上房去，從房外頭跳將下來。便在驢兒上解下包袱，依然罩上那塊青紗包頭，穿上那件佛青布衫兒，重新跨上彈弓，騎上驢兒，趁著那斜月殘星，護送著一行人，逍遙自在的竟自投東去了。

走了一程，到了岔道口。那天纔東方閃亮。就從那裏上了大道，一直的向茌平縣的北門關廂，從城外一路繞向東門關廂而來。出了東關廂，十三妹見人煙漸漸稀少，向安公子道：「護送你們的那個人，我合他約在前面二十里外柳樹叢林裏相候，我先走一步，招呼他去。你們隨後趕來。」說著，一磕牲口，如飛而去。安公子同張老隨後趲著牲口趕來。走了約莫有一個時辰，早已遠遠望著一帶柳樹林子。大家趲向前去，只見十三妹的那匹黑驢兒，拴在一棵樹上。大家到了跟前，安公子下了牲口，張家母女，也從車上下來，轉進樹林。十三妹早從裏邊迎了出來。安公子一見，就先問道：「姐姐說的護送我們那位在那裏？請來相見。」十三妹說：「已經在此，恭候多時。你不用忙，大家且在這樹底下坐了，歇歇兒再說。」因對眾人說道：「你們大家自然都要見見這位護送你們去的人，是怎樣一個英雄。如今我實對你們說罷，你們此去，經過牤牛山、癩象嶺、雄雞渡、野豬林，都是歹人出沒的去處。慢講一個人護送，就有三個五個、十個八個人，也不過沒事兒的時候，仗個膽子兒，果然到有了事，依然無用。要得千妥萬當，還只有我親身送了你們去。無奈我家有老母，不能遠離。如今我看我這妹子面上，把我這張彈弓兒，借給妹夫你。」說到這裏，安公子道：「姐姐，只是我那裏會打這彈弓？況且姐姐這張彈弓，我又如何拉得開，使得動？」十三妹道：「不用你使。你只把他一路背在身上，雖然抵不得萬馬千軍，大約也算得一個開路的先鋒，保鏢的壯士。」大家聽了，將信將疑，面面相視。十三妹道：「我這話大家乍聽，自然不能見信。你們試想，我豈有拿著你兩家若干條的性命當兒戲。你們今日走一站，明日就過牤牛山。那山上的頭領，個個武藝來得。手下還集著百十個嘍囉，這第一處就不好過。你們明日，倒要趁著後半夜的月色，早走到了牤牛山跟前，這班人一定下山攔路，要借盤纏。你們千萬不可合他動手，張老太爺你也不必搭話，只把車攏住，這算讓他一步。他一看就知是個走路的行家，便不動手了。這可就用著你妹夫了。你只管仗著膽子，不必害怕，天下的強盜，只有打算劫財的，斷沒無故殺人的。那時無論他是騎牲口，是步行。你先下了牲口，只管上前合他搭話，切記不可說車上沒銀子。他們的本領，大凡有起客人經過，有無金銀，並那金銀的數目多少，都料估得出來。你就道車上，卻帶著三五千金，只是要給老人家，如何如何料理官司大事用的，不能勻出來奉送。其餘隨身行李，所值無多，只有這張彈弓，還值得幾兩銀子，就把弓奉送。等他接過這彈弓去看了，不用你開口，他必先問我，那時他不但不敢收這彈弓，只怕還要備酒備飯，幫助盤纏，也不可知。只是你們都不必領他的，也不必到他山上去，就說我的話，合他們借兩個牲口，添上幫套拉這輛車。再撥兩個老作人，一直送你們到淮安界上。我日後見面，定自面謝。那時人也夠用了，牲口也夠使了，你們路上也可以快走了。你們太爺的公事，也可以早完了。不但這樣，再有了這兩個人，便沿路護送，他們都是一氣，不怕有一萬個強盜，你們只管大搖大擺的走罷。這是我給你們打算的，萬無一失的一條出路。大家只管放心前去，不必猶疑。」說著，便從膀子上褪下那張彈弓來，雙手遞給安公子。又對著張金鳳等說道：「妹妹、妹夫，當著他二位老人家在此，你我今日這番相逢，並我今日這番相救，是我天生的好事慣了，你們倒都不必在意。只有這張彈弓，是我的家傳至寶，我從幼兒用到今日，刻不可離。如今因我這妹妹面上，借給妹夫，你千萬不可損壞失落。你一到淮安，完了你老人家的公事之後，第一件是我妹妹的終身大事，第二件就是我這張彈弓兒了。務必專差一個妥當人送來還我。這就是你以德報德了。要緊要緊。」安公子聽一句，應一句，這其間張姑娘心細，聽了這話，便問十三妹道：「姐姐，你方纔苦苦的不肯說個實在姓名住處，將來給你送這彈弓來，便算人人知道有個十三妹姑娘，到底向那裏尋你交代這件東西？」十三妹聽了，低頭想了想說：「有了。方纔妹夫，他不是說褚一官合他奶公姓華的是至親嗎？將來找你家華奶公趕到任上，就教他送交褚一官，轉交一位鄧九公。這鄧九公便是我說的二十八棵紅柳樹住的這位老英雄。他還算我的師傅。褚一官正是他的親戚，你家華奶公又是褚一官的親戚，這樣交代，斷不會錯。我話說盡於此。送君千里，終須一別，我也不往下送了。你老少四位夫妻，前途保重，我們就此作別。」大家熱刺刺的聽了「作別」二字，受恩深處，都不覺滴下淚來。那張金鳳更哭的哽咽難言，忍淚向十三妹說道：「姐姐，你我此一別，不知幾時再得見面？」十三妹道：「若論我，你今生見得著我也不定，見不著我也不定。但是萬事都有個定數，事由天定，豈在人為？」說著，撒手說聲：「你們請罷。」走到樹跟前，解下那頭驢兒，就待騎上要走。忽見安公子啊噯了一聲，雙手把兩腿一拍，直跳起來說：「不得了，這事可不好了！」大家嚇了一跳。連十三妹也拉著驢兒問道：「這是為何？」安公子急得紫漲了臉說道：「姐姐，且不要走，也不必細問。我們此時，且急急的趕回黑風崗那座能仁寺去再講。」十三妹說：「到底是怎麼了？不是落下煙袋了？」安公子連連搖手道：「不是，不是。」張老夫妻也幫著問他。他纔指手畫腳的，向大家說道：「方纔這十三妹姐姐，不是在廟裏牆上題那兩行北新水令的詞兒嗎？我因見那詞兒的聲調雄壯，更兼書法飛舞，又推敲『雲中相見』的這句話，不覺出了神。正在那裏細看，不防姐姐就催著快走。我一時大意，就隨著大家出來，不想把那塊硯臺，落在那廟裏。這便如何是好？」十三妹道：「我只道甚麼大不了事，原來就為這塊硯臺，能值幾何？也值得這等失驚打怪？」安公子道：「姐姐，你有所不知。我這塊硯臺，非尋常硯臺可比，這是祖父留下的一塊寶硯。我祖父臨終交付父親，父親半世苦功，都在這硯臺上面。臨起身珍珍重重的賞給我說，叫我好好用功，對了這硯臺，就如同對著老人家一般，不可違背平日教訓。日後到任上，還要交還老人家。如今失落在這廟裏，叫我拿甚麼回老人家的話？況且那硯臺上的銘跋，鐫著老人家的名號。現在廟裏又弄了這個未完，萬一被人勘破，追究起來，我當如何？走，走，走，我們快快回去。」大家聽了，也道：「這樁東西失落不得。」都沒作理會處。十三妹沉吟了半晌，說：「這樁東西，誠然不可失落。但是眼下我們這一群人，斷斷沒個回去的理。這件事你也交給我。我此番回家得了空兒，本也要探聽探聽那廟裏合地方上的動靜。如今我欲立刻遶道先到那廟裏，從廟後進去，把你這塊硯臺取了，拿到我家，給你好好的收著，斷不至於失損。等你將來專人給我送彈弓來，就把那彈弓算個憑據，取這硯臺。我這裏見了彈弓，交還硯臺，那時兩件東西，各歸本主，豈不是一樁大好事麼？」安公子還在那裏猶豫。張金鳳聽了這句話，正好在心坎兒上，連忙說道：「姐姐說的有理，就是這等一言為定，不可再改。」說著，倒催著十三妹快走。十三妹便一手帶過那頭驢兒，認鐙扳鞍，飛身上去，加上一鞭，回頭向大家說聲：「請了！」霎時間電掣星馳，不見蹤影。這正是：神龍破壁騰空去，夭矯雲中沒處尋。要知後事如何？下回書交代。

第十一回　胡縣官糊塗銷巨案　安公子安穩上長淮

上回書講的是雕弓、寶硯自合而分，十三妹同安龍媒、張金鳳並張老夫妻柳林話別，是這書中開場緊要關頭。那十三妹別後，安公子一行人，直望到望不見了，也就大家上了車輛牲口，投奔河南大路而去。這且不提。

折回來再講那黑風崗的能仁寺。能仁寺原是一座敗落古廟，向來有兩個遊僧在內棲身抄化。自從赤面虎這個凶僧佔了這地面，把兩個遊僧趕出廟去，借著賣茶賣飯為名，藉此劫奪來往客人。那些倒運的被他害了，也不止一個。如今是天理昭彰，惹著了這殺人如戲的十三妹，殺了個寸草不留，自在逍遙的走了。臨走又把廟門從裏頭關了個鐵桶相似。這條道本是條背道，附近又等閒無人來拜佛燒香，就連本地的鄉約地保，也住的甚遠。因此，廟裏只管鬧的那等馬仰人翻，外人竟一點消息也不得知道。自來無巧不成話，不想這茌平縣的西北鄉，偏偏出了一案。地保報到縣裏，這縣官姓胡，原是個賣麵茶的出身，到了正月節，帶賣賣元宵。不知怎的無意中發了一注橫財，忽然的官星發動，就捐了一個知縣，選在茌平地方，人都叫他糊太爺。這胡知縣接了地保的稟報，問了問這西鄉離縣衙有三十多里，便傳了次日下鄉。那縣衙的一班官役，巴不得地方上有事，好去吃地保，又可向事主勒索幾文。到了次日，那些刑書、招房、仵作、捕快人等，一窩蜂的都跟了去。及至到了鄉下，只見不過是兩人口角，彼此揪扭，因傷致死的一樁尋常命案。照例相驗，填了尸格回來。那地保規矩，是送縣官過了他管的地界，纔敢回去。這能仁寺正在他的地界上，來回都從廟前經過。恰巧走到離廟不遠，這位縣官因早起著了些涼，忽然犯了疝氣，要找個地方歇歇，弄口薑湯喝。跟班的便吩咐衙役，叫地保預備地方。地保想了想，這一帶都是曠野荒山，那有人家去尋熱水？便想到這座能仁寺，上前說：「前面不遠，有所古廟，就請太老爺的駕到那裏將就坐落罷。」便飛跑的趕到廟前，那正中山門本是用亂磚從外面砌嚴了的，看了看左右兩個角門兒，也關得結實。只得走到馬圈門前叫門，一直叫了半日，也不聽得有個人答應。正在叫不開，那些三班衙役，也有趕到前頭來的。大家一頓亂推帶踹，把個門插管兒弄折了，門纔得開。地保忙著推門，同了眾人進去，叫和尚出來接太老爺。但見空落落的院子，靜悄無人，只有馬棚裏拴著四個騾子，饑得在那裏打幌兒。當院裏兩條大狗，因搶著一件血淋淋的東西，在那裏打架。大家喝開了狗一看，原來是個和尚腦袋，嚇了一跳。地保說：「不好，這不又出了案子嗎？」連忙把這顆頭搶在手裏，奔了那三間正房來找和尚。一進門，就看見一個半老的和尚，躺在地上。叫了一聲，不見答應，敢是死了。這個當兒，聽見喝道的聲音，縣官轎子早已到門。眾人連忙跑出去，把上項事稟明。縣官聽了，打轎進門，下轎一看，心裏納悶說：「這可罷了我了。這一個和尚的腦袋，好端端的在腔子上，那個腦袋可是那裏來的呢？」旁邊一個捕快班頭跪倒回話說：「回太老爺的話，這得拿凶手。」縣官問道：「凶手是誰？」眾人一齊說道：「在廟裏搜一搜，就知道了。」縣官說：「那麼著，咱們就搜哇。」眾人答應一聲，便順著那帶灰棚搜去，搜到南頭那間，見關著扇門。大家把著牕戶瞧了瞧，早瞧見草堆邊露著兩隻腳，說：「得了，尸身有了。」連忙踹門進去一看，又是兩個尸身，肝花五臟，都被人掏了去了。卻都有腦袋不算外，腦袋上還帶著條辮子。大家又來稟過縣官。縣官說：「這事更糟了，怎麼和尚腦袋上會長出辮子來呢？這不是野岔兒嗎？」當下亂了一陣，便出了馬圈門，從大殿配殿一路查去，只見都是些破落空房。一直亂著查到東院，進了角門，將轉過拐角牆一看，但見院子裏橫七豎八，躺著一地和尚。也有有腦袋的，也有沒腦袋的。也有囫圇的，也有兩截兒的。裏頭還有個沒臉的，卻是個婦人。眾人發聲喊說：「了不得了。」把個縣官嚇得目瞪口呆，臉上青黃不定，疝氣也嚇回去了。口中只說：「這是為甚麼事？」那馬步快手，一個個亂著，腰間抽出鐵尺，便去把住正房廚房院門，要想拿人。內中又有幾個壯著膽子，闖將進去，屋外屋裏，甚至地窨子裏，搜了個遍，那有個凶手的影兒。亂了一陣，大家只得請縣官進屋裏坐下。

再說這位縣官一進門，就看見正面牆上，寫著碗口來大的兩行字。看了看，倒有一大半字不認得，只得叫過個書辦來念了一遍。他聽了聽，也猜不透怎麼個意思。為難了一會，說：「有了，好在咱們帶著仵作呢！且相驗相驗就明白了。」只見那書辦使了個眼色，暗暗的合他搖手。原來這書辦，為本衙門刑房的一掌案的老吏，平日無論有甚麼疑難大事，到他手裏，沒有完不了的案。這案裏頭，也沒有作不出來的弊。當下縣官見他如此，便迴避了眾人，問他道：「方纔我要叫仵作相驗，你卻搖手，這是怎麼個意思？」那書辦道：「這一案斷乎辦不得，例上殺死一家三命，拿不著凶手，本官就是偌大處分。如今倒鬧了十幾條人命出來，儻然辦出去，一時拿不著人，太老爺的前程，如何保得住？」縣官道：「吼，你這麼個人，難道連個重賞之下，必有勇夫，也不知道嗎？咱們只要多派幾個人兒，再重重的懸上賞，還有個拿不住人的？」書辦搖著頭說道：「太老爺要拿這個人，只怕比海底撈針還難。據書辦的風聞，這起和尚，平日本就不是善男信女。至於這個殺人的，看起來，也不是圖財害命，也不是挾仇故殺，竟是一個奇才異能之輩，路見不平作出來的。」縣官道：「這你又從那裏瞧出來的？」書辦道：「太老爺只看他這兩行字，就知道了。頭兩句說：『貪嗔癡愛四重關，這闍黎重重都犯。』這分明是這班和尚平日劫人錢財，佔人婦女，害人性命，傷天害理，無所不為。底下幾句道：『他殺人污佛地，我仗劍下雲端，剗惡鋤奸。』這幾句，分明說他路見不平，替民除害，劈空而來，如同從雲端裏下來的一般，把這起子和尚屠了。末了一句道：『覓我時，合你雲中相見。』這個你字是誰？他分明指的是太老爺的大駕。見得他雖然在地方上殺了許多人，卻不是畏罪而逃，你們要來找，我就在雲中等著見你們。看這光景，就讓太老爺懸千金的賞，靠我們衙門這班捕役，怎麼能彀到雲端裏拿人去？況且看這幾句的口氣，這人的膽量智謀，也就非同小可。就便見了他，又如何敢動呢？那個時候，怎樣的結這個案？所以書辦以為這個案辦不得。」縣官道：「照你這樣說起來，這一案敢只算糟透了膛了。你還有個甚麼透鮮的主意沒有？」書辦道：「據書辦的主意，這一堆尸身，只好揀出三個來，一個是那胖大和尚，一個是那帶髮頭陀，那一個就是沒臉的婦人。請太老爺吩咐地保，遞上一張報單，就報說本廟僧人，窩留婦女，彼此妒奸，那頭陀一時氣忿，把婦人用刀砍死。胖大和尚見砍了婦人，兩下爭競，用棍將頭陀顱門打傷，致命氣絕。他自己畏罪，情急自戕。這等一辦，把太老爺失察一家殺死三命的處分，也躲開了，凶手也不用拿了。其餘的尸身，講不起費些事刨個坑兒，把他們一埋。眼前都是太老爺的爪牙，誰敢不遵。便是那地保，他地面上消彌了這等一個大案，也省得許多的拖累花消，還有甚麼不願意的？再把廟裏一應的細軟粗重，分散給眾人作個賞號，只怕大家還樂而為之。請太爺的示，書辦這主意如何？」把胡縣官樂得滿臉陪笑說：「先生到底是你，我本來字兒也沒你的深，主意也沒你的巧妙，咱們就是這等辦了。」書辦道：「太老爺還得吩咐班頭兒一句。」說著，把那班頭叫來，官吏二人，言三語四，又告訴了他一遍。班頭想了想說：「也只得如此，小的們遵太老爺的吩咐，就去辦去。只是一時那裏有這許多鐵鍬钁頭，刨那坑去？」低頭為難了一會，忽然說：「有了，小的方纔到廚房院裏，見那裏有口乾井。如今把井面石撬起來，把這些無用的死和尚，都攛下去。廟裏有的是磚頭瓦塊，糞草爐灰，蓋好了，照舊把井面石壓上，索性把井口塞了。吩咐地保找兩個泥水匠，在井面上給他砌起了一座塔來，算個和尚墳，這場功德就完了。」縣官聽了，把手一拍，說：「這主意更高。少時批賞你們倆是頭分兒。」二人先謝了出來，暗暗的告知眾人。大家聽了，一來是本官作主，二則又得若干東西，就不分書吏、班頭、散役、仵作，甚至連跟班、轎夫，大家動起手來。直鬧了大半日，纔弄停妥。留下地保，一面廟外找人，掩埋那兩個和尚、一個婦人的尸身。一面找泥水匠砌塔，一面補遞報單。諸事料理完畢，大家趁此胡擄了些細軟東西，只剩了四個張口貨的馱騾沒人要，便入了太老爺的官馬號。縣官便打道回衙。據地保那張報單，五路通詳上去。奉到憲批，批了「如詳辦理」四個大字。把一樁驚風駭浪的大案，辦得來雲過天空。那地保另招了兩個老實和尚，在廟募化焚修，不上幾年，倒把那座能仁寺募化的重修廟宇，再塑金身。這是後話，不表。列公，你道十三妹這兩行字兒，有多大神煞。

卻說安公子一行人，別了十三妹迤邐行來。張老路上向安公子道：「姑爺，咱們今日走半站罷，大家都得歇歇了。」安公子正在那裏心中盤算，想著十三妹此去，不知果然可去給我找那塊硯臺。他這張彈弓，不知果然可能照他說的那等中用。儻然兩件事都無著，如何是好？心中萬緒千頭，在牲口上悶悶不語。忽聽得張老合他說話，便答道：「正是如此。」說話間，又走了一程。只見前面有幾座客店，就揀了一座乾淨店面住下。大家忙著搬行李，洗臉吃飯，都不必煩瑣。一時諸事完畢，張老陪了安公子在一間，他母女二人另在一間住下。張老婆兒便催張金鳳道：「姑娘，咱們早些兒睡罷，昨兒鬧了一夜了。」張姑娘道：「咱們娘兒兩個車上睡了一道兒了，你老人家這時候又困了，天還大亮的，那裏就講到睡覺了呢？咱們還有許多事沒作呢。」張老婆兒道：「還有傖事呀？」張姑娘道：「你老人家知道喲！不要儘只慪人來了。」張老婆兒道：「可罷了我了，傖事兒呢？哦，你要溺尿啊！你那馬桶早給你拿進來咧。」他女兒急了道：「瞧，誰倒是只要撒溺呢？」張老婆兒道：「這可悶殺我了。你說罷！」張姑娘這纔低著頭，紅著臉，說道：「你老人家瞧他身上的那鈕襻子，都撕掉了。那條褲子，溼漉漉的塌在身上，可叫人怎麼受呢？」一句話，提醒了那老婆兒，說：「可是的了。你等我告訴他換下來，我拿咱那個木盆給他，把那個溺褲洗乾淨了。你給他把那鈕襻子釘上。」說著，往外就走。張姑娘連忙叫住道：「媽，你老人家先回來。」那老婆兒道：「還有甚麼呀？」張姑娘道：「沒甚麼了。你老人家可不要說我說的。」那老婆兒一面答應，一面走到那屋裏，把前番話向安公子說了。這安公子纔作了一天的女婿，又遇見這等一個不善詞令的丈母娘，臉上有些下不來。說：「我換上了鈕襻兒，將就著罷。」說了兩次，那丈母娘可彆不住了，說：「姑爺，你換下來，給我快拿去罷。不的時候，姑娘他也是著急。」張老又在旁邊攛掇。安公子纔打發開丈母娘，換下那條塌乾了的溺褲子，連衣服一併著張老送了過去。張姑娘見他母親在那裏忙著洗褲子，只得自己把那衣裳的鈕襻子，一個個的釘好了。他母親直等把那洗的褲子收拾停妥，送了過去，娘兒兩個纔睡。列公，這樁事卻不可看作張姑娘不識羞，張老婆兒不辭勞。要知女婿有半子之親，夫妻為人倫之始，有了這樣天性，纔有這樣人情。不然，一個根兒裏，想不到一個根兒裏不耐煩，你叫他從那一頭兒羞，那一頭兒勞起。這卻與那等女兒嬌得慣，老兒臊得慣的大不相同。閒話少說，卻講那張老一心記罣著十三妹囑咐的明日過牤牛山，倒要早走的這句話。那天纔四更，便爬起來喂牲口裝車，並催著大家起來，收拾動身。又囑咐安公子道：「姑爺你可記著十三妹姑娘的話，到跟前千萬莫要怕的說不出話來。」安公子笑道：「你老人家放心，莫打量小婿還是昨日的安驥。我自從昨日受了那和尚的一番折磨，又經了十三妹姐姐的一番教化，不覺得膽粗氣壯起來。況且死生有命，譬如昨日的事，可是怕得來的？今日不但性命無傷，而且姻緣成就，可見這事有天作主。萬事仗皇天，怕他怎的？只是我倒不信這張小小的彈弓兒，說得來這樣的中用。」那張姑娘算感激定了那位姐姐，信定他的話了。見安公子如此說，恐怕他一時猶豫誤事。待要合他說話，還是個沒過門的媳婦，臉上未免下不來。只得搭訕著，向父母說道：「爹媽，我這姐姐斷不會說假話賺人的。況且他昨日不救我們，有甚麼使不得？救了我們，他更不必顧我們路上的事。不借給這張彈弓，又有甚麼使不得？他何必妄口說這大話？此理可信，我們斷不可疑。」三人聽了，齊說有理。張老便算清店錢，叫店家開了店門上路。

此時正是二十前後天氣，後半夜月色正亮。一行人出了店門，趁著月色行了一程。遠遠的早望見那座牤牛山，只見黑壓壓的樹木叢雜，煙霧瀰漫，氣象十分凶惡。張老道：「姑爺留神，快到了。」一句話未完，只聽得山腰裏吱的一聲，骲頭響箭，一直射在半空裏去。說書的，這強盜這枝箭放著人不射，他為何要射在半空裏？他只要使一枝梅針箭，那人豈不應弦而倒？為何倒要用骲頭箭？他還是射鵠子呢？還是射帽子呢？列公，不然。大凡作強盜的，敢於攔路劫財了，斷不是三個五個，內中有瞭高的、把風的、動手的、接贓的，至少也有二三十個人，豈有大家挨擠在一塊兒的理。自然三個一群，五個一夥，藏在那山坳樹影之中。瞭望的，等到望見過往的客商到了，發一枝響箭，便算個號令，大家纔不約而同的下山。既作綠林大盜，便與那偷貓盜狗的不同，也斷不肯悄悄兒的下來，放這枝響箭，就如同告訴那行人說：「我可來打劫來了。」不然，為甚麼叫作響馬呢？話休饒舌。卻說那安公子一行人，正走之間，忽然聽得一聲箭響。箭響過處，早見有一群人擁著三個騎馬的強人，拍喇喇從半山裏跑將下來，一字兒擺開，攔住去路。只聽為頭的那個大聲吆喝，他說的卻不是「留下買路錢再走」的那句鼓兒詞，他那話只得兩個字，說：「站住。」張老是心裏有了底兒的，聽得一聲「站住」，便把牲口攏住，鞭子往後鞦裏一掖，抄著手靠了車輛站住不動，也不答話。這個當兒，要說安公子果然不怕，沒這情理。一則是曾經和尚那等的性命相撲，合十三妹那等的雷電交作，覺得曾經滄海難為水。二則也仗著十三妹的這張彈弓，是個護身符，料想無妨。三則事到其間，也無法了。只得把驢兒一磕，迎上前去。三個騎馬的強人，正攔著路，見一個少年，身背彈弓迎來。早各各把兵器掣在手裏，閉住面門。當下，安公子走到跟前，在驢兒上一拱手說道：「眾位好漢請了。我們正要趕路，列位攔路不放前行，卻是為何？」那三個強人，只認作他是個纔出馬的保鏢的，答道：「咻，行家莫說力把❶話，你難道沒帶著眼睛，還要問卻是為何？所為的要合你借幾兩盤纏用用。」安公子道：「列位且慢。盤纏卻有幾兩，只是我費了萬苦千辛，弄來要去救父親性命的，因此，不好奉送。但是列位既出寶山，斷無撒手空回的理，我這裏有小小的一張彈弓，卻還值得幾文，這叫作寶劍贈與烈士，拿去算發個利市如何？」說著，就把彈弓褪下來，

❶ 力把：外行。或作「劣把」，亦作「力巴」、「劣巴」。

遞將過去。那為首的強人道：「靠你這張彈弓，又值得幾何？也值文謅謅的費這些白話。我勸你把這些話收了，快把金銀獻出來，還有個佛眼相看❷。不然，太爺們就要動手了。」安公子道：「且請看看這彈弓，果然不值一笑，那時我再送金銀不遲。」那為頭的強人聽了，把手中的竹節虎尾鋼鞭，伸過來把彈弓一挑，接在手中。先覺得分量沉重，重復在月光之下，翻覆一看，口中大叫說：「了不得，險些兒不曾誤了大事。」說著，掖起鋼鞭，拿了彈弓，滾鞍下馬，左右兩個強人見了，不知是何原故，也下了馬。手下的帶過馬去。只聽為頭的那強人，向安公子問道：「尊客是從青雲峰十三妹姑娘那裏來麼？」安公子一聽這十三妹三個字，是爛熟的了。這青雲峰，可是那裏呢？況且我又本不是從青雲峰來，不用管他，且答應他半句。因說道：「我正是從十三妹那裏來。」強人道：「十三妹姑娘可有甚麼交代？」安公子道：「同他分手的時節，他道我此番載著金銀行走，定從牤牛山經過，難保列位不下來借盤纏。所喜列位都是些仗義疎財的豪客，與那尋常之輩不同。因此付我這張彈弓，作一個討關的憑據。他還說請列位看他這張彈弓分上，借我兩頭牲口，還請兩位壯士，一直護送我們到淮安地面。日後十三妹見了列位，定當面謝。」那強人聽了，哈哈大笑道：「言重，言重。這個怎敢？這彈弓還請收好。十三妹姑娘吩咐的話，一一如命。」說著，回頭向那兩個頭目道：「就是你們老弟兄倆，辛苦一盪罷。」二人領命，急忙回山打點行李牲口去了。這裏眾人纔你一言，我一語，問安公子的姓名。安公子道：「學生姓安，單名一個驥字。」只見內中一個小頭目，走過來問道：「尊客方纔說到淮安，請問有位安老太爺，諱叫作學海的，同尊客可是一家？」安公子道：「那正是我的老人家。此番帶了這項金銀，就為了父親

❷ 佛眼相看：和善對待。

的官事。」那小頭目道：「原來是安少爺。那安老太爺是淮安地方上一位福星，小人們的家堂佛一般，真真廉明公正。不想被河臺大人參了一本，誰人不說冤枉？小人從前原也作些小道兒上的買賣，後來洗手不幹，就在河工上充了一個夫頭。因看了看作官的，尚且這等有冤沒處訴，何況我們百姓。想了想還是當強盜的好，因投奔山上落草。如今難得遇見我恩官的少爺，敢煩大哥把少爺請到寨裏，用些酒飯，也見得我們的義氣。」安公子連連推謝說：「本該奉擾，只是現同著家眷不便。」那頭目還再三的儘讓。倒是為頭的強人說：「這話使不得。慢講你恩官面上，只看十三妹姑娘，我們合山的人，都該盡些人情。但是安公子是宦門，你我是綠林，隔著一道門檻兒呢，如何請到寨裏去得？人情的事小，誤慢了公子的事大，竟可不必。」大家都說：「有理。」那小頭目也只索罷了。說話間，上山去的兩個人，早已拉了兩頭騾子，連他們的隨身行李器械，都帶下來。隨手就把那邊套拴好，套上牲口。那為頭的便吩咐道：「你二位這盪，可莫當兒戲。一來要守十三妹姑娘的規矩。二則要保山寨的臉面，講不得辛苦。一路上，逢山開路，遇水疊橋。甚至打店看車，都是你二位的事。到了地土，不可露盤兒❸，趕緊的回山要緊。」那二人諾諾連聲，一一的領命。說完，他又向安公子道：「公子，你我今日相逢，三生有幸。只是叫禮字兒管住了我們，連一杯水酒也不曾備得。如今有這兩個人同去，路上不怕衝風破浪，萬無一失。保你安穩無事，直到淮安。日後儻然再見了十三妹姑娘，只說我海馬周三同著截江獺李老、避水獝韓七三個人，憑著這張彈弓，巴結了些些小事，不足掛齒。這天也快亮了，我們不往前送，就此告別回山。」說著，上了馬，打聲唿哨，一群人馬，先回山去了。這裏李老、韓七早吆喝著車輛動身。安公子也上了牲

❸ 露盤兒：顯露身分。

口，仍舊背上彈弓同行。他一行人，這纔把心放下。安公子在驢兒上，心中著實感念十三妹。口中不言，心內暗想道：「再不想那等一個小小女子，有許大的聲名，偌大的神煞。只是我看那班人的漢仗❹氣概，大約本領也不弱。為何如此的敬重這位十三妹姑娘，是何原故呢？」李老、韓七二個，路上真個小心謹慎，不辭勤勞。不但安公子省了多少心神，連張老也省得多少辛苦。沿路上並不是不曾遇見歹人，乃是他們先派一個遠遠的先去看風，就是見了面，說兩句市語，彼此一笑過去，果然不見個風吹草動。話休饒舌，不則一日，已近淮安地界。那截江獺、避水貐兩個攏住牲口，向安公子道：「前面再二十里，就是淮安府城東關裏了。我們不好前進，見見公子，我們回去了。」安公子聽說，先道了他二人的一路辛苦，又囑咐上覆他家寨主，回手便向車上取下兩封銀子來，每人五十兩，給他們作盤費。兩人那裏肯受，齊聲道：「這個斷不敢領。一則呢，是十三妹姑娘的委派，再我們頭領也有話在頭裏。只要公子日後見著十三妹姑娘，說我們兩個，這一盪還不算藏私偷懶，我們這臉上就沾了光了。」說著，一個認鐙跨上騾子，那個把邊套擄繩搭在騾子上，騎上那頭剗騾子，一直的向北去了。

安公子只得將銀子收好，因向張老道：「不想這強盜裏邊，也有如此輕財仗義的。」張老道：「姑爺，俗語兒說的『行行出狀元』，又說『好漢不怕出身低』，那一行沒有好人哪。就是強盜裏也有不得已而落草的。」翁婿兩個一路閒談，已遶到東門關廂。那府城的地面，本與小地方不同，又有河臺大人駐箚在此，那繁華熱鬧，也就不減一個小省分的省城。只見兩邊鋪面，排山也似價開著。大小客店，也是連二併三。張老同安公子便找了一座小店，安頓家眷行李。那張家母女二人，進店下車，先張羅著洗臉

❹ 漢仗：即漢子。

梳頭，預備好去叩見新婆婆，會見新親家。安公子向張老道：「泰山，你老人家，張羅行李罷，我可要先打聽母親的公館在那裏去了。」張老說：「這是要緊的，這裏交給我。」安公子隨即出來，到了櫃房裏，只看那掌櫃的，是個極善相的半老老頭兒，正在櫃房坐著，面前桌上，攤著一本賬簿，旁邊擱著一面算盤，歸著賬目呢。見了安公子進來，起身道：「客人要甚麼？」安公子拱了拱手道：「借問一聲，有位安太老爺家眷的公館，在那條街上？」那掌櫃聽了，把安公子上下一打量，問道：「客人，你問的可是那承辦高家堰堤工冤枉被參的安太老爺的家眷麼？」安公子點頭道：「正是。」那老頭兒未曾說話，先咳了一聲道：「你還要問他的甚麼公館？這話說來，真真叫人怒髮衝冠，淚珠滿面。」一句話把個安公子嚇得目瞪口呆。忙問：「卻是為何？」那老頭兒纔拍著板凳道：「客人你且坐了，等我慢慢的對你講。」這正是：不是雷轟隨電掣，也教魄散共魂飛。畢竟那掌櫃的老頭兒對安公子說出些甚麼話來，下回書交代。

第十二回　安大令骨肉敘天倫　佟孺人姑媳祝俠女

這回書緊接上回，表的是安公子到了淮安府，安頓了家眷行李，便去打聽安太太的公館，急切裏要想母子相見。不料一問店家兒，見他那說話的神情，來得詫異，不覺先吃一大驚，忙問端的。那老頭兒讓他坐下，纔慢慢的說道：「若講我們這位安太老爺，真算得江北的第一位好官府。也不知怎麼惹著這位河臺大人的怒，把他革職，下在監裏，還追他的銀子。這也罷了。說到這位官太太，既是安太老爺遭了事，憑他怎麼樣，我們這位山陽縣，也該看同寅的分上，張羅張羅他。誰家保得過常常無事？也不要前人撒土，迷了後人的眼哪。誰想他全不理會，如今那位官太太，弄得自家找了個飯店住著。客人，你想可傷不可傷？你還問他的公館在那條街呢？」安公子聽他絮絮叨叨，鬧了半天，纔說完了。敢則是這等樣一套話，纔得把心放下。心裏說：「這個人是怎麼個說話法子？只是他天生的這樣的滯碾人，也就無法。況且聽他的話，倒是一片良心，不好怪他。」只得耐著煩，又問他道：「這飯店在那裏？」那店家道：「就在東邊兒，隔一家門面，聚合店就是。」安公子聽得，辭了店家，出了這店門，走了不上一箭多路，果有個聚合店。問了問，說：「安官府的家眷在儘後一層住著。」安公子也不等通報，一直往後走了去。

卻說安老爺當日出京，家人本就無多。自從遭了這事，中用些的長隨先散了。便有那班一時無處可走，且圖現成茶飯的，因養不開多人，也都打發了。梁材是打發進京去了。安老爺只有戴勤同他女婿隨緣兒，還有小程相公，在那裏照料伺候。店中單剩下一個晉升，帶了兩個粗笨雜使小子支應。偏值晉升又出去買東西去了，雖有兩個打雜的在那裏，他又不認得公子。因此公子進了店，並不曾遇見自家一個人。一直進後院，見戴勤媳婦，背著臉在牆根前洗衣服。公子也不及招呼他，忙忙的走進了房門，只見窄巴巴的三間小屋子，掀起裏間簾子進去，一眼就看見太太坐在挨牕戶，在那裏成裏帽頭兒呢。那安太太正在低頭作針線，一抬頭兒見個行裝打扮的人進來。正不知是誰，一時間斷不想到是公子。公子早已請下安去。太太定睛一看，纔看出他公子來。及至看出來，倒嚇了一跳，不覺口中嗳喲一聲，說：「我的孩子，你從那裏來？你可作甚麼來了？」說著，慌得顧不的穿鞋，光著襪根兒，就下了地。一把拉住公子，那眼淚望下直流。公子也覺心中十分傷慘，哽咽難言。這個當兒，女人丫頭，聽了太太說話，都進來了一看，纔知是大爺來了。這個忙著給太太拿鞋，那個又去給大爺倒茶。太太一面提鞋，口裏還連連的問：「誰跟了你來的？」公子生怕母親猛然聽見路上的情形，一定是異常的悲傷驚恐，只得說：「華忠合趕露兒跟我出來的。」太太聽得，便叫華忠。公子只推：「他那邊店裏看行李呢！」因請太太坐下。太太又催他快說來的原由。公子纔慢慢的回道：「母親且莫著忙，兒子先請示，我父親這一向身子可安？應交的官項都有了不曾？」太太聽了，先歎了口氣道：「咳，都是咱們家的壞運。只說是出來作外官，誰想外官是這麼個味兒。幸而你父親的身子很好，這也是自己素來的學問涵養，看得穿，把得定。說這幾天臉面倒好了，也不是他們叫我寬心喲。只是這官項，這裏纔有了幾百兩銀子。給烏大爺帶了信去，這些日子了，也沒個回信兒，真叫人怎的不著急呢！」公子道：「母親不必著急了，如今這項銀子，兒子已經如數帶來了，只怕還有餘。況且我父親身子也很好，母親也見兒子了，這正該喜歡纔是。」安公子這話，原是先要把母親安慰住了，然後好說路上的話。那安太太聽了，果然又是暢快，又是納罕，說：「本可是的，只是小子，你一時那裏去張羅得這些銀子？」說著，又問起梁材：「他難道這樣快就到了家了麼？」公子道：「並不曾見著梁材。兒子這盪出來，說也話長。若不虧上天的慈悲，父母的蔭庇，兒子險些兒不得與父母相見，作了不孝之人。」說到這裏，自己掌不住先哭了。太太見這光景，急得滿面淚痕。忙又一把拉住他道：「這是怎麼說？你快說給我聽。」公子勉強陪笑道：「母親不要著急，兒子此刻是好好的見著母親了，還有甚麼急的？只是這段情節，不可不細細回稟父母知道。」安太太順手就把他拉在挨炕一個杌凳上坐下，說：「你坐了說。」這安公子斜簽著坐下。纔從頭把他在家怎的聽見父親被事的信，一心懸念，不及下場，怎的趕緊措辦銀兩，帶了他嬤嬤爹華忠並劉住兒出來。到了長新店，怎的劉住兒丁憂回去，叫趕露兒，趕露兒至今不曾趕到。到了茌平，華忠怎的一病幾死，不能行路，只得打算找那褚一官來，送我到淮安。太太直著眼，皺著眉，聽一句難過一句。聽到這裏，說：「喲，這姓褚的又是個甚麼人兒啊？」公子連忙說明原故。太太又著急道：「難道就這等一個生人就送了你來了嗎？」公子道：「要得他送來，倒又沒事了。」太太問道：「怎麼？難道還有甚麼岔兒麼？」公子又把到了店裏，怎的打發騾夫去找褚一官。那個當兒，怎的來了個異樣女子。並將那女子的相貌談言，舉止裝束，以至怎的個威風出眾，神力異常。落後怎的借搬那塊石頭，進房坐下，便不肯走。怎的他見面便知我路上的底細，怎的開口便問我南來的原由。及至問明原由，他怎的變色含悲，起身就走。臨走，又怎的千叮萬囑，叫：「務必等合他見面，然後動身。」怎的許護送我到淮安，保我父子團圓，人財無恙。太太道：「這個女孩兒，怎的這等的神通哇！就算他有本事罷，一個女孩兒家，怎麼合你同行同住呢？莫非不是個正道人罷！只是他怎麼又有那樣大力量呢？這可悶煞人了。」公子道：「彼時兒子也是如此想，誰知大不然。他不但是個正道人，竟是一副兒女情腸，英雄本領，更兼一團賢聖的學問。若不虧此人，孩兒今日也見不著母親了。」太太聽他如此說。忙問道：「他走了，可回來了沒有？」公子道：「請母親往下聽。這可就怨兒子自己糊塗了。正是他走後，去找褚一官的兩個騾夫回來了。」太太道：「是啊！這裏頭還夾雜的個甚麼褚一官兒呢？他來了也就好了。到底有個作伴兒的呀。」公子說：「他並不曾來。據那騾夫說，他有事，不得分身，他家離店不遠，就請我到他那裏去住。那時兒子一想，這女子雖然說得天花亂墜❶，只是他來的古怪，去的古怪，以至說話行事，無不古怪，心裏有些信他不及。又加著騾夫、店家兩下裏攛掇，都說這人來的邪道，躲了他為是。兒子一時慌不擇路，就打算同了兩個騾夫，奔到褚一官家去。那知兩個騾夫，不是好意，他並不曾到褚一官家去，要想把我賺到黑風崗，推落山澗，拐了銀子逃走。」太太聽了，急得搓手道：「這是甚麼話呀。」公子道：「母親放心，不妨。總是天恩祖德，五行有救。」說著，又把那到了黑風崗騾夫怎生落下牲口，牲口怎的驚得飛跑，一直跑到一所大廟，纔得站住的話，說了一遍。太太聽到這裏，不禁念了一聲「阿彌陀佛！」說：「走到佛地上，這可好了。」公子道：「母親那知這纔闖進鬼門關去了。」當下又把那自進廟門，直到被和尚綁在柱上，要剖出心肝的種種苦惱情形，詳細道了一遍。那安太太不聽猶可，聽了這話，登時急得滿臉發青，嚇得渾身亂抖，痛得兩淚交流，嗳喲一聲，抱住公子只叫：「我的孩子，你可受了苦了，你可疼死我了，

---

❶ 天花亂墜：說話非常美妙的形容詞。心地觀經：「六欲諸天來供養，天花亂墜徧虛空。」

你可坑死我了。」說罷，放聲大哭。公子想起自己那番苦楚，痛定思痛，也不覺失聲痛哭。兩邊僕婦丫鬟，看見無不落淚，個個上前相勸。公子怕痛壞了老人家，只得忍淚勸道：「母親請免傷心，兒子現在是好端端的見父母來了。母親請想，假如那時候竟無救星，此時又當如何？」太太說：「這是甚麼話呢？要那樣，可叫我們怎麼活著呀！」說著，緊緊的拉住公子的手不放鬆，口裏還說道：「咳，這都是氣運領的，無端的弄出這樣大事來。小子，在你吃這一場苦，送這銀子來，可算你父親沒白養你。只是你叫我們作老家兒的，心裏怎麼受啊！」說著，抽抽噎噎的又哭起來。旁邊丫鬟忙著倒上茶來，吃了一口，又遞過手紙去擤鼻涕。隨緣兒媳婦便忙著去溼手巾，預備擦臉。梁材家的纔要裝煙，太太說：「我顧不得吃煙了。」因拉著公子問道：「你說說，到底又遇見個甚麼救星兒呢？」公子說：「這往後都是活路了。母親可不必再著急傷心了。不然，兒子心裏一亂，益發說不上來了。」因說道：「那日正在性命呼吸之間，忽然憑空裏拍拍的兩個彈子把面前的兩個和尚打倒。緊接著就從半空飛下一個人來，鬆了綁繩，救了孩兒的性命。」太太問道：「這又是誰呀？我的天爺。」公子說：「母親道是誰？就是那日在店中相會的那個女子。」安太太此時也不及再說閒話，止有聽一句，嘴裏吼一句，又誦兩聲佛號而已。公子隨即又把那女子，怎的掃除了眾僧，驗明了騾夫，搜著了書信，這些情節，一直說到贈金送別，借弓的話，講了一遍。就中只是張金鳳這節，一時且說不出口。太太見公子說到這裏，胸中臉下，略為舒暢，纔得騰出心來想事。想了想，便說道：「據你這樣說，那個姓褚的自然是沒見著。到底是誰跟了你來的？」公子聽了，連忙站起來回道：「母親問到了這裏，其中還有一段隱情，兒子不敢不稟知母親，不敢就稟明父親。這樁事，兒子出於萬分不得已，此時實在作難，實在害怕。」太太說：「甚麼事啊？你好歹的不要為難。我的孩子，你可擱不住再受委屈了。你如果有甚麼不得主意的事，不敢告訴你父親，有我呢！我給你宛轉著說。」

公子纔把那張金鳳的一段始末因由，合那媒人怎麼硬作，自己怎樣苦辭，張家姑娘怎樣俯就，所以然的原故，從頭至尾，抹角轉灣，本本源源，滔滔汩汩的，告訴母親一遍。並說：「此來就虧這張老夫妻，同了張金鳳送來的。請示母親，這事該當怎樣纔好？兒子不得主意。」說罷，跪了下去。太太一面拉他起來，一面心裏沉吟暗說：「這樁事倒不好，若聽那個女孩子的那番仗義，這個女孩兒的這番識體，都叫人可感可疼。至於親家的怯不怯，合那貧富高低，倒不關緊要。但是我原想給孩子娶一房十全的媳婦，如今聽起來，這張姑娘的女孩兒身分性情，自然無可說了。我只愁他到底是個鄉間的孩子，萬一長的醜巴怪似的，可怎麼配我這個好孩子呢？」想到這裏，不禁便問了問那姑娘的歲數兒、身量兒，然後纔問到模樣兒。安公子聽得這一問，紅了臉，半日答不出來話。其實安公子不是不會說官話的人，或者說相貌也還端正，或者說舉止也大方，都沒甚麼使不得。無奈他此時又盼事成，又怕事不成。把害怕、為難、暢快、歡喜一股腦子，攪成一團，一時抓不著話頭，又挨磨❷了一會子，纔訕不搭的說了三個字，說道是：「長的好。」安太太聽了這話，笑逐顏開，說：「等我瞧瞧去。」說著，也不等人攙，站起來，往外就走。公子忙笑著攔道：「母親那裏去？自然我過去告訴明白了，叫他來叩見母親。豈有母親倒去見他之理？」安太太道：「叫人家孩子委屈了一道兒，就是他父母照應你一場，我也得給人道個謝去。」公子又笑道：「講行客拜坐客，也是等他二位來，難道母親就這樣跑到街上去不成？」太太這纔想過來

❷ 挨磨：延宕。

說：「是呀！真是的，我也是叫你們嚇糊塗了。」說著，便叫晉升家的、隨緣兒媳婦，去請張太太合姑娘。又派晉升再同上一個粗使的小子，請那位張老爺，就連行李一併搬過來。列公，牢記話頭：從此張老頭兒、張老婆兒可就稱老爺、太太了。閒話休提。安太太趁這個當兒，便收了活計，吩咐備飯，騰挪屋子。一時晉升家的、隨緣兒媳婦，也換了件乾淨衣裳，知會了外面的人，跟了大爺過去。誰想剛出了院門，大爺要出恭。又抓住晉升，細問老爺近日的起居臉面。那兩個僕婦，惦記著去看新大奶奶，帶上那個小子，慢慢的便先過去。將進得那邊店門，早看見一個老頭兒，在那裏喂驢。那小子上前問了一句，說：「張太太住在那屋裏？」那老頭兒一時不知問的是誰，小子又說明原故，他纔帶了大家到店房門外，叫一聲：「媽媽兒，安家有客看你娘兒們來了。」說完，他依然喂驢去了。那小子再不曉得這位就是親家老爺。晉升家的進了那間店房，只見他母女二人，都在一處。纔待說話，張太太就問說：「你倆，那個是安太太呀？」隨緣兒媳婦到底是個小孩子，先忍不住要笑。晉升家的忙道：「太太不是，我們是家下人當奴才的。我們太太，打發過來請太太合姑娘那邊坐。」說著，便跪下請安。把個張太太慌的兩隻手拜個不迭。二人轉過身來，又向張姑娘請安。張姑娘知是婆婆家的人，便不還禮。卻也不十分羞澀，口中無言，雙手拉了起來。說話間，安公子也過來了，便把方纔的話，明白告訴張老。張老自是歡喜，因說道：「既這樣，姑爺，你先同了他娘兒兩個過去，我在這裏看看行李。別的不打緊，這銀子可是你拿性命換來的，好容易到了地土上了，咱們保重些好。」公子連說：「有理。」晉升早僱了兩乘小官轎來，僕婦們便請張太太、張姑娘上轎，大家跟著，抬到聚合店裏來。安太太正在盼望，晉升進來，回：「張太太同張姑娘過來了。」安太太連忙攙了人迎將出去。張太太早進院門。只見他穿著一件簇簇新的紅青布袷襖，左手攥著煙袋荷包，右手攥著一團藍綢絹子。晉升家的跟著，生怕又弄錯了，上前說道：「這是我們太太。」安太太趕著過去，雙手拉手。張太太兩隻手都佔著呢，只得把攥絹子的那隻手，伸了兩個指頭，拉住了安太太的手，一面哆嗦著，口裏說：「好哇，太太。」安太太道：「不要這樣稱呼，看光景你比我歲數兒大，該叫我妹妹纔是呢。」張太太道：「我小呢，屬小龍兒的，到年五十二了。」

安太太口裏雖合張太太說話，那一副眼光，早注到張姑娘跟前。只見他眉宇開展，氣度幽嫻。頤靨桃花，脣含櫻顆。一雙尖生生的手兒，一對小叮叮的腳兒。雖然是個家常裝束，卻是滿面春風，週身大雅。隨緣兒媳婦半扶半攙的拉著，隨在他母親身後，見了安太太垂下手來，安安詳詳的道了兩個萬福。安太太連忙拉住他，問了問一路風霜光景。聽他說話，雖帶點外路口音兒，卻不侉不怯，安太太心裏就有幾分願意。這纔回頭讓張太太走。一看張太太早已豪著屁股，上了臺堦兒，進了屋子了。安太太又讓張姑娘。他此時見太太這等的溫和慈厚，心裏算早把這個婆婆認定了，那裏肯先走。安太太便拉了他說：「咱們娘兒們一塊兒走。」比及到門，他到底讓太太先進去，纔罷。一時安太太合張太太分賓主坐下，丫鬟倒上茶來。安太太便讓張姑娘上炕去坐。只聽他低聲款語答道：「這斷不敢。我張金鳳此番隨爹媽護送公子到此，原說給太太作些針線，或者作個指使，纔不是閒茶閒飯養閒人。日後名分所關，如何敢坐。」一席話把個安太太疼的不由得趕著他叫了聲：「我的兒，你千萬不要如此。你在廟裏合咱們兩家，那位恩人媒人說的話，我都盡情的知道了。你聽我告訴你，不但人家那番恩義不可辜負，就是平白的見了你這樣一個人，這門親，我也願意作。你放心罷。」張姑娘聽了這話，心裏先一塊石頭落了地❸了。安太

❸ 一塊石頭落了地：放心。

太說著，又叫：「玉格呢？」公子答應了一聲，急忙進來。安太太道：「我細想這樁事，你媳婦方纔的話，是因為那日在廟裏辭婚，他得佔住女孩兒的身分。你辭婚是因不曾稟過我同你父親，不敢自主。你得循著人子的道理。如今雖不曾回你父親，見了我，我就可以作大半主意。甚麼原故呢？第一，聽著路上的情形，他這心地兒、性格兒，是無可講了。就據這模樣兒，只怕打著燈籠兒，也找不出這樣一個媳婦兒來。至於那貧富高低的話，不是咱們書香人家講的。我就見有多少人家，因較量貧富高低，又是甚麼嫡庶，誤了大事。這話不用合你商量。我看你的神情兒，也沒甚麼不願意。我估量著你父親，也必願意。這又怎麼見得呢？你還記得臨出京的時候，你父親說過，只要得個相貌端莊，性情賢慧，持得家，吃得苦的孩子，那怕南山裏、北村裏的都使得。看起今日這個局面來，這豈不是姻緣前定麼？咱們今日就一言為定，不必再商。」張姑娘聽到這裏，心裏早兩塊石頭落了地了。安太太回過頭來，便向張太太道：「老姐姐，你想我這話是不是？」張太太道：「我們是個鄉下人兒攀高咧！沒的怪臊的。可說個倄兒呢？俺這閨女，可十個頭兒的不弱。親家太太，你老往後瞧著罷，聽說著的呢。」安太太帶笑答應著。又問公子道：「你們路上匆匆的，自然也不曾放個定，人家孩子可怪委屈的。我今日補著下個定禮罷。」說著，把自己頭上戴的一隻纍金點翠嵌寶啣珠的雁釵摘下來，給張姑娘插在鬢兒上。說：「第一件事，是勸你女婿讀書上進，早早的雁塔題名。」回手又把腕上的一副金鐲子，褪下來給他戴上。圈口大小，恰好合式。說：「和合雙全的罷。」張姑娘此時心裏可是三塊石頭落了地了。戴好釵釧，纔要下拜，安太太攔道：「這些東西倒不要拜。今日是個好日子，你就先認了婆婆，咱們娘兒們，好天天兒一處過日子。不然，你可叫我甚麼呢？至於你們磕雙頭，成大禮，那可得等你公公出來，擇吉再辦。這大節目是錯不得的。」當下早有僕婦丫鬟，鋪下紅氈子。仍是晉升家的、隨緣兒媳婦，扶著那張姑娘，便在紅氈上插燭也似價拜了四拜。安太太便坐著受完了禮，說：「你們攙起大奶奶來。吉祥話兒，留著磕雙頭的時候，再多說兩句罷。」張姑娘磕頭起來，便裝了一袋煙，給婆婆遞過去，把個張太太一旁樂的張開嘴閉不上，說道：「親家太太，我看你們這裏，都是這大盤頭，大高的鞋底子。俺姑娘這打扮，可不隨溜兒，咱們也給他放了腳罷。」安太太連忙擺手說：「不用。我們雖說是漢軍旗人，那駐防的、屯居的，多有漢裝。就連我們現在的本家親戚裏頭，也有好幾個裏腳的呢。」原來張姑娘，見婆婆這等裝束，正恐自己也須改裝。這一改，兩隻腳踏踏踏踏的倒走不上來。今聽如此說，自是放心。安公子卻又是一個見識，以為上古原不纏足，自中古以後，也就相沿既久了。一時改了，轉不及本來面目好看。聽母親如此說，更是歡喜。在外間屋裏，端了一碗熱茶喝著，齜牙兒不住的傻笑。晉升家的、梁材家的，一班兒這些的人，便來慪他道：「真好俊一位大奶奶。大爺還記得小時候兒，見個小媳婦子先臉紅。這時候怎麼不羞了？」公子笑著道：「你們不用慪我了，正經倒碗熱茶我喝罷。」晉升家的道：「我的少爺，你手裏端的那不叫熱茶嗎？可不是樂糊塗了。」說的大家大笑。公子也不禁笑將起來。正熱鬧著，外邊家人，將銀子、行李，一起起的搬來，交代明白，那車輛並牲口，就交給店裏照看喂養。晉升已在前層收拾了兩間潔淨的店房，預備張親家老爺住。一時行李發完，張親家老爺過來。安太太忙叫請，請了進來。只見他穿一件搭襪口的灰色粗布襖，套一件新石青細布馬褂，繫一條月白標布搭包。本是氈帽來的，借了店裏掌櫃的一頂高提梁兒秋帽兒。見了安太太作了一個揖。安太太不會行漢禮，只得手摸頭把兒以旗禮答之。進房坐下。茶罷，安太太便道了一路照料的致謝。又把方纔的話，告訴一遍。那親家老爺，倒也本本分分的，說了幾句謙虛話。又囑咐了女兒一番。雖說是個鄉下風味兒，比那位親家太太，就怯的有個樣兒多了。坐了一會，便告辭外邊坐去。安太太又說：「你們親家兩個，索性等消停消停，再說話罷。」那老兒答應著，站起去了。安公子這纔敢去見父親，並討了母親的主意。安太太也把怎樣說法，一一的教導他明白。這裏便催著給親家太太擺飯。

書中且不表這邊的事。卻說安老爺自從住在這土地祠裏，轉瞬將近一月，那銀限日緊，手下湊了不足千金。寫給烏學士告助的信，至今不見回音。梁材進京往返總須兩月。且不知究竟辦的成否何如？眼前九月初旬已近，又正是放榜之期，不知公子三場詩文，可能望中。更奇的是許久不接家信，不得家中近日情形。公子是出場就動身了啊，還是不曾上路呢？更加此地，雖有幾個朋友可談，在那縣衙裏，又不得常見。只有程相公陪著談談，偏又是個不大通的。雨夕風晨，十分悶倦。這日飯後，正拿了一本周易在那裏破悶。只聽牆外人聲說話，像有客來的光景。正待要問，隨緣兒慌張張的跑進來，說道：「大爺來了。」老爺也不免嚇了一跳。說著，公子早已進門，請下安去。起來趕了兩步，跪在老爺膝前，扶了腿失聲要哭。安老爺正在不得意之中，父子異地相逢，也不免落淚。只是嚴父慈母，所處不同，便不似太太那番光景。一面點頭拉起公子來，說道：「你可出來作甚麼呢？」因大概問了問何人跟隨，一路行色光景。隨即問道：「你難道沒下場嗎？」第一句公子就不好回答，只得斂神拭淚答道：「正在場前，聽見父親這個信息，方寸已亂。自問下場也作不出好文章來，便僥倖中了，父親現在這個地方，兒子還何心顧及功名末節？所以忙得不及下場，趕來見見父母。」老爺歎息一聲，說：「這也難怪你。父子天性，你豈有漠然不動的理？不過你來也無濟於事。我已經打發梁材進京去了。算這日期，你自然是在他到的以前就動身的。我早已料到你聽見這信，必趕出來，所以打發梁材兼程進京，一來為止住你來，二來也為將家裏現有的產業，折變幾兩銀子，湊著交這賠項。你這事雖不在行，到底還算個作纛旗兒❹。如今你又出來了，這怎麼樣呢？」說著，皺了眉，宛轉思索。公子見這光景，回道：「這事已經遵父親的主意，辦妥當來了。」老爺道：「你方纔說不曾見著梁材，自然不曾見著我的諭帖，從那裏遵起？」公子道：「兒子想除此也別無辦法，所以大膽就作主這樣辦了。」老爺道：「這倒難為你了。只是我計算，多也不過二千餘金，終究還不足數。強如並此而無，且慢慢的湊罷了。」公子道：「據現有的數目，大約也敷衍著夠了。」老爺說：「這又是不知物力艱難的孩子話了。如今我這裏纔有不足千金，搭上這項不過三千金。我雖致信烏克齋，他在差次，還不知有無。便有，充其量也不過千金。連上下平色，還差千餘金呢！你看著世上的銀子，就這等容易。」公子回道：「兒子此番帶來，約有七千金上下光景。便不候烏克齋的信，想也足用了。」老爺聽了這話，把臉一沉，問道：「阿哥❺，你在那裏弄得許多銀子？我平生於銀錢一道，一介不苟。便是朋友有通財之誼，也須誼可通財的，纔可作將伯之呼。你若借了這事，向親友各家，不問交誼，一概的沿門托鉢、搖尾乞憐起來，就大不是我的意思了。」公子此時，心下一想，事到其間，也不得不說了。況且父母跟前，便是自己作錯了事，豈容有一字欺隱？莫如直捷痛快的盡情一吐。便是有干嚴怒，也合受一場教訓。便回道：「並不曾求著親友。只是這樁事，說來頭緒也亂，情節也多，先得求父親不要吃驚著急生氣，容兒子慢慢的細稟。」說著，便跪了下去。安老爺

❹ 作纛旗兒：「纛旗」是軍隊中主帥的旗幟。「作纛旗兒」的意思，是做指揮的人。

❺ 阿哥：滿洲人習俗，父母對兒子稱「阿哥」。

平日雖是方正嚴厲，見這等嬌生慣養一個兒子，為了自己，遠路跋涉而來，已是老大的心疼，衹是有見於「愛之能勿勞乎」，合那「玉不琢，不成器」的這兩句話，不肯驕縱了他。今又見他如此舉動，滿面慘惶，更加不忍。且料其中必另有一段原故，卻也斷想不到公子竟遭了這等一場大顛險。當下向公子道：「你不必慌，只管起來明明白白的說。」公子這纔站起身來，從家中得信起身，一直到今日到店止，照方纔回太太的話，應節省的節省，應加詳的加詳，並合張金鳳聯姻一段，一字不落，也都據實的稟了他父親。書中交代過的，嚴父慈母，其性則一，其情不同。況且這位安老爺又是才學識三者兼備的人，當公子說的時節，便不肯用話打他的岔，默默凝神靜氣去聽。但見他聽著，忽而搖頭，忽而點頭，忽而抬頭，忽而低頭，那心裏大約是驚一番，喜一番，感一番，痛一番。直等他把話聽完了，纔透過口氣來，不由得一陣酸心，兩行熱淚。公子也嗚咽惶恐個不住。安老爺定了一定，長出了一口氣，纔向公子道：「這樁事我都是明白了。你想我聽著，怎能夠不驚。到了此時，卻急也無益，更無氣可生，只是苦了你了。你如今不必害怕著忙，聽我告訴你。你此番為我出來，這是天理人情，無所為錯，況又受了這場掀天風浪，難道我還責備你不成？然而這事，卻是都由你少不更事而起。你想這條路，帶著若干的銀子，便華忠跟著，且難保無事，何況你孤身一人，以致險遭不測。你想儻然果遭不測，不但你成了罪人，連我也是個罪人了。比起你給我送銀子來，孰輕孰重？及至你在店裏，遇見那個甚麼十三妹女子，卻純是你不學無識了。方纔聽你說起那情景來，他句句話與你針鋒相對，分明是豪客劍俠一流人物，豈為財色兩字而來？你千不合，萬不合，不合那一走。這就是叫作『吉凶悔吝，生乎動』了哇。再講到那騾夫、和尚，原是天理人情之外的事，也難怪你見不及此。只是果然不走，這禍又從何而來呢？至於你受那十三妹的金銀，允那張金鳳的姻事，這兩樁事，你自己是以為大錯，我倒原諒你。何也？聖人說：『觀過知仁。』原不盡在『黨』字上講。當那進退維谷的時候，便是個練達老成人，也只得如此，何況於你。又何況你心裏還多著為我的一層。倒是我作老家兒的不曾蔭庇到你，轉叫你為我先受了累了，這是我心裏難過的去處。如今這項金銀，也還算得從義路而來，此時也無法不受他的。況且我也正用得著，竟是用了他的了。成全了那女子一番義舉，合你一片孝心，我們後再圖報。這張家姑娘，方纔聽你說來，竟是天作之合的一段姻緣。你可不准嫌他父母鄉愚，嫌他鄙陋，稍存求全之見。如今竟是以前言為定，卻等我完了官事出去，給你們作合。想來你母親沒甚麼不肯的。」公子聽一句，應一句，緊記了母親說的話，且慢說方纔放定的一層。今聽安老爺如此一問，乘勢回道：「看母親的光景，也以為必當作合。但不得父親的話，只不好就定，還叫兒子請示。」老爺說：「那更好了。你略歇歇兒，就先過去，把這話說給你娘，並致意你岳父、岳母，叫他二位好放心，我也無可為難著窄了。」安公子聽完了話，一切得了主意。心裏一想，暗道：「我安驥修了幾生，有多大造化，得這樣恩勤覆育的二位老人家。」想到這裏，轉不禁痛定思痛，感深而泣。安老爺道：「這又哭甚麼？不必哭了，再哭就叫不著要了。」公子這纔收了淚痕，換出笑臉，詳問父親的起居眠食。老爺說：「你此時且不必絮叨，把方纔的話回去說了，就換了衣裳來，跟我吃了飯，今日就在此住。我還有話說呢！你丈人那裏，我請程相公替我陪去。」公子領命退出。本是僱了個小轎來的，就坐了那小轎飛奔回店。見了安太太也不及細說，笑嘻嘻的道：「我父親沒生氣，都依了。」安太太道：「我早曉得了。我只管那等叫你去了，到底不放心，打發人跟了聽去。回來回了，我都知道了。這好極了。你去陪你丈人吃飯去罷。」公子又把父親還叫回去，並請程相公陪著的話回明，忙忙的換衣回去。他父子纔得說一番無限離情，敘一番天倫樂事。

這話暫且不暇多談，趦回來再講店裏。卻說張老有程相公在那裏陪著，一個講的是抄謄繕寫，一個講的是耕種刨鋤。說了一晚，也不曾說到一處。那張太太是提著精神，招護了一道兒女兒、女婿，到了這裏，放了乏了。晚飯又多飲了一盃，更加村裏的人兒，不會熬夜，纔點了燈，就有些上眼皮兒找下眼皮兒，打了一個呵欠，說道：「要不咱睡罷。」張姑娘正要合婆婆多親熱一刻，說：「我還不困呢！媽先睡去罷。」那婆兒更無謙讓，過西間去，脫了衣裳，躺下就睡著了。這裏安太太叫張姑娘上了炕，纔細細的問他家鄉路上一切閒話。說到路上，那張姑娘不住的十三妹姐姐長，十三妹姐姐短，安太太這纔知道，那位救命的姑娘，叫作十三妹。張姑娘又把十三妹的形容舉止，並定親以前，怎樣先私下問他許多的話，都傾心吐膽的，告訴了婆婆。安太太更是心感，因說道：「這位姑娘，不要真是位菩薩轉世罷。只是你們受了他的好處，還當面給他道了個謝，我可那裏謝他一聲去呢？我方纔心裏許了個願，等十五日在天地前，上個滿堂供，焚個滿斗香，一來答謝上天，叫咱們父子婆媳完聚的大恩，二來祝贊著那十三妹姑娘增福延壽，將來得個好婆婆、好女婿。我還打算另設張桌兒，望空遙拜他一拜，心裏纔過的去呢！」張姑娘道：「這個只怕使不得。他合媳婦結了姐妹，在婆婆看著，也是孩子一樣，這一拜他斷當不起。媳婦倒有個見識，媳婦本也有個願心許下，給他供個長生祿位，早晚禮拜，願生生世世合他托生一處。婆婆想著使得使不得？」安太太聽了，說：「很好，就是這樣。咱們娘兒們都是十五那天還願。」婆媳二人，又談了許久。聽了聽，那天已交四更，纔各歸寢。列公聽這回書，不覺得像是把上幾回的事，又寫了一番，有些煩絮拖沓麼？卻是不然。在我說書的，不過照本演說，在作書的，卻別有一段苦心孤詣。這野史稗官，雖不可與正史同日而語，其中伏應虛實的結構也不可少。不然，都照宋子京修史一般，大書一句了事，雖正史也成了笑柄了。至於聽書的，又那能逐位都從開宗明義聽起？非這番找足前文，不成文章片段。並不是他消磨工夫，浪費筆墨，也因這第十二回，是個小團圓，正是兒女英雄傳的第一番結束。也正是：好向源頭通曲水，再從天外看奇峰。要知後事如何，下回書交代。

第十三回 敦古誼集腋報師門 感舊情掛冠尋孤女

這回書，接著上回，表的是安公子回到店裏，把安老爺的話，回明母親，並上覆岳父、岳母，大家自是異常歡喜。張姑娘心裏益發佩服十三妹的料事不差。那張老自有程相公照料。安公子便忙忙的換了家常衣服，赴縣衙而來。那些散了的長隨，還有幾個沒找著飯主，滿處裏打游飛❶的，聽見少爺來了，又帶了若干銀子給老爺完交官項，老爺指日就要開復原官，都趕來了。借著道喜，要想喝這碗舊鍋的粥。老爺見這班人，本無人味，又沒天良，一個個善言辭去。內中只有個葉通，原是由京帶出來的，雖也是個長隨，因他從幼也讀過幾年書，讀的有些獃氣，自從跟了安老爺，他便說從來不曾遇見一位高明渾厚的老爺，立誓不再投第二個主人。安老爺給他薦了幾處地方，都不肯去，甘受清苦。老爺見公子無人跟隨，叫他且伺候公子。恰好趕露兒也趕到了。安老爺因他誤事，正要責罰，嚇的他長跪不起。只得把劉住兒到家，一時痛親昏瞶忘說，後纔想起，隨即趕來的話回明。老爺見其情由可原，仍派他跟隨公子。說著擺上飯來。又有太太送來幾樣可吃的菜，並下馬麵。原來安老爺酒量頗豪，自己卻不肯濫飲，每飯總以三五斤為度。因向公子道：「我喝酒，你只管坐下先吃飯，不必等我。」公子便搬了個坐兒，坐在橫頭。一時吃飯漱盥已畢，安老爺便命他隅坐侍談。總問了問京中家裏一切情形，因長吁道：「我讀書

❶ 打游飛：閒逛。亦作「打油飛」。

半世，兢兢業業，不敢有一步踰閑取敗。就這迂拙兩個字，是我的短處。不想纔入宦海，就因這兩個字上誤事，幾乎弄得身名俱敗，骨肉淪亡。今日幸得我父子相聚，而且官事可完，如釋重負。這都是上蒼默佑，惟有刻刻各自修省，勉答昊慈而已。至於沒出土兒，就遭了這場顛沛流離，驚風駭浪，更是可憐。又安知不是我家素來享用稍過，福薄災生，以致如此。經此一番，未必無因。此時都無可說了。只是我方纔細想，你在那能仁寺遭的這場事，在那班和尚傷天害理，為天理所必誅，無所為冤。在那個女子，取義成仁，仁至義盡，無所為孽。我們心裏便無所為過不去。我只慮地方上弄了這等一樁大案，儻然遇見個廉明官兒，查究起來，倒是一樁未完的心事。」公子說：「這事大約無妨。前日在路上聽見各店裏沸沸揚揚的，傳說，茌平縣黑風崗廟裏一個和尚、一個頭陀、一個女人，因為姤奸，彼此自相殘害，經本縣的一位胡縣官訪查出來，那地方上百姓也有受過和尚荼毒的，人人稱快，各感念那位胡縣官，都稱他作青天太爺。」安老爺說道：「此所謂齊東野人之語也。」那時葉通正在那裏伺候老爺吃飯，便回道：「這話大約是真的。」老爺道：「你又怎麼曉得？」葉通道：「這裏的二府，就合茌平的這位胡老爺，是兒女親家。奴才有個舅舅跟胡太爺，昨日打發來看姑奶奶，他也是這等說。還說胡太爺因此上臺見重，說他留心地方公事，還保了卓異了呢。」老爺聽了，不禁大笑說：「這可叫作天地之大，無所不有了。若果如此，不但那女子可以遠禍，我們也可放心。」公子答應了個「是」，就趁勢回道：「倒是兒子這裏另有件未完的心事。」老爺忙問：「何事？」公子便把失了那塊硯臺的話說出來。老爺先說了句：「可惜。」便問：「怎的會丟了？」公子道：「只因正在貪看十三妹在牆上題的那折詞兒，他又催促著走，一時匆匆的便遺失了。」老爺問：「又是甚麼詞兒？」公子見問，便從靴掖裏，把自己記下的個底兒掏出來，請老爺看。安老爺看了一會，說道：「這女子好生奇怪，也好大神煞。你看他這折北新水令雖是不文，一邊出豁了你，一邊擺脫了他，既定了這惡僧的罪名，又留下那地方官的出路。看他這樣機警，那硯臺他必不肯使落他人之手。只他這詞兒裏的甚麼『雲端』、『雲中』，自是故作疑人之筆。他究竟住在何處？你自然問明白了。」公子道：「也曾問過。無奈他含糊其詞，只說在個上不在天、下不著地的地方住。並且兒子連他這稱呼，曾留心問過。問他這十三妹三個字，還是排行，還是名姓？他也不肯說明。」老爺道：「吼，這是甚麼話！無論怎樣，你也該問個明白。在他雖說是不望報，難道你我受了人家這樣大德，今生就罷了不成？」公子見父親教訓，也不敢辯說他怎生的生龍活虎一般，我不敢多煩瑣，他只得回道：「將來總要還他這張彈弓，取我們那塊硯臺。想來那時，也可以打聽得出來的。」老爺只是搖頭。一面口裏，卻把那詞兒裏「雲中相見」四個字，翻來覆去不住的念。又用手把那十三妹三個字，在桌子上一豎一畫，不住的寫。默然良久，忽然的把桌子一拍，喜形於色，說道：「得之矣，我知之矣。」因忙問公子道：「這姑娘可是左右鬢角兒上，有米心大必正的兩顆硃砂痣？不是罷了。」這公子實在不曾留心，只得據實答應。老爺又問道：「那相貌呢？」公子道：「說起相貌來，卻是作怪，就合這新媳婦的相貌一樣。不但像是個同胞姐妹，並且像是雙生姐妹。」老爺說：「這又是夢話了。我又何曾看見你這新媳婦，是怎生個相貌呢！」公子一時覺得說的忘情，扯脖子帶臉臊了個緋紅。老爺道：「這又臊甚麼？說呀。」公子只得勉強道：「此時說也說不周全。等父親出去，看了媳婦，就明白了。大約這個是一團和氣幽嫻，那個是一派英風流露。」老爺聽了，笑了一笑，說道：「文法兒也急出來了。」公子也陪著一笑。列公，天下第一樂事，莫如談心，更莫如父子談心；更莫如父子久別乍會，異地談心；尤其莫如父子事靜心安，苦盡甘來，久別乍會的異地深夜談心。安老爺合公子，此時真真是天下父子第一樂境。正所謂「等閒難到開心處，似此開心又幾回」了。公子見老人家心開色喜，就便請示：「父親方纔說到那十三妹，父親說『得之矣，知之矣』。敢是父親倒猜著他些來歷麼？」老爺道：「豈但猜著，此事你固然不得明白，連你母親大約也未想得到此，我心裏卻是明白如見。此時且不必談，等我事畢身閒，再慢慢的說明。我自然還有個道理。」公子聽如此說，便不好問，只是未免滿腹狐疑。那時不但安公子懷疑，大約連聽書的此時也不免發悶。無如他著書的要作這等欲擒故縱的文章，我說書的也只得這等依頭順尾的演說。大眾且耐些煩，少不得聽到那裏就曉得了。閒話擱起。一時安老爺飯罷，收拾了傢具，又同安公子計議了一番，公事如何清結？家眷怎的位置？公子便在父親屋裏小牀上另打一鋪睡下。眾家人也分投安置。次日清早，安太太便遣晉升來看老爺、公子，並叫請示那銀子怎的個辦法。早一日完了官事，也好早一日出去。老爺便教公子去告知他母親說：「這事不忙在一刻，再候兩三日，烏克齋總該有信來了，那時再定規。你也就去合你娘親近親近去。」公子纔要走，晉升回道：「請大爺等一刻再走罷。方纔奴才來的時候，街上正打道兒，說河臺大人到馬頭接欽差去，已經出了衙門了。路上撞見，又得躲避。」老爺問道：「也不曾聽見個信兒，忽然那裏來了這等一個欽差？」晉升道：「奴才也是纔聽見說，說是一位兵部的甚麼吳大人。這位欽差來得嚴密得很，只帶著兩個家人，坐了一隻小船兒，昨夜五更到了馬頭。天不亮就傳馬頭差到船上，交下兩角文書來，一角劄山陽縣預備轎馬，一角知照河臺，欽差到境。這裏縣太爺早到馬頭接差去了。」安老爺心想：「那個甚麼吳大人，莫非吳侍郎出來了？他是禮部啊！此地也不曾聽見有甚麼案，這欽差何來呢？斷不致於用著欽差來催我的官項呀！」大家一時猜度不出。老爺道：「管他。橫豎我是個局外人，於我無干。去瞎費這心猜他作甚麼？」說著，只聽得縣門前道府廳縣，各各一起一起的過去，落後便是那河臺，鳴鑼喝道，前呼後擁的過去。直等過去了，公子纔得回店。

你道這位欽差是誰？原來就是那號克齋名烏明阿的烏大人。他在浙江差次，就接到吏部公文，得知由閣學升了兵部侍郎。把浙江的公事查辦清楚，拜了摺子，正要回京覆命謝恩。纔由水路走出一程，又奉到廷寄，命他到南河查辦事件。這正是回程進京必由之路。他便且不行文知照，把自己的官船，留在後面，同隨帶司員人等一起行走，自己卻喬妝打扮的，僱了一隻小船，帶了兩個家丁，沿路私訪而來。直等靠了馬頭，纔知照地方官。把個山陽縣嚇得忙著分派人打掃公館，伺候轎馬，預備下程酒飯。鬧的頭昏，纔得辦妥。只是欽差究竟為著何事而來？不能曉得。這正是首縣第一樁要緊差使。為得是打聽明白，好去答應上司，是個美差。他一到馬頭，便上手本叩安稟見。不想那欽差止於傳話道乏，不曾傳見。看了看船上，只得兩個家人，連門包都不收，料是無處打聽。費盡方法，派了個心腹能幹家人，把船家暗暗的叫下來，問他端的，又許他銀錢。那船家道：「他僱船的時候，我只知道是夥計三個，到淮安要帳來的。一路也同我們在船頭上同坐，問長問短的。一直到了馬頭，見大家出來接差，我纔知道他是個官府。誰知道他作甚麼來的呀？」那家人聽了無法，只得回覆縣官。把個山陽縣急得搓手。一時大小官員都到，緊接著河臺到船拜會。早見那位欽差，頂冠束帶，滿臉春風的迎出艙來。河臺下船，只得在那小船裏面，向上請了聖安。烏大人站在一旁，說了句「聖躬甚安」。二人見禮坐下。河臺滿臉青黃不定，勉強支持著寒暄幾句，又不敢問到此何事。倒是烏大人先開口說道：「此來沒甚麼緊要事，上意因為此番回京，此地是必由之路，命順路看看河工情形。這河工的事，自己實在絲毫不懂。前在浙江，但見那些辦工的官員，實在辛勤苦累。大人止把那沿路工段，教人開個節略見賜。便可照這節略，略查一查回奏，就算當過這差去了。自己也急於要進京謝恩，恐不能多耽擱。地方上一切不必費事，這船上實在褻瀆，下船就奉拜，再長談罷。」那河臺聽了這話，纔咕咚一聲，把心放下去。那恭維人的本領，他卻從作佐雜時候，就學得濫熟。又見烏大人這等謙和體諒，心裏早打算到這滿破個二三千銀子送他也值，左右向那些工員身上撈的回來的。因此著實的頌揚了欽差一陣，纔打道回院。河臺走後，各官纔上手本。烏大人都回說，船上過窄，公館相見。大家只得紛紛進城。河臺早把自己新得的一乘八人大轎，並自己新作全副的執事送來。又派了武巡捕，帶了許多差官來接。烏大人便留了一個家人，收拾行李，搬進公館。自己只帶一個家人跟著，前頭全副執事擺開。眾差官擺隊的擺隊，扶轎的扶轎，馬頭上三聲大砲，簇擁著欽差那頂大轎，浩浩蕩蕩，鴉雀無聲，奔了淮城東門而來。一進城門，武巡捕轎旁請示：「大人先到公館？先到河院？」那大人只說得一句：「先到山陽縣。」那巡捕應了一聲，忙傳下去。心裏卻是驚疑：「怎的倒先到縣衙呢？」那個當兒，山陽縣的縣官，早趕到公館伺候去了。原來外省的排場，大凡大憲來拜州縣，從不下轎。那縣官倒隱了不敢出頭，都是管門家丁，同著簡房書吏，老遠的迎出來，道旁迎著轎子，把他那條左腿一跪，把上司的拜帖，用手舉的過頂鑽雲，口中高報說：「小的主人，不敢當大人的憲駕。」如今這山陽縣門上，聽得欽差來拜他們太爺，他更比尋常跪的腿快，喊得聲高。只見那欽差也不用人傳話，就在轎裏吩咐道：「我不是拜你主人來了。」那門丁聽了，嚇得爬起來，找了條小路，往後就跑。此時但恨他爹娘少生兩條腿。將跑到縣門，欽差的轎子已到。他又同了衙役，門前伺候。又聽得欽差問道：「有位被參的安太老爺，想來是在監裏呢。」門丁忙跪稟道：「不在縣監，即在縣頭門裏典史衙門土地祠。」欽差便命打道典史衙門，把個管獄的典史，登時嚇得渾身亂抖。口裏叫道：「皇天菩薩，自從周公作周禮，設官分職，到今日也不曾聽得欽差拜過典史。這是甚麼勾當呀？」慌得他抓了頂帽子，拉了件褂子，一路穿著，跑了出來，跪在門外，口中高報：「山陽縣典史郝鑿爇叩接大人。」轎子過去了良久，他還在那裏長跪不起。兩邊眾人，都看了他，指點著笑個不住。他也不知眾人笑他何來，及至站起來，自己低頭一看，纔知穿的那件石青褂子，鑲著一身的狗牙兒縧子，原來是慌的拉錯了，把他們官太太的褂子，穿出來了。咳，正所謂宦海無邊，孽海同源；作官作孽，君自擇焉。

閒話休提。卻說那欽差到典史衙門，望見那土地祠便命住轎，落平下來。只見跟班的從懷裏掏出一個黑皮紙手本來，眾人兩旁看了，詫異道：「欽差大人，怎生還用著這上行手本，拜誰呀？便是拜土地爺，也只合用個年家眷弟的大帖，到底拜誰呀？」正在猜度，那家人把手本呈老爺看過，便交付巡捕說：「拜會安太老爺。」那巡捕接了，偷眼一看，手本上端恭小楷，寫著「受業烏明阿」一行字。連忙飛奔到門投帖。那時正近重陽，南闈鄉試放榜。安老爺正得了一本江南新科闈墨，在那裏看。聽得縣衙前纔得一片喧嘩，旋即不聞聲息，卻也弄慣了，不以為意，依然看那本文章。忽見戴勤匆匆的跑進來，回稱欽差來拜。雖安老爺的鎮靜，也不免驚疑。心裏說：「難道真個的欽差來催官項來了不成？」伸手接過手本一看，笑道：「原來是他呀！只說甚麼吳大人，吳大人，我就再想不起是誰了。」因慢慢的起身離坐，說：「請進來罷。」早見那烏大人偏體行裝的進來，先向安老爺行了個旗禮，請了安起來，又行了個外官禮兒，拜了三拜。安老爺也半禮相還。烏大人起身又走近前來，看了看老爺的臉面，說：「老師的臉面竟還好，只是怎生碰出這等一個岔兒來？」一時讓坐茶罷。烏大人開口先說：「老師的信，門生接到了。因有幾兩銀子，不好轉人送來，旋即奉了到此地來的廷寄，如今自己帶了來了。」又問：「老師的官項，現在怎樣？」安老爺不便就提起公子來的話，便答說：「也有了些眉目了。」烏大人道：「門生給老師帶了萬金來，在後面大船上呢！一到就送到公館去。」安老爺忙道：「多了多了。這斷乎用不了。你雖是個便家，況你我還有個通財之誼，只是你在差次，那有許多銀子？」烏大人道：「這也非門生一人的意思。沒接著老師的信以前，並且還不曾見京報，便接著管子金、何麥舟他兩家老伯伯的急腳信，曉得了老師這場不得意。門生即刻給同門受過師恩的眾門生，分頭寫信去，派了個數兒，教他們量力盡心。因門生差次不久，他們又不能各各的專人前來，便叫他們止發信來，把銀子匯京，都交到門生家裏。正愁緩不濟急，恰好有現任杭州織造的富周三爺，是門生的大舅子。他有託門生帶京一萬銀子，門生合他說明先用了他的，到京再由門生家裏歸還。這萬金內一半作為門生的盡心，一半作為眾門生的集腋。將來他們匯到門生那裏，再從門生那裏扣存，也是一樣。此時且應老師的急用。老師接到他們的信，只要付一封收到的回信，就完了事了。」安老爺道：「非我合你客氣。你大兄弟也送幾兩銀子來，再有二三千金便夠了。這種東西，多也無用，再與者受者，都要心安。」烏大人道：「老師，這幾個門生，現在的立身植品，以至仰事俯蓄、穿衣吃飯，那不是出自師門？誰也該飲水思源，緣木思本的。門生受恩最深，就該作個倡首。就譬如世兄孝敬老師萬金，難道老師也合他謙讓再三不成？再門生敢有句放肆的笑話兒，以老師的古道，處在這有天無日的地方，只怕往後還得預備個幾千銀子賠賠定不得呢！」安老爺聽了，啞然大笑。因見他辦得這樣妥當，又說得這樣懇切，不好再推，便說道：「我說你不過，就是這樣罷。我合你也說不到卻之不恭，卻是受之有愧了。」那烏大人又謙遜了一番，說完，便向了那家人使了個眼色，那家人忙退下去。連戴勤等一並招呼開，彼此會意，也都躲在院門外坐下，喝茶吃煙閒話。卻說那位典史老爺，見欽差來拜安老爺，不知怎樣恭維恭維纔好。忙忙的換上褂子，弄了一壺茶，跟了個衙役，親自送來讓家丁們喝，也為趁便探聽探聽消息。誰想大家都堵著門坐著呢，不得進去。他一面讓茶，一面搭赸著，就要同坐。戴勤先站起來道：「郝老爺，你請治公罷。你在這裏，我們不好坐。同你一處坐，主人知道，也必嗔責。茶這裏有，郝老爺別費心了。」那典史看這光景，料是打不進去，只得周旋一陣，把那壺茶給轎夫喝去了。卻說安老爺見烏大人把人支開，料是有話說的。只見他低聲道：「門生此來，卻不專為這事。現在奉旨到此訪察一樁公事。一路也訪得些情形，未敢為據，所以來請示老師，老師知之必確。」安老爺忙問何事？烏大爺道：「此地河臺被御史參了一本，說他怎的待屬員以趨奉為賢員，以誠樸為無用。演戲作壽，受賄婪贓。侵冒錢糧，偷工減料。以致官場短氣，習俗靡頹等情，參得十分利害。這事關係甚大，門生初次奉差，有些不得主意，所以討老師教導。」安老爺聽了這話，沉了一沉，說：「克齋，這話，既承你以我為識途老馬，我卻有無多的幾句話，恐你不信。」因說道：「我到此不久，就到邳州高堰署了兩回事，河臺的行止，我都不得深知。至於我之被參，事屬因公，此中毫無屈抑。你如今既奉命而來，我以為國法不可不執，國體也不可不顧，察事不得不精，存心卻不可不厚。老賢弟以為何如？」烏大人覺得安老爺受了那河臺無限的屈抑，豈無個不平之鳴。誰知他竟無一字怨尤，益加佩服老師的學識雅度。說了幾句閒話，起身告辭。安老爺道：「我可不能看你去，也不便差人到公館裏，改日長談罷。」說著，送到院門，不便望外再送。

卻說那山陽縣知縣，得了這個信，早差人稟知河臺，說：「欽差在縣裏，合安老爺長談。」那河臺倒是一驚。纔要問話，聽得頭門炮響，欽差早已到門。連忙開煖閣迎了出來，見那欽差，仍是春風滿面。說：「纔望了敝老師，來遲了一步。」說著，一路進來坐下。可奈他絕口不談公事。至要緊的話，問的是淮安膏藥那鋪子裏的好？竹瀝滌痰丸那鋪子裏的真？河臺也只得順著答應一番。因便粧著糊塗問道：「方纔說貴老師是那一位？」烏大人道：「就是被參的安令。」河臺連忙道：「這位安水心先生，老成練達，為守兼優，是此地第一賢員。無奈官運平常，可可的遇見這等個不巧的事情。現在我們大家替他打算，眾擎易舉，已有個成數了。不日便可奏請開復。」烏大人道：「這倒不敢勞大人費心。他世兄已經從京裏變產而來，大約可以了結公事。況且敝老師是位一介不苟的，便承大人費心，他也未必敢領。」河臺聽了，大失所望。欽差坐了一刻，便告辭進了公館。那時後面官船已到，幾位隨帶司員，也趕了來。那些地方官，欽差都請在一處，公同一見。應酬已畢，少為歇息，吃些東西。早發下一角文書，提河臺的文武巡捕管門管帳家丁。須臾拿到，便封了門，照著那言官指參的款跡，連夜熬審起來。從來說：「人情如鐵，官法如爐。」況且隨帶的那些司員，又都是些精明強幹，久經參案的能員。那消幾日，早問出許多贓款來。欽差一面行文，仍用名帖去請河臺過來說話。不一時河臺已到。欽差照舊以客禮相待。讓坐送茶已畢，便將廷寄，並那御史的參摺，合他的巡捕家丁的口供，送給他看。河臺一看，方纔如夢方醒。只嚇得他面如金紙，目瞪口呆。又見上面有「如果審有贓款，即傳旨革職。所有南河河道總督，即著烏明阿暫署」的話。看完，他慌忙摘了帽子，向下跪倒磕頭，口稱他的名字，說：「犯官談爾音，昏聵糊塗辜負天恩，但求重重的治罪，並罰鍰報效。」原來那時候有個罰鍰助餉助工的功令。只因朝廷深知督撫的豐厚，那時的風氣淳樸，督撫也不避豐厚之名，每遇獲罪，都求報效若干銀子，助工助餉，也為圖輕減罪名，所以他纔有這番舉動。說罷起來，戴上帽子。烏大人道：「請大人具個親供，便是自認罰鍰，也得有個數目，好據供入奏。」那談爾音道：「犯官打算竭力巴結十萬銀子交庫。」烏大人道：「大人的情甘報效，我原不便多言。但是聖意甚嚴，案情較重，左右近年的案，都有個樣子在前頭。大人還得自己斟酌斟酌，不可自誤。」他答應了兩個「是」，下去寫具親供。一時間有首府中軍，送過印來。烏大人即日拜印接署，便下了一個札子，委山陽縣伺候前印河臺大人。這漢話就叫作看起來了。這個信傳出去，那些紳衿、百姓、鋪戶，聽得好不暢快。原來這河臺姓談名爾音，號鈺甫，便有等尖酸的，指了新舊河臺的名號，編了一副對聯。道是：「月向日邊明，日月當空天有眼；玉鑲金作鈺，玉金滿橐地無皮。」閒話擱起。卻說那談爾音下去，寫具親供，見欽差的話來得嚴厲，一定朝廷還有甚麼密旨，如今報效得少了罷，誠恐罪名減不去；多了罷，實在心上捨不得。心問口，口問心，打算良久，連那些奇珍異寶折變了，大約也夠了，且自顧命要緊。因此上一狠，二狠，寫了二十萬兩的報效。那烏大人就把案歸著了。歸著，據情轉奏當朝。聖人最惱的貪官污吏，也還算法外施仁，止於把他革職，發往軍臺效力。不日批摺回來，那談爾音便忙忙交官項上庫。送家眷回鄉，剩了個空人兒，赴軍臺效力去了。只是這些金銀珠寶，千方百計，纔弄得來，三言二語便花將去。當日嫌他來的少，今日轉痛他去的多。也最可憐的，是他見過烏大人之後，不曾等安老爺交官項，早替他虛出通關，連夜發了摺子，奏請開復，想在欽差跟前，作個大大的情面。也是發於天良，要想存些公道，只是遲矣晚矣。

卻說安太太那邊，自從張金鳳進門之後，在安太太是本不曾生得這等一個愛女，在張姑娘是難得遇著這等一位慈姑。彼此相投，竟比那多年的婆媳，還覺親熱。那張老夫妻，雖然有些鄉下氣，初來時眾人見了不免笑他。及至住下來，見他一味誠實，不辭勞，不自大，沒一些心眼兒，沒一分脾氣，你就笑他，也是那樣，不笑他，也是那樣。因此大家不但不笑他，轉都愛他敬他。雖是兩家合成一家，倒過得一團和氣。這日安老爺收到烏大人的幫項，即日把文書備妥，如數交納，照例開復。又因此地正在官場有事，自己不好出去，便告了二個月病假。早有公子領著家人們，預備轎馬前來。安老爺離了土地祠，來到聚合店。安太太迎了出來。老夫妻本來伉儷甚篤，更兼在異鄉，同患難，又想到公子這場落難，彼此見了十分傷感。虧得公子一旁極力勸慰，方住。安太太便叫媳婦出來拜見。安老爺一看，又叫他近前來細看一番，因向太太道：「我告訴玉格的話，想來都說到了，不必再說。這個孩子，天生的是咱們家的媳婦兒。等著消停消停，就給他們辦起這件喜事來。」安老爺不吃煙，張姑娘便送上一碗茶來。一時親家太太也來相見。這親家太太可不是那兩日的親家太太了，也穿上了裙子，好容易女兒勸著，把那個冠子也摘了。見了安老爺，拜了兩拜。口裏說：「好哇，親家，俺們在這裏可糟擾了。」安老爺也合他謙了幾句。人回親家老爺進來了。安老爺迎進來，見禮歸坐。著實謝了謝他途中照應公子。張老道：「親家不要說這話，我的嘴笨，也說不上個甚麼來。咱都是一家人，往後只有我們沾光的。就只一件，我在家貧苦慣了，這幾天吃飽了飯，竟白呆著就困了。親家，這不是你來家了嗎，有傢笨活，只管交給我，管作的動，不的時候兒，這大米飯，老天可不是叫人白吃的。」安老爺聽了道：「就是這樣。如今我第一椿大事，就是你這個女婿，他只管這麼大了，還得有個人兒招護著。這幾日裏邊有個媳婦，不好叫他在裏頭不周不備。我可就都求了親家了。」張老連聲忙答應。安太太道：「這幾天就多虧了親家老爺疼他。」一句話沒完，張太太話來了，說：「儈話呢，疼閨女有個不疼女婿的。」大家正說得熱鬧中間，人回：「河臺烏大人來拜。」把個張老夫妻，嚇得往外藏躲不迭。一時鳴鑼喝道，烏大人已到店門。安老爺說：「請進來坐罷。」說著，迎了進來。那烏大人先給師母請了安，然後又合公子敘了一向的闊別。提到前任談公的事，安老爺倒著實感歎了一番。烏大人因道：「門生看老師沒甚麼大欠安，為何告起假來？」安老爺便說：「有些瑣事。」便把公子途中結親一事，略提了幾句。只是不提那番駭人見聞的話。烏大人也連忙道喜。又說：「此地總河的缺，已調了北河的同峻峰過來了。也是個熟人。老師完了私事，何不早些出去。門生既可多聽兩次教導，等那同峻峰來也，可當面作一番囑託。」安老爺道：「說得有理。我事情一清楚，就出來的。」烏大人長談了半日，告辭而去。早有那些實任候補的官員，聽得河臺大人到店來拜安老爺長談久坐。見安老爺又是大人的老師，那個不來周旋？也有送酒席的，也有送下程的。到後來就不好了，鬧起整匣的燕窩，整桶的海參魚翅，甚至尺頭珍玩，打聽著甚麼貴，送甚麼來。老爺一概都璧謝不收。那日安老爺迎賓送客，忙得半日不曾住腳，一直到下半日，纔得稍停。那張姑娘便送過帽頭兒來，請換帽子。伏侍得直像個多年的兒媳婦，又像個親生的女兒。安老爺看了，自是歡喜。因對太太道：「我們如今事情正多，有兩樁得先作起來。一件是為我家險遭一場意外的災殃，幸而安然無事，這都是天公默佑我們闔家，都該辦炷名香，達謝上蒼。那一件是無論怎樣，這店裏非久居之地，得找一所公館。」安太太道：「這兩件事都不用老爺費心。公館我已經叫晉升找下了。」老爺道：「一處不夠。」太太道：「找得這處很寬綽，連親家都住下了。」老爺道：「不然，日後自然住在一處纔是，有個照應。眼前這喜事，必得兩處辦，纔成個一娶一嫁的大禮。」太太聽了，也以為是。恰好晉升進來回事，聽得這話，便回道：「既老爺這樣吩咐，也不用再找。那公館本是大小兩所相連，內裏通著，外邊各開大門。」安老爺道：「那更好了。房子說定，說到謝天。」安太太便把自己怎的合媳婦許了十五日還願的話，並媳婦怎的要給那十三妹姑娘供長生祿位的話，一一的說明。安老爺便覺暗合了自己的主意，連連點頭道：「既如此，明日咱們全家叩謝，不必再看日子了。」一家兒談到飯罷掌燈。安老爺早叫人在外層收拾了三間潔淨屋子下榻。出去又周旋了張老一番，纔得就枕。一宿無話。

次日便是十五日。太太早在當院設下香案，香燭供品。先是安老爺帶了安公子，次後便是安太太帶了張姑娘，各各一秉虔誠，焚香膜拜，叩謝上天加護之恩。拜完，安老爺便對兩親家道：「你二位老兄老嫂，也該拜謝一番纔是。」張老道：「我們正想著借花兒獻佛，磕個頭兒呢！」早有僕婦送上兩束香來，張老上了香磕過頭，親家太太也把香點著，舉得過頂磕下頭去，不知他口裏還喃喃吶吶祝贊些甚麼。磕完頭，將爬起來，只見他把右手褪進袖口去，摸了半日，摸出兩個香錢來，遞給安太太。安太太笑道：「親家，這是甚麼呀？你我難道還分彼此麼？」親家太太道：「不是呀！這往後俺兩口子的，吃的喝的，穿的戴的，都仗著你老公們倆合姑爺哩，還有偺兒說的呢！這燒香可是神佛兒的事情，公修公德，婆修婆德，咱『各人兒洗面兒，各人兒光』。你不要，可行不的。」安太太只是笑著不肯收。倒是安老爺說：「太太，既是親家這等至誠，收了再請兩箍香燒上就是了。」安太太只得接過來，遞給一個丫鬟。摸了摸那錢，還是洹的滾熱的。卻說張姑娘隨婆婆謝過了天，便忙著進房，設了一張小桌兒，供上那十三妹姐姐的長生牌，上寫著「十三妹姐姐福德長生祿位」。安太太便向安老爺道：「我們玉格也叫他來磕過頭纔是呢。」安老爺道：「且慢，他的事不是磕一個頭可了事的，我另有辦法。」安太太聽了，便同張太太各拈了一撮香，看那張姑娘插燭似價拜了四拜，就把那個彈弓，供在面前。話休絮煩，自此以後，安老爺夫妻二位，便忙著搬公館，辦喜事。張老夫妻把十三妹贈的那一百金子，依然交給安老爺、安太太，辦理妝奩。一婚一嫁，忙在一處，忙了也不止一日纔得齊備。那怎的個下茶行聘，送妝過門，都不細說。到了吉期，鼓樂前導，花燭雙輝，把張金鳳姑娘一乘彩轎迎娶過來。一樣的參拜天地，遙拜祖先，叩見翁姑，然後完成百年大禮。這日安老爺雖不曾知會外客，有等知道的，也來送禮道賀。雖說不得百輛盈門，也就算六禮全備了。轉眼就是安老爺假限將滿，河臺已經到任，烏大人已經回京。太太便帶了兒子、媳婦，忙著張羅老爺的冠裳一切。便問：「那日出去銷假？」安老爺道：「難道你們娘兒們，真個的還忍得叫我再作這官不成？我平生天性恬淡，本就無意富貴功名，況經了這場宦海風波，益發心灰意懶。只是生為國家的旗人，不作官又去作甚麼。無如我眼前有椿大似作官事，不得不先去料理。」公子忙問何事？老爺道：「吼，難道救了我一家性命的那個十三妹的這番深恩重義，我們竟不想尋著他答報不成？」太太道：「何嘗不想答報呢！只是他又沒個準住處，真名姓，可那裏找他去呢？」老爺說：「你們即不必管，我自有個道理。實合你們說，從烏老大諄諄請我出去，那日我已經定了個告退的主意。只恐他苦苦相攔，所以挨到今日。如今挨得他也回京了，新河臺也到任了，我前日已將告休的文書，發出去了。從此卸了這副擔子，我正好掛冠去辦我這樁正事。此去尋著了十三妹，我纔得心願滿足。倘然尋不著他，那管芒鞋竹笠，海角天涯，我一定要尋著這個女孩兒纔罷。」這正是：丈夫第一關心事，受恩深處報恩時。要知安老爺怎的個去尋那十三妹，下回書交代。

第十四回　紅柳樹空訪褚壯士　青雲堡巧遇華蒼頭

上回書既把安、張兩家公案，交代明白，這回書之後，便入十三妹的正傳。安老爺既認定天理人情，拋卻功名富貴，頓起一片兒女英雄念頭，掛冠不仕，要向海角天涯，尋著那十三妹報他這番恩義。若論十三妹，且安太太以至安公子小夫妻、張老爺夫妻，又那個心理不想答報他，只是沒作理會處。如今聽了安老爺這等說了，正合眾人的心事。當下商量定了，一面收拾行李，一面遣人過黃河去扣車輛。那時梁材也從京裏回來，只這幾個家人，又有張親家老爺，合程相公，外面幫著，人足敷用。況大家又都是一心一計，這番去官，比起前番的上任，轉覺得興頭熱鬧。話休煩瑣。那消幾日，都佈置停妥。安老爺本因告病，一向不曾出門，也不拜客辭行，擇了個長行日子，便渡黃河北上。

於路無話，不則一日，到了離茌平四十里，下店打尖。這座店，正是安公子同張姑娘來時住的那座店。安老爺飯罷，等著家人們吃飯，自己便走出店外，看那些車夫吃飯。見他們一個個蹲在地下，吃了個狼吞虎咽，溝滿壕平。老爺便合他們閒話，問道：「我們今日往茌平，從那裏岔道下去？有個地方叫作二十八棵紅柳樹，離茌平有多遠？」內中有兩個知道的，說道：「要到二十八棵紅柳樹，為甚麼打茌平岔道呢？那不是繞了遠兒，往回來走嗎？要上二十八棵紅柳樹，打這裏就岔下去了。往前不遠，有個地方叫桐口。順著這桐口進去，斜半籤著，就奔了二十八棵紅柳樹了。到了那裏，打鄧家莊兒頭裏過去，就是青雲堡。由青雲堡再走十來里地，有個岔道口，出了岔道口，那就是茌平的大道了。打這裏去近哪。可就是這一頭兒，沒得車道，得騎牲口，不就坐二把手車子也行得。」老爺把這話聽在心裏，看了看這座店，雖然窄些，也將就住下了。進來便合太太商議道：「太太，我看這座店，也還乾淨嚴密，今日我們就這裏住下罷。」太太道：「再半站，今日就到茌平了。到了茌平，老爺不是說有事去呢麼，為甚麼又耽擱了半天的路程呢？」老爺道：「我正為不耽擱路程，我方纔在外頭問了問，原來從這裏有條小路，走著近便。我們今日歇半天，明日你們仍走大路，住茌平等我。我就從這裏小路走，幹我的去。」太太道：「罷呀，老爺可不要鬧了。聽起來那小道兒，可不是頑兒的。」老爺道：「太太你想是因玉格前番的事嚇怕了。要知人生在世，世界之大，除了這寸許的心地，是塊平穩路，此外別沒有一步平穩的。只有認定了這條路走，至於禍福有個天在，注定的禍避不來，非分的福求不到。那避禍的，縱讓千方百計的避開，莫認作自己乖覺，究竟立腳不穩，安身不牢。那求富的，縱讓千辛萬苦的求得，莫認作可以僥倖，須知飛的不高，跌的不重。太太，你只看我同玉格，一個險些兒骨肉分離，一個險些兒身命俱敗，今日何如？這豈是人力能為的？」太太見老爺說得有理，便說：「既那樣，就多帶兩個人兒去。」張老聽了說道：「親家太太放心，我跟了親家去保妥當。」安老爺笑道：「怎麼敢驚動親家呢！此去我保不定耽擱一半天，家眷自然就在茌平住下聽信。親家，你自然照應家眷為是。我同了玉格帶上戴勤、隨緣兒，再帶上十三妹那張彈弓，豈不是絕好的一道護身符麼？」說著，便吩咐家人們今日就在尖站住下。因又叫戴勤道：「明日僱一輛二把手小車子我坐，再僱三頭驢兒，你同隨緣兒跟了大爺，我們就便衣便帽，喬妝而往，我自有道理。」戴勤笑道：「那短盤驢搭上馬褥子倒騎得，那倚車子，只怕老爺坐不來罷！」老爺道：「你莫管，照我的話弄去就是了。」戴勤只得去僱小車合驢兒，心裏卻是納悶說：「這是怎麼個用意呢？」一時老爺又叫了戴勤家的、隨緣兒媳婦來問道：「你母女兩個，從前在那家子跟的那位姑娘，你可記得他的生辰八字？他是幾歲上裏腳？幾歲上留頭？合他那小時候可有甚麼異樣淘氣的事？你可想得起一兩樁來？」戴勤家的經這一問，一時倒矇住了。想了想纔說：「奴才那位姑娘，今年算計著是十九歲屬龍的，三月初三日生的，時辰奴才可記不準了。」他女兒接口道：「是辰時。那年給姑娘算命，那算命的，不是說過底下四個辰字，是有講究的，叫甚麼，甚麼地，甚麼一氣，這是個有錢使的命。還說將來再說個屬馬的姑爺，就合個甚麼論兒了，還要作一品夫人呢！」他媽也道：「不錯，這話有的。」因又說道：「那姑娘是七歲上就裏的腳，不怎麼那一雙好小腳兒呢。九歲上留的頭。」隨緣兒媳婦又說道：「小時候奴才們跟著頑兒，姑娘可淘氣呀，最愛粧個爺們弄個刀鎗兒，誰知道都學會了呢。就只怕作活。奴才聽老爺、太太常說：『將來到了婆婆家，可怎麼好？』姑娘說的更好，說：『難道婆婆家是僱了人去作活不成？』奴才們背地裏還慪姑娘不害羞，姑娘說：『我不懂一個女孩兒，提起公公婆婆，羞的是甚麼？這公婆自然就同父母一樣，你見誰提起爸爸奶奶來，也害羞來著？』」安老爺合太太聽了點頭而笑說：「卻也說得有理。」太太便問道：「老爺，此時從那裏想起，問這些閒話兒來？」張金鳳也接口道：「不要這位姑娘，就是我十三妹姐姐罷？」老爺拈鬚笑道：「你娘兒們先不必急著，橫豎不出三日，一定叫你們見著十三妹如何？」張姑娘聽了，先就歡喜。

當晚無話，到了次日早起，張老、程相公依然同了一眾家人，護了家眷北行，去到茌平那座悅來老店，落程住下。安老爺同了公子，帶了戴勤、隨緣兒便向二十八棵紅柳樹進發。安老爺上了小車，伸腿坐在一邊，那邊載上行李。前頭一個拉，後面一個推。安老爺從不曾坐過這東西，果然坐不慣。纔走幾步，兩條腿早溜下去了。戴勤笑說：「奴才昨日就回老爺說坐不慣的。」老爺也不禁大笑。及至坐好了，走了幾步，腿又溜下去，險些兒不曾閃下來。那推小車子的先說道：「這不行啊！不，我把你老薩杭罷。」老爺不懂這句話，問：「怎麼叫薩杭。」戴勤說：「攏住點兒，他們就叫薩杭。」老爺說：「很好，你就把我薩杭試試。」只見他把車放下，解下車底下拴的那個灣柳桿子來，往老爺身旁一搭，把中間那灣弓兒的地方，向車梁上一攀。老爺將身往後一靠，果覺坐得安穩。公子背著彈弓，跨著驢兒，同兩個家丁，便隨著老爺的車，前前後後行走。那時正是秋末冬初，小陽天氣，霜華在樹，朝日弄晴，雲斂山清，草枯人健。安老爺此時，偷得閒身，倍覺胸中暢快。一路走著，只聽那推車的道：「好了，快到了。」老爺一望，只見前面有幾叢雜樹，一簇草房，心裏想道：「鄧家莊難道就是這等荒涼不成？」說話間，已到那裏。推車的把車落下。老爺問：「到了嗎？」他說：「那裏？纔走了一半兒呀！這叫二十鋪。」老爺說：「既這樣，你為何歇下呢？」只聽他道：「我的老爺，這兩條腿兒的頭口，可比不得四條腿兒的頭口。那四條腿兒的頭口，餓了不會言語。俺這兩條腿兒的頭口餓了，肚子先就不答應咧。吃點嗎兒❶再走。」隨緣兒是不准他吃。老爺聽了道：「叫他們吃罷，吃了快些走。」安老爺合公子也下來。只見兩個車夫、三個腳夫，每人要了一觔半麵的薄餅，有的抹上點子生醬，捲上根蔥，有的就蘸著那黃沙碗裏的鹽水爛蒜，吃了個滿口香甜。還在那裏讓著老爺說：「你老也得一張罷，好齊整白麵哪。」須臾吃畢，車夫道：「這可走罷，管走得快了。」說著，推著車子，果然轉眼之間，就望見那一片柳樹。那柳

❶ 嗎兒：什麼，北平土話。

葉還不曾落淨，遠遠看去，好似半林楓葉一般。公子騎著驢兒，到跟前一看，原來那樹是綠樹葉紅葉筋，因叫趕驢的在地下揀了兩片，自己送給老爺看。老爺看了道：「這樹名叫作檉柳，又名河柳，別名雨師。春秋僖公元年會於檉的那個檉字，即此物也。」閒話間已到鄧家莊門首。老爺下車一看，好一座大莊院。只見周圍城磚砌牆，四角有四座更樓，中間廣梁，大門左右兩邊，排列著那二十八棵紅柳樹。裏面房間高大，屋瓦鱗鱗。只是莊門緊閉不開。戴勤纔要上前叫門，老爺連忙攔住。自己上前，把那門輕敲了兩下。早聽見門裏看家的狗，齉聲齉氣，如惡豹一般，頓著那鎖鍊子咬起來。緊接著就有人，一面吆喝那狗，隔著門問道：「找誰呀？」安老爺道：「借問一聲，這裏可是鄧府上？開了門，我有句話說。」只聽那人道：「開門，待我言語一聲兒去。」那人去不多時，便聽得裏面開得鐵鎖響。莊門開處，走出一個人來，約有四十餘歲年紀。頭戴窄沿秋帽，穿一件玄青縐綢棉襖，套著件青氈馬褂兒。身後還跟著兩三個笨漢。那人見了安老爺，執手當胸，拱了一拱問道：「尊客何來？」安老爺心想：「這人一定是那褚一官了。」因問道：「足下上姓？這裏可是鄧九公府上？」那人答道：「在下姓李，鄧九太爺便是敝東。人不在家裏，大約還得個三五天回來。尊客如有甚麼書信，以至東西，只管交給我，萬無一失，五日後來取回信。儻一定有甚麼要緊的話，得等著面說，我這裏付一面對牌，請到前街客寓裏住歇，那裏飯食油燭草料，以至店錢，看你老合我東人二位交情在那裏，敝東回來，自然有個地主之情。不然，那店裏也是公平交易，絕不相欺。」說到這裏，只聽莊門裏有人高聲叫，說：「李二爺發鑰匙開倉。」他這裏一面應著，一面聽老爺的回話。老爺見訪鄧九公不著，只得又問道：「既如此，有位姓褚的，我們見見。」那人道：「我們這裏有三四個姓褚的呢，可不知尊客問的是那一位？」老爺道：「這人人稱他褚一官。」那人道：「要找我們褚一官麼，他老不在這裏住了，搬到東莊兒去了。請到東莊兒就找著了。」纔說完，裏面又在那裏催說：「李二爺等你開倉呢！」那人便向安老爺一拱說：「請便罷，尊客。」老爺還要問話，他早回頭進去了。那兩三個笨漢，見他進去，隨即把門關上。老爺只得隔門，又問了一聲說：「這東莊兒在那裏？」裏邊應了一句說：「一直往東去。」說著也走了。安老爺此番來訪十三妹，原想著褚一官是華忠的妹夫，鄧九公是褚一官的師傅，且合十三妹有師弟之誼。因褚一官見鄧九公，因鄧九公見十三妹再沒個不見著的。如今見褚、鄧二人都見不著。因向公子道：「怎生的這般不巧，又不知這東莊兒在那裏？」那安公子此時，卻大非兩個月頭裏的安公子可比了。經了這場折磨，自己覺得那走路的情形，都已久慣在行，因說道：「一直往東去，逢人便問，還怕找不著東莊兒麼？」老爺笑道：「固是如此。難道一路問不著，還一直的問到東海之濱，找文王去不成？」公子笑道：「再沒問不著的。」說著，跨上驢兒，跑到前頭。只見過了鄧家莊，人煙漸少，那時正是收莊稼的時候，一望無際，都是些蔓草荒煙，無處可問。走了里許，好容易看見路南頭，遠遠的一個小村落，村外一個大場院，堆著大高的糧食，一簇人像是在那裏揚場呢。喜得他一催驢兒，奔到跟前，便開口問道：「那裏是東莊兒啊？」只見那場院邊，有三五個莊家坐著歇乏。內中一個年輕的，轉問他道：「你是問道兒的嗎？」公子道：「正是。」那人說：「問道兒下驢來問啊！」公子聽了，這纔下了驢。那少年道：「你要找東莊兒，一直的往西去，就找著了。」公子道：「東莊兒怎麼倒往西去呢？」內中一個老頭兒說道：「你何苦耍他作甚麼！」因告訴公子道：「這裏沒個東莊兒。你照直的往東去，八里地就是青雲堡，到那裏問去。」公子得了這句話，上了驢兒，又跑回來。恰好安老爺的小車兒，也趕到了，問道：「問的有些意思沒有？」

公子把幾乎上賺的話說了。老爺笑道：「這還算好，他到底說了個方向兒。你沒見長沮、桀溺，待仲夫子的那番光景嗎？」說著，又往前走了一程。果見眼前有座大鎮店。還不曾到那街口，早望見一個人，扛著個被套，腰裏掖著根巴棍子，劈面走來。公子這番不似前番了。下了驢，上前把那人的袖子扯住道：「借光，東莊兒在那邊兒？」那人正低了頭走，肩膀上行李又沉，走得滿頭大汗。不防有人扯了他一把，倒嚇了一跳。站住抬頭一看，見是個向他問路的。他一面拉下手巾來擦汗，一面陪個笑兒道：「老鄉親，我也是個過路兒的。」說完大岔步便走了。公子心裏說道：「原來離了家門口兒，問問路，都是這等累贅。」老爺道：「這卻不要怪他，你這問法，本叫作問道於盲。找個鋪戶人家問問罷！」說著，進了青雲堡那條街。只見街口有座小廟，豎著一根小小旗桿。那廟門掛一塊三聖祠的匾，卻是鎖著門。一進街來，南北對面都是些棧房店口。也有燒鍋當鋪，雜貨店面。話休絮煩。一連問了幾處，都不知有這個東莊兒。一直的走出了這五里長街，只見路南一座小野茶館兒，外面有幾個莊家漢，在那裏喝茶閒話。老爺說：「下來歇歇兒罷。」說著，下了車，也到那灰臺兒跟前坐下。隨緣兒便從腰間拿下茶葉口袋來，叫跑堂兒的沏了一壺茶。老爺問那跑堂兒說：「你們這裏有個東莊兒麼？」那跑堂兒的見問，一手把開水壺擱在灰臺兒上扶著，又把那隻胳膊圈過來，抱了那壺梁兒，歪著頭說道：「咱們這裏沒個東莊兒啊！」老爺說：「或者不在附近，也定不得。」跑堂兒指手畫腳的道：「不啊！客人，你順著我的手，瞧西沿子那個大村兒，叫金家村。這東邊兒的叫青村。正北上一攢子樹，那一塊兒，那是黑家窩鋪。這往近了說。那道小河子北邊的一帶大瓦房，那叫小鄧家莊兒。原本是二十八棵紅柳樹鄧老爺的房子，如今給了他女婿一個姓褚的住著，又叫作褚家莊。」說到這裏，老爺忙問道：「這姓褚的可是人稱他褚一官的不是？」跑堂兒說道：「哇，就是他。他是鏢行裏的。」安老爺向公子說道：「這纔叫『踏破鐵鞋無覓處，得來全不費功夫』呢！原來只在眼前。他在西莊兒說話，又是他家的房子，自然就叫作東莊兒了。」公子聽了，忙著放下茶碗說：「等我先去問他在家不在家？不要到了跟前，又撲個空。」說著也不騎牲口，帶了隨緣兒就去了。一過北道，便遠遠望見褚家莊。雖不比那鄧家莊的氣概。只見一帶清水瓦房，虎皮石下剪白灰砌牆，當中一個高門樓的如意小門兒，安著兩扇黃油板門。門前也有幾株槐樹，兩座磚砌石蓋的平面馬臺石。西邊馬臺石上，坐著個乾瘦老者，卻是面西，看不見他的面目，懷中抱了一個孩子。又有個十七八歲的村童，蹲在地下，引逗那孩子耍笑。離門約有一箭多遠，橫著一道溪河，河上架著個板橋。公子纔走過橋，又見橋邊一個老頭子守著一個筐子，刁著根短煙袋，蹲在河邊，在那裏洗菜。公子等不得到門，便先問了他一聲說：「你可是褚家莊的？你們當家的在家裏沒有？」問了半日，他言也不答，頭也不回，只顧低了頭洗他的菜。隨緣兒一旁看不過，在他肩膀上拍了一下，說：「咻！問你話呢！」他這纔站起來，含著煙袋，笑嘻嘻的勾了勾頭。公子又問了他一句。他但指指耳朵，也不言語。公子道：「偏又是個聾子。」因大聲的喊道：「你們褚當家的在家裏沒有？」只見他把煙袋拿下來，指著口，啊啊啊了兩聲，又搖了搖頭，原來是個又聾又啞的。真真十啞九聾，古語不謬。

不想公子這一喊，早驚動了馬臺石上坐的那個人。只見他聽得這邊嚷，回頭望了一望，連忙把懷裏的孩子，交給那村童抱了進去，又手遮日光，向這邊一看，就匆匆的跑過來。相離不遠，只見他把手一拍，口裏說道：「可不是我家小爺！」公子正不解這人為何奔了過來，及至一聽聲音，纔認出來不是別人，正是他嬤嬤爹華忠。原來華忠本是個胖子，只因半百之年，經了這場大病，臉面消瘦，鬢髮蒼白，不但公子認不出他嬤嬤爹來，連隨緣兒都認不出他爸爸來了。一時彼此無心遇見，公子一把拉著嬤嬤爹。華忠纔想起給公子請安。隨緣兒又哭著，圍著他老子問長問短。華忠道：「咳，我這時候沒那麼大工夫，合你訴家常啊！」因問公子道：「我的爺，你怎麼直到如今還在這裏轉？我合你別了，將近兩個月，我是沒一天放心。好容易扎掙起來，奔到這裏。問了問寄褚老一的那封信，他並不曾收到。端的是個甚麼原故？我的爺，你要把老爺的大事誤了，那可怎麼好？」說著，急得搓手頓腳，滿面流淚。公子此時，也不及從頭細說，便指給他看道：「你看那廂茶館外面坐的不是老爺？」華忠道：「老爺怎麼也到了這裏？敢是進京引見。」公子道：「閒話休提。我且問你，褚一官在家也不？」華忠道：「他不在家。他這兩天忙呢！」因看了看太陽，說：「大約這早晚也就好回來了。大爺你此時，還問他作甚麼？」公子道：「這事說也話長。你先見老爺去，就知道了。」華忠便同公子飛奔而來，路上不及閒談，到了跟前，老爺纔瞧出是華忠。因說：「你從那裏來？」華忠早在那裏摘了帽子磕頭說：「奴才華忠，閃下奴才大爺，誤了老爺的事。奴才該死。只求老爺的家法。」老爺道：「不必這樣，難道你願意害這場大病不成？起來。」華忠聽了，纔戴上帽子爬起來。卻說一旁坐著喝茶的那些人，那裏見過這等舉動。又是老爺奴才，又是磕頭禮拜，只道是知縣下鄉私訪來了，早嚇的一個個的溜開。跑堂兒的，是怕耽誤了他的買賣，便向安老爺說：「我看這個地方兒屈尊你老，再也不得說話。我這後院子後頭，有個松棚兒，你老搬到後頭去，好不好？」老爺正嫌嘈雜。公子聽得有個松棚兒，覺得雅致有趣，連說：「很好。」便留了戴勤看行李，跟了老爺搬過後面去。公子到那裏一看，那裏甚麼松棚兒，原來是四根破竹竿子支著，上面又橫搭了幾根竹竿兒。把那砍了來作柴火的帶葉松枝兒，搭在上面晾著，就著遮了日曬兒，那就叫松棚兒。不覺得一笑，忙叫人取了馬褥子來，就地鋪好，爺兒兩個坐下。老爺便將公子在途中遭難的事，大略說了幾句，把個華忠急得哭一陣，叫一陣，又打著自己的腦袋罵一陣。老爺道：「此時是幸而無事了，你這等也無益。」因又把公子成親的事告訴他，他纔擦了擦眼淚，給老爺、公子道喜。又問：「說的誰家姑娘？十幾歲？」老爺道：「且不能合你說這個。你且說你怎的又在此耽擱住了呢？」華忠回道：「奴才自從送了奴才大爺起身，原想十天八天就好了，不想躺了將近一個月纔起炕。奴才大爺給留的二十兩銀子，是盤纏完了，幾件衣裳，是當淨了。好容易扎掙得起來，掙湊了兩吊來錢。奴才就僱了個短盤兒驢子，搬到他們這裏。他們看奴才這個樣兒，說給奴才作兩件衣裳，好上路，打著後日一早起身。不想今日在這裏遇見老爺，也是天緣湊巧，不然，一定差過去了。」老爺道：「這裏自然就是你那妹夫褚一官的家了。他在家不在家？」華忠道：「他上縣城有事去了，說也就回來。」老爺說：「他不在家也罷，我們先到他家等他去，我要見他有話說。」華忠聽了，口中雖是答應，臉上似乎露著有個為難的樣子。老爺道：「他既是你的至親，難道我們借個地方兒坐也不肯？你有甚麼為難的？」華忠道：「倒不是奴才為難，有句話，奴才得先回明白了。他雖在這裏住家，這房子不是他自己的，是他丈人的。」老爺道：「你這話怎麼講？褚一官是你妹夫，他丈人豈不就是你老子，怎麼他又有個丈人起來？」華忠聽了，自己也覺好笑。又說道：「這裏頭有個原故。原來奴才那個妹子，兩月頭裏就死了。他死的日子，正是奴才同大爺在店裏商量，給他寫信的那兩天。奴才也是到這裏纔知道。」安公子聽了，便對安老爺道：「哦，這就無怪那日十三妹說他夫妻斷不能來了。」老爺連連點頭，一面又往下聽華忠的話。他又道：「奴才這妹子死後，丟下一個小小兒子，無人照管，便張羅著趕緊續絃。他有個師傅，叫作鄧振彪，人稱他是鄧九公。是個有名的鏢客。褚一官一向跟他走鏢，就在他家同住。那鄧九公今年八十七歲，膝下無兒，止有個女兒。他因看著褚一官人還靠得，本領也去得，便許給他做了填房，招作女婿。這老頭兒在西莊兒住家，因疼女兒，便把這東莊兒的房子，給了褚一官。又給他立了產業，就成起這分家來。那鄧九公一個月，倒有二十天帶了他一個身邊人，在女兒家住。這個人靠著有了幾歲年紀，又拙又橫，又不講禮，又不容人說話。褚一官是怕得神出鬼沒，只有他這個女兒降的住他。他這幾日，正在這裏住著。每日到離此地不遠，一座青雲山去，也不知甚麼勾當。據奴才看，好像有甚麼機密大事似的。那老頭兒天天從山裏回來，不是垂涕抹淚，便是短歎長吁。一應人來客往，他都不見。並且吩咐他家，等閒的人不許讓進門來。如今老爺要到他家去，此刻正不差甚麼，是那老頭子回來的時候。萬一他見了，說上兩句不知高低的話，奴才持不住。所以奴才在這裏為難。」老爺聽了，也為難起來，說：「我找褚一官，正為找這姓鄧的說話。這便怎麼樣呢？」華忠道：「老爺找他有甚麼話說？」老爺拍著公子身上背的那張彈弓道：「我交還他這件東西，還訪一個人。」華忠道：「依奴才糊塗見識，老爺竟不必理那個瘋老頭子，也罷了。此地也不好久坐，這條街上有幾座店口，奴才找處乾淨的，請老爺歇息，竟等褚一官回來，奴才把他暗暗的約出來，老爺見了他，先問他個端的。請示老爺可使得？」老爺道：「自然也要見見褚一官。既如此，就在這裏坐著等他罷，近便些。你倒是在那裏弄些吃的來，再弄碗乾淨茶來喝。」華忠忙道：「這個容易。奴才這個續妹妹，卻待奴才很親熱，竟像他親哥哥一般。也因這上頭，他父親纔肯留奴才住下。奴才如今就找他預備些點心茶水來。」說著一逕去了。華忠去後，安老爺把他方纔的話，心中默默盤算。據他說鄧九公那番光景，不知究竟是怎生一路人？他家又這等機密，不知究竟是何等一樁事？好叫人無從猜度。正在那裏盤算著，只見華忠依然空著兩手回來。安老爺道：「難道他家就連一壺茶都不肯拿出來不成？」華忠忙答道：「有有。奴才方纔把這番話對奴才續妹子說了，他先就說：『既是老爺的駕到了，況又是奴才的主兒，不比尋常人，豈有讓在外頭坐著的理？』及至奴才說到那彈弓的話，便說：『這更不必講了。』叫奴才快請老爺合奴才大爺到他家獻茶。他還說：『便是他父親有甚說話，有他一面承管。』既這樣，就請老爺、大爺賞他家個臉過去坐坐。」安老爺聽了甚喜，便同了公子步行過去。兩個家人付了茶錢，連牲口車輛一並招護跟來。

卻說安老爺到了莊門，早見有兩個體面些的莊客迎出來，見老爺各各打恭，口裏說：「二位當家的辛苦。」原來外省鄉居，沒有那些老爺少爺的稱呼，止稱作當家的，便如稱主人東人一樣。他這樣稱安老爺，也是個看主敬客的意思。揖無不答，老爺也還了個禮。一進門來，只見極寬的一個院落。也有個門房。西邊一帶粉牆，四扇屏門。進了屏門，便是一所四合房，三間正廳，三間倒廳，東西廂房。東北角上一個角門，兩間耳房，像是進裏面去的路徑。那莊客便讓老爺到西北角上，那個角門裏兩間耳房坐定。他們也不在此相陪，便幹他的事去了。早有兩個小小子端出一盆洗臉水、手巾、胰子，又是兩碗漱口水放下。又去端出一個紫漆木盤，上面托著兩蓋碗沏茶，餘外兩個折盅，還提著一壺開水。華忠一面倒茶，內中一個小小子叫他道：「大舅哇，我大嬸兒叫你老倒完了茶，進去一盪呢！」說著，便將臉水等件帶去。一時華忠進去，老爺看那兩間屋子，葦蓆棚頂，白灰牆壁，也掛兩條字畫，也擺兩件陳設，不城不村，收拾得卻甚乾淨。因合公子道：「你看倒是他們這等人家，真個逍遙快樂。」正說著，華忠出來回道：「回老爺，奴才這續妹子要叩見老爺。」老爺道：「他父親、丈夫都不在家，我怎好見他。」

說話間，那褚家娘子已經進來。安老爺見了，纔起身離坐。只見他家常打扮，穿條玄青裙兒，罩件月白襖兒，頭上戴些不村不俏的簪環花朵，年紀約有三十光景，雖是半老佳人，只因是個初過門的新媳婦，還依然打扮的脂光粉膩。只聽他說道：「老爺請坐，小婦人是個鄉間女子，不會京城的規矩，行個怯禮兒罷。」說著，福了兩福，便拜下去。老爺忙說：「不要行禮。」也恭恭敬敬的還了一揖。他回身又見了公子。安老爺便道：「我們是特地找褚一爺來說句話，倒驚動了，請進去歇著罷。」褚家娘子道：「我丈夫不在家，大約也就回來。老爺既是我這大哥的主人，也同我們的衣食父母一樣，我該當伺候的。並且還有一句話，請老爺的示下。」安老爺道：「既如此，請坐下好講話。」那褚家娘子那裏肯坐。安老爺讓再讓三說：「大娘子你不肯坐，我也只得站著陪談了。」還是華忠從旁說：「姑奶奶。既老爺這等吩咐，恭敬不如從命，你竟是伺候坐下好說話。」他纔搬了一張杌子，斜籤著坐了。便問老爺道：「我方纔聽見我們這大哥說：『老爺帶了一張彈弓，到這裏要訪一個人。』我大膽問老爺這彈弓從何而來？這要訪的又是個何等樣人呢？」老爺見他問的，不像無意閒談，開口便道：「我這彈弓，是此地十三妹的東西。因我這孩子，前番在路上遇了歹人，承這十三妹救了性命，贈給盤纏，又把這張彈弓借與他護送上路。我父子受他這等的好處，故此特地來，親身送還他這張彈弓。又曉得他合你尊翁鄧九公有師徒之誼，因此來找你們褚一爺，引見九公，問明了那十三妹的門戶，好去謝他一謝。」那褚家娘子聽了道：「這事幸得我先見著老爺，老爺假如這等的問我家一官，管取他還摸不著頭腦呢。我也再不想這張彈弓，竟在老爺手裏。只是可惜老爺來遲了一步，只怕這十三妹，老爺見他不著了。」老爺忙問原故。只見他歎了口氣道：「要說起這十三妹來，真真的算個奇人罕事。他從兩年前頭，奉了他母親到這裏，誰也不得知他的來路，誰也不得知他的根由。他只說是逃荒來的，後來合我父親結了師徒，我父親見他母子無依，就要留他在家同住。他是執意不肯，在這東南青雲山山崗兒上結了幾間茅屋，自己同了他母親住。」老爺聽了，便向公子道：「此『雲中相見』的這句詞兒所由來也。」公子忙起身答應了一聲。又聽他往下說道：「我從作女孩兒的時候，合他兩個人往來最為親密。雖是這等親密，他的根底，他可絕口不提。不想前幾天他這位老太太死了。我合父親商量，等他事情完了，這正好請他到家，我們作個長遠姐妹。將來在此地給他找個好好的人家，又可當親戚走著，豈不好呢。誰想他遭了這樣大事，哀也不舉，靈也不守，孝也不穿，打算停靈七天，就在這山中埋葬。葬後，他便要遠走高飛。」老爺詫異道：「他待遠走高飛，到那裏去？」褚家娘子道：「老爺可說麼。大約他走的這個原故，止有我父親知道。也是他母親死後，他纔說的。我父親把這事機密的了不得，不肯向人說，連問著也是含含糊糊的。我這兩日，聽那口風兒，看那神情兒，倒像不是件甚麼小事兒。也不知到底是甚麼因由？只是我想，他究竟是個女孩兒，無論甚麼樣的本領，怎生般的智謀，這萬水千山，曉行夜住，一個女孩兒，就有多少的難處。因此我勸了他這幾天，教他且莫著急，就走也等完了事，慢慢的商量一個萬全的打算，再走不遲。無奈說破了嘴，他也是百折不回。為甚麼我方纔聽得老爺的駕到了，又說帶著張彈弓兒，我心裏可就一動，甚麼原故呢？因前日他母親死後，他忽然的告訴我父親說，他這張彈弓，借給人用去了，早晚必送來。他如今要走等不得。又交給我父親一塊硯臺，說，儻他走後，有人送那彈弓來，把這硯臺交那人帶去。把那彈弓就留在我家，作個記念。他也不曾說起老爺合少爺，更不曾提到途中相救的一個字。這硯臺，我父親交給我了。我卻斷不想到這番原由，就在老爺身上。如今恰好老爺、少爺都到了這裏，況且又受過他的好處，正要訪他。老爺是念書作官的人，比我們總有韜略，怎麼得求求老爺，想個方法見著他，留住了他，也是樁好事。不然，這等一個人，此番一去，知他怎麼個下落呢！可不心疼死人嗎！」安老爺聽了這番話，正合了自己的心事。心裏說：「看不出這鄉間女子，竟有如此的言談見識。前番我家得了一個媳婦張金鳳，是那等的深明大義，今番我遇見這褚家娘子，又是這等的通達人情。可見地靈人傑，何地無才？更不必定向錦衣玉食中，去講那德言工貌了。」因又把他方纔的話，度量一番。這十三妹要走的原故，心裏早已明白八九。只是此時不好說破，便對褚家娘子道：「大娘子，怎生說到一個求字。這也正是我身上的事。如今就煩你少停，引我見見尊翁。我二人商量個良策，定要把這樁事挽回轉來。」

褚家娘子聽了，連連搖手說：「老爺這不是主意。我這位老人家，雖合他有師徒之分，只是他老人家，上了幾歲年紀，又愛吃兩杯酒，性子又烈火轟雷似的，煞是不好說話。外加著這兩年有點子反老還童，一會兒價好鬧個小性兒。就這十三妹的這樁事，我好容易勸得他活動些了，他老人家在旁邊兒，又是甚麼英雄咧，好漢咧，大丈夫要烈烈轟轟作一場咧，說個不了。把那個越發鬧得回不得頭，下不來馬了。老爺如今合他老人家一說，管保還是這套。甚而至於機密起來，還合老爺粧糊塗說：不認得十三妹呢！」

老爺道：「若不仗尊翁作個線索，我縱有千言萬語，怎得說的到那十三妹跟前？」那褚家娘子低頭想了一想，笑道：「這樣罷。老爺要得合我父親說到一處，卻也有個法兒。只是屈尊老爺些。」老爺忙問怎樣？褚家娘子道：「他老人家雖說是這等脾氣，卻是吃順不吃強，又愛戴個高帽兒。第一最愛人贊一句，說是個英雄豪傑。第二最喜歡人說這樣年紀怎的還得這樣，精神飽滿，心思周到。第三卻難。他老人家酒量極大，不用講家裏，便是外面交徧天下，總不曾遇見個對手的酒量。往往見人不會吃酒，便說這人沒出長兒，沒幹頭兒。只要遇著一個大量，合他老人家坐下，說入了彀，大概那人說西山煤是白的，他老人家也斷不肯說是灰色的。說太陽從西邊兒出來，他老人家也斷不肯說從西南犄角兒出來。只是那有這等一個大酒量呢？老爺自想想，這難不難？」老爺聽罷，哈哈大笑說：「這三樁事，都在我身上。第一據他的本領，本是個英雄，就贊揚他兩句，也不是虛話。第二論年紀，他比我長著幾乎一半子呢，我就作個前輩看待他，也很使得。第三尤其容易。據我這酒量，雖不曾合他同過席，大約也可以勉強奉陪。」褚家娘子聽了大喜，說：「果然如此，只怕這事有些指望了。」因又囑咐安老爺道：「只是我老人家少刻見了老爺，可難保得住禮貌周全，還求老爺海量擔待他個老。更切切不可提我方纔說的這番話。」老爺道：「不消囑咐，既如此商定，豈但不提方纔的話，並且連這彈弓，也先不好提起。我自有道理。」因吩咐先把彈弓收好。正說著，褚一官也回來了。他本是走江湖的人，甚麼不在行的，見了老爺，也恭恭敬敬的請了安。他娘子便把安老爺的來意，合方纔這番話，告訴了他。只見他口裏答應，心裏卻是忐忑。他娘子道：「你不必著忙，萬事有我呢！」褚一官道：「我不怕別的，他老人家是個老家兒，咱們作兒女的順者為孝，怎麼說怎麼好。就是他老人家，掄起那雙拳頭來，我可真吃不剋化。」他娘子道：「也到不了那個場中。你在這裏伺候老爺，我預備點心去。」說著去了。少時拿出點心粥湯來。老爺一腔的心事，不過同公子略吃了些，便揀下去。又問了問褚一官走過幾省，說了些那省的風土人情，論了些那省的山川形勝。正談得熱鬧，只聽得前面莊客嚷了一聲道：「老爺子回來了。」褚一官聽了，發腳往外就跑，連那華忠也有些不得主意。兩個服侍的小小子，嚇得蹤影全無。這正是：非關猛虎山頭吼，早見群狐穴底藏。要知那鄧九公回來見了安老爺，怎的個開交？下回書交代。

第十五回　酒合歡義結鄧九公　話投機演說十三妹

上回書講的是安老爺來到褚家莊，探著十三妹的消息。正合褚一官閒話，聽說鄧九公回來了。早見那褚一官慌作一團，同了華忠合眾莊客，忙忙的迎出去。老爺心裏想道：「這鄧九公，被他眾人說的那等的難說話，不知到底怎生一個人物？待我先看他一看。」說著，依然戴上那個帽罩兒走到角門，隱在門後，向外窺探。恰好那鄧九公正從東邊屏門進來。只見他頭戴一頂自來舊窄沿氈帽，上面釘著個加高放大的藏紫菊花頂兒，撒著不長的一撮鳳尾線紅穗子。身穿一件駝絨窄盪兒實行的箭袖棉襖，繫一條青縐綢搭包，挽著雙股扣兒垂在前面。套一件倭緞鑲沿，加鑲巴圖魯坎肩兒的絳色小呢對門長袖馬褂兒，上著豎領兒，敞著鈕門兒。腳下一雙薄底兒快靴，那身材足有六尺上下來高，一張肉紅臉，星眼劍眉，高鼻子大耳朵，頦下一部銀鬚，連鬢過腹，足有二尺來長，被風吹得飄飄然掩著半身。雖說八十餘歲的人，看去也不過六旬光景。他一手搓著兩個鐵球，大踏步從莊門上，就嚷進來了。只聽他一面走，一面說道：「你們這班孩子，也忒不聽說。我那等的囑咐你們，說我這幾天有些心事，心裏不自在。親友們來，憑他是誰，都回他說我不能接待。等閒的人，也不必讓進來。你們到底弄得車輛牲口的圍了一門口子，這是怎麼個原故？姑爺真個的你住在這裏，就是你的一畝三分地，我一個錢的主意都作不得不成？」褚一官連忙答說：「老爺子，這又來了。這話叫人怎麼搭岔兒呢？你老人家是一家之主，說句話誰敢不聽？只因今日來的，不是外人，是我大舅兒面上來的，親戚理道的，咱們怎麼好不讓人家進來喝碗茶呀！」那鄧九公道：「哦，舅爺面上來的。舅爺到這裏，我鄧老九沒敬錯啊！誰家沒個糟心的事？難道因為舅爺，我還說不得句話嗎？不是我說句分斤辨兩的話咧，舅爺有甚麼高親貴友，該請到他華府上去，偏要趁這個當兒熱鬧我，是個甚麼講究？」華忠一聽，想：「不好了，這是衝著我來了。」因陪笑道：「親家爹，你老人家聽我說：要是我平白的認得這等一個尋常人，我斷不肯請他進來。只因他是個主兒，你老人家有甚麼不聖明的？」那鄧九公聽了，把眉毛一擰，眼睛一窄巴❶。說：「甚麼行子主兒，誰是主兒啊？我鄧老九仗的是天地的養活，受的是父母的骨血，吃的是皇王的水土，我就是主兒，誰是主兒呀？那主兒賣幾個錢兒一個？」褚一官是怕安老爺聽著不雅，忙攔道：「你老人家這句可不要。」鄧九公見他如此說，便丟下華忠，向著他道：「哦，我錯了。露著你們先親後不改，欺負我老邁無能。這麼著，不信咱們爺兒們較量較量。」說著，挽起那寬大的馬褂兒袖子來，舉拳就待動手。老爺從門裏看見，說：「這一動手，可就不成事了。」連忙跑到跟前，拖地一躬。說：「九公老人家，且莫動手，聽晚生一言告稟。」那鄧九公正在揮拳，忽見一個人從西角門兒裏出來相勸。定睛一看，只見那人穿一件老臉兒灰色三朵菊的庫紬缺衿兒棉袍，套一件天青荷蘭羽緞厚棉馬褂兒，捲著雙金鼠袖兒，頭上罩著個藍氈子帽罩兒，看不出甚麼帽子，有頂戴沒頂戴來。他提著拳頭看了一眼，便問褚一官道：「這又是誰？」華忠恐他說別的，連忙說：「這就是我們老爺。」安老爺連喝道：「你這個人好蠢，怎麼還這等說法。」因對鄧九公道：「晚生是從此路過，遇見我們這姓華的。因此纔見著這位褚一爺，提起來知道九公也在這

❶ 窄巴：歪斜的意思。窄巴著眼睛，即「側目而視」之意。亦作「扎巴」。

裏。晚生久聞大名，如雷貫耳，要想拜見拜見。他兩個是再三相辭，卻是晚生一時不知進退，定要候著，瞻仰尊顏。這事卻與他兩個無干。如今既是九公不耐煩，晚生立刻告退，斷不可因我外人，壞了自己骨肉的情分。」說罷，又是一躬。那老頭兒兒安老爺這番光景，心裏先有三分願意。說：「且住，我也曾聞著我們這舅爺，跟的是個官兒。這麼著，尊駕先通個姓名來我聽聽。」這個當兒，他一隻手，只管得兒楞楞，得兒楞楞的，搓著那副鐵球。那一隻拳頭，可就慢慢的搭拉下來了。安老爺見問，便說道：「不敢，晚生姓安，名字叫作學海。」說了這句話，只見他兩眼一怔，哈了一聲，說：「你叫安學海？你莫非是作過南河知縣，被談爾音那廝冤枉，參了一本的安青天，安太老爺嗎？」安老爺道：「晚生卻是作過幾天河工知縣，如今辭官不作了。」那鄧九公聽得，把手一拍，便對著眾人道：「我說你們這班孩子，紫嘴子一抹汗兒不中用。」褚一官道：「又怎麼了，老爺子？」鄧九公睜著那大眼睛道：「這位安太老爺的根基，你們大略著也未必知道。他是天子腳底下的從龍世家。在南河的時候，不肯賺朝廷一個大錢，不肯叫百姓受一分累，是一個清如水、明如鏡的好官。真是金山也似的人。這是一。再說，我是淮安府根生土長，他作那裏的知縣，就是我的父母官。今日之下，人家到了咱們家，就好比那太陽爺照進屋子裏來了，怎麼著，你們連個大廳也不開，把人家讓到那背旮旯子❷裏去，這都是你們幹出來的。」褚一官一聽，心裏說：「得了，夠了我的了。」忙說：「我們不行喲，還得你老人家操心哪！」說著，暗地裏合那些莊客擠眉弄眼說：「走哇，咱們收拾大廳去。」鄧九公這纔轉到下手，讓安老爺大廳待茶。老爺纔把帽罩子摘了，遞給華忠，進了屋子。那鄧九公連忙把那副鐵球，揣在懷裏。向安老爺道：「老父

❷ 背旮旯子：暗角落裏。旮旯，音ㄍㄚ ㄌㄚˊ。

母，子民鄧振彪叩見。可恕我腰腿不濟，不能全禮。」說罷，打了一躬。老爺頂禮相還。老爺此時，早看透了鄧九公，是個重交尚義，有口無心，年高好勝的人。便道：「九公，我安某今日初次登堂，見你這番英雄氣概。況又這等年紀，還是這樣精神，真是名下無虛。我安某得見這般人物，大快平生。我這裏有一拜。」說著，借著還那一躬，就拜了下去。慌得鄧九公連忙爬下還禮不迭，說：「我的老父母，你可不要折了我鄧振彪的草料。」還了禮，一面把那大巴掌攥住老爺的胳膊，那隻手架著膈肢窩，攙了起來。看他那起跪，比安老爺還來得利便。老爺起來，又對他說道：「我們先交代句話，這父母官子民的稱呼，原是官場的俗套兒。請問如今那些地方官，又那個真對得住百姓？作得起個民之父母？況且我又是個下場的人，足下又不是身入公門，要一定這樣的稱呼，倒覺俗氣。就論歲數，也比我長著三十餘年，如不見棄，我今日就認你作個老哥哥何如？」鄧九公聽了，喜出望外，口裏卻作謙讓，說：「這可不當。老父母，你是甚麼樣的根基？我鄧老九雖然癡長幾歲，算得個甚麼？也好妄攀起來？」安老爺道：「快休說這話，你我丈夫行事，四海之內，皆兄弟也。」說著，早又拜了下去。鄧九公也忙著平磕了頭，起來拉了老爺的手，哈哈大笑，說道：「老弟，這實在承你的錯愛，劣兄今年活了八十七歲，再三年就九十歲的人了。天下十七省，不差甚麼走了一大半子，也交了無數的朋友。今日之下，結識得你這等一個人物。人生一世，算不白活了。」說著，只樂得他手舞足蹈，眼笑眉飛。褚一官等在旁看了，也自歡喜。鄧九公便對褚一官道：「這咱們恭敬不如從命，過節兒錯不得。姑爺，你也過來見見你二叔。」一官連忙過來，重新行禮。老爺拉起他來。這個當兒，華忠抖積伶兒，拿了把綢撣子來，給老爺撣衣裳上的土。老爺笑道：「這不好勞動舅爺呀！」把個華忠嚇得一面忍笑，一面撣著土。說道：「這裏頭可沒奴才的事。」安老爺因命他道：「你把大爺叫來。」鄧九公道：「原來少爺也跟在這裏。你們旗下門兒裏都叫阿哥。快請，快請。」

安公子在那邊，早曉得了這邊的消息。聽見老爺叫，便帶了戴勤、隨緣兒過來。安老爺指了鄧九公，向公子道：「這是九大爺，請安。」公子便恭恭敬敬的請了個安。喜得個鄧九公，雙手敬捧起他來。說：「老賢姪，大爺可合你謙不上來了。」又望著老爺說：「老弟，你好造化。看這樣子，將來準是個八抬八座罷咧。」那時褚一官便用那個漆木盤兒，又端上三碗茶來。老頭兒一見，又不願意了，說：「老爺你瞧，怎麼使這傢伙給二叔倒茶，露著咱們太不是敬客的禮了。有前日那個九江客人，給我的那御製詩蓋碗兒，說那上頭，是當今佛爺作的詩，還有蘇州總運二府送的那個甚麼蔓生壺，合咱們得的那雨前春茶，你都拿出他來。」褚一官答應著，纔要走，老爺忙攔說：「不用這樣費事，我向來不大喝茶。我此時倒用得著一件東西，老哥哥莫笑我沒出息兒，還只怕你這裏未必有。」鄧九公聽了，怔了一怔，說：「老弟，難道拿著你這樣一個人，吃鴉片煙不成？」老爺道：「不是，不是。我生平別無所好，就是好喝口紹興酒，可不知你老人家裏，有這東西沒有？」鄧九公見問，把兩隻手往桌子上一按，身子往前一探，說：「怎麼說，老弟你也善飲？」老爺道：「算不得善飲，不過沒出息兒貪杯。」鄧九公道：「哦，哦，哦，我聽聽，也能喝個多少呢？」老爺道：「從前年輕的時候，渾喝也不大知道甚麼叫醉。如今不中用了，喝到三二十觔也就露了酒了。」鄧九公聽了，樂得直跳起來。說：「幸會，幸會。有趣，有趣。再不想我今日，遇見這等一個知己。愚兄就喝口酒，他們大家夥子，竟跟著嘈嘈，又說這東西，怎麼犯脾溼，又是甚麼能合歡，也能亂性。那裏的話呢？我喝了八十年了，也沒見他亂性。你看那喝醉了的，他打過自己，罵過自己嗎？這都是那沒出息兒的人，不會喝酒造出來的謠言。」說著便向褚一官道：「既這樣，不用鬧茶了。家裏不是有前日得的那四個大花雕嗎？今日咱們開他一罈兒，合你二叔喝。」褚一官說：「拉倒罷。老爺子，你老人家，無論叫我幹甚麼，我都去，獨你老人家的酒，我可不敢動他。回來又是怎麼提瓢了，溫毛了，我又不會喝那東西，我也不懂，我纏不清。等我找了你老的女孩兒來，你老自己告訴他罷。再者，二叔在這裏，也該叫他出來見見。」鄧九公說：「這話倒是，你就去。」原來褚大娘子，雖是那等合安老爺說了，也防他父親的脾氣靠不住，正在牕後暗聽。聽見如此說，便出來重新見過。因說道：「這些事，都不用老爺子操心，我纔聽得老哥兒倆一見，就這樣熱火，我都預備妥當了。再說既要喝酒，必要說說話兒，這裏也不是說話的地方兒。一家人罷咧，自然該把二叔請到咱裏頭坐去。再這天也不早了，二叔這等大遠的來，難道還讓他別處住去麼？自然留他老人家，在家多住兩天。你老人家要有事，只管去，家裏橫豎有人照應。」鄧九公道：「是呀，是呀。得虧你提補我。」因道：「咳，老弟！一個人上了兩歲歲數，到底不濟了。我如今全靠我們這姑奶奶。你我就依著他住幾天，咱們痛快的多喝兩場。」安老爺聽了，料這事也得大大的費一番說詞，今日不得就走。便道：「如此甚好。只是打擾了。」說著，便命家人把車子牲口打發了，行李搬進來。便同了九公進去，先到了正房。

原來那正房，卻是褚一官夫妻住著。只見屋裏，也有幾件硬木的木器，也有幾件簇新的陳設，只是擺得不倫不類。這邊桌子上，放著點子傢伙吃食。那邊桌子上，又堆著天平算盤賬本子等類。鄧九公道：「他這裏鬧得慌，咱們到我那小屋裏坐去。」便讓老爺出了正房，從西院牆一個屏門過去。只見當門豎著一個彩畫的影壁。過了影壁，一個大寬轉院落，兩棵大槐樹，不差甚麼就遮了半個院子。也堆著點子高高矮矮，不成文理的山石。也種著幾叢疎疎密密，不合點綴的竹子。又有個不當不正的六角亭子。在西南角上，那房子是小小的五間，也都安著大玻璃。一進屋門，堂屋三間，通連東西兩進間。鄧九公便讓安老爺在中間北牀坐下。公子在靠南牕坐下。褚大娘子張羅著，倒了茶，便向鄧九公道：「把咱們姨奶奶，也叫出來見見。也好幫幫我。」鄧九公道：「姑奶奶罷呀，沒的叫你二叔笑話。」褚大娘子道：「二叔很不笑話，我們也不可笑。」因說道：「二叔，你老人家不知道，我父親只養了我一個兒。我又沒個弟兄，巴不得多一個親人。再說我父親這個年紀了，我怎麼樣的服侍，總有服侍不到的地方兒。所以說給他老人家弄個人。他老人家瞧了幾個，都不中意。到後來瞧見這一個，因他是我們淮安人，纔留下了。雖說是沒怎麼模樣兒，絕好的一個熱心腸兒。甚麼叫鬧心眼兒掉歪，他都不會。第一是在我父親跟前服侍的盡心。這就是我的大造化。等我叫他來，二叔瞧瞧。」安老爺說：「好極了，也必該有這等一個人服侍。我倒得見見我們這位如嫂。」褚大娘子聽了，便自己向西間去找他。還不曾走到跟前，只聽得那帘子吔搭一聲，就出來了一個人。安老爺在堂屋上首，向西坐著，看得逼真。那人約略不上三十歲，穿著件棗兒紅的絳色棉襖，套著件桃紅襯衣，戴著條大紅領子，挽著雙水紅袖子。家常不穿裙兒，下邊露著玫瑰紫的褲子。對著那一雙四寸有餘的金蓮兒，穿著雙藕色小鞋子，顏色配合得十分勻襯。手上帶著金鐲子，玉釧叮噹作響，鐲子上還拴條鴛鴦戲水的杏黃繡手巾。頭上廟簪兒珠挑，金翠爭光。簪兒邊還配著根猴兒爬桿兒的赤金耳挖子。花枝招展，妝點鮮明。褚大娘子看了問道：「今日甚麼事，這麼打扮著？」只聽他笑道：「說有客來了麼，我說看老爺子叫我見呢！」褚大娘子說著，又望他胸前一看，只見帶著撬豬也似的一大嘟嚕。因用手撥弄著，看了一看，原來胸坎兒上，帶著一掛茄楠香的十八羅漢香珠兒，又是一掛早桂香的香牌子，又是一掛紫金錠的葫蘆兒，又是一掛肉桂香的手串兒，又是一個蘇繡的香荷包，又是一掛川椒香荔枝，餘外還用線絡子絡著一瓶兒東洋玫瑰油，這都是鄧九公走遍各省，給他帶來的。這裏頭，還加雜著一副鏤金三色兒一面檀香懷鏡兒，都交代在那一個二鈕兒上。褚大娘子看了說：「我的小媽兒呀，你可坑死我了。怎麼好好歹歹的，都戴出來了。」他又嘻嘻的笑道：「都怪香兒的麼，叫我丟下那件子呢？」褚大娘笑道：「怪香兒的，就該都搬運出來麼？跟我來啵。」說著，又給他拉拉袖子，整整花兒。臨近了，安老爺又細看了看，卻倒是漆黑的一頭頭髮，只是多些，就鬢角兒邊，不用梳鬅頭，那頭髮便夠一指多厚。雪白的一個臉皮兒，只是胖些，那臉蛋子，一走一哆嗦，活脫兒一塊涼粉兒。眉眼不露輕狂，只是眉毛眼睫毛重些。鼻子嘴兒，倒也端正。只是鼻梁兒塌些，嘴脣兒厚些。此外略無褒貶。更加脂香粉膩，刷的一口的白牙。把個鄧九公疼的望著他，眼睛樂得沒縫兒，口笑的合不攏來。只見他將到跟前，就奔向安老爺去了。鄧九公道：「你來，等我告訴你。這位安二老爺，人家是在旗的世家，因為瞧的起我，纔合我結了弟兄。」纔說到這句，他便道：「是他二叔哇！」九公道：「這又來了，到底是誰二叔啊？你見了，得稱他老爺。」他聽了便說道：「哦，老爺哪，那麼請安！」說著，扎煞著兩隻肐膊，直挺挺的就請了一個單腿兒。鄧九公道：「你還是拜拜不錯了，怎麼又鬧個安呢？」他道：「老爺麼，不請安。」安老爺也連忙站起來，還了個半揖。說：「很好。這位姨奶奶生得實在厚重。這是個多子宜男的相貌。」九公道：「老弟，不要這等稱呼。你就叫他二姑娘。」老爺便傴九公道：「這樣聽起來，只怕還有位大如嫂呢罷！」他又接上話了，說：「沒有價，就我一個兒。我叫二頭。」褚大娘子笑說：「二叔聽我們是沒心眼兒，不是有甚麼說甚麼。」一句話沒說完，他早踅身走了。褚大娘子說：「怎麼走了？我還有話呢。」他道：「姑奶奶等著，我就來。」只見他去不多會兒，從屋裏裝出一袋煙來。那煙袋足有五尺多長，安著個七寸多長的翠玉煙袋嘴兒。那煙袋嘴兒上，打著一個青線算盤疙疸，煙袋鍋兒上，還挑著一個二寸來大的紅葫蘆。煙荷包裏面，卻不裝著煙，煙是另擱在一個笸籮兒裏。只見他一面嘴裏抽著，走過來。從他嘴裏掏出來，就遞給安老爺。說：「老爺，抽煙兒呀。」安老爺忙著欠身說：「我不吃煙。」他說：「不是湖廣葉子呀！是渣頭哇。裏頭還有荳蔻皮兒哩！」老爺說：「我是不會吃煙。」他便說：「一袋煙可惜了的，不，姑奶奶抽罷。」褚大娘子道：「我可要不上你那桿長鎗來，你先擱下，我告訴你話。酒菓子我那邊都弄好了，回來我在那邊招呼著，送過來，你可在這裏好好兒的張羅張羅，那幾個小行行子❸靠不住。」因問：「黑兒，他們都那裏去了？」只聽答應了一聲，進來了一順兒十一二歲的四個孩子：一個漆黑，一個大胖，一個奇醜，一個多麻，就叫作黑兒、胖兒、醜兒、麻兒。原是鄧九公家的四個村童，合這位二姑娘，要算這老頭兒的一分儀從，離不開的。所以到女兒家住著，也帶了來。當下褚大娘子又囑咐了四人幾句，早有幾個小腳兒老婆子，送過酒菓來。褚大娘子便合安公子道：「請大爺到我們那院裏，我張羅他去罷。我瞧他在這裏怪拘束的。」安老爺先道：「很好，你就跟了大姐姐去。」因說：「你也過來見見姨奶奶。」公子只得過來作了個揖。那姨奶奶也拜了一拜。笑道：「好個少爺，長的怪俊兒的。」褚大娘子道：「喲，你怎麼這些話喲。」他又道：「姑奶奶，你只說我愛說話哩。你瞧瞧他那臉蛋子，有紅似白兒的，不像那娘娘廟裏的小娃娃子麼。」鄧九公、褚大娘子聽了，都呵呵大笑。連安老爺也忍不住笑起來。倒把個公子臊了個滿臉緋紅，

❸ 小行行子：傢伙，輕蔑之稱。行，音ㄏㄤˊ。

便同了褚大娘子過那院去了。列公，切不可把這位姨奶奶，誤認作狎邪一路。自天地開闢以來，原有這等混沌未鑿的人。世間除了那精忠、純孝、大義、苦節四項人，定可至誠格天之外，惟有這混沌未鑿的人，最蒙上天愛惜。無不富貴壽考，安樂終身。他絕不得有那紅顏薄命、皓首無依之歎。只怕比起那忠臣孝子、義婦節婦，更上一層，真真令人起忻起羨。

閒話休提，言歸正傳。卻說這裏擺下菓菜，褚一官也來這裏照料了一番去後，鄧九公便取出一對大盃，同安老爺高談暢飲起來。那安老爺酒在肚裏，事在心裏，暗暗盤算說：「這老頭兒雖說粗豪，卻是個久經世故的，須是不露一毫芒角，纔得引出他的真話來呢！」酒過三巡。恰好那鄧九公問起老爺的官場來。他道：「老弟，你方纔說如今辭官不作，我聽得我們淮安親友們來說：『那談爾音被御史參了一本，朝廷差了一位甚麼吳大人來，把他拿問。』老弟，你官復原職了。我想老弟，你這年紀，正好給朝廷出力，為甚麼倒要告退還鄉？再說還鄉，又怎的不走官塘大路，從這條路來呢？」安老爺道：「九兄你有所不知。想我半生苦志讀書，纔巴結作個知縣。不上半載，便經了這等意外的風波。大約宦途的味兒，不過如此。不如退歸林下，徧走江湖，結識幾個肝膽英雄，合他杯酒談心，倒是人生一樁快事。」鄧九公聽到這裏，不由得端起杯來，一飲而盡。又伸了一個大拇指頭說道：「高！」老爺便接著往下說道：「至於此來，卻原為小兒出京的時候，這華忠一路跟隨，病在店裏。及至小兒到了淮上，久不見他南來的消息。此番走到這路，想這褚一官壯士，正是他的至親，尋著一官一問，便知端的，因沿途訪問，都說褚壯士在二十八棵紅柳樹住家。到了那裏，纔知他就住在吾兄的寶莊上。我想既到靈山，豈可不朝我佛，倒把打聽華忠消息這樁事擱起，逕投寶莊，拜識尊顏。誰想吾兄不在莊上。就連那褚壯士，也說搬在東莊去了。我就一路跟尋到此。恰巧在此地莊外，遇見華忠，得見一官。又知他作了吾兄的快婿。談起來纔知吾兄的大駕，也在此地。不想到天緣湊巧，倒在此地相會。又得彼此情同針芥，一言訂交，真是難得的一樁奇遇。」鄧九公道：「原來老弟，倒枉駕先到舍下，只是我多多失候，越發不安了。」安老爺道：「你我豪傑相逢，何必拘拘形跡。我方纔還同令婿議論海內的人物，提起一家有名的豪傑，要想問他，他竟自不知底裏。」鄧九公道：「老弟，你看不得這些年輕的小爺們，花說柳說的不中用，一按就沒了早呢！你問的這人，你既稱到他是個豪傑，大約也不是甚麼無名之輩。你說給我聽聽，慢講這大江南北，那怕三江兩湖、川陝雲貴，以至關裏關外，但是個有點聽頭兒的，提起來，大概都知道他個根兒襻兒。你問誰罷？」安老爺道：「這人說來卻不甚遠，只在就近地方。只是隔了這幾年，不知他現在的住處。」鄧九公聽了，把嘴一撇道：「甚嗎，我們這個地方兒，會有個有名兒的豪傑？老弟，那可是聽了謠言來了。這地方要找紹興罈子大的倭瓜，棒槌壯的玉米棒子，只怕還找得出來，要講豪傑，劣兄在此地住了冒冒的七十年了，也沒見過那豪傑，是四方腦袋，八楞兒腦袋。」安老爺正色道：「老哥哥，古人云：『十室之邑，必有忠信。』又道是：『真人不露相。』何地無才？這話倒不可如此講。縱說是九兒，你觀於海者難為水，就怕小弟說的這個人，老哥哥也小看他不得。大約你也必該認得他。並且除了你，別人也不配認得他。」鄧九公聽了，歪著頭，想了一會道：「吼誰？」因向老爺道：「老弟，你試把他的姓名說來，我領教領教。」安老爺拈著幾根小鬍子兒，眼睛望著鄧九公說道：「這人人稱叫他作十三妹。」鄧九公纔聽得十三妹三個字，早把手裏的酒杯，吧的往桌子上一放，說：「老弟，你是怎生曉得這個人？」安老爺道：「你且慢問我怎生曉得這人，你只說這人究竟算得個豪傑，算不得個豪傑？你可認識他，不認識他？」鄧九公見問，未曾說話，先歎了一聲，說：「老弟，若論此人，雖是三綹梳頭，兩截穿衣，不但算得脂粉隊裏的一個英雄，還要算英雄隊裏一個領袖。說起來天下的男子漢，都該要愧死。我豈止認得他，他還要算我個知己恩人哩。」安老爺一聽，心裏暗說：「有些意思了。」因說道：「話雖如此，只是他究竟是個年輕女子。老哥哥你這樣的年紀，這等的威名，說他是個知己有之，怎生說到這個恩人起來？這話倒願聞一個詳細。」九公道：「酒涼了，咱們換一換。」說著，換上熱酒來。二人酒到盃乾。只那姨奶奶帶了兩三個婆子照料，幾個村童來往穿梭也似價伺候，倒也頗為簡便乾淨。說話間，褚大娘子又帶人送過點心湯來，讓了一番。原來安老爺喝酒，不大吃菜，只就著鮮菓子小菜過酒。鄧九公喝起來，更是鯨吞一般的豪飲，沒有吃菜的空兒。因此點心不過用了些，褚大娘子便叫人端去，讓姨奶奶吃完，散給那些孩子們了。鄧九公說：「姑奶奶，你張羅你的去罷。」褚大娘子道：「他們不用張羅，他們連麵都吃了。那大爺纔坐下，瞅著那麼怪靦腆的。被我慪了他一陣，這會子熟化了，也吃飽了。同女婿合他大舅，倒說的熱鬧中間的。」說話間，姨奶奶吃完餑餑，合褚大娘子道：「姑奶奶在這裏，我也瞧瞧大爺去。」九公道：「你走了，可小心他們溫毛了我的酒。」褚大娘子道：「只管去罷，有我呢。」那姨奶奶，便笑嘻嘻的走到九公跟前，從袖子裏掏出一個紅燈花紙包囊兒來。說：「老爺子，你瞧瞧這個。」九公打開一看，原來是蘇繡的一個大紅緞子小腳兒香袋兒，一個石青平口抽子。九公問他：「這怎嗎呀？」他道：「我給那大爺好不好？」九公道：「好，好。你給他罷！」又捏著那抽子問他道：「這裏頭沉甸甸的，又是甚麼東西？」他道：「可怎麼空空兒的給他呢？我給他裝上了一百老錢。」九公哈哈大笑起來。褚大娘子說：「別笑人家！好哇，叫他也活動活動去罷。」說著，坐在一邊。

便聽那鄧九公向安老爺道：「老弟，你方纔問那十三妹，我怎生說到他是我的恩人。你可知道愚兄是個敗子回頭金不換。我自幼兒，也念過幾年書。有我們先人在日，也叫我跟著人家考秀才去。文章呢倒糊弄著作上了，誰知把個詩，倒了平仄。六韻詩，我只作了十句，給他落了一韻。連個覆試也沒巴結上。後來他老人家就沒了。我看了看，我不像是這裏頭的蟲兒。就結識了一班不安分的人，使鎗弄棒，甚至吃喝嫖賭，無所不至。已經算走到下坡路上去了，還虧幾個老輩子的說，放著你這樣一個漢子，這樣一分膂力，去考武不好？為甚麼幹這不長進的營生呢？我想一個沒爺的孩子，有個人出來告訴這麼句正經話，就算難得。我就一彆頭❹的學著拉硬弓，騎快馬，端石頭，練大刀。這年學臺下馬，報了考。到了考的這天，我開得十六石的硬弓。那三百六十觔的頭號石頭，平端起來，在場上要走三個來回。大刀單撒手，舞三個面花，三個背花，還帶開四門。馬步箭全中。這麼說罷，老弟，算蓋了場了。不想到了末場，默寫孫武子兵書，我又落了兩個字。自己也沒看出來，便有學院上的書辦找來說，大人見我的武藝，件件超群。要中我個案首，只因兵書裏落了字，打下來了，叫我花五百銀子，依然保我個插花披紅的秀才。那時候，要論我的家當兒，再有幾個五百，也拿得出來。只是我想大丈夫，仗本事幹功名，一下腳就講究花錢，塌了銳氣了。我就回他說，中與不中，各由天命，不走小道兒。」安老爺道：「這纔是正人君子的作事。只怕這本領，可要埋沒了。」九公道：「你聽麼，他不中我，倒也平常。誰想他單單把我擱在末尾兒一名，叫我坐紅椅子。我說，這就算他給朝廷開科取士。來了一肚子氣，我老師也

❹ 一彆頭：一下死勁。

沒拜，鹿鳴宴也沒赴，花紅也沒領。我說：『功名一路，算沒我了。』到後來，親友們見我在家裏悶坐著，便有幾個鏢行的朋友請我，跟他們走鏢。走了兩年，我就自己立了字號，單身出馬，整整的走了六十年。仗著老天養活，不曾擦過臉，失過事。到今日之下，吃這碗飽飯，都是老天賞的。這年到了八十歲了。我說：『收船好在順風時。』告訴親友們，我可要摘鞍下馬咧。誰知那些有字號的大買賣行中，苦苦的不放，都隔年下了關書聘金來請。只得又走了五年。我說：『這可該收了。』便預先給各省捎下書子去，說來年一定歇馬，一應聘金概不敢領。承那些客商們的抬愛，都遠路差人送彩禮來，給我慶功。又大家給我掛了一塊匾，寫得是甚麼『名鎮江湖』四個大字。老弟，你想人家好看咱們，咱們有個自己不愛好看的嗎？我那二十八棵紅柳樹莊上，本也寬綽。西院裏有教場一般的一個大院落，蓋著五間大廳。那是我帶了徒弟們教武藝的地方。我就在那個所在，正中搭了座戲臺，兩旁扎起兩路看棚來。在府城裏叫了一班戲子，把那些遠來的客人，合本地城裏關外的紳衿鋪戶，以至坊邊左右這些鄉鄰，普通一請。一連兒熱鬧了三天。一日無事，二日安然。到了第三日，正是本地那些鄉鄰們來吃酒看戲。那日人來的更多，廳上棚裏，都坐得滿滿的。再搭上那賣熟食的，賣糖兒豆兒，趕小買賣的，兩邊站得千佛頭一般。臺上唱的是飛鏢黃三太打竇二墩。正唱到黃三太打敗了竇二墩，大家賀喜，他家裏來報說，生了黃天霸了。大家都說：『這戲唱得對景。我們鄧九太爺，將來一定也要得這樣一位相公。』就這個一盃，那個一盞，冷的熱的，輪流把我一灌。我可就喝得有些意思了。正在高興，忽見我莊上看門的一個莊客跑了進來，報說：『外面來了一個人，口稱前來送禮賀喜。問他姓名，他說見面自然認得。』我就吩咐那莊客說：『莫問他是誰，只管請進來。』大家吃酒看戲，一時請了進來。只見那人，身穿一件青綢袷襖，斜披件喀喇馬褂兒，歪戴頂樂亭帽兒，腳穿一雙鞻熟皮鞦子鞋，身上背著藍布纏的一椿東西，雖看不見裏面，約莫是件兵器。後邊還跟著個人，手裏托著一個紅漆小盒兒。走上廳來，把手一拱。說道：『請了。』只此兩個字，他就挺著腰，叉著隻腳，扭過臉去，攏著拳頭站著。我心裏說：『這個賀喜的來的古怪呀。』因問他：『足下何來？』他道：『姓鄧的，你非不認得我，我非不認得你，休推睡裏夢裏。今日聽得你摘鞍下馬，賀喜慶功，特來會你。』我仔細一看，那人卻也有些面熟，只是猛可裏想不出是誰。因對他說：『足下，恕我眼拙，一時間想不起那裏會過。』他道：『我叫海馬周三，你我牤牛山曾有一鞭的交情。』這句話我想起來了，五年前後，我從京裏保鏢，往下路去。我的同行有個金振聲，他從南省保鏢，往上路來。對頭走到牤牛山，他的鏢貨，被人吃了去了。是我路見不平，趕上那廝打了一鞭，奪回原物，他因此懷恨，前來報仇。趁著我家有事，要在眾人面前，砢磣❺我一場。我說：『朋友，你錯怪了我了。這同行彼此相救，是我們一個行規。況這事雲過天空。今日既承下顧，掀過這鞭子去。現成兒的酒席，咱們喝酒。你我就借著這盃酒，解開這個扣兒，作個相與，你道如何？』早有那些在坐的一同上前解和。老弟，你道我看眾朋友的面上，也算忍讓了他了罷。誰知他倒不中抬舉起來。說道：『不必讓茶讓酒，自你我牤牛山一別，我埋頭等你，終要合你狹路相遇，見個高低。今日之下，你既摘鞍下馬，我海馬周三，若暗地裏等你，也算不得好漢。今日到此，當著在坐的眾位，請他們作個證明，要合你借個一萬八千的盤纏，補還我牤牛山的那椿買賣。你是會的，破個笑臉兒，雙手捧來便罷。儻若不肯，我也不叫你過於為難，我這盒兒裏，裝著一碗兒雙紅胭脂，一匣滴珠香粉，兩朵時樣的通草花兒。

❺ 砢磣：羞醜難堪。

你打扮好了，就在這臺上，扭個周遭兒我瞧瞧，我塵土不沾，拍腿就走。』說罷，把個盒兒揭開，放在當中桌上。老弟你說，就讓是個泥佛兒罷，可能聽了不動氣？」安老爺道：「這人豈不是個憊賴小人的行徑了。」鄧九公道：「哈哈，老弟，你可也莫要小看了他。不想到這等一個人，竟自能屈能伸，有抽有長。」說著，又乾了一盃。說話的這個當兒，主客二位已都是五七十大盃過了手了。褚大娘子在一旁說道：「我看老爺子，今日的酒，又有點兒過去了。人家二叔問的，是十三妹，你老人家可先說這些陳穀子爛芝麻的作甚麼？」鄧九公道：「姑奶奶，你當我說的是醉話嗎？要不從這根子上說起，怎見得出那十三妹姑娘的英風義氣來？見不出那十三妹姑娘的英風義氣，這回書可還有個甚麼大聽頭兒呢？再說，人家聽書的，又知道我鄧九公到底是誰呢？」安老爺便接著問道：「後來吾兄便怎麼樣呢？」鄧九公道：「那時我一把無名孽火，從腳跟下直透頂門。只是礙著眾親友，不好動粗，我便變作一番啞然大笑。我說：『我只道你用個一百萬八十萬的，那可叫短了我了。一萬銀還備得起，回頭我就叫人搬銀子去。』在座的眾人，還苦苦的相勸道：『二位不可過於認真，有我們在此，大家緩商。』我便對他大家說道：『眾位休得驚慌。我鄧某雖不才，還分得出個皂白清濁。這事無論鬧到怎的，場中絕不相累。』霎時把那銀子搬齊，放在當院一張八仙桌子上。我說：『朋友，紋銀一萬兩在此。只是我鄧老九的銀子，是憑精氣命脈去掙來的。你這等輕輕鬆鬆，只怕拿不了去。此地卻是我的舍下，自古主不欺賓。你我兩家說明，都不許相幫，就在這當場見個強弱。你打倒了我，立刻搬了銀子去。那怕我身帶重傷，一定抹了脂粉，帶了花朵，湊這個趣兒。萬一我的兵器上沒眼睛，一時傷犯了你，可也難逃公道。』說著，我便甩了衣裳，拿了我那把保鏢的虎尾竹節鋼鞭。他也脫去馬褂，抖開他那兵器，原來也是把鋼鞭。合我這鞭的觔兩，正不差上下。那時眾人都出房來，遠遠的圍了個大笸籮圈兒站著。便是我自己的人，也因我有話在前，不敢傍近。臺上的戲，也煞住了，站了一臺閒人，都眼睜睜的不看臺上那齣戲，要看臺下這齣戲。當下我兩個，一個站在北面，一個站在南頭，亮了兵器，就交起手來。及至一交手，纔知他不是五年前的海馬周三了。原來他自從挨了我那一鞭之後，便隱項埋頭去練這家武藝，要洗牤牛山前的那一張羞臉。一條鞭使了個風雨不透，休想破他一絲。我兩個來來往往，正鬬得難分難解，只見正東人群裏電閃一般，攛出一個人來，手使一把倭刀，把我兩個的鋼鞭，用刀背兒往兩下裏一挑，說：『你二位住手，聽我有句公道話講。』那時我只道是來幫他的，他只道是來幫我的，各各收回兵器，跳出圈子一看。只見那人身穿素妝，戴著孝髻，斜挎張彈弓兒，原來是個女子。」安老爺擎杯道：「不必講，這一定是十三妹無疑了。」鄧九公綽著那一部長髯，說：「兄弟，不是他還有誰！那時我同周三兩個，纔要合他答話，忽然正西上，哧飛過一枝鏢來，正奔那十三妹的胸前。我剛說得聲招傢伙，他早把身子一閃，那鏢早打了空。接著又是第二枝打來，他不閃了，只把身子一蹲，伸手向上一綽。早把那枝鏢綽在手裏。說時遲，緊跟著就是第三枝打來，那時快，他把手裏這枝鏢，迎著那枝鏢發出去，打個正著。只見噹的一聲，冒了一股火星子，噹啷啷兩枝鏢，雙雙落地。那四面看的人，就海潮一般，喝了個連環大彩。那發鏢的人，也不曾露個兒面，早不知嚇到那裏去了。他也更不去尋，更不在意，便向我合周三道：『你二位今日這場鬬，我也不問你們是非長短。只是一個靠著家門口兒，一個靠仗著暗器，便那贏了，也被天下英雄恥笑。這恥笑不恥笑，卻與我無干。只是我要問問，怎生輸了的，便該擦脂抹粉戴花？難道這脂粉花朵的裏頭，便不許有個英雄不成？如今你兩個且慢動手。這一桌銀子算我的。你兩個，那個出頭合我試鬪一鬪，且看看誰輸誰贏，那個戴那朵花兒，擦那嘴胭脂，抹那臉粉。』老弟，那個當兒，劣兄到底比周三多吃了幾年老米飯。一看他那光景，斷非尋常之輩，不可輕敵。纔待合他講禮，那周三見壞了他的道路，又欺那十三妹是個女子，冷不防嗖的就是一鞭。那十三妹也不舉刀相迎，只把身子順著來，翻過腕子，從鞭底下那刀刃往上一磕。唰，早把周三的鞭，削作兩段。眾人又齊聲喝采。只就那喝采的聲音裏頭，接著一片喊聲，早從人隊子裏，噗噗跳出二三十條長大漢子來。」安老爺問道：「這又是些甚麼人呢？」鄧九公道：「這班人原來是那海馬周三，預先叫他的夥伴，隨了那起戲子，喬妝打扮，混了進來，預先一個個埋伏在此。那時纔聽得眾人一聲喊，這十三妹早上面一刀削斷周三的鋼鞭，下面趁勢就是一個潑腳，把周三踢得爬在地下。他趕上一步，一腳踏住了脊梁，用刀指著那群賊夥道：『你們那個上前，我就先宰了你這匹海馬作個榜樣。』那班人聽了這話，生怕壞了他頭領性命，都嚇得不敢上前，倒退下去。他便對那班賊夥說道：『就請你眾人偏勞，把那個紅漆盒兒捧過來，給你這位大王，戴上花兒，抹上脂粉，好讓他上臺扭給大家看。』老弟，你這可就聽出周三的有抽有長兒來了。只聽他爬在地下，高聲叫道：『眾兄弟休得上前，這位女英雄，也且莫動手。我海馬周三，也作了半生好漢，此時我不悔我來得錯，我只悔我輕看了天下的英雄。今日出醜當場，我也無顏再生人世。便是死在你這等一位的英雄刀下，也死得值。就請砍下頭去，不必多言。』老弟，你只聽聽十三妹這本領，可是脂粉隊裏的一個英雄，英雄隊裏的一個領袖。」

安老爺用手把桌子一拍，說道：「痛快！」拿起盃來，一飲而盡。褚大娘子道：「二叔怎的儘喝酒，也不用些菜。」安老爺道：「姑奶奶，你聽你老人家這段話，還抵不得一觔下酒的美品麼？何用再去吃菜。」鄧九公一面喝著酒，一面說道：「老弟，這話還算不得下酒的美品呢！你看那十三妹打倒海馬周三，他又言無數句，話不一席，疊兩個指頭，說出一番話來。待劣兄慢慢的說與你聽，纔算得酒菜裏的一品珍饈海錯，管叫你連吃十大碗，還痛快得不耐煩哩。」這正是：何用漢書來下酒，者番清話也消愁。

要知那鄧九公又向安老爺說出些甚的情由，下回書交代。

第十六回　莽撞人低首求籌畫　連環計深心作筆談

上回書講的是安老爺義結鄧九公，想要借鄧九公作自己隨身的一個貫索蠻奴，為的是先收服了十三妹這條孽龍，使他得水安身。然後自己好報他那為公子解難贈金，借弓退寇，並擇配聯姻的許多恩義。又喜得先從褚大娘子口裏，得了那鄧九公的性情，因此順著他的性情，一見面便合他快飲雄談，從無心閒話裏，談到十三妹，果然引動了那老頭兒的滿肚皮牢騷。不必等人盤問，他早不禁不由口似懸河的講將起來。講到那十三妹刀斷鋼鞭鬭敗了周海馬，作色掀鬚，十分得意。

安老爺聽了說道：「這場惡鬭，鬭到後來怎的個落場呢？」鄧九公道：「老弟呀，那時只怕十三妹聽了海馬周三這段話，一時性子起把他手起一刀，雖說給我增了光了，出了氣了，可就難免在場這些眾親友受累。正在為難，又不好轉去勸他，誰想那些盜夥，一見他的頭領吃虧，十三妹定要叫他戴花擦粉，急了一個個早丟了手中兵器，跪倒哀求，說：『這事本是我家頭領不知進退，冒犯尊顏，還求貴手高抬，給他留些體面，我等恩當重報。』只聽那十三妹冷笑一聲，說：『你這班人，也曉得要體面麼？假如方纔這九十歲的老頭兒，被你們一鞭打倒，他的體面安在？再說方纔若不虧你姑娘有接鏢的手段，著你一鏢，我的體面安在？』眾人聽了，更是無言可答，只有磕頭認罪。那十三妹睬也不睬，便一腳踏定周海馬，一手擎著那把倭刀，換出一副笑盈盈的臉兒，對著那在場的大眾說道：『你眾位在此，休猜我合這鄧九公是親是故，前來幫他。我是個遠方過路的人，合他水米無交。我平生慣打無禮硬漢，今日撞著這場是非，路見不平，拔刀相助，並非圖這幾兩銀子。』說了這話，他然後纔回頭對那班盜夥道：『我本待一刀，了卻這廝性命。既是你眾人代他苦苦哀求，殺人不過頭點地❶，如今權且寄下他這顆驢頭。你們要我饒他，只依我三件事：第一，要你們當著在場的眾位，給這主人賠禮，此後無論那裏，見了不准錯敬。第二，這二十八棵紅柳樹鄧家莊的周圍百里以內，不准你們前來騷擾。第三，你們認一認我這把倭刀合這張彈弓，此後這兩樁東西一到，無論何時何地何人，都要照我的話行事。這三件事，件件依得，便饒他天字第一號的這場羞辱。你大家快快商量回話。』眾人還不曾開口，那海馬周三早在地下喊道：『只要免得戴花擦脂抹粉，都依都依。再無翻悔。』眾人也一疊聲兒合著答應。那十三妹這纔一抬腿，放起周三。那廝爬起來，同了眾人，走到我跟前，齊齊的尊了我聲鄧九太爺，向我搗蒜也似價磕了陣頭，就待告退。老弟，古人說得好：『得意不可再往。』我鄧老九這就忒瞉瞧的了。再說也不可向世路結仇。我就連忙扶起他來說：『周朋友你走不得。從來說：勝敗兵家常事。又道：識時務者呼為俊傑。今日這樁事，自此一字休提。現成的戲酒，就請你們老弟兄們，在此開懷痛飲，你我作一個不打不成相與的交情，好不好？』周三他倒也得風便轉。他道：『既承抬愛，我們就在這位姑娘的面前，從這句話，敬你老人家起。』當下大家上廳來，連那在場的諸位，也都加倍的高興。我便叫人收過兵器銀兩，重新開戲，洗盞更酌。老弟，你想這個過節兒，得讓那位十三妹姑娘首座不得？我連忙滿滿的斟了盅熱酒，送過去。他說道：『我十三妹，今日理應在此看你兩家禮成。只是我孝服在身，不便宴會。再者，男女不同席，

❶ 殺人不過頭點地：勸勿迫人至極之用語。

就此失陪，再圖後會。』說著，出門下堦，嗖的一聲，托地跳上房屋，順著那房脊，邁步如飛，連三跨五，霎時間不見蹤影。我方纔曉得他叫作十三妹。老弟，你聽這場事的前後因由，劣兄那日要不虧這位十三妹姑娘，豈不在人隊子裏，把一世的英名塌盡？你道他怎的算不得我一個恩人？因此那天酒席一散，我也顧不得歇乏了，便要去跟尋這人。這纔據我們莊客們說：這人三日前，就投奔到此。那時因莊上正有勾當，莊客們便把他讓在前街店房暫住，約他三日後再來。現在他還在這裏住著。我聽了這話，便趕到店裏，合他相見。原來他只得母女二人。他那母親，又是個既聾且病的。看那光景，也露著十分清苦。我便要把合周三賭賽的那萬金相贈，爭奈他分文不取。及至我要請他母女到家贍養，他又再三推辭。問起他的來由，他說，自遠方避難而來。因他一家孤寡，生恐到此，人地生疎，知我小小有些聲名，又有幾歲年紀，特來投奔。要我給他家遮掩個門戶。此外一無所求。當下便合我認作師徒。他自己卻在這東崗上青雲山山峰高處，踹了一塊地方，結幾間茅屋，仗著他那口倭刀，自食其力，贍養老母。我除了給他送些薪水之外，憑你送他甚麼，一概不收。只一個月頭裏，借了我些微財物。不到半月，就依然照數還了我了。因此直到今日，我不曾報得他一分好處。」安老爺道：「據這等說起來，這人還不單是那長鎗大戰的英雄，竟是個揮金殺人的俠客。我也難得到此，老兄臺你合他既有這等的氣誼，怎能得引我會他一會也好。」鄧九公聽了這話，怔了一怔，說：「老弟，若論你合這人，彼此都該見一見，才不算世上一樁缺陷事。只可惜老弟來遲了一步，他不日就要天涯海角，遠走高飛，你見他不著了。」安老爺故作驚疑問道：「這卻為何？」只見鄧九公未曾說話，兩眼一酸，那眼淚早泉湧一般，落得滿衣襟都是，連那白鬚上也沾了一片淚痕。歎了一聲道：「老弟，劣兄是個直腸漢，肚子裏藏不住話，獨有這樁事，我家裏都不曾提著一字。不信，你只問你姪女兒，就知道了原故。只因十三妹的這樁事，大須慎密，不能泄漏他的機關。如今承你老弟問到這句話，我兩個一見，氣味相投，肝膽相照，我可瞞不上你來。原來這位姑娘，他身上有殺父大仇，只因老母在堂，無人奉養，一向不曾報得。不想前幾天，他這母親，又得了一個緊痰症沒了。他如今孝也不及穿，事也不及辦，過了一七，葬了母親，便要去幹這大事。今日他母親死了第四天了，只有明日後日兩天。他此時的心緒，避人還避不及，我怎好引你去見他？我昨日還問他歸期。他說是『大事一了，便整歸裝』。但這樁事也要看個機會，也得了事，纔好再回此地。知他是三個月、兩個月。老弟，你又那裏等得他。便是愚兄這幾日，也正為這事，心中難過。」安老爺又佯作不知的道：「哦，原來如此。但不知他的父親，是何等樣人？因何事被這仇家陷害？他這仇人又是那等樣人？現在在甚麼地方？」鄧九公擺手道：「這事一概不知。」安老爺道：「吾兄這句話，是欺人之談了。他既合你有師生之誼，又把這等的機密大事，告訴了你，你豈有不問他個詳細原由的理。」一句話，把鄧九公問急了。只見他瞪了兩隻大眼睛，嚷起來道：「豈有此理。難道我好欺你老弟不成！你是不曾見過他那等的光景，就如生龍活虎一般。大約他要說的話，作的事，你就攔他，也莫想攔得他住手住口。否則，你便百般問他求他，也是徒勞無益。況且他仇還沒報，這仇人的名兒，如何肯說。我又怎的好問。只有等他事畢回來，少不得就得知這樁快事了。」安老爺道：「如此說來，此時既不知他這仇人為何人，又不知他此去報仇在何地，他強煞究竟是個女孩兒，千山萬水，單人獨騎，就輕輕兒的說到去報仇，可不覺得孟浪些。在這十三妹的輕年任性，不足深責。可是老哥哥，你既受他的恩情，又合他師弟相關，也該阻止他一番纔是，怎的看了他這等輕舉妄動起來。」鄧九公聽了，哈哈大笑說：「老弟臺，我說句不怕你思量的話。這個事，可不是你們文字班兒懂得。講他的心胸本領，莫說殺一個仇人，就萬馬千軍，衝鋒打仗，也了得了，不用旁人過慮。這是一。二則，從來說父仇不共戴天。又道是君子成人之美。便是個漠不相關的朋友，咱們還要勸他作成這件事，何況我合他呢！所以我想了想，眼前的聚散事小，作成他這番英雄豪舉的事大，我纔極力幫著他，早些葬了他家老太太，好讓他一心去幹這樁大事，也算盡我幾分以德報德之心。此時我只有催促他，怎的老弟，你倒要嗔我不阻止他起來。」

卻說安老爺的話，一層逼進一層，引得那鄧九公雄辯高談，真情畢露。心裏說道：「此其時矣。且等我先收伏了這個貫索奴，作個引線。不怕那條孽龍，不弭耳受教。待他弭耳受教，便好全他那片孝心，成這老頭兒這番義舉。也完我父子的一腔心事。」便對鄧九公說道：「自來說：『英雄所見略同。』小弟雖不敢自命英雄，這樁事卻合老兄臺的見識微微有些不同之處。既承不棄，見到這裏，可不敢不言。只是吾兄切莫著惱。你這不叫作『以德報德』，恰恰是個『以德報怨』的反面，叫作『以怨報德』。那十三妹的一條性命，生生送在你這番作成上了。」鄧九公聽了駭然道：「哈，老弟，你這話怎講？」安老爺道：「這十三妹是怎的個英雄，我卻也只得耳聞，不曾目睹。就據吾兄你方纔的話聽起來，這人大約是一團至性，一副奇才。至性人往往多過於認真，奇才人往往多過於認勝。要知一個人，秉了這團至性，這副奇才來，也得天賜他一段至性奇才的福田，纔許他作那番認真好勝的事業。否則，一生遭逢不偶，志量不售，不免就逼成一個過則失中的行徑。看了世人萬人皆不入眼，自己位置的想比聖賢還要高一層。看了世事，萬事都不如心。自己作來的，要想古今無第二個，干他的事他也作，不干他的事他也作，作的來的他也作，作不來的他也作。不怕自己瀝膽披肝，不肯受他人一分好處。只圖一時快心滿志，不管犯世途萬種危機。久而久之，把那一團至性，一副奇才，弄成一段雄心俠氣，甚至睚眦必報，黑白必分，這種人若不得個賢父兄，良師友，苦口婆心的成全他，喚醒他，可惜那至性奇才，終歸名隳身敗，如古之屈原、賈誼、荊軻、聶政諸人，道雖不同，同一受病。此聖人所謂質美而未學者也。這種人有個極粗的譬喻，比如那鷹師養鷹一般，一放出去，他縱目摩空，見個狐兔，定要竦翅下來，一爪把他擒住。及至遇見個狡兔黠狐，那怕把他拉到污泥荊棘裏頭，他也自己不惜毛羽，絕不鬆那一爪，再偶然一個擒不著，他便高飄遠舉，寧可老死空山，再不飛回來，重受那鷹師的喂養，這就是這十三妹現在的一副小照真容。據我看，他此去絕不回來。老兄，你怎的還妄想兩三個月後，聽他來說那樁快事？」鄧九公道：「他怎的不回來？老弟，你這話我就想不出這個理兒來了。」安老爺道：「老兄，你只想他這仇人，我們此時，雖不知底裏，大約不是個甚麼尋常人。如果是個尋常人，有他那等本領，早已不動聲色，把仇報了，也不必避難到此。這人一定也是個有聲有勢，能生人能殺人的腳色。他此去報仇，只怕就未必得著機會下手。那時大事不成，羞見江東父老，便不回來了。此其一。便讓他得個機會下手，他那仇家豈沒個羽翼牙爪？再方今聖朝清平世界，豈是照那鼓兒詞上頑得的。一個走不脫，王法所在，他也便不得回來了。此其二。再讓他就如妙手空空兒一般報了仇，竟有那本領潛身遠禍。他又是個女孩兒家，難道還披髮入山不成？況且聽他那番冷心冷面，早同枯木死灰，把生死關頭看破。這大事已完，還有甚的依戀。你只聽他合你說的『大事一了，便整歸裝』。這兩句話，豈不是句合你長別的話麼。果然如此，他更是不得回來定了。此其三。這等說起來，他這條性命，不是送在你手裏，卻是送在那個手裏？」鄧九公一面聽安老爺那裏說著，一面自己這裏點頭。聽到後來，漸漸兒的把個脖頸低下去，默默無言，只瞅著那杯殘酒發怔。這個當兒，褚大娘子又在一旁說道：「老爺子，聽見了沒有？我前日合你老人家怎麼說來著，我雖然說不出這些講究來，我總覺一個女孩兒家，大遠的道兒，一個人兒跑不是件事。你老人家，只說我不懂這些事，聽聽人家二叔這話，說的透亮不透亮？」那老頭兒此時，心裏已是七上八下，萬緒千頭。再加上女兒這幾句話，不覺急得酒湧上來。把一張肉紅臉，登時扯耳朵帶顋頰，彆了個漆紫。頭上熱氣騰騰出了黃豆大的一腦門子汗珠子，拿了條上海布的大手巾，不住的擦。半天從鼻子裏哼出了一股氣來，望著安老爺說道：「老弟呀！我越想你這話越不錯，真有這個理。如今剩了明日後日兩天，他大後日就要走了，這可怎麼好？」安老爺道：「事情到了這個場中，只好聽天由命了，那還有甚麼法兒？」鄧九公道：「豈有此理。人家在我跟前，盡了那麼大情，我一分也沒得補報人家。這會子生生的把他送到死道兒上去，我鄧老九這罪過，也就不小。就讓我再活八十七歲，我這心裏可有一天過得去呀！」他女兒見父親真急了，說道：「你老人家，先莫焦躁，不如明日，請上二叔幫著，再攔他一攔去罷。」那老頭兒聽了，益發不耐煩起來。說：「姑奶奶，你這又來了。你二叔不知道他，難道你也不知道他嗎？你看他那性子脾氣，你二叔人生面不熟的，就攔得住他了？」安老爺道：「這話難說。只怕老哥哥你用我不著，如果用得著我，我就陪你走一盪。俗語說的，『天下無難事，只怕死求白賴。』或者竟攔住他，也不可知。」鄧九公聽了這句話，伸腿跳下炕來，爬在地下，就磕個頭，說：「老弟，你果然有這手段，你不是救十三妹，直算你救了這個哥哥了。」慌得安老爺也下炕還禮，說：「老哥哥，不必如此，我此舉也算為你，也算為我。你只知那十三妹是你的恩人，卻不知他也是我的恩人哩。」鄧九公更加詫異，忙讓了安老爺歸坐，問道：「怎的他又是你的恩人起來？」安老爺這纔把此番公子南來，十三妹在茌平悅來店，怎的合他相逢，在黑風崗能仁寺，怎的救他性命，怎的贈金聯姻，怎的借弓退寇，那寇盜，怎的便是方纔講的那牤牛山海馬周三，他見了那張弓，怎的立刻備了人馬，護送公子安穩到淮。公子又怎的在廟裏，落下一塊寶硯，十三妹他怎的應許找尋，並說送這雕弓，取那寶硯，自己怎的感他情意，因此辭官，親身尋訪的話，從頭至尾，說了一遍。鄧九公這纔恍然大悟說：「怪道呢，他昨日忽然交給我一塊硯臺，說是一個人寄存的。還說他走後，定有人來取這硯臺，並送還一張彈弓。又囑我好好的存著那彈弓，作個記念。我還問他是個何等樣人。他說：『都不必管，只憑這寶硯，收那雕弓。憑那雕弓，付這寶硯。萬不得錯。』路上的這段情節，他並不曾提著一字。再不想就是老弟合賢姪父子。這不但是這樁事裏的一個好機緣，還要算這回書裏的一個好穿插呢。」說著直樂得他一天煩惱，丟在九霄雲外。連叫快拿熱酒來。安老爺道：「酒夠了。如今既要商量正事，我們且撤去這酒席，趁早吃飯，好慢慢的從長計較怎的個辦法。」褚大娘子也說：「有理。」老頭兒沒法，說道：「我們再取個大些的杯子，喝他三杯，痛快痛快。」說著取來，二人連乾了三巨觥。恰好安公子已吃過飯，同了褚一官過來。安老爺便把方纔的話，大略合他說了一遍。公子請示道：「既是這事有個大概的局面了，何不打發戴勤去，先回我母親一句，也好放心。」鄧九公聽了道：「原來弟夫人也同行在此麼？現在那裏？」褚大娘子也說：「既那樣，二叔何不早說？我們娘兒們，也該見見，親熱親熱。再說既到了這裏，有個不請到我家吃杯茶的？」鄧九公也道：「可是的。」立刻就要著人去請。安老爺道：「且莫忙。如今這十三妹既訪著下落，便姑奶奶你不去約，他同媳婦也必到莊奉候，好去見那位十三妹姑娘。今日這天也不早了，而且不可過於聲張。」因吩咐公子道：「不必叫戴勤去。留下他，我另有用處。就打發華忠，帶了隨緣兒去，把這話密密的告訴你母親，合你媳婦，也通知你丈人、丈母。就請你母親合媳婦，坐輛車兒，止帶了戴勤家的、隨緣兒媳婦，明日照起早上路的時候，從店裏動身，只說看個親戚，不必提別的話。留你丈人、丈母，合家人們在店裏照料行李。他二位自然也惦著要來，且等事體定規了，再說這話。你把華忠叫來，我當面告訴他，外面不可聲張。」褚一官道：「我去罷。」一時叫了華忠並隨緣兒來。安老爺又囑咐一遍。又叫他到一旁，耳語了一番。只聽他答應，卻不知說的甚麼。老爺因向褚一官道：「這一路不通車道罷？」鄧九公道：「從桐口往這路來，沒車道。從這裏上茌平去，有車道。我們趕買賣、運糧食，都走這股道。」褚大娘子又向褚一官道：「叫兩個妥當些的莊客，同他爺兒倆去。」老爺道：「兩個人夠了。這一路還怕甚麼不成？」褚大娘子道：「不是怕甚麼，一來這一路岔道兒多，防走錯了。二來我們也該專個人去請一請。三來大短的天，我瞧明日這話說結了，他娘兒這一見，管取捨不得散。我家只管有的是地方兒，可沒那些乾淨鋪蓋。叫他們把家裏的大車套了去，沿路也坐了人，也拉了行李。」褚一官道：「索性再備上兩個牲口騎著，路上好照應。」說著同了華忠父子，出去打發他們起身去了。鄧九公先就說：「好極了。」因又向安老爺道：「老弟看，我說我的事，都得我們這姑奶奶不是？」褚大娘子道：「是了，都得我喲。到了留十三妹，我就都不懂了。」鄧九公哈哈的笑道：「這又動了姑奶奶脾氣了。」大家說笑一陣。鄧九公又去周旋公子，一時又打一路拳給他看，一時又打個飛腳給他看。褚大娘子在旁，一眼看見公子把那香袋兒合平口抽子都帶在身上，說道：「大爺，你真把這兩件東西都帶上了，你看叫你帶的那活計，一趁這兩件，越發得樣兒了。」公子道：「我原不要帶的，姨奶奶不依麼。我沒法兒，只得把二百錢掏出來，交給我嬤嬤爹，纔帶上的。」安老爺道：「姑奶奶，你怎麼這等稱呼他？」褚大娘子道：「二叔使得我們叫聲二叔，就同父母似的。這大爺跟前，我可怎麼好老大老大的叫他呢？我們還論我們的，萬一我有一天，到了二叔家裏，我還合他充續嬤嬤姑姑呢。」因問著公子道：「是不是？」公子也只得一笑。安老爺道：「那我們又不敢那樣論法了。」說話間，那位姨奶奶，早已帶了人，把飯擺齊。安老爺坐下看了看，也有廚下打發的整桌雞魚菜蔬，合煮的白鴨子白煮肉；又有褚大娘子裏邊弄的家園裏的瓜菜，自己醃的肉腥，並現拉的過水麵，現蒸的大包子。老爺在任上，吃了半年來的南席，又吃了一道兒的頓飯，乍吃著這些家常東西，轉覺得十分香甜可口。只見鄧九公，他並不吃那些菜。一個小小子兒，給他捧過一個小缸盆大的霽藍海碗來，盛著滿滿的一碗老米飯。那個又端著一大碗肉，一大碗湯。他接來，把肉也倒在飯碗裏，又淊了半碗白湯，拿筷子拌了崗尖的一碗，就著辣鹹菜，唿嚕嚕，噶吱吱，不上半刻，吃了個罄淨。老爺這裏纔吃了一碗麵，添了半碗飯。因道：「老哥哥的牙口，竟還好。」他道：「不中用了。右邊兒的槽牙，活動了一個了。」一時飯畢，便挪在東間一張方桌前坐。便有小小子，給安老爺端了盥漱水來。鄧九公卻不用漱盂，只使一個大錫漱口碗，自己端著，出了屋子，大漱大喀的鬧了一陣，把那水都噴在院子裏。回首又見那姨奶奶，給他端過一個揚州千層板兒的木盤來，裝著涼水，說：「老爺子，使水呀。」那老頭兒把那將及二尺長的白鬍子，放在涼水裏，湃❷了又湃，汕了又汕，鬧了半日，又用烤熱了的乾布手巾，沍一回，擦一回，然後用個大木梳，梳了半日，收拾得十分潔淨光彩，根根順理飄揚。自己低頭看了，覺得得意之至。褚大娘子便合那位姨奶奶忙忙的吃過飯，盥漱已畢。裝了袋煙也過來陪坐。那邊便收拾傢伙，下人揀了吃去。老爺看著，雖

❷ 湃：原是水聲，北平土話，稱浸為「湃」。

不同那鐘鳴鼎食的繁華豐盛，規矩排場，只怕他這倒是個長遠吃飯之道。

話休絮煩。卻說鄧九公見大家吃罷了飯，諸事了當，他卻耐不得了。向安老爺道：「老弟，你快把明日到那裏怎的個說法，告訴我罷。」安老爺道：「既如此，大家都坐好了。」當下安老爺同鄧九公對面坐了，叫公子同褚一官上面打橫，褚大娘子也在下面坐了。褚一官坐下，就開口道：「我先有句話，明日如果見了面，老爺子，你老人家，可千萬莫要性急。索性讓我們二叔先說。」安老爺道：「不必講，這齣戲自然是我唱，也得老兄弟給我作一個好場面，還得請上姑爺、姑奶奶走走場。並且還得今日趁早備下一件行頭。」鄧九公問道：「怎的又要甚麼行頭？」安老爺道：「大家方纔不說這姑娘不肯穿孝嗎？如今要先把這件東西，給他趕出來，臨時好用。」褚大娘子忙道：「都有了。那一天，我瞧著他老太太那光景不好，我從頭上直到腳下，以至他的鋪蓋坐褥，都給他張羅妥當了。他拿去執意不穿。是去報定了仇了，可叫人有甚麼法兒呢？」老爺道：「有了更好。」鄧九公便道：「老弟，你可別硬作呀！不是我毛草，他那脾氣性子可真累贅。」安老爺笑道：「不妨，若無破浪揚波手，怎取驪龍頷下珠？就是老媽媽論兒，也道是『沒那金鋼鑽兒，也不攬那磁器傢伙』❸。你看我三言兩語，定叫他歇了這條報仇的念頭。不但這樣，還要叫他立刻穿孝盡禮。不但這樣，還要叫他扶柩還鄉。不但這樣，還要叫他雙親合葬。不但這樣，還要給他立命安身。那時纔算當完了老哥哥的這差，了結了我的這條心願。」鄧九公道：「老弟，我說句外話，你莫要鎊張❹了罷。」老爺道：「不然，這其中有個原故。等我把原故說明白，

---

❸ 沒那金鋼鑽兒二句：沒有能力，便不敢擔任這件事。舊時補釘磁器必須用金鋼鑽鑽眼，沒有金鋼鑽，就不能兜攬這項生意。

大家自然見信了。但是這事，不是三句五句話了事的，再也定法不是法。我們今日，須得先排演一番。但是這事，卻要作得機密。雖說你這裏沒外人，萬一這些小孩子們出去，不知輕重，露個一半句，那姑娘又神通，儻被他預先知覺了，於事大為無益。如今我們拿分紙筆墨硯來，大家作個筆談，只不知姑奶奶可識字不識？」褚一官道：「他認得字，字兒比我深，還寫得上來呢！」老爺道：「這尤其巧了。」說著，褚一官便起身去取紙筆。列公，趁他取紙的這個當兒，說書的打個岔。你看這十三妹從第四回書就出了頭，無名無姓，直到第八回他纔自己說了句，人稱他作十三妹。究竟也不知他姓某名誰？甚麼來歷？這書演到第十六回，好容易盼到安老爺知道他的根底，這可要聽聽他的姓名了，又出了這等一個西洋法子，要鬧甚麼筆談，豈不惹聽書的心煩性躁麼？列公，且耐性安心，少煩忍躁。這也不是我說書的定要如此，這稗官野史，雖說是個頑意兒，其為法則，則與文章家一也，必先分出個正傳附傳，主位賓位，伏筆應筆，虛寫實寫，然後纔得有個間架結構。即如這段書，是十三妹的正傳，十三妹為主位，安老爺為賓位，如鄧、褚諸人，並賓位也佔不著，只算個願為小相焉。但這十三妹的正傳，都在後文，此時若縱筆大書，就佔了後文地步，到了正傳寫來，便沒些些氣勢，味同嚼蠟。若竟不先伏一筆，直待後文無端的寫來，這又叫作沒來由，又叫作無端半空伸一腳，為文章家最忌。然則此地，斷不能不虛寫一番。虛寫一番，又斷非照那稗官家的附耳過來，如此如此，八個大字的故套，可以了事。所以纔把這文章的筋脈，放在後面去，魂魄提向前頭來。作者也煞費一番筆墨。雖然如此，列公卻又切莫認作不過一番空談，後面自有實事，把他輕輕放過去。要聽他這段虛文，合後面的實事，卻是逐句逐字，針鋒相對。

❹ 鎊張：誇張。亦可單用一個「鎊」字。

列公樂得破分許精神，尋些須趣味也。剪斷殘言。卻說那褚一官取了紙筆墨硯來，安老爺便研得墨濃，蘸得筆飽，手下一面寫，口裏一面說道：「九兄，你大家要知那十三妹的根底，須先知那十三妹的名姓。」因寫了一行，給大家看道：「那姑娘並不叫作十三妹，他的姓是這個字，他的名字是這兩個字。他這十三妹三字，就從他名字上這字來的。」大家道：「哦，原來如此。」安老爺又寫了一行，指道：「他的父親，是這個名字，是這等官，他家是這樣一個家世。」鄧九公道：「如何，我說他那等的氣度，斷不是個民間女子呢！這就無怪其然了。」褚大娘子道：「這我又不明白了，既這樣說，他怎的又是那樣個打扮呢？」安老爺道：「你大家有所不知。」因又寫了幾句，給大家看道：「是這樣一個原故。就如我家，這個樣子也儘有。」大家聽了，這纔明白。安老爺又道：「你大家道他這仇人是誰？真算得個天大地大希大滿大，無大不大的大腳色。」因又寫了幾個字，指給眾人看道：「便是這個人。」鄧九公道：「啊噯！他怎的會惹著這位太歲去，合他結起仇來？」安老爺道：「他父親合那人，是個親臨上司，屬員怎生敢去合他結仇？就為了這姑娘身上的事。」說著，又寫了兩句，指道：「便是這等一個情節。無奈他父親又是個明道理尚氣節的人，不同那趨炎附勢的世俗庸流，見他那上司平日如此如此，更兼他那位賢郎又是如此如此，任他那上司百般的牢籠，這事他絕不吐口應許。那一個老羞成怒，就假公濟私，把他參革，拿問下監。因此一口暗氣而亡。那姑娘既痛他父親的含冤，更痛那冤由自己而起，這便是他誓死報仇的根子。」鄧九公聽了，輪起大巴掌來，把桌子拍得山響。說道：「這事叫人怎生耐得！只恨我鄧老九有了兩歲年紀，家裏不放我走。不然的時候，我豁著這條老命走一盪，到那裏怎的三拳兩腳，也把那廝結果了。」安老爺道：「不勞你老兄動這等大氣。」因又寫了一行指道：「這人現在已是這等光景了。」鄧九公道：「是呀，前些日子我也模模糊糊聽見誰說過一句來著。因是不干己事，就不曾留心去問，這也是朝廷無私，天公有眼。這等說起來，這姑娘更不該去了。」褚大娘子笑道：「誰到底說他該去來著，都不是你老人家甚麼英雄咧，豪傑咧，又是甚麼大丈夫烈烈轟轟作一場咧，鬧出來的嗎？」鄧九公呵呵的笑道：「我的不是。我就知道有這些灣子轉子嗎？」安老爺道：「這話倒不可竟怪我們這位老哥哥，我若不來，你大家從那裏知道起，便是我雖知道，若不知道底裏，方纔也不敢說那等的滿話。至於我此番來，還不專在他救我的孩子的這樁事上。」因又寫了幾句道：「我們兩家，還多著這樣一層，是如此如此。便是這姑娘，我從他懷抱兒時候就見過。算到如今，恰恰的十七年不曾見著。自他父親死後，更是不通音問。這些年，我隨處留心，逢人便問，總不得個消息。直到我這孩子到了淮安，說起路上的事來，我越聽越是他。如今果然不錯。你看我若早幾日到，沒他母親這樁事，便難說話。再晚幾日，見不著他這個人，就有話也無處可說。如今不早不晚，恰恰的在今日我兩人相聚。這豈是為你我報德湊的機緣，這直是上天鑒察他那片孝心。從前叫他自己造那番分救你我兩家的因，今日叫你我兩個結合救他一人的果。分明是天理人情的一樁公案，天視自我民視，天聽自我民聽，據此看去，明日的事，只怕竟有個八分成局哩。」褚一官道：「豈但八分，十成都可保。」安老爺道：「這也難說。明日只怕還得大大的費番脣舌。我們如今私場演官場，可就要串起這齣戲來了。」說著，那位姨奶奶送過茶來。大家喝著茶，那姨奶奶便湊到褚大娘子耳邊，嘁喳了幾句。褚大娘子笑著，皺皺眉道：「咳，不用哟。」鄧九公道：「你們鬼鬼祟祟，又說些甚麼？」褚大娘子笑著，說：「不用問了。」鄧九公這幾日，是時刻惦著十三妹，生怕他那邊有個甚麼岔兒，追著要問。那姨奶奶忍不住，自己說道：「今兒個他二叔合大爺，他爺兒倆不都住下嗎？我想著他倆都沒個尿壺，我把你老的那個刷出來了。你老要起夜，有我個馬桶呢！你跟我一堆兒撒不好呀！」姑奶奶可只是笑。大家聽了，笑個不止。安公子忍不住，回過頭去，把茶噴了一地。鄧九公道：「很好，就是那麼著。你只別來攪，耽誤人家聽書。」一時茶罷笑止。

鄧九公道：「如今這個人的來歷，是澈底澄清的明白了。只是老弟用何等妙計，能叫他照方纔說的那樣遵教呢？」安老爺道：「從來只聞定計報仇，不曾見過定計報恩。然而這個人的性情，非用條妙計，斷斷制他不住。制他不住，你我這報恩的心，也無從盡起。等我寫出一個節略來，大家商議。」說著，就提筆，一條一條的寫了一大篇。便望著鄧九公、褚家夫妻道：「我們此去，我不必講，自然是從送還這張彈弓說起。但是第一，只愁他收了彈弓，不肯出來見我，便有話也沒處說了。明日卻請你爺兒三位，借椿事兒，分起先去，然後我再作怎般個行徑而來。到那裏，九兄，你卻如此如此說，我便如此如此說，卻勞動姑奶奶這般這般的暗中調度，便不愁他不出來見我了。及至我見著了他，還愁交代彈弓之後，我只管問長問短，他卻一副冰冷的面孔，寡言寡笑，我縱然有話，從那裏說起？我便開口先問怎的一椿事，不愁他不還出我個實在來。我聽了便想作這般一個舉動，他若推托，卻請九兄從旁如此如此的一團和，我便得又進一步，直入後堂了。及至到了裏面，我一面參靈禮拜，假如他還過禮，依然孝子一般，伏地不起，難道我好上前拉他起來，合我說話不成？卻得姑爺、姑奶奶，一位如此的一周旋，一位再如彼的一指點，九兄又從中作個代東陪客，我就居然得高坐長談了。坐下我開口第一句，可便是這句話。他絕不肯說到報仇原由，一定的用淡話支吾。他但一支吾，我第二句便是這句話。」安老爺說到這裏，褚一官道：「說是這等說，二叔，你老爺得悠著來呀。」安老爺道：「不入虎穴，焉得虎子。不怎的一激，怎生激得出他報仇的那句話來？」鄧九公道：「有理，不錯的，就是這等不妨。便是他有甚話說，有我從中和解呢。」安老爺道：「到那時節，倒用不著和解。你但如此如此作去，他自然沒話可說。但是這節關目，老兄，你可得作的像。我再如此用話一敲打，一定要叫他自己說出這句報仇的話來纔罷。」鄧九公道：「他始終不說也難。」安老爺道：「老兄，你要知他是好勝不過的人，怎肯被人訾著短處。有那等一句話在前頭，便不容他不說了。但是說雖說了，憑怎的問他那仇人的姓名？可休想他說出來了。問來問去，不等他說，我便一口道破。」鄧九公拍手道：「好！」安老爺道：「九兄，你莫先贊好著。你須知他又是個機警不過的人。這樁事，合那仇人的姓名，無一刻不橫在他心頭。卻又萬分的機密，防著泄露。忽然的被一個驀生人當面叫破，他如何不疑？難保不無一場大動作。果的如此，此番卻得仗老兄你解和了。」鄧九公道：「便是這樣，也不妨事。他雖是難纏，卻不蠻作。你只看他作過的那幾樁事，就是個樣子了。」老爺道：「只要成全了他，就你我吃些虧，也說不得。等過了這關，我卻把他那仇人的原委說來，這卻得大費一番唇舌，纔平得他那口盛氣。等到把這事的原委說明，這是有證有據，共聞共見的事情，難道還怕他不信，一定要去報仇不成？」鄧九公道：「是呀！到了這個場中，就算完了。」

安老爺道：「完了，未必呀。只怕還有大未完在後頭呢！老兄，你切莫把他平日的那番俠烈，認作他的得意。他那條腸子是涼透了，那片心是橫絕了，也只為他父母這兩樁大事未完，弄成這等一個遊戲三昧的樣子。如今不幸母親已是死了，再聽得父仇不消報了，可防他頓生他變，這倒是一樁要緊的關頭。」

褚大娘子道：「不妨，那等我勸他。」老爺道：「這事豈是勸得轉的？你爺兒三個，只要保護得他那一時的平地風波，此後的事，都是我的責成。只消我如此如此，恁般恁般，一片說詞，管取他一片雄心俠氣，立地化成宛轉柔腸，好叫他向那快活場中安身立命也。」鄧九公聽完不住點頭咂嘴，撫掌撚鬚。說道：「老弟呀！愚兄闖了一輩子，沒服過人。今日遇見老弟你了，我算孫大聖見了唐長老了。你們念書的心裏，真有點子道理。」說著，把那字紙撕成條兒，交與褚一官拿去燒了，以防泄露。安公子也便站起身來外面去坐。只有褚大娘子只管在那裏坐著，默默出神。安老爺道：「姑奶奶，怎的沒話。難道你捨不得你那世妹還鄉不成？」褚大娘子道：「他這樣的還鄉，不強似他鄉流落，豈有不願意之理？只是我方纔通前徹後一想，這件事，二叔，你老人家，料估得、防範得、計算得都不差。便是有想不到的，想過去的去處，有這大譜兒，在這裏臨時都容易做。只是你老人家，方纔說的給我那十三妹妹子，安身立命這句話，究竟打算怎的給他安身？怎的給他立命？何不索性說我們聽聽，也得放心。」安老爺道：「這不過等完事之後，給他說個門戶相對的。姑奶奶你還要怎樣？」褚大娘子道：「我卻有個見識在此。」因望著他父親，合安老爺悄悄兒的道：「我想莫如把他如此這般的一辦，豈不更完成一段美事？」鄧九公道：「好哇！好哇！我怎的就沒想到這裏？老弟不必猶豫，就是這樣定了這事。咱們也在明日定規，從明日起，掃地出門，愚兄一人包辦了。」安老爺連忙站起身來向褚大娘子道：「賢姪女，我的心事，被你一口道著了。但是這樁事，大不容易。」因又向鄧九公道：「老哥哥，你明日切切不可提起。儻提著一字，管取你我今日這片心神都成畫餅。所關匪細，且作緩商。」這正是：整頓金籠關玉鳳，安排寶缽咒神龍。要知安老爺、鄧九公次日怎的去見那十三妹，下回書交代。

第十七回　隱名姓巧扮作西賓　借雕弓設局賺俠女

這回書緊接上回，表的是安老爺，同公子到了褚家莊，會著鄧九公合褚家夫妻，說起那十三妹姑娘葬母之後，要單人獨騎，遠去報仇。他安、鄧兩家，都受過十三妹從前相救之恩，正想報答，深慮那姑娘此去，輕身犯難，難免有些差池，想要留住他這番遠行，又料著那位姑娘，俠腸烈性，定是百折不回，斷非三言兩語留得住他。因此大家密密的定了一條連環妙計。當下計議得妥當，安老爺同公子，便在褚家住下。褚家夫婦，把正房東院小小的幾間房子，收拾出來，請老爺、公子住歇。這房子是個獨門獨院，原是褚一官設榻留賓之所。這晚褚一官便在外相陪。一宿無話。

安老爺心中有事，天還沒亮，一覺醒來，在枕上聽得遠寺鐘敲，沿村雞唱，林鴉簷雀，格磔弄晴，便聽得鄧九公在那裏催著那些莊客長工們起來，打水熬粥，放牛羊，喂牲口，打掃莊院。接著就聽得掃葉聲，叱犢聲，桔槔聲，此唱彼和，大有那古桃源的風景。老爺、公子也就起來盥漱。鄧九公便過來陪坐。安老爺也道了昨日的奉擾。鄧九公道：「老弟，咱們也不用喝那早粥了，你姪女兒那裏，給你包的煮餃子也得了，咱們就趁早兒吃飯。」褚一官早張羅著送出飯來。又有老爺、公子要的小米麵、窩窩頭、黃米麵、烙糕子，大家飽餐一頓。吃過了飯，那太陽不過纔上樹梢，早見隨緣兒拽著衣裳，提著馬鞭子，興匆匆的跑進來。老爺問道：「路上沒甚麼人兒，你又跑在頭裏來作甚麼？你來的時候，太太動身沒有？」

隨緣兒回道：「奴才太太同大奶奶已經到門了。昨夜店裏纔交四更裏頭，就催預備車，還是親家老爺攔說早呢，等到雞叫頭遍就動身來了。」公子聽說，連忙接了出去，老爺也陪鄧九公迎到莊門。褚大娘子同那位姨奶奶，帶了許多婆兒丫頭，也迎到前廳院子。大家遠遠的望見張姑娘，都覺詫異，只道十三妹姑娘怎生倒會了安太太同來了呢！及至細看，纔看出他合十三妹面目雖然相仿，精神迥不相同。一時大家相見，老爺迎著太太，一面走著，一面便問了一句道：「我昨日叫華忠說的東西趕上了不曾？」太太道：「得了，帶了來了。」老爺又道：「太太，想著可該如此。」太太道：「實在該的，只是那裏補報的過人家來喲。」老爺道：「正是了。我們得盡一番心，且盡一番心。」鄧九公聽了這話，摸不著頭腦。但是人家兩口兒敘家常，可怎好插嘴去問呢？只得心中悶悶的猜度。說話間，大家一路穿過前廳，到了正房。這其間鄧九公見了安太太合張姑娘，自然該有一番應酬。安太太、張姑娘見了褚大娘子，也自然該有一番親熱。那位姨奶奶，從中自然也該略略點綴。隨緣兒媳婦，也該拜見拜見續姑婆。他家那些村婆兒，從不曾見過安太太這等旗裝打扮，更該有一番指點窺探。無如此時安老爺是忙著要講十三妹，安太太、張姑娘是忙著要問十三妹，聽書的是忙著要聽十三妹，說書的只得一張口，說不及八面的話，只得明修棧道，暗度陳倉，一筆勾消，作一個有話即長，無話即短。那安太太合張姑娘本是打了坐尖來的，褚大娘子卻又豐豐盛盛，備了一桌飯。太太不好卻他美意，只得又隨意吃了些。他又叫人在外面給那車馬跟人，煮的白肉，下得新麵，過水合漏，裏裏外外，上上下下，轟轟亂亂，匆匆忙忙的吃了一頓飯，把個褚大娘子忙了個手腳不閒。須臾飯罷，安老爺又囑咐太太合媳婦，只在莊上相候，等自己見過十三妹，再教人來送信，便同鄧九公、褚家夫妻分了前後起身，迤邐往青雲山而來。

話分兩頭。如今書中單表十三妹自從他母親故後，算來已是第五日。只剩明日一天，後日葬了母親，就要遠行，去幹那樁報仇的大事。這日清早起來，便把那點薄薄家私，歸了三個箱子。一切陳設器具鋪墊，以至零星東西，都裝在櫃子裏。把些粗重傢伙，並罈子裏的鹹菜，缸裏的米，養的雞鴨，還有積下的幾十串錢，都散給看門的莊客長工，合近村平日服侍他母親的那些婦女。又把自己的隨身行李，放在手下。一切了當，覺得這事，作得海枯石爛，雲淨天空，何等乾淨解脫，胸中十分的痛快。纔得坐定，早見鄧九公走進門來，他便起身迎著笑道：「你老人家不說今日要歇半天兒嗎？怎的倒這麼早就來了？」鄧九公道：「我何嘗不要歇著，只因惦記著那繩槓，怕他們弄的不妥當。咱們這裏雖說不短人抬，都是些劣把，這是你老太太黃金入櫃，萬年大事，要有一點兒不保重，姑娘，我可就對不起你了。所以我要趁今早在莊上，看著打點好了。誰知昨日回去，見他們已經弄妥當了。我想只有今日一天，明日是個半宿。這些遠村近鄰的，必都來上上祭，怕沒工夫。繩槓既弄妥當了，莫若趁今日咱們把他作好了，也省得臨時現忙，你想是這麼著？」十三妹道：「這全仗你老人家，我再無可說的了。」正說著，只見褚大娘子也來了，跟著兩個老婆子，兩個笨漢，一個背著個鋪蓋捲兒，一個抱著個大包袱。姑娘望著他道：「這作甚麼呀？我這裏的東西，還嫌歸著不清楚呢！你又扛了這麼些東西來了。」褚大娘子道：「我想明日來的人必多。你得在靈前還禮，分不開身。張羅張羅人哪，歸著歸著屋子啊，那不得人呢？再就剩這兩天了，知道你此去，咱們是一個月兩個月纔見，我也合你親熱親熱。所以我帶了鋪蓋來，打算住下，省得一天一盪的跑。」姑娘道：「難為你這等想得到。只是歸著屋子，可算你誤了。不信，你看我一個人兒，一早的工夫，都歸著完了。」褚大娘子一看，果見滿屋裏都歸著了個清淨。箱子櫃子，都上了鎖。

只有炕上幾件鋪墊，合隨手應用的傢伙不曾動。因問道：「你這可忙甚麼呢？你走後交給我給你歸著，還不放心哪！」姑娘道：「不是不放心。」因指著那箱子道：「這裏頭還剩我母親合我的幾件衣裳。母親的我也不忍穿。我那顏色衣裳，又暫且穿不著。放著白糟塌了，你都拿去。你留下幾件，其餘的，送你們姨奶奶。剩下破的爛的，都分散給你家那些媽媽子們。零零星星的東西，都在這兩頂櫃子裏，你也叫人搬了去。不要緊的傢伙，我都給了這裏照應服侍的人了，也算他們伺候我母親一場。」鄧九公聽見道：「姑娘，你幾天兒就回來，這些東西，難道回來就都用不著了？叫個人在這裏看著就得了，何必這等？」十三妹道：「不然。一則這裏頭有我的鞋腳兒，不好交在他們手裏。再說回來，難道我一個人兒，還在這山裏住不成？自然是跟了你老人家去。那時我短甚麼，要甚麼，還怕你老人家不給我弄麼？」鄧九公道：「就是這樣，你也得帶些隨身行李走呀！」十三妹指著炕裏邊的東西說道：「你老人家看，這一條馬褥子，一個小包袱捲兒，裏頭還包著二三十兩碎銀子，再就是那把刀，那頭驢兒，便是我的行李了，還要甚麼？」鄧九公看他作的這等斬鋼截鐵，心裏想到昨日安老爺的話，真是大有見識，暗暗的佩服。九公還要說話，褚大娘子生怕他父親一陣嘮叨，露了馬腳，便攔他道：「你老人家不用合他說了。他說怎麼好，就是怎麼好罷，我算纏不清我們這位小姑太太就完了。」十三妹聽了，這纔歡歡喜喜的把鑰匙交給褚大娘子收了。說話間，聽得門外一陣喧嘩，原來是褚一官押了繩槓來了。只見他進門就叫道：「老爺子，都來了，擱在那裏呀？」鄧九公道：「你把那大槓擱在外頭，肩槓、繩子、墊子，都堆在這院子裏。你歇會子，咱們就作起來。」褚一官道：「還歇甚麼？大短的天，歸著歸著，咱們就動手啊。」說著出去，便帶著人把那些東西，都搬進來。早有在那裏幫忙的村婆兒們，沏了一大壺茶，擱在那裏。

從來武不善作。鄧九公合褚一官便都摘了帽子，甩了大衣，盤上辮子，又在短衣上撚緊了腰。叫了四個人進來，捆那繩槓。褚一官料理前頭，鄧九公照應後面。那四個長工裏頭，有一個原是抬槓的團頭出身。只因有一膀好力氣，認識鄧九公，便投在他莊上。只聽他說怎樣的安耐磨兒，打底盤兒，拴腰攔兒，撕象鼻子，坐臥牛子，一口的抬槓行話。他翁婿兩個也幫著動手。十三妹只合褚大娘子，站在一邊閒話，看著那口靈，略無一分悲戚留戀的光景。卻說鄧九公、褚一官正在那裏帶了四個工人，盤繩的盤繩，穿槓的穿槓，忙成一處。只見一個莊客進來，望著褚一官說道：「少當家的，外頭有人找你老說話。」他爺兒三個，早明白是安老爺到了。只見褚一官一手揪著把繩，一腳蹬著槓，抬頭合那莊客道：「有人找我說話，你沒看見我手裏作著活呢嗎？有甚麼話，你叫他進來說不結了？」莊客道：「不是這村兒的人哪！」褚一官道：「你瞧這個死心眼兒的，憑他是那村兒，便是咱們東西兩莊的人，誰沒有到過這院子裏呢！」那莊客搖頭道：「咻，也不是咱莊兒上的呀！是個遠路來的。」褚一官道：「遠路來的，誰呀？」莊客道：「不認識他麼。我問他貴姓，他說你老見了，自然知道。他還問咱老爺子來著呢！」褚一官故意歪著頭，皺著眉想道：「這是誰呢？他怎麼又會找到這個地方兒來呢？」那莊客道：「誰知道哇！」褚一官低了低頭，又問道：「你看著是怎麼個人兒呀？」那莊客道：「我看著只怕也是咱們同行的爺們。我見他也背著像老爺子使的，那麼個彈弓子麼！」褚一官又故作猜疑道：「你站住。同行裏沒這麼一個使彈弓子的呀！」說著，隔著那座靈位便叫了鄧九公一聲。如今書裏且按下褚一官這邊，再講那鄧九公。卻說他站在那棺材的後頭，看了兩個長工作活。越是褚一官這裏合人說話，他那裏越吵吵得緊。一會兒又是那股繩打鬆了，一會兒又是那個扣兒繞背弓了。自己上去攥著根繩子，綰那扣兒，用手撚了又撚，用腳踹了又踹。口裏還說道：「難為你還沖行家呢，到底兒劣把頭麼！」褚一官只管合莊客說了那半日話，他總算沒聽見。直等褚一官叫了他一聲，他纔抬起頭來問：「作嗎呀？」褚一官道：「你老人家知道咱們這親友裏頭，有位使彈弓子的嗎？」他揚著頭想了一想說：「有哇！走西口外的，在教馬三爸，他使彈弓子。你這會子想起甚麼來了，問這話？」褚一官道：「你老人家纔沒聽見說嗎？」鄧九公道：「我只顧作活，誰聽見你們說的是甚麼！」褚一官便故意把那莊客的話，又向他說了一遍。他道：「不就是馬三爸來了？」因問那莊客道：「這個人有多大年紀兒了？」莊客道：「看著有個五十歲光景。」鄧九公道：「那就不對了。馬三爸比我小一輪，屬牛的，今年七十一。再說他也歇馬兩三年了，這一向總沒見他捎個書子來。這人還不知是有哇，是沒了呢？」說著，又合那工人嚷道：「你那套兒打那麼緊，回來怎麼穿肩槓啊！」更不再合褚一官答話。書中卻按下鄧九公這邊，單表那十三妹，只見他猷猷的聽了半日，眼睛一轉，像是打動了件甚麼心事。列公，從來俗語說的再不錯，道是無心人說話，只怕有心人來聽。何況是兩個有心的裝作個無心的，彼此一答一合說話，旁邊聽話的又本是個有心人，從無心中聽得心裏的一句話，憑他怎的聰明，有個不落圈套的麼？所以姑娘起先聽著鄧九公、褚一官合那莊客三人說話，還不在意，不過睜著兩隻小眼睛兒，不瞪兒不瞪兒的在一旁聽熱鬧兒；及至褚一官問出那句背著張彈弓的話，鄧九公又問出一句那背彈弓的人約莫五十歲光景的話，正碰在心坎兒上。因向鄧九公道：「師傅，你老聽，這豈不是那個話來了嗎？」鄧九公又粧了個愣，說：「那話呀？」姑娘道：「瞧瞧，你老人家可了不得了，可是有點子真悖晦❶了。我前日交給你老人家那塊硯臺的時候，怎麼說的？」鄧

❶ 悖晦：糊塗；昏聵。或作「背晦」。

九公道：「是啊！要果然是這樁事，可就算來的巧極了。一則那東西，是你一件家傳至寶。我呢如今又不出馬了，你走後，我留他也是無用。倒是你此番遠行帶去，是件擋戧的傢伙。就只是這塊硯臺，偏偏的我前日又帶回二十八棵紅柳樹西莊兒上收起來了。如今人家交咱們的東西來，人家的東西咱們倒一時交不出去，怎麼樣呢？」褚大娘子一旁說道：「那也不值甚麼！叫他姐夫出去，見見那個人叫他把彈弓子留下，讓他到咱們東莊兒住兩天，等你老人家完了事，再同了他到西莊兒取那塊硯臺給他，又有甚麼使不得的。」十三妹先說有理。鄧九公也合褚一官道：「也只好這樣。姑爺，你就去見見他，留下那弓。我不耐煩出去了。」褚一官便丟下這裏的事，忙著穿衣服戴帽子。姑娘笑道：「一哥，你不用儘著打扮了，你只管見去罷，管你一見就認得，還是你們個親戚兒呢！你收了那弓，可不必讓他進來。」褚一官道：「我的親戚兒，我從那裏來這麼一門子親戚兒呀？」說著，穿戴好了，便出去見那人去。且住，這姑娘的這話，又從何而來呢？當日他同安公子、張金鳳在柳林話別的時候，原說定安公子到了淮安，等他奶公華忠到後，打發華忠來送這彈弓，找著褚一官轉尋鄧九公取那硯臺。這姑娘又素知華忠合褚一官的前妻，是嫡親兄妹，如今聽說得這送彈弓的，正是個半百老頭兒，可不是華奶公是兀誰？因此鬧了這麼一句俏皮話兒。自己想著這事，只有我一個人心裏明白，你們大家都在罈子胡同呢！誰想褚一官出去沒半盞茶時，依然空手回來。一進屋門先擺手道：「不行不行。不但我不認得他，這個人來得有點子酸溜溜，還外帶著挺累贅。我問了問他，他說：『姓尹，從淮安來。』那弓合硯臺，倒說得對。及至我叫他先留下那弓，他就鬧了一大篇子文謅謅，說要見你老人家。我說你老人家手底下有事，不得工夫。他說：『那怕他就在樹陰兒底下候一候兒，都使得，一定求見。』」姑娘一聽，竟不是華奶公，便向鄧九公道：「不然，既在外等你，你老人家就見見他去。」只聽鄧九公合褚一官道：「你不要把他攔在門兒外頭，把他約在這前廳裏。你且陪他坐著，等我作完了這點活再出去。」褚一官去後不一時，這裏的槓也弄得停妥。鄧九公纔慢慢的擦臉，理順鬍子，穿戴衣帽。這個當兒，褚大娘子問姑娘道：「你方纔說這人，怎的是我們的親戚？」姑娘道：「既然不是，何必提他。」褚大娘子道：「等回來老爺子出去見他，咱們倒偷著瞧瞧，到底是個甚麼人兒？」姑娘也無不可。列公，這書要照這等說起來，豈不是由著說書的一張口，湊著上回的連環計的話說，有個不針鋒相對的麼？便是這十三妹，難道是個傀儡人兒，也由著說的一雙手愛怎樣耍，就怎樣耍不成？這卻不然。這裏頭有個理。列公，試想這十三妹本是個好動喜事的人，這其中又關著他自己一件家傳的至寶，心愛的兵器，再也要聽聽那人交代這件東西，安公子是怎樣一番話。便褚大娘子不說這話，他也要去聽聽，何況又從旁邊這等一挑，豈有個不欣然樂從的理麼？

閒話休提。卻說鄧九公收拾完了出去，十三妹便也合褚大娘子躡足潛蹤的走到那前廳後窗竊聽。又用簪子扎了兩個小窟窿，望外看著。只見那人是個端正清奇，不胖不瘦的容長臉兒，一口微帶蒼白疎疎落落的鬍鬚。身穿一副行裝，頭上戴個金頂兒。桌子上放著一個藍氈帽罩子，身上背的正是他那張硏金鏤銀銅胎鐵背，打二百步開外的彈弓。坐在那南炕的上首。十三妹心裏先說道：「這人生得這樣清奇厚重，斷不是個下人。」正想著，便見褚一官指著鄧九公合那人說道：「這就是我們舍親鄧九太爺。」只見那人站起身來，控背一躬說：「小弟這廂有禮。」鄧九公也頂禮相還。大家歸坐，長工送上茶來。只聽鄧九公道：「足下尊姓是尹，不敢動問大名，仙鄉那裏？既承光降，怎的不到舍下，卻一直尋到這裏？又怎的知道我老拙在此？」便見那人笑容可掬的答道：「小弟姓尹，名字叫作其明，北京大興人氏。合一位在旗的安學海安二老爺，是個至交朋友。因他分發南河，便同到淮安，幫他辦辦筆墨。」說到這裏，鄧九公稱了一句，說：「原來是尹先生。」那人謙道：「不敢。」便說：「如今承我老東人，合少東人安驥的託付，託我把這彈弓，送到九公你的寶莊。先找著這位褚一爺，然後煩他引進見了尊駕，交還這張彈弓，還取一塊硯臺。並要向尊駕打探一位十三妹姑娘的住處，託我前去拜訪。不想我到了二十八棵紅柳樹寶莊上一問，說這褚一爺搬到東莊兒上去了。連九公，你也不在莊上，說不定那日回來。及至跟尋到東莊，褚一爺又不在家。問他家莊客，又說有事去了，不得知到那裏去，早晚一定回來。因是家下無人，不好留客，我就坐在對門一個野茶館兒裏等候。只見道旁有兩個放羊的孩子，因為踢毬，一個輸了錢，一個不給錢，兩個打了個熱鬧喧闐。我左右閒著無事，把他兩個勸開。又給他幾文錢，就合他閒話。問起這羊是誰家的？他便指著那莊門說就是這褚家莊的。我因問起褚一爺那裏去了，他道：『跟了西莊兒的鄧老爺子，進山到石家去了。』我一想豈不是你二位都有下落，況又同在一處。我便向那放羊的孩子說：『你兩個誰帶我到山裏找他去？我再給你幾文錢。』他道：『怕丟了羊，回去挨打。』便將這山裏的方向村莊路徑門戶，都告訴我明白，我就依他說的，穿過兩個村子，尋著山口上來。果然這山崗上有個小村，村裏果然有這等一個黑漆門。到門一問，果是石家。果然你二位都在此，真是天緣幸會。就請收明這張彈弓，把那塊硯臺交付小弟。更求將那位十三妹姑娘的住處說明，我還要趕路。」鄧九公道：「原來先生已經到了我兩家舍下，著實的失迎。這彈弓合硯臺的話，說來都對。只是那塊硯臺，卻一時不在手下，在我舍間收著。今日你我見著了，只管把弓先留下，這兩天我老拙忙些個不得回家，便請足下在東莊住兩天。等我的事一完，就同你到二十八棵紅柳樹取那塊硯臺。當面交付，萬無一失。那位姑娘的住處，你不必打聽，也不必去找。便找到那裏，他也等閒不見外人。有甚麼話告訴我一樣。」只見那尹先生聽了這話，沉了一沉說：「這話卻不敢奉命。我老少東人交付我這件東西的時候，原說憑弓取硯，憑硯付弓。如今硯臺不曾到手，這弓怎好交代？」鄧九公哈哈的笑道：「先生，你我雖是初交，你外面詢一詢鄧某，也頗頗的有些微名。況我這樣年紀，難道還賺你這張彈弓不成？」那先生道：「非此之謂也。這張彈弓，我東人常向我說起，就是方纔提的這位十三妹姑娘的東西。這姑娘是一個大孝大義至仁至勇的豪傑。曾用這張彈弓，救過他全家性命。因此他家把這個姑娘設了一個長生祿位牌兒，朝夕禮拜，香花供養。這張彈弓便供在那牌位的前面，是何等的珍重。因看得我是泰山一般的朋友，纔肯把這東西託付於我。士為知己者用，我就不能不多加一層小心。再說我同我這東人，一路北來，由大道分手的時節，約定他今日護著家眷，投茌平悅來老店住下等我。我由桐口岔路到此，完了他這樁事體，今晚還要趕到店中相見。不爭我在此住上兩天，累他花費些店用車腳，還是小事，可不使他父子懸望，覺得我作事荒唐。如今既是硯臺不在手下，我倒有個道理。小弟此來，只愁見不著二位。既見著了，何愁這兩件東西交代不清？我如今暫且告辭，趕回店中，說明原故。我們索性在悅來店住下，等上兩天，等九太爺你的公忙完了，我再到二十八棵紅柳樹寶莊相見，將這兩件東西當面交代明白。這叫做一手託兩家，耽遲不耽錯。至於那十三妹姑娘的住處，到底還求見教。」說罷，拿起那帽罩子來，就有個忽忽要走的樣子。姑娘在窗外看見急了。你道他急著何來？書裏交代過的，這張弓，原是他刻不可離的一件東西。止因他母親已故，急於要去遠報父仇，正等這張弓應用。卻不知安公子何日纔得著人送還，不能久候，所以纔留給鄧九公。如今恰恰的不曾動身，這個東西送上門來，楚弓楚得，豈有再容他已來復去的理？因此聽了那尹先生的話，生怕鄧九公留他不住，便隔窗說道：「九師傅，莫要放先生走，待我自己出來見他。」

不想這第一寶，就被那位假尹先生壓著了。鄧九公正在那裏說：「且住，我們再作商量。」聽得姑娘要自己出來，便說：「這更好了。人家本主兒出來了。」說著，十三妹早已進了前廳後門。那尹先生站起來，故作驚訝問道：「此位何人？」一面留神，把姑娘上下一打量。只見雖然出落得花容月貌，好一似野鶴閒雲，那小時節的面龐兒，還彷彿認得出來。一眼就早看見了他左右鬢角邊必正的那兩點硃砂痣。鄧九公指了姑娘道：「這便是先生你方纔問的那位十三妹姑娘。」那先生又故作驚喜道：「原來這就是十三妹姑娘。我尹其明今日無意中，見著這位脂粉英雄，巾幗豪傑，真是人生快事。只是怎的這樣湊巧，這位姑娘也在此？」褚一官笑道：「怎麼也在此呢，這就是人家的家麼！」假尹先生又故作省悟道：「原來這就是姑娘府上。我只聽那放羊的孩子說，甚麼石家石家，我只道是一個姓石的人家。既是見著姑娘，這事有了著落，不須忙著走了。」說罷，便向姑娘執手鞠躬行了半禮。姑娘也連忙把身一閃，萬福相還。那尹先生道：「我東人安家父子，曾說果得見著姑娘，囑我先替他多多拜上，說他現因護著家眷，不得分身，容他送了家眷到京，還要親來拜謝。」他又道：「姑娘是位施恩不望報的英雄，況又是輕年閨秀，定不肯受禮。說有位尊堂老太太，囑我務求一見，替他下個全禮，便同拜謝了姑娘一般。老太太一定在內堂，望姑娘叫人通報一聲。容我尹其明代東叩謝。」姑娘聽了這話，答道：「先生你問家母麼？不幸去世了。」尹先生聽了先跌一跌腳，說道：「怎生老太太竟仙遊了？咳，可惜我東人父子一片誠心，不知要怎生般把你家這位老太太安榮尊養，略盡他答報的心。如今他老人家倒先辭世，姑娘你這番救命恩情，叫他何處報答？不信我尹其明連一拜之緣，也不曾修得。也罷，請問尊堂葬在那裏？待我墳前一拜，也不枉走這一盪。」姑娘纔要答言，鄧九公接口道：「沒下葬呢！就在後堂停著呢。」尹先生道：「如此就待我拿了這張彈弓，靈前拜祝一番，也好回我東人的話。」說著，往裏就走。姑娘忙攔道：「先生素昧平生，寒門不敢當此大禮。」說完了，搭撒❷著兩個眼皮兒，那小臉兒綳的比貼緊了的笛膜兒綳的還緊。鄧九公把鬍子一綽，說：「姑娘這話可不是這麼說了。俗語怎說的有錢難買靈前弔，這可不當作兒女的推辭。再說，這尹先生他受人之託，必當終人之事，也得讓他交得過排場去。」說著，便叫褚一官道：「來，你先去把香燭點起來，姑娘也請進去，候著還禮。等裏頭齊備了，我再陪進去。」姑娘一想，彈弓是來了，就讓他進去靈前一拜無何。應了一聲，回身走進。褚一官也忙忙的去預備香燭。這個當兒，鄧九公暗暗的用那大巴掌，把安老爺肩上拍了一把，又攏著四指，把個老壯的大拇指頭，伸得直挺挺的。滿臉是笑，卻口無一言。言外說你真是個好的，都被你料估著了。不一時，褚一官出來相請，那位假尹先生，真安老爺，同了鄧九公進去。只見裏面是小小的三間兩捲房子。前一捲三間通連，左右兩鋪，靠窗南炕。後一捲一明兩暗。前後捲的堂屋，卻又通連。那口靈就供在堂屋正中。姑娘跪在靈右，候著還禮。早見那褚大娘子站在他身後照料。安老爺走到靈前。褚一官送上檀香盒，老爺恭恭敬敬的拈了三撮香，然後褪下那張彈弓，雙手捧著，含了兩泡眼淚，對靈祝告道：「阿老老太太，我阿唏唏唏唏唏，尹其明，供……」姑娘看了，心裏早有些不耐煩起來，心裏說道：「這先生一定有些甚麼症候，他這滿口裏不倫不類祝贊的是些甚麼？他又從那裏來的這副急淚？好不著要。」可憐姑娘那

❷ 搭撒：眼皮下垂。

裏知安老爺此刻心裏的苦楚。大凡人生在世，挺著一條身子，合世界上恆河沙數的人打交道，那怕忠孝節義，都有假的。獨有自己合自己打起交道來，這喜怒哀樂四個字，是個貨真價實的生意，斷假不來，這四個字含而未發，便是天性。發皆中節，便是人情。世上沒不循天性人情的喜怒哀樂。喜怒哀樂，離了天性人情，那位朋友，可就離人遠了。這顆豆兒，自從被朱考亭先生咬破了之後，人斷逃不出這兩句話去。安老爺是個天性人情裏的人，此時見了十三妹他家老太太這個靈位，先想起合他祖父的累代交情，又感動他搭救公子的一段恩義，更看著他一個女孩兒家，一身落魄，四海無家，不覺動了真的了。所以未曾開口，先說了一個阿字的發語詞。緊接一個老字，意思要叫老弟婦。及至那老字出了口，一想使不得，無論此時我暫作尹其明，不好稱他老弟婦，就便我依然作安學海，這等沒頭沒腦的稱他聲老弟婦，這姑娘也斷不知因由。就連忙改口稱了聲老太太，緊接著自己稱名祝告，意思就要說「我安學海」，一想，更使不得。這一個真名道出來，今日的事，章法全亂了。幸而那安字同阿字一個字母，就跟著字母納音轉韻，轉作個阿字，接了個唏唏唏唏唏，作了個噓唏悲切之聲，連忙改說：「我尹其明受了我老少東人的託付，來尋訪令愛姑娘拜謝老太太，送這張雕弓，取那塊端硯。我東人曾說倘得見面，命我稱著他父子安學海、安驥的名字，替他竭誠拜謝，還有許多肺腑之談。不想老太太，你先騎鶴西歸，叫我向誰說起？所喜你的音塵雖遠，神靈尚在，待我默祝一遍，望察微衷。老太太，你可受我一拜。」祝罷，把那張彈弓供在桌兒上，退下來肅整威儀，拜了三拜，淚如泉湧。姑娘還著禮，暗道：「他可嘮叨完了。彈弓兒是留下的了，這大概就沒甚麼累贅了。我索性等他出去，我再起來。」誰想這個當兒，偏偏的走過一個禮儀透熟的禮生來，便是褚大娘子，把他攙了一把，說：「姑娘起來，朝上謝客。」不由分說攙到當地，又拉了一個坐褥，鋪在地下說：「尹先生，我們姑娘在這裏叩謝了。」姑娘只得向上磕下頭去。那先生連忙把身子一背，避而不受，也不答拜。你道這是為何？原來，這是因為他是替死者磕頭，不但不敢答，並且不敢受，是個極有講究的古禮。姑娘磕頭起來，正等著送客，這個當兒，可巧又走過一個積伶不過的茶司務來，便是褚一官。手裏拿著一個盤兒，托著三碗茶，說：「尹先生，我們姑娘是孝家，不親遞茶了。」他便把尹先生的一碗，安在西間南炕炕桌上首，下首又給鄧九公安了一碗。還剩一碗，說：「姑娘這裏陪。」便放在靠北壁子地桌下首。姑娘此時無論怎樣斷不好說：「你們外頭喝茶去罷！」怎當那鄧九公又儘在那裏讓先生上坐。只見那先生並不謙讓，轉過去坐定。開口便問道：「這位老太太，想是早過終七了？」鄧九公道：「那裏，等我算算。」說著，屈著指頭道：「五兒、六兒、七兒、八兒、九兒，今日纔第五天。明日伴宿，後日就抬埋入土了。」姑娘正嫌鄧九公何必合他絮煩這些話。只見那先生望著姑娘把眼神兒一定，說：「難道今日是第五天？我聞古禮，殮而成服，既葬而除。如今纔得五天，既不是除服日期。況且大殮已經五天，又斷不至於作不成一領孝服，這姑娘怎的不穿孝？」罷了，姑娘心裏真沒防他問到這句，又不肯說，我因為忙著要去報仇，不及穿孝。尤其不好說，你管我呢。只管支吾道：「此地風俗，向來如此。」那先生說道：「咦，豈有此理。雖說百里不同風，千里不同俗，冠婚喪祭，各省不得一樣。這兒女為父母成服，自天子以至庶人，無貴賤一也。怎講得此地向來如此起來？」姑娘道：「此地既然如此，我也只得是隨鄉兒入鄉兒了。」那先生道：「呀，呸，更豈有此理。縱說這窮山僻壤，不知禮教，有了姑娘你這等一個人在此，正該作個榜樣，化民成俗，怎倒講起這隨鄉入鄉的話來。這等看來，聞名不如見面，這句話古人真不我欺。據我那小東人說得來，十三妹姑娘怎的個孝義，怎的個英雄，我那老東人以耳為目，便輕信了這話。而今如此，據我尹其明看來，也只不過是個尋常女子。只是我尹其明一身傲骨，四海交遊，何嘗輕易禮下於人。今日倒累我揖了又揖，拜了又拜。小東人，你好沒胸襟，沒眼力，累我枉走這一盪。咦，我尹其明此番來得差矣。」

列公，你看十三妹那等俠氣雄心，兼人好勝的一個人，如何肯認尋常女子這個名目。無如報仇這樁事，自己打著要萬分慎密。不穿孝這樁事，自己也知是一時權宜，其實為去報仇，所以纔不穿孝。兩樁事仍是一樁事，只因說不出口，轉覺對不住人。卻又一片深心，打了個呼牛亦可，呼馬亦可的主意。任是誰說甚麼，我只拿定主意，幹我的大事去。不想這位尹先生，是話不說，單單的輕描淡寫的，給他加上了尋常女子這等四個大字，可斷忍耐不住了。只見他一手扶了桌子，把胸脯兒一挺，纔待說話，不防這邊噹的一聲，把桌子一拍，鄧九公先翻了說：「喂，尹先生你這人，好沒趣呀！拿了一張彈弓，我說留下，你又不留。你說要走，你又不走。到像誰要拐你的似的，及至人家本主兒出來了，你交了你的彈弓，就完了事了。又替你東人參的是甚麼靈？是我多了句嘴，讓你進來。人家謝客遞茶讓坐，是人家孝家的禮數。你是會的就應該避出去。不出去，坐了也罷了。人家穿孝不穿孝，可與你甚麼相干？用你冬瓜茄子陳穀子爛芝麻的，鬧這些累贅呀！」那尹先生道：「我講的是禮。禮設天下大坊，於禮不合，天下人都講得。難道我到了你們這不講禮的地方，也隨鄉入鄉跟你們不講禮起來不成？」一句話，鄧九公索性站起來了說：「咄，姓尹的，你莫要撒野呀，不是我作老的口剗，你也是吃人的稀的，拿人的乾的，不過一個坐著的奴才罷咧，你可切莫拿出你那外府州縣衙門裏的，吹六房，詐三班的款兒來。好便好，不然，叫你先吃我一頓精拳頭去。」那尹先生聽了，安然坐在那裏不動。只見他揚著個臉兒，望了鄧九公道：「我尹其明一介儒生，手無縛雞之力，也不敢妄稱作英雄豪傑，卻也頗頗見過幾個英雄豪傑。今日因這樁事，這句話，領你這頓拳頭，倒也見得過天下的英雄豪傑。」說著，把脖頸兒一低，膀兒一鬆，說：「領教。」姑娘在旁一看，說：「這是塊魔，不可合他蠻作。」因攔鄧九公道：「師傅不必如此，他是客，你我是主。便打兩拳，也不值一笑。況他以禮而來，尤其不可使他藉口。他既滿口的講禮，你我便合他講禮。等他講不過禮去，再給他個利害不遲。」鄧九公道：「姑娘，你不見是我讓進他來的嗎？他這裏叫我受著窄呢麼！」一面說著，一面依舊坐下。帽子也摘了，拿一隻大寬的袖子搧著，就氣得他喲咈哧咈哧的。真作了個手眼身法步，一絲不漏。姑娘勸住了鄧九公，也就歸坐。先看了那先生一眼。只見他手撚著幾根小鬍子兒，微微而笑。姑娘納著氣，從容問道：「尹先生，我先請教。你從那處見得我是個尋常女子？」那先生道：「尋常者，對英雄豪傑而言也。英雄豪傑，本於忠孝節義。母死不知成服，其為孝也安在？這便叫做尋常女子。」姑娘聽了這話，口裏欲待不合他辯爭，奈心裏那點兼人好勝的性兒，不准不合他辯。便又問道：「我再請教，這盡孝的上頭，父親母親那一邊兒重？」尹先生沉吟一會道：「父兮生我，母兮鞠我，其重一也。這話卻又有兩講。」姑娘道：「怎的個兩講呢？」尹先生說：「你們女子，有同母親共得的事，同父親共不得。有合母親說得的話，合父親說不得。這叫作父道尊，母道親。看得親，自然看得重。據此一說，未免覺得母親重。」姑娘道：「那一說呢？」尹先生道：「一個人有生母，便許有繼母。有嫡母，便許有庶母。推而至於養母、慈母，事非常有。凡這生繼嫡庶皆母也。所謂坤道也，地道也。講到父親，天道也，乾道也。乾道大生，坤道廣生，看得大，更該看得重。據此一說，自然應是父親更重。」姑娘道：「你原來也知道父親更重。我還要請教，這盡孝的事情上頭，為親穿孝，為親報仇，那一樁要緊？」尹先生連忙答道：「這何消問得？自然是報仇要緊。拿為親穿孝論，假如遇著軍事，正在軍興旁午，也只得墨絰從戎，回籍成服。假如身在官場，有個丁憂在先，聞訃在後，也只得聞訃成服。便是為人子女，不幸遇著大故，立刻穿上一身孝，難道釋服後，便算完了事了不成？你只看那大舜的大孝，終身慕父母。以至里名勝母，曾子不入。邑號朝歌，墨子回車。便不穿那身孝，他心裏又何嘗一時一刻，忘了那個孝字？所以叫作喪服外除，外除者，明乎其終身未嘗內除也。這是樁終身無窮無盡，有工夫作的事。至於為親報仇，所謂父仇不共戴天，豈容片刻隱忍？但得個機會，正用著那『守如處女，出如脫兔』的兩句話，要作得迅雷不及掩耳，其間不容髮。否則，機會一失，此生還怎生補行得來，豈不是終天大恨？何況這報仇，正是盡孝，自然報仇更加要緊。」姑娘道：「原來你也知道報仇更加要緊。這等說起來，我還不至於落到個尋常女子。」尹先生道：「這話我就不解了，難道姑娘這等一個孝義女子，還有人合姑娘結仇不成？」姑娘這個當兒，一肚子的話，是倒出來了。尋常女子四個字，是擺脫開了，理是抓住了。憑他絮絮的問，只鼓著個小腮幫子兒，一聲兒不哼。問來問去，把個鄧九公問煩了，說道：「我真沒這麼大工夫合你說話。不說罷，我又彆的慌。人家這位姑娘，有殺父大仇，只因老母在堂，不曾報得。如今不幸他老太太去世了，故此他顧不得穿孝守靈，到了首七葬母之後，就要去報仇，這話你明白了？」尹先生道：「哦，原來如此。這段隱情，我尹其明那裏曉得？只是我還要請教，姑娘這等一身本領，這仇人是個何等樣人？姓甚名誰？有多大膽，敢來合姑娘作對？」鄧九公道：「這個我不知道。」尹先生道：「老翁，我方纔見你二位的稱呼，有個師生之誼，豈有不知之理？」鄧九公道：「我不能像你相干的也問，不相干的也問。問得的也問，問不得的也問。

人家報仇，與我無干，我沒問，我不知道。」尹先生道：「報仇的這樁事，是樁光明磊落見得天地鬼神的事，何須這等狗盜雞鳴，遮遮掩掩。況且英雄作事，要取那人的性命，正要叫那人知些風聲，任他怎的個心機手段，我定要手到功成，這仇纔報得痛快。這位鄧老翁大約是年紀來了，暮氣至矣，也未必領略到此。姑娘，你何不把這仇人的姓名，說與尹其明聽聽，大家痛快痛快。」姑娘此時，假使依然給他個老不開口，那位尹先生也就入不進話去了，無奈聽著他這幾句話，來得高超，且暗暗有個菲薄自己的意思，又動了個不服氣，便冷笑了一聲道：「我的仇人，與你何干？要你痛快，我便說了他的姓名，你聽了也不過把舌頭伸上一伸，頸兒縮上一縮，又知道他何用？」那尹先生搖著頭道：「姑娘，你也莫過於小看了我尹其明。我雖不會長鎗大戟，不知走壁飛簷，也頗頗有些肝膽。或者聽了你那仇人名姓，不倒得伸舌縮頸，轉給你出一臂之力，展半籌之謀，也不見得。」姑娘道：「惹厭。」那尹先生聽到「惹厭」兩個字，他轉呵呵大笑說：「姑娘，你既苦苦不肯說，倒等我尹其明索性惹你一場大厭，替你說出那仇人的姓名來，你可切莫著惱。」姑娘聽他說的這等離離奇奇、閃閃爍爍，倒疑忌起來道：「你說。」那尹先生疊兩個指頭說道：「你那仇人，正是現在經略七省，掛九頭鐵獅子印，禿頭無字大將軍紀獻唐。你道我說的錯也不錯？」他說完這句，定睛看著那十三妹姑娘，要看他怎生個動作。只見那十三妹聽了這話，顋頰邊起兩朵紅雲，眉宇間橫一團青氣，一步跨上炕去，拿起那把雁翎寶刀，拔將出來，翻身跳在當地，一聲斷喝，說道：「咄，你那人聽著，我看你也不是甚麼尹七明尹八明，你定是紀獻唐那賊的私人。不曉得在那裏怎生賺得這張彈弓，喬粧打扮前來探我的行藏，作個說客。你不曾生得眼睛，須是生著耳朵，也要打聽打聽你姑娘，可是怕你來探的？可是你說得動的？你快快說出實話，我還佛眼相看。

若少遲延，哼哼，尹其明，只怕我這三間小小茅簷，任你闖得進來，叫你飛不出去。」這正是：不曾項下解金鈴，早聽山頭哮虓虎。要知那十三妹合那假尹先生真安老爺怎的個開交，下回書交代。

第十八回 假西賓高談紀府案 真孝女快慰兩親靈

這回書接連上回講的是十三妹，他見那位尹先生一口道破他仇人紀獻唐姓名，心下一想，我這事自來無人曉得。縱然有人曉得紀獻唐，那廝勢焰熏天，人避他還怕避不及，誰肯無端的捋這虎鬚，提著他的名字，來問這等不相干的閒事？又見那尹先生，言語之間，雖是滿口稱揚，暗中卻大有菲薄之意，便疑到是紀獻唐放他母女不過，不知從那裏，怎生賺了這張彈弓，差這人來打聽他的行藏，作個說客。正是仇人相見，分外眼明。登時怒從心上起，惡向膽邊生，掣那把刀在手裏，便要取那假西賓的性命。不想這著棋，可又叫安老爺先料著了。鄧九公是昨日合老爺搭就了的伏地扣子❶，見姑娘手執倭刀，站在當地，指定安老爺，大聲斷喝，忙轉過身來，兩隻胳膊一橫，迎面攔住說道：「姑娘，這是怎麼說？你方纔怎麼勸我來著。」正在那裏勸解，褚大娘子過來一把，把姑娘扯住道：「這怎麼索性刀兒鎗兒的鬧起來了？我也不知道你們這些甚麼紀獻兒唐啊灌餡兒糖的事，憑他是甚麼糖，也得慢慢兒的問個牙白口清再說呀！怎麼就講拿刀動杖呢？就讓你這時候一刀，把他殺了，這件事難道就算明白了不成？貓鬧麼，坐下啵。」說著，把姑娘推到原坐的那個座上坐下。姑娘這纔一回手，把那把刀，倚在身後壁子跟前。看了看右邊，有根桌棖兒礙著手，便提起來，回手倚在左邊。鄧九公便去陪著那位尹先生，又叫褚一官

❶ 伏地扣子：繩索製成放在地上的捕獸機關，引申作「機關」、「埋伏」解。

張羅換茶。這個當兒，姑娘提著一副眼神兒，又向那先生喝了一聲道：「講！」那尹先生且不答話，依然坐在那裏乾笑。

姑娘道：「你話又不講，只是作這等狂態，笑些甚麼？快講！」尹先生道：「我不笑別的，我笑你到底要算一個尋常女子。」鄧九公道：「喂，先生，你這也來得過逾分了。怎麼這句又來了呢？」那先生也不合他分辯，望著十三妹道：「你未從開口說這句話，心裏也該想想你那仇人朝廷給他是何等威權？他自己是何等腳色？況他那裏雄兵十萬，甲士千員，猛將如雲，謀臣似雨。慢說別的，祇他那幕中那幾個參謀，真真的是上知天文，下知地理，深明韜略，廣有機謀。就是他帳下那班奔走的健兒，也是一個個有飛空躡壁之能，虎跳龍拿之技。他果然要探你的行藏，差那一個來不了了事，單單的要用著我這等一個推不轉、操不動的尹其明？只這些小機關，你尚且見不到此，要費無限狐疑，豈不可笑？」姑娘聽了這話，低頭一想，這裏頭卻有這麼個理兒。我方纔這一陣鬧，敢是鬧的有些孟浪。雖然如此，我輸了理，可不輸氣，輸了氣，也不輸嘴。且翻打他一把，倒問他。因問道：「你既不是那紀賊的私人，怎的曉得他是我的仇家？也要說個明白。」那先生道：「你且莫問我怎麼曉得他是你的仇家，你先說他到底可是你的仇家？不是你的仇家？」這句話，姑娘要簡捷著答應一個是字，就完了。那不又算輸了氣了嗎？他便把那話變了個相兒，倒問著：「人家說是便怎麼樣？」那先生道：「我說的果然不是，倒也不消往下再談。既然是，他這段仇，你早該去報。直等到今日，卻是可惜報的遲了。我勸你早早的打斷了這個念頭。你若不聽我這良言，只怕你到了那裏，莫講取不得他的首級，就休想動他一根毫毛。這等的路遠山遙，可不白白的吃了一場辛苦？」姑娘道：「吼，那紀賊就被你說的這等利害，想就因你講的他那等威權，那等腳色，覺得我動不得他。」先生道：「非也。以姑娘的這樣志氣，那怕他怎樣的威權，怎樣的腳色。」姑娘又道：「然則便因你說的他那猛將如雲，謀臣似雨，覺得我動不得他。」先生道：「也不然。以姑娘的本領，又那怕他甚麼猛將，甚麼謀臣。我方纔攔你，不必吃這場辛苦，不是說怕你報不了這仇，是說這仇用不著你報，早有一位天大地大，無大不大的蓋世英雄，替你報了仇去了。」姑娘道：「夢話。我這段冤仇，從來不曾向人提過，就我這師傅面前，也是前日纔得說起，外人怎的得知？況如今世上那有恁般大英雄，做這等大事？」尹先生道：「姑娘，你且莫自負不凡，把天下英雄一筆抹倒。要知泰山雖高，更有天山。寰海之外，還有渤海。我若說起這位英雄來，只怕你倒要嚇得把舌頭一伸，頸兒一縮哩。」姑娘聽了這話，心下暗想道：「不信世間有這等人，我怎的會不曉得？我且聽聽他，端的說出個甚麼人來，有甚對證，再合他講。」便道：「我倒要聽聽這位天大地大，無大不大的英雄。」那先生道：「姑娘，你坐穩著，我說的這位蓋世英雄，便是當今九五之尊，龍飛天子。」姑娘聽了從鼻子裏笑了一聲，說：「豈有此理，尤其夢話。萬歲爺怎的曉得我有這段奇冤，替我一個小小民女報起仇來？」尹先生道：「你要知這話的原故，竟抵得一回評書。你且少安毋躁，等我把始末因由，演說一番，你聽了纔知我說的不是夢話。」姑娘此刻，只管心裏不服氣，不知怎的耳朵裏聽了這一路的話，覺得對胃脘，漸漸臉兒上，也就和平起來，口兒裏也就乖滑起來。陪了個笑兒，叫了聲尹先生，說：「既然如此，倒望你莫嫌絮煩，詳細說與我知道。」列公，你大家卻莫把那假尹先生真安老爺說的這段話，認作個掇騙十三妹的文章。這紀獻唐，卻實實的是個有來處來的人。只可惜他昧了天理人情，壞了兒女心腸，送了英雄性命，弄到沒去處去。這其中還包括著一個出奇的奇人，作出來的一樁出奇的奇事。並且還不是無根之談，說起來，真個抵得一回評話。只是這回評話的灣子，可遶遠了些。列公且莫急急慌慌的要聽那十三妹到底怎的個歸著，待說書的把紀獻唐的始末原由，演說出來，那十三妹的根兒蒂兒，枝兒葉兒，自然都明白了。你道這話從何說起？原來書中表的，那經略七省，掛九頭獅子鐵印，禿頭無字大將軍紀獻唐，他也是漢軍人氏。他的太翁紀延壽，內任侍郎，外任巡撫。後來因這紀獻唐的累次軍功，加銜尚書，晉贈太傅，人稱他是紀太傅。這紀太傅，生了兩個兒子，長名紀望唐，次名紀獻唐。紀獻唐也生兩個兒子，一名紀成武，一名紀多文。那紀望唐自幼恪遵庭訓，循分守理，奮志讀書。那紀獻唐，當他太夫人生他這晚，忽然當院裏起了一陣狂風，那風刮得走石飛砂，偃草拔木，連門牕戶壁，都撼得岌岌的要動。風過處，他太夫人正要分娩，恍惚中見一隻弔睛白額黑虎，撲進房來，吃了一驚，恰好這紀獻唐，離懷落草。收生婆收裹起來，只聽他哭得聲音洪亮，且是相貌魁梧。到了五六歲上，識字讀書，聰明出眾，只是生成一個桀驁不馴的性子，頑劣異常。淘氣起來，莫說平人說他勸他不聽，有時父兄的教訓，他也不甚在意。年交七歲，紀太傅便送他到學房，隨哥哥讀書。那先生是位老儒，見他一目十行，到口成誦，到十一二歲，便把經書念完，大是穎悟，便叫他隨了哥哥聽著講書。只是他心地雖然靈通，性情卻欠淳靜。纔略略有些知覺，便要搭駁先生，那先生往往就被他問得無話可講。一日，那先生開講中庸。開卷便是「天命之謂性」一章。先生見了那沒頭沒腦，闢空而來的十五個大字，正不知從那裏開口，纔入得進這「中庸」兩個字去。只得先看了一遍高頭講章，照著那講章，往下敷衍半日，纔得講完。他便問道：「先生講的天以陰陽五行，化生萬物這句話，我懂了。下面『於是人物之生，因各得其所賦之理，以為五常健順之德』，難道那物也曉得五常仁義禮智信不成？」先生瞪著眼睛，向他道：「物怎麼不曉得五常，那羔跪乳，烏反哺，豈不是仁？獬觸邪，鶯求友，豈不是義？獺知祭，雁成行，豈不是禮？狐聽冰，鵲營巢，豈不是智？犬守夜，雞司晨，豈不是信？怎的說得物不曉得五常？」先生這段話，本也誤於朱註，講得有些牽強。他便說道：「照先生這等講起來，那下文的人物各得其性之自然，直說到『則謂之教，若禮樂刑政之屬是也。』難道那禽獸，也曉得禮樂刑政不成？」一句話，把先生問急了。說道：「依註講解，只管胡纏。人為萬物之靈，人與物一而二，二而一者也。有甚麼分別？」他聽了哈哈大笑，說：「照這等講起來，先生也是個人，假如我如今不叫你人，叫你個老物兒，你答應不答應？」先生登時大怒，氣得渾身亂抖，大聲喊道：「豈有此理，將人比畜，放肆，放肆。我要打了。」拿起戒尺來，纔要拉他的手，早被他一把奪過來，扔在當地，說道：「甚嗎？你敢打二爺！二爺可是你打得的。照你這樣的先生，叫作通稱，本是教書匠，到處都能僱得來，打不成我，先教你吃我一腳吧。」照著那先生的腿窪子，就是一腳，把先生踢了個大仰爬，便就倒在當地。紀望唐見了，趕緊攙起先生來，一面喝禁兄弟，不得無禮。只是他那裏肯受教，還在那裏頂撞先生。先生道：「反了，反了，要辭館了。」正在鬧得煙霧塵天，恰巧紀太傅送客出來聽見。送客走後，連忙進書房來，問起原由，纔再三的與先生陪禮。又把兒子著實責了一頓，說：「還求先生以不屑教誨教訓之。」那先生搖手道：「不，大人。我們賓東，相處多年，君子絕交，不出惡聲，晚生也不願這等不歡而散。既蒙苦苦相留，只好單叫這大令郎，作我個陳蔡及門。你這個二令郎，憑你另請高明，倘還叫他由也升堂起來，我只得不脫冕而行矣。」紀太傅聽說無法，便留紀望唐一人課讀，打算給紀獻唐另請一位先生。叫他弟兄兩個，各從一師受業。但是為子擇師，這樁事也非容易。更兼那紀太傅每日上朝進署不得在家。他家太夫人又身在內堂，照應不到外面的事。這個當兒，那紀獻唐離開書房，一似溜了韁的野馬，益發淘氣得無法無天。紀府又本是個巨族，只那些家人孩子，就有一二十個。他便把這班孩子，都聚在一處，不是練著揮拳弄棒，便是學著打仗衝鋒，大家頑耍。那時國初時候，大凡旗人家裏，都還有幾名家將，與如今使僱工的家人不同。那些家將，也都會些撂跤打拳、馬鎗步箭、桿子單刀、跳高爬繩的本領。所以從前征噶爾丹的時候，曾經調過八旗大員家的庫圖勒兵，這項人便叫作家將。紀府上的幾個家將，裏面有一名教師，見他家二爺，好這些武藝，便逐件的指點起來。他聽得越發高興，就置辦了許多桿子單刀之類，合那群孩子，每日練習。又用磚瓦一堆堆的堆起來，算作個五花陣、八卦陣，雖說是個頑意兒，也講究個休、生、傷、杜、景、死、驚、開。以至怎的五行相生，八卦相錯。怎的明增暗減，背孤擊虛。教那些孩子們穿梭一般演習，倒也大有意思。他卻搬張桌子，又硌張椅子，坐在上面，腰懸寶劍，手裏拿個旗兒，指揮調度。但有走錯了的，他不是用棍打，便是用刀背打。因此那班孩子，怕的神出鬼沒，沒一個不聽他的指使，除了那些頑的之外，第一是一味地裏愛馬。他那愛馬，也合人不同。不講毛皮，不講骨格，不講性情，專講本領。紀太傅家裏也有十來匹好馬，他都說無用。便著人每日到市上拉了馬來看，他那相馬的法子，也與人兩道。先不騎不試，止用一個錢，扔在馬肚子底下，他自己卻向馬肚底下去，揀那個錢。要那馬見了他，不驚不動，他纔問價。一連拉了許多名馬來看，那馬不是見了他，先踶蹶咆哮的閃躲，便是嚇得週身亂顫，甚至嚇得撒出溺來。這日，他自己出門，偶然看見拉鹽車駕轅的一匹鐵青馬。那馬生得來一身的捲毛，兩個繞眼圈兒，並且是個白鼻梁子，更是渾身磨得純泥稀爛。他失聲道：「可惜這等一個駿物，埋沒風塵。」也不管那車夫肯賣不肯，便唾手一百金，硬強強的買來。可煞作怪，那馬憑他怎樣的摸索，風絲兒不動。他便每日親自看著，刷洗喂養起來。那消兩三個月的工夫，早變成了一匹神駿。他日後的軍功，就全虧了這匹馬。此是後話。

卻說紀太傅好容易給他請著一位先生，就另收拾了一處書房，送他上學。不上一月，先生早已辭館而去。落後一連換了十位先生，倒被他打跑了九個，那一個還是跑的快，纔沒挨打。因此上前三門外，那些找館的朋友，聽說他家相請，便都望影而逃。那紀太傅為了這事，正在煩悶。恰好這日下朝回府，轎子纔得到門，轉正將要進門，忽見馬臺石邊，站著一個人，戴一頂雨纓涼帽，貫著個純泥滿銹的金頂，穿一件下過水的葛布短襟袍子，套一件磨了邊兒的天青羽紗馬褂子，腳下一雙破靴。靠馬臺石，還放著一個竹箱兒，合小小的一捲鋪蓋，一個包袱。那人望著太傅，轎旁拖地便是一躬。轎夫見有人參見，連忙打住轎桿。太傅那時，正在工部侍郎任內，見了這人，只道他是解工料的微員，吩咐道：「你想是個解官。我這私宅，向來不收公事。有甚麼文批，衙門投遞。」那人道：「晚生身列膠庠，不是解差，因仰慕大人的清名，特來瞻謁。倘大人不惜階前盈尺之地，進而教之，幸甚。」那太傅素日最重讀書人，聽見他是個秀才，便命落平，就在門外下了轎。吩咐門上，給他看了行李。陪那秀才進來，讓到書房待茶，分賓主坐下。因問道：「先生何來？有甚見教？」那秀才道：「晚生姓顧名綮，別號肯堂，浙江紹興府會稽人氏。一向落魄江湖，無心進取。偶然遊到帝都，聽得十停人，倒有九停人說大人府上，有位二公子，要延師課讀。晚生也曾囑人推薦，無奈那些朋友，都說這個館地，是就不得的。為此晚生不揣鄙陋，竟學那毛遂自薦。倘大人看我可為公子之師，情願附驥。自問也還不至於尸位素餐，誤人子弟。」那太傅正在請不著先生，又見他雖是寒素，吐屬不凡，心下早有幾分願意。便道：「先生這等翩然而來，真是倜儻不群，足占抱負。只是我這第二個豚犬，雖然天資尚可造就，其頑劣殆不可以言語形容。先生果然肯成全他，便是大幸了。請問尊寓在那裏？待弟明日竭誠拜過，再訂吉期，送關奉請。」顧肯堂道：「天下無不可化育的人材，只怕那為人師者，本無化育人材的本領，又把化育人材這樁事，看成個牟利的生涯，自然就難得功效了。如今既承大人青盼，多也不過三五年，晚生定要把這位公子，送入清碧堂中，成就他一生事業。只是此後書房功課，大人休得過問。至於關聘，竟不消拘這形跡，便是此後的十脡兩餐，也任尊便。只今日便是個黃道吉日，請大人吩咐一個小僮，把我那半肩行李，搬了進來，便可開館。又何勞大人枉駕答拜？」紀太傅聽了大喜。一面吩咐家人，打掃書房，安頓行李。收拾酒飯，預備贄儀。就著公服，便陪那先生到了書房。立刻叫紀獻唐穿衣出來拜見。一時擺上酒席，太傅先遞了一杯酒，然後纔叫兒子遞上贄見拜師。顧先生不亢不卑，受了半禮。便道：「大人請便。好讓我合公子快談。」紀太傅又奉了一揖，說：「此後弟一切不問，但憑循循善誘。」說罷辭了進去。那紀獻唐也不知從那裏就來了這等一個先生，又見他那偃蹇寒酸樣子，更加可厭。方纔只因在父親面前，勉循規矩，不好奚落他，及至陪他吃了飯，便問道：「先生，你可曉得以前那幾個先生，是怎樣走的？」顧肯堂道：「我聽說都是吃不起公子的打走的。」紀獻唐道：「可又來，難道你是個不怕打的不成？」顧肯堂道：「我料公子決不打我。他那些人，大約都是一班獃子，想他那討打的原故，不過為著書房的功課起見。此後公子，歡喜到書房來，有我這等一個人，磨墨拂紙，作個伴讀，也於公子無傷。不願到書房來，我正得一覺好睡，從那裏討你的打起？」紀獻唐說：「倒莫看你這等一個人，竟知些進退。」說著，帶了幾個小廝，早走的不知去向。從此他雖不似往日的橫鬧，大約一月之間，也在書房坐上十天八天。但那一天之內，卻在書房，作不得一時半刻。這天正遇著中旬十五六，天氣晴明，晚來絕好的一天月色。他便帶了一群家丁，聚在箭道大空地裏，拉了一匹剗馬❷，著個人拉著，都教那些小廝騙馬作耍。有的從老遠跑來，一縱身就過去的。有的打著踼級，轉著紗車過去的。有的兩手扶定迎鞍，後胯豎起直柳來，翻身趯過去的。他看著大樂。正在頑的高興，忽然一陣風兒，送過一片琵琶聲音來，那琵琶彈得來十分圓熟清脆。他聽了道：「誰彈曲兒呢？」一個小小子見問，咕咚咚就撒腳跑了去打探。一時跑回來說：「沒人彈曲兒，是新來的那個顧師爺，一個人兒在屋裏彈琵琶呢！」紀獻唐道：「他會彈琵琶！走，咱們去看看去。」說著，丟下這裏，一窩蜂跑到書房。顧肯堂見他進來，連忙放下琵琶讓坐。他道：「先生，不想你竟會這個頑意兒。莫放下，彈來我聽。」那顧肯堂重新和了絃彈起來。彈得一時金戈鐵馬，破空而來。一時流水落花，悠然而去。把他樂得手舞足蹈。問道：「先生，我學得會學不會？」先生道：「既要學，怎得個不會？」就把怎的撥絃，怎的按品，怎的以工尺上乙四合五六凡九字，分配宮商角徵羽五音，怎的以五音分配六呂七律，怎的推手向外為琵，合手向內為琶，怎的為挑為弄，為勾為撥，指使的他眼耳手口隨了一個心，不曾一刻少閒。那消半月工夫，凡如出塞、卸甲、潯陽夜月，以至兩音板兒、兩音串兒、兩音月兒、高兩套令子、松青、海青、陽關、普安咒、五名馬之類，按譜徵歌，都學得心手相應。及至會了，卻早厭了。又問先生：還會甚麼技藝？先生便把絲絃笙管，羯鼓胡笛，各樣樂器，一一的教他。他一竅通，百竅通，會得更覺容易。漸次學到手談、象戲、五木、雙陸、彈棋，又漸次學到作畫、賓戲、勾股、占驗，甚至鐫印章、調印色，凡是他問的，那先生無一不知，無一不能。他也每見

---

❷ 剗馬：不用鞍轡的滑背馬。

必學，每學必會，每會必精，卻是每精必厭。雖然如此，卻也有大半年，不曾出那座書房門。一日，師生兩個正閒立空庭，望那鉤新月。他又道：「這一向悶的緊，還得先生尋個甚麼新色解悶的營生纔好。」先生道：「我那解悶的本領，都被公子學去了，那裏再尋甚麼新色的去？我們教學相長，公子有甚麼本領，何不也指點我一兩件，彼此頑起來，倒也解悶。」紀獻唐道：「我的本領，與這些頑意兒不同。這些頑意兒盡是些雕蟲小技，不過解悶消閒。我講得是長槍大戟，東蕩西馳的本領。先生你那裏學得來？」先生道：「這些事我雖不能，卻也有志未逮。公子何不作一番我看，或者我見獵心喜，竟領會得一兩件，也不見得。」他聽了道：「先生既要學，更有趣了，但是今日天色已晚，那槍棒上卻沒眼睛，可不曉得甚麼叫作師生，傷著先生，不大穩便。明日卻作來先生看。」先生道：「天晚何妨。難道將來公子作了大將軍，遇著那強敵壓境，也對他說今日天晚，不大穩便不成？」他聽先生這等說，更加高興。便同先生來到箭道，叫了許多家丁把些兵器搬來。趁那新月微光，使了一回拳，又扎一回桿子。再合那些家丁們，比試了一番，一個個都沒有勝得他的。他便對了那先生，得意洋洋，賣弄他那家本領。顧先生說：「待我也學著，合公子交交手，頑回拳看。但我可是外行，公子不要見笑。」紀獻唐看著他那等拱肩縮背，擺擺搖搖的樣子，不禁要笑。只因他再三要學，便合他各站了地步，自己先把左手向懷裏一攏，右手向右一橫，亮開架式。然後右腳一跺，抬左腳一轉身，便向顧先生打去。說著打，及至轉過身來向前打去，早不見了顧先生。但覺一件東西，貼在辮頂上，左閃右閃，那件東西擺脫不開，溜勢的纔撥轉身來，那件東西，卻又隨身轉過去了。鬧了半日，纔覺出是顧先生跟在身後把個巴掌貼在自己的腦後，再也耽閃不開，擺脫不動。慪得他想要翻轉拳頭，向後搗去，卻又搗他不著。便回身一腳飛去，早見那先生倒退一步，把手往上一綽，正托住他的腳跟，說道：「公子，我這一送，你可跌倒了。拳不是這等打法，倒是頑頑桿子罷。」這要是個識竅的，就該罷手了。無奈他一團少年盛氣，那裏肯罷手？早向地下拿起他用慣的那桿丈二長的白蠟桿子，使的好似怪蟒一般，望了顧先生道：「來，來，來！」顧先生笑了一笑，也揀了一根短些的，拿在手裏，兩下的桿梢點地。顧先生道：「且住，顛倒你我兩個沒偺意思。你這些管家，既都會使傢伙，何不大家頑著熱鬧些。」紀獻唐聽了，便挑了四個能使桿子的分在左右，五個人哈了一聲，一齊向顧先生使來。顧先生不慌不忙，把手裏的桿子一抖，抖成一個大圓圈，早把那四個家丁的桿子，撥在地下。那四人握了手豁口，只是叫疼。紀獻唐看見，往後撤了一步，把桿子一擰，奔著顧先生的肩胛，向上挑來。顧先生也不破他的桿子，只把右腿一撤，左腿一趄，前身一低，紀獻唐那條桿子，早從他脊梁上面過去，使了個空。他就跟著那桿子底下，打了個進步，用自己手裏的桿子向紀獻唐腿襠裏只一繳，紀獻唐一個站不牢，早翻觔斗跌倒在地。顧先生連忙丟下桿子，扶起他來道：「孟浪，孟浪！」紀獻唐一骨碌翻身起來道：「先生，你這纔叫本事。我一向直是瞎鬧，沒奈何，你須是盡情講究講究，指點與我。」顧先生道：「這裏也不是講究的所在，咱們還到書房去談。」說著，來到書房。他急得就等不到明日，便扯了那顧先生問長問短。顧先生道：「你且莫絮叨叨的，問這些無足重輕的閒事，你豈不聞西楚霸王有云：『一人敵不足學，請學萬人敵』的這句話麼？」紀獻唐道：「那萬人敵，怎生輕易學得來？」顧先生道：「要學萬人敵，卻也易如拾芥，只是沒第二條路，只有讀書。」紀獻唐聽了皺眉道：「書，我何嘗不讀？只是那些能說不能行的空談，怎幹得天下大事？」顧先生正色道：「公子此言差矣。聖賢大道，你怎生的看作空談起來？離了聖道，怎生作得個偉人。作不得個偉人，怎生幹得起大事。從古人纔難得，我看你虎頭燕頷，封侯萬里，況又生在這等的望族，秉了這等的天分，你但有志讀書，我自信為識途老馬。那入金馬，步玉堂，擁高牙，樹大纛，尚不足道。此時卻要學這些江湖賣藝營生何用？公子，你切切不可亂了念頭。」書裏交代過的，紀獻唐原是個有來歷的人，一語點破他，果然從第二天起，便潛心埋首，簡鍊揣摩起來。次年鄉試，便高中了孝廉。轉眼會試，又聯捷了進士。歷升了內閣學士。朝廷見他強幹精明，材堪大用，便放了四川巡撫。

那紀獻唐一生，受了那顧先生的好處，合他寸步不離，便要請他一同赴任。顧先生也無所可否。這日，紀獻唐陛辭下來，便約定顧肯堂先生，第二日午刻，一同動身。次日，纔得起來，便見門上家人傳進一個簡帖，合一本書來回道：「顧師爺今日五鼓，覓了一輛小車兒，說道：『先走一程，前途相候。』留下這兩件東西，請老爺看。」紀獻唐聽了，便有些詫異。接過那封書一看，只見信上寫著「留別大將軍鈞啟」。心下战斅道：「顧先生斷不至於這等不通，我纔作了個撫院，怎的便稱我大將軍起來？」又看那本書，封的密密層層，面上貼了個空白紅籤，不著一字。忙忙的拆開那封信看，只見上寫道：

友生顧綮留書，拜上大將軍賢友麾下：僕與足下十年相聚，自信識途老馬，底君於成，今且建牙開府矣。此去擁十萬貔貅，作西南半壁，建大業，爵上公，炳旗常，銘鐘鼎，振鑠千秋，都不足慮。所慮者，足下天資過高，人慾過重，才有餘而學不足以養之。所望刻自惕厲，進為純臣，退為孝子。自茲二十年後，足下年造不吉。時至，當早圖返轡收帆，移忠作孝。儻有危急，僕當在天台、雁蕩間，遲君相會也。切記，切記。僕閒雲野鶴，不欲偕赴軍門，昔日翩然而來，今日翩然而去，此會非偶，足下幸留意焉。祕書一本，當於無字處求之，其勿視為河漢！顧綮拜手。

他看了這封簡帖，默默無言。心下卻十分凜懼，曉得這位顧先生，大大的有些道理。料想著人追趕，也是無益。便連那本祕書，也不敢在人面前拆看，收了起來。到了吉時，拜別宗祠父母，就赴四川而去。自此仗了顧先生那本書，一征西藏，一平桌子山，兩定青海，建了大功，一直的封到一等公爵。連他的太翁，也晉贈太傅。兩個兒子，也封了子男。朝廷並加賞他的寶石頂，三眼花翎，四團龍褂，四開衩袍，紫韁黃帶。又特命經略七省，掛九頭獅子印，稱為禿頭無字大將軍。列公，你道人臣之榮至此，當怎的報國酬恩。否則，也當聽那顧肯堂先生一片苦口良言，急流勇退。誰想他倚了功高權重，早把顧先生的話也看成一片空談。任著他那矯情劣性，便漸漸的放縱起來。又加上他那次子紀多文，助桀為虐，作的那些侵冒貪黷、忌刻殘忍的事，一時也道不盡許多。只那屈死的官民，何止六七千人。入己的贓私，何止三四百萬。又私行鹽茶，私販木植，豈知人慾日長，天理日消。他不禁不由的自己就掇弄起自己來了。出入衙門，便要走黃土道。驗看武弁，便要用綠頭牌。督撫都要跪迎跪送。他的家人，卻都濫入薦章，作到副參道府。後來竟鬧到私藏鉛彈、火藥，編造讖書、妖言，謀為不軌起來。他再不想我大清是何等洪福，當朝聖人是何等神聖文武。那時，朝廷早照見他的肺腑，差親信大臣，密密的防範訪察。便有內而內閣翰詹，九卿科道，外而督撫提鎮合詞參奏了他九十二大款的重罪。當下天顏震怒，把他革職拿問，解進京來，交在三法司議罪。三法司請將他按大逆不道，大辟夷族。幸是天恩浩蕩，念他薄薄的有些軍功，法外施仁，加恩賜帛，令他自盡。他的太翁紀延壽，同他長兄紀望唐，革職免罪。十五歲以上男族，免死充軍。女眷免給功臣為奴。獨把他助桀為虐的次子紀多文立斬。他賜帛的那夜，獄卒人等，都見那獄庭中，一陣旋風，旋著猛虎大的一團黑氣，撮向半空而去。這便是那紀大將軍的始末原由，一篇小傳。

折回來再講他經略七省的時節，正是十三妹姑娘的父親，作他的中軍副將。他聽得這中軍的女兒，有恁般的人才本領。那時正值他第二個兒子紀多文求配續作填房。只要遇見個趨炎附勢的一個小小中軍，得這等一位掀動乾坤的大上司，屈尊降貴，合他作親家，豈有不願之理？無如這位副將爺，正是位累代名臣之後，有見識、尚氣節的人。他起初還把些官職、門戶、年歲都不相當，不敢攀附的套話推辭。後來那紀大將軍，又著實的牢籠他，保了他堪勝總兵。又請出本省督撫提鎮，強逼作伐。卻惹惱了這位爺的性兒，用了一個三國時候，東吳求配的故事道：「吾虎女豈配犬子。吾頭可斷，此話再也休提。」這話到了那紀大將軍耳朵裏，他老羞變怒，便借椿公事，參了這位爺一本，道他「剛愎任性，遺誤軍情」。那時紀大將軍，參一員官，也只當抹個臭蟲，那個敢出來辯這冤枉？可憐，就把個鐵錚錚的漢子，立刻革職拿問，陷在監牢，不上幾日，一口暗氣，鬱結而亡。以致十三妹姑娘，弄得人亡家破，還被了萬載不白，說不出口的一段奇冤。他這等的一個孝義情性，英雄志量，如何肯甘心忍受？偏偏的又有個老母在堂，無人奉養，這段仇愈擱愈久，愈久愈深，愈深愈恨。如今不幸老母已故，想了想一個女孩兒家，獨處空山，斷非久計。莫如早去報了這段冤仇，也算了卻今生大事。這便是十三妹切齒痛心，顧不得守靈穿孝，盡禮盡哀，急急的便要遠去報仇的根子。無奈他又住在這山旮旯子❸裏，外間事務，一概不知。鄧九公偶然得些傳言，也是那鄉下老兒談國政。況又只管聽他說報仇報仇，究竟不知這仇人是誰，更不

❸ 旮旯子：暗隅；角落；小而僻的地方。亦作「旮旯兒」。

想便是他聽見的那個紀獻唐，所以一直不曾提起。直到安老爺昨日到了褚家莊，纔一番筆談，談出這底裏深情的原故來。這又叫作無巧不成話。列公，你看這段公案，那紀大將軍在天理人情之外去做人，以致辱沒兒女英雄，不足道也。只他這個中軍，從紀大將軍那等轟轟烈烈的時候，早看出紀家不是個善終之局，這人不是個載福之器，寧甘一敗塗地，不肯辱沒了自己門第，耽誤了兒女終身，也就算得個人傑了。不然，他怎的會生出十三妹，這等撹動乾坤的一個女兒來？剪斷閒言，言歸正傳。當下那尹先生，便把這樁公案，照說評書一般從那黑虎下界起，一直說到他白練套頭。這其間因礙著十三妹姑娘面皮，卻把紀大將軍代子求婚一層，不曾提著一字。鄧九公合褚家夫妻，雖然昨日聽了個大概，也直到今日，纔知始末根由。那些村婆村姑，只當聽了一回豆棚閒話。

卻說十三妹，起先聽了那尹先生說他這仇，早有當今天子替他報了去了，只把那先生看作個江湖流派，大言欺人。及至聽他說的有本有源，有憑有據，不容不信。只是話裏不曾聽他說到紀家求婚一節，又追問了一句道：「話雖如此，只是先生你怎見得這便是替我家報仇？」尹先生道：「姑娘，你怎麼這等聰明一世，懵懂一時？你家這樁事，便在原參的是忌刻之罪九十二款之內，豈不是替你報過仇了？」姑娘又道：「先生，你這話真個？」尹先生道：「聖諭煌煌，焉得會假！」姑娘道：「不是我不信，要苦苦的問你。你這句話，可大有關係，不可打一字誑語。」尹先生道：「且無論我尹其明生平光明磊落，不肯妄言，便是妄言，姑娘只想你報你家的仇，干我尹其明甚事，要來攔你？況你這樣不共戴天的勾當，誰無父母，可是欺得人的？你若不見信，只怕我身邊還帶得有抄白文書一紙，不妨一看。只不知姑娘，你可識字？」鄧九公道：「豈但識字，字兒忒深了。」那尹先生聽了，便從靴掖兒裏，尋出一張抄白的通行上諭，遞給鄧九公送給姑娘閱看。只見他從頭至尾，看了一遍，擱在桌兒上，把張一團青白煞氣的臉，漸漸的紅暈過來，兩手扶了膝蓋兒，目不轉睛的怔著望了他母親那口靈，良久良久，默然不語。列公，你道他這是甚麼原故？原來這十三妹，雖是將門之女，自幼喜作那些彎弓擊劍的事，這拓弛不羈，卻不是他的本來面目。只因他一生所遭不偶，拂亂流離，一團苦志酸心，便釀成了這等一個遯跡空山，遊戲三昧的樣子。如今大事已了，這要說句俳優之談，叫作「叫化子丟了猢猻，沒得弄的了。」若歸正論，便用著那趙州和尚說的「大事已完，如喪考妣」的這兩句禪語，這兩句禪語聽了去，好像個葫蘆提。列公，你只閉上眼睛想，作了一個人，文官到了入閣拜相，武官到了奏凱成功，以至才子登科，佳人新嫁，豈不是人生得意的事？不解到了那得意的時候，不知怎的自然而然，有一種說不出的感慨。再如天下最樂的事，還有比飲酒看戲，遊目快心的麼？及至到了酒闌人散，對著那燈火樓臺，靜坐著一想，就覺得像有一樁無限傷心的大事，兜的堆上心來。這十三妹心裏，此刻便是恁般光景。鄧九公合褚家夫妻看了，還只道自從他家老太太死後，不曾見他落下一滴眼淚，此時聽了這個原由，定有一番大痛。正待勸他，只見他悶坐了半日，忽然浩歎了一聲道：「原來如此。」便整了整衣襟，望空深深的作了一萬福道：「謝天地，原來那賊的父子，也有今日。」轉身又向那尹先生福了一福，謝道：「先生，多虧你說明這段因由，省了我妄奔這盪。我倒不怕山遙水遠，渴飲饑餐。只是我趁興而去，難道還想敗興而回，豈不畫蛇添足，轉落一場話靶。」回身又向鄧九公福了一福道：「師傅，我合你三載相依，多承你與我撐持這小小門庭，深銘肺腑，容當再報。」鄧九公正色說：「姑娘，你這話又從那裏說起？」只見他並不回答這話，早退回去，坐下冷笑了一聲，望空叫道：「母親、父親，你二位老人家，可曾聽見那紀賊父子，竟被朝廷正法了？可見天網恢恢，疏而不漏。只是你養女兒一場，不曾得我一日孝養，從我略有些知識，便撞著這場惡姻緣，弄得父親含冤，母親落難。你女兒早拚一死，我又上無長兄，下無弱弟，無人侍奉母親。如今母親天年已終，父親大仇已報，我的大事已完，我看著你二位老人家，在那不識不知的黃泉之下，好不逍遙快樂。二位老人家，你的神靈不遠，慢走一步，待你女兒趕來，合你同享那逍遙快樂也。」說著，把左手向身後一綽，便要綽起那把刀來就想往項下一橫。拚這副月貌花容，作一個珠沉玉碎。這正是：為防濁水污蓮葉，先取鋼刀斷藕絲。要知那十三妹的性命如何？下回書交代。

第十九回　恩怨了了慷慨捐生　變幻重重從容救死

這回書不消多談，開口便道著十三妹。卻說那十三妹，他聽得仇人已死，大事已完，剩了自己孑然一身，無可留戀，便想回手綽起那把雁翎寶刀來，往項下一橫，拚著這副月貌花容，珠沉玉碎。且住，倘他這副月貌花容，果然珠沉玉碎，在他算是一了百了了，只是他也不曾想想這兒女英雄傳，纔演到第十九回，叫說書的怎生往下交代？天無絕人之路，幸而他一回手，要綽那把刀的時候，撈了兩撈，竟同水中撈月一般，撈了個空。連忙回頭一看，原來那把刀，早已不見了。他便吃驚道：「啊，我這把刀，那裏去了？」褚大娘子站在一旁，說道：「你問那把刀啊，是我見你方纔鬧得不像，怕傷了這位尹先生，給你拿開了。」十三妹道：「嗨，你怎麼這等誤事，快快給我拿來。」褚大娘子道：「我叫你姐夫交給人帶回我們莊兒上去了。我那裏給你快快的拿去呀？你這時候，又要這把刀作甚麼呢？」姑娘道：「我要跟了爹娘去。」褚大娘子道：「胡鬧的話了。你可是沒的幹的了。你見過有個爹娘死，兒女跟了去的沒有？好好兒的叫人瞧著，這是怎麼了？作了甚麼見不得人的事了？姑娘，你這不是撐糊塗了嗎？」鄧九公也夾雜在裏頭亂嚷，他道：「姑娘，你這是那裏說起？咱們原為這仇不能報，出不了這口氣，纔忙著要去報仇。如今仇是報了，咱們正該心裏痛快痛快，再完了老太太的事，咱們就該著淨找樂兒了。怎麼倒添了想不開了呢？」褚一官也在一旁相勸。你一言，我一語，姑娘都作不聽見，只逼著褚大娘子要他那把刀。褚大娘子道：「那你可是白說了，今日你惱我點兒都使得，那有個我遞給你刀，叫你尋死去的？」姑娘賭氣道：「我要死，也不必定在那把刀上。」列公，聖人講的「殺身成仁」，孟子講的「舍生取義」，你看他這「成」字、「取」字，下得是何等分量。便是那史書上所載的那些忠臣烈士，以至愚夫愚婦，雖所遇不同，大都各有個萬不得已。只這萬不得已之中，卻又有個分別，叫作「慷慨捐生易，從容就死難」。即如這十三妹，假使他方纔一伸手，就把那把刀綽在手裏，往項下一橫，早已「一旦無常萬事休」了。就讓有一百個假尹先生，還往下合他說些甚麼，及至鼓著氣，冒著勁，橫著心，要就那把雁翎寶刀上作個了當，這正是件迅雷不及掩耳的事情。說句外話，叫作胡蘿蔔就燒酒，仗個乾脆。怎禁得一伸手取那把刀，先撲了個空。氣兒一洩，勁兒一破，心早打了回頭了。再加上鄧、褚翁婿父女三人，在耳邊廂吵吵鬧鬧，說的都是些不入耳之談，總不曾道著他那一肚子說不出來的苦楚。姑娘聽了，益發覺得不耐煩。此刻轉後悔方纔不該當著這班人作這舉動，又多了一番牽扯。只落得一聲兒不哼，獃獃的坐在那裏發怔。這個當兒，鄧九公見勸他不理，回頭正要望著尹先生說話，見他又在那裏拈鬚而笑。因說道：「喂，先生，這都是你一套話惹出來的。你也這麼幫著勸勸，怎麼袖手旁觀的，又瞇瞇瞇瞇的笑起來了呢？莫不說人家這又是個尋常女子。」鄧九公這話，正是要引出安老爺的話來。只聽他道：「九公，我此時倒不單笑這姑娘，是個尋常女子，倒笑著你，這糊塗老頭兒。」鄧九公道：「我怎麼糊塗了？」先生道：「你合這姑娘既是個師生之誼，況又這等的高年，他但有個見不到的去處，自然就仗你指引。你只看你以前，見他無端要報那不消去報的仇，正該攔他，你不攔他。如今見他無法要走這沒奈何走的路，正該由他，卻又不由他。也不曾替這位姑娘設身處地想想，他雖然大仇已報，大事已完，可憐上無父母，中無兄弟，往下就連個著己的僕婦丫鬟，也不在跟前。況又獨處空山，飄流異地，舉頭看看那一塊雲，是他的天。低頭看看那撮土，是他的地。這纔叫作一身伴影，四海無家。憑他怎樣的胸襟本領，到底是個女孩兒家。便說眼前靠了九公你合大娘子，這萍水相逢的師生姐妹，將來他葉落歸根，怎生是個結果？我倒請教你，不許他走這條路，待叫他走那條路？」鄧九公嚷道：「我的爺，也有個見死兒不救的？你這話，我就不懂了。」

按下鄧九公這邊不表。卻說十三妹聽了鄧九公要拉那先生幫著勸解，又不知惹出他一片甚麼談吐來。正在抱怨鄧九公囉嗦多事，忽然聽得那先生說了這等一番言詞，字字打到自己心坎兒裏，且是打了一個雙關兒透。不覺長歎一聲說道：「到底還是讀書人，說話明白。你們大家聽聽，可是我的所見不差？」鄧九公纔要答話，先生道：「雖是不差，卻也差得一著。又是可惜死得早了。」這姑娘是天生的半分不認錯，一字不饒人，拉口子要見血，刨樹要搜根兒的脾氣，聽了這話，早把那要刀的話且擱起，先要合尹先生辯明這遲早兩個字。他便問著那先生道：「方纔我那替父報仇的話，先生你道可惜遲了。是我苦於不知就裏。如今我要殉母終身，你怎的又道是可惜早了。請問，要到幾時纔是個不早？」尹先生道：「阿呀姑娘，明人不待細講，這話何消再問。你如今雖然父仇已報，母壽已終，難道你尊翁那口靈，你就果的忍心丟在那間破廟，不把他入土不成？你令堂這口靈，你就果的忍心埋在這座荒山，不想他合葬不成？從來父母生兒也要得濟，生女也要得濟，他二位老人家，一靈不瞑，眼睜睜只望了你一個人。你若果然是個尋常女子，我倒也不值得合你饒舌。你要算個智仁勇三者兼備的巾幗丈夫，只看當那紀獻唐勢焰燻天的時節，你尚且有那膽量智謀，把你尊翁的骸骨，遣人送到故鄉，你母女自去全身遠禍。怎的如今，那廝冰山已倒，你又大了兩年，倒不知顧眼前大義，且學那匹夫匹婦的行徑，要作這等沒氣力的勾當起來，可不是可惜死得早了？姑娘，你的智仁勇安在？」這位安老爺，真會作這篇一折一伏、一提一醒的文章。前番話，把十三妹一團盛氣，折了下去。這番話，卻又把他一片雄心，提將起來。那姑娘聽了這話，果然把小脖頸兒一梗，眼珠兒一轉，心裏說道：「這話不錯，倒不要被這先生看輕了。我果然該把母親送到故鄉，然後從容就義纔是。」隨又轉念一想道：「話雖如此，只是這番護著靈柩回京，大非前番奉著母親逃難可比。縱說我有這身本領，那沿途的曉行夜住，擺渡過橋，豈是一人能夠照料？再說當日有母親在，無論甚麼大事，都說『交給我罷。』我卻依然得把我交給母親。如今我又把我交給誰去？眼前可以急難相告的，只有鄧、褚兩家父女翁婿三個人，這位將近九十歲的老人家，難道還指望他辛辛苦苦跟了我去不成？他不能去，他的女兒自然父女相依，不好遠離。還是我就好合褚一官同行呢？就便算他父女翁婿同心仗義，都肯伴送我去，及至到了家，我那祖塋上是無餘地可葬了，只這找地立墳，以至葬埋封樹，豈是件容易事？便是當日護送父親靈柩的，兩個家人還在，難道是我一個女孩兒家帶了他們就弄得完成麼？何況又兩手空空，從何辦起？」一時左思右想，千頭萬緒，心裏倒大大的為起難來。只這為難的去處，又被他那好勝的心腸繞成一處，更不肯輕易出口，在人前落了褒貶。他轉大剌剌的說了一句道：「先生，這叫作彼一時，此一時。你這話談何容易！」豈知姑娘這番為難光景，早被那假尹先生猜透。他便說道：「這又何難。天下事只怕沒得銀錢。便是俗語說的，一文錢難倒英雄漢。有了銀錢，卻又只怕沒人？又道是，牡丹花好，終須綠葉扶持。如今無論眼前還有這鄧老翁合這大娘子不難助你一臂之力，便是我東人安學海父子也受了你的大恩，眼前辭官不作，正為尋你，答這番恩情。他只為護了家眷同行，更兼不知你的實在住處，不能在此耽擱，所以纔託我尹其明來尋訪。如今我既合姑娘見了面，況又遇著你老太太這樣意外之事，待我報個信給他，他一定親來見你。那時把這樁事，就責成在他身上豈不是好？」姑娘聽了，連連擺手說道：「先生，你快快休提此話。我在那黑風崗能仁古剎作的這場把戲，原為那騾夫、和尚無故坑陷平人，一時奮起我的義憤性兒，要出我那口惡氣。並不是合安家父子有甚痛癢相關。我自來施恩於人，從不望報，這事怎好責成在他身上？況且自己父母大事，可是責成得人的？」姑娘這句話，更被那位假尹先生撈著線頭兒了。他便笑了一笑道：「姑娘，我看你這人一生受病正在這句話上。你道施恩不望報，大意不過只許人求著你，你不肯求著人。你這病根卻又只吃虧在一個聰明好勝。天下的聰明好勝人，大概都是看了聖賢的庸行學問，覺得平淡，定要再高一層，轉弄到流為怪僻。看了事物的當然情理，覺得尋常，定要另走一路，必致於漸入乖張。其實按下去，任是甚的頂天立地的男兒，也究竟不曾見他不求人，便作出那等驚人事業。何況你強煞是個女孩兒家，怎說得不求人三個字。你只看世界上，除了父子兄弟夫妻，講不到個求字之外，那鄉黨之間，不求人何以有朋友一倫？廟堂之上，不求人何以有君臣大義？不但此也，就作了個天，不求人，那個代他推測寒暑，豈不成了混沌陰陽？作了個地，不求人，那個給他刊奠山川，豈不成了個洪荒世界？至於施不望報，原是盛德；但也只好自己存個不望報的念頭，不得禁住天下受恩人不來報恩。世人造因結果的這場公案，原是上天給眾生開得一個公共道場。姑娘你一定要自己站住這個路頭，不准他人踹進一步，纔算個英雄，可不先把英雄兩字看得差了。姑娘，你去想來。」可憐這位姑娘，雖說活了十九歲，從纔解人事就遭了一場橫禍，弄得家破人亡，逃到這山旮旯子裏來，耳朵裏何嘗聽見過這等一番學問話。幸得他有那過人的天分，領略得到。聽了這話，心裏便暗暗著實敬服這位先生，早把那盛氣消盡，說出幾句實話來。他道：「先生，我也不是單單為此，我合你那東人安官長，素昧平生，知他怎的個性情？怎的個見識？況人家好端端的同了家眷走路，叫他合我這等一個不祥之家同行，知他肯也不肯？便說他礙了我前番相救的情面，不好推辭，日長路遠，倘到了路上，彼此有一絲的勉強起來，他是位官長，我這等孤寒，那時有母親的靈柩在前，使我欲進不能，欲退不可，卻怎麼處？便是先生，你又怎保得住你那東人父子，一定也像你這等肝膽照人，一心向熱的？」話擠話說到這個場中，算把姑娘前前後後的話，都擠出來了。當下先把鄧九公樂了個拍手打掌。他活了這樣大年紀，從不曾照今日這等按著三眼一板的說過話。此刻彆了半天，早受不得了，恨不得跳起來，一句告訴那姑娘，說這話的就是安學海，根兒裏就沒這麼一個尹其明。

安老爺生恐他說決撒❶了，連忙向著姑娘道：「姑娘，你也不可過於謬賞尹其明，倒輕視那安學海。此時正用著你方纔的話，道我也不是甚麼尹七明尹八明，只我就是你在能仁古剎救的，那一對小夫妻安驥的父親，張金鳳的公公，南河被參知縣的安學海。特來借著送這張彈弓，訪你的下落。我還有萬言相告。」十三妹聽了一怔，重復把安老爺上下一打量，又看了看鄧九公、褚大娘子，只得站起身來，向安老爺福了一福道：「原來便是安官長。方纔民女不知，多多唐突，望官長恕民女的冒昧。」老爺也連忙答禮讓坐。只見他對著老爺，默默的望了一刻，又說：「怪道這言談氣度，不像個寒酸幕客的樣子，只是既蒙官長下降，怎的不光明正大而來？便是九師傅，你合褚家姐姐夫妻二位，也該說個明白。怎的大

❶ 決撒：事情決裂或敗露。

家作這許多張致，是個甚麼意思？」鄧九公這可彆不住了，只站起來紅頭漲臉，張牙舞爪的道：「姑娘，我實告訴你說罷。人家這位安太老爺，昨日就來了。他是想長念你的好處，人家把七品黃堂的前程都扔了，辭官不作，親自到這個地方，特為找你來，未從找你，先到了西莊兒找我，我們沒見著，他又到了東莊兒。昨日直等到我從山裏回來，我們纔見著了。姑娘，咱爺兒倆，可沒剩下的話。你想人家既誠心誠意的找咱們來，咱們有個不說實話的嗎？我可就如此長短的都說給他了。是說這報仇的話，我不知底，沒提明白，敢則人家全比咱們知底。他說這話，必得告訴你。這麼著我們就認了義弟兄。為了你這事，我還爬下給人家磕了個頭，今日纔來的。怎麼你說人家，來的不光明正大呢？」他講了半日，通共不曾把好端端的安老爺為甚麼要扮作尹先生這句話說明白，索性把個姑娘也鬧得迷了攢兒❷了。瞅瞅這個，看看那個，也不知聽那句好，問那句好。褚大娘子道：「你老人家這話，不是這麼說，等我告訴你。」說著，也搬了個座兒，在十三妹身旁坐下。向他說道：「好妹子，你瞧你我在一塊兒過了這麼二三年，我的話從沒瞞過你一個字，到了今日的事，可是出在沒法兒了。這如今我們這二叔，不是把真名姓兒說出來了嗎？聽我澈底澄清的告訴你明白了，人家二叔這盪來，可並不是專為送這張彈弓來的。他也不知你家老太太去世，更不知你又有要去給你家老爺子報仇的這件事。人家是誠心誠意的，接你們娘兒倆重回老家來了。要講你這報仇的事，你連我瞞了個風雨不透，就算我們老爺子知道，也究竟不知你賣的是那葫蘆裏的藥。敢則昨日提起來，人家比咱們知道的多著呢！因這上頭，大家夥兒纔商量著說：必得把這話先告訴你，然後人家二叔，還有多少正經話要說。小姑太太，你只想想你那個性格兒，可是一句半

❷ 迷了攢兒：莫名其妙。

句話省的了事的人嗎？所以昨日纔商量了這樣一條主意來的。你方纔只曉得說人家為甚麼不光明正大的來，我們爺兒們為甚麼不告訴明白了你。我且問你，假如昨日沒個商量，人家就這麼冒然的到門口兒，說安某人送彈弓兒來了，你自己估量著，你見人家不見？不用講心裏先橫上一個甚麼施恩望報咧，不望報咧的一想，他準是為前番在廟裏救了他家公子報恩來了，再加上你為你老太太的事，心裏不耐煩，為老爺子的仇，怕走露這個話，你管定連門兒也不准他進，叫他留下彈弓兒，找鄧九太爺去。我為甚麼說這話呢？你當日合他家公子，約下送這張彈弓兒取那塊硯臺時候，就叫他找我們老爺子。這就明顯著，是不許來人到門，認著你的住處了。你算人家連你的門兒都進不來，就有一肚子話，合誰說去？所以纔商量著，作成那樣假局子。我們爺兒三個先來，好把人家引進門兒來。不想姑娘你果然就容我們，把這位老人家引進門兒來了，是說進了門兒了。姑娘你也不是甚麼怕見人的人，只是估量著，不是方纔那個光景兒，請你出去到前廳見人家，你肯不肯？一個不肯見面，這話又從那裏說起？所以纔商量著，編成那個壩。我便攛掇你到牕根兒底下聽去，那裏卻作成一邊定要留下那弓，一邊定不肯留下那弓，好把姑娘你引出去，不想果然就把姑娘你引出去，彼此見著面兒了。即說見了面兒了，還怕你不三言兩語，把彈弓兒要過來，趄身往裏就走嗎。人家各有個內外，難道人家還好後腳兒就跟你進來不成？那時雖然見了面，這話還是說不成。所以纔商量著，我們這二叔開口，便問你家老太太，為的是接著拜靈，好進來說這段話。不想我們老爺子從旁一慫慂姑娘，你果然就讓這位老人家，到裏一層兒來了。即說到了這裏了，難道拜過了靈，交還了彈弓兒，人生面不熟的，人家還好硬坐下不走不成？這話又打住了。所以纔商量著，我拉起你來謝客，你姐夫就替你遞茶，為的是好留住人家坐下說話。不想姑娘，你果然就讓他老人家坐下了。即說是坐下了，難道人家沒頭沒腦兒的開口，就說你這不穿孝，不是要報仇去呀。這像句話嗎？便是我們爺兒們，又怎好多這個口呢？這話又耽誤了。所以纔商量著，就借著又問你為何不穿孝，用話激著你，叫你自己說出這句報仇的話來。又怕一下子把你激惱了，打斷了話頭兒。所以纔商量著不等你番，老爺子先番，好壓下你的氣去，引出你的話來。不想姑娘，你果然就自己不禁不由的把報仇這句話說出來了。說是說出來了，再要你說出這個仇人的姓名來，只怕問到來年打罷了春，也休想你說，所以纔商量著，索性給你一口道破了。我們爺兒們，可也想不到你就鬧到那個場中，人家二叔可早料透了。所以纔商量定了，老爺子那裏緊防著你，不想姑娘，你果然就鎗兒刀兒，煙霧塵天的鬧起來了。到了鬧到這個場中了，你那性兒有個不問人家一個牙白口清，還得掉在地下砸個坑兒的嗎？這話其實也不過幾句話，就說明白了，又要那樣說評書的似的，合你叨叨了那半天。是為甚麼？就防你一時想左了，信不及這位假尹先生的話，一個不信，你嘴裏只管答應著，心裏彆主意，半夜裏一聲兒不言語，吩嘣騎上那頭一天五百里腳程的驢兒走了。姑娘，你說這個事，你作得出來作不出來？那時候誰駕了猻猴兒的觔斗雲，趕你去呀！這不是只管把話說明白了，還是誤了事了嗎？所以人家纔耐著煩兒，起根發腳的合你說。待說的終把紀家門兒的姥姥家，都刨出來了，也是為要出出你這口怨氣，好平下心去，商量正事。我們也只想著你聽見只有痛快的樂的，再不然，想起你們老爺子，老太太來，倒痛痛的哭一場，再不至於有別的岔兒。人家二叔，可又早料透了，所以纔商量定了，囑咐我小心留神，所以我乘你合人家擰眉毛瞪眼睛的那個當兒，我就把你那把刀溜開了。不想姑娘你果然就死呀活呀的胡鬧起來了。到了鬧到這個分兒上，算鬧到頭兒了，就要仗著我們爺兒們勸你。老爺子是說是你個師傅，他老人家的性子，沒三句話，先嚷起來了。你姐夫更合你說不進話去，我這鋸了嘴的葫蘆似的，大約說破了嘴，你也只當是兩片兒瓢。難道我沒勸過你去不是嗎？你何曾聽我一個字兒來著？你只聽人家二叔，方纔說的這篇大道理，把你心裏的為難，想了個透亮。把這事情的用不著為難，說了個簡捷，纔把姑娘你的實話，彆寶啊似的彆出來了。好容易盼到你說了實話了，人家才敢撇開假姓名，露出真面目來，合你說實話。是啊，說了個周遭兒，人家好好兒的到底為甚麼把位安老爺算作尹先生？我們爺兒們，又裝神弄鬼的跟在裏頭，這又是作甚麼呀？可都是那個甚麼施恩望報不望報的，這個脾氣兒鬧的。你只看方纔說到歸根兒，你還是這句。總而言之一句話，說是尹先生纔進的了你這個門兒，說得上這套話。說是安老爺，只怕這時候，慢講說這套話，就進不了這個門兒。至於方纔那番話，也必是從你嘴裏說出來，纔話裏引的出話來，要是從旁人嘴裏說出來，管保你又是把那小眼皮兒一搭拉，小顋幫子兒一鼓，再別想你言語了。人家還說甚麼？那可就誤事誤到底兒了。為甚麼為這個事，他老哥兒倆，昨日商量了不差甚麼一天，還弄了分筆硯寫著。除了我們爺兒四個，連個鬼也不叫聽見。妹子，你白想想，我們這位二叔，在你跟前，心思用的深到甚麼分兒上，意思用的厚到甚麼分兒上。人家是怎麼個樣兒的重你，人家是怎麼個樣兒的疼你。這是我們二叔合我父親一片苦心，一團誠意。你可別認成三國演義上的諸葛亮七擒孟獲，水滸上的吳用智取生辰綱，作成圈套兒來汕你的，那可就更擰了。再說人家，也是這個歲數兒了。又合老爺子結了弟兄，就合咱們的老家兒一樣。依我說，這時候且把那些甚麼英雄不英雄的丟開，咱們作兒女的，就是聽人家的話。怎麼說，怎樣依著。好妹子，好姑奶奶，你可不許貓鬧了。你往下聽這位老人家的正經話多著的呢！」

卻說那十三妹姑娘，聽了褚大娘子這話，纔如夢方醒，心裏暗暗的說：「這位安官長，纔是位作英雄的見識，養兒女的心腸。」他登時把一段剛腸，化作柔腸，一腔俠氣，融成和氣。心裏著實的感激佩服安老爺。列公，說起來，人生在世，都有個代勞任怨的剛腸，排難解紛的俠氣，成全朋友，憐恤骨肉，只是到了自己背了氣，迷了頭，就難得受過他好處的那班人知恩報恩，都像這位安水心先生這等破釜沉舟，披肝瀝膽。假如我說書的遭了這等事，遇見這等人，說著這番話，我只有給他磕上一個頭，跟著他去，由他怎麼好，怎麼好。誰想這位十三妹姑娘，力大於身，還心細於髮。沉下心去，把前後的話一想，第一句他就想到方纔這安官長的話裏，講到這當日遣人送我父親靈柩一節。這話我記得曾在能仁寺，向他家公子合張家妹子說過個大概，算他父子翁媳見面談到罷了。至於我的老家在京裏，我父親的靈在廟裏這話，我合鄧、褚兩家，都不曾談過，他是怎的知道？好不作怪。且等我問個端的，再定行止。因向安老爺問道：「官長這番高義，無論我十三妹有這造化跟了去，沒這造化跟了去，只這幾句話，終身不敢忘報。只是民女的家事，官長怎麼曉得這樣的詳細，還要求明白指教。」安老爺聽了這話，呵呵大笑，說道：「姑娘，你問到這句話，我若說將起來，只怕我雖不是尹其明，你不好稱我作官長。你雖自稱是民女，我還不信你是十三妹。」姑娘此刻，氣兒是餒下去了，心兒是平下去了，小嘴兒也不像那樣梆啊梆的梆子似的，只得給人家陪個笑兒道：「官長不信民女是十三妹，卻是那個？」安老爺道：「姑娘，話到其間，我也只得直說了。只是你卻不要害羞，不可動氣。你不但不是姓石行三，並且也不排行十三妹。你家姓一個人可的何字，同我一樣，都是正黃旗漢軍人。你家三代單傳，你曾祖太爺雙名登瀛，翰林出身，作到詹事府正詹，終於江西學院。你祖太爺，單名一個焯字，卻只中了一名孝廉。你父親單名一個杞字，官居二品，便是那紀大將軍的中軍副將。你家太夫人尚氏，便是三藩尚府的遠族本家。當日在京，我們彼此都是通家。便是姑娘你小時節，我也曾見過。只是今日之下，我認得你，你卻不認得我了。我除了你曾祖太爺，不曾趕上。你祖太爺，便是我的恩師。那時他老人家，正在用功，想中那名進士。不想你家從龍過來，有個騎都尉的世職，恰好出缺無人，輪該你祖太爺承襲，出去引見，便用了一個本旗章京。你祖太爺，因是歷代書香，自己不願棄文就武，便退歸林下。把這前程，讓給你父親承襲。他幼年出學，用了一個三等侍衛。你祖太爺，從此無心進取，便聚積了許多八旗子弟，逐日講書論文。只我安某要算他老人家第一個得意學生。分雖師生，情同骨肉。我今兒稍稍的有些知識，都是我這恩師的教導成全，至今無可答報。他老人家，是早年斷絃，一向便在書房下榻。直到一病垂危，我還同你父親在那裏服侍湯藥，早晚不離。一天他老人家把我兩個叫到牀前，叫著你父親的名字說道：『我這病多分不起，生寄死歸，不足介意。只是我平生有兩樁恨事，一樁是不曾中得一名進士，但我雖不曾中那進士，卻也教育了無數英才。看去將來，大半都要青雲直上，就中若講人品心地，卻只有我這安學生，只可惜他清而不貴，不能騰達飛黃。然而天佑善人，其後必有昌者。至於你，雖然作了個武官，斷非封侯骨相。恰好我一弟一子，都無弟兄，這弟兄一倫，也是人生不可缺陷的。你兩個今日，就在我面前對天一拜，結作弟兄，日後也好手足相顧。』因此上我合你父親又多了一層香火因緣，算得個異姓骨肉。他老人家又道：『那一樁恨事，便是我不曾見著個孫兒。我家媳婦，現在身懷六甲，未卜是女是男。倘得個男孩兒長大，就拜這安學生為師，教他好好讀書，早圖上進，切不可等襲了這世職，依然去作武弁。倘得個女孩兒，也要許配一個讀書種子，好接我這書香一脈。你兩個切切不可忘了我的囑咐。』這些話我都一一的親承師命。姑娘，你我兩家是這等一個淵源，你怎生還合我稱的甚麼民女咧，官長？」姑娘此刻，是聽進點兒去了，話也沒了，只猷猷的望了安老爺的臉往下聽。安老爺又接著說道：「及至你祖太爺見背之後，次年三月初三日辰時，姑娘你纔降臨人世。那年是個辰年，你這八字，恰好合著辰年辰月辰日辰時。從你裹著褯子的時候，我抱也不止抱過一次。這年正是你的週歲，我去給你父母道喜。那日你家父母在炕上，擺了許多的針線刀尺、脂粉釵環、筆硯書籍、戥子算盤，以至金銀錢物之類。又在廟上買了許多耍貨，邀我進去，一同看你抓週❸兒。不想你爬在炕上，凡是挨近的針黹花粉，一概不取，只抓了那廟上買的刀兒鎗兒、弓兒箭兒這些耍貨，握在手底下，樂個不住。我便合你父親笑說：『這姪女兒將來只怕要學個代父從征的花木蘭，定不得呢！』誰知你聽得我說了這句，便抬起頭來，笑嘻嘻的趕著要我抱。及至我抱到懷裏，你便張著兩隻小手兒，倒像見了許多年不曾相會的熟人一般。說說笑笑，鑽鑽跳跳，十分親熱。憑是誰來接著，只不肯去。落後還是你家老太太，吩咐你那奶娘道：『快接過去罷。看溺了二大爺。』一句話不曾說完，且喜姑娘，你不曾小解，倒大解了我一衵袖子。那時，你家老太太，連忙叫人給我收拾。我道：『不必，只把他擦乾了，留這點古記兒❹，將來等姑娘長大，不認識我的時候，好給他看看，看他怎生合我說嘴。』姑娘，不想這話卻應在今日。那時我同你父母，大家笑了一回，你那奶娘早給你換了衣裳抱出來。你老太太接過來道：『快給大爺賠個不是。』說：『等鳳兒

---

❸ 抓週：舊時習俗，小兒週歲時，父母把許多的東西放在盤內，讓孩子隨意抓一件，名為「抓週」。據云可預測這孩子將來幹什麼，以及有何成就等。

❹ 古記兒：紀念的東西。

大了，好生孝順孝順大爺罷。』我因問說：『你我旗人家的姑娘，怎生取這等一個名字？』你家老爺道：『說也好笑！他母親生他的前一晚，夢見雲端的一隻純白如玉的鳳鳥，一隻金碧輝煌的鳳鳥，空中飛舞。一時這隻把那隻引了來，一時那隻又把這隻引了去。對著飛舞一回，雙雙飛入雲端而去。不解是個甚麼因由，想去總該是個吉兆。因此就叫他作玉鳳姑娘。』你這名兒，從你抓週兒那日，就在我耳輪中，聽得不耐煩了。此時你還合我講甚麼十三姐呀，十三妹。然則，你又因何單單的自稱個十三妹呢？這三個字，大約還從你名兒裏的這個玉字而來。你是用了個拆字法，把這玉字中間十字合旁邊一點提開，豈不是個二字？再把十字加在二字頭上，把一點化作一橫，補在二字中間，豈不是十三兩個字？又把九十的十字，金石的石字，音同字異影射起來。一定是你借此躲避你那仇家，作一個隱姓埋名啞謎兒，全身遠害。賢姪女你道愚伯父猜得是也不是？」聽起安老爺這幾句話，說得來也平淡無奇，瑣碎得緊，不見得有甚麼驚動人的去處。那知這話，越平淡，越動性，越瑣碎，越通情，姑娘是個性情中的人，豈有不感化的理？再加自己家裏你的老底兒，人家比自己還知道，索性把小時候，拉青屎的根兒，都叫人刨著了，這還合人家說甚麼呢？只見他把這許多年彆成的一張冷森森煞氣縱橫的面孔，早連顋帶耳，紅暈上來。站起身來望前走了一步道：「原來是我何玉鳳三代深交，有恩有義的一位伯父，你姪女兒那裏知道？」說著，纔要下拜，安老爺站起來說道：「姑娘，且慢為禮。你且歸坐，聽我把這段話講完了。」因接著前文說道：「後來你老人家服滿，陞了二等侍衛，便外轉了參將，帶你上任。這話算到今日，整整十七個年頭，一向我們書信往來，我那次不問著你。你父親來信道：因他膝下無兒，便把你作個男孩兒看待。且喜你近年身量長成，雖是不工針黹，卻肯讀書。更喜弓馬，竟學得全身武藝。我還想到你抓週兒時節，說的那句話。誰想前年，又接得你尊翁的信，道他陞了副將，又作了那紀大將軍的中軍，並且保舉了堪勝總兵。忽然一路順風裏，說道想要告休歸里。我正在不解，看到後面纔知那紀大將軍，聽得你有這般武藝，要合你父親結親。你父親因他不是個詩書禮樂之門，一面推辭，便要離了這龍潭虎穴。我正在盼他回家相會，豈知不幾日，便曉得了他的凶信。我便差了兩個家人，連夜啟程去接你母女合你父親的靈柩，及至接了回來，纔曉得你要避那仇人，叫你的乳母丫鬟，扮作你母女的樣子，扶柩回京。你母女避的不知去向。這二三年來，我逢人便問，到處留心，只是沒些影響。直到我那孩子安驥同你那義妹張金鳳到了淮安，說起你途中相救的情由，講到你這十三妹的名字，並你的相貌情形。我料定除了你家，斷不得有第二家。除了你，也斷不得有第二個。所以我雖然開復原官，也無心富貴，便脫去那領朝衫，一路尋你到此，要想接你母女回京，給你們找個安身立命之處，好不負我恩師的那番囑咐，不止專為你在能仁寺那番贈金救命的恩情而來。姑娘，只想有你老太太在，我尚且要請你母女回京，如今剩你一人，便說有九公合這大娘子可託，我又怎肯丟下你去？現在你的伯母，合你的義妹張姑娘，並他的二位老人家，都在途中候你。便是你父親的靈柩，我也早曉得你家墳上，無處可葬可停，若依你吩咐你那奶公的話，停在那破廟之中，怎生放心得下？我早把他厝在我家墳園，專尋著你母女的下落，擇地安葬。就連你那奶公戴勤合那宋官兒，以至你的奶母丫鬟，眼下都在我家。此去路上，男丁縱不多，除了我父子合張親翁，還有家丁十餘名。女眷雖不多，除了我內子婆媳合張親母，還有女伴八九口。那一個不照料了你老太太這口靈柩？姑娘，你這條身子，便算我費些事，不過順帶一角公文。便算我費些銀錢，依然是姑娘你的厚贈。及至到京之後，我家還有薄薄幾畝閒地，等閒人還要捨一塊給他作個義塚，何況這等正事？那時待我替你給他二位老人家，小小的修起一座墳塋，種上幾棵樹木，雙雙合葬。你在他墳前燒一陌紙錢，奠一杯漿水，叫聲父母：『孩兒今日把你二位老人家都送歸故土了。』那纔是個英雄，那纔是個兒女。姑娘，你要聽我這話，切切不可亂了念頭。」何姑娘還不曾答話，鄧九公聽到這裏，早迸起來嚷道：「老弟呀，痛快煞我了。這纔叫話，這纔叫人心，這纔叫好朋友！」褚大娘子道：「你老人家先別打岔，讓人家說完了。」鄧九公道：「還不叫我打岔，你瞧今日這樁事，還不難為我老頭子在裏頭打岔嗎？」說罷，呵呵大笑。

且莫管他呵呵大笑。再說何玉鳳聽了這話，連忙向安老爺道：「伯父，你的話，說的盡性盡情，到這個地步，真真的好比作吹泥絮上青雲，起死人肉白骨，姪女兒若再起別念，便是不念父母深恩，謂之不孝。不遵伯父教訓，謂之不仁。既是承伯父這等疼愛姪女，姪女倒要撒個嬌兒，還有句不知進退的話要說，伯父你若依得我，我何玉鳳便死心塌地的跟了你去。」這位姑娘，也忒累贅咧，這要按俗語說：這可就叫作難掇弄。卻也莫怪他難掇弄。一個女孩兒家，千金之體，一句話就說跟了人走了，自然也得自己站個地步，留個身分。安老爺聽他還有話說，便問道：「姑娘，你更有何說？」他道：「我此番扶了母親靈柩，隨伯父進京，我往日那些行徑，都用不著，從此刻起，便當立地回頭，變作兩個人，守著那閨門女子的道理纔是。第一，上路之後，我只守了母親的靈，除了內眷，不見一個外人。」安老爺道：「這是一，第二呢？」他又道：「第二，到京之後，死者入土為安，只要三五畝地，早些合葬了我父母便罷了。伯父切不可過於縻費，我家歿化生存，纔過得去。」安老爺又問：「第三呢？」他道：「第三，卻要伯父給我挨近父母墳塋，找一座小小的廟兒，只要容下一席蒲團之地，我也不是削髮出家，我也不為捨身了道，只為一生守著我父母的魂靈兒，廬墓終身。這便是我何玉鳳的安身立命了。」只聽這，姑娘心眼兒使得重不重，腳步兒站得牢不牢，這若依了那褚大娘子昨日筆談的那句甚麼何不如此如此的話，再加上鄧九公大敞轅門的一說，管情費了許多的精神命脈，說列國似的說了一天，從這句話起，有個番臉不回京的行市。果然又不出安老爺所料。好安老爺，真是從來說的，有八卦相生，就有五行相剋。有個無支祈，便有個神禹的金鎖。有個九子魔母，便有個如來佛的寶鉢。有個孫悟空，便有個唐三藏的緊箍兒咒。你看他真會做作。只見他聽了這話，把臉一沉道：「姑娘這話，我合你口說無憑。」說著，便要了一盞潔淨清茶，走到何夫人靈前，打了一躬，把那茶奠了半盞，說道：「老弟、老弟婦，你二位的神靈不遠，方纔我安某這片心，合姪女兒這番話，你二位都該聽見。我安某若有一句作不到哪，有如此水。」說著，把那半盞殘茶潑在當地，便算立了個誓。姑娘見安老爺這樣至誠，纔走過來說道：「蒙伯父體諒成全，伯父請上，受你孩兒一拜。」安老爺倒掌不住淚流滿面。鄧、褚父女翁婿，並幫忙的村婆、村姑，在旁看了，也無不傷心。纔要張羅著讓坐讓茶，早見那姑娘三步兩步撲了那口靈去，叫聲：「母親，你可曾聽見，如今是又好了。原來他也不是甚麼尹先生，也不好稱他作甚麼安官長，竟是我家三代深交，有恩有義的一位異姓伯父。他如今要帶了女兒，扶了你的靈柩回京。還要把你同父親雙雙合葬。你道可好？你聽了歡喜不歡喜？你心裏樂不樂？啊呀，母親。啊呀，父親。你二位老人家怎的儘著你女孩兒這等叫，答應都不答應一聲兒價！」說完了，拍著那棺材，捶胸頓腳，放聲大哭。這場哭，真哭得那鐵佛傷心，石人落淚，風淒雲慘，鶴唳猿啼。便是那樹上的鳥兒，也忒楞楞展翅高飛；路上的行人，也急煎煎聞聲遠避。這場哭，大約要算這位姑娘，從他父親死後，直到如今，彆了許多年的第一雙熱淚。這正是：傷心有淚不輕彈，知還不是傷心處。要知後事如何？下回書交代。

第二十回　何玉鳳毀妝全孝道　安龍媒持服報恩情

這回書緊接上回，表的是何玉鳳姑娘，自從他父母先後亡故，直到今日，才表明他那片傷心，發洩他那腔怨氣，抱了他母親那口棺材，哭個不住。鄧九公見他哭得痛切，便叫女兒褚大娘子上前勸解。褚大娘子道：「倒莫忙，他這肚子委屈，也得叫他痛痛的哭一場。不然弩出個甚麼病兒痛兒的來倒不好。」說著，便叫人取些熱湯水，又叫擰個熱手巾來，這纔慢慢過去勸著。勸了良久，那姑娘纔止住哭聲。大家圍著，都讓他先坐下歇歇。只見他且不歸坐，開口便問著褚大娘子道：「姐姐，你前日給我作的那件孝衣，可還在手下？」褚大娘子道：「那天因為你執意不穿，立逼著我拿回去，我就帶回去了。今日我連這東西，合你的素衣裳，以至鋪蓋鞋腳我都帶來了。不然，你瞧我來的時候，作嗎用帶那樣一個大包袱來呢！」說著，便一手拉了他到裏間去。何玉鳳這纔毀卻殘妝，換上孝服。原來漢軍人家的服制甚重，多與漢禮相同。除了衣裙，甚至鞋腳，都用一色白的。那姑娘穿了這一身縞素出來，越發顯得如閒雲野鶴一般，有個飄然出世光景。褚大娘子又叫人給他在地下鋪了一領蓆，墊上孝褥子，他纔在靈右守起制來。

鄧九公此時，是把一肚子的話，都倒出來了，也沒甚麼可為難的了，覺得有點子泛上餓來了。便向他女兒道：「姑奶奶，咱們可得弄點甚麼兒吃纔好呢！你看你二叔合妹妹，進門兒就說起，直說到這時候。這天待好晌午歪咧，管保也該餓了。」褚大娘子道：「這些事等不到老爺子操心，連吃的帶你老人家的酒，我臨來時候，都打點妥當了，叫他們隨後挑了來。這時候敢怕早送來了，在外頭收拾著呢。甚麼時候吃，甚麼時候現成。」鄧九公聽了，便催著纔給姑娘些東西吃。豈知這位姑娘，平日雖吃上看不破些兒，到了今日，心靜身安，又經了安老爺這番琢磨點化，霎時把一條冰冷的腸子洹了個滾熱，心裏的事情都來了，那裏還顧得到吃上？只在那裏默坐，把心事一條條的理論起來。第一條，早就想起他那義妹張金鳳。又急切要見見這位伯母安太太，是怎樣一個性情，怎麼一個行徑？便問著安老爺道：「伯父，你方才說我那伯母，合張家妹子，都在半途相候。不知他娘兒們，此時在那裏？怎的我得見見也好。」安老爺道：「不但你想見他們，他們也正在那裏想見你。除了我們張親家老夫妻二位，照應行李不得來，其餘都在莊上。」說著，便找褚一官，著人送信去。恰好褚一官外面去了，不在跟前。一時找來，老爺便說明原由。褚一官道：「還等這會子呢，頭晌午就來了。這裏話沒說結，我又不敢讓進來，沒法兒我把他老人家娘兒兩個，讓到隔壁林大嫂家坐著呢。方纔打發人來問過兩三回了。等我過去言語一句。」說著去了。不上一盞茶時，安太太早到。褚大娘子便忙著迎出去，攙了進來。那安太太進門，一眼便看見姑娘，哀哀欲絕的跪在那裏。一時也不及參靈，便一直的奔了姑娘去。也顧不得那白褥子的忌諱，便蹲下身去，半跪半坐的，把他一摟摟在懷裏，兒呀肉的哭起來。一面哭著，一面數落道：「我的孩子，你可心疼死大娘了。拿著你這樣一個好心人，老天怎麼也不可憐可憐，叫你受這個樣兒的苦喲。」姑娘聽了這話，心裏更酸，哭得更痛，褚大娘子勸了半日，纔兩下裏勸住。便讓太太炕上坐，太太那裏肯，說：「姑奶奶，我好容易見著他了，你讓我合他多親熱親熱。」說著，又拿小手巾擦眼睛。褚大娘子便向炕上，拿了一個坐褥，給太太鋪好，又裝了一袋煙過去。太太便合姑娘對面坐了，手裏拿著煙袋，且不吃煙，著實的給姑娘道了一番謝，說：「你大姑娘，我就剩了心裏過不去了，我實在說不出甚麼來了。」姑娘此時，倒也無可謙詞，只說了個：「那時雖然彼此不知，方纔聽我伯父說起來，我兩家原來是這樣的世誼，便是姪女兒出些力，豈不是該的？姪女兒此後，仰仗伯父、伯母的去處正多。還有幾句不知進退的話，方纔都求過我伯父了。」安太太道：「大姑娘，憑你有甚麼為難的事，都交給我合你大爺。你只別委屈，別著急，耽擱了身子，我就放心了。」說著，便拉了他的手，問長問短。恰好一個婆兒，送上茶來。安太太接去，便擱下那個茶盤兒，自己端著碗，送到他口邊讓他喝兩口熱茶。一會兒，又用手指頭，給他理理頭髮。一會兒，又用小手巾兒，給他沾沾臉上的眼淚。一會兒又說：「這一個褥子薄，再墊個坐褥罷，小心地下的涼氣冰著。」一會兒又說：「沒外人在這裏，只管盤上腿兒坐著，看壓麻了腳。」也不知要怎樣的疼疼那位姑娘纔好。再不想姑娘的小腳兒，天生的不會盤腿，更可憐那姑娘幼年喪父，正是用著母親撫養照料的時候，母親又沒了。便是有他那位老太太，也是一個老實不過的人。及至逃難至此，一病不起，連他自己的衣服，還得女兒照顧，姑娘何曾經過人這等珍惜憐愛過來。如今合安太太見了面，聽了這番說話，行事待人，纔知道天底下的女孩兒，原來還有這等一個境界。他心裏頓覺甘苦寒暖，大不相同，益發合安太太親熱起來。坐定了便目不轉睛的看著安太太。只見那太太穿一件魚白百蝶的襯衣兒，套一件絳色二個五蝠捧壽，織就地景兒的氅衣兒，窄生生的袖兒，細條條的身子，週身絕不是那大寬的織邊繡邊，又是甚麼豬牙絛子、狗牙絛子的，胡鑲滾作，都用三分寬的石青片金窄邊兒，掐一道十三股，裏外掛金線的絛子。正捲著二摺袖兒，頭上梳著短短的兩把頭兒，紮著大大的猩紅頭把兒，彎著一枝大如意頭的扁方兒，一對三道線兒的玉簪棒兒，一枝一丈青一小耳挖子，卻不插在頭頂上，倒掖在頭把兒的後邊。左邊翠花上，關著一路三根大寶石抱針釘兒，還戴著一枝方天戟，拴著八顆大東珠的大腰節墜角兒的小挑，右邊一排三枝刮綾刷蠟的矗枝兒蘭枝花兒。年紀雖近五旬，看去也不過四十光景，依然的烏鬢黛眉，點脂敷粉。待人是一團和氣，和氣的端莊。開口有幾句謙詞，謙詞的尊貴。高華富麗，慈厚和平。合安老爺配起來，真算得的子子孫孫的天親，夫夫婦婦的榜樣。姑娘看了半日，心裏暗暗的說道：「我給張家妹子，誤打誤撞，說成了這等的一個人家，這樣的一雙公婆，也算對得住了。」他那裏正待問安太太，我那妹子怎的不同來。一句話不曾出口，只聽外面一片哭聲，男的也有，女的也有，老的也有，少的也有，搖天震地價，從門外哭了進來。

姑娘從來不曉得甚麼叫作害怕的人，此時倒嚇了一跳。心裏战敠道：「我這裏除了鄧、褚兩家之外，再沒個痛癢相關的人。他兩家都在眼前，這來的又是班甚麼樣人？卻哭的這般痛切，好生作怪。」自己又拘住禮法，不好探頭往外看。只得低了頭，伏在地下陪著哭。且住，這一片哭聲，男的女的、老的少的一班人，果然都是誰呀？原來安太太過來的時候，安公子小夫妻，合那僕婦丫鬟，都隨過來了。只因裏面地方過窄，要等安太太先見過了，然後大家纔好進來。趁這個空兒，便在前廳換了衣裳。姑娘在靈旁跪著，只顧在這裏應酬安太太，卻不得知道消息。及至他自己伏下身去陪哭，安太太便站起身來，他哭著閃眼一看，早見一男一女，拜倒在靈前。又是兩個老少婦人，跪在門裏。一個男的，跪在門外。都伏在地下痛哭，又各各的身穿重孝。姑娘淚眼糢糊，急切裏看不出誰是誰。口裏既不好問，心裏更想不出，這是怎生一樁事？正在納悶，卻見褚大娘子，把靈前跪的那個穿孝的少婦攙起來，那廂那個穿孝的少年，也便站起身來，還在那裏握著臉，擦眼淚。那少婦便拉了褚大娘子，一面哭著，一面撲了自己來。便在方纔安太太坐的那個坐褥上跪下，嬌滴滴，悲切切，叫了聲：「姐姐，你想得我好苦。」說罷也是抱頭痛哭。何玉鳳此時臨近一看，又聽得說話的聲音，纔曉得是他救的那個結義妹子張金鳳。那廂站的那個少年，便是安公子。一時心中萬緒千頭，纔待說話，那後面跪的老少兩個婦女，也搶過來給姑娘磕頭。扶著姑娘的腿，哭個不住。門外的那個男的，也磕了陣頭，站起來。姑娘且不及看門外那個，急得一手拉了金鳳姑娘，一手推那兩個婦女道：「你兩個先抬起頭來，我瞧瞧是誰。」及至兩個抬起頭來，兩下裏看了一看，纔曉得是他的奶母，合他的丫鬟。門外那個，卻是他的奶公戴勤。姑娘此時，斷想不到這班人，忽然在此地，同時聚在一處，重得相見。更加都穿著孝服，辨認不清。到了他那個丫鬟，隨緣兒媳婦，隔了兩三年不見，身量也長成了，又開了臉，打扮得一個小媳婦子模樣，尤其意想不到，覺得詫異。這一陣穿插，倒把個姑娘的眼淚，穿插回去了。獃獃的瞅瞅這個，看看那個，怔了半日，纔問著張金鳳道：「妹子，我難道合你們是夢中相見麼？」張姑娘道：「姐姐，你且莫悲傷，定一定再說話。」這姑娘痛定思痛，良久良久，纔重復哭起來。安太太便叫張姑娘，好生勸勸你姐姐，不要招他再哭了。褚家娘子合他奶娘，也來相勸。姑娘這纔止住悲啼。拉了張金鳳，覺得心中有萬語千言，只不知從那句說起。只見他看了看眾人，又看了看安公子夫妻，忽地失驚道：「啊呀，豈有此理，我這奶公、奶母，合這丫鬟罷了。你二位現在伯父、伯母雙雙在堂，豈不嫌個忌諱，怎生也穿起這不祥之服？快快脫下纔是。」安公子跪在那裏答道：「我兩個受了姐姐的救命大恩，無路可報，今日遇著嬸母這等大事，正該如此。況又是父母吩咐的，怎敢違背。」姑娘連連擺手說：「這事斷斷行不得。」張姑娘又道：「姐姐，便是你我，又合嫡親姐妹差些甚麼？姐姐不必再講了。」兩人只管這等說，姑娘那裏肯依？急得又向安老爺、安太太說：「伯父、伯母這事禮過於情，不要說我何玉鳳看了不安，便是我的母親九泉有知，也過不去。求你二位老人家，吩咐一句，一定叫他們脫了纔好。」安老爺道：「姑娘，你且不必著急。聽我說，你道這事禮過於情，在古禮講，古人的朋友，本就有個袒免之服。怎的叫作袒免？就如如今男去冠纓，女去首飾，再繫條孝帶兒，戴個孝髻兒一般。按今禮講，你只看內三旗的那些人家，遇見父母大事，無論親戚朋友跟前，都有個遞孝接孝的禮。再講到情，你我兩家，不但非尋常朋友可比，比起那疎遠的親戚來，只怕情義還要重些。便是你尊翁靈柩到京的時候，我也曾在我那墳園上，供養他幾日。也曾叫我這孩兒去了纓兒，穿身孝服，替我早晚祭奠。這是你奶公、奶娘眼見的。那時姑娘，你又從那裏不安去？何況姑娘你救了他兩個性命，便同救了他兩個父母公婆。他兩個如今止於給你令堂穿身孝服，就論一報一施，你道孰輕孰重？這幾身孝，正是我昨日聽得你令堂的事，合你伯母商議特特的趕做成的。你我骨肉一般，還講得到甚麼忌諱？便是忌諱，我這一兒一媳，當日在那能仁寺，雙雙落難，果然不是你來搭救，只怕今日之下，想穿這兩身孝服，也沒處穿，我同你伯母，求著這樣忌諱，也求不到。我再合姑娘你掉句文，這就叫作『亡於禮者之禮也』，故曰『其動也中』。」安太太也道：「是這樣。」不叫姑娘謙讓，又怕他著急，便親自走過來，安撫了他一番。這且不表。卻說鄧九公，方纔見公子合張金鳳穿了孝來，也自詫異。及至安老爺說了半日，他纔明白過來。原來昨日安老爺，把華忠叫在一旁，說的那句梯己話，合今早安老爺見了安太太夫妻兩個說的那句啞謎兒，他在旁邊聽著，乾著了會子急，不好問的，便是這件事。便向姑娘道：「姑娘，師傅總得站在你這頭兒，咱們到底是家裏，我再沒說架著炮往裏打的。這話你伯伯可說的是，咱們不用再說了。」姑娘還待再說，褚大娘子也道：「我可不懂得這些甚麼古啊、今哪、書哇、文的，還是我方纔說的那句話，人家是個老家兒，老家兒說話再沒錯的。怎麼說咱們怎麼依就完了，你說是不是？」姑娘見一個人，扭不過眾人去，心裏想道：「我從來看了世界上，這些施恩望報的人，作那些春種秋收的勾當，便笑他是有意沽名，有心為善。所以我作事，作起來任是潮來海倒，作過去便同雲過天空。即如我在能仁寺救安公子、張姑娘的性命，給他二人聯姻，以至贈金借弓這些事，不過是我那多事的脾氣，好勝的性兒，趁著一時高興，要作一個痛快淋漓，要出出我自己心中那口不平之氣。究竟何曾望他們怎的領情，怎生答報來著？不想他們竟這等認真起來。可見造因得果，雖有人為，也是上天暗中安排定的。」想到這裏，也就默默無言，只得跪起來，給安公子合張姑娘行禮叩謝。慌得他兩個還禮不迭。雖然如此，姑娘此刻是說勉強依了，他心裏卻另有個不願意的意思。他這不願意，想來不是為方纔給安公子、張姑娘磕那兩個頭，究竟他是個甚麼意思？這位姑娘心裏灣子轉子過多，我說書的一時摸不著門兒，無從交代。等這書說到那個場中，少不得說書的、聽書的都明白了。

閒話休提，言歸正傳。再講安老爺自從到了二十八棵紅柳樹鄧家莊，又訪到青雲堡，見了褚一官、褚大娘子，這纔見著鄧九公。自從見了鄧九公，費了無限的調停、無限的宛轉，纔得到了青雲峰見著了這位隱姓埋名，昨是今非的十三妹。自從見了這位姑娘，又費了無限唾沫、無限精神，纔得說的他悉心懺悔，五體皈依。一直等安太太、安公子、張姑娘，以至他的奶公、奶母、丫鬟，異地重逢，纔算作完了這本戲文，演完了這段評話，纔得略略的放心。他便對鄧九公說：「九兄，這事情的大局已定，我們外面歇歇，好讓他娘兒們說說話兒，各取方便。」鄧九公本就嚷嚷了半天，聽了這話，正中下懷。忙說：「很好，咱們也該喝兩盅去了。」又告訴褚大娘子道：「讓姑娘吃些東西，哭只管哭，可不要儘只餓著。」嘮叨了一陣，這纔陪了老爺、公子出來。外面自有褚一官，帶了人張羅著，預備吃的。內裏褚大娘子，也指使著一群鑼頭腳的婆兒，調抹桌凳，搬運菜飯，便連戴勤家的、隨緣兒媳婦，也來幫忙。一時裏外都吃起來。安老爺合鄧九公心裏惦著有事，也不得照昨日那等暢飲。雖然如此，卻也瓶罄盃空，不曾少喝了酒。至於那些吃食，不必細述，也沒那鼓兒詞上的山中走獸雲中雁，陸地飛禽海底魚，不過是酒肉飯菜，吃得醉飽香甜而已。一時吃完，又添了東西。內外下人都吃過了。鄧九公閒話中，便合安老爺說道：「老弟，你看這等一個好孩子，被你生生的奪了去了，我心裏可真難過。只是一來，關著他的重回故鄉。二來，又關著他的父母大事。三來，更關著他的終身，我可沒法兒留他。但是我也受了他會子好處，一點兒沒報答他，我這心裏也得過的去。我想如今，他不是沒忙著要走的這一說了嗎？我要把他老太太的事，重新風風光光的給他辦一辦，也算我們師徒一場。只是要老弟你多住幾日，包些車腳盤纏，可就不知老弟你等得等不得？」安老爺道：「我倒沒甚麼等不得，那盤費更是小事。便是九兄，你不給他辦這事，我們也不能就走。甚麼原故呢？我心裏已經打算在此了。此去帶了一口靈，旱路走著，就有許多不便。我的意思，必須仍由水路行走。明日就要遣人趕回臨清閘去僱船，往返也得個十天八天的耽擱。只是老兄你方纔說的這番舉動，似乎倒可不必。從來喪祭稱家之有無，他自已既不能盡心，要你多費，他必不安。況且這些事，究竟也不過是個虛文，於存者沒者毫無益處。竟是照舊，明日伴宿，後日卻把靈封了，把他接到莊上，你師弟姐妹，多聚幾日，敘敘別情。有這項錢，你倒是給他作幾件上路素色衣裳，如此事事從實，他也無從辭起。」鄧九公道：「那幾件衣裳，可值得幾何呢？」說著，綽著那部長鬚，翻著眼睛，想了一想，說：「有了衣裳，行李也要作。臨走我到底要把他前回合海馬周三賭賽，他不受我的那一萬銀，送他作個程儀。難道他還不受不成？」安老爺道：「那他可就不受定了。老兄，你豈不聞江山好改，秉性難移。你切不可打量他，從此就這等好說話兒了，他那平生最怕受人恩的脾氣，難道你沒領教過？設或你定要盡心，他決然不受。那時彼此都難為情。依我說，倒莫如……」老爺說到這裏，掩住口，走到鄧九公跟前，附耳低聲說道：「九兄，莫若如此如此，豈不大妙？」鄧九公聽了，樂得拍桌子打板凳的，連說：「有理！」又說：「就照這麼辦了。」老爺道：「九兄，切莫高聲，此地只隔一層牕紙，倘被他聽見，慢說你這人情作不成，今日這一天的心力，可就都白費了。」鄧九公伸了舌頭，連忙住口。二人正要進後邊去，恰好隨緣兒媳婦出來回說：「奴才太太合姑娘，請老爺說話。」安老爺便同了鄧九公進來。安太太道：「大姑娘方纔說了半天，還是為玉格合他媳婦這兩身孝，他始終不願意。他的意思還要過了明日、後日兩天，大後日，就一同動身。我說這話，你等我合你大爺商量，也得算計算計，這兩天工夫，可走得及走不及。」姑娘接著說道：「我也沒甚麼願意不願意，不過想著他二位穿了孝，參了靈，就算情理兩盡了。究竟有伯父、伯母在上頭。況且又是行路，就這樣上路，斷乎使不得。不但他二位，便是我這奶公、奶母、丫鬟現在既在伯父那裏，一併也叫他們脫了孝上路為是。至於我這孝，雖說是脫不下來，這樣跟了伯父、伯母同行，究竟不便。縱說你二位老人家，不嫌忌諱，也得要我心裏安。再說我父親的大事，那時我只顧護了母親，匆匆遠避，便不曾按著日期守孝。此番到京，我卻要補著，盡這點作兒女的心。那時日子也寬餘了，伯父你給我找的那個廟，也該妥當了。我一釋服，便去了我的腳跟大事，豈不長便？這樣商量定了，過了明日、後日兩天，就可上路，也省得伯父上上下下，人馬山集的，在此久住。這話伯父想來，再沒個不依我的。」安老爺一聽，這又是姑娘泛上小心眼兒來了。且自順了他的性兒，我自有道理。便說道：「姑娘，這話很是。便是你大兄弟、大妹妹，我也不是叫他們穿多少日子的孝。到了你補著穿孝這層，也很行得，儘有個樣子。只是兩日後，便要起身，卻來不及。何以呢？我們方纔在外頭商量定了。你此番扶柩回京旱路斷不方便，就是你也不得早晚相依。我明日便著人看船去，也有幾天耽擱。我們這裏，卻依然明日伴宿，後日把靈暫且封起來。大家都搬到你師傅莊上住去。船一僱到，即刻起行。你那一路，不要見外人的這句話，便不枉說了。姑娘你道如何？」姑娘聽了，料是此地山裏，既不好一人久住，眾人也沒個長遠在此相伴的理，便也沒得說，點頭俯允。鄧九公見這話說定規了，便道：「咱們這可沒事了，太陽爺也待好壓山兒了。二妹子合大奶奶，這裏也住不下，莫如趁早向莊兒上去罷，明日再來。再挨回子，這山裏的道兒黑了，可不好走。」安太太還不曾答言，何玉鳳姑娘早咤異起來，說道：「怎麼，今日都不住下嗎？」原來姑娘，自被安老爺一番語之後，勾起他的兒女柔腸，早合那以前要殺就殺，要饒就饒，要聚就聚，要散就散的十三妹，迥不相同，聽得聲都要走，便有些意意思思的捨不得。眼圈兒一紅，不差甚麼，就像安公子在悅來老店的那番光景，要撇酥兒。褚大娘子笑道：「嗳喲、嗳喲，瞧啊、瞧啊，妞兒捨不得大娘了。我這可是頭一遭兒看見你這個樣兒。」安太太便連忙道：「好孩子，別委屈，我跟著你。」因合褚大娘子道：「不然，姑奶奶，你合你大妹妹回去，我住下罷。」誰知這位姑娘，雖然在能仁寺合張姑娘聚了半日，也曾有幾句深談，只是那時節，彼此心裏都在有事，究竟不曾談到一句兒女衷腸。今日重得相逢，更是依依不捨。褚大娘子是個暢快人，見這光景，便道：「這麼樣罷。」因合他父親說：「竟是你老人家，帶了女婿，陪了二叔合大爺回去，我們娘兒三個都住下，這裏也擠得下了。」又合褚一官道：「你回去，可就把二嬸兒合大妹妹的鋪蓋捲兒，合包袱送了來。可別要交外頭人，就叫孟媽兒合芮嫂兩個來，我這裏帶的人不夠使，他們村兒裏的幾個人，晚上也有回家的。我帶著一條被窩呢，不要鋪蓋了。晚上老爺子要合二叔喝酒，我都告訴姨奶奶了。以至明日早起的吃的，老范合小蔡兒，他們都知道，你問他們就是了。可想著給我們送吃的來。」褚一官在那裏老老實實的聽一句，應一句。褚大娘子又道：「可是，還得把我的梳頭匣子拿來呢。」張姑娘道：「不用費事了，兩分鋪蓋裏，都帶著梳洗的這一分東西呢！我們天天路上，就是那麼將就著使，連大姐姐你也夠用了。」褚大娘子：「如此，更省事了。」褚一官道：「想想還有甚麼，別落下了。」褚大娘子道：「沒甚麼了。再就是我不在家，你多分點心兒照應照應那孩子，別竟靠奶媽兒。」褚一官又連連答應。褚大娘子又道：「既然這樣，二叔索性早些請回去罷。」鄧九公道：「明日人來的必多，我已經告訴宰了兩隻羊、兩口豬，夠吃的了，姑奶奶放心罷。倒是這槓，怎麼樣不就卸了他罷！」安老爺道：「這又礙不著，何必再卸。就這樣，下船時豈不省事。」鄧九公道：「老弟，你有所不知。我也知道不用卸，只是我不說這句，書裏可又漏一個縫子。」說著纔嘻嘻哈哈同了安老爺父子，合褚一官告辭出去。安老爺臨走時，又把戴勤留下，在此照料。便一同回青雲堡褚家莊去了，不提。

卻說何玉鳳姑娘此時父母終天之根，已是無可如何。不想自己孤零零一個人，忽然來了個知疼著熱的世交伯母，一個情投意合的義姐，一個依模照樣的義妹。又是嬤嬤媽、嬤嬤妹妹，一盆火似價的哄著姑娘。姑娘本是個天性高曠的爽快人，不覺一時精滿神足，心舒意暢，高談闊論起來。那時雖是十月天氣，山風甚寒，屋裏已生上火，須臾點上燈來。那鋪蓋包袱，也都取到。那位姨奶奶又送了些零星吃食來。褚大娘子便都交給人收拾去，等著夜來再要。便讓安太太上了炕，又讓何、張二位姑娘上去。因向安太太說：「我在左邊，給你老人家擺一隻鳳凰，右邊給你老人家擺一隻鳳凰。」他自己卻挨著炕邊坐了。除了玉鳳姑娘不吃煙，那娘兒三個，每人一袋煙兒。安太太看看這個，看看那個，十分歡喜。大家便圍爐閒話起來。安太太道：「真個的你家這位姨奶奶，雖說沒甚麼模樣兒，可倒是個心口如一的厚實人兒。我看你們老人家，這樣的居心行事，敢怕那姨奶奶，還給他養個兒子定不得呢！」褚大娘子道：「那敢是好，我也正盼呢！只是我父親今年八十七了，那裏還指望得定呢？」張姑娘道：「不然，那姨奶奶自己知道，他告訴我說：『他家老爺子，命裏有兒子。他還要養兩個呢！』」安太太道：「這兒女的數兒，他自己那裏定得準呢？」張姑娘忍不住笑道：「我也是這樣問他來著，他說是劉鐵嘴告訴他的。我也不知劉鐵嘴是誰，沒敢往下再問。」大家聽了，早已笑將起來。褚大娘子，便告訴安太太道：「這是他來的那年，我叫了個瞎子給他算命，要算算他命裏有兒子沒有。那瞎子叫劉鐵嘴，說了這麼句話，他就記住了這句話。要是叫他記住了，他肚子裏可就裝不住了，就這麼個傻心腸兒。」玉鳳姑娘道：「我可就愛他那個傻心腸兒，只是怕他說話。他一說話，我不笑他，我彆的慌；我笑他，我又怕他惱。」褚大娘子道：「人家可不懂得怎麼叫個惱哇。」說著，大家又笑了一陣。一時戴勤進來，隔牕回道：「請示太太合大奶奶，還要甚麼不要？外頭送鋪蓋的車，還在這裏等著呢！」安太太道：「不用甚麼了。你沒跟大爺去嗎？」戴勤道：「老爺留奴才在這裏伺候的。」玉鳳姑娘聽如此說，便隔牕叫他道：「嬤嬤爹，你先去告訴了話進來，我再瞧瞧你。」戴勤去了進來，又重新給姑娘請安，也問了姑娘幾句話。姑娘一時想起當日送靈回京的話，又細問了一番。因道：「你們走到那裏，就遇見這裏老爺的人了？」戴勤道：「走到德州。」姑娘道：「他們岸上走，你們河裏走，怎得知道就是咱們的船呢？」戴勤道：「姑娘問起這件事，竟有些奇怪，真是老爺的靈聖。頭夜大家就知道，這裏老爺差人接下來了。這一日晚上，船靠了德州馬頭。點燈後，他們裏頭在後艙睡了。奴才合宋官兒兩個，便在老爺靈旁，一邊一個打地鋪也就睡下。睡到三更多天，耳邊只聽說老爺叫。那時也忘了老爺是歸了西了，就連忙要見老爺去。及至一看，老爺就在當地站著呢，奴才乙時認不出來了。」姑娘道：「你怎麼又會不認得老爺了呢？」戴勤道：「只見老爺穿戴不是本朝衣冠，頭上戴著一頂方頂，鑲金長翅紗帽，身穿大紅蟒袍，圍著玉帶。吩咐奴才說：『安二老爺差人接我來了。你們可看著些，莫要錯過去，叫他們空跑一盪。我上任去了。』奴才就說：『老爺那裏上任去？怎的也不接太太合姑娘同去。』老爺道：『太太就來的，姑娘早呢，我不等他了。』說著往外就走。奴才急了說：『老爺怎的不等姑娘同去？奴才姑娘，此時到底在那裏呢？』老爺把袖子一甩，向我說：『好糊塗，我見不著姑娘，只怕你就先見著了，此時何用問我？』奴才見老爺生氣，一害怕就嚇醒了，原來是一場夢。忙著叫宋官兒。只聽他在那裏說睡語，說：『我的老爺子，你是誰呀？』及至把他叫醒了。問他，他說：『見一個人，打扮得合戲臺上的賜福天官似的，踢了我一靴子腳說：「你這東西，睡的怎麼這樣死？」』奴才正告訴他這個夢，只聽得外面好像人馬喧闐的聲兒，又像鼓樂吹打的聲兒，只恨那時膽子小不曾出去看看。奴才就合宋官兒說：『這事寧可信其有，不可信其無。天亮咱們且別開船，到船頭看看，到底有人來沒人來？』誰想這裏老爺，果然就打發梁材他們來了。姑娘想，這可不是老爺顯聖嗎？」這位姑娘，可從不信這些鬼神陰陽的事，便道：「老爺成神，怎的不給我托夢，倒給你托起夢來。不要是你那一天吃多了酒罷？」安太太道：「大姑娘，你可不可不信這話，他們一到京就說過，你大爺還合我說：『何老大那等一個聰明正直的人，成了神也是有的事。只可惜他不知成了甚麼神了？』這神佛的事，也是有的。」姑娘終是將信將疑，戴嬤嬤笑向安太太道：「奴才姑娘，從小兒就不信這些。姑娘只想要不是有神佛保著，怎麼想到我們今日都在這裏見著姑娘啊！太太還記得老爺來的頭裏，叫了奴才娘兒兩個去，細問姑娘小時候的事情，那時奴才只納悶兒。誰知老爺早知道姑娘的下落。連奴才們也託著老爺、太太的福，見著姑娘了。真真是想不到的事。」玉鳳姑娘問道：「老爺怎麼問你們，又怎麼說的？」隨緣兒媳婦，便把那日的話，說了一遍。姑娘道：「我不懂你們，有一搭兒沒一搭兒的，把我小時候的營生，回老爺作嗎？」褚大娘子道：「罷咧，罷咧，連你那拉青屎的根子，都叫人家抖翻出來了，別的還有甚麼怕說的？」說的大家大笑。他自己也不禁伏在安太太懷裏，吃吃的笑個不住。從來說：「歡娛嫌夜短，寂寞恨更長。」只這等說說笑笑，不覺三鼓。褚大娘子道：「不早了，老太太今日那麼早起來，也鬧了一天了。咱們喝點兒粥，吃點兒東西睡罷。明日還得早些起來，只怕他們這裏遠村近鄰的，還要來上祭呢！」說著，隨意吃些東西，盥漱已畢。安太太合何玉鳳姑娘，便在東間南炕，褚大娘子合張金鳳姑娘，便在西間南炕睡下。戴嬤嬤母女合褚家帶來的四個婆兒，都在後捲兩個裏間分住。本村的幾個村姑、村婆，也各各的分頭歇息。這裏他娘兒們、姐兒們，睡在炕上，還絮絮的談個不住。列公，你道怎個蒼狗白雲，天心無定，桑田滄海，世事何常。這青雲山分明是淒慘慘的幾間風冷茅檐，怎的霎時變作了暖溶溶的春生畫閣。都只道是這班人第一個歡場，那知恰是這評話裏第二番結束。這正是：但解性情憐骨肉，寒溫甘苦總相宜。要知那何玉鳳合安老爺怎的同行？何玉鳳合鄧、褚兩家怎的作別？下回書交代。

第二十一回　回心向善買犢賣刀　隱語雙關借弓留硯

這書前二十回，已把安、何、張三家，聯成一片，穿得一串。書中不再煩敘。從這二十一回起，就要作一篇雕弓寶硯，已分重合的文章，成一段雙鳳齊鳴的佳話。卻說安太太婆媳二人，那日會著何玉鳳姑娘，便同褚大娘子，都在他青雲山山莊住下。彼此談了半夜，心意相投，直到更深，大家纔得安歇。外面除了本莊莊客長工之外，鄧九公又撥了兩個中用些的人，在此張羅明日伴宿的事。安老爺又留下戴勤，並打發了華忠，來幫著照料。連夜的宰牲口定小菜，連那左鄰右舍，也跟著騰房子，調桌凳，預備落作。忙碌得一夜，也不曾好睡得。裏邊褚大娘子，纔聽得雞叫，便先起來。梳洗完畢，即帶著那些婆兒們，打掃屋子。安太太婆媳合玉鳳姑娘，也就起來梳頭洗面。早有褚一官帶人送了許多吃食，外面收拾好了，端進來。安太太便讓道：「大姑娘，今日可得多吃些，昨日鬧得也不曾好生吃晚飯。」那知這位姑娘，諸事好，難說話，獨到了吃上不用人操心呢！一時上下大家吃完。安老爺早同鄧九公，從家裏吃得一飽，前來看望姑娘。合姑娘寒暄了幾句，姑娘便依然跪在靈旁，盡哀盡禮。便有戴勤帶著他女婿隨緣兒，合親家華忠，進來叩見姑娘。姑娘自己的丫鬟，也有了託身之地。並且此後也得一處相聚，更是放心。又見褚大娘子趕著華忠，一口一個大哥。姑娘因而問道：「你那裏又跑出這個大哥來了。」褚大娘子道：「這可就是你昨日說的，我們那個親戚兒。」姑娘心中纔明白，便是安公子的華奶公。兩人見過出去。華忠又進來回張親家老爺，親家太太來了。原來這老兩口兒，昨日聽得十三妹姑娘的下落，把不得一口氣就跟了來見見。只因安老爺生恐這裏話沒定規，親家太太來了，再鬧上一陣，不防頭的怯話兒，給弄糟了。所以指稱著託他二位照看行李，且不請來，叫在店裏聽信。及至他昨晚得了信，今日天不亮，便往這裏趕。趕到青雲堡褚家莊，可可❶兒的大家都進山來了。他們也沒進去，一直的又趕到此地。進門朝靈前拜了幾拜，便過來見姑娘。哭眼抹淚的，說了多半天大意是謝姑娘從前的恩情。姑娘現在的煩惱禮到話不到，說是說不清，橫豎算這等一番意思，就完了事了。鄧九公便讓張老在前廳去坐。內中只有褚大娘子是不曾見過這位張太太的，他心裏暗說：「怎麼這等一個娘，會養金鳳姑娘這麼一個聰明俊秀的女孩兒呢！」這褚大娘子本就有些頑皮，不免要耍笑他。只是礙著張姑娘便也問了好，說了幾句話。因問：「你老人家，今日甚麼時候，坐車往這裏來的？」他道：「那裏還坐車呀，我說纔多遠兒呢！偺走了去罷。他爹說：『我怕甚麼，撒開鴨子❷就到咧。你那踱拉踱拉的，踱拉到偺時候纔到呢？』那麼著，我可就說：『不，你就給我找個二把手的小單拱兒來罷。』誰知僱了輛小單拱兒，那推車的又是老頭子，倒夠著八十多週兒咧。推也推不動，沒的慪的慌，還不及我走著爽利咧。」大家聽了要笑，又不好笑。偏偏這八十多週兒的話，又正合了鄧九公的歲數兒。鄧九公聽了，倒有些不好意思起來，便搭訕著問褚一官道：「咱們外頭的事情都齊了沒有？」褚一官道：「都齊了，只聽裏頭的信兒。」原來安、鄧兩家商量定了，都是這日上祭。安老爺見張家二老來了，又告訴鄧九公，給他家也備了一桌現成

❶ 可可：恰恰。元曲中亦有之。灰闌記：「可可的我妹子正在門首，待我去相見咱。」

❷ 鴨子：腳。

的供菜。第一起，便是安老爺上祭。褚一官連忙招護了戴勤、華忠、隨緣兒進來，整理桌椅，預備香燭。這山居卻沒那些鼓樂排場，獻奠儀注。只大家把祭品端來擺好。玉鳳姑娘看了看，那供菜除了湯飯茶酒之外，絕不是莊子上叫的。那些椤雞、匾丸子、紅眼兒魚、花板肉的，十五大碗，卻是不零不搭的十三盤。裏面擺著全羊十二件。一路四盤，擺了三路。中間又架著一盤，便是那十二件裏片下來的攢盤。連頭蹄下水都有。只見安老爺拈過香，帶著公子，行了三拜的禮。次後安太太帶了張姑娘，也一樣的行了禮。姑娘不好相攔，只有接拜還禮。祭完，只見安太太恭恭敬敬，把中間供的那攢盤撤下來，又向碗裏撥了一撮飯，澆了一匙湯，要了雙筷子，便自己端到玉鳳姑娘跟前，蹲身下去，讓他吃些。不想姑娘不吃羊肉，只是搖頭。安太太道：「大姑娘，這是老太太的福食，多少總得領一點兒。」說著，便夾了一片肉，幾個飯粒兒，送在姑娘嘴裏。姑娘也只得嚼著咽了。咽只管咽了，卻不知這是怎麼個規矩。當下不但姑娘不懂，鄧九公經老了世事的，也以為創見。不知這卻是八旗吊祭的一個老風氣。那時候還行這個禮，到了如今，不但見不著，聽也聽不著，竟算得個史闕文了。

閒話少說。一時撤下去。鄧九公因為自己算個地主，便讓張家二老上祭，端上一桌葷素供菜來供好。張老也拈了香，磕了頭。到了親家太太了，磕著頭，便有些話白話兒，只聽不出他嘴裏咕囔的是甚麼。等他兩個祭完了，便是鄧九公同了女兒、女婿上祭。只見熱氣騰騰的，端上一桌菜來，無非海錯山珍，雞鴨魚肉之類。也有大盤的饅頭，整方的紅白肉，卻弄的十分潔誠精致，供好。鄧九公同褚一官夫妻，也照前拈香行禮。禮畢，褚一官去焚化紙錁。他父女兩個，便大哭起來。姑娘也在那裏陪哭。戴勤家的合隨緣兒媳婦都跪在姑娘身後跟著哭。你道，這鄧家父女兩個，是哭那一位何太太不成，那何太太是位忠厚老實不過的人，再加上後來一病，不但鄧九公合他漠不相關，便是褚大娘子，也合他兩年有餘，不曾長篇大論的，談過個家長裏短。卻從那裏得這許多方便眼淚。原來他父女兩個，都各人哭得是各人的心事。鄧九公心裏想著，是人生在世，兒子這種東西，雖說不過一個蒼生，卻也是少不得的。即如這何家的夫妻二位，假如也得有安公子這等一個好兒子，何至於弄到等女兒去報仇，要女兒來守孝。眼前雖說有玉鳳姑娘這等一個頂天立地的女兒，作到這個地位，已經不知他心裏，有幾萬分說不出的苦楚了。況且世路上又怎樣指得準有這等一位，破死忘魂衛顧人的安老爺呢！趲回來再想到自己身上，也只仗了一個女兒照看，難道眼看八九十歲的人，還指望養兒得濟不成？再說設或生個不肖之子，慢講得濟，只這風燭殘年，沒的倒得眼淚倒回去，望肚子裏流。肐膊折了，望袖子裏褪。轉不如一心無礙，卻也省得多少命嘛精神。這是鄧九公的心事。褚大娘子心裏，想的是一個人，託生給人做個女兒，雖說合那作兒子的，侍奉終身不同，卻是同一盡孝，都該報答這番養育之恩。只是做個女兒，到了何玉鳳這樣光景，也就算強似兒子了。但是天不成全他，遇見這等時運，也就沒法兒，何況於我。縱說我隨了老父朝夕奉養，比他強些。老人家已是老健春寒秋後熱，譬如朝露，去日苦多。那時無論我心裏怎樣的孝順，難道還能派定了人家褚家子弟，永遠接續鄧家香煙不成？這是褚大娘子的心事。至於他父女兩個，心疼那姑娘，捨不得那姑娘卻是一條腸子。又因這疼他捨不得他的上頭，卻又用了一番深心。早打算到姑娘臨起身的時候，給他個斬鋼截鐵，不垂別淚。因此要趁著今日，把這一腔離恨，哭個痛快。便算合他作別。臨期好讓他不著一絲牽掛流連，安心北上，去走他那條立命安身的正路。正是一番英雄作用，兒女情腸。當下父女兩個，悲悲切切，抽抽噎噎，哭的十分傷慘。安老爺合張老，早把鄧九公勸住。安太太合張媽媽兒，也來勸褚家娘子。張姑娘即便去勸玉鳳姑娘。安太太向褚家娘子道：「姑奶奶，歇歇兒罷，倒別只管招大姑娘哭了。」只這一句，越發提起褚大娘子捨不得姑娘的心事來，委委屈屈，又哭個不住。半日，纔慢慢的都勸住了。褚一官同了眾人，便把飯菜撤下去。鄧九公囑咐道：「姑爺這桌菜，可不要糟塌了。撤下去就蒸上，回來好打發裏頭吃。」褚一官一面答應，便同華忠等把桌子擦抹乾淨，出去外面。早有山上山下，遠村近鄰的許多老少男女，都來上祭。也有拿陌紙錢來的，也有糊個紙包袱，裝些錁錠來的。還有買對小雙包燭，打著箍高香，一定要點上了蠟燭香，纔磕頭的。又有煮兩隻肥雞，拴一尾生魚來供的。甚至有一蒲包子，爐食餑餑，十來個雞蛋，幾塊粘糕餅子，也都來供獻供獻，磕個頭的。這些人一來為著姑娘平日待他們恩厚，況又銀錢揮霍，誰家短個三吊兩吊的，有求必應。二來有這等一個人住在山裏，等閒的匪人不敢前來欺負。三來這山裏大半是鄧九公的房莊地畝。眾人見東翁尚且如此，誰不想來盡個人情。因此上都真心實意的，磕頭禮拜。那班村婆村姑，還有些讚歎點頭，擦眼抹淚的。這要擱在姑娘平日，早不耐煩起來了。不知怎麼個原故，經安老爺昨日一番話，這條腸子一熱，再也涼不轉來，便也合他們灑淚，倒說了許多好話。道是這兩三年，承他們服侍母親，支應門戶的辛苦。這一陣應酬，大家散後，那天已將近晌午。鄧九公道：「這大家可該餓了。」便催著送飯。自己便陪了安老爺父子、張老三人，外面去坐。一時端進菜來，潑滿的燕窩，滾肥的海參，大片的魚翅，以至油雞填鴨之類，擺了一桌子。褚大娘子拿了把筷子，站在當地，向張親家太太道：「張親家媽，可不是我外待你老。我們老爺子合我們二叔是磕過頭的弟兄。我們二嬸兒，也算一半主人。今日可得請你老人家上坐。」張太太聽了擺著手兒，扭過頭去說道：「姑奶奶，你不用讓價，我我可不吃那飯哪。」安太太便問道：

「親家，你這樣早就吃了飯來麼?」張太太道：「沒有價。雞叫三遍，就忙著往這裏趕，我那吃飯去呀！」

張姑娘聽了，便問：「媽，你老人家，既沒吃飯，此刻為甚麼不吃呢?不是身上不大舒服啊?」他又皺著眉，連連搖頭說：「沒有價，沒有價。」褚大娘子笑道：「那麼這是為甚麼呢?你老人家，不是挑了我了?」他又忙道：「我的姑奶奶，你可不知道嗎?叫個挑禮呀。你只管讓他娘兒們吃罷，可惜了的菜，回來都冷了。」大家猜道：「這是個甚麼原故呢?」他又道：「沒原故，我自家心裏的事，我自家知道。」

何玉鳳姑娘在旁看了，心想這位太太，向來沒這麼大脾氣呀。這是怎麼講呢?忍不住也問說：「你老人家，不是怪我沒讓啊！我是穿著孝，不好讓客的。」他這纔急了說：「姑娘可了不的了，你這是偺人話?我要怪起你來，那還成個偺人咧。我把老實話，告訴給你說罷：自從姑娘你上年在那廟裏救了俺一家子，不是第二日咱們就分了手了嗎?我可就合我那老伴兒說，我說這姑娘，咱也不知那年纔見得著他呢！見著他還好，要見不著，咱可就只好是等那輩子，變個牛，變個驢，給他豁地拽磨去罷。誰知道，今兒又見著你了呢！昨日聽見這個信兒，就把我倆樂的百嗎兒似的，我倆可就給你念了幾聲佛，許定了個願心。我老伴兒，他許的是逢山朝頂，見廟磕頭。我許下給你吃齋。」玉鳳姑娘道：「你老人家就許了為我吃齋也使得，今日又不是初一十五，又不是甚麼三災呀、八難的，可吃的是那一門子的齋呢?」他又道：「我不論那個，我許的是一年三百六十天的長齋。」安太太先就說：「親家，這可沒這個道理。」他只是擺著手，搖著頭不聽。褚大娘子見這樣子，只得且讓大家吃飯。一面說道：「那也不值甚麼，等我裏頭趕著給你老炸點兒鍋渣麵筋，下點兒素麵單吃。」他便嚷起來了。說：「姑奶奶，你可不要白費那事呀！我不吃。別說鍋渣麵筋，我連鹹醬都不動。我許的是吃白齋。」褚大娘子不禁大笑起來說：「噯喲，我的親家媽，你老人家，這可是攢了一年到頭不動鹹醬，倘或再長一身的白毛兒，那可是個甚麼樣兒呢？」說的大家無不大笑。他也不管，還是一副正經面孔望了眾人。褚大娘子無法，只得叫人給他端了一碟蒸饅頭，一碟豆兒，合芝麻醬。盛的滾熱的老米飯。只見他把那饅頭合芝麻醬推開，直眉瞪眼，白著嘴，樺拉了三碗飯。說：「得了，你再給我點滾水兒喝，我也不喝那釅茶。我吃白齋，不喝茶。」他女兒望著他娘又是好笑，又是心疼。說道：「媽呀，你老人家這可不是件事。是說是為我姐姐都是該的，這個白齋可吃到多早晚是個了手呢？」他向他女兒道：「多早晚是了手？我告訴給你，我等他那天有了婆家，齊家得過了，我纔開這齋呢。」玉鳳姑娘纔要說話，大家聽了先說道：「這可斷乎使不得。」他道：「你們這些人都別價說了，出口是願，咱這裏只一舉心，那西天的老佛爺，早知道了。使不得，咱兒著不當家花拉的。難道還改得口哇？改了也是造孽，我自己各兒造孽，倒有其限。這是我為人家姑娘許的，那不給姑娘添罪過嗎？恩將仇報是話嗎？」玉鳳姑娘一面吃飯，把他這段話，聽了半日，前後一想，心裏暗暗的說道：「我何玉鳳從十二歲一口單刀，創了幾年甚麼樣兒的事情，都遇見過。可從沒輸過嘴，窩過心。便是昨日安家伯父那樣的經濟學問，韜略言談，我也還說個十句八句的。今日遇見這位太太，這是塊魔，我可沒了法兒了。此時合他講，大約莫想講得清楚，只好慢慢的再商量罷。」

列公，這念佛持齋兩樁事，不但為儒家所不道，並且與佛門毫不相干。這個道理，卻莫向婦人女子去饒舌。何也？有等惜錢的吃天齋，也省些魚肉花消。有等嘴饞的吃天齋，也清些腸胃油膩。吃又何傷，要說一定得吃三百六十天白齋，這卻大難。即如這位張太太方纔乾嗽了那三碗白飯，再拿一碗白水一喝，據理想著，少一刻，他沒有個不醋心的。那知他不但不醋心，敢則從這一頓起，一念吃白齋，九牛拉不轉，他就怎麼吃下去了。你看他有多大橫勁，一個鄉里的媽媽兒，可曉得甚麼叫作恆心？他又曉得甚麼叫作定力？無奈他這是從天良裏發出來的一片至誠。且慢說佛門的道理，這便是聖人講的，惟天下至誠，惟能盡其性。又道是，惟天下至誠，為能化。至於作書的為了一個張親家太太吃白齋，就費了這幾百句話。他想來，未必肯這等無端枉費筆墨。列公，牢記話頭。你我且看他將來，怎樣給這位張太太開齋。開齋的時候，這番筆墨，到底有個甚麼用處。話休絮煩。一時裏外吃罷了飯。張老夫妻，惦記店裏無人，便忙忙告辭回去。鄧九公、褚一官送了張老去後，便陪了安家父子進來。安老爺便告知太太，已經叫梁材到臨清去看船。又計議到將來人口怎樣分坐，行李怎樣歸著。這個當兒，鄧九公便合女兒、女婿，商量明日封靈後，怎樣撥人在此看守，怎樣給姑娘搬運行李，收拾房間。正在講的熱鬧，忽然一個莊客進來，悄悄的向褚一官使了個眼色，請了出去。不一時，褚一官便進來。在鄧九公耳邊嘁嘁喳喳，說了幾句話。只見鄧九公睜起兩隻大眼睛，望著他道：「他們老弟兄們，怎麼會得了信兒來了。」褚一官道：「你老人家，想他們離這裏，通算不過二三百里地，是說不敢到這裏來騷擾。這裏兩頭兒裏通著大道，來往不斷的人，有甚麼不得信兒的。」安老爺聽了，忙問：「甚麼人來了？」鄧九公道：「便是我前日合你講的，那個海馬周三。」說著，又回頭問褚一官道：「就是他一個人來的麼？」褚一官道：「怎麼一個人呢？他們四寨的大頭兒，會齊了來的。認得的是牤牛山的海馬周三、截江獺李老、避水貓韓七，癩象嶺的金大鼻子、竇小眼兒，野豬林的黑金剛、一簍油，雄雞渡的草上飛、叫五更。還有一個我不對付他，他倒合小華相公認識。他們說話來著，他還問起二叔來著呢。」鄧九公聽了低下頭去，大露為難。且住，這班人就這等不三不四的，幾個綽號，到底是些甚麼人物？怎的個來歷？原來這海馬周三，名叫周得勝。便是那年被十三妹姑娘刀斷鋼鞭，打倒在地，要給他擦脂抹粉，落後饒他性命，立了罰約的那個人。他一向本是江洋大盜。因他善於使船，專能搶上風，趄順水，水面交起鋒來，他那隻船使的如快馬一般，因此人送他一個綽號，叫他作海馬周三。那李老名叫李茂。韓七名叫韓勇。他兩個在水底，都伏得三日三夜。那李茂使一對熟銅拐，能在水底跟著船走。便得一拐搭住船幫，上去掄起拐來，任是你船上有多少人，管取都被他打下水去，那隻船算屬了他了。那韓勇使一柄短柄鑌鐵狼頭，腰間一條鎖鍊拴著一根百煉鋼錐，有一尺餘長，其形就彷彿個大冰攛的樣子。靠著這兩件兵器，專在水裏鑿那船底，任是甚麼大船，禁不起他鑿上一個窟窿。船一灌進水去，便就擱住了，他搶老實的。因此人比他兩個作江裏吃人的水獺，水底壞船的海獝一般，叫他作截江獺、避水獝。這三個人，同了大鼻子金大刀、小眼兒寶雲光，從前在淮南一帶，以至三江兩浙江河湖海裏面，劫脫客商，那水師官兵，等閒不敢正眼來看他。後來遇著施世綸施按院，放了漕運總督，收了無數的綠林好漢，查拿海寇。這幾個人，既在水面上安身不牢，又不肯改邪歸正，跟隨施按院，便改了旱路營生。會合他們旱路上一班好朋友，黑金剛郝武、一籰油謝標、草上飛呂萬程、叫五更董方亮，四個入夥。那郝武使一根金剛降魔杵，一籰油使一把雙刃鋭，草上飛使一把雞爪飛抓，叫五更不使兵器，只挽一面遮身牌，專一藏在牌後面用鵝卵石飛石打人，百發百中。這九籌好漢，就分站了牤牛山、瀨象嶺、野豬林、雄雞渡四座山頭，打家劫舍。

喂，說書的作者，你這話說的有些大言無對了。我大清江山一統，太平萬年，君聖臣賢，兵強將勇，豈合那李漢南宋一樣，怎容得這班人？照著三國演義上的黃巾賊、水滸傳上的梁山泊胡作非為起來？你道那些督府提鎮道府參遊，都是不管閒事的不成？列公這話卻得計算計算那時候的時勢。講到我朝，自開國以來，除小事不論外，開首辦了一個前三藩的軍務，接著又是平定西北兩路的大軍務，通共合著若干年？多少事？那些王侯將相，何嘗得一日的安閒。好容易海晏河清，放牛歸馬。到了海馬周三這班人，不過同人身上的一塊頑癬，良田裏的一株蒺藜，也值得去大作不成。況且這班人，雖說不守王法，也不過為著飢寒二字，他只劫脫些客商，絕不敢擄掠婦女，慢道是攻打城池，他只貪圖些金銀，絕不敢傷人性命，慢說是抗拒官府。因此上從不曾犯案到官。那等安享昇平的時候，誰又肯無端的找些事來，取巧見長，反弄到平民受累。便是有等被劫的，如那談爾音一流人物，就破些不義之財，他也只好是啞子吃黃連，又如何敢自己聲張呢！再說當年，如鄧芝龍、郭婆，帶這班大盜，鬧得那樣翻江倒海，尚且網開三面，招撫他來，饒他一死。何況這些么魔小醜。這正是我朝的深仁厚德，生殺大權。不然，那作書的，又豈肯照鼓兒詞的信口胡談，隨筆亂寫。閒話少說。卻說牤牛山的海馬周得勝、截江獺李茂、避水獱韓勇三個，這日閒暇無事，正約了癩象嶺的金大鼻子金大刀、竇小眼兒竇雲光，野豬林的黑金剛郝武、一簍油謝標，雄雞渡的草上飛呂萬程、叫五更董方亮，在牤牛山山寨，一同宴會。只見探事的小嘍囉來報說，有一起大行李，看著箱籠甚多，想那金帛，定然也不少的。只是白晝裏過去，跟隨人甚多，不好動手。此時聽說這起行李，在茌平老程住了，特來報知眾位寨主。九籌好漢聽了，笑逐顏開，都道：「恭喜，買賣到了。」海馬周三一回頭，便向一個小頭目說道：「老兄弟，就是你跑一盪罷。你從大路綴下他去，看看他落那座店，再詢一詢，怎麼個方向兒，扎手不扎手？趁他們諸位都在這裏，我們聽個準信，大家去彩一彩。」那小頭目答應一聲，喬粧打扮，就下山奔茌平大路而來。他到了茌平鎮市上，先找了個小飯鋪吃了飯，便在街上行走，想找個眼線。怎麼叫作眼線呢？大凡那些作強盜的，沿途都有幾個給他作眼線的熟人，叫作地土蛇，又叫作臥蛋。他便找了這班人，打聽得「這號行李，落在悅來老店。本行李主兒連家眷都遠路看親戚去了，不在店裏。便是家人也跟了幾個去。店裏剩的人無多。」那小頭目聽了大喜，便問：「可曾打聽得這行李主兒，是怎生一個方向兒？」那人又道：「也打聽明白了。本人姓安，是位在旗的作過南河知縣。如今是他家少爺，從京裏，到南省接他回京去，從這裏經過。」他聽了這話，說了：「不得了。這豈不是我那位恩官，安太老爺嗎！幸是我來探得這個詳細。」原來這個小頭目，姓石名坤，綽號叫作石敢當。當日曾在南河工上充當夫頭，受過安老爺的好處。前番安公子從牤牛山過，要讓公子上山飲酒的，就是他。他聽了這話，急於回山，便不走原來的大路，一直的進了岔道口，要想走青雲堡，奔桐口出去，省些腳程。恰巧走到青雲堡，走得一身大汗，口中乾渴，便在安老爺當日坐過的對著小鄧家莊那座小茶館兒，歇著喝茶。只見莊上一會兒，人來人往，又挑著些圓籠，裝著傢伙，肉腥菜蔬，都往山裏送去。這鄧、褚翁婿，他一向都熟識的。便問那跑堂兒的道：「今日莊上有甚麼勾當？這等熱著。」那跑堂兒的，見問便答說：「鄧九太爺在這裏住著呢！他爺兒倆這幾天，天天進山裏，幫人家辦白事。明日伴宿，後日出殯。」石敢當因此又問：「這山裏甚麼要緊人家，用他老人家自己去幫忙兒呀？」跑堂兒的說：「聽說是鄧九太爺一個女徒弟十三妹家。」石敢當心裏說道：「這十三妹姑娘，向來於我山寨有恩，怎的不曾聽見說起他家有事。」忙問：「他家死了甚麼人？」跑堂兒道：「說是他家老太太。」石敢當暗說便是椿事，也得叫我寨主知道。他喝完了茶，付了茶錢，便忙忙的回到牤牛山，把上項事，對各家寨主說知詳細。周得勝聽了，向那八籌好漢道：「幸得探聽明白，這號行李，須是動不得。」眾人也有知道的，也有不知道的，忙問原故。周得勝便把他那年尋鄧九公遇著十三妹的始末原由，前前後後，據實說了一遍。眾人道：「既然如此，我們不可壞了山寨的義氣！」你道十三妹刀斷鋼鞭的這段因由，除了海馬周三、截江獺、避水獝三個之外，又與他大家甚麼相干？也跟著講的，是那門子的義氣？自來作強盜，也有個作強盜的路數。海馬周三講得是不怕十三妹刀斷鋼鞭，在人輪子裏，把我打倒在地是這勝敗兵家之常，只他饒了我那場戴花兒擦胭脂抹粉的羞耻，就算留了朋友咧。眾人講得是一筆寫不出兩綠林來。砍一枝損百枝，好看了海馬周三，就如好看眾人一樣。所以聽得周三說了一句，大家就一口同音，說以義氣為重。其實這些人也不知這十三妹是怎樣一個人，怎生一樁事。這就叫作強盜亦有道焉。

卻說那海馬周三見眾人這樣尚義，便說道：「今日都為我周海馬耽誤了眾弟兄們的事。我明日理應重整筵席陪話。只因方纔據這石家兄弟，說起十三妹姑娘家，有他老太太的大事，明日就是伴宿。我明日須得同了韓、李兩家弟兄前去盡個情。不得在山奉陪，只好改日竭誠了。」眾人裏面，要算黑金剛郝武的年長。這人生的身高六尺，膀闊腰圓，一張黑油臉，重眉毛，大眼睛，頦下一部剛鬚，性如烈火。他一聽海馬周三這話，便把手一擺說道：「周兄弟，你這話說遠了。你我弟兄們，有財同享，有馬同騎，你的恩人，就是我的恩人。何況這十三妹姑娘，聽起來是個蓋世英雄，難道單是韓、李二位給他老太太磕的著頭，我們就不該磕個頭兒嗎？在坐的眾位，有一個不給周家兄弟作這個臉同走一盪的，叫他先吃我黑金剛一杵。」眾人齊說：「這話有理，大家都去。明日就請這位石家兄弟引路。」海馬周三當下大喜，便吩咐在山寨裏備了一口大豬、一頭肥羊、一大罈酒，又置買了一分香燭紙錁，著人先送到前途等候。大家歇了一夜，次日五鼓，他十籌好漢，都不帶寸鐵，只跟了兩個看馬嘍囉，從牤牛山奔青雲山而來。及至問著了十三妹的山莊，一行人趲到門前，離鞍下馬。恰好隨緣兒在莊門外張望。那石坤從前作夫頭的時候，見他常跟安老爺，到過工上督工，因此上前招呼，便向他問起安老爺來。這段話，除了說書的肚子裏明白，連鄧、褚兩家尚且不知。那安老爺怎生曉得底細，因此心中不免詫異，暗想隨緣兒怎生會認得這班強盜，他們怎的還問起我來。又見鄧九公低頭不語，大有個為難的樣子。纔待開口問他的原委，只見他把頭一抬，說道：「老弟，今日這樁事，倒有些累贅。他們既到了這裏，不好不讓他們進來。在姑娘看著這班人，如同腳下泥皮，滿不要緊，就是他們也見慣了。只是老弟，你雖說下了場，究竟是位官府。再說弟婦合姪兒媳婦，怎生見的慣這班野人。此地又再沒個退居，如何是好？」又向玉鳳姑娘道：「姑娘，不然，倒是你到前廳見見他們，打發他們早早回山，倒也罷了。」玉鳳姑娘道：「我也正在這裏想。論我出去這蹚，倒不要緊。但是他們既說來上祭，他以禮來，我以禮往，卻不可不叫他到靈前，盡這個禮。再我眼前就要離這個地方了，也得見見他們，把從前的話，作個交代。至於安伯父爺兒們、娘兒們幾位，誠然不好合這班人相見。如今暫且請在這後廈的裏間避一避，也不算屈尊。」安老爺、安公子聽了，倒不怎的，只有安太太、張姑娘聽說要把這起人讓進來，早唬得滿手冷汗。褚大娘子道：「嬸娘，你老人家不用怕，這些人都是我父親手下的敗將，別說還有我何家妹子在這裏，怕甚麼！」說著，一手攙了安太太，一手拉著張姑娘，連安老爺父子，都讓在後廈西裏間暫坐。鄧九公便叫人把靈前的香燭點起。又著人把那豬羊酒香楮之類，都抬到當院裏擺下。然後著褚一官讓那起人進來。安老爺同公子，都站在裏間帘兒邊向外看。安太太婆媳合褚大娘子也在板壁邊，一個方牕兒跟前竊聽。不一時，只聽得院子裏，許多腳步響，早進來了怒目橫眉、腆胸疊肚的一群人。一個個倒是纓帽緞靴，長袍短褂。

進門來，雄糾糾、氣昂昂的朝靈前拜罷，起身便向姑娘行禮。只聽姑娘向那班人，大馬金刀的說道：「周、韓、李三位，前番承你們看我那張彈弓分上，到淮安走了一盪，我還不曾道得個辛苦。今日又勞你眾人遠道備禮，到此上祭。」海馬周三連忙答道：「這點小事兒，那裏還敢勞姑娘提在話下。倒是老太太昇天，我們該早來效點兒勞。只因得信遲了，故此今日纔趕來。聽說明日就要出殯，儻有用我們的去處，請姑娘吩咐一句，那怕抬一肩兒槓、撮鍬土，也算我們出膀子笨力，盡點兒人心。」姑娘道：「這事不好勞動，如今明日且不出殯，我家老太太，也不葬在這裏。消停幾日，我便要扶柩回鄉，只要我走後你眾人還同我在這裏一般，不敬錯了鄧九太爺，再就是不叫我這班鄉鄰受累，就算你大家的好處了。」海馬周三道：「姑娘這話，是三年前在眾人面前交代明白的，怎敢再有反悔。」姑娘道：「如此很好，足見你們的義氣。我不好奉陪，請外面待茶罷。」大家暴雷也似價答應一聲，連忙的退出去。

咦，列公你看好個擺大架子的姑娘，好一班陪小心的強盜，這大概就叫作財壓奴婢，藝壓當行。又叫作一物降一物了。卻說眾人退出門來，到院子裏，纔悄悄向鄧九公道：「從不曾聽見說那裏是姑娘的本鄉本土。方纔說要扶柩回鄉，卻是怎講？」論理這話，這班人問的就多事，在鄧九公更不必耐著煩兒，告訴他們，豈不省我說書的用多少氣力。無如這個鄧老頭兒，結識了安老爺這等好一個把兄弟，又成全了十三妹這等一個門徒。願是償了，情是答了，心裏是沒甚麼為難了。這大約要算他平生第一椿得意的痛快事。便是沒人來問，因話提話，還要找著鎊兩句。何況問話的又正是海馬周三，烏煙瘴氣這班人。他那性格兒，怎生彆得住。只見他一手把那銀絲般的長鬍子一綽，歪著腦袋道：「哈哈！你們老弟兄們，要問這話麼，聽我告訴你們。」他便等不及出去，就站在當院子日頭地裏，從姑娘當日怎的替父親要報仇說起，一直說到安老爺怎的勸他回鄉合葬雙親，不曾落下一個情節，連嘴說帶手比，忽而嚷，忽而笑的，向眾人說了一遍。眾人不聽這話，倒也罷了。聽了這話，一個個低垂虎頸，半晌無言。忽見黑金剛郝武把手拍了拍腦門子，歎了口氣。向眾人說道：「列位呀，照這話聽起來，你我都錯了，錯大了。你想誰無父母？誰非人子？這位姑娘，雖然是個女流，你只看他這片孝心，不忘父親大仇，奉養母親半世。便有這等一位慈悲肝膽的安大老爺成全他，這纔叫是英雄志量，遇見了英雄志量。兒女心腸，遇見了兒女心腸。你我枉算英雄好漢，從幼兒就不聽父母教訓，不讀書不務正，肩不能擔擔，手不能提籃，胡作非為，以至作了強盜。可憐我黑金剛，也有八十多歲的老媽，我何曾得孝順他一天。便是得些不義之財，他吃著穿著，也是提心弔膽。眾兄弟們都請回山置事，我這個黑金剛從今洗手不幹。我便向山寨裏，接了母親，找個安穩地方，那怕耕種刨鋤，向老天討碗飯吃，也叫我那老媽安樂幾日，再不當這盜了。」眾人聽了這段情由，心裏正都有些感動，忽然又加上黑金剛這番話，一齊說：「黑哥哥此話說的有理。便是我們也有父母已故的，也有父母現存的，既然打破迷關，若不及早回頭，定然皇天不佑。我們大家同心合意，今日都跳出綠林，纔是正理。」鄧九公聽了大喜。嚷道：「好哇。」又把他那老壯的大拇指頭，伸出來說：「這纔是我鄧老九的好朋友哪！」說著，大家向鄧九公深深的作了個揖。說道：「鄧九太爺，我們都要回山，尋找房間，搬取老小，把那些馬匹器械，分散嘍囉們。願留的，留他作個隨身伴當。不願留的，叫他們各自謀生。就此告辭，要各幹正經去了。」鄧九公雙手一攔說：「且住，我鄧某還有一言奉勸，大家可恕我直言，別想左了。我想你眾位這一散夥，雖說腰裏都有幾兩盤纏，卻一時無家可奔，無業可歸。再說萬金難買的是好朋友。你們老弟兄們，耳鬢廝磨的，在一塊子。這一散，也怪覺得沒趣的。你看這青雲山一帶，鞭梢兒一指，站著的都是我鄧老九的房子，躺著的都是我鄧老九的地。那一村兒，那一莊兒，騰挪騰挪也安插下你們眾位了。房子如不合式，山上現成的木料，大約老弟兄們自己也還都蓋得起。果然有意耕種刨鋤，有的是荒山地，山價地租，我分文不取。那時候消閒無事，我找了你們老弟兄們來尋個樹陰涼兒，咱們大家多喝兩場子，豈不是個快樂兒嗎？」眾人聽到這裏，便說：「這個怎好叨擾。」鄧九公道：「列位，且莫推辭，我還有話要說。方纔提的那位安大老爺，你大家還不曾見著他的面，只聽我說了幾句，就立刻跳出火坑來了。這等一位度世菩薩，卻怎的倒不想見他一見。」眾人齊說：「那敢是求之不得。只不知這位老爺現今在那裏？」鄧九公哈哈大笑。說：「好教你眾位得知，就在屋裏坐著呢。」說著，他便向屋裏高聲叫道：「把弟呀，請出來，你看這又是椿痛快人心的事。」

再講安老爺在屋裏，聽得清楚。正自心中驚喜。說：「不想這班強盜，竟有這等見解。可見良心不死。」聽得鄧九公一叫，便整了整衣冠，款款的出來。那石敢當石坤，纔望見安老爺。便對大眾道：「眾位哥，這便是我那位恩官安太老爺，你我快快叩見。」眾人連忙一齊跪倒，口尊：「大老爺在上，小人們都是些亂民，本不敢驚大老爺的佛駕。如今冒死瞻仰恩官，求太老爺賞幾句好話，小人們來世也得好處托生。」只見安老爺站在臺堦兒上，笑容可掬的把手一拱，說道：「列位壯士請起。方纔的話，我都一一聽得明白。從來說孽海茫茫，回頭是岸。放下屠刀，立地成佛。你們眾人，今日這番行事，纔不枉稱世界上的英雄，纔不枉作人家的兒女。從此各人立定腳根，安分守己，作一個清白良民，上天自然加護。至於方纔這位鄧九兄的話，不必再辭，倒要成全他這番義舉。你大家便賣了戰馬，買頭牛兒，丟下兵器，拿把鋤兒，學那古人賣刀買犢的故事，豈不是綠林中一段佳話。況且天地生材，必有用處。看你眾位身材凜凜，相貌堂堂，儻然日後遇著邊疆有事，去一刀一鎗也好給父母博個封贈。」眾人聽一句，應一句，及至聽到這裏，一齊磕下頭去說：「謝太老爺的金言。」列公，誰說眾生好度人難度哇。那到底是那度人的沒那度人本領。

閒言少敘。安老爺說完了話，點點頭，把手一舉轉身進房。鄧九公便讓大家前廳歇息。一個個鼓舞歡忻，出門上馬而去。落後這班人，果然都扶老攜幼，投了鄧九公來。在青雲山裏聚集了個小小村落，耕種度日。這是後話不提。當下眾人散後，大家吃些東西，談到這樁事，也都覺得快心快意。看看天色已晚，安家父子、鄧家翁婿，依然回了褚家莊。安太太帶了媳婦，同褚大娘子仍在青雲山莊住下。一宿無話。次日便是何太太首七。鄧九公給玉鳳姑娘備了一桌祭品，教他自己告祭。那姑娘拈香獻酒，自然有一番禮拜哀啼，不消細講。一時禮畢。大家勸玉鳳姑娘暫脫孝服。封靈後，鄧九公早派下了兩個老成莊客、八個長工，在這裏看守。一面另著人把姑娘的細軟箱籠，運到莊上。把些粗重傢伙等類，分散眾人。鄧九公又另外替姑娘備了賞賜。少時車輛早已備齊，男女一行人，都向褚家莊而去。只可憐山裏的那些村婆村姑，還望著姑娘依依不捨。玉鳳姑娘到了褚家莊，進門便先拜謝鄧、褚兩家的情誼。那位姨奶奶，也忙著張羅茶酒煙飯。褚大娘子先忙著看了看孩子，便一面騰屋子備吃的，給姑娘打首飾，做衣服，以至上路的行李什物。忙的他把兩隻小腳兒，都累札煞了。依鄧九公的意思，定要請安老爺闔家並玉鳳姑娘到二十八棵紅柳樹也住幾日。無如這位姑娘，動極思靜，絕不像從前那騎上驢兒，就沒了影兒的樣子。便是褚大娘子，也覺得自己分不開身。因向他父親說道：「老爺子，不是我攔你老人家的高興，這裏也是你老人家的家，咱們家裏，通共你老人家合姨奶奶兩位，都在這裏呢！到西莊兒上，又見誰去。要就為咱們家那幾間房子，人家二叔、二嬸兒大概都見過。再說鬧了這幾天了，他娘兒們，也得歇歇兒，好上路。你老人家疼徒弟，也得疼疼女兒。只看我這手底下的事情，堆的還分得開身，大遠的頭兒跑嗎？」這還都是小事。這回書要再加上寫一陣二十八棵紅柳樹的怎長怎短，那文章的氣脈不散了嗎？又叫人家作書的怎的個作收場呢？安老爺、安太太聽了，心下先願意。鄧九公更是女兒說一是一，說二是二的。只哈哈笑了一陣，也便罷了。當下便把安老爺同公子，挪到大廳西耳房住。讓安太太婆媳同玉鳳姑娘住了東院。連張老夫妻也請了來，併一應車輛行李，都跟過來，打算將來就從此地起身。幸喜得他家莊上有個大馬圈，另開車門，出入方便。登時把一個鄧家東莊，又弄成了個褚家老店。連日鄧九公不是同姑娘閒話，便是同安老爺喝酒。褚大娘子得了空兒，便在東院，同張姑娘伴了玉鳳姑娘作耍。不就弄些吃食，給他解悶。絕不提起分別二字。只有安公子因內裏有位玉鳳姑娘，倒不好時常進來。只合丈人同小程相公、褚一官作一處。這日，恰好梁材從臨清雇船回來。雇的是頭二三三號太平船，並行李船、伙食船，都在離此十餘里，一個沿河渡口靠住。商定安太太帶了兒子、媳婦、僕婦、丫鬟，坐頭船。張太太合戴勤家的、隨緣兒媳婦跟著姑娘伴靈，坐二船。張親家老爺，合戴勤帶了兩個小廝，也在這船照應。安老爺倒坐了三船。分撥已定，便發行李下船。正是人多好作活，不上兩天，把東西都已發完。安老爺、安太太又忙著差華忠同程相公由旱路先一步回家，告知張進寶，預備一切。恰好姑娘，因那頭烏雲蓋雪的驢兒，此後無用，依然給還了鄧九公。安老爺卻又因那驢兒，生得神駿，便合九公要了，作為日後自己踏雪看山的代步。合張老家的一牛一驢，並車輛都交華忠順帶了去。一切料理停當，次日就待搬靈上船。這日鄧九公合褚大娘子，正在那裏打點姑娘的梳粧匣、吃食簍子，和隨身包袱。姑娘看了他父女便有個不忍相離之意，不覺滴下淚來。纔待說話，九公道：「咱們且張羅事情，不說這個。我們還送你個兩三站呢！」姑娘也就信以為真。說話間，他看見牆上掛著他那張彈弓。便說道：「我原說這張彈弓，給你老人家留下，不可失信。如今還是留下。你老人家見了這彈弓，就算見了我罷。」褚大娘子道：「你先慢著些兒作人情，那彈弓有人借下了。」姑娘便問：「是誰又借？」張姑娘接口道：「還是我們跟了他一道兒，他保了我們一道兒，我們可離不開他。姐姐暫且借給我們，掛在船上，仗仗膽兒，等到家時，橫豎還姐姐。那時姐姐愛送誰，送誰。」姑娘向來大刀闊斧，於這些小事，不大留心，便道：「也使得。」卻又一時因這彈弓，想起那塊硯臺來。因說：「可是的那塊硯臺，你們大家賺了我會子。又說在這裏咧，那裏咧，此刻忙忙叨叨的不要再丟下，早些拿出來還人家。」褚大娘子道：「你早說呀，我前日裝箱子，順手放在你那個顏色衣服箱子裏了。這時候壓在艙底下，怎麼拿呀。」姑娘道：「你這幾天也是忙糊塗了，可又收起他來作甚麼呢！」褚大娘子道：「也好。他們借了咱們的弓去，咱們還留下他們的硯臺。等你到了京再還他家。你要怕忘了，我給你先託付下個人兒。」因向張姑娘道：「大妹子，你到家想著，等他完了事兒，務必務必提醒著二位老人家，把他取過來。」說完，二人相視而笑。玉鳳姑娘只顧在那邊帶了他的奶娘合丫鬟，歸著鞋腳零星，不曾在意。那知他二人這話，卻是機帶雙敲，話裏有話。這正是：鴛鴦繡了從頭看，暗把金針度與人。安知何玉鳳怎的起身，畢竟後事如何？下回書交代。

第二十二回　晤雙親芳心驚噩夢　完大事矢志卻塵緣

上回書表的是安、何兩家，忙著上路。鄧、褚兩家，忙著送別。一邊行色匆匆，一邊離懷耿耿，都已交代明白。一宿無話。次日，何玉鳳黎明起來，見安太太婆媳合張太太，並鄧九公的那位姨奶奶，都已梳洗。在那裏看著僕婦丫鬟們，歸著隨身行李。只有褚大娘子不在跟前。姑娘料是他那邊張羅事情，不得過來。自己便急急的，梳洗了，要趁這個當兒先過去拜辭九公合褚大娘子，敘敘別情。及至問了問那姨奶奶，纔知他父女兩個，起五更就進山照料起靈去了。玉鳳姑娘聽了說道：「我在這地方，整整的住了三年，承他爺兒兩個多少好處，此去不知今生可能再見，正有許多話說，怎麼這樣早就走了。走也不言語一聲兒呢！」安太太道：「九公留下話來，說他們從山裏走得遶好遠兒的呢！他同他家姑爺、姑奶奶，合你大兄弟，都先去了。留下你大爺，在這裏招護咱們娘兒們。就從這裏動身，到碼頭上船。等著左右到了船上，他爺兒兩個，也要來的。在那裏的有多少話說不了呢。」姑娘聽了無法，只得匆匆的同大家吃些東西。辭了那位姨奶奶，收拾動身。來到大廳，安老爺正在外面等候。早有褚家的人，同戴勤、隨緣兒、趕露兒一班人，把車輛預備在東邊那個大院落裏。安老爺便著人前面引路，一行上下人等就從那大院裏上了車。當下安太太同玉鳳姑娘同坐一輛，張太太合金鳳姑娘同坐一輛。安老爺看眾人都上了車，自己纔上車，帶了戴勤等，護送同行。便從青雲堡出岔道口，順著大路奔運河而來。通共十來里路，走了不上半個時辰，早望見渡口碼頭邊，靠著三隻大太平船，合幾隻伙食船。晉升、梁材、葉通一班人，都在船頭伺候。又有鄧九公因安老爺帶得人少，派了三個老成莊客，還帶著幾個笨漢，叫他們沿途幫著照料，直送到京。這班人見車輛到了馬頭，便忙著搭跳板搬行李。安老爺把大家都安頓在安太太船上。玉鳳姑娘雖然跟他父親，到過一盪甘肅。走的卻是旱路，不曾坐過長船。如今一上船，便覺得另是一般風味，耳目一新。張太太進艙門，就找姑娘的行李。張姑娘道：「媽合姐姐都在那船上住，行李都在那邊！」張太太道：「我倆不在這兒睡呀！那麼說，我們走罷，看行李去。」說著，望臥艙裏就走。安太太道：「親家，不忙，那船上有人照看。你方纔任甚麼沒吃，等吃了飯，再過去不遲。」他道：「我吃僘飯哪！我還不是那一大碗白飯。等回來你大夥兒吃的時候兒，給我就盛過一碗去，就得了。」說著，早過那船去了。大家歇了一刻，只見褚大娘子先坐車趕來。一進艙門便說：「敢是都到了，我可誤了。誰知這一遶，多遶著十來里地呢！」因又向玉鳳姑娘道：「道兒上走得很妥當，你放心罷。倒真難為我們這個大少爺了。拿起來三四十里地，我們老爺子，合你姐夫，倒還替換著坐了坐車。他跟著靈，一步兒也不離，我那樣叫人讓他，他說不妨，又說二叔吩咐他的，叫他緊跟著走。你們瞧著罷，回來到了這裏，橫豎也邋遢了。」安太太道：「他小孩子家，還不該替替他姐姐嗎！」玉鳳聽了，心上卻是十分過不去。正待合褚大娘子說話，忽聽他問道：「張親家媽，那裏去了？」張姑娘道：「他老人家，惦著姐姐的行李，纔過那船上去了。」褚大娘子道：「真個的我也到那邊看看去。」說著，起身就走。玉鳳姑娘說：「你到底忙的是甚麼？這等慌神似的。」一句話沒說完，褚大娘子早站起來，出艙去了。不一時，晉升進來回說：「何老太太的靈，已快到馬頭了。」安老爺道：「既如此，我得上岸迎一迎。你大家連姑娘且不必動，那邊許多人夫，擁擠在船上，沒處躲避。索性等安好了，再過去罷。」說著，也就出去。

少時靈到，只聽那邊忙了半日，安放妥當，人夫纔得散去。船上一面上槅扇，擺桌椅，打掃乾淨。安老爺纔請玉鳳姑娘過去。安太太合張姑娘也陪過去。姑娘進門一看，只見他母親的靈柩，包裹的嚴密，停放的安穩。轉比當日送他父親回京倍加妥當。忙上前拈香，磕頭告祭。因是合安老爺一家同行，便不肯舉哀。拜罷起來，正要給眾人叩謝，早不見了褚大娘子。因問：「褚大姐姐呢？索性把師傅也請來，大家一處敘敘。」安老爺道：「姑娘你先坐下，聽我告訴你。九公父女兩個，因合你三載相依，一朝分散，不忍相別。又恐你戀著師弟姐妹情腸，不忍分離，倒要長途牽掛，因此早就打定主意，不合你敘別。他兩個方纔一完事，就走了。此時大約走出好遠的去了。」說話間，只聽得噹噹噹一片鑼響，揮啦啦扯起船蓬。那些船家，叫著號兒，點了一篙，那船便離了岸。一隻隻蕩漾中流，順溜而下。此時姑娘的烏雲蓋雪驢兒，是跟著華忠進了京了。銅胎鐵背的彈弓，是被人借了去，仗膽兒去了。止剩了一把雁翎刀，在後艙裏掛著。就讓他拿上嗖的一聲，跳上房去，大約也斷沒那本領，撲通一聲，跳下水去。只得呆呆望了水面發怔。再轉念一想，這安、張、鄧、褚四家，通共為我一個人，費了多少心力，並且各人是各人的盡心盡力。況又這等處處周到，事事真誠。人生在世，也就難得碰著這等遭際。因此他把離情打斷，更無多言。只有一心一意，跟著安老爺、安太太北去。安老爺便託了張太太在船伴著姑娘。又派了他的乳母丫鬟，便是戴勤家的合隨緣兒媳婦，帶著兩個粗使的老婆子，伺候安太太。又把自己兩個小丫頭，一個叫花鈴兒，給了玉鳳姑娘，一個叫柳條兒的，給了他媳婦張金鳳。這日，安老爺、安太太、張姑娘便在船上，陪著姑娘。直到晚上靠船後，纔各自回船。只苦了安公子腳後跟，走的磨了兩個大泡，兩腿生疼，在那裏抱著腿哼哼。

話休絮煩。從這日起，不是安太太過來，同姑娘閒話。便是張姑娘過來，同他作耍。安老爺也每日過來，望望這水路營生。不過是早開晚泊，阻雨候風。也不止一日，早到了德州地面。卻說這德州地方，是個南北通衢，人煙輻輳的地方。這日靠船甚早。那一輪紅日，尚未卸山。一片斜陽，照得水面上亂流明滅。那船上桅桿影兒，一根根橫在岸上。趁著幾株疎柳參差，正是漁家晚飯，分明一幅畫圖。恰好三隻船頭尾相連的，都順靠在岸邊。那運河沿河的風氣，但是官船靠住，便有些村莊婦女，趕到岸邊提個籃兒，裝些零星東西來賣。如麻繩棉線、零布帶子，以至雞蛋燒酒、豆腐乾、小魚子之類都有。也為圖些微利。這日，安太太婆媳，便過玉鳳姑娘的船上來吃飯。安太太見岸上只是些婦女，那天氣又不寒冷，便叫下了外面明瓦牕子，把裏面牕屜子，也吊起來。站在牕前，向外合那些村婆兒，一長一短的閒談。問他這裏的鄉風故事，又問他們都在那鄉村住。內中一個道：「我那村兒叫孝子村。」安太太道：「怎麼得這一個好名兒？想必你們村裏的人，都是孝順的。」他道：「不是這麼著。這話有百十年了。我也是聽見我那老兒說的。說多年前，有個教學的先生，是個南直人。在這地方開個學館，就沒在這裏了。他也沒個親人兒，大夥兒就把他埋在那亂葬崗子上咧。落後，他的兒子作了官，來找他父親。聽說沒了，他就挨門打聽那埋的地方，也沒人兒知道。我家住的，合他那學堂不遠兒。我家老公公，可倒知道呢！翻屍倒骨的，誰多這事去，也就沒告訴他在那兒。他沒法兒了，就在漫荒野地裏，哭了一場。誰知受了風，回到店裏，一病不起，也死了。我村裏給他蓋了個三尺來高的小廟兒，因這個大家都說他是孝子孝子的叫開了，就叫孝子村。」安太太聽著，不禁點頭贊歎。姑娘聽了這話，心裏暗道，原來作孝子，也有個幸不幸，也有個天成全不成全。只聽這人身為男子，讀書成名，想尋父親的骸骨，竟會到無處可尋，終身抱恨。想我何玉鳳遇見這位安伯父，兩地成全，一邱合葬。可見不求人的這句話，斷說不起。這等一想，覺得聽著這些話，更有滋味。不禁又問那村婆兒道：「你們這裏還有照這樣的故事兒，再說兩件我們聽聽。」又一個老些的道：「我們德州這地方兒，古怪事兒多著咧。古怪再古怪不過我們州城裏的這位新城隍爺咧。」姑娘笑道：「怎麼城隍爺，又有新舊呢？」那人道：「你可說麼，那州那縣，都有個城隍廟。那廟裏都有個城隍爺。誰又見城隍爺，有個甚麼大靈應來著。我這裏三年前，忽然一天，到了半夜裏，聽見那城隍廟裏，就合那人馬三齊笙吹細樂也似的，說換了城隍爺，新官到任來咧。那天起，這城隍爺，就靈起來，不下雨，求求他，天就下雨。不收成，求求他，地就收成。有了蝗蟲，求求他，那蝗蟲就都飛在樹上，吃樹葉子去了，不傷那莊稼。到了誰家為老的病，去燒炷香，許個願更有靈應。今年年時，我們山裏，出了一隻磣大的老虎。天天把人家養的豬羊，拉了去吃。州裏派了多少獵戶們打他，倒傷了好幾個人。也沒人敢惹他。大夥兒，可就去求他老人家去了。那天刮了一夜沒影兒的大風，這東西就不見了。後來這些人們，都到廟裏還願去了。一開殿門，瞧見供桌前頭，直挺挺的躺著，比牛還大的一隻死黑老虎。纔知道是城隍爺，把他收了去了。我們那些鄉約地保合獵戶們，就報了官。那州官兒，還親身到廟裏來，給他磕頭。聽說萬歲爺，還要給他修廟褂袍哩。你說這城隍爺，可靈不靈？」姑娘向來除了信一個天之外，從不信這些說鬼說神的事。卻不知怎的聽了這番話，像碰上自己心裏一樁甚麼心事，又好像在那裏聽見誰說過這話似的，只是一時再想不起。說著，天色已晚，船內上燈。那些村婆兒，賣了些錢，各自回家。安太太合張姑娘便也回船。玉鳳姑娘合張太太，這裏也就待睡。一路來張太太是在後艙橫牀上睡，姑娘在臥艙牀上睡。隨緣兒媳婦便隨著姑娘在牀下攤地鋪睡。當下各各就枕，可煞作怪，這位姑娘從來也不知怎樣叫作失眠，不想這日身在枕上，翻來覆去，只睡不穩。看看轉了三鼓，纔得沉沉睡去。便聽得隨緣兒媳婦叫他道：「姑娘，老爺、太太打發人請姑娘來了。」姑娘道：「這早晚老爺、太太也該歇下了，有甚麼要緊事，半夜裏請我過船。」隨緣兒媳婦道：「不是這裏老爺、太太，是我家老爺、太太，從任上打發人請姑娘來的。」姑娘聽了，心裏恍惚，好像父母果然還在，便整了整衣服，不知不覺，出了門，不見個人，只有一匹雕鞍錦韉的粉白駿馬，在岸上等候。姑娘心下想道：「我小時候，隨著父親，最愛騎馬。自從落難以來，從也不曾見匹駿馬。這馬倒像是個駿物，待我試他一試。」說著，便認鐙扳鞍上去。只見那馬雙耳一豎，四腳凌空，就如騰雲駕霧一般。耳邊只聽得嗯嗯的風聲，展眼之間，落在平地。眼前卻是一座大衙門。見門前有許多人在那裏伺候。姑娘心裏說道：「原來果然走到父親任上來了。只是一個副將衙門，怎得有這般氣概。」心裏一面想，那馬早一路進門，直到大堂站住。姑娘纔棄鐙離鞍，便有一對女僮，從屏後迎出來，引了姑娘進去。到了後堂，一進門，果見他父母雙雙的坐在牀上。姑娘見了父母，不覺撲到跟前，失聲痛哭。叫聲：「父親、母親，你二位老人家，撇得孩兒好苦。」只聽他父親道：「你不要認差了，我們不是你的父母，你要尋你的父母，須向安樂窩中尋去，卻怎生走到這條路上來。你既然到此，不可空回，把這樁東西交付與你，去尋個下半世的榮華，也好准折你這場辛苦。」說著，便向案上花瓶裏，拈出三枝花來。原來是一枝金帶圍芍藥，一枝黃鳳仙，一枝白鳳仙，結在一處。姑娘接在手裏，看了看道：「爹娘啊，你女兒空山三載，受盡萬苦千辛，好容易見著親人，怎的親熱話也不合我說一句，且給我這不著緊的花兒。況我眼前就要跳出紅塵，我還要這花兒何用？」他母親依然如在生一般，不言不語。只聽他父親道：「你怎的這等執性，你只看方纔那匹馬，便是你的來由，這三枝花便是你的去處，正是你安身立命的關頭。我這裏有四句偈言吩咐。」說著，便念了四句道：「天馬行空，名花並蒂。來處同來，去處同去。你可牢牢緊記，切莫錯了念頭。我這裏幽明異路，不可久留，去罷。」姑娘低頭聽完了那四句偈言，正待抬頭細問原由，只見上面坐的，那裏是他父母，卻是三間城隍殿的寢宮。案上供著泥塑的德州城隍，合元配夫人。兩邊排列著許多鬼判，嚇得他攥了那把花兒，忙忙的迴身就走。將出得門，卻喜那匹馬還在當院裏。他便跨上，一轡頭跑回來，卻是失迷了路徑。正在不得主意，只聽得路旁有人說道：「茫茫前路，不可認差了路頭。」姑娘急忙催馬，到了那人跟前一看，原來是安公子。又聽他說道：「姐姐，我那裏不尋到，你父母因你不見了，著人四下裏尋找，你卻在這裏頭玩耍。」姑娘見公子迎來，只得下馬。及至下了馬，恍惚間那馬早不見了。安公子便上前攙他道：「姐姐，你辛苦了，待我扶了你走。」姑娘道：「哇，豈有此理！你我男女受授不親，你可記得我在能仁寺救你的殘生那樣性命在呼吸之間，我尚且守這大禮，把那弓梢兒扶你。你在這曠野無人之地，怎便這等冒失起來。」公子笑道：「姐姐，你只曉得男女受授不親禮也。你可記得那下一句？」姑娘聽了公子這話，分明是輕薄他，不由的心中大怒起來。纔待用武，怎奈四肢無力，平日那本領氣力，一些使不出來。登時急得一身冷汗。嗳呀一聲醒來，卻是南柯一夢。連忙翻身坐起，還不曾醒得明白，一手捏著個空拳頭，口裏說道：「我的花兒呢？」只聽隨緣兒媳婦答應道：「姑娘的花兒，我收在鏡匣兒裏了。」姑娘這纔曉得自己說的是夢話。聽得他在那裏答岔兒，便呸的啐了一口說：「甚麼花兒，你收在鏡匣兒裏。」他卻鼾鼾的又睡著了。姑娘回頭，叫了張太太兩聲，只聽他那裏齁吼如雷，睡得更沉。自己便披上衣裳坐起來，把夢中的事前後一想。說：「我自來不信這些算命打卦圓夢相面的事。今夜這夢，作的有些古怪。分明是我父母，怎的不肯認我。又怎的忽然會變作城隍呢！這不要是方纔我聽見那村婆兒，講究甚麼舊城隍、新城隍咧鬧的罷。」想了半日，又自言自語的道：「且住，我想起來了。記得在青雲山莊見著我家奶公的那日。他曾說過當日送父親的靈，到這德州地方，曾夢見父親成神。說的那衣冠，可就合我夢中見的一樣。再合上這村婆兒的話，這事不竟是有的了嗎！但是既說是我父母，卻怎麼見了我，沒一些憐惜的樣子，只叫我到安樂窩，另尋父母去。我可知道這安樂窩兒在那裏呢？再說，又告訴我那匹馬、那三枝花，便是我的安身立命，這又是個甚麼講究呢？到了那四句話，又像是籤，又像是課，叫人從那裏解起？這個葫蘆提，可悶壞了人了。」姑娘本是個機警不過的人，如此一層層的往裏追究進去，心裏早一時大悟過來。自己說道：「不好了，要照這個夢想起來，我這番跟了他們來的，竟大錯了。那安樂窩裏面的話，可不正合著個安字。那安公子的名，便叫作安驥，表字又叫作千里，號又叫作龍媒，可不都合著個馬字。那枝黃鳳仙花，豈不合著張姑娘的名字。那枝白鳳仙花，豈不又正合著我的名字。那枝金帶圍芍藥，不必講，自然應著功名富貴的兆頭。便是安公子無疑了。且莫管他日後怎樣的富貴，怎樣的功名，但是我這作女孩兒的一條身子，便是黃金無價，一點心便是白玉無瑕。想我當日在悅來店、能仁寺作的那些事，在我心裏，不過為著父親的冤仇、自己的委屈，激成一個路見不平，便要拔刀相助的性兒。不作則已，一作定要作個痛快淋漓，纔消得我這副酸心熱淚。這條心可以對得起天地鬼神，究竟我何嘗為著甚麼安公子不安公子來著呢。如今果然要照夢中光景，撞出這等一段姻緣來，不用講，我當日救他的命，也是想著他，贈金也是想著他，借弓也是想著他，偏偏的我又一時高興，無端把個張金鳳給他聯成一雙佳耦。更彷彿是我想著他，纔把他配合他，好叫他周旋我。如今索性迤邐迤邐的，跟了他來了。就這面子上看，我自己且先沒得解說的了，又焉知他家不是這等想我呢。我何玉鳳這個心跡，大約說破了嘴，也沒人信，跳在黃河也洗不清，可就完了我何玉鳳的身分了。這便如何是好？」又呆了一會子，忽然說道：「不要管他，此刻半路途中，有母親的靈柩在此，料無別法。等到了京，急急的安了葬，我便催他們給我找座尼庵。那時我身入空門，一身無礙，萬緣俱寂，去向佛火蒲團上了此餘生，誰還奈何得我。只是這一路上，我倒要遠遠避些嫌疑，密密加些防範，大大留番心神，纔是道理。」說罷，望了望張太太，又叫了聲隨緣兒媳婦，正在那裏睡得香甜。自己重復脫衣睡下不提。姑娘覺得自己這個主意，元妙如風來雲變，牢靠如鐵壁銅牆。料想他安家的人，夢也夢不到此。那知這段話，正被隨緣兒媳婦聽了個不亦樂乎。原來隨緣兒媳婦說那花兒收在鏡匣裏的時候，卻是睡得糊裏糊塗，接下語兒說夢話。他說過這句，把腦袋往被窩裏偎了一偎，又睡著了。及至姑娘後來長篇大論的自言自語，恰好她又醒了。聽了一聽，姑娘所說的，都是自己的心事。他一來怕羞了姑娘，二來想到姑娘自幼疼他，到了這裏，又蒙安老爺、安太太把他配給隨緣兒，成了夫婦。如今好容易見著姑娘，聽了聽姑娘口氣，大有不安於安家的意思。他正沒作理會處。如今聽見姑娘，把夢裏的話，自言自語的，自己度量。他索性不則一聲，裝睡在那裏靜聽。那話雖不曾聽得十分明白，卻也聽了個大概。他便不肯說破。因大奶奶合他姑娘最好，消了閒兒，便把這話悄悄的告訴了他家大奶奶。張金鳳姑娘聽了，心中一喜一愁。喜的是果然應了這個夢，真是天上人間第一件好事。愁的是這姑娘好容易，把條冷腸子熱過來了。這一左性，怕又左出個岔兒來。因此倒告訴隨緣兒媳婦說：「這話關係要緊，你不但不可回老爺、太太，連你父母、公婆，以至你女婿跟前，都不許說著一字。」他嚇得從此便不敢提起。

這個當兒，安老爺、安太太又因姑娘當日在青雲山莊有一路不見外人的約法三章。早吩咐過公子沿路無事，不必到姑娘船上去。及至他二位老人家，見了姑娘，不過談些風清月朗，流水行雲。絕談不到姑娘身上的事。即或談到了，談的是到京後，怎樣的修墳，怎樣的安葬，安葬後怎樣找廟，那廟要怎樣近便地方，怎樣清淨禪院，絕沒一字的縫子可尋。只這沒縫子可尋的上頭，姑娘又添了一層心事。他想著是他們如果空空洞洞，心裏沒椿事，便該合我家常瑣屑，無所不談。怎麼倒一派的冠冕堂皇，甚至連安驥兩個字，都不肯提在話下。這不是他們有甚麼心事？可見我的見識不錯，可就難怪我要急急的跳出紅塵了。這是姑娘心裏的事。在安老爺、安太太，並不是看不出姑娘這番意思來。心裏想的是你我既然要成全這個女孩兒，豈有由他胡作，身入空門之理？自然該辦一片至誠心，說幾句正經話，使他打破迷團，早歸正路纔是。但這姑娘，可不是一句話了事的人，此刻要一語道破，必弄到滿盤皆空。莫如且順著他的性兒，無論他怎樣用心，只合他裝糊塗，卻慢慢的再看機會，眼下只莫惹他說出話來。這是安老爺、安太太心裏的事。其實姑娘是一片真心，珍惜自己。安老爺、安太太更是一片真心，衛顧姑娘。弄來弄去，兩下裏都把真心瞞起來，一邊假作癡聾，一邊假為歡笑，倒弄得像各懷一番假意了。只顧他兩家這等鬬心眼兒，再不想這椿事越發左了，這回書越發累贅了。也不知那作書的，是因當年果真有這等一椿公案，秉筆直書。也不知他閒著沒的作了，找著鑽鋼眼，穿小鞋兒，吃難心丸兒，撒這等一個大躺線兒，要作這篇狡獪文章，自己為難自己。列公，天下事最妙的是雲端裏看廝殺。你我且置身局外，袖手旁觀，看後來這位安水心先生，怎的下手？這位何玉鳳姑娘怎的回頭？張金鳳怎的撮合？安龍媒怎的消受？那作書的，又怎的個著筆？

閒話休提，言歸正傳。卻說過了德州，離京一日近似一日，安老爺便發信知照家裏，備辦到京一應事件。專差趕露兒，同了個雜使小廝，由旱路進京。大船隨後按程行走，還不曾到得通州，那老家人張進寶早接下來。恰好老爺、公子，都在太太船上。張進寶進艙，先叩見了老爺、太太，起來又給大爺請安。太太道：「你瞧瞧新大奶奶。」他聽說，便轉身磕下頭去。說：「奴才張進寶認主兒。」張姑娘滿面笑容說：「伺候老爺、太太的人，別行這大禮罷。」公子便趕過去，把他扶起來。老爺道：「這算偺們家個老古董兒了。他還是爺爺手裏的人呢！」因問他道：「你看這個大奶奶，我定的好不好？」他道：「實在是老爺、太太疼奴才爺的造化，奴才大概前也聽見華忠說了。這一盪老爺合爺可都大大的受驚，吃了苦，勞了神了。」說到這裏，老爺道：「這都是你們大家盼我作外官盼出來的呀。」他又答道：「回老爺，看不得一時，天睜著眼睛呢！慢說老太爺的德行，就講老爺的居心待人，咱們家不是這模樣就完了的。老爺往後還要高陞，幾年兒奴才爺再中了，據奴才糊塗說：『只怕從此倒要興騰起來了。』」安老爺、安太太聽了他這老檝話兒，倒也十分歡喜。因問了問京中家裏光景。他道：「朝裏近來無事，也很妥靜。華忠到京，奴才遵老爺的諭帖，也沒敢給各親友家送信。連烏大爺那裏差人來打聽，奴才也回覆說：『沒得到家的准信。』就只舅太太時常到家來，奴才不敢不回。舅太太因惦記著老爺、太太，合奴才爺奶奶，已經接下來了。在通州馬頭廟裏等著呢！」老爺道：「很好。」又問：「園裏的事都預備妥當了麼？」他又回道：「那裏交給宋官兒合劉住兒兩個辦的，都齊備了。槓房人也跟下奴才來了，在這裏伺候聽信兒。奴才都遵老爺的話，辦得不露火勢，也不露小家子氣，請老爺、太太放心。」老爺忽然想起問道：「那劉住兒，你也派他在園裏，中用嗎？」他連忙回道：「老爺問起劉住兒來，竟是件怪事。自從他誤了奴才爺的事，等他剃了頭，消了假，奴才就請出老爺的家法來。傳老爺的諭，結結實實責罰了他三十大板子。誰知他挨了這頓打，竟大有出息了。不賺錢，不撒謊，竟可以當個人使喚了。」老爺點頭道：「都很難為你，你歇歇兒，也就回去罷，家裏沒人。」他道：「不相干，家裏奴才把華忠留下了。再程師老爺也肯認真照料的。」太太道：「告訴他們外頭，好好兒的給他點兒甚麼吃。他這麼大歲數了，莫餓著回去。」他聽了，忙著又跪下說：「太太的恩典。再奴才還得過去見見親家老爺、親家太太，還有何大太太靈前，合那位姑娘。請示老爺、太太，奴才們怎麼樣？」老爺道：「靈前你們可以不行禮。姑娘且不必見，到家再說罷。止見見親家老爺就是了。」公子連說：「張爹，你先歇歇兒去罷。站了這半天，船上不好走，不用滿處跑了。」他道：「爺甚麼話。一筆寫不出兩主兒來。主子的親戚，也是主子，一歲主，百歲奴才。何況還關乎著爺奶奶呢！如今這些纔出土兒的奴才，都是吃他娘的兩天油炒飯，就瞧不起主子了。老爺這一回來，奴才們要再不作個樣子，給他們瞧瞧，越發了不得了。」公子被他排的也不敢再說。太太道：「你只管去，也歇歇兒，不用忙。」他這纔答應了兩個是，慢慢退了出去。列公，你看怎的連安老爺家的家人，也教人看著這等可愛。這老頭子，大約合那霍士端的居心行事，就大不相同了。閒話少說。說話之間，那船一隻跟一隻的，早靠了通州龍王廟馬頭。這安老爺此番出京為了一個縣令，險些撞破家園。今日之下，重歸故里，再見鄉關，況又保全了一個佳兒，轉添了一個佳婦。便是張老夫妻初意也不過指望帶女兒，投奔一個小本經紀的親眷。不想無意中得這等一門親家，一個快婿，連自己的下半世的安飽都不必愁了。至於何玉鳳姑娘一個世家千金小姐，弄得一身伶仃孤苦，有如斷梗飄蓬，生死存亡，竟難預定。忽然的大事已了，一息尚存，且得重返故鄉。雖是各人心境不同，卻同是一般的歡喜。當下安老爺便要派人，跟公子到廟裏先給舅太太請安去。正吩咐間，舅太太得了信早來了船上。眾人忙著搭跳板，搭扶手，撒圍幙。舅太太下了車，公子上前請安。舅太太一見公子，只叫了聲，「嗳喲，外外」，先就紛紛淚落，半日說不上話來。倒是公子說：「請舅母上船罷。我母親盼舅母呢！」他便攙了舅母，後面僕婦圍隨著上了船。安老爺在船頭見了舅太太，一面問好。早見安太太帶了媳婦，站在艙門口裏面等著。舅太太便趕上去，雙手拉住他，姑嫂兩個，平日本最合式。這一見，痛的幾乎失聲哭出來。只是彼此都一時無話。安太太便叫媳婦過來，見過舅母。舅太太一把拉住說：「好個外外姐姐。我自從那天，聽見華忠說了，就盼你們，再盼不到。今日可見著了。」說著，拉了安太太進艙坐下。公子送上茶來。舅太太纔合安老爺、安太太說道：「其實，咱們離開不到一年。瞧瞧你們在外頭，倒碰出多少不順心的事來。一個玉格要上淮安，就沒把我急壞了。叫他去，又不放心。不叫他去，又怕他彆出個病來。誰想到底鬧了這麼個大亂兒，真要是不虧老天保佑，我可怎麼見姑老爺、姑太太呢！」說著，又擦眼淚。安老爺道：「萬事都有天定，這如何是人力防得來的。」安太太道：「可是說的都是上天的恩典，你看我們雖然受了多少顛險，可招了一個好媳婦兒來了呢！」說話間，恰好張姑娘裝了煙來，舅太太便道：「外外姐姐，你來，我再細瞧瞧你。」說著，拉了他的手，從頭上到腳下，打量了一番。回頭向安老爺、安太太道：「可不是我說，我也不怕外外姐姐思量。這要說是個外路鄉下的孩子，再沒人信。你瞧，慢講模樣兒，就這說話兒、氣度兒，咱們城裏頭大家子的孩子，只怕也少少兒的。也是他生來的，大概也是妹妹會調理。」說到這裏，忽然又問道：「不是說還有何家一位姑娘，也同著進京來了嗎？」安老爺道：「他在那邊船上，跟著我們親家太太呢！」舅太太又道：「可是這親家太太，我也該會會呀。」說著，把煙袋遞給跟的人，站起來就要走。原來安太太合他姑嫂兩個有個小傲慪兒❶，我便說道：「你怎麼一年老似一年，還是這樣忙叨叨，瘋婆兒似的。」舅太太道：「老要顛狂少要穩。我不像你們小人兒家，那麼不出繡房大閨女似的。姑太太，等你到了我這歲數兒，也就像我這麼個樣兒了。」安太太道：「不害臊。你通共比我大不上整兩歲，就老了。老了麼？不打。」安太太說到這裏，不肯往下說。舅太太道：「不打甚麼，我替你說罷：老了麼？不打賣餛飩的。是不是呀？當著外外姐姐，這句得讓姑太太呀！」說的大家大笑。連安老爺也不禁笑了。一面便叫晉升家的過去，告訴明白姑娘合親家太太。這個當兒，安太太便在舅太太耳邊說了兩句話。舅太太似覺詫異，又點了點頭。大家卻也不曾留心聽得說些甚麼。再講何玉鳳合安太太這邊兩船緊靠，只隔得兩層船牕。聽這邊來了位舅太太，也不知是誰。只聽他那說話的圓和爽利，覺得先有幾分對自己的胃脘。見晉升家的過來告訴了，知他一進門，定要往靈前行禮，便跪在靈旁等候。不一時，安太太婆媳陪了那位舅太太過來，迎門先見過張親家太太又參罷了靈，便趕過來見姑娘。安太太說：「姑娘請起來見罷。」戴勤家的扶起姑娘來，低頭道了萬福。原來這舅太太也是旗裝。說道：「姑娘我可不會拜拜呀。咱們拉拉手兒罷。」近前合姑娘拉手，姑娘一抬頭，舅太太先嗳喲了一聲說：「怎麼這姑娘合我們外外姐姐，長的像一個人哪！要不是你兩個都在一塊兒，我可就分不出你們誰是誰來了。」姑娘聽了，心裏說道：「這句話，說的可不擱當❷兒。」因又

❶小傲慪兒：帶著開玩笑的抬槓，北平土話。

轉念一想說：「我心裏的為難，人家可怎麼會曉得呢！不要怪他。」大家歸坐，舅太太坐在上首，便往後挪了一挪，拉著姑娘說：「親不間友，咱們這麼坐著親香。」姑娘再三謙讓，安太太便告訴他道：「姑娘不必讓，這是我大嫂子，無兒無女，雖說有兩房姪兒，又說不到一塊兒。我們兩個最好，他一年倒有大半年在我家裏住著。也就好算個主人了。有我這大哥，比你們老爺大。咱們八旗論起來，非親即友，那麼論你，就叫他大娘。論我這頭兒呢，屈尊姑娘點兒，就要叫他聲舅母。」姑娘聽了一想，現在舅太太面前，自然該論現在的。便說道：「我自然該隨著我張家妹妹，也叫舅母纔是呢。」及至說出口來，敢則自己這句，更不擱當兒，一時後悔不來。便聽安太太說道：「那麼咱們娘兒們，可更親香了。」因又告訴舅太太，姑娘怎樣的孝順，怎樣的聰明，怎樣的心胸，怎樣的本領。舅太太道：「你們三家子，也不知怎樣修來的，姑老爺、姑太太，有這麼樣一個好兒子。我們這位何大妹子合這張親家一家有這麼樣一個好女兒。我是怎麼了呢！沒修積個兒子來罷了，難道連個女兒的命也沒有，真個的我前世燒了斷頭香了。」說著，便有些傷慘。姑娘一看，心裏說：「這個人倒是條熱腸子。且住，我如今是進了京，大事一完，就想急急的進廟。及至進了廟，安家伯母自然不能常去伴我。這位張親家媽，雖說在我跟前，諸事不辭辛苦，十分可感。我卻也一口叫他聲媽。但是到了京，人家自然要合他女兒親近親近。再他老人家，一會兒價那派怯話兒、蠢勁兒，合那一雙臭腳丫兒、臭葉子煙兒，卻也令人難過。看這位舅母的心性脾氣，都合我對得來，他也孤苦伶仃，我也孤苦伶仃，怎的得合他彼此相依，倒也是樁好事。」姑娘正在那裏一面想，一面端起茶來要喝。戴勤家的看見道：「姑娘那茶冷了，等換換罷。」說著，走上

❷ 不擱當：不得當。

來換茶。舅太太道：「姑太太派你跟姑娘呢，你可好好兒的，伏侍這位姑娘。」戴勤家的笑道：「奴才不敢錯喲，奴才本是姑娘宅裏的人，姑娘就是奴才奶大了的。」舅太太道：「哦，原來你還是嬤嬤呢！這麼說，連你都比我的命強了。你到底還合姑娘有這麼個緣法兒呀。」姑娘一聽這話，又正鑽到心眼裏來了。暗道：「他既這樣，我何不認他作個乾娘，就叫他娘。豈不借此把舅母兩字躲開了。」不由的開口道：「舅母這話，他那裏當得起。舅母若果然不嫌我，我就算舅母的女孩兒。」把個舅太太樂得倒把臉一整說：「姑娘你這話，是真話，是頑兒話？」姑娘道：「這是甚麼事，也有個合娘說頑兒話的。」說著，更無商量，站起來，就在舅太太跟前，拜了下去。舅太太連忙把他拉起來，攬在懷裏，一時兩道啼痕，一張笑臉，悲喜交集的說道：「姑太太，你今日這樁事，我可夢想不到。我也不圖別的，你我那幾個姪兒，實在不知好歹。新近他二房裏，還要把那個小的兒，叫我養活。妹妹知道那個孩子，更沒出息。我說：『作甚麼呀！甚麼續香煙咧，又是清明添把土咧。我心裏早沒了這些事情了。我只要我活著，有個知心貼己的人，知點疼兒，著點熱兒。我死後，他掉兩點真眼淚，痛痛的哭我一場，那就算我得濟了。』」說著，把自己胸坎兒上，帶的一個玉連環，拴著一個懷鏡兒解下來，給姑娘帶上。還說：「這算不得甚麼，等你脫了孝，我好好兒的親自作兩雙鞋你穿。」姑娘又站起來謝了一謝。安太太道：「你站著，我們費了不是容易的事，把姑娘請來，算叫你搶了去了。」舅太太道：「這可難說，各自娘兒們的緣法兒。」說著，右手拉著姑娘的左手，左手拍著他的右肩膀兒，眼望著安太太婆媳道：「今日可合你們落得起嘴❸了，我也有了兒女咧。」安太太道：「也好，你也可以給我分分勞。」因合玉鳳姑娘說

---

❸ 落嘴：誇口。

道：「大姑娘，你要合他處長了，解悶兒著的呢。第一描畫剪裁，扎拉釘扣，是個活計兒，他沒有不會的。你要想個甚麼吃，他還造得一都的好廚。再沒了事兒，你聽罷，甚麼古記兒❹、笑話兒、燈虎兒，他一肚子呢！你有本事醒一夜，他可以合你說一夜。那是我們家有名兒的夜遊子、話拉拉兒❺。」姑娘聽了，益發覺得這人不但是個熱人，並且是個趣人。

書中再說安老爺，隔船靜坐，把那邊的話，聽了個逼清。便蹾過這船上來，大家連忙站起。舅太太道：「姑老爺來的正好，纔要把方纔的話，訴說一遍。」安老爺道：「我在那邊都聽見了。你娘兒們、姐妹們，說的雖是頑話，我卻有句正經話。大姐姐你這個女兒，可不能白認他，這一到京，在我家墳上，總有幾天耽擱。你們姑太太到家，自然得家裏歸著歸著，媳婦又過門不久，也是個小人兒呢！雖說有我們親家太太在那裏，他累了一道兒，精神有個到不到的。怎麼得舅太太在那裏伴他幾天就好了。」舅太太道：「這有甚麼要緊，我那家左右沒甚麼可惦記的，平日沒事，還在這裏成年累月的閒住著。何況來招護姑娘呢。」安老爺道：「果然如此，好極了。」說著，就站起來，把腰一彎，頭一低說：「我這裏先給姐姐磕頭。」舅太太連忙站起來，用手摸了摸頭把兒說：「這怎麼說，都是自己家裏的事，再合姑老爺、姑太太說句笑話兒，我自己疼我的女兒，直不與你二位相干，也不用你二位領情。」當下滿座嬉笑，一片寒暄。玉鳳姑娘益發覺得此計甚得，此身有託。咳，古人的話再不錯。說道是：天下本無事，庸人自擾之。據我說書的看起來，那庸人自擾，倒也自擾的有限。獨這一班兼人好勝的聰明朋友，他要

❹ 古記兒：故事。

❺ 話拉拉兒：愛說話的人。

自擾起來，更是可憐。即如這何玉鳳姑娘既打算打破樊籠，身歸淨土。無論是誰叫舅母，就叫舅母。那怕拉著何仙姑叫舅母呢！你幹你的，我做我的，這何妨。好端端的又認的是甚麼乾娘。不因這番按俗語說，便叫作賣盆的自尋的。掉句文，便叫作痴鼠拖薑，春蠶自縛。這正是：暗中竟有牽絲者，舉步投東卻走西。要知那何玉鳳合葬雙親後，怎的個行止？下回書交代。

第二十三回　返故鄉宛轉依慈母　圓好事嬌嗔試玉郎

這回書表的是安老爺攜了家眷，同著張老夫妻兩個，護著何玉鳳姑娘，扶了他母親何太太的靈柩，由水路進京，重歸故里，船靠通州，指日就要到家了。這部兒女英雄傳的書，演到這個場中，後文便是弓硯雙圓的張本，是書裏一個大節目。俗說就叫作書心兒。從來說的好：說話不明，猶如昏鏡。說書的一張口，本就難交代兩家話，何況還要供給著聽書的許多隻耳朵聽呢！再說，聽書的有個先來後到，便讓先來的諸位，聽個從頭至尾，各人有各人的穿衣吃飯，正經營生，難道也照燕北閒人這等睡裏夢裏，吃著自己的清水老米飯，去管安家有要沒緊的閒事不成？如今，要不把這段節目交代明白，這書聽著可就沒甚麼大意味了。要講這段書的節目，在安老爺當日，原因為十三妹在黑風崗能仁古剎救了公子的性命，全了張金鳳的貞節。走馬聯姻，立刻就把張金鳳許配公子。又解囊贈金，借弓退寇，受他許多恩情。正在一心感恩圖報，卻被這姑娘一個十三妹的假姓名，一個雲端裏的假住處一繞，急切裏再料不到這姑娘，便是自己逢人便問，到處留心，不知下落，無處找尋的那個累代世交賢姪女何玉鳳。及至聽了他這十三妹的名字，又看了公子抄下的他那首詞兒，從這上頭摹擬出來，算定了這十三妹，定是何玉鳳無疑。既得著了他的下落，便脫去那領朝衫，辭官不作，前去尋訪。及至訪到青雲山，不是容易。纔因褚大娘子見著鄧九公，籠絡住了鄧九公，又不是容易。纔因鄧九公見著十三妹，感化動了十三妹。天道好還，也算保全了他一條身子，救了他一條性命。在安老爺的初意，也只打算得把他伴回故鄉，替他葬了父母，給他尋個人家，也算報過他來了。絕乎不曾想到公子的姻緣上。不想在褚家莊合鄧、褚父女兩個，筆談的那一天，話已說完結。恰恰的公子同褚一官出去走了一走，這個當兒，褚大娘子忽然的心事上眉頭，悄悄的向安老爺合他父親，說了何不如此如此的那句話。那句話，便是要把何玉鳳也照張金鳳的樣子，合安龍媒聯成一牀三好的一段良緣。當下鄧九公聽了，先就拍案叫絕，立刻便想拿說媒的那把蒲扇。倒是安老爺不肯。這安老爺不肯的原故，一來為姑娘孝服在身，二來想著這番連環計原是衛顧姑娘的一片誠心。假如一朝計成，倒把人家誆來，作了自己的兒子媳婦，這不全是一團私意了嗎。再說，看那姑娘的見識心胸，大概也未必肯吃這注。儻然因小失大，轉為不妙。又不好卻鄧家父女的美意，所以攔住鄧九公說：「且從緩商。」及至第二日見著十三妹，費盡三毛七孔，萬語千言，更不是容易。一樁樁，一件件，都把他說答應了。他這纔說出他那回京葬親之後，便要身入空門的約法三章來。彼時老爺生怕打攪了事，便順著他的性兒，合他滴水為誓。話雖如此說，假如果然始終順著他的性兒，說到那裏，應到那裏，那就只好由著他當姑子去罷。登不成了整本的孽海記、玉簪記。是算叫他合趙色空湊對兒去？還是合陳妙常比個上下高低呢！那怎樣是安水心先生作出來的勾當？何況這位姑娘，守身若玉，勵志如冰。便說身入空門，又那裏給他找榮國府，送進櫳翠庵，讓他作檻外的人去呢！還是從此就撒手不管，由他作個上山姑子，背土坯去罷。因此安老爺早打定了一個主意，無論拼著自己淘乾心血，講破脣皮，總要把這姑娘成全到安富尊榮，稱心如意。總算這樁事，作得不落虎頭蛇尾。無奈想了想，這相女配夫，也不是件容易事。就自己眼底下，見過的這班時派人裏頭，不是紈袴公子，便是輕薄少年。更加姑娘那等天生的一沖性兒，萬一到個不知根底的人家，不是公婆不容，便是夫妻不睦。誰又能照我老夫妻這等體諒他。豈不誤了他的終身大事。左思右想，倒不如依了褚大娘子的主意，竟照著何玉鳳給張金鳳牽絲的那幅人間沒兩的新奇畫本，就借張金鳳給何玉鳳作稿子，合成一段，鼎足而三的美滿姻緣。叫他姐妹二人，學個娥皇、女英的故事，倒也於事兩全，於理無礙，於情亦合。因此上在鄧家莊住的那幾天，卻背了眾人把這話告訴了安太太。安太太聽了，自是歡喜。老夫妻兩個便密密的來求鄧家父女說：「等回京之後，看了光景，得個機會，商量出個道理來。如果事可望成，再勞大媒完成這樁好事。」這句話卻因張金鳳還是個新媳婦兒，又恐怕他合公子閨房私語，一時洩露了這個機關，所以老夫妻兩個，且都不合張金鳳提起。那知張姑娘自從遇著何玉鳳那日，就早存了個好花須是並頭開的主意。所以古寺談心，纔有向何玉鳳那一問。秋林送別，纔有催何玉鳳那一走。及至見了褚大娘子，又是一對玲瓏剔透的新媳婦，到了一處，才貌恰正相等，心性自然相投。褚大娘子便背了安老爺、安太太並他父親，把這話盡情的告訴了張金鳳。在褚大娘子也不過是要作成何玉鳳的一片深心，那知正恰恰的合了張金鳳的主意。所以他兩個，纔有借弓留硯的那番啞謎兒。安老爺、安太太倒不曾留心到此。及至上了路，張金鳳因見公婆不曾提起，自己便也不敢先提。通算起來，這樁事只有安老夫妻、鄧家父女，合張金鳳五個人心裏明白。卻又是各人明白各人的。其餘那些僕婦丫鬟，以至張老兩口兒，一概不知影響。至於安公子，只知把位何小姐敬的如南海龍女，但有感恩報德的處心。何小姐又把安公子看得似門外蕭郎，略無惜玉憐香的私意。其實這二位，都算叫人家裝在鼓裏了。及至何玉鳳見安老爺、安太太命公子穿孝扶靈，心中卻有老大的過不去，纔把張冰冷的面孔放和了些，把條鐵硬的腸子迴暖了些。安老爺看了，倒也暗中放心。覺得這段姻緣，像有一兩分拿手。夢也夢不到，到了德州，姑娘因作了那等一個夢。這一提魂兒，又把他那斬鋼截鐵的心腸，賽雪欺霜的面孔，給提回來更打了緊板了。老夫妻看了，只是納悶，不解其所以然。張姑娘雖是耳朵裏有隨緣兒媳婦的一段話，知其所以然，又不好向公婆說起。這個當兒，離京是一天近似一天了。安老爺一個人，坐在船上，心裏暗暗的盤算。說道：「看這光景，此番到京，一完了事請他到家，他定不來。送他入廟，我斷不肯。只有合他遷延日子，且把他寄頓在也不算廟，也不算家的我家那座故園陽宅裏，仍叫他守著他父母的靈，也算依了他約法三章的話了。騰出這個工夫來，卻再作理會。只是他長久住在那裏，這其間隨時隨事，看風色，趁機緣，卻是件蟻串九曲珠的勾當。那位張親家太太，可斷了不了。」老爺正在為難，將將船頂碼頭，不想恰巧這位湊趣兒的舅太太接出來了。一進艙門，說完了話，便問何姑娘。見了何姑娘便認作母女。彼時在這位舅太太，是乍見了這等聰明俊俏的一個女孩兒，無父無母，又憐他，又愛他。便想到自己，又是膝下荒涼，無兒無女，不覺動了個同病相憐的念頭。彼時安老爺卻不曾求到他跟前，便是安太太向他耳邊說的那句梯己，也只因為姑娘有紀府提親那件傷心的事，不願人提起。恐怕舅太太不知，囑咐他見了姑娘，千萬莫問他有人家沒人家的這句話。是個入門問諱的意思。誰想姑娘一見舅太太，各人為各人的心事，一陣穿插，倒正給安老爺、安太太搭上橋了。安老爺便打倒金剛賴倒佛，雙手把姑娘託付在舅太太身上。那舅太太這日，便在何玉鳳船上住下。接連著伴送他到了墳園，伴送他葬過父母。這其間照應他的服食冷暖，料理他的鞋腳梳粧。姑娘閒來，還要聽個笑話兒、古記兒。一直管裝管卸，到姑娘抱了娃娃，他作了姥姥，過了個親熱香甜，此是後話。這正是安老爺笑吟吟，不動聲色，一副作英雄的手段。血淋淋出於肺腑，一條養兒女的心腸，纔作出這天理人情中一樁公案。卻不是拿著水心先生，那等一個腳色，由著燕北閒人的性兒，怎麼掇弄，怎麼轉。怎麼叫，怎麼答應。列公，這樁套頭裹腦的事，這段含著骨頭露著肉❶的話，這番扯著耳朵顋頰動❷的節目，大約除了安老爺合燕北閒人兩個心裏明鏡兒似的，此外就得讓說書的還知道個影子了。

至於列公聽這評書，也不過逢場作戲。看這部書，也不過走馬觀花。真個的還把有用精神，置之無用之地。用這閒心，去刨樹搜根不成。如今，說書的「從旁指點桃源路，引得漁郎來問津。」算通前徹後，交代明白了，然後這再言歸正傳，卻說安老爺把何玉鳳姑娘託付了舅太太之後，纔得勾出精神，料理手下的事。便忙著商量，分撥家人清船價，定車輛，歸箱籠，發行李，一面打發太太，帶了公子合媳婦並僕婦丫鬟人等，先回莊園照料。只留卞舅太太、張親家老爺太太、戴勤家的、隨緣兒媳婦、花鈴兒並跟姑娘兒的僕婦侍婢，合兩個粗使老婆子，合姑娘同行。外邊留下幾個中用些的家人，照料自己。便打算送姑娘隨靈，起身之後，先一步進城，到墳園料理一應事件。又計算到靈柩從通州碼頭起身，一路到西山雙鳳村，一天斷不能到。早有張進寶等在德勝關一帶，預備下下處，安靈住宿。那槓房裏得了准信，早把行槓預備下來，一切佈置妥當。到了那日，姑娘穿上孝服，行了告奠禮，便合舅太太同車隨靈，到德勝關住下。按下這邊不表。卻說公子先一日，跟了母親同了媳婦到家拜過佛堂祠堂。看了看家中風景依然，只一個張進寶，管了個內外嚴肅。一家男女家人，參見已畢。華嬤嬤也見過他家大奶奶，一時樂得他左看一番，右問一番，也不知要怎麼親近奶奶纔好。閒話少敘，卻說安老爺次日送姑娘下船，隨

❶ 含著骨頭露著肉：說話吞吞吐吐。

❷ 扯著耳朵顋頰動：互相牽連。

靈起身後，自己便穿城行走。先回莊園，一進二門，當院裏早預備下香燭，吉祥紙馬。老爺帶領闔家謝過天地。自己又到佛堂祠堂磕過頭，然後進了正房。老夫妻雙雙坐下，兒媳兩旁侍立奉茶。男女家人參見已畢，大家各各的歸著東西，伺候酒飯。來往奔忙，老爺便向太太道：「太太你看人生天命，安排自有一定。非分之榮，萬不可以妄求。你我受祖父餘蔭，守著這幾畝薄田，幾間房子，雖不寬餘，也還不愁凍餒。無端的官興發作，弄出這一篇離奇古怪的文章。所幸今日安穩到家，你我這幾個有限的骨肉，不曾短得一個，倒多了一個。便是天祖默佑，況又完了何家姪女這場心願。我自今以後，縱然終老林泉，便算榮逾臺閣，我依舊還課子讀書，合幾個古聖先賢，時常聚聚，斷不輕舉妄動了。」太太道：「老爺，這話說的很是。真這世路上的事，看著實在怕人。」老夫妻帶著兒子、媳婦說說笑笑。一時吃完了飯，撤去殘席。老爺便出去拜望程師爺，致謝他在家的照料。進來又把大家眾人，看家的、行路的，都叫到跟前，慰勞了一番。又問了問城裏的房子。張進寶道：「奴才進城，常到宅查看。本家爺們住的很安靜，家人看的也極謹慎，請老爺放心。」老爺點了點頭，大家散去，當晚無話。次日，老爺、太太起來，便趕早吃了飯，帶同兒子、媳婦，先到他老太爺、老太太墳上行禮。然後過這邊來，看了看辦得不豐不儉，一切合宜。老爺頗為歡喜。便派人跟了公子，叫他穿上孝服，向十里外，迎接何太太的靈。這裏老爺也摘了纓兒，太太也暫除了首飾。張姑娘依然穿上孝服，外邊穿孝的便是戴勤、宋官兒、隨緣兒。又派了兩個粗使家人，內裏便是路上跟著姑娘的戴勤家的、隨緣兒媳婦、丫鬟花鈴兒合兩個婆子。分撥已定。安太太便叫媳婦說：「在船上也圈了一道兒了。這墳上周圍，都是咱們的地方，趁著這工夫，只管帶著人閒走走去。」張姑娘答應了出來，這班丫鬟僕婦，等閒不得出來，又樂得跟著新大奶奶，湊個趣兒。

一時都跟了去。只剩下兩個粗使的婆子，在這裏聽叫。安老爺、安太太這個當兒，倒計議了許多緊要正事。

他夫妻怎的計議，又是些甚麼話？甚麼事？說書的不曾在旁，無從交代。列公，慢慢聽下去，少不得有個水落石出。暫且不表。且說何玉鳳姑娘同舅太太、張太太在德勝關店內，住了一夜。次早梳洗已畢，打了坐尖。隨有張進寶同梁材帶了大槓，接了下來。姑娘只當還照昨日一樣走法。及至同舅太太坐車出來一看，但見大槓鮮明，鼓樂齊備。全分的二品執事，擺得隊伍整齊，旗旛招展。心裏就道：「我那等說，安伯父還要這等過費，豈不叫我愈多受恩，愈難圖報。」一時跟了殯，慢慢的前進。走到半路，舅太太便吩咐趕車的，告訴頂馬，又招呼了張太太的車，都趕到頭裏一個小下處略歇了歇。便一直奔雙鳳村而來。還不曾到得那裏，舅太太便在車裏指點著告訴姑娘道：「你看那前面搭白棚的地方，就是了。那東南上一片大房子，便是他家的莊園。面北上好些樹，那裏便是他家的墳地。我聽得說我們姑老爺就要在他墳地的東首，給你父母修墳呢。」姑娘此時除了心中感激，點頭歎息之外，再無別話。說話間，車早到了安家陽宅。後面的跟車，一輛輛搶到頭裏去預備服侍下車。一時把車拉進大門，早有安老爺迎著，問了問昨日住店的光景。舅太太道：「好哇，姑娘真聽說。叫吃就吃，敢則城裏頭的孩兒長這麼大，頭一回纔嚐著甜漿粥炸糕油炸果，倒很愛吃。」老爺道：「這就叫作親不親，故鄉人。美不美，故鄉水了。」一時張太太也下了車，因腳壓麻了，站了會子，纔一同進來。安太太合媳婦也接出來。姑娘正在看著，又見一群穿孝的男女迎接，內中除了宋官兒一個，餘者多不認識。姑娘同著眾人，進了棚，從月臺西首繞上去。見迎門安著供桌，門上掛著雲幔。早有一口靈，偏東些停在那裏。姑娘此時，一則乍到故土，所見的都合外省那個排場兒兩樣。再也是拘於禮法，謹飭過去了，不免矜持。他一時朦住了想不到便是父親的靈位。將要問說：「怎麼母親的靈，倒先到了。」不曾問得出口。安老爺在旁邊，說道：「姑娘，你尊翁的靈在此還不下拜。」一句話提醒了姑娘，那裏還顧得及行禮，撲上前去，便放聲大哭。大家從旁勸了良久，纔得勸住，還是抽噎不止。隨即細看了看那口材，一重重漆的十分嚴密，光可鑑人，自是放心。想起安老爺這等辦得周到，卻又添了一層過意不去。大家歇了沒多時，早見隨緣兒跑在頭裏來，說道：「快了。」安老爺便接了出去。姑娘跪在東間，朝外望著，但見一對對儀仗，一雙雙吹鼓手，進門都排列兩邊。少時鴉雀無聲，只聽得一雙響尺噹噹，打得迸脆，引了他母親那口靈進來。安公子穿了一身孝，緊跟在靈前。雖然抵不得一個孝子，卻也頗像半個孝子。立時安好了位。大家無非是祭奠盡禮。姑娘無非是痛切含悲，不必再贅。諸事已畢，姑娘站起身來，便向安老爺、安太太道：「我何玉鳳不想我父母竟有今日，更不想我自己仍返故鄉，這都是伯父、伯母的成全。姪女兒除磕頭之外，再無一字可說了。只是伯父母辦得未免忒費，如今斷不可過於耽延，或三日，或五日，便求伯父想著我青雲山莊的那三句話，將我父母早些入土，我也得早一日去了我的事，免得伯父母再為我勞神費力。」因又望著舅太太道：「我這娘，路上已許下在廟裏長遠伴我，伯父母更可放心。儻蒙伯父始終成全，我何玉鳳縱然今世不能報你的恩情，來世定來作你的兒女。」說著，便拜下去。安老爺看這光景，心裏先說道：「來了，我早就料著你有這把神妙。」因合太太連忙把他攙起來，說道：「姑娘你這個禮，這番話，都多餘。你我兩家的交情，前番已談過，這都是情理當然，此時不須煩瑣。只是你說停三日五日，未免簡略。如今也照你在山裏的樣子，停放七天。講到安葬，化者入土為安，自然早一日好一日。我向來卻從不信陰陽風水，這些講究。但是為老人家的事，你作兒女的，卻不可不存一番慎重。須得請個人看看，聽他說定那天，便是那天。至你那三句話，我既合你靈前設誓，絕不食言。但是要找這座廟，既須個近便所在，又得個清淨道場，斷非十日八日可成，少也得一月兩月，甚至三月半年，都難預定。總之，無論怎樣，我一定還你個香火不斷的地方，就是了。姑娘你道如何？」姑娘聽這話，說的層層有理，再不想大遠的從德州弩了這麼一個乾脆的招兒❸來，纔使出來就乏了。無法，只好等那風水來，看了再講。

當下大家一連勞碌了幾日，晚飯已罷，即便分投安置。安老爺仍同了眷屬回家，姑娘便同原來的一行上下人等，在此住下。外間自有張老同了派定的家人照應。從這日起，也作了幾日好事，也燒了些個冥資。所喜的，是何家無多親友來往，便是安老爺的親友本家，也因尚不知安老爺攜眷回京的消息，都不曾來。倒落得少了許多應酬，可以安心作事。卻說次日安老爺夫妻，正在裏面合姑娘閒談，只見人回請的風水端木二爺來了。原來這風水複姓端木名渙，表字仲興。他家世代相傳，專門精通周易河洛地理。安老爺家這塊墳地就是他乃翁在日看定的。他合安府上也算個世交，稱安老爺作世叔。因此，安老爺請他來，給何協戎夫婦點穴，就定規安葬日子。老爺有心叫姑娘聽個底細，便把那風水，請到棚裏，靠前摠一張桌兒邊坐下。姑娘盼得風水來了，也正要聽他定在幾時。只聽一時請了進來。那風水合安老爺講禮已畢，便問說：「世叔幾時到京？不曉得，更不知府上有事，怎的也不見賜一信。」安老爺道：「並非舍間的事，卻是位至契好友。因他家現無男丁，所以就在荒塋，代他料理。並且就要在這塋地的東首，擇地安葬。就請看一看，定個葬期，愈早愈好。」那風水先說道：「無論怎樣早，今年是斷不能的了。寶塋便

❸ 招兒：手法。

是家君定的。記得這山向是子午兼壬丙正向。今年三煞在南，如何動得。」安老爺道：「世兄，你是曉得，我向來不解青鳥之術，如果無大妨礙，我這個好友，既然百歲歸居，還以早葬為是。」那風水道：「這卻不好遷就，等小姪兒過去安了盤子，拉了中線，看了再定規罷。」安老爺因為自己是個父輩相交，便叫公子陪過去，說聲，恕不奉陪了。便在棚裏坐候。姑娘這個當兒，聽著今年下不得葬，先就有些不願意了。默默的坐著。良久，良久，纔聽得那個風水過來，進門就說道：「方纔看了看東首這塊地，東西辛甲分金上，倒是上好上好的一個結穴，此處安葬按那龍脈，正自震方而來，定主宗祧延綿。只是一山無二向，本年不惟三煞有礙，而且大將軍正在明堂，安葬是斷斷不可的。明年正二三月，木氣正旺於東，這塊地正是主塋的青龍方，更不好動。四五六月，月建都吉。只巳午兩個字，又正合太世叔、嬸母的化命，亥子一沖。六月建未，明年太歲在未，書云：『一物一太極。』雖說月支與年支無礙，究竟不可不避。七八兩月，恰恰的與現在的化命逢著穿害。九月上半月，不得安葬吉日。下半月一交土王用事禁土了。只有明年十月最好安葬，吉期上下半月都容易選擇。到那時，聽憑世叔吩咐，再定就是了。」安老爺一聽，自己心裏先道：「這算得無巧不成書了。要不這樣，怎麼耗的過姑娘滿一年的服呢！要不耗到他滿服，我們家怎麼娶他呢？」當下心中大喜。卻故意的儘了那風水幾句。風水道：「世叔是最明不過的。這塊地當日便是家嚴效的勞，小姪怎敢另生他議。況且陰陽怕懵懂，這句話不說破也就罷了，小姪既看出來，萬萬不敢相欺。此中絲毫不可遷就。」說著，提起筆來，便把這話寫了一篇。又寒暄了幾句，領茶而去。這番話，姑娘在屋裏聽了個逼清，算省了安老爺的唇舌了。安老爺送那風水走後，便手裏拿著那篇子東西，一步步踱了進來。向姑娘道：「姑娘聽明白不曾。偏又有許多講究，這怎麼樣呢？」

姑娘也無心看那篇子東西，只望了舅太太發怔。卻不知這舅太太，實在算得姑娘知疼著熱的一位乾娘。無奈他又作了安府上傳遞消息的一個細作。自從他合姑娘認了母女之後，在船上那幾天，安太太早把這事，告訴了他一個澈底澄清。難道把他極愛的一個乾女兒，給他最疼的一個外甥兒，他還有甚麼不願意的不成。他見姑娘望著他發怔，可就搭上岔兒了。他說道：「我這裏倒有個主意，姑老爺、姑太太聽聽，使得使不得？你們方纔講的那些甚麼子午卯酉，我可全不懂。要說忙著安葬，果然於太爺、老太太墳上有甚麼妨礙，無論我們姑娘此時心裏怎樣著急，他也斷不肯忙在一時。講到他要住廟，原不過為近著他父母的墳哪。如今既安不得葬，在這裏住著，守著棺材，不比墳更近嗎？再講這個地方兒，內裏就是我們娘兒們上下幾個人，外頭就止張親家老爺，合看墳的，又合廟裏差甚麼呢？莫若我們只管在這裏住著，姑老爺一面在外頭上緊的給我們找廟。一天找不著，我們在這裏住一天。一年找不著，我們在這裏住一年。要趕到人家滿了孝，姑老爺這廟還找不出來，那個就對不起人家孩子了。姑老爺、姑太太要怕我住長了費了你家的老米，慢講我一個人兒，連我們姑娘合張親家，我那點兒絕戶家產，供給十年八年，還巴結的起。」他說著，便望著姑娘道：「是不是姑娘？」回頭又向著安老爺夫妻道：「你們二位，想著怎麼樣罷？」安老爺忙說：「如果有一年的工夫，縱然找不出廟來，我蓋也給他蓋一座了。至於姐姐在這裏住著，也是替我們分心，招護姑娘。些須小費，何須掛齒！我自有道理。」安太太也說：「要能這樣，一動不如一靜，倒也罷了。可不知姑娘心裏怎樣？」姑娘還未及開言，張太太的話又來了。說：「這麼著好哇。可是我們親家太太，說的一個甚麼一秤不抵一秤的，你看在這地方兒住下等開了春兒，滿地的高粮穀子，蟈蟈兒螞蚱，坐在那樹陰兒底下，看個青兒，纔是怪好兒的呢。」說的大家大笑。連張姑娘也忍不住笑的扶桌子亂顫。玉鳳姑娘此時被大家你一句，我一句，說的心裏亂舞鶯花，笑也顧不及了。細想了想，這事不但無法，而且有理。料是一不扭眾，只得點頭依允。說：「也只好如此。」安老爺滿心歡喜。心裏暗道：「天哪，可夠了我的了。只他這五個字，這事便有了五分拿手。」

話休絮煩。轉眼之間，到了七日封靈。何玉鳳合舅太太，便搬在西廂房裏間。張太太帶了戴嬤嬤合兩個丫頭便住在外間。隨緣兒媳婦、舅太太的下人，住了東廂房。安太太又在下房裏，給姑娘安了個小廚房。外面自有張老，同戴勤、宋官兒，合安家看墳的照料。內外住了個嚴密。又把安家陽宅，暫作了個何姑禪院。這都是那燕北閒人的無中生有的營生。便有這位安水心先生，給他週規折矩的辦理。卻說七日之後，安老爺夫妻把那邊安頓妥貼，纔得回家料理自己的家務。便有許多親友本家，都來拜望，老爺一一的款待。卻扶了一個小僮，只推因腿疾告歸，暫且不及答拜。一面又遣公子進城，持帖謝步。公子也有一班世交相好少年，請酒接風。接連不止忙了一日，纔得消停。老爺得些閒空，便先打發了鄧九公的來人，又給他父女帶去些人事。把何姑娘那張彈弓，仍交媳婦屋裏懸掛著。又叫太太向何姑娘衣箱裏，把公子那塊硯臺尋出來，擦洗乾淨，嚴密收藏。就把姑娘合張太太的衣箱，差人送過去。那頭烏雲蓋雪的驢兒，便交給華忠，叫他好生喂養。說：「這是我將來無事玩水遊山的一個好腳力。」那時不空和尚的二千頭借款，早已歸清。老爺通盤算了一算，此行不曾要得地方上一文。倒有公子帶去的八千金，烏克齋贈的萬金，連沿途在家門生故舊的義助，不下兩萬餘金。除了賠項盤纏還剩萬餘金在囊。辦何姑娘這樁事，無論怎樣鋪排，也用不了。便合太太商議道：「何姑娘這樁事，你我費了無限精神，纔得略有眉目。我算著將來辦起事來，也不過收拾房子，添補頭面衣服，辦理鼓樂彩轎，預備酒席這幾件事。

房子我已有了辦法。」太太道：「還要房子作甚麼？那邊儘辦開了。趕到過來，難道不叫他三口兒一處住嗎？」老爺道：「豈有不叫他們一處之理。自然兩個人就在他那屋裏分東西住。你只想張姑娘過門的時候，租個公館，還要勻在兩處，成個一婚一姻。如今自然也得給他安起個家來。至於他說的那一座廟，我到底要找著還給他，纔圓得上那句話。這事須得如此如此辦法，纔免得他夜長夢多，又生枝葉。」太太聽了大喜，說：「既是這樣，那衣服頭面更容易了。我本說到了京給張姑娘添補些簪環衣飾，只算是給他弄的。再說還有老太太的許多顏色衣服，他舅母前日也提他那裏還有些頭面勻著使，所添也有限了。到了轎子，一切臨期好說的。倒是這句話，得合咱們這個媳婦，先說一聲纔是。這是他們屋裏百年相處的事。」老爺道：「太太這話很是。」說著，便把媳婦叫來，把這話從褚大娘子提親起，以至現在的計較，日後的辦法，告訴了他一遍。只見他聽完這話，便跪下，先給公婆磕了兩個頭。起來，說道：「如果這樣，不是公婆疼玉鳳姐姐，竟是公婆疼我。公婆請想，玉鳳姐姐救了我們兩家性命。在公婆現在這番情義，已就算報過他來了。只是媳婦合我父母，今生怎的答報。至於他給媳婦聯姻，這樁事，且莫講投著這樣的公婆，配著這樣的夫婿，就他當日那番用心，也實在令人可感。所以媳婦時刻想著，要打斷了他這段住廟的念頭，無論怎樣也要照他當日成全媳婦的那番用心，給他作成這樁好事。只是回家來，不曾消停得一日，不好冒冒失失的告稟公婆。如今公婆商量的這等妥當嚴密，真是意想不到。便是玉鳳姐姐難得說話，俗語說的：『鐵打房樑磨繡針，功到自然成。』眼前還有大半年的光景，再說還有舅母在那邊，大約也沒個磨不成的。這其間卻有一關，頗頗的難過，倒得設個法子纔好。」老爺、太太忙問：「除這位姑娘的難說話，還有甚麼難處？」張姑娘低聲笑道：「媳婦所說難過的這關，便是我家玉郎，公婆再想不到，拿著我玉鳳姐姐那樣一個窈窕淑女，玉郎他竟不肯君子好逑。」老爺道：「這是為何？」張姑娘回道：「據媳婦看，一來是感他的恩義，見公婆尚且這等重他，自己便不敢有一毫簡褻，卻是番體貼父母的心。二則他合媳婦雖是過的未久，彼此相敬如賓。聽他那口氣，大約今生別無苟且妄想。又是番重倫常的心。總之，是個自愛的心。也搭著他，實在有點兒怕人家。有一天媳婦偶然慪了他一句，就惹得他講一篇大道理，數落了媳婦一場。」張姑娘這話，還沒說完。老爺道：「你理他呢！等我吩咐他。」太太道：「老爺看不得咱們那個孩子，可有這種牛心的地方兒。」張姑娘便接著回道：「媳婦也正為此，是說父母之命，他不敢不從。設或他一時固執起來，也合公公背上一套聖經賢傳，倒不好處置。莫若容媳婦設個法兒，先澈底澄清，把他說個心肯意肯，不叫這樁事有一絲牽強，也不枉費了公婆這片慈恩，媳婦這番答報。那時仗鄧九公的作合，成就玉鳳姐姐這段良緣，豈不是好。」安老爺夫妻聽了，心下大喜，同聲說好。安老爺又點頭贊道：「難得，難得，賢哉媳婦。這要遇見個糊塗庸鄙的女流，只怕這番話說不成，我兩位老人家，還要碰你個老大的釘子呢。」因合太太說道：「既能如此，你我兩個，便學個不癡不聾的阿姑阿翁，好讓他三人得親順親，去為人為子。此事不必再提。」

當下爺兒三個，計議已定。便分頭各人幹各人的事。安老爺又明明白白親自寫了一封請媒的信，預先通知鄧九公。話休絮煩。卻說張金鳳過了些天，到了臨近，見公婆諸事安排已有就緒，纔打算把這樁事告訴公子明白。又想到：「若就是這等老老實實的合他說，一定又招他一套四方話。」思索良久，得了主意，不覺喜上眉梢。恰好這日安公子到他進學的老師莫友士先生那裏拜壽。原來這莫友士先生在南書房行走，便在海淀翰林花園住。因此這日公子回家尚早，到家見過父母，便回到自己屋裏來。張姑娘見他面帶春色，像飲了兩杯。站起身來，不則一聲。依然垂頭坐下，便有華嬷嬷帶了僕婦丫鬟，上來服侍。公子忙忙的換了衣裳，坐定一看。只見張姑娘兩隻眼睛，揉得紅紅兒的，滿臉怒容，坐在那裏。心裏詫異道：「我往日歸來，他總是悅色和容，有說有笑，從不像今日這般光景。這卻為何？」不禁搭赸著問了一句，說：「我今日一天不在家，你在家裏作甚麼來著？」他道：「問我麼？我在家裏作夢。」公子道：「好端端大清白日，怎麼作起夢來？夢見甚麼？可是夢見我？」他道：「倒被你一句就猜著了，正是夢見你。我夢見你娶了何玉鳳姑娘，卻瞞得我好。」公子道：「喲，喲，這就無怪其然！你把個小臉兒綳的罩皮鼓也似的了，原來為這樁事。我勸你快快不必動這閒氣，這是夢。」他道：「我從不會這麼胡夢顛倒，想是你心裏有這個念頭，我夢裏纔有這樁奇事。論這樁事，我也曾合你說過。還不曾說得三句，倒惹得你道學先生講四書似的合我嘮叨了那麼一大篇子。我這個傻心腸兒的，就信以為真了。怎麼今日之下，你自己忽然起了這個念頭，倒苦苦的瞞起我來？」說著，似笑非笑，對了公子，猷猷的瞅著。公子見他嫩臉如嬌花含笑，倩語如好鳥弄晴，不禁也笑嬉嬉的道：「你又來冤枉人了。你我從患難中作合良緣，名分叫作夫妻，情分過於兄妹，毛詩有云：『甘與子同夢。』我就作個夢兒，也要與你合意同心。無論何事，豈有瞞你的道理。」他道：「罷了，罷了，我可不信你這假惺惺兒了。就止嘴裏說的好聽，只怕見了姐姐，就忘了妹妹了。有了恩愛夫妻，也不顧患難夫妻了。」公子道：「你這話那裏說起。」他道：「那裏說起，就從昨日夜裏說起。你如果沒這心事，昨夜怎麼好端端的說夢話，會叫起人家來了。真個的這麼大人咧，還賴說是睡婆婆叫的不成。」張姑娘這句話，公子倒有些自己猶疑。何以呢？一個人要是吃多了，咬牙放屁說夢話，這三樁事，可保不齊沒有。還帶著自己真會連影兒不知道。

他便心想，或者偶然睡裏糢糢糊糊，夢見當日能仁寺的情由，叫出口來，也定不得。便連忙問了一句話：「我叫誰來著？」張姑娘道：「你叫的是何姑娘，叫的還是我那有情有義的十三妹姐姐呢！」公子當著一屋子的丫鬟僕婦，滿臉不好意思，搖著頭道：「荒唐，荒唐。你奚落我也罷了，那何玉鳳姐姐待你也算不薄，怎生的這等輕薄起他來。」張姑娘道：「你夢裏輕薄他使得，我說一聲兒就錯了。要你護在頭裏，倒是我荒唐了。」公子道：「益發荒唐之至。此所謂既荒且唐，荒乎其唐，無一而不荒唐者也。」說到這裏，恰好丫鬟點上燈來，放在炕桌兒上。張金鳳姑娘，便一隻胳膊斜靠著桌兒，臉近了燈前笑道：「你果然愛他，我卻也愛他。況且這句話，我也說過，莫若真個把他娶過來罷，你說好不好？」公子道：「可了不得了，這個人，今日大概是多飲了幾杯，有些醉了。」他道：「我倒是在這裏醒眼觀醉眼，只怕你倒有些酒不醉人人自醉，那句的下句兒罷。」公子聽了這話，心下有些不悅。說道：「豈有此理，你我向來相憐相愛，相敬如賓，就說閨房之中，甚於畫眉，也要有個分寸，怎生這等的亂談起來。況且那何玉鳳姐姐救了你我倆人性命，便是救了你我父母的性命。父母尚且把他作珍寶般愛惜，天人般敬重，又何況人家現在立志出家，他也是為他的父母起見，無論你這等作踐他，大傷忠厚。這話儻然被父母聽見，定要大大的教訓一場，我看你那時顏面何在。」張姑娘道：「你們作事，瞞得我風雨都不透，我好意體貼你，怎麼倒體貼不耐煩了呢？況且知道他是立志出家，我只知道他家字這邊兒，還得加上個女字旁兒，是立志出嫁。也沒甚麼作踐他的去處呀。」公子道：「你不要真是在這裏作夢呢罷。不然，那裏來無影無形的這些夢話。」張姑娘含著笑，皺著眉，把兩隻小腳兒，點的腳踏兒哆哆哆的亂響。說：「聽聽，你把媒人都求下了，怎麼還要瞞我，倒說我是無影無形的夢話呢。」公子見他這樣子說的，竟不像頑話。忙正色道：「媒人是誰？我怎麼求的？」張姑娘道：「媒人是舅母。初一那一天，舅母過來拜佛，你瞞了我求的舅母。有這事沒有？」公子聽了，不禁哈哈大笑道：「我說是夢話，不想果然是夢話。那日舅母過來，我閒話之中，提起玉鳳姐姐。舅母說：『我這個乾女兒都好，就只總忘不了他那進廟的念頭。』我便說：『男大須婚，女大須嫁，這是人生大禮，那男子無端的棄了五倫，去當和尚，本就非聖賢的道理，何況女子。拿他這等一個人，果然出了家，佛門中必添一個護法的大菩薩，人世上倒短了一個持家的好媳婦。舅母既這等疼他，何不勸他歇了這個念頭，再合父母商量商量，給他說一個修德人家、讀書種子，倒是場大功德。』」張姑娘不容他說完，便道：「如何，如何！我說我聽見的這話，斷不是無因。我只請教他佛門中添個大菩薩，不添個大菩薩，與你何干？人世上短一個好媳婦，不短個好媳婦，又與你何干？你說的那修德之家，難道咱們家，還算不得個德門？豈不是暗指咱們家嗎？你說的那讀書種子，難道你還算不得個念書的？豈不是意在你自己嗎？況且好端端舅母，並不曾合你提起他來，你又去問他作甚麼？替他求那些人情作甚麼？你倒說說我聽。」公子被他問的張口結舌，面紅過耳，坐在那裏，只管發怔。怔了半晌，忽然的省悟過來，說道：「哦，是了，這纔明白了。這一定是那天我合舅母說話的時候，不知那個丫頭女人們在跟前聽見，沒的在大奶奶跟前獻勤兒了，來搬弄這場是非。你我好家居，此風斷不可長，等我明白查出來，一定回明母親，將那人重重責罰一頓板子。便是你此後也切切不可受這班人兒的愚弄。」張姑娘道：「好沒意思。你我屋裏說頑兒話，怎麼驚動起老人家來了。你且莫著惱，也不用著這等發急，咱們總好商量。假如我此刻便求了父母，把他娶過來，你要不要？」公子只是腹內尋思那傳話人是誰，默默不答。張姑娘又問：「到底要不要？說話呀！」公子道：「你今日怎麼這等頑皮憊懶起來。我不要。」張姑娘道：「你為甚麼不要？說個道理出來我聽聽。」公子道：「你問道理，我就還你個道理。且無論我受了何玉鳳姐姐那等大恩，不可生此妄想。便是我家祖訓，非年過五十無子，尚且不得納妾。何況這停妻再娶的勾當，我安龍媒也還粗粗的讀過幾行聖賢經書，也還頗頗的受過幾句父母教訓，如何肯作。便算我年輕，把持不定，父母也斷斷不肯。你不要看你我作合的時節，父親那等寬容。事有經權，不可執一而論，惹老人家煩惱。就講到你我，也難得浩劫之中，成就這段美滿姻緣。便是廝守百年，也不過電光石火。怎說道再添個人來，分了你我的恩愛。你道我所說的，可是天理人情的實話？」張姑娘道：「嗳喲，又招了你這麼一車書。你不要他就罷，等娶了來我留下。」公子冷笑道：「你要他何用？」張姑娘道：「你莫管我。把他就當個活長生祿位牌兒供著。我天天兒合他一同侍奉公婆。同起同臥，同說同笑，就只不准你親近他。你瞞得我好，我也瞞得你好，那時候我看你生氣不生氣？」公子越聽這話，越加可疑。便道：「究竟不知誰無端的造我這番黑白。其中還有些無根之談，這事卻不是當耍的。」張姑娘道：「『要得人不知，除非己莫為。』有憑有據，怎麼說是無根之談呢！」公子道：「不信，你竟有甚麼憑據。拿憑據來我看。」張姑娘聽了，不則一聲，站起身來，走到外間，便向大櫃裏，取出個大長的錦匣兒來，向他懷裏一送，說：「請看。」公子打開一看，卻是簇新的一分龍鳳庚帖，從那帖套裏抽出來，從頭至尾，看了一遍，原來自己同何玉鳳的姓氏年歲生辰，並那嫁娶的吉日，都開在上面。不覺十分詫異。說道：「這這這是怎的一樁事？我莫不是在此作夢。」張姑娘道：「我原說作夢，你只不信。如今是夢非夢，連我也不得明白了。等你夢中叫的那個有情有義的玉鳳姐姐來了，你問他一聲兒看。」公子只急得抓耳撓顋。悶了半日，忽然的跳下炕來。對著張金鳳深深打了一躬。說道：「今日算被你把我帶進八卦陣、九嶷山去，我再轉也轉不明白了。倒是求你快說明白了罷！」張姑娘不覺嫣然一笑。說道：「也奈何得你夠了。你且坐下，聽我慢慢的講。」這纔把這樁事，從頭至尾，並其中的委宛周折，詳細向他告訴了一遍。公子一想，既是父母之命，又是媒妁之言，況又有舅母從中成全，賢妻這般作合，還有甚麼不肯的去處。便樂得他無話可說，只得望著張姑娘呵呵的傻笑。張姑娘料他再無別說了，便問他道：「如今我倒要請教，到底是要他呢？還是不要他呢？」公子笑道：「他果然既來之，則安之。我也只得因居之安，則資之深，資之深，則取之左右逢其源了。依然逃不出我這幾句聖經賢傳。」張金鳳聽了，倒羞得兩頰微紅。不覺的輕輕啐他一口，便作了這回書的結扣。這正是：牽牛暗被天孫笑，別向銀河渡鵲橋。要知那何玉鳳究竟是出家？抑是出嫁？下回書交代。

第二十四回　認蒲團幻境拜親祠　破冰斧正言傳月老

這書一路交代得清楚，雕弓寶硯，無端的自分而合，又自合而分，無端的弓就硯來，又硯隨弓去。好容易物雖暫聚，尚在人未雙圓，偏偏一個坐懷不亂的安龍媒，苦要從聖經賢傳作工夫。一個立志修行的何玉鳳，又要向古寺青燈尋活計。這也不知是那燕北閒人無端弄筆，也不知果是天公造物，有意弄人。卻說上回書費了無限的周折，纔把安龍媒一邊安頓妥貼。這回書倒轉來，便要講到何玉鳳那一邊的事。又有何玉鳳自從守著父母的靈，在安家墳園住下，有他的義娘佟舅太太和他乳母陪伴。一應粗重事兒，又有張太太料理。更有許多婢子婆兒服侍圍隨，倒也頗不冷落。又得安太太婆媳，時常過來閒談。此外除了張老在外照料門戶，只有安老爺偶然過來應酬一番，等閒也沒個外人到此。真成了個「禪關掩落葉，佛座隱寒燈」的清淨門庭。姑娘見住下來，彼此相安，便不好只管去問那找廟的消息。只是他天生的那好動不好靜的性兒，仗著後天的這片心，怎生扭得過先天的那個性兒去。起初何嘗不也弄了個香爐，焚上爐好香，坐在那裏，想要坐成個十年面壁，怎禁得心裏並不曾有一毫私心妄念。不知此中怎的便如萬馬奔馳一般，早跳下炕來了。舅太太見他這個樣兒，又是心疼，又是好笑。那時手裏正給他作著那個認他乾女兒的那雙鞋，便叫他跟在一旁，不是給他燒烙鐵，便是替他刮漿子，混著他都算一樁事。實在沒法兒了，便放下活計，同了張太太帶上兩個婆子丫鬟，同他從陽宅的角門出去，走走望望回來。又掉著樣兒弄兩樣可吃家常菜合他吃，也叫他跟著抓撓。到晚來便講些老話兒，說些古記兒，引得他困了好睡。睡不著一會，給他抓抓，又給他拍拍，那麼大個兒了，有時候還攬在懷裏罷卜著睡。那舅太太也沒些兒不耐煩。那消幾日，把姑娘的臉兒，保養得有紅似白，光滑飽滿。心窩兒體貼得無憂無慮，舒暢安和。人都道是舅太太憐恤孤女的一片心腸，我只道這正是上天報復孝女的一番因果。列公，你只看他這點遭際，我覺得比入閣登壇，金閨紫誥，還勝幾分。你道這話怎麼講？人生在世，有如電光石火。講到立德、立言、立功，豈不是椿不朽的事業。但是也得你有那福命去消受。那不朽福命，但生一分妄想心，定遭一番拂意事。便是有那福命，計算起來，也是吾生有限，浩劫無涯。倒莫如隨遇而安，不貪利，不圖名，不非為，不作孽，不失自來的性情，領些現在的機緣，倒也是個神仙境界。話裏引話，說書的忽然想起一個笑話來。曾聞有個人在生，德行浩大，功業無邊，一朝數盡，投到閻王殿前。閻王便叫判官查他的善惡簿。那判官稟道：「此人善簿堆積如山，惡簿並無一字。」閻王只把他那善簿的事由，看了一看。道：「這人功德非凡，我這裏不敢發落，只好報知值日功曹，啟奏天庭，請玉帝定奪。」那時值日功曹，把他帶上天庭，奏知玉帝。玉帝天眼一看，果然便向那人道：「似你這等的功行，便是我這裏也無天條可引。只好破格施恩，憑你自己願意怎樣？我叫你稱心如意便了。」那人謝過玉帝，低頭想了一想。說道：「我不願為官，不願參禪，不願修仙，但願父作公卿，子狀元，給我掙下萬頃莊田，萬貫金錢，買些祕書古畫，奇珍雅玩，合那佳肴美酒，擺設在名園，儘著我同我的嬌妻美妾，呼兒喚女，嬉笑燈前。不談民生國計，不談人情物理，不談柴米油鹽。只談些無盡無休的夢中夢，何思何慮的天外天。直談到地老天荒，一十二萬九千六百年。那時再逢開闢，依然還我這座好家山。」玉帝遲疑道：「論你的善緣，這卻也不算妄想。只恐世界裏沒這樣人家。」他道：「世界之大，何所不有？一定有的。」玉帝聽了大喜。立刻抬身離座，轉下來向他打了一躬。說道：「我一向只打量沒這等人家，你既知道一定有的，好極了，請問這人家在那裏？就請你在天上作昊天上帝，讓我下界托生去。」這笑話看起來，照這樣的遭際，玉帝尚且求之不得。那何玉鳳現在所處的，豈不算個人生樂境。那知天佑善人，所成全他的，還不止此。

此是後話，暫且休提。且說那舅太太，只合姑娘這等消磨歲月。轉瞬之間，早度過殘歲，又到新年。舅太太年前忙忙的回家走了一盪，料理畢了年事，便趕回來。姑娘因在制中，不過年節。安老爺、安太太也給他送了許多的菓品糖食之類。舅太太便同張太太帶了丫鬟僕婦，哄他抹骨牌擲覽勝圖，搶狀元籌。再加上包煮餑餑，作年菜，也不曾得個消閒。安老爺那邊公子已經成人，又添了一個張金鳳，帶了兒婦度歲，自然另有一番更新氣象。無非熱鬧喧闐，一時也不及細寫。過了元旦，舅太太和張老夫妻分投過去拜年。安老爺合家也來回拜，並看姑娘。忽忽的忙過了正月，到了仲春。春晝初長，一日安太太閒中無事，合媳婦張姑娘過來，坐下談了一會。只見外面家人抬進兩個箱子來。舅太太便道：「這是作甚麼呀？年也過了，節也過了，又給我們娘兒們送禮來了不成？」安太太笑道：「倒不是送禮，我今日是扐捎你娘兒們來了。」因指張金鳳說道：「我們親家太太是知道的。我娶這房媳婦的時候，正在淮安。那時候忙忙碌碌的，將就完了事，也不曾好生給他打幾件首飾，做幾件衣裳。如今到了家，這幾日天也長了，我纔打點出來這衣裳呢！都交給裁縫去了。幾件裏衣兒和些鞋腳，不好交出去，我那裏是一天不斷的事，我想著舅母合我們親家，大長的天，也是白閒著。幫幫我又解了悶兒。」張太太見張羅他女兒，有個不願意的。忙說：「使得。」舅太太道：「姑太太，你等著咱們商量商量。你們兩親家，一個疼媳婦兒，一個疼女孩兒，罷了。我放著我的女孩兒不會紮裹，我替你們白出的是甚麼苦力呀！你們給我多少工錢哪？」玉鳳姑娘此時承安老爺、安太太這番相待，心中自是不安。巴不得借椿事兒，補報一分纔好。聽舅太太如此說，便道：「娘不要這麼說，咱們也是天天兒白閒著，都是家裏的事，怎麼合人家要起工錢來了。你老人家要怕累的慌，我幫著你老人家張羅。橫豎這會子縫個縫兒，蹺個帶子，釘個鑻扣兒的，我也弄上來了。」說著，又向安太太道：「大娘只管留下罷，我娘不應，我替他老人家應了。」安太太連說：「很好。」張金鳳便過來給他道了萬福。說：「我的事情，倒勞動起姐姐來了。我先給姐姐道謝，等完了事，再一總給舅母磕頭罷。」玉鳳姑娘笑道：「我們兩個誰是誰，你還合我說這些。」舅太太看了，纔笑著說道：「這也罷了。看看我的外甥媳婦分上，幫幫姑太太罷。」便叫人把箱子打開，一件件的收清。姑娘也幫同歸著。他只顧一團高興，手口不停，夢也想不到自己所張羅的，就是自己的嫁妝。從第二日起，他便催著舅太太動手，舅太太便打點了一件件的分給那些僕婦丫鬟做起來。自己合張太太也親自動手。姑娘看看這裏，又幫幫那裏，無事忙覺得這日子倒好過。一日，正遇著陰天，霎時傾盆價下起大雨來。舅太太道：「瞧這雨下得天漆黑的，咱們今日歇下弄點甚麼吃，過陰天兒罷。」張太太道：「我過陰天兒哪，你讓我把這隻底子給姑娘納完了他罷。」說著話，手裏一帶，那麻繩子，把個針拉脫落下來。他對著門兒，覷著眼睛，紉了半日，也沒紉上。便央及花鈴兒說：「好孩子兒，你給我紉紉。你看我這眼睛，可要不得了。」姑娘看見，一把手搶過來道：「拿來啵，紉一個針也值得這麼累贅。」說著，果然兩手一逗，就紉好了。丟給張太太，回身就走，說：「我幫大娘作菜去了。」將走得兩步，張太太這裏嚷起來了。說：「姑娘你回來。我那麼老長的個大針，你紉了紉，怎的給我剩了半截了，那半截子到那去咧？」姑娘聽了，也覺詫異。合花鈴兒四處一找，花鈴兒彎腰向地下揀起來道：「這不是這半截兒在地下呢！」原來姑娘紉的忙了，手指頭肚兒上些微使了點兒勁，就把個大針搦成兩截兒了。自己看了，也不覺大笑。瑣事休提。卻說安老爺安頓下了姑娘，這邊得了工夫，便一面擇定日子，先給何老夫妻墳上砌牆栽樹，一面又暗地裏給姑娘佈置他要找的那廟宇。那時已接著鄧九公的回信，說臨期準於某日動身，約在某日可以到京。張金鳳閒中，又把這事已向公子說明始末原由的話，回覆了公婆。老夫妻聽了，自是歡喜。向公子不免有一番的勉勵教導。公子此時是前度劉郎今又來，也用不著那樣害臊。惟有恪遵親命，靜候吉期而已。光陰似箭，日月如梭，只這等忙著吃了糉子，又吃月餅，轉眼之間，看看重陽節近，就要吃花糕了。安老爺聽見諸事大有頭緒，纔略略放心。便合太太商量，要過去向何玉鳳姑娘開談，說個明白。列公，此時自然要聽聽安老夫妻見了何玉鳳姑娘，這話究竟從何談起。且請消停片刻。這話非一時三言五語可盡。如今等說書的先把安家這所莊園，交代一番。待何玉鳳過來，諸公聽著方不至辨不清門庭，分不出路逕。原來他家這所莊園，本是三所，自西山迤邐而來。儘西一所，是個極大的院落。只有幾處竹籬茅舍，菜圃稻田，從牆外引進水來，灌那稻田菜蔬。是他家太翁手創的一個閒話桑麻之所。往東一所，是個園亭樣子。竹樹泉石之間，也有幾處座落。大勢就如廣渠門外的十里河，西直門外的白石山莊一般。道不得像小說部中說的那樣畫裏天宮，神仙洞府的夢境夢話。這兩所自安太翁去世，安老爺因家事中落，人口無多，便典與一個在旗的捐班候選道員史觀察居住。再往東一所，便是安老爺現在的住宅。他這所住宅，門前遠遠的對著一座山峰，東南上有從滹沱、桑乾下來的一股來源，流向西北，灌入園中。有無數的杉榆槐柳，映帶清溪，進了大門，順著一路群房。北面一帶粉牆，正中一座甬瓦，隨牆門樓，四扇屏風，進去一個院落，因西邊園裏有個大花廳，當日這邊便不曾蓋廳房。只一溜七間腰房，左右兩間，各有便門。中間穿堂，東兩間為安老爺靜坐之所。西兩間便是安老爺合那些學生門生講學的絳帳。院中向西門裏，另有個客座。向東門裏，給公子作了書房。過了腰房穿堂，一座垂花二門。進去抄手遊廊，五間正房，便是安老爺夫妻的內室。從遊廊往東院裏，安公子合張姑娘住。舅太太來時，便在西院一樣的那一所居住上房。後層正中佛堂，其餘房間，作為閒房，以及堆東西，合僕婦丫鬟的退居。佛堂後面，一座土石相間的大土山，界了內外。另有一個小角門兒，鎖著不開，是他家內眷到家祠去的路徑。山後一道長街，東頭有個向東的大柵欄門，便是這莊園的後門。對著那座大山，便是他家太翁的祠堂。左右群房，都有成窩兒的家人住著。從後門順著東邊界牆，向南有個箭道，由那一路出去，便是馬圈廚房。再出了東首的牆門，便到大門了。這便是他家這座莊園的方向。

交代明白，書中再表安老爺當日在青雲山訪著了何玉鳳，便要護送他扶了他母親的靈柩，重回故里，與他父親合葬。不想姑娘另有一段心事，當下便合安老爺說了約法三章。講明到京葬了父母，許他找座廟宇，廬墓終身，纔肯一同上路。安老爺看透他的心事，只得且順著他的性兒，合他覆水為誓。一路到京盤算，如果依他這句話，不但一個世族千金，使他寄身空門，不成件事。我的所謂報師門者安在？所謂報他者又安在呢？便說眼前有舅太太、親家太太，以及他的乳母丫鬟伴他，日後終究如何是個了局？待說不依他這句話罷，漫講他那性兒不肯干休，又何以全他那片孺慕孝心，圓我那句千金一諾？何況承鄧九公、褚大娘子的一番美意，還要把他合公子成就姻緣。如今我先失了這句信，任是鄧九公怎樣的年高有德，褚大娘子怎樣的能說會道，這事益發無望了。安老爺這種為難，沒日沒夜的擱在心裏，展轉尋思，也非止一日，纔想了個兩全的辦法，密和太太議妥，便在緊靠他太翁祠堂兩旁拆去群房，照樣蓋起兩所小四合房來。東首一所，便給何玉鳳作了家廟，算給姑娘安了個家。西首一所，作為張老夫妻的住房，便算他兩個日後百歲歸居的樂土。不日修蓋完工，鋪設齊全。老夫妻看過，見一切位置得妥當，心中大喜。恰好這日舅太太那裏的活計也作好了，叫戴嬤嬤連箱子送過來。太太便合老爺說明，要趁個機緣過去，因叫戴嬤嬤回去致意，說我少停親自過來道乏。打發戴嬤嬤走後，安太太便帶了張金鳳，先行到了那邊，見了姑娘，寒暄幾句，作為無事，只合舅太太、親家太太，說些閒話。又提到姑娘滿服快了，得給他張羅衣飾。舅太太道：「不勞費心，我女孩兒的事，我自己早都弄妥當了。臨期橫豎誤不了。」姑娘聽了，心裏一想，果然這日子近了，我覺甚麼簪子衣裳，都是小事，倒是我這廟，怎麼越發不聽得提起了。難道父母下了葬，我還在這裏住不成？纔待合安太太說話，只見安老爺帶了一個小僮，踱了進來。彼此見過，老爺坐下，便望著姑娘說道：「姑娘大喜。」何玉鳳倒是一驚，說：「伯父這話何來？我還有甚麼喜事？」安老爺道：「你說的那廟，我竟給你找妥當了。」姑娘這纔轉驚為喜。忙問：「在甚麼地方？離我父母的葬地有多遠？」安老爺道：「我一共找了三處，就中兩處，我先有些不中意。特來合你商量。一處離此地有一里來地，還不算遠。廟中止有一個老尼。閒房倒也有幾間，卻是附近的那些作長短工的，以至串鄉村小買賣人包租的。你原為圖個清淨，這處要想清淨，卻是不能。」姑娘道：「這處敢是不妥。」安老爺道：「一處大約更不合你的式了。第一離這裏過遠。座落在城裏叫作甚麼汪芝麻胡同？也不知是賀芝麻胡同？當日那廟裏的老姑子，原是個在嫁出家。他的丈夫時常還到那廟裏來往。如今那老姑子死了，他這個徒弟，因交游甚廣，認得的王孫公子極多。廟裏要請一位知客代書，並且說帶髮修行的都使得。他廟裏一年兩季善會，知客是要出來讓茶送酒，應酬施主的。姑娘，你想這如何是咱們這樣人家去得的，何況於你。」姑娘道：「不必講，這更不妥了。還有一處呢？」老爺道：「那一處卻又更近了。又怕姑娘你不肯。這座廟就在我家。」姑娘笑道：「伯父家裏怎麼有起廟來呢？」安老爺道：「姑娘，你卻不知我家這所莊園，後牆卻是一座土石相間的大山。山後隔著一道長街，纔是圍牆。那山以外，牆以內，本有我家一座家廟。如今我就要在靠著我那家廟，給你暫且收拾出一個清淨地方來。便是你伯母合你張家妹子，來著也近便。我們舅太太合親家太太，更可以合你常久同居。離你父母的墳上，更是不遠。你道這處如何？」姑娘聽了一想，這不是鬧來鬧去，還是鬧到他家去了嗎？正在猶疑，只聽他乾娘問道：「姑老爺說的還是那裏呀？不是挨著戴嬤嬤他家住的那一小所麼？」安老爺道：「可不就是那裏。」舅太太道：「姑娘不用猶疑了，聽我告訴你。他家是前後兩個大門，裏邊不通。方纔說的這個地方兒，正在他家後門裏頭。那房子另有個外層門，還有層二門，沒有那麼個清淨地方兒了。除了正房供佛，其餘的屋子，由著咱們愛住那裏，住那裏。離你父母的墳，比這裏遠不了多少。況且門外周圍，都是成窩兒的人家。又緊近著你嬤嬤的住房。比這裏還嚴謹呢！就這麼定規了罷。」姑娘見他乾娘說得這般合式。便說道：「既這樣，就遵伯父的話罷。等我過去再謝伯父、伯母。」安太太道：「甚麼謝不謝，只要是果然這樣定規了，好趁早兒收拾起來。」安老爺笑道：「正是。姑娘你卻不可叫我白花錢。」姑娘也笑道：「二位老人家，你見我那句話說定了改過口。但是我得幾時搬過去？」安老爺道：「這倒不忙在一時了。算計著姑娘你是二十八滿服，恰好就是這天安葬。這個月小建，索性等過了十月初一圓墳，初二日正是個陰陽不將三合吉日，你就這天過去。」當下說定，安老夫妻又閒話了幾句回家。安老爺、安太太便在這邊暗暗的排兵佈陣。舅太太便在那邊密密的引線穿針。到了何老夫妻安葬之期。事前也作了兩日佛事。到了那日，何玉鳳便奉了父母雙雙合葬靈柩，自然有一番悲痛。並那怎的掩埋澆奠焚獻營修，俱不必細述。姑娘脫孝回來，舅太太便催著他洗頭洗浴。姑娘只說：「我這頭天天篦，娘沒瞧見。我換了衣裳纔幾天兒，都不用了。」舅太太道：「姑娘甚麼話，這安佛可得潔淨些兒，再說也去去這一年的不吉祥。」姑娘只得依著。舅太太又把給姑娘打的簪子，作的衣服，拿出來一一試妥當了。到了圓墳這日，安太太和媳婦也一早過來幫著料理一切。歸著完畢，正談明日的事，忽見晉升忽忽的跑過來回道：「舅太太家打發車接來了。說請舅太太立刻回去。」舅太太滿臉驚慌道：「甚麼事呀？」晉升回道：「奴才問過來人，他說不知道甚麼事。只說那兩房的爺們說的，務必求舅太太今日回去纔好。」安太太也慌了說：「到底是怎麼了？」舅太太道：「大約不過那幾個姪兒們不安靜，家裏沒個正經人兒，我只得走一盪。只是偏碰在今日，那裏這麼巧事呢？」姑娘先說道：「娘有事只管去罷。這裏的事，都妥當了，況且還有伯母。媽媽不在這裏，難道還丟了我不成。」安太太道：「你說的也是。今晚我留你妹子在這裏陪著你罷。」舅太太覺得去住兩難，見如此說，便說：「也罷。我且回去，明日早晚必趕回來。」說著，忙忙的換了兩件衣服，又包了個包袱，僱齊了車，忙忙的去了。這裏舅太太走後，便留下張金鳳給姑娘作伴。吃過飯後，點上燈來。二人因明日起早，便也就寢。一宿無話。卻說安太太次日纔交五鼓，早坐了車，燈燭輝煌的來請姑娘進廟。恰好姑娘梳洗完畢。安太太便催他吃些東西，穿好衣服，一面叫跟的人，先過那邊去伺候。又留人在這邊照看東西。自己便同姑娘出去，上了車。張太太母女也上了車。出了陽宅大門，一路奔那座莊園後門而來。姑娘在車裏借著燈光，看那座門時，原來是座極寬大的車門。那車一直拉進門去。門裏兩旁，也有幾家人家。家家牕戶裏都透著燈光，卻各各的閉著門戶。走了不遠，便望見莊園那座大土山。對面正北，果然有他家一座家廟。東首便是一座小廟的樣子。車到門前站住。安太太說：「到了。」姑娘隔著車玻璃一看，只見那座小廟，一溜約莫是五間。中間廟門，卻不是山門樣子。起著個鞍子脊的門樓兒，好像個禪院光景。門前燈籠，照的如同白晝。掌車的小廝們，卸了車。車夫便把騾子拉開。安太太合姑娘下來，等張太太母女到齊，便讓姑娘先走。姑娘笑道：「到了這裏，可沒我先走的禮了。」正讓著，安老爺同了張親家，從二門裏迎出來說：「姑娘不用讓了，隨著我先到各處瞧瞧。等到屋裏再讓。」說著，自己便在前引道。前頭兩個小廝，打了一對漆紗風燈。又兩個女人拿著手照燈照著。姑娘只得扶了人，隨著安老爺穿過那座大門。兩旁一看，都隔著一溜板院，那板院裏也透著燈光，都像有人在裏面。再向前走，對著大門，便是一座小小的門樓。迎門曲尺板牆上，四扇碧綠的屏風上面貼著鮮紅的四個斗方，上寫著「登歡喜地」四個大字。正中屏風不開，西首隔著一道板牆，從東首轉進去，便是正殿。院落上面三間正房，東西六間廂房，順著正房兩邊，兩個隨牆角門進去。一邊兩間耳房。正院裏墁著十字甬路，四角還有新種的四棵小松樹。姑娘看了這地方，真個收拾得清淨嚴謹，心下甚喜。安老爺便指點給他道：「姑娘你看這正面是個正座，東廂房算個客座。西廂房便是你的座落。其餘作個下房。這邊還有個夾道兒，通著後院。姑娘你看我給你安的這個家，可還合宜？」姑娘歎道：「還要怎樣！只是伯父太費心了。」說著，又回頭四圍一看，只見各屋裏都大亮的點著燈，只有那三間正殿黑洞洞的，房門緊閉。因問道：「怎的這正殿上，倒不點個燈兒？」安老爺道：「我那天不告訴你的，是卯時安位。此時佛像還在我家前廳上供著，等到吉時安位，再開這門不遲。此時開著，防著大家出來進去的不潔淨。」姑娘聽了這話，益發覺得這位伯父，想得到家，說得有理。便請大家西廂房坐。安老爺、安太太一行人也不合姑娘謙讓，便先進了屋子。姑娘隨眾進來一看，只見那屋子南北兩間，都是靠牕大炕。北間隔成一個裏間，南間一炕安著一個矮排插兒，裏外間炕上，擺著坐褥炕桌兒。地下也有幾件粗木油漆桌凳，略無陳設。只有那裏間條桌上放著茶盤茶碗，又擺著一架小自鳴鐘。四壁糊飾得簇新，也無多貼落。只有堂屋正中八仙桌跟前，掛著一張條扇。一幅雙紅硃箋的對聯。正在看著，僕婦們端上茶來。姑娘忙道：「給我自己。」接過茶來，一盞盞的給大家，送過茶。到了張姑娘跟前，他道：「姐姐怎麼合我鬧起這個禮兒來了。」何姑娘道：「甚麼話呢！這就算我的家了麼。」張姑娘道：「就算姐姐的家，可也只好就這一遭兒罷，往後卻使不得。」說著大家歸坐。安老爺合張老爺便在迎門靠桌坐下。安太太便陪張太太在南間挨炕坐下。姑娘便拉了張姑娘坐在靠牆凳兒上相陪。這纔扭轉頭來，留心看那掛的字畫。只見那副對聯，寫的是：

果是因緣因結果，空由色幻色非空。

姑娘看了這兩句懂了，不由得一笑。心裏說道：「我原為找這麼個地方兒，近著父母的墳塋，圖個清淨。誰倒是信這些因啊，果啊，色呀，空的葫蘆提呢！」看了對聯，一面又看那張畫兒。只見上面畫一池清水，周圍畫著金銀嵌寶欄杆。池裏栽著三枝蓮花，那兩枝卻是並蒂的。姑娘看了，不解這畫兒是怎生個故事！又見上面橫寫著四個垂珠篆字。姑娘可認不清楚了。不免問道：「伯父，這幅畫兒是個甚麼典故？」

安老爺見問，心裏說道：「這可叫作菡萏雙開並蒂花。我此時先不告訴你呢。」因笑道：「姑娘你不見那上面四個字，寫的是『七寶蓮池』。這池裏面的水，就叫作八功德水。這是西方救度眾生離苦惱的一個慈悲源頭。」姑娘聽了，也不求甚解，但點點頭。張老爺見這些話，自己插不上嘴。便站起來道：「這會子沒我的事。我過那邊兒幫他們歸著東西去。早些兒弄完了，好讓戴奶奶他們早些過來。」說著，一徑去了。這裏安太太合姑娘，又談了一會閒話，東方就漸漸發白起來。安老爺看了看鐘，已待交寅正二刻。說：「叫個人來。」一時戴勤、華忠兩個進來。老爺吩咐道：「天也快亮了，你們把那正房的門開開，再打掃一遍。」二人領命出去。安太太這裏便叫人倒洗手水，大家淨了手。這個當兒，安老爺出去，不知到那裏走了一盪。回來道：「姑娘到正殿上看看去罷。」說著，大家出了西廂房。天已黎明。姑娘這纔看出這所房子，一切磚瓦木料，油漆彩畫，一色簇新，原來竟是新蓋的。心裏益發過意不去。便同大眾順著甬路，上了正殿臺堦。進門一看，見那屋裏通連三間，露明彩畫，正中靠北牆安著一張大供案。案上先設著一座一殿一捲，雕刻細作的大木龕。龕裏安著一座小小的佛牀。順著供案左右八字兒斜設兩張小案，因佛像還不曾請來，那供桌便在東西牆角放著。正中當地又設一張八仙桌。上面鋪著猩紅氈子。地下靠東西山牆，一順擺著八張椅子。正中地下鋪著地毯拜墊。姑娘自來也不曾見過進廟安佛，是怎樣一個規矩，只說是：「找個廟，我守著父母的墳住著。我幹我的去就是了。」那知安老爺這等大鋪排起來。又不知少停安佛，自己該是怎個儀注？更不好一椿椿煩瑣人。心裏早有些不得主意。正在心裏躊躇，只見張進寶喘吁吁的跑來稟道：「回老爺，山東茌平縣二十八棵紅柳樹住的鄧九太爺到了。還有褚大姑爺合姑奶奶，也同著來了。」當下但見安老爺、安太太樂得笑逐顏開。安老爺先問：「在那裏呢？快請。」

張進寶回道：「方纔鄧九太爺到了門口兒，先問何大老爺、何太太安了葬不曾？奴才回說：『上月二十八就安葬了。姑娘今日都請過這邊兒來了。』鄧九太爺聽了，就說：『我可誤了。』因問奴才，何大老爺的塋地在那邊？奴才指引明白。鄧九太爺說：『等我到老太爺塋上磕過頭，還到安大老爺那邊行禮，待行完了禮再過來。』」安老爺聽了，便連忙要趕過去。張進寶道：「老爺此時就過去，也來不及了。奴才已經叫人過去，回明張親家老爺，又請奴才大爺過去了。」安老爺道：「既如此，叫人看著些快到了，先進來回我一句。」因向太太說道：「這老兒，去年臨別之前，曾說等姑娘滿孝，他一定進京來看姑娘。我只道他不過那樣說說，不想竟真來了。」太太道：「這老人家眼看九十歲了，實在可難為人家，大概他們姑爺、姑奶奶，也是不放心他這年紀，纔跟了來的。」

且住，難道這鄧九公，是安老爺飛符召將現抓了來的不成？不然，怎生來的這樣巧。原來他前幾天早來了。那褚大娘子還帶著他那個孩兒，依鄧九公定要在西山找個下處住了。他借此要逛寶珠洞，登祕魔崖，瞻禮天下大師塔，還要看看紅葉。是安老爺再三不肯讓他在外住，便把褚大娘子留在遊廊西院兒住下。鄧九公合褚一官便在公子的書房下榻。他已經合安老爺逛了個不耐煩，喝了個不耐煩了。姑娘是苦於不知。如今忽然聽見師傅來了，更覺驚喜悲歡，感激歎賞，湊在一處。一時便有人回張親家老爺陪了鄧九太爺過來了。安老爺聞聽，連忙迎了出去。安太太便也拉了姑娘同張家母女，迎到當院裏。隔著一道二門，早聽得鄧九公在外面連說帶笑的嚷道：「老弟，老弟，久違，久違。你可想壞了愚兄了。」也聽得老爺在那裏合他見禮。說道：「我算定了，老哥哥必來。只是今日怎的來的這般早？」九公道：「說也話長，等咱們慢慢的談。」說著，已進二門。大家迎著一見。只見那老頭兒，不是前番的打扮了。

腳下登著雙包緣子實納轉底三衝的尖靴。老俏皮襯一件米湯嬌色的春綢袷襖。穿一件黑頭兒絳色庫綢羔兒皮缺衿袍子。套一件草上霜弔混賺的裏外發燒馬褂兒。胸前還掛著一盤金線菩提的念珠兒，又一個漢玉圈兒，拴著個三寸來長的玳瑁鬍梳兒。羖種羊帽四兩重的紅纓子上頭，戴著他那武秀才的金頂兒。褚一官也衣冠齊楚的跟在後面。因到安老爺這局面地方來，也戴上了個金頂兒。卻是那年黃河開口子地方捐賑，鄧九公給他上了三百銀子，議敘的個八品頂戴。鄧九公進來忽忽的見過安太太、張太太、張姑娘，便走到玉鳳姑娘跟前問好。說道：「姑娘咱們爺兒倆別了整一年了。師傅是時時刻刻惦記著你。」說著，從腰裏扯下條兒手巾來，擦了擦眼睛。又細看了一看姑娘說：「好，你臉兒也胖了。」姑娘也謝他前番的費心，此番的來意。正說著，褚大娘子已到門下車。戴姑娘那邊完了事，也跟過來。便攙了褚大娘子進來。後面還有跟他的兩三個婆兒。且慢說褚大娘子此來打扮得花枝招展，連他那跟的人也都套件二藍宮綢夾襖，紮幅新褲褪兒，換雙新鞋的打扮著。安太太合他作了個久別乍會的樣子。褚大娘子見過眾人，連忙過來見姑娘。見他頭上略帶著幾枝內款時妝的珠翠，襯著件淺桃紅碎花綾子綿襖兒，套著件深藕色折枝梅花的縐綢銀鼠披風，繫一條松花綠灑線灰鼠裙兒，西湖光綾挽袖，大紅小呢兒豎領兒，出落得面如秋月，體似春風。配著他柳葉眉兒，杏子眼兒，玉柱般鼻子兒，櫻桃般口兒，再加上鬢角邊那兩點硃砂痣，合顋頰上那兩點酒窩兒，益發顯得紅白鮮明，香甜美滿。褚大娘子一看，心裏先說，這那裏還是一年頭裏跑青雲山的十三妹了呢！他二人彼此福了一福，一時性情相感，不覺拉住手都落了幾點淚。姑娘哽噎道：「我只道你臨別的時候，那一躲，我今生再見不著你了呢！」褚大娘子道：「我今日大遠的來，可就是為陪這個不是來了。今日可是大喜的日子，咱們不許哭。」安老爺道：「請進屋裏坐下談罷。」

說著，便往正屋裏，讓大家進了門，分了個男東女西。鄧九公、褚一官、張老、安老爺，便在東邊一帶椅子上坐了。褚大娘子、張媽媽、何玉鳳、安太太，便在西邊一帶椅子上坐了。安太太也叫張金鳳搬了個座兒坐下。不必講，自然有一番裝煙倒茶。鄧九公先應酬了幾句閒話，又讚了會房子。只聽安太太向九公道：「這樣大年紀，又這樣遠路，還驚動姑爺、姑奶奶同來，這都是為我們大姑娘。」鄧九公道：「二妹子你再不要提了，我這纔叫起了個五更，趕了個晚集呢。我原想月裏頭就趕到的，不想道兒上，遭了幾天雨氣，這天到了涿州，我又合我們一個同行相好的喝了一場子。不然，昨日也到了。誰知昨日過蘆溝橋，那稅局子裏，磨了我個日平西。趕走到南海淀，就上了燈了。幸而，那裏有我個親戚。在他家住了一夜，今日四更天，就往這裏趕。還好，算趕上今日的事了。」安老爺道：「老哥哥來的甚巧。今日正有事奉求。」說話間，聽得那個鐘叮噹叮噹，已打了卯初二刻。老爺道：「咱們且慢閒談，作正經的罷。」便叫：「玉格呢？」公子這個當兒正在東廂房裏捫著呢。聽得父親叫他，連忙上來。安老爺便吩咐他道：「是時候了，就安位罷。論理該你姐姐自己恭請入廟纔是。但是大遠的，他不好自己到外面去。況且他回來還得跪接，你替他走這盪，也是該的。」又說：「這樣吉祥事情，你就暫借我的品級，也穿上公服。」公子答應了一聲便走。玉鳳姑娘本就覺得這事過於小題大作，如今索性穿起公服來了。便問安老爺說：「伯父，回來我到底該怎麼樣？」安太太接口道：「大姑娘，你不用慌，都有我招護你呢。等我告訴你，你只依著我就是了。」姑娘當下得了主意，眼巴巴只望著請了佛來。沒多時，只見從東邊先進來兩個家人，下了屏門的門閂，分左右站著，把定那門。便聽得門外靴子腳步蹤踏之聲，吱的一聲，屏門開處，先進來了四個穿衣戴帽的家人。各各手執一炷大香，分隊前引，後面便是安公子，身穿公服，引了人抬著兩座彩亭進來。這個當兒，屋裏早有僕婦們捧著個金漆盤兒搭著個大紅袱子，上面托著個小檀香爐，點得香煙繚繞。安太太拉著姑娘在右首跪下。便把那個香爐盤兒，遞給姑娘捧著。姑娘此時是怎麼教怎麼唱。捧了香爐，恭恭敬敬，直柳柳的跪在那邊。一面跪著，不免偷眼望外一看，見那些抬的人，把彩亭安在簷前，把槓欉撤了出去。看那彩亭時，前面一個抬的兩座不高的佛像，只是用紅綢挖單幪著，卻看不見裏面是甚麼佛。後面那座彩亭，抬著卻像件扁扁的東西，又平放著，不像是佛像，也蓋著紅綢子。姑娘心裏猜道：「這莫不是畫像。」那時安老爺也換了公服，同大家都在廊下站著吩咐道：「請。」公子便走到彩亭跟前，將西邊那位請進門來，安在當地那張八仙桌上首。次後又將東邊那位請來，安在下首。安太太這裏便叫人接過姑娘的香爐去。說：「姑娘，站起來罷。」姑娘站起，仍向外看。又聽安老爺向鄧九公道：「老哥哥幫幫我罷。」說著，二人走到後面彩亭前，把紅綢揭起，原來是一高一矮，一長一方的兩個紅錦匣子。鄧九公捧了那個長扁匣兒，安老爺便捧了那個高方匣兒。公子隨在後面進來。鄧九公朝上把那匣子一舉，又把身子望旁邊一閃。向公子道：「老賢姪接過去。」公子便朝上，雙手接來捧著，安在東邊那張小桌上。然後，安老爺過來，也是朝上把那匣子一舉。安太太這裏便道：「姑娘過去接著。」姑娘只得連忙過去。安老爺也一樣的把身子一閃，姑娘接過那個匣子來，心裏一積伶說：「這匣管保該放在西邊小案上。」果見安太太過來招護著，叫他送在那案上安好。安太太便道：「姑娘先行了禮，好開光安位。」姑娘見是兩尊佛像，便打著問訊，磕了六個頭。只見安老爺上前，去了那層紅綢挖單，現出裏面原來還有一層小龕。及至下了迎面龕門，纔看見不是塑像，卻是兩尊牌位。安老爺道：「姑娘請過來，瞻仰瞻仰你這兩尊佛。」姑娘過來仔細一看，只見上首那尊牌位，鐫的字是皇清誥授振威大夫何府君神主。下首那尊是皇清誥封夫人何母尚太君神主。姑娘這纔恍惚大悟。說道：「伯父你只說是請佛請佛，原來是給我父母立的神主。這卻是姪女夢想也不到此。」安老爺道：「從來說得好，在家敬父母，何用遠燒香。人生在世，除了父母這兩尊佛，那裏再尋佛去。孝順父母，不必求佛，上天自然默佑。不孝父母，天且不容，求佛豈能懺悔。況佛天一理，他又不是座受賄賂的衙門，講情面的上司，憑你怎的巴結他，他怎肯忍心害理的違天行事。況且你的意思，找座廟原為近著父母，我如今把你令尊、令堂，給你請到你家廟來，豈不早晚廝守。且喜你青雲山的約法三章，我都不曾失信。」姑娘此時直感激到淚如雨下，無可再言。安老爺道：「且待我點過主，再請你安位。」姑娘又不知這點主，是怎麼樣一樁事。只得入太廟，每事問。安老爺道：「你不見神牌上主字，那點還不曾點。神像便叫作開光，神牌便叫作點主。」安太太便拉著姑娘道：「你照舊跪在這裏，看看點一點，你就磕一個頭。」姑娘跪好。安老爺便盥手薰香，請了鄧九公、褚一官二位襄點。早有家人預備下硃筆、藍筆、雞冠血、淨水，鄧家翁婿便從龕裏請出那神主來。老爺先填了藍，後蓋了硃。姑娘跪在那裏，只記著磕頭，也不及仔細去看，點完了照舊入龕。安老爺退下。姑娘站起來。安老爺便說道：「姑娘，這安位，可是你自己的事了。但是他二位老人家，自然該雙雙升座，為是你一人斷分不過來。況且你令尊的神主，究竟不好你捧了入龕，這便是我從前合你講過的，女兒家父親尊、母親親的話。如今也叫玉格替你代勞，你便捧了你令堂的那一位。」姑娘一聽，心裏說道：「敢則三禮彙通這部書，是他們家纂的，怎麼越說越有禮呢。」只得唯唯答應。老爺看了公子一眼，公子便上前，捧了何公的那一座。何姑娘捧了尚太君的那一位。繞過八仙桌子，分左右，一齊捧到那座大龕的神牀上，雙雙安了位。你道可煞作怪，只安公子同何姑娘，向上這一走，忽然從門外一陣風兒，吹得那牕櫺紙忒楞楞長鳴，連那神幔上掛的流蘇也都飄飄飛舞，好像真個的有神靈進來一般。一時大禮告成，早有眾家人撤下那張八仙桌去，把供桌安好，隨後獻上了供品，點齊香燭，有例在前，無可再議。便是公子捧飯，姑娘進湯。供完，安老爺肅整威儀的獻了兩爵酒，退下來，便讓鄧九公先行禮。鄧九公道：「不然，老弟今日這回事，不是我外著你說，我究竟要算在我們姑娘這頭兒站著，自然儘老弟，你合張老大，你們兩親家，你二位較量起來。這樁事是你的一番心，你自然該先通個誠，告個祭。這之後纔是我們。」說著，又回頭問著何姑娘道：「姑娘，你想這話是這麼說不是？」姑娘連稱：「很是。」安老爺更不推讓，便上前向檀香爐內炷了香，行過禮，姑娘便在下首陪拜。眾人看那香燭時，只見燈展長眉，雙花欲笑，煙結寶篆，一縷輕飄，倒像含著一團的喜氣。隨後安太太也行過了禮，便是張老夫妻到了。鄧九公便合他女兒、女婿道：「咱爺兒三個，一齊磕頭罷。」他父女翁婿拜過。鄧九公起來，又向安公子道：「老賢姪，你夫妻也同拜了罷，也省得只管勞動你姐姐。」安老爺道：「給他叔父、嬸母磕頭，豈不是該的。難道還要姑娘答拜不成。」姑娘笑道：「禮無不答。豈有我倒不磕頭的禮呢。」張姑娘此時早過去西邊站了下首。鄧九公道：「姑娘既這麼說，可得過上首去，怎麼說呢！這裏頭有個說法，假如你二位老人家，在他們小兩口兒磕頭的時候，他二位還一揖，答兩拜，也只好站在上首，斷沒在下首的。」說著，褚大娘子早把姑娘拉過東邊來站著，安公子一秉虔誠的，上前炷了香，居中跪下，磕下頭去。張姑娘在這邊隨叩。何姑娘在那邊還禮。正跪了個不先不後，拜了個成對成雙。

列公，可記得那周后稷廟裏的緘口金人，背上那段銘。說道：「戒之哉，毋多言，多言多敗。毋多事，多事多患。」正經方纔姑娘還照一年頭裏，那番斬鋼截鐵，海闊天空的行徑，你們既說不用我還禮呀，我們就算咧。豈不完了一天的大事。無奈他此時，是凝心靜氣，聚精會神，生怕錯了過節兒，一定要答拜回禮。不想這一拜，恰恰的合成一個名花並蒂，儼然是金鑲玉琢，鳳舞龍蟠。安老夫妻、鄧家父女四個人在後邊看了，彼此點頭會意，好不歡喜。正在看著，只見那供桌上的蠟燭花，齊齊的雙爆了一聲。那燭焰起的足有五寸餘長，爐裏的香煙，裊裊的一縷升空，被風吹得往裏一趕，又向外一轉，忽然向東吹去，從何玉鳳面前繞到身後，聯合了安龍媒，綰住了張金鳳。重復繞到他三人面前，連絡成一個團團的大圈兒，好一似把他三個圍在祥雲彩霧之中一般。玉鳳姑娘，此時只顧還禮不迭，不曾留意。大家看了，無不納罕。安老爺在一旁拈著幾根小鬍子兒，默然含笑道：「至誠而不動者，未之有也。子思子良不我欺。」一時撤饌，奠漿，獻茶，禮畢。褚大娘子便走過來，向玉鳳姑娘耳邊悄悄說了幾句話，姑娘連連點頭。只見他走到安老爺、安太太跟前，說道：「伯父、伯母，今日此舉，不但我父母感激不盡，便是我何玉鳳也受惠無窮。方纔是替父母還禮，如今伯父母請上，再受你姪女兒一拜。」安老爺道：「姑娘，你我二人說不到此。」安太太忙把姑娘扶起。鄧九公一旁點著頭道：「姑娘你這一拜，拜的真是千該萬該。只是來看今日這番光景，你還要稱他甚麼伯父母，竟叫他聲父母纔是。」姑娘歎了一聲道：「師傅，我豈無此心，只是大恩不輕言報。論我伯父母這番恩義，豈是空口叫聲父母報得來的。我惟有叩天默祝，教我早早的見了我的爺娘，或是今生，或是來世，轉生在我這伯父、伯母的膝下作個兒女，那纔是我何玉鳳報恩的日子。」鄧九公大笑道：「姑娘你現鐘不打，倒去等著借鑼篩。怎的越說越遠，鬧到來生去了。依我的主意，他家合你既是三代香火姻緣，今日趁師傅在這裏，再把你合他家聯成一雙恩愛配偶，你也照你張家妹子一般，作他個兒女叫他聲父母，豈不是一樁天大的好事。」何玉鳳不曾聽得這句話的時節，還是一團笑臉，及至聽了這話，只見他把臉一沉，把眉一逗，望著鄧九公說道：「師傅，你這話從何說起。你今日大清早起，想來不醉。便是我合你別了一年，你悖晦也不應悖晦至此，怎生說出這等冒失話來。這話你趁早休提，免得攪散了今日這個道場，枉了他老夫妻的一片好心，壞了我師生的三年義氣。」這正是：此身已證菩提樹，冰斧無勞強執柯。要知鄧九公聽了這話，怎的收場。下回書交代。

第二十五回　何小姐證明守宮砂　安老翁諷誦列女傳

這回書接著上回，表的是鄧家父女不遠千里而來，要給安公子、何小姐聯姻。見安老爺替姑娘給他的父母何太翁、何夫人立了家廟，教他接續香煙。姑娘喜出望外，一時感激歡欣，五體投地。鄧九公見他這番光景，是發於至性，自己正在急於成全他的終身大事，更兼受了安老爺、安太太的重託，便要趁今日這個機緣作個牽絲的月老，料姑娘情隨性轉，事無不成。不想纔得開口，姑娘便說出「此話休提，免得攪散了今日這個道場，枉了他老夫妻二位一片深心，壞了我師徒三年義氣。」這幾句話來。這話要照姑娘平日性子，大約還不是這等說法。這是安老爺、安太太一年的水磨工夫，纔陶鎔得姑娘這等幽閒貞靜，又兼看著九公有個師徒分際，褚大娘子有個姐妹情腸，纔得這樣款款而談。其實按俗話，這也就叫作翻了。這一翻，安老爺、安太太為著自己的事，自然不好說話。張太太是不會調停。褚大娘子雖是善談，看了看今日這局面，姑娘這來頭，不是連玩帶笑，便過得去的。只說了一句：「妹妹，請不要著急，聽我父親慢慢的講。」此外就是張老和褚一官兩個人，早到廂房合公子攀談去了。安老爺見這位大媒，纔拏起一把蒲扇來，就輪圓裏碰了這等一個大釘子。生怕卸了場，誤了事。只得說道：「姑娘，論理這話，我卻不好多言。只是你也莫怪了九公。他的來意，正為著你師生的義氣，我夫妻的深心，不要攪散了今日這個道場，所以纔提到這句話。」安老爺這一開口，原想姑娘心高氣傲，不耐煩去詳細領會鄧九公的意思，所以先把他這三句開場話兒，作了一個破題，好往下講出個所以然來。那知此刻的姑娘，不是青雲山和安老爺初次相見的姑娘了。方纔聽安老爺說了這幾句，便說道：「伯父，不必往下再談了，這話我都明白。請聽我說。人生在世，含情負性，豈同草木無知。自從你我三家在青雲山莊初會，直到如今，一年之久。承伯父母的深恩，我師傅和這褚家姐姐的厚意，那一時，那一事，那個去處，那個情節，不是要保全我的性命，成就我的終身。我便是鐵石心腸，也該知感恩情，諸事聽命。無奈我心裏，有難以告人的一段苦楚。雖是伯父母善體人情，一時也體不到此。事已至此，我也不得不說了。想我自從十六歲，纔有知識，便遭了紀獻唐那賊，為他那賊子紀多文求婚的一樁詫事。以至父親持正拒婚，觸惱那賊壞了性命。我見父親負屈含冤，都因我的婚姻而起。我從那日便打了個終身守志，永遠不出閨門的主意，好給父親爭這口氣。誰知那紀賊萬惡滔天，既逼死我父親，還放我母女不過。我所以纔設法著人送了父親靈柩回京。我自己便保著母親，逃到山東地面。聽說這九公老人家，是一位年高有德的誠實君子，血性英雄，我纔去投奔他，為的是靠他這年紀聲名，替我女孩兒家作一個證明師傅。好叫世人知我母女，不是來歷不明。及至得了那座青雲山棲身，我既不能靠著十個指頭，趁些銀錢，換些擔柴斗米。又不肯捨著這條身子作人奴婢，看人眉高眼低，卻叫我把甚麼奉養老母。論我所能的，就是我那把單刀。無法只得就這條路上，我母女苟且圖個生活。及至走了這條路，說不盡的風塵骯髒，龍蛇混雜，已就大不是女孩兒家的身分了。縱說我這個心，心無可愧，見得天地鬼神。我這條身子，尚未分明，就難免世人議論。因此，我一到青雲山莊，便稟明母親，焚香告天，對天設誓，永不適人。請我母親在我這右臂上，點了一點守宮砂。好容我單人獨騎，夜去明來，趁幾文沒主兒的銀錢，供給母親的薪水，這是我明心的實據，並非空口的推辭。此地並無外人，我這師傅是九十歲的人了。便是伯父，你待我的恩情，也抵得個生身父母。不妨請看。」姑娘一壁廂說著，一壁廂便把袖子高高的擄起，請大家驗明。果見他那隻右肐膊上，點著指頭大，旋圓必正的一點鮮紅硃砂印記。作怪的是那點硃砂印記，深深透入皮肉腠裏。憑怎麼樣的擦抹盥洗，也不退一些顏色。當下鄧九公父女合張太太以至那些僕婦丫鬟，看了都不解是怎生一個講究。只有安老夫妻心裏明白。看著不禁又驚又喜，又疼又愛。你道他這番驚喜疼愛，從何而來？原來他老夫妻看準姑娘的性情純正，心地光明，雖是埋沒風塵，倒像形蹤詭祕。其實信得及他這朵妙法蓮花，出污泥而不染。真有個磨而不磷，涅而不緇的光景。只是要娶到家來，作個媳婦，世上這般雙瞳如豆，一葉迷山的，以至糊塗下人，又有幾個深明大義的呢。心裏未嘗不慮到日後有個人說長道短，眾口難調。只是他二位是一片仁厚心腸，感念姑娘救了自己的兒子，延了安家的宗祀。大處著眼，便不忍吹求到此。如今見姑娘小小年紀，早存了這般苦志深心，他老夫妻更覺出於意料之外，不禁四目相關，點頭贊歎。只這番贊歎，把姑娘個宛轉拒婚的心思，益發作成了他老夫妻的求親張本。這便叫事由天定，豈在人為。

閒話少說。卻說玉鳳姑娘證明他那點守宮砂，依然放好袖子，褪進手去。對安老爺、安太太說道：「我這番舉動，也就如古人的臥薪嘗膽，吞炭漆身一般，原想等終了母親的天年，雪了父親的大恨，我把這口氣也交還太空，便算完了我這生的事業。那時叫世人知我冰清玉潔，來去分明，也原諒我這不守閨門，是出於萬分無奈，不曾玷辱門庭。不想母親故後，正待去報父仇。也是天不絕人，便遇見你這義重恩深的伯父、伯母，合我師傅父女兩人，同心合意費了無限精神，成全得我何玉鳳禍轉為福，死裏求生，合葬雙親，重歸故土。便是俗語也道：『得個貓兒狗兒識溫存。』我何玉鳳那時若一定不跟你二位老人家回京，便是不識溫存不如畜類。所以我纔預先說明，到京葬親之後，只求伯父，你給我尋座小小的廟兒，近著我父母的墳塋，息影偷生，完成素志。如今承伯父不枉了我棲身廟宇這句話，特特的給我父母立了這座家廟，不但我身有所歸，便是我的雙親，也神有所託。這是一片良意苦心，這纔叫作義重如山，恩深似海。便算你二位老人家，念我搭救你家公子那點微勞，也足足的報過來了。至於人世姻緣兩字，久已與我何玉鳳無干。便是玉旨綸音，也須原諒個人各有志，更不必再講到你令郎公子身上了。想來伯父母定該可憐我這苦情，不疑我是推卻。」姑娘這段話，說了個知甘苦，近情理，並且說得心平氣和，委屈宛轉，迥不是前番在青雲山那輸理不輸嘴，輸嘴不輸氣的樣子。要照這等看起來，敢是今日安老夫妻、鄧家父女四人作的這樁事，竟大大的有些欠斟酌。從來問名納采，古禮昭昭。便是愛親作親罷，也得循乎禮法，豈有趁人家有事宗廟的這天，大家夥子擠在一處，當面鼓，對面鑼，就合人家本人兒嘈嘈說起親來的。便是段小說，也就作的無禮，何況是椿實事。然而細按下去，卻也有個道理，書裏交代過的。安老爺當日的本意，只要保全這位姑娘，給他立命安身，好完他的終身大事。這段姻緣，並不曾打算到公子身上。因鄧九公父女，一心向熱，定要給公子聯姻，成就這段如花美眷的姻緣。再加上媳婦張金鳳，因姑娘當日給他作成這段良緣，奉著這等二位恩情備至的翁姑，伴著這等一個才貌雙全的夫婿，飲水思源，打算自己當日受了八兩，此時定要還他半觔。他當日種的是瓜，此時斷不肯還他豆子。今生一定要合他花開並蒂，蚌孕雙珠，纔得心滿意足。在安老夫妻也非不知此刻事事給他辦得完全，將他聘到別家，纔是公心。娶到自家，便成私心。轉念一想，既要成全他，到底與其聘到別家，萬一弄得有始無終，莫如娶到我家，轉可期一勞永逸。所以纔大家意見相同，計議停當，只在今日須是如此如此。然則他四位之中，如安老爺的學問見識，安太太的精明操持，鄧九公的閱歷，褚大娘子的積伶，豈不深知姑娘的性兒，怎的就肯這等冒冒失失的提將起來。這也有個原故。在鄧家父女一邊，是服定了安老爺了。覺得我這把弟，我那二叔的本領，慢說一個十三妹，就讓捆上十個十三妹，也不怕弄他不轉。在安老夫妻這邊，是見姑娘在青雲山莊，經了那番開導，在船上又受了一路溫存，到京裏更經了一年的含養，近來看姑娘那舉止言談，早把冷森森的一團秋氣，化成了和靄靄的滿面春風。認定了姑娘是個性情中人，所以也把性情來感動他。給他父母安葬，便叫公子扶櫬代勞。給他父母立祠，也叫公子捧主代勞。料想他性動情移，斷無不肯俯就之理。再經鄧九公年高有德，出來作這個大媒。姑娘縱然不便一諾千金，一定是兩心相印。到了兩心相印，止要姑娘眼皮兒一低，顋頰兒一熱，含羞不語，這門親事，就算定規了。至於姑娘當日在青雲山莊，因他父親為他的姻事，含冤負屈，焚香告天，臂上點了守宮砂，對天設誓，永不適人的這個隱情，便是佟舅太太合他同牀睡了將及一年。他的乳母丫鬟，貼身服侍他，更衣洗浴，尚且不知。這安老夫妻、鄧家父女四位怎的曉得。所以弄到這邊鄧老頭兒，纔拿起那把冰斧來，一斧子就碰在釘子上捲了刃了。那邊安老先生見風頭不順，正待破斧沉舟，講一篇澈底澄清的大道理，將作了個破題兒。又早被姑娘接過話來，滔滔不斷的一套，把他四位湊起來二百多週兒，商議了將及一年的，一個透鮮的招兒，說了個隔腸如見。安老爺聽罷，心裏暗道：「這姑娘的見解，雖說愚忠愚孝，其實可敬可憐。但是事情到了這個場中，斷無中止的理。治病尋源，他這病源，全在痛親而不知慰親，守志而不知繼志，所以纔把個見識弄左了。要不急脈緩受，且把鄧翁的話撇開，先治他這個病源，只怕越說越左。」因向姑娘歎了一聲。說道：「姑娘，你這片至誠，我卻影也不知。無怪你方纔拒絕九公。如今九公這話且作緩商。但是你這番舉動，雖不失兒女孝心，卻不合倫常至理。經云：『乾道成男，坤道成女。乾坤定而後地平天成。』女大須嫁，男大須婚。男女別而後夫義婦順，這是大聖大賢的大經大法，不同那愚夫愚婦的愚孝愚忠。何況古人明明道著個『不孝有三，無後為大』。又道：『女子，從人者也。』你這永不適人的主見，我竊以為斷斷不可。你是個名門閨秀，也曾讀過詩書，你只就史鑑上幾個眼前的有名女子看去，講孝女如漢淳于意的女兒緹縈，上書救父。鄭義宗的妻子盧氏，冒刃衛姑。講賢女，如晉陶侃的母親湛氏，截髮留賓。周顗的母親李氏，具饌供客。講烈女，如韓重成的女兒玖英，保身投糞，張叔明的妹子陳仲婦，遇賊投崖。講節女，如五代時王凝的妻子李氏，持斧斷臂，季漢曹文叔的妻子，引刀割鼻。講才女，如漢班固的妹子曹大家，續成漢史，蔡邕的女兒文姬，謄寫賜書。講傑女，如韓夫人的助夫破虜，木蘭的代父從軍。以至戴良之女練裳竹笥，梁鴻之妻裙布荊釵，也稱得個賢女。這班人才德賢孝，節烈智勇，無般不有。只不曾聽見個父死含冤，終身不嫁的。這是甚麼原故？也不過為著倫常所關。必君臣父子夫婦，三綱不絕，纔得高曾祖父己身子孫曾玄，九倫不斁。假若永不適人，豈不先於倫常有礙。」安老爺這一套老道學話兒，算起來話到盡頭兒了。無論你怎笑說他迂腐，要駁他，卻一個字駁他不倒。姑娘一聽，也知安老爺是一團化解自己的意思。無如他的主意是已拿定了，絲毫不用一點盛氣凌人的口吻，只淡淡的笑道：「伯父講的這些話，怎生不曾聽得，在這班以前，又有那一個人作過這些事，想也是從他作起。這永不適人，便是我何玉鳳作起，又有何不可。」列公，我說的曾經聽見老輩說過一句閱歷話：「越是京城首善之地，越不出息。」只看這位姑娘，纔在此京城住了幾天兒，不是他從前那丁是丁，卯是卯的行徑，已經學會了皮子了。豈知眼前這椿事，他只顧一鬧皮子，可只怕安老爺就難免受窘。話休煩絮。卻說安老爺料著姑娘不受這話，定有一番雄辯高談。看他怎的說法，再合他說到本地風光，設法擒題。不想姑娘鬧了個皮子，漸漸兒的受了，自己倒出乎意外。一時抓不著話岔兒。鄧九公旁邊一看急了。你道他因甚的著急？他此來本是一片血心，這頭兒要衛顧把弟，那頭兒要成全徒弟。再不料一開口，先受了那麼幾句厭話，鬧了個兩頭兒都對不住，算是栽了個懸梁子的大觔斗。這一栽，他覺得比當日在人輪子裏，栽在海馬周三跟前，還露著砢磣。只羞得他那張老臉，紫裏透紅，紅裏透紫，兩眼圓睜，滿頭大汗。把帽子往下推了一推，兩隻手不住的往下擄汗。及至聽安老爺接上話了，料著安老爺定有幾句吃緊的話，問得住姑娘。不想安老爺不過合他鬧了會子之乎者也，倒背了有大半本列女傳，漸漸的話有些釘不住姑娘。大不是前番青雲山的樣子了。再照這麼鬧會子文謅謅，這事不散了嗎？因此他不容安老爺往下分說，便向玉鳳姑娘道：「姑娘，你這話不是這麼說，俗語說的好，在家從父，出嫁從夫。是個娘兒們，沒說一輩子不出嫁的。再說這椿事，也不是一天兒半天兒的話了。我實告訴你說罷。」說著，他便把他合安老爺當日筆談的那天，他女兒怎的忽然提親，他怎的立刻就要作媒，安老爺怎的料定姑娘不肯，恐致誤事。攔他先莫提起，且等姑娘回京服滿之後，再看機會的話，一直說到他父女今日怎的特來作媒，向玉鳳姑娘告訴了一遍。告訴完了，重新又叫聲姑娘說：「你瞧，憑你這麼樣師傅，比你曬日頭暘兒、看三星兒，也多經過七十多年了。師傅的話沒錯的。無論你當日對天焚香起的是甚麼重誓，都應在師傅身上了，你說好不好，你只依著師傅這話，就算給師傅圓上這個臉了。」一段話說了個亂糟糟，驢脣不對馬嘴，更來的不著，更把個褚大娘子，急得搓手。忙攔他說：「你老人家不要著急。這可是急不來的事。事寬則圓。越是那等攔他，他還是一肚子話，像桶兒的都倒出來。」玉鳳姑娘一聽，心裏想：「照這話說起來，這又不是青雲山假西賓的樣子。我索性被他們當面裝了去了嗎？看這局面，連張家夫妻母女三人，只怕他通同一氣。別人猶可，我只恨張金鳳這個小人兒沒良心。當日我在深山古廟，給他聯姻，我是何等開心見誠的待他。今日的事，怎的他連個信兒也不先透給我。更可氣的是我乾娘，跟了我將及一年，時刻不離，可巧今日有事不在跟前，剩了我一個人兒，叫我合他們怎生打這個交道。」心裏越想越氣，纔待要翻，又轉念一想：「使不得。便算是他們都是有心算計我，人家安伯父、安伯母二位老人家不是容易把我母女死的活的，纔護送回鄉。況且我父親的靈柩，人家放在自己的墳上，守護了這幾年了。難道他從那時候，就算計我來著不成。何況人家為我父母立塋安葬，蓋祠奉祀，這是何等恩情，豈可一筆抹倒。就是我這師傅，不辭年高路遠，拖男帶女而來，他也是為好。更何況今日，我既有了這座祠堂，這裏便是我的家了。自我無禮，斷斷不可。還用好言合他們講禮，憑他萬語千言，只買不轉我一個不嫁就是了。」姑娘主意已定，便把一臉怒容，強變作一團冷笑。向鄧九公道：「師傅，你老人家怎的只知顧你的臉面，不知顧我的心跡。人各有志，不可相強。即如我安伯父方纔的話，豈不是萬人駁不動的大道理。但是一個人存了這片心，說了這句話，豈可絲毫搖動。假如我這心、我這話可以搖動，當日我救這位公子的時候，在悅來店也曾合他共坐長談，在能仁寺也曾合他深更獨對。那時我便學了那班才子佳人的故套，自訂終身，又誰來管我。我為甚麼把個眼前姻緣，雙手送給個萍水相逢、素昧平生的張金鳳。只這一節，便是我提筆畫押的一件親供，眾人有目共照的一面鏡子。師傅你就不必再絮叨了。」鄧九公道：「照姑娘你這麼說起來，我們爺兒們，今日大遠的跑了來幹甚麼來了？」老頭兒這句話來的更乏。書裏表過的，這鄧九公雖是個粗豪，卻也是個久經大敵的老手，怎生會說出這等一句沒氣力的話來。原來他心裏還彆著一樁事，他此來打算說成了姑娘這樁好事，還有一分闊禮幫箱，此時彆在心裏，密而不宣。要等親事說成，當面一送，作這麼大大的一個好看兒。不想這話越說越遠，就急出他這句乏的話來。姑娘聽了這話，倒不見怪。只道：「你老人家，今日算來看我，我也領情。算為我父母的事，我更領情。要說為方纔這句話來的，我不但不領情，還要怪你老人家的大錯。」鄧九公哈哈大笑道：「師傅錯了，師傅錯了，你𡟯師傅的鬍子好不好？」姑娘道：「我這話從何說起呢？你老人家合我相處，到底比我這伯父、伯母在先。吃緊的地方兒，你老人家不幫我說句話兒罷了，怎的倒拿我在人家跟前送起人情來，這豈不大錯。再說，今日這局面，也不是說這句話的日子，怎麼就把你老人家急得這樣欽此欽遵，倒像非立刻施行不可。你老人家也該想想，便是我不曾有對天設誓，永不適人的這節事，這話先有五不可行。」褚大娘子纔要答話。安老爺是聽了半日，好容易捉著姑娘一個縫子，不可撒手了。連忙問道：「姑娘你道是那五不可行？」姑娘道：「第一，無父母之命不可行。第二，無媒妁之言不可行。三，無庚帖。四，無紅定，更不可行。到了第五，我伶仃一身，寄人籬下，沒有寸絲片紙的陪送，尤其不可行。縱說五件都有，這話從我一個立誓永不適人的人來說，正是和金剛讓座，對石佛談禪，再也休想弄得圓通，說得明白了。」安老爺道：「姑娘，你須知那金剛也有個不忍，石佛也有時點頭，何況你說的這五樁，樁樁皆有。」因指著他父母神龕道：「你看，這豈不是你父母之命。」又指著鄧家父女合張親家太太道：「你看，這豈不是你媒妁之言。你要問你的庚帖，只問我老夫妻。你要問你的紅定，卻只問你的父母。至於陪送姑娘，你有的不多，卻也不到得並無寸絲片紙。待我來說與你聽。」安老爺這話，就如對策一樣，纔不過作了個策帽兒，還不曾一條條對起來呢！姑娘聽了，先就有些不耐煩。鄧九公又在一旁拍手道：「好哇，好哇，我看姑娘這還說甚麼？」安太太恐姑娘著惱，便拉著他的手說：「不要著急，慢慢兒說著，就有個頭緒了。」褚大娘子道：「正是這話。好妹子，只記著我當日和你說的，老家兒說話再沒錯的那句話。還是老家兒怎麼說，咱們怎麼依著。」姑娘一看這光景，你一言，我一語，是要齊下虎牢關的來派了。他倒也不著惱，也不動氣，倒笑了笑說道：「伯父不必講了，你二位老人家從五更頭鬧到此時，也該乏了。我師傅合褚大姐姐，大遠的跑到這裏，也著實辛苦了。竟請伯父、張親家爹，陪了我師傅合褚大姐夫前邊坐去。我同伯母和媽媽，也陪了褚大姐姐到廂房說些閒話去。你我大家離了這個所在，揭過這篇兒去，方纔的話，再也休提。如不見諒，我抄總兒說一句，泰山可撼，北斗可移，我這條心，這句話，萬不能改。我言盡於此，更不再談。憑你大家萬語千言，卻莫怪我不答一字。」說著，只見他退了兩步，果然照褚大娘子前番說的那光景，把小眼皮兒一搭撒，小臉兒一括搭❶，小顳膀子兒一鼓，抄著兩隻手，在桌兒邊一靠，憑你是誰，憑你是怎樣和他說著，再也休想他開一開口。

這事可糟了，糟很了，糟的沒底兒了。原來今日這樁事果然說成，不是還有個十天八天，三月兩月的耽擱。只因安老爺一愁姑娘難於說話，二愁姑娘夜長夢多，果然一言為定，那問名納采行聘送妝，都在今日這一天。即在今日酉時，便要迎娶過門。此刻這裏雖是這等一個清淨壇場，前頭早已結彩懸燈，排筵設宴，吹鼓手、廚茶房、儐相伴娘、家人僕婦，一個個擦拳摩掌，吊膽提心的，只等姑娘一句話應

❶ 括搭：沉；下垂。亦作「瓜搭」。

了。立刻就要鼓樂喧天，歡聲匝地。連那頂八人猩紅喜轎，早已亮在前面正房當院子了。安老爺、安太太雖不曾請得外客，也有好幾位得意門生，同心至好，以至近些的親友本家，都衣冠齊楚的在前邊張羅，候著賀喜。不想姑娘這個當兒，拿出那老不言語的看家本事來。請問這一唿嚕串兒，叫安老爺一家怎生見人？鄧、褚兩家怎的回去？便是張老夫妻，那逢山朝頂，見廟磕頭，合一年三百六十日的白齋，那天纔是個了願？至於安公子空吧踏了幾個月的嘴，今日之下，把隻煮熟的鴨子飛了，又叫張金鳳怎的對他的玉郎？又叫何玉鳳此後，怎的往下再處？你道糟也不糟？此猶其小焉者也。便是我說書的，說到這裏，就算二十五回團圓了，聽書的又如何肯善罷干休。那可就叫作整本的糟餻傳，還講甚麼兒女英雄傳呢！列公不須焦躁，你只看那安水心先生，是何等心胸本領，豈有想不到這裏，不防這一著的道理。然則他何不一開口，就照在青雲山口似懸河的那派談鋒，也不愁姑娘不低首下心的心服首肯。又怎的合他皮鬆肉緊❷的談一會子道學，又指東說西的打了會子悶葫蘆呢！這便叫作逞遊談易，發莊論難。當日在青雲山是先要籠絡住這姑娘，不得不用些權術。今日在此地，是定要成全這姑娘，不能不用正經。既講到捨權用經，凡一切詼諧話、優俳話、譬喻話、影射話都用不著。再說安老爺本是個端方厚重的長者，少一時坐在堂前，就要作姑娘的阿翁了。一片慈祥，雖望著姑娘心迴意轉，卻絕不肯逼得姑娘理屈詞窮。他心裏卻早有了個成算，及至見姑娘話完告退，不則一聲。老爺便兩眼望著太太道：「太太，你聽姑娘終改不了這本來至性，你我倒枉用了這番妄想癡心，這便怎樣纔好？」安太太似笑非笑，似歎非歎的應了一聲。老夫妻兩個，四隻眼睛一齊望著媳婦張金鳳。張金鳳見公婆遞過眼色來，便越眾出班的道：「今

---

❷皮鬆肉緊：寬泛；不關緊要。

日這事，算我家一樁大事，公婆父母都在前頭。再說九公合褚大姐姐是客，又專為這事而來。卻沒媳婦說話的分兒。但是我姐姐的性格兒，我知道他是肯的，不用人求。他果然不肯，求也無益。公公，不必往下再說了。竟依著我姐姐的話，真個陪九公到前頭坐去。讓媳婦問問姐姐，或者我姐姐還有甚麼不得已的苦衷，說不出的私話，也不可知。我們女孩兒對女孩兒沒個礙口難說的，只怕倒說的到一處。便是婆婆合媽媽，在這耍陪著褚大姐姐，正好談談這一年不見的閒話兒，也不必費心勞神，這事竟全責成在媳婦身上。公婆你想如何？」安太太就說：「你小人兒家，可有多大能耐呢！要作這麼大事，你能嗎？」安老爺搖著頭道：「媳婦，你看我兩個老人家，處在這要進不能，要退不可的去處，得你來接過我們這個擔子去，我們豈不願意。但是這樁事的任大責重，你卻比不得我同九公。我兩個作不成，大家不過說一句這事想的不仔細，作的不周全。你一個作不成，有等知道的，道是你姐姐深心執性。有等不知道的，還道是你本就不曾盡心，不曾著力，有心敗事，無意成功。儻被親友中傳說開去，你小小年紀，這個名兒，卻怎生擔得起。」他翁媳兩個，這陣真話兒假說著，假話兒真說著，也不知是他家搭就了的伏地扣子喲，也不知是那燕北閒人因張金鳳從第七回出名，直到第二十五回，雖是逐回的露面登場，總不曾作到他的正傳文章，寫得他出色。如今且不去管他。

再說何玉鳳先聽得張姑娘說他，他是肯的，不必人求。果然不肯，求也無益。不覺暗喜道：「到底還是他知道我些甘苦。」及至聽他說到也不勞公婆父母，也不用褚家大姐，只把這事責成在他身上。這些話，他又不禁轉喜為怒起來，暗道：「好個小金鳳兒，難道連你也要合我嘚啵嘚啵❸不成？果然如此，

❸ 嘚啵嘚啵：囉哩囉唆。

可算你猴兒拉稀，小人兒壞了腸子了。少停你不奈何我便罷。你少要奈何我，一奈何我，也顧不得那叫情，那叫義，我要不起根發腳，把你我從能仁寺見面起的情由，都給你當著人抖出來，問你個白瞪白瞪的，我就白闖出個十三妹來了。」想罷，依然坐在那裏，一聲兒不哼。張金鳳分明看見姑娘那番神情，只不在意。他依然答應公婆道：「媳婦豈不知公婆這層憐惜媳婦的心。只是九公同褚大姐姐合姐姐說，姐姐不容說，公婆合姐姐說，姐姐又何能容。說我爹媽在此，更不能說。倒有個能說會道的舅母呢！今日偏又不在這裏。媳婦若再袖手旁觀，難道真個的今日這樁事就這等罷了不成。慢說媳婦受此冤枉談論，便觸惱了姐姐，隨姐姐怎樣，媳婦也甘心情願。公公只管安坐前廳，靜聽消息。讓媳婦這裏求姐姐，磨姐姐，央及姐姐。幸而說得成，不敢領公婆的賞賜。萬一說不成，再受公婆的責罰。」安老爺聽到這裏，只合太太說了聲：「太太，我們也只得如此。」說完，拉了鄧九公，頭也不回，竟自去了。何玉鳳看了，越想越氣。他在那裏便硬著個小脖頸兒，撐著個小鼻翅兒，挺著腰板兒，雙手扶定克膝蓋兒，勒馬橫鎗，只等張金鳳過來說話。打算等他一開口，先給他個下馬威。那知人家更不過來，只見他站在當地，向那群婆兒丫頭說道：「你們是聽住了熱鬧兒了。瞧瞧褚大奶奶合二位太太的茶，也不知道換一換？煙也不裝一袋？也該這麼給姑娘突然兒的倒碗茶來。」眾人聽了，忙著分頭倒茶。倒了茶來，他便先端了碗，親自捧到姑娘跟前說：「姐姐，喝點兒茶罷。」姑娘欲待不理。想了想，這是在自家祠堂裏，禮上真說不過去。沒奈何站起身來，學了人家一句，說了六個大字道：「多禮，我不敢當。」張金鳳也只作個不理會。回身便向褚大娘子裝了袋煙。褚大娘子道：「妹子請坐罷。怎麼只是勞動起你來了。」張姑娘笑道：「我到你家，你怎麼服侍我來著呢？」說著，又給婆婆遞了袋煙。安太太一手接煙袋，只揚著臉，皺著眉，望著他出長氣。張姑娘但低頭微笑，然後纔給他母親裝煙。但不過給他母親裝煙，他卻不是照那等抽著了，用小手擦乾淨了煙袋嘴兒，閃著身子，把煙袋鍋兒靠在左邊，煙袋嘴兒讓在右邊，用著彎胸伏背的那等遞法兒。他裝好了煙，卻用左手拿著煙袋，右手拿著香火說：「你老人家自己點罷。」原來並不是他姑奶奶的脾氣，親家太太那根煙袋，實在又辣又臭，惡歹的難抽。只見那張太太愁眉苦眼的向他道：「姑奶奶，你別鬧了，還有甚麼心腸抽這煙呢？」張金鳳道：「媽，不吃會子煙，這親就說成了。就讓你老人家，再許三百六十天的不動煙火，不成還是不成啊！」說的褚大娘子和太太掩口而笑。姑娘聽了，益發不受用。又聽安太太吩咐道：「你們也給你大奶奶裝袋煙兒。」因和張金鳳道：「你有甚麼話，只管坐在那裏和姐姐說。」張金鳳答應一聲過去，便挨著玉鳳姑娘坐好。恰好華嬤嬤送上一碗茶來。張姑娘接過茶來，一面喝著，一面目不轉睛的看著那碗裏的茶，打量主意。霎時喝完了茶，柳條兒又裝上煙來。因見太太在上面坐著，他便隱著煙袋，遞給他家大奶奶。張姑娘接過來，不敢當著婆婆，公然就抽煙兒。便順在身旁，回扭身去，抽了兩口。又低了頭，噴淨了口裏的煙。便把煙袋遞給跟人暗暗的搖搖頭道：「不要了。」從來造就人材，是天下第一件難事。不過一個北村裏的怯閨女，怎的到了安太太手裏，纔得一年，就會把他調理到如此。張姑娘正待說話，只聽婆婆那裏吩咐晉升女人道：「你告訴院子裏聽差的，那幾個小廝，此時無事，先叫他們出去，等用著再叫。」「他們那裏是聽差，都貪著聽熱鬧兒呢！」「就連你們也可以換替著在這裏侍候。那供桌上的蠟盡了，先不用換呢！」大家答應了一聲，忙去傳話。張姑娘這纔把身子向玉鳳姑娘斜籤著坐了。未經開口，先和容悅色低聲下氣的叫了聲「姐姐」。只見姑娘把眼皮兒往上一閃，冰冷的一副面孔，問道：「怎麼樣？」只看第一句，這親就不像個說的成的樣子了。張金鳳道：「姐姐，我可敢怎麼樣呢！我只勸姐姐先消消氣兒，妹子另有幾句肺腑之談，要合姐姐從長細講。」正是：千紅萬紫著花木，先聽鶯聲上柳條。要知張金鳳合何玉鳳怎的個開談，這親事到底說得成也說不成，且看下回書交代。

第二十六回　燦舌如花立消俠氣　慧心相印頓悟良緣

這回書不及多餘交代，便講何玉鳳聽得張金鳳對他說，另有幾句肺腑之言，待要合他從長細講。他便把那一臉怒氣，略略的放緩了三分。依舊搭撒著眼皮兒說道：「你若果然有成全我的心，衛顧我的話，就請說。要是方纔伯父合九公說的那套，我都聽見了，也明白了，免開尊口。」張金鳳笑道：「姐姐又來了。難道姐姐沒聽見公婆怎的吩咐我，我怎的回稟公婆。妹子此時，除了這話，還有甚麼合姐姐說的。只是妹子說的，雖是這套話，卻合公公說的有些不同。打頭公公說的，姐姐永不出嫁，斷使不得的這句話，妹子此時，更不必向姐姐再問原故，合姐姐再講道理。只知這事是斷使不得。得遵著公公的話定了。至於妹子，又曉得些甚麼？說起來，可不能像公公講的那樣圓和宛轉。這裏頭，萬一有一半句不知深淺的話，還得求姐姐原諒。妹子是個糊塗，擔待妹子個小。便是姐姐不原諒妹子，不擔待妹子，那怕姐姐就打兩下子，罵兩句，都使得。可不許裝糊塗不言語。就讓姐姐裝糊塗不言語，我可也是打破沙鍋璺到底❶，問明白了，我好去回我公婆的話。這話得先講在頭裏。」姑娘這麼一聽，覺他這話來的比自己還皮子。只得綳著個臉盤兒說道：「既如此，請教。」張金鳳道：「姐姐既要我說，你我這些煩文散話，

❶ 打破沙鍋璺到底：打破沙鍋，裂紋到底。「璺」是裂紋。音ㄨㄣˋ，「問」的諧聲，是「問到底」的意思。亦作「打破砂鍋問到底」。

都收起來，咱們只講實在的。講實在的，第一，姐姐得看九公這位老人家，姐姐，要知道人家是九十歲的老人家了。他老人家要不為給姐姐提親這樁的事，大約從今日到他慶二百歲，也不肯大遠的往京裏跑這盪。就算褚大姐姐夫妻二位，合你我同輩，為姐妹都是該的。他兩個自然也為這九十歲的老人家，跑上千的里地，作兒女的不放心，所以纔跟了他老人家來。姐姐，替他兩個想想，一路服侍這麼一位老人家，曉行夜住，渴飲饑飡，人家得懸多少心，費多大神。通共算起來，人家都是為姐姐一個人呀！再說，姐姐就只看我公婆，我公公去年遭了那等不順的事，無原無故，只為不會巴結上司，丟了官，惹了氣，變了產，破了財，還在縣監裏坐了兩個月出來，依然是滿面精神，無煩無惱。據婆婆說，臉面兒比在外面倒胖了。自從心裏有了姐姐這件事，今年倒清減了許多。腰裏的帶子，是我新近縫的，比去年撙進一寸多去了。我婆婆去年這時候，合姐姐初次見面的時候，姐姐還該記得真，說起是兩鬢刀裁的。自從心裏有了姐姐這件事，這些日子，左右鬢角兒上，竟有十幾根白頭髮了。這也都是為姐姐。講到我爹媽，卻不曾在姐姐跟前有甚麼大好處。只我媽從去年一口白齋，直吃到今日，近來更添了半夜裏起來燒子時香，這個樣兒的冷天，直橛橛的跪在風地裏，舉著籂香，一面燒香，一面磕頭，一直等手裏的香盡了，纔站起來。姐姐在裏間屋裏跟著舅母睡，大約就未必知道。姐姐只想我心疼不心疼。我爹是每月初一，一盪前門關帝廟，十五一盪前門菩薩廟，這要在內城住，出盪前門可費甚麼呢！姐姐，想從這裏去，這是多遠道兒。他老人家是風雨無阻，步行去，步行回來。還帶著來回，不吃一口東西，不喝一點兒水。嘴裏不住聲兒的念佛，這也都是為姐姐。我只想著姐姐，萬事都不必講。只看這五位老人家分上，無論有甚麼樣的為難，是怎麼樣的受屈，不必等妹子求姐姐也該沒的說了。姐姐，若果然沒的說，妹子往下千言萬語，都不必提。只給姐姐磕頭回覆了公婆就完了事了。」這張金鳳一段話，主意就來得不弱。只因他一眼看定了姑娘，是個性情中人。所以只把性情話打動他。要說何玉鳳不曾被他打動，絕無此理。只是他心裏的勁兒，一時背住扣子了，轉不過磨盤兒來。只聽見說道：「這話，妹子你就不講，我豈不知。講到這幾位老人家，待我的光景，雖是不同，同一恩深義重。須放著我何玉鳳不死，我今生能報，便是今生。來世能報，便是來世。天地鬼神，都聽得見這句話。我何玉鳳絕不食言。要說妹妹你一定叫我把我的終身大事，去在人跟前去報恩，這可斷斷不能從命。至於你我，我雖說是施恩不望報，你也切莫是受恩便忘報。你可記得你我在能仁寺廟內初會的時候，我待你也有小小的一點人情，今日之下，你不想個方兒幫我罷了，怎的倒拿這話兒來擠起我來。妹妹，你莫非也略差了些兒。」說著，便把那眉頭兒一鬥，眼神兒一促，便有個待要發作的樣子。張金鳳不等他發作，說話比先前高了一調。這個當兒，安太太合褚大娘子，只低言悄語，在那邊閒談，絕不來管。張太太忽然接上了話說：「姑奶奶，你好好兒合他說，別要合他著急掰臉的。」張姑娘一面回答他母親說：「這事不與媽相干兒，不用你老人家管。」一面合姑娘說道：「我張金鳳只道姐姐把從前能仁寺的事忘了呢，原來姐姐還沒忘。這話倒好說了。只是妹子斷想不到，落得姐姐說我不幫姐姐，倒擠姐姐的這句話。姐姐既這等說，大約今日這親事，妹子在姐姐跟前，斷說不進去，我也不必枉費唇舌，再求姐姐，磨姐姐，央給姐姐了。只是妹子還有幾句不知進退的話，不得不交代明白了。為甚麼呢？此時假如妹子說了，姐姐始終執意不從，日後姐姐萬無後悔的，妹子也無的抱愧的。一個不說，儻然日後姐姐想過滋味兒後悔起來，說道：『嗳呀，原來如此。』一定說：『當日別人不肯多句話兒罷了，怎的張金鳳他也不提補我一聲兒。』那時，妹子可就對不住姐姐了。」他說著，把座兒向前挪了一挪，身子向前湊了一湊，問著何玉鳳道：「妹子先要請教姐姐。當初我同姐姐的妹夫玉郎，兩個人在黑風崗能仁寺廟裏，雙雙落難。他的一條命，離見閻王爺就剩了一層紙兒了。我的一條身子，離掉在靛缸裏，也只差著一根絲兒了。那時虧了誰，全虧了姐姐。姐姐非親非故，橫身出來，彈打了和尚，刀劈了眾僧，救了我兩個的性命，便是救了我兩家的性命。我兩家生生世世，也感激不盡，報答不來。」張金鳳纔說到這裏，何玉鳳便攔他道：「這是以往之事，與今日何干？要你講這些沒要緊的閒話。」張金鳳道：「怎麼閒話呢！姐姐鹽從那裏鹹？醋打怎麼酸？沒有當初，怎得今日。只是我想著當初，姐姐既救了我兩家性命，姐姐的心是盡了，事算完了，那時候我替姐姐計算，真的個就該塵土不沾，拍腿一走。那怕玉郎，他再撞見幾個騾夫，我再撞見幾個和尚，那是我兩個的定數難逃，姐姐於心無愧。我不懂姐姐無端的把我兩個，強扭作夫妻，這是怎麼個意思？」何玉鳳聽了這話，大是詫異。忙說道：「你這話問得奇呀！那時我見你兩個，末路窮途，彼此無靠，是我一片好心，一團熱念。難道我有甚麼貪圖不成？」張金鳳笑道：「可又來！誰又說姐姐有甚麼貪圖來著呢？但是我想我那時候，雖說無靠，到底還有我的爹媽，他雖說無靠，合我還算得上個彼此。姐姐如今只剩了孤鬼似的一個人兒，連個彼此都講不到，是算有靠啊？是不算末路窮途啊？還是姐姐當日給我兩個作合，是一片好心，一團熱念？我公婆今日給你兩個作合，是一片歹心，一團冷念呢？怎麼倒招出姐姐一無這個，二無那個，這許多累贅來了？請教。」何玉鳳道：「這個又當別論。」張金鳳道：「咻！一樣的人，一樣的事，你還是當日的你，我還是當日的我，他還是當日的他，怎麼又當別論呢？姐姐，你方纔開口，便道是一無父母之命，姐姐合妹子，都算不得讀過書。父母之命的這句書，也還該記得，還得明白這句書的下文，是『鑽穴隙相窺，踰牆相從，則父母國人皆賤之。』原是比方作官的話，本與女孩兒出嫁無干。就讓扣著字面兒，講說俗話，也說的是一個女孩兒家，有爹娘在頭上，要是不等著爹娘許人家兒，自己就在牆上挖個窟窿兒，和人家的男子，偷著對相看。相看準了，跳過牆去就跟了人家走了。連他的爹娘，合世上的人可就都把他看得輕賤了。這是孟夫子當日合周霄打了一個鶻鶻跳過粉皮牆的反西廂、反磕兒，不是說爹娘沒了，沒有爹娘給說人家兒了，這一輩子就該永遠不出嫁。要都照姐姐這等講起來，世界之大，何止數萬萬人，少說這裏頭，也有一停兒沒爹娘的女孩兒，只好都當姑子去罷。那裏給他找這些座姑子庵兒呀！要講到姐姐身上，並且說不得無父母之命。這話怎麼講呢？假如我公婆在，不曾替姐姐給叔父、嬸娘立這座祠堂以前，便合姐姐提到親事，那無怪姐姐作難。如今既有了這座祠堂，可是姐姐說的，便算姐姐的家了。這座龕，可也就算得是叔父、嬸娘的住房了。我公婆親自到姐姐家，在他二位老人家跟前，跪在地下求這門親，這怎麼叫無父母之命？姐姐要算一定他二位老人家應了，纔算父母之命。誠則靈。假如我公婆誠求，就許他二位老人家有個顯應。雖然萬事是假的，姐姐只看方纔玉郎同你奉主安位的時候，那陣風兒，不是個顯應嗎？方纔我公婆行禮的時候，那香燭的一派喜氣，不又是個顯應嗎？」何玉鳳聽了這話，只管搖頭。張金鳳道：「姐姐你必又是不信這些。請問到了你我三個人下拜的時候，那一縷香煙，忽然的轉成那個大圓圈兒，凝結不散。把你我三個團團的圍住，還要神氣靈感到甚麼分兒上去？那個工夫兒，就短了。兩位神主，真個的說一句姑爺請起了。這是這屋裏上上下下三四十人，親眼見的。難道是我張金鳳無中生有的造謠言。那是獨姐姐你沒看見呢？還是你也看見了不信呢？要說你，又講到你那些甚麼英雄豪傑，不信鬼神的話。要知道雖聖人尚且講得『鬼神之為德，其盛矣乎。』就讓姐姐是個英雄，也不能不信聖人，不信你的父母。」何玉鳳道：「你到底那裏來的這些沒影兒的話？」張金鳳道：「就算我這話沒影兒，等我說句有影兒的話姐姐聽。我曾聽見公婆說過，當日你家祖太爺臨危的時候，你家嬸娘正懷著你，你家祖太爺，把我公公合你家叔父叫到跟前，親口囑咐說：『儻得生個男孩兒，便教他跟著我公公讀書。即或生個女孩兒，長大也要許個書香人家，配個讀書子弟。』這話我公公在青雲山莊也曾合姐姐說過，姐姐也該記得。難道這也是沒影兒的。細想那老人家當日的意思，未必不就指的是今日的事，只是不好明說。老輩子的心思見識，斷不得錯。便是叔父、嬸娘，現在今日之下，我公婆上門求這門親，他二位老人家想起你祖太爺的話來，只怕還沒個不歡天喜地的應許的。然則，方纔那些顯應，怎見得不是他二位神靈有知，來完成這樁好事。照這等說起來，姐姐不但有父母之命，還多著一層祖父之命呢！這話方纔我公公指點的明白，姐姐不耐煩往下聽。就算是無父母之命定了，姐姐可記得你在能仁寺給我同玉郎聯姻的時候，人家辭婚開口第一句，說的就是無父母之命啊。人家可是父母現在，只因不在跟前，婚姻大事，不奉父母之命，自己不敢作主。人家的話卻比姐姐說得響，理也比姐姐講得足。那時姐姐不依，三句話不合，揚起刀來，就講砍人家的腦袋。請問一個人，有個不怕砍腦袋的嗎？及至人家沒法兒了，跪下求姐姐開恩，姐姐這纔喜歡了。就在那希蘚坌臭❷的和尚屋子裏桌子上擱了盞燈，說這就算你父母之命，叫我們倆朝上磕頭罷。姐姐的話，敢不聽麼？我兩個連忙就朝著那盞燈磕了頭，算領了父母之命。究竟起來，他的父親，我的公公，還在山陽縣縣監裏。他的母親，我的婆婆，還在淮安城飯店裏呢！縱說那時候我的父母，算在跟前，到底那是他的父母之命

❷ 希蘚坌臭：又髒又臭。坌，音ㄅㄣˋ。

啊！這樣看起來，人家不奉父母之命，姐姐就可以硬作主張。姐姐站在自家祠堂屋裏，守在父母神主跟前，又有這等如見如聞，有憑有應的顯應，還道是無父母之命。一般兒大的人，怎的姐姐的父母之命，就該這等認真，人家的父母之命，就該那等將就，這是個甚麼道理？姐姐講給我聽。」姑娘還是平日那不服輸不讓話的脾味兒，把眉兒一挑，說道：「這個不想……」只說了這四個字，底下卻一時抓不住話頭兒來。

金鳳便問他道：「這個那個呀，姐姐聽著罷。我還有話呢！姐姐，方纔又道是二無媒妁之言。我請教姐姐，到底怎麼是媒，怎麼是妁呀？我知道的是男家的媒人叫作媒，女家的媒人叫作妁，這是個大禮。到了如今的時候兒，或者兩家兒本是至親相好，請一位媒人的也儘有。再講到咱們旗人的老規矩。我聽婆婆說起來，甚至還有不用媒人，親身拿柄如意，跪門求親的呢。講到姐姐今日這喜事，不但有媒，有妁，並且還請得是成雙成對的媒妁。餘外更多著一位月下老人。姐姐不信，只看今日祠堂裏，這行禮的次序，就知道了。今日這個禮節，講遠近兒，講歲數兒，講親友，講甚麼，也該讓九公合褚大姐姐夫妻二位，先行禮纔是。為甚麼大家倒先儘我公婆行禮。我公婆怎麼不謙不讓，就先行起禮來了。姐姐心裏明白不明白？」何玉鳳道：「這是因伯父母替我家立的祠堂，所以先請他二位通誠告祭，你難道不知？要來問我。」張金鳳道：「我知道是通誠，我知通的不是告祭的誠，通的卻是求親的誠。等我告訴明白了。姐姐，我公婆第一起行禮，就是求親。我父母第二起行禮，便是男家請來問名的大媒。九公合褚家姐姐夫妻，第三起行禮便是你女家的主婚大媒。現放著媒妁雙雙，大禮全備，怎麼叫作無媒妁之言。這話，方纔公公分明指點給姐姐，姐姐也不耐煩往下聽。姐姐想想，姐姐當日把我配給玉郎的時候，除了姐姐合姐姐那把刀，那是他的媒，那是我的妁呀！可倒別緻。人家作媒，是拿把刀。一手托兩家，當面鼓，對面鑼，不問男家要不要，先問女家給不給。那個當兒，我家敢說不給嗎？姐姐是恩人麼！及至把我家問得牙白口清，千肯萬肯。人家這纔不要了。姐姐一怒，可就要起刀來了。姐姐，可記得姐姐耍刀的那個當兒，可是已經當面把我許給人家了。那時我只怕他那個死心眼兒。姐姐，這個天性，一時兩下裏合不攏來，姐姐認真把他傷了，姐姐想我該怎麼好？我焉得不急？沒法兒，也顧不得那叫羞臊，跟著他跪在地下，求姐姐吩咐，怎麼說，怎麼好。姐姐，這纔沒得說了。手裏攧著把刀，奚落了我們一陣說，你們倆媒都謝了，還鬧得甚麼假惺惺兒。這是我張金鳳當日經過的大媒姐姐。姐姐強煞是個黃花女兒呀，今日之下，我公婆恭恭敬敬，給姐姐請了這一堂的媒人來，就算我爹媽不能說甚麼，不能作甚麼，也算一片誠心。褚家姐姐夫妻二位又是成雙成對，再加上九公多福多壽的一位老人家，大夥兒跪起八拜的，朝上磕頭求親，姐姐還不認真是媒妁之言。請教這比我們叫人拿著把刀，逼著成親的何如？一般兒大的人，怎麼姐姐給我作媒妁，就那樣霸道。他眾位給姐姐作媒，就這等煩難。這是個甚麼講究？姐姐說給我聽！」何玉鳳聽了這話，漸漸低垂粉頸，索興連那這個兩字也沒了。只抬起眼皮兒來，惡惡實實的瞪了人家一眼。張金鳳道：「姐姐，說話呀，瞪甚麼？我慪姐姐一句，不用澄了，連湯兒吃罷。等著我還有話呢。姐姐，方纔又道是三無庚帖。這庚帖，自然姐姐講究的，就是男女兩家的八字兒了。要講玉郎的八字兒，就讓公婆立刻請媒人，送到姐姐跟前，請問交給誰？還是姐姐自己會算命啊？會合婚呢？講到姐姐的八字兒，從姐姐噶拉的一聲，我公公、婆婆就知道，不用再向你家要庚帖去。姐姐要說不放心，此時必得把倆人八字兒合一合。實告訴姐姐，我家合了不算外，連你家也早已合過了。」何玉鳳道：「今日你怎的清醒白醒，說的都是些夢話？」張金鳳道：「我一點兒也不是夢話。我聽見說：你家叔父、嬸娘，從你小時候，給你算命就說你這八字兒，四個辰字，叫作地支一氣，土星重重，將來是個有錢使的命。要再配個屬馬的姑爺，合成天馬雲龍的格局，將來還要作一品夫人呢。這話姐姐要不知道，只問你家戴嬤嬤，大約姐姐不用問，也不是不知道。要果然知道，更用不著粧糊塗。至於那些算命先生的奉承話兒，原不足信。只講叔父、嬸娘當日給你算命，可可兒的那先生，就說了這等一句話。你可可兒的在悅來店遇著的，是這個屬馬的。在能仁寺救了的，也是這個屬馬的。你兩個只管南北分飛，到底同歸故里。姐姐，你算這裏頭，豈不是有個命定麼！你同鄧九公、褚大姐姐扭得過去，又同我公婆扭得過去，你難道還同你的命扭得過去不成？公公方纔說，你要問庚帖，只問他二位老人家，說的正是這句話。姐姐不求甚解，只說是無庚帖。可憐我張金鳳說婆婆家的時候兒，我知道甚麼叫個庚銅啊！庚鐵呀！單講我還承姐姐問了問我的歲數兒，也就沒管我是那月那日那時生人。到了玉郎，要不是我方纔提他是屬馬的，大約直到今日，姐姐還不知道他是屬雞鷹的，屬駱駝的呢！更沒庚帖，我們受姐姐的好處，也作了夫妻了。況且姐姐的庚帖，不是沒有。只是此時就請姐姐看，略早些兒。姐姐如果一定要見個真章兒，少一時自然看得見。我只問姐姐一般兒大的人，怎麼姐姐給我說人家兒，這庚帖就可有可無。九公合褚大姐姐給你說人家兒，兩頭兒合婚有了庚帖還不依。這話怎麼講？姐姐講給我聽！」

張金鳳說話的這個當兒，他母親只愁眉苦眼的，一聲兒不言語，坐在那裏噗哧噗哧，一袋跟一袋的吃那老葉子煙兒。安太太合褚大娘子二人，只管說些閒話。卻是留神細聽張金鳳的話，細看何玉鳳的神情。只見何玉鳳聽了這段話，低首尋思，默默不語。你道他這是甚麼原故？原來姑娘被張金鳳一席話，把他久已付之度外的一肚子事由兒，給提起魂兒來，一時擺佈不開了。他只在那裏口問心、心問口的盤算道：「且住，要講算命圓夢這些不經之談，我可自來不信。只是父母給我算命的這幾句話，卻是的確有的。縱說這話不足為憑，前番我在德州作那個夢，夢見那匹馬。及至夢中遇著了他，那匹馬就不見了。並且我父母明明白白，吩咐我的那個甚麼，天馬行空、名花並蒂的四句偈言，這可是真而且真的。我那時便想到他的名字是個驥字，所以纔留心迴避，還不曾曉得他是屬馬。要照張姑娘方纔這話聽起來，再合上父母給我托的那個夢，算的那個命，莫非萬事果然有個命定麼。天哪！我何玉鳳怎的這等命苦。要想尋條清淨路走走，都不能夠！」想到這裏，不禁長歎了口氣。張金鳳道：「姐姐歎氣，也當不了說話。我的話還沒說完呢！姐姐，不用胡思亂想，好好兒的聽著啵。姐姐，方纔又道是四無紅定。講到這層，這個話可就長了。在姐姐想著，自然也該照著外省那怯禮兒，說定了親，婆婆家先給送疋紅綢子掛紅，那叫紅定在先。我也知道是那麼著。及至我跟了婆婆來，聽婆婆說起，敢則咱們旗人家，不是那麼樁事。說也有用如意的，也有用個玉玩手串兒的，甚至隨身帶的一件活計都使得。講究的是一絲片紙，百年為定。要論姐姐的定禮，不但比這東西還貴重、還吉祥，並且兩下裏早放過定了。說不到四無紅定。」何玉鳳聽到這裏，心裏道：「張姑娘今日只怕是瘋了，滿算我教你們裝了去了罷，我也是個帶氣兒的活人，難道叫人定了我去，我會不知道，這不是新樣兒的嗎？」他只顧這等想，卻不由的口裏要問，又苦於問不出口說：「我的定禮在那裏呢？」只急得兩隻小眼睛兒，來回的乾轉。張金鳳知道他心裏有些詫異。笑道：「這話姐姐大概又是不信。方纔公公說你要問紅定，只問你的父母。分明指的是神龕旁邊兩個紅匣子，姐姐不信，不耐煩不往下聽了麼，可叫公公有甚麼法兒呢。」原來姑娘自從鄧九公合他開口提親，一時事出意外，這半日只顧撕擄這樁事，更顧不及別的閒事。如今聽了這話，猛然想起，楞了一楞，心裏說道：「是啊！方纔我見抬進那兩個匣子來，我還猜道是畫像。及至鬧了這一陣，始終沒得斟酌這句話。他說：『這兩個匣子，就是紅定。』莫非那長些的匣子裏，裝的是尺頭。短些的匣子裏，放的是釵釧。說明之後，他們竟硬放起插戴來，那可益發是生作蠻來，不循禮法，我可也就講不得他兩家的情義，只得破著我這條身心性命，合他們大作一場了。」

喂！說書的，你先慢來，我要打你個岔。可惜這等花團錦簇的一回好書，這一段交代，交代的有些脫岔，露空了這書裏表的兩個紅匣子，我們也料得到，定是那張雕弓，那塊寶硯。豈有何玉鳳那等一個聰明機警女子，本人兒倒會想不到此，還用這等左疑右猜，這不叫作不對卯榫兒了麼？列公不然，書裏交代過的，這位姑娘，雖是細針密縷的一個心思，卻是海闊天空的一個性氣，平日在一切瑣屑小節上，本就不大經心，即如他當日第一次的借弓，一心只知保護安龍媒、張金鳳的性命資財。第一次的留硯，只知這樁東西，是他安家一件傳世之物，也如自己的雕弓一般。更兼那時廟裏鬧了那等一個大案，也慮到那硯臺，落在他人手裏，上面款識分明，儻然追究起來，不免倒叫安家受累。此外卻並無一毫私意。第二回借弓，在他以為是竟已轉贈鄧九公的東西了，至於褚大娘子，又把那塊硯臺，隨手放在他衣箱裏，也只道是怱忙之際，情理之常，不足為怪。所以然的原故，卻不是這位姑娘沒心眼兒。他本無那些無來由的私意，叫他從那裏用那些不著己的閒心去呢！這卻合那薛寶釵心裏的通靈寶玉，史湘雲手裏的金麒麟，小紅口裏的相思帕，甚至襲人的茜香羅，尤二姐的九龍珮，司棋的繡香囊，並那樁齡筆下的薔字，茗煙身邊的萬兒，迥乎是兩樁事。況且諸家小說，大半是費筆墨、談淫慾，這兒女英雄傳評話，卻是借題目寫性情。從通部以至一回，乃至一句一字，都是從龍門筆法來的，安得有此敗筆。便是我說書的說來說去，也只看得個熱鬧，到今日還不曾看出他的意旨在那裏呢！足下涉獵一過，又安得有如許的聰明。然則這兩件東西，在案上放了這半日，他也不曾開口問問，打開瞧瞧。不成，這可就得細聽書裏一路交代的情節了。這位姑娘從五更頭進門起，五官並用，片刻不閒，安好位，行過禮，謝了安老夫妻，站起身來，不曾轉身。鄧九公闢面開口，第一句就講提親的這樁事。大家一直嘈嘈到此時，甚麼功夫兒，容他去問這句話，看這兩樁東西。只要這等通前澈後一算，就知這書不是脫岔露空了。卻說張金鳳見何玉鳳，雖是在那裏默坐不語，眉宇之間，卻露著一團怒氣。知他定為著這兩個匣子說得含糊，猜不透澈，有些不耐煩。這要擱在平日的張金鳳，見了姑娘這個神情，那裏還敢合他抗衡。到了今日的張金鳳，卻同往日大不相同。這又是何原故呢？一來，他自己打定主意，定要趁今日這個機緣，背城一戰，作成姑娘的這段良緣。為的是好答報他當日作成自己這段良緣的一番好處。便因此受他的委屈，也甘心情願。二來，這樁事，任大責重。方纔一口氣許了公婆成敗在此一舉，所以不敢一步放鬆。三來，他的那點聰明，本不在何玉鳳姑娘以下。況又受了公婆的許多錦囊妙計，此時轉比何玉鳳來的氣壯膽粗，更加凡公婆口裏不好合他說的話，自己都好說，無可礙口。便是把他惹翻了，今昔情形不同，也不怕他遠走高飛，拿刀動杖。這事便有幾分可操必勝之權。他主意已定，趁那何玉鳳不得主意，他轉拉了他一把道：「姐姐，你且合我看看你那紅定再講。」不想這一拉，卻正合了何玉鳳的式了。暗想道：「他既拉我去同看，料想不至安伯母拿著釵釧，硬來插戴。這事還有輾轉。」他便跟著張金鳳走到東邊案上那個長匣子跟前。張金鳳也不合他說長道短，忙忙的揭開匣蓋，只見裏邊包著一層紅綢子包袱，繫著個連環扣兒。及至解了扣兒，打開一看，原來裏面放的，便是他自己那張鑲金鏤銀，銅胎鐵背，打二百步開外的彈弓兒。週身用大紅綵綢，紮了個精緻。兩頭弓梢兒上，還垂著一對繡球流蘇。此時他早悟到那一匣不必講，裝著定是那塊硯臺了。忙同張金鳳過去一看，果然不錯。先急得他自己合自己說了一句道：「我說如何？」他此時待有千言萬語要發作出來，明一明自己的心，只是一時不知從那句說起是頭一句。重新納下氣去一盤算，這事當日本是我自己多事，然而我卻是一片光明磊落，事出無心。今日之下，被他們無巧不成話的這等一弄，弄得倒像我作得有意了。照這樣看起來，我那青雲山的約法三章，德州的深更一夢，合甚麼防嫌咧，躲避咧，以至苦苦要去住廟，豈不都是瞎鬧嗎？想罷多會，眉頭一皺，計上心來。說：「有了，我不管他是生癬生瘡，我只合他們生癩。我不管他是講雞講鴨子，我只合他們講鵝。」便向張金鳳道：「豈有此理，這事可是蠻來作得的嗎？」纔說得一句，張金鳳不容分說，早小嘴兒爆炒豆兒似的接上話。說道：「姐姐，這事便算蠻來生作，卻不干我事，並且不干公婆諸位大媒的事。姐姐就只問天罷。拿姐姐這張彈弓兒說，本是姐姐的東西，從那裏說起，會到玉郎手裏。當日姐姐同我們在柳林話別，何嘗不存一番深心。說到妹子分上，纔把這彈弓借給我們。及至交代，姐姐可是親手兒交給他的。交給他姐姐一件刻不離身的東西，不由的就背在人家身上了。再拿他這塊硯臺說，本是他的東西，從那裏說起會到姐姐手裏。當日他失落這塊硯臺的時候，原出無心。假如是樁別的東西，也就不犯著再去取了。偏偏是這等一件東西。他自己既不能去，就不能不託付姐姐。託付了姐姐，他一件刻不離懷的東西，不由得就揣在姐姐懷裏了。姐姐想，這豈不是天意麼？這個天意，可都是姐姐自己惹出來的。」何玉鳳聽到這裏，陡然變色。說道：「張姑娘你這話得分清楚些。這等說起來，難道這兩樁東西，要算我兩個敗化傷風，私相投贈不成？」張金鳳笑道：「姐姐，不用哈❸我。哈我，也是說。我為甚麼說是姐姐自己惹出來的呢？公公方纔怎麼講的，男大須婚，女大須嫁，是人生一定的大道理。就讓姐姐，因老人家為自己的姻事，含冤負屈，終身不嫁。不嫁就是了，可無端的去告訴天去，作甚麼？再不想憑怎麼樣的告訴天，都由得姐姐告訴了天。天答應不答應，可得由著天。上天的意思，正因你這番至誠純孝，叫你來作這椿孝順翁姑，相夫教子，持家理紀的事業。好給你家叔父爭那口不平之氣，慰那片負屈之心。怎能由著你的性兒，容你自在逍遙，過這下半世。這話難道是天告訴我張金鳳的不成？誰知道天上是怎麼個模樣兒呀！只眼前這個理就是天。如果沒這層天理，姐姐在悅來店，也遇不著安龍媒。在能仁寺，也遇不見張金鳳。在青雲山莊，也遇不見我公婆。弓也到不了他手裏，硯也到不了你手裏。今日可就沒有這件事了。造化弄人，就是這點巧妙。用不著開口，用不著動手，暗中支使個人兒就作成了。甚至不用另支使人，叫他自己就給他自己作成了。從來當局者迷，旁觀者清。姐姐細想這寶硯、雕弓，豈不是天生地設的兩椿紅定。只可笑我張金鳳定親的時候，我兩個，都是兩個肩膀扛張嘴。此外我有的，就是我家拉車的那頭黃牛。他有的，就是他那沒主兒的幾個馱騾。只是姐姐卻也不曾向我兩家問聲，你們彼此各有個甚麼紅定。一般兒大的人，怎麼我的紅定，絕不提起。姐姐這樣天造地設的紅定，倒說是我家生作孽來。這話怎麼講？姐姐講給我聽。」此時姑娘越聽張金鳳的話有理，並且還不是強詞奪理。早把一腔怒氣，撇在九霄雲外。心裏只有暗暗的佩服，卻又一時不好改口。無奈何，倒合人家鬧了個霹空。瞇縫著雙小眼睛兒問道：「你這話大概也夠著萬言書了罷？可還有甚麼說的了。」張金鳳道：「話呀，多著的

---

❸ 哈：呵斥。

呢。姐姐，方纔又道是第五你家沒有妝奩陪送。且慢說你我這等人家兒，講不到財禮上頭。便是爭財爭禮，姐姐現有的妝奩，別的我不知道，內囊兒，舅母都給張羅齊了。外妝，公婆都給辦妥了。姐姐要講不肯用舅母的，那是姐姐自己認的乾娘。姐姐要講不肯用公婆的，公婆用的還是姐姐幫的銀子。此外只怕還有個人兒幫箱。是誰幫箱？幫箱幫的是甚麼人家的人情，人家會行？此時用不著我告訴，姐姐不能說無妝奩陪送。這再要拿我比起來，更是笑話了。當日承姐姐當著我的面兒，指和尚那堆銀子，重換重兒，合人家換了一百金子，給我添箱。這要擱在我家鄉，聘十個女兒，也用不了。卻是姐姐不叫我空手兒進婆家門兒的一番細心。究竟問起換金子的那一堆銀子來，可是和尚的賊贓。我到底算姐姐聘的，算和尚聘的呀！一般兒大的人，怎麼我的陪送，就該那等簡單。姐姐有這些人給辦妝奩，還嫌長道短，這話怎麼講？這不是嗎，姐姐方纔說的五件事，公公一一指點得明白，姐姐都不耐煩往下聽。如今妹子樁樁件件都替公公解說出來了，姐姐卻是不曾還出我一個字來。我這話那一句講的不是，姐姐只管駁。姐姐今日總得說出個不肯就我安家這門親的所以然來，我纔依呢。」可憐姑娘此時，那裏還說得出甚麼所以然。他自從鄧九公合他說了那句提親的話，始而還只道是老頭兒向來的心直口快，想起甚麼來說甚麼。安老夫妻大概初無此心。及至安老爺一開口，纔覺得這話，竟是大家要作起來了。無法只得自己表明心跡，說個倒斷。卻又被安老爺用四方話一排，他也知是篇大道理。一時駁不動，便也說出個五不可的大道理來。心想挑個斜岔兒，把大家遜出去，就完了事了。再不想從旁出來了個張金鳳，就本地風光一講，雖說話兒來的刁鑽，卻說不得是無父母之命，無媒妁之言，無庚帖紅定，無陪送妝奩。至於他說的幫箱的話，也料到定是鄧家父女了。細想起來，安家伯父、伯母，這番深心，九公父女，這番義舉，便是張家二老，素日在我跟前的辛勤，也就難得。到了今日，我這金鳳妹子，這番傾心吐膽，更叫我無話可說了。就算起來，這事除了便宜了安龍媒這阿哥之外，這一群人那一個不是真心為我何玉鳳的。我還合人家說甚麼？話雖如此，此時我便依了他大家的話，再向天懺悔一番，上天也定原諒我前番的冒昧。只是這句話，我可對他們怎麼答應得出口來呢？」一陣為難，心窩兒一酸，眼胞兒一熱，早點點滴滴落了一衣襟眼淚。張金鳳連忙掏出小手巾兒來，一面給他擦著衣裳，一面說道：「完了，新耦合皮襖了。姐姐別哭，英雄可沒個哭的。哭也得說話。」

卻說安太太坐在那裏看著，又是愛這過門的媳婦，又是疼那沒過門的媳婦，滿臉是笑，卻又眼淚汪汪的，猷猷的望著他兩個。手裏擎著煙袋，舉了半天，想不起，抽來一袋煙，也耽擱滅了。忙遞過煙袋去。便向旁邊站的女人們道：「你們也給大姑娘，合你大奶奶倒碗茶呀！索性把那小杌子，給你姐兒倆搬過去，有甚麼話，坐下說不好，只是站著怪乏的。」說著，又向褚大娘子，使個眼色。褚大娘子積伶，早含著煙袋甩著大寬的袖子，俏擺春風的扭過來。一面走，回頭向隨緣兒媳婦道：「大姑娘，你也給我搬個坐兒過來。」他三個便在這邊坐下。褚大娘子笑向張金鳳道：「說是這麼說，大妹子，你可不許借著這事，叫我們姑娘受委屈。」張金鳳此時看透姑娘意中大有轉機。暗道：「等我索性給他個連三緊板，這件事可就攛掇成了。」恰巧又遇著褚大娘子無意中湊了這麼個話靶兒。他便道：「怎麼倒說我委屈了你們姑娘了。大姐姐，你過來得正好，等我把我的委屈告訴你聽聽。」因合褚大娘子道：「我這姐姐，當日在廟裏苦苦的給我擇婿，你妹夫是苦苦的向他辭婚。他左問人家一條兒，右問人家一條兒，問到其畢，又問他說你不是定下親了，便是定下親，像你們這樣世家，三妻四妾的也儘有，這又何妨？」說著，又回頭問著何玉鳳：「姐姐，是這麼說的不是？幸而人家沒定親，假如那時候他竟有個三妻四妾，姐姐叫我跟了他走，我也只好跟了他走。我到他家，可算個甚麼？姐姐，人的本事有高低，女孩兒的身分，可無貴賤呀！你也是個女孩兒，我也是個女孩兒，怎麼在我張金鳳，人家有了三妻四妾，姐姐還要把我塞給人家。如今到了姐姐身上，便有許多的作難？姐姐不是多嫌著我一個張金鳳啊！若果如此，我張金鳳情願稟明公婆，來替姐姐看祠堂，也一定要成全了這樁好事。」這句話，張金鳳可來得促狹，真委屈了人了。那何玉鳳此時，感他，疼他，愛他，心裏還過不去，那有多嫌他的理。這話我說書的都敢下保。果然，把個姑娘說急了。

只見他拉住褚大娘子說道：「大姐姐，你聽他說的這是甚麼話？」說著，又眉梢微鬬，眼角含情，似喜似怒的向張金鳳道：「我看你纔不過作了一年的新娘子，怎麼就學得這樣皮賴歪派❹。」褚大娘子嘻嘻的笑道：「別著急，他慪你呢！我一碗水往平處端❺，論情理，人家可也真委屈些兒。」姑娘此時，好容易盼得個褚大姐姐湊過來，覺得有了個伴兒。不想他也順著桿兒，爬到那頭兒去了。因說道：「你們這班人，真真不好說話。不管人心裏怎樣的為難，還只管這等嘻皮笑臉。」張金鳳道：「姐姐，這就為難了。等我再把我那為難的說說。」便又告訴褚大娘子道：「我這句話，只有你妹夫知道。再我不敢瞞婆婆。便是公公跟前，我也不曾提過。如今說到這裏，褚大姐姐不算外人，也還談得。我這姐姐，當初要給我提親的時候，不曾合我爹媽說，私下先問我『願意不願意？』論我姐姐這條心，可疼我疼的沒

❹ 皮賴歪派：無理取鬧或糾纏。

❺ 一碗水往平處端：主張公道。

處疼了。我固然是不肯說，他就蘸著水在桌子上寫了兩行字。一行寫的是『願意』，一行是『不願意』。告訴我說你要不願意，就把『願意』兩個字抹了去，留『不願意』。要『願意』，就把『不願意』三個字抹了去，留『願意』。就算你說了話了。那時候，我要說願意罷，一個女孩兒家，怎麼說得出來。要說不願意罷，人也得有個天良。是這樣的門第，我不願意喲。是這樣的公婆，我不願意喲。就拿你妹夫說，相貌品行，心地學問，那一條兒叫我說的上不願意來。不去抹那字罷，是生拉活拽的鬧。大姐姐，只說我為難不為難？我沒法兒了，只得用手一陣胡擄，不想可可兒的把個『不』字兒胡擄了去了。」說著，又問何玉鳳道：「姐姐，這不是妹子造謠言哪！妹子如今也有幾個字兒，請姐姐看看。」何玉鳳聽了，嗤的一聲道：「這樣事情，依樣葫蘆，再作一遍還有甚麼意味！」張金鳳道：「你且莫管，只跟我來看。」說著，便把姑娘拉到神龕跟前，對著何公、何母兩座神主，向姑娘道：「姐姐請看。這是幾個甚麼字？」何玉鳳道：「這左一位的字，是我父親的官銜。右一位的字，是我母親的姓氏。難道你不認得？」張金鳳道：「姐姐，再往旁邊兒看。」姑娘閃過身子去一看，那神主的右首旁邊，果然刻著兩行字，只是被那神龕邊扇兒遮著，一時看不清楚。張金鳳道：「這樣罷，」他便恭恭敬敬，深深的向那神主福了兩福。祝告道：「叔父、嬸母，只得驚動你二位老人家，請你二位老人家向前升一升兒。自己吩咐我姐姐一句，想來他就沒的說了。」說著，他便把那兩座神主，都往龕外請了一請，姑娘一看，可了不得了。原來兩座神主下首的旁邊，各鐫著兩行八個小字。歸總又是一行三個大字。通共是十一個字。不但是寫的，並且是刻的。刻的「子婿安驥，孝女玉鳳仝奉祀」。姑娘大驚道：「這是誰幹的？」張金鳳道：「是刻字匠刻的，我家玉郎寫的，是我張金鳳作成的，卻是我公婆的主意。請問姐姐，此時還是抹了這幾個字去，你一人去作何府祠堂，掃地焚香的侍兒？還是存著這幾個字，我兩個同作安家門裏侍膳問安的媳婦？」姑娘此時心慌意亂，如生芒刺，如坐針氈。張金鳳又問了他的兩句話，並不曾聽見，只獃獃的望著神主上那兩行字。半晌嗐了一聲道：「怎的我安伯父、安伯母也作出這樣的孟浪事來。」張金鳳道：「這事作的一點兒也不孟浪，這正是我公婆今日給叔父、嬸母立這座祠堂的本意。這座祠堂，也為的是你家祖太爺的師恩，也為的是你家叔父的世誼。這還都不是正文。正文正因為姐姐，你在黑風崗能仁寺，救了他兒子性命，保了他安家一脈香煙。因此我公婆以德報德，也想續你何家一脈香煙，纔給伯父、嬸母，立這祠堂，叫你永奉祭祀。講到永奉祭祀，無論姐姐你怎樣的本領，怎樣的孝心，這事可不是一個女孩兒作的來的。所以纔不許你守志終身，一定要你出閣成禮，圖個安身立命。講到你出閣成禮，只這北京城裏，還少甚麼公子王孫，郎君子弟。又何必一定叫你嫁到安家，許配玉郎呢？又慮到把你給個不關痛癢的人家兒，丈人絕後不絕後，與那女婿何干？所以不曾合你提到事親以前，當日在你青雲山莊，便叫玉郎扶靈穿孝，今日到你這座家廟，便叫玉郎奉主入祠。使你二位老人家，無後如同有後。這話還講得是眼前，再要講到日後，實指望娶你過去，將來抱個娃娃，子再生孫，孫又生子，緜緜瓜瓞，世代相傳，奉祀這座祠堂，纔是我公婆的心思，纔算姐姐你的孝順。成全你作個兒女英雄，便是我張金鳳的爹媽，也蒙公婆在這西邊一帶，一樣的蓋了這樣一所房子，作為我爹媽現在的住房，我張金鳳將來的家廟。只是我張金鳳除了受公婆養育深恩之外，我又有何好處，也同姐姐一樣呢？這可就是作父母待兒女的心腸，叫作乖的也疼，獃的也疼。這都是公婆說不出口的話，妹子如今都告訴明白姐姐了。姐姐只想，公婆這番用心，深厚到甚麼地位？可見老輩的作事，與你我的小孩子見識，畢竟不同。姐姐此時縱有萬語千言，不必合我再講，我索興澈底澄清，都合姐姐說了罷。如今姐姐打錯了的那條永不出嫁的主意，是無庸議了。父母之命，媒妁之言，庚帖紅定，以至陪送是都有了。他二位老人家，是安了葬了，你一年的服是滿了，你家萬代的香煙，是永遠不斷了。我公婆的神，也淘苦了，心也使碎了。這事也沒有十天八天、一月半月的耽擱，一切下茶、通聘、奠雁、送妝，都在今日酉時，便迎娶你過門。姐姐，你此時依也是這樣辦，不依也是這樣辦。」何玉鳳聽張金鳳這話，覺得沒一個字不是從肺腑裏掏出來的。他登時好似從門頂上澆了一桶冷水，從腳底下起了一個焦雷，只痛得他欲待放聲大哭，卻也哭不出來。只有抽抽噎噎，聲嘶氣咽的，靠定那張神案，如帶雨嬌花，因風亂顫。想到安老夫妻，合張姑娘的這番好處，立刻粉身碎骨，他都情願，漫講說是娶了他去作新媳婦。好個張金鳳，他把心思力量，盡到這個分兒上，料定姑娘無不死心塌地的依從了，還愁他作女孩兒的，這句話畢竟自己不好出口。因又勸道：「姐姐，且莫傷心，妹子還有一言奉告。這話並且要背褚大姐姐。」說著，又把玉鳳姑娘攙到東北牆角跟前。那時許多僕婦丫鬟，以至華嬤嬤、戴嬤嬤、隨緣兒媳婦兒、花鈴兒、柳條兒幾個人正在東邊挨牕一帶伺候。聽了他家大奶奶這番話，也有點頭讚歎的，也有傷心落淚的。張金鳳便向他們道：「你們先躲躲兒，讓我們說話。」他便向何玉鳳耳邊低低的說道：「我知道姐姐此時已是千肯萬肯，不用妹子再絮煩。姐姐，你可還得明白，這不但是我的公婆、我的爹媽合九公、褚大姐姐，齊心要盼你同玉郎完成這段美滿姻緣。便是我替姐姐打算，四海雖大，九州雖廣，你除玉郎一人之外，也斷合第二個結不得連理。這話我從何說起呢？你我作女孩的，男子的跟前，錯走不得一步。到了自己的貼身兒的東西，莫說男子，連自己親娘都有見不得的時候。姐姐，只想你當日救玉郎的時候，正是他敞胸露懷，綁在那裏。姐姐上前，給他解那條繩子，怎保住個不氣息相通，肌膚相近。到了後來，索性連你的關防盆兒，都叫人家汕了爪兒了。縱說你玉潔冰清，於心無愧。究竟起來，到底要算一塊溫潤美玉，多了一點黑青。一方透亮淨冰，著了一痕泥水。只有合他成了百年良眷，便如浮雲盡散，何消錦被嚴遮。姐姐，你道妹子這話，說的是也不是？」這話若說在姑娘一頭驢兒、一把刀的時候，必想著心正不怕影兒邪，腳正不怕倒蹋鞋。不過嫣然一笑，絕不關心。如今聽了這話，竟同雷轟電掣一般，如夢方覺。只羞得兩耳通紅，淚痕滿面。雙手扯住張金鳳的袖子，說道：「啊呀，妹子這便怎麼處？我此時是方寸搖搖，柔腸寸斷，你怎生救救作姐姐的纔好。」張金鳳道：「姐姐沒了主意了，聽妹子告訴你。你我作女孩兒的，沒一件事不得站住地步，也沒有一句話該讓人，卻也是個英雄豪傑的身分。獨有到了自己的婚姻，甚麼叫英雄呀，豪傑呀，只有聽天由命，一跤跌在娘懷裏，由娘去怎麼了，怎麼好。」何玉鳳道：「妹妹，你又來了，我要有個親娘，今日之下，也不到得如此。」張金鳳道：「姐姐，怎麼拿著你這等一個人，聰明一世，懵懂一時起來。你的意思，不過說嬸娘去世，沒人來體貼你的心腹。妹子說句不怕你見怪的話，便是有你家嬸娘在，他老人家那老實性兒，病痛身子，連自己的起居衣食，還要你來照管，那裏還體貼得你這些苦楚。你只看你我這位婆婆，從見你那日起，以至如今，是怎生般待你。難道還抵不得你一位親娘？你此時不趁早兒，一跤跌倒他老人家懷裏去，還等甚的？」說著，拉住姑娘的袖子，只往那邊一甩。何玉鳳本是個性情中人，只因他天性過重，後天的那個情字，扭不過他先天的那個性字去。如今聽了張金鳳這話，正如水月鏡花，心心相印。玉匙金鎖，息息相通。竟不回答，也沒商量，趁張金鳳拉著他的袖子那一甩，就勢兒把身子一扭，蓮步細碎的趕到安太太跟前，雙膝跪倒，兩手雙關，把太太的腰抱住，果然一頭撞在懷裏，叫了聲「我那嫡嫡親親的娘啊」。這正是：一個圈兒跳不出，人間甚處著虛空。要知安公子合何小姐成親怎的熱鬧？且看下回書交代。

第二十七回　踐前言助奩伸情誼　復故態怯嫁作嬌癡

上回書表的是張金鳳現身說法，十層妙解。講得個何玉鳳俠氣全消，立地回心，一點靈犀悟澈。那安龍媒良緣有定。乍聽去只幾句閨閣閒話，無非兒女喁喁。細按來，卻一片肝膽照人，不讓英雄袞袞。這話又似乎說書的迂闊之論了。殊不知凡為女子，必須婦德、婦言、婦容、婦工四者兼備，纔算得個全人。又須知道那婦工，講的不是會納單絲兒紗，會打七般兒帶子就完了。又須知整理門庭，親操井臼。總說一句，便是勤儉兩個字。婦容講的不是梳髯頭，甩大袖，穿撒褲腳兒，栽小底托兒就得了，須要坐如鐘，立如松，臥如弓，動不輕狂，笑不露齒。總說一句，便是端莊兩個字。婦言，不是花言巧語，嘴快舌長，須是不苟言，不苟笑，內言不出，外言不入。總說一句，便是貞靜兩個字。講到婦德，最難。要把初一十五吃花齋，和尚廟裏去掛袍，姑子廟裏去添斗，借著出善會，熱鬧熱鬧，撒和❶撒和，認作婦德，那就誤了大事了。這婦德須孝敬翁姑，相夫教子，調理媳婦，作養女兒。以至和睦親戚，約束僕婢，都是天性人情的勾當。果然有了婦德，那婦言、婦容、婦工，件件樁樁，自然會循規蹈矩。便是生來的心思笨些，相貌差些，也不失為婦女本色。卻又有第一不可犯，偏最容易犯的一樁事。切莫被那賣甜醬高醋的，偷賺❷了你的錢去。你受一個妬嫉的病兒，博一個醋娘子的美號。說書的最講恕道話，同

❶撒和：散步舒懷；溜達。

是一個人，怎的女子就該從一而終，男子便許大妻小妾。這條例，本有些不公道。易地而觀，假如丈夫這裏擁著金釵十二，妻兒那裏也置了面首十人，那作丈夫的答應不答應。無如陽奇陰耦，乃造化之微權。所此倡彼隨，是人生之至理。偏是這班醋娘子，這樁事，自己再也看不破。這句話，誰也合他說不清。所以從古至今的婦人，孝順節烈的儘有，找個不吃醋的，竟少少兒的。但是同樣一口醋，卻得分一個會吃不會吃，先講那會吃醋的，如文王的后妃，自然要算千古第一人了。其餘大約有三種：一種是仗心地吃醋。不是自己久不生育，便是生育不存，把宗祧家業兩件事，看得著緊，給丈夫置幾房姬妾，自己調理管教，疼起來比丈夫疼的甚，管起來比丈夫管的嚴。不怕那侍妾不敬我如天神，丈夫不感我如菩薩，無論那一房生個孩子，我比他生母還知痛癢，還能教訓。人道妾側礙於妻齊，我道嫡母大似生母。親族交贊，名利雙收。這種吃醋，要算神品。再一種，是靠本領吃醋。自己本生得一副月貌花容，一團靈心慧性，那怕丈夫千金買笑，自料斷不及我一顧傾城。不怕你有喜新厭舊的心腸，我自有換斗移星的手段。久而久之，自己依然不失專房擅寵，那侍妾倒作了個掛號虛名，卻道不出他一個不字。這種吃醋，叫作能品。再一種，是顧臉面的吃醋。或者本家弟兄眾多，親戚宴會，姐妹妯娌談起來，你誇我耀，彼此家裏，都有兩房姬妾。自己一想，又無兒無女，又有錢有鈔，不給丈夫置個妾，覺得在人面上掛不住。沒奈何，一狠二狠，給他作成了。卻是三面說不到家，一生不得合式。這毛病人人易犯，處處皆同。這種吃醋，便是常品。這都講的是會吃醋的。如今再講那不會吃醋的。也有三種：一種是沒來由的吃醋。自己也有幾分姿容，丈夫又有些兒淘氣，既沒那見解諫勸他，又沒那才情籠絡他，房裏只用幾個童顏鶴髮

❷ 賺：欺騙。

的婆兒，鬼臉神頭的小婢。只見丈夫合外人說句話，便要費番稽查。望一眼，也要加些防範。甚至前腳纔出房門，後腳便差個內行探子，前去打探。再不想丈夫也是個帶腿兒的，把他逼得房幃以內，生趣毫無，荊棘滿眼。就不免在外眠花宿柳，蕩檢踰閑。丈夫的品行也丟了，他的聲名也丟了。他還在那裏賊去關門，明察暗訪。這種醋吃的可笑。一種是不自量的吃醋。自己不但不能料理薪水，連丈夫身上一針一線，也照顧不來。作丈夫的沒奈何，弄個供應櫛沐衿裯的人，也算照顧了自己，也算幫助了他，於他何等不妙。他不是左丟一鼻子，便是右扯一眼，甚至指桑罵槐，尋端覓釁。始而那丈夫還顧名分，待妾還拘禮法。及至鬧到糊塗蠻纏講不清了，只好儘他鬧他的，人家過人家的，他可竟剩了犯水飲害肝氣疼了。這種醋吃得可憐。一種是渾頭沒腦的吃醋。自己只管其醜如鬼，那怕丈夫弄個比鬼醜的，他也不容。自家只管其笨如牛，那怕丈夫弄個比牛笨的，他還不肯。抄總兒一句話，要我的天靈蓋，著悶棍敲。要我的心頭血，用尖刀刺。要講給丈夫納妾，我寧可這一生一世，看著他沒兒子都使得，想納妾不能。這種醋吃的卻是可怕。世上偏有等不爭氣，沒出息的男子。越是遇見這等賢內助，他越不安本分。一味的啖腥逐臭，還道是竊玉偷香，弄得個茫茫孽海，醋浪滔天，擾擾塵寰，酸風滿地。又豈不大是可慘。列公，你道好端端的兒女英雄傳，怎的會鬧出這許多醋來，豈不連這回書也壞了酸了？這話正因這書裏的張金鳳合何玉鳳而起。如今把他兩個相提並論起來，正是豔麗爭妍，聰明相等。論才藝，何玉鳳比他有無限本領。論家世，何玉鳳比他是何等根基。況且公婆合他既是累代淵源，丈夫待他，自然益加親厚。這等一個人，便在宦途世路上遇著了，還不免弄成個避面尹邢，怎的肯引他作同心管鮑。不想張金鳳他小小一個婦人女子，竟能認定性情，作得這樣到底。不知安老夫妻，何修得此佳婦？安公子何修得此賢妻？何小姐何修得此膩友？想到這裏，就令人不能不信「積惡餘殃，積善餘慶，乖氣致戾，和氣致祥」的這句話了。

剪斷殘言，言歸正傳。卻說安太太見何玉鳳經張金鳳一片良言，言下大悟，奔到自己膝下，跪倒塵埃，低首含羞的，叫了聲親娘。知他滿懷心腹事，盡在不言中。太太便先作了個婆婆的身分，不像先前謙讓，端坐不動的，一手把他攬在懷中，說道：「今日是你大喜的日子，不許傷心。你這纔是你父母的孝順女兒，纔是我安家的孝順媳婦。你方纔要沒那番推託，也不是女孩兒的身分。如今要沒這番悔悟，也不是女孩兒的心腸。也難為你妹妹真會說，也難為你真聽話。我合你公公，一年的提心吊膽，到今日且喜遂心如意了。」說著，便一隻手拉起他來。又叫丫頭：「給你新大奶奶，溼個手巾來，把粉勻勻。」褚大娘子忙一把攙了他過來，說：「先歇息兒罷，站了這半天了。」讓再讓三，姑娘只搖頭不肯坐。褚大娘子此時，是樂得眉開眼笑，要露出個娘家的過節兒來。只管讓，把個姑娘讓急了，低聲說道：「你怎麼這麼糊塗。你瞧這如何比得方纔。也有下不來的，我就大馬金刀的先坐下的。」咦，誰說姑娘沒心眼兒呀！按下這邊，再表張金鳳這半日合何玉鳳講了萬言，嘴也說酸了，嗓子也說乾了，連嘴說，帶手比，袖子也累掉了。袖口裏的小手巾兒、手紙，掉了一地。柳條兒忙著過來給他揀。隨緣兒媳婦又倒過一碗茶來。他一面就著那媳婦手裏喝茶，一面挽著袖子。又看見華嬤嬤、戴嬤嬤兩個在那裏悄悄的彼此道喜。他便慪他兩個道：「嘍，兩位嬤嬤，倒先認著親家了。」說著，挽好袖子，纔整衣理鬢，過來給婆婆道喜。安太太自然更有一番嘉獎，不及細述。他見過婆婆，便走到玉鳳姑娘跟前，先深深道了個萬福，說道：「姐姐大喜。」隨又跪下，說：「妹子今日說話莽撞，冒犯姐姐，可實在是出於萬不得已。

妹子不這樣莽撞，料想姐姐也不得心回意轉。我這裏給姐姐賠個不是。」姑娘心裏這一感一愧，也顧不得大家在坐，連忙跪下。雙手把他抱住，叫了聲「我那嫡嫡親親的妹子」。往下只有哽咽的分兒，卻說不出第二句話來。誰想好事多磨，這個當兒，張太太又吵起來了，說：「姑奶奶，越說叫你好好兒的合他說，別逼迫他。說急了，咱好給他張羅事情。這天也是時候了，你可儘著招他哭哭啼啼的，是作甚麼呢！」張金鳳站起來，笑道：「人家婆婆都認過了，你老人家還叫我合他說甚樣呀。」他道：「現在他依了。真的嗎？」褚大娘子道：「你老在那兒來著？」他聽了口中念念有詞，先念了聲阿彌陀佛。站起來往外就跑。只聽他那兩隻腳，踹得地蹬蹬蹬的山響，掀開簾子就出去了。安太太忙問：「親家，你那裏去？」他也不理。張姑娘隨後趕到簾子跟前，往外一看，原來他頭南腳北，跪在當院子裏碰頭呢！只聽他咕咚、咕咚的腦袋碰的山響。說道：「神天菩薩，這可好了。」說著，站起來趄身又進了屋子，對著那神主也打著問訊磕了陣頭，說：「哎，這都是你老公母倆有靈有聖啊！我多給你磕兩個頭罷。」大家看了，無不要笑。姑娘心裏卻是更覺不安。定了一定。安太太便道：「快著先叫人請你公公，合九公去罷。這老弟兄兩個，不知怎惦著呢！」正說著，只聽牕外哈哈大笑。正是鄧九公的聲音。說道：「不用請，不用請，我們在此聽得多時了。好一個能說會道的張姑娘，好一個聽說識勸的何姑娘。這都是我們老弟合二妹子，你二位的德行。我這盪沒白來了。我們姑娘呢，這還不當見見你這位舊伯伯新公公嗎？」原來姑娘此時見張老合褚一官都跟進來，人多有些害羞，躲在人背後藏著。褚大娘子忙拉他出來，他便同褚大娘子過去，低頭不語的，在公公跟前拜了下去。安老爺道：「媳婦起來，你看這纔是天地無私，姻緣有定。我今日纔對得住我那恩師世弟。」因合太太說道：「太太，我家有何修持？玉格有多大造化？上天賜我家這一雙賢孝媳婦。」太太道：「這也都是一定。老爺可記得當日出京的時候說的話？說將來娶個媳婦，不在乎富室豪門，只要得個相貌端莊，性情賢慧，持得家，吃得苦的孩子。那怕他是南山裏的，北村裏的都使得。不想今日之下，得了這樣相貌端莊，性情賢慧的一對兒。真個一個是南山裏的，一個是北村裏的。老爺，看這兩個孩子，還愁他不會持家吃苦麼？」老爺道：「是呀，我倒不曾想到這裏。」因把當日卜三爺給公子提親不得成的話，告訴了鄧九公一遍。鄧九公道：「姑娘，你聽聽萬事由不得人哪。你不信，只看頭上那位穿藍袍子的，他是管作甚麼兒的呢！你瞧如今師傅，是把你終身大事說成了。我同你大姐姐，我們爺兒倆還有點臊臉禮兒，給姑娘墊個箱底兒。不值得給你送到跟前來，我纔託了我們張老爺都給上了抬了。咱爺兒倆可有句話講在頭裏，你可不許不收。自從咱爺兒倆認識以後，是說你算投奔我來了，你沒受著我一絲一毫好處。師傅受你的好處，可就難說了，都擱在一邊了。只你路見不平，拔刀相助，替我打倒海馬周三那回事，那就算你在世街路上，留了朋友，幫了師傅了。講到那一萬銀子，原是我彆一口氣，同海馬周三賭賽的。你既贏了他，我把這銀子轉來送你。你受之當然，白說咧。你不要我的，及至你偶然短住了，咱爺兒倆的交情，就說不到個借字兒，還字兒。通共一星子，半點子，你纔使了我三百金子。這算得個甚麼兒。歸齊不到一個月，你還轉著灣兒，到底照市價還了我了。姑娘，在你算真夠瞧的了。你想師傅九十歲的人，我這臉上，如何下得來？今日之下，好容易碰著你這樁事了。多了師傅也舉不起。一千金子，姑娘添補個首飾。一萬銀子，姑娘買點胭脂粉兒。餘外還有繡緯呢羽綢緞綾羅，以至實紗綿葛夏布都有，一共四百件子。這也不是我花錢買來的。都是這些年南來北往那些字號行裏，見我保他全年鏢無事，他們送我的。可倒都是地道實在貨兒，你留著陸續作件衣裳。如今沒別的，水過地皮溼。姑娘就是照師傅的話，實打實的。這麼一點頭，算你瞧得起這個師傅了。不然，你又講究到甚麼施恩不望報的話，不收我的。師傅先合你噶下個點兒。師傅這回來京，叫我出不去這座彰儀門。」安老爺忙道：「老哥哥，你這是怎麼說？」鄧九公滿臉發燒，兩眼含淚的道：「老弟，你不知道愚兄的心窩，我真對不住他麼！」褚大娘子道：「他老人家這話說了，可不是一遭兒了。提起來，就急得眼淚婆娑的說：『這是心裏一塊病。』大妹子，你如今可好歹不許辭了。」

列公，請看世上照鄧老翁這樣苦好行情的，固然少有。照何小姐那樣苦不愛錢的，卻也無多。講到受授兩個字，原是世人一座貪廉關。然而此中正是難辨。伯夷餓死首陽，孟子道他是聖之清者也。陳文子有馬十乘，我夫子也道他可謂清矣。上古茹毛飲血，可算得個清了。始終不能不茹毛，不飲血，還算不曾清到極處。自有不近人情的一班朋友，無故的妻辟纑，妻織蒲。無故的布被終身，餅餌終日。究竟這幾位朋友，那個是個人物？降而現在，又合這班不同。口口說不愛錢，是不愛小錢愛大錢。口口說不要錢，是不要明的要暗的。好容易盼得他，大的也不愛，暗的也不要了。卻又打了一個固位結主，名利兼收。不須伸手，自然纏腰的算盤，依然逃不出一個貪字。所以說，不近人情者，鮮不為大奸大慝。便是老生常談，也道是：「不要錢，原非個異事，沽名也是私心。」又道是：「聖賢以禮為歸，豪傑惟情自適。」何小姐原是個性情中人，他怎肯矯同立異。只因他一生不得意，逼成一個激切行徑。所以寧飲盜泉之水，不受嗟來之食。到了眼下，今非昔比。冤仇是報了，父母是葬了，香火姻緣是不絕了，終身大事是妥當了。人生到此，還有甚麼不得意處？更兼鄧九公合他有個通財之誼。面子上送了這等一分厚禮，豈有個大儀全璧的理。只為的是幫箱的東西，不好謝出口來。安太太怕羞了他，便接口道：「九太爺合大姐姐大遠的來了，還這麼費心，明日叫媳婦一總磕頭罷。」鄧九公這纔掀髯大樂。說著，只聽廂房裏的鐘打了十一下了。安太太道：「老爺可得讓九哥合大姑爺吃飯了。」鄧九公道：「實不相瞞，方纔你們說話，這個當兒，我兩個同張老、大女婿、大姪兒，都在這廂房裏，鴉默雀靜兒的，把飯吃在肚子裏了。我們老弟怕我誤事，他一口酒，也不許我喝。這回來可痛痛的喝一場罷了。」說罷，又呵呵大笑道：「姑娘，你這頭兒的事，師傅算張羅完了。我可得替我們老弟那頭兒張羅張羅去了。」安老爺便陪了他，同張、褚二人，往前邊去。安太太這裏也要到前邊張羅事情去，便約褚大娘子過去吃飯。褚大娘子因要合姑娘盤桓盤桓，就等著送親。因說：「我這裏合他娘兒們就吃了，省得回來又過來。」安太太道：「要姑奶奶在這邊幫著，我更放心了。」因合張太太道：「親家，這邊小廚房裏，預備著飯呢。我那裏有給媳婦包下的餛飩，裏頭單弄的菜。回來叫人送過來。親家，可叫他多吃點兒，鬧了這半天了。」張太太一一答應。安太太便別過褚大娘子，把張姑娘留下，又吩咐何姑娘說：「外邊有人，不用出來。」纔帶著一群僕婦丫鬟往那邊去了。大家送到院子裏，媳婦提補婆婆這件，婆婆又囑咐媳婦那件，半日還談不完。這個當兒，只剩姑娘一個人兒在屋裏，心下想道：「我自從小時候，就跟父母在任上。關在衙門裏，也走不著個親友。凡這些婚嫁的喜事，我從沒經過，瞧不得。我在能仁寺給人家當了會子媒人，共總這女孩兒出嫁，是怎麼樁事，我還悶沌沌呢！自從去年見了他們，算叫他們把我裝在罈子裏，直到今日纔掏出來。今日輪到我出嫁了，我到了人家，我該怎麼著？該說甚麼？這都是褚大姐姐合張金鳳兒兩個鬧的。再說我這不出嫁的話，我是合我乾娘說了個老滿兒。方纔他老人家要在跟前兒，到底也知道，我是叫人逼的沒法兒了。偏偏兒的，單擠在今日個家裏有事。等人家回來，可叫我怎麼見人家呢！」越想心上煩悶起來。可煞作怪，不知怎的，往日這兩道眉毛一擰，就鎖在一塊兒了。此刻只管要往中間兒擰，那兩個眉梢兒，他自己會往兩邊兒展。往日那臉一沉就綳住了。此刻只管往下瓜搭，那兩個孤拐❸他自己會往上逗，不禁不由就是滿臉的笑容兒，益發不得主意。想了半日，忽然計上心來。說：「有了。等我合他們磨它子，磨到那兒是那兒。」說書的這話，卻不是大笑話。請看人生在世，到了兒女傷心，英雄短氣的時候，那滿懷茹苦吞酸，真覺人海茫茫，無可告訴。忽然的有人把他說不出的話，替說出來。了不了的事，給了了。這個人，還正是他一個性情相投的人。那一時喜出望外，到了衾影獨對的時候，真有此情此景。

閒話休提。卻說褚大娘子合張太太送了安太太回來，見姑娘一個人坐在那裏，把脊梁靠在牆上，低頭無語，手裏只弄手巾，便說道：「咱們這可到廂房裏歇歇兒去罷，回來吃點兒東西，妝扮起來，也就是時候兒了。」姑娘頭也不抬，口也不開，只是不動。張姑娘又催道：「走哇，姐姐。」他道：「我走不動了。」張太太問道：「怎又走不動咧！腳疼啊！」他道：「我的腿折了。」這書裏，自「末路窮途幸逢俠女」一回，姑娘露面兒起，從沒聽見姑娘說過這等一句不著要的話。這句大概是心裏痛快了。要按俗語說，這就叫作沒溜兒，捉一個白字，便叫作沒路兒。張太太道：「大好日子的甚麼話呀！走罷呀！」姑娘道：「我不走動，你們大夥兒抬了我去罷。」褚大娘子道：「這話早些兒。回來少不得有人抬姑娘。」姑娘從方纔一個不得主意，此時個風聲鶴唳，草木皆兵。忙問：「誰抬我？」褚大娘子道：「等到了吉時，人家就拿花紅轎兒，八個人兒抬了去了。我不怕你笑話我，從我長這麼大，還是頭一遭兒，看見大

❸ 孤拐：顴骨。

紅猩猩氈的轎子。敢是比我們家鄉那個轎子好看多著呢！」姑娘這纔想過來了。瞅了他一眼，嘴裏又嘖嘖了兩聲，說：「誰倒是合你們說這些呢！」張金鳳又催道：「姐姐別攪，快走罷。」姑娘道：「你拉的動我，我就跟了你去。」張金鳳道：「真的呀！」說著，當真用手攥住他的腕子。纔一拉，只聽姑娘噯喲了一聲，說：「張姑娘女孩兒家，怎麼這麼蠢哪，拉的人胳膊生疼。」口裏說著，不由得那身子隨了張姑娘站了起來，跟著就走。噫嘻這是那裏說起。姑娘要些微的動動勁兒，大約捆上二十個張金鳳，也未必拉得動他。一個指頭這麼一拉，就會把姑娘的胳膊拉疼了，吾誰欺？欺燕北閒人乎？但是一個打定主意磨它子的人，不這樣一搭赸，叫他怎麼下場？又叫那燕北閒人怎生收這一筆？卻說張金鳳聽了笑道：「我的不是，走罷，走罷。」褚大娘子便在後頭推著他，張太太也跟在後面纔往廂房裏去。一進門兒，姑娘一抬頭，看見方纔那副對聯，又叨叨起來了。說：「這還鬧的是甚麼『果是因緣因結果』呢！」及至念出口來，自己耳輪中一聽，心裏忽然悟過來。暗說：「且住，這上頭一開口四個字，豈不明明白白，說的果是因緣麼！到了果是因緣了，還怕不因這個緣，就結那個果嗎？」隨又看下聯，「空由色幻色非空」七個字，心裏又道：「只說出家出家，如今鬧到出嫁了，自然是色不是空了。還用講嗎？可不是『空由色幻色非空』是甚麼呢？那裏是甚麼禪語呀？這等看起來，這張畫兒，一定還有個啞謎兒在裏頭。」隨又仔細一看，早明白了。張姑娘見他那裏發獃，只望著他笑。又聽他忽然問道：「這都是誰幹的？」張金鳳道：「這是婆婆說姐姐新搬家，牆上怪素的，叫我弄張畫兒，找副對子掛上。我想這是姐姐坐靜的地方兒，我就出了個主意，告訴外頭畫了。這麼一張，可不知找甚麼人畫的，那對子就是纔說的那個屬馬的寫的。」姑娘又看了一看，心裏說道：「甚麼七寶蓮池、八寶蓮池的，這可不是我夢裏的，那個名花並蒂麼。還怕我同張姑娘不跟著那個天馬行空的，同來同去呀！竟攪我麼，他們要早告訴了我，何苦叫我打這半天的悶葫蘆呢！」一面想，一面扭著頭看，一面掀開裏間那個軟簾兒往裏走，進門一抬頭，不防屋裏牀邊，端端正正坐著一個人。一時意想不到，倒嚇了一跳。一看那人不是別人，正是他乾娘佟舅太太。姑娘見了他乾娘，臉上卻一陣大大的磨不開。要告訴這件事，一時竟不知從那裏告訴起。忙上前拉住舅太太說道：「娘，你怎麼這時候兒纔來。只瞧這裏，叫他們鬧的這個樣子。」姑娘這句話，不但不接氣，並且不成句。妙在說了這半句，往下也沒話了。只有素面起紅雲，低著個頭，撅著個嘴。舅太太早已明白他的意思。連忙站起來，拉著他的手，笑道：「姑娘可大喜了。我不但不是今日這時候纔來，我昨日本就沒到那裏去。我就在前頭，幫著你公公、婆婆料理你的事來著。倒合褚大姑奶奶，談了半天。這事你不用說了，我從船上見著你那天，就全知道了。今日實告訴你，我看你公公、婆婆，為難的那個樣兒。這裏頭還有給他們出了一半子主意呢！今日這件大喜的事作成了，你這個乾女孩兒，我可算認著了。這邊是我的女兒，那邊兒是我的外甥媳婦，還怕你不孝順我嗎？」舅太太這話是要叫姑娘心裏過得去，無奈姑娘自己覺得臉上磨不開，只得說道：「好，連你老人家也賺起我來了。」說著，上了炕，從鋪蓋垜裏，抽出個枕頭來，面向牕戶，躺倒就睡。張太太道：「別假睡了，完了那纂咧。」舅太太道：「親家太太，你叫他歇歇兒罷，他整鬧了這一早起了。天也早呢！」這個當兒，張姑娘便叫人張羅擺飯。便有安太太給姑娘送過來的喜字饅頭、栗粉糕，棗兒粥，又是兩碗百合鴛鴦鴨子、如意山雞捲兒，還有包過來的餛飩，都是姑娘素來愛吃的，一時都擺在外間炕桌上。舅太太便叫「姑娘起來，咱們陪褚大姐姐吃飯去了」，姑娘只在那裏裝睡不理。張姑娘道：「姐姐，起來罷。不要打主意起磨呀。」姑娘仍不言語。舅太太便向張姑娘打了個手勢。張姑娘道：「姐姐再不起來，我上去膈肢去了。」原來姑娘天不怕，地不怕，單怕膈肢他的膈肢窪。纔聽得這句，便笑著說道：「你敢！」張姑娘真個上了炕，呵了呵手，要去膈肢他。他已經笑得咯咯咯咯亂顫。張姑娘便向他兩掖抓了兩把，他不由的兩隻小腳兒亂蹬，便連忙爬起來。這纔出外間去吃飯。舅太太便叫把桌子横過來，讓褚大娘子坐了上首，自己下首相陪。玉鳳、金鳳兩個，坐在炕邊。姑娘纔坐下，話又來了。說：「媽，怎麼不一塊兒吃呀。」張姑娘道：「姐姐，是樂糊塗了。你不知道他老人家吃長齋呀。」姑娘道：「這還吃的是那門子的長齋呢！難道今日還不開嗎？」張太太道：「不當家花拉的，也有個白眉赤眼兒的，就這麼開齋的。」舅太太說：「你別忙，等著你過了門，看個好日子，你們三個人，好好兒的弄點兒吃的，再給親家太太開齋，那纔是呢。」姑娘道：「我不懂娘這會子，又拉扯上人家褚大姐姐作甚麼？」褚大娘子笑道：「噯喲，姑太太不是我喲。我沒那麼大造化呢！」姑娘睜著眼，問道：「那麼那一個是誰？」舅太太只是笑，答應不出來。張姑娘道：「還是那個屬馬的。姐姐吃飯罷。」姑娘這纔不言語了，低著頭吃了三個餑頭、六塊栗粉、兩碗餛飩，還要添一碗飯。張太太道：「今兒個可不興吃飯哪！」姑娘道：「怎麼索性連飯也不叫吃了呢？那麼還吃餑餑。」說著，又吃了一個餑頭，兩塊栗粉糕，找補了兩半碗棗兒粥。連前帶後，算吃了個成對成雙，四平八穩。飯罷大家盥漱，煙茶各取方便，仍到裏間來坐。早有安老爺、安太太那邊差了四個女人來見舅太太。內中晉升女人回道：「太太，老爺、太太打發奴才們，來回親家太太，給姑娘送過點兒粗糙東西來，算補著下個茶。求親家太太，給姑娘穿穿戴戴罷。」舅太太道：「很好，這些東西，我都替我們姑娘領了。你們也不用往下搬運，等我們各自回來，把上轎穿的戴的拿下來，別的不用動，省得又費一遍事。你們回去說姑娘磕頭，我多多的給你們老爺、太太道謝。你說我樂了。我不樂別的，我沒想到我這輩子，也熬到作了親家太太。」便有戴嬤嬤等一班人，讓大家去喝茶。舅太太自己備了賞，倒像新親一般，辦了個熱鬧。張親家老爺，合褚大姑娘，已經叫開了正門。外面家人早將聘禮一桌桌的抬進來，擺在東邊。褚一官也叫人把他家的幫箱妝奩，擺在西邊。舅太太合褚大娘子諸人，到院子裏看了回來，便悄悄的拉姑娘道：「咱們從這牕戶眼兒裏瞧瞧，別叫九公、褚姑奶奶合你公婆白費了心。」姑娘此時自是害羞，不肯去看。無奈他本是個天生好事的人，又搭著向來最聽娘的話，借這一拉，便挨在玻璃牕前往外看。舅太太一一指點著。道：「你看東邊兒這八抬，是人家家的。那頭抬是一匣如意，一匣通書。二抬便是你們那兩件定禮。那六抬是首飾衣服鋪蓋。他們算省了豬羊鵝酒了。西邊的八抬便是九公合褚姑奶奶，給你辦的妝奩。你瞧，把個小院子兒，給擺滿了。」說話間，張姑娘合褚大娘子早把應穿應戴的衣裳首飾，一樁樁的拿進來。舅太太打發送禮的男女家人去後，便叫人鋪水挖單，放梳頭匣兒，催姑娘上妝。原來姑娘自遭顛沛，埋首風塵，並不知著意脂粉。接著守制一年，更是無心修飾。這番經舅太太在旁，一一的調停指點。勻粉調脂，修眉理鬢，妝點齊整。自己照照鏡子，果覺淡白輕紅，而且香甜滿頰。舅太太道：「好看了。可叫妹妹給你梳頭罷。」姑娘道：「我不叫他梳，還是娘給我梳罷。」舅太太道：「今日的頭，娘可上不得手了。」說著，又噯了一聲。便向褚大娘子道：「我只恨我一個好好兒的人，怎麼到了這些事上，就得算個沒用的了呢？」說著，眼圈兒便有些紅紅兒的。這位舅太太，也就算得個老馬嘶風，雄心未退了。

卻說這樁喜事，原來安老爺不喜時尚，又弩著一肚子的書，辦了個參議旗漢，斟酌古今。就拿姑娘上頭講，便不是照國初舊風，或編辮子，或紮丫髻。也不是照前朝古制，用那鳳冠霞佩。當下張姑娘便遵著公婆的指示，給他梳了個蟠龍寶髻。髻頂上帶了朵雲寶蓋，髻尾後安上瓔絡蓮池，髻面上蓋上鑲珠嵌寶過梁兒，兩旁插上七星流蘇，關上對珍珠桃。後是同心如意，前是富貴榮花。耳上兩個硬紅寶石墜子。一時姑娘便覺頭上多了好些累贅。張姑娘曉得姑娘是個不會靜坐一刻的，恐他把首飾甩掉了，先用個大紅頭罩兒給他攏上。攏好了，姑娘對鏡一照，忽然笑了一聲。張金鳳在背後從鏡子裏看見。說道：「姐姐，這一笑，我猜著了。我猜準得想起在能仁寺從房上跳下來，打扮的那個樣兒來了。」姑娘也從鏡裏合他說道：「你怎麼這麼討人嫌哪。」梳妝已罷。舅太太便從外間箱子裏，拿出一個紅包袱來道：「姑娘把裏衣兒換上。」說著，自己打開，放在炕裏邊。姑娘一看，原來裏面，小襖中衣、汗巾兒，以至抹胸膝褲裹腳帶，一切都有。連舅太太親自給他作的那雙鳳頭鞋，也在裏頭。姑娘道：「我怎麼日前換了衣裳，又叫換衣裳啊。」舅太太道：「嗳呀，你給我換上罷。」說著，又給他放下玻璃帘兒來。姑娘無法，只得咕嘟著嘴，背過臉去，解扣鬆裙，在炕旮旯裏換上。一面低頭繫著汗巾兒，不覺嘴裏又叨叨出一句話來，說：「我說呢，好好兒的洗了沒兩天兒的腳，今日又叫人洗腳，作甚麼呢？」惹得大家抿嘴而笑。舅太太笑道：「我們這個姑娘，說他沒心眼兒，甚麼事兒都留心。說他有心眼兒，一會價說話，真像個小孩子兒。」且住，姑娘這半日這等亂糟糟的，還是冒失無知呢？還是遇事輕喜呢？都不是。天下作女孩兒的，除了那班天日不懂，痲木不仁的。姑娘是個女兒，便有個女兒情態。難道何玉鳳天生便是那等專講蹲縱拳腳，飛彈單刀，殺人如麻，揮金如土的不成？何況如今事靜身安，心怡氣暢。再加上人逢喜事精神爽，怎教他不露些女兒嬌癡情態。若果然當此之際，一毫馬腳不露，那人便是元奸巨惡，還合他講甚麼性情來。張姑娘見他穿好裏衣，便上去給他穿大衣服。因換汗巾兒，又看見那點守宮砂，叫舅太太說：「舅母請過來看。他肐膊上這塊真紅的好看。」舅太太看了，也點頭贊歎不絕說：「快給人家穿上罷，怪冷的。」張姑娘便打發他一件件的穿好。因是上妝不穿皮衣，外面罩件大紅繡並蒂百花的披風。砂綠繡喜相逢百蝶的裙兒。套上四合如意雲肩，然後纔戴上瓔珞項圈，金鐲玉釧。舅太太便叫人在下首，給他鋪了個大紅坐褥坐下，說：「這可不許動了。」姑娘梳洗的這個當兒，外面張老同褚一官，早帶同這邊派定的家人，把那十六抬妝奩送過去。就只送妝的新親，只得張、褚二位人略少些。那邊自然另有一番款待，不必細述。

這邊纔收拾完畢，早聽那邊噹一聲鑼響。喇叭號筒，鼓樂齊奏的響起來。不想鬧了個沒對兒的姑娘，纔聽一聲鑼響，嚇了個兩手冰冷，只叫娘。拉著褚大娘子道：「可完了。我們要忙咧。」舅太太是要過祠堂去，等著公子來謝妝。姑娘是苦苦的不放。褚大娘子道：「我同張家妹子倆人跟著你，難道還怕嗎？」這舅太太纔得脫身。過去看了看，香燭一切，早已預備停當。那鼓聲也就漸聽漸近。一時到了門前，早見馬蹄兒聲音，進了大門，便有贊禮的儐相，高聲朗誦，念道：

伏以

滿路祥雲彩霧開，　紫袍玉帶步金堦。

這回好個風流婿，　馬前喝道狀元來。

攔門第一請，請新貴人離鞍下馬。升堂奠雁。請。

屏門開處，先有兩個十字披紅的家人，一個手裏捧著一罈彩酒。一個手裏抱著一隻鵝，用紅絨紮著腿，捆得他噶噶的山叫。那後面便是新郎，蟒袍補服，緩步安詳，進來上了臺堦，親自接過那鵝、酒，安在供桌的左右廂。退下即端正肅敬的，朝上行了兩跪六叩禮。行著禮，舅太太在旁道：「我替他二位說罷。吉期過近，也沒得叫姑娘好好兒的作點兒針線，請親家老爺、親家太太擔待，姑爺包涵罷。」公子答應著，站起來。又回舅太太，道：「我父親、母親吩咐我，叫給舅母行禮，請舅母到廂房裏坐下受頭。」把個舅太太樂得笑逐顏開，說道：「還給我磕頭呢。很好，你就這裏給我磕罷，我沒這些講究。」公子轉過身來，便在舅太太跟前磕下頭去。舅太太一面拉他，口裏說道：「你又是我的外甥兒，又是我的女婿，我可不合你說客套。姐姐只管比你大兩歲，他可傲性些兒，你可得讓著人家。你要欺負了我的好孩子，我可不依你。」公子只得笑著答應了個「不敢。」舅太太又道：「回去先替我道喜罷。咱們的老規矩兒，今日可不留你喝茶。」公子退了出來，依然鼓樂前導回去。這奠雁之禮，諸位聽書的自然明白，不用說書的表白。那何玉鳳姑娘，卻是不曾經過，聽了半日，心裏納悶道：「怎麼前來就走，也不給人碗茶喝呢。再說弄隻鵝噶啊噶的，又是個甚麼講究兒呢！」那裏曉得這奠雁，卻是個古禮。怎麼叫作奠？奠，安也。怎麼叫作雁？鵝的別名叫作家雁，又叫作舒雁。怎麼必定用這舒雁？取其家室安舒之意。怎麼叫新郎自己拿來？古來卑晚見尊長，都有個贄見禮，不是單拜老師，纔用得著。如今卻把這奠雁的古制，化雅為俗。差個家人送來，叫作通信。這就叫作鵝存禮廢了。

閒話少說。公子走不多時，只聽那邊二次響聲。舅太太道：「快了。」因叫張姑娘把鞋給姐姐換上。姑娘說：「這雙鞋穿著，又合式，又舒服，怎麼還換哪？」說著，張姑娘拿過個小紅包兒來。姑娘打開一看，原來是雙綠布的，上面釘著單股兒帶子的兩朵紅梅花兒。姑娘說：「不穿了。」舅太太千哄萬哄，好容易給他穿上。張姑娘便把那一雙包了個包兒，交給戴嬤嬤帶在身上，預備過去好換。纔換得妥當，早有人報太太過來了。便聽得安太太車聲隆隆，從門而來。一時下車，舅太太同張太太、張姑娘都接出去，舅太太笑道：「多遠兒呢，親家太太還坐了車來了。」安太太道：「甚麼話呢！這是個大禮嗎。回來我可就從角門兒溜回去了，好把車讓你們送親太太坐。」一路說笑進門。姑娘見了婆婆，要站起來。太太連忙按住說：「不許動。」因問：「吃了點兒東西沒有？」張姑娘代答說：「吃了一個喜字饅頭兒、兩塊栗粉糕，吃了點兒餛飩，喝了點兒棗兒粥。」倒替姑娘瞞了八成兒昧心食。太太還說：「吃少了。」說著便坐在姑娘對面上首，看他妝扮起來，益發面如滿月，皓齒修眉，不禁越看越愛。舅太太以新親禮相待，照例煙而不茶。彼此無非談些天氣春和，諸事吉利的熱鬧話。看看交了酉初二刻，恰好轎子也將近到門。安太太便給姑娘蓋上蓋頭，起身回去。這個當兒，舅太太倒迴避了，躲在外間排插後面，借著捨不得姑娘，在那裏落淚。安太太走後，只聽得鼓樂喧天，花轎已到門首。抬進院子來，抽去轎桿。眾家人手捧進來，安得面向東南。只聽戴嬤嬤合隨緣兒媳婦一條一條的往屋裏鋪紅氈子，地下兩三層的，鋪得平穩。褚大娘子便遞給姑娘一個小金如意兒，一個小銀錠兒，兩手攥著，取左金右銀必定如意之兆。張姑娘又把個蘋果，送在他嘴邊。姑娘被蓋頭這一罩，罩得一腔的心火，正用得著，便大大的咬了一口。還要再吃，卻早拿開了。便聽得院子裏還是先前那個人咬文嚼字的念道：

伏以

天街夾道奏笙歌，　兩地歡聲笑語和。
吩咐雲端靈鵲鳥，　今宵織女渡銀河。

攔門第二請，請新人緩步抬身，扶鸞上轎。請。

褚大娘子、張姑娘扶著姑娘上了轎，安上扶手板兒。放下轎帘兒，扣上蔥管兒，搭出轎去。這個當兒，便有許多僕婦伺候褚大娘子上車，先往頭裏去。這裏纔叫轎夫上轎桿，打杵穩肩，只聽前後招呼一聲：請！前面十二棒鑼開導，彩燈雙照，簫鼓齊鳴。姑娘到底被人家抬了去了。姑娘上了轎子，只覺四周圍蓋了個嚴密。裏邊靜悄悄的、黑暗暗的只聽得咕咚咕咚的鼓聲振耳。覺得比那單人獨騎，跨上驢兒，深山曠野，黑夜微行，大是兩般風味。只把不定心頭的小鹿兒，騰騰的亂跳。又好像是落下了許多事一般。走了半日，忽然想起說：「嗳呀，我怎的臨走時節，也不曾見著娘。我正有一句要緊要緊的話，要問他老人家。一時匆匆不曾問得。此時料想沒法回去，這便如何是好？」自己合自己商量了半日。忽然說道：「有了，便是這等。」那知姑娘心裏打算的，卻又是個斷斷行不去的主意。這正是：既為蝴蝶甘同夢，怎學鴛鴦又羨仙。要知何玉鳳過門後，又有些甚的情節？下回書交代。

第二十八回　畫堂花燭頃刻生春　寶硯雕弓完成大禮

這回接著上回，話表送親的張姑娘合褚大娘子扶著何玉鳳姑娘上了轎。他便出來忙忙上車，從莊園東牆一帶，遶向前門而來。到了那座大門，只見門外結綵懸燈，迎門設六曲圍屏，垂幾重繡幙，屏開孔雀，幙展東風。桌兒上擺列名花，安排寶鼎。當中擺著迎門盅兒。說不盡那：「醁酒頻斟，琥珀光搖金燦爛。瓊巵高挹，葡萄香泛碧琉璃。」褚大娘子纔下了車，進得門來。早見公子迎門跪著，手擎臺盞，在那裏敬酒。他滿臉堆歡，雙手接過酒來說道：「大爺請起來。我可禁當不起啊！」公子道：「大姐姐，這個稱呼法，我越發不敢起來了。」他纔嘻嘻的笑道：「你瞧，你這個淘氣法兒。我磨不過你，我只好叫你妹夫子了。可得你起來，我纔喝呢。」說罷，連飲了三盃迎門喜酒。又深深向公子道了一個萬福。兩旁許多穿衣戴帽的家人看了，只望著華忠笑。笑得華忠倒有些不好意思。他卻坦然無事的扶了個婆兒一路進來。早見安老爺迎過前廳相見。那邊遠遠的還站著一群華冠鮮服的少年，在那裏低言悄語的指點說笑。他料是講究他，他益發慢條斯理，得意洋洋，俏擺春風，談笑自若。不一時穿過前廳，到了二門。安太太合幾家晚輩親戚，本家都迎出來。那時舅太太合張親家太太，在那邊送了姑娘，也便從角門過前面來。大家把新親讓進上房，歸坐獻茶，彼此閒話，等候花轎到門。趄回來再講新人坐在花轎裏，但聽得大吹大擂，絃管喧雜。悶在轎子裏，因是娘吩咐的，不許揭那蓋頭，動也不敢動他一動。走了也有一會，正在盼到，只聽得噶啦啦一片聲音。兩掛千頭百子旺鞭，放得震地價響。鼓手便像是一對對站住。想是到門了。接著便聞得許多人叫道：「開門。」裏面卻靜悄悄的，不聽得有人答應。姑娘納悶道：「怎麼使心用計勞神費力的抬了來，又關上門不准進去呢？」叫了一會，那門仍然不開。聽得又是先前那個人高聲說道：

伏以

吉地上起，　　旺地上行。

喜地上來，　　福地上住。

時辰到了，開門開門，把喜轎請上來。

吱嘍嘍兩扇大門開放。前面花燈鼓樂，一隊隊進去。轎子纔進門，只聽那滿天星金錢，嚁楞嗆啷撒得連聲不斷。也不知過了幾道門，轎夫前後招護了一聲「落平」。好像不曾進屋子，便把轎子放下了。姑娘聽了聽，鼓樂齊住，又聽不見個人聲兒了，心裏又跳起來。你道這轎子，為何在當院子裏就放下了。原來安老爺自從讀左傳的時候，便覺得時尚風氣不古。這先配而後祖，斷不是個正禮。所以自己家裏這樁事，要拜過天地祖先，然後纔入洞房。姑娘那裏曉得這個原故。忽然靜悄悄半天，只聽得一聲弓絃響哧的就是一箭，從轎子左邊兒射過去。接著便是第二箭，又從轎子右邊兒射過去。說時遲，那時快，又是第三箭，卻正正的射在轎框上。噔的一聲，把枝箭碰回去了。姑娘暗想：「這可不是件事。怎麼拿著活人，好好兒的當鵠子辦起來了。」大約再一箭，姑娘便要施展他那接鏢的手段。早聽得轎旁念道：

伏以

彩輿安穩護流蘇，　　雲淡風和月上初。

寶燭雙輝前引導，　　一枝花影倩人扶。

攔門第三請，請新人降輿舉步，步步登雲。請。

一時兩旁鼓樂齊奏。便聽得有許多婦女聲音，圍近轎前。拔了蔥管兒，掀開轎簾兒，去了扶手板兒，卻是褚大娘子、張姑娘帶著一雙喜娘兒，請新人下轎，兩個喜娘兒左右扶定。姑娘下了轎，只覺腳底下踹得軟囊囊的，想是鋪的紅氈子。又聽那人贊道：「請新貴新人面向吉方，齊眉就位，參拜天地。拈香，跪，叩首，再叩首，三叩首。興。」姑娘起初也不留心他叨叨的是些甚麼，及至贊到那個跪字，只覺自己上首有個人，噗哧噗哧的已經跪下了，自己不由得也就隨著他跪下。贊道叩首，也就隨著他磕頭。原來姑娘平日也看過聊齋誌異。此時心裏忽然想起，說道：「怪不得蒲柳仙作青梅傳，說那個王阿喜，道是他遂不覺盈盈而亦拜也。這句文章，真算得留人的身分，知人的甘苦。敢是這樁事擠住了，竟自叫人沒法兒。」一時拜罷，平身。又聽那人贊道：「上堂遙拜祖先。」那張、褚兩個引著喜娘兒，便扶定新人上了三層臺堦兒，過了一道門檻兒，走了幾步，又聽旁邊仍照前一樣的贊唱：「兩跪，六叩，起來。」又聽得贊道：「請翁姑上堂，高升上坐。兒媳拜見。」緊接著又贊了一句道：「揭去紅巾。」便聽安太太那裏囑咐公子道：「阿哥，你可慢慢兒的。」姑娘在蓋頭裏低著頭看著地下。只見眼前來了一雙靴子腳，又見張姑娘一手拈起個蓋頭角兒，一手把著新郎的手，用一根紅紙裹的新秤桿兒，把那塊蓋頭，往上只一挑，挑下來。姑娘好眼亮啊。那時正是十月天氣，夜長晝短，酉末戌初，正是上燈時候。姑娘微抬了抬眼皮兒一看，只見滿屋裏香氣氤氳，燈光璀璨。那屋子卻不是照擺玉器攤子、洋貨鋪子似的那樣擺法。只有些名書古畫，周鼎商彝，一一的位置不俗。幾家女眷，都在東間，兩旁也排著幾名花枝招展的丫鬟，也站著幾個服飾鮮明的僕婦。早見公公、婆婆，在中堂安了兩張羅漢椅子，端端正正，坐在那裏。旁邊卻站著一個方巾襴衫十字披紅金花插帽，滿臉酸文，一嘴尖團字兒的一個人，原來那人是宛平縣學從南省冒考，落第的一個秀才。只因北京城地廣人稠，館地難找，便學了這樁儐相禮生的生意糊口。方纔前前後後，裏裏外外，嚷了這半天的就是他。姑娘纔得去了蓋頭，又聽見贊道：「新郎，新婦，叩見父母翁姑。」那時因是老爺、太太坐在那裏受禮，便有陪客女眷，把褚大娘子讓到東間坐下。這裏地下鋪了拜毯，安龍媒居中，何玉鳳在左隨著，張金鳳在右陪著。三個人聽著那禮生的贊唱，跪拜儀節行禮。安老爺、安太太左顧右盼，真個是好個佳兒，好雙佳婦。老夫妻只樂得眉飛色舞，笑逐顏開的，連連點頭。只說：「起來，起來。」三個人平身站起。禮生又贊道：「跪！」三個人又齊齊跪下。聽他贊道：「請堂上致詞賜答。」只聽安老爺說道：「你三個人這段姻緣，真是天作之合。玉格從此更該奮志讀書上進，兩個媳婦，便要同心理紀持家。一家和睦，吉事有祥，纔不負上天這段慈恩，我兩老人這番期望。」安太太道：「你父親，你公公這話，說的很是。從來說，功名出於閨閣，只要你們兩個一心，勸著他讀書上進，只怕比個嚴些的師傅還中用呢。等他中了舉人，中了進士，點了翰林，你兩個再一個人給我們抱上兩個孫孫，那時候不但你各人對得住你各人的父母，你三口兒可就都算安家的萬代功臣了。」因回頭合安老爺說道：「老爺還有一說，今日這何姑娘佔了個上首，一則是他第一天進門，二則也是張姑娘的意思。我想此後叫他們不分彼此，都是一樣。老爺想是不是？」安老爺道：「正該如此。當日娥皇、女英，又何曾聽得他分過個彼此。講到家庭，自然以玉鳳媳婦為長。講到封贈，自然以金鳳媳婦為先。至於他房幃以內，在他夫妻姐妹三個，神而明之，存乎其人，我兩個老人家，可以不復過問矣。」這位老先生真酸了個有樣兒，不知怎的聽他這路的話兒，不覺討厭。

閒話休提，說書要緊。卻說安老爺、安太太說完了話。禮生又贊道：「叩首，謝過父母翁姑。興。」三個人起來。又聽他贊道：「夫妻相見。」褚大娘子早過來，同喜娘兒護了何姑娘，張姑娘便同那個喜娘兒招護了公子，男東女西，對面站著。兩個人彼此都不由得要對對光兒。只是圍著一屋子的人，只得倒一齊低下頭去。禮生贊道：「新人萬福，新貴答揖；成雙揖，成雙萬福。跪，夫妻交拜。成雙拜。」兩個人如儀的行了禮。又贊道：「姐妹相見，雙雙萬福。」褚大娘子見張姑娘沒人兒招護，忙著過來悄悄合張姑娘道：「我來給你當個喜娘兒罷。」張姑娘倒臊了個小臉通紅。便轉到下首，向何玉鳳深深道了個萬福。尊聲：「姐姐。」何玉鳳也頂禮相還，低低的叫聲：「妹妹。」禮生又贊道：「夫妻姐妹，連環同見。」他姐妹兩個又同向公子福了一福，公子也鞠躬還禮。安老夫妻看了，只歡喜得連說有趣，相顧而樂。禮生贊道：「新人新貴，行綰結同心禮。」早見華嬤嬤、戴嬤嬤兩個手裏牽著丈許長兩疋結在一處的紅綠彩綢，兩頭兒各綰著個同心彩結，遞給兩個喜娘兒。東邊這人便把這頭兒綰在安公子左手，西邊那人便把那頭兒綰在何小姐右手。褚大娘子便從桌上抱過一個用紅綢五色線紮著口的鎏金寶瓶，交何小姐左手抱著，張姑娘又送過一個拴彩綢的青銅圓鏡子來，交公子右手，向新娘照著。交代停當。只聽那禮生念道：

伏以

一堂喜氣溢門闌，　美玉精金信有緣。

三十三天天上客，　龍飛鳳舞到人間。

聯成並蒂良緣，定是百年佳偶。緜緜瓜瓞，代代簪纓。紅絲彩帛，掌燈送入洞房。禮成。

禮生告退。安老爺一面犒賞禮生。早見簷下對對紅燈引路，張姑娘帶著個喜娘兒，扶了新郎，擎著那面鏡子，手綰彩帛，引著新娘。新娘抱著那個寶瓶，一步步的隨行，庭前止了大樂。那些樂工，正吹著笙管笛簫，彈著三絃，敲著鼓板，口裏高唱「畫筵開處風光好」的一套喜詞兒。直送到遊廊東院，那所新洞房去。姑娘一進洞房，早看見擺滿一分妝奩。凡是應有的，公婆都給辦得齊齊整整。進了東間，但覺燭輝寶炬，香爇沉檀，翡翠衾溫，鴛鴦帳暖。妝臺邊倚著那桿稱心如意的新秤，挑著龍鳳蓋頭。兩旁便是那和合雕弓，團圞寶硯。這個當兒，安太太因舅太太不便進新房。張太太又屬相不對忌他，便留在上房張羅。自己也趕過新房來，幫著褚大娘子合張姑娘料理。進門便放下金盞銀臺，行交盃合巹禮。接著扣銅盆，吃子孫餑餑。放捧盒，挑長壽麵。吃完了，便搭衣襟，倒寶瓶，對坐成雙，金錢撒帳。但覺洞房中歡聲滿耳，喜氣揚眉。莫講把何玉鳳支使得眼花撩亂，連張金鳳在淮安過門時，正值那有事之秋，也不似這番熱鬧。褚大娘子本是淘氣的人，遇見這等有興的事，益發一團精神，有說有笑。一時大禮告成。他便合安公子道：「你的差使，算當完了。請罷。外邊吃茶。」公子笑著，纔出得屋門。只見從外進來了一群人，卻是今日在此賀喜的。梅公子、管子金、何麥舟。烏大爺，因是奉旨到通州一帶查南糧去了，不得來，打發他兄弟，托明、阿貴二爺來。此外便是莫友士先生的少君，吳侍郎的令姪，還有安公子兩三個同案秀才，連老少二位程師爺、張樂世、褚一官。除了鄧九公、安老爺不曾進來，一共倒有十幾個人，都進來鬧房。內中梅公子，本是個美少年佳公子，又最是年輕淘氣。他眼明手快，早劈胸一把，把安公子捉住說：「龍媒那裏跑。我只問你有多大豔福，有了張家嫂夫人，這等一位尤物，也就儘你消受了。一之為甚，豈可再乎？如今又按圖求駿，兩美並收。你只顧躲在溫柔鄉裏，外面酒也不給我們斟一杯，茶也不替我們送一盞，禮上可講得去？沒有別的，且把帽子摘下來，讓我打你幾個腦鑿子。再講竟顧不得你那新人，怎的個憐卿愛卿了。」公子羞的兩頰緋紅，只想要跑。那幾個少年，也圍上來，內中烏大爺的令弟說道：「你們只看龍媒今日作了新郎，這兩道眉兒，一副臉兒，益發顯得風流俊俏。這大約就叫作龍鳳呈祥了。」管子金說：「那裏是龍鳳呈祥，我猜不是那女何郎，給他敷的粉，定是那雌張敞，給他畫了眉。你們不信，只聞他這身香味兒，也不知是惹的花香，是沾的人氣。」梅公子聽了，便上前接著他的臉，聞個不住。公子被他大家你一句，我一句，這個一拳，那個一拳的，臊得真真無地縫兒可鑽。金鳳姑娘在屋裏聽得真切，只在那裏含羞而笑。玉鳳姑娘卻是不曾經過這鬧房的舊風氣。心裏想道：「這班人怎的這等尖酸可惡。」又不好問得。落後，還是老程師爺聽不過了。說：「諸位兄臺，不差僭點罷？龍媒大禮告成，也讓他出去見見老翁。」眾人那裏肯依。張老是向這位一個揖，向那位一個揖，只是討情。還虧褚一官力大，把個公子生奪硬搶的救護下來。出了房門，一溜煙跑了。眾人道：「新郎跑了，我們正好看新娘子去。」那時安太太合張姑娘，早躲在西間。眾人向洞房裏一擁而進。屋裏只有褚大娘子，在牀上伴著新人。地下便是兩個嬤嬤、兩個喜娘兒，在那裏伺候。兩個喜娘兒，是久慣在行的。見眾人進來，便一齊向前攔住道：「各位老爺少爺，新人辛苦了，免鬧房罷。」眾人也不聽他，一窩蜂向牀跟前奔去。內中一個喜娘兒，是個揚州人，纔得二十來歲，倒也一點點一雙小腳兒。他只顧上頭札撒著兩隻手來攔眾人。不防下面，不知被那個一靴子腳，踹在他小腳兒上，只見他皺著眉，裂著嘴，抱著腳，嚷道：「嗳喲！喂，痛煞哉！我的菩薩，怎的這等蠢呢？」褚大娘子，見眾人圍在牀前，忙的橫著兩隻胳膊，護住姑娘。他一眼看見了褚一官，便拿他紮了個筏子。說道：「你也來了，好哇，你們要看新人只顧看，也是兩條眉毛、兩個眼睛、兩隻耳朵、一個鼻子、一張嘴。瞧手不能。我告訴你們，也是十個指頭，可不能一般兒齊。瞧腳更不能。我也告訴你們，拿營造尺量，不夠三寸。你眾位一定要看，也容易，可得豁著挨個三拳兩腳的再去。我這一撒手兒，姑娘可就來了。」眾人一聽，說：「那可來不得。」大家纔嘻嘻哈哈，一哄而散，跑出去了。安太太這裏賞了兩個喜娘兒，派人去款待他酒飯。一面叫人要了點心湯來，讓新人吃。又有舅太太給他弄下可吃的東西，一併送進去。安太太便讓了褚大娘子過去赴席。新房只留下兩個嬤嬤，同晉升媳婦。因隨緣兒媳婦，是三個月的雙生子，又叫了跟舅太太的婆兒老藍，四個人伺候，新房裏頭這陣忙，鄧九公合安老爺在外面，早已一罈兒半紹興酒過了手了。老程師爺是喝得當面還席，和衣而臥。一班少年，另有兩席還不曾散。只有張親家老爺，只管在席上坐著，卻一會兒這裏看看火燭，又去那裏看看門戶，但有家人們沒空兒吃飯的，他便在那裏替他們照料。因此那些家人，無不感激他，益加敬愛他，不敢一毫輕慢。一時內外飯罷。更鼓初交，那些親友，也有預先在附近廟裏找下下處住的，也有在此下榻的。鄧九公是吃完了飯，有他那套步行的工課，遶著灣兒走了會子，便到東書房睡了。安老爺就託張親家老爺，招護公子進去。張老把他送到上房。這日舅太太合張太太商量，也都在新房的對面三間住下。為的是多個人照料。安太太見公子進來，叫張金鳳先去招護姑娘。卻說姑娘因是拜過堂的，安太太便不教他一定在牀裏坐，也搭著姑娘不會盤腿兒，牀裏邊兒坐不慣，只在牀沿上坐著。大家去吃飯了。那個當兒，屋裏只有幾個婆兒嬤嬤。姑娘無可多談，且不便多談，曉得乾娘已經過來了，心下卻十分歡喜。便叫戴嬤嬤說：「嬤嬤，你快把娘請來，說我想他老人家了。」戴嬤嬤道：「姑娘，今日舅太太可進不來呀。明日早起就見著了。」姑娘一聽，心裏想道：「是呀，有這一說呀！只是我此刻急等見了娘，要商量一句要緊的話。這句話，又不好叫人去傳說。如今娘既不好進來，我又不好出去，事在無法，我只得還是拿定方纔轎子裏想的那個老主意罷。」你道這姑娘有甚的飛籤火票緊要話，從轎子裏鬧到此時，他在轎子裏想的又是甚麼主意？原來他正為他臂上那點守宮砂起見，論起他這點守宮砂，真是姑娘的一片孝心苦節，玉潔冰清。想著，這世是無意姻緣定了。這話除了他自己明白，平日從不曾給人看過。直到今早，冷不防大家，迅雷不及掩耳的，一提親事。姑娘急了，纔向大家證明這點東西，以明素志。不想事由天定，人力到底不能勝天。不知不覺，不禁不由就被人家抬了來了。此時事過，一想倒十分後悔。自己覺道：「今早千不合，萬不合，不合教大家看這點印記。假如我不說明這話，大家斷不得知。如今是揚旛擂鼓，弄到大家都知道了，都看見了。儻然這些女眷們，不論那一時那個人提起來，都拉住手要瞧瞧，希希罕兒。那時我卻把個有詩為證的東西，弄到流水落花春去也，天上人間了。別人猶可，只小金鳳兒雖說是我只比他大兩歲，我可合他充了這一年的老姐姐了，叫我怎的見他。再說褚大姐姐，又是個淘氣精、捉狹鬼，萬一他撒開了，一傴我，我一輩子從不曾輸過嘴的人，又叫我合他說甚麼？」這是姑娘飛來峰的心事，直到坐上轎子，纔想起來。要合娘要個主意，已是來不及了。因此在轎子裏自己打了一個牢不可破的主意。及至此時，好容易娘來了，心中有些活動。所以急於要見見娘，偏又見不著面兒。便覺一想紅，二想黑，越發把那個老主意拿鐵了。要問他那個老主意更是可憐。依然是合他們磨它子，打著磨到那裏是那裏，明日再講明日的話。行得去，行不去，姑娘卻沒管。只是這位姑娘，怎的又會這麼知古今兒也似的呢？他又怎的懂得那守宮砂的原由呢？難道他還有那讀史書的學問不成？這話不必這等鑿四方眼兒，他縱不曾讀過史書，難道天雨花上的左儀貞，他也不知道不成？

話休絮煩。卻說姑娘正在心裏盤算，恰好張金鳳從上房過來。說：「半日在那邊張羅打發飯，沒陪姐姐。姐姐還吃點兒甚麼不吃？」姑娘此時肚子裏並不差甚麼是分兒了。便說：「不吃了。」張姑娘又告訴他今日公婆怎的歡喜，大家怎的高興。鄧九太爺喝了多少酒，褚大姐姐也喝的臉紅紅的了。姑娘倒也合他歡天喜地的閒談。正談的熱鬧，人回：「太太過來了。」只見太太扶著公子進來，玉鳳姑娘也恭恭敬敬合婆婆說了幾句話，又送了一碗茶，裝了一袋煙。太太坐了片刻，便合三人說道：「咱們今日都忙了整一天了，大家都早些安歇罷。」張金鳳答應一聲，太太便站起來說：「我過南屋裏找你舅母合親家太太，你三口兒都不許出來了。」又合張姑娘說：「你招護姐姐罷，也不用過去了。我回去也就安歇了。」說著，到南屋轉了一轉，便過上房去。不提。這裏張姑娘便讓公子在靠妝臺一張桌兒上首坐了，他姐妹兩個對面相陪。一對新人是不吃煙的，伺候的人，送上三碗茶，又給張姑娘裝了袋煙來。公子此時是春來天上，喜上眉梢，樂不可支，倒覺滿臉週身有些不大合折兒。無奈是宜室宜家的第一齣戲，自然得說幾句門面話兒。便合何玉鳳道：「再不想我合姐姐悅來店一面之緣，會成了你我三人的百年美眷。

這都是天地的厚德，父母的慈恩，岳父、岳母的默佑，也虧你妹子從中周旋。從此你我三個人，須要唱隨和睦，同心合力侍奉雙親，答報天恩，也好慰岳父母於地下。」公子這幾句開門礮兒，自覺來的冠冕堂皇，姑娘沒有不應酬兩句的。不想姑娘只整著個臉兒，一聲兒不言語。張金鳳道：「姐姐合人家說話呀。」姑娘倒轉過臉來，合他笑笑。公子一看，這沒落兒呀。只得又說道：「便是你兩個，當日無心相遇，也想不到今日璧合珠聯，作了同牀姐妹，豈不是造化無心，姻緣有定。」張姑娘道：「姐姐，人家又說了這些句了。開談哪！怎麼發起赸來了呢！」姑娘仍是瞅著他笑笑，不合公子答話。張金鳳怕羞了新郎，只得說道：「姐姐今日想是乏了，大家早些安歇罷。」說著，便叫兩個嬤嬤燭燃雙輝，香添百合。又叫花鈴兒、柳條兒兩個侍兒，在西間屋裏伺候大爺換衣裳。公子起身過去。那柳條兒是服侍慣了的，花鈴兒今日初次服侍。大爺未免有些害羞，漸漸不甚得勁兒。這邊張姑娘便讓新人方便。自己服侍他卸了妝，便吃著袋煙，同他坐在牀沿上，合他談心。談了幾句，悄悄的在他耳邊，又不知說些甚麼。那玉鳳姑娘一一的點頭答應。及至聽到這番悄悄兒的話，立刻把臉一整，便嚷起來道：「噯，那你可是白說了。」張姑娘聽了，兩隻小眼睛兒一楞，心裏說：「這是甚麼話，擠到這會子了，怎麼說白說了呢！」正待合他再講，公子早從那屋裏換完衣裳，穿著件一裏圓兒，戴著頂小帽子，靸著雙鞋過來。張姑娘只得把話掩住，一時兩個嬤嬤進和合湯，備盥漱水。張姑娘便催新郎給新人摘了同心如意，富貴榮華，都插在東南牆角上。因又囑咐說道：「姐姐方纔聽見婆婆吩咐，叫早些睡呢。我也睡去了，明早過來給姐姐道喜。」說著，纔待舉步，姑娘一把拉住他道：「你不准走。」張金鳳生怕惹出他的累贅來，一面甩脫了袖子就走，一面回頭笑向新娘道：「屈尊成禮。」笑向新郎道：「勉力報恩。」又拱了拱手，向他二人同道：「暫且失陪，明日再會。」說著，便笑嘻嘻的把門帶上去了。張金鳳這一走，姑娘這纔離開那張牀，索性挨過桌子那邊坐下了。公子道：「姐姐，二更了，我們睡罷。」說了兩遍，照例的不理。公子只得用大題目來，正言相勸。說道：「姐姐，你只管不肯睡，就不想二位老人家為你我兩個費了一年的精神，又整整乏了這幾日。豈有此時，還勞老人家懸念之理？」說了半日，姑娘卻也不著惱，也不嫌煩，只是給你個老不開口。公子被他磨得乾轉。只得自己勸自己說：「這自然他是新娘子的嬌羞故態，我不攙他過來，他怎好自己走上牀去。」一面想著，便走到姑娘跟前，攙住姑娘的手腕子，嘴裏纔說得個：「姐姐請睡，不要作難。」一句沒說完，姑娘只把手腕子輕輕兒的往懷裏一帶，公子早立腳不穩，一個撲虎兒往前一撲，險些就要磕在那銅盆架上咧。只見姑娘抬起一隻小腳兒來，把那腳面一綳，平伸腿往上一挑，早把個新郎擎住了，不曾跌下去。新郎盤槓子似的，盤了半日，纔站起來。笑道：「怎麼又拿出看家的本事來了。」姑娘到底不作一聲兒，索性躲到挨門兒一張杌子上，靠門坐著。這邊兩個新人，在新房裏乍來乍去，如蛺蝶穿花，欲即欲離，似蜻蜓點水。只苦了張金鳳，自聽了姑娘那可是白說了的一句話，捏著兩把汗。只恐把一番好事變作一片戰場，打將起來。坐在西屋裏，只放心不下。待要私下走過去聽聽，又恐這班丫鬟僕婦不知其中的底裏深情，轉覺外觀不雅。沒奈何帶了兩個嬤嬤，悄地裏站在牕前。聽了半日，不見聲息，忽然聽得新郎嗤的一聲笑將起來。你道他因甚的笑將起來？原來他因被這位新娘磨得沒法兒了，心想這要不作一篇偏鋒文章，大約斷入不了這位大宗師的眼。便站在當地向姑娘說道：「你只把身子賴在這兩扇門上，大約今日是不放心這兩扇門。果然如此，我倒給你出個主意，你索性開開門出去。」不想這句話纔把新姑娘的話逼出來了。他把頭一抬，眉一挑，眼一睜，說：

「啊，你叫我出了這門到那裏去？」公子道：「你出了這屋門，便出房門，出了房門，便出院門，出了院門，便出大門。」姑娘益發著惱說道：「吼，你待轟我出大門去。我是公婆娶來的，我妹子請來的，只怕你轟我不動。」公子道：「非轟也，你出了大門，便向正東青龍方，奔東南巽地，那裏有我家一個大大的場院。場院裏有高高的一座土臺兒，土臺兒上有深深的一眼井。」姑娘不覺大怒，說道：「哇，安龍媒，我平日何等待你，虧了你那些兒？今日纔進得門，壞了你家那樁事？你叫我去跳井！」公子道：「少安無躁，往下再聽。那井口邊也埋著一個碌碡。那碌碡上也有個關眼兒，你還用你那兩個小指頭兒，扣住那關眼兒，把他提了來，頂上這兩扇門，管保你就可以放心睡覺了。」姑娘聽了這話，追想前情，回思舊景，眉頭兒一逗，顋頰兒一紅，不覺變嗔為喜，嫣然一笑。只就這一笑裏，二人便同入羅幃，成就了百年大禮。張金鳳聽到這裏，先默的念了一聲道：「我那南無大慈大悲，救苦救難，廣大靈感的碌碡哇！可夠了我的了。」列公，你看這位姑娘的磨勁大不大？但是那安老夫妻，雖然被他磨了一場，到底酬了素志，還得了個佳婦。安龍媒、張金鳳，雖然被他磨了一場，到底一慰親心而得豔妻，一被賢名而得膩友。便是鄧家父女以至佟舅太太，或破貲財成義舉，或勞心力盡親情，也到底算交下了一個人，作完了一樁事。只可憐那作兒女英雄傳的燕北閒人，這事與他何干，卻累他一錠墨是磨禿了，心血是磨枯了，眼光是磨散了。從這書的第四回「末路窮途幸逢俠女」起，被他沒日沒夜的磨，磨到第二十八回，纔磨得寶硯雕弓，完成大禮。咳，百歲光陰有限，一生事業無窮。那燕北閒人，果然生來的閒身閒心，現成的閒茶閒飯，閒得沒事作，教他弄這閒筆墨，消這閒歲月，倒也罷了。想來他也該作得些些事業，愛個小小聲名，也須女嫁男婚，也須穿衣吃飯。卻都不許他作，偏偏的要他作個閒人。

閒人知為閒人苦矣。倘然不虧這等一磨，卻叫我怎的夜磨到明，早磨到晚呢！

閒話休提，言歸正傳。卻說張金鳳聽得一對新人，雙雙就寢。纔覺得兩隻小腳兒，站了個生疼。連忙扶了個人過上房去見公婆。那時褚大娘子，合幾家親族女眷，都已分頭安睡。只有那為兒孫作馬牛的一雙老人家，還在那裏閒談靜候。張姑娘把話悄悄的回了婆婆，他兩老纔得放心。張姑娘也就回房，還招護了母親、舅母，然後就寢。一宿晚景提過，次日便是筵席。纔交五鼓，張姑娘便起來梳洗妝飾，也打扮得花枝招展，繡帶蹁躚。一切完畢。正要過去請新郎起來，早見公子笑吟吟過這屋裏來。張姑娘連忙起來道喜。公子道：「與卿同之。」又道：「閒話休提，你且給我梳了辮子，好讓我急急的洗臉穿衣，去稟知父母，請二位老人家歡喜放心。」張姑娘道：「正該如此。只是我得張羅姐姐去了。你叫嬤嬤給你梳罷。」公子道：「無論誰梳都使得。我見過父母，還要照料照料外面的事。難道我還好照婴你的時候，只作新姑爺，諸事驚動老人家不成。」說著，忙忙梳洗。張姑娘便過新房，去請新娘起來。纔一揭帳子，看見新娘早已端端正正，坐在那裏。張姑娘先斂衽萬福。說道：「姐姐可大喜了。」只見玉鳳姑娘一把拉住他道：「好妹妹，你今日可斷不許慪我了，回來你還得囑咐囑咐褚大姐姐，你們鬧的這可真不是件事。再要慪我，我可就急了。」張金鳳道：「不是慪姐姐，這叫做牀笫之間，不失夫妻姐妹之禮。便是褚大姐姐見了，也要道喜的。他如何肯慪你。」說著，讓他下了牀。伺候的人疊起被褥。姑娘正在梳洗，人回褚大姑奶奶吃梳頭酒來了。舅太太那時早已起來，急於要進房看乾女兒。因等個齊全人躧過門，自己纔好進去。見褚大娘子來了，便也同張太太隨後進來。姑娘此時見了娘，倒也沒甚麼可商量的了。只聽見滿耳朵裏，一片叫姑奶奶的聲音，也聽不出誰是誰來。一時看著這些人，雖是這等親熱相關，想起自己父母不在跟前，不覺性動於中，情發於外，一陣傷心落淚。再轉一念，若果然父母都在，今日看了我嫁了這等人家，奉著這樣公婆，隨著這樣夫婿，又多著這樣一個有情有義，合意同心的張家妹子，不知何等歡喜？不由越想越痛，抽抽噎噎起來。舅太太忙勸道：「姑奶奶今日可哭不得，回來哭得眼睛像桃兒似的，人家笑話。」姑娘聽得人家要笑話了，纔止悲不語。大家應酬了幾句吉祥話。張太太道：「我見著姑奶奶了，放心了，我可走了。」你道他又往那裏去？原來這樁事，安太太算來算去，只請得出褚大姑奶奶、佟舅太太、張親家太太，這麼三位新親來。女家倒佔了三位，男家止剩了安太太一位。怎麼算，怎麼兩下裏都是單兒。然則安老爺這樣一個舊家，還請不出十位八位新親不成？只因其中有三層原故。第一層，這樁事，安老爺恐姑娘的性兒拿不定，不知這日究竟辦得成辦不成？並不曾通知親友。連日在此住下的，便是自己的內姪媳，並本家晚輩。都合舅太太不好同席。第二層，這位張太太，論遠近本就該請他作男家新親，纔是正理。並且還慮到他作了女家新親，真要鬧到送親演禮，打起牙把骨來，可就不成事了。何況他還是噉白飯呢。第三層，從來著書的道理，那怕稗官說部，借題目作文章，便燦然可觀。填人數，湊熱鬧，便索然無味。所以燕北閒人，這部兒女英雄傳，自始至終，止這一個題目，止這幾個人物。便是安老爺、安太太再請上幾個兒不相干的人來湊熱鬧，那燕北閒人作起書來，也一定照孔夫子刪詩書，修春秋的例，給他刪除了去。此張親家太太見著姑奶奶所以就走的原委也。

按下不表。卻說褚大娘子把姑娘的眉梢鬢角，略給他繳了幾線，修整了修整，妝飾起來，大家看了真個是春意透酥胸，春色橫眉黛。昨日今朝大不相同。舅太太看他吃了東西，便上上下下花團錦簇圍隨了出來。出門跨鞍子，過火盆，迎喜神，避太歲，便出那座遊廊屏門。俗語講的再不錯，是親的割不掉，是假的安不牢。姑娘此時，便一心惦記公婆，想去請安。不想出得那座門，前面兩個引路的僕婦，便引了順著遊廊，一直往後去，走了一會，進了一個小院門。纔進院門，便聞得有一陣煙火油醬氣，姑娘心想怎麼纔出門兒，就把我引到這麼個地方兒來了。一進房門只見一個連灶上，弄著大旺的火，上面安著個翻開的鐵鍋。地下站著幾個衣飾齊整的僕婦，又有個四十餘歲鮎魚腳的胖老婆子，也穿件新藍布衫兒，戴朵紅石榴花兒，鼓著兩大奶膀子，腆著個大肚子，叉著八字腳兒，笑呵呵的跪下，說：「請大奶奶安哪。」姑娘這纔明白，原來是公婆的內廚房。只見伺候的僕婦在灶前點燭上香，地下鋪好了紅氈子，便請拜灶君。二位新人行禮起來。那個胖女人就拿過一把柴火來，說：「請奶奶添火。」又舀過半瓢淨水來說：「請奶奶添水。」隨有眾僕婦給他拉著衣服，摟著袖子，一一的添好了。姑娘暗想，往後要把這件事全靠了我，我可了不了哇！那知這是安水心先生的意思。他道：「古者婦人，主中饋者也。除了柴米油鹽醬醋茶之外，連那平飣堆繡扎拉扣，都是第二樁事。」所以定要把這「三日入廚下，洗手作羹湯」的兩句文章作足了。這裏添過水火，張姑娘便請姑娘出來，跟著前引的兩個僕婦，也不知怎的轉灣抹角。走了會子，又出了一座正北的角門兒，姑娘一看，對面便是昨日在那裏上轎的那個所在。想道：「怎麼我不曾見公婆，倒又先引我到此地來呢？」只見前面那兩個僕婦不進這座門，卻引了往東走，進了那座大祠堂門，原來昨日是遙拜祖先，還不曾入廟見禮。一進門，早見安老爺、安太太在院子裏，肅恭將事伺候。教兒婦兩個，在院子裏望空先拜過宗祠。然後老夫妻倆領了他們進祠堂，叩見老太爺、老太太的神主，算自己帶見之意。行過了禮，姑娘上前問了公婆的起居。安老爺道：「論今日卻不是你回門的日期。既到了這裏，自然該同你女婿過那邊，到親家老爺、親家太太神主前，磕個頭去纔是。」姑娘答應一聲，隨了大家過去，安老夫妻，便先回家。姑娘到父母神主前，同公子磕過頭，自然不免傷感。只得以禮制情，便忙忙的回來。纔到上房，便有兩個女人，捧著兩副新紅捧盒，在廊下伺候。姑娘進門，見過翁姑，那兩個人便端進盒子來，張姑娘幫他打開。姑娘一看，只見一個盒子裏面，放著五個碟子。一碟火腿，一碟黃悶肉，一碟榛子，一碟棗兒，一碟栗子。那一個裏面是香噴噴、熱騰騰的兩碗熱湯兒麵。姑娘納悶道：「大清早起，這可怎麼吃得到一塊兒呢。」原來這又是安水心先生的制度。就把這點兒吃食，作了姑娘的開箱禮。且住，這話益發奇了。便是姑娘娘家無人，不曾給公婆預備開箱的東西。止把鄧九公幫箱的金銀綢緞用些，也充得數了。這位安水心先生，卻意不在此。他講得是禮記上，古者婦人之贄，惟榛脯脩棗栗。脯，鮮肉也。脩，乾肉也。所以命公子給媳婦裝了三碟乾菓子。又配上這兩碟肉脯，就算了玉鳳姑娘見公婆的贄見。以為必該如此而行，纔合古禮。這同前回叫公子抱著隻鵝去謝妝，是一副板印下來的。那兩碗熱湯兒麵，便是玉鳳姑娘方纔添的那一爐子火，和那一鍋水煮的。但是熱湯兒麵，又怎麼算得羹湯呢。要作碗三鮮湯、十錦羹，吃著豈不比麵爽口入臟些。他講得的是羹湯者，有湯餅之遺意存焉。古無麵字，但是麵食一概都叫作餅。今之熱湯兒麵，即古之湯餅也。所以如今小兒洗三下麵，古謂之湯餅會。今日這兩碗麵，保不定還有個我家的媳婦兒會趕麵，趕到鍋裏團團轉的祕典在裏頭呢。這是安老爺一番考據工夫。卻說姑娘見公婆家的規矩如此，便先放了筷子，把那兩葷三素的五碟吃食獻上去，擺成一個梅花式。然後捧著麵先進公公，後進婆婆。安老爺十分得意，便向太太道：「太太，我們倒要享用他這點敬意。」安太太只不過挑了兩三筷麵，夾了一片火腿。安老爺卻就著那五樣佳餚，把一碗麵忑兒嘍、忑兒嘍吃了個乾淨。還滿臉堆歡，向玉鳳姑娘說了一句，「媳婦，生受❶你。」舅太太在旁看了半日，說：「姑老爺，你可慪死我了。也沒說你們二位為這個媳婦兒費了多少心，多少事，連個活計也不叫他遞。棗兒栗子的鬧起，請姑娘拜姐姐來的。我這裏給我們姑娘備了點兒東西。」說著，便叫人抬過兩個小方盤兒來。一個裏頭是，一頂帽頭兒、一匣家作活計、一雙男鞋、一雙靸腳兒鞋、兩雙襪子。一個裏頭放著兩個小匣子。一匣是一枝彷著聖手摘藍的金簪子，那手裏卻拈的是一個小小金九連環。一匣是一雙汗浸子玉箍鐲。其餘也是一匣家作活計、一雙靴、一雙鞋、兩雙襪子。便叫姑娘分遞了公婆。安太太見舅母這等用心精細，十分歡喜。說：「這可是個會疼女孩兒的。」舅太太也笑道：「妞妞手兒拙，也不會作個好活計。親家太太，慢慢兒的調理他罷。」說的大合安太太的意。安老爺卻是礙於親情，不得不收。心裏還以為事不師古，終非經道。這個當兒，安太太便把那枝九連環，從匣屜兒上抽下來就戴在頭上。因叫了聲：「長姐兒呢！」只見走過一個丫鬟來。長得細條條兒的一個高挑兒身子，生得黑糝糝兒的，一個圓臉盤兒，兩個重眼皮兒，頗得人意。太太吩咐他說：「你把我那個匣兒拿來。」那丫鬟應了一聲。去不多時，拿了一個錦匣子來。打開裏頭，卻是一枝雁釵，一雙金鐲子。太太嘴裏正吃著煙，便點著頭兒叫姑娘。姑娘走到跟前，太太把煙袋遞給那丫鬟。張姑娘便過來，用簪子挑開那匣屜兒上的綳線兒。只聽太太說道：「我這枝簪子，是一對兒，你妹妹磕頭那天給了他一枝。也有這樣一對鐲子，我照樣又打了一對。如今給你。」因說：「你低下頭我給你戴上。」姑娘便彎著腰，低下頭去，請婆婆給戴好了。太太又給他換上那雙鐲子，便拉著他細瞧了瞧手，搭訕著又看了看他胳膊上那點守宮砂。可煞作怪，連些影子也沒了。太太十分歡喜。望著兩個媳婦兒，看看這個，看看那個，說道：「嘖

❶ 生受：麻煩；難為。

嘖嘖，真是一對兒好孩子。」姑娘謝過婆婆，安老爺見太太賞了媳婦拜禮，便滿面正氣，拈著小鬍子兒叫道：「來，把我給大奶奶那分東西拿來。」只聽伺候的人，大家答應了一聲，抬過一個大方盤來，上面蓋著塊大紅挖單。老爺便說道：「媳婦過來，以你這樣好媳婦，我豈不知賞你幾件奇珍寶玩。但今日是你為婦之始，用這些俗物，非禮也。我這裏另有幾件東西你看看。」張姑娘便撤去那個紅挖單。姑娘一看，只見方盤裏擺的，是一條堂布手巾，一條粗布手巾，一把大錐子，一把小錐子，一分火石火鏈片兒，一把子取燈兒❷，一塊磨刀石。又有一個小紅布口袋，裏頭不知裝著甚麼？張姑娘從口袋裏拿出來，卻是一個針扎兒裝著針，一個線板兒繞著線。姑娘一看，心裏說：「這可糊塗死我了。」正在納悶，又不好問。安老爺便說道：「大約你不解這幾件東西的用意。那禮記上內則有云：『婦事舅姑，如事父母。雞初鳴，咸盥漱，櫛縰，笄總衣紳，左佩帉帨，刀礪，小觿，金燧。右佩箴管，線纊，施縏袠，大觿，木燧，衿纓，纂屨。以適父母舅姑之所。』這方粗布，便叫作帨。濕了用洗傢伙的。這塊堂布叫作帉，乾著用擦傢伙的。這大小兩把錐子，叫作大觿小觿，是開個鉼口兒匣蓋兒用的。那磨刀石，便叫作刀礪，伺候公婆吃飯磨刀片肉用的。那火鏈片兒，代金燧用。取燈兒，代木燧用。為生火用的。這兩件東西，還是從權。論理那金燧一定要用火鏡兒，向日光取火。木燧一定要用鑽，向樹上取火。所以古人春取榆柳，夏取棗杏，秋取柞楢，冬取槐檀。如今我這莊園樹木也不全，再說遇著個陰天，那火鏡兒也著實不便。所以我纔給你備了這火鏈、取燈兒兩樁東西。那口袋叫作縏袠。裏面裝針的便是箴管，繞線的便是

❷ 取燈兒：把松木削成薄片，一頭塗上硫黃，用以引火及代替燈燭，有些像現代的火柴。北方話亦稱火柴曰取燈兒。

線續。為是給公婆縫縫聯聯用的。一共九件東西，這是作媳婦的事，奉翁姑必需之物。想你父母在日，斷斷給你備不到此。我所以悉遵古制，備這一分賞你，按著古禮，媳婦每日謁見翁姑，這些東西還該隨身佩帶的。只是如今人心不古，你若帶在身上，大家必詫以為怪。只好通權達變，放在手下備用罷。然而此等大禮，卻不可不知。」姑娘只得一一答應叩謝。當下滿屋裏的人，只有太太支應著回答。其餘親族女眷，上上下下，大大小小，無一不掩口而笑。老爺依然一副正經面孔，再不想這套話，倒把位見過世面的舅太太聽進去了。說：「哦，照姑老爺這麼說起來，這不就是咱們如今帶的那個密鴉密罕豐庫，叫白了，叫他媽媽兒手巾上的那分東西嗎？原來這件東西，是有出典的。」老爺再想不到談了半天，談出這麼一個知己來了，樂得以手拍膝。說道：「然。可見我講的不是無本之談。那密鴉密罕豐庫的，漢話便叫作綵帨，帨即手巾也。只是如今弄到用起緙繡綢緞手巾來，連那些東西，也都用金銀珠寶作成。這便是數典而忘其祖，大失命題本意了。」新娘聽公公講完了這篇考據，纔一一的接見親族，俗叫作分大小兒。第一位便是鄧九公，安老爺親自出去請進來。只見老頭兒腆著胸脯兒，懷裏揣得鼓鼓囊囊的，站在當地。說：「免了罷。」安老爺道：「如何使得。還得請老兄臺坐下受禮。」說著，便讓他坐下。兩個新人過來行禮。磕到第二個頭，他早起身過來拉起公子說：「老賢姪，姑爺、姑奶奶都請起。夫榮妻貴，子孝孫賢。」說著，便回手在懷裏掏了半日，掏出一個大錦袱子來。打開裏面是個青玉蓮花寶月瓶。四角有四個孩子，單腿跪著，扛著那瓶算作敬獻。還有個檀木座子。他放在桌子上。向公子道：「你瞧這個瓶，願你闔家平平安安的。上頭這幾朵蓮花，願他姐妹倆和和氣氣的。還照這四個娃娃的數兒，每人給你父母抱倆孫孫。這件東西，有個名兒，叫作四海昇平。老賢姪，你將來作了大官，南征北討，給萬歲爺家出點子力。戴個紅頂子，給你老爺子、老太太揚揚名，風光風光，好不好？你可別瞧著這玉瓶兒不怎麼樣，年代兒有了。這還是我抓週兒那天，我老老家給的。願你們三口兒活的比我歲數兒還大。你說這還要怎麼吉祥。」安老爺連忙叫公子合兩個媳婦謝過。安太太也道：「能夠都照九太爺的話就好了。」他道：「一定能，一定能。」說著，出外去了。這裏舅太太、張老夫妻、褚大娘子都受了禮。舅太太給的是現作的幾件家常衣服。張老夫妻是女兒給備的四半個尺頭。褚大娘子是緙繡領面兒，挽袖腿袖兒膝褲之類。都送了見面禮。其餘都是平輩，不肯受禮。止彼此一見而已。外面鄧、張、褚三位，是昨日赴過男筵席的了。今日裏面便擺起女筵席來。褚大娘子首席，舅太太二席，張太太三席，安太太末席相陪。公子一一遞過酒，彼此都是熟人，也不用酒過三巡，湯添二道，大家便認真吃起飯來。張太太被大家勸了半日，依然不肯開齋，想他必有所待。吃過了飯，舅太太站起來道：「親家太太，可恕我不能拘那俗禮兒。等擺菓子了，我可得張羅我們姑爺、姑奶奶的圓飯去了。」說著，便過新房去。那裏炕上，早齊齊整整擺了一桌筵席。舅太太讓安公子、何小姐上面並肩坐了，自己合張姑娘東西面相陪。安公子是前度劉郎，何小姐是司空見慣。倒也用不著十分羞澀，便舉案齊眉，同吃了一頓飯。至此吉禮告成。他三人從此問安視膳，弋鴈聽雞，卿繡儂吟，婦隨夫唱，天下那裏有這般的人家，這等的樂事，豈還算不得個歡喜團圓。不道我燕北閒人，還有大半部文章。這兒女英雄傳，纔演到第三番結束。這正是：

硯待磨穿雙管下，弓須開到十分圓。要知後事如何？下回書交代。

第二十九回　證同心姐妹談衷曲　酬素願翁媪赴華筵

這部書前半部，演到龍鳳合配，弓硯雙圓。看事跡，已是筆酣墨飽。論文章，畢竟不曾寫到安龍媒正傳。不為安龍媒立傳，則自第一回，「隱西山閉門課驥子起」，至第二十八回，「寶硯雕弓完成大禮」，皆為無謂陳言，便算不曾為安水心立傳如許一部大書。安水心其日之精，月之魄，木之本，水之源也。不為立傳，非龍門世家體例矣。燕北閒人知其故，故前回書既將何玉鳳、張金鳳正傳，結束清楚。此後便要入安龍媒正傳。入龍媒正傳，若撇開雙鳳，重煩筆墨，另起樓臺，通部便有失之兩橛，不成一貫之病。所以這回書，緊接上文，先表何玉鳳。卻說何玉鳳本是個世家千金閨秀，只因含冤被難，弄得孤苦伶仃。連自己一條性命，尚在未卜存亡，那裏還講得到婚姻二字。不想忽然大仇已報，身命得安，姻緣成就。這段姻緣，又正是安家這等一分詩禮人家，安老爺、佟孺人這等一雙慈厚翁姑，安公子這等一位儒雅溫文夫婿，又得張姑娘這等一個同心合意的作了姐妹，共事一人。再加舅太太這等一個玲瓏剔透，兩地知根兒的人作了乾娘，從中調停提補，便是今生絕對不想再見的乳母丫鬟，也一時同相聚首。此時何玉鳳的遭際，真算千古第一個樂人，來享第一樁快事。便從一十八獄，獄中獄，升到三十三天，天外天。其快樂也不過如此。還不專在乎新婚燕爾，似水如魚。你道就靠安老夫妻、鄧家父女，又能有多大神通，就把他成全到這個地步？這是個天。難道天又合他有甚麼年誼世好，有心照應他不成？無非他那一片孝心，一團至性，作成兒女英雄，合了人情天理。自然就轉禍為福，遇危而安。這是人人作得來的。只苦於人人不肯照他那樣作了去。即或偶然作到這個地步，又向老天算起帳來，說：「這是我苦盡甘來，應該食報的，享用的。」就未免氣驕志滿，一天一天的放蕩恣縱起來。尋些房幃快樂，圖些飽暖安閒，揮些無益銀錢，長些拒人氣焰。豈知天道無親，惟佑善人。這樣斲喪起來，那滿招損，乖致戾的道理，如響斯應。便是天，果然合你有個年誼世好，他也沒法了。縱有旺騰騰的好時運，也不怕不重新敗壞下來。齊整整的好家園，也不怕不重新蕭條下來。及至自己尋到苦惱場中，卻要抱怨說老天怎的不睜眼。嗚呼，老天豈不冤乎！何玉鳳是何等一副兒女心腸，英雄見識。況且他自幼兒，就自己為難慣了自己的了。如今從網眼裏拔出來，好容易遇著這等月滿花香的時光，他如何肯輕易放過。因此一進安家門，便自己給自己出了一個燒手的大難題目。想到上天這番厚恩，眾人這番美意，我如今既作了他家的媳婦，要不給公婆節省幾分精神，把丈夫成就一個人物，替安家立起一番事業來，怎報得這天恩，副得這人望。他如此一想，早把從前作女兒時節的行徑，全副丟開。卻事事克己，步步虛心的作起。人家講起世路來，更兼他天生得落落大方，不似那羞手羞腳的小家氣象。再看看安家的上上下下，那個也不是陌生人。因此該說的就說，該問的就問。該是公子作主的，定有個儘讓。該合張姑娘商量的，定儘他一聲。到了公婆跟前，便同張姑娘敘姐妹禮數，自己居先。到了夫妻之間，便合他論房幃資格，自己居右。處得天然合拍，不即不離，把安老夫妻兩個，樂得大稱心懷，眉開眼笑。他當下在上房周旋了褚大娘子合諸位女眷一番，見舅太太不在跟前，便要到乾娘屋裏，盡個禮數。安太太吩咐他就便脫了禮服，換換衣裳，也合妹妹說說話兒去。他答應著，等又給婆婆裝了袋煙，纔同張姑娘拉著手兒過這院裏來。一進院門，正要到舅太太屋裏去。早見舅太太在廊下站著。說：「姑奶奶必是要到我屋裏，你先不用來呢！今日是頭一天出來。除了見公婆，這算進頭一道門檻兒，取得個吉祥。你先到你妹妹屋裏看看去。我這裏張羅給你們弄晌午的餑餑呢！等我告訴明白了他們，我也找了你們去。」何小姐見如此說，只得笑著，回到自己新房，換了衣服便過西屋裏來。

卻說安公子住的那房子，雖是三開間，卻是前後兩捲，通共要算六間。金玉姐妹在東西間分住，屋裏的裝修隔斷都是一樣。只東屋裏因作新房，那張合歡牀，規矩靠設在南牕，便把兩捲打作通連，勻出北面來擺妝奩安坐落。張姑娘這屋裏，卻是齊著前後兩捲的中縫，安著一溜碧紗櫥，隔作裏外兩間。南一間算個燕居，北一間作為臥室。何小姐到了這屋裏，便合張姑娘在外間靠南牕牀上坐下。早有華嬤嬤、丫鬟柳條兒送上茶來。何小姐一面喝茶，留神看那屋子。看牀上當中一般的擺著炕桌，引枕坐褥。桌上一個陽羨砂盆兒，插著幾苗水仙，左右靠牆，分列兩張小條案兒。這邊案上隨意擺兩件陳設，那邊擺一對文奩。地下順西牆一張撬頭大案，案上坐鐘瓶洗之外，磊著些書籍法帖。案前一張大理石面小方桌，上面擺得筆硯精良。左右兩張杌子，北一面靠碧紗櫥，東西兩架書閣兒。當中便是臥房門。門上挑著蔥綠軟簾兒，門裏安著個曲折槅子。槅子上嵌著塊大玻璃，放著綢擋兒，卻望不見臥房裏的牀帳。又見那外間，滿屋裏貼落的圖書四壁。何小姐自幼也曾正經讀過幾年書，自從奔走風塵，沒那心興理會到此。如今心閒興會，見了許多字畫，不免賞鑑起來。一抬頭，先見正南牕戶上檻，懸著一面大長的匾額，古宣托裱，界畫硃絲，寫著徑寸來大的四方的顏字。何小姐要看看是何人的筆墨，先看了看下款，卻只得一行年月，並無名號。重復看那上款，寫著老人書付驥兒誦之。纔曉得是公公的親筆。因讀那匾上的字，寫的是：

正其衣冠，尊其瞻視，潛心以居，對越上帝。足容必重，手容必恭，擇地而蹈，折旋蟻封。出門如賓，承事如祭，戰戰兢兢，罔敢或易。守口如瓶，防意如城，洞洞屬屬，罔敢或輕。不東以西，不南以北，當事而存，靡他其適。勿貳以二，勿參以三，惟精惟一，萬變是監。從事於斯，是日持敬，動靜弗違，表裏交正。須臾有間，私欲萬端，不火而熱，不冰而寒。毫釐有差，天壤易處，三綱既淪，九法亦斁。嗚呼小子，念哉敬哉，墨卿司戒，敢告靈臺。

何小姐看了一遍，粗枝大葉，也還講得明白。卻不知這是那書上的格言，還是公公的庭訓。只覺句句說得有理。暗說：「原來老人家弄個筆墨，也是這等絲毫不苟的。」因又看那東槅斷方牕上頭，也貼著個小小的橫額子，卻是碗口大的八分書。寫得是：

弋鴈聽雞。

上款是龍媒老弟屬，下款是克齋學隸。這兩句詩經，姑娘還記得。又看方牕兩旁那副小對聯，寫得軟軟兒的一筆趙字。寫著：

屋小於舟，

春深似海。

卻是新郎自己的手筆。何小姐心裏道：「這屋小於舟，不過道其實耳。下聯的意思，就有些不大老成。不是老人家教訓這段格言本意了。」一面回頭又看那身後炕案邊，掛的四扇屏。寫的都是一方方的集錦小楷，卻是諸同人送的催裝曲。大略看了一看，也有幾句莊重的，也有幾句輕佻的，也有看看不大懂得的。合張姑娘一路說笑著，便站起來到大案前，看西牆掛著那幅堂軸。見畫的是：仿元人三多圖。落款是友生聲畬莫友士寫意。姑娘都不知這些人為誰。又看兩旁那副描金硃絹對聯，寫道是：

金門待奏賢良策，

玉笥新藏博議書。

上款是奉賀龍媒仁兄大人合巹重喜，下款是問羹愚弟梅鼎拜題並書。何小姐看了一笑。因問道：「這梅鼎是誰呀？是個甚麼人兒呀？」張姑娘道：「他也是咱們個旗人。他們太爺稱呼同大人，現在南河河道總督。這梅少爺是公公的門生，又合玉郎換帖，所以去年來了，公婆還叫我見過，昨日他也在這裏來著。姐姐沒聽見進來鬧房的那一群裏頭，第一個討人嫌，吵吵不清的就是他。公公可疼他呀，常說那孩子有出息兒。」何小姐道：「這孩子兒呀，我只說他沒出息兒。」張姑娘道：「姐姐怎麼倒知道他麼？」何小姐道：「我何曾知道他，你只看他送人副對子，也有這麼淘氣的麼！」張姑娘聽了這話，又把那對子念了一遍，纔笑起來。道：「果然姐姐這一說破了，再看那待字、新字，下得尤其可惡。並且還不能原諒他無心。昨日姐姐只管在屋裏坐著，橫豎也聽見他那嘴剗了。」二人說著轉到臥房門口。何小姐抬頭看門上時，也有塊小匾，寫著：

辦香室。

心裏想道：「這『辦香』兩個字倒還容易明白。只是題在臥房門上不對啊！這臥房裏可一瓣心香的供奉誰呢？」一面想，一面看那匾上的字，只見那縱橫波磔，一筆筆寫的儼如鐵畫銀鉤。連那墨氣都像堆起一層來似的。配著那粉白雪亮的光綾兒，越顯黑白分明得好看。及至細看纔知不是寫的，原來照紮花兒一樣，用青絨繡出來的。那下款還繡著「桐卿學繡」一行行楷小字。還繡著兩方硃紅圖畫。何小姐道：「這倒別緻。這桐卿又是誰呀？手兒怎麼這麼巧哇！這個人兒在那裏？我見得著他見不著？」張姑娘道：「姐姐豈但見得著，只怕見著他，叫他繡個甚麼，他還不敢不繡呢！但是這個人兒，他可只會繡不能寫。這塊匾的藍本，是他求人家寫的。」何小姐只顧貪看那屋子，也不往下再問。說著，將要進門，張姑娘道：「柳條兒你先進去，把玻璃上，那個擋兒拉開得點亮兒。」柳條兒答應一聲，先側著身子過去。何小姐隨著也進了屋門。見那曲折槅子，是向西轉過去的。等柳條兒撤玻璃擋兒的這個當兒，回頭一看，見那槅子東一面，長長短短，橫的豎的，貼著無數詩牋，都是公子的近作。看了看也有幾首寄懷言志的，大抵吟風弄月居多。一時也看不完。只見內中有一幅雙紅箋紙，題著一首七言絕句。那題目倒寫了有兩三行。寫道是：

庭前偶植梧桐二本，纔似人長。日擕清泉洗之，欣欣向榮，越益繁茂，樹猶如此，我見應憐。口占二十八字，即呈桐卿一粲。並待簫史就正。

亭亭恰合稱眉齊，爭怪人將鳳字題。好待干雲垂蔭日，護他比翼效雙棲。

後面另有一行，寫著「龍媒戲草」。何小姐看了這首詩，臉上登時就有個頗頗不然的樣子，倒像兜的添了一椿甚麼心事一般。纔待開口，立刻就用著那番虛心克己的工夫了。忙轉念道：「且慢，這話不是今日說的，且等閒來，合我妹子，仔細計較一番，再作道理。」

且住，說書的，這位姑娘，好容易纔安頓了，他心裏又神謀魘道的想起甚麼來了。列位，這句話說書的，可不得知道。何以呢？他在那裏把個臉兒望著槅子看詩，他那臉上的神氣，連張金鳳還看不見。他心裏的事情，我說書的，怎麼猜得著。你我左右閒在此，大家閒口弄閒舌，何不猜他一番。按這書的上文猜了去。何小姐同張姑娘正在談笑，看到安公子這首詩，忽然的心下不然起來，大概是位聽書的都聽得出來。這首詩是為何玉鳳、張金鳳而作。那桐卿兩個字不必講，用的是鳳鳴桐生的兩句。又暗借一個金井梧桐的典，含著一個金字在裏頭。自然是贈張金鳳的別號。那簫史兩個字不必講，用的是吹簫引鳳的故事。又暗借一個秦弄玉的名號，含著一個玉字在裏頭。一定是贈何玉鳳的別號。因此上這位姑娘看了，便有些不然起來，也未可知。只是這首詩的命意遣詞，格調體裁也還不醜。便是他三個的性情才貌，彼此題個號兒，叫個字兒，也還不至肉麻。況且字緣名起，自古已然。千古首屈一指的孔聖人，便是一位有號的。仲尼曰，君子中庸。仲尼祖述堯舜，仲尼日月也，一部四書，凡三舉聖號，亦通例也，似不足怪。何至就把這位姑娘，惹得不然起來呢！然而細推敲了去，那四書的稱號，卻有些道理在裏頭。中庸兩見，明明道著孔門傳授心法，子思恐其久而差也，故筆之於書，以授孟子，到了孫述祖訓，筆之於書，想要垂教萬世，既不好書作孔大司寇，孔協揆，更不得書作夫執御者鄹人之子，難道竟書作太父曰，君子中庸，家祖祖述堯舜不成。他是除了稱號沒得稱的，只得仲尼長，仲尼短了哇。論語一見，是子貢見叔孫武叔呼著聖號，謗毀聖人，因申明聖號說，這兩個字啊，如同日月一般，謗毀不得的。此外卻不曾見子思稱過仲尼家祖，卻也不聞子貢提過我們仲尼老師。至於孟子，那時既無三科以前，認前輩的通例可遵。以後賢稱先聖，自然合稱聖號。此外合孔夫子同時的雖尊如魯哀公，他祭孔夫子的誄文中，也還稱作仲尼父。然則這號竟不是不問張王李趙，長幼親疎混叫得。降而中古，風雅不過謝靈運，勳業不過郭子儀，也都不聽得他有個別號，然則稱人不稱號，也還有得可稱。便是我說書的，也還趕上聽見旗籍諸老輩的彼此稱謂，如稱臺閣大老，張則張中堂，李則李大人，遇著旗人則稱他上一個字，也有稱姓氏的，如章佳相國、富察中丞之類。但是個大父行輩，則成為某幾太爺。父執則稱為某幾老爺。平輩相交，則稱為某幾爺。至於宗族中，止有大爺、叔叔、哥哥、兄弟的稱呼。即使房分稍遠，也必稱某幾大爺，叔叔家的幾哥哥幾兄弟，從不曾聽得動輒稱別號的。舊風之淳樸如此，到了如今，距國初進關時節，曾不百年，風氣為之一變。旗人彼此相見，不問氏族，先問台甫。怪極至問了是個人，他就有個號。但問過他，就會記得。更怪一記得了，久而久之，不論尊卑長幼，遠近親疎，一股腦子把稱謂擱起來，都叫別號。尤其怪照這樣從流忘反，流到我大清二百年後，只恐怕就會有甲齋父親乙亭兒子的通稱了。何小姐或者有見於此，覺得安公子以世家公子，無端的從自己閨閫中，先鬧起別號來。怪他沾染時派過重，所以看了那桐卿、簫史的稱呼，有這番心下不然，也未可知。若果如此，這位姑娘，就未免有些積慮過遠，嫉惡過嚴了。要知如安公子的好稱別號，是他為了難了。怎見得呢？一個人，三間屋子裏住著兩個媳婦兒。風趣些卿長卿短罷，畢竟孰為大卿，孰為小卿。滿懷裏若姐若妹罷，又未免名不正則言不順。猗俗些，稱作奶奶罷，難道好分出個東屋裏奶奶、西屋裏奶奶，何家奶奶、張家奶奶來不成？這是安公子不得已之苦衷，卻不是他好趨時的陋習。便是被他稱號的人，也該加些體諒。照這等說來，何小姐的不悅，還不為此。既不為此，為著何來？想來其中定有個道理。他既說了要合張姑娘商量，只好等他們商量的時候，你我再看罷。

卻說何玉鳳當下不把這話說破，便先擱起不講。因搭訕回頭望著張姑娘道：「好哇，我老老實實兒的一個妹妹，怎麼一年來的工夫就學壞了。這桐卿分明是人贈你的號。那簫史自然要算贈我的號了。若然這門上瓣香室三個字，竟是你繡的，你怎麼方纔還合我支支吾吾的，鬧起鬼來呢！」問得個張姑娘無言可答，只是格格的笑。說著，何玉鳳繞過槅子，進了那間臥房，只見靠西牆分南北擺兩座墩箱。上面一邊放著兩個衣箱，當中放著連三抽屜桌。被格上面，安著鏡臺妝奩，以至茶筅漱盂，許多零星器具。北面靠牕儘東頭安著一張架子牀，懸著頂藕色帳子，那曲折槅子東邊夾空地方豎著架衣裳格子，上面還大大小小，放著些零星匣子之類。那衣格以北，臥牀以南，靠東壁子，當中放著一張方桌。左右兩張杌子。那桌子上不擺陳設，當中供一分爐瓶三事。兩旁一邊是個青綠花觚，應時對景的養著一枝血點兒般紅的山茶花。一邊是個有架兒的粉定盤子，裏面擺著嬌黃的幾個玲瓏佛手。那上面卻供著一座小小的牌位，牌位後面，又懸一軸堂幅，橫披，卻用銀紅蟬翼絹罩著，看不清楚是甚麼佛像。何小姐心下暗道：「原來這裏果然供著香火，這就無怪題作瓣香室了。只是怎的把佛像供在臥房裏？這前面又是誰的牌位呢？」一面想，走向前一看。見上面是「十三妹姐姐福德長生祿位」一行字。把他詫異得咈的一聲，問出一句傻話來。問道：「這供的是誰？是誰供的？」張姑娘笑道：「我的十三妹姐姐，你可知可是誰呢！難道還有第二位不成？」何小姐正色道：「妹妹，你忒也胡鬧，這如何使得，你這等鬧法，豈不要折盡我平生的福分，還不快丟開。」他說著伸手就要把那長生牌兒，提起來拿開。慌的個張姑娘連忙雙手護住。說道：「姐姐動不得，這是我奉過公婆吩咐的。」何小姐聽了，更加著急起來。說：「這越發不成事了。你快告訴我，公婆怎的說。」張姑娘道：「姐姐別忙，咱們就在這桌兒兩旁坐下，聽我告訴你。」

二人歸坐。柳條兒給張姑娘裝過袋煙來。張姑娘一面吃著煙，便把他去年到了淮城店裏，見著公婆，怎的說起何小姐途中相救，兩下聯姻，許多好處。怎的說一時有恩可感，無報可圖，便要供這長生祿位，朝夕焚香頂禮。安老夫妻聽了，怎的歡喜，依允。後來供的這日，安太太怎的要親自行禮，他怎的以為不可，攔住。後來又要公子行禮，卻是安老爺說他不是一拜可以了事的。這纔自己掛冠，帶他尋訪到青雲山莊的話，說了一遍。何小姐聽了，心下纔得稍安。一時兩意相感，未免難過。只不好無故傷心。想了一想，轉勉強笑道：「我想起來了。記得公公在青雲山，合我初見的那天，曾經提過這麼一句，那時我也不曾往下斟酌，不想妹妹你真就鬧出這些故事兒來。如今你既把我鬧了來了，你有甚麼好花的呀，好吃的呀！就簡直的給我帶，給我吃，不爽快些兒嗎！還要這塊木頭墩子作甚麼？你不許我拿開他，你的意思，不過又是甚麼，搭救性命咧，完我終身咧，感恩咧，報德咧，這些沒要緊的話。你只想，你昨日在祠堂，那一番肺腑之談，還不抵救我一命麼？還不是完我終身麼？我又該怎麼樣呢？你必定苦苦的不許我拿開這長生牌兒，我從明日起，每日清早起來，給公婆請了安，就先朝著你燒一炷香，磕一陣頭，我看你怎麼樣。」張姑娘道：「姐姐不用著急，姐姐既來了，難道我放著現佛不朝，還去面壁不成。只這長生牌兒卻動不得。姐姐聽我說個道理出來。」何小姐道：「這還有個甚麼道理呀？你倒說說我聽。」

張姑娘指了壁上罩著的那畫兒說：「姐姐要知這個道理，先看這個頑意兒，就明白了。」說著，便叫過花鈴兒來，要扶了他自己上杌凳兒去，揭起那層絹來。這個當兒，何小姐早一抬腿上去，揭起那擋兒來一看，那裏是甚麼佛像，原來是一副極豔麗的士女圖。只見正面畫著一個少年，穿著件魚白春衣，靠著一張畫案，案上堆著一卷書，在那裏拈筆搆思。上首橫頭坐著個美人，穿著大紅衫兒、湖色裙兒，面前安著個博山爐，在那裏添香。下首也坐著個美人，穿著藕色衫兒、松綠裙兒，面前支著個繡花繃子，在那裏挑繡。旁邊還有兩個小鬟拂塵煮茗，只有那士女的臉手是畫工。其餘衣飾，都是配著顏色，半紮半繡。連那頭上的鬢髮珠翠，衣上的花樣褶紋，都繡出來，繡得十分工緻。何小姐不由得先贊了一句道：「好漂亮的針線，這斷不是男工繡的，一定也是那位桐卿先生的手筆了。」說著下來，轉正了細細的一看，畫的那三副臉兒，那少年竟是安公子，那穿藕色的卻酷似張姑娘，那穿紅的竟是給自己脫了個影兒。把他樂的連連說道：「難為你好心思，怎麼想來著，你我相處了兩年，我竟不知道你這麼手兒巧，還會畫呢。」張姑娘道：「姐姐打諒，真個的我有這麼大本事麼？除了這幾針活計是我作的，這稿子是人家的主意。那臉兒是一位姓陶的畫的。連那地步身段首飾衣紋，都是他鉤出來，我照著他作起來的。」何小姐道：「這個姓陶的又是誰呢？」張姑娘道：「咱們這裏有位程師爺，江蘇常州人。他有個姪兒，叫作程銓，不知在那個修書館上當供事。這姓陶的，就是那程銓的娘子。這個人叫作陶桂冰號叫樨禪。我看見他這名字，還念了個白字，叫他陶桂冰，被人家笑話了去了。纔告訴我說：『道是個冰字，讀作凝。』姐姐屋裏掛的那張玉堂春富貴，就是他畫的。工筆人物，他也會畫。最擅長的是傳真。今年夏天程師爺叫他來給婆婆請安。婆婆便請公公自己出個稿子，叫他畫幅行樂。公公說：『我出個甚麼稿子呢！古人第一個畫小照的，是商朝的傳說。他那幅稿子，卻不是自己出的。及至漢朝的馬伏波將軍，功標銅柱，卻是極好的一幅稿子呢！只是雲臺二十八將裏頭，又獨獨的不曾畫著他。我這樣年紀，一個被參開復的候補知縣，還鬧這些作甚麼？況這程世兄的令政，又是個女史，倒是教他們小孩子們畫著頑兒去罷。』我們就把他請過這屋裏來，不是容易，纔商量定了這個稿子，畫成你我三個人這幅小照。」何小姐道：「我且不管你們是容易商量的也罷，不是容易商量的也罷，我只問你，我是個管作甚麼兒的？怎麼會叫你們把我的模樣兒畫了來了？一年之久，我直到今日纔知道啊！」張姑娘道：「豈但姐姐的模樣兒，連姐姐都叫人家娶了來了。姐姐也是一年之久，直到今日纔知道哇！姐姐要問怎麼就把姐姐的模樣畫了來了，請問這裏現放著姐姐這麼個模樣的妹妹，還怕照著畫，也畫不出妹妹這麼個模樣兒的姐姐來麼！話雖這樣說，只你這眉梢眼角的神情，合那點硃砂痣兩個酒窩兒，也不知費了我多少話纔畫成的呢！」何小姐道：「我是急要聽聽你方纔說的那不許我扔開這長生祿位的道理，這話又與那長生牌兒何干呢？」張姑娘道：「姐姐別忙啊！要留那長生牌兒的道理，正在這一幅行樂圖兒上頭。說起來這話長著的啊！自從去年我姐妹兩個，在能仁寺草草相逢，匆匆分手以後，算到今日，整整的一年零兩個月。這其間無限的離合悲歡，今日之下，我纔盼到合姐姐一室同居，長相聚首。姐姐雖是此時纔來，我這盼著姐姐來的心，可不是此時纔有的。這話大約姐姐也該信得及。」何小姐連連點頭答應說：「豈但信得及，這話大約除了我，還沒第二個人明白。」張姑娘道：「這就見得姐姐知道我的心了。只是我雖有這條心，我到了淮安，見著公婆，是個纔進門的新媳婦兒，不知公婆心裏怎樣，這句話我可不好向公婆說。不想公公到了青雲堡，訪著九公，見著褚大姐姐。褚大姐姐也想到你我合他三個人這段姻緣上。及至姐姐到了，他們早合公婆商量到這段話，這段話他三位老人家，自然也因為我是個纔進門的新媳婦兒，又不曾告訴我。落後還是褚大姐姐私下告訴了我。他還囑咐我，先不要提起，我只管知道公婆的心裏是怎麼樣了，我可又不敢冒冒失失的問。那時候更摸不著他老人家的主意，我更不敢合你我這位玉郎商量。這天閒中，我要探探他的口氣。誰知纔說了一句，他講起他那番感激姐姐、敬重姐姐的意思來，倒合我背了一大套四書，把我排揎了一陣。這話也長，等閒了再告訴姐姐。」何小姐道：「這話也不用你告訴我，我也深知你的甘苦。並且連你們背的那幾句四書，我都聽見了。」張姑娘聽了一怔，便慪他道：「姐姐站住。姐姐通共昨日酉正纔進門兒，還不夠一週時。姐姐這話是從那裏打聽了去的？我倒要問問，問為甚麼先哲有言，當得意時慢開口，當失意時慢開口，與氣味不投者須慢開口，與性情相投者又要慢開口。這四句話，真是戒人失言的深意。」只看何小姐這等一個精細人，當那得意的時候，合個性情相投的張姑娘，說到熱鬧場中，一個忘神，也就漏了兜。益發覺得這四句格言，是個閱歷之談了。閒言少敘。卻說何小姐一時說的高興，說的忘了情，被張姑娘一問，不覺羞得小臉兒通紅。本是一對喁喁兒女，促膝談心。他只得老著臉兒笑道：「討人嫌哪！你給我說底下怎麼著罷。」張姑娘道：「底下一直到公婆到了家，把一應的事情都料理清楚了，這天纔叫我上去，從頭至尾告訴了我。我纔委曲婉轉的告訴了你我這個玉郎。公公纔擇吉親自寫的通書，合請媒妁全帖，這纔算定規了，給姐姐作合的這樁大事。這幅行樂圖兒，可正是定規了這樁事的第三天畫的。不然，姐姐只想也有個八字兒沒見一撇兒，我就敢冒冒失失，把姐姐合他畫在一幅畫兒上的理嗎？」何小姐聽了，益發覺得他情真心細，自是暗合心意。因望著那幅小照，合他說道：「是便是了。只是人家在那裏讀書，你我一個弄一個香爐，一個弄一堆針線，在那裏攪人家，那心還肯擱在書上去呀？」張姑娘歎了一聲道：「姐姐的心，怎麼就合我的心一個樣呢！姐姐那裏知道，現在的玉郎，早已不是你我在能仁寺初見的那個少年老成的玉郎了。自從回到京這一年的工夫，家裏本也接連不斷的事，他是弓兒也不拉，書兒也不念，說話也學得尖酸了，舉動也學得輕佻了。妹子是臉軟，勸著他總不大聽。即如這幅小照，依他的意思，定要畫上一個他，對面畫上一個我，倆人這麼對著笑。我說這影啊似的算個甚麼呢？他說這叫作歡喜圖。我問他怎麼叫歡喜圖？他就背了一大篇子給我聽。我好容易纔記住了，等我說給姐姐聽聽。他說當日趙松雪學士有贈他夫人管夫人的一首詞。那詞說道：

我儂兩個，忒煞情多，譬如將一塊泥兒，捏一個你，塑一個我。忽然歡喜啊，將他來都打破，重新下水，再團再練，再捏一個你，再塑一個我。那其間，那其間，我身子裏有你，你身子裏也有了我。

姐姐只說這話，有溜兒沒溜兒。我就說：『趙學士這首詞兒，也太輕薄。你這意思也欠莊重。你要畫可別畫上我，我怕人家笑話。』他儘只鬧著不依，我就想了個主意，我說你要畫我，這不是姐姐的事也定了麼！索性連姐姐咱們三個都畫上。你可得想一個正正經經的題目，還得把他你我三個人的這場恩義姻緣，聯合到一處。我可要請公婆看過，並且留給姐姐看的。我拿姐姐這一鎮，纔把他的淘氣鎮回去了。也虧他的聰明兒真快，就想了這幅稿子。他說他那面兒，叫作『天下無如讀書樂』。姐姐這面兒，叫作『紅袖添香伴讀書』。我這面兒，就算給姐姐繡這幅小照呢！叫作『買絲繡作平原君』。我聽了聽，這還有些正經，纔請那位陶楃禪畫史，畫了手臉，我補的這針線，這便是這幅行樂圖的來歷。這如今姐姐是來了，公婆又費了一番心，把你我的兩間房子，給收拾得一模一樣。我想等過了姐姐的新滿月，把那糟碧紗櫥，照舊安好了。把姐姐這個長生牌兒，還留在我屋裏，把我這個小像，姐姐帶到姐姐房裏去。這一來，不但你我姐妹兩個，時時刻刻寸步不離。便是他到那屋裏，有個我的小像，陪著姐姐。到這屋裏，又有個姐姐的長生牌兒護著我，他看著眼前的這番和合歡慶，自然該想起從前那番顛險艱難。你我兩個再時常的指點勸勉他，叫他一心奮志讀書，力圖上進，豈不是好？這便是我不許姐姐丟開這長生牌兒的道理。姐姐道妹子說得是也不是？請教。」張金鳳這等一套話，那何玉鳳聽了，可有個道他不是的？只是你我說書的、聽書的，可莫為那燕北閒人所欺，據我說書看來，燕北閒人作第十二回「安大令骨肉敘天倫，佟孺人姑媳祝俠女」的時候，偶然高興，寫了那麼一個十三妹的長生祿位牌，不過覺得是新色花樣，醒人耳目。及至寫到這回，十三妹是娶到安家來了，這個長生牌兒不提一句罷，算漏一筆。提一句罷，沒處交代。替他算算，何玉鳳竟看不見這件東西，斷無此理。看見不問，更無此理。看見問了，照舊供著，尤其無此理。除是劈了燒火，那便無理而又無理，無理到那頭兒了。就讓想空了心，把那個長生牌兒，給他送到何公祠去。天下還有比那樣汲溜兒的書嗎！大約那燕北閒人，也是收拾不來這一筆，沒了招兒擴了汗了，就搜索枯腸，造了這一片漫天的謊話，成了這段賺人的文章。雖是苦了他作者，卻便宜了你我說書的、聽書的。假如有這樁事，卻也得未曾有，便是沒這樁事，何妨作如是觀。

閒話休提，言歸正傳。卻說何小姐聽了這話，不由得趕著張姑娘叫了聲：「好妹妹，怎的你這見識，就合我的意思一樣。可見我這雙眼廝兒不曾錯認了你。我正有段話要合你說。」纔說到這句，戴嬤嬤回道：「舅太太過來了。」二人便把這話掩住，連忙迎出來讓坐。舅太太道：「我不坐了。我那裏給你們烙的滾熱的盒子，我纔叫人給褚大姑奶奶合那兩位少奶奶送過去了。咱們娘兒們一塊兒吃。我給你們作個和合會。」說著，拉了兩人過南屋去了。不提他姐妹兩個，一同在舅太太屋裏吃了餑餑，便同到公婆跟前來。安老爺正在外面，陪鄧、褚諸人暢飲。安太太正合褚大娘子、張太太並兩個姪兒媳婦閒話。又引逗著褚家那個孩子，頑耍了會子。那天已是晚飯時候。二人伺候了婆婆晚飯。安太太因他們還不曾過得十二日，仍叫張姑娘伴了何小姐，回到新房，同公子夫妻共桌而食。飯罷，晚間安公子隨了父親進來，闔家團聚。提了些往日世事之難，敘了些現在天倫之樂。安老爺便合太太說道：「如今咱們的事情是完了。大後日可就是烏老大家的喜事，他臨走再三求下太太，給他送送親。他也為家裏沒個長輩兒，我們自然要去幫幫他纔是。」安太太道：「我也正在這裏算計著呢！這天一定是得在城裏頭住下的了。就著這一盪就各處看看親戚，道個乏去。」安老爺道：「豈止太太要去，我也正打算趁這機會，出去走走。咱們娶這兩個媳婦兒，都不曾驚動人。事情過了，倒得見著了，都當面提一句。底下該帶去磕頭的地方，太太還得走一盪，不要惹人怪。只是你我兩個人，都出了門，褚大姑奶奶沒個人陪，不是禮呀！」褚大娘子道：「這又從那裏說起。二叔真個的還拿外人待我嗎？你二位老人家只管走，這天我正有事，我要赴席去呢！」舅太太道：「姑奶奶那裏去呀？」褚大娘子道：「我們大哥、大嫂子，要請我去坐坐兒。又不敢回二叔、二嬸兒，要弄了吃的給我送進來。我說我是借著我們老爺子分兒上，二叔、二嬸兒纔把我當個兒女待。咱們各親兒、各眷兒，你們要這們鬧起來，那可就是作踐我了。如今我就定下那天，吃他們去。」安太太道：「很好麼，這他們又有甚麼不敢說的呢！」安老爺道：「既如此，就求舅太太合親家，給我們看家罷。」安太太道：「果然的，我又想起件事來了。」因向何小姐道：「你不說要給媽開齋嗎？這天正是個好日子，這一席我同老爺又不好陪，倒是你三口兒，好好兒的弄點兒吃的。早上先在佛堂前燒了香，通個誠算了了願。把他二位請到你們屋裏吃去，這就算你們給他二位開了齋了。豈不好！」張太太聽了，先說：「怎麼呀？親家。你家那頓飯不吃肉，喂我吃上筋子，就算開了齋了。還用叫姑爺、姑奶奶，這麼花錢費事。」安老爺道：「事雖如此，也得叫他們小孩子們，心裏過得去。」舅太太聽著說完了，便笑道：「你們站著，咱們商量商量。這麼一對哪，你們行人情的行人情，認親戚的認親戚。女兒、女婿，給開齋的開齋，這天算都有了吃的了。我呢？」問的大家連安老爺也不禁大笑起來。安太太道：「你無論他們誰家，有剩湯剩水的揀點兒就吃了。要不，我給你留兩個餑餑。」舅太太道：「可不是呢！我有辦法兒。」因合張太太道：「親家母，到了那天，你早上同親家老爺赴了女兒、女婿的席，晚飯等我弄點兒吃的請你。我可不管親家公。」張太太道：「他還敢驚動舅太太咧。他在外頭，那吃不了飯哪。」大家又談了一刻，纔各各回房安歇。金玉姐妹，這裏候公子進了屋子，服侍婆婆摘了簪子，兩個才扶了丫鬟，前面僕婦打著一對手把燈，引著回家。又到舅太太屋裏，閒談了片刻。舅太太便催著他三個歸房。何小姐這日，正是善飲的朋友入席第三杯有名色的，叫作新娘第二晚。

一宿晚景提過。卻說安老爺、安太太一家向來睡得早，起得早。次日清晨，兒女早來問安。大家正在閒談，人回：「鄧九老爺過來了。」安老爺迎出去，一路說笑進來到上房坐下。鄧九公一一的應酬了一陣。便道：「老弟、老弟婦，我今日特來道謝道乏。咱們的正事也完了，過了明日，後日是個好日子，收拾收拾，我可要告辭了。」這話褚大娘子聽了，先有些不願意。他本是個活動熱鬧人，在這裏住了幾日，處的上上下下，沒有一個不合式的。內中金玉姐妹，尤其打得火熱。更兼正要去赴華嬤嬤家的請。如今忽然熱剌剌的，說聲要走，他如何肯呢！只是自己不好開口。早聽安老爺說道：「九哥，你忙甚麼！

雖說你在這裏幾天，正遇著舍間有事，你我究竟不曾好好兒的喝兩場。」安太太也是在旁款留。褚大娘子便道：「人家二叔、二嬸兒，既這麼留，咱們就多住兩天不好？你老人家家裏，又有些甚麼惦著的呀！」九公道：「倒不是惦著家，在這裏你二叔、二嬸兒，過於為我操心。忙了這一程子了，也該讓他老公母倆歇歇兒。」安老爺聽了，那裏肯放，便道：「老哥哥，來不來由你，放不放可就得由我了。」鄧九公聽了，哈哈大笑說：「那麼著，咱們說開了，我也難得到京一盪。往回來了，又身上有事，不得自在。如今老弟你要留下我，你可別管我。我要到前三門外頭，熱熱鬧鬧的聽兩天戲。這西山我也沒逛夠，還有海淀、萬壽山、昆明湖，我都要去見識見識。一直逛到香山，再看看燕臺八景。從盤山一路遶回來撒和撒和。也不用老弟你陪我。我瞧你們那位老程師爺有說有笑的，我們倒合得來。還有寶珠洞那個不空和尚，這東西敢是酒肉全來？他好大量！問了問他這些地方，他都到過。再帶上女婿，我們就走下去了。我回家咱就喝，我出去就逛。是這麼著，我就住些日子。不，我可就不敢從命了。」安老爺連說：「就是這樣。」當下他父女各各歡喜。鄧九公談了幾句，又到公子新房望了一望，纔高高興興的出去。按下不提。安老夫妻連日在家，便把鄧九公幫著的那分盛奩歸著起來。接著就找補開箱清給賬目，收拾傢伙，打掃屋子。安太太先張羅著，打發兩個姪兒媳婦進城。安老爺又吩咐人張羅，把張老的那所房子，打掃糊裱起來，好預備他搬家。諸事粗定。他老夫妻纔各各出門，進城謝客。安公子便預先吩咐了廚房，預備了一桌盛饌，又叫備了桌午酒。這日先在天地佛堂，擺了供，燒了香，請張老夫妻磕過頭。然後請到新房，給他二位順齋。兩個老兒非常歡喜，這日打扮得衣飾鮮明，一同過來。張老是足登緞靴，裏面襯著魚白漂布，上身兒油綠縐綢，下身兒的兩截夾襖。寶藍亮花兒緞袍子，釘著雙白朔鼠兒袖頭兒。石青哈喇寒羊皮四不露的褂子。羖種羊帽子。戴著個金頂兒。原來安老爺因家中辦喜事，親家老爺沒個頂帶，不好著石青褂子，慮到眾親友錯敬了，非待親戚之道。適逢其會，順天府開著捐班例便給他捐了個七缺後的候選未入流。頭上便有了這個朝廷名器，他自己卻以為雖是身家清白，究竟世業農桑，不圖這虛好看。因此遇著有事，便頂帶榮身，沒事的日子便把頂子拔下來，擱在錢褡褳兒裏。這日也因是叩謝佛天，所以纔戴上的。張太太又是一番氣象了。除了綢裙兒緞衫兒不算外，頭上是金烘烘黃塊塊，莫講別的，只那根煙袋，比舊日長了足有一尺多。煙荷包用了絳色氈子的。裏頭裝的是六百四一觔的湖廣葉子。還是成觔的買了來，家裏存著，隨吃隨裝。這兩個老兒，也叫作孤始願不及此，今及此，豈非天乎了。

閒話休提。卻說他夫妻兩個，到了女婿房裏，安公子、金玉姐妹先讓到西間客座坐下。公子同何小姐親自捧茶。張姑娘裝過一袋煙來，仍是照前那等裝法。這個當兒，張太太已經念過七八聲佛了。不一時，戴嬤嬤回飯擺齊了。三個人讓他二位出來，分東西席坐好。何小姐送了酒退下去，向著二人便拜。慌得個張老說道：「姑奶奶，你這是怎麼說？」連忙出席還揖不迭。張太太說聲，了不得了，站起來趕著過來就要攙起來，不想袖子一帶，把雙筷子拐在地下，把杯酒也拐倒了，灑了一桌子。幸而那杯子不曾掉在地下。僕婦們連忙上前揀筷子，擦桌子，重新斟酒，鬧成一團。他那裏還拉著何小姐說：「姑奶奶，你這是怎麼說。你留我多吃幾年大米飯罷，別儘著折受我咧。」何小姐道：「慢講爹媽為我持這一年的齋，我該磕個頭的。我自從在能仁寺受了你二位老人家那個頭，到今日想起來，便覺得罪過。何況今日之下，妹妹是誰？我是誰呢？」他兩老也謙不出個甚麼兒來。公子便讓著歸了坐。那老頭兒倒依實吃了兩三個餑餑，一聲兒不言語的，就著菜吃了三碗半飯。張太太先前還是乾噉白餑餑。何小姐說：「媽，倒是吃點兒菜呀！」他見那桌子上擺著，也有前日筵席上的那小雞蛋兒熬乾粉，又是清蒸刺猥皮似的一碗，合那一碗黑漆漆的一條子，一條子上面有許多小肉錐兒的，不知甚麼東西，若論張太太到了安老爺家，也一年之久了。難道連燕窩、魚翅、海參，還沒見過不成。只因安老爺家，雖是個世族大家，卻守定了那老輩的節儉家風。不比那小人乍富，枉花那些無味的錢，混作那等不著要的闊。家中除了有個喜事，以至請個遠客之外，等閒不用海菜這一類的東西。因此張太太雖然也見過幾次，知道名兒，只不知那個名兒是那件上的，所以不敢輕易上筷子。如今經何小姐揀好的讓著給夾過來，他便忑兒嘍、忑兒嘍的吃了些。不想那肚子有冒冒的一年不曾見過油水兒了，這個東西下去，再搭上方纔那口黃酒，敢是肚子裏就不依了。竟咕嚕嚕的叫喚起來。險些兒弄到老廉頗一飯三遺矢。幸虧他是個羊臟，咕嚕了會子，竟不曾響動。一時大家吃完了飯，兩個丫鬟用長茶盤兒，送上漱口水來。張老擺了擺手，說：「不要。」因叫這女孩兒：「你倒是揭起炕氈子來，把那蓆篾兒，給我撅一根來罷。」柳條兒一時摸不著頭腦，公子說：「拿牙籤兒來。」柳條兒纔連忙拿過兩張雙摺兒手紙，上面托著根柳木牙籤兒。張老剔了會子牙，又從腰裏拉下一條沒撬邊兒大長的白布手巾，來擦了擦嘴。又喝了兩口茶。便站起來道：「姑爺、兩位姑奶奶費心。我吃也吃了，喝也喝了，可得到前頭招護招護去了。」公子道：「晌午還預備著菓子呢。」張老道：「姑爺，你知道的我不會喝酒，又不吃那些零碎東西。再說，今日親家老爺、太太都不在家，他們伴兒們倒跟了好幾個去，在家裏的呢，也熬了這麼幾天了，誰不偷空兒歇息兒。我幫他們前頭照應著去。」說著，便出去了。公子一直送出二門方回。這裏張太太吃了一袋煙，也忙著要走。何小姐道：「媽可忙甚麼呢！沒事就在這裏坐一天，說說話兒不好？」他道：「咻，姑奶奶，你婆婆託付了我會子，咱把人家舅太太，一個人兒丟了，不是話。再說他晚上還給我弄下吃的了，我更不會吃那些菓子呀！酒呀！你們自家吃罷！」說著，自己攥上煙袋荷包絹子也去了。他三個跟到上屋，只見舅太太吃完了飯，正看著老婆子們那裏拌鋸末子掃地。見了張太太站起來，道：「偏了我們了，赴了女兒的席來了。」張太太道：「可吃飽咧！齋也開咧！我們姑奶奶這就不用惦記著咧！」舅太太便讓他姐妹兩個也坐下。因合公子道：「這裏不要你，你去罷。」公子正一心的事由兒，想著回家。便答應了一聲，笑著先走了。這裏姐妹兩個，便在旁邊的小杌子上坐下。那個大丫頭長姐兒，便從柳條兒手裏接過煙袋荷包來。給張姑娘裝了袋煙，回身又給何小姐倒過碗茶來。何小姐連日見這個丫頭，在婆婆跟前十分得用。便欠了欠身說：「長姐姐，你叫他們倒罷。」隨即站起來，同張姑娘走到排插兒背後，一長一短的合他說話兒。因見他是個旗裝，卻又有些外路口音，問了問，纔知他爹娘是貴州狆苗的叛黨。老祖太爺手裏得的分賞功臣為奴的罪人。他爹娘到這裏纔養得他，他從小兒，便陪著公子一處頑耍。到了十二歲，太太纔叫上來的。何小姐見他說話兒甜淨，性情兒柔和，從此便待他十分親近。這且不提。他姐妹兩個坐了片刻，舅太太便道：「今日婆婆不在家，你們姐兒倆也歇歇兒去。我要合親家太太湊上人鬥牌呢。」因合何小姐道：「你這位公公啊，我告訴你討人嫌著的呢！他最嫌人鬥牌。他看見人鬥牌，卻也不言語。等過了後兒提起來，你可聽麼！不說他拙笨孏兒全不會，又是甚麼這樁事最是消磨歲月了，最是耽誤了正經了，又是甚麼此非婦人本務家道所宜了。繃著個臉兒，嘈嘈個不了。偏偏兒的姑太太合我，又都愛鬥牌兒。得等他不在家偷著鬥。今日我可要贏我們親家太太倆錢兒了。」何小姐道：「娘就鬥牌，我們也該在這裏伺候。」你只聽可再沒舅太太那麼會疼人的了。忙說：「不用。你們倆家去屋裏，是說且不動呢。零零碎碎也偷空兒歸著歸著。以至公婆喜歡的是甚麼呀！家裏的事兒啊！你們爺的脾氣性格兒啊！隨身的活計啊！姐姐也該問問，妹妹也該說說。今日不是個空兒嗎？去罷！」何小姐本是不肯走，被舅太太這一提，倒提起他心裏一樁事來。正待要走，張姑娘道：「姐姐，舅母既這麼吩咐，不如咱們就走罷。家裏坐坐兒再來。」二人便攜手同行而去。

且住，說書的，這回書一開場你就交代此後便要入安龍媒正傳。如今一回書說完了，請教那一句是安龍媒的正傳啊？況且何玉鳳到了安家，纔得兩三天，合張金鳳姐妹初聚，這一邊自然該人門問諱，有許多緊要正經話要問。那一邊自然也該舊令尹之政，必以告新令尹，有許多緊要正經話要說，纔是情理。怎的便談到這些閨閣閒情，合瑣屑筆墨，作這等一回沒氣力的文章。莫非那燕北閒人，寫到寶硯雕弓完成大禮，有些江淹才盡起來了。列公，待浮海而後知水，非善觀水者也。待登山而後見雲，非常觀雲者也。金玉姐妹兩個到了今日之下，沒得緊要正經話可說了。甚麼原故呢？那燕北閒人早輕輕兒的把位舅太太放在中間，這文章儘夠著了，不必是這等呆寫，至於這回書的文章，沒一個字沒氣力，也沒一處不是安龍媒的正傳。聽到下回，纔知這話不謬。苟謂不然，那燕北閒人雖閒，也斷不肯浪費這等拖泥帶水的閒筆閒墨。彼有取耳，子姑待之。這正是：定從正面認廬山，那識廬山真面目。畢竟金玉姐妹兩個回家，又有些甚的枝節？且看下回書交代。

第三十回　開菊宴雙美激新郎　聆蘭言一心攻舊業

這回書緊接上回，話表安公子。卻說安公子本是個聰明心性，倜儻人才。也虧父母的教養，詩禮的陶鎔，纔不曾走入紈袴輕佻一路。自從上年受了那場顛險，幸得返逆為順，自危而安。安老夫妻暮年守著個獨子，未免舐犢情深，加了幾分憐愛。偏偏的他又一時紅鸞雙照，得了何玉鳳、張金鳳這等一雙才貌心性，色色出眾的佳人。心是肥了，氣是盛了，主意也漸漸的多了，外務也漸漸的來了。一個人到了成丁授室，離開父母左右，便是安老夫妻恁般嚴慈，那裏還能時刻照管的到。他有時到了興會淋漓的時節，就難免有些小德出入。這日安太太吩咐他給岳父母順齋，原不過說了句，好好兒的弄點兒吃的。他就這等山珍海味的小題大作起來，還可以說畫龍點睛。至於又無端的弄桌菓酒，便覺畫蛇添足，可以不必了。果然那一雙村老兒，作不來這些新花樣，力辭而去。他便就這席酒上，生出一篇文章來。因此在上房時，舅太太讓了他一句。他便忙忙的回到房中，催著打掃淨了屋子。又有個知趣兒的小鬟，點了兩枝蘭花香，薰了薰張太太的那葉子煙氣味。那時節正是十月上旬天氣，北地菊花盛開。他早購了些名種，院子裏小小的堆起一座菊花山來。屋裏簪瓶列盎，也擺得無處不是菊花。他回到家裏，便脫了袍褂，換上一件倭緞鑲沿塌，二十四股兒金線絲子的絳色綢綢鵪鶉瓜兒皮襖。套一件鷹脖色摹本緞子面兒的珍珠毛兒半袖悶葫蘆兒，戴一頂片金邊兒沿鬼子欄杆的寶藍滿平金的帽頭兒。腦袋後頭，搭拉著大長的紅穗子。凡是這些過於華靡不衷的服飾，都是安老爺平日不准穿戴的。這日父親不在家，便要穿戴起來擺搭擺搭。打扮好了，又親自提著個宜興花澆，澆了回菊花。見那菊花山上，有一枝金如意，一枝玉連環，開得十分玲瓏婀娜。便自己取了把剪花的小竹剪子，剪下來養在書桌上那個霽紅花囊裏。等了半日，不見金玉姐妹兩個回來，他就隨手拿了一本李義山的詩翻閱。時當正午，日影在牕。恰好屋裏關住一個蜂兒，急切不得出去，碰得那牕櫺兒鼕鼕作響。他手裏拿著那本詩，正翻著「昨夜星辰昨夜風」那首無題。看到「身無彩鳳雙飛翼，心有靈犀一點通」的兩句，益覺得滿室中古香穠豔。此情此景，世人無此風雅了。正看得高興，只聽牕外鉤聲格格，他姐妹兩個，攜手同歸。忙丟下書笑道：「你姐妹兩個來得大妙。我這裏正有樁要事相商。居，吾語汝。」便讓他兩個牀上坐了，自己就靠著那張書桌。說道：「今日給岳父母備了絕好的一桌菓子，不想他二位老人家無此雅興。父母既不在家，何不要進來再開他罈好酒，你我三個人，作個賞菊小宴呢！」張姑娘聽了，先說道：「把菓子要進來，咱們吃了使得。依我說，酒可以罷了罷。倒比不得公婆在家裏。況且婆婆出門去了，舅母雖是那樣說，我同姐姐一會兒還得在上屋，照料照料去纔是。」公子正在興頭上，吃這一擋，便有些不豫之色。然何小姐連忙向張姑娘丟了個眼色。說道：「舅母不是外人，既那樣說，咱們等會子再過去也使得。就是咱們屋裏，偶然偷空兒聚這麼一遭兒，倒也沒甚麼的。」公子聽了，纔鼓起興來。便向著張姑娘道：「你這人怎的這等欠雅，對著美人，賞此名花，若無旨酒，豈不辜負這良辰美景。等我親自叫他們開酒去。」說著，興匆匆的跑出去了。這裏張姑娘攢著眉，帶著笑，向何小姐道：「我的姐姐，你老人家是怎麼了。前日合我說甚麼來著，怎麼今日又這等高興起來了呢？姐姐不知道，是說公公准他喝酒。他喝開了，可沒把門兒人攔不住。」

何小姐先歎了口氣。說道：「妹子，你方纔說的，實在是正經話，我豈不知。咱們前日沒得談完，舅母來叫吃餑餑，就把這話打斷了。我看你我眼前可愁的，還不專在他喝酒上。自從我來的第二天，看見他寫的春深似海的那副對聯，合那首種梧桐的七絕詩，我就添了樁心事。正要合你說，你比我早有先見之明，又說了那套話。我這兩日留上心一看，妹妹，你的話果然說的不錯。這大約總由於他心性過高，境遇過順，興會所到，就未免把這輕佻一路，誤認作風雅。殊不知便是真風雅，這兩個字，也最容易誤人。誤人還誤得不淺。果然性情持得住，風雅也不過成個墨客騷人。儻被風雅移動了性情，竟會弄成個輕薄子弟。前賢那『人無風趣官多貴，案有琴書家必貧』的兩句話，雖是過激之談，卻也確有此理。你只看古往今來，那些風雅先生們，那一個是置身通顯的。講到玉郎，現在的處境，上有兩位老家兒栽培，下有你我兩人侍奉，豐衣足食，無憂無愁，可是你說的，正是奮志功名，力圖上進的時候。我看他一切丟開，只把這些閨閣閒情，筆墨瑣屑，作了個正經。已經認差了路頭了。再說一句，不是你我不害臊的話，若果然是照行樂圖兒上的，那等一個不言不語的，說不清道不明的，你或者像長生牌兒似的，那等一個無知無識推不動操不動的。我正所謂影裏情郎，畫中愛寵。他見這屋裏沒甚麼可風雅的去處，少不得也得一心撲到書本兒上去。偏偏兒守著這麼個模樣兒的你，又來了照你這個模樣兒的我。一個能有多大精神，要都用在這三間屋子裏，還怕他不合脂粉花香，日親日近，離經濟學問，日遠日疎麼？所以從來說的：『三日不與士大夫談，則語言無味，面目可憎。』又道是：『生於憂患，死於安樂。』古人何必無端的作這等危言，未必不有見於此。你我若不早為之計，及至他久假不歸，有個一差二錯，那時就難保不被公婆道出個不字來，責備你我幾句。便算公婆因愛惜他，原諒你我，不肯責備。要知一樣的給人作兒子，他這給人作兒子，可與眾不同。一樣的給人作媳婦，你我這給人作媳婦，可與眾不同。他給人作兒子，這條身子，所關甚重。你我給人作媳婦，這兩副擔兒，也就不輕。今日之下，你我合他三個人，費了公婆無限的精神氣力，千難萬難，聚在一處。既然彼此一心，要不看破些枕蓆私情，認定了倫常至性，把他激成一個當代人物，豈不可惜他這副人才，可不辜負公婆這番甘苦，可不枉結了你我這段因緣？」何小姐說到這裏，張姑娘先舉手加額的念了一聲佛，說：「姐姐這話，比我見的更遠。我雖說臉軟，碰著了也勸他幾句。說的那會兒，好笑嘻嘻的答應著。過兩天還是沒事一大堆。」何小姐道：「他如今正在興頭上，這樣合他輕描淡寫，大約未必中用。你不見你方纔攔了他一句酒倒罷了，他就有些不耐煩起來麼。所以我合你使了個眼色。我的意思，正要借今日這席酒，你我看事作事，索性破斧沉舟，痛下一番鍼砭，你道如何？」張姑娘道：「好是好極了。我在姐姐跟前，可不存一點心眼兒。姐姐說話，可一會兒價的性急。他的脾氣，可一會兒價的性左。咱們可試著步兒，萬一有個一時說不對路，倒不要被人聽見。一下子吹到公婆耳朵裏，顯見得姐姐纔來了幾天兒，兩個人就不和氣似的。」何小姐道：「你這話慮的很是，正是衛顧我的。你只放心，我自然有個叫他左不到那裏去的說法。」張姑娘道：「姐姐打算怎的個說法？我聽聽。」何小姐纔要開口，兩個酒窩兒一動，把臉一紅，湊到張姑娘耳畔，說了幾句，把個張姑娘樂的連連點頭。笑道：「姐姐這叫作兵法，攻心為上。又叫作彭更有二焉。」何小姐似嗔似喜的瞅了他一眼。說道：「人家合你說正經話，你又來了。」因又說道：「果然他聽進這話去，便是你我受他兩句甚麼話，也不為可媿，不算受屈。只要把他逼到正路上去，不但如了公婆的願，成了他個人，也不枉我拿著把刀，把你兩個撮合在一塊子。也不枉你說破了嘴，把我兩個撮合在一塊子。便是我的父母，也不白佔人家的一塊墳塋。親家爹媽，也不白吃人家的半生茶飯了。這話要擱在第二個人家兒的同房姐妹，也說不得。必弄到這個疑，那個取巧。那個疑，這個賣乖。倒壞了醋了。你我兩個，不但我信得及你，我料你也一定信得及我。所以我纔合你商量，你想著怎麼樣？」張姑娘道：「姐姐，這還有甚麼可商量的呀！姐姐沒來，就讓我有這見識，也沒這力量。如今姐姐來了，我還愁甚麼？何況這話兩個人說，又比一個人說好多了呢！不用商量，一定如此。」列公，你看奇哉怪也。好一對奇怪女孩兒，他兩個算把兒女英雄四個字，攥住不撒手，刀住不鬆嘴了。

閒話休提。再表何玉鳳、張金鳳兩個計議停妥，倒歡歡喜喜，先張羅著叫那些僕婦丫鬟，放桌椅，安匙筯，洗盞滌器。便傳給廚房把菓子打發上來，將擺得齊整。公子早忙忙的進來。見戴嬤嬤在那裏汕哆嘆壺，便叫道：「嬤嬤，你先擱下那個，快給我找個乾淨盆來掣酒。」原來安老爺的酒，是交給葉通管著。便見葉通帶著兩個更夫，抬進一大罈酒來，放在廊下。公子忙著問葉通道：「滑稽呢！」葉通只楞楞的站著，不言語。公子道：「你沒帶進來嗎？」葉通這纔回說：「請示爺，甚麼是個呱咕呀？」公子哈哈笑道：「難為你還告訴我，你念過古文觀止呢。難道連滑稽列傳那篇漢文，也沒念過嗎？」葉通道：「奴才念過。奴才只知那滑稽兩個字，作口角詼諧利辨講。這是個甚麼？奴才可怎麼帶得進來呢！」公子道：「怕不是這等講法。然則何不名曰『口角詼諧利辨列傳』，而名曰『滑稽列傳』呢？這滑稽是件東西，就是掣酒的那個酒掣子。俗名叫作過山龍，又叫倒流兒。因這件東西，從那頭兒把酒掣出來，繞個灣兒，注到這頭兒去。如同人的滑串流口，雖是無稽之談，可以從他口裏繞著灣兒，說到人心裏去，所以叫作滑稽，又有個乖滑稽的意思。所以謂之『滑稽列傳』，明白了麼！取去罷。」葉通百忙裏，無意中倒明白了個典。笑道：「爺要說叫奴才取倒流兒去，奴才此時早取了來了。」公子這陣不著要，大約也由高興而起。不一時，葉通拿了酒掣子進來。公子看著掣出酒來了，纔進屋子。早見筵開綠綺，人倚紅妝，已預備得停停妥妥，心下十分歡喜。又見正面設著張大椅子上，東西對面兩張杌子。因說道：「這首座自然是為我而設了。」佔了佔了，一抬腿，便從椅子旁邊拐攔上邁過去，站在椅子上，盤腿大坐下來。纔得坐下，便叫酒來酒來。不防這個當兒，張姑娘捧壺，何小姐擎盃，滿滿的斟了一盃，送到跟前。他連忙道：「啊呀，怎麼鬧起外官儀注來了。」何小姐道：「這是咱們屋裏第一次開宴麼！」他聽了便騰的一聲跳下座來。座旁打了一躬，慌得他姐妹兩個，笑而避之。又聽張姑娘道：「人家姐姐這盅酒，可得乾了！」公子接過來站著，一飲而盡。張姑娘接過盃來，便把壺遞給何小姐，照樣斟了一盃送過去。公子道：「這是有例在先的，不消再讓。」他一口氣飲乾，便要接壺來回敬他姐妹兩個酒。二人一齊正色道：「這可使不得，看人家笑話。叫丫頭們斟罷。」公子只得歸坐。金玉姐妹便分左右坐了。侍婢們按坐送上酒來。公子擎盃在手，左顧右盼，望著他姐妹兩個。說：「請啊！」自己便先飲了一口。又撫掌道：「此人生第一樂也。」何小姐笑道：「這個典用得恰好。咱們這堂屋裏，正少一塊匾，等喝完了酒，何不趁興就寫起來。」公子道：「用甚麼字？」何小姐道：「四樂堂。」公子道：「怎的叫四樂？」何小姐道：「你把這席酒算作第一樂。那父母俱存，兄弟無故，只好算第二樂。仰不愧於天，俯不怍於人，只好算第三樂了。還敷餘著個得天下英才而教育之，湊起來，可不是四樂堂。」公子聽得這話，有些扎耳朵。便端起盃來，又飲了一口道：「且食蛤蜊。」隨即喝乾了那盃，向他姐妹照盃。何小姐道：「這等來法，濫飲而易醉。咱們莫如行個令罷？」這句話更打進公子心眼兒裏去了。連說有理。「我們行甚麼令呢？屋裏書桌上有我養著的絕好一枝玉連環，一枝金如意，把他拿來，大家擊鼓傳花何如？」他兩個分明曉得把他兩個的芳名作戲，只作不解。張姑娘道：「這個令行不成。第一公公的家教，咱們家從沒樂器。這一類東西，便是此刻叫人在外頭現找去，只聽見背著鼓尋鎚的，沒聽見拿著鎚尋鼓的。縱讓找了來，我們雖沒行過這個令，想理去自然也得個會打鼓的，打出個遲緩緊慢來，花落在誰手裏纔有趣。要就交給咱們這些丫頭老婆子一打，豈不把你這麼個好令，弄得風雅掃地了嗎？如今我倒有個主意。莫若就把你方纔說的名花美人旨酒，作個令牌子，想個方兒行起來，豈不風雅些呢！」何小姐先說有理。便說：「如今要每人說賞名花，酌旨酒，對美人三句，便仿著東坡令，每句底下，要合著本韻，綴上一句七言詩，不准用花酒美人的通套，成句都要切著你我三個今日的本地風光，你道好不好？」公子聽了，只樂得眼花兒撩亂，心花兒怒發，不差甚麼，連他自己出過花兒，沒出過花兒，都樂忘了。手裏拿著一隻筷子，敲打著桌子道：「鳳兮，鳳兮，可兒可兒，實獲我心，依卿所奏。」張姑娘見公子狂得章法大亂，只低了頭，抽了口煙，從兩個小鼻子眼兒裏慢慢的噴出來，笑而不語。何小姐卻生來的言談爽利，氣趾飛揚，今日又故作出一團高興來。但見他在座上，鬢花亂顫，手釧鏗鏘。公子這些趣談，他只像不曾留意。只聽他向公子說道：「這個令，可是我合妹妹出的主意。我們兩個可不在其位。況且女子從人者也，這屋裏斷沒我兩個出令的理，自然從首座行起。」公子酒入歡腸，巴不得一聲兒先要行這個新令。不用人讓，自己告著先喝了一盅令酒。想了一想說道：

賞名花，穩繫金鈴護絳紗。

酌旨酒，玉液金波香滿口。
對美人，雪樣肌膚玉樣神。

金玉二人相視一笑。都說道：「好！」各飲了一口門盃。公子順著序兒，向張姑娘把手一拱道：「過令，該桐卿了。」張姑娘道：「我不僭姐姐。」何小姐聽了，更不推讓。便合公子說道：「我們兩個，可不能說的像你那樣風雅呀。只要押韻就是了。」公子道：「慢來，慢來。也得調個平仄，合著道理，纔算得呢。」何小姐道：「自然，這平仄幸而還弄得明白。道理也還些微的有一點兒在裏頭。」因道：

賞名花，名花可及那金花？

纔說得這一句，公子便攢著眉，搖著頭道：「俗。」何小姐也不合他辯，又往下說第三句道：

酌旨酒，旨酒可是瓊林酒？

公子撇著嘴道：「腐。」何小姐便說第三句道：

對美人，美人可得作夫人？

公子連說：「醜，醜，醜，醜！你這個令收起來罷。把我麻犯❶的一身雞皮疙瘩了。你快把那盅酒喝了

❶ 麻犯：肉麻。

完事。」何小姐道：「怎的這樣的好令，不入爺的耳呀。要調平仄，平仄不錯。要合道理，道理儘有。怎麼倒罰我酒呢？」公子哈哈大笑道：「我倒請教請教。這番道理安在？」何小姐道：「既叫我說，咱們先講下，說的沒個道理，我認罰。有些道理，你認罰何如？」公子道：「說得有個理，我吃一大盃。沒道理，要依金谷酒數受罰。諒你也喝不起，極少也得罰三杯，還不准先儒以為癩也。」張姑娘道：「就是這樣，我保著姐姐。姐姐要賴，不但姐姐喝三盃，我也陪三盃。」公子道：「既如此，姑妄言之，姑聽之罷。」

何小姐見公子定要他說出個道理來，趁這機會，便把坐兒挪了一挪，側過身子來，斜籤著坐好了，望著公子說道：「既承清問，這話卻也小小的有個道理在裏頭，你若不嫌絮煩，容我合你細講。你方纔合妹子說的對著美人賞此名花，若無旨酒，豈不辜負了良辰美景。自然看得美人、名花、旨酒，不容易得。良辰美景，尤其不容易得。這話要不是你胸襟眼界裏，有些真見解，絕說不出來。只是替那美人名花旨酒設想他，談何容易。作了個美人，開成朵名花，釀得杯旨酒，也要那對美人，賞名花，飲旨酒的消受得那旨酒名花美人，纔算得美人名花旨酒的知音，便是那花酒美人也覺得增色。不然，你只管去對他，賞他，飲他，你幹你的，他幹他的，那良辰美景，也只得算幹那良辰美景的了。其中毫無樂趣，各不相干，還怎生道得個風雅。何況這幾件，件件都是天不輕容易給人的。幸而有杯旨酒，又愁沒朵名花可賞。有朵名花，又愁短個美人相對。便算三樁都有了，更難的是美景良辰，一時間都合在一處。講到今日之下，大爺，你生在這太平盛世，又正當有為之年，玉食錦衣，高堂大廈，我合妹妹兩個，雖道不算美人，且幸不為嫫母。就眼前這花兒酒兒，也還不同野草村醪。再逢著今日這美景良辰，真是一刻千金。你算所望皆全，無意不滿了。要知天道忌全，人情忌滿，美景不長，良辰難再，人無千日好，花無百日紅，保不住杯中酒不空，又怎保得住座上客常滿。你怎生想個方兒，把這幾樁事，撙節得長遠些，享用著安穩些，便好。」公子道：「正好喝酒取樂，怎的忽然動起這等的感慨牢騷來了。」何小姐搖頭道：「不是這等講，我同妹妹兩個，一個村女兒，一個孤女兒，受上天的厚恩，成全到這步田地，再要感慨牢騷，那便叫無病呻吟，無福消受了。只是我兩個作了一個婦女，可立得起甚麼事業來。不過是侍奉翁姑，幫助丈夫，教養子女，支持門庭，料量薪水，這幾件事，件件作得到家，纔對得過天去。我過來看了這幾日，現在的門庭，不用我兩個支持，薪水不用我兩個料量，眼下且無子女，不用我兩個教養。第一件便是侍奉公婆這樁事，我同妹妹儘作得到家。就只愁你身上，我兩個有些幫助不來，我妹妹倒添了樁心事。」公子笑道：「這話那裏說起，此之謂蘧伯玉帶籠頭：『牽牽君子。』放著這等一位恢宏大度的何簫史，一位細膩風光的張桐卿還怕幫助不了一個安龍媒。我倒請教你二位，待要怎的個幫助我？又要幫助我到怎的個地位，纔得心滿意足呢？」何小姐道：「不是謙。你我三個人也用不著這個謙字。我想人生夢幻泡影，石火電光，不必往遠裏講。就在坐的你我三個人自上年能仁寺初逢，青雲山再聚，算到今日，整整的一年。這一年之中，你我各各的經了多少滄桑，這日月便如落花流水一般的過去了。如今天假良緣，我兩個侍奉你一個。頭一件得幫助得你中個舉人，會上個進士，點了翰林，先交代了讀書這個場面。至於此以後的富貴利達，雖說有命存焉，難以預定。只要先上船，自然先到岸。你是個讀書明理的人，豈不知仕非為貧也，而有時乎為貧。娶妻非為養也，而有時乎為養。那時博得個大纛高牙，位尊祿厚，你我也好作養親榮親之計。這等講起來，我那插金花，飲瓊林酒，想封贈個夫人的令，那一句沒道理。你先道是俗腐醜，我倒請教怎生是個不俗不腐不醜？你這見解，一定加人一等，這等玄妙高超法，我兩個怎生幫助得你來。」公子聽了，揚起頭來，啞然大笑。說道：「迂哉！迂哉！我只道你有個甚麼石破天驚的大心事，這等為難。原來為著這兩樁事。論取功名不敢欺，安龍媒從考秀才起，就不曾科考過第二次。想那中舉人，中進士，也還不得到如登天之難。據父親授我的這點學業，我看著那人金馬，步玉堂，如同拾芥。論養父母，我家本不是那等等著錢糧米兒養活父母的人家兒。只這圍著莊園的幾畝薄田，儘可敷衍吃飯。何況父親還有從淮上一路回京，承諸相好義贈的不下萬金。再加上鄧翁前日這一項，足有四萬金的光景。難道還不夠父母的安享不成？何必遠慮到此。」何小姐道：「你把金馬玉堂，這番事業，就看得這等容易。無論你有多大的學問，未必強似公公。你只看公公，便是個榜樣。至於家計，我在那邊住的時候，也曾聽見婆婆同舅母說過。圍著莊園的這片地，原是我家的老園地。當日多的很呢，年深日久，失迷的也有，隱瞞的也有，聽說公公不慣經理這些事情，家人又不在行，甚至被莊頭盜典盜賣的都有。如今剩的只怕還不及十分之一。果然如此，這點兒進項，本就所入不抵所出。及至我過來，問了問，自從公公回京，家中不曾減得一口人，省得一分用度，如今倒添了我合妹妹兩個人，親家爹媽二位。再加我家的宋官兒，合我奶娘家三口兒，就眼前算算，無端的就添了七八口人了。俗語說的好，但添一斗，不添一口。日子不可長，算此後只有再添人的，怎生得夠。至於你說的這項銀子，公公回京一路盤纏，到家安置，再加上妹妹合我這兩件喜事，所費也就可想而知。便有個三四萬銀子，又支持得幾年？若不早為籌畫，到了那展轉不開的時候，還是請公公重作出山之計，再去奔波來養活你我呢？還是請婆婆摒擋薪水，受老來的艱窘呢？」張姑娘從旁道：「姐姐這話，實在想的深，說的透，大小人家，都是一理。大概受這個病的居多。」說話間，公子一面聽著又三杯過手了。安家的家事，怎的安公子不知底細，何小姐倒知底細？何小姐尚知打算，安公子倒不知打算？何小姐精明，也精明不到此。安公子懵懂，也懵懂不到此。這個理怎麼講？列公，其理甚明，人所易曉。何小姐是從苦境裏過來的，如今得地身安，安不忘危，立志要成全起這家人家，立番事業。安公子是自幼嬌養，衣來伸手，飯來張口的人，何曾理會過怎生的叫作生計艱難。及至忽然從書房裏掏出來淮上，一來一往走了一盪只也不過領略些衝途市井的風土人情，長得了甚的心胸見識。落後回到家，又機緣一步湊巧似一步，境界一天從容似一天。他看著那烏克齋、鄧九公這班人，一幫動輒就是成千累萬，未免就把世路人情看得容易了。然則他當日那番輕身救父，守義拒婚，以至在淮上店裏監裏，見著安老夫妻的那一番神情，在自家閨房裏，訓飭張姑娘的那一篇議論，豈不是個天真至性，謹飭一邊的佳子弟。如今怎的忽然這等輕狂放縱起來呢！這也容易明白。他從前那些行徑，是天真至性裏，裹住了點兒書毒。現在的這番行徑，是知識開了，習俗所染，這就叫學油滑了。也還仗他那點書毒，纔不學那吃喝嫖賭成一個花花公子，所以就近於狂獧一路。大凡一個子弟，都有四重關，開了知識，是第一重關。出了書房，是第二重關。成了家，是第三重關。入了宦途，是第四重關。一開一變，變則化，化則休。果能始終不變，定然成個人物。然而不變的少，只要變後還能遵父兄的教訓，師友的勸勉，閨闈的箴規，慢慢的再往回來變。指望他齊一變至於魯，魯一變至於道，也就罷了。然而也少。

且莫只顧閒談，打斷了人家小夫妻三個的話柄。再說安公子此時是一團的高興，那裏聽的進這路話去。無如他在何小姐跟前，又與張姑娘有些不同。自從上年見面那日一個豎心旁兒寫在那裏。直到如今，雖不曾在右邊加上個甚麼字，畢竟有些愛中生敬，敬中生畏。況且人家的話，正正堂堂，料著一時駁不倒。便說道：「言之有理。偏現在又得出去謝幾天客。這一向忙完了，度過殘冬，就是年下。等明年開了春，可要認認真真的用起功來了。」何小姐道：「你這話倒暗合了那個笑話兒了。一個人懶於讀書，賦詩言志作了一首七言絕句，詩道：『春天不是讀書天，夏日初長正好眠。秋又淒涼冬又冷，收書又待過新年。』豈不聞君子見幾而作，不俟終日。怎的只顧把話兒說遠了。據我姐妹的意思，等公婆回家來，家人牲口都勻出來了，你便拜兩天客，回來且把飲旨酒賞名花對美人的這些風雅事兒，以至那些言情遣興的詩詞，弄月吟風的勾當，一切無益身心的事，一概丟開。甚至連你的那簫史、桐卿也暫且莫把他擱在心上。一心幹正經的，埋首用功起來。轉眼就是明年秋闈，再轉眼就是後年春榜，果然高捷連登，再點上庶常，進了那座清碧堂，別的慢講，你只看公公正在精神強健的時候，忽然的急流勇退，安知不是一心指望你來翻梢。果然有這天，也好慰一慰老人家半世期望之心，平一平老人家一生抑鬱之氣，你豈不作了一個養志的孝子？俗話說的，先下米，先吃飯。果然有命，水到渠成。十年之間，不怕到不了臺閣封疆的地位。那時榮養雙親，俯仰無愧。到了這個分兒上了，還怕不得天下英才而教育之不成。這三件樂事，你算都作到家了。我覺得便是那金谷園肉屏風，也不是甚麼難事。算起來十年過後，你纔三十歲，依然還是個白面書生，也還不算辜負了這良辰美景。那時候咱們可對了美人，飲著旨酒，賞那名花，由著性兒樂麼？這屋裏那塊四樂堂的匾，可算掛定了。不然，這春深似海的屋子，也就難免愁深似海，不但我們這兩個鳳兮鳳兮，已而已而了。只怕連你這今之所謂風雅，也就殆而殆而了。那時你自己顧自己，也顧不來，還想『好待千雲垂蔭日，護他比翼效雙棲』嗎？這話卻不為著這席酒而起，自從我過來第二天，見了你這些筆墨，就深以為不然。連日更見你一天一天的近於口角尖酸，舉止輕佻一路，迥不是從前的溫文謹厚樣子。這卻大不是公婆教養成全的本意，我兩個深以為愁，幾次要勸勉你一番，這幾日偏忙忙碌碌，不得個機會。今日適逢其會，遇著你置這席酒。方纔妹妹止說了個酒倒罷了，你便有些不耐煩。照這等流連忘返優柔不斷起來，我姐妹竊以為不可。所以方纔我兩個商量定了，就你口中言道我心腹事，下這篇規諫，只不知這話大爺聽得進去，聽不進去？」公子聽了這話，便有些受不住，不似先前那等柔和了。只見他沉著臉，垂著眼皮兒，閉著嘴，從鼻子裏吭了一聲，把身子挪了一挪，歪著頭兒向何小姐道：「聽得進去，便怎麼樣？聽不進去，便怎麼樣？我倒請問其目。」他那意思，想著要把乾綱振起來，薰他一薰。料想今日之下的十三妹，也不好怎樣。再不想這位十三妹，可是薰得動的。他卻也不怎樣，只把嗓子提高了一調。說道：「聽得進去，莫講咱們屋裏這點兒小事兒，便是侍奉公婆，應酬親友，支持門戶，約束家人，籌畫銀錢，以至料量薪水米鹽這些事，都交給我姐妹兩個。侍奉公婆，是我兩個的第一件事。但有不周，許你責備。支持外面，是我的事。料理裏面，是他的事。公婆只樂得安養，你只一意讀書。但能如此，我姐妹縱然給你暖足搔背，掃地拂塵，也甘心情願。還一定體貼得你周到，侍奉的你殷勤。聽不進去，我兩個又有甚麼法兒呢！左是這個院子，我兩個便退避三舍，搬到那三間南倒座去同住。儘著，你在這屋裏嘲風弄月，詩酒風流，我兩個絕不敢來過問。白日裏便在上屋去侍奉公婆，晚間回房作些針黹，樂得消磨歲月，免得到頭來既誤了你，還對不住公婆，落了個褒貶。」

列公請聽，何小姐這段交代，照市井上外話說，這就叫把朋友碼在那兒了。安公子高高興興的一個酒場，再不想作了這等一個大煞風景。況他又正在年輕，心是高的，氣是傲的，臉皮兒是薄的，站著一地的丫鬟僕婦，被人家排大姪兒似的這等排了一場，一時臉上就有些大大的磨不開。不由得一把肝火，直攻到顱門子上來，扯脖子帶腮頰漲了個通紅。纔待開口，張姑娘的話來了。說道：「大爺，人家姐姐說的，可是字字肺腑，句句藥石，你可先別鬧左性，且沉著心，捺著氣，細細兒的想想再說話。」安公子便扭過頭來，向他道：「哦，想來你還有兩句話白兒。」張姑娘道：「姐姐口裏說的話，就是我心裏要說的話。不過這話，不是這個一言，那個一語的，說得來的。再就讓我說，我也沒姐姐說得這等透澈。如今你聽得進去，是如此如此。聽不進去，是如彼如彼。這層話，姐姐已經交代的明明白白了，還用我說甚麼？必要我說，我只有一句：『君請擇於斯二者。』」安公子先前聽何小姐說話的時節，還只認作他又動了往日那獨往獨來的性情，想到那裏，說到那裏，不過句句帶定張姑娘，說得得體些，還不曾怪著張姑娘。及至見他兩次三番的從旁贊襄，如今又加上這等幾句話，把自己相處了一年多的一個同衾共枕的人，也不知是幾時，孟光接了梁鴻案，這麼兩天兒的工夫，會偷偷兒的爬到人家那頭兒去了。他又是害臊，又是虧心，又是著腦，把小臉兒都氣黃了，第一個主意，便要發作一場。一想：「不妙，論今日的局面，講不到雙拳敵不過四手來，卻正是三人抬不過理字兒去。人家的話，真說的有理。這一發作，父母回來，一定曉得。母親本就把這兩個媳婦兒疼的寶貝兒似的，只他兩個這番話，再請父親一聽，那一個字，那一句，不入老人家的耳，合老人家的意。管取倒當著他兩個，教訓我一場，那我可就算輸到家，栽到地兒了。不是主意。待要隱忍下去，只答應著天長日久，這等幾間小屋子，弄一對大猱頭獅子，不時的對吼起來，更不成事。莫如給他個不說長短，不辨是非，從今日起，且乾著他，不理他，他兩個自然該有些著慌。我卻暗裏依他兩個的話，慢慢的把這些不要緊的營生丟開，幹起正經的來，豈不是個兩全之道。」轉念一想，也不妥當。「這個招兒，要合桐卿使，他或者還有個心裏過不去，臉上磨不開。那位簫史先生，可是說出來的，幹的出來。萬一他認真的撖開了，看這光景，兩個人是一條籐兒❷。這一個撖了，那一個有個不跟著走的嗎？這屋裏又剩了我跟著嬤嬤了，我這不是自己作冤嗎？再說這等一對花朵兒般嬌豔，水波兒般靈動的人，忍心害理的說乾著他，不理他，天良何在？」想了半日，左歸不是，右歸不是。忽然眉頭一皺，計上心來。真正俗語說的不錯，「強將手下無弱兵。」安水心先生的世兄，既有乃翁的那等酒量，豈沒有乃翁那等胸襟。只見他立刻收了怒容，滿臉生歡的向金玉姐妹笑道：「領教，這等講起來，這個令卻有道理，算我輸了。我方纔原說我輸了，喝一大杯。如今還喝你兩個一大杯，也該沒得說了。」說著，回頭便叫花鈴兒把書格兒上，那個紅瑪瑙大杯拿來。一時取到，他便要過壺去，自己滿滿的斟了一杯，金玉兩個見他認真要喝那大杯酒，心裏早不安起來。何小姐忙道：「自己屋裏說句頑兒話，怎的認起真來，好沒意思。這些酒吃下去，看不受用。」他那裏肯依。張姑娘也道：「我罷了。姐姐來了幾天兒，既這等說，你認真喝那些酒，可不怕羞了他？」公子更不搭言，雙手端起酒來，咕都都一飲而盡。向他兩個照杯告乾。只羞得他兩個兩張粉臉，泛四朵桃花。一齊說道：「這是我兩個的不是。話過於說急了，」一句沒說完，只見公子飲乾了那杯酒，一隻手按住那個杯說道：「酒是喝了。我安龍媒一定謹遵大教。明年秋榜，插了金花，還你個舉人。後年春闈，赴瓊林宴，還你個進士。待進了那座清碧堂，大約不難書兩副紫泥誥封，雙手奉送。我卻洗淨了這雙眼睛，看你二位怎生的替我整理家園，孝順父母。你我三個人之中，儻有一個作不到這個場中的，便拿這杯子作個榜樣。」說著，抓起

❷ 一條籐兒：串通一氣。

那瑪瑙酒杯來，喇，往門外石頭臺堦子上，就扔了去。這一摔果然摔在石頭臺堦子上，不用講，這件東西，一定是鏘琅琅一聲，星飛粉碎。不想：說時遲，纔從公子手裏摔出去。那時快，早見從臺堦兒底下搶上一個人來。兩手當胸，把那紅瑪瑙酒杯緊緊的雙關抱住。這正是：劇憐脂粉香娃口，抵得十思一諫疏。要知後事如何？下回書交代。

第三十一回　新娘子悄驚鼠竊魂　戇老翁醉索魚鱗瓦

這回書一開場，是位聽書的，都要聽聽接住酒杯的這個人，究竟是個甚麼人？列公且慢，方纔安公子摔那酒杯的時候，旁邊還坐著活跳跳的一個何玉鳳，一個張金鳳呢！他兩個你一言，我一語，激出這等一場大沒意思來。要坐在那裏，一聲兒不言語，只瞧熱鬧兒，那就不是情理了。讓說書的把這話補出來，再講那個人是誰不遲。卻說他兩個見安公子喝乾了那杯酒，說完了那段話，負著氣，賭著誓，抓起那酒杯來，向門外便摔，心裏好不老大的慚惶後悔，慌得一齊站起身來。只說得一句，這是怎麼說？四隻眼睛，便一直的跟了那件東西，向門外望著。只見一個人從外面進來，三步兩步搶上臺堦兒，慌忙把那件東西，抱得緊緊的，竟不曾摔在地下。何小姐先說道：「阿彌陀佛，夠了我的了，這可實在難為你。」張姑娘也道：「真虧了你！怎麼來的這麼巧？等我好好的給你道個乏罷！」這個人到底是誰呀？看他姐妹兩個開口，便道著個你字，其為在下的人可知。既是個奴才，強煞也不過算在主人眼裏頭，當了個積伶差使，不足為奇。不見得二位奶奶，過意不去到如此。況且何小姐自從作十三妹的時候，直到如今，又何曾聽見過他婆婆媽媽兒的念過聲佛來，有此時嚇得這等慌張的。方纔好好兒的哄著人家飲酒取樂，豈不是好。這話不然，這個理要分兩面講。方纔他兩個在安公子跟前，下那番勸勉，是夫妻爾汝相規的分勢。也因公子風流過甚，他兩個期望過深，纔用了個遣將不如激將的法子，想把他歸入正路。卻斷料不到，弄到如此。既弄到這裏了，假如方纔那個瑪瑙杯，竟摔在臺堦兒上，鏘瑯瑯一聲，粉碎星飛，無論毀壞了這椿東西，已未免暴殄天物。這席酒正是他三個新婚燕爾，吉事有祥，夫妻和合，姐妹團聚的第一次歡場。忽然弄出這等一個破敗決裂的兆頭來，已經大是沒趣了。再加上公子未曾摔那東西，先賭著中舉中進士的這口氣，說了那等一個不祥之誓。請問發甲發科這件事，可是先賭下誓，後作得來的麼？萬一事到臨期，有個文齊福不至，秀才康了。想起今日這椿事來，公子何以自處？他兩個又何以處公子？所以纔有那番惶恐無措。無如公子的話，已是說出口來了，杯已是飛出門兒去了，這個當兒忽然夢想不到，來了這麼個人，雙手給抱住了。扣兒算解了，場兒算圓了，一欣一慼，有個不禁不由替他念出聲佛來的嗎？這正是他夫妻痛癢相關的情分。說便這等說，這個人到底是個誰呢？是隨緣兒媳婦。這隨緣兒媳婦，正是戴嬤嬤的女兒，華嬤嬤的兒媳，又派在這屋裏當差，算一個外手裏的內造人兒。今日爺奶奶家庭小宴，他早就該在此伺候，怎的此時倒從外來呢？只因這天正是他家接續姑奶奶，便是褚大娘子。他婆媳兩個告假，在家待客。華嬤嬤又請了兩個親戚來陪客，大家吃了早飯，拿了副骨牌，四家子頂牛兒。晌午無事，華嬤嬤惦著老爺、太太不在家，二位奶奶一定都回房歇歇兒，便叫他進來看看。燕北閒人借此便請他作了個無巧不成書，那隨緣兒媳婦，雖是自幼兒給何小姐作丫鬟，他卻是個旗裝打扮的婦女。走道兒，卻合那漢裝的探雁脖兒，擺柳腰兒，低眼皮兒，瞅腳尖兒，走的走法不同。走起來大半是揚著個臉兒，振著個胸脯兒，挺著個腰板兒走。況且他那時候，正懷著三個來月的胎，漸漸兒的顯了懷了。更兼他身子輕俏，手腳靈便，聽得婆婆說了，答應一聲，便興興頭頭把個肚子腆得高高兒的，兩隻三寸半的木頭底兒，咭噔咯噔走了個飛快。從外頭進了二門，便遶著遊廊，往這院裏來。將進院門，聽見大爺說話的聲音，像是生氣的樣子。趕緊走到當院裏，對著屋門，往裏一看，果見公子一臉怒容。他便三步兩步，搶上了臺堦兒，要想進屋裏看看，是怎生一樁事。不想將上得臺堦兒，只見個東西映著日光，霞光萬道，瑞氣千條，從門裏就衝著他懷裏飛了來了。他一時躲不及，兩隻手趕緊往懷裏一握。卻是怕碰了他的肚子，傷了胎氣。誰知兩手一握的這個當兒，那件東西恰好不偏不正，合在他肚子上，無心中把件東西握住了。握住了自己倒嚇了一跳。連忙把在手裏一看，敢則是書閣兒上擺的那個大瑪瑙杯，裏面還有些殘酒。他筍裏不知卯裏❶，只道大爺吃醉了，向他飛過一觴來，叫他斟酒。只得舉著那個酒杯送進屋裏來。及至走到屋裏，又見兩位奶奶，見他一齊站起來，說了那套話。他一時更摸不著頭腦，便笑嘻嘻的道：「請示二位奶奶，再給爺滿滿的斟上這麼一杯啊。」這一句話，倒把金玉兩個問的笑將起來。

卻說安公子原是個器宇不凡的佳子弟，方纔聽了他姐妹那番話，一點便醒，心裏早深以為然。只因話擠話，一時臉上轉不開，纔賭氣摔那杯子。及至摔出去了，早已自悔孟浪。見隨緣兒媳婦接住了，正在出其不意，又見他姐妹這一笑，他便也借此隨著哈哈笑道：「那可來不得了，擱不住你再幫著你二位奶奶灌我了，快把他拿開罷。」因合他姐妹說道：「你們的新令是行了，我的輸酒也喝了。只差這令，不曾行到桐卿跟前。大約就行，也不過中明前令，咱們再喝兩杯，到底得上屋裏招呼招呼去。」金玉姐妹見他把方纔的話，如雲過天空，更不提起一字，臉上依舊一團和容悅色。二人心裏越發過意不去。倒

❶ 筍裏不知卯裏：這是說：這一方面不知那一方面。「筍」是「榫頭」，「卯」是「臼槽」，「筍」與「卯」是相對的兩方面。

提起精神來，殷殷勤勤，陪他談笑了一陣。吃完了酒，收拾收拾，三個人便到了上房。恰值舅太太纔散牌，在那裏洗手。金玉姐妹便在上屋坐談，叫人張羅伺候晚飯。舅太太道：「今日是我的東兒，不用你們張羅，你們三個沒過十二天呢，還家裏吃你們的去罷。我這裏有吃的，回來給你們送過去。」說話間，舅太太、親家太太洗完了手，擺上飯來。他兩個替舅太太張羅了一番，纔同公子回房吃飯。一時飯罷，仍到上房。看看點燈，褚大姑奶奶早赴了席回來。一應女眷，都迎著說笑。公子見這裏沒他的事，便出去應酬應酬泰山。坐到起更，又照料了各處門戶，囑咐家人一番進來。舅太太道：「你怎麼又來了？他姐妹倆纔叫他們招呼招呼。褚大姑奶奶都家去了，姑老爺、姑太太不在家，我今日就在上屋照應。你們那邊，我請親家太太先家去了。還有跟我的人在那裏，老華、老戴，我纔叫來囑咐過了。你們早些關門睡覺。」公子答應著，纔回房來。只見他姐妹兩個也是纔回家，都在堂屋裏那張八仙桌子跟前坐著，等丫鬟舀水洗手。公子便湊到一處坐下。一時柳條兒端了洗手水來，慌慌張張的問張姑娘道：「奶奶有甚麼止疼的藥沒有？咱們內廚房的老尤擦刀，來著手上拉了個大口子。呲牙裂嘴的嚷疼，叫奴才合奶奶討點兒甚麼藥上上。」何小姐便問：「拉的重嗎？」他道：「挺長挺深的一個大口子，鮮血直流的呢。」何小姐便叫戴嬤嬤道：「你叫人把我那個零星箱子搭來，把那個藥匣子拿出來。」一時搭來，拿鑰匙開開。只見箱子裏面都是些大小匣子，以至零碎包囊兒都有。何小姐從一個匣子裏拿出一個瓶兒來，倒了些紅面子藥，交給戴嬤嬤道：「給他撒在傷口上，裹好了，立刻就止疼，明日就好了。」隨即收了那藥，便向花鈴兒說道：「你把這幾個匣子，留在外頭罷。」花鈴兒答應著，一面往外拿。公子一眼看見裏面有一個黑皮子圓筒兒，因道：「那是個甚麼？」何小姐便拿過來遞給他看。公子打開一瞧，只見裏面是五寸來長一個鐵筒兒。一頭兒鑄得嚴嚴的，那頭兒卻是五個眼兒，都有黃豆來大小，外面靠下半段，有個鐵機子。合張姑娘看了半日，認不出是個甚麼用處來。何小姐道：「這件東西，叫作袖箭。」公子道：「這怎麼個射法呢？」他又從一個匣子裏找出個包兒來打開，裏面包著三寸來長的一捆小箭兒。那箭頭兒都是純鋼打就的，就如一個四楞子錐子一般，溜尖雪亮。公子纔要上手去摸。何小姐忙攔道：「別著手，那箭頭兒上有毒。」便拈著箭桿，下了五枝在那筒兒裏，因說那箭的用法。原來那袖箭一筒可裝五枝。先搬好機子下上箭，一按那機子，中間那枝就出去了。那周圍四個箭筒兒的夾空裏，還有四個漏子。再搬好機子，只一捺，那四枝自然而然，一枝跟一枝的漏到中間那個筒兒來，可以接連不斷的射出去，因此又叫作連珠箭。當下何小姐說明這原故。又道：「這箭射得到七八十步遠，合我那把刀，那張彈弓，都是我自幼兒跟著父親學會的。那兩件東西，我算都用著了。只這袖箭，我因他是個暗器傷人，不曾用過。如今也算無用之物了。」說著，纔要收起來。公子道：「你把這個也留在外頭，等閒了，我弄幾枝沒頭兒的箭試試看。」何小姐便叫人關好箱子，把那袖箭隨手放在一個匣子裏，都搬到東間去。他三個人這裏因這一副袖箭，便話裏引話，把舊事重提。張姑娘便提起能仁寺的事，怎的無限驚心。何小姐便提起青雲山的事，怎的不堪回首。安公子便提起了黑風崗，怎的絕處逢生。因說道：「彼時斷想不到今日之下，你我三個人，在這裏無事消閒，挑燈夜話。」何小姐又提起他路上怎的夢見父母的前情，張姑娘又提起他前番怎的叩見公婆的舊事。一時三個人，倒像是堂頭大和尚，重提作行腳時的風塵；翰林學士，回想作秀才時的況味。真是一番清話，天上人間。自來「寂寞恨更長，歡娛嫌夜短。」那天早交二鼓，鐘已打過亥正。華嬤嬤過來說道：「不早了，交了二更這半天了。南屋裏親家太太，早睡下了。舅太太纔打發人來問著，要不爺奶奶，也早些歇著罷。」公子正談得高興，便說：「早呢！我們再坐坐兒。」華嬷嬷看了看他姐妹兩個，也像不肯就睡的樣子，無法，只得且由他們談去。

書裏交代過的安老爺、安太太是個勤儉家風。每日清晨即起，到晚便息。怎的今日連他姐妹兩個，有些流連長夜，不循常度起來。這其間有個原故，只因何玉鳳、張金鳳彼此性情相照，患難相扶，那種你憐我愛的光景，不同尋常姐妹。何玉鳳又是個闊落大方，不為世態所拘的。見公子不曾守得那書生不離學房的常規，倒苦苦拘定這新郎不離洞房的俗論。他心下便覺得在這個妹子跟前，有些過意不去。這日早上，便推說是晚間要換換衣裳。那邊新房裏，一通連沒個迴避的地方，不大方便。囑咐張姑娘晚間請公子在西間去談談，就便在那邊安歇。是個周旋妹子的意思。張金鳳卻又是個幽嫻貞靜，不為私情所累的。想到「春蘭秋菊四時盛，採擷誰先占一籌」這兩句詩，覺得自己齊眉舉案，已經一年了。何小姐正當春燕恰來，小桃初卸，怎好叫郎君冷落了他呢！心裏同一過意不去，便有些不肯，卻是個體諒姐姐的意思。偏偏兩個人，這番揖讓雍容的時候，又正值公子在坐。在公子，是左之右之，無不宜之，覺得「金鐘大鏞在東序」也可，「珊瑚玉樹交枝柯」亦無不可，初無成見。這可是晌午酒席以前的話，不想晌午彼此有了那點痕跡。此時三個人心裏，纔憑空添出許多事由兒來了。張姑娘想道：「是天呢卻不早了！此時我要讓他早些兒歇著罷，他有姐姐早間那句話在肚子裏。儻然如東風吹楊柳，順著風兒，就飄到西頭兒來了，可不像為晌午那個岔兒，叫他冷淡了姐姐。待說不讓他過來，又好像我拒絕了他。」這是張金鳳心裏的話。何小姐想道：「我是向來說一是一說二是二。早間既有那等一句話，此時沒個說了不算的理。只不合晌午多了那麼一層。我此時要讓他安歇，自然得讓他過妹子那裏去，這不顯得我有意遠他麼？設或妹子一個不肯，推讓起來，他便是水向東流，西邊遶個灣兒，又流過來了，我又怎生對的住妹子。」這是何玉鳳心裏的話。兩個人都是好意，不想這番好意，把個可左可右的安公子，此時倒弄到左右不知所可。正應了句外話，叫作「綿襖改被窩，兩頭兒苦不過來了。」因此三個人肚子裏，只管繞成一團絲，嘴裏可咬不破這個豆兒。三下裏一撐把天下通行吹燈睡覺的一樁尋常事，一為難給擱在公中。就在那可西可東的一間堂屋裏坐著，長篇大論，整夜價攀談起來了。然則公子這日，究竟吾誰適從呢？這是人家閨房瑣事。閨房之中，甚於畫眉。那著書的既不曾秉筆直書，我說書的便無從懸空武斷，只好作為千古疑案。只就他夫妻三個，這番外面情形講，此後自然該益發合成一片性情，加上幾分伉儷，把午間那番盎盂相擊，化得水乳無痕，這纔成就得安老爺家庭之慶，公子閨房之福。這是天理人情上信得及的。

當晚無話。卻說次日午後，安太太便先回來。大家接著，寒溫了一番。安太太也謝了舅太太、親家太太的在家照料，及向褚大娘子道了個安。少停安老爺也就回來。歇息了片刻，便問：「鄧九太爺回來不曾？看看回來了，請進來坐。」褚大娘子忙道：「二叔罷了罷。他老人家回來，卻有會子了。我看那樣子，又有點喝過去了。還說等二叔回來再喝呢。此時大約也好睡了。再要一請，這一高興，今日還想散嗎？再者女婿今日也沒回來，倒讓他老人家早些睡罷。」安老爺聽了，也便中止。不一時大家便分頭安置不提。卻說這日何小姐因公子不在這邊，便換了換衣裳，熄燈就寢。原來一向因那新房是一通連的，戴嬤嬤同花鈴兒都在堂屋裏後一捲睡。姑娘是省事慣的，這晚也不用人陪伴，一個人上牀一覺好睡。直睡到三更醒來，因要下地小解，便披上斗篷，就睡鞋上套了雙鞋，下來將完了事。只聽得院子裏吧喳一聲，像從高處落下一塊瓦來。那聲音不像從房簷脫落下來的，竟像特特的扔在當院裏，試個動靜的一般。他心下想道：「作怪，這聲響定有些原故。」便躡足潛蹤的閃在屋門槅扇後面，靜靜兒的聽著。隔了半盞茶時，只見靠東這扇牕戶上，有豆兒大的一點火光兒一晃，早燒了個小窟窿，插進枝香來。一時便覺那香氣味，有些鑽鼻刺腦。請教一個曾經滄海的十三妹，這些個頑意兒可有個不在行的。他早暗暗的說了句「不好」。先奔到桌邊，摸著昨日那個藥匣子，取出一件東西便含在口裏。你道他含的是件甚麼東西？原來是塊龍亶石。怎的叫龍亶石？大凡是個虎胸前便有一塊骨頭，形如乙字，叫作虎威。佩在身上，專能避一切邪物，是個龍胸前，也有一塊骨頭，狀如石卵，叫作龍亶。含在口裏，專能避一切邪氣。不必講方纔插進牕戶來的這枝香，是枝薰香。凡是要使薰香，自己先得備下這樁東西。不然，自己不把自己薰背了氣了嗎？這是姑娘當日的一樁隨身法寶，沒想到作新媳婦會用著了。話休煩瑣。卻說何小姐含了那塊龍亶石，聽了聽牕外沒些聲息，便輕輕的上了牀，先把那香頭兒撚滅了。想道：「這毛賊，要這等作起來，倒不可不防。只是我這一叫喊，不但被這廝看著膽怯，前面走更的，一時也聽不見，倒難保驚了公婆。偏我那把刀因公公道是新房不好懸掛，不在跟前。那彈弓雖在手下，卻又一時尋不及那彈子。這便怎樣。正在為難，忽然想起昨日看的那副袖箭，正下了五枝箭在裏頭。便暗地裏摸在手裏，依然隱在屋門槅牕邊看著。一時早見堂屋裏，靠西邊那扇大槅扇上，水溼了一大片。他便輕輕的出了東間屋門，躲在堂屋裏東邊這扇槅扇邊，看那個賊待要怎的。纔隱住身子，只見那水溼的地方，從牕櫺兒裏伸進一隻手來。先摸了摸那橫閂，又摸了摸那上閂的鐵環子，便把手掣回去，送進一根帶著鉤子的雙股兒繩子來。只見他用鉤子先把那橫閂搭住，又把繩子的那頭兒拴在牕櫺兒上，然後纔用手從那鐵環子裏褪那橫閂。褪了半日，竟被他把那頭兒從環子裏褪出來。那門只在那繩子的鉤兒上鉤著。何小姐看了，暗說，有理。他褪下那頭兒來，一定還要褪這頭兒。好用兩根繩子，輕輕兒的繫下來，放在平地，免得響動。好笨賊，你這個主意打拙了。說著果聽得槅扇外邊腳步聲音，慢慢的溜過東邊來。他便順著槅扇裏邊，也慢慢的溜到西邊兒去。隨即閃著身子，從那洞兒裏往外一看，見那天一天雪意，陰得雲濃霧鎖，月暗星迷。且喜是月半天氣，還辨得出影兒來。望了半日，只望不見撥門的那個。倒看見屏門那裏，蹲著一個。往後夾道去的角門跟前，蹲著一個，在那裏把風。對面南房上，又站著一個壯大黑粗的大漢，腰裏掖著一把明晃晃的鋼刀。已經把房上的瓦，揭起一硌來放在身旁。手裏還掐著兩三片瓦，在那裏瞭望。靠東牆卻早搬了一扇門，立在牆跟前。何小姐暗道：「要不先把房上的這個東西弄住他，怎得歇手。」隨又想道：「且慢，只要驚走他，也就罷了。」說著又見靠東槅扇上也陰溼了，果然照前一樣的，送進一根帶鉤子的繩兒來，想要鉤住東頭兒的閂。何小姐趁他入繩子的時節，暗暗的早把這頭兒橫閂，依然套進那環子去，把那搭閂的鉤子，給他脫落出來。卻隱身進了西間，聽了聽安公子合張姑娘，在臥房裏正睡得安穩。南牀上的華嬤嬤合柳條兒，已是受了那屋裏些薰香氣息，酣睡沉沉。他便假裝打了個呵欠，門外那個賊一聽，倒是一驚。暗道，怎的薰香點了這半日還有人醒著。忙的他把個繩頭兒不曾拴好，一失手，連鉤子掉在屋裏地下了。他便趕緊跑開躲著暗聽裏面的動靜。你看這群賊，要果然得著這位姑娘些底裏，就此時認些晦氣走了，倒也未嘗不是知難而退。不想他聽了屋裏一個呵欠之後，鴉雀無聲。只道又睡著了。他從貪心裏又起了個飛智。便想用西邊這根繩兒，先把這頭兒的閂繫到地，騰出繩兒來，再繫東邊的那頭兒。早又鶴行鴨步的奔到西邊兒去。這個當兒，何小姐早到了堂屋裏，把他失手拴的那根繩子，拿在手裏，卻貼著西邊第二扇槅扇蹲著，看他怎的般鼓搗❷。卻說那賊轉過來，從牕櫺上解下那根繩。待要往下繫那橫閂，早覺得那繩子輕輕飄飄的脫了空。他便悄悄的叽了一聲，似乎覺得詫異，想道：「莫不是方纔我匆忙裏，不曾把那閂褪下來麼？」重新探進手來摸。何小姐見這賊渾到如此，卻慪上他點氣兒來了。便把那副袖箭放在地上，把手裏那根繩子雙過來，等賊的手探到鐵環子跟前，猛可的從底下往他腕子上一套，擰住了只往下一扨，又往後一彆，乘勢就搭在那根橫閂上。左三扣，右三扣的，把隻手反捆在閂上，還怕他掙開了繩頭兒，又把西邊牕櫺上那根空繩子解下來，十字八道的背了幾個死扣兒。自己卻又拿起袖箭來，躲在東邊去望著。那賊的這隻手，本是從靠西槅扇儘西的這個牕櫺裏探進來，纔彀得著那鐵環子，經這往下一扨，往後一彆，一隻胳膊，是滿寄放在屋裏。胸膛子是靠了西間金柱子。待要伸左手來救那隻右手，急切裏轉不過身來。作賊的可沒個嚷救人的，他掙了兩掙，不曾掙得動分毫。便嘴裏打了個哨子，哨那兩個把風的賊。那兩個聽得哨子響，只道是撥開門了，這就可以下手偷了，哈❸著腰兒就往這邊來。何小姐從東邊的牕洞兒裏，見這兩個也過來了，心裏倒有些忐忑。暗想照這等狗一般的賊，就再多來幾個也不妨。只是我如今非從前可比，斷不好合他交手。只管拴住了這個，倒怕他一時急了，豁一個，跑三個，傷了這個老實的。那時倒是大未完。這要不用個敲山鎮虎的主意，怎的是個了當。想罷，他隔著那牕洞兒往外望了望，只見房上那個正斜籤著蹲在房簷邊，目不轉睛的盼那三個開門呢！他便把那袖箭，從牕洞兒裏對了房上那賊，看得較準，把那跳機子只一按，但聽

---

❷ 鼓搗：擺佈；撥弄。

❸ 哈：傴僂；彎曲。

喀吧一聲，哧，一箭早釘在那賊的左胯上。那賊冷不防著這一箭，只疼得他咬著牙，不敢則聲。饒是那等不敢則聲，也由不得嗳喲出來。腳底下一個蹲不穩，便咕嗓嗓從房上直滾下來，咕咚跌在地下。手裏的瓦，一片聲響，摔了一地。這邊三個賊聽得，齊回頭看時，見房上那個跌了下來。一則怕跌壞了他，二則怕驚醒了事主，忙的顧不及合拴著的這個搭話，便奔過去看那個。只這一陣，早驚醒了南屋裏的張太太。問道：「偺兒響哪？藍嫂你聽聽。不是貓把瓦蹬下來了哇。」這邊拴著的聽了，只乾急，苦掙不脫。那兩個跑過去，見跌下來的那個，纔掙得起來，卻只坐在地下發怔。他兩個也顧不得南屋裏事主說話，便把他揪起來攙著要想逃避。不想那賊的腿，已麻木的不知痛癢，只覺箭眼裏如刀剜一般疼痛。那兩個還只道他是跌了腿，悄悄的說道：「你扎掙些，溜到背靜地方躲一躲要緊。」這一陣喊喳，早被何小姐聽見。隔牕大聲的說道：「糊塗東西，腿上著一枝梅針藥箭呢！你叫他怎麼個扎掙法？」一句話嚇得那兩個顧不及那個帶傷的，沒命的奔了牆邊，立的那扇門邊去。慌張張爬到牆上，踹的那瓦一片山響。纔上房後腳一帶，又把一溜簷瓦帶下來，唏溜嘩啦，鬧了半院子。鬧的大不成個梁上君子的局面。兩個上了房，又怕自己再著上一箭，爬過房脊上，纔縱身望下要跳。早見一個燈亮兒一閃，有人喊道：「不好，房上有了人了。」你道這人是誰？原來是張親家老爺。他那晚睡到半夜，忽然要出大恭。開了門，提了個百步燈出來，纔繞到後邊，聽得房上瓦響，他把燈光兒一轉，見兩個人爬過房來，他就嚷起來。把屎也嚇回去了。這一嚷早驚動了外面的人。房上那兩個賊，見不是路，重新又爬過房脊來。下了房，發腳往遊廊門外就跑。第一個先跑出來，便藏在上房東鎖山門兒裏。及至第二個跑出來，二門上早燈籠火把進來了。一群人一個個手拿撓鉤桿子，抬水的槓子，圍上來。這賊解下腰裏的鋼鞭，纔要動手，不防身後一撓鉤桿子，早被人胡住了。按在那裏捆了起來。這個當兒，張進寶早提著根棒槌般粗細的馬鞭子，吆吆喝喝進來。先說道：「拿只管拿，別傷他，也別只顧大面兒上，背靜地方兒要緊。」一句話，那一個藏不住巴了巴頭兒，見一院子的人，他一扎頭順著廊簷，就往西跑。誰知東次間有個爐炕，因天涼起來了，趁老爺、太太不在家，燒了燒那地炕。怕圈住炕氣，敞著爐炕坂兒呢。那賊不知就裏，一足失空了，咕咚一聲，掉下去了。大家撓鉤繩索的揪上來，又得了一個。

這一番吵鬧，安老夫妻早驚醒了。安老爺隔牕問道：「這光景是有了賊了。你們只把他驚走了也罷，何必定要拿住他。」張進寶答道：「回老爺，這賊鬧的不像。一個個手裏都有傢伙，只這院子裏，已經得著倆了。敢怕還有呢！」安老爺聽見，不止一個賊，又手持器械，也有些詫異。只管詫異，卻依然守定了那傷人乎不問馬的聖訓，只問了一聲可曾傷著人？絕口不問到失落東西不曾這一句。大家回道：「沒傷人，倆賊都捆上了。」安老爺便一面起來，下牀穿衣，只聽張進寶說道：「留倆人這院裏招護，咱們分開從東西耳房兩路，繞到後頭去。小心有僻靜的暗旯子裏窩著的。」當下張老同了晉升、戴勤一班人，帶著人去查西路。張進寶便同了華忠、梁材帶著人進了東遊廊門，他一進門，纔要問驚了爺奶奶沒有，一句話不曾說完，燈光下只見當院裏地下，躺著個人，在那裏哼哼。又一個正在那裏掏槅扇窗戶呢。張進寶大喝道：「你這野雜種，好大膽子，見了人竟不跑，還敢往這裏掏牕戶。」說著西路去的人，也轉到這院裏來了。繩子也來了。大家一窩蜂上前，有幾個早把當地那個捆上。有幾個便奔了槅扇邊這個來拉住，往臺堦下就拉。可奈拉了半日，絲毫拉他不動。張進寶怕驚了爺奶奶，便叫華奶奶，你回爺奶奶，家人們都在這裏呢！不用害怕。華嬤嬤這個當兒，醒雖醒了，只答應不出來。早聽何小姐在屋裏笑道：

「我敢是有些害怕，我怕你們拉不動這個賊。他這隻胳膊在橫門上捆著呢。等開了門，你們進來解罷。」鬧了半日，眾人此刻纔得明白，大家便先把那賊的左手左腳綁在一處。那賊只剩得一條腿，在那裏跳咯噔了。按下門外的眾人不提，話分兩頭。卻說屋裏何小姐方纔見四個賊擒住了兩個，那兩個纔辨條逃路，又被外面一聲喊，嚇回來了。早料這一驚動了外面，大略那兩個也走不了。他便安安詳詳的穿好了衣服，先把嬤嬤丫鬟們叫起了。虧那香點得工夫小，人隔的地方遠，一叫便都醒了，只是慌作一團。他又慮到怕公婆過來，一面忙忙的漱口攏頭。一面便叫華嬤嬤請公子合張姑娘起來。幸喜那臥房更是嚴密，又放著帳子，兩個都不曾受著那薰香氣息。也因這個上頭，誤了點兒事。人家鬧了半夜，他二位纔連影兒不知。直等華嬤嬤隔著帳子，把張姑娘叫醒了，他聽說只嚇得渾身一個整顫兒。連忙推醒了公子，公子畢竟是個丈夫，有些膽氣，翻身起來，在帳子裏穿好了衣服，下了牀，登上靴子，穿上皮襖，繫上搭包，套上件馬褂兒，又把衣裳掖起來，戴好了帽子，手裏提著嵌寶鑽花拖著七寸來長大紅穗子的一把玲瓏寶劍，從臥房裏就奔出來了。恰好何小姐完了事，將進西間門，看見笑道：「賊都捆上了，你這時候，拿著這把劍，劉金定不像劉金定，穆桂英不像穆桂英的要作甚麼呀？這樣冷天，依我說，你莫如擱下這把劍，倒帶上條領子兒，也省得風吹了脖頸兒。」公子聽了，摸了摸，纔知裝扮了半日，不曾帶得領子，還光著個脖兒呢。又忙著去帶領子。一時張姑娘也收拾完畢。嬤嬤丫鬟們一面疊起鋪蓋，藏過閨器。公子便要出去。何小姐道：「莫忙，讓他們歸著完了，開了門，纔出得去呢。」公子聽說，提上那把劍，自己便來開門。纔到堂屋裏，但見一隻漆黑大粗的胳膊，掏進牕戶來，卻捆在那閂上。忙的問道：「這是誰？」何小姐笑道：「這是賊。從半夜裏就拴在這裏了。如今外頭也拴好了。我卻不耐煩去解他，勞你施展施展，你那件兵器，給他把繩子割斷了罷。」公子道：「交給我這又何難。」擄了擄袖子，上前就去割那繩子頭兒，顫兒哆嗦的鼓搗了半日，連鋸帶挑纔得割開。那賊好容易褪出那隻手去，卻又受了兩處誤傷，被那劍劃了兩道口子。抿耳低頭，也吃綁了。屋裏開了門，那時天已閃亮。何小姐往外一看，只見兩個賊，都捆在那裏。他便先讓張親家老爺進來歇息。隨向張進寶道：「張爹，你叫他們把這四個東西都擱在這旁邊小院兒裏去，好讓我們過去請安。」再也怕老爺、太太要過來，遂又叫花鈴兒向桌子上取出兩個紙包兒來。便指著那受傷的賊，向張進寶道：「別的都不要緊，這一個可著了我一藥箭。只要過了午時，他這條命，可就交代了。你作件好事，把這一包藥用酒沖了，給他喝下去。那一包藥，醋調了，給他上在箭眼上，留他這條命，好問他話。」張進寶一一答應。那賊聽了這話，纔如夢方醒。大家去依言料理。

卻說安太太初時也吃一嚇。及至聽得無事，方纔放心。也只略梳了梳頭，罩上塊藍手巾，先叫人去看兒子、媳婦，恰恰的他三個前來問安。安老爺依然安詳鎮靜，在那裏漱口淨面。纔得完事。老夫妻便問了詳細。何小姐前前後後回了一遍。安老爺便向公子說道：「幸虧這個媳婦。不然，竟開了門，失些東西，倒是小事。尚復成何事體？這大約總由於這一向我家事機過順，自我起不免有些不大經意，或者享用過度，否則心存自滿，纔有無平不頗的這番警戒。大家不可不知修省。」說著，便站起來，說：「我過去看看。」安太太便向何小姐道：「你可招護著些兒。」安老爺道：「賊都捆上了，還怕他怎的。索性連你也過去看看。」正說著，舅太太、親家太太、褚大娘子都過來道受驚。大家說了沒三兩句話，只聽得二門外一聲大叫，說道：「好囚攮的，在那兒呢？讓我擺佈他幾顆腦袋。」一聽卻是鄧九公的聲音。

老爺同公子連忙迎出來。安太太一班女眷，也跟出來。只見鄧九公皮襖也不曾穿，只穿著件套衣裳的大夾襖，披著件皮臥龍袋，敞著懷，光著腦袋，手裏提著他那根壓裝的虎尾鋼鞭。進了二門，怒吽吽的一直奔東耳房去。安老爺忙著趕上，拉住說：「九哥，待要怎的？」他道：「老弟別管。不知道這東西糟塌苦了我了，且叫他一個人吃一鞭再講。」安老爺道：「不可，擅傷罪人，你我是要耽不是的。有王法呢！」他又道：「王法，有王法也不鬧賊了。」安老爺道：「就說如此，你我也得問個明白，再作道理。」他又道：「那裏那麼大粗的工夫。」說著，扭身只要趕過去打。安老爺看了看那樣子，一腦門子酒，大約昨日果真喝過去了，睡了一夜，竟沒醒得清楚。好說歹說，死拉活拉的，纔把他拉進屋子。安太太大家也都過來。褚大娘子一見，先說道：「這麼冷天，怎麼衣裳也不穿，就跑出來了。」一句話提醒了安老爺。纔叫人出去取了衣裳來。他一面穿著，一面問何小姐那賊的行徑。何小姐又說了一遍。只氣得他巨眼圓睜，銀鬚亂乍。安老爺勸道：「老哥哥，這事不消動這等大氣。」他也不往下聽，便道：「老弟，你莫怪我動粗。你只管把這起狗娘養的叫過來，問個明白，我再合他說話呢！我有我個理，等我把這個理兒說了，你就知道不是愚兄不聽勸了。」安老爺是知透他那吃軟不吃硬的脾氣的，便道：「就這樣，你我且問問這班人，是怎的個來由。」因叫人在廊下放了三張杌子，連張老爺也同出去坐下。安太太大家卻關了風門子，都躲在破牕戶洞兒跟前，望外張看。只見眾家人把那班賊連提擄帶，拉的拉過來。安老爺一看，一個個都綁得手腳朝天的，合伏著把臉貼在地下。老爺已就老大的心裏不忍。先歎了一聲，說道：「一樣的父母遺體，怎生自己作踐到如此？」便吩咐道：「且把他們鬆開，大約也跑不到那裏去。」鄧九公嚷道：「跑，那算他交了運了。」眾人一面答應著，便把那班人腿上的綁繩鬆了。依然背剪著手，還把繩子拴了一條腿，都提起來跪在地下。安老爺一看，只見一個腰粗項短，一個膀闊身長，一個濁眼濁眉，一個鬼頭鬼腦。便往下問道：「你們這班人，我也不問你的姓名住處，只是我在此住了多年，從不曾嬉惱鄉鄰，欺壓良賤，你們無端的來擾害我家，是何原故？只管實說。」那班人又是著慌，又是害臊，一時無言可對。只低了頭，不則一聲。早把鄧九公慪上火來了。一伸手，向懷裏把他那副大鐵毬掏出一個，攥在手裏，睜了圓彪彪的眼睛，向那班人道：「說話呀，小子別粧雜種。」慌的鬼頭鬼腦的那個連忙叫道：「老爺子，你老別打，讓我說。」因望著鄧九公道：「大凡是個北京城的人，誰不知道你老這裏是安善人家，可有甚麼得罪我們的。」鄧九公又嚷道：「我不姓安，我是尋宿兒的人家。本主兒在那邊兒呢。你朝那邊兒說。」那人纔知他鬧了半日，敢則全不與他相干。扭過來便向著安老爺說道：「聽我告訴你老一句話。」沒說完，華忠從後頭噹就是一腳，說道：「你連個老爺、小的也不會稱嗎？你要上了法堂呢？」那賊連忙改口道：「小的，小的回稟老爺。今日這回事，都是小的帶累他們三個了。」因努著嘴，指著旁邊兩個道：「他們是親哥兒倆，一個名叫吳良，一個名叫吳發。那個姓謝，叫謝祇，人都稱他謝三哥。小的姓霍，叫霍士道。小的們四個人，沒藝業，就仗偷點兒、摸點兒活著。小的有個哥哥，叫霍士端，一向在外頭當長隨。新近落了逃回來了。小的合他說起窮苦難度，他說：『這座北京城，遍地是錢，就只沒人去揀。』小的問起來，他就提老爺從南省來，人家幫的上千上萬的銀子。聽說又娶了位少奶奶，淨嫁妝就是十萬黃金，十萬白銀。他還說指了小的這條明路，得了手，他要分半成賬。小的聽了這話，就邀了他三個來的。」安老爺聽到這裏，笑了一笑。便問道：「來了怎麼樣呢。」那賊道：「小的們是從西邊史家房上過來，繞到這裏的。及至到了房上一看，下來不得了。」安老爺道：「怎麼又下來不得呢？」那賊道：「小的們這作賊有個試驗，不怕星光月下，看著那人家是黑洞洞的，下去必得手。不怕夜黑天陰，看看那人家是明亮亮的，下去不但不得手，巧了就會遭事。昨晚邁到這房上，往下一看，院子裏倒像一片紅光罩著。依謝三就要回頭。是小的貪心過重，好在他們三個的貪心也不算輕，可就下來了。不想這一下來，通共來了四個，倒被老爺這裏捆住了兩雙。作賊的落到這場中，現眼也算現到家了。如今要把小的們送官，也是小的們自尋的，無的可怨。到官也是這個話。老爺要看小的們可憐見兒的，只當這宅裏那旮旯子裏，下了一窩小狗兒，叫人提著耳朵，往車轍裏一扔，算老爺積德超生了小的們了。」

安老爺還要往下再問，鄧九公那邊兒早開了談了，說：「照這麼說，人家合你沒甚麼岔兒呀！該咱老爺兒們稿一稿咧，我且問你，你們認得我不認得？」四個人齊聲道：「不認得。」登時把個老頭子氣的紫漲了臉，嚷成一片說道：「好哇！你們竟敢說不認得。我告訴你，我姓鄧，可算不得天子腳下的人，生長在江北淮安，住家在山東茌平，也有個小小的名聲兒，人稱我一聲鄧九公。大凡是綠林中的字號人兒，聽得我鄧九公在那裏歇馬，就連那方邊左右的草茨兒，也未必好意思動一根。怎麼我今日之下，住在我好朋友家裏，你們就這麼一起子毛蛋蛋子❹，不說夾著你娘的腦袋，滾的遠遠兒的。倒在我眼皮子底下，把人家房上地下糟塌了個土平。你們這不是誠心好看我來了嗎？還敢公然說不認得。我先一個人砸瞎你一隻眼睛，大概往後，你就認得我了。」說著，就挽袖子要打。安老爺聽了半日，纔明白他氣到如此的原故。上前一把拉住。大笑道：「老哥哥，你氣了個半日，原來為此。你怎的合畜生講起人話來

❹ 毛蛋蛋子：罵人的話，等於「小畜生」。

了？」他便焦躁道：「老弟，你不知道，我真不夠瞧的了麼？」安老爺道：「尤其笑話兒了。我一句話，老哥哥你管保沒得說。你縱然名鎮江湖，濫不濟，也得金剛郝武、海馬周三那班人，纔巴結得上，曉得你的大名。這班人叫他從那裏知道你？又怎的配知道呢？」安老爺這席話，纔叫藍靛染白布，一物降一物。早見他肉飛眉舞的點頭說道：「老弟，你這話我倒依了。話雖如此，他既沒雁過拔毛的本事，就該悄悄的來，悄悄兒走。怎麼好好兒的，把人家折了個稀爛。這個情理，可也恕不過去。」安老爺道：「鬧賊天下通行，挖扇牕戶，踹兩片瓦，也事所常有。依我說，這班人，也不過為飢寒二字，纔落得這等無恥。如今既不曾傷人，又不曾失落東西，莫如竟把他們放了，叫他去改過自新，也就完了椿事了。」鄧九公只是拈鬚搖頭，像在那裏彆主意。公子旁邊聽著，是不敢駁父親的話，只說了一句：「請示父親，放卻不好就放罷。」不防一旁早怒惱了老家將張進寶。他聽得安老爺要放這四個賊，便越眾出班，跪下回道：「回老爺，這四個人放不得。別的都是小事，這裏頭關乎著霍士端呢。霍士端他也曾受過老爺的恩典，吃過老爺的錢糧米兒，行出這樣沒天良的事來，這不是反了嗎？往後奴才們這些當家人的，還怎麼抬頭見人。依奴才糊塗主意，求老爺把他們送了官，奴才去作個報告，合他質對去。這場官司，總得打出霍士端來，纔得完呢。」安老爺道：「啊呀，一位鄧九太爺，我好容易勸住，你又來了。便果真是霍士端的主意，於我何傷，於你又何傷？小人只苦作小人，君子樂得為君子。不必這等尚氣。」

鄧九公道：「你爺兒倆不用抬，我有個道理。講送官，不必原故。滿讓把他辦發了，走不上三站兩站，那班解役，得上他一塊錢，依舊放回來了，他還是他。說就這麼放了，也來不得。這裏頭可得讓我比你們爺兒們精通兒了。這不當著他們說嗎，咱們亮盒子搖。老弟，你要知道，是個賊上了道，沒個不想得手的。不得手，他不甘心。吃了虧，沒個不想報復的。不報復，他不甘心。就這等放他，可得防他個再來。就讓他再來，莫講這個嘴臉，就比他再有些能為，來這麼一百八十的也滿不要緊。只是你我那有那麼大工夫等著合他慪氣去。縱讓他知些進退，不敢再來了，狗可改不了吃屎。一個犯事到官，說曾在咱們這宅裏放過他，老弟你也耽點兒考成。」安老爺一聽他這番話，倒煞是有理，便問：「依九哥你怎麼樣呢？」鄧九公道：「依我這不算老弟你開了恩了嗎！這事於你無干，把這班人都交給我，你的好意我絕不痛他一指頭，傷他一根汗毛，可得把他揉搓到了家業，我纔放他呢。」他說完了這話，更無商量，便向那班賊發話道：「這話你們可聽出來了，人家本主兒是放了你們了，沒人家的事，如今就是鄧九太爺，朝你們說咧。你方纔不說聽得他家娶了一位少奶奶，淨嫁妝就有十萬黃金，十萬白銀嗎？這話有的，只怕他這金銀你們動不了他的。我先透給你個信兒，昨日聽出你們那塊瓦來的就是他，滅了你們那枝薰香的也是他，綁上你們一個胳膊的也是他，射了你們一個胯骨的也是他。他從十二歲作姑娘闖江湖起，長槍短棒，十八般武藝，無所不能。講力量，考武舉的頭號石頭不夠他一滴溜的。講蹿縱，三層樓不夠他一伸腰兒的。他可就是我的徒弟，這話可不知你們信不信？現在人家不過是作了奶奶太太了，不肯合你們狗一般的人交手，所以昨日纔不曾開門出來。止輕輕兒的射那一枝箭，給你們報個信兒。他那箭叫作袖箭，又叫作連珠箭。連發五枝，要射你們四個，還餘著一枝呢。再他有張銅胎鐵背的彈弓，打一兩八錢重的鐵彈子，二百步外取人，還要指出地方兒來。這是人家的傳家至寶，不犯著拿出來給你們看。此外還有一把雁翎倭刀，」說著他便扭頭，向安公子道：「老賢姪，那把刀呢？」安老爺早已明白他的用意。便道：「在我那裏。」隨叫公子取來。鄧九公接在手裏，拔出來先向那班人面前一閃，那四個的八隻手，都在身背後倒剪著，招架也無從招架，只倒抽了一口涼氣，扭著頭往後躲。鄧九公看了，呵呵大笑，說道：「你們這幾顆腦袋，也擱不住這一刀。但則一件，你九太爺使傢伙可講究。刀無空過，講不得只好拿你們的兵器搪災了。」說著，就把他四個用的那些順刀、繩鞭、斧子、鐵尺之類，拿起來用手裏那把倭刀，砍瓜切菜一般，一陣亂砍。霎時削作了一堆碎銅爛鐵，堆在地下。說道：「小子拿了去，給你媽媽換涼涼簪兒去啵！」四個賊直驚得目瞪口呆。又聽他放下刀嚷道：「話我是說結了，你們要不憑信，不甘心，今日走了，改日只管來。你們還得知道，我毀壞你們這幾件傢伙，不是奚落你，是衛顧你。不然的時候，少停你們一出這個門兒，帶來這幾件不對眼的東西，不怕不吃地方拿了。你們可得領我個大情。這不是我衛顧了你們了嗎？你們老弟兄們，也得衛顧衛顧我，你瞧我江南江北，闟裏闟外，好容易創到這個分兒了，今日之下，你們偏在我眼皮子底下，把我的好朋友家糟塌了個土平。我不答應，你瞧我這不是變方法兒，把你們這幾件囫囫圇圇的兵器，給你們弄碎了嗎。你們就只想方法兒，把我這一地破破爛爛的瓦，給我弄整了。」這正是：補天縱可彌天隙，毀瓦焉能望瓦全。要知後事如何，下回書交代。

第三十二回　鄧九公關心身後名　褚大娘得意離筵酒

上回書表的是安家迎娶何玉鳳過門，只因這日鄧九公幫的那分妝奩，過於豐厚。外來的如吹鼓手、廚茶房，以至抬夫、轎夫這些閒雜人等過多，京城地方的局面越大，人的眼皮子越薄。金子是黃的，銀子是白的，綾羅綢緞是紅的綠的，這些人的眼珠子可是黑的。一時看在眼裏，議論紛紛。再添上些枝兒葉兒，就傳到一班小人耳朵裏。料著安老爺家辦過喜事，一定人人歇乏，不加防範。便成群結夥而來，想要下手。不想被這位新娘子，小小的遊戲了一陣，來了幾個，留下了幾個，不曾跑脫一個。這班賊好不掃興。好容易遇見了一位寬宏大量的事主安老爺，不要合小人為難，待要把他們放了。這班人倒也天良發現，知感知愧。忽然不知從那裏橫撐船兒，跑出這麼一個鄧九公來。大家起先還只認作他也是個事主。及至聽他自己道出字號來，纔知他是個出來打抱不平的，這樁事通共與他無干。又見他那陣吹謗懵詐來的過衝，像是有點兒來頭，不敢合他較正。如今鬧是鬧了個烏煙瘴氣，罵是罵了個破米糟糠，也不官罷，也不私休，卻叫他們把摔破了的那院子瓦，給一塊塊整上，這分明是打主意揉搓活人。四個賊可急了，就亂糟糟望著他道：「老爺子，你老也得看破著些兒，方纔聽你老那套交代，是位老行家。你老瞧，作賊的落到這個場中，算撒臉寫心❶到那頭兒了。不怕分幾股子的贓，擠住了都許倒的出來。這摔

❶ 撒臉寫心：丟臉倒霉。

了個粉碎的瓦，可怎麼個整法兒呢？真個的作賊的還會變戲法兒嗎！這不是人家本主兒都開了恩了，你老抬抬腿兒，我們小哥兒們就過去了，出去也念你老的好處。沒別的祝贊，你老壽活八十好不好？」這班賊大約也看出老頭子是個喜歡上順的來了。那知恭維人也是世上一樁難事，只這一句纔把他得罪透了。他不問長短，先向那班人惡狠狠的，啐了一口說道：「沒你娘的興，你九太爺今年小呢，纔八十八呀。你叫我壽活八十，那不是活回來了嗎！那算你咒我呢！你先不用合我汕料著，你們也整不上這瓦，我給你條明路。這東西磚瓦鋪裏有賣的，人家本主兒蓋房的時候，也是拿錢兒買了來的。你們摔了人家多少塊，就只照樣兒買多少塊來，給人家賠上。索性勞你的駕，連灰帶麻刀，一就手兒給買了來。再叫上他幾個泥水匠，人多了好作活，趁天氣早些兒收拾好了，夜裏騰出工夫來，你們好再幹你們的正經營生去。講到買幾片子瓦，也不值得打狠也似價的，去這麼一大群，勻出你們歡迸亂跳這倆去買瓦。留下房上滾下來的，合爐炕裏掏出來的那倆，先把這院子破瓦揀開，院子給人家打掃乾淨了，也省得人家含怨。」那霍士道聽了這話，心裏先說道：「好作賊的，算叫我們四個出了樣子咧。有這麼著的，還不及飽飽的作頓打，遠遠的作盪發乾淨呢！」待要怎樣，又不敢合他怎樣，只有不住口的央及討饒。他更不答言，便向安公子要了枝筆，蘸得飽了，向那四個臉上塗抹了一陣。內中只有霍士道認識幾個字，又苦於自己看不見自己的臉，也不知他給畫了些甚麼？望了望那三個臉上，原來都寫著核桃來大小笨賊兩個字。好像掛了一面不誤主顧的招牌。待要上手去擦，兩隻手都倒剪著。正在著急，見他擱下筆，便合方纔要把他們送官的那老頭子說：「張夥計，你撥兩個硬掙些的人給我帶上他倆，就這麼個模樣兒買瓦去。手裏可帶住他拉腿的那把繩，不怕他跑，也由不得他不走。有個鬧累贅的，先叫他吃我五七拳頭再去。」那兩個賊聽了這話，只急得嘴裏把老爺子叫得如流水，說情願照數賠瓦，只求免得這場出醜，怎奈他不來理論這話，倒瞪著兩隻大眼睛，搖頭幌腦指手畫腳的，向那班賊交代道：「這話你們可得聽明白了，人家本主兒算放了你們了，沒人家的事，這全是我姓鄧的主意。你們要不服，過了事兒，只管到山東茌平縣岔道口，二十八棵紅柳樹鄧家莊兒找我。我那裏是個坐北朝南的廣樑大門，門上掛一面黑漆金字匾，匾上有『名鎮江湖』四個大字。那就是我舍下。我在舍下候著。」安老爺看他鬧了這半日，早覺得君子不為已甚。這事儘可不必如此小題大作，只是他正在得意場中，迎頭一勸，管取越勸越硬。倒從旁讚道：「九哥你這辦法，果然爽快。只是家人們也鬧了半夜了，也讓他們歇歇，吃些東西，再理會這事不遲。」因合張進寶使了個眼色，吩咐道：「且把他們帶到外頭聽著去。」張進寶會意，便帶著眾家人，七手八腳，一個個拉住一把繩子，轟豬一般的，帶出二門去了。

不提他這裏纔一甩手，踅身上了臺堦兒，進了屋子，還嚷道：「我就不信咧，北京城裏的賊，這麼大字號，他會不認得鄧九公。」褚大娘子道：「得了，夠了，咱們到那院裏坐去，好讓人家拾掇屋子。」安老爺、安太太也一面道乏，往那邊讓。那邊上房裏，早已預備下點心，無非素包子、炸糕、油炸菓、甜漿、粥、麵、茶之類。眾女眷隨意吃了些，纔去重新梳洗。鄧九公這裏，便合安老爺坐下。又要了壺荸薺棗兒酒。說：「昨日喝多了，必得投一投。」安老爺合他一面喝酒，只找些閒話來岔他。因說道：「老哥哥，我昨日一回家，就問你，說你睡了。怎麼那麼早就睡下呢？」鄧九公道：「老弟，告訴不得你。這兩天在南城外頭，只差了沒把我的腸子給慪斷了，肺給氣炸了。我越想越不耐煩，還加著越想越糊塗。沒法兒回來悶了會子，倒頭就睡了。」安老爺道：「這話怎講？我只說你城外聽這幾天戲，一定聽得大樂。我正想問問老哥哥，也要聽個熱鬧兒，怎麼倒如此說。」他連連的擺手說道：「休提起！我這肚子悶氣，正因聽戲而起。我說話再不會藏性。我平日見老弟，你那不愛聽戲，等閒連個戲館子也不肯下。我只說你過於獃氣，誰知敢則這樁事真氣得壞人。」安老爺道：「想是戲唱得不好。」鄧九公道：「倒不在這上頭。愚兄聽戲，也就只瞧熱鬧兒。那戲兒一齣是怎麼件事，或者還許有些知道的。曲子就一竅兒不通了。到了崑腔，哼哼唧唧的，我更不懂。要講那排場行頭把子，可都比外省強。便是不好，大不過是個玩意兒，也沒甚麼可氣的。我是被一起子聽戲的爺們，把我氣著了。這一天是不空和尚的東兒，他先請我到了前門東裏，一個窄衚衕子裏，一間門面的一個小樓兒上去吃飯，說叫作甚麼青陽居，那杓口要屬京都第一。及至上了樓，要了菜，喝上酒，口味倒也罷了。就只喝了沒兩盅酒，我就坐不住了。」安老爺道：「怎麼？」他又說道：「通共一間屋子，上下兩層樓，底下倒生著熳烘烘的個大連二灶。老弟你想這樓上的人，要坐大了工夫兒，有個不成了烤焦包兒的嗎？急得我把帽子也摘了，馬褂子也脫了。不空和尚，這東西大概也瞧出我那難過來了。他說：『路南裏有個雅座兒，不，咱們挪過那邊去坐罷！』我聽說那邊還有雅座兒，好極了，就忙忙的叫人提擄著衣裳帽子，零零星星連酒帶菜，都搬到雅座兒去。及至下了樓，出了門兒，盪著車轍，過去一看，是座破柵欄門兒。進去裏頭是腌裏巴臢的兩間剃頭鋪。從那一肩膀來寬的一個夾道子擠過去，有一間坐南朝北小灰棚兒，敢則那就叫雅座兒。那雅座兒，只管後牆上有個南牕戶，比沒牕戶還黑。原來那後院子堆著比房簷兒還高的一院子硬煤。那煤堆旁邊，尚是個溺窩子。太陽一曬，還帶是一陣陣的往屋裏灌，那臊轟轟的氣味。我沒奈何的，就著那臊味兒吃了一頓受罪飯。我說：『我出去站站兒罷。』抬頭一看，看見隔牆那三間大樓了。我纔知道這個地方，敢是緊靠著常請我給他保鏢的那個緞行裏。他老少掌櫃的，我都認得，連他懷抱兒倆個孫子兒，一個叫增兒，一個叫產兒的，我也見過。早知如此，借他家的地方兒吃不好嗎！老弟，你往下聽，這可就要聽戲去了。」安老爺道：「我見城外頭好幾處戲園子呢，那裏聽的？」鄧九公道：「我也沒那大工夫留這些閒心，橫豎在前門西裏，一個衚衕兒裏頭。街北是座紅貨鋪。那園子門口兒，總擺那麼倆大笸籮裏堆著崗尖的瓜子兒。那不空和尚這禿孽障，這些事全在行。進去定要佔下場門兒的兩間官座兒樓。一問，說都有人佔下了。只得在順著戲臺那間倒座兒樓上窩憋下。及至坐下，要想看戲，得看脊梁。一開場，唱的是俞伯牙摔琴。說這是個紅腳色，我聽他連哭帶嚷的鬧了那半天，我已經煩的受不得了。瞧了瞧那些聽戲的，也有咂嘴兒的，也有點頭兒的，還有從丹田裏運著氣，往外叫好兒的。還有幾個側著耳朵，不錯眼珠兒的，當一樁正經事在那裏聽的。看他們那些樣子，比那書上說的聞詩聞禮，還聽得入神兒。這個當兒，那佔第二間樓的聽戲的，可就來了。一個是個高身量兒的胖子，白淨臉兒，小鬍子兒，嘴脣外頭露著半拉包牙。又一個近視眼，拱著肩兒，是個瘦子。這倆人七長八短，毬毬蛋蛋的，帶了倒有他娘的一大群小旦。要講到小旦這件東西，更不對老弟你的胃了。愚兄老顛狂，卻不嫌他。為甚麼呢？他見了人請安磕頭，低心小膽兒。咱們高了興，打過來，罵過去，他還得沒說強說，沒笑強笑的哄著咱們。在他只不過為掙那幾兩銀子，怪可憐不大見兒的。及至我看了那個胖子的頑小旦，纔知北京城小旦，另有個頑法兒。只見他一上樓，就拼上了兩張桌子，當中一坐。那群小旦前後左右的也上了桌子，擺成這麼一個大兔兒爺攤子。那個瘦子可倒躲在一邊兒坐著。他們當著這班人，敢則不敢提小旦兩個字，都稱相公。偶然叫一聲一樣的二名不偏諱，不肯提名道姓，只稱他的號。我正在那裏詫異，又上來了那麼個水蛇腰的小旦。望著那胖子，也沒個裏兒表兒，只聽見衝著他說了倆字，這倆字我倒聽明白了。說是肚香。說了這兩字，也上了桌子。就儘靠著那胖子坐下。倆人酸文假醋的，滿嘴裏噴了會子四個字兒的匾。這個當兒，那位近視眼的，可呆呆的只望著臺上。臺上唱的，正是蝴蝶夢裏的說親回話。一個濃眉大眼，黑不溜湫❷的小旦，唧噌了半天下去了，不大的工夫，卸了妝，也上了那間樓。那胖子先就嚷道：『狀元夫人來矣。』那近視眼臉上那番得意，立刻就像真是他夫人兒來了。我只納悶兒，怎麼狀元夫人到了北京城，也下戲館子串座兒呢？問了問不空和尚，纔知那個胖子姓徐，號叫作度香。內城還有一個在旗姓華的，這要算北京城城裏城外，屬一屬二的兩位闊公子。水蛇腰的那個東西，叫作袁寶珠。我瞧他那個大鑼鍋子，哼哼哼哼真也像他媽的個『元寶豬』。原來他方纔說那肚香肚香，就是叫那個胖子呢。我這纔知道，小旦叫老爺，也興叫號，說這纔是雅。我問不空，那狀元夫人，又是怎麼件事呢？他拱肩縮背的說：『那個姓史，叫作史蓮峰。是位狀元公，是史蝦米的親姪兒。』我不知這史蝦米是誰。又說那個黑小旦是這位狀元公最賞鑑的，所以稱作狀元夫人。我只愁他這位夫人，儻然有別人叫他陪酒，他可去不去呢！」安老爺微微一笑說：「豈有此理。」九公道：「你打量這就完了嗎？還有呢！緊接著第一間樓上的，聽戲的也來了，一共四個人。嘻嘻哈哈的，頑笑成一團兒。看那光景，雖是一把子紫嘴子孩子，卻都像個世家子弟。一座下就講究的是叫小旦，亂吵吵了一陣。你叫誰，我叫誰，櫃上借了枝筆，他自己花了倒有十來張手紙開條子。可憐我見他那幾個跟班兒的，跑了倒有五七盪，一個兒也沒叫了來。落後從下場門兒裏，鑽出個歪不楞的大腦袋小旦來。一手純泥的猴兒指甲，到那間樓上來。望著他四個

❷ 黑不溜湫：皮膚黑的形容詞。

不是勾頭兒，不像哈腰兒，橫豎離請安遠著呢。就倚在那個長臉兒的瘦子身旁坐下。這一坐下，可就五個人頑笑起來了。那個瘦子，叫了那小旦一聲梆子頭。他就侉一聲爪一聲的道：『吾叫梆子頭，難道你倒不叫噴嚏嗎？』還有那麼個肉眼凡胎溜尖的條縢子的，不知又說了他一句甚麼，他把那的個帽子，往前推到腦杓子上，巴就是一巴掌。我只說這個小蛋蛋子，可是來作窩心腳。那知這群爺們，被他這一打，這一罵，這纔樂了。我可就再猜不出他們到底是誰給誰錢了。」安老爺道：「這話大約是九兄你嫉惡太嚴，何至說得如此。」鄧九公急了說：「老弟，你只不信，我此時說著，還在這裏冒火。你再聽罷，可就越出越奇了。第三間樓，坐著五個人。正面兒倆都戴著困秋兒，穿著馬褂兒，一個安慶口音，一個湖北口音，一時看不出是甚麼人來。那三個不大的歲數兒，都是白氈帽，綠雲子挖鑲的抓地虎兒的靴子，半截兒皮襖，掩著懷，搭包倒繫在裏頭。不但打扮得一樣，連長相兒也一樣，那光景像是親弟兄。這班人倒不頑笑，只見他把那兩個戴困秋的讓在正面，他三個倒左右相陪。你兄我弟的講交情，交了個親熱。我一看這五個人，不像一路哇，怎麼坐的到一處呢！不空和尚這東西，他也知道。他說：『那兩個戴困秋的裏頭，歲數大些。那個赤紅臉，姓虞叫虞太白。那一個鼻子上紅瘖瘖的，要長楊梅瘡的姓鹿，名字叫鹿亞元。連上房纔唱摔琴的那個，此外還有一個，算四大名班裏的，四個二簧硬腳兒。』我纔知道他兩個也是戲子。我問：『他既唱戲，怎的又合那三個小車豁子兒坐的到一處呢？』不空和尚指了我一指頭，他又擺了擺手，吐了吐舌頭。問著他，他便不肯往下說了。老弟，你知道這起子人，到底都是誰呀？」安老爺道：「不惟不知，知之也不消提起。大不外『父兄失教，子弟不堪』八個大字。但是養到這種兒子，此中自然就該有個天道存焉了。我倒怪九兄，你既這等氣不過，何不那日就回來？昨日怎的又在城外耽擱一天呢？」鄧九公道：「何嘗不要回來，也是不空和尚鬧的。他說明日有好戲，果然昨日換了一個和甚麼班，唱的整本的施公案，倒對我的勁兒。我第一愛聽那張桂蘭盜去施公的御賜代天巡狩，如朕親臨那面金牌。施公訪到了鳳凰張七家裏，不但不罪他，倒叫副將黃天霸合他成其好事。真正寬宏大量。說的起宰相肚子裏撐得下船。」安老爺便道：「我的哥，那是戲。」他道：「老弟，這戲可是咱們大清國的實在事兒呀。慢說施公的盡忠報國，無人不知。就連那黃天霸的老兒，飛鏢黃三太，我都趕上見過的。那纔稱得起綠林中一條好漢呢！」安老爺笑道：「然則這事情是真的，施公是好的，都是老兄你說的。」鄧九公綽著鬍子，瞪著眼睛說道：「怎的不真。真而又真，難道像施公那樣的人，老弟你還看不上眼不成？」安老爺道：「既如此說，怎的戲上張桂蘭盜去施公的金牌，施公不罪他，老哥你便道他是好。我家這等四個毛賊，踹碎了我幾片子瓦，我要放他，你又苦苦的不准，是叫他賠定了瓦了。這是怎麼個講究呢？」鄧九公聽了，不覺哈哈大笑，直笑的眼淚都出來了，說：「老弟，我敢是又叫你饒了去了。方纔我原因為他說不認得鄧九公這句話，其實叫人有些不平。如今你要放他，正是君子不見小人怪，得放手時須放手，得饒人處且饒人。咱們就把他放了罷。」安老爺這纔叫進張進寶來，放那班人。那班人還算良心不死，後來三個改過，作了好人，趁個小買賣兒。只有霍士道，因他哥哥不信作賊不曾得手，兩個打起來，他一口咬下他哥哥一隻耳朵來。到底告到當官，問了罪，刺配到遠州惡郡去了。那安老爺家的房子，自有人照料修理，不提。

自此鄧九公，又把圍著京門子的名勝，逛了幾處，也就有些倦遊，便擇定日子，要趁著天氣，回山東去。安老爺再三留他不住，只得給他料理行裝。想了想，受他那等一分厚情，此時要一定講到一酬一酢，不惟力有不能，況且他又是個便家，轉覺餽出無辭，義有未當。便把他素來愛的，家做活計，內款器皿，以及內造精細糕點路菜之類，備辦了些。又見天氣冷了，給他作了幾件輕暖細毛行衣，甚至如斗篷臥龍袋一切衣服，都備得齊整。安太太合金玉姐妹，另有送褚大娘子並他那個孩子的東西。又有給他那位姨奶奶帶去的人事。老頭兒看了十分歡喜。這日正是安老爺同了張親家老爺，帶同公子，在上房給他餞行。安太太便在西間合褚大娘子話別。就請了舅太太、張親家太太作陪。兩個媳婦也叫人坐。老頭兒在席上，看著安老夫妻的這個佳兒，這雙佳婦，鼎足而三，未免因羨生感，因感生歎，便在座上擎著盃酒，望著安老爺說道：「老弟呀，愚兄自從八十四歲來京，那遭臨走，就合親友們說過：我鄧老九此番出京，大約年後沒再來的日子了。誰想說不來，如今八十八了，又走了這一遭。這一遭把往日沒見過的世面，也見著了。沒吃過的東西，也吃著了。這都是小事。還了了我們何家姑奶奶，這麼一個大心願。又合你老弟，多結了一重緣法，真是萬般都有個定數。如今我們爺兒們，在這裏糟擾了這一程子。臨走還承老弟弟夫人這樣費心費事，你我的交情，我也不鬧那些虛客套了，照單全收不算外，我竟還有個貪心不足，要指名合你要宗東西，還有託付你的一樁事。」安老爺連忙道：「老哥哥肯如此，好極了。但是我辦得來的，弄得來的，必能報命。」他笑呵呵的乾了那杯酒說道：「這話不用我託你，大約你也一定辦得到。除了你，大約別人也未必弄得來。只是話到禮到，我得說在前。」因又斟上酒，端起來喝了一口道：「老弟，你瞧愚兄啊，閏年閏月，冒冒的九十歲的人了。你我此一別，可不知那年再見。講到我鄧老九，一個無名白出身，兩肩膀扛張嘴，仗老天的可憐，眾親友們的抬愛，弄得家成業就，名利雙收，我還那些兒不足。只是一會兒價回過頭來，往後看看，拿我這麼一個人，竟缺少條墳前拜孝的根，我這心裏，可有點子怪不平的。」說到這裏，安老爺便說道：「九哥，你這話，我不以為然。洪範五福，只講得個一曰壽，二曰富，三曰康寧，四曰攸好德，五曰考終命，不曾講到兒子合作官兩樁事上。可見人生有子無子，作官或達或窮，這是造化積有餘補不足的一點微權，不在本人的身心性命上說話。再我還有句話，不是慪老哥哥。要看你這老精神兒，只怕還趕得上見個姪兒，也不可知呢！」鄧九公聽了，哈哈大笑起來。說：「老弟，那可叫作六枝子猜拳，新樣兒的沒了對兒咧。」張老也說了一句道：「合該命裏有兒，那可也是保不齊的。」不想座中，坐著個褚一官，正是個六枝子，說落了典了。他聽了只抿著嘴，低著頭，喝酒，又不好答岔兒。這席上在這裏高談闊論。安太太那席上，卻都在那裏靜聽。聽到這裏，舅太太便道：「九公這話，我就有點子不服。我不是個沒兒子的，難道我這個乾女兒，合你們這個大姑奶奶，還抵不得人家的兒子嗎？」安太太也道：「這話正是。」鄧九公那邊，早接口高聲叫道：「好話呀！舅太太、弟夫人，我正為這話要說。」因向安老爺說道：「不但我這女兒，就是女婿，也抵得一個兒子。第一心地兒使得，本領也不弱，只不過老實些兒，沒甚麼大嘴末子。為甚麼從前我在道上的時候，走一天拉扯他一天，到了我歇了業了，我也不叫他出去了。因為走鏢的這一行，雖說仗藝業吃飯，是椿合小人作對頭的勾當，不是條平穩路。老弟你只看饒是愚兄這麼個老坯兒，還吃海馬周三那一合兒。所以我想著，將來另給他找條道兒，圖個前程。論愚兄的家計，不是給他捐不起個白藍頂子。那花錢買來的官兒，到底銅臭氣，不能長久。以後他離了我了，設或遇見有個邊疆上的機會，可得求下二叔，想個方法兒，叫他一刀一鎗的巴結個出身。一樣的合賊打交道，可就比保鏢硬氣了。這是一。」安老爺道：「這話也算九哥多交代，老兄二百歲以後果然我作個後死者，這事還怕不是我的責任。再說只要有機會，也不必專在你老人家二百歲後，交給我罷。請問要的那宗東西，是甚麼呢？」鄧九公道：「這宗東西，比這個又關乎要緊了。老弟不是我合你說過的嗎？我自從十八歲，因一口氣上，離了淮安本家，搬到山東茌平，落了籍。算到今日之下，整整兒的七十年了。不但我的房產地土，都在這邊兒，連墳地我都立在這裏了。二位老人家，我也請過來了。我算不想再回老家咧。到了我慶八十的這年，又有位四川的木商的朋友，送了我副上好的建昌板，我那一頭兒的房子，也置下了內囊兒的東西呢！你姪女是給我預備妥當了。甚麼時候說聲走，我拔腿就走，跟著老人家樂去了。我就只短這麼一件東西，這些年總沒張羅下。愚兄還帶管是個怯殼兒，還不知這東西，我使的著使不著，得先討老弟你個教。」安老爺道：「老哥哥你不必往下說，我明白了，你一定是要找一副吉祥陀羅經。」那老頭子聽了，把頭一扭嘴一撇道：「嗐，我要那東西作甚麼呀！我聽見說那都是那些王公大人還得萬歲爺賞纔使得著呢！慢講我這分兒使不著，就讓越著禮使了去，也得活著對的起閻王爺，死了他好敬咱們，叫咱們好處托生啊。不然的時候，憑你就頂上個如來佛，也是瞎鬧哇！陀羅經，就中用麼？」安老爺暗暗的詫異，道：「不想這老兒，不讀詩書，見理竟能如此明決。」因說道：「既如此，老哥哥你倒直說了罷。」只見他未曾開口，臉上也帶三分恧色，纔笑容可掬的說道：「我見他們那些有聽頭兒的人，過去之後，他的子孫，往往的求那班名公老先生們，把他平日的好處，怎長怎短的，給他寫那麼一大篇子，也有說行述的，行略的，行狀的，我也不知他准叫作甚麼，是說這些事，也不過是個紙上空談哪。可不知怎麼個原故兒，稀不要緊的平常事，到了你們文墨人兒嘴裏，一說就活眼活現的，那麼怪有個聽頭兒的。到了劣兒，可又有個甚麼可寫的。只是我一輩子功名富貴，都看得破，只苦苦的願意聽人說一句，鄧老九是個朋友。所以我心裏想著，將來也要弄這麼一篇子東西。這話要不是我從去年結識得老弟你這麼個人，我也沒這妄想。因為我往往的見那些好戴高帽的爺們，只要人給他上上兩句順他，自己就忘了他自己是誰了。覺著那人說的都是實話。這話除了我，別人還帶是全不配。再不想那神童詩上說的好：別人懷寶劍，我有筆如刀。那文家子的憑那管筆的利害，比我們武家子的傢伙還可怕。看不得面子上只管寫得是好話，暗裏魂銷，駕苦了他，他還作春夢呢！老弟你知道的，愚兄這學問兒，本就有限。萬一求人求得不的當，他再指東殺西，之乎也者的奚落我一陣，我又看不澈，那可不是我自尋的麼？講到老弟你了，不但我信得及你是個學問高不過，心地厚不過的人。我是怎麼個人兒，你也深知。愚兄別的事，是都就了紹興酒喝了。還記得那古文觀止上，也不知那篇子裏頭，有這麼的兩句話，說：『生我者父母，知我者鮑子也。』這兩句話，可就應在你我今日了。如今我竟要求你的大筆，把我的來蹤去路，實打實，有一句說一句，給我說一篇，將來我撒手一走之後，叫我們姑爺，在我墳頭裏，給我立起一個小小的石頭碣子來，把老弟你這篇文章鐫在前面兒，那背面兒上，可就鐫上眾朋友，好看我的『名鎮江湖』那四個大字。我也鬧了一輩子，人過留名，雁過留聲，算是這麼件事。老弟你瞧著行得行不得？」

列公，再不想鄧九公這等一個粗豪老頭兒，忽然滿口大段的談起文來。並且門外漢講行家話，還被他講著些甘苦利害，大是奇事。世有不讀詩書的英雄，此老近之矣。更不想他又未能免俗，忽然的動了個名想，尤其大奇。然而細按去，那三代以下，惟恐不好名，這句話不是句平常話。名者，實之歸也。只看從開天畫卦起，教耕稼，制冠裳，以至刪詩、書，定禮、樂，贊周易，修春秋，這幾樁實實在在的事，那一樁又不是個名想。只是想不想，其權在人。想得到身上想不到身上，其權可在天。天心至仁且厚，唯恐一物不安其所，不遂其生。怎的又有個叫他想不到身上之說？殊不知人生在世，萬事都許你想個法兒尋些便宜，獨到了這才名兩個字，天公可大大的有些斟酌。所以叫作造物忌才，又道是惟名與器，不可以假人。然則天心豈不薄於實而轉厚於虛？不仁於人而轉仁於物呢？不然，這大約就要看看那人的福命，可載得起載不起。古今來一班偉人，又何嘗不才名兩賦，到了載不起，縱使才大如海，也會令名不終。否則浪得虛名，畢竟才無足取，甚而至於弄得身敗名隳的都有。只這鄧九公，充其量，不過一個高陽酒徒，又有多大的福命，怎的天公保全了他一世？此刻還許他遇著這位安水心先生，要把他成就，要名傳不朽！要知只他那善善惡惡的性情，心直口快，排難解紛，救人之急，便是種福的根本。種了這段福，就許造這條命。才不才這個名字兒，天已經許他想得到手了。何況這老頭兒，還不是個不才之輩呢！話雖如此說，又何以見得他名傳不朽呢？且莫講別的，只這位燕北閒人，一時閒得沒事幹，偶然把他採入兒女英雄傳中，已經比那有友五人焉，其中的三人，福命不同了哇！

話休絮煩，言歸正傳。正說安老爺聽鄧九公講了半日，再不想他益發有這等見解。恰好這句話，又正搔著自己癢處。先端起酒來，一飲而盡，說道：「這更是我的事了。九哥你既專誠問我，我便直言不諱。你要這宗東西，也不必等到你二百歲後，古人朋友，相交忘形，有生為立傳的，還有生弔生祭的。如今你我也不必作這駭人聽聞的事，待我把老兄的平生事實，作起一篇生傳來，索性請老兄看過了，將來再鐫在那通碑上。但是那塊匾上的『名鎮江湖』四個字，只好留作個光耀門楣的用處。鐫在碑上，卻不合款。老哥你必要用，也不妨入在這篇文章裏，一併鐫在碑陰上。」安老爺纔說到這句，早不是他的意思了，嚷道：「咻！老弟。你給我的大筆，倒要弄在後面去，那正面可還配用甚麼呀？」安老爺拈著那小鬍子，想了一想說道：「依我的主意，那正面要從頭到底，居中鐫上『清故義士鄧某之墓』一行大字，老哥哥你道如何？」他纔聽完這句話，樂得把那大巴掌一掄，拍得桌子上的碟兒碗兒山響，說道：「著，著，著，就是這麼著！這話我心裏可有，就只變不過這個灣兒來，真了不起，你們這文字班兒的就結了。」說著一疊連聲兒的，叫快取熱酒來，換大杯來。公子連忙站起，用大盃親自給他斟了一盃送過去。他也不管那酒的冷熱，雙手端起來，咕嘟嘟一氣飲盡，向安老爺照著盃告了個乾，說道：「老弟呀，我鄧振彪這就足咧。」當下兩席上見他這等豪飲，一個個都替他高興。只有褚大娘子聽見他父親提到身後的事情，心中有些難過，勉強笑道：「人家二叔今日給送行，你老人家，不說找個開心的興頭話兒說說，且提八百年後這些沒要緊的事作甚麼？這叫作清晨吃晌飯，早呢！」他只管滿臉笑容，嘴裏這樣說，卻不禁不由的鼻子一酸，那說話的聲音早已岔了。鄧九公這邊說道：「姑奶奶這話你不懂。你過來，我說給你聽。」褚大娘子只得過這邊來。安公子見了忙離席讓坐。連褚一官也站起來。張老纔要謙讓，被鄧九公一把按住，說道：「張老大你別動。」因合他女兒、女婿說道：「你兩個可別把這話看作沒要緊，不是我同你二叔的交情，說不到這裏。是這交情，不是你二叔這個人，也說不到這裏。這纔是八百年難遇的，第一件興頭事。方纔的話，你倆都聽明白了。沒別的，你兩口兒就至至誠誠的，給你二叔磕個頭，算替我謝謝他。」女兒、女婿果然轉過身來，望著安老爺便拜了下去。慌的安老爺離座出席忙拉起褚一官，又向褚大娘子作揖答禮，說道：「這禮從何來？這是你老人家的醉命了。」便回頭向安太太道：「太太快讓大姑奶奶歸坐去。」這個當兒，金玉姐妹早已陪著過來，就便把他讓了過去。安太太也出席相迎。不想他將走到席前，望著安太太又磕下頭去。安太太連忙攙起來道：「姑奶奶，這是怎麼說。就講你二叔為你老人家，也是該的，可與我甚麼相干兒，你行起這個大禮來。」褚大娘子站起來道：「我給你老人家磕這個頭，可另是一件事。我從在我們青雲堡莊兒上，見著你老人家那一天，也不知怎的，我心裏只合你老人家怪親熱的。就想認你老人家作個乾娘。因為關著我妹夫子這層續媽媽親戚，我總覺我不配。到了這回來了，我還沒打回這個妄想去。誰知那天我們老爺子，在我何親家爹祠堂裏，纔說得句叫我們這位小姑奶奶，叫二叔二嬸聲父母，就把他惹翻了。把我也嚇住了。今日之下，他倒作了你老人家的嫡親兒女，我這乾女兒可倒漂了。我越瞧越有點子眼兒熱。此刻我父親合二叔交到這個分兒上，借著我們這小姑奶奶的光兒，我總叫得聲我們玉妹夫子。我也不怕人笑話，我奴才親戚，混巴高枝兒，我今日可算認定了乾娘咧。」把安太太喜歡的拉著他的手，說道：「姑奶奶，你那裏知道，我這心裏也合你一樣的想頭呢！只是我通共比你纔大十幾歲呀，我怎麼說的出口來呢！你既這麼說，我正少個女兒，你就算我的女兒。」他聽安太太這樣說，更加歡喜。纔待歸坐，鄧九公那邊早又嚷起來了。只聽他向安老爺說道：「了不得，了不得，我又落在後頭了。我從那天，聽見這張姑奶奶勸我們姑奶奶那番話，我就恨不得立刻叫他聲好孩子，想要認他作個乾女兒。不想我的乾女兒沒得認成，倒把個親女兒，叫弟夫人拐了去了。我沒有的那麼個女兒一般的徒弟，又被你們抬了來了。張老大你想想這事，莫非欠些公道。」張老是個老實人，只望著安老爺笑。安老爺還沒及答言，褚大娘子那邊早望著張金鳳說道：「聽見了哇，我可不管你本人肯不肯，我先肯，你們姐兒倆裏頭，我總覺得你比他合我遠一層兒似的。我這心裏可就有些絲絲拉拉的，這一來好極了。就只得問張親家媽答應不答應了。」因說道：「親家媽怎麼樣罷？」張親家太太把嘴向安太太一努，說道：「那是他家的人，我當不了他的家。我可有傖兒說的哪，多個人兒疼不好呀！」安太太便道：「這更有趣兒了。」褚大娘子聽說，早一把把張姑娘拉住，要過那席去。張姑娘笑著，只看婆婆的眼色。安老夫妻便叫他快給乾爹行禮。鄧九公樂得前仰後合，說了許多興頭話，說：「我這纔氣平些兒。」因又合安、張兩親家乾了一杯，說道：「再不想一句話，合我們張老大又結了一重緣。」這個當兒，那邊舅太太早把何小姐攬在懷裏，笑道：「我的孩兒呀，快來罷！幸虧我在船上，先把你認下了。不然，你瞧他們爺兒們、娘兒們，這陣橫搶硬奪的，還了得麼。」何玉鳳也握著嘴笑個不住，說道：「娘放心，我是再沒有人搶的了。這屋裏的幾位老家兒，不差甚麼，八面兒我都佔下了。」一時安老夫妻便叫公子給鄧九公行禮。鄧九公也叫公子帶褚一官過來，給安太太磕頭。將磕完了起來。褚大娘子大馬金刀兒的坐在那裏，合他女婿說道：「還有舅母合親家媽，得認親呢。勞動你再磕倆罷。」褚一官倒也會湊趣兒，爬下就磕。舅太太是坐在裏邊，有個張太太擋著出不去，只得說：「姑奶奶這個鬧法兒！」連忙摸著頭把兒還了個禮。張太太他也拜了一拜，說道：「咱可就都有骨血兒管著咧，算一家子咧。」說得大家哄堂大笑。那褚一官過那邊去，又拜了張老。只這一陣亂拜，何小姐早暗暗的拉了張姑娘一把，又向公子遞了個眼色。三個人便走到褚大娘子跟前。何小姐先說道：「我們承姐姐這樣親熱，今日也該服侍服侍姑奶奶了。」說著便滿滿斟了一杯送過去。褚大娘子樂得一飲而盡。纔得喝完，張姑娘又奉過一盃來。他便笑道：「你們就這樣輪流著灌我，我也願意，我到底是姑奶奶了哇。」說著又是一盅。他姐妹兩個纔閃開，早見公子斟過一個大盃來。他道：「這一大下子，可不是頑兒的。還是那個小些兒的罷！」張姑娘一旁低聲說道：「好意思的，這麼大個兄弟敬老姐姐一盃酒，乾回他去。」這位娘子那好勝的脾氣兒，也有些合乃翁相似。便也接過來一氣飲乾。登時吃得他杏眼微醉，桃腮添暈，一手擎著個空盃，一手指著公子，咬著牙縱著鼻兒，笑容可掬的說道：「小舅爺子，擱著你就是了。」公子因父親在那邊，只笑著不敢多說。心裏卻想著了一句聖經賢傳，暗說怪道：「說是不知子都之美者，無目者也。」只他四個這陣亂舞鶯花，慢講安、張二家兩雙老夫妻，看著十分歡喜。一個鄧老頭兒，直樂得話都沒了，只張著個大嘴，呵呵的傻笑。不由得手轂酒，酒轂口，酒到杯乾。一時主客幾個，眼界裏無非樂境，耳輪中都是歡聲。便是那些服侍的人，無不一個個接耳交頭，頌揚歎賞。甚至那樓頭的更鼓，都覺籌添短漏。座上的燈花，也知笑展長眉。只這席離別小宴，直把他幾個天理人情的人，彼此連絡了個合意同心。連這部兒女英雄傳的書，也給穿插了個套頭裹腦。那鄧九公直喝的眼睛有些粘糊糊的，舌頭有些硬橛橛的了，還在那裏左一杯右一盞的連叫斟酒。褚大娘子恐怕他父親明日起不來，誤了上路的吉時，好勸歹勸的攔了兩遍，他還吃了個封頂大杯，纔盡歡而散。一宿晚景提過。到了次日，那些行李車馱，都是前兩天裝載妥當，自有他的伴當押著，起五更先行。纔得天亮，他父女翁婿合那個孩子，以及下人，早已收拾了當。吃了些東西，便要告辭。這等一班熱腸人，彼此廝混了許多天，怎生捨得，不必講。那褚大娘子拉拉這個，看看那個，已經哭得淚人兒一般。只那鄧九公一一的辭過眾人。到了何小姐跟前，他也就忍淚不住勉強說道：「姑奶奶，師傅把你送到這等個人家兒來，師傅沒有甚麼惦記你的咧，你倒也不必記掛著師傅。」交代了這句話，他一回身拉住安老爺道：「老弟呀，我合你此一別，不知今生可得……」說到這裏，早已滿面淚痕，往下說不出來。幸而安老爺是個豁達人，說道：「老哥哥不消如此。你我今日暫別，不久便當歡聚。」他一手擦著眼淚，搖著頭道：「老弟，這句話，愚兄可有點兒信不及了。」安老爺道：「九哥，且莫講人生聚散無常。只你此番來京，可是算得到拿得穩的。況且轉眼就是你九十大慶，小弟定要親到府上，登堂奉祝。就便把昨日說給你作的那篇生傳帶去，當面請教。」他聽了這話，擦乾了眼淚。望著安老爺道：「老弟，你這話當真？」安老爺道：「小弟平生不敢輕諾。況在老哥哥跟前，豈肯失信。」他便一手拉著安老爺的手，一手指著說道：「老弟，你只這一句話呀，老天準留哥哥多活幾年等著你。就是這樣，哥哥走了。」說著他鬆了安老爺的手，頭也不回，帶了褚一官往外就走。這裏褚大娘子見他父親走了，也不好流連。只得辭了安太太一行女眷起身。安太太大家一直送出腰廳纔回。鄧九公站在大門外，催著他女兒上了車，他隨後上車纔走。安老爺頭一天，就差人在彰義門外三藐庵備下茶尖，便也合公子送下去。走了約莫三五里地，路旁有座小廟。早見褚一官圈馬回來，說道：「老人家要到廟裏磕頭，也請二叔下來歇歇。」安老爺只得跟了他到廟前下車。看了看那廟門寫著「三義廟」三個字。進去裏面，只一層殿，原來是漢昭烈帝合關聖、張桓侯的香火。安老爺向來是位重儒不佞佛的，等閒不肯燒香拜廟，只有見了關聖帝君，定要行禮。等鄧九公磕過頭，自己帶了公子，也拜過神像。那鄧九公便在神座前，向安老爺說道：「老弟，我曉得你定要遠遠的送我一程，纔肯回去。但是此去，前途還有張老大合老程師爺諸位候著呢！大概我們各行裏的親友，也在那裏。老弟你就送到那裏，也不得久談。常言道得好，送君千里終須別，到了你我的交情，大概還見得過這三位尊神。咱們就在這神聖面前一別。」安老爺固是不肯。他道：「你我的心，關帝菩薩看的明白，何必如此。」安老爺見他這樣說法，倒也不好相強。當下這邊父子兩個，那邊翁婿兩個，只得各各作別。一路出了廟門，大家道聲珍重。望著他，車轔轔，馬蕭蕭，竟自長行去了。

書裏按下鄧九公這邊不提。且說安老爺自他走後，便張羅張親家的搬家。他兩口兒擇吉搬過祠堂西邊，那所新房去。一應家具，安置得妥當。看了看頭上頂的是瓦房，腳下蹈的是磚地，嘴裏吃喝是香片茶、大米飯，渾身穿戴的是鍍金簪子、綢面兒襖。老頭兒、老婆兒，已是萬分知足。依安老爺、安太太還要供茶供飯，他兩口兒再三苦辭。安老爺因有當日他交付的，何小姐在能仁寺送張金鳳那一百兩金子，不曾動用。便叫他女兒送他作了養老之資。張老又是個善於經營居積的，弄到月間，竟有數十串錢進門。他兩口兒卻仍照居鄉一般辛勤，撙節著過度，便覺著那日月從容之至。只是他兩個，時常要過前面來，看看望望，家裏卻短一個支使看家的人。就用安老爺的家人，固是不便。便是外面僱個不知根底的人來，也不放心。又兼他守分安常的慣了，不肯纔有幾文錢，便學那小人乍富行徑，立刻就添些新花樣，鬧個跟班兒的。卻也正在為難，誰想事有湊巧，那燕北閒人又給他湊了兩個人來。你道這人是誰？原來第七回書，講得他當日帶著女兒，要到京東投奔的那個親戚。正是那張太太娘家一個本家哥哥。這人姓詹名典，他有個小名兒，叫作光兒。他本是帶著家眷，在京東一個糧行裏給人家管賬。就那裏養了個兒子，因是七夕生的，叫作阿巧。那阿巧纔得十一二歲，且是乖覺。詹典在京東一住十餘年，卻也賺得幾十兩銀子在腰裏。落後來因行裏換了東家，他就辭了出去，要想帶了老婆孩子回家，把這項銀子，合張老置幾畝地夥種。他那裏起身要回河南來，正是張老夫妻這裏，帶了女兒要投京東去，路上彼此岔過去了，不曾遇著。及至到了家，正碰見荒旱之後，瘟疫流行，那詹典在途中，本就受了些風霜。到家又傳染了時症，一病不起，嗚呼哀哉死了。他妻子發送丈夫，也花了許多錢。再除了路上的盤纏，那幾十兩銀子，也就所剩無幾。只得權且帶了個十來歲的兒子，勉強度日。這個當兒，見了從京裏回來的鄉親們，十個倒有八個講究說，咱們這裏的張老實，前去上京東投親，不想在半路，招了個北京官宦人家的女婿。現在跟了他女婿到京城享福去了。儋典的妻子聽得這話，想了想自己正在無依，孩子又小，便搭著河南小米子糧船上京，倒來投奔張老，想要找碗現成茶飯吃。從通州下船，一路問到這裏，恰好正在張老搬家的前兩天。安老爺、安太太是第一肯作方便事的，便作主給他留下。一舉兩得，又成全了一家人家。正叫作勿以善小而不為。你看他家總是這般的作事法，那上天怎的不暗中加護。

閒話休提。卻說安老爺纔把親家安頓的停妥，不兩日便是何小姐新滿月。因他沒個娘家，沒處住對月，這天便命他夫妻雙雙的，到何公祠堂去行個禮。張老夫妻如今住得正近，況且又有了家了。清早起來，便到東邊祠堂來預備代東，候安公子、何小姐行過了禮，就請到他家早飯。把女兒張姑娘也請過來，也買了些肉，宰了隻雞，只他那儋嫂合阿巧，一個買，一個作，倒也弄得有些老老實實的，田舍家風。三個人吃得一飽回來。晚間便是舅太太請過去。那時因褚大娘子起了身，騰出西耳房來，舅太太仍舊搬過去。公子合金玉姐妹，便在那邊吃過晚飯。直到起更，纔過這邊來。先到上房，侍候父母公婆安歇，纔一同回房。過了兩日，安太太便吩咐人，把那新房裏無用的錫器、磁器、衣架、盆架等件，歸著起來。依然把那座碧紗櫥安好，分出裏外間。張姑娘是疊著精神，要張羅這個姐姐，兩隻小腳兒，哆哆哆哆的，帶了一班嬤嬤、僕婦、使婢把鋪設貼落，收拾得都合自己房裏一樣。果然把他三人那幅小照，挪過這邊臥房來。就把那張彈弓，那口寶刀，掛在左右。又把那圓端硯，擺在小照面前桌兒上。歸結了他三個一段美滿良緣的新奇佳話。何小姐也幫了他，登時桌子板凳的忙個不了。他兩個彼此說一陣，慪一陣，笑一陣，一時真算得占盡兒女閨房之樂。只可憐安公子經他兩個那日一激，早立了個一飛衝天，一鳴驚人的志氣。要叫他姐妹看看我安龍媒，可作得到封侯夫婿的地步。因此鄧九公走後，忙忙的便把書房收拾出來，一個人冷清清的下帷埋首，合那班三代以上的聖賢苦磨。這日直磨到二鼓，纔回房來。金玉姐妹連忙站起，迎著讓坐。張姑娘問道：「你瞧我給姐姐收拾的這屋子好不好？」公子裏外看了一遍，說：「好極，好極！偏勞之至。」張姑娘道：「我們爬高下低的鬧了一天，虧你也不來幫個忙兒。本來姐姐的事情，罷咧，可怎麼敢勞動你呢！」公子道：「你這人怎麼這等不會說好話，非是我不來幫忙兒，要說這些掛畫焚香的風雅事，我不喜作，也是我欺你兩個。我自承你兩個那番清誨之後，特悟出這些事，最於用功有礙。所以古人說蛀蟲魚者，必非磊落之士也。正是這個用意。你且讓我一納頭，扎在子曰詩云裏頭，等我果然把個舉人進士騙到手，就鑄兩間金屋，貯起你二位來，亦無不可。不強似今日的幫忙。」金玉姐妹兩個再不想那日一席話，一激竟把他激成功了，也暗自歡喜。何小姐便說道：「妹妹說的是頑兒話，其實還不是他們丫頭女人們拾掇的。我們兩個，也只跟著攪了一陣，倒是他纔說也要給我繡那麼一塊匾，掛在這臥房門上。你給想三個字呢！」公子略想了一想，說就用那屋的三個字就很好。何小姐道：「這你可是塞責兒了。」公子道：「非一瓣心香的瓣字，卻就是小照上那『紅袖添香伴著書』的伴字。你兩個從此一位便可稱作伴香女史，一位便可稱作瓣香女史，我便可稱作伴瓣主人。只是我又恐防你們嫌我這風雅，這三方圖章，也只好等後年春闈之後再講罷。」那金玉姐妹兩個聽了，也深服他這心思敏捷，各各說妙。過了幾日，張姑娘閒中，果然照樣給何小姐繡了「伴香室」三個字。裝潢好了，掛在他房門上。此是後話。卻說這晚他三個在何小姐這邊，談了這一番。將近三鼓，張姑娘站起來道：「不早了，我要回房睡覺了。」何小姐一把拉住他道：「今日可不許你空身兒走，我要煩你順帶公文一角。」張姑娘早已明白，只得掙著手要走，怎奈被何小姐攥住手，再掙不脫。只得向何小姐耳邊說了句話，何小姐這纔放手，說：「滑再滑不過你了。也不知真話啊，也不知賺人呢！」張姑娘正色道：「豈有此理，我要這樣賺姐姐，說頑兒話的事小，那不是在姐姐跟前，另存一個心了麼！」他說完這話，纔待要走，忽又想起，回來說：「等我索性把今日的事情，張羅完了再走。」因把桌子上的那盞燈，拿起來剪了剪蠟花，向安公子、何小姐說道：「上月今日，就是我送二位入的洞房。今日還是我送二位賀新居。」說著，便拿著燈，前面照著，往臥房裏引。他兩個也只得笑吟吟的隨他進去。只見他把燈放在臥房裏桌兒上，又悄悄的向何小姐道：「姐姐，你老人家，今日可好歹的，不許再鬧到搬碌碡那事兒咧。」何小姐聽了，忍不住笑的前仰後合，只趕著要擰他的嘴，他早一溜煙去了。安公子看了這番光景，心裏暗說：「我依他兩個的話，纔用了幾日的功，他兩個果然就這等歡天喜地起來。然則他兩個那天講的，只要我一意讀書，無論怎樣，都是甘心情願的，這句話真真是出於肺腑了。幸是我那天不曾莽撞。不然，今日之下，弄得一個扭頭彆項，一個淚眼愁眉，人生到此，還有何意味？」只他這等一想，那發憤用功的心，益發加了一倍。卻又著了點兒書魔，因拍手合何小姐笑道：「我安龍媒經師傅合我講了半世的論語，直到今日看了你姐妹兩個纔得明白關雎樂而不淫，哀而不傷這句書，是怎的個講法。」這正是：春風時雨同沾化，絳帳應輸錦帳多。要知後事如何？下回書交代。

第三十三回　申庭訓喜克紹書香　話農功請同操家政

這書雖說是種消閒筆墨，無當於文，也要小小有些章法。譬如畫家畫樹，本榦枝節，次第穿插，佈置了當，仍須絢染烘托一番，纔有生趣。如書中的安水心、佟孺人，其本也。安龍媒、金玉姐妹，其榦也。皆正文也。鄧家父女、張老夫妻、佟舅太太諸人，其枝節也。皆旁文也。這班人自開卷第一回，直寫到上回，纔算一一的穿插佈置妥貼，自然還須加一番烘托絢染，纔完得這一篇造因結果的文章。這個因原從安水心先生身上造來。這個果，一定還向安水心先生結去。這回書，便要表到安老爺。卻說安老爺自從那年中了進士，用了個榜下知縣，這其間過了三個年頭，經了無限滄桑，費了無限周折，直到今日，纔把那些離離奇奇的事，撥弄清楚，得個心靜身閒，理會到自己身上的正務。理會到此，第一件關心的，便是公子的功名。這日正遇無事，便要當面囑咐他一番，再給他定出個功課來，好叫他依課程用功準備，來年鄉試。當下叫了一聲玉格。見公子不在跟前，便合太太道：「太太，你看玉格這孩子，近來竟慌得有些外務了。這幾天叫他，總不見他在這裏，難道一個成人的人，還只管終日猥獕❶在自己屋裏不成？」列公，你看安水心先生這幾句說話，聽去未免覺得在兒子跟前，有些督責過嚴。為人子者，冬溫夏清，昏定晨省，出入扶持，請席請衽，也有個一定的儀節。難道拉屎撒溺的工夫，也不容他。叫

❶ 猥獕：猶猥瑣，引申為「侷縮」的意思。

他沒日夜的，寸步不離左右不成？卻不知這安老爺，另有一段說不出來的心事。原來他因為自己辛苦一生，遭際不偶，此番回家，早打了個再不出山的主意。看了看這個兒子，還可以造就，便想要指著這個兒子身上，出一出自己一肚皮的骯髒氣。也深愁他天分過高，未免聰明有餘，沉著不足。又恰恰的在個有妻子則慕妻子的時候，一時兩美並收，難保不為著翠帷錦帳兩佳人，誤了他玉堂金馬三學士。老爺此時，正在滿腔的詩禮庭訓，待教導兒子一番，不想叫了一聲，偏偏的不見公子趨而過庭，便覺得有些拂意。太太見老爺提著公子，不大歡喜。纔待著人去叫他，又慮到倘他果然猥𤞑在自己屋裏，一時找了來，正觸在老爺氣頭兒上，難免受場申飭。只說了句，他方纔還在這裏來著，此時想是作甚麼去。他老夫妻一邊教，一邊養，卻都是疼兒子的一番苦心。想他安老爺夫妻這番苦心，偶然閒中一問一答，恰恰的被一個旁不相干的有心人聽見了，倒著實的在那裏關切。正暗合了「朝中有人好作官」的那句俗話。「朝中有人好作官」這句話，列公切莫把他誤認作植黨營私的一邊去。你只看朝廷上，那班大小臣工，若果然人人心裏，都是一團人情天理，凡是國家利弊所在，彼此痛癢相關，大臣有個聞見，便訓誡屬官。末吏有個知識，便規諫上憲。一堂和氣，大法小廉，不但省了深宮無限宵旰之勞，暗中還成全了多少人才，培植了多少元氣。你道這話，與這段書甚麼相干？從來說家國一體，地雖不同，理則一也。不信，你只看安家那個得用的大丫頭長姐兒。

卻說，這日當安老爺、安太太說話的時節，那長姐兒正在一旁伺候。他聽得老爺、太太這番話，一時便想到生怕老爺為著大爺動氣，太太看著大爺心疼。大爺受了老爺的教導，臉上下不來。看著太太的憐惜，心裏過不去。兩位奶奶，既不敢勸老爺，又不好求太太，更不便當著人周旋大爺。這個當兒，像我這個樣兒的受恩深重，要不拿出個天良來，多句話兒，人家主兒，不是花著錢糧米，白養活奴才嗎？想到這裏，他便搭赸著過來，看了看唾沫盒兒得洗了，便拿上唾沫盒兒，一溜煙出了上屋後門繞到大爺的後牕戶跟前，悄悄的叫了聲大奶奶。又問道：「大爺在屋裏沒有？」張金鳳正在那裏，給公公做年下戴的帽頭片兒。何小姐這些細針線，雖來不及，近來也頗動個針線，在那裏學著給婆婆作暨頭領兒。這個當兒，針是弄丟了一枚了，線是揪折了兩條了。他姐妹正在一頭說笑，一頭作活，聽得是長姐兒的聲音，便問道：「是姐姐嗎？大爺沒在屋裏，你進來坐坐兒！」他道：「奴才不進來了，老爺那裏嗔著大爺，總不在跟前兒呢，虧得太太給遮掩過去了，大爺上那兒去了？二位奶奶打發個人兒，告訴一聲兒去罷！不然二位奶奶，就上去答應一聲兒。」他說完了，便踅身去洗了那個唾沫盒兒，照舊回到上房來侍候。金玉姐妹兩個便也放下活計，到公婆跟前來。太太見了他兩個，便問：「玉格兒竟在家裏作甚麼？」何小姐答道：「沒在屋裏。」安老爺便皺眉蹙眼的問道：「那裏去了？」何小姐答道：「只怕在書房裏罷。」安老爺道：「那書房自從騰給鄧九公住了，這一向那些書還不曾歸著清楚，亂騰騰的，他一個人扎在那裏作甚麼！」何小姐道：「早收拾出來了。九公沒有走的時候，他就說等這位老人家走後，騰出地方兒來，我可得靜一靜兒了。及至送了九公回來，連第二天也等不得，換上衣裳，就帶著小子們收拾了半夜。」安老爺聽到這句便有些色霽。何小姐又搭赸著往下說道：「媳婦們還笑他說：『何必忙在這一刻。』他說：『你們不懂，自從父親出去這遍，不曾成得名，不曾立得業，倒吃了許多辛苦，賠了若干銀錢，通共算起來，這一遍不是去做官，竟是為了你我三個了。如今不是容易纔完了你我的事，難道你我作兒女的，還忍看著老人家，再去苦掙了來養你我不成？所以我忙著收拾出書房來，從明日起，便要先合你兩個告一年半的假。』」安太太道：「怎麼呀，又怎麼不零不搭的，單告一年半的假呢！」張姑娘接口道：「媳婦們也是這等問他。他說：『這一年半裏頭，除了父母安膳之外，你兩個的事，甚麼也不用來攪我。外面的一切酒食應酬，我打算可辭就辭，可躲就躲，便是在家，我也一口酒不吃，且儘這一年半的工夫，打疊精神，認真用用功，先把那舉人進士弄到手裏，請二位老人家歡喜歡喜再講。』」安老爺冷笑道：「他有多大的學力福命，敢說這等狂妄的滿話。」安太太道：「這就可叫作小馬乍行嫌路窄了。」何小姐又接著陪笑道：「婆婆只這等說，還不見他說這話的時候，大媽媽似的那個樣兒呢。盤著腿兒，綳著臉兒，下巴頦兒底下，又沒甚麼，可儘著伸著三個指頭，在那裏綹鬍子似的不住手的綹。媳婦們兩個，只說了句功也得用，公婆跟前，可也得想著常來，伺候伺候。只這句就教導起來了。問著媳婦們說：『要你兩個作甚麼的，此後我在書房裏，父母跟前，正要你兩個隨時替我留心。便是你兩個也難得患難裏結成姻緣，彼此一同侍奉二位老人家，凡家裏的大小事兒，正該趁這年紀學著作起來，也好省一省母親的精神心力。儻然父母有甚麼要使喚我的去處，你們卻不可拘泥。我這話，只管著人告訴我去。』說的媳婦們像兩個傻子，又像兩三歲的孩子，又不好笑他，只好聽一句，答應他一句。此時公公要有甚麼話吩咐他，媳婦叫人書房裏叫去。」安老爺方纔問這話的時節，本是一臉的怒容。及至聽了兩個媳婦這段話，知道這個兒子，不但能穀不為情慾所累，並且還能體貼出自己這番苦心來，不禁喜出望外，說道：「不信我們這個傻哥兒，竟有這股子橫勁。」張姑娘也陪笑道：「自那天說了這話，天天兒比個走遠道兒的還忙呢。等不到天大亮，就起來慌忙著漱漱口，洗洗臉就走。連個辮子也等不及梳。公公不見他這些日子，早上請安，總是從外頭進來。」安老爺只喜得不住點頭。因向太太道：「這小子果能如此，其實叫人可疼。」列公請看，普天下的婦道，第一件開心的事，無過丈夫當著他的面，讚他自己養的兒子。安太太方纔見老爺說公子荒的有些外務，正捏一把汗，怕丈夫動氣，兒子吃虧。不想兩個媳婦這一圓和，老爺又這一誇獎。況且安老爺向日的方正脾氣，從不聽得他輕易誇一句兒子的，今日忽然這樣談起來，歡喜得老夫妻之間，太太也合老爺鬧了個禮行科，說道：「這還不是老爺平日教導的好處。」因又望倆媳婦說道：「他這股子橫勁，也不知是他自己彆出來喲，還是你們倆逼得懶驢子上了磨了呢？」安太太口裏只管是這等說，其實心裏是因兒子疼媳婦的話。那知這句話，倒說著了。那位打算詩酒風流的公子，何嘗不是被他姐妹兩個一席話，生生的把個懶驢子逼上了磨了呢！雖然如此，這卻也不可小看了這個懶驢子。假如你無論怎麼樣，想著方法兒，逼他上磨，他是一個勁兒的屎溺多，坐著陂不上，定了磨了，你又有甚麼法兒。只是安老爺那樣厚德載福的人，怎的會有恁般的兒子。

閒話少敘。卻說安公子這日，正在書房裏溫習舊業，坐到晌午，兩位大奶奶給送出來滾熱的燒餅，又是一大碟炒肉炖燜疙瘩兒，一碟兒風肉，一小銚兒粳米粥，恰好他讀文章，讀得肚裏有些發空，正用得著。便拿起筷子來，揀了幾片風肉，夾上纔咬了一口，聽得父親叫，登時想起「父召無諾，手執業則投之，食在口則吐之，走而不趨」的這幾句禮記來。便連忙恭恭敬敬的，答應了一聲嗻，扔下筷子，把嘴裏嚼的那口餑餑，吐在桌子上，口也不及漱，站起來，就不慌不忙，斯斯文文，行不由徑的，走到上房來。老爺一見，先就笑容可掬的道：「罷了，不必了，我叫你原為今日消閒，想到明年鄉試，要催你用起功來。方纔聽得兩個媳婦說，你自己已經理會到此，這更好了。只是你現在的功課，打算怎的個作法？」公子回道：「打算先讀幾天文章，再作一兩篇文章，且練練心思，熟熟筆路。」安老爺道：「是便是了，只這功課，不是從這裏作起。制藝這一道，雖說是個騙功名的學業，若經義不精，史筆不熟，縱然文章作的錦簇花團，終為無本之學。你的書雖說不生，荒了也待好一年了，只怕那程老夫子，見你是個成人之學，也就不肯照小學生一般，教你背誦。將來用著他時，就未免自己信不及。古人三餘讀書，趁眼前這殘冬長夜，正好把書理一理，再動手作文章不遲。讀的文章，有我給你選的那三十篇啟禎、二十篇近科闈墨，簡練揣摩足夠了，不必貪多。倒是這理書的功夫，切忌自欺，不可涉獵一過。從明日起，給你二十天的限，把你讀過的十三部經書，以至論、孟都給我理出來，論不定我要叫你當著兩個媳婦背的，小心當場出醜。」公子自然是聽一句，應一句。太太合二位少奶奶，一邊是期望兒子，一邊是關切夫婿。覺得有老爺這幾句溫詞嚴諭，更可勉勵他一番。不想這話，那個長姐兒聽見，心裏倒不甚許可了。他暗暗的納悶道：「喲，這麼些書，也不知有多少本兒，二十天的工夫，一個人兒那兒念的過來呀！這要累著呢！」你道好笑不好笑。人家自有天樣高明的嚴父，地樣博厚的慈母，再加花朵兒般、水晶也似的一對佳人守著，還怕體貼不出這個賢郎、這位快婿的。念的過來念不過來，累的著累不著，干卿何事？卻要梅香來說勾當，豈不大怪。不然，揆情度理想了去，此中也小小的有些天理人情。列公如不見信，只看孟子合告子，兩個人抬了半生的硬槓。抬到後來，也不過一個道得個「食色性也」，一個道得個「乃若其情，則可以為善矣」。

閒話休提。卻說安老爺吩咐完了公子這話，便合太太說道：「玉格的功名，是我心裏第一樁事。第二樁便是我家的家計。我家雖不寬餘，也還可以勉強溫飽。都因我無端的官興發作，幾乎弄得家破人亡。還仗天祖之靈，纔幸而作了個失馬塞翁。如今要再去學那下馬馮婦，也就似乎大可不必了。只是我既不再作出山之計，此後衣食兩個字，卻不可不早為之計。這樁事又苦於正是我的尺有所短。這些年，就全仗太太。話雖如此，難道巧媳婦，還作得出沒米的粥來不成。我想理財之道，大約總不外乎生之者眾，食之者寡，為之者疾，用之者舒的這番道理。為今之計，必須及早把我家，這些無用的冗人去一去，無益的繁費省一省。此後自你我起，都是粗茶淡飯，絮襖布衣，這纔是個久遠之計。趁今日你我稍閒，兒媳輩又齊集在此，何不大家計議起來。」太太道：「老爺這話慮得很是，我也是這麼想著。就只這話說著容易，作起來只怕也有好些行不去的。就拿去人說：我家這幾個中用些的家人，都是老輩子手裏留下的，去了一時，又叫他們到那兒去？就是這幾個雇工兒人，這麼個大地方兒，也得這些人纔照應的過來。講到煩費：第一，老爺是不枉花錢的。就是玉格這麼大了，連出去逛個廟，聽個戲都不會。此外老爺想咱們家，除了過日子外，還有甚麼煩費的地方兒嗎？就勉勉強強的摳搜些出來，這個局面，可就不像樣兒了。至於大家的穿的戴的東西，都是現成兒的，並不是眼下得用錢現置。難道此時倒擱起了這個，另去置絮襖布衣不成。老爺想我這話，說的是不是？」安老爺雖是研經鑄史的通品，卻是個稱薪量水的外行。聽了這話，不惟是個至理，並且是個實情。早低下頭去，發起悶為起難來。半日說道：「這等講，難道就坐以待斃不成。」安太太道：「老爺別著急，我心裏也慮了，也不是一天兒了。但是這話，要合我們玉格商量，可是白商量。商量不成，他且合你背上一大套書，沒的倒把人攪糊塗了。倒是我娘兒三個前日說閒話兒，倆媳婦說了個主意，我聽著竟很有點理兒。左右閒著沒事，老爺為甚麼不叫他們說說，老爺聽著可行不可行。萬一可行，或者他們說的有甚麼不是的地方，老爺再給他們駁正，我覺著那倒是個正經主意。」安老爺道：「既如此，叫他們都坐下慢慢的講。」安老爺是有舊規矩的，但是賜兒媳坐，那些丫鬟們，便搬過三張小矮凳兒來，也分個上下手。他三個便斜籤著，伺候父母公婆坐下。這個禮節，我說書的先也以為然。何也呢？往往見那些巨族大家，多半禮重於情，久之情為禮制，父子便難免有個不達之衷，姑媳也就難免有個難伸之隱，也是居家一個大病。何如他家這等父子家人，聯為一體，豈不得些天倫樂趣。

至於那燕北閒人著這段書，大約醉翁之意，未必在酒。他想是算計到何玉鳳、張金鳳兩個人四隻小腳兒通共湊起來，不夠營造尺一尺零。要叫他站在商量完了這樁事，那腳後跟可就有些不行了。當下安老爺見兒媳兩旁侍坐，便問道：「你們是怎麼個見識，盍各言爾志呢！」何小姐先說道：「媳婦們也是那天伺候婆婆，閒話提到我家家計，偶然說到這句話。其實事情，果然行得去行不去，媳婦們兩個究竟弄得成弄不成，此時也不敢說滿了，還得請示公婆。媳婦在那邊跟舅母住著的時候，便聽得圍著這座莊園，都是我家的地。那時候聽著，覺得離自己的心遠，止當閒話兒聽過去了。及至過來，請示婆婆，纔知這些年，年終只進二百幾十兩銀子的租子。問道這個根柢，婆婆也不大清楚。請示公公，果然的這等一塊大地，怎的只進這些租子？我家這地到底有多少頃畝？」安老爺見問，先呵嘎了一聲，說：「這句話，竟被你兩個把我問倒了。這項地原是我家祖上，從龍進關的時候，佔的一塊老圈地。當日大的很呢！南北下裏，南面對著我家莊門，那座山的山陽裏，有一片楓樹林子。那地方兒，叫作紅樹村。從那裏起，直到莊後，我合你說過的那個玄武廟止。東西下裏，儘西頭兒，有個大葦塘。那地方叫作葦灘，又叫尾塘。從那裏起，直到東邊元家村，我們那座青龍橋，這方圓一片大地方，當日都是我家的。自從到我手裏，便憑莊頭年終交這幾兩租銀，聽說當年再多二十餘倍還不止。大概從佔過來的時候，便有隱瞞下的，失迷掉的，甚至從前家人莊頭的詭弊，暗中盜典的都有。這話連我也只聽得說。」何小姐道：「只不知這老圈地，我家可有個甚麼執照兒沒有？」安老爺說：「怎的沒有。凡是老圈地都有部頒龍票。那上面東西南北的四至，都開得明白。只是年老的地，不論頃畝只在一夫之力。一夫能種這塊地的多少上計算，叫作一頃。所以那頃數，至今我再也弄不清了。」何小姐道：「果然如此，那就好說了。有了執照，不愁找不出四至的。按著四至，不愁核不出頃數來。憑著頃數，不愁查不出佃戶來。佃戶一清，那戶現在我家交租，那戶不在我家交租，先得明白了，便可查那不在我家交租，佃戶名下地租，年年都交到甚麼人手裏，查出下落來。如果是失迷的，隱瞞的，怎能便由他隱瞞失迷。只要不究他的以往，便是我家從寬了。即或其中有莊頭盜典出去的，我們既有印契在手裏，無論他典到甚的人家，可以取得回來的。如果典價無多，拿著銀子照價取回來，不合他計較長短，也就是我家從寬了。這等一辦，又加增了進項，又恢復了舊產，豈不是好。況且這地又不隔著三五百里，都圍著家門口兒，也容易查。只要查得清楚，只怕那租子比原數會多出來，還定不得呢。」張姑娘道：「我姐姐這話，說的可真不錯。我到了咱們家這一年多，聽了聽京裏置地，敢則合外省不同。止知合著地價，計算租子，再不想這一畝地，有多大的出息兒。就拿高粱一項講，除了高粱粒兒算莊稼，高粱苗兒，就是莛箒，高粱桿兒，就是秫稭，剝下皮兒來，就織蓆作囤，剝出桔檔兒來，就插燈插匣子，看不得那根子岔子，只作柴火燒，可是家家兒用得著的。到了鄉下，連那葉子也不白扔。那一樁不是利息。合在一處，便是一畝地的租子數兒。就讓刨除佃戶的人工飯食，牲口口糧去，只怕也不止這幾兩銀子。」安老爺靜聽了半日，向太太說道：「太太，你聽他兩個這段話，你我竟聞所未聞。」安太太道：「不然，我為甚麼說他們說的有點理兒呢！」安老爺道：「我只不解，算你兩個都認真讀過幾年書，應該粗知些文義罷了。怎的便貫通到此，這卻出我意外。」何小姐笑說道：「公公只想我妹妹呢，他家本就是個務農人家，到了媳婦，深山一住三年，眼睛看的是這個，耳朵聽的是這個，便合那些村婆兒、村姑兒講些閒話兒，也無非這個。媳婦們兩個，本是公婆特地娶來的，一個南山裏的，一個北村裏的，怎的會不懂呢！」安老夫妻聽了這話，益加歡喜。安老爺便說道：「話雖如此，也虧你兩個事事留心。只是要清這項地，也須費我無限精神。便說弄清了，果然有些莊頭私下典出去的，此時又那裏打算這許多地價？」公子聽到這裏，便站起來稟道：「現放著鄧九太爺給玉鳳媳婦幫箱的那分東西呢！」老爺道：「唻，那原是他師傅，因他娘家沒人疼他的一番深心。自然該留著他自己添補使用，纔不負人家這番美意，怎的作這項用起來。」公子又回道：「他兩個現在的服食器用，都經父母操心，賞得齊全，既沒可添補的地方，月間又有照例的月費，及至有個額外用錢的去處，還是合父母討，他自己還用添補些甚麼？自然該把這項進奉了父母，作這樁正務纔是。」說著，便跪了一跪說：「務必請父母賞收。」安太太道：「不害臊。人家媳婦兒的東西，怎的用你來這麼獻勤兒呀。」安太太這句話，可招出他先天一點兒書毒來了，笑道：「回母親，那是他的，連他還是我的。是我的便是父母的。禮，子婦無私貨，無私蓄，無私器。這等講起來，那又是他的。何況此舉本是出於媳婦玉鳳自己的意思，並且不但他一人的意思，便是金鳳媳婦，也所見略同。不過這話，理應兒子代他們稟白，纔合著唱隨的道理。」安太太道：「阿哥，你別慪我，你只合我簡簡捷捷的說話。這也值得說沒三句話，又背上這麼一大車書。」誰知他這車書，倒正合了乃翁之意。早點頭道：「這話太太自然該聽不明白，然而卻正是婦道應知的。那內則有云：『凡婦不命適私室，不敢退。婦將有事，大小必請於舅姑。子婦無私貨，無私蓄，無私器，不敢私假，不敢私與。』這篇書，正所以補曲禮之不足。玉格這話，卻是他讀書見道的地方。」金玉姐妹，見公公有些首肯，便一齊說道：「這項金銀，現在既白放著，況且公公眼下是不打算出去的了，便讓玉郎明年就中舉人，後年就中進士，離奉養父母，養活這一家，也還遠著的呢！這個當兒，正是我家一個青黃不接的時候兒，何況我家又本是個入不敷出的底子。此後日用有個不足，自然還得從這項裏添補著使。與其等到幾年兒之後，零星添補完了，另打主意。何如此時就這項上，定個望長久遠的主意，免得日後打算。如果辦得有個成局，不惟現在的日用夠了，便是將來的子孫，也進則可仕，退亦可農。這話不知公婆想著怎麼樣？」安老爺聽了，連連點首說道：「善哉！三年之內，無饑饉矣。」說了這句，又低著頭，尋思了半晌，說道：「還有一節難處。果然照這話辦起來，自然要辦個澈底澄清。那算方田核堆垛，卻得個專門行家，我是遜謝不敏，玉格又不能。便是我家這幾個家人，也沒個能的。豈不是依然由著那班莊頭撥弄？」公子道：「這椿事，兒子倒看準了一個人，就是我家這葉通，便弄得來。」安老爺道：「他，我平日只看他認得兩個字，使著比個尋常小廝清楚些。這些事他竟弄得來嗎？」公子道：「不但會，並且精。兒子又怎的曉得呢？因見我丈人常合他一處講究，我丈人拿著本子九章算法，問他幾塊怎樣畸零的田，湊起應合了多少畝？幾塊若干長短的田，湊起來應合多少畝？他拿著面算盤，空手算著，竟絲毫不錯。及至他問我丈人多少地，應收多少高粱、麥子、穀子？我丈人不用打算盤，說的數目，卻又合那算法本子上不差上下。又是怎的一穀二米，怎的一熟兩熟，怎的分少聚多，連那堆垛平尖，都說的出來。據我看起來，大約一邊是從核算來的，一邊是從閱歷來的。只我聽著，覺得比作『夏后氏五十而貢』的那章考據題還難些。」安老爺歎道：「如我父子，正所謂不知稼穡艱難者也。對之得無少愧！」公子原是說自己不通庶務，不想惹得老人家也謙遜起來。一時極力要斡旋這句話，便道：「人有不為也，而後可以有為。便是大聖人，也道得個『吾不如老農，吾不如老圃。』」安老爺聽了，便正色道：「這兩句書講錯了，不是這等講法。吾夫子說『吾不如老農，吾不如老圃』這兩句話，正是『吾非斯人之徒與，而誰與』的鐵板註腳。他老人家，正在一腔的救世苦衷，沒處發洩。想道假如吾道得行，正好同二三子共襄治理。不想這樊遲是話不問，偏偏的要請學稼請學圃起來。夫子深恐他走入長沮、桀溺的一路，儻然這班門弟子，都要這等起來，如蒼生何！所以纔對症下藥，合他講那上好禮的三句。這兩個如字，要作我不照像老農老圃一樣講，不得作我不及老農老圃講。合著下文的『焉用稼』一句，纔是聖人口氣。不然，你只看『道千乘之國，使民以時』的那個時字，可是『四體不勤，五穀不分』的人，說的出來的。」太太聽了，事情不曾說出眉目，他賢喬梓又講起書來了，便道：「這不是嗎？人家媳婦兒，在這裏說正經的，老爺又鬧到孔夫子上去了，這都是玉格惹出來的。」安老爺道：「天下事除了取法孔夫子，那裏還尋得出個正經來。」太太可真被這位老爺慪得受不得了，道：「老爺，咱們爺兒們、娘兒們，現在商量的是吃飽飯。那位孔夫子，但凡有個吃飽飯的正經主意，怎的周流列國的時候，半道兒會斷了頓兒了，拿著升兒糴不出米來呢？這難道不是老爺講給我們聽的嗎？」安老爺道：「此正所謂君子固窮，又浮海居夷，所以發此浩歎也。」安太太只剩了笑，說道：「是了，是了！無論怎麼著罷，算我們明白了就完了。老爺此時，只細想想倆媳婦這話是不是？這主意可行不可行？或者老爺還有個甚麼駁正指示的。索性就把這話商量定規了。」安老爺道：「自古道：『疑人莫用，用人莫疑。』他兩個既有這番志向，又說的這等明白，你我如今竟把這樁事，責成他兩個辦起來，纔是個絜矩之道。此時豈可誤會了那言前定事前定的兩句話，轉去三思而行。」太太道：「不是啲，我是猶疑這倆小人兒，擔不起這麼大事來啲。」老爺道：「咻！『赤也為之小，孰能為之大。』不必猶疑。」說完，便吩咐公子道：「至於你講的那項金銀，也可以不必一定送到我同你娘跟前。你只曉得那子婦無私貨為通論，可知未有府庫財，非其財者也，尤為論之至通者。只此一言可決，不須再議。」因又回頭向太太說道：「我倒還有一說，我往往見人到老來，把這分家，自己牢牢的把在手裏，不肯交給兒孫，我頗笑他不達。細想起來，大約他那不達，也有兩般苦楚。一般苦的是：養著個不肖的子孫，先慮到把我一生艱難創造而來的，由他任意揮霍而去。及至我受了貧苦，還得重新顧瞻他的吃穿。一般苦的是：養著個好子孫，又慮他雖有養志的孝心，我卻把自立的恆產，便算我假作痴聾，也得刻刻憐恤他的心力不足。如今我家果然要把這舊業恢復回來，大約足夠一年的吃穿用度，便不愁他們有個心力不足了。再看這三個孩子的居心行事，還會胡亂揮霍不成。你我就索性把這分家，交給兩個媳婦掌管。兩個人之中，玉鳳媳婦是個明決氣象，便叫他支應門庭。金鳳媳婦，是個細膩風光，便叫他料量鹽米。我老夫妻，只替他們出個主意兒，支個嘴兒，騰出我來，也好趁著這未錮的聰明，再補讀幾行未讀之書。果有餘暇，便任我流覽林泉，寄情詩酒。太太無事，也好戴上個眼鏡兒，刁袋煙兒，看個牌兒，充個老太太兒，償一償這許多年的操持辛苦。玉格卻教他一意用功，勉圖上進，豈非我家不幸中之大幸乎？」太太見老爺說的這等高興，益加歡喜，便道：「我想著也是這樣。老爺既這樣說，好極了。」因望著兩個媳婦笑道：「我再沒想到我熬了半輩子，直熬到你們倆進了門，我這門牌纔算奉了明文了。」

這話暫且按下不表。卻說張太太自從搬出去之後，每日家裏吃過早飯，便進來照料照料。遇著安老爺不在裏頭，便同舅太太合安太太閒話。有個活計也幫著作作。這日進來，正值安老爺在家，他坐了一刻，便去找舅太太。見舅太太正在那裏帶了兩個嬤嬤，張羅他姐妹過冬的裏衣兒，他也就幫著作起來。舅太太是個好熱鬧沒脾氣的人，也樂得借他醒醒脾氣兒，解解悶兒。便合他一面料理針線，一面高談闊論起來。兩個人雖不同道，大約一樣的是不肯白吃親戚的茶飯的意思。作了會子，見天不早了，便收了活，過這邊來。二人一同出了西遊廊角門，順著遊廊，過了鑽山門兒，將走到牕跟前，恰好聽得安太太說到鬥牌算奉了明文的那句話。舅太太便接聲道：「怎麼著鬥牌，會奉了明文咧。好哇，這可是日頭打西出來了，姑太太快告訴我聽聽。」一面說著，進了上房。安老夫妻二位，連忙起身讓坐。便把合兩個媳婦方纔說的話，大約說了一遍。舅太太道：「我不管你們的家務，我只問鬥牌。你們要談家務，別耽擱你們，我們要到妞妞❷屋裏去。」安老爺是位不苟言的，便道：「這話何來？我家的家務，又幾時避過舅太太。」安太太道：「老爺理他呢！他自來是這麼女生外向。」安老爺道：「啊，你姑嫂兩個，也算得二位老太太了。當著兩個媳婦，還是這等頑皮。」舅太太道：「姑老爺，不用管我們的事，我們不能像你那開口就是詩云，閉口就是子曰的。」安太太道：「老爺聽人家，自己願意不是。」舅太太道：「你別仗著你們家的人多呀，叫我們親家評一評。咱們倆到底誰比誰大。」真個大約十七的養了十八的了，從來入行，三日無劣，把這位親家太太，成日家合舅太太一處盤桓，也練出嘴皮子來了。便哈哈的笑道：「可是人家說的咧，舅太太生怕說出燒火的，養了當家的。這句下文，可就太不大雅馴了。幸而不是這句。」只聽他說道：「這可成了人家說的甚麼行子，搖車兒裏的爺爺，拄拐棍兒的孫子咧。」舅

❷ 妞妞：女孩子，北方土話。

太太急的嚷道：「算了，太太。你老歇著罷。他長我一輩兒，你還不依。一定要長我兩輩兒，纔算便宜呢！」安老爺只說得個道：「群居終日，言不及義，好行小惠，難矣哉。」惹得上上下下，都笑個不住。這裏頭金玉姐妹兩個人，是憋著一肚子的正經話，不曾說完。被這一岔，又怕將來作書的燕北閒人寫到這裏，逗不上卯笱兒。良久忍住笑，接著回公婆道：「方纔的話，公婆既都以為可行，交給媳婦們商量去。這事竟靠著媳婦們兩個也弄不成。第一，這踏勘丈量的事，不是媳婦們能親自作的，得合公婆討幾個人。第二，有了這班人，要每日每事的，都叫你們上來煩瑣，那不依然得公婆操心嗎？要說盡在媳婦屋裏辦，也不合體統。況且寫寫算算，以及那些冊簿串票，也得歸著在一處，得斟酌個公所地方。第三，事情辦得有些眉目，銀錢可就有了出入了，人也就有了功過了，得立下個一定章程，這些事都得請示公公，討個教導。」只這句話，又把他尊翁的史學招出來了。便向兩個媳婦說道：「你兩個須聽我說：『凡是決大計，議大事，不可不師古，不可過泥古。』你兩個切切不可拘定了左傳上的稟命則不威，專命則不孝這兩句話。那晉太子申生，原是處在一個家庭多故的時候。所以他那班臣子，纔有這番議論。如今我家是一團天理人情，何須顧慮及此。稟命，是你們的禮，便專命也是省我們的心。我合你們說句要言不煩的話，閫以外將軍制之。你們還有甚麼為難的不成？」他姐妹兩個，纔笑著答應下來。舅太太聽了半日，問著他姐妹道：「這麼說，你們姐兒倆竟會明白了。難道這個甚麼左傳右傳的，你們也會轉轉清楚了嗎？」他姐妹道：「書上的話，卻不懂得。公公的意思，是聽出來了。」舅太太綳著臉兒說道：「這麼說起來，我們這倆外姐姐，要合人下象棋去，算贏定了。」大家聽了這話，不但安太太合安公子小夫妻三個不懂，連安老爺聽了也覺詫異。便問道：「這話怎的個講法？」舅太太道：「姑老爺不懂啊，等我講給你聽。有這麼一個人，下得一盤稀臭的臭象棋。見棋就下，每下必輸。沒奈何請了一位下高棋的，跟著他在旁邊支著兒。那下高棋的，先囑咐他說：『支著兒容易，只不好當著人直說出來。等你下到要緊地方兒，我只說句啞謎兒，你依了我的話走，再不得輸了。』這下臭棋的大樂。兩個人一同到了棋局，合人下了一盤。他這邊纔支上左邊的士，那家兒就安了個當頭炮。他又把左邊的象墊上，那家又在他右士角裏，安了個車。下來下去，人家的馬也過了河了，再一步就要打他的掛角將了。他看了看，士是支不起來，老將兒是躲不出去，一時沒了主意，只望著那支著兒的。但聽那支著兒說道：『一桿長槍。』一連說了幾遍，他沒懂，又輸了回來，就埋怨那支著兒的。那人道：『我支了那樣一個高著兒，你不聽我的話，怎的倒埋怨我？』他說：『何曾支著兒甚麼來著。』那人道：『難道方纔我沒叫你走那步馬麼？』他道：『何曾有這話？』那人急了，說道：『你豈不聞一桿長槍，通天徹地。地下無人事不成。城裏大姐去燒香。鄉裏娘。娘長爺短。短長捷徑。敬德打朝。朝天鐙。鐙裏藏身。身家清白。白面潘安。安安送米。米麵油鹽，閻洞賓。賓鴻捎書雁南飛。飛虎劉慶。慶八十。十個麻子九個俏。俏冤家。家家觀世音。因風吹火。火燒戰船。船頭借箭。箭箭對狼牙。牙牀上睡著個小妖精。精靈古怪。怪頭怪腦。腦恨仇人太不良。梁山上眾弟兄。兄寬弟忍。忍心害理。理應如此。此房出租。出租的那所房子，後院兒裏種著棵枇杷樹。枇杷樹的葉子，像個驢耳朵。是個驢子，就能下馬。你要早聽了我的話，把左手閒著的那個馬，別住象眼，墊上他那個掛角將，到底對挪了一步棋，怎得會就輸呢。你明白了沒有？』那個人低頭想了半天，說：『明白可明白了，我寧可輸了都使得，實在不能跟著你。』二韃子吃螺螄，繞這麼大灣兒。再不想姑老爺，你這麼個大灣兒，你家倆孩子，竟會繞過來了。這要下起象棋來，有個不贏的嗎。」大家聽他數了這一套，已就忍不住笑。及至說完了，安公子先聲不住，噗哧❸一聲，跑出去了。張姑娘是笑得站不住，躲到裏間屋裏，伏在炕桌兒上笑去。何小姐閃在一架穿衣鏡旁邊，笑得肚腸子疼。只把一隻手扶著鏡子，一隻手拄著肋條。安老爺此時也不禁大笑不止，嘴裏說：「豈有此理，豈有此理。」笑到極處，把手往桌子上一拍，卻拍在一個茶盤上，拍翻了碗，潑了一桌子茶，順著桌邊流下來。他怕溼了衣裳，連忙站起來一躲，不防他愛的一個小哈巴狗兒，正在腳踏底下爬著。一腳正踹在狗爪子上，把個狗踹得嚇嚇叫成一團兒。這個當兒，舅太太只管背了這麼一大套。張親家太太，是一個字兒不曾聽明白，也不知大家笑的是甚麼，他只望著發怔。及至聽見那個狗嚇嚇，又見長姐兒抱在懷裏，給他揉爪子。張太太纔問道：「咱兒咧，不是轉了腰子咧！」恰巧，張姑娘忍著笑過來，要合何小姐說話。他把隻手拄著肋叉窩，便問：「姐姐，不是笑岔氣了。」忽然聽他母親沒頭沒腦的問了這句，便笑道：「媽，這是怎麼了。人家姐姐一個人麼，也有會轉了腰子的。」這個岔一打，大家又重新笑起來。好容易大家住了笑。安太太那裏還笑得喘不過氣兒來，只拿著條小手巾兒，不住的擦眼淚。舅太太只沒事人兒似的說道：「也沒見我們這位姑太太，一句話也值得笑的這麼著。」張太太道：「他敢是又笑我呢。」安太太聽了，忍不住又笑起來。直笑得皺著個眉，握著胸口，連連擺著一隻手說：「我笑的不是這個。我笑的是我自己心裏的事。」兒子媳婦見這樣子，只圍著打聽母親婆婆，笑甚麼？太太是笑著說不出來。安老爺一旁坐著，斷聲不住了。自己說道：「你們三個不用問了，等我告訴你們罷。我上頭還有你們一位大太爺，他從小兒就死了。我行二。我小時候的名兒，就叫作二韃子。你舅母這個笑話兒，說對了景了。

❸ 噗哧：笑聲。

這個老故事兒，眼前除了你母親合你舅母，大約沒有第三個人知道了。」安公子小夫妻，以至那些媳婦子丫頭們聽了，只管不敢笑，也由不得哄堂大笑起來。虧得這陣哄堂大笑，纔把這位老爺的一肚子酸文，薰回去了。當下大家說笑一陣，安太太便留親家太太吃過晚飯纔去。

話休絮煩。卻說安公子自此一意溫習舊業，金玉姐妹兩個，閒中把清理地畝這樁事，商量停妥。便請示明白公婆，先派了張進寶，作了個坐莊總辦。派了晉升、梁材、華忠、戴勤四個，分頭丈量地段。派了葉通，合算頃畝造具冊檔。又請安老爺親自過去請定張親家老爺，照料稽查。凡是這班家人不在行的，都由他指點。張老起初也是做作，辭了一辭。怎奈安老爺再三懇求，他又是個誠實人，算了算也樂得作樁事兒，既幫助了親戚，又不拋荒歲月，便一口應承。他姐妹見人安插妥了，便把東院倒座的東間，收拾出來，作了個公所。牕戶上安了兩扇玻璃屜子，凡有家人們回話，都到牕前伺候。他兩個便在臨牕居中，安了張桌子，對面坐下，隔牕問話。但有不得明白的，便請張親家老爺進來商辦。一切安置齊備，然後纔請過張親家老爺來，並把那班家人，傳到公婆跟前，三面交代了一番。先是安老爺頭兩天，已經把這話吩咐了眾人。到這日止，冠冕堂皇，曉諭了幾句。便說道：「這話我前日都告訴明白你們了，至於這樁事的辦法，我都責成了你兩位大奶奶了。」隨又向金玉姐妹說：「你們再詳詳細細的囑咐他眾人一遍。」兩個人得了公公的話，答應了一聲。何小姐便先開口道：「其實公公既吩咐過了他們，可以不須媳婦們再說。但是既承公婆把家裏這麼一件要緊點兒的事，放心交給媳婦們倆小孩子帶著他們辦，有幾句話，自然得交代在頭裏。」說著一扭臉，便望著眾人說道：「你們可把我這話聽明白了。」張進寶先沉著嗓子答應了一聲：「嗻！」何小姐便吩咐道：「張爹，你是第一個平日的不欺主兒，不辭辛苦的，不用我們囑咐。我倒要囑咐你，不必過於辛苦。怎麼呢？老爺既派你作個總辦，這個歲數兒，不必天天跟著他們跑。只他眾人撥弄不開的地方，親自到一到，再嘴碎一點兒，精神周到一點兒，便有在裏頭了。到了華忠、戴勤兩個奶公，老爺所以派你們的意思，卻為平日看著你兩個，一個耿直，一個勤謹起見。並不是因為一個是大爺的嬤嬤爹，一個是我的嬤嬤爹，必該派出來的。就算為這個，你兩個可比別人，更得多加一番小心。講到晉升、梁材，也是家裏兩三輩子的家人。就是葉通，受老爺、太太的恩典日子淺，主兒的性情，家裏的規矩，想來也該知道。此時你們該是怎麼盡心，怎麼竭力，怎麼別偷懶，怎麼別撒謊，這些散話，我都不合你們絮叨。如今得先把這樁事的，從那裏下手，從那裏收功，說給你們。第一，這樁事，你大家不可先存一個畏難的心。這個樣兒的冷天，主兒地炕火爐的圍著還嫌冷，卻教你們在漫荒野地，丈量地去，豈不顯得不體下情些。然而沒法兒，要不趁這地閒著的時候丈量，轉眼春暖農忙，緊接著青苗在地，就沒了丈量的日子了。限你們明日後日兩天，傳齊了那些莊頭，把這話告訴明白他們了。接著就查起來。第二，不可先存一個省事的心。查起來，你們四個人，斷不許分開，我豈不知把你們四個，分作四路，查著省事些。無如這丈量的事，斷不是一個人照料得過來的。及至弄不清楚，依然是由著莊頭，怎麼說怎麼好，不如不查了。你們查的時候，那怕三五畝地，一兩家佃戶也罷，總是你們四個，同著葉通，帶著承那管的莊頭，跟同著查。從莊頭手裏起，佃戶花名。從佃戶名下查畝數，從畝數裏頭查租價，歸進來核總。第三，不可存一個含混的心。查的時候，人不許分，查過之後，地可得分。如莊稼地是一項，菜園子是一項，菓木莊子是一項，棉花地是一項，葦子地是一項，某項各若干，共若干，查清楚了，這裏頭還得分出個，那是良田，那是薄地。那是高岸，那是低窪。將來纔分得出收成分數。還得他們指明白了，那是額租地，那是養贍地，那是劃利地。這又為甚麼呢？假如把好地都儘莊頭佃戶佔了，是壞地都算了主人家的額租，這卻使不得。一總查明白了，聽上頭分派。此外查到盜典出去的地，莊頭佃戶，既不屬我家管，可得防他個不服你們查這事。便得責成給張爹了。先告訴明白他說，這地我們眼下就要贖的，此時查明白了，日後莊佃一概不動。不然，等贖回來，我家卻要另自派人招佃。這話講在頭裏，他大約也沒個不服查的理。如果裏頭有個嚼牙❹的呢，他也不過是個人罷咧，我又有甚麼見不得他的呢？只管帶來見我。你們果真照我這話辦出個眉目來，現在的地是清了底了。出去的地，是落了實了。兩下裏一擠，那失迷的失迷不了了，那隱瞞的也隱瞞不住了。這件事可就算大功告成了。此後再要查出遺漏，可就是你們幾個人的事了。此時你們且查地去，至於將來怎的個撥弄，怎的分段，怎的個招佃，怎的個議租，此時定法不是法，你們再聽老爺、太太的吩咐。方纔這番話，有你們聽不明白只管問。有我說的不是的，只管駁。總以家裏的事為重，辦得妥當，莫說老爺、太太，還是施恩獎賞，是個臉面。即不然，你們作家人的，也同我們作兒女的一樣，替老家兒省操心，給主兒出力，都是該的。設或辦得不妥當，那一面兒的話，還用我說嗎？你們自然想得出來。到那時候，大家可得原諒我個沒法兒。」眾人齊聲答應，都說：「奴才們，各秉天良，儘力的巴結。」何小姐說完了這話，老爺、太太已經十分歡喜痛快。又見張姑娘，從袖裏取出一個經摺兒來。送到安老爺跟前說道：「媳婦兩個，還商量的這話，怕家人們一時未必聽得清，記得住，所以按著這個辦法，給他們開出一個章程來，請公公看。」說著，臉又一紅笑道：「公公可別笑，這可就是媳婦胡亂寫的，實在不像個字。」安老爺

❹ 嚼牙：多說廢話。

只知他識得幾個字，卻不知他會寫。接過來，且不看那章程，先看那字。雖說不得衛夫人美女簪花格，卻居然寫得周正勻淨。再看了看那章程，雖沒甚麼大文法兒，粗粗兒也還說得明白了。並且不曾寫一個鼓兒詞上的字。安老爺不禁大樂。列公，若果然圍住京門子，曾有老圈地家裏，再娶上一個北村裏的村姑兒，一個南山裏的孤女兒，作兒子媳婦，認真都這麼神棍兒似的，倒也是世上一樁怪事。好在我說書的，是閒口弄閒舌。你聽書的，是夢中聽夢話，見怪不怪，且自解悶消閒。

卻說安太太見老爺不住的讚那字，生怕又招出一段酸文來，打攪了話岔兒。便說道：「老爺要看著沒甚麼改動的，就交給他們細細兒的看看去罷。」安老爺且不望下文，倒遞給張老爺看。說道：「親家你看，卻真難為這兩個小孩子。」張老此時，是一肚子的耕種刨鋤，磨礱篩簸，斷想不到了叫他看那文法字體。接到手裏，篇兒也沒翻，仍舊遞給安老爺說道：「親家我不用瞧，我們倆姑奶奶合我講究了，這麼好幾天咧，怎麼著好啊，早就該打這主意，一來親家咱倆坐下，輕易也講不到這上頭。二來我的嘴又笨，不大愛說話。自從我到了你家裏，這麼看著，甚麼都講拿錢買去，世界上可那的這些錢呢。」安太太笑道：「親家老爺，這些東西，要不拿錢買去，可從那裏來呢！」張老道：「噯，親家太太，也怪不得你說這話，你們都是金枝玉葉，天子腳底下長大了的，可到那兒聽這些去呢。等我說給你老公母倆聽。你只要把這地弄行了，不差甚麼，你家裏就有大半子，不用買的東西了。」安老爺聽了，深為詫異。只聽他說道：「將纔我們這姑奶奶，不說要把這地分出幾項來嗎？就拿這莊稼地，說認真的種上幾塊的稻子，你家的大米先省多了。」安老爺笑道：「親家，你這一句話，就不知京城吃飯之難了。京裏仗的是南糧。」張老道：「仗南糧。我只問你，你上回帶我逛的那稻田場，那麼一大片，人家怎麼種的？咱們這裏，又四面八方守著河，安上他兩盤水車子，還愁車不上水來呀。要不用車，挖了水道，僱上四個長工戽水，也夠使的了。趕到收了稻子，一年喝不了的香稻米粥，還剩若干的稻草，喂牲口呢！麥子一熟，吃新鮮麵不算外，還帶管不攙假，要拌個碾轉子吃，也不用買。趕到磨出麵來，喂牲口的麩子也有了。那豆子、高粱、穀子，還用說嗎？再說菜，有的是。那麼兩三塊大園子，人要種個嗎兒菜，地就會長個嗎兒菜。除了天天的水菜，到了醃菜，過冬的時候，咱還用整車的，買疙疸白菜。大捆的，買玉瓜韮菜去作甚麼呀！有了麵，有了豆子，有了芝麻，連作麻醬磨香油，咱自家也就弄了。再說，那菓木莊子咧，我看你家這塊地裏，大大小小，倒有四五個山頭子呢！那山上的菓子，可就不少。鮮的乾的，那件是居家用不著的，又那件子是不得拿錢買的。棉花更不用講了。是說你家爺兒們、娘兒們，不穿粗糙衣裳。這些老媽媽子們哪、小女孩子們哪，往後來倆姑奶奶再都抱了娃子，那不用個幾尺粗布喂！」張姑娘聽了，悄悄兒合何小姐說道：「說的好好兒的，這又說到二屋裏了。」兩個正在說著，只聽安太太笑道：「親家說的這話，可真有理。只是你看我家，這些人那是個會紡線織布的，難道就穿這麼一身棉花襖兒嗎？」他道：「怎麼沒人兒會呀！你親家母就會。他儈家大妗子也會。你只問閨女兒，他說得不會呀！」張姑娘又悄悄兒的道：「索性閨女也來了。」那張老說得一團高興，也不管他說甚麼。又道：「等著咱多早晚，置他兩張機，幾張紡車子，就算你家這些二奶奶們學不來罷，這些佃戶的娘兒們，那個不會。找了他們來按著短工，給他工錢，再給上兩頓小米子鹹菜飯，一頓粥。等織出布來，親家太太，你摟摟算盤看，一疋布管比買的便宜多少？再要講到燒焰兒，遍地都是山上乾樹枝子，地下的乾草、蘆葦葉子、高粱夼子，那不是燒的。不過親家你們這大戶人家，沒這麼作慣，再說也澆裏不了。這些東西，如今你不把這地弄行了嗎？將來議租的時候，可就合他們說開了。甚麼是該年終供給咱的，按季供給咱的，按月供給咱的，按天供給咱的，除了他供給咱的東西，餘外的都折了租子。你瞧一天比一天，進的錢兒是多了，出的錢兒是少了。你家躺著吃，也吃不了。為甚麼人家說靠天吃飯，賴天穿衣呢！那都講拿錢買呢！我沒說嗎，我說話不會耍舌頭。這也是在親家你家，他們底下的夥伴兒們沒個吊猴的。這要有個吊猴的，得了這話，還不夠他們罵我的呢！」安老夫妻兩個，聽了他這段老實話，大合心意。一時覺得這個鄉裏親家，比那止於年節八盒兒的城裏親家，大有用處。齊便說：「好極了，這也不是一時的事，我們算一總求下親家了。」安老爺說著站起來，又給他打了一躬。不想這話，張進寶在旁邊聽了，不但不吊猴，他比主人還快活，說道：「奴才還有句糊塗話，咱們家如今既難得娶了這麼兩位大奶奶，又遇著奴才親家老爺肯幫著。老爺、太太，可別猶疑，覺得拿著咱們這麼個門子，怎麼學著打起這個小算盤來了。那話別聽他，這是個根本，早該這樣。」安老爺道：「好極了。我正為親家老爺面上，有句話交代你們。你先見到這裏，更好。」纔待要說，他早聽出安老爺的話來，回道：「老爺、太太請放心。奴才沒回過嗎，都是主兒，別講親家老爺，還是為咱們的事，再向來親家老爺，待奴才們也最恩寬。眾家人有一點差錯，老爺惟奴才是問。」安老爺又說了句：「很好。」便把那個經摺兒交下去。他纔帶了大家退下去。卻說張進寶領了眾人下去，又合他們嘮叨了一番。張親家老爺坐了會子，就告辭。閒中也周旋了大家幾句。過了兩日，便次第的踏勘丈量起來。這話不但不是三五句可了，也不是三兩月可完。他家只覺得忙過殘冬，早到開春。開春之後，纔交穀雨，便是麥。秋纔過芒種，便是大秋。漸漸的槐花黃起來了，舉子忙起來了。這大半年的功夫，公子除了誦讀之外，每月三六九日的文課，每日一首試帖詩，都是安老爺親自命題批閱。那公子要知真個足不出戶，目不窺園，日就月將，功夫大進。轉眼已是八月初旬，場期近矣。這正是：利用始知耕織好，名成須仗父兄賢。要知後事如何？下回書交代。

第三十四回　屏紈袴穩步試雲程　破寂寥閒心談月夜

這回書話表安公子，從去冬埋首用功，光陰荏苒，早又今秋。歲考也考過了，馬步箭也看過了，看看的場期將近。這日正是七月二十五日。次日二十六，便是他文課日期。晚飯用過無事，便在他父親前，請領明日的題目。安老爺吩咐道：「明日這一課，不是照往日一樣作法。你近日的工夫，卻大有進境。只你這番，是頭一次進場。場裏雖說有三天的限。其實除了進場出場，再除去吃睡，不過一天半的工夫。這其間三篇文章一首詩，再加上補錄草稿，斟酌一番。筆下慢些，便不得從容。你向來作文，筆下雖不遲鈍，只不曾照場規鍊過。明日這課，我要試你一試。一交寅初，你就起來。我也陪你起個早。你跟我吃些東西，等到寅正，出去發給你題目。便在我講學的那個所在作起來，限你不准繼燭，把三文一詩作完。吃過晚飯，再謄正交卷，卻不可潦草塞責。我就在那裏，作個監試官。經這樣作一番，不但我得放心，你自己也有些把握。」說著，便合太太說：「太太明日給我們弄些吃的。」太太自是高興，卻又不免替公子懸心，便道：「老爺何必還起那麼早啊！有他師傅呢！還是叫他拿到書房裏，弄去罷。當著老爺別再嚇的作不上來，老爺又該生氣了。」太太這話，不但二位少奶奶覺得是這樣好，連那個不須他過慮的司馬長卿也望著老爺俯允。不想安老爺早沉著個臉，答道：「然則進場在那萬餘人面前，作不作呢！何況還有主考房官，要等把這三篇文章一首詩，合那萬餘人比試，又當如何？」太太聽了無法，因吩咐公子道：「既那麼著，快睡去罷。」公子下來，再不道老人家還要面試。進了屋子，便忙忙的脫衣睡覺。金玉姐妹兩個，生怕他明日起在老爺後頭。兩個人換替著熬了一夜。不曾打寅初，便把公子叫醒，梳洗穿衣上去。幸喜老爺還不曾出堂。少刻老爺出來，連太太也起來了，便道：「你們倆送場來了。」當下公子跟著老爺飽餐一頓。到了外面，筆硯燈燭，早已備得齊整。安老爺出來坐下，便向懷裏取出一個封著口的紅紙包兒來，交給公子道：「就在這屋裏作起來罷。」自己卻在對面那間坐去。拿了本朱子大全，在燈下看。又派了華忠，伺候公子茶水。卻說公子領下題目來，拆開一看。見頭題是：「孝者所以事君也」一句。二題是：「達巷黨人曰一章」。三題是：「中也者，天下之大本也，和也者，天下之達道也」四句。詩題是：「賦得講易見天心」。下面旁寫著得心字。五言六韻。且住，待說書的來打個岔。這詩文一道，說書的是不曾夢到，但是也曾見那刻本兒上，都刻的是五言八韻。怎的安老爺只限了六韻呢？便疑到這個字是個筆誤。提起筆來，就給他改了個八字。也防著說這回書的時節，免得被個通品聽見笑話，說我是外行。不想這日，果然來了個通品，聽我的書。他聽到這裏，說道：「說書的，你這書說錯了。這兒女英雄傳，既是康熙、雍正年間的事。那時候不但不曾奉試帖增到八韻的特旨，也不曾奉文章只限七百字的功令。就連二場還是耑習一經，三場還有論判呢。怎的那安水心，在幾十年前，就叫他公子作起八韻詩來了？」我這纔明白，此道中，不是認得幾個字兒，就胡開得口，混動得手的。從此再不敢強不知以為知了。

閒話少說，言歸正傳。卻說安公子看了那詩文題目。心下暗道：「老人家這三個題目，是怎的個命意呢？」摹擬了半日，一時明白過來道：「這頭題，正是教孝教忠的本旨。三題是要我認定性情作人。

第二個題目大約是老人家的自況了。那詩題，老人家是邃於周易的，不消講得。」想罷，便把那題目條兒，高高的粘起來。望著他謀篇立意，選詞琢句。一面研得墨濃，蘸得筆飽，落起草來。及至安老爺那邊纔要早飯，他一個頭篇，一首詩早得了。二篇的大意也有了。那時安老爺早把程師爺請過來，一同早飯。公子跟著吃飯的這個當兒，老爺也不問他作到那裏。一時吃罷了飯，他出來走了走，便動手作那個二三篇。那消繼燭，只在申正的光景，三文一詩，早已脫稿。又仔細斟酌了一番，卻也累得週身是汗。因要過去先見見父親，回一句稿子有了。覺得累的紅頭漲臉的不好過去。便叫華忠進去取了大銅鏇子來，濕個手巾擦臉。華忠到了裏頭，正遇著舅太太在那裏合倆奶奶閒話。那個長姐兒，也在跟前。大家還不曾開得口，那長姐兒見了他，便先問道：「華大爺，大爺那文章作上幾篇兒來了？」華忠道：「幾篇兒只怕全得了。這會子擦了臉，就要送給老爺瞧去了。」舅太太便合長姐兒道：「你這孩子，纔叫他娘的狗拿耗子❶呢！你又懂得幾篇兒是幾篇兒？」他自己一想，果然這話問得多點兒。一時不好意思，便道：「奴才可那兒懂得這些事呢！奴才是怕奴才太太惦著，等奴才先回奴才太太一句去。」說著，便梗著個兩把兒頭如飛而去。

話休絮煩。卻說公子過來，見程師爺正在那裏合老爺議論：「今年還不曉得是那一班腳色進去呢！那莫、吳兩公也不知有分無分？」正說著，老爺見公子拿著稿子過來，問道：「你倒作完了嗎？」因說：「既如此，我們早些吃飯。讓你吃了飯，好謄出來。」公子此時飯也顧不得吃了，回道：「方纔舅母送了些吃的出來，吃多了，可以不吃飯了。莫如早些謄出來，省得父親合師傅等著。」老爺道：「既這樣

❶ 狗拿耗子：多管閒事；做外行的事。

發憤忘食起來，也好就由你去。」一時要了飯，老爺便合程師爺飲了兩杯。飯後，又合程師爺下了盤棋。程師爺讓九個子兒，老爺還輸九十著。他撇著京腔笑道：「老爺的本領，我諸般都佩服。只有這盤棋，是合我下不來的。莫如合他下一盤罷。」老爺道：「誰？」抬頭一看，纔見葉通站在那裏。老爺因他這次算那地冊，弄得極其精細。考了考他肚子裏，竟零零碎碎有些個，頗覺他有點出息兒。一時高興，便換過白子兒來，同他下了一盤。程師爺苦苦的給老爺先擺上五個子兒。葉通還是儘力的讓著下，下來下去，打起劫來，老爺依然大敗虧輸。盤上的白子兒不差甚麼沒了。說道：「不想陽溝裏也會翻船。」程師爺便笑道：「老爺這盤棋，雖在陽溝裏，那船也竟會翻的呢！」老爺也不覺大笑道：「正不可解，這椿事我總合他不大相近，這大約也關乎性情。還記得小時節，長夏完了功課，先生也曾教過，只不肯學。先生還道：『你怎的連博弈猶賢這句書也不記得？你不肯學，便作一首無所用心的詩我看。』先生是個忖我的意思，這首詩，怎的好作。你看我小時節渾不渾？便口占了一首七絕，對先生道：『平生事物總關情，雅謝紛紛局一枰。不是畏難甘袖手，嫌他黑白太分明。』這話將近四十年了。如今年過知非，想起幼年這些不知天高地厚的話，真覺愧悔。」說話間，公子早謄清楚詩文，交卷來了。安老爺接過頭篇來看著，便把二篇勻給程師爺看。老爺這裏纔看了前八行，便道：「這個小講倒難為你。」程師爺聽了便丟下那篇，過來看這篇。只看那起講寫道是：

且孝經一書，上章僅十二言不別言忠，非略也。蓋資事父即為事君之地，求忠臣必於孝子之門。自晚近空談拜獻，喜競事功，視子臣為二人，遂不得不分家國為二事。究之令聞未集，內視已慚，而後歎孝經一書，所包者為約而廣也。

程師爺看完了道：「妙！」又道：「只這個前八行，已經拉倒閱者那枝筆，不容他不圈了。」說著便歸座看那一篇。一時各各的看完了，彼此換過來看。因合老爺道：「老爺你看那二篇的收尾，一轉何如？」安老爺接過來一面看著，一面點頭。及至看到結尾的一段，見寫道是：

此殆夫子聞達巷黨人之言，所以謂門弟子之意與？不然，達巷黨人，果知夫子。夫子如聞魯太宰之言可也。其不知夫子。夫子如聞陳司敗之言可也。況君車則卿御，卿車則大夫御，御實特重於周官，適衛則冉有僕，在魯則樊遲御，御亦習聞於吾黨，御固非卑者事也。夫子又何至每況愈下，以所執尤卑者為之諷哉！噫，此學者所當廢書三歎與！

老爺看罷，連連點頭。不覺拈著鬍子，翻著白眼，望空長歎了一聲道：「這句話卻未經人道過。」程師爺便道：「他這段文字，全得力於他那破題的『惟為大聖以學御世，宜非執名以求者所知也』的兩句。所以小講，纔有那聖人，『達而在上，執所學以君天下，而天下仰之。窮而在下，執所學以師天下，而天下亦仰之』的幾句名貴句子，早作了後股裏面出股的『執以居魯適周，之齊楚，之宋衛，之陳蔡』，合那對股的『執以訂禮正樂，刪詩書，贊周易，修春秋』的兩個大柱意的張本。直從博學成名，把這個御字打成一片，怎得不逼出這後一段未經人道的好文字來。」一時程師爺把那三篇看完，大叫：「恭喜，恭喜！中了，中了！只這第三篇的結句，便是個佳讖。」老爺笑問：「怎的？」他便高聲朗誦道：

此中庸之極詣，性情之大同，人所難能，亦人所盡能也。故曰，其動也中！

說著，又看了那首詩。安老爺便讓程師爺加墨。程師爺道：「不，今日這課是老爺特地要看看他的真面目，兄弟圈點起來，誘掖奬勸之下，未免總要看得寬些。竟是老爺自己來。」安老爺便看頭二篇。把三篇合詩，請程師爺圈點。一時都圈點出來。老爺見那詩裏的「一輪探月窟，數點透梅岑」兩句，程師爺只圈了兩個單圈，便問道：「大哥這樣兩句好詩，怎麼你倒沒看出來？」程師爺道：「我終覺這等題目，用這些花月字面離題遠些。」安老爺道：「不然，你看他這月窟梅岑，卻用得是『月到天心處』，合『數點梅花天地心』兩句的典。那探字、透字，又不脫那個講字。竟把講易見天心這個題目，扣得工穩的很呢！」程師爺拍案道：「啊喲，老爺你這雙眼睛，真了不得。」說著拿起筆來便加了幾個密圈。又在詩文後加了一個總批。那程師爺的批語，不過照例幾句通套讚語。安老爺看了，便在他那批語後頭，提筆寫了兩行。批道是：

三藝亦無他長，只讀書有得，便說理無障，動中肯綮。詩亦熨貼工穩。持此與多士爭衡，庶不為持衡者齒冷。秋風日勁，企予望之。

公子見這幾句奬勉交至的庭訓，竟大有個許可之意，自己也覺得意一時。程師爺便讓老爺帶了公子進去歇息，又笑道：「今日老爺自然要些奬賞，纔好教學生益知勉學。」老爺道：「這個自然。」說著程師爺拿了他的毛竹煙管、藍布煙口袋去了。卻說公子隨安老爺進來，太太迎著門兒便問道：「沒鑽狗洞啊？」

安老爺道：「豈想今日竟算難為他的了。」太太見老爺露著喜歡，坐下便笑問道：「老爺瞧我們玉格這回考去，到底有點邊兒沒有哇！」老爺未曾開口，先動了點兒牢騷，說道：「這話實在難講，這科名一路，兩句千古顛簸不破的話，叫作窗下休言命，場中莫論文。照上句講，自然文章是個憑據。講到下句，依然還得聽命去。只就他的文章論，近來卻頗頗的靠得住了。所不可知者命耳。況且他纔第一次觀光，那裏就敢望僥倖。只要出場後，文章見得人，便再遲些發達，也未為不可。只不可步乃翁的後塵就是了。」說著，便回頭吩咐公子道：「你今日作了這課，從明日起，便不必作文章了。場前的工夫，第一要慎起居，節飲食。再則清早起來，把摹本流覽一番，歛一歛神。晚上再靜坐一刻，養一養氣。白日裏倒是走走散散，找人談談。否則閒中望望行雲，聽聽流水，都可活潑天機。到場屋裏，提起筆來，纔得氣沛詞充，文思不滯。我這裏還給你留著件東西，待我親自取來給你。」說著便站起來，叫人拿了燈到西屋裏去。公子見老爺親身去取這件東西，一定因師傅方纔的話，有件甚麼珍重器皿獎賞。不一刻只見老爺從西屋裏，把自己當年下場的那個考籃，用一隻手提出來。看了看那個荊條考籃，經了三十餘年的雨打風吹，煙薰火燎，都黑黃黯淡的看不出地兒來了。幸是那老年的東西還實在，那布帶子還是當日太太親自纏的縫的，依然完好。列公，你道安老夫妻既指望兒子讀書下場，怎的連考具都不肯給他置一分。原來依安太太的意思，從老早就張羅要給兒子，精精緻緻從頭置分考具。無奈老爺執意不許，說必得用這一分，纔合著弓冶箕裘的大義。逼著太太收拾出來，還要親自作一番交代。因此纔親自去拿，便提了出來。滿臉堆歡的向公子道：「此我三十年前故態也。便是裏頭這幾件東西，也都是我的青氈故物。如今就把這分衣鉢，親傳給你，也算我家一個十六字心傳了。」列公，你看有是父必有是子。那公子見父親賞了這分東西，說了這段話，真個比得了件珍寶，他還心喜。連忙跪下，雙手接過來，放在桌兒上。安太太合老爺向來是相敬如賓的。方纔見老爺站起來，太太早不肯坐下。及至拿了這個籃子來，便站在桌兒跟前，揭開那個籃蓋兒，把裏頭裝的東西，一件一件拿出來，交付公子。金玉姐妹兩個，也過來幫著檢點。只見裏頭放著的號頂、號圍、號帘，合裝米麵餑餑的口袋，都洗得乾淨。卷袋、筆袋，以至包菜包蠟的油紙，都收拾得妥貼。底下放著的便是飯碗、茶盅，又是一分匙筯筒兒。合銅鍋銚子、蠟籤兒、蠟剪兒、風爐兒、板凳、釘子、錘子之類。都經太太預先打點了個妥當。因向公子說道：「此外還有你自己使的紙筆墨硯，以至擦臉漱口的這分東西，我都告訴倆媳婦了。帶的餑餑菜，你舅母合你丈母娘給你張羅呢。米呀、茶葉呀、蠟呀，以至再帶上點兒香啊、藥啊，臨近了，都到上屋裏來取。」何小姐最是心熱不過的人，聽了婆婆這話，一面歸著那東西，合張姑娘道：「實在虧婆婆想的這樣周到。」安太太笑道：「妞妞，也不是我想的周到，實告訴你罷。我那天打點著這分東西，自己算了算，連恩科算上，再連這次，我這是打點到第十九回了。」安老爺在旁邊，自己又屈指算了一算，從自己鄉試起，至今又看著兒子鄉試，轉眼三十餘年，可不是十九回了嗎？自己也不免一聲浩歎。纔收拾完畢，太太又叫長姐兒把那個新絮的小馬褥子、包袱、褐衫、雨傘，這些東西都拿來交給你大奶奶。又聽安老爺說道：「正是我還有句話囑咐。」因吩咐公子說道：「你進場這天，不必過於打扮的花鶉鴿兒似的。看天氣就穿你家常的那兩件棉袷襖兒。上頭套上那件舊石青臥龍袋。第一得戴上頂大帽子。你只想朝廷開科取士，為國求賢，這是何等大典！赴考的士子，倒隨便戴個小帽子兒去應試，如何使得？」公子只得聽一句，應一句。他只管這等恪遵父命。只是纔得二十歲的孩子，怎得能像安老爺那樣老道。更加他新近纔磨著母親給作了件簇新的洋藍縐綢三朵菊的薄棉襖兒，又是一件泥金摹本緞子耕織圖花樣的，半袖悶葫蘆兒。舅母又給作了個絳色平金長字兒帽頭兒。倆媳婦兒是給打點了一分絕好的針線活計。正想進場這天，打扮上花哨花哨。如今聽父親如此吩咐，心裏卻也不能一時就丟下這分東西。太太是怕兒子委曲，便說道：「一個小孩子家，他愛穿甚麼戴甚麼，由他去罷，老爺還操這個心。」安老爺道：「不然，太太只問玉格，我上次進場出場他都看見的，是怎的個樣子？」回頭又問著公子道：「便是那年場門首的那班世家惡少，我也都指給你看了。一個個不管自己肚子裏是一團糞草，只顧外面打扮得美服華冠，可不像個金漆馬桶。你再看他滿口裏那等狂妄。舉步間，那等輕佻。可是個有家教的，學他則甚。」太太同金玉姐妹聽了這話，纔覺得老爺有深意存焉。公子益發覺得這番嚴訓，正說中了他一年前的病，更不敢再萌此想。只有那個長姐兒心裏不甚許可，暗道：「人家太太說的很是，老爺子總是扭著我們太太，二位大奶奶也不勸勸，聽起來場裏有上千上萬的人呢！這幾天要換了季還好，再不換季，一隻手跨著個筐子，腦袋上可扛著頂緯帽，怪鬪笑兒的。叫人家大爺臉上怎麼拉得下來呢！」咳，這妮子那裏曉得他那個大爺，投著這等義方的嚴父，仁厚的慈母，內助的賢妻，也不知修了幾生，纔修得到此。便跨著筐兒，扛頂緯帽何傷。

閒話少說。當下公子便把那考籃領下去。倆媳婦又張羅著把包袱等件送過去。過了兩天，便有各親友來送場。又送來的狀元餻、太史餅、棗兒桂圓等物，無非預取高中占元之兆。這年安老爺的門生，除了已經發過科甲的幾個之外，其餘的都是這年鄉試，安老爺也一一的差人送禮看望，苦些的還幫幾兩元卷銀子。公子合這班少年，都在歇場的時候，大家也彼此來往，談談文，講講風氣。那年七月，又是小盡。轉眼之間，便到八月。那時烏大爺早從通州查完了南糧回來。安老爺預先託下他，一聽下宣來，即忙給個主考房官單子，打算聽了這個信，纔打發公子進城。說定了依然不找小寓，只在步量橋宅裏住。外面派了華忠、戴勤、隨緣兒、葉通四個跟去。張親家老爺，也要同去，以便就近接送照料。安老爺、安太太更是放心。頭兩天便忙著叫人先去打掃屋子，搬運行李，安置廚房。一直忙到初六日。纔吃早飯，早有烏大爺差人送了聽宣的單子來，用個紅封套裝著。安老爺拆開一看，見那單子上，竟沒甚麼熟人。正主考是個姓方的，副主考裏面一個也姓方，那個雖是旗員，素無交誼。老爺當下便有些悶悶不樂。你道為何？難道安老爺那樣個正氣人，還肯找個熟人給兒子打關節不成。絕不為也！只因這兩位方公，雖是本朝名家，刻的有文集行世。只是向來看他二位的文章，都是清矯艱澀，島瘦郊寒一路。合公子那高華富麗的筆下，迥乎兩個家數。那個滿副主考，自然例應迴避旗卷，正合著不願文章高天下，只要文章中試官的兩句話。便慮到公子此番進場，那個中字，有些拿不穩。所以兜的添了樁心事，卻只不好露出來。公子此時是一肚子的取青紫如拾芥，那裏還計及那主司的方圓。這個當兒，太太又拉著他儘著囑咐：「場裏沒人，跟著夜裏睡著了，可想著蓋嚴著些兒。」舅太太也說：「有菜沒菜的那包子合飯，可千萬叫他們弄熱了再吃。」張太太又說：「不咧，熬上鍋小米子粥，煮上幾個雞子兒，那倒也飽了肚子咧。」金玉姐妹是第一次經著這番灞橋風味，雖是別日無多，一時心裏，只像是還落下了件甚麼東西，又像是少交代了句甚麼話，只不好照婆婆一般當著人一樣一樣的囑咐。正在大家說著，華忠、戴勤、隨緣兒、葉通四個家人，上來回張親家老爺，叫回：「老爺、太太不進來了，合程師爺老爺頭裏先去了。」又回道：「大爺車馬也伺候齊了。」隨著便領隨身的包袱馬褥子，一時僕婦們往外交東西。公子便給父母跪了安，又見了舅母、岳母，舅太太先給他道了個喜，說：「下月的這幾天兒裏，再聽著你的喜信兒。我們家的老少兩位姑爺，可都算我眼瞅著成的人了。我也算得個老古董兒了。」張親家太太便接口道：「姑爺，你只搶個頭名狀元回來，咱就得了。」安老夫妻聽了，各各點頭而笑。安太太又說：「纔囑咐的話，可別忘了。」老爺又吩咐：「你一出場，家裏自然打發人看你去。就把頭場的草稿子帶來我看，不必另謄，也不許請師傅改一個字。」說著又點了點頭。說：「就去罷。」公子滿臉笑容，答應著纔要走。太太道：「到底也見見倆媳婦兒再走哇。」公子連忙回身，向著他兩個規規矩矩的一站，兩人也綳著個盤兒，還了一站。彼此對站了會子，卻都不大得話。還是公子想起一句人天第一義的話來，說道：「我昨兒晚上，囑咐你們的，節下給父親、母親拌的那月餅餡兒，可想著多擱點兒糖。」他說了這句，便一臉的飛黃騰達，興匆匆回身就走。金玉姐妹倆借著答應那聲，也搭赸著送出屋門來。公子下了臺堦兒，早有眾家人圍隨上跟著走了。安老夫妻隔著那玻璃，扭著身子直看他出了二門，還在那裏望。不提防這個當兒，身背後猛可的噹啷啷一聲響，老夫妻倒嚇了一跳。一齊回過頭來一看，原來是那長姐兒臂膊上戴著的一副包金鐲子，好端端的從手上脫落下來了。掉在地下，噹啷啷的一響，又咕嚕嚕的一滾。一直滾到門檻兒跟前纔住。老爺忙問：「這怎麼講？」太太是最疼這個丫鬟，生怕他挨說，便道：「都是老爺的管家幹的，給人家打了那麼大圈口，怎麼不脫落下來呢！」他道：「等著得了空兒，再交出去毀打毀打罷。」何小姐道：「別動他，等我給你圈弄上就好了。」說著接過來，把圈口給他掐緊了，又把式樣端正了端正。一面親自給他戴在手上，一面悄悄的向他笑道：「你瞧圈弄上就好了不是。等要放他的時候，咱們再放。可惜了兒的，為甚麼毀他呢。」在大奶奶說的是平平靜靜的話，他不知聽到那裏去了。不由的把個紫色的臉蛋兒，羞的小茄包兒似的。便給何小姐請了個安，又低著雙眼皮兒，笑嘻嘻的道：

「這要不虧奶奶，誰有這麼大勁兒呀。」當下安太太以至大家看了他這舉動，都說：「到底歲數大些了，懂得個規矩。」這段話在當日沒人留心，今日之下，入在這評話裏，當天理人情講起來，不禁叫人想到那王實甫的：「猛聽得一聲去也，鬆了金釧，遙望見十里長亭，減了玉肌。」這兩句不僅是個妙句奇文，竟也說得個人情天理。諸公要不信這話，博引煩稱，還有個佐證。就拿這兒女英雄傳裏的安龍媒講，比起那紅樓夢裏的賈寶玉，雖說一樣的兩個翩翩公子，論閥閱勳華，安龍媒是個七品京堂的弱息。賈寶玉是個累代國公的文孫。天之所賦，自然該於賈寶玉獨厚纔是。何以賈寶玉那番鄉試，那等難堪，後來直弄到死別生離。安龍媒這番鄉試，這等有興，從此就弄得功成名就。天心稱物平施，豈此中有他謬巧乎？不過安公子的父親，合賈公子的父親，看去雖同是一樣的道學。一邊是實實在在，有些窮理盡性的功夫，不肯丟開正經。一邊是丟開正經，只知合那班善於騙人的單聘仁，乘勢而行的程日興，每日裏在那夢坡齋作些春夢。婆娑的春夢，自己先弄成個文而不文，正而不正的賈政，還叫他把甚的去教訓兒子。安公子的母親，合賈公子的母親，看去雖同是一樣的慈祥。一邊是認定孩提之童，一片天良，不肯去作罔人。一邊是一味地向家庭植黨營私，去作那罔人勾當。只知把娘家的甥女兒，攏來作媳婦，絕不計夫家甥女兒的性命難堪。只知把娘家的姪女兒攏來當家，絕不問夫兄家的父子姑媳。因之離間自己先弄成個罔之生也幸而免的王夫人，又叫他把甚的去撫養兒子。講到安公子的眷屬何玉鳳、張金鳳，看去雖合賈公子那個幃中人薛寶釵、意中人林黛玉，同一豔麗聰明。卻又這邊是刻刻知道愛惜他，那點精金美玉同心合意，媚茲一人。那邊是一個把定自己的金玉姻緣，還暗裏弄些陰險。一個是妬著人家的金玉姻緣，一味肆其尖酸，以至到頭來弄得瀟湘妃子，連一座血淚成斑的瀟湘館，立腳不牢，終至美人魂歸地下，畢竟玉帶林中掛。蘅蕪君連一所荒蕪不治的蘅蕪院，安身不穩，替和尚獨守空閨，如同金釵雪裏埋。還叫他從那裏之子于歸，宜其室家。便是安家這個長姐兒，比起賈府上那個花襲人來，也是一樣的從幼服侍公子。一樣的比公子大得兩歲，卻不曾聽得他照那襲而取之的花襲人，一般同安龍媒初試過甚麼雲雨情。然則他見安公子往外一走，偶然學那雙文長亭哭宴的減了玉肌，鬆了金釧。雖說不免一時好樂有些不得其正，也還算發乎情，止乎禮，怎的算不得個天理人情呢！何況安公子比起那個賈公子來，本就獨得性情之正。再結了這等一家天親人眷，到頭來安得不作成個兒女英雄。只是世人略常而務怪，厭故而喜新，未免覺得與其看燕北閒人這部腐爛噴飯的兒女英雄傳小說，何如看曹雪芹那部香豔談情的紅樓夢大文。那可就為曹雪芹所欺了。曹雪芹作那部書，不知合假託的那賈府有甚的牢不可解的怨毒，所以纔把他家不曾留得一個完人，道著一句好話。燕北閒人作這部書，心裏是空洞無物，卻教他從那裏講出那些忍心害理的話來。

閒話少說，言歸正傳。再講安公子回到住宅，早有張親家老爺，同著看房子的家人，把屋子安置妥當。程師爺已經到場門口看牌去了。一時回來，看得公子的名字，排在頭排之末。說：「看這光景，明日得早些去聽點了。歇息歇息，吃些東西，靜一靜罷。」他說著便帶了葉通，親自替學生檢點考具。公子見諸事用不著他自己照料，想起從前父親赴考時候的景象，越覺冷暖不同。接著便有幾個親友本家來看過去了。到了次日五鼓，家人們便先起來張羅飯食，服侍公子盥漱飲食。裝束已畢。程師爺、張老又親自把考具行李替他檢點一過。門戶自有看房子的家人照料。大家催齊車馬，便都跟著公子，逕奔舉場東門而來。公子纔進得外磚門，早見梅公子站在個高地方，手裏拿著兩枝照入籤，得意洋洋的高聲叫道：

「龍媒這裏來！」公子走到跟前。只聽他道：「你來的正好。咱們不用候點名了。我方纔見點名的那個都老爺，是個熟人。我先合他要了兩枝籤，你我先進去罷，省得回來人多了擠不動。又免得內磚門多一次搜檢。」公子是謹記安老爺幾句庭訓，又因這番是自己進步之初，從進門起，就打了個循規蹈矩，一步不亂的主意。便回覆他說：「我的名字在頭牌後半路呢，此時進去，也領不著卷子。莫如還等著點進去罷。」說話間，早聽見點名臺上唱起名來。梅公子道：「我可不等你了。」說著把那支籤丟給了公子，先自去了。公子依然候著點了名，隨著眾人，魚貫而入。走來到內磚門頭道搜檢的所在，原來這處搜檢，不過虛應故事，那監視搜檢的，只有幾位散秩大臣副都統，還有幾位大門行走的侍衛公。這班侍衛公，卻不是欽派的。每到鄉會試，不過侍衛處照例派出幾個人來。在此當差，卻一般的也在那裏坐著。公子候著前面搜檢的這個當兒，見那班侍衛公，彼此正談得熱鬧，只聽這個叫那個道：「喂，老搭呀，明兒沒咱們的事，是個便宜。我們東口兒外頭，新開了羊肉館兒，好齊餡兒餅。明兒早起，咱們在那兒鬧一壺罷？」那個嘴裏正用牙斜含著根短煙袋兒，兩隻手卻不住的搓那個醬瓜兒煙荷包裏的煙，騰不出嘴來答應話。只吭了一聲，搖了搖頭。這個又說：「放心哪，不吃你喲。」纔見他拿下煙袋來，從牙縫兒裏激出一口唾沫來，然後說道：「不在那個。我明兒有差。」這個又問：「說不是三四該著呢嗎？」他又道：「我們幫其實不去這盪差使，倒誤不了，我們那個新章京來的噶。你有本事給他擱下。他在上頭，就把你幹下來了。」公子聽了這話，一個字不懂。往前搶了幾步，又見還有二位在那裏敬鼻煙兒。一個接在手裏，且不聞，只把那個爆竹筒兒的磁鼻煙壺兒，拿著翻來覆去看了半天，說：「這是獨釣寒江啊！可惜是個右釣的，不行。要是左釣的，就值錢咧。」說著把那鼻煙兒，磕了一手心。用兩個指頭撮著，抹了兩鼻翅兒。不防一個不留神，誤打誤撞，真個吸進鼻子一點兒去。他就接連不斷，打了無數的嚏噴，鬧得涕淚交流。那個看了，哈哈大笑說：「算了罷，這東西要嗆了肺，沒地方兒貼膏藥。」他纔連忙把鼻煙壺兒還了那個，還道：「嚄，好霸道傢伙。只保管是一百一包的。」公子聽了這套，更茫然不解。看了看前面的人，一個個搜過去。輪到自己，恰好，走到個乾癟黃瘦的老頭兒面前。公子一看，只見他一張迂緩面孔，一副孱弱形軀，身上穿兩件邊幅不整的衣服，頭上戴一個黯淡無光的亮藍頂兒，那枝俏擺春風的孔雀翎，已經蟲蛀的剩了光桿兒了。一個人垂頭低眉的坐在那裏，也沒人理他。公子因見前面的人，都是解了衣裳搜，纔待放下考籃，忽聽那老頭兒說道：「罷了。不必解衣裳了！這道門的搜檢，不過是奉行功令的一樁事。到了貢院門還得搜檢一次呢！一定是這等處處的苛求起來，殊非朝廷養士求賢之意。趁著人鬆動，順著走罷。」公子應了一聲，連忙就走。心下暗道：「怎的這位侍衛公的話，我聽著又居然會懂呢！這人莫非是個楚材晉用，從那裏換了盪班回來的罷！我只愁他這個樣子，怎生合方纔那班鳶肩火色的矯矯虎臣，會弄得到一處？他要竟弄得到一處，這人也就算個遭劫在數的了。」一路想著，看進了那座內磚門。不曾到得貢院門跟前，便見門罩底下，那班伺候搜檢的提督衙門番役、順天府五城青衣，都揎拳擄袖的，在那裏搜檢。被搜檢的那些士子，也有解開衣裳敞胸露懷的，也有被那班下役，伸手到滿身上混掏的。及至搜完的，又不容人收拾妥當，他就提著那條賣估衣般的嗓子，高喊一聲，早過，便催快走。那班士子一個個掩著衣襟，挽著袷包，背上行李，跨上考籃，那隻手還得攥上那根照入籤。再加上煙荷包煙袋，這纔邁著那大高的門檻兒進去。看著實在受累之至。公子有些心怯。不一時搜到挨近前面的那個人，卻又是七十餘歲，老不歇心的一位老者。纔走上去，便有旁邊站的一個戴涅白頂兒藍翎兒，生得凹摳眼，蒜頭鼻子，白臉黃鬚，像個回子模樣的番子，先喝了一聲，站住！擱下筐子，把衣裳解開，早聽得東邊座上那位大人說道：「你當差只顧當差，何用這等大呼小叫的，太不懂官事了。」把個番役嚇得不敢則聲。大家虛應故事一番，那老者便受了無限功德。公子探頭向上望了望，原來不是別人，正是烏克齋。因不好上前招呼，只低了頭。烏克齋看見了他，倒欠了欠身讓道：「別耽擱了，就隨著進去罷。」公子進了貢院門，見對面便是領卷子的所在。他此時纔進門來，那一身傢什，已經壓得滿頭大汗。正想找個地方歇歇，再上去領卷子。看了看，那梅問羹還在那裏候著。又有烏大爺的兄弟托誠村，並兩三個少年，都在牆腳下把考籃聚在一處，坐在上面閒談。他也湊了大家去，把考籃放下。梅公子先合他說道：「我方纔悔不聽你的話，只管進來，這半天卷子依然不得到手，竟沒奈他何。不信你跟我看看去。」說著拉了安公子，擠到放卷子的那個杉槁圈子跟前。只見一班八旗子弟，這個要先領，那個又要替領，吵成一片。上面坐的那位鬢髮蒼然的都老爺，卻只戴著個眼鏡，拿著枝紅筆，按著那冊子，點一名，叫一人，放一本。任你吵得暗地昏天，他只我行我法。正在吵不清，內中有個十八九歲的小爺，穿一件土黃布主腰兒，套一件青哦噔綢馬褂子，褡包繫在馬褂子上頭，挽著大壯的辮子，騎在那杉槁上，拿手裏那根照入籤，把那御史的帽子敲得拍拍的山響。嘴裏還叫道：「都老爺，喂！你把我那本兒，先給我找出來呢！」那御史便是十年讀書，十年養氣，也耐不住了。只見他放下筆，摘下眼鏡來問道：「你是那旗的秀才？名字叫作甚麼？」他道：「我不是秀才，我們太爺，今年纔給我捐的監。我叫綳僧額。我們太爺是世襲呵達哈哈番。九王爺新保的梅愣章京。我是官卷，你瞧罷，管保那卷面子上都有。」那御史果然覷著雙近視眼，給他查出來。看了看，便拿在手裏，合他道：「你的卷子卻有了，國家明經取士，是何等大典。況且士子器識，怎的這等不循禮法，不守臥碑❷？難道你家裏竟沒些子家教的不成。你這本卷子，不必領了，我要扣下指名參辦的。」這場吵，直吵到都老爺把個看家本事拿出來了，大家纔得安靜。那御史依然是按名散卷，叫到那個綳僧額，大家又替他作好作歹的說著，都老爺纔把卷子給他。還說道：「我這卻是看諸位年兄分上，只是看你這等惡少年，領這本卷子去，也未必作得出好文字。」那位少爺話也收了，接過卷子來，倒給人家斯文掃地的，請了個安。安公子在旁看了歎息一聲，便合托二爺說道：「誠村看這光景，你我益發該三復古人『樂有賢父兄也』的這句書了。」一時他幾個也領了卷，彼此看了看，竟沒有一個同號的。各各的收在卷袋裏，拿上考具，進了兩層貢院門，交了籤。只見兩旁公案邊，坐著許多欽派稽查接談換卷的大臣。恰好安公子那位拜從看文章的老師吳侍郎，也派了這差使。見公子進來，便問道：「進來了，是那個字號？」那時候正值順天府派來的那一群佐雜官兒要當好差使，不住的來往的喊道：「老爺們，東邊的歸東邊，西邊的歸西邊。」喊得個公子急切裏聽不出老師問的這句話來。那大人便點首，把他叫到公案前，問了一遍。他纔答道：「成字六號。」吳大人回頭指道：「這號在東邊極北呢！」只這一回頭，適逢其會，看見他的跟班畢政，在身後站著。原來貢院以內，帶不進跟班的家人去。都是跟班的老爺跟著。這位老爺的官名，叫作答哈蘇。吳大人便向他道：「答老爺，奉託你罷，把我這學生送過柵欄去。」卻說那位答老爺見本大人在人輪子裏，派了他這樣一件切近差使。一想看這機會，今年京察，大有可望。又見安公子是個旗人，一時氣誼相感，便也動了個衛顧同鄉的意思。欣然答應了一聲，便接過公子的考具，送出東柵欄。又說道：「大兄弟你

❷ 臥碑：明、清兩朝在各處孔子廟的明倫堂上立一碑，上刻約束生員的條文，叫做「臥碑」。

瞧，起腳底下到北邊兒，不差甚麼一里多地呢！我瞧你了不了，這兒現成的水火夫，咱們破倆錢兒，僱個人就行了。」一面說著，招手從那邊叫了個人夫來。一面就把腿一抬，又把手往衣襟底下一綽，摸著褲帶上那個錢褡褳兒，掏出一把錢來，要給那個人。公子忙攔道：「不勞破費，這考籃裏有錢，等我取出來。」他便一手攔著公子的胳膊，說道：「好兄弟咧，咱們八旗，那不是骨肉。沒講究。」說著，早把他手裏那把錢，遞給那人。公子沒法，只得謝過了他，便把考具一切，都交那個人拿上。安公子此時卸下那身邊累贅來，覺得週身好不鬆快。便同了那人逍遙自在的迤邐向北而來。一路上留心，看那座貢院時，但見龍門綽楔，棘院深沉，東西的號舍萬瓦毘連。夜靜時兩道文光沖北斗。中央的危樓千尋高聳，曉來時一輪羲馭湧東隅。正面便是那座氣象森嚴，無偏無倚的，那至公堂這個所在，自選舉變為制藝以來，也不知牢籠了幾許英雄，也不知造就成若干人物。那時正是秋風初動，耳輪中但聽得明遠樓上，四角高挑的，那四面硃紅，月藍旗兒被風吹得旗角招搖，向半天拍喇喇作響。青天白日，便像有鬼神呵護一般。無怪世上那些有文無行，問心不過的，等閒不得進來。便是功名念熱，勉強進來，也是空負八斗才名，枉吃一場辛苦。

閒話少說。卻說安公子正在走過無數的號舍。只見一所號舍，門外山牆，白石灰上，大書成字號三個大字。早有本號的號軍，從那個短柵欄上頭，伸手把那人扛著的考具接過去。那人去了，公子還等著給他開柵欄進號呢。那知那柵欄是釘在牆上的，不曾封號以前，出入的人，只准抽開當中那根木頭，鑽出鑽入。公子也只得低頭彎腰的，鑽進號筩子去。看了看南是牆面，北作棲身。那個院落，南北相去，多也不過三尺。東西下裏，排列得蜂房一般。倒有百十間號舍。那號舍立起來，直不得腰。臥下去，伸不開腿。吃喝拉撒睡，紙筆墨硯鐙，都在這塊地方。假如不是這地方，出產舉人、進士這兩樁寶貨，大約天下讀書人，那個也不肯無端的萬水千山跑來，嚐恁般滋味。公子當下歇息片刻，一樣的也把那號帷號帘釘起來，號板支起來。衣帽鋪蓋碗盞傢具吃食柴炭一切歸著起來。這樁事本不是一個人幹得來的事，更加他又是奶娘丫鬟服侍慣了，不能一個人幹事的人。弄是弄的不妥當，只將將就就鼓搗了會子就算結了。幸喜伺候那幾間號的一個老號軍，是個久慣當過這差使的。見公子是個大家勢派，一進來把例賞號軍的餑餑錢米就賞了不算外，餘外又給了個五錢重的小銀錁兒，樂的他不住問茶問水的殷勤。這個當兒，這號進來的人就多了。有搶號板的，也有亂坐次的，還有諸事不作，找人去的，人找來的，甚至有聚在一處亂吃的，酣飲的。便是那極安靜的，也脫不了旗人的習氣。喊兩句高腔，不就對面牆上，貼幾個燈虎兒，等人來打。公子看了這班人，心中納悶，只說：「我倒不解他們是幹功名來的，是頑兒來的？」他一個人靜坐在那小窩兒裏，凝神養氣，看看午後，堂上的監臨大人，見近堂這幾路旗號的爺們，出來進去，登明遠樓，跑小西天，鬧的實在不像了。早同查號的御史查號，封了號口柵欄。這一封號，雖是幾根柳木片兒門戶，一張木紅紙的封條，法令所在，也同畫地為牢，再沒人敢任意行動。公子見眼前來往的人，都已靜了些。纔把他窗下的揣摩本，心裏默誦了一過。叫號叫弄熱了飯，又熱菜吃了。纔點燈，便放下號帘子，靠了包袱待睡。可奈牆外是梆鑼聒噪，堂上是人語喧嘩，再也莫想睡得穩，良久纔睡熟。一時各號的人也都睡了，準備明日鏖戰。那班號軍也偷空兒棲在那個屎號跟前坐著打盹兒。卻說內中那個老號軍，睡到三更過後，鑽出來去出小恭。完了事纔回頭，只見遠遠的倒像那第六號的房簷上，掛著盌來大的盞紅燈。那老號軍吃了一驚，說道：「這位老爺，是不曾進過場的。守著那油紙號帘，點上盞燈。一時睡著了，刮起風來，可是頑得的。」連忙跑過來，想要叫醒了他。不想走到跟前，卻早不見了那盞燈。他揉了揉眼睛道：「莫不是我睡得楞裏楞怔眼離❸了。」恰好這個當兒，公子一覺睡醒。一睜眼見屋裏漆暗，又轉了向兒了。糢裏糢糊的叫了聲：「花鈴兒，你看燈都待要滅了，也不起來撥撥。」那老號軍便打了個岔說：「老爺，你老放心睡罷。沒燈啊！是我的眼離了。」公子又不曾留心他說的所以然，只想誤呼著小婢，倒來個老軍，不覺自己失笑，不好再提。便合他要了個火，點上燈，看了看牆上掛的那個表，已經丑正了。便要水擦了擦臉，又叫那老號軍熬了粥，纔得收拾完畢，號口邊值號的委員，早已喊接題紙。少時，那號軍便給送了他一張來。連忙燈下一看，只見當朝聖人出的是三個富麗堂皇的題目。想著自然要取幾篇筆歌墨舞的文章，且喜正合自己的筆路。看那詩題，又是牕下作過的。便是第一、第三文題，也像作過。靜想了想，大勢也都還記得起。暗喜這可就省事多了。忽又一轉念道：「不是這等，古人師友之間，還要請試他題，豈有欽命題目，我自己纔識雲程，便這等欺心，把牕課來塞責的理。父親看了先要不喜，不可徒亂人意。不如把他丟開，另作纔是。」隨把題目折起，便伸手提筆，起起草來。纔得辰刻，頭篇文章，合那首詩，早已告成。便催著號軍，給煮好了飯，胡亂吃了一碗。天生的世家公子哥兒，會拿甜餑餑解餓，又吃了些杏仁乾糧油餅之類，也就飽了。便把第二、三篇作起來。只在日偏西些都得了。自己又加意改抹了一遍，十分得意。看了看天氣尚早，便吃過晚飯，上起卷子來。他的那筆小楷，又寫的飛快，不曾繼燭，添註塗改，點句勾股，都已完畢。連草都補齊了。點起燈來，自己又低低的吟哦了一遍，隨即把卷子收好，把稿子也掖在卷袋裏。閒暇無事，取出白棗兒、桂

❸眼離：眼花。

元肉、炒糖菓脯，這些零星東西，大嚼一陣。剩下的吃食，都給了號軍。就靠著那包袱，歇到次日天明。那個老號軍便幫他來把東西歸著清楚，交卷領籤，趕頭排便出了場。到貢院頭門，早見他岳丈張老先生、程師爺，以至華忠諸人，直擠到門檻邊等他。一時見公子㑳早出來，都不勝歡喜。程師爺先問了聲：「得意嗎？」他回道：「還算妥當。」張老早把考籃包袱接過去，遞給眾家丁。一行人簇擁出了外磚門。程師爺便合他同車，要文稿看。因說道：「頭三兩個題目，你都作過。」他道：「便是詩也作過。卻都不曾用那牕稿。」因從卷袋裏，把那草稿取出來。程師爺一面看，一面用腦袋圈圈兒。便道：「只這前八行，便有才氣發皇氣象。恭喜恭喜。」一時看完，說道：「詩也不黏不脫，大有可望。」一時回到宅裏，公子不及別事，便叫葉通取了個小紅封套，把文稿折好，又親自寫了個給父母請安的安帖。封起來，打發戴勤飛馬立刻給父親送去。恰巧戴勤走後，安老夫妻，早打發晉升來接場。舅太太又叫趕露兒送了來的吃食。二位奶奶給包了來添換的衣服，公子也問了父母的起居。晉升一一回答，又說：「老爺還說，爺得晌午後出來。吩咐奴才天晚了，索性等明日送了爺進場，再把文章稿子帶回去。誰知爺已經老早的出來，倒先打發人請安去了。」公子道：「戴勤大約今日也不得回來，你依然遵著老爺的話，明日回去罷。」說著，便有幾家親友來看，都說道：「不好久談，請歇息罷。」興辭而去。公子吃得一飽，撒和了撒和，便倒頭大睡。養精蓄銳，準備進二、三場。

這且不在話下。卻說安老爺急於要看看兒子頭場的文章，有望無望，又愁他出來得晚，晉升今日斷趕不回來。只落得負著雙手，滿院裏一盪一盪的轉圈兒。正在走著，見戴勤來了，忙問道：「你回來作甚麼？」戴勤請了安，又替公子請了安，忙回明原由。安老爺一面進屋子，一面拆那封套。便坐下伏案細看那詩文草稿。安太太只儘著問戴勤說：「你瞧大爺那光景，還沒受累呀！沒著涼啊！」戴勤回道：「奴才爺很好，出來是紅光滿面的。程師爺說準中。」金玉姐妹聽了，也自放心。這個當兒，太太見老爺看完了文章，只默默不語。不禁問道：「老爺看著怎麼樣？」原來安老爺看得公子的文章，作得精湛飽滿，詩亦清新，卻也歡喜。只愁他才氣過於發皇，不合那兩位方公的式，所以心中猶疑。見太太一問，正待說明原由，一想他娘兒們，自然同我一般的期望。此時說出這話，倒添他們一樁心事，便道：「難為他，中是竟中得去了，只看命罷！」太太同兩個媳婦，聽了便歡喜起來。戴勤退出房門去，兩個嬤嬤又在廊簷底下截住他，問長問短。那個長姐兒趕出趕進的聽了個夠。他倒說道：「人家老爺合師老爺，都說大爺中定了。還用你們老姐兒倆絮叨。」閒言少敘，卻說那日已是八月初十日，中秋即近。接著忙了幾天節事。到了十五晚上，老夫妻正喜多了兩個媳婦，慶賞團圓。偏兒子又不在膝下，但是天下事事若求全，何所樂呢！待月上時，安太太便高高興興，領著兩個媳婦圓了月。把西瓜月餅等類，分賞大家。又隨意給老爺備了些菓酒。因舅太太、張親家太太，沒處可過團圓節，便另備一席，請過來要自己陪著。舅太太是再三不肯，說：「今日團圓節，沒說你兩位不一席坐的。我陪著親家太太，叫他們小姐兒倆兩席張羅，豈不好。」安太太見說得有理，便也依允。只是安老爺赴了這等酒場，坐下實在無可與談的。恰好那夜後半夜月蝕，舅太太問起這個道理來，可就開了老爺的天文門了。纔待講起，張太太說：「我懂的，那是天狗吃了。我們那地方，只要廟裏打一陣鐘，他嚇的就吐出來了。」安老爺不禁大笑說道：「豈其然哉！這日月蝕的道理，由於日躔最高，居九天第三重。月躔最低，居九天第八重。日行得疾，每日行周，只欠周天三百六十五度之一的一度。月行得遲，不及日行十三度有餘度。日月行得不能晝一，此所以朝日東昇，新月西見之原由也。日有光，月無光，月恆借日之光以為光，所以合朔則生明，既望則生魄。此去上弦下弦之明驗也。日月行走，既互有遲疾，躔度又各有高下，行得遲疾高低，上下相值，日光在天，為月魄所掩，便有日蝕之象。日光繞地，為地球所隔，便有月蝕之象。乍掩乍隔則初食，半掩半隔則食既，全掩全隔則食甚。彼此相錯，則生光而復圓。非天狗之謂也。」舅太太說：「我記不得這麼些累贅喲！我只納悶兒，人家欽天的，那些西洋人，他怎麼就會算得出來呢！」安老爺道：「何必西洋人，古之人皆然。苟得其故，千歲之日至，可坐而致也。」說著，便要講那分至歲差積閏的道理。舅太太萬想不到，問了一句話，招了姑老爺這許多考據，聽著不禁要笑，便道：「我不聽那些了，我只問姑老爺一件事。咱們這供月兒，那月光馬兒旁邊兒，怎麼供著對雞冠子花兒，又供兩枝子藕哇？」安老爺竟不曾考據到此，一時答不出來。舅太太道：「姑老爺敢則也有不知道的。聽我告訴你。那對雞冠花兒，算是月亮裏的娑羅樹。那兩枝子白花藕，是兔兒爺的剔牙杖兒。」恰好安老爺吃了一個嘎嘎棗兒，被那個棗兒皮子，塞住牙縫兒。拿了根牙籤兒，在那裏剔來剔去，正剔不出來。一時把安太太婆媳笑個不住。舅太太還只管問道：「姑老爺知道這是那書上的。」問得安老爺沒好意思，只得笑道：「此所謂夫婦之愚，可以與知焉。及其至也，雖聖人亦有所不知焉了。」大家談到將近二更散席。金玉姐妹兩個，定要請舅太太、張太太到東院裏等看月蝕。舅太太道：「不早了，大家歇歇兒，明日還得早些起來，預備接場呢。」大家散後，他二人也就回房。等到那輪皓月復了圓，又攜手並肩，倚著門兒望了回月。見那素彩清輝，益發皎潔圓滿。須臾一層層現出五色月華來。他二人賞夠多時，纔得就寢。準備明日給公子接場，補慶中秋。這正是：未向風雲占聚會，先看人月慶雙圓。要知安公子出場後又有個甚的情由，下回書交代。

第三十五回　何老人示棘闈異兆　安公子占桂苑先聲

這回書且按下金玉姐妹在家，怎的個準備接場。折回來再說安公子進過二場，到了三場，節屆中秋，便有家裏送來的月餅菓品之類，預備他帶進場去過節。又有安老爺另給程師爺、張親家老爺送的酒，備的菜。這些瑣事，都不必細講。卻講場裏辦到第三場，場規也就漸漸的鬆下來。那時功令尚寬，還有中秋這夜，開了號門，放士子出號賞月之例。那夜安公子早已完卷。那班合他有些世誼的，如梅問羹、托誠村，這幾個人，也都已寫作妥當，準備第二日趕頭排出場。又有莫聲盦先生的世兄，同著兩個人。一個是管日扮的同鄉，姓鮑名同聲，字應珂，合莫世兄是表兄弟。一個是旗人，名惠來，號遠山，也是莫聲盦手裏的秀才。因莫世兄談起安公子的品學丰采，兩個人想要會會他。莫世兄便順道拉了梅公子、托二爺，一同找到公子號裏來。那時號裏士子，大半出去遊玩去了，號裏極其清靜。這班少年英俊，彼此一見，自然意氣相投。當下幾個人坐下，各道傾慕，便大家高談闊論起來。先是彼此背誦了會子頭場文章。這個推許那個一番，那個又向這個謙遜兩句。梅公子道：「你眾位此時且不必互相推許謙讓。等出了場，我指引你們一個地方去領領教，那就真知道是誰中誰不中了。」那個鮑應珂道：「吾兄講的莫不是琉璃廠觀音閣新來的那個風鑑先生。」梅公子道：「倒不曉得這個人。況且這科甲一路的科名，可是那些江湖相面的相得出來的。」莫世兄道：「我曉得了，你府上設的呂祖壇，最靈驗的，一定是扶乩了。」

他又道：「我家設的那座壇，不談休咎。這個所在，只怕比純陽祖師說的，還有把握些。」安公子道：「莫信他搗鬼，這個兄弟品學心地，氣味件件交得。只是他頑皮起來，十句話只好信他三句。」梅公子道：「不信由你。等出場後，我幾個人訂個日子同去，你卻莫要耐不住，著個人來窺探。」莫、鮑、惠三個人，早已在那裏問他：「可好攜帶我們同去？」他道：「都是功名中有分的，這又何妨！」托二爺說：「既那樣，咱們十六出場，十七就去。」他道：「你就熱到如此，一出場誰不要歇歇乏，拜拜客，怎麼來得及。」安公子也被他說的躍躍欲動，便說：「既如此，你訂日子罷。」他低著頭掐指，尋紋算了半日。口裏還吶吶的念道：「這日不妥。那日欠佳。」忽然抬頭向大家道：「這樣罷，這個日子，我們竟定在出榜這天罷。」大家聽了，不禁大笑。安公子道：「我說他是夢話不是？」梅公子道：「我說的不是夢話。你們說的纔是夢話呢！科甲這一途，除了不會作文章合會作文章而不成文章的不算外，餘者都中得。只這樁事，單靠文章，未必中用。是要仗福命德行來扶持文章的。何況三項都有了，還要分個運會機緣的遲早。難道不等出榜，你們此時大家互相推許謙遜一陣，就算得中了不成。」莫世兄道：「這話倒是幾句名言。只看今年頭場，便有許多鬧亂子的，除那個自盡的，合那親兄弟兩個一齊發了瘋的，直算個顯應了。此外還有一個人，說來最是怕人。並且這人，我還曉得他，要算八股裏的一個作家。他頭場好端端詩文都錄了，正補了草了，忽然自己在卷面上畫了顆人頭。那人頭的筆畫，一層層直透過卷背去，可不大奇。」托二爺也道：「便是那紫榜高懸，貼出去的人也不少。那張紫榜，我倒看見了。有的註，詩文後自書陰事的。有的註，卷面繪畫婦人雙足的。就連咱們那日看見的那個綳僧額也貼出去了。」安公子道：「那樣鬧法，焉得不貼。他名下是怎樣註的？」托二爺道：「那一行看不清楚，想是他自己抹了去了。」梅公子道：「此公我早就曉得，他一定要貼出去的。他也在官號，我合他同號。見他一進去，就要拆那屎號的後牆。號軍好容易攔住他，緊接著就叫號軍打漿子。自己帶著鋸，把號板鋸了一塊。可著那號門安了半截子，影戲牕戶似的糊上紙。鑽在裏頭，一個人喊了會子。掰他得。」莫世兄便問道：「甚的叫作掰他得？」那個鮑應珂道：「他們在那裏繙清話，咕嚕咕嚕，我們不懂。」托二爺到底少年氣盛，便告訴他道：「這是壇廟大祀，贊禮的贊那執事者，各司其事。一開口的前三個字，祭文廟也用得著。吾兄將來高發了，陞到祭酒司業，卻要懂的。」梅公子又道：「否則等點了清書翰林，也就得懂了。」安公子覺道：「都是一時無心閒談，大可不必如此。」便合梅公子道：「你快說那位罷。只這樣鬧，你怎的便知他一定貼出去呢？」梅公子道：「到了第二日，我正場卷子纔寫得個前八行，他從面前過去，望了一眼。便道：『你的文章，怎麼也從這邊兒寫起呀。』我倒吃了一驚，忙問道：『依足下要從那邊寫呢？』他道：『你瞧我的就知道了。』說著把他的卷子取了來，我一看，三道文題合詩題，都接連著寫在補草的地方，卻把文章從卷子後尾一行行往前倒寫。我只說得個只怕不是這樣寫法罷？他說：『不錯的，他們太爺考繙繹的時候，就是這樣練的。』我可再不敢往下說了。」安公子、托二爺兩個聽了，也不禁要笑。安公子便說道：「那位綳公，是苦於不解事不虛心，以致違式犯貼，也罷了。我只不懂這班人，既是問心不過，不來此地，自然也還有路可走，何苦定要拿性命來嘗試。逃得性命的，還要自己把曖昧親供出來，萬目指摘，這是為甚麼？」梅公子道：「這又是獃話了。他果然有個問心不過，也不作這些事了。作了這些事，弄到如此，大概也依然還不知甚麼叫作問心不過。」莫世兄道：「吾兄這幾句說話，真是一鞭一條痕的幾句好文章。」安公子道：「且莫管他。我是在家裏悶了大半年了，這一出場，大家必得聚聚纔好。」大家連道：「有理。」纔商量怎的個聚法。只聽至公堂月臺上，早喊了一聲下場的老爺們歸號，快收卷了。大家便告辭歸號。這號裏的人，也紛紛回來。

卻說此日安公子交了卷出場，早有人接著，回到住宅，歇了歇，吃過飯。因程師爺要出城望望出場的同鄉，張老又一定要等著，同華忠、隨緣兒歸著妥了行李纔走。自己便帶了戴勤、葉通先回莊園。卻說安太太到了出場這日，從早飯後就盼兒子回家。舅太太、張太太也在上房等著。正說：「他頭兩場都出來的早。這場想來也該出來了。」說話間，只見茶房兒老尤跟前，一個七八歲的孩子，叫作麻花兒的從外頭跑進來。向華嬤嬤道：「華嬤嬤，大爺回來了。」一時果聽得公子到家。安太太便向兩個媳婦道：「你們倆出院子迎接去，這是個大禮兒。」兩個連忙往外走。恰好花鈴兒、柳條兒兩個都不在跟前。長姐兒便趕上道：「奶奶別忙，大高的臺堦子，等奴才招護著點兒。」說著，便跟了金玉姐妹迎到當院裏。公子已進了二門，他兩個今日卻得了話了。迎著夫婿，問下三個字，說：「回來了。」公子惦著見父母，也不及回答。只略一招呼，便忙著上臺堦兒。這一忙，把長姐兒的一個安，也給耽擱了。他進了屋子，見過父母，又見了舅母、岳母。安太太雖合兒子不過十日之別，便像有許多話要說。此時自然得讓老爺開談。便聽老爺說道：「回來了，三場居然平穩很好。」公子只有答應。老爺又道：「你的頭場稿子，我看過了。倒難為你。二場便宜了你。你本是習禮記專經的，五個題目，都還容易作。」因問：「三場呢？」公子連忙從懷裏掏出稿子來，送過去。老爺看著稿子。這個當兒，太太、舅太太、張太太纔問長問短，太太幾乎要把兒子這幾天吃喝拉撒睡都問到了。公子一一答應。又笑道：「都好將就。就只水喝不得，沒地方見大穢。」太太道：「那可怎麼好呢？」親家太太又問：「難道連個糞缸也沒有？」公子道：「倒不是沒有。第一場到了第三天，就難了。再到了第三場的第三天，連那號筒子的前半路，都有了味兒了。沒法兒，我彆到出了場纔走動的。」太太嘖嘖了兩聲，皺著眉道：「你聽聽，敢則這麼苦呢。」安老爺便道：「然則帶兵呢！成日裏臥不安枕，食不甘味，又將如何？」舅太太說：「不是姑老爺一說話，我就要掰文兒，難道出兵，就忙的連個毛廁也顧不得上嗎？」老爺只說：「一個人不讀書，再合他講不清的。」因又問公子：「看見幾篇文章？」公子一一答應了。老爺點點頭道：「你的頭場文章，幾個相好的，也必要看的。閒一閒抄出來，那文章卻還見得人。」太太是聽了個兒子在場裏，摸不著好水喝，便問丫頭們，怎麼也不曾給你大爺倒碗茶兒來呀。說著便叫長姐兒。列公，你看這位老孺人，可謂父母愛子之心，無所不至。那知有位慣疼兒子的慈母，就有那個善體主人的丫鬟。太太纔叫了聲長姐兒，早聽得長姐兒，在外間答應了聲：「嗻」，說：「奴才倒了來了。」便見他一隻手，高高的舉了一碗熬得透滾，得到不冷不熱，溫涼適中，可口兒的普洱茶來。只這盌茶，他怎的會知道他可口兒，其理卻不可解。只見舉進門來，又用小手巾兒抹了抹碗邊兒。走到大爺跟前，用雙手端著茶盤翅兒，倒把倆胳膊往兩旁一撬，纔遞過去。原故為的是防主人一時伸手一接，有個不留神，手碰了手。這大約也是安太太，平日排出來的規矩。大爺接過茶去，他又退了兩步，這纔找補著請了方纔沒得請的那個安。大爺是父母之所愛亦愛之，父母之所敬亦敬之。遠遠兒的呵哈著腰兒，虛伸了一伸手，說：「起來起來。」這纔回頭去，喝了那碗茶。那長姐兒一旁等接過茶碗來，纔退出來。這段神情兒，想來還是那時候的世家子弟家生女兒的排場。今則不然，又是怎的個情形呢！

不消提起，言歸正傳。卻說安公子此時纔得騰出嘴來，把程師爺並他丈人不同來的原故回明。又問了問父親近日的起居，周旋了一陣舅母、岳母。安老爺道：「你也鬧了這幾天了，歇歇兒去罷。」公子又說了幾句閒話，纔退出來。金玉姐妹兩個，正在那裏給婆婆、舅母裝煙。那位親家太太，是慣下來了，總是自己揉一袋煙。丫頭拿過香盤子去點。安太太接過煙去，說：「你們也跟了去罷。」他姐妹一時還有些不好意思，只笑著答應。太太道：「這有甚麼臉上下不來的。我告訴你們，作了個婦道，夫妻之間，這個大禮兒，斷錯不得。錯了，人家倒要笑話。」二人纔答應去了。及至到了自己屋裏，小夫妻三個，自然也有一番儀節情致，不待煩瑣。不一時張親家老爺也回來了。安老夫妻迎著他，道過乏。他坐談了一刻，便過女兒房中去。安老爺因他也須到家歇息歇息，便說：「過日再備酌奉請。」隨又帶了公子親自過去道乏。張太太也殺雞為黍的給他那位老爺備了頓飯。這日裏邊，正是舅太太給外甥接場。他家中就借此補慶中秋。接著連日人來人往，安公子也出去拜了兩天客。那時離出榜還有半月光景。這半月之中，凡是下場的，最好過也最不好過。好過的是磨盾三年，算完了一樁大事，且得消閒幾日。不好過的是出得場來，看著誰臉上都像個中的，只疑心自己不像。回來再把自己的詩文，摹擬摹擬，卻也不作孫山外想。及至看了人家的，便覺得自己某處，不及他出色，某句不及他警人。方寸中是頃刻樓臺，頃刻灰燼，轉消閒得不耐煩。安公子更是個要好的人，何況他心裏還比人多著好幾層心事。覺得望著放榜那個日子，更有個挨一刻似一夏的光景。只這等挨來挨去，風雨催人，也就重陽節近。話分兩頭，書中按下這邊，折回來再說貢院裏衡鑑堂那三位主考。卻說他三位自八月初六日，在午門聽宣見，欽點入闈。便一面吩咐家中，照例封門迴避。自己立刻從午門，進了貢院。那些十八房同考官，以至內簾各官，也隨著進去關防起來。緊接著便有順天府尹，捧到欽命題目。三位主考拆了封，十八位房官一齊上堂，打躬參見。就請示主考的意旨。這科要中那一路的文章，以憑遵奉去取。那位大主考方老先生，便先開口說道：「方今朝廷正在整飭文風，自然要向清真雅正一路，拔取真才。若只靠著才氣，摭些陳言，便不好濫竽充數了。」那一位方公也附會道：「此論是極。近刻的文章，本也華靡過甚。我們既奉命來此，若不趁此著實的洗伐一番，伊於胡底？諸公就把這話奉為準繩罷！」那位旗員主考，也隨著人云亦云。眾房考都曉得二方的文章，向來是專講枯淡艱澀一路的，所以發此議論。但是文章是件有定評的公器。所謂羽檄飛書用枚皋，高文典冊用相如。怎好拿著天下的才情，就自己的範圍。大家心裏都竊以為不然，卻又一時不好空口爭得，只得應著下來。依然打算各就所長，憑文取士。不想內中有個第十二房的同考官，這人姓婁名養正，號蒙齋，是個陝西拔貢出身，洊升刑部主事，乃偽周天冊萬歲武則天時候，宰相婁師德之後。他從年輕時候，得了選拔，便想到他祖上唾面自乾的那番見識，究竟欠些褒氣。因此一登仕途，便有意居鄉介介，在朝侃侃。久而久之，弄成得一個執性矯情的謬品。老著那副笑比河清的面孔，三句話不合，便反插了兩隻眼睛，叫將起來。因此等閒人輕易不去傍他，他卻又正是專摩二方的文章發的科甲。因此聽了那二位方老先生的議論，大是佩服。便高談闊論的，著實贊襄了一番。眾人也不去搬駁他，各各默然而退。只這一番，別一個不知怎樣，安公子的功名，已是早被安老爺料著，果的有些拿不穩了。那知天下事，陽差之中，更有陰錯。偏偏的公子的那本硃卷，進到內簾，餘十七房是處不曾分著，恰恰分到這位婁公手裏。那日正逢他晚餐已過，酒醉飯飽，有些醺然。跟班也去自取方便，他點上盞燈，煖了壺茶，一個人靜靜的把那些卷子批閱起來。請問他那等一個寧刻勿寬的人，閱起文來，豈有不寧遺勿濫的理？當下連閱了幾本，都覺少所許可。點了幾個藍點，丟過一邊。隨又取過一本來，看了看成字六號，卻是本旗卷。見那三篇文章，作得來堂皇富麗，真個是玉磬聲聲響，金鈴個個圓。雖是不合他的路數，可奈文有定評。他看了也知道愛不釋手。不曾加得圈點，便粘了個批語。纔想印上薦條，加上圈子，薦上堂去。忽然轉念一想道：「不可。一則大主考既是那等交代在先。況且這卷子又是本旗卷，知他是個甚等巨族大家的子弟。儻然薦上去，他二位老先生，倒認作我有意要收這個闊門生。我的清操何在？」便把那批語條子揭下來，就燈上燒了。在卷子上隨意點了幾個藍點子，也丟在一邊。又另取了一本放在面前閱看。正在看著，只聽得窗外一陣風兒，掃得窗櫺紙簌落落的響。吹得那盞燈，青焰焰的光搖不定。他不覺一陣寒噤。連打了兩個呵欠，一時困倦起來。支不住，便伏在手下那本卷子上待睡。纔合上眼，恍惚間，忽見簾櫳動處，進來了一位清癯老者。那老者生得童顏鶴髮，仙骨姍姍，手中拖了根過頭拐杖，進門先向他深深的打了一躬。他夢中見那人來的詫異，禮也不還。便問道：「汝何人也？無故到我這關防重地來何幹？」只見那老者，藹然和氣的答道：「正是，予何人也。」因把那枝拐杖指定方纔他丟開的那本卷子說道：「此來特為著這本成字六號的卷子，報知足下，此人當中。」他一聽這話，覺得是說人情來的。便一臉秋氣說道：「怎的我問你是何人，你也自道你是何人。況我奉命在此衡文，並非在此衡人，便是此人當中，文衡雖掌，我不中他，其奈我何？要你來干這閒事。」又聽那老者說道：「郎官不可這等執性。士先器識，果人不足取，於文何有？何況這人的名字，已經大書在天榜上了。你不中他，又其奈天何！」他那裏肯信這話，便說道：「多講。我婁某自來破除情面，不受請託，那個不知。難道獨你不曾聽得。」那老者歎了一聲道：「不想這人，果的這等不明理，不近情。此事還須大大費番周折。」他聽得當面給他出了這等兩句考語，就待站起來，奔了那老者去。不想纔得起身，便跌了一跤。爬起來，眼前早不見了那個老者。自己卻依然坐在那個座兒上。再看了看那盞燈點了有寸許長，結了兩個鬼眼一般的燈花，向著他顫巍巍亂動。他纔悟到方纔經的是番夢境。呆了一刻，說道：「然則夢中所見的，鬼也，非人也。可見我的這團浩然之氣，鬼也嚇得退的。不要理他，且幹正經。」說著翦了翦燈花，仍待批閱他手下那本卷子，及至一看，可煞作怪。那一卷倒丟過一邊，手下放的，依然是成字六號那卷。他正在詫異，窗外又起了一陣風。這番不好了，竟不是作夢了，只聽那陣風頭過處，把房門上那個門簾，刮得撇了進來，又閃了出去，高高的掀起，只這一掀，早從門外明明的進來了一位金冠紅袍的長官。他見那位長官，不是個尋常裝束，不道那浩然之氣，也就有些害慌了。連忙站起來，避在一旁。問道：「尊神何來？有甚的指教？」只聽那神道說：「你既知吾神何來，怎的還悟不到吾神的來意，也是為著成字六號，這人當中。」列公，你只看這婁公渾不渾？他見那神道也像是為找他託人情而來的。雖神道也罷，他也竟敢合他使使那牛一般的性兒。他卻絕不想王道本乎人情，人情準乎天理。誠為枉法營私，原王章所不宥。要知安老懷少，亦聖道之大同。一味沽名，已不是愛名。有心幹事，必不能濟事。無端任怨，終不免斂怨。苦不近情，定轉至悖情。自世上有這班執性矯情的人，凡有一事到手，沒人從旁救補一句，他倒肯斡旋。合人共事，沒人從旁贊揚一句，他倒肯培植。但向他提著一個字，他便道是託人情。這樁事那個人算休矣。這班腳色，要叫他去參政當國，只怕剝削天下元氣不小。閒話少說。卻講那個婁主政見那神道說，也為著那本卷子而來，他便立刻反插了兩隻眼睛說道：「這事又與神道何涉，要來攙越。從來說，聰明正直之為神。謂神聰明，我婁某也不懵懂。謂神正直，我婁某也不偏邪。便是神道……」一句話不曾說完，只聽那神道大喝了一聲道：「住口！」他底下這句話，大約要說「便是神道來說這個人情，我也不答應」。誰知那神道的性兒，也是位不讓話的。不容他往下說，便兜頭一喝，說道：「狂徒！看你讀聖賢書，司舉錯權，雖是平日性情，失之過剛，心術還不離乎正。所以那位老人家，纔肯把天人相應的道理，來教誨你。你怎的讀書變化氣質，倒變成這等一副氣質來。可不是不知教誨麼？」說著，聲色俱厲，二目神光炯炯，直射到他臉上來。直嚇得他一身冷汗，戰兢兢的道：「尊神宥我愚蒙，留些體面，待妻養正速把這本卷子薦上堂去，勉贖前愆何如？」說著，便連連的拜叩個不住。那神道纔有些顏霽，說道：「既知悔悟，姑免深求。」他只道那神道說完這句，便好走了。不想那神道不往外走，卻轉向裏來。他爬起來，回頭一看。只見方纔夢中的那位老者，正不知甚麼時候進來，早端端正正坐在那裏。又見那位神道，走到那老者跟前，控背躬身，不知說了兩句甚麼話。那老者乾笑了一聲道：「不想這樣一個順水推舟的人情，也要等你們戴紗帽的來說，纔說得成。」說著，便拄著杖站起來。那位神道，倒隨在身後，還扶持著他一同出門而去。緊接著便聽得外間的門風吹的開關亂響，嚇得個婁主政骨軟筋酥，半晌動彈不得。良久良久，聽得沒些聲息了，纔巴著帘子向外望了一望。那門依舊好端端虛掩在那裏。他那個跟班的，卻如死狗一般的，睡倒在一張板凳上。他定了定神，纔叫醒了那人，剪亮了燈，重新把安公子那本卷子，加起圈來，重新加了批語，打了薦條。聽了聽更樓上的鐘鼓，還不曾交得三更。打聽堂上主司，正在那裏閱卷。他便整好衣冠，拿了那本卷子，薦上堂去。主考接過來，不看文章，先看了看是本漢軍旗卷。便道：「這卷不消講了，漢軍卷子，已經取中得滿了額了。」那婁主政見不中他那本卷子，那裏肯依。便再三力爭，不肯下堂。把三位主考磨得沒法了，大主考方公說道：「既如此，這本只得算個備卷罷。」說著，提起筆來在卷面上寫了備中兩個字。列公，你道這備卷，是怎的一個意思。我說書的在先原也不懂，後來聽得一班發科甲的講究。他道：「凡遇科場考試，定要在取中定額之外，多取幾本備中的卷子。一則預備那取中的卷子裏，臨發榜之前，忽然看出個不合規式，不便取中的去處，便在那備卷中，選出一本補中。二則叫這些讀書人看了，曉得榜有定數，網無遺才。也是鼓勵人才之意。其三也為給眾房官多種幾株門外的虛花桃李。」這備卷前人還有個譬喻，比得最是好笑。你道他怎的個譬喻法？他把房官薦卷，比作結胎。主考取中，比作弄璋。中了副榜，比作弄瓦。到了留作備卷，到頭來依然不中，便比作個半產。他講的是一樣落了第，還得備手本送贄見，去拜見薦卷老師，便同那結了胎，纔歡喜得幾日，依然化為烏有，還得坐草臥牀，喝小米兒粥，吃雞蛋，是一般滋味。儻有個不肯去拜見薦卷老師的，大家便要說他忘本負恩，何不想想那房師的力量，止能盡到這裏，也就同給人作個丈夫，他的力量，也不過盡到那裏，一個道理。你作了榜外舉人，落了第便不想著那老師的有心培植，難道你作了閨中少婦，滿了月，也不想那丈夫的無心妙合不成。這番譬喻，雖謔近於虐，卻非深知此中甘苦者道不出來。然則此刻的安公子已就是作了半產嬰兒了。可憐他闔家還在那裏，沒日夜的盼望出榜高中。這便是俗語說的，世間沒個早知道也。

話休絮煩。卻說這年出榜，正定在九月初十日這天。前兩天內外簾的主考監臨，便隔簾商量。因本科赴試的士子，較往年既多，中額自然也多。填榜的時刻，便須較往年寬展些。因此到了九月初九日，纔得辰刻便封了貢院頭門。內外簾撤了關防。預先在至公堂正中，設了三位主考的公案。左右設了二位監臨的公案。東西對面排列著內外監試合十八房的坐次。又另設了一張桌兒。預備拆彌封後，標寫中籤，照籤填榜。當地寫著一張丈許的填榜長案。大堂兩旁，堆著無數的墨卷箱。承值書吏，各司其事。還有一應委員、房吏、差役，以至跟隨人等，擁擠了一堂。連那堂下丹墀裏，也站著無數的人，等著看這場熱鬧。那貢院門外，早屯著無數的報喜的報子。這班人都是老早花了重價，買轉裏面的書辦。到填榜時候，拆出一名來，就透出一個信去。他接著便如飛去報。圖的是本家先一天得信，他多得幾貫賞錢。不一時預備齊集，點鼓升堂。主考纔離了衡鑑堂，來到至公堂，合監臨相見。各官三揖，參謁已畢。便有內簾監試，領了內簾承值官吏，把取中的硃卷，送到公案上。先把五魁的魁卷，放在當中。又把第六名以下的中卷，一束束挨次擺得齊整。然後纔把那束備中的卷子，另放一處。向例填榜，是先從第六名填起。全榜填完了，然後倒填前五名。這個原故，只在這兒女英雄傳安老爺中進士的時候，已經交代過了。此時不須再贅。當下只見那位大主考歸坐後，把前五魁魁卷，挪了一挪。伸手先把那中卷裏頭，一本第六名拿起來，照號弔了墨卷拆開彌封，拆出來大家一看。只見那卷面上的名字叫作馬代功，漢軍正白旗人。原來這人的乃翁，作過一任南監掣。他本身也捐了個候選同知。其人小有別才，未聞大道。論他的才情，填詞覓句，無所不能。便是弄管調絃，也無所不會。是個第一等輕薄浮浪子弟。卻正是那位漢監臨大人，當日未發以前，來京就館時候，教過的一個最得意的闊學生。如今見第一卷取中的便是他，不禁樂的掀鬚大叫道：「易之中了。這人正是我的學生。聰明無比。他家要算個大族，他的表字易之，別號叫作簣山。不惟算得他們旗人中第一個名家，竟要算北京第一個才子，三位老前輩，今日取了這個門生，纔叫作名下無虛，主司有眼，可稱雙絕。不信，等他晉謁的時候，把他那刻的詩集，要來看看，真真是杜、李復生，再休提甚麼王、楊、盧、駱。」恰好這卷，正是那位婁主政薦的，那位大主考方公取中的。聽得這話，十分得意。便道：「這所謂文有定評了。可見我這雙老眼，竟還不盲。」說著，那位監臨大人，便把他的硃卷，捧在手裏，吟哦他那首排律的詩句。這個當兒，那邊承書中籤的兩個外簾官，早已研得墨濃，蘸得筆飽，等著對過硃墨卷，便標寫中籤。不想得那位監臨大人，看著那本卷子，忽然地嚷起來道：「慢來慢來，為僧他這首詩，不曾押著官韻呀。」方老先生聽了，也覺詫異，說：「不信有這等事。想是謄錄謄錯了。對讀官不曾對得出，也不可知。」急急的把墨卷取過來，親自又細細的對了一番，可不是忘了押官韻了是甚麼呢！怔了半日，倒望著大家道：「這便怎樣，僧偏偏的又是個開榜第一個人。不但不好將就，而且不便斡旋。此時再要把通榜的名次，一個個推上去，那卷面上的名次都要改動，更不成句話說了。不麼，我們就向這備卷中，對天暗卜一卷，補中了罷。大家以為怎樣？」眾人連說，言之有理。說著，大家都站起來，那大主考便打開那一束備中的卷子，挑出幾本合字號的來，另擱在一處。立刻秉了一片為國求賢的心，必誠必敬，望空默祝了一遍。先用右手把那束備卷抖散了。他的左手，還有些信不過他的右手。又用左手掀騰了一陣，暗中摸索出一本來。一看正是那位婁主政力爭不退的成字六號那一卷。連忙叫了坐號，調了墨卷來。拆開彌封一對，只見那卷面上，寫的名字，正是安驥兩個字。大家看了那個驥字，纔悟到那個表字易之，別號篔山的馬代功，竟是替這位不稱其力，稱其德的良馬，人代天功，預備著換安驥來的。只可憐那個馬生中得絕高，變在頃刻，大約也因他那浮浪輕薄上，就把個榜上初填第一名，暗暗的斷送了個無蹤無影。此時真落得「為山九仞，功虧一簣，止吾止也了。」這等看起來，功名一道，豈惟科甲，便是一命之榮，苟非福德兼全，也就難望立得事業起。不然，只看世上那班分明造極登峰的，也會變生不測。任是爭強好勝的，偏逢用違所長。甚至眼前纔有個轉機，被他有力者奪了去。頭上非沒個名器，會教你自問作不成。凡事固是天公的遊戲弄人，也未必不是自己的暗中自誤。然則只吾夫子這薄薄兒的兩本論語中為山九仞一章，便有無限的救世婆心，教人苦口，其如人廢而不讀，讀而不解，解而不悟，悟而不信何？至公堂上把安驥安公子取中了第六名舉人，占了先聲。當下那班拆封的書吏，便送到承書中籤的外簾官跟前，標寫中籤，那官兒用尺許長寸許寬的紙，筆酣墨飽的寫了他的姓名旗籍。又有承值宣名的書吏，雙手高擎，站在中堂，高聲朗誦的唱道：「第六名安驥，正黃旗漢軍旗籍庠生。」唱了名，又從正主考座前起，一直繞到十八位房官座前轉著，請看了一遍。然後纔交到監視填榜的外簾填官手裏。就有承值填榜的書吏，用碗口來大的字，照籤謄寫在那張榜上。此時那位婁主政，只樂的不住口的念誦「有天理，有天理」。他此時痛定思痛，想起那日夢中那位老者說的：「他名字已經大書在天榜上了」這句話來，益發覺得幽暗之所，沒一處不是鬼神。鬼神有靈，沒一事不上通天地，煞是令人起敬起畏。書中且言不著場裏填榜的事，卻說場外那一起報喜的，一個個搓拳抹掌的，都在那裏盼裏頭的信。早聽得他們買下的那班線索，隔著門在裏面打了個暗號，便從門縫中遞出一個報條來。打開看了看，是第六名安驥五個字。內中有個報子，正是當日安老爺中進士的時候，去報過喜的。他得了這個名條，連忙把公子的姓名，寫在報單上，一路上一個接一個的傳著飛跑。那消個把時辰，早出了西直門，過了藍靛廠，奔西山雙鳳村而來。這且不表。再說安老爺自從得了初十揭曉的信息，便慮到這日公子儻然一個不中，在家面面相覷，未免難過。又有自己關切的幾個學生，也盼早得他們一個中不中的確信。只是住得離城窵遠，既不好遣人四處打聽，便是自己進城候信，又想到太太、媳婦在家，也是懸望。正在為難，恰好這班少年，從出場起，便像熱鍋上的螞蟻一般，到了這日，那裏還在家裏坐得住。因是初十日出榜，先一日準可得信。便大家預先商量著，在出城西山兩下相距的一個適中之所，找了座大廟。那廟正是座梓潼廟。廟裏也有幾處點綴座落。那廟裏還起著個敬惜字紙的盛會，又存著許多善書的板片，是個文人聚會的地方。是日也約了安公子，一同在那裏舒散一天，作個題餻雅集，便借此等榜。公子回知了父親，安老爺也以為可。他到了重陽這日，早起吃了些東西，纔交巳正，便換了隨常衣裳，催齊車馬，見過堂上，回明要去。安老爺囑咐他道：「你只顧去大家談談，倒好消遣。家裏得了信，自然給你送信去。儻然你那裏得了信，就即刻回來。如果兩地無信，像你這樣年紀，再多讀兩年書，晚成兩年名，也未始非福。」公子也領會得，這是父親慮到自己不中先慰藉一番的苦心。只聚精會神，答應不遑他顧。倒是安老爺只管說著話，耳輪中卻聽得二門外，一陣人語嘈雜，纔回頭要問。只見張進寶從二門跑進來。華忠、隨緣兒父子兩個，左右架著他的膀子，他跑得吁吁帶喘。晉升等一干家人，也跟在後面。安老爺正不知甚麼事，只見張進寶等不及到廳前，便喘吁吁的高聲叫道：「老爺、太太大喜。奴才大爺高中了。」安老爺算定了兒子這科定不得中的，便是中，也不想這時候便有喜信。聽了這話，也等不得張進寶到跟前，阿了一聲，站起來發腳就往院子裏跑，直迎到張進寶跟前。問道：「中在第幾名?」那張進寶是喘得說不出話來。老爺便從他手裏搶過那幅大報單來，打開一看。見上面寫著：「捷報貴府安老爺榜名驥，取中順天鄉試第六名舉人。」下面還寫著報喜人的名字，叫作連中三元。安老爺看了，樂得先說了一句：「謝天地！不料我安學海今日竟會盼到我的兒子中了。」手裏拿著那張報單，回頭就往屋裏跑。這個當兒，太太早同著兩個媳婦也趕出當院子來了。太太手裏還拿著根煙袋。老爺見太太趕出來，便湊到太太面前道：「太太，你看這小子，他中也罷了，虧他怎麼還會中的這樣高。太太，你且看這個報單。」太太樂得雙手來接，那雙手卻攥著根煙袋，一個忘了神，便遞給老爺。妙在老爺也樂得忘了神，就接過那根煙袋去，一時連太太本是個認得字的也忘了，便拿著那根煙袋，指著報單上的字，一長一短，念給太太聽。還是張姑娘看見，說：「喲，怎麼公公樂的把個煙袋遞給婆婆了！」只這一句，他纔把公公、婆婆說倒了過兒了。何小姐這個當兒，積伶聽見，連忙拉了他一把，悄悄兒的笑道：「你怎麼也會樂的連公公、婆婆都認不清楚了？」張姑娘纔覺得這句話，是說擰了。忍著笑扭過頭去，用小手巾握著嘴笑。也顧不得來接煙袋。何小姐連忙上去，把公公手裏的煙袋接過來，重新給婆婆裝了煙袋。不想他比張姑娘擰的更擰，點著了照舊遞到公公手裏。安老爺道：「我可不接了。」他這纔大笑。一時大家樂的就連笑也笑不及。老爺還在那裏講究說，怎的十名以前，難得有一兩個旗人。而且這第六名，便算個塡榜的頭名。太太同兩個媳婦聽著，只是滿臉堆歡，不住口的答應。這個當兒，只不見了安公子。你道他那裏去了？原來他自從聽得「大爺高中了」一句話，怔了半天。一個人兒站在屋旮旯兒❶裏，臉是漆青，手是冰涼，心是亂跳，兩淚直流的在那裏哭呢。你道他哭的又是甚麼？人到樂極了，兜的上心來，都有這番傷感。及至問他傷感的是甚麼，他自己也說不出來。何況安公子倫常處得與人不同，境遇歷得與人不同，功名來得與人不同，他的性情又與人不同。此時自然應該有這副眼淚。卻說他一時恐怕滿面淚痕，惹得二位老人家傷感。忙叫柳條兒擰了個熱手巾來，擦了擦臉。便出去讓父母進屋子歇息。安老爺、安太太纔覺出太陽地裏有些曬得慌來。大家纔進屋子，便見晉升手裏拿著兩幅全帖，進來回說：「老少程師爺給老爺、太太道喜。說了且不驚動，等老爺閒一閒再請見，奴才都道答過了。」說完，又回說：「張親家老爺聽見信，回家換衣服去了。大約少刻就進來。」安老

❶ 旮旯兒：角落。亦作「旮旯子」。

爺聽見，便叫把帽子拿出來，預備著。原來安老爺雖止一個七品頭銜的金角大王，看著這頂丈夫之冠，卻極鄭重。平日都是太太親自經理，到了太太十分分不開身，只那個長姐兒偶然還許伺候戴一次帽子。此外那班小丫頭子，道他髒手淨手，等閒不准上手。其餘的僕婦，更不消講了。到了那個長姐兒，伺候老爺戴帽子款式，也最大有講究。講究不搦頂子，不搦帽沿兒，只把左手架著帽子，右手還預備著個小帽鏡兒，先把左手的帽子，遞過去，請老爺自己搦著頂托兒戴上，然後纔騰出右手來，雙手捧著那個帽鏡兒，屈著點腿兒，榻著點腰兒，把鏡子向後一閃對準了老爺的臉盤兒，等老爺把帽子戴正了。還自己用手指頭在前面帽沿兒上，彈一下兒，作足了這個彈冠之慶。他纔伸腰邁步，撤了鏡子退下去。這一套儀注，要算他個拿手。誰知那日正值老爺叫預備帽子，他偏不在跟前。你道今日這個日子，長姐兒怎的會不在跟前？原來他從安老爺會試那年，便聽得第二日出榜，果然中了，頭一日就可得信。算計著大爺這次鄉試，明日出榜，今日總該有個喜信兒。他可沒管舉場離雙鳳村有多遠，從半夜裏就惦著這件事。纔打寅正，他就起來了。心裏又糢糢糊糊，記得老爺中進士的時候，是天將亮，報喜的就來了。可又記不真是頭一天是當天。因此半夜裏盼到天亮，還見不著個信兒。就把他急了個紅頭漲臉。及至伏侍太太梳頭，太太看見這個樣子，問道：「你這是怎麼了？」他只得說：「奴才有點兒頭疼，只怪昏的，想是吃多了。」太太平日又最疼這個丫鬟，疼的如兒女一般。忙伸手摸了摸他的腦袋，說：「真個的熱呼呼的。你給我梳了頭，回來到下屋裏靜靜兒的躺一躺兒去罷。看時氣不好。」他聽了這句，心裏先有些說不出口的不願意。轉念一想，儻然果的沒信了，今日這一天的悶葫蘆，可叫人怎麼打法呀！倒莫如遵著太太的話，睡他一天，倒也是個老正經。因此札在他那間屋裏，卻坐又坐不安，睡又睡不穩，沒法兒只拿了一牀骨牌，左一回右一回的過五關兒。心裏要就那拿的開，拿不開上算占個卦。不想一連兒三回，都沒拿開。他正在有些煩悶，不想這個當兒，他照管的一個小丫頭子，叫喜兒的從老遠的跑了來，叫道：「長姑姑，長姑姑，」一句話不曾說出來，他便說道：「一個女孩兒家，總是這樣慌裏慌張，大聲小氣的，你忙的是甚麼？」把個小丫頭子說的槪著嘴，不敢言語。他纔問道：「作甚麼來了？」那喜兒纔說：「張爺爺纔進來說：『大爺中了。』」這一句，他可斷斷在屋裏圈不住了。忙忙的勻了勻粉面，則了則油頭，又多戴了幾枝簪子棒子，另換了幾件衫兒褂兒，重新出來。來到上屋，恰好正是安老爺叫他拿帽子的那個時候兒。太太見他來了，說：「你這孩子怎麼又跑出來了？」他笑嘻嘻的回道：「家裏這個樣兒大喜的事，奴才就怎麼病，也該扎掙著出來。」安太太益發覺得這個丫鬟心腸兒熱，差使兒勤，知機懂事。便道：「很好，老爺要帽子呢！」他答應一聲，興興頭頭的進了屋子舉著帽子鏡子出來。出了屋門兒，就奔了大爺跟前去。大爺只道他要叫自己轉遞給老爺，纔接到手裏，早見他屈著身子，往下就了一就，雙手捧著帽鏡兒，對準了公子那副潘安、宋玉般有紅似白的臉兒，就想伺候著大爺往腦袋上戴。及至看見大爺戴帽子呢，他纔悟出是失了點兒神。幸而公子是個老成少年，更兼老爺是位方正長者，一邊不甚著意，一邊不曾留心。事有湊巧，這個當兒，人回張親家老爺進來了。老爺道：「你就給我罷，又何必轉大爺一個手。」公子趁這句話，便替他把帽子遞過去。老爺忙的也不及鬧那套戴帽子的款兒，急急的戴上。便迎出張親家老爺去。那長姐兒只就這陣忙亂之中，拿著鏡子一溜煙躲進屋裏去了。卻說張親家老爺進來，一面作揖道喜，說道：「親家老爺、親家太太大喜。這是你二位的德行，我們姑爺的學問，我們這位何姑奶奶的福氣。連我閨女也沾了光了。」安太太道：「這是他們姐兒倆的造化。親家老爺也該喜歡，怎麼倒這麼說。」安老爺道：「都是你我的兒女，你我彼此共之。」

卻說公子這日要上梓潼廟，原穿著是身便服，因聽得泰山都換了袍褂進來了，自己也忙著回家換衣裳。張姑娘便趕過去，打發他穿。這個當兒，張親家老爺見過何小姐，纔要找女婿、女兒道喜，不曾說得出口。只聽舅太太從西耳房一路嘮叨著就來了。口裏只嚷道：「那兒這麼巧事。這麼件大喜的喜信兒來了，偏偏兒的我這個當兒，要上茅廁，纔撒了泡溺，聽見忙的我事也沒完，提上褲子，在那涼水盆裏，汕了汕手，就跑了來了。我快見見我們姑太太。」安太太在屋裏聽見，笑著嚷道：「這是怎麼了？樂大發了。這兒有人哪！」說著，早見他拿著條布手巾，一頭走，一頭說，一頭擦手，一頭進門。及至進了門，纔想起姑老爺在家裏呢！不算外，還有個張親家老爺在這裏。那樣個暢快爽利人，也就會把那半老秋娘的臉兒，臊了個通紅。也虧他那暢快爽利，便把手裏的手巾撂給跟的人，綳著個臉兒，給安老爺等道了喜。便拉著他們姑太太道：「妹妹，這可是你一輩子第一件可喜可樂的事。你只說我樂大發了。再不想你們都是一重喜，我是三重喜。也算得我外甥中了，也算得我女婿中了。你們想我這個外甥，這個女婿，還不抵我一個兒子嗎？可不是三重喜。你們怎麼怪得我樂糊塗了呢！」安老夫妻聽了大樂。安老爺那等一個不茍言不茍笑的人，今日也樂得會說句趣話兒了。便說道：「喜怒哀樂之未發，謂之中。發而皆中節，謂之和。聖門絕無誑語。大姐姐，你可記得那日我說那出起兵來，臥不安枕，食不甘味的話。你只道不信出兵，忙的連茅廁都顧不得上。你今日遇見這等一件樂事，也就樂得毛廁也顧不得上了。可見性情之地，是一絲假借不來的。」說得哄堂大笑。他自己也不禁笑得前仰後合。這陣大樂，大家始終沒得坐下。他纔給張親家老爺道喜。正要找張太太道過喜，好招呼他小夫妻三個，滿屋裏一找，只不見這位張太太。因問：「張親家母呢？我洗手的那個工夫兒，他都等不得！就忙著先跑了來了。這會子又那兒去了？」安太太道：「沒見過來，必是到小屋子裏去了。」說著，公子換了衣裳同張姑娘一齊過來。問了問說：「不曾過去。」張姑娘說：「一定家去了。」張親家老爺說：「我方纔從家裏來，沒碰見他。」這一查尋親家太太，鬧得舅太太也沒得給他們小夫妻三個道喜。張姑娘忙著叫人出了二門，繞到他家裏問了一回。那位詹嫂也說沒家來。舅太太道：「別是他也上茅廁去了罷！」張姑娘說：「正是我也想到這裏。纔叫柳條兒瞧去了，也來不了。」正說著，那柳條兒跑了回來。說：「上上下下三四個茅廁，都找到了，也沒有親家太太。」當時大家都納悶詫異。張姑娘急得皺著個眉頭兒乾轉，說：「媽，這可那兒去了呢？」他父親道：「姑娘你別著急呀！難道那麼大個人會丟了？」張姑娘咻了一聲，說：「爹，你老人家這是甚麼話呢？」說罷，扶了柳條兒親自又到後頭去找。何小姐的腿快，早一個人先跑到頭裏去了。安太太、舅太太也叫人跟著找。張老同公子只不信他不曾回家。又一同出去找了一盪。順著連何公祠兩個嬤嬤家都問到了，影響全無。裏頭兩位少奶奶，帶著一群僕婦丫鬟，上下各屋裏，甚至茶房哈什房都找徧了。甚麼人兒，甚麼物兒都不短，只不見了張親家太太。登時上下鼎沸起來。一個花鈴兒、一個柳條兒，是四下裏混跑，一直跑到緊後院西北角上，一座小樓兒跟前，張姑娘還在後面跟著嚷：「你們別只管瞎跑，太太可到那裏作甚麼去呢？」一句話沒說完，柳條兒嚷道：「好了，有了。太太的煙袋荷包，在這地下扔著呢！」

且住，這座小樓兒，又是個甚麼所在呢？原來這樓還在安老爺的太爺手裏，經那位風水司馬二爺的老人家看過，說遠遠的有個山峰射著這邊，主房正在白虎尾上，嫌那股金氣太重，叫在這主房的乾位上，起起一座樓來鎮住。安太爺便供了一尊魁星，大家都叫作魁星樓。至今安太太初一十五拜佛，總在這裏燒香。張太太來的時候，也上去過。他見那魁星塑得赤髮藍面，鋸齒獠牙，努著一身的筋疙疸，蹺著條腿，兩隻圓眼睛，直瞪著他。他有些害怕，輕易不敢上去。落後來聽得人講究魁星是管念書趕考的人中不中的，他為女婿初一十五必來，望著樓磕個頭，卻依然不敢進那個樓門兒。今日在舅太太屋裏，聽得姑爺果然中了，便如飛走從西過道兒裏，一直奔到這裏來。破死忘生的乍著膽子上去，要當面叩謝魁星的保佑。便把煙袋荷包扔下，一個人兒爬上樓去了。及至柳條兒看見煙袋荷包這一嚷，何小姐道：「放心罷，有了東西，就不愁沒人了。」他那雙小腳兒，野雞溜子一般，飛快跑在樓跟前，摟起裙子來，三步二步，跑上樓去一看。張太太正閉著兩隻眼睛，衝著魁星，把腦袋在那樓板上碰的山響，嘴裏可念的是阿彌陀佛，合救苦救難觀世音菩薩。何小姐不容分說，上前連拉帶拽，纔把他架下樓來。恰好正遇張姑娘帶著一群人趕了來。張姑娘一見，便說：「媽，這是怎麼說呢？可跑到這兒作甚麼來呢？」他道：「姑奶奶，你看看姑爺中了，這不虧人家魁星老爺呀。要不給他老磕個頭，咱心裏過得去嗎？」何小姐道：「好老太太，你別攪我了，沒把個妹妹急瘋了。公公、婆婆，也是急得了不得。快走罷。」這個當兒，安老夫妻那裏也得了信。安太太合舅太太說道：「我這位老姐姐怎麼這麼個實心眼兒。」安老爺道：「此所謂其愚不可及也。」一時大家簇擁了他來。安老夫妻不好再問他，只說：「親家，你實在是疼女婿的心盛了。」他也樂得不分南北東西，不問張王李趙。進了門兒，二隻手先拉著兩嬤嬤道了陣喜。然後又亂了一陣。這個當兒，外邊後來的報喜的，都趕到了。轟的擁進大門來，嚷成一片，嚷的是，秀才宰相之苗。老爺今年中了舉，過年再中了進士，將來要封公拜相的。轉年四月裏報喜的還來呢！求老爺多賞幾百吊罷。嚷得裏面聽得逼清，闔家大樂。公子這纔恭敬敬的，放下袍袖兒來，待要給父母行禮。安老爺道：「且慢。你聽我說，這喜信斷不得差。但是恪遵功令，自然仍以明日發榜為準。何況我同你都不曾叩謝過天君佛祠，我兩老怎好便受你的頭。你只給我同你娘道了喜，好見過你舅母、岳父母。」公子便雙腿跪下，給父母道了喜。一樣的給舅太太、張老夫妻道了喜。金玉姐妹道過喜後，安老爺、安太太又叫夫妻交賀。一時裏外男女，家人丫鬟小廝，黑壓壓的跪了一屋子，半院子，齊聲叩賀完了，又給大爺、奶奶道喜。公子連忙出了屋子，把張進寶拉起來。二位奶奶這裏便招呼兩個嬤嬤，周旋長姐兒。一時舅太太望著公子道：「這你父親可樂了。」張太太又問他說：「我們姑爺今兒個就算八府巡按了。不是呀？」舅太太道：「將來或者也作得到，今兒個還早些兒。」安老爺聽了這話，便長吁一聲道：「太太，這不當著二位親家、舅太太在這裏，我一向有句話，卻從不曾說起。玉格這個孩子，一定說望他到臺閣封疆的地兒，我也不敢作此妄想。只我自己讀書一場，不曾給國家出得一分力，不曾給祖宗增得一分光，今日之下，退守山林，卻深望這個兒子，完我未竟之志。卻又愁他沒那福命，克繼書香。不想今日僥天之倖，也竟中了。且無論他此後的功名富貴何如，只占了這個桂苑先聲，已經不負我十年課子的這番苦心，出了我半載作官的那場惡氣。」這正是：不須伯道傷無子，生子當生寧馨兒。要知後事如何？下回書交代。

第三十六回　滿路春風探花及第　一樽佳釀酒酬師

這回書話表安老爺家，報喜的一聲報道：「公子中了。」並且中得高標第六，闔家上下歡喜非常。道賀已畢，便要打點公子進城，預備明日揭曉後，拜老師、會同年這些事。此時忙的怎能分身再去梓潼廟赴那個題餻雅集。正要著人去辭謝，卻又不好措詞。恰好梅公子早從城裏打發人來打聽，說：「城裏已經報動。聽說公子中了。因關切遣人來打聽。果然恭喜了。便請公子張羅正事，不必赴約。」安老爺這裏打發來人，又專人前去道答。就便打聽那邊的信息。一時諸事停當，纔打發公子進城。公子辭過父母出來，又到書房先見過先生，然後纔動身。這且按下不表。再講場中那天填完了榜，次日五鼓送到順天府懸掛起來。安公子同下場的那班少年，只莫世兄中了，托二爺中了個副榜，餘皆未中。那場裏的三位主考，放榜後也便隨著出場覆命。那些內外簾官，紛紛各歸寓所。就中單講安公子那位房師婁主政，這個人雖生長在個風高土厚地方，性情不免偏於剛介，究竟面目不失其真。只因他天理中雜了一毫人欲，就不免弄成那等一個乖僻性情。自從在場裏經了那番，纔曉得雖方剛正直也罷，也得要認定情理，不是鬧得脾氣的。早力改前非，漸歸平易。因此出場後，便急於盼望這個第六名門生安驥來見，要看看他究竟是怎的個人，好細問他一個端的。恰好這日安公子第一個到門拜見。投進手本去。他看了連忙道請。安公子早已裼襲而來。他一看見是個風華濁世的佳公子，先覺得人如其文。當下安公子鋪好拜氈，遞過贄儀，早拜下去。他也半禮相還。安公子站起來便說道：「門生年輕學淺，蒙老師栽植，知感知勉。只是自問閱歷未深，體用未備，此後全仗老師教誨。」他便一把拉住公子的手，說道：「年兄，你我諸話莫談。我且問你，你平日作過一樁甚的大陰德事，先講來我聽。」公子被他這一問，一時摸不著頭腦。只得答道：「門生在家閉戶讀書，懍遵庭訓，不過守著幾句入孝出弟的常經，那裏有甚麼陰德？便是有，既曰陰德，門生自己又怎的會曉得。」婁主政一聽這話，心裏說道：「這個門生，且莫合他講文章，只聽說話，就比我通些。」更又問道：「然則一定是尊翁大人平日有個甚麼大功行了。」公子忙道：「門生父親，平日卻是認定一片性情，一團忠恕，身體力行。便是教訓門生，也只這個道理。要定說那一樁是功行，門生一時卻指不出來。」他聽了早大聲急呼的說了一聲：「如何？這就無怪驚得動那等兩個大力量的，來玉成你的功名了。」安公子此時，如何想得到他這位老師，在場裏會見著他祖岳、岳父了。聽他說的這等離奇，倒覺駭異。不禁問道：「請示老師這話，因何說起？」他纔恭肅其貌，鄭重其事說道：「年兄你今日束脩來見我，其實慚愧，你這舉人不是我薦中的，並且不是主司取中的，竟是天中的。」說著，便把他在場裏自閱卷到填榜，目擊安公子那本卷子，怎的先棄後取的情形，從頭至尾，不曾瞞得一點，向這個門生盡情據實告訴了一遍。還道：「賢契，你看這段機緣，得不謂之天授乎！儻然不是那個老人、那位尊神，開我愚蒙，只我婁蒙齋，蒙蒙一世罷了。莫不被我斷送了你一個真功名，埋沒了你三篇好文字。莫講我今日之下，沒福合你作這個通家。我婁蒙齋這場任性違天的罪過，可也不小。你回去務必替我請教尊翁，這老人合那尊神，端的是怎生一個原由。我是要把這節事刻在科場果報裏邊，布告多士的。」安公子聽他講了半日，早已悟到他講的那老人所說的「予何人也」那句話，自然該是自己的祖岳老孝廉何焯。那位尊神所說的「吾神何來」那句話，一定便是自己的岳父，新城隍何杞了。但是想了想，今日初謁師門，怎得有許長工夫，合他把兒女英雄傳前三十五回的評話，從頭講起。只得說道：「雖說如此，究竟仗著老師的力薦成全，纔得備中。」那房師聽了大喜。茶添二道，論了會子安公子的詩文。又細問安老爺的官階年紀。纔知是位先達，益加起敬。安公子也便告辭，準備去拜見座師。接著城裏正有許多應酬，他因記罣著還不曾拜過父母，因此拜過座師，便一逕出城回家。在天地佛祠父母前磕過頭，便在上屋拜見了舅母、岳父母。又去在何家岳父母祠堂，先生館裏行了禮。重新回到上房，纔把他見各位老師的光景，以至他那位房師講的話，細回了父母一遍。闔家聽了，無不驚異贊歎。何小姐此時想起他父親來，未免一陣心酸，眼圈兒一紅。只是在公婆跟前，不好悲泣。不想安老爺那邊早已淚流滿面，嗚咽不止。一面擦著眼淚，向太太說道：「我這位恩師！在生之日，我不知受了他老人家多少栽成。不想今日之下，他老人家久歸道山，還來默佑這個小子。叫人怎的不感極而泣。」因又吩咐公子道：「至於你身受你祖岳、岳父的栽培，從此更當益加感奮，勉圖上進，卻不可仗著這番鬼神之德，稍存一分懈怠。須知天道至近，呼吸可通。善惡禍福，其應如響。你可曉得一念不違天理人情，天地鬼神會暗中呵護。一念背了天理人情，天地鬼神也就會立刻不容。易有云：『積善之家，必有餘慶。積不善之家，必有餘殃。』你只看他這積字、餘字、必字，何等有觔兩，有把握。只可惜世人都把他作老生常談讀過去了。往往丟了這玉檢金科，靠些才智用事，以至好端端的骨肉倫常，功名富貴，轉眼間弄到蕩析淪亡，困窮株守，豈不可惜！」當下公子敬聽著父親的教訓，便也如對著天地鬼神一般。列公你看，這位安老先生，惹著他便是一篇嘮叨。言者何其苦不憚煩，聽者無乃倦而思臥。其奈他家有這等一個善教的老子，便有那等一個肯受教的兒子，也算得個千載奇遇了。

閒話少說。卻說安公子見過父母，纔回到自己屋裏。金玉姐妹今日之下，盼得夫婿中了。兩個是一團精神，張羅換衣裳，換帽子。這個叫丫頭伺候茶水，那個叫嬤嬤預備吃食，這個問了番連朝的車馬勞頓，那個又提了些那日的晴雨寒暄。看了他三個這番閨房妮妮，女兒喁喁，不禁令人要笑不知愁的，那個閨中少婦，當春日凝妝，上那座翠樓的時候，忽然看見陌頭一片楊柳春色，就後悔不該叫他夫婿遠去覓封侯起來。那一悔真真悔得丟人兒沒味兒。閒話少說。卻說安公子次日起來，依然回明父母進城。忙著去會同年，會同門，公請老師，赴老師請序齒錄送硃卷這些事。直等赴過鹿鳴宴，拜完了客，也就耽延了十餘天。早又交了十月，纔待回莊園而來。到了家，只見門前冷靜靜的，眾家人都不在跟前，只有個劉住兒，在那裏看門。便問他道：「老爺是在上房裏是在書房裏呢？」他回道：「老爺飯後同程師爺帶了個小小子，往近山一帶閒走去了。」公子便一路進了二門，早聽得太太歡笑之聲。隔著玻璃一望，原來同舅太太、張親家太太，帶了長姐兒在那裏鬥牌呢。公子進了屋子，見過母親。也說了些連日城裏應酬匆忙的話。便問道：「我父親不在家，母親今日倒無事。」安太太道：「可不是。自從你倆媳婦兒，接過這個家去，弄得很妥當，想的也周到，我同你父親可就省大了心了。這幾天你父親沒事，吃完了飯，只坐在那裏拿著本子書瞧。我說：『這麼好天氣，為甚麼不學鄧九公也出去閒走走，活動活動呢！』今日纔同你師傅到晚香寺看菊花去了。我閒著也是白坐著，我們就打起骨牌來了。你瞧那杌兒上的錢，都是我贏的。回來咱們娘兒們商量著，弄點兒甚麼吃了。也難得贏你舅母的倆錢兒。」舅太太笑道：「輸倆兒輸倆兒罷，好容易盼得不鬬那個揪心牌了。」公子也笑了。因回頭不見金玉姐妹。便問丫頭們道：

「兩位大奶奶呢？怎麼一個兒也不在這裏。」張太太道：「他倆可不得閒耍呀，忙了這幾日了。」太太道：「真個的你也家去瞧瞧罷，你們今兒忙呢！」安公子便出了上屋，回到自己院來。將進院門，只見張進寶、華忠、戴勤、晉升、梁材等一干人，都站在倒座東邊那間牕前。聽著兩位大奶奶屋裏吩咐甚麼話呢！他進了院門，便奔了那屋裏來。聽得屋裏回了一句說：「爺過來了。」他姐妹早已迎到堂屋裏，接著問了兩句閒話，便要跟過住房來。公子道：「就在這裏坐罷。」說著，公子先走到裏間，只見靠北牕八仙桌子上，堆著大高的兩硌冊子，旁邊又擱著筆硯算盤。公子道：「請治公。」何小姐便笑道：「既如此，索興讓我們把這點兒事料理完了，咱們好說閒話兒。」公子便在靠南一張小牀兒上坐下。只聽何小姐向牕外叫道：「張爹，你把他帶進屋裏來。」張進寶答應一聲，帶進一個人來。公子一看原來是戴勤。這個當兒，何小姐還一長一短的合大家閒話。一見戴勤進來，忽然把臉一沉，問道：「我當日派你們幾個人，分管這幾項地的時候，話是怎麼交代的？怎麼眾人都知道巴結，照數催齊了，獨你拖下尾欠來，是甚麼原故？」戴勤忙回道：「奴才管的那地裏，本有幾塊低窪地。再者今年的雨水大，那棉花不得曬，都受了傷了。下欠的奴才也催過，他們趕明年，麥秋準交。」何小姐道：「哦，這就是你拖欠的原故。難道你們四個人管的地，不是我們責承你們，公同均勻搭配齊了的嗎？是獨你管的這項地裏有低窪地喲？是別人管的地裏，沒種棉花喲？還是今年的雨水大，單在你管的那幾塊地裏了呢？這是莊頭佃戶搪塞你的話，你怎麼也照著樣兒搪塞我起來了。有這樣的，不如照舊由著莊頭鬼混去。老爺、太太又派管租子的家人作甚麼？」把個戴勤問的閉口無言，只低了頭。又聽何小姐發作他道：「我是怎麼樣囑咐你，說你向來臉軟，經不得幾句好話兒。這可是主兒家的事情，上上下下大家的吃用，別竟作好好先生，臨期自誤。怎麼頭一年就合我打起擂臺❶來了？還是我這話囑咐多餘了，還是你是我的嬤嬤爹？眾人只管交齊了，你交的齊不齊就下的去呢？你把這個道理，講給我聽聽。」戴勤聽了這話，連忙跪下說：「奴才下去趕緊催去。」何小姐冷笑了一聲說道：「你有此時纔催去，早作甚麼來著。當交代這差使的第一天，我當著老爺、太太面前告訴過。你們大家辦好了，老爺、太太自有恩典，是大家的臉面。儻誤了老爺、太太的事，那一面兒的話，我就不說了，臨期你們大家可得原諒我。不想大家都知道原諒我，倒是從你第一個，先不原諒我起。很好。」說著，把小眉毛兒一抬，小眼睛兒一瞪，小臉兒一揚，望著張進寶，叫了聲張爹，說道：「你把他帶到外頭老爺書房頭裏，請出老爺的家法來，結結實實打他二十板子，再帶進來見我。」戴勤此時，嚇得只是磕頭，求奶奶開恩。院子裏的家人，一個個屏聲息氣，連咳嗽也不敢輕易咳嗽。堂屋裏的僕婦丫鬟，鴉雀無聲的竊聽。把個隨緣兒媳婦，急得只是怪哭。悄悄兒的磨著他媽，給進去求情。戴嬤嬤也自著急。待要進去，又怵著不敢進去。早聽張姑娘勸了句，說：「姐姐看著我，饒他個初次罷。」只這一句，便聽何小姐高聲說道：「妹妹，不是怎麼著，這樁事你我兩個一般兒大的沉重，怎麼叫我看著你呢。要說因為這是個初次，就饒他。我正為這是個初次，所以纔饒不得他。這次正是個立法之初，饒了這次，往後就是例了。獨饒了他，眾人都有得說的了。要依然等到公婆操起心來，你我怎麼對公婆？又怎麼對眾人？慢講是他饒不得，假如華奶公，今年有個拖欠，你我講不得，也該是一例的照辦纔公道。」

按下這頭。卻說安公子自從去年埋首書齋，偶然在家閒一刻，便見他姐妹兩個，三下五除二的不離

❶ 打起擂臺：原是比武的一種，引申為「較量手段」的意思。

手，五畝七分半的不離口。因自己一向正在用功，正不曾留心這樁事，到底弄到怎麼個分兒上了。不想今日纔得應酬完了，跑回家來，正碰上這場熱鬧。一時坐在一旁，既不好伸手，又無從開口。因覺得有些餓了，纔叫人揀了幾個甜餑餑來，拿起來咬了一口，正在嘴裏嚼著。聽得他那位簫史，這半日倒像推翻了核桃車子一般，總不曾住話。說著說著那個氣，好比煙袋換筒吹筒，吹換鳥鎗，鳥鎗換礮，越吹越壯了。自己待要開言解勸，聽見張姑娘纔說了一句，索性連他嬤嬤爹華忠，也刮擦上了，卻也防一說吃個釘子。正在為難，只見張進寶聽得大奶奶吩咐，先答應了一聲：「嗻。」便顫巍巍扶著杌凳兒跪下去。回道：「奴才有個下情，求奶奶恩典。」牕外的家人見他跪下，轟都跪下了。兩個嬤嬤便也帶了隨緣兒媳婦跟著張進寶跪在屋門外頭。何小姐連忙站起來說：「張爹，你快起來，有話起來說。」說著，便叫花鈴兒：「快把你張爺爺攙起來。」又說：「這事不與兩嬤嬤相干。你兩個也只管起來。」又叫：「大家也起來。」張進寶站起身來，纔慢慢的說道：「這件事，戴勤算實在辜負主兒的恩典。就是奴才平日不能提補著他，也有不是。求奶奶開恩。可憐他個糊塗，聽不出主兒的吩咐來。再者看他平日差使，也還勤謹。奶奶賞奴才個臉，饒他這次。奴才下去幫他催去，也不用講甚麼麥秋不麥秋，那天催齊了，趕緊就交上來。要誤了事，請奶奶連奴才一併責罰。」戴勤此時一聲兒也不敢言語，只在那裏磕頭。只聽何小姐坐在上面說道：「張爹，你是個有歲數兒最明白的人。我方纔的話，卻不為他短交這百十吊錢起見。你知道帳上，現在也不至於立等這項錢使，也不是我年輕高興，不顧人家含怨。便是看著我嬤嬤從小兒奶到我這麼大，在他跟前，也該從寬些。但是嬤嬤爹、嬤嬤媽怎麼重，也重不過老爺、太太去，也重不過家裏這個大局去。」說著，又問著公子合張姑娘道：「爺合妹妹白想我這話說的是不是？」這二位好容易聽著他口話兒鬆了點兒了，誰還說道個不字。二人齊聲答道：「說的很是。可是張爹方纔說的，只可憐他個糊塗罷。」說著，何小姐早又回過頭去，望著張進寶說道：「張爹，你既這麼替他說著，我只看你這個老臉兒，看著你還是看著老爺、太太，待你恩典重的上頭，今日權且饒他這頓板子。也不用你幫他催，大約叫他十天八天，催齊也不能，限他到年底，給我交齊了。」說著，又從桌兒上拿起一個單子來，交給張進寶看，說：「你瞧這是我們商量著，給你眾人擬出來的獎賞單子。打算請老爺、太太看了好施恩。他也是一樣。不想他不愛這個好看兒，教我可有甚麼法兒呢！他這分賞，只好撤下來罷。至於莊頭，可寬不得。你下去就照著我定的那個章程辦去。」張進寶連珠砲的答應：「嗻！」便望著戴勤道：「這還不快叩謝爺合二位奶奶的恩典嗎？」那戴勤連忙摘了帽子，碰了陣頭，纔隨張進寶出去。兩個嬤嬤合隨緣兒媳婦又進來要磕頭。何小姐連忙一把拉住他兩個，又安慰戴嬤嬤道：「你可別抱怨我，我可是沒有法兒。」戴嬤嬤此時感畏不違，那裏還敢抱怨。當下他姐妹兩個，歸著清楚，纔同公子過住房來。卻說安公子見金玉姐妹，已經把家裏整理得大有眉目，自己的功名，卻纔走得一半程途。歇了兩日，想到明年會試，由不得不急著用功。恰好一日安老爺，偶然走到書房裏，見他正在那裏，擬了幾個題目，要想請老爺看定，依課作起文來。安老爺看了看，說：「題目倒都擬的是的，只是要作會試工夫，卻比鄉試一步難似一步了。鄉試中後，便算交過排場。明年連捷固好，不然，還有個下科可待。到了會試中後，緊接著便是朝考，朝考不取，殿試再寫差些便拿不穩點那個翰林。不走翰林這途，同一科甲，就有天壤之別了。所以凡有志科甲者，既中了舉，那進士中與不中，雖不可預知，卻不可不預存個必中之心，早盡些中後的人事。這人事要怎的個盡法呢？只對策寫殿試卷子這兩層功夫，從眼下便得作起。

我的意思，每月九課，只要你作六課的文章。其餘三課待我按課給你擬出策題來，依題條對。凡是敷衍策題，抄襲策科，以至用些架空排句塞責，卻來不得的。一定要認真說出幾句史液經腴，將來纔好去廷對。你的字雖然不醜，那點畫偏旁，也還欠些講究。此後作文，便用朝考卷子謄正，對策便用殿試卷子謄正，待我給你閱改。非我見你既中了個舉，轉這等苦口求全責備，也慮著你讀書一場，進不了那座清祕堂，用個部屬中書，已就失之毫釐，謬以千里了。再要遭際不遇，去作個榜下知縣，我便是你的前車之鑒，不可不知。」列公，只看這位安老先生怕作知縣算到了頭兒了，衛顧兒子也算到了頭兒了。但是也得他有衛顧兒子的本事學問。儻然我說書的果然也有個會試的兒子，卻叫我合他講些甚麼來。

閒話少說。卻說安公子遵著父親的教訓，依然閉門用起功來。準備來年會試。撚指之間，早又到了次年。禮闈臨近了，安老爺正想著，這次不知是那幾位主司進去。不想得了信，這次的大總裁，又熟人多了。原來那時烏克齋已陞了兵部尚書，協辦大學士，兼內務府大臣。莫學士也陞了侍郎，吳侍郎又陞了總憲。三個一齊點進去。正是安公子的兩位先生，一位世弟兄。不消關節，只見他的路數筆氣，那卷子也就是亮的了。何況他還是個門裏出身的，真實藝業。此番焉有不中之理。看看到了場期，那安公子怎的個進場出場，不煩重敘。等到出榜，又高高的中在十八魁以內。安老爺一家的歡喜熱鬧，更不待言。緊接著朝考，入了選，便去殿試。那殿試策題問的，是經學、史學、漕政、捕政四道。安公子經安老爺這幾個月的造就工夫，那本殿試卷子，真真作得來經綸緯史，寫得來虎臥龍跳。欽派閱卷大臣，把他優定在前十本以內。城裏有烏、吳、莫三位，這等一班最關切的人，還愁安老爺得不著信不成。當日就早先得了個密信。暗暗放心說：「只要在前十本，無論第幾，這二甲是拿得穩的，編修便可望了。」卻說到了升殿傳臚的頭一天，讀卷大臣先進上前十本去，恭候御筆欽定那鼎甲一二三名，狀元榜眼探花，二甲第一名的傳臚，以至後六名的甲乙。上去之後，那班新進士，都在保和殿後左門外候旨。預備欽定下來，那個占了前十名，立刻就要預備帶領引見。這個當兒，除了那殿試寫作平平，自分鼎甲無望的，不作妄想外。但是有志之士，人人跂足昂頭，在那裏望信。想這個前十名，更想那前十名鼎甲的三名。內中只有安公子，此時不但自知旗人格於成例，向來沒個點鼎甲的。便是他前十名，也早密密的得了信兒了。心裏暗想，便是取在第十名，也還在二甲裏。此番回家，上慰父母，自不待言。連我那簫史、桐卿那個插金花，飲瓊林酒，作夫人的三個難題目，我也算交過兩篇卷了。因此他只管在那裏一樣的聽信，卻比眾人心裏，落得安閒自在。閒中無事，只靠在後左門旁邊，望著大院子裏看熱鬧。只見那座宮門的臺堦兒，倒有一人多高。正門左門掩著，只西邊這間的門，開著一扇。豹尾森排，雀翎拱衛，只不聽得有個高聲說話的。再看院子裏那些預備帶領引見的官員，都在乾清門堦下伺候聽旨。又有這班新進士的同鄉同年，至親本家，這日有事無事，都各各借椿公事來關切探聽。還有一班好事的，雖然與他無干，也要知道知道這科的鼎甲是誰。又有那些跟班的筆政爺們，更要竊聽個消息，預備在大人跟前，當個鮮明差使。一時那大院子裏，千佛頭一般，擠擠擦擦，站了一院子人，都揚著腦袋，向那乾清門上望著。那門上站的一班侍衛公，不住的在那裏吆喝積扨汗！積扨汗者，清語聲音也。恐其人多聲聚，雖聖人遠在深宮，一時聽不見，防得是御前大臣碰見，普化天尊般的一聲雷。那些侍衛公，便持不住。大家正在盼望，只見一個奏事黃門官，從門裏出來。宣了狀元、榜眼、探花、傳臚的名次。人多地方敞，一時有聽的真的，有聽不真的。還有站得遠些，擠在後面的許多人，一個個矮身欠腳，長身延頸，半日還不曾打聽明白狀元是誰。又彼此探問，傳說了會子，纔知道那一甲一名狀元姓奚，江蘇人，名叫振鐘。一甲二名榜眼姓童，浙江人，名叫海宴。一甲三名探花，便是正黃旗漢軍人安驥。二甲一名傳臚，卻是個姓馬的，叫作馬行顯。那狀元、榜眼、傳臚的一班親友聽得，個個歡喜固不待言。只忽然聽得本科探花，點了個旗人，人人驚異。都說：「這實在要算本朝破天荒的第一人了。」紛紛納罕。那知清朝兵民畏法，官吏知法，大臣執法，聖天子神明乎法。原來那日進上前十本殿試卷去，聖人見那第三本，雖然寫作俱佳，只是策文靡麗而欠實義，字體姿媚而欠精神，料不是個遠大之器。及至看到第八名安驥，這本不但寫得黑圓光潤，那策文的經學、史學兩條，對得本本源源。漕政、捕政兩條，對得來條條切中利弊。天顏大喜，便從第八名提前來定了第三名。把那原定的第三名，改作第八名。因此安公子便占了個一甲三名的探花郎。卻說後左門的那班新進士，見宮門一陣簪纓亂動，知是卷子下來了。時候離得越近，心裏望得越緊。緊接著便是那班帶引見的官，如飛而來。忽然見一個胖子，分開眾人，兩隻手捧著個大肚子，兩條腿踹落踹落的，跑得滿頭是汗。張著大嘴，一上蹉蹿便叫龍媒龍媒。眾人又不知龍媒是誰，他一眼看見安公子，便跑到他跟前，只說了個恭喜兩個字，便扶了安公子的肩膀，喘個不住，可再說不出話來了。安公子出其不意，倒被他嚇了一跳。定睛一看，纔認得是何麥舟。這何麥舟便是安公子當日上淮安的時候，同管子金兩個來幫盤纏的那人。安公子見他這個樣子，只問說：「怎麼了？」他纔喘吁吁的伸了三個指頭說：「龍媒恭喜。你點了一甲三名探花了。」安公子只是不信。這個當兒，早聽那班帶引見的官兒，一名一名叫到他的名字，果然一甲三名，叫得是安驥。安公子此時驚喜交集，早同了那九個人，一個個跟著來到乾清門排班。大家圍著一看，只見狀元清華丰采，榜眼凝重安詳。到了那個探花，說甚麼潘安般貌，子建般才，只他那氣宇軒昂之中，不露一些紈袴。溫文儒雅之內，不粘一點寒酸。真真是彝鼎圭璋，熙朝人瑞。就連那個傳臚，也生得方面大耳，一部濃鬚，像是個幹濟之才。衆人不勝歎賞。那知這班草茅新進，初來到這禁禦森嚴地方。一個個只管是志等雲飛，卻都是面無人色。十個人一班兒排在那裏，只口中念念有詞，低著頭，默著聲兒的演習著背履歷。不消一刻，只見黃門官站在那高臺墻上，說了句引見，便魚貫而入的帶上去引見。下來名次不動，靜候次日升殿傳臚。卻說安公子回到宅裏，想到這番意外恩榮，諸事不顧。一心只想飛回去見著父母，正不知二位老人家，當如何歡喜。無如明日便是傳臚大典，緊接著還有歸大班引見。赴宴謝恩，登瀛釋褐許多事。授了職，便要進那座翰林院到任。事不由己，無法，只得先差人回園，代給父母叩喜。就稟知所以改點一甲三名的原故。

這回書交代到這裏，又用著說書的一張口難說兩家話的俗套頭了。折回來便要講到安老爺在家候信的話。卻說安老爺到了公子引見這日，分明曉得兒子已就取在前十名，大可放心了。無如望子成名，比自己功名念切，還加幾倍。一時又想到公子的滿洲話兒平常，怕他上去背不上履歷來。一時又慮到孩子腼腆，怕他起跪失了儀。從天不亮起來，坐在那裏看兩行書。擱下，又滿屋裏轉一陣，寫幾個字擱下，又走到院子裏望望。等到日已東昇，這個心可按捺不住了。忙忙的洗了手，換上大帽子，到了自己講學那間屋子去。親自向書架子上，把周易蓍草拿下來，桌子擦得乾淨，佈起位來，必誠必敬，揲了回蓍卜，卜公子究竟名列第幾？揲完卻卜著火地晉卦。一看那「康侯用，錫馬蕃庶。晝日三接」三句，便有些猶疑。心裏暗道：「四大聖人，這兩卷周易，誠然萬變無窮。我這點易學，卻也有幾分自信。怎的今日卜得這一卦，我竟有些詳解不來。按這個晉卦的卦象，火在地上，自然是個文明之兆。康字豈不正合安字的字義。馬字又是個驤字的左畔。分明是玉格的名字了。這『晝日三接』，不消說是個承恩之意。我心裏卻卜得是他的名次，難道會名列第三不成。那有個旗人，會點了探花之理。」不是這等解法，又參詳了半日說：「呀，不妙了。莫非他改了三甲了罷。」說著，又自己搖搖頭說：「益發不是。從沒個前十名，會改三甲的。況且他那策底子我看過的。若說有甚麼毛病，那班讀卷的老前輩，都是何等眼力，又怎的把他列到前十本去呢？」越想心裏越不解。便收拾起來，回到上房。把這段話，告知太太合舅太太。舅太太說：「姑老爺，你不用儘著猶疑了。」因指著金玉姐妹兩個道：「前兒個我們娘兒三個說閒話兒，還提來著。我說：『你們一家子，只管在外頭，各人受了一場顛險，回到家來，倒一天比一天順當起來了。』他姐兒倆提起張親家母去年的話來，還笑說：『這底下還要搶頭名狀元，作八府巡按呢！』我說：『你們倆不用笑，瞧起你們老爺、太太的居心行事，再碰上你們家的家運，只怕我們這個少姑爺子，照鼓兒詞上說的，竟會點個鼎甲，放了巡按，還定不得呢！』瞧瞧是應了我的話了不是。」安老爺此刻是一心正經，笑道：「這個怎的合那先天周易，講得到一處。」正說著，只見晉升忙忙的跑進來說：「回老爺，有位老爺要拜見老爺。」老爺便怪著他道：「到底是誰要拜會我？只這樣一個禿頭老爺，我曉得他是誰？你說話怎麼忽然這等糊塗起來了？」晉升道：「這位老爺沒來過，奴才不認得。奴才方纔正在大門板凳上坐著，見這位老爺騎著匹馬，老遠的就飛跑來了。到了門口下了馬，便問奴才說，這裏是安宅不是？奴才回說，是。奴才見他戴著個金頂子，便問，老爺找誰？他說，你快請你們老太爺出來，我有話說。奴才問，老爺，怎麼稱呼？要見主人，有甚麼事？說明了，家人好回上去。他說，你別管，只管回去罷！說著，自己把馬拴在樹上，就一直跑進大門來了。奴才只得讓到西書房去坐。他還說，請你們老太爺快出來，我還要趕進城去呢！」安老爺聽了，也心中詫異。不及換衣服，便忙忙的出去，見那位老爺。安太太、舅太太、張太太一時聽了，更摸不著門子。不放心，忙叫了個小子，跟著老爺出去打聽。那位老爺正坐在西書房炕上，撬著條腿兒，刁著根小煙袋兒，腰裏拿下火鐮來，纔要打火吃煙。見一掀簾子，進來了個清瘦老頭兒，穿著身鹶舊衣裳，他望著勾了勾頭兒，便道：「一塊坐著，不測貴姓啊？」安老爺答道：「我便姓安，恕我家居，輕易不到官場，在場的諸位相好，都不大認識了。足下何來？到舍下有何見教？」他這纔知是安老爺，連忙扔下煙袋，請了個安說：「原來就是老太爺。」慌得安老爺躬身拉起說：「素昧平生，怎麼行這個禮，這等稱謂。請問外頭，怎麼稱呼？」他纔說道：「筆帖式姓賀，名字叫喜升。不敢回老太爺，外頭人都稱筆帖式是喜賀老大。我們大人打發來了，叫道：『老太爺的大喜。說宅裏的大爺中了探花了。』」安老爺聽他這話，說得離奇，疑信參半，忙問：「貴堂官是那位？」他纔說：「包衣按班烏大人。筆帖式今日是堂上聽事的班兒。我們大人把我叫到右門兒，親口吩咐：『纔在案兒上見前十本的，卷子下來，看見大爺的卷子，本定的是第八名，主子的恩典，把名次升到第三。點了探花了。』差派筆帖式，飛馬來給老太爺送這個喜信。」還說：「因為老太爺是我們大人的老師，算煩筆帖式辛苦一趟，筆帖式抓了匹馬就來了。方纔筆帖式眼拙，沒瞧出老太爺來。老太爺萬一見著我們大人，還求美言兩句。」說著，又請了個安。安老爺此時心裏的樂，纔叫個夢想不到。那裏還計較這些小節。看了看那位喜賀大爺的年紀，纔不過二十來歲，不好叫他大哥，又與他無統無屬，不好稱他賀老爺。便道：「老弟說那裏話，著實受乏了。改日我再親去奉拜。先叫我小子登門道乏去。」說著，讓他喝茶吃煙，那位喜賀大爺坐了一刻，便起身告辭，說：「筆帖式還得趕到宅裏銷差去呢。」

安老爺送到大門，看他上了馬，加上一鞭，如飛而去。纔笑吟吟的進來。這個當兒，安太太同金玉姐妹，以至舅太太、張太太，早得了信了。彼此相見，闔家登時樂得神來天外，喜上眉梢。只這個當兒，泥金捷報也早趕到了。這番稱賀不必講，比公子中舉的時候，更加熱鬧。安老爺道：「大家且靜一靜。我這半日，只像在夢境裏呢！」說著，定了定神。纔道：「這個信，斷不會荒唐。我不能不信，卻不敢自信。我此時竟要親自進城走一盪，一則見了玉格，到底問個明白，是怎生一件事。二則他乍經這等一件意外的恩榮，自然也有許多不得主意。我就當面指示明白，免得打發個人去傳說不清。」安太太聽了，忙說：「老爺這話，想的很是。」說著，一面就叫人預備車馬，打點衣裳。正上上下下，裏裏外外，忙成一處。這個當兒，公子差來的人也到了。安老爺接著問了問，依然不得詳盡。便穿好衣裳，催齊車馬，進城。家中自有太太合二位少奶奶並家人們料理。

按下不提。卻說安老爺從莊園來到住宅，公子見自己不能分身回園，叩謁父親，倒勞父親遠來，慌忙出來跪迎問安。此時父子相見，那番歡喜，更不待言。一時張老也迎出來，彼此稱賀。安老爺進來，不及閒談，坐下便問公子究竟怎的便行高點鼎甲的原由。公子隨把今日引見，並見著烏大爺怎的告知的詳細，從頭回了一遍。老爺方得明白。因也把今日早起卜易，怎卜著晉卦。恰好烏大爺著那位喜賀大爺到園送信的種種情節，告訴公子。因說道：「從來說聖心即天心，然則前人那『誦詩聞國政，講易見天心』的兩句詩，真是從經義裏味出來的名言。便是我那日給你出的那個詩題，也莫非預兆了。」說著，纔待合親家老爺，敘敘連日的闊別。不想親家老爺，倒像個主人，早在那裏，替女婿張羅老爺的酒飯。當下父子翁婿飯罷。安老爺因公子中後，城內各親友，都曾遠到莊園賀喜。如烏、吳、莫諸人，以及諸門弟子，也都去過。還有那個婁蒙齋，自從合老爺作通家後，見了安老爺，佩服得五體投地。時常要來親炙領教。安老爺是有教無類的，竟薰陶得他另變了個氣味了。那烏克齋原是安老爺的學生，如今又作了公子的座主，早行了個先施的禮。彼此各行各道。公子尊他為師，他卻仍尊安老爺為師。此科甲中常例也。安老爺便趁這盪進城，一一的拜過。又到了那位喜賀大爺門首，道了個乏。倒累他次日連忙到莊園來請安繳帖。過了兩日，又送了八盒兒，關防衙門的內造餑餑來。此是後話。卻說安老爺連日在城內拜完了客，又把公子的事，一一佈置指示明白。便吩咐他索性等諸事應酬完畢，再回莊園。又給他看定了個歸第的吉日。公子一時得了主意。安老爺便先回雙鳳村，閒中商量起兒子歸第的事來。一天，老夫妻兩個同著媳婦正計議家事，只見舅太太合張太太過來。舅太太坐下，便道：「姑老爺，我有句話，要合姑老爺商量。可是張親家的事。親家公是怵著碰你個釘子不肯說，親家母呢，他說他是個鋸了嘴的葫蘆。還說你說的話，他聽著摸不著。叫我瞧著咱兒，說咱兒好還帶管說，務必得替他說成纔好。前兒我合我們姑太太商量了會子。姑太太也拿不穩你老的主意，我這裏頭可受著窄呢。你可不許合我鬧一大車書，你就請出孔聖人來，也不中用。這件事總得給人家弄成了。」論安老爺這個人，蹈仁履義，折矩周規不得不謂之醇儒。只是到了他那動稱三代起來，卻真也令人不好合他共事。不知這位舅太太怎的一眼，把個生剋制化的道理看破了。只要舅太太一開口，水心先生那副正經面孔，便有些整頓不起來。也搭著這位老爺的近況，正是身靜心閒，神怡興會。聽舅太太說了這陣，便笑道：「夫商量者，商其事之可否，互相商酌而行之謂也。你如今話不曾說，先說請出孔聖人來也不中用，然則還商出些甚麼量來。」舅太太道：「我不管這些，你只說應不應罷。」安老爺道：「益發大奇。你就叫我看篇文章，也得先有個題目，如今文章倒作了大半篇，始終不曾點出題來，卻叫我從那裏應起。」舅太太又道：「姑老爺常說的呀，孔夫子的徒弟，誰怎麼聽見一樣兒，就會知道兩樣兒，又是誰還能知道十樣兒呢？姑老爺這麼大學問，難道我說了這麼幾句話，你還聽不出個四五六兒來嗎？」安老爺道：「啊，論語要這等講法，亦吾夫子之厄運也。」安太太道：「你們可慪壞了人了。這到那一年是個說得清楚啊！等我說罷。」因說道：「張親家的意思，是因為玉格中了，要給他熱鬧熱鬧。」纔說了一句，安老爺早一副正色道：「要是打算唱戲作賀，可斷使不得。這卻不敢奉命。」舅太太道：「不是，不用嚇得那麼個樣兒，等我告訴姑老爺。張親家說的，是他們外省女婿中了狀元，都興丈人家請遊街誇官。就是咱們城裏頭，我也還趕上過老年，還興這個熱鬧兒，姑老爺想來也趕上了。講到你中舉的時候，我們家可沒請過。我先說了，省得你回來，又比出個例兒來。如今張親家想著等女婿回來，這天打發人遠遠兒接出去，給他弄分新執事，也給他插上金花，披上紅，把他接了家來。一則是個熱鬧兒，再者一個小孩子中了會子，也叫他興頭興頭。姑老爺說，使得使不得罷？」這個當兒，不惟安太太、金玉姐妹，望著老爺，慶賀罷，連長姐兒都不錯耳輪兒的，聽老爺怎麼個說法。只見老爺聽罷，啞然大笑，說道：「我只道是怎麼個難題目，原來為此。何須辭費到如此。此亦不讀書之故也。聽我講，那花紅不必費心，有朝廷的恩賜。赴瓊林宴，這日一榜新進士，都要領的。卻只有榜眼、探花、傳臚，一定要披戴起來，纔成得這個盛典。至於執事，國初的時候，官員都有例用的執事。只翻出會典來看，上面載得明明白白。如今玉格既點了探花，自然該有他應用的儀仗。這事便是真個請教孔夫子，孔夫子也沒個不許可的理。有甚麼使不得的。」安太太見老爺難得有這等一樁俯順群情的事，也自高興，便閒談道：「真個的既是例上有的，怎麼如今外省還有個體統。京裏的官員，倒不許他使呢！」安老爺道：「是不能也，非不許也。你們既不博古，焉得通今。這可就要知因地制宜，因時制宜的道理了。我朝以弓馬取天下，從不曉得甚麼叫作圖安逸。國初官員乘馬的多，坐轎的少。那班世家子弟，都是騎馬，還有騎著駱駝上衙門的呢。漸漸的忘了根本，便講究坐轎車，漸漸的走入下流，便講究跑快車，漸漸的弄到不能乘車，便講究僱驢車，漸漸的連僱驢車也不能了。沒法，雖從大夫之後，也只得徒行起來了哇。何況一路還要到鼻煙鋪裏裝包煙，茶館兒去喝碗茶，這要再用上分執事，成個甚麼體統。如今既是親家這等疼孩子，我也不好故卻。待我著個人，替他照那會典上開載的，不奢不儉，置辦一分起來如何？」張太太聽了半日，聽這句話頭兒，彷彿是應了。便合舅太太說道：「我合你說俗話兒來著。人家親家老爺，憑俗事兒，你給他說在理上，他沒個不答應的不是。」舅太太道：「說了半天，敢則孔聖人就在這兒呢！」大家一笑而罷。

卻說安公子傳臚下來，授職用了編修。接著領宴謝恩，登瀛釋褐。一切公私事宜，應酬已畢。便打算遵著安老爺給他定的那個歸第吉期，收拾回園，叩見父母。他未回家之前，那恩賞的旗匾銀兩，早已領到。安老爺先在莊園門外，立起一對高大硃紅旗桿，那莊門外本有無數的大樹，此時正是濃陰滿地，綠葉團雲的時候。遠遠的望著，那萬綠叢中一點紅，便有個更新氣象。莊門上高懸一面粉油大字，探花及第的豎匾。迎門牆上，滿貼著泥金捷報的報條。出入往來的那班家丁，倍常有興。裏邊兩位當家少奶奶，早吩咐人在當院裏設下天地紙馬香燭香案，又掃除佛堂，上著滿堂香供。家祠裏也預備祭筵。安老夫妻，又叫在何公祠也照樣備辦一分供獻。是日，安老爺因是個喜慶日期，兼要叩謝天恩祖德，便穿了件縱綿打邊兒加紅配綠的打子兒七品補子的公服。安太太、舅太太都是鈿子氅衣兒。張親家老爺，先兩日早回了莊園，新置了一套羽毛袍套。親家太太，又作了一件絳色狀元羅面，月白永春裏子的夾紗衫子，穿的紗架也似的。金玉姐妹，此刻是欽點翰林院編修，探花郎的孺人了。按品漢裝也掛上朝珠，穿著補服，兩個人要討婆婆的喜歡，特特的把安太太當日分賞的，那兩隻雁塔題名的雁釵，戴在頭上。事有湊巧，恰值何小姐前幾天，收拾箱子，找出何太太當日戴的一隻小翠雁兒來，嘴裏也含著一掛飯珠流蘇，便無心中給了那個長姐兒。他這日見倆奶奶都戴著隻翠雁兒，也把他那隻戴在頭上。婢學夫人，十分得意。這日天不亮，張老便合親家借了兩個家人，帶了那分執事，迎到離雙鳳村二十里外，便是那座梓潼廟等候。那執事是一對開道金鑼，兩對賜進士出身欽點探花及第的硃紅描金銜牌，一對清道旗，一對朱花旗，一對金瓜，一把重沿藍傘。公子那邊從頭一日，收拾停當了。次日起早帶了家丁，便回莊園而來。半路到了梓潼廟，吃些東西，換了衣服，一路鑼聲開道，旗影搖風。公子珠掛沉檀，章輝鸂鶒。頭插兩朵金花，身披十字彩紅。騎一匹雕鞍金埒的白馬，迤邐向雙鳳村緩緩而來。一路也過了四五處煙村，也過了兩三條鎮市，那兩面金鑼接連十三棒敲的不斷。惹得那些路上行人，深閨兒女，都彼此閒論說：「這讀書得作官的，果是誰家子？」一程一程，來到臨近。公子在馬上，望著那太空數點白雲，匝地幾痕芳草。恰遇那年下半年，有個閏月。北地節候又遲，滿山杏花，還開得如火如錦。四圍杏花風裏，簇擁他白面書生的一個探花郎，好不興致。近山一帶，那些人家，早就曉得公子今日回第的信息。一個個扶老攜幼，抱女攜男，都來夾道歡呼的站在兩旁，看這熱鬧。內中也有幾個讀過書的，龐眉皓髮，老者扶了根拐杖，在那裏指指點點說道：「不知這位安水心先生，怎樣自修，纔生得這等一位公子。又不知這位公子，怎樣自愛，纔成了恁般一個人物。」

話休絮煩。須臾，公子馬到門首，一片鑼聲振耳，裏頭早曉得公子到了。公子離鞍下馬，整頓衣冠。抬頭一望，先望見門上高懸的探花及第那四個大字。進了大門，便是眾家丁迎著叩喜。走到穿堂，又有業師程老夫子，那裏候著道賀。他匆匆一揖，便催公子道：「我們少刻再談。老翁候久了。」公子讓先生進了屋子，纔轉身步入二門。早見當院裏擺著香燭供桌，金玉姐妹在東邊迎接。一群僕婦丫鬟，都在西邊叩見。公子此時不及寒暄，便恭肅趨蹌上堂，給父母請了安，見過舅母、岳母。安老爺此時已經滿面的祭如在，祭神如神在了。公子纔得請過安，安老爺便站起來，望著公子道：「隨我來。」便把公子帶到當庭，香案跟前。早有晉升、葉通兩個家人，在那裏伺候，點燭拈香。安老爺端拱焚香，炷在香斗裏。帶領公子三跪九叩，叩謝天地。退下來，前面兩個家人，引著從東穿堂過去，到了佛堂。佛堂早已點得燈燭輝煌，香煙繚繞。安老爺向來到佛堂，不准婦人站在一旁。敲磬的那個伺候佛堂的婆子，老早躲在一邊去了。家人敲了磬，老爺帶領公子拜了佛。出來，仍由原路出了二門，繞到家祠。因公子在城裏，早在宗祠裏磕過頭了，便一直的進了祠堂，在他家老太爺、老太太神主前祭奠行禮。已畢，出了祠堂門，安老爺向來行不由徑，便不走那座角門，仍從外面進了二門，來到上房。公子待父親進房歸坐，便要給父母行禮了。只見安老爺上了臺堦兒，回頭問著晉升、葉通道：「我吩咐的話，都預備齊了沒有？」兩個答應一聲「齊了」。便飛跑出了二門，同了許多家人，抬進一張搭著全虎皮椅披的大圈椅，又是一張書案來。你道安老爺一個家居的七品琴堂，況又正是這等初夏天氣，怎的用個虎皮椅披呢？原來那漢宋講學大儒，如關西夫子、伊閩濂洛諸公，講起學來，都要設絳帳，擁皋比。安老爺事事師古，因此自己講學的那個所在，也是這等制度。不想今日正用著他。抬進來，老爺親自帶了家人，把那椅子安在中堂北面。椅子前頭，便設下那張書案。這個當兒，張老夫妻是在他家等著接姑爺呢。只有舅太太、安太太、金玉姐妹，並一班丫鬟，幾個家人媳婦在那裏。見安老爺回到上房，且不坐下受兒子的頭，先這陣布席設位。諸女眷只得閃在一旁。舅太太先納悶兒道：「怎麼今兒個，他又外廚房裏的竈王爺，鬧了個獨坐兒呢。回來叫我們姑太太坐在那兒呀！」安太太見老爺臉上那番屏氣不息，勃如戰色的光景，早想到定是在那位神佛跟前，許的甚麼願心。便在旁問道：「老爺不用個香爐蠟臺，好到佛堂請去。」只見老爺搖搖頭道：「那香燭，都是那班愚僧誤會佛旨。今日這等儀節，豈是焚香燒燭褻瀆得的。」當下不但諸女眷聽了，不得明白。連公子也無從仰窺老人家的深意。只得跟著來往奔走，一時設畢。安老爺又吩咐就上祭罷。只見眾人從二門外端進四個方盤來。老爺便帶了公子，一件件捧進來，擺在案上。大家一看，右手裏擺著一方錫鑄的硃墨硯臺。又是兩枝硃墨筆。挨著硯臺，擺著一根檀木棒兒，一塊竹板兒。左手裏擺著，卻是安老爺家藏的幾件古器。一件是個鐵打的沙鍋淺兒模樣兒，底下又有三條腿兒。據安老爺平日講說，是上古燧人氏教民火食，烹飪始興時候的鍋，名曰燧釜。一件像個黃沙大碗，說是帝堯當日盛羹用的，名曰土鉶。一件是個竹筐兒，便是顏子當日簞食瓢飲的那個簞。那個黃沙碗兒裝著一碗清水。那兩件裏，一個裝著幾塊山澗裏長的綠翳青苔，俗叫作頭髮菜。一件裝著幾根海島邊生的烏皮海藻，便是藥鋪賣的那個鹹海藻。把這分東西，供得端正。然後安老爺親自捧了一個圓底兒方口兒的鐵酒盃，說那便是聖人講的觚不觚，觚哉觚哉的那個觚。盃裏滿滿盛著一盃清酒。老爺兢兢業業，舉得升空過頂，從東邊獻到座前。供好了，座旁三揖而退。纔退到正中，領帶公子行了個四拜的禮。立起身來，又從西邊上去撤下那盃酒，捧著作了個揖。出了院子，早見葉通捧過一束白茅根來，單腿跪著，放在堦下。安老爺纔望空一舉，把那盃酒奠在那白茅上，進來又站在那書案的旁邊。問公子道：「你可知我今日這個用意？」

列公，你看安公子，真算得了他老人家點兒衣鉢真傳。他會明白了，只聽他控背答道：「西邊這幾件，自然是丹鉛設教，夏楚收威的意思。東邊這幾件，想是澗溪沼池之毛，蘋蘩蘊藻之菜，筐筥錡釜之器，潢汙行潦之水，那簞食瓢飲，正是至聖大賢的手澤口澤。只不知那奠酒為何要用著白茅根？」安老爺道：「這個典，你只看爾貢包茅不入，王祭不供，無以縮酒的幾句註疏，就曉得了。」公子道：「還要請示父親，今日祭的是那位古聖先賢？」安老爺道：「古聖先賢怎的好請到我內室來。」因指著何小姐道：「這便是他的祖父，我那位恩師。當年我不受他老人家這點淵源，卻把甚的來教你。你不經我這番訓誨，又靠甚的去成名。這便叫作飲水思源，敢忘所自。」你要曉得這等師生，卻合那托足權門，垂涎外任的師生，是兩種性情，兩般氣味。安老爺將說定這話，舅太太便叫：「得了。收拾收拾，三位快坐下，讓人家孩子磕頭罷。我也家去等著陪姑爺去了。」這裏眾人忙著收拾清楚。安老爺、安太太便向正面牀上，雙雙歸坐。公子纔肅整威儀，上前給父母行禮。列公，你從他那頭上兩朵金花，肩上十字披紅，朝珠補服，肅整威儀的情形裏頭，迴想他三年前，未曾見個生眼兒的人先臉紅，未曾著點窩心的事兒先撇嘴的那番光景，可不是大妞妞似的一個公子哥兒來著麼？纔得幾天兒，居然金榜題名，玉堂學步，成了人了。只這膝前一拜，你叫他那雙父母，看著怎的不樂。只見他老夫妻，一個拈鬚含笑，一個點首堆歡。兩邊站著那般丫鬟僕婦，望著老少主人，也都是展眼舒眉，一團喜氣。這個當兒，就把個長姐兒，忙的又要伺候老爺、太太，又要張羅兩位奶奶，已經手腳不得閒兒了。他還得耳輪中聒噪著探花，眼皮兒上供養著探花，嘴脣兒邊念道著探花，心坎兒裏溫存著探花。難為他只管這等忙，竟不曾短一點過節兒，落一點精神兒。長姐兒尚且如此。此時的金玉姐妹更不消說是：「難得三千選佛，輸他玉貌郎君。」況又二十成名，是妾金閨夫婿。他二人那一種臉上，分明露的出來，口裏轉倒說不出來的歡喜，就連描畫也描畫不成了。一時公子拜罷起來。只聽安老爺合太太說道：「太太，我家這番意外恩榮，莫非天貺。君恩祖德神佑，不想你我這個孩子，不及兩年的工夫，竟作了個華國詞臣，榮親孝子。且喜你我二十年教養辛勤，今日功成圓滿。此後這副承先啟後的千觔擔兒，好不輕鬆爽快。」太太道：「是。雖說是老爺合我的操心，也虧他自己的立志。我不是說句偏著媳婦的話，也虧這倆媳婦兒幫他。」老爺道：「正是這話。古有云：『退一步想，過十年看。』這兩句話似淺而實深。當我家娶這兩房媳婦的時候，大家只說他門戶單寒。當我丟了那個知縣的時候，大家只說我前程蹭蹬。你看今日之下，相夫成名，正是這兩個單寒人家的佳婦。克家養志的，正是我這個蹭蹬縣令的佳兒。你我兩個老人家，往後再要看著他們夫榮妻貴，子孝孫賢。那纔是好一段千秋佳話哩。」這正是：如花眷作探花眷，小登科後大登科。這回書交代到這裏，便是兒女英雄傳第四番的結果。要知後事如何？下回書交代。

第三十七回　誌過銘嫌隙成佳話　合歡酒婢子代夫人

上回書交代到安公子及第榮歸，作了這部評話的第四番結束。這段文章，自然還該有個不盡餘波。卻說他這拜過父母，便去拜見舅母，金玉姐妹也一同過去。三個將進院門，早見舅太太在屋門口兒等著。見他們來了，笑道：「這可說得是個新貴了，連跟班兒的都換了新的了。」說著，公子進門，便讓舅母坐下受禮。舅太太說道：「我不叫你不磕這個頭，大概你也未必肯，就磕罷。」公子一面跪下，他一面拉住公子的手說道：「快快兒的乘早些兒，換紅頂兒。不但你們老爺、太太越發喜歡了，連我這乾丈母娘，可也就更樂了。」公子被舅母緊拉著一隻手，說個不了。只得一手著地，答應著行了禮起來。舅太太便讓他摘帽子，脫褂子。又叫人給倒茶。公子說：「我不喝茶了。這時候怎麼得喝點兒甚麼涼的纔好呢！」舅太太道：「有，我這裏有。給你煮下的棊荳，我自己包了幾個糉子，正要給你送過去呢！」說著，便叫老藍就端來。大爺這裏吃罷。老藍答應一聲，便端了一碗涼棊荳，一碟糉子。又見那個丫頭，原名素馨，改名綠香的，從屋裏端出一碟兒玫瑰滷子，一碟兒冰花糖來，都放在公子面前。公子一面吃著。舅太太又說：「吃完了，再把臉擦擦，就涼快了。」公子一時吃完，擦了臉，重新打扮起來。舅太太道：「我這裏還給你留著個頑意兒呢！不值得給你送去，你帶了去罷。」說著便叫綠香從屋裏一件件的拿出來。一件是個提梁匣兒，套著個玻璃罩兒，又套著個錦囊。打開一看，裏頭原來是一座娃娃臉兒一般的，整珊瑚頂子，配著個碧綠的翡翠翎管兒。舅太太道：「這兩件東西，你此時雖戴不著，將來總要戴的。取個吉祥兒罷。」金玉姐妹兩個，都不曾趕上見過舅公的，便道：「這準還是舅舅個念信兒❶呢！」舅太太道：「噯，你那舅舅何曾戴著個紅頂兒呀。當了個難的乾清門轄，好容易升了個等兒，說這可就離得梅楞章京快了。誰知他從那麼一升，就升到那頭兒去了。這還是四年上纔有旨意，定出官員的頂戴來。那年我們太爺在廣東時候得的。」張姑娘道：「敢是老年官員，都沒頂兒嗎？這我可又知道了個古記兒。」何小姐道：「不然，為甚麼帽子要分個紅裏兒、藍裏兒呢。」說著，公子又看那匣兒見是盤百八羅漢的桃核兒數珠兒，雕的十分精巧。那背墜佛頭記念，也配得鮮明，公子倒覺可愛，便道：「這般輕巧，我就換上他罷。」舅太太益發歡喜。就盤腿坐在那裏，叫過他去，又叫他低了頭，親自給他換上。何小姐早把那個匣子打開，卻是一分絕好的飄帶荷包手巾。舅太太道：「你們倆瞧瞧，這還是我二十年頭裏的活計。如今再叫我照這麼個模樣兒一分，我可做不上來了。」何小姐道：「活計是不用講了，難為娘怎麼收來著，竟還好好兒的呢！」因合公子說道：「也換上罷。」說著不由分說，便給他換上。公子這纔戴上帽子，謝了舅母，親自拿著那個匣兒去回父母。舅太太又合他說道：「回來我同你丈母娘，請姑老爺、姑太太。還請你們作陪呢！」公子一面答應，便過來把方纔得的東西，都請父母看過。安老夫妻自是歡喜。便催著他過後邊去。安太太道：「我叫人把那個角門兒，給你們開開了。倆媳婦兒都跟過去。一個也該到自己祠堂裏磕頭，一個也該見見自家的父母，別自顧咱們家裏熱鬧，叫人家養女孩兒的看著寒心。」二人答應著，帶上一群丫頭女人，又保駕的似的跟了去。不一時，到了何公祠。

❶ 念信兒：紀念品。或作「念心兒」。

戴勤、宋官兒合一班家人早在那裏伺候。公子告過祭，何小姐纔上前磕頭。張姑娘在姐姐跟前，是斷不落這個過節兒的，此刻有個不隨著磕頭的嗎！二人一同拜罷起來。撤去祭筵，關好門戶，便到何小姐當日住過半天兒的那個禪堂去坐。只看華嬤嬤從他家裏提了一壺開水，懷裏又抱著個滷壺。那隻手還掐著一托茶碗茶盤兒進來。公子道：「你就叫你媳婦兒幫幫不好嗎，為甚麼要累得這麼？阿哥的嬤嬤，又忞累的娘模樣兒呢！」他道：「可不是叫媳婦兒張羅來著麼。偏偏兒你這麼過當兒，芒種兒又醒了，賴在他媽身上，只不下來。我嫌他們那孩子爪子的累贅，還沒我自己幹著爽利呢。」說著，便忙著給爺奶奶倒茶。你道，這芒種兒又是誰？前回書中交代過的。何小姐過門的時節，那隨緣兒媳婦正是將近三個月的雙身子，所以不曾進得新房。屈指算到上年的芒種前後，可不正該養了。轉眼今年又是芒種，那孩子恰好週歲兒。敢是也懂得，賴在他媽身上不下來了。

話休絮煩。一時倒上茶來，張姑娘道：「茶不茶的，倒不要緊。你們誰快給我袋煙吃罷？」說著，早見柳條兒裝過煙來。何小姐道：「喝他們口茶，給爹媽磕頭去罷。這一袋煙又得半天。」說著，站起便去接他的煙袋。張姑娘笑道：「好姐姐，等我再吃兩口。」一面把煙袋遞給柳條兒，一面還回過頭來，就他手裏抽了兩口。三個人纔一同過張老那邊去。到了門首，他老兩口兒早迎出來。原來張老因人少房多，只佔了三間正房，六間廂房。那正房裏當中供佛，一間住人，一間坐客。當下公子夫妻進去，見堂屋裏佛爺桌兒上，換了簇新的黃布桌圍。桌兒上的錫蠟五供兒，擦得鏡亮。佛前點著日夜不斷的萬年海燈。佛龕兩旁，一邊兒還立著一根乾稻草，講究說這是怕屋裏有個不潔淨，遮佛爺的眼目的。佛桌兒前，早鋪下了個蒲墊兒。老兩口兒走到那蒲墊兒跟前，就站住等著姑爺行禮。你道，這是個甚麼儀注？原來小戶人家，凡遇著大典禮，不大肯坐下受人的頭，總是叫他朝著家堂佛磕。便是家裏有個孩子，從學校裏下了學，也得朝著佛爺作那個揖。這是比戶皆然，卻為禮經所不載。更兼安公子中舉的時候，是在上屋給岳父母行的禮，此時如何想得到這個規矩。及至聽他岳父說了句：「姑爺來到就是，別行禮罷。」他纔知是該朝佛爺磕的。便在那蒲墊兒上先給泰山磕了三個頭。張老也說了幾句老實吉利話兒，又說：「這也不枉你爺兒倆，他姐兒倆受那場苦哇。這都是佛天菩薩的保佑啊！」公子起來，又給泰水磕頭。俗語說的「挨金似金，挨玉似玉」，今番親家太太的談吐，就與往日可大不相同了。只聽他說道：「姑爺多禮，姑爺請起。這可實在難為你，也不枉你家一場辛苦吃到底，也不枉我家行下的秋風望下的雨，也不枉咱兩家子這一嫁一娶。往後來我兩口兒，還愁甚麼年少柴來月少米。可是人家說的，老天隔不了一層紙。等明兒他姐兒倆，再生上個一男半女，那纔是重重見喜，誰也說不的，這都是人情天理。」不想他一朝作了官親，福至心靈，這幾句官話兒，倒誤打誤撞的，說了個合折押韻。卻說張老讓他三個坐下，便高聲叫道：「大舅媽，拿開壺來。」那個詹嫂聽得公子來了，死也不敢出那個廂房門，連答應都怵著答應。答應一聲，只叫他那孩子送了水壺來。那個孩子也是發訕，不肯進屋子，只在屋門外叫：「姑爹，你接進開水去呀。」原來那孩子極怕張姑娘，張姑娘便叫道：「阿巧進來。」他這纔訕不答的蹭進來，一手提擄著水壺，那隻手還把個二拇指頭擱在嘴裏刁著，嘻嘻的訕笑遞過壺去。張太太又叫他給公子請安。白說了，這他扭股兒糖❷似的，可再也不敢上前兒咧。何小姐道：「不用請安了。」因指著公子問他：「你只說，這是誰罷。」那孩子又搖搖頭。何小姐又道：「我呢？」他倒認得說：「你，你也是姐。」

❷扭股兒糖：孩子們吃的一種糖，兩股扭合在一起。這是譬喻糾纏不開。

張姑娘道：「那麼問著你，那是誰？」只搖頭兒不言語。「偏叫你說。」他這纔嗚吶嗚吶的答道：「他是個老爺。」說著，張老沏了茶，他接過水壺去，就發腳跑了。張老端過茶來，公子連忙站起來要接，見沒茶盤兒，摸了摸那茶碗又滾燙，只說：「你老人家，叫他們倒罷。」及至涼了涼端起來要喝，無奈那茶碗是個斗口兒式的，蓋著蓋兒，再也喝不到嘴裏。無法，揭開蓋兒，見那茶葉泡的崗尖的。待好宣騰到碗外頭來了，心想這一喝，準鬧一嘴茶葉。因閉著嘴咂了一口，不想這口稠咕嘟的釅茶，咂在嘴裏，比黃連汁子還苦。攢著眉咽下去，便放下碗，倒辜負了主人一番敬客之意。張老又給他姐妹送了茶。便從佛桌兒底下，掏出一枝香根兒❸，自己到廚房掏了個火來，讓姑奶奶抽煙兒。柳條兒這裏給張姑娘裝煙，戴嬤嬤便張羅給親家太太裝煙。親家太太抽著煙兒，何小姐便問道：「媽，你老人家，今兒個吃的這個煙，怎麼不像那老葉子煙兒味兒了？」張太太道：「可說呢，都是你那舅太太呀！我到了他屋裏，他就鬧著不興我吃我的煙，只叫吃他的。昨兒個他又買了十斤渣頭送我，吃著倒怪香兒的呢！就只不禁吃，一會子又怪燎嘴的。大概是吃慣了，也就好了。」當下賓主酬酢禮成。公子纔致謝了岳父、岳母，迎接誇官的盛意。他老兩口兒，也謙不中禮的謙了兩句。公子便要告辭，過前頭去。何小姐因問張太太說：「媽不是回來還同舅母請公婆吃飯麼？為甚麼不趁早角門兒開著，一塊兒走呢？省得回來又遶了遠兒。」張太太便道：「使得。」說著，用倆指頭撵滅了那根香火。又叫道：「大舅媽，我不來家吃飯了，晚飯少打半碗米罷。」說罷便一同過這邊來。到了上房，安老爺正在合安太太、舅太太在那裏長篇大論，談得高興。見公子來了，便要帽子褂子。待要穿戴好了，親自帶他出去，拜謝他的業師程老夫子。正說

❸ 香根兒：棒香。

著，人回程老師爺穿了公服過來了，現在腰房裏候著。說：「一定要進來登堂，給老爺、太太賀喜。」列公，你道這位程老夫子，從那裏說起？又穿起公服來。原來他當日本是個出了貢的候選教官，因選補無期，家裏又待不住，便帶了兒子來京，想找個館地。恰值那年安老爺用了榜下知縣，要上淮安。又打算叫公子留京鄉試，正愁沒個人照料他課讀。見程師爺來了，是自己幼年同過膲的一位世兄，便請他在家下榻。那程師爺見修饌不菲，人地相宜，竟強似作個老教官，去吃那碗豆腐飯。因此一住四個年頭，賓主處得十分合式。安老爺又是位崇師重道的，平日每逢家裏有個正事，必請師老爺過來，同諸親友一體應酬，從不肯存那通稱，本是教書匠，到處都能僱得來的淺見。因此師老爺也就居移氣，養移體起來。置了一頂鴨蛋青八絲羅胎，平鼓窪奓時樣緯帽，買了一副自來舊的八品鵪鶉補子，一雙腦滿頭肥的轉底皂靴。這日欣逢學生點了探花，正是空前絕後的第一樁得意事，所以纔紗其帽而圓其領的過來，定要登堂道賀。安老爺因自己還沒得帶兒子過去叩謝先生，先生倒過來了，一時心裏老大的不安。說道：「這個怎麼敢當。」低頭為難了半日。便合太太說道：「這樣罷！既是先生這等多禮，倒不可不讓進上房來。莫如太太也見見他。我夫妻就當面叫玉格，在上房給他行個禮，倒顯得是一番親近恭敬之意。」太太也以為很是。

卻說安老爺家向來最是內外嚴肅。外面家人非奉傳喚，等閒不入中堂。在上屋伺候的，都是一班僕婦丫鬟。此外只有茶房兒老尤的那個九歲的孩子㾓花兒，在上屋裏聽叫兒。當下眾人聽得師老爺要進來，一個個忙著整坐位，預備掀簾子。安太太一班內眷，帶了眾丫鬟，都到東裏間暫避。其餘的老婆兒、小媳婦子們，都在靠西一帶遠遠的伺候著。此時替那個長姐兒計算，他自然也該跟了太太進裏間去纔是。

無如他心裏另有他一樁心事。你道為何？原來他自從去年公子鄉試，頭場出來，打發戴勤回家請安的那天，他聽戴勤回老爺話，說了句師老爺說大爺準中。落後見大爺果然中了不算外，並且一直中到探花了。他心裏便著實的感佩這位師老爺。難得今日這個機會，便不進屋子，合那班僕婦，站在外間想瞻仰瞻仰這位師老爺是怎的個神仙樣子。只聽老爺先吩咐人預備開正門，又道：「就請師老爺罷。」家人答應出去。安老爺早帶了公子迎到二門臺堦下候著。此時長姐兒心裏打著這位師老爺連我們大爺都教得起，縱然不能照戲上說的劉備老爺的那位諸葛軍師那麼個氣派兒，橫豎也有書上說的岳老爺的那位教師周先生那麼個光景兒。掉在地下，也不至於像春香兒鬧學上的陳最良。只不錯眼珠兒，從玻璃裏向二門望著。正盼望間，但見外面家人從二門旁邊跑進來，回了一聲說：「師老爺進來了。」緊接著吱嘍嘍屏門大開，就請進那位師老爺來。他一瞧先有幾分不滿意。原來那位師老爺，生得來雖不必子告之曰，某在斯，某在斯。那雙眼睛，也就幾乎視而不見。雖不到得鞠躬如也，那具腰就也帶些屈而不伸。半截真攙假的小辮兒，搭在肩頭，好一似風裏垂楊飄細細。一片銀鍍金的濃鬍子繞來滿口，不亞如溪邊茅草亂蓬蓬。一件本色程鄉繭單袍子，套一件茄合色羽紗單褂子。他自己趕著這件東西，卻叫作羽毛外套。那件外套上，便釘著那副自來舊的補子。又因省了兩文手工錢，不曾交給裁縫，只叫他那個館僮給釘的，以致釘的一片齊著二道褂鈕兒，一片齊著三道褂鈕兒。便是朱夫子見了，也得給他註明說，此錯簡當在第三道褂鈕兒之上。他看了看，似乎合褻裘長，短右袂的本義，也還說得通，就那麼言其上下察也的套在身上。頭上只管是明晃晃一頂金角大王般的緯帽，那帽襻兒從戴上便放之則彌六合的來了。腳下那雙皂靴，底兒上的泥，只管膩抹了個膝黑，幫兒上倒是白臉兒扯光的一層塵土。雖然考較不出他是那年買的，大約從上腳那天直到今日，自來也不曾撣撣刷刷，去其舊染之污而自新。長姐兒仔細一看，回頭合隨緣兒媳婦說道：「這是怎麼說呢？一個人就砢磣也得砢磣出個樣兒來呀。難為咱們大爺怎麼合他一個屋裏，混混來著。」這個當兒，裏間兒的內眷，也在那裏遠遠兒的從玻璃裏望外看。舅太太一見，先就說道：「敢則只是姑老爺天天兒叫得震心的，他那位程大哥呀。這還用滿到是處找著瞧海裏奔去嗎？」張太太只問咱兒子。金玉姐妹合丫頭們，已經笑不可仰。便是安太太那等厚道人，也就掌不住要笑。只合舅太太擺手說：「你悄悄兒的，看人家聽見。」說著，大家又望外看。只見他從二門屏風臺堦兒上一步步用腳試著，擦拉下來，到了平地。一副精神早已貫注到上屋跟前，卻不曾留心旁邊兒還有個主人在那裏迎接呢！安老爺只得迎了兩步，把手一拱叫道：「大哥，我這裏正要帶小兒到館，竭誠叩謝，倒勞吾兄枉道先施。請屋裏坐。」他聽了纔連點頭兒，帶哈腰兒，嘴裏喊喊測測，一陣有聲無詞，不甚可辨。大約說的是，豈敢豈敢。卻又沒個裏兒表兒。你道這是甚麼原故呢？原來漢禮到了人家，無論親友長幼，或從近處來，或從遠方來，或是久違，或是常見，以至無論慶賀弔慰，在院子見了主人，從不開口說話，慢講請安拉手兒了。當下他只喊測了那一陣，便奔了上房來。兩旁伺候的兩個女人，忙把簾子高捲起來，伺候師老爺進屋子。這個當兒，裏間兒的女眷都過槅扇跟前來，隔著層槅扇絹望外瞧。只見他一進門，不說長，不道短，便舉手擎天，彎腰拖地的，朝上就是一躬。這一躬打下去，且不直起腰來，卻把兩隻手湊在一處，就著地兒拱送。嘴裏還說道：「恭喜恭喜。叩叩叩叩叩。」大家一看，這可是個希希罕兒，都在那裏納悶兒。安老爺聽懂得這個，說了句：「豈敢。」連忙趕過去，合他膀子靠膀子的，也那麼鬧了一陣。口裏卻說的是：「還叩，還叩，還叩。」講究這叫作賓請拜，主人辭。賓再請拜，主人再辭。三讓三辭，然後相揖而退。是個大禮。安老爺合他彼此作過揖。便說道：「驥兒承老夫子的春風化雨，遂令小子成名。不惟身受者心感終身，即愚夫婦也銘佩無既。」只聽他打著一口的常州鄉談道：「底樣臥，底樣臥。」論這位師老爺，平日不是不會撇著京腔，說幾句官話。不然，怎麼連鄧九公那麼個粗豪不過的老頭兒，都會說道他有說有笑，合他說得來呢？此時他大約是一來兢持過當，二來快活非常，不知不覺的鄉談就出來了。只是他這兩句話，除了安老爺，滿屋裏竟沒有第二個人懂。原來他說的這底樣臥底樣臥六個字，底字就作何字講，底樣，何樣也，猶云何等也；那個臥字，是個話字。如同官話說，甚麼話，甚麼話的個謙詞。連說兩句，謙而又謙之詞也。他說了這兩句，便撇著京腔說道：「顧這叫作『良弓之子，必學為箕。良冶之子，必學為裘。』這都是老先生的庭訓，兄弟何功之有！慚愧慚愧。嫂夫人面前也請賀賀。」老爺便吩咐公子，請你母親出來。幸虧是安太太素來那等大方，纔能見怪不怪，出來合他相見。便忍了笑，扶了兒子出來。從靠南一帶，繞到下首。纔待說話，只聽他那裏問安老爺道：「這個就是嫂夫人？」原來大凡大江以南的朋友，見了人是個見過的，必先叫一聲。沒見過的，必先問問這個可是某人不是。安老爺見問，忙答道：「正是拙荊求見。」他這一肅整威儀，鄉談又來了，說道：「這是要庭參的。庭參者，行大禮也。」說著，只見他背過臉兒去，倒把脊梁，朝著安太太向北又是一躬。慌得安老爺還揖不迭，連說：「代還禮，代還禮。」安太太此時要還他個萬福罷，旗裝漢禮，既兩不對帳。待摸著頭把兒還他個旗禮，又怕他不懂，更弄糟了。想了想，左右他在那裏，望著影壁作揖，索性不還他禮。等他轉過臉來，纔說道：「師老爺多禮。我們玉格這麼個糊塗孩子，多虧師老爺費心，成全了他。一總再給師老爺道謝罷。」他只低了頭，紅了臉，一時無話。安老爺便讓道：「大哥請坐。待愚夫婦教小兒當堂叩謝。」他又道：「底樣臥，底樣臥。」公子早過來站端正了，向他拜了四拜。他又答了兩揖。等公子起來，他纔笑呵呵的說道：「世兄，恭喜恭喜。我合你外日泥，叫作石呐恩攻虐至。今日直頭叫作青出於藍哉。阿拉的。」老爺又向他打了一躬，說道：「此夫子自道也。改日還當竭誠奉請。」列公，你看這位安老先生也算得待先生如此恭且敬也了。誰想他自己心裏，猶以為未足，還要叫太太帶兩個媳婦來拜見老夫子。太太卻有些不願意了。只得說道：「我纔打發他們倆到佛堂裏，撤供焚錢糧去了，得會子過來呢！怎麼好倒勞師老爺儘著等他們呢！先請坐下，改日再叫媳婦兒拜見罷。」安老爺見如此說，這纔罷了。太太一面叫人倒茶，一面自己也就進了房裏間兒。舅太太迎著笑說：「姑太太你真是個好人，直算救了兩媳婦兒一場大難。」

按下這裏。卻說安老爺見一切禮成，纔讓師老爺歸坐請升了冠，一時倒上茶來。老爺見給他倒的也是碗普洱茶，早料到這椿東西，師老爺一定是某未達，不敢嘗。忙說：「師老爺向來不喝茶，你們快換碗薑湯來罷。」僕婦連忙換上薑湯來。那等熱天，他會把碗滾開的薑湯，唏嚕下去竟不怎的不算外。喝完了還把那塊薑撈起來，擱在嘴裏，嚼了嚼纔噌的一口唾在當地。旁邊一個婆兒連忙來檢，看了看不好下手，便從袖口兒裏掏了張手紙疊了四摺兒，把那塊薑捏出去。安老爺這纔合他彼此暢談。只這一談，師老爺一陣大說大笑。長姐兒又留神瞧見他那一嘴零落不合的牙了，敢只是一層黃牙板子。按著牙縫兒，還漬著許多深藍淺綠的東西，倒彷彿含著一嘴的鍍金點翠。長姐兒合梁材家的皺著眉道：「梁嬸兒，你回來可好歹把那個茶碗拿開罷，這可不是件事。」說著，只惡心得他回過頭去，向旮旯兒裏吐了一口清水唾沫。這個當兒，又聽老爺叫取師老爺的煙袋荷包去。當下兩三個僕婦答應一聲，便叫那個小小子兒麻花兒去取。大家都在廊下等著。一時麻花兒取進來。眾人一看那個藍布口袋，先惡心了一陣。且不必問他是怎的個式樣，就講那上頭的油泥，假如給了剃頭的，便是使熟了的絕好一條盪刀布。卻又合他那根安著猴兒頭煙袋鍋兒，黃白加黑，冰裂紋兒的象牙煙袋嘴兒，顫巍巍的毛竹煙管，兩下裏拿著這件東西。說書的也不費些考據、註疏工夫解出來，聽書的可就更聽不明白了。請問煙袋鍋兒，怎麼叫作猴兒頭呢？列公，你只看那猴兒，無論行止坐臥，他總把個腦袋，札在胸坎子上，倒把脖兒拱起來。然則這又與師老爺的煙袋鍋兒何干？原來凡是師老爺吃煙，不大懂得從煙袋荷包裏望外裝，都是從那個口袋裏捏出一撮子來，塞在煙袋鍋兒裏。及至點著了，吃完了，他可又不大懂得往地下磕。都是一撇嘴兒，順著手兒，把那煙袋鍋兒往地下一墩。那鍋兒裏的煙灰，墩的乾淨也是這一墩，墩不乾淨也是這一墩。假如墩不乾淨，回來再裝，那半鍋兒煙灰，可就絮在生煙底下了。越絮越厚，莫講辰年到卯年，便一直到了他蓋棺論定，也休想他把那煙袋鍋兒挖一挖。為甚麼他一天到晚，煙只管吃得最勤，卻也吃得最省？請教一個煙袋鍋兒有多大力量，照這等墩來墩去，有個不把腦袋墩得傴僂，回來成了猴兒頭模樣兒的嗎？此他那個煙袋鍋兒之所以名為猴兒頭也。那個象牙煙袋嘴兒，又怎麼是黃白加黑，冰裂紋兒的呢？這就得曉得馴象所龐然一物的那個大象了。象這種畜生，他那張嘴，除了吃水穀草三樣之外，不進別的髒東西。所以象牙性最喜潔，只要著點惡氣味，他就裂了。沾點臭汁水兒，他就黃了。怎禁得起師老爺那張嘴，不時價的把他刁在嘴裏呢！何況遇著赴席喝著酒還要抽袋煙，嘴裏再偶然有些倒不過窨來的東西，漬在牙牀中，嘴唇子的兩夾間兒，不論魚肉菜蔬乾鮮乳蜜，都要借重這個象牙煙袋嘴兒去掏他。及至掏出來，放在眼底看看，依然還要放在嘴裏咂咂咽下去。那個雪白的象牙，合他那嘴牙，是兩個先天，怎的會不弄到半截子焦黃，裂成個十字八道呢！此又他那個象牙煙袋嘴兒之所以成黃白加黑的，冰裂紋兒也。然則那煙袋桿兒，又怎的會顫巍巍呢？大凡毛竹，都是一頭兒粗的，一頭兒細的。師老爺那根煙袋，足夠營造尺五尺餘長。一個粗頭細尾的竹管兒，那頭兒再贅上一個漬滿了煙灰的猴兒頭，有個不發顫的麼！此又顫巍巍之所以然也。當下眾人看了這兩件東西，一個個齜牙裂嘴，掩鼻攢眉，誰也不肯給他裝那袋煙。便叫麻花兒裝好了，拿進香火去，請他自己點。師老爺吃上這袋煙，越發談得高興了。道是今年的會墨，那篇逼真大家，那篇當行出色。他的同鄉怎的中了兩個，一個正是他的同案，一個又是他的表兒。只顧這陣談，可把煙袋耽擱滅了。滅了，他竟自不知，還在那裏閉著嘴，只管從嗓子裏使著勁兒緊抽。這個當兒，呼嚕呼嚕，早灌了一筩子唾沫了。老爺見師老爺的煙滅了，將要叫人拿香火。恰巧那個麻花兒一時不在跟前。一回頭，正看見長姐兒站在那邊。安老爺是一生忠厚待人，從不曉得甚麼叫作鬧脾氣，嫌人髒，笑人怯。便叫長姐兒道：「你過來把師老爺的煙點點。」這一下子可要了他的小命兒了。登時急得他臉皮兒火熱，手尖兒冰涼。料想沒地縫兒可鑽，只得拿過香盤子來，還想閃展騰挪，鬧個握著耳朵放炮，仗膽撒手兒去點。怎當得師老爺手裏的煙袋也顫，他手裏的盤香也顫，兩下裏顫兒哆嗦，再也弄不到一塊兒。老爺看了說道：「我不會吃煙也罷了，怎的你給人點煙都不在行呢！你把那隻手，拿住煙袋，就好點了哇！」老爺如此一指點，他這纔糞缸裏擲骰子，沒跑兒了。萬分無奈，只得鼻子裏閉著氣，嘴裏吹著氣，只用兩個指頭捏著那煙袋桿兒去點，偏生那油絲子煙又潮。這個當兒，師老爺還贈出嘴來，向地下呱咕，吐了一口唾沫。良久良久，纔點著了。他此時便像放了郊天大赦一般，忙鬆了那根煙袋，把身子一扭，一揪簾子出了門兒，扔下盤香，一溜煙向後就跑。舅太太只從玻璃裏指著他暗笑，他也不曾留心梗著個脖子，如飛而去。這裏師老爺吃完了那袋煙，纔戴上帽子要走。安老爺主人情重，見師老爺那根帽襻兒，實在脫落得不像了。想著衣冠不整，也是朋友之過，便說：「大哥莫忙，把帽襻兒扣好了。」他從諫如流，連忙伸了一把漬滿了泥的長指甲，也想把那扣兒擄上去。只是汗漚透了的東西，又輕易不活動，他那來回扣兒，怎得還能上下自如。些微使了點勁兒吧，兩截兒了。安老爺著實不安。他倒坦然無事的，一隻手扶了帽子，一隻手揪著那根折帽襻兒，嘴裏還說道：「寢，寢，寢。寢，請也。」纔告辭而去。這麼個當兒，偏偏兒的安老爺養活的那個小哈吧狗兒，從後院兒裏跑過來，見了師老爺，是前攛後跳，撲著他咬。當下安老爺依然開了屏風，親自送到腰房纔回。又叫公子跟到書房，給師傅謝步。裏頭的女人們，即便趕緊鋸末子掃地。丫頭們又拿了個手爐，燒了塊炭，抓了一把唵吧香燒著。梁材家的早把那個茶碗拿去，洗了又洗，供在後院兒裏，花棵兒底下。正忙著，安老爺進來問道：「怎麼客走了，忽然倒掃地焚香起來。」安太太只得含糊道：「親家合大姐姐回來，借咱們的地方兒作主人，難道也不給人家打掃打掃地面麼。」安老爺倒也信以為實，舅太太彆不住，早嚷起來了說道：「姑老爺，要說你真瞧不出你那位程大哥，那個腦袋，合他那身打扮兒的惡心來，我就再不信了。」安老爺道：「啊，怎的這等娃娃氣。陶面削瓜，伊軀植鰭，姬手反掌，孔頂若盂，究竟何傷盛德。」舅太太道：「是喲，難道他那件褂子上的補子也該那麼跳著？格磴兒釘的嗎？」安老爺道：「我倒請教怎的叫作個士志於道？你們那裏曉得他那個人誠篤長厚的可敬。」一面說著，一面摘帽子，脫褂子。安太太便叫長姐兒來，收衣裳，那知長姐兒此時的忙，如何顧得到此！你道他在那裏作甚麼？原來他從方纔點了那袋煙，跑到後頭去，屋子也不曾進，就蹲在那臺堦兒上，扎煞著兩隻手，叫小丫頭子舀了盆涼水來，先給他左一和、右一和的，往手上澆。澆了半日，纔換了熱水來，自己㴱了又㴱，洗了又洗，搓了陣香肥皂、香豆麵子，又使了些個桂花胰子、玫瑰胰子，心病難醫，自己洗一回，又叫人聞一回，總疑心手上還有那股子氣息。他自己卻又不肯聞。直洗到太太打發人叫他，纔忙忙的擦乾了手。上來，綳著個臉兒，只道這件事，屋裏不曾留神。不想纔一進門兒，舅太太便慪他道：「長姐兒呀，好漂亮差使啊！」太太也不禁笑道：「該，那都是他素日乾淨，拐抓❹出來的。」舅太太又道：「只恨我方纔出外去，我要在跟前，必攛掇你們老爺，叫你把那煙袋抽著了，再遞給他。」這一慪，把個長姐兒，羞的幾乎不曾要掉下眼淚來。何小姐笑道：「娘何苦呢！」便催著他給老爺收衣裳帽子去了。安老爺道：「你大家此等見解，尤其可笑。夫所謂西子蒙不潔者，非以其蓬頭垢面也。是責備他既受越王重託，便該終身報越，既受吳王深恩，何得匿怨事吳？到頭來既為惡已甚，為善不終，卻又辜負了兩家，轉暗地裏隨了他苧蘿初會的那個大夫范蠡，閒泛五湖去了。這等的穢德彰聞，焉得不人皆掩鼻。所以下文便說雖有惡人，齋戒沐浴，則可以祀上帝。合起來講，這章書的大旨，講得是凡人外質雖美，內視自慚，終不免於惡。多端作惡，一念自修，便可與為善。那程老夫子便算欠些修飾，何至就惹得你大家掩鼻而過之起來。」舅太太聽了這話，真忍耐不得了。站起來問著安老爺道：「姑老爺，你這麼著，你這會子，再把你那位程大哥叫進來，你就當著我們大家夥兒，拿起他那根煙袋來，親自給他裝袋煙，我就服了你了。」安老爺聽了沒得說，只搖著頭，笑向公子道：「是故惡夫佞者。」

列公，讀這段書，且莫怪那燕北閒人，也且莫笑那程老夫子這班朋友。其實君子未有不如此，並且

---

❹ 拐抓：招惹。

還不止於此。他一樣有眼根，卻從來不解五色文章，何為好看？何為不好看？一樣有耳根，卻從來不解五聲六律，孰為好聽？孰為不好聽？鼻之於嗅也，除了吃一口腥魚湯，他叫作透鮮。其餘香臭羶臊，皆所未經的活潑之地。口之於味也，除了包一團酸餡子，他自鳴得意。其餘甜鹹苦辣，皆所未鑿的混沌之天。至於心，卻是動輒守著至誠，須臾不離聖道。所以世上惟這等人，為得天獨厚；也惟這等人，為受福無窮。只是這位程師老爺看他從前到吏部，給安老爺打聽公事，以至近日公子鍊場那天，他在書房陪安老爺下棋，一切舉動言談，也還不到得這等腐敗。何以今日一朝動則變，變則化，就變化到如此？語不云乎：「夫物之不齊，物之情也。」又云：「砧刀各用。」蓋上房為燕居之所。師爺乃函丈之尊。師爺在二門以外，自安老爺以至公子，是臭味與之俱化。師爺到了二門以內，自安太太以至媼婢是耳目為之一新。何況師爺為師爺，又未免有些遷乎其地，而弗能為良。怎的會不弄到如此。這是個至理，不足為怪。不然，七十二候，縱說萬類不齊，那禮家記事者，何以就敢毅然斷為雀入大水為蛤哉！此格物之所以難也。閒話少說。卻說安公子自進門起不曾得閒，直到此時，諸事完畢，纔得回到自己房中。歇息了片刻，因惦著晚飯，是舅母、岳母移樽就教給他父母賀喜。他夫妻三個也不及長談，便各各脫去禮服，換上常衣仍到上房來伺候。舅太太見他姐妹兩個過來，笑道：「二位姑奶奶來得正好。今日請客，咱們娘兒們，是借人家地方兒，就趁早兒張羅起來罷。」安老爺早攔道：「怎的認真反客為主起來。」舅太太道：「咻，今兒個咱們得分清楚了。你們爺兒三個是客，我們娘兒四個是東家。你們帶著你們的兒子穿著吃，我們各人帶著我們各人的女孩兒張羅我們的。不用姑老爺管，回來還帶是讓你們爺兒三個上坐，我們娘兒四個陪著。我們就是這麼個糙禮兒，姑老爺不愛依不依。不，你就別吃，還跟了你那程大哥吃去。」安老爺那裏肯依，還只管謙讓。安太太說道：「老爺，我看咱們竟由著大姐姐合親家怎麼說，怎麼好罷。你合他讓會子，也是攪不過他。」安老爺道：「我倒不曾見賓之初筵，是這等的溫溫其恭。無法竟沒奈他何。」舅太太也不來再讓，早同張太太帶著金玉姐妹，調停其坐位來，便在那上房堂屋裏對面放了兩張桌子，中間止留一個放菜的地方，把安老爺夫妻坐位，安在東席面西。他同張太太在西席面東相陪。公子合金玉姐妹兩個，分兩席打橫侍坐。當下擺上菓子，大家讓坐。張太太合舅太太道：「咱倆到底也得給他老公母倆斟個盅兒哪。」舅太太道：「你老那小醬王爪兒似的兩把指頭，真個的還要鬧個雙雙手兒捧玉盅嗎？依我說，這個禮兒，倒脫了俗罷！」安太太也攔道：「那可使不得。依我說，今日這席酒，你二位都是為玉格費心，竟罰他斟罷。」舅太太也道：「有理。」當下公子擎盃，金玉姐妹執壺，按座送了酒。他三個纔告座入席。安老夫妻此刻看了看兒子，是已經登第成名，媳婦又善於持家理紀。家裏更有這等樂親戚情話的一位舅太太，講耕織農桑的一雙親家，時常破悶幫忙，好不暢快。一面喝著酒，大家提了些已往，論了些將來。安老爺這裏只管酒到盃乾，卻見公子只端了盃酒，在那裏作陪飲。老爺便吩咐道：「家庭歡聚，不必這等兢持，你只管照常喝。」公子答應著。拿起酒來，脣邊抿了抿，卻又放下了。安老爺問道：「想是酒涼了。」只見公子欠身回說：「酒倒不涼，近來總沒大喝酒了。」老爺道：「為甚麼？你的酒量也還喝得。再者，我向來又准你喝酒，為甚麼忽然不喝了？」公子見問，無法，只得推說：「因一向在書房裏讀書，怕耽擱了工夫，所以戒了。除了赴宴，那天領了三杯瓊林酒。其餘各處會宴，也不曾喝。」老爺大笑道：「我只曉得個發憤忘食，倒不曾見你這發憤忘飲。並不是我自己愛吃兩盃酒，一定也要捉住兒子吃酒。豈不見鄉黨一章，我夫子講到食品，便有許多不食的道理。逢著酒場，則曰：『惟酒無量。』夫無量者，『一斗亦醉，一石亦醉』之謂也。只不過不及亂耳。你看我夫子一生是何等學不厭，教不倦的工夫，比你這區區取科第何如？又何曾聽得他幾時戒過酒。況且今日舅母合你岳母這一席，正為我二老的教子成名，你的顯親繼志而設。正是你菽水承歡之日，非傴僂聽命之日也。」因回頭道：「太太，叫人取過大盃來，你我今日就借二位親家這席，給他開酒。」這話且按下不表。卻說金玉姐妹兩個，自從前年賞菊小宴，那天說了閨房一席閒話，惹得公子賭了個中舉、中進士的誓，要摔那瑪瑙盃，幸喜那盃不曾摔得。他卻從那日起滴酒不聞，兩個心裏正有些過意不去。不想今日之下，竟被他說到那裏，應到那裏。一年半的工夫果然鄉會連捷，並且探花及第，衣錦榮歸了。兩個十分意不過去之中，又加了一層喜出望外。此時覺得盼人家開酒的心，比當日勸人家戒酒的心，還加幾倍。因此從前幾日姐妹兩個，便私下商量定了。要等他回家的第一晚，便在自己屋裏，備個小酌，給這位新探花郎，賀喜開酒。卻也未嘗不慮到人家的氣長，自己的嘴短，得受人家幾句俏皮話兒，一番討人嫌的神情兒。恰巧今日舅太太先湊了這等一席慶成宴，料著他一定與會淋漓的快飲幾盃，這場酒官司，可就算明修棧道，暗度陳倉的打過去了。晚間洗盞更酌，便省卻無窮的宛轉。不想公子從此時起，便推託不飲，倒惹得老人家追問起來。正愁他不好對答，忽然聽得公婆，要給他開酒。兩個大喜，答應一聲，便連忙站起來，過去覓盞尋巵，想要湊這個趣兒。只見公子向他姐妹說道：「你兩個叫人把我書閣兒上那個瑪瑙杯取來。」他兩個一聽公子指名要那個瑪瑙杯，心裏早料著他，必有些作用。便想到當日開菊宴那天的情節，雖是夫妻的一片至性真情，只是自己詞氣之間，也未免覺得欠些圓通，失之孟浪。儻然他一時高興，在公婆面前，盡情說出來，倒不當穩便。卻又不好攔他，只得叫人去取那個杯子。兩個人四隻眼睛，卻不住的瞧瞧夫婿，又瞅瞅公婆。那知安公子毫無成見。倒是燕北閒人在那裏打算要歸結他第三十回開菊宴雙美激新郎的那篇文章呢。

閒話少說。卻說安公子一時要取了那個瑪瑙杯來。安太太看見說道：「你瞧瞧不喝，就不喝。喝起來，就得使這麼大個盅子。我只說你還是愛喝酒。」公子陪笑道：「今日使這個盅子，卻不為喝酒，有個原故在裏頭。且回明白了父母這個原故，再領這杯酒。」他這個話，不但張太太摸不著，舅太太猜不透，便是安太太也不知他究竟有個甚麼原故。大家只獃著𩓐兒，聽他說。只見安老爺側著頭，捻著鬚，向他問道：「卻是怎的個原故？」便聽他回道：「今日所以要用這個大杯，一因是父母吩咐開酒，二因當日戒酒，是向這個杯上戒的，所以今日開酒，還向這個杯上開。三則當日戒酒的原故，也不專為著用功而起。」老爺道：「又為著何來呢？」公子道：「說起來，原是兒子媳婦們三個人，一時的孩子氣，不想湊到今日這個機會，覺得這樁事，暗中竟有個道理在裏頭。」安老爺此時，喝得十分高興。聽了這話，便合太太說道：「太太你聽，原來他們作探花的喝杯酒，都有如許大的講究。」太太聽老爺這等說，更是歡喜，便笑道：「你快說罷，不用文謅謅的儘著慪膩人了。」公子這纔把他前年，給他岳父母開齋那天，怎的除備飯之外，又備了席酒。怎的見岳父母不用，自己便一時高興，要同了兩個媳婦賞菊小飲。始而金鳳媳婦，怎的攔他吃酒。後來玉鳳媳婦怎的讓成他吃酒，卻又借著行那名花旨酒美人的酒令，各下了一篇規勸。他怎的一時性起，便合兩個媳婦賭誓，要摔這瑪瑙酒杯，落後怎的不曾摔得。便從那日戒了酒，一直到今日不曾喝。一層層不瞞一字，回了父母一遍。安太太聽了，先道：「我的話再不會錯的。不是老爺可記得？老爺給他定功課的那天，我說這也不知是他自己彆出這股子橫勁來了，也不知是兩媳婦兒，把個懶驢子逼的上了磨了。聽聽果然應了我的話了不是？」老爺道：「且慢，他這話還不曾講得明白。」因問著公子道：「就便如此，如今你舉人也中了，進士也中了，翰林也點了，清祕堂也進了。並且玉堂金馬，巍巍乎一甲三名的探花及第，也就儘是了，何以方纔還不肯喝那杯酒？然則你這杯酒，直要戒到幾時纔開？」公子將要回答，臉上卻又有些赸赸兒的。這句話，卻不敢說。老爺道：「怎的忽然又有個不敢起來。」公子原覺他要說的那句話有些不好開口，無如他此時是滿懷遂心的快意，滿面的吐氣揚眉，話擠話不由得衝口而出，說道：「意思要直等兩個媳婦，作了夫人。那時，叫他兩個雙手接過那軸五花官誥去，纔算行完了他兩個那名花旨酒美人的令。那時請教他兩個，我這酒究竟喝得起喝不起？再開這杯酒。」安太太不等老爺說話，便啐了一口道：「呸！不害臊！這還不虧了人家倆媳婦兒呀，還有那將呼合人家賭氣呢！就狂狂的你怎麼著，別扯他娘的臊了。」安太太這話，纔叫作打是疼，罵是愛。早見老爺一副正經面孔說道：「住著。太太這話，也欠些平允。這不是舅太太、親家太太、兒子、媳婦以至丫頭女人們都在此，聽我從公評斷。他夫妻三個，這段情節，就面子上聽去，小子自然要算忍性上欠些把持，媳婦自然要算用情上欠些宛轉，似乎都有些不是。然而不然。」說到這裏，便舉起右手來伸著兩個指頭，望空畫著圈兒，說道：「我以為皆是也。人生在世，第一樁事，便是倫常。倫常之間，沒兩件事，只問性情。這其間君臣父子兄弟朋友都好處，惟有夫婦一倫，最不好處。若止就君禮臣忠，父慈子孝，兄愛弟敬，夫義婦順，以至朋友先施的大道理講起來，凡有血氣者，都該曉得的。又何以見得夫婦一倫的難處呢？殊不知君臣以義合。君有過，不可無廷諍之臣。諍而不聽，合則留，不合則去。此吾夫子所以接淅而行，不脫冕而行也。父子為天親。親有過，不可無婉諫之子。諫之不從，又敬不違，勞而不怨。此大舜所以祇載見瞽瞍，瞽瞍底豫。而天下之為父子者定也。兄弟誼在交勉，本於同氣，所以說其兄關弓而射之，則己垂涕泣而道之。朋友道在責善，可以擇交，所以說朋友數，斯疏矣。至於夫妻之間，以情合不以義合，係人道不係天親。嫁娶多在二十後，不比兄弟相聚一生。起居同在咫尺間，不比朋友相違兩地。性情過深，期望未免過切。偶見夫妻有些差處，就不免有一番箴規勸勉。只這箴規勸勉上，又得自己講得出來，又得夫子聽得進去。這是椿性情相感的勾當，只此已就大不容易處了。不料我家兩個媳婦，竟認得準玉格的性情，預存沉潛剛克一片深心，果然激成個夫榮妻貴。玉格又解得出他兩個的性情，不失高明柔刻，一番定力，果然作得個水到渠成。這纔不媿是我安水心老夫妻的佳兒佳婦。至於玉格方纔說，因兩個媳婦說了那句美人，可得作夫人的令，便一定要等作成他個夫人，然後再開這杯酒，那便叫作意氣用事，不是性情相關，其中便有些嫌隙了。君子之道，造端乎夫婦。過猶不及，非孔門心法也，切切不可。來，來，來！兩個媳婦，你兩個便在我二老面前，親執壺盞，敬你夫婿一杯，算下些氣。然後玉格再公酬兩個媳婦一杯，算取個和。這不但算你三人閨閣中一段快談，還要算我家庭間一椿盛事。語有云：『清官難斷家務事。』你們大家名這場酒公案，只我這等一個被參開復的候補老縣令，判得何如？」說罷，哈哈大笑。當下安太太聽了，先樂得連聲贊好，說：「到底是老爺說的明白。」舅太太那邊也接口道：「要都像後半截這幾句話，誰還敢不服。可見不用請出孔夫子來，事兒也弄清楚了。」張太太也道：「說的是偺呢？」這邊金玉姐妹，聽了公婆這番吩咐，好不歡欣鼓舞。當下他姐妹倆，便隨著公子，先奉了父母的酒。又斟了舅太太、張太太的酒。然後二人纔一個擎著那個大瑪瑙杯，一個執壺，滿滿斟了一杯，送到公子跟前。公子大馬金刀兒坐著，受了那杯酒。然後纔站起來，陪著父母一飲而盡。那個長姐兒早上來接過杯去，用水溫過了，拿來放在二位奶奶面前。公子便遵著父親的話，執壺過去，給他姐妹斟了一杯。他兩個倒恭恭敬敬的，也學婆婆那個樣兒，站在一旁，摸著燕尾兒，行了個旗禮。你道怪不怪，只這麼個兩不對帳的禮兒，竟會被他兩個，行了個滿得樣兒。把個舅太太樂的笑說：「叫人瞧看好舒服。你們來給我換盅熱的。今兒就醉了，也是受用的。」公子聽了，忙親自過去，給舅母、岳母又斟了一巡。自己又用小杯，陪了一杯。重新歸坐便讓金玉姐妹乾那杯酒，二人只在那裏笑容滿面的對瞅著為難。太太探頭瞧了瞧，纔看見公子給他兩個斟的那杯酒，原來斟了個流天澈地，只差不曾淋出個尖兒，紮出個圈兒來。便望著公子道：「瞧瞧，你這孩子兒，他們倆那兒喝的了這些呀。你替他們喝一半兒罷。」公子笑嘻嘻的道：「母親吩咐，不敢不遵。只是他兩個這盅酒，似乎不好求人代飲。」安太太是天生的疼媳婦兒的，便道：「惹氣，這就算人家求著你了。不用你，我有了主意了，我們這兒有個紹興罈子呢。」說著，便叫：「我的長姐兒呢！你來拿個大些兒的盅子來，替你兩位大奶奶喝一半兒去。」卻說那個長姐兒看著兩位奶奶合大爺這番觥籌交錯，心裏明知神仙不是凡人作，卻又不能沒個夢到神仙夢也甜的非非想。正在十分豔羨，忽聽太太這一吩咐，樂得他從丹田裏提著小宮調的嗓子，答應了一聲嗻，連忙去找盅子。太太道：「不用找去了，你就等著，揀你二位大奶奶個福底兒罷。」當下金玉姐妹，每人喝了，約莫也有一小盅酒，那杯裏還有大半杯在裏頭，便遞給長姐兒。他拿起來，一彆氣就喝了。酒乾無滴，還向著太太照了照杯。樂得給太太磕了個頭，又給二位奶奶請了倆安。太太合公子道：「我們也乾了，也值得你那麼拿糖作醋的。」公子此時，倒沒得說那長姐兒臉上那番得意。他直覺得不但月裏的嫦娥，海上的麻姑，沒夢見過這麼個樂兒。就連那虞姬跟著黑鍋底似的霸王，貂蟬跟著個一簍油似的董卓，以至小蠻、樊素兩個空風雅了會子，也不過一樹梨花壓海棠。一般的跟著白香山那麼個老頭子，那都算他們作冤呢。

閒話少說。卻說安公子合金玉姐妹都歸了座，眾丫鬟換上門面杯來，正要撤那個瑪瑙杯，老爺道：「拿來！」因接在手裏，合公子道：「這件東西，竟成了一段佳話，不可無幾句題跋，以誌其盛。」公子聽了，樂的手舞足蹈，便道：「兒子空喜歡了會子，竟不曾想到。父親吩咐，必應如此。」老爺說：「既這樣，你就作幾句銘來。章不限句，句不限字，卻限你即席立成。我要見識見識你們這翰林，是怎麼個通法。」公子此時，一團興致，覺得這事，倚馬可待。那知一想，纔覺長篇累牘，不合體裁；三言五語，包括不住。一時竟大為起難來。老爺道：「七步八叉，具有成例。古人擊鉢催詩，我要擊鉢了。」說著，便把筷子，向燈盤兒上，噹的敲了一下。公子心裏益發忙起來，好容易得了兩句，默誦了默誦，覺得又像時文，又像試帖。無法，只得從實說道：「從來不曾弄過這個，敢是竟不容易。」老爺擎杯大笑道：「原來鼎甲的本領，也只如此。還是我這個殿在三甲的榜下知縣，來替你獻醜罷。」因笑道：「這一路筆墨，只眼前幾句經書，用之不盡，還用這等搜索枯腸去想。」因口誦道：

涅而不緇，磨而不磷，以誌吾過，且旌善人。

公子連忙取了紙筆，恭楷寫出來，請老爺看。又講給太太聽。金玉姐妹也湊過來看。他自己又重新捧在手裏，讀了兩遍。見只寥寥十六個字的成句，人也有了，物也有了，人將敗而終底成功，也有了，物未毀而且臻圓滿，也有了。他此時心裏，早想到等消停了，必得找個好鐫工，把這四句銘詞，鐫在杯上。

再鐫上那個伴瓣主人的雅號。想到這裏，正在得意，又聽他母親說道：「你爺兒們，今日這幾句文兒，連我聽著都懂得了。依我說，這個杯的名兒，還不大好，瑪瑙瑪瑙的，怎麼怪得把我們這個沒籠頭的野馬，給惹惱了呢！莫如給他起個名兒，叫他合歡杯。我還有個主意，老爺合大姐姐親家白聽聽，好不好？可不是我竟偏著我的媳婦兒。如今把這件東西，竟賞了金鳳媳婦兒。這倆人一個有圓硯臺，一個有張弓，他再有了這個合歡杯，可不三個人都有點故事兒了嗎？」大家聽了，都說：「想得好。」老爺也連叫：「通極，通極！」他小夫妻的歡喜，更不消說。當下三個一齊謝過父母。再不想只安太太一句閒話，又把這兒女英雄傳，給穿插了個五花八門，面面都到。列公，你道這個因由，從那裏來？卻從張太太吃白齋而來，纔得圓成了這個合歡杯，合上那兩件雕弓、寶硯，演出這過半的人情天理文章，未完的兒女英雄公案。列公不信，只把二十一回至三十七回這十七卷的評話，逐層想去，始信佛說「寄語眾生，慎勿造因」那兩句話畢竟不是空談。燕北閒人這部正法眼藏五十三參，果然不著閒筆也。話休絮煩。卻說那日雖是個家庭小宴，安老爺卻喝得一片精神，十分興會，題了那四句銘詞之後，又捉住公子侍飲了幾杯，纔說道：「志不可滿，樂不可極。我們大家吃飯罷。」一時撤酒添羹，闔席飯罷。散坐閒談了幾句，張太太便告辭回家。安老夫妻又向他二位道了奉擾。舅太太也回了西院。他小夫妻三個，伺候父母安置，纔一同歸房。公子一進門來，便見堂屋裏，那張八仙桌上設著絕精緻的一席菓子，說道：「原來你姐妹今日還有這番盛設？只是酒多了，這便怎樣。」金玉姐妹纔把他兩個今晚所以設這席酒的意思說出來。公子道：「既如此，倒不可辜負雅意。」說著，便各各寬衣卸妝，洗盞更酌。何小姐說道：「我來了不差甚麼兩年了，從沒見老爺子像今兒個這等高興。」張姑娘道：「別說姐姐呀，妹妹比姐姐多來著一年，今日也是頭一遭兒見哪。」公子道：「別說妹妹呀，連哥哥比你兩個多來著，不差甚麼二十年，今日還是頭一遭兒見呢！」張姑娘道：「這句話，合我說的起，合人家姐姐可說不起呀！沒聽見說過嗎？姐姐從抓週兒那天，就見過公公了。人家比你還大著一歲呢！」何小姐道：「誰叫人家探花了呢！哥哥就哥哥罷！如今只講這席酒，原是為給爺賀喜接風，我們負荊請罪，請爺開酒而設的。不想二位老人家，今日這等高興，把我們倆這麼齣好戲，給先點了。如今酒是開了，可還用我們倆一個人背上根荊條棍兒，賠個不是不用呢？」他兩個這話，不是閒話，不是頑話，真是樂的從心窩兒裏掏出來的幾句老實話。公子聽了，倒有些不安，連道：「惶恐，惶恐。我安龍媒不有二卿，焉有今日。你不聽見方纔老人家代我作的那合歡杯上兩句銘詞，道是『以誌吾過，且旌善人。』這話今後快休提起。」何小姐道：「既如此，把妹妹那個合歡杯拿來，你再喝那麼一杯，就算領了我們的情了。」公子大喜，便說道：「既曰合歡，這酒沒一個人喝的理。我三個人喝個傳盃送盞何如？」說著，便用那個合歡杯，斟了滿滿的一杯。他夫妻果然一酬一酢的飲乾。便把那桌菓子，分給兩個嬤嬤，以及本屋裏丫鬟女人吃去。何小姐又揀了幾樣可吃的，叫人給長姐兒送去。他小夫妻三個，煙茶漱盥，一切事畢，便吩咐丫鬟，鉤懸翠帳，屏掩華燈，各各就寢。一宿無話。且住，列公可知道這「一宿無話」四個字，怎的個講法，這四個字久已作了小說部中，千人一面的流口常談。請教這伴香、瓣香二位女史，合那位伴瓣主人的這一宿，一邊正當王事賢勞，馳驅偃仰之餘。一邊正在寤寐思服，輾轉反側之後。所謂今夕何夕，安得無話？然而難言也。從而作史者，法貴誅心，筆能鑄鐵從在所必爭，試設身處地，替這一宿的安龍媒作想，果能作個戒慎乎其所不睹，恐懼乎其所不聞的慎獨君子乎？將二者不可得兼，捨魚而取熊掌乎？抑或且學個先進於禮樂的野人，再學那後進於禮樂的君子乎？否則竟公然照圓好事，嬌嗔試玉郎。那日夫子自道的，居之安，則資之深，資之深，則取之左右逢其源乎？皆非天理人情也。然則除了一宿無話這四個字之外，還叫那燕北閒人，替他怎地個斡旋？所以只有老氣橫秋，大言而特書曰「一宿無話」。非他講得口滑，寫得手溜，此龍門法也。這正是：深院好栽連理樹，重帷雙護比肩人。要知後事如何？下回書交代。

第三十八回　小學士儼為天下師　老封翁蕎遇窮途客

上回書從安公子及第榮歸，一直交代到他回房就寢。一宿無話。按小說的文法，「一宿無話」之下，一定得接次日清晨，卻說他夫妻三個，還不曾出臥房。那長姐兒早打扮得花枝招展，過來叩謝二位奶奶，昨晚賞的吃食。他進門不曾站住腳，便匆匆的到了東裏間兒。見花鈴兒、柳條兒，纔在南牀上放梳妝匣兒。他便問：「二位奶奶，都沒起來呢麼？」兩個丫鬟，這個合他點點頭兒，那個卻又合他搖搖手兒。他正不解，便聽何小姐在屋裏咳嗽。叫了聲，來個人兒啊！花鈴兒答應一聲，他忙去打起臥房簾子來。只見何小姐穿著件湖色短袖衫兒，一手扣著胸坎兒上的鈕子，一手理著鬢角兒，兩個眼皮兒，還睡得楞楞兒的，從臥房裏出來。見了他，便低聲兒合他笑道：「敢是你都打扮得這麼光梳頭，淨洗臉兒的了。我們今兒可起晚了。」他見大奶奶低言悄語的說話，便知爺還不曾睡醒。一面謝奶奶昨日賞的吃食，一面也悄說道：「奶奶別忙，早呢！老爺、太太都沒起來呢！太太昨兒晚上就說了，說爺合二位奶奶，家裏外頭，都累了這麼一程子。昨兒又整整的忙了一天，太太還說，自己也乏了，今兒要晚著些兒起來。為的是省了爺奶奶趕碌的慌，吩咐奴才叫辰初二刻再請呢！」何小姐一面漱口，便叫人搬了張小杌子來，叫他坐下，他且不坐下，只在那裏幫著花鈴兒，放漱口水，揭刷牙撒盒兒，遞手巾。恰好華嬤嬤從外頭托進一蒲包玫瑰花兒來。他見了，從摘花盤兒裏，拿起花簪兒來，就蹲在炕沿兒跟前，給大奶奶穿花兒。

何小姐又叫柳條兒說：「把你奶奶的煙袋，拿一根來，給你姑娘裝袋煙。」他忙道：「你等等兒，讓我先過去見見奶奶去。」說著，站起就往那屋裏跑。何小姐忙道：「你回來罷。他一會兒橫豎也到這兒來梳頭，你在這兒等著見罷。」他一聽，料是大爺在那屋裏歇，便不好過去。一時柳條兒裝了煙來，他穿好了花兒，便坐在那小杌子兒上，啐著煙灰兒。說起昨日老爺、太太，怎麼喜歡。又說，這都是爺奶奶的孝心，奴才們的造化。何小姐一面梳著頭，也合他一答一合的談。他談著，看了看鐘，便合柳條兒說：「你也該一起請奶奶來梳頭了。」纔說著，便聽得張姑娘低聲兒叫人。他聽了聽那聲音，好像也在這邊臥房裏。正待要問，果見柳條兒走到那個曲尺槅子跟前，隔著簾兒說：「奶奶叫奴才呀。」只聽張姑娘問道：「我這副腿帶兒，怎麼兩根兩樣兒呀？你昨兒晚上困的糊裏糊塗的，是怎麼給拉岔了。」柳條兒道：「昨兒晚上，是奶奶自己歸著的，奴才沒動啊！怎麼會打岔了呢？不然，奴才另拿出一副來，奶奶先換上罷。」張姑娘還沒及答應。何小姐這裏聽了，自己伸出小腳兒來，看了一眼。不禁笑道：「柳條兒呀，叫你們奶奶先那麼將就著紮上，回來再說罷。我腳上這副，也是兩樣兒呀。」便聽張姑娘在屋裏嗤的笑了一聲。不多的工夫，揉著雙眼睛，也從這邊臥房裏出來。見了長姐兒說道：「喲，敢是你在這兒呢，虧得是你。你瞧。」纔說得你瞧兩個字，也早明白了。一面又謝這位大奶奶，昨晚賞的吃食。一面說道：「本來呀，二位奶奶一天到晚，這是多少事。上頭應酬著幾位老家兒，又得張羅爺。那兒還能照應到這些零碎事兒呢？」二位大奶奶，不覺被他恭維的大樂。何小姐一時梳完了頭，轉過身來要洗臉。他忙著又上去替挽袖子，恰一眼看見大奶奶的汗塌兒袖子上頭，嚼了塊胭脂。便笑問道：「喲！奶奶這袖子上怎麼了？回來換一件罷！不然，看印在大衣裳上。」何小姐低頭，看了看說：「可不是。這又是我們花鈴兒幹的，我也不懂。疊衣裳，總愛刁在嘴裏疊，怎麼會不弄一袖子胭脂呢。瞧瞧我昨兒早起，纔換上的，這是甚麼工夫給弄上的？」花鈴兒只不敢言語。張姑娘道：「姐姐別竟說他一個兒，我們柳條兒也是這麼個毛病兒。不信瞧我這袖子，也給弄了那麼一塊。」說著，揪著隻汗塌兒袖子，翻來覆去，找了半天，只找不著。自己吭了一聲，又瞧了瞧那袖子上沿的縧子。不禁笑著，問何小姐：「姐姐，你老人家，別是把我那件抓了去穿上了罷。」何小姐道：「這都是新樣兒的，你穿得好好兒的衣裳，我怎麼會抓了來穿上呢？」說著，又拉著自己穿的那件看了看，可不是人家那件嗎。不由得也嗤的一聲道：「我說只覺著這領子怪掐的慌的呢。真個的今兒也不知是怎麼了，鬧的這麼亂糟糟的。」說完，兩個人只對瞅著笑。長姐兒聽了這話，就排揎起花鈴兒、柳條兒來了，說：「你們倆瞧罷，你們又該抱怨姑娘的嘴碎了。大凡主兒貼身兒的東西，全靠咱們當丫頭的經心。要都像你們倆，這麼當差使，不用說了，明兒個各人把各人的主子認岔了，還不知道呢。」一陣數落，數落得倆傻丫頭只撅著個嘴。正說著，公子也彆著一腦門子的困，靸著雙鞋兒從臥房裏出來。看見長姐兒在這裏，笑道：「嘍，這麼早就有客來了。」長姐兒見大爺出來，連忙站起來，把煙袋順在身旁，只規規矩矩的說了句：「爺起來了。」此外再沒別的散碎話。還帶管著雙眼皮兒，把個臉兒繃得連些裂紋也沒有。這個當兒，張姑娘又讓他說：「你只管坐下，咱們說話兒。不則。」他便說道：「請二位奶奶梳頭罷。鐘也待好打辰初了，奴才得過去了。」說著，把手裏的煙袋，遞給柳條兒，還說：「你可給奶奶吹乾淨得再收。」說罷，這纔甩著雙寬袖口兒，咯噔著兩隻了小底托兒得意洋洋的去了。列公，看了長姐兒這節事，纔知聖人教人無微不至。聖人曾有兩句話說道是：「有不虞之譽，有求全之毀。」長姐兒此來，雖不知他心裏為著何來。只就面子上看，昨晚二位奶奶，只不過分惠些吃食，今日便雞鳴而起，親到寢門來謝。君子亦曰知禮。不想他一片求全好意，忽然被個燕北閒人，誤打誤撞的捉住，借此就斡旋了他那一宿無話四個字有餘不盡的文章。倒顯得長姐兒此來，來的似乎覺得未免有些不大那個，做豈不就叫作「不虞之譽，求全之毀」？然則毀譽之來，毫無定評，卻叫人從那裏自愛起？斯其故「惟聖人知之」，故誡人曰：「吉凶悔吝，生乎動。」

書中按下閒話，再講正文。卻說安公子自從點了翰林，丟下書本兒出了書房，只這等撒和了一回，早有他那班世誼同年，見他翩翩丰度，藹然可親，都願意合他親近住了。今日這家請讌會，便是明日那個請閒遊，把個公子應酬得沒些空閒。他看了看，所謂外間這車馬衣服亭臺宴飲的繁盛，其風味也不過如此。便想道：「自己眼下，雖然交過這個讀書排場，說不得士不通經，不能致用。但是通經而不通史，也不過作一個朝廷不甚愛惜之官。便是通經通史，博古而不知今，究竟也於時無補。要只這等合他雲遊下去，將來自己到了吃緊關頭，難道就靠寫兩副單條對聯，作幾句文章詩賦，便好去應世不成。」想到這裏，自己便把家藏的那些廿二史、古名臣奏疏，以至本朝開國方略、大清會典、律例統纂、三禮彙通，甚至漕運治河諸書，凡是眼睛裏向來不曾經過的東西，都搬出來放在手下，當作閒書，隨時流覽。偶然遇著個未曾經歷，無從索解的去處，他家又現供養著安老爺，那等一位不要脩饌的老先生，可以請教。更兼這位老先生，天生又是無論甚的疑難，每問必知，據知而答，無答不既詳且盡，並且樂此不疲。因此他父子就把這樁事作了個樂敘天倫的日行工夫，倒也頗不寂寞。公子從此胸襟見識日見擴充，益發留心庶務，這且不在話下。一日他闔家正在無事閒談，舅太太、張太太也在座。只見家人晉升，拿著一封信，合一個手版進來回說：「鄧九太爺，從山東特遣人來，給老爺、太太賀喜。說還有點土物兒，後頭走著呢。來人先來請安投信。」說著，便把那信合手版遞給公子，送上去。老爺一看，只見手版上寫著「武生陸葆安」。便說道：「他家幾個人，我卻都見過，只不記得他們的名姓。這是那一個？怎的又是個武生呢？」公子道：「這個就是九公那個大徒弟，綽號叫作大鐵鎚的。」老爺一時也想起來，說：「莫不是我們在青雲堡住著，九公把他找來演鎚，給我們看看。他一鎚打碎了一塊大石頭的人？」公子道：「正是。」老爺道：「這人倒也好個身材相貌。」公子道：「聽講究起來，這人的本領，大得很呢。除了他那把大鎚之外，躥山入水，無所不能。遇著件事，並且還著實有點把握，還不止專靠血氣之勇。」老爺點了點頭。這個當兒，公子已經把那封信的外皮兒拆開。老爺接過來，細看了看那籤子上寫的「水心公祖老弟大人台啟」一行字，說：「大奇，這封信竟是老頭兒親筆寫的，虧他怎的會有這個耐煩兒。」因拆開信看，只見裏面寫道是：

愚兄鄧振彪頓首拜上老弟大人安好。並問弟婦大人安好。大賢姪好。二位姑奶奶好。舅太太合張親家二位都替問好。敬啟者，彼此至好，套言不敘。恭維老弟大人，貴體納福，闔府吉祥如意是荷。愚兄得見金榜題名，知大賢姪高點探花，獨占鰲頭，可喜可賀。愚兄不勝可喜。此乃天從人願，實係洞房花燭夜，金榜題名時，真乃可喜可賀之至。愚兄本當親身造府賀喜，因有小事，難以分身，望原諒。今特遣小徒陸葆安進京，代賀一切，不盡之言，一問可知。再帶去些微土物，千里送鵝毛，笑納可也。小婿、小女、二姑娘都給闔府請安。外有他等給二妹子，並眾位捎去的東西，都有清單可憑。再問二妹子，要大內的上好胎產金丹九合香，求見賜。不拘多少，都要真的。千萬千萬，務必務必。都交小徒帶回。順請安好不一。愚兄鄧振彪再拜。吉日書。再二位姑奶奶，可曾有喜信否？念念。又筆。

後頭還打著虎臣兩個字的圖書，合他那名鎮江湖的木頭戳子。安老爺見那封信，通共不到三篇兒八行書。前後錯落添改，倒有十來處。依然還是白字連篇。只點頭歎賞。公子在一旁看了，卻忍不住要笑。老爺道：「你不可笑他，你只想他那個脾氣性格兒，竟能低下頭，靜著心，寫這許多字。這是甚麼樣的至誠？」說著，又看禮單，見開頭第一筆寫著是「鶴鹿同春」。老爺就不明白，說：「甚麼是『鶴鹿同春』啊？」又往下看去，見是「孔陵著草、尼山石硯、聖蹟圖、萊石文玩、蒙山茶、曹州牡丹根子」，其餘便是「山東棉綢大布、恩縣白麵掛麵、耿餅焦棗兒、巴魚子鹽磚。」看光景他大約是照著搢紳，把山東的土產，揀用得著的，亂七八糟，都給帶了來了。卻又分不出甚麼是給誰的。老爺因命公子，把那封信念給太太聽。公子將信念完，止剩得後面單寫的那行不曾念。這個當兒，金玉姐妹也急於要看看那封信。公子見他兩個要看，便把信遞給他兩個說：「九公惦著你們兩個的很呢！快看去罷。」何小姐自來快人快性，伸手就先接過去。公子說：「你先瞧這篇兒。」他一瞧，見是問他兩個有喜信兒沒有，一時好不得勁兒。虧他積伶，一轉手便遞給張姑娘說：「妹妹你瞧，這是倆甚麼字？」說著，遞過去回身就走。張姑娘不知是計，接過去纔瞧得一眼，便扔在桌子上，說瞧這姐姐也躲了。合何小姐湊在一處，倆人卻只羞得緋紅了臉，低頭而笑。安太太看了不解，忙拿起那信來看了看說：「這也值得這麼個樣兒。」因把鄧九公問他兩個有無喜信的話，告訴了舅太太、張太太。又合他姐妹說道：「這可真叫人問得怪臊的。也有倆人過來這麼二三年了，還不給我抱個孫子的。瞧瞧人家尋胎產金丹，來想必是褚大姑娘有了喜信兒了。」舅太太也說：「真個的呢。」一句話不曾說完，張太太發了議論了，說：「親家那可說不的呀。這是有個神兒在，神兒不在的事兒，誰有拿手哇。」好端端的話，被這位太太一下注解，他姐妹聽著，益發不好意思。說話間，安老爺便要了帽子出去。見那個陸葆安一時進來，只見他頂帽官靴，也穿著件短襟紗袍兒，石青馬褂兒。雖說是個武生，舉動頗不粗鄙。外省的禮兒沒別的，見面就只磕頭。那陸葆安見了安老爺，就拜下去。安老爺不好還禮，只以揖相答。便讓他上坐，他那裏肯，說：「武生的師傅囑咐說，武生到了老太爺這裏，就同自己的兒女一樣，不敢坐。」安老爺此時，是滿肚子的蘧伯玉使人於孔子，孔子與之坐而問焉。讓再讓三，他纔在一旁坐下。安老爺先問了問鄧九公的身子眷口。陸葆安答說：「他老人家精神是益發好了。打發武生來，一來給老太爺、少老爺道喜請安。二來叫武生認認門兒。說趕到他老人家慶九十的時候，還叫武生來恭請來呢。還說他老如今不到南省去了，輕易得不著好陳酒，求老太爺這裏找幾罈，交給回空的糧船帶去，不然他就叫武生買幾罈帶去。說那東西的好歹，外人摸不著。」安老爺連說：「這事容易。」因又問起褚一官並褚大娘子可有個得子的信息。陸葆安回說：「這倒不知。」正說著，那拉東西的車輛，以至挑的扛的都來了。眾家人帶著車夫，一盪一盪，往裏搬運。安老爺纔知那禮單上的「鶴鹿同春」，是他專為賀喜，特給找來的東海邊一對仙鶴，泰山上一對梅花小鹿兒。都用木籠抬了來。一時張老也過來招呼。便同了那陸葆安，到程師爺那邊去坐。安老爺這裏一面吩咐給他備飯款留。便進來看鄧九公那分禮。進得二門，見公子正隨著太太同許多內眷們，圍著看那對鶴鹿。老爺於這些東西上，雖雅馴如鶴鹿，也不甚在意。忙忙的進了屋子，只檢出那冊聖蹟圖來，正襟危坐的看。一時內眷們，也進屋裏來，一旁看，問長問短。老爺便從麟現闕里起，一直講到西狩獲麟，就把聖人七十三年的年譜，講得來，不曾漏得一件事跡，差得一個年月。舅太太聽完了，說道：「我瞧我們這位姑老爺呀，真算得甚麼事兒都懂得，可惜就只不懂得甚麼叫『鶴鹿同春』。」當下，大家說笑一陣。安太太便把其餘的東西，該歸著的歸著，該分散的分散。公子也去周旋了周旋那個陸葆安。那陸葆安當日住下。次日便告辭去料理他的勾當，約定過日再來領回信。安老爺閒中，便給鄧九公寫了回信。太太也張羅打點給鄧家諸人的回禮，以至鄧九公要的東西。臨期都交那陸葆安帶回山東而去。

不提。卻說安公子這個翰林院編修，雖說是個閒曹。每月館課，以至私事應酬，也得進城幾次。那時又正遇烏克齋放了掌院，有心答報師門，提拔門生。便派了他個撰文的差使。因此公子又加了些公忙。緊接著又有了大考的旨意。這大考是京城有口號的，叫作「金頂朝珠掛紫貂，群仙終日任逍遙。忽傳大考魂皆落，告退神仙也不饒。」安公子已是一甲三名，授過職的，例應預考。便早晚用起功來，正在不曾考試之前，恰好出了個講官缺。掌院堂官又擬定了他。題下本來，便授了講官。雖說一樣的七品官兒，卻例得自己專摺謝恩。謝恩這日，便蒙召見，臨上去，烏克齋又指點了他許多儀節奏對。及至叫上起兒去，聖人見他品格凝重，氣度從容，一時想起他是從前十本裏第八名，特恩拔起來點的探花。問了問他的家世學業，又見他奏對稱旨。天顏大悅，從此安公子便簡在帝心。及至大考，他又考列一等。即日連陞五級，用了翰林院侍講學士，不久便放了國子監祭酒。這國子監祭酒，雖說也不過是個四品京堂，卻是個侍至聖香案，為天下師尊的腳色。你道安公子纔幾日的新進士，讓他怎的個品學兼優，也不應快到如此。這不真個是官場如戲了麼。豈不聞俗語云：「一命二運三風水。」果然命運風水，一時湊合到一處，便是個披甲出身的，往往也會曾不數年，出將入相。何況安公子又是個正途出身。他還多著兩層，四積陰功，五讀書呢。話休絮煩。卻說那時恰遇覃恩大典，舉行恩科會試。傳臚之後，新科狀元，帶了一榜新進士，到國子監行釋褐禮。恰好正是安公子作國子監祭酒。這釋褐禮，自來要算個朝廷莫大的盛典，讀書人難遇的機緣規矩。這日，狀元、榜眼、探花，率領二三甲進士，到大成殿拜過了至聖先師，便到明倫堂參拜祭酒。那明倫堂預先要用桌子搭起個高臺來，臺上正中，安了祭酒的公座。狀元率領眾人行禮的時候，先請祭酒上臺升座。然後恭肅展拜。從來禮無不答，除了君父之外，便是長者先生，也必有兩句慰勞。獨到了狀元拜祭酒，那祭酒卻是要肅然無聲，安然不動的，受那四拜。你道為何？相傳以為祭酒存些謙和，但是一開口，一抬手，便於狀元不利。因此這日行禮的時候，安公子便照這儀注，朝衣朝冠，升到那個高臺正中交椅上，端然危坐的，受了一榜新進士四拜。便收了一個狀元門生。偏偏那科的狀元，又龍頭屬老成，點的是個年近五旬的蒼髯老者。安公子纔得二十歲上下的一個美少年，巍然高坐，受這班新貴的禮。大家看了，好不替他得意。一時釋褐禮成，安公子公事已畢，算了算，已經在城裏耽擱了好幾日了。看那天氣尚早，便由衙門逕回莊園。要把這場盛事，稟慰父母一番。一路走著，想到這典禮之隆，聖恩之重，人生在世，讀書一場，得有今日，庶乎無媿。忽然從無媿兩個字上，想到父母俱存，不媿不怍，得天下英才而教育之的君子有三樂來。不由得一個人兒，坐在車裏，欣然色喜。自言自語道：「且住，記得那年我們簫史、桐卿兩位恭人，因我說了句吃酒是天下第一樂，就招了他兩個許多俏皮話兒。叫我寫個『四樂堂』的匾掛上，這話其實尖酸可惡。我一向雖說幸而成名，上慰二老。只是不曾得過個學差試差，卻說不得得天下英才而教育之。到了今日之下，縱說我這座國子監衙門，管著天下十七省龍蛇混雜的監生，算不到英才的數兒裏罷。難道我收了這個狀元門生，合一榜的新進士，還算不得得天下英才而教育之，占全了君子有三樂不成？少停回家，便把這話，作樂他兩個一番。問問他兩個，如今可好讓我吃盃酒，掛那個『四樂堂』的匾。倒也是一段佳話。」一路盤算，早到家門。進門見過父母。安老爺第一句便道：「好了，居然為天下師了。」公子此時也十分得意。侍談了一刻，便過東院來。一進院門，早見他姐妹兩個從屋裏迎出來，說：「恭喜，收了狀元門生回來了。」公子道：「便是。我正有句話要請教。」他姐妹也道：「且慢，我兩個先有件事要奉求。」公子道：「我忙了這幾日，纔得到家。你兩個又有甚麼差遣？」他兩個道：「且到屋裏再說。」公子進得屋子，只見把他常用的一個大硯池、一個大筆筒，都搬出來，研得墨濃，洗得筆淨，放在當地一張桌兒上。桌兒上又鋪著一幅素絹，兩邊用鎮紙壓著。當中卻又放著一大杯酒。公子一時不解，問道：「這是甚麼儀注？」姐妹兩個笑吟吟的一齊說道：「奉求大筆，見賜『四樂堂』三個大字。」公子斷沒想到從城裏頭，彆了這麼個好燈虎兒來。一進門來，就叫人家給揭了。不禁樂得仰天大笑說：「你兩個怎的這等可惡。」因又點頭道：「這正叫作惟識性者，可以同居。」張姑娘道：「真個的換了衣裳，為甚麼不趁著墨寫起來呢！」公子道：「這卻使不得。且無論天道忌滿，人事忌全，不可如此放縱。便是一時高興，寫了掛上，儻然被老人家看見，問我何謂『四樂』？你叫我怎麼回答。快收拾起來罷。」他姐妹兩人也就一笑而罷。不想只他家這陣閨房遊戲，又便宜了燕北閒人歸結了他「四樂堂」那筆前文。

　　這話且按下不表。卻說安老爺見兒子廁名清華，置身通顯，書香是接下去了，門庭是撐起來了。家中無可顧慮，自己又極清閒。算了算鄧九公的九旬大慶將近，因前年曾經許過他，臨期親去奉祝。此時不肯失這個信，便打算借此作個遠遊，訪訪一路的名勝，到他那裏，並要多盤桓幾日舒散舒散。商量定了，先在本旗告了個山東就醫的假，約在三月上旬起身。太太便帶同兩個媳婦，忙著收拾行裝。又給老爺打點出些給鄧九公作壽的禮。無非如意緞疋、皮張玩器、活計等件，預備請老爺看過了，好裝箱子。老爺一看，便說：「君子周急不繼富。這些東西，九公要他何用？我送他的壽禮，只用兩色，早已辦得停停當當了。一色是他向我要的壽酒，我已經叫人到天津酒行裏找了一百二十罈上好的陳紹興酒。便算祝他的花甲重週，已經從運河水路運了去了。那一色，是我送他的壽文，便是我許他的那篇生傳。只這兩色薄禮，他足可以醉消愁，千秋不死。何須再備壽禮。」太太一聽這話，知道是又左下去了，不好盤駁。只得說：「老爺見得自然是。但是也得配上點兒不要緊的東西，纔成這麼個俗禮兒呀。」便不合老爺再去瑣碎，自己就作主意配定了。又敷餘帶上了幾百銀子，防著老爺路上要使。隨叫進家人們來裝箱子，捆行囊。一切停當，老爺又託了張親家老爺、程師爺，在家照料。並請上小程相公途中相伴。家人們只帶梁材、葉通、華忠、劉住兒、小小子麻花兒幾個人，並兩個打雜兒的廚子剃頭的去。又吩咐帶上那個烏雲蓋雪的驢兒，作了代步。此外應用的車輛牲口，自有公子帶同家人們分撥，老爺一概沒管。到了起身這日，只不過囑咐了公子幾句話，便逍遙自在，帶了一行人上路。這一上路，老爺是身有餘閒，家無多慮，空拉著輛極舒服的咕咚咚太平車兒不坐，只騎著那頭驢兒。遇處名勝，也要下來瞻仰。見個古蹟，也要站住考訂。一日走不了半站，但有個住處，便隨遇而安。只這等磨去，離家三四天，纔磨到良鄉。華忠有些急了。晚間趁空兒，回老爺說：「回老爺。這走長道兒，可得趁天氣呀。要不請示老爺，明日趕一個整站罷。」老爺也以為無可無不可。次日，便起了個早，約莫辰牌時分，早來到涿州關外打早尖。這座涿州城，正是各省出京進京必由的大路，有名叫作「日邊衝要無雙地，天下煩難第一州」。安老爺到得關廂，坐在車裏一看，只見那條街上，不但南來北往的車馱，絡繹不絕。便是本地那些居民，也男男女女老老少少的都穿梭一般，擁擠不動。正在看著，一行車馬，早進了一座客店。眾家人服侍老爺下了車，進店房坐下。大家便忙著鋪馬褥子，解碗包，拿銅鏇子，預備老爺擦臉喝茶。那個跑堂兒的見這光景，是個官派，便不敢進屋子，只提了壺開水在門外候著。老爺這盪出來，是閒情逸致，正要問問沿途的景物。因叫跑堂兒的說：「你只管進來。」便問他道：「這裏今日怎的這等熱鬧？」跑堂兒的見問，答說：「州城裏鼓樓西，有座天齊廟，今兒十五是開廟的日子。差不多兒都要去燒炷香，都是行好的老爺。」老爺聽得燒香拜佛這些事，便丟開不往下談。又問他說：「此地可還有甚麼名勝？」安老爺說話，只管是這等字斟句酌，再想不到一個跑堂兒的，他可曉得甚麼叫作名勝。只見他聽了這話，忙接口道：「我的老爺。好話咧，大嚇人不喇的。一個天齊爺，也有沒靈聖兒的。回來你老打了尖，就打那廟頭裏過。白瞧瞧那燒香的人，有多少。那廟裏頭中間兒是大高的五間天齊殿，接著寢宮。兩邊兒是財神殿、娘娘殿。後層兒是文昌閣。周圍七十二司，到了那個地方兒吃喝穿戴，甚麼都買不短。廟後頭擺著十錦雜耍兒。前兒還到了個瞧希希罕兒的。為甚麼今兒逛廟的人更多了呢！」老爺正覺他所答非所問。程相公那裏就打聽說：「甚麼叫作希希罕兒？」跑堂兒的道：「這可真說得起。活老了的都沒見過的一個希希罕兒。是參天的一對大鳳凰。」老爺聽了，不禁納罕。忽然又低下頭去，默默如有所思。早聽程相公笑嘻嘻的說道：「老伯，不麼！我們今日就在此地歇下，也去望望鳳凰罷。」華忠這概老頭子，是好容易盼得老爺今日要走個整站。此時師爺忽然又要看鳳凰，便說：「師爺，信他那些謠言。那兒有那麼件事呢！」不想程相公說出這話，正合了安老爺的意思。你道為何？原來這位老先生，自從方纔聽得跑堂兒的說了句，此地有鳳凰。便想道，這種靈鳥，自從軒轅氏在位，鳳巢阿閣之後，止於舜時來儀，文王時鳴於岐山。漢以後，雖亦偶然有之，就大半是影響附會。到了我大清，從前慶雲現，黃河清，瑞麥兩歧，靈芝三秀，這些嘉祥，算都見過。甚至麒麟也來過了，就只不曾見過鳳凰。如今鳳凰竟見在直隸地方，這豈不是聖朝一椿非常盛事。況且孔夫子還不免有個「鳳鳥不至，吾已矣夫」之歎。如今我安某生在聖朝，躬逢盛事，豈可當面錯過。心裏正要去看看，只是不好出口。正在躊躇，忽聽程相公要去，華忠卻又從旁攔他，便道：「程師爺也是終年悶在書房裏，我又左右閒在此。今日竟依他住下，我也陪他走走。」程相公聽了這話大樂。連那個麻花兒聽見逛廟，也樂得跳跳躍躍。只有華忠口裏不言，心裏暗想說：「我瞧今日這盪，八成兒要作寃。」當下上下一行人吃完了飯。老爺留梁材等兩個在店裏。自己便同了程相公帶了華忠、劉住兒合小小子麻花兒，又帶上了一個打雜兒的，背著馬褥子，背壺碗包，還吩咐帶了兩吊零錢，慢慢的出了店門，步進州城，往天齊廟而來。

於路無話。不一時，早望見那座廟門。原來安老爺雖是生長京城，活了五十來歲。凡是京城的東嶽廟、城隍廟、曹公觀、白雲觀，以至隆福寺、護國寺，這些地方從沒逛過。此刻纔到這座廟門外，見那些賣吃食的，吆吆喝喝。沿街又橫三豎四，擺著許多笤帚簸箕、撣子毛扇兒等類的攤子、擔子。那逛廟的人，是沒男沒女，出入不斷亂擠。老爺見一個讓一個，只覺自己擠不上去。華忠道：「奴才頭裏走罷。」說著進了山門。那山門裏便有些賣通草花兒的、香草兒的、磁器傢伙的、耍貨兒的，以至賣酸梅湯的、豆汁兒的、酸辣涼粉的、羊肉熟麵的，處處攤子上，都有些人在那裏圍著吃喝。程相公此時是兩隻眼睛，不夠使的。正在東睃西望，又聽得那邊吆喝，吃酪罷，好乾酪哇！程相公便問甚麼叫個酪？安老爺道：「叫人端一碗你嘗嘗。」說著，便同他到鐘樓跟前，臺堦兒上坐下。一時端來，他看了雪白的一碗東西。上面還點著個紅點兒，更覺可愛。接過來就嚷道：「哦喲！冰生冷的。只怕要拿點開水來沖沖吃罷。」安老爺說：「不妨。吃下去並不冷。」他又拿那銅匙子舀了點兒，放在嘴裏。纔放進去，就嚷說：「阿，原來是牛奶。」便呲牙裂嘴的吐在地下。安老爺道：「不能吃，倒別勉強。」隨把碗酪給麻花兒吃了。大家就一路來到天王殿。一進去，安老爺看見那神像腳下，各各造著兩個精怪，便覺得不然，說：「何必神道設教到如此。」程相公道：「老伯，怎的倒不曉得這個。這就是風調雨順四大天王。」老爺因問：「何以見得是風調雨順？」程相公道：「哪，那手拿一把鋼鋒寶劍的，正是個風。那個抱著面琵琶，琵琶是要調和了絃，纔好彈的，可不是個調。那拿雨傘的，便是個雨。」安老爺雖是滿腹學問，向來一知半解，無不虛心。聽如此說，不等他說完，便連連點頭說：「講的有些道理。」因又問：「那個順天王，又作如何講法呢？」程相公見問，翻著眼睛，想了半日說：「正是他手裏，只拿了一條滿長的大蛇，倒不曉得他，怎的叫個順天王。」劉住兒說：「那不是長蟲，人家都說那是個花老虎。」老爺說：「亂道。」因撚著鬍子，望了會子，說道：「哦，據我看來，這樁東西，不但非花老虎，亦非蛇也。只怕就是雉入大水為蜃的那個蜃，纔暗合這個順天王的順字。」程相公道：「老伯又來了，我們南邊那個蜃字，讀作上聲，順字讀作去聲，怎合得到一處呢？」老爺道：「噯呀！世兄你既曉得蜃字讀上聲，難道倒不曉得這個字，是十一軫，十二震，兩韻雙收同義的麼？」老爺只顧合世兄這一陣考據風調雨順，家人們只好跟在後頭站住。再加上圍了一大圈子，聽熱鬧兒的，把個天王殿穿堂門兒的要路口兒，給堵住了。只聽得後面一個人嚷道：「走著逛拉，走著逛拉，要講究這個，自己家圈兒裏，找間學房講去。這廟裏是個大家的馬兒，大家騎的地方兒。讓大夥兒熱鬧熱鬧眼睛，別招人怨。」老爺連忙就走。程相公還在那裏打聽說，甚麼叫作熱鬧眼睛。華忠拉了他一把說：「走罷，我的大叔。」說著，出了天王殿的後門兒，便望見那座正殿，只見正中一條甬路，直接到正殿的月臺跟前。甬路兩旁，便是賣估衣的、零剪裁料兒的、包銀首飾的、燒料貨的，臺堦兒上也擺著些碎貨攤子。安老爺無心細看，順著那條甬路，上了月臺。只見殿前放著個大鐵香爐，又砌著個大香池子。殿門上卻攔著柵欄，不許人進去。那些燒香的，只在當院子裏點著香，舉著磕頭，磕完頭，便把那香撂在池子裏。卻把那包香的字紙，扔得滿地。大家踹來踹去，只不在意。老爺一見，登時老大的不安。嚷道：「啊喲！這班人這等作踐先聖遺文，卻來燒甚麼香。」說著，便叫華忠說：「你們快把這些字紙，替他們揀起來，送到爐裏焚化。」華忠一聽，心裏說道：「好，我們爺兒們，今兒也不知是逛廟來了，也不知是揀窮來了。」但是主人吩咐，沒法兒，只得大家胡擄起來，送到爐裏去焚化。老爺還恐怕大家揀得不淨，自己又拉了程相公，帶了小小子麻花兒，也彎著腰，一張張的揀個不了。又望著那些燒香的說道：「你眾位剩下這字紙來，就隨手撂在爐裏，焚了他好。」眾人也有聽信這話的，也有佯為不理，倒笑他是個書獃子的。那知他這書獃子，這陣獃，倒正是場勝念千聲佛，強燒萬炷香的功德。

卻說安老爺揀完了字紙，自己也累了一腦門子汗。正在掏出小手巾兒來擦著，程相公又叫道：「老伯，我們到底要望望黃老爺去。」老爺詫異道：「那位黃老爺？」華忠道：「師爺說的，就是天齊爺。」安老爺道：「東嶽大帝，是位發育萬物的震旦尊神，你卻怎的忽然稱他是黃老爺。這話又何所本？」程相公道：「這也是那部封神演義上的。」老爺楞了一楞說：「然則你方纔講的那風調雨順，也是封神演義上考據下來的。倒累我推敲了半日。」這卻說著，不到正殿，便踅回來。站在甬路上，望了望那兩廂的財神殿、娘娘殿。只見這殿裏打金錢眼的，又有捨了一吊香錢，抱個紙元寶去，說是借財氣的。那殿裏拴娃娃的，又有送了一窩泥兒垛的豬頭來，說是還願心的。沒男沒女，挨肩擦背，擁擠在一處。老爺看了，便說：「我們似乎不必同這班人亂擠去了罷。」怎禁得那位程相公，此時不但要逛逛財神殿、娘娘殿，並且還要看看七十二司。只望著老爺一個勁兒，笑嘻嘻的唏嚕。老爺看這光景，便叫華忠說：「你同師爺走走去，我竟不能奉陪了。讓我在這裏靜一靜兒罷。」因指著麻花兒道：「把他也帶了去。」華忠聽了，把馬褥子給老爺鋪在樹陰涼兒裏，一座石碑後頭。又叫劉住兒拿上碗包背壺，到那邊茶湯壺上倒碗茶來。老爺說：「不必，你們把這些零碎東西，索性都交給我，你們去你們的。」大家見老爺如此吩咐，只得都去。這裏剩了老爺一個人兒，悶坐無聊，忽然想起，何不轉到碑前頭讀讀這通碑文，也考訂考訂這座廟究竟建自何朝何代？想到這裏，便站起來，倒背著手兒踱過去，揚著臉兒去看那碑文。纔看了一行，只聽得身背後，猛可裏嗡的一聲，只覺一個人往脊梁上一撲，緊接著就雙手摟住脖子，叫了聲「噯喲！我的乖乖。」老爺冷不防這一下子，險些兒不曾衝個觔斗。當下吃一大驚。暗想，我自來不曾合人頑笑，也從沒人合我頑笑。這卻是誰？纔待要問，幸而那人一抱，就鬆開了。老爺連忙回過身來，不想那人一個躲不及，一倒腳又正造在老爺腳上，那個小指兒的雞眼上。老爺疼的握著腳，噯喲了一聲，疼過那陣。定神一看，原來正是方纔在娘娘殿拴娃娃的那班婦女。只見為頭的是個四十來歲的矮胖女人，穿著件短布衫兒，拖著雙薄片兒鞋。老爺轉過身來，纔合他對了面兒，便覺那陣酒蒜味兒，往鼻子裏直灌不算外，還夾雜著熱撲撲的一股子狐臭氣。又看了看他後頭，還跟著一群年輕婦人。一個個粉面油頭，妖聲浪氣。且不必論他的模樣兒，只看那派打扮兒，就沒有一個安靜的。安老爺如何見過這個陣仗，登時嚇得呆了，只說了句：「這這這是怎麼哩！」那個胖女人，卻也覺得有些臉上下不來。只聽他口兒嘈嘈道：「那兒呀，剛纔不是我們大夥兒，打娘娘殿裏出來嗎？瞧見你一個人兒，仰著個頦兒，儘著瞅著那碑上頭。我只打量那上頭，有個甚麼希希罕兒呢！也仰著個瞧兒，一頭兒往上瞧，一頭兒往前走。誰知腳底下橫不楞子爬著條浪狗，叫我一腳，就造了他爪子上了。要不虧我躲的溜掃，一把抓住你，不是叫他敬我一乖乖，準是我自己鬧個嘴吃屎。你還說呢！」老爺此時肚子裏，就讓有天大的道理，海樣的學問，嘴裏要想講一個字兒也不能了。只氣得渾身亂顫，獃著雙眼。待要發作一場，忽見旁邊兒又過來了個年輕的小媳婦子，穿一件𩊓肩貼背，鑲大如意頭兒。水紅子裏，西湖色的，濮院紬的半大夾襖。下面不穿裙子兒，露半截子三鑲對靠青縐綢散褪褲兒。腳下一雙過橋高底兒大紅緞子小鞋兒。右手擎著根大長煙袋。手腕子底下還搭拉著一條桃紅繡花手巾，卻斜尖兒拴在鐲子上。左手是鬧轟轟的一大把子通草花兒、花蝴蝶兒，都插在一根蔴稭棍兒舉著。梳著大鬆的鬅頭，清水臉兒，嘴上點一點兒棉花胭脂。不必開口，兩條眉毛活動的，就像要說話。不必側耳，兩隻眼睛積伶的，就像會聽話。不說話也罷，一說話，是鼻子裏先帶點兒囔音兒，嗓子裏還略沾點兒腔調，他見那矮胖女人合安老爺嘈嘈，湊到跟前，把安老爺上下打量兩眼，一把推開那個女人便笑嘻嘻的，望著安老爺說道：「老爺子，你老別計較他，他喝兩盅子貓溺，就是這麼著。也有造了人家的腳，倒合人家批禮的。瞧瞧人家新新兒的靴子，給踹了個泥腳印子。這是怎麼說呢？你老給我拿著這把子花兒，等我給你老撣撣啵。」說著，就把手裏的花兒，往安老爺肩膀子上擱。老爺待要不接，又怕給他掉在地下，惹出事來。心裏一陣忙亂，就接過來了。這個當兒，他蹲身下去，就拿他那條手巾，給老爺撣靴子上的那塊泥。只他往下這一蹲，安老爺但覺得一股子奇香異氣，又像生麝香味兒，又像松枝兒味兒，一時也辨不出是香是臊是甜甘是哈喇，那氣味一直撲到臉上來。老爺纔待要往後退，早被他一隻手搬住腳後跟，嘴裏還斜叼著根長煙袋，揚著臉兒說：「你到底撬起點腿兒來呀！」老爺此時，只急得手尖兒冰涼，心窩裏亂跳，說不得話，只說：「豈敢，豈敢。」他道：「這又算個甚麼兒事，大夥兒都是出來取樂兒。」沒講究，老爺好容易等他撣完了那雙靴子，鬆開手站起來，自己是急於要把手裏那把子通草花兒，交還他好走。他且不接那花兒，說道：「你老別忙，我求你老點事兒。」說著一面伸手拔下耳挖子，從上頭褪下個黃紙帖兒來，口裏一面說道：「老爺子，你老將纔不是在月臺上揀那字紙的嗎？我這麼冷眼兒瞧著，你老八成兒是個識文斷字的。我纔在老娘娘跟前，求了一籤。是求小人兒們的。」說著，又湊在安老爺耳朵底下，悄悄兒的說道：「你老瞧我這倒有倆來的月沒見了，也摸不著是病啊是喜？你老瞧瞧老娘娘這籤上怎麼說的。給破說破說呢！」你看這位老爺他只抱定了人而無信，不知其可也的兩句書。直到這個場中，還絕口不肯撒個謊，說我不識文，我不斷字。聽得那媳婦子請教他，不由得這手舉著花兒，那手就把個籤帖兒接過來。可奈此時，是意亂心忙，眼光不定，看了半日，再也看不明白。好容易纔找著了「病立痊。孕生男。」六個字。忙說：「不是病，一定要弄璋的。」那媳婦子又不懂這句文話兒，說：「你老叫我弄甚麼行子？」這纔急出老爺的老實話來了，說：「一定恭喜的。」他這纔喜歡。連籤帖兒帶那把子花兒，都接過去。將接過去，又把那籤帖兒遞過來說：「你老索性再用點兒心，給瞧瞧到底是個丫頭是個小子？」安老爺真真被他磨得沒法兒，只得嚷道：「準養小子。」那班婦女見老爺斷的這等準，說一聲都圍上來了。有的拉著那媳婦子就道喜。他也點著頭兒說：「喜呀，這是老娘娘的慈悲。也虧人家這位老太爺子解得開呀。」說話間，那班婦女就七手八腳，各人找各人的籤帖兒，都要求老爺破說。老爺可真頑兒鬧不開了，連說：「不必看了，不必看了。我曉得這廟裏娘娘的籤靈的很呢！凡是你們一起來求籤的，都要養小子的。」不想這班人裏頭，夾雜著個靈官廟的姑子。他身穿一件二藍洋縐僧衣，腳登一雙三色挖鑲僧鞋，頭戴一頂月白紗胎兒、沿倭緞盤金線的草帽兒。太陽上還貼著兩貼青綾子膏藥。他也正求了個籤帖兒，拴在帽頂兒上。聽安老爺這等說，便道：「喂，你悠著點兒。老頭子，我一個出家人，不當家花拉的，你叫我那兒養小子去呀。」那小媳婦子同大家都連忙攔說道：「師傅，你別這麼人家可怎麼知道？咱們是一起兒來的呢！」那矮胖婦人便向那姑子嘈嘈道：「你罷呀，你們那廟裏，那一年不請三五回姥姥哇。怎麼說呢？」那姑子丟下安老爺，趕去就要擰那矮胖婦人的嘴說：「你要這麼給我灑，我是撕你這張肥……」纔說到這裏，又一個過去握住他嘴。說道：「當著人家識文斷字的人兒呢！別要叫人家笑話了。」說著，纔大家嘻嘻哈哈，拉拉扯扯，奔了那座財神殿去了。老爺受這場熱窩，心下裏也不讓那長姐兒給程師老爺點那袋煙窩心的。這大約也要算小小的一個果報。

卻說老爺見眾人散了，趁這機會，頭也不敢回，趄身就走。一溜煙走到將纔原坐的那個地方兒，只見華忠早同程相公一群人轉了個大灣兒回來了。華忠一見老爺，就問：「老爺把馬褥子交給誰了？」老爺一看，纔知那馬褥子，背壺碗包，一切零零碎碎的東西，不知甚麼時候，早已丟了個蹤影全無。想了想，方纔自己受的那一通兒，又一個字兒不好合華忠說。瞪了半天，只得說道：「我方纔將到碑頭裏看了看那碑文，怎知這些東西，就會不見了呢。」華忠急了說：「這不是丟了嗎！等奴才趕下去。」老爺連忙攔住說：「這又甚麼要緊。你曉得是甚麼人拿去，那裏去找他？」華忠是一肚皮的沒好氣，說道：「老爺只管這麼恩寬，奴才們這起子人跟出來，是作甚麼的呢？會把老爺隨身的東西給丟了。」老爺道：「這話好糊塗。你就講虎兕出於柙，龜玉毀於其中。方纔也是我自己在這裏看著，究竟是誰之過與？不必說了，我們幹正經的。看鳳凰去罷！」說著，大家就從那個西邊牆門兒過後殿來。見那裏又有許多撬牙蟲的、賣耗子藥的、賣金剛大力丸的、賣煙料的，以至相面的、占燈下數的、起六壬課的。又見一群女人，蹲在一個賣鴉片煙煙籤子的攤子上講價兒。老爺此時，是頭也不敢抬，忙忙的一直往後走，這纔把必應瞻禮的個文昌閣，抹門兒過去了。纔進了西邊那個角門子，便見那空院子裏，圈著個破藍布帳子。裏面，鑼鼓喧天，帳子外頭一個人站在那裏嚷道：「撒官板兒，一位瞧瞧，這個鳳凰單展翅。」老爺聽了，心中暗喜。連忙進去，原來卻是起子跑旱船的。只見一個三十來歲漆黑的大漢子，一嘴巴子的鬍子渣兒也包了頭，穿了彩衣，歪在那個旱船上。一手托了顋，把那隻手單撒手兒，伸了個懶腰，臉上還作出許多百媚千姣的醜態來。鬧了一陣，又聽那個打鑼的嚷說：「看完了鳳凰單展翅，這就該著請太爺們，瞧飛蝴蝶兒了。」安老爺這纔明白，原來這就叫作鳳凰單展翅。連忙回身就走，只說道：「無恥之恥矣。」華忠嗐了一聲，見那邊還有許多耍狗熊、耍耗子的。他看那光景，禁不得再去撒寃去了。便一直引著老爺，從文昌閣後身兒，繞到東邊兒。老爺一看，就比那西邊兒安靜多了。有的牆上掛了個燈虎兒，貼著猜燈虎兒的，有的三個一群，兩個一夥兒踢毽的。只那南邊兒，靠著東牆，圍著個帳子，約莫裏頭是個書場兒。北邊卻圍著個簇新的大藍布帳子。那帳子門兒外頭，也站著倆人，還都戴著纓帽兒。聽他說話的口音，倒像四川、雲貴一路的人。只聽他文謅謅的說道：「人品有個高低，飛禽走獸，也有個貴賤。這對飛禽，是不輕容易得見的。請看看。」程相公聽見便道：「老伯，這一定是鳳凰了。」老爺也點點頭，搖搖擺擺的進去。見那帳子裏頭，還有一道網城。網城裏果然有金碧輝煌的一對大鳥。老爺還不曾開口，劉住兒就說：「這不是咱們城裏頭趕廟的那對孔雀嗎？那兒的鳳凰啊？」安老爺這纔後悔，這盪廟逛的好不寃哉枉也。他只管這等後悔，心裏的篤信好學，始終還不信，這就叫上了當了。只疑心或者今日適逢其會，鳳鳥不至，也不可知。因說：「我們回店去罷。」華忠說：「得請老爺略等一等兒。」在這麼個當兒，麻花兒又拉屎去了。老爺正不耐煩，便道：「這就是方纔那碗酪吃的。」誰想恰好程相公也在那裏悄悄兒的問劉住兒說：「那裏好出大恭？我也去。」老爺聽說，便說道：「索性請師爺也方便了來罷。我借此歇歇兒也好。」華忠滿院子裏看了一遍，只找不出個坐兒來，說：「不然，請老爺到南邊兒，那書場兒的板凳上，坐坐去罷。」老爺此時是不曾看得鳳凰，興致索然。一聲兒不言語，只跟了他走。及至走進那書場兒去，纔見不是個說書的。原來是個道士，坐在緊靠東牆根兒，面前放著張桌兒，周圍擺著幾條板凳。那板凳上坐著也沒多的幾個人。另有個看場兒的，正拿著個盤，給他打錢。那桌子上通共也不過打了有二三百零錢。老爺看那道士時，只見他穿一件藍布道袍，戴一頂纓道笠兒。那時正是日色西照，他把那笠兒戴得齊眉，遮了太陽。臉上卻又照戲上小丑一般，抹著個三花臉兒。還戴著一圈兒狗蠅鬍子。左肐膊上攬著個漁鼓，手裏掐著副簡板，卻把右手拍著鼓，只聽他扎嘣嘣，扎嘣嘣，亂嘣嘣打著。在那裏等著攢錢。忽見安老爺進來坐下。他又把頭上那個道笠望下遮了一遮，便按住鼓板發科道：

錦樣年華水樣過，輪蹄風雨暗銷磨。倉皇一枕黃粱夢，都付人間春夢婆。小子風塵奔走，不道姓名，只因作了半世懞懂癡人，醒來一場繁華大夢。思之無味，說也可憐。隨口編了幾句道情，無非喚醒癡聾，破除煩惱，這也叫作，只得如此，無可奈何。不免將來請教諸公，聊當一笑。

他說完了這段科白。又按著板眼，拍那個鼓。安老爺向來於戲文彈詞一道，本不留心。到了和尚、道士兩門，更不對路。何況這道士又自己弄成那等一副嘴臉。老爺看了，早有些不耐煩。只管坐在那裏，卻掉轉頭來，望著別處。忽然聽他這四句開場詩，竟不落故套。就這段科白，也竟不俗。不由得又著了點兒文字魔。便要留心聽聽他底下唱些甚麼。只聽他唱道：

鼓逢逢，第一聲莫爭喧，仔細聽，人生世上渾如夢。春花秋月銷磨盡，蒼狗白雲變態中。遊絲萬丈飄無定，謅幾句盲詞瞎話，當作他暮鼓晨鐘。

安老爺聽了，點點頭，心裏暗說：「他這一段，自然要算個總起的引子了。」因又聽他往下唱道：

判官家，說帝王，征誅慘，揖讓忙，暴秦炎漢糊塗帳，六朝金粉空塵跡，五代干戈小戲場。李唐趙宋風吹浪，抵多少寺僧白雁，都成了紙上文章。

最難逃，名利關，擁銅山，鐵券傳，豐碑早見磨刀慘。馱來薏苡冤難雪，擊碎珊瑚酒未寒。千秋最苦英雄漢，早知道三分鼎足，儘癡心六出祁山。

安老爺聽了想道：「這兩段自然要算歷代帝王將相了。底下要這等一折折的排下去，也就沒多的話說了。」便聽他按住鼓板，提高了一調，又唱道：

怎如他耕織圖，

安老爺纔聽得這句，不覺讚道：「這一轉，轉得大妙。」便靜靜兒的聽他唱下去道：

一張機，一把鋤。兩般便是擎天柱，春祈秋報香三炷，飲蜡歠醨酒半壺。兒童鬧擊迎年鼓，一家兒呵呵大笑，都說道完了官租。

儘逍遙，漁伴樵，靠青山，傍水坳，手竿肩擔明殘照。網來肥鱖擂薑煮，砍得青松帶葉燒。喞盃敢把王侯笑，醉來時狂歌一曲，猛抬頭月小天高。

牧童兒，自在身，走橫橋，臥樹陰，短簑斜笠相廝趁。夕陽鞭影垂楊外，春雨笛聲紅杏林。世間最好騎牛穩，日西沉，歸家晚飯，稻粥香撲鼻噴噴。

正聽著，程相公出了恭回來說：「老伯候了半日，我們去罷。」老爺此時倒有點兒聽進去不肯走了。點點頭又聽那道士敲了陣鼓板，唱道：

羨高風，隱逸流，住深山，怕出頭，山中樂事般般有，閒招猿鶴成三友。坐擁詩書，傲五侯，雲多不礙梅花瘦。渾不問眼前興廢，再休提皮裏春秋。

破愁城，酒一盃，覓當爐，酤舊醅，酒徒奪盡人間萃。卦中奇耦閒休問，葉底枯榮任幾回。傾囊拚作千場醉，不怕你天驚石破，怎當他酣睡如雷。

老頭陀，好快哉，鬢如霜，貌似孩，削光頭髮鬚眉在。菩提了悟原非樹，明鏡空懸那是臺。蛤蜊到口心無礙，俺只管薅鋤煩惱，沒來由見甚如來。

學神仙，作道家，踏芒鞋，綰髻髮，葫蘆一個斜肩掛。擔頭不賣房中藥，指上休談頃刻花。隨緣便是長江去，聽說他結茅雲外，卻教人何處尋他。

鼓聲敲，敲漸低，曲將終，鼓瑟希，西風緊吹啼猿起。陽關三疊傷心調，杜老七哀寫怨詩。此中無限英雄淚，收拾起浮生閒話，交還他鼓板新詞。

安老爺一直聽完，又聽他唱那尾聲道：

這番閒話，君聽者。不是閒饒舌。飛鳥各投林，殘照吞明滅。俺則待唱著這道情兒，歸山去也。

唱完了，只見他把漁鼓簡板橫在桌子上，站起來望著眾人，轉著圈兒拱了拱手說道：「獻醜，獻醜。列位客官，不拘多少，隨心樂助，總成總成。」眾人各各的隨意給了他幾文而散。華忠也打串兒上擄下幾十錢來，扔給那個打錢兒的。老爺正在那裏想他這套道情，不但聲調詞句不俗，並且算了算連科白帶煞尾，通共十三段，竟是按古韻十二攝，照詞曲家增出灰韻一韻，合著十三折譜成的。早覺這斷斷不是花嘴花臉的道士所能解。待要問問他，自己是天生的不願意同僧道打交道，卻又著實賞鑑他這幾句道情。

便想多給幾文，犒勞犒勞他。見華忠只給了他幾十文，就說道：「你怎生這等小器，就多給他些何妨。」回頭看了看那串兒上，卻只剩下沒多的錢。因問，你大家誰還帶著錢呢？不想問了問，連那打雜兒的一時間都把幾個零錢使完了。程相公道：「老伯要用，吾這裏有銀子可好。」老爺大喜說：「更好。」及至他從順袋裏取來，卻是個五兩的錠兒。一時又沒處夾。老爺便叫那個小小子麻花兒送給那個道士。那道士接過來，不曾作謝，先望著那銀子，歎了口氣道：「噯，路盡纔知蜀道平，恩深便覺秋雲厚。」忽然兩淚直流，把那個粉臉兒，沖得一行一道的，益發不成個模樣。他忙忙的用道袍袖子，沾了一沾，往前走了兩步，向安老爺深深打了一躬，說：「恩官厚賜，貧道在這裏稽首了。」安老爺聽他說了這蜀道秋雲兩句，覺得這道士竟不是個蠢人。或者這道情，竟是他自己一片哀怨，也不可知。便覺他雖是個道士，也不甚討厭。連忙還了他個揖。華忠一旁看見，口裏嘟囔道：「得了。我們老爺，索性越交越腳高了。」便走上去，直撅撅的說道：「回老爺，這天西北陰上來了。咱們可沒帶雨傘哪。」老爺看了看西北上，果然有些陰過來。便不及合那道士細談，同了程相公一行人，出了天齊廟的那個後門兒，一路回店裏來。

梁材在店裏已經叫廚子把老爺的晚飯備妥。又給老爺煮下羊肉，打點了幾樣兒路菜。照舊有他店裏的，頓飯餅麵。老爺此時吃飯，是第二件事。冤了一天，渴了半日，急於要先擦擦臉，喝碗茶。無如此時茶碗背壺銅鏇子，是被老爺一統碑文，讀成了個缸裏的醬蘿蔔，沒了纓兒了。馬褥子是也從碑道裏走了。幸而茶碗還有敷餘帶著的。梁材倒上茶來。劉住兒又忙著拿銅盆舀了盆水，伺候老爺洗了臉。葉通便把程相公的馬褥子給老爺鋪上，又把自己那個借給他。一時端上菜來。老爺同程相公一面吃著酒，心裏還是念念不忘那個鳳凰。恰好跑堂兒的端上羊肉來。程相公便叫住他問道：「店家店家，你快些這裏來，你早上說的天齊廟有鳳凰看。怎的我們看不著。」跑堂的一愣，說：「看不著，沒有的話。這店裏有好幾位都瞧了回來了。我們打雜兒的燒香去，回來也說瞧見。你老同老爺在那兒瞧鳳凰來著？怎麼說看不著呢？」老爺說：「果然沒有看見。只有一對孔雀在那裏。」跑堂兒的聽見，想了想，纔笑呵呵的道：「是啊，孔雀啊，他那毛兒就像戴的翎子似的。我早起說的就是他。我是把兩樣兒東西的名兒記擰了。」老爺一聽，這纔悟著今兒這一盪算冤走了。一時吃完了飯，家人們也有買東西去的，也有打辮子去的，一時只剩了華忠、劉住兒兩個。華忠又去走動。這個當兒，忽見劉住兒跑進來說：「外頭有個人要見老爺。」老爺說：「難道又是位喜賀大爺不成。」劉住兒又不懂老爺這句反言以申明之的話，回道：「不是喜賀大爺，那位奴才見過。這個人，奴才不認得他，奴才問他，他說老爺見了他，認得他。」老爺道：「算了罷，你弄不清楚。這些事快把華忠找來罷。」半日找了華忠來。老爺正叫他去看看這人，到底是誰？華忠道：「不用看，奴才纔進來，就瞧見他了，就是方纔在廟上唱道情的那個道士。」老爺一聽，先就急了說：「我說這些人斷招惹不得，所以叫作惟女子與小人為難養也。」因問劉住兒道：「既如此，你在廟上，也聽他唱了那半日，怎的又說不認得呢！」華忠道：「請老爺別怪劉住兒，他這時候不是方纔那個打扮兒了。臉兒也洗乾淨了。穿著件舊短襟袍兒、石青馬褂兒，穿靴戴帽，並且是個高提梁兒。他見了奴才，還裝糊塗，奴才一瞧他那神情兒，就認出他來了。問他來作甚麼？他說：『來謝謝老爺。見了老爺，還有話說。』奴才想著老爺，可見這些人作甚麼呢！就告訴他，說回來替你回罷。」老爺連道：「很是，很是。」華忠道：「誰知他竟不肯走，說：『務必求見見老爺。』還說他在淮上，常見老爺。回明了老爺，一定見他的。奴才問他姓名。他又不肯說。只說：『老爺一見，自然認得。』」老爺沒好氣道：「怎麼你也合劉住兒一般兒大的糊塗，難道我在淮上常見的人，你會不認得嗎？」華忠不敢強嘴，等老爺發作完了，纔回道：「老爺聖明，奴才趕到青雲堡就迎見老爺回了京了。奴才合劉住兒一樣，也是沒到過淮上的。」老爺一時無話，只說：「偏偏兒這麼一刻兒上過淮上的人，又都不在跟前。」因賭氣說：「你叫他進來，我見他罷。」華忠只得去叫那人。及至那人進來，老爺纔要欠身，他已經站在當地，望著老爺拖地一躬。起來說道：「水心先生，別來無恙。可還認識當日座上笙歌，今日沿街鼓板的這個道人麼？」這正是：柳絮萍蹤渾一夢，相逢何必定來生！要知說話的這人是誰，下回書交代。

第三十九回　包容量一諾義賙貧　矍鑠翁九秩雙生子

這回書接演上回，話表安老爺叫華忠把那個改裝的道士帶進來。正要認認這人是誰，問問他的來意。不想他進門，就是一躬起來，開口就叫了聲水心先生。接著便說：「可還認識我這當日座上笙歌，今日沿街鼓板的道人麼？」老爺聽了，不勝詫異。這纔站起身來，定睛一看，原來不是別人，正是自己從前在南河作知縣時候，受過知遇的那位老恩憲，前任河臺談爾音。老爺斷想不到此時忽然合他恁地相逢，倉卒間倒覺舉措不安。忙著先讓程相公迴避過了，自己料是一時換不及衣服，只換了頂帽子，轉身說道：「卑職安學海，斷想不到此地得見憲臺。方纔驀遇，既昧於瞻拜，今蒙降臨，又不及迎接，且惶且愧。但是草莽之間，不可廢禮。請憲臺上坐，容卑職參謁。」把個談爾音慌得上前扶住說道：「水心先生，我談爾音具有人心，茍非事到萬難，萬不敢覥顏來見。你先生要一定這等稱謂，這等儀節，使我益發無地自容。卻叫我這一肚皮的話，怎說得出口！」安老爺看了他那愧汗不堪的神情，倒覺不好過於拘禮。還朝上打了三躬，纔合他分賓主坐下。此時上街去的家人們，也都回來了。倒上茶來。安老爺又親自送茶，依然是憲臺長，大人短。華忠站在旁邊，聽了半日，纔知這東西，原來就是把我們老爺坑苦了的那個談爾音。待要得罪他兩句，又礙著主人，只氣了他個磨掌搓拳，直眉瞪眼。安老爺卻只藹然和氣的問他說：「憲臺是幾時蒙恩賜還的？竟自不知怎的，既不進京，又不回籍，卻只逗遛在此？更不敢動問，方纔在天齊廟相遇，怎的又裝扮成那等個行藏，卻是為何？」那談爾音見問，未曾開口，眼中落淚。一面擺手，一面搖頭，說道：「先生這話，一言難盡。我自從那年獲罪，發往軍臺。原想著河工上，還有幾個著實受過我些好處的舊日屬員。打算叫他們幫助幾千金，交了臺費，便好還鄉。不想這班人不肯也罷了，連回話都沒得一句。難得接到他一封回信，又無非告苦說窮，那語言文字之間，還帶些笑罵。因此沒法，在臺站上一住三年，纔得效力年滿回來。便想在京官同鄉道裏打個把式❶。那知我們那班同鄉更狠，算起來這些人，平日也不知用過我多少別敬節儀。如今見我這等回來，他們竟自閉門不納。還道我不是安分之徒，竟大家鳴鼓而攻起來。沒奈何只得奔到此地，投奔一個州吏目，正是我的妻舅，叫作蔡錫江。不想他這等一個小小官兒，也竟會被上司訪著他帷薄不修，又參回去了。把我閃得來，進退兩難。幸得我們紹興府山陰道上，多有些會唱道情的，我還記得那腔調，也隨口編了幾句。就弄了副漁鼓簡板，每日胡亂唱來餬口。又怕被人看破我的行藏，所以纔把些粉墨遮了我這張羞臉。作夢也想不到今日在此遇見你這水心先生，竟慨然助了我五兩銀子，所以特地到門叩謝。」說罷，站起來又打了一躬。

安老爺此時，正在後悔，自己方纔在廟上，不合一時粗心，不曾認出他那個假面目來。無端的給了他幾兩銀子，倒像特地去簡褻他一般。如今聽他這等說法，果然是把自己的無心犒賞，認作了有意酬恩，一時越發不安。連忙說道：「大人你怎的倒這等說。」說著，正要往下辯白這個原故。那談爾音不等安老爺說完，接過來也說道：「先生你纔叫作怎的倒這等說。你可記得你我同在南河，我作壽時節，你送我那五十兩的公分。那時只因我見各官除了公分之外，都另有分厚禮。獨先生你只單單的送了那公分五十

❶ 打個把式：即「打秋風」。向人講交情，希圖人家贈送錢物之意。

金。我不合一時動了個小人之見，就幾乎弄得你家破人亡。今日狹路相逢，我正愁你要在眾人面前，大大的出我一場醜。不料你不念舊惡也罷了，又慨然贈我五兩銀子。可曉得我談爾音當年看了那五十兩，輕如草芥。今日看得這五兩，便重似泰山。你叫我怎的不要感激，不要這樣說法。只是我方纔那番賣唱乞食的行徑，真真叫作無可奈何，只得如此。還要求老先生涵蓋包荒。此後見了我們河工上那班舊日朋友，切切不要提起纔好。」安老爺原是彆著一肚子話，極力要辯白，便道：「方纔如果認出是你來，斷不肯那樣褻瀆你。」他是算認定了，難得老爺認得出是他來，還肯這等憐惜他。兩下裏越說越不得明白。說著說著，他越發提起前情，直言不諱的一味自怨自悔。老爺是位仁厚不過的，便覺這人尚有三分義氣，早動了一片不忍人之心。一時又替他臉上下不來，又覺自己心上過不去。待要寬慰勸勉他一番，便道：「大人休如此說。貧乃士之常，不足為累。便是市上吹簫，街頭鼓板這些事，古人中如汧國公、蘆中人等輩，也都作過。不過方今聖明在上，非其時耳。依學海鄙見，還是早辦一條歸路，回到家鄉，先圖個骨肉團聚。一面藏器待時，或者聖恩高厚，想起來還有東山再起之日，也未可知。」他又擺手說道：「先生這話說得遠了。實不相瞞，我談爾音此時，只住在對門一個小車子店裏。一日兩餐，還沒處打算哪。只這兩件衣裳，還是託店主人賃來的。就方纔穿戴的那道衣道笠兒，也是合天齊廟裏一個道人借的，他還定要用我五十大錢的酒錢。你看人情這等艱難，叫我從那裏辦條歸路起。如今是好了，有了水心先生，你這五兩頭，已經有得一半道程。怎的再得有這等五兩頭，我便打算搭了我們紹興回空的糧船回去。只是那裏還想作的著這樣第二個春夢？」老爺這纔明白，他是還短幾兩銀子，說不出口。不禁點頭歎息了一聲，默然不語，便讓他吃茶。要論安老爺素日的為人，此刻的光景，既不是拿不出這幾兩銀子，又不是捨不得這幾兩銀子。要講濟人之急，正該或多或少，叫家人立刻拿出銀子來，當面給了他，打發他走，何等爽快。怎的又默然不語呢？原來老爺正為此時，自己合他是一窮一通，一貴一賤，翻了個局面。待說斟酌個可以與，可以無與罷。倒像為了淮安被參的前情，近於使驕且吝。待說博施濟眾罷，只這等隨便拿出幾兩銀子來給他，不但不是個富而好禮的道理，越發顯得方纔廟上給他那幾兩銀子，是有意打趣他了。一時心裏怎麼想，怎麼覺得不合天理人情。只端了碗茶，一面陪著那個談爾音，一面三迴九轉的心裏盤算。一直等到客都把茶碗放下了，老爺還捧著個碗，在那裏盤算呢。談爾音看那神情，料是沒指望了。不好久坐，談了兩句散話，也就告辭。老爺便放下茶碗，一直送他出了店門，還等他走了幾步，然後纔回身進來坐下。又思索了半天，便叫梁材、華忠兩個來，吩咐道：「你們看看，有太太給我帶上的幾百銀子，在那一個箱子裏，給我拿出來。」此刻程相公也在跟前，便道：「老伯，我那五兩頭不忙，那是老人家要買阿膠用的。等到了山東，再把我不遲。」老爺搖搖頭道：「不是。」梁材也回說：「老爺要使銀子，外頭有留出來的五十兩，沒用完呢。」老爺道：「你只給我拿來就是了。」兩個聽了，便叫了打雜兒的，幫著到行李車上，鬆繩解扣，把箱子抬進來。忙著解夾板，拆包袱，找鑰匙，開鎖頭。老爺看了看，那箱子裏裝著是五百銀子。便吩咐梁材向店家借個天平，要平出二百四十兩來，分作三包。又叫葉通寫三個餽贐的籤子，按包貼上。再現買個黑皮子手版來，要恭楷寫著舊屬安學海一行字，又叫謄個拜匣，預備裝銀子。又叫打開包袱，把行裝袍褂拿出來換上。華忠見老爺這光景，像是要在拜客。便請示老爺：「到那裏去？還是車去馬去？派誰跟了去？」老爺見他那臉上不大平靜，恐怕誤事，便要招惹。他只說：「一概不用。你只叫個打雜兒的跟著，我要親身把這銀子送給那位談大人去。」原來華忠方纔問的時候，就早猜出老爺這著兒來了，只不敢冒失。如今見老爺不但幫他銀子，還要親身送去，只氣得他也顧不得甚麼叫作規矩，便直言奉上說道：「不是奴才找著挨老爺一頓窩心腳的話，老爺的銀子，可是沒處兒花了。」一時梁材大家也覺老爺此舉，大可不必。程相公也道：「老伯你平日常講的，以德報德，以直報怨。怎的此時自己，又以德報怨起來。」老爺正為這樁事，一個人為難了半天，那一肚子墨水兒，不差甚麼彆得都要漾上來了，那裏還禁得起旁邊兒再有人去攪蕩他。只程相公這一句，就開了四書匣子了。只見他皺著個臉兒，問著程相公道：「世兄，你可曉得我夫子講這兩句話，是怎的個意思？我夫子生在春秋之世，見那時周末文勝，諸事務虛而不務實。那或人忽然來問，以德報怨何如？也正是受了個文過其實的病。便因此動了我夫子一片挽回世道的深心。所以倒問他何以報德，緊接著便告訴他，以直報怨，以德報德。其實，輪到自己身上，你就那上下兩本論語，看看他老人家，又那一時那一處，不受著些怨。其中只有被原壤那傲慢不恭的老頭子氣不過，在他踝子骨上打過一杖。還究竟要算個朋友責善的道理。此外如遇著楚狂接輿、長沮、桀溺那班人，受了他許多奚落，依然還是好言相向。便是陽貨、王孫賈、陳司敗那等無禮，也只就他口中的話，說說兒也就罷了。甚至弄到性命呼吸，也不過說了句天生德於予，桓魋其如予何？究竟何嘗認真去以直報怨。何況我今日這番意思，正叫作以德報德。世兄，你怎的倒說我是以德報怨。」程相公道：「別樣事，小姪不曉得。談爾音這樁事，是我天天跟老伯在那裏眼見的。難道那還叫作個德？」安老爺道：「你們的意思，自然為他參掉了我的官，罰賠了我的銀子。因我參官賠銀子纔累著我的兒子趕出來，以致幾乎半途喪了性命。大不過講的是這三樁事，要算個怨了。你們可曉得那河工上的官兒，自總河以至河兵，那個不是要靠那條河發財的。單單的放我這樣一個不會弄錢的官在裏頭，便不遇著那位談大人，別個也自容我不得。長遠下去，慢講到官，只怕連我這條性命，都有些可慮。今日之下，怎的還能夠這等自在逍遙。便是幸而不參，我那個知縣作到今日。說句老實話，是還想我能去鑽營升官呢？是還想我能去謀幹發財呢？只怕我這點薄薄家私，也就被我一任知縣，報銷在裏頭了。所賠的又豈止那五千餘兩。再講我的兒子不出來，又怎得遇著我這兩房媳婦來，立起我家這番事業。我若不回去，又怎得教我那個兒子來撐起我家這個門庭。你大家想去，那一樁不是這位談大人的厚德，怎的還要去怨他。果然說是天也，非人之所能為也。要知他被上天提了一根線兒，照傀儡一般，替我家出這許多苦力，也些須的有點功勞。我此舉又怎的不叫作以德報德。」華忠聽了老爺這段話，纔把那股渾氣，消下去了。只聽他先念了聲佛，說道：「真哪，奴才說句不當家的話，照老爺這麼存心，怎麼怪得不養兒養女望上長，奴才大爺不有這段造化呢！那麼說這倆錢兒，敢是花的不冤。到底是奴才糊塗。只是奴才到底糊塗。老爺就給他個一二百也不算少，就簡直的給他三百也不算多，怎麼又不零不落的，要現給他平出二百四十兩來。這又是個甚麼原故呢？」老爺道：「蠢才蠢才，你怎的會明白這個大道理。我竟沒許多精神，合你閒話。你且問問程師爺就曉得了。」程師爺聽了一愣。想了半天，說道：「我竟不得明白。果然的老伯為了甚麼，要把他二百四十兩銀子？」老爺只笑而不答。不想葉通這小廝，跟老爺在書本兒上，磨了這幾年，倒摸著老爺胸中些深微奧妙了。他正在那裏貼銀包上的籤子，聽了這話，便笑著合程相公說道：「老爺給他這銀子，正合著三百兩的數兒。」程相公道：「何說抛話。方纔通共拿出三百兩來，老爺還了我五兩，這裏還剩五十五兩。你那裏怎得還會有三百兩。我就更不得明白了。」葉通道：「師爺要明白這個，只把『子華使於齊』那章書，背一遍就明白了。」

他聽了，從「子華使於齊」，一直到「毋以與爾鄰里鄉黨乎。」背了一遍。又尋思了半天，搖頭道：「我不曉得。」葉通道：「當日孔夫子送人東西，都是打八折。不信，師爺算那個與之釜的釜字，朱註註的是六斗四升。那是個八八六四。與之庾的那個庾字，朱註註的是十六斗。那是個二八十六。與之粟五秉的那個秉字，朱註註的是十六斛。又是個二八十六。所以老爺送這位前任河臺的禮，也平了個三八二百四十兩。正是八折的三百兩。」老爺聽了，連連點頭讚道：「使乎，使乎。」程相公按他這話，算了算數目，果然不錯。又問他道：「葉二爺，我倒請教。然則與之粟九百，怎的又不打八折呢？」葉通道：「他也是個八折。孔夫子給子華他們老太太的米那是行人情，自然給的是串過的細米。那得滿打滿算。給原思的米，是他應關的俸祿，自然給的是沒串過的糙米。糙米串細米，有一得一。準準的得折耗二成糠粃，刨除二九十八。核算起來，下餘的正是八九七十二的八折。這筆賬大概連朱子當日也沒算清。不然，為甚麼前頭小註兒裏的釜六斗四升、庾十六斗、秉十六斛，都註得那麼清楚。到了與之粟九百的小註兒裏，就含糊著說九百不言其量不可考呢！」這話程相公始終不曾了解。安老爺聽了，只樂得拍案叫絕，說道：「孺子可教也。這講法雖不足窺聖道之大，大可補朱註之闕。這等看起來，那康成家婢，不過曉得了薄言往愬，逢彼之怒，合胡為乎泥中的幾句詩經，便要算作個佳話，真真不足道也。」說話間，諸事打點齊備。

老爺見葉通竟能這樣通法，料他事理通達，斷不致開罪於那位談大人。便叫他持了帖，又叫了一個打雜兒的，捧著那個裝銀子的拜匣，跟著出了店門，往對過那座小車子店去。到了店門，葉通忙走了兩步，先進了店門，只見滿院子歇著許多二把手小車子，又有些到站驢子，還晾著半院子的驢馬糞。卻不知這位談大人在那裏。看了看，見那邊牆根底下，蹲著一群苦漢，在那裏吃飯。葉通因在主人面前，不敢公然問說有個姓談的，只得問那班人道：「有位談大人，在那間房住？」一個人答道：「這店裏是住驢的，那兒摸大人去呀！」葉通又說明那談大人的年貌，那人纔說道：「你問的是談花臉兒啊。在那角上堆草的那間屋子隔壁就是。」葉通走到跟前，不好直進去，便隔窗問了句：「這是談大人的屋子麼？」他聽得門外有人說話，穿著件破兩截布衫兒，靸拉著雙皂頭靴兒出來。葉通見了，不敢輕慢，連忙把手本呈上去。說：「家主請見。」那談爾音看了看，就嚷起道：「這還了得！這個大柬斷不敢當，奉璧奉璧。」說著，進屋裏，就那麼個樣兒戴上了頂帽子出來。這個當兒，安老爺已經走進房門，朝上打躬。說道：「安學海特來謝步。」見過了禮。就在那個土炕上，合他分賓主坐下。老爺見他那屋裏，上下通共一個人。看光景不必再等獻茶了。便向葉通使了個眼色，要過那個拜匣來，放在桌子上。此時老爺那番仁厚存心的神情，真真算得個見於面，盎於背。他會大把的給人銀子，也自己到不得話。好容易宛轉其詞，把這番意思道達出來。那談爾音耳朵裏一邊聽著話，眼睛裏一邊瞧著銀子。老爺這裏話也不曾說完，他便望著那銀子，大哭起來。這一哭倒把安老爺哭的沒了主意。再三相勸，纔得把他勸住。他早拜倒在地，謝個不了。口裏說道：「水心先生，我當日是那等的陷你，你今日是這等的救我。我等說起來，你直是個聖賢，我直是個禽獸。」安老爺忙道：「大人此話，再休提起。假如當日安學海不作河工知縣，怎的有那場事？作河工知縣，而河工不開口子，怎的有那場事？河工開口子而不開在該管工段上，又怎的有那場事？這叫作天實為之，與我憲臺甚麼相干？大人且把這話擱起，是必莫忘方纔那幾句芻蕘之言。作速回鄉，切切不可流落在此。這倒是舊屬，一番誠意。」安老爺這話算厚道到那頭兒了。他聽了連連點頭答應。一面收拾銀子，把匣子交給葉通。安老爺便起身告辭，他道：「明早再竭誠趨叩。」安老爺也唯唯答應著。一路回來，店裏纔得上燈。老爺這件事作的來，好不心曠神怡。一覺安穩好睡，醒來纔得五鼓。還慮到那談爾音天明過來，臉上不好意思。便催眾人收拾行李車輛，不曾天亮，就起身上路。臨起身，又留下一個辭行的名帖，託了店家送給他。他正要來拜謝，聽得安老爺走了，一時感愧之中，不無依戀。沒奈何把那名帖，供在桌兒上，拜了兩拜。只當日收拾收拾，就坐了那店裏一個二把手小車子，趕到運河馬頭上，趁著紹興回空糧船，回往浙江而去。及至他到了家，感激安老爺這番周濟，無可報答，每日起來，不言不笑，不飲不食，望空先燒一爐香，默祝安老爺的富貴壽考，然後纔敢開口。這是後話不提。

卻說安老爺離了涿州，一路無話。這日早到茌平。因天色尚早，便想不打早尖，趕到鄧家莊早飯。恰巧從那座悅來店過。見歇著許多車子，滿載著一色的花雕大罈酒。問了問，原來正是自己送鄧九公的壽禮，也從水路運到了。老爺大喜，就便下來打了尖。吩咐一應人馬車輛後行，自己卻換了頂草帽兒，騎上那頭驢兒，只叫隨緣兒拿著帽盒跟著。要出其不意的，先去合鄧九公作個不期而會。將進了岔道口，但見那條路上的車馬行人，往來不斷。還有些抬著食盒送禮去的，挑著空擔子送了禮回來的。老爺在驢子背上，想道：「鄧翁的生日，還有幾日呢呀！怎的從今日起，就這等熱鬧。」一面想著，遠遠的早望見鄧家莊的那座莊門。老爺一看，這次來與前番來的光景大不相同了。只見莊門大開，門外歇得車馬成群。門裏也是不斷的人來人往。那兩邊樹底下，還歇著許多趕趁賣吃食的。一時老爺到了莊門首，下了驢兒。只見一個穿靴戴帽的莊客過來，把老爺上下一打量。見老爺戴著頂草帽兒，騎著頭驢兒，卻又穿著身行衣，不像個來作賀的樣子，便上前問道：「你們是那兒來的呀？」老爺見不是前番來見過的那人，正待合他說明來歷。只見褚一官從裏面說笑著，送出一起客來。他一眼望見老爺，也不及招呼客，便連忙趕出門來，說：「這不是二叔來了麼，怎麼一個人來了？」匆匆的見了個禮。起來，便合那個莊客嚷道：「你還不快進去，告訴說：『北京的二老爺從京裏下來，已經到門了。』」那人聽了，忙著就往裏跑。那幾位客都站在一旁，等著告辭。老爺便合那褚一官說：「你且先送客。」他纔忙著送了那班人走。這個當兒，隨緣兒一手拉著驢，一手舉著帽盒。老爺一面換帽子，一面問褚一官道：「你令岳怎的這等高興，從今日就作起壽來？」褚一官道：「好叫二叔得知，今日不是作壽。」纔說得這句，早聽得鄧九公一路從裏頭就嚷出來了。只聽他叫道：「我的老弟呀，你今兒可是從天上掉下來的？我正說忙過今兒個，明兒個就打發人迎上你去。誰想你倒先來了。可喜，可喜。」說著上前，合老爺抱了一抱。一面拉著手先道了公子前番得中，並連次高升的喜。接著問了這個，又問那個。然後纔問安老爺是那天起身的？走了幾天？一路行走的光景？老爺一面隨問隨答，一面看他那打扮兒，只見他光著個腦袋，靸拉著雙山底兒青緞子山東皂鞋，穿一件舊月白短袷襖兒，敞著腰兒，套著件羽緞袷臥龍裝，從脖鈕兒起，一直到大襟，沒一個扣著的。臉是喝了個漆紫，連樂帶忙，一頭說著，只張著嘴，氣喘如牛的拿了條大手巾，擦那腦門子上的汗。老爺此時不及問他別的，只惦著褚一官方纔不曾說完的那句話。先問道：「九兄你府上今日一定有件甚麼大喜的事？」他早拉了安老爺一隻手說：「咱們到裏頭坐下說。」說著，便有他家的幾個門館先生，合他徒弟們迎出來，內中也有幾個戴頂戴的，一個個都望著老爺打躬迎接。老爺也一一還禮。安老爺前番雖到過他家一次，卻不曾進門。一路進來，見那大門裏，也是路東一個屏門進去，便是個大院落。那院子裏有合抱不交的幾棵大樹。正面卻沒大廳，只一路腰房。東西群牆各有隨牆屏門。只見那西邊屏門裏，有一群人在門裏望外看。裏頭又夾雜個茶房嚷道：「西花廳再擺兩桌子。」東邊門裏，便有人答應。看那光景，像是往廚房去的路。那腰房當中，是個穿堂二門。門外樹陰裏，還安著兩塊大馬臺石。進了這座門，裏面還有層三門兒。安老爺纔走到甬路上，早望見褚大娘子，也打扮著，拉著他那個五六歲的孩子。後面還跟著一群老婆兒、小媳婦子、丫頭，都從那個門兒迎出來。那褚大娘子，此時見了安老爺，比前番更加親熱。只是他自己想了想，既不好按著官話，尊聲義父。又不肯依著鄉風，叫聲乾爹。也不好通套些兒，稱作老人家。那麼大個兒了，再要爸爸長，爸爸短，那可就合唱曲兒的改字兒，沒甚麼大分別了。他便索性親熱起來，照稱他父親一樣，也叫作老爺子。只見他上前拜了兩拜，笑嘻嘻的說道：「老爺子怎麼也不賞個信兒，悄默聲兒的就來了。也沒得叫你女婿接接去。」說著，問了乾娘安，又問妹夫子好，兩妹子好，以至舅太太、張老夫妻，都問到了。安老爺一時竟有些應酬不及，只一總說了句「都好」，都說：「請安問候。」他又拉了他那個孩子過來請安，說：「這也是老爺呢！」安老爺見是他前番帶到京去的那個孩子，也招呼了招呼，說：「都長這樣高了。」說著，便一路進了那個三門兒。進去見裏頭是正面五間正房，東西六間廂房，約莫那後面還有些房子。一時鄧九公讓安老爺進了屋子，二人重新施禮。老爺見他那屋裏，也擺些鐘鼎屏鏡之類。一時都不及細看。只見西次間炕上地下，都擺著席，有幾個女眷，正在那裏吃麵。見安老爺進來，也有藏躲不迭的，也有偷著眼兒看的。鄧九公道：「你們不用跑。」因拍著安老爺的肩膀兒，向大家說道：「你大家瞧瞧，今兒個來的，這就是我常說的我那個頂天立地的好朋友。」安老爺正不知誰是誰，無從見禮。褚大娘子道：「這都是我們一輩兒的幾個當家子，合至親相好家的娘兒們。沒外人，他們比我還怯官，你老人家大遠的來，先歇歇兒罷。不用合他們見禮了。」說著，鄧九公就往東裏間讓老爺看了一周，只不曾見著他家那位姨奶奶。纔要問起，還要問問他家今日到底是有件甚麼事。只見鄧九公坐也沒坐好，先哈哈了一聲，纔開口說話。說道：「老弟，我先問你。你給我作的那篇東西，帶來了沒有？」安老爺拍著肚子說道：「現成在這裏，少停當面寫出來，請老兄看。」鄧九公笑道：「好極了。你先別忙，索性求老弟你費點兒事，這裏頭還得繞繞筆頭兒。我要告訴你這個緣故，你保管替愚兄一樂，今兒得喝個一罈。告訴你，哥哥得了兒子了。」安老爺聽了又驚又喜。喜的是這老頭兒，一生任俠好義，頗以無子為憾。如今一朝有後，真是大快平生。驚的是一個九旬老翁，居然還能生育？益信他至誠格天。連忙起身，給他道喜，說道：「這實在要算個非常喜事。只是我要怪老哥哥，這樣一樁喜事，你怎的不早給我個信兒？」褚大娘子道：「我說是不是。纔有信兒，我就催你老人家，快寫封書子去罷。他老人家只嚷，靠不住，靠不住。瞧到底惹人家挑了，我看這可說甚嗎？」鄧九公纔要說話，安老爺道：「是了。這也是我大意，大約前番寫信，合我要那胎產金丹九合香，就是有了佳兆了。」九公道：「不是麼，那是為你乾女兒去要的麼。誰知他纔兩來個月就掉了呢！倒叫我空喜歡了一場。」這個當兒，褚大娘子捧過茶來說：「這是雨前，你老人家未必喝。我那兒趕著叫他們熬普洱茶呢！」安老爺一面讓坐，便料到他家今日是辦三朝。那位姨奶奶，一定在產房裏不得出來。便告訴褚大娘子，叫個人進去道喜。鄧九公笑呵呵的說道：「老弟你別忙，聽我從頭兒把這件事說給你聽。不用講愚兄九十歲的人，盼兒子的這條癡心，是早沒了。誰知到了上年，忽然二姑娘他會有了信兒了，我可也就沒留心，好在他自己也不曾言語。趕到兩個多月上，只見他吃動飯兒，就是吐天兒哇地的鬧。我說：『這是個甚麼緣故？準是他娘的得了翻胃了。』還是你乾女兒說：『別是胎氣罷？』怎麼著，他就給他找了個姥姥來瞧了瞧，說是喜。我說：『這可真算得個新樣兒的了。』就那麼糊裏糊塗的過了有四五個月。一天她忽然跳著個板凳子，上櫃子去不知拿甚麼，不想一個不留神，把個板凳子登翻了。咕咚一跤，跌下來就跌了個大仰爬腳子。你說怪不怪，把跨骨栽青了巴掌大的一大片，她這胎氣，竟會任怎麼個兒沒怎麼個兒。趕到該月分兒了，大家都在那兒掐著指頭算著，盼他養，白說可再也不養了。大約過了不差甚麼有一個多月呢，這天他正跟著我吃包，只見他纔揀了個挺大的包，握在嘴上吃著，忽然吭了一聲，說是：『不好！』扔下包，往屋裏就跑。我說：『你們跟了去瞧瞧，是怎麼了？不是吃了個蒼蠅啊！』正說著，這個人纔跟進屋子，只聽得噶喇的一聲，就把個孩子養在褲襠裏了。還是挺大的個胖小子。幸而我們姑奶奶在這兒，叫人給他收拾好了，這纔找了姥姥來。我說：『叫把老弟你給的那胎產金丹吃一丸子。那是好的呀！』他卻不吃，只嚷餓的慌，要先吃點兒甚麼。只這一頓，就撮了三大碗半小米子粥，還點補了二十來個雞子兒。也沒聽見他嚷個頭暈肚子疼的。坐了半天說：『我這肚子裏還像有一個呢。』說著，爬起來又養了一個，又是個小子。你看我們這個二姑娘跟著我也有這麼好幾年了，不養就不養，養起來是垛窩兒的。這實在是老天可憐。也是老弟你前年那句話說的吉利。今日正是倆小子的滿月，可巧老弟你今日進門。這是你姪兒的造化。今兒個屋裏也不算暗房咧，他娘是在那兒掇弄孩子呢。就請老弟你到屋裏瞧瞧，管保你這一瞧，就抵得個福星高照，這倆小子將來就許有點出息兒。」

安老爺聽了大喜。站起身來，就同他進了那個東邊間的屋門。進得屋門，安老爺一看，他家那位姨奶奶，正在那裏奶孩子呢，慌得老爺回身往外就跑。你道安老爺也是五十多歲生兒養女的人了，難道連個奶孩子的，也沒見過不成。何況到了小戶人家，再要房屋窄小些，遇著有個親友來，偏是這個當兒，孩子要吃奶，往往的就彼此迴避不來。何至於就把這位老先生嚇跑了呢？原來這位姨奶奶的奶孩子法，與眾不同。人家奶孩子，只得奶一個，他得奶兩個。人家養雙伴兒的也有，自然是奶了一個，再奶一個。他卻是要倆一塊兒奶。到了要倆一塊兒奶了，只解開一個項鈕兒，一個二鈕兒，這可就不行了。所以她奶起孩子來，是要把裏外衣裳上的鈕子，一件件都解開，大敞轅門的撩在兩邊兒去。然後纔用兩隻胳膊，攏著兩個孩子。叫兩個孩子，分著吃他兩個咂兒。他卻把倆孩子的四條腿兒，搭成個十字架兒，兩隻手緊緊的抱著給他吃。又苦於外路人兒，輕易不會上炕盤腿兒，只叉著兩條腿兒坐在炕沿兒上，在那裏奶。安老爺進門兒一眼就看見，他那對鼓蓬蓬的大奶兒。他那對奶兒，往小裏說，也有斤半斤重的饅頭大小。圍腰兒也不曾穿，中間兒還露著個雪白的大肚子。老爺等閒不曾開過這個眼，只慌得跼蹐不安。纔待迴避，鄧九公一把拉住說：「老弟你這又嫩綽綽了，這有甚麼的呢！」他那位姨奶奶，見安老爺進來，便笑嘻嘻的說了句：「喲，了不得了。他二叔進來了。」待要站起來，懷裏是摟著兩孩子。纔一欠身兒，左邊兒那個孩子，早把個奶兒從嘴裏脫落出來。不想正在個灌精兒的時候，他那奶頭兒裏的奶，就像激筒一般，往外直冒，冒了那孩子一鼻子一嘴，嗆得那孩子又是咳嗽，又是噎噴。鄧九公只急得合她嚷道：「二老爺又不是外人，你正經老老實實兒的，坐在那兒，給孩子吃就是了，又鬧這些累贅。」安老爺忙說道：「老哥哥，這也是你過於省事，兩個孩子，叫他一個人奶著，如何來得及？再那奶也是斷不彀。小人兒吃缺了奶，倒是椿要緊的事。」褚大娘子此時已經笑得咭咭咯咯的。一面接過那孩子去，一面說道：「老爺子那兒知道我們這姨奶奶呢！倆孩子吃著，他還不住手兒的揉奶膀子，嚷怪漲得慌的呢！」說著，炕上一個婆兒，忙著把右手裏那個孩子也接過去。那位姨奶奶，纔掩上懷，依然照前番的禮兒，給安老爺請了個安。安老爺連忙還了個揖，說道：「有了姪兒了，以後不可行這樣大禮。」他說道：「有他倆怎麼著呢！我還敢合老爺論個嫂子小叔兒、小嬸兒大伯兒呀！」鄧九公忙說：「夠了夠了。」這個當兒，再也攔不回他去不算外。他緊接著也照褚大娘子那麼那個好，這個好，把安老爺家的人問了個到。老爺只支吾著答應了兩聲。纔待去看那兩個孩子，他又問道：「可是我大妹子好哇！我給他捎的東西捎到了沒有？他到底趕多時纔來看我來呀！」這一問，老爺可糊塗了，只望著褚大娘子。褚大娘子說：「噯喲，媽呀，你怎麼這麼實心眼兒呀！」因合安老爺說道：「他問的就是跟我乾娘的那個長姐兒姑娘，論那個人兒啊！本來可真也說話兒甜甘，待人兒親熱，怪招人兒疼的。不是前番我乾娘在我們那莊兒上住了那幾天嗎？他就合人家好了個蜜裏調油。臨走合那個只哭著，只問人家多早晚還瞧他來。那一個就賺他說，得了空兒就來。他就從那時盼起，一直盼到今兒個了。」列公你看，只一個長姐兒，也會鬧得這等千里逢迎，眾口交讚。可見聲氣這途，也不可不走的。只是這些事，安老爺怎的弄得清楚。無奈那位姨奶奶，還只管在那裏嘮叨著問。老爺只得隨口說：「等我回去，大約他就該來看你來了。」說著，纔細看那兩個孩子。只見一個漆黑，一個雪白。那漆黑的是個寬腦門子，大下巴，逼真的一個鄧九公。那雪白的，是個肉眼胞兒，扁臉蛋兒，活脫兒就是他們姨奶奶。安老爺看了看，倒確是本客自製，貨真價實，原版初印，一絲不走的兩個孩子。心中十分歡喜，說道：「好兩個孩子，宜富當貴，既壽且昌，將來一定大有造化。」把個鄧九公樂的說：「借二叔的吉言，託二叔的福。這倆孩子還沒個名字呢，老弟索性借你這管文筆兒，合這點福緣兒，給他倆起個名字，替我壓一壓好養活。」安老爺說道：「這倒用不著文法。」因想了想道：「九哥你這山東至高的莫如泰山，至大的莫如東海，就本地風光上，給他取兩個乳名，就叫他山兒、海兒。那大名字，竟排著我家玉格那個馬字旁的驥字，一個叫他鄧世駿，一個叫他鄧世馴。駿，馬之善者也。馴，馬之良者也。你說好不好？」鄧九公拍手道：「好極了，好極了。就是這麼著。老弟你瞧愚兄，是個糙人，也不懂得如今那些拜老師收門生的規矩。率真了說罷，簡直的我就叫這倆孩子，認你作個乾老兒，他倆就算你的乾兒子。你將來多疼顧他們點兒，你說這比老師門生，痛快不痛快？」安老爺見他這樣至誠，倒也無法，只得也收在門下。這纔合老頭兒出了那間屋子，彼此坐談，敘了些離情，問了些近況。這話暫按下不表。

卻說鄧家來的那班男客，因鄧九公年高，大家都不敢勞動他相陪。自有褚一官同鄧九公的幾個徒弟合他家門館先生們款待。內裏的女客，也有鄧家從淮安跟了九公來的幾個遠房本家女眷們張羅。只鄧九公合安老爺這陣演說，養孩子，瞻仰奶孩子，大家早已吃了麵，告辭而去。褚一官是裏外應酬，忙得不得住腳。纔得進來，褚大娘子便迎頭嘈嘈地道：「喂，你竟忙你的罷，老爺子來了這麼半天，你也不知張羅張羅他老人家的飯。」褚一官道：「這會子呢，我纔就問了華相公了。他說：『二叔在悅來店，早吃了飯來了。』」鄧九公聽了，便嚷起來道：「可是只顧一陣鬧孩子，我怎的也不曾問老弟，你吃飯不曾？你來也來到了，卻怎的又在鎮上打尖，不到我這裏來吃？」老爺纔把此來，從水路載得一百二十罈好酒，給他祝壽，恰好今日也到鎮上，方纔在那裏遇見，照料了一番，就便打了尖，以及把行李車輛，都留在後面，自己騎了個驢兒先來的話，說了一遍。鄧九公聽了，樂的連道：「有趣，有趣。多謝，多謝。這夠愚兄喝幾年的了。喝完了，要還耐著煩兒活著，再合你要去。」正說著，後面的酒車、行李車，也來到了。鄧九公便叫褚一官，著落兩個明白莊客，招呼跟來的人。又託他家的門館先生，管待程相公。又囑咐把酒先給收在倉裏間來，自己去收。褚大娘子，便叫他帶人把老爺的行李，都搬進來。安老爺道：「行李不必搬進來了，我在甚麼地方住，就搬到那裏去，豈不省事。」鄧九公道：「就請你先去看看我給你預備的這個住的地方。」說著，拉了老爺就走。安老爺正不知是那裏，只得跟了他。只見他出了正房，就奔了那三間東廂房去。安老爺同他進去一看，只見那三間屋子，糊飾得乾淨，擺設得齊整，鋪陳得簇新。裏間兒還安著一分極精潔的牀帳。臨牕也擺了一張書案，上面也擺了些筆硯。最奇不過的，是這老頭兒家裏，竟會有書，案頭還給擺了幾套書。老爺看了看，卻是一部三國演義，一部水滸傳，一部綠牡丹，還有新出的施公案合于公案。其餘如茶具酒具，以至漱盥的這分東西，弄了個齊全。甚至如新買的馬桶，新打的夜壺，都給預備在牀底下。安老爺看了這兩件傢伙，自己先覺得有些用不慣。便說道：「老兄你實在過於費事了。但是我在裏頭住著，究竟不便。」正說著，褚大娘子合那位姨奶奶也過來。褚大娘子聽見，說道：「不便，你老人家只好將就點兒罷。依我們老爺子的主意，還要請你老人家，在正房裏一塊兒住來著呢。還是我說的。我說那位老爺子的脾氣，管保斷不肯。我費了這麼幾天的事，纔給你老人家拾掇出這個地方兒來。那邊廂房裏，就是我合女婿住著。這又有甚麼不方便的呢！」說著，不由老爺作主，便合他女婿說：「你把華相公叫過來，我告訴他。就叫他們大夥把行李搬進來，我這兒就歸著歸著了。」安老爺處在這鑿不來方孔的地方，也無可如何，只得聽他調度。一時搬進行李來，凡是老爺的壽禮，以及合家帶寄各人的東西，老爺自己卻不甚了了。幸得太太在家，交代得清楚，跟的那班小廝們，早一分分的打點了送上去。大家謝了又謝。老爺覺得只要有了他那壽酒、壽文二色，其餘也不過未能免俗，聊復爾爾而已。一時交代完畢。鄧九公又請安老爺到他那莊子前前後後，走了一盪。見外面也有個小小的園子，也有兩處坐落。那地勢局面，就比褚一官住的那個東莊兒，寬敞多了。到了西邊，他那個演武廳，便是他說的合海馬周三賭賽的那個地方。安老爺看了看，見當中五間大廳，接著抱廈。果然好一個寬闊所在。見院子裏，正在那裏搭天棚，安戲臺，預備他壽期祝壽。鬧鬧吵吵，忙成一處。鄧九公又去應酬了一番程相公，便照舊讓安老爺來到正房。褚大娘子已經齊齊整整，擺了一桌菓子在那裏。那些酒過三巡，羹添二道的煩文，都不必瑣述。

卻講安老爺坐下，便叫把手下的酒菓，挪開了幾樣，要了分紙筆墨硯來放在手下。一面喝酒一面筆不加點，就把他給鄧九公作的那篇生傳寫出來。寫完，先把大意合老頭兒細講了一遍。然後纔一手擎著杯，高聲朗誦的念給老頭兒聽道：

義士鄧翁傳

學海八歲出就外傅，五十成名，其間讀書四十餘年。凡遇古人豪俠好義事，輒心嚮往之。而竊以生今之世，聞其語而未嘗一見其人為憾。今天子御極之四年，歲在丙午，學海官淮上，旋去官。將之山左，訪故人女十三妹於齊魯之青雲山。十三妹者，蓋曙後孤星，昔為吾師故孝廉子，何子明若先生女孫。今歸吾子驥，為吾家子婦者也。先是女隨其先人副總戎，何公杞之官甘肅。何公為強有力者所挫，下於獄，鬱鬱以死。女義有所避。飾媼婢以衰絰，偽為母若女者，致其先人櫬於京邸。已則竊母而逃，埋頭項於青雲山間。知義士鄧翁者，能急人急，往依而庇門戶焉。予既至山左，甫得其巔末，然予與翁初無杯酒交。而計非翁又無由梯以見女，乃因翁之子婿褚者，介以見翁。既見翁，飲予以酒，言笑甚歡。縱談其生平事，鬚眉躍躍欲動。始知古所謂豪俠好義之士者，今非無其人也。會女母氏又見背，有岌岌焉不可終日勢。凡貨財筋力之禮，翁悉身任之。已乃為女執柯，以之配吾子驥，而使歸吾家。計女得翁以獲安全者，凡三年八月有奇。以道路之人，躬杵臼之事，而卒措孀嫠崽子於磐石之安，使學海亦得因之報師門而來佳婦，皆翁力也。吾媳既服除來歸，合巹之夕，翁年且八十七不遠千里來，遺女甚厚，與予飲於堂上。以酒屬予曰：「某浪跡江湖，交遊滿天下。求其真知某者，無如吾子。吾九十近矣，縱百歲歸居，亦來日苦少，子盍為我撰墓志以須乎？」予聞命皇皇，擬從翁之言，則預凶非禮，以不敏辭，又非翁所以屬予之意，而沒翁可傳之賢。考古人為賢者立傳，不妨及其生存而為之，如司馬君實之於范蜀公是也。翁平生自處，皆不類范蜀公，而學海視君實且弗如遠甚。然其例可援也。請得援此例以質翁。謹按：翁名振彪，字虎臣，以九行，人稱曰九公。淮之桃源人。其大父某公，官明崇禎按察副使。從永明王入滇，與鄧士廉、李定國諸人，同日殉難。父某公時以歲貢生任訓導，聞之棄官，徒步萬里，冒鋒鏑，負骸骨以歸，竟以身殉。嗚呼！以知翁之得天獨厚者，端有自來矣。迨翁入本朝，以康熙第一壬寅，應童子試，不售。覺佔畢非丈夫事，望望然去之。便從事於長槍大戟，馳馬試劍，改試武科。試之日，弓刀矢石皆膺上上考，而以默寫武經違式。見黜。典試者將先有所要，求其後斡旋之，且許以冠軍。翁怒曰：「丈夫以血氣取功名，誰復能持白鏹乞憐昏夜哉！」然猶得綴名榜末。而翁竟由此絕意進取，乃載先人柩，去鄉里，走山東，擇茌平桐口之二十八棵紅柳樹地方築家焉。至今地以人重，道公者輒道二十八棵紅柳樹鄧九公云。性誠篤而毅，間以俠氣出。恆為里閈排難解紛，抑強扶弱。有不順者，則奮老拳捶楚之。人恆樂得其一言，以為曲直。久之舉益豪，名益重。時承平久，兵備廢弛，萑苻蠭起，南北挾巨貲通有無者多有戒心。聞翁名，咸挾重幣來聘翁，偕護行篋，翁因得以馬足徧天下。業此垂六十年，未嘗失一事，亦未嘗傷一人。卒業之日，諸大賈榜其門曰，名鎮江湖。此誠不足為翁榮，然亦可想見其氣概之軼倫矣。翁身中周尺九尺，廣顙豐下，目光炯炯射人，頦下鬚如銀，長可過臍，臥則理而束之。嘗謂：「不惜日擲千金，此鬚不得損吾毫末也。」晚無他嗜好，惟縱酒自適。酣則擊劍跳躑以為樂。翁康強而富壽，時有伯道之戚。居輒怏怏曰：「使鄧某終無子，非天道也。」予以洪範五福，予與官不與焉解之。而翁終不懌。歲庚戌，為翁九十初度。予自京邸載酒以來，為翁壽。入門翁家適作湯餅會。問之，則翁簉室已先一月，協熊占而又孿生也。噫嘻！學海聞男子八八而不生，女子七七而不長，此理數之常也。九十生子，曾未前聞。乃翁之所以格天，與天之所以報翁，一若有非理數所能限者。翁亦人傑也哉！然則翁之享期頤，宜孫子，餘慶方長，此後之可傳者正未有艾。學海幸旦暮勿死，終將濡筆以待焉。

安老爺念完了，自己十分得意。料著鄧九公聽了不知樂到怎的個神情。那知他聽完了，點了點頭，只不言語。卻不住的抓著大長的那把鬍子在那裏發愣，像是想著一件甚麼為難的事情一般。老爺看了，大是不解。不禁問道：「九兄你聽我這篇拙作，可還配得來你這個人？」只見他正色道：「甚麼話，老弟。你這個樣兒的大筆，可還有甚麼說的。就只我這麼聽著，裏頭還短一點過節兒，你還得給我添上。」老爺忙問：「還添甚麼？」他道：「你這裏頭，沒提上我們姑奶奶，我往往瞧見人家那碑上，把一家子都寫在後頭。再你還得把你方纔給倆小子起的那倆名字，也給寫上。」老爺道：「啊，不是這等辦法。文章各有個體裁，碑文是碑文，生傳是生傳，這怎好攙在一處？如果要照那等體裁，豈但老兄的子女，連嫂夫人的姓氏，以至你生於何年月日，將來歿於何年月日，葬於某處，都要入在後面。這是你一百二十歲以後的事，此時如何忙得？」鄧九公道：「我不管那些，我好容易見著老弟你來了，你只當面兒給弄齊全了，我就放心了。」老爺被他磨得沒法，只得另要了張紙，給他寫道：「公生於明崇禎癸酉某年月日，以大清某年月日考終。合葬某處。元配某氏，先翁若干年卒。女一，亦巾幗而丈夫者也。適山東褚生。子二，世駿，世驯。」他看了這纔歡喜。又笑嘻嘻的遞給安老爺說：「好兄弟，你索性把後頭那幾句四六句兒也給弄出來。」安老爺道：「老哥哥，你這可是亂攪了。那叫作墓誌銘。豈有你一個好端端的人在這裏，我給你銘起墓來的呢？」鄧九公道：「咻，老弟拿著你這麼個人，怎麼也這麼不通。一個人活到九十歲了，要還有這些忌諱，那就叫貪心不足，不知好歹了。」老爺在書堆裏，苦磨了半世，不想此時落得被這老頭兒道個不通。想了想他這句話，竟自有理。便思索了一刻，又在後面寫了一行。寫道是：

銘曰：不讀書而能賢，不立言而足傳。一德無慚，五福兼全。宜其克昌厥後也。而區區者若不予畀焉，乃亦終協熊占。其生也孿，且在九十之年。嗚呼，此其所以為天。後之來者視此阡！

老爺念了一遍，又細細的講給他聽。他聽了，只道了句，得了得了。跳起來，爬下給安老爺磕了個頭。老爺忙得還禮不迭。又聽他說道：「老弟呀，還是我那句話，我這條身子是父母給的，我這個名是你留的。我有了這件東西，說到得了天塌地陷，也是瞎話。橫豎咱們大清國萬萬年，我鄧振彪也萬萬年了。」說著，又親自給安老爺斟了一杯酒，他自己大杯相陪。安老爺此時，事是完了，禮是送了，合他放量喝了一回。吃過飯，便過廂房去安歇。此時那個麻花兒，是合鄧九公的那班小小子混熟了。褚一官自己搬過來陪著安老爺，又叫了隨緣兒進來伺候。

又過了兩日，鄧九公的壽辰。早有褚一官同他那班徒弟門客，大家張羅著，在府城裏叫了兩班小戲。這日廳上也掛了些壽畫壽聯，大家也送了些壽桃壽麵，席上擺著壽酒，臺上唱著壽戲。男客是士農工商俱有，女眷是老少村俏紛來。有的獻個壽文的，有的道句壽詞的，無非賀壽拜壽，祝壽翁的百年長壽。把個鄧九公樂的張羅了這個，又應酬那個。當下把眾男客讓在廳上，正中三間。眾女眷讓在那個西梢間。因恐安老爺合那班俗人，坐不慣一處。便在東梢間，另設了一席，讓到那裏去坐。又特請了本地四位鄉紳，來作陪客。這四位鄉紳，一位姓曾，名異撰，號瑟庵。因無心進取，便作了個裝點山林的名士。一位複姓公西，名相，號小端。因家道殷實，捐了個鴻臚寺序班。一位姓冉，名足民，號望華。是個教官。一位姓仲，名知方，號笑岩。是個團練鄉勇，出力議敘的六品職銜。安老爺見這班人，截取的候選知縣。一位姓仲，名知方，號笑岩。是個團練鄉勇，出力議敘的六品職銜。安老爺見這班人，都是聖門賢裔，心中十分敬重。當下彼此見過禮。早見鄧九公笑呵呵的先過這席來，把盞安席，斟了一巡酒。將坐下，便指著安老爺向那四位陪客說道：「我這位把弟，他有個不醉的量，今兒個屈尊你四位，讓他多喝幾盅。再我還有句話，先告個罰，在你四位跟前，交代在頭裏。你四位可別覺著說是你們都算孔聖人的徒孫兒了，照著素來懵我也似的那麼懵他，合他混抖擻酸的。人家那肚子裏，比你們透亮遠著的呢。我可白告訴你們。」說罷，又哈哈大笑。隨各各的陪飲了一杯，便到別席張羅去了。這裏四位陪客，見安老爺是個旗人，本就不甚在意。再加上鄧九公這套只顧一面兒的話一交代，在個姓曾的聽了，心裏就有些不大受用，便益發不來周旋這位遠客，只他四位高談闊論起來。安老爺此時倒落得一個人，獃坐在那裏看戲。無如老爺的天性，又生來的合看戲這椿事不甚相近。甚麼叫作賓白合套，切末排場，平日一概不曾留過這番心，更講不到梆子二簧了。因此只管看著，卻是一絲不懂。但見滿臺刀鎗並舉，鑼鼓齊喧。一時又見從上場門，跳出一個黑盔黑甲的黑臉人來。也不聽得他唱，只拿了桿鎗，哇呀呀，哇呀呀，喊了個地動山搖。咕咚咚，咕咚咚，跳了個塵飛煙起。鬧了半日，忽然聽他道了四句白。第一句卻道得是：「力拔山兮氣蓋世。」這句老爺懂了。接著留神聽下去，他果然道得是那首垓下歌。纔知這人扮的是西楚霸王。原來那臺上這半日演的，正是楚漢爭鋒的故事。這段涑水通鑑，老爺是爛熟的。因而便要往下聽，聽他唱的是些甚麼。一霎時，前場笙笛合奏，鼓板輕敲。老爺側著耳朵，一字字跟著聽明白了兩句，唱的是：「蓋世英雄，始信短如春夢。」正在聽得有些入神兒，忽聽左首坐的那個曾瑟庵望他三個說道：「人生在世，既作了個蓋世英雄，焉得不短如春夢。這位霸王果然能照我家子晳公一般，領略些沂水春風的樂趣，自然上下與天地同流了哇，又怎得會短如春夢？」他一句話沒講完，猛可的又聽那個仲笑岩說道：「到底還是他算不得個蓋世英雄，這場事當日要遇著我家子路公那等本領，敢怕那八千子弟兵，早一個個急公向義，親其上死其長的，先到了關中了。又何愁有十個韓信，一百面埋伏？」曾瑟庵聽了說道：「罷了，罷了。笑岩你莫來替你家那位子路公撐門面。他要果然有些真本領，也不到得夫子哂之，受那番駁斥了！」仲笑岩見曾瑟庵賣弄他家先賢的高風，揭挑自家先賢的短處，早有些不悅。也回口道：「須比你家那位子皙公，只合些若大若小的孩子廝混的有幹頭些。」那曾瑟庵便翻著雙白眼說道：「不敢欺你，可知夫子喟然而歎道那句：『吾與點也。』正賞識得是他那些兒沒幹頭處。」坐中那個冉望華，是個退讓不遑的人。見他兩個爭競起來了，慌忙把身子往後偎了一偎，望著那個複姓公西的說道：「小端，你看今日這等個禮樂雍容之地，他二位倒一言不合，鬬起口來。區區止不過志在溫飽，自問是斷斷周旋不來的。這事只得要借重你這位大君子了。」公西小端見冉望華把場是非磨兌❷到他身上來了，忙道：「惶恐！惶恐！這事小弟也遜謝不敏。所以不敢固辭者，誠以今日承主人的盛意，原為請我們來作小小儐介，奉陪這位安水心先生。我們倒不可在遠客面前，有失家風，致傷雅道。」說著，便離位出席，向曾、仲兩家各打了一躬，勸他兩個和息這場口角。安老爺坐在上面，看他四個鬧了這半日，通共穿插的，是他各人的先哲子路、曾皙、冉有、公西華侍坐言志的那章論語。這樁事不比聽戲，可正彈在安老爺的癢癢筋兒上了。當下見公西小端只管那等揖讓周旋的贊襄了一陣，曾、仲兩個依然是一邊盛氣相向，一邊狂態逼人。把個冉望華直嚇得退避三舍。安老爺倒有些看不過，不禁欠了欠身勸道：「四位先生，方纔我看你大家這番舉動，固是不愧家學淵源，只可惜未免有些為宋儒所誤。依我鄙見，此刻望華不須退讓，小端暫省繁文，瑟庵且自休縱高談，笑岩也莫過爭閒氣。你四位先

❷ 磨兌：轉移。

得明白，明白這章書，不是這等講法。」他四個一聽這話，各各詫異。暗說：「不信我們門裏出身的，倒會不及個門外漢了。再說這章書，我們只看高頭講章，也不知看過多少次了，怎的說不是這等講法呢！」四個人便不約而同的問著安老爺說：「先生你這話怎講？倒要領教。」安老爺道：「大凡我輩讀書，誠不得不詳看朱註，卻不可過信朱註。不詳看朱註，我輩生在千百年後，且不知書裏這人為何等人？又焉知他行的這樁事是怎的樁事？說的話是怎的句話？過信朱註，則入腐障日深，究未免離情理日遠。須要自己拏出些見識，來讀他，纔叫作不枉讀書。即如這章書，揆情度理，我以為你家四位先賢，在夫子面前侍坐言志時節，夫子正是賞識三子，並未嘗駁斥子路。不但未嘗駁子路，轉有些駁斥曾皙。列公正不得因『吾與點也』一句，抬高曾皙。因『夫子哂之』一句，看低子路。何也呢？三子中如子路的『可使有勇知方』，冉子、公西兩個的『可使足民，願為小相』，不待今日，早在夫子賞識之中。這句話只看『孟武伯問子路仁乎』那章書，便是夫子給他三個出的切實考語。然則此時夫子又何以明知故問呢？自是這日燕居無事，偶見他三個都在座中。一時想到我平日所賞識他三個的如此，只不知他三個的自信何如？果能自信，則明王復作，縱使轍環終老，吾道不行，只二三門弟子，為世所知，亦未嘗不可各行其志。這正是大聖人一片憐才救世的苦心。及至聽他三個各人說了各人的志向，正與自己平日所見略同，所以更不再贅一辭。正所謂得意忘言，默然相賞，這便是夫子賞識三子的明證。既云默然相賞，何以三子之中，夫子又獨哂子路呢？要知這一哂，不是哂他不能『可使有勇知方』的言大而夸。只後文『為國以禮，其言不讓』的朱註中，也道是『夫子蓋許其能，特哂其不遜』。只是既許其能，又怎的哂他不遜？所謂不遜的去處，又安在呢？正是哂他率爾而對。至於怎的就逼得他率爾而對，因之帶累冉子、公西兩個作許多難，以致會把位大聖人傷到喟然而歎。這場是非，可都是曾子皙那張瑟鼓出來的。」安老爺講到這裏，不但仲、冉、公西三個，聽不出這句話頭，便是那位名士曾瑟庵，也認不清這條理路。便道：「水心先生，你這話就叫人無從索解了。」安老爺道：「固也，待吾言之。你不見朱註中，明明道著句『四子侍坐，以齒為序』麼？按子路在聖門最為年長，曾皙次之，冉有又次之，公西華最幼。這章書記著開首第一句，記他四個的名次，便是他四個的坐次。按著坐次講話，夫子自應先問子路。只是先生之於弟子，正不必逐位逐位的去向他應酬。想來當日『如或知爾，則何以哉』這句話，自然是望著大家籠統問的。不然，何以不曾見夫子開首先問一句『由爾何如』呢？只這等望著大家籠統一問，恰好又見座中除了子路、冉有、公西華三子之外，多著一個曾皙。這個曾皙卻是終二十篇論語，不曾見提起的一個人。可想而知，夫子問話時節，一片心神眼光，都照在他身上。是想先聽他講講，他究竟又是怎的個志向？無如那時節，他正在那裏鼓瑟，茫然不曾理會到夫子這番神理。何以見得？禮，侍坐於先生，先生問焉，終則對。那曾皙正當夫子問話時節，不曾留心到此，已經算得個疎略了。豈有夫子既然問話之後，有意置之不答，轉去取瑟而歌之理！然則其為那時節，他便在那裏鼓瑟可知。子路那副勇往直前的性兒，卻又不能體會到此。見夫子問下這等一句話來，一時沒人回答，我既年長，我又首座，我便說了。彼時夫子正望著曾皙應聲而談，忽被子路憑空一岔，既不便告訴他說：『我是想叫曾皙先講。』又不好責備他說：『你不應先曾皙作答。』只有付之一笑了。這正叫作事屬偶然，無關大體。然則後文經曾皙一問，怎的又道出『為國以禮，其言不讓』那等個大題目來呢？夫子正是曉喻曾皙說：『我問的，正是何以酬知。酬知不外為國，為國必先以禮，以禮無如克讓。我因他這一句話，便不肯讓人先講。所以笑他這句話，要文言道以俗情。』按如今的世俗話講起來，只不過叫作笑他沒眼色。所以說夫子未嘗斥駁子路。然則夫子明明道得句『吾與點也』，又何以見得是斥駁曾皙呢？原情而論，先生只管整襟而談，弟子只管鼓瑟不理。此時代夫子設想，已經就不免沒些不然曾皙之意。及至子路率爾，也率爾過了。夫子哂之，也哂之過了。便依著坐次，也該這二座的曾皙開談了。不道他依然還在那裏鼓瑟，又何以知之？看夫子合冉子、公西兩番問答過後，他還不曾到得鼓瑟希。其為那時節，他依然還在那裏鼓瑟，又可知夫子心裏自然益發覺得不然了。沒法，只得越過他去，聽冉有講。恰巧那個冉子又是有退無進的。見子路被哂，又見曾皙不答，他便不敢越席而對。夫子見他沒話，就不得不問那句『求爾何如？』以致他一為難，纔講了句『方六七十』，又退縮成說『如五六十』，纔講了句，『可使足民』，又周旋了個『如其禮樂，以俟君子』。這句話在冉子雖未嘗一定推尊公西華為君子。在公西華自問，卻正是個素嫻禮樂的人，因之一時也難於開口。夫子見他也沒話，又不得不再問那句『赤爾何如？』以致他一為難，未曾說話，先謙了句『非曰能之，願學焉』。纔說得句『宗廟之事』，又謙作個『如會同』。原來『願為相焉』之上，還特特的加了個『小』字。直到此時，曾皙始終還在那裏鼓瑟。夫子卻有些不耐煩，候他曲終了，便問他句『點爾何如？』他這纔『鼓瑟希，鏗爾，舍瑟而作。』未曾言志，又先說了句『異乎三子者之撰』。夫子道：『何傷乎？』也只道他無論怎的個異乎三子，總不出夫子『如或知爾，則何以哉』那一問，那知他竟會講出合夫子所問的全不相干的沂水春風一段話來。他的話講完了，夫子的心便傷透了。你道夫子又傷著何來？彼時夫子一片憐才救世之心，正望著諸弟子各行其志，不沒斯文。忽然聽得這番話，覺得如曾皙者，也作此想，豈不正是我平日浮海居夷那番感慨？其為時衰運替可知。然則吾道終窮矣！於是乎就『喟然歎曰：吾與點也。』這句話正是個傷心蒿目之詞，不是個志同道合之語。果然志同道合，夫子自應莞爾而笑，不應喟然而歎了哇。再不料那曾皙又不曾理會夫子這番神理，還只管以後只管問：『夫三子者之言何如？』只管問：『夫子何哂由也？』只管問：『唯求唯赤則非邦也與？』以至夫子煩惱不過，逐層駁斥，一直駁斥到底。你大家不信這話，只從『亦各言其志也已矣』默誦到『孰能為之大』。摹想夫子那幾句話的神理，那一句不是駁斥他的。只此便是子路因他貽笑，冉子、公西因他作難，夫子因他喟然而歎，所以駁斥他的原由。這樁公案，據理而斷，子路的直率，直率得可原。曾皙的狂簡，狂簡得無禮。宋儒中如考亭、伊川、明道諸君子，大半是苦拘理路，不問性靈的。見了『夫子哂之』一句，只道著個哂其不遜，卻又解不出其不遜的所以然。又震於『吾與點也』一句，反復推求，不得其故。便鬧到甚麼胸次悠然了，堯舜氣象了，上下與天地同流了，替曾皙敷衍了一陣。以致從南宋到今，誤盡了天下後世，無限讀者。今日之下，你四位死要合臺上這個優孟衣冠的西楚霸王，接演這本侍坐言志的續編，我以為也就大可不必了。」當下曾瑟庵、仲笑岩、冉望華、公西小端聽安老爺講了這章書，四個人閉口無言，面面廝視。想道：「從入學以至通籍，不但不曾聽得塾師講過這等一章清楚書，大約連塾師也未必作過這等一個明白夢。」當下便是第一個不服的那個曾瑟庵，第一個首肯。趕著向安老爺滿臉堆歡的，叫了聲老前輩。將要說話，那仲笑岩早振臂直前的搶過來說道：「你算了罷，這還鬧甚麼老前輩呢。碰見這個樣兒的人，還不值得爬下磕個頭拜老師嗎。」說著，他早五體投地的拜下去。那三個見他拜下去，各各連道有理，也隨他拜下去。安老爺向來諸處謙光，只有遇著人拜他作老師，從不推讓。他不道是人之患在好為人師，只道是有教無類。見這四個拜倒在地，只出位還了個半禮。正在拜著，不防鄧九公喝得紅撲撲兒的一張臉，一腳踏進來。見了詫異道：「你們五位，這是個甚麼禮兒？」那四個拜罷起來，便粗枝大葉，把前項話告訴了他一遍。只樂得他掀著長鬍，哈哈大笑，說道：「我說如何？」因又拍著胸脯子說道：「告訴你們，鄧九公的好朋友，沒有札空鎗，賣癬瘡藥的。不信打聽打聽人家，到了咱們山東這麼幾天兒，倒收了六個門生了。」說著，便坐在這席，合安老爺大盃價暢飲起來。飲了一巡，安老爺看了看臺上的楚漢爭鋒已是唱得完了。廳上的男客女眷，也散得淨上來了。便大家忙著吃過早飯。

一時酒闌人散，樂止禮成。送了四位陪客走後，安老爺合鄧九公便進去安置。外間自有褚一官一班人料理。接著二三日，又熱鬧了兩天。到了第四日，安老爺便要告辭。褚大娘子就苦苦的不放，說：「等消停消停，我們還要單唱臺戲，請你老人家樂一天呢。」鄧九公說：「姑奶奶你不用合他提那個聽戲這樁事，勸不動他。」因合安老爺說道：「老弟，你難得到我們山東走這盪，去登泰山一望。你前日不說，我們山東至高的莫如泰山，至寬的莫如東海嗎？等過一天，愚兄陪你去登回泰山望回東海如何？」安老爺聽得這話，先就有些高興。又聽鄧九公說道：「你先別樂，這還不足為奇。等咱們登罷了泰山，望過了東海回來，我還帶你到一個地方兒去見一個人，管保這個人準投你的緣。這個地方兒也對你的勁。」這正是：觀於海者難為水，遊於聖門難為言。要知那鄧九公同安老爺登泰山望東海之後，還要去到個甚的地方？見個甚等樣人？下回書交代。

第四十回　虛吃驚遠奏陽關曲　真幸事穩抱小星詩

這回書接演上回，話表安老爺在鄧家莊給鄧九公祝壽。事畢，便要告辭。他父女兩個是苦留不放。鄧九公並說，要請老爺去登泰山望東海，這之後，還要帶老爺到一個地方去見一個人。安老爺見他說得恁般鄭重，不禁要問，因問道：「九兄，你我只望望泰山、東海，也就算得個大觀了。你還要我到個甚的地方，見個甚的人去？」鄧九公道：「你別忙，等我先告訴你這個來歷。我這莊兒上，有個寫字兒的姓孔的，叫作孔繼遙，我們莊兒上大夥兒都叫他老遙。據這老遙自己說他是孔聖人的嫡派子孫，合現在這個衍聖公，還算得個近支兒的當家子。聽他講究起孔聖人墳上那些古蹟兒，廟裏的那些古董兒來，那真比聽臺戲還熱鬧。他說這些地方兒，他都到的了。就連衍聖公，他也見得著。他兩次三番的邀我去逛逛，我想我這肚子裏斗大的字，通共認不上兩石，可瞎鬧這些作甚麼。如今難得老弟你來了，你也是個閒身子，莫如多住些日子，等我消停兩天，咱們就帶上那個老遙先生，逛了泰山、東海，回來再到孔陵聖廟去瞧瞧，就拜拜那個衍聖公。你合他講說講說。你想這對你的胃脘不對？」安老爺聽了，當下只樂得手舞足蹈，說道：「九兄，你這話何不早說，這等地方，如何不去。既如此，等我寫封家信回去通知家裏，我就耽擱幾天，何妨。」他父女兩個見留得安老爺不走了，自是歡喜。當下便商量怎的上路？怎的登山？怎的擕酒？怎的帶菜？正在講得高興，只見褚一官忙碌碌從外面跑進來，一直跑到安老爺跟前，請了個安，說道：「二叔大喜。」老爺忙問甚麼事？他道：「家裏打發戴勤戴爺來了。說少大爺高升了。換上紅頂兒，得了大花翎子了。」老爺聽了，先就有些詫異，忙問：「他升了甚麼官了？」褚一官道：「這個官名兒，我學不上來。戴爺在外頭解包袱拿家信呢，就進來。」說著，早見華忠等一干人跟了戴勤進來。戴勤進了屋子，匆匆的先見過鄧九公，轉身便給老爺請安叩喜。老爺此刻忙的不及問他別的，只問：「大爺到底放了甚麼了？」他先把手裏那封信遞上去，這纔吞吞吐吐的回道：「奴才大爺，賞了頭等轄，加了個副都統銜，放了烏里雅蘇臺的參贊大臣了。」安老爺聽他這句話，只啊呀一聲，登時滿臉煞白，兩手冰冷，渾身一個震顫兒，手裏的那封信，早顫的忒楞楞掉在地下。緊接著，就雙手把腿一拍，說道：「完了。」鄧九公忙問：「老弟，你這是怎麼說？」安老爺只搖搖頭，望空長吁了口氣，說道：「九兄，這話一言難盡。你我慢談。」這個當兒，葉通早把公子那封稟帖，揀起來遞給老爺。拆開一看，見上面無非稟知這件事的原由，卻聲明其餘不盡的話，都等老爺回家面稟。老爺看完，把信交給葉通。便問戴勤道：「你是那天起身的？」戴勤回道：「奴才是奴才大爺放下來的第二天起的身。奴才來的這日，奴才大爺還在海淀住著，不曾回家。大爺叫奴才就便請示老爺，幾時可以回家。奴才太太，卻叫奴才回老爺，請老爺務必早些回家纔好。正有許多事，都等老爺回去，請示定奪呢。」安老爺點了點頭，說道：「這個自然。」因回頭向鄧九公道：「承你爺兒倆一番厚意，非我苦苦要行，如今岔出這樁意外的事來，其實不好耽擱了，我只此告辭，明日五鼓便走。」說著，便吩咐家人們，去歸著行李。

鄧家父女見這光景，知是不好強留。只得一面收拾今晚的送行酒，一面預備明早的上馬飯，給老爺送行。一時擺上酒來，老爺勉強坐下。此時甚麼叫作登泰山，望東海，拜孔陵，謁聖廟，以至子路、曾晳、冉有、公西華怎的個侍坐言志，老爺全顧不來了。只擎著杯酒，愁眉苦眼，一言不發的，在座上發愣。

列公你看，這老頭兒，這一愣，愣的好生叫人不解。我朝設立西北西南兩路鎮守邊界的這幾個要缺，每年到了換班時候，凡如御前乾清門的那班東三省朋友，那個不羡慕這缺是個發財的利途。便是有等獲罪的卿貳督撫，又那個不指望這途作個轉機的生路。如今安公子纔不過一個四品國子監祭酒，便加個二品副都統銜，已經算得個越級超升了。再講到那枝孔雀花翎的貴重，只看外省有個經費不繼，開起捐來如那班坐擁厚貲的府廳司道，合那班盤剝重利的洋商鹽商，都得花到上萬的銀子，纔捐得這件東西到頭上。安公子一旦之間，兩椿都得了，可不算得個意外的榮華，飛來的富貴麼？怎的安老爺得了這個信息，不樂得眉開眼笑，倒愣到苦眼愁眉起來，這是個甚麼道理？從來各人的境遇有個不同，志向有個不同，到了性情，尤其有個不同。這位老爺，天生的是天性重，人慾輕，再加一生蹭蹬，半世迂拘，他不是容易養教成那等個好兒子，不是容易物色得那等兩個好媳婦，纔成立起這分好人家來。如今眼看著，書香門第是接下去了，衣飯生涯是靠得住了。他那個兒子，只按部就班的，也就作到公卿，正用不著到那等地方去，名外圖利。他那分家計，只安分守己的，也便不愁溫飽，正用不著叫兒子到那等地方去，死裏求生。按安老爺此時的光景，正應了「無官一身輕，有子萬事足」的那兩句俗話。再不想憑空裏無端的岔出這等個大岔兒來。這個岔兒一岔，在旁人說句不關痛癢的話，正道是宦途無定，食路有方。他自己想到有違性情上頭，就未免覺得兒女傷心，英雄短氣。至於那路途風霜之苦，骨肉離別之難，還是他心裏第二第三件事。所以此時只管見安公子這個珊瑚其頂，孔雀其翎，猱獅其補，顯耀非常的去幹功名，他只覺這段人慾，抵不過他那片天性去。一時早把他那一肚子書毒，合半世的牢騷，一股腦子都提起來，打成一團，結成一塊，再也化解不動，撕擄不開了。因此他就只剩了擎著杯酒，一言不發愁眉苦眼的，坐在那裏發愣了。那鄧九公是個熱腸子人，見安老爺這等樣子，一時測不透其中的所以然，又是心裏著急，又是替他難過，便不問長短，只就他那個見識，講了一大篇不入耳之談。從旁勸道：「老弟，你不是這麼著。人生在世，坐官一場，不過是巴結戴上個紅頂子。養兒一場，也不過是指望兒子戴上個紅頂子。如今我們老賢姪，這麼個歲數兒，紅頂子是戴上了，大花翎子是拖上了。可是人家說的大丈夫要烈烈轟轟作一場。從這麼起幾天兒的工夫，封侯拜相，你就剩了作老封君享福了麼？這還不樂，怎麼倒愁的這麼個樣兒？真個的拿著你這麼個人，不信會連這點理兒看不破嗎？」他這套話一講，纔正講得是安老爺心裏那個皮面兒。老爺待要不答，想了想，自己正在憂患場中，有這等個向熱的人，殷勤相勸，也自難得。待要合他談談自己這段心事，一時合他怎生談得明白。沒法，只就他嘴裏的話，鍊字鍊句的鍊成一句。合他說道：「看的破，忍不過。九兄，你只細細的體會我這六個字去，便曉得我心裏的苦楚了。」鄧九公那個粗豪性兒，如何打得來這個悶葫蘆。他聽了這話，只擰著個眉，扎巴著兩隻大眼睛，瞅著安老爺。看他那光景，一時比安老爺本人兒煩的還煩。只這等獃獃的瞅了半日，忽然見他把胸脯子一挺。說道：「老弟，你這話我聽出來咧。放心這樁事滿交給愚兄咧。世界上要朋友管作甚麼的。」安老爺此時，纔叫個不勝詫異之至。忙問說：「九哥，這事你有甚麼法子呀？」他道：「你聽啊，我這半天細咂你這句話的滋味兒，大似是叫我們老賢姪，前回在黑風崗能仁寺那樁事，把你的膽兒嚇細了。如今他走這盪遠道兒，你一定有個不放心，怕有個失閃兒。我有主意。」說著，揎拳擄袖的纔要說他那個主意。忽然又道：「你等等兒，等我們家先商量商量看。」說著，便大嚷著叫道：「姑爺、姑奶奶。」褚大娘子正在套間裏忙著打點東西。褚一官是在廂房裏，幫著捆箱子。聽得他家老爺子這聲嚷，忙的都跑了來了。鄧老頭兒，見他兩個來了，便道：「你們倆坐下，我有話說。」當下便先合他女兒說道：「你乾老兒，現在因他家老大出口有點子不放心，他心裏在這兒受著窄呢！照咱們這個樣兒的交情，他既受了窄，咱們要不給他冒股子勁，那還算交情了嗎！如今我的意思，想要叫姑爺保著他去走這盪，倘或道兒上有個甚麼事兒，到底有個仗膽兒的，也叫你乾老兒放點兒心。姑奶奶你想，我這個主意怎麼樣？」安老爺一想這話，心裏暗笑說：「這老頭兒，這纔叫個問官答花，驢脣不對馬嘴。這與我的心事甚麼相干？」安老爺忙說：「老兄，豈有你這樣年紀，倒叫大姑爺遠行之理？這事斷斷不可。」他道：「你別管我們，姑爺在家裏，也是白獃著。趁著我還硬朗，叫他出去到官場中，巴結巴結，萬一遇著個機會，謀幹個一官半職，也是件兩全其美的事。老弟你倒別為難。」這邊褚大娘子還沒開口，褚一官到底是老實人，聽了便說：「罷了，老爺子可是這話，也有你老人家養活了我半輩子，這會子瞧著你老這麼大年紀了，我倒扔下跑這麼遠去自己找官兒作的。真個的我也忒認得官兒了，知道我有那造化沒有呢？」褚大娘子的性情，卻又合他丈夫不同。方纔聽他父親一說，就早合了他的意思。你道為何？難道他果的看著他那個老玉那般重，看得他這個褚一官這般輕，無端的就肯叫他到烏里雅蘇臺，給老玉保鏢去不成。非也！他是這兩年，合安府上這陣走動，見安太太那等尊貴，金玉姐妹那等富麗，他把個腳步眼界鬧高了，熱廝嘮喇，一心只想給他家一官，大小也鬧個前程兒，他好借此作個官兒娘子。聽褚一官這等說，他便說道：「不是這麼著，你聽我說，這件事不值甚麼，家裏有我呢。咱們索性把東莊兒的房子，交給莊客們看著，還搬我回來，跟老爺子住，早晚兒也好照應。你只管幹你的去，就留你在家裏，也是六枝兒抓癢癢兒，敷餘著一個。」說著，他倒站起來，向安老爺拜了一拜。說道：「就是這麼著了。只求你老人家把這話好好兒的替我託付託付我們老玉罷，我也不會花說柳說的。一句話，我就保他不撒謊、出苦力這兩條兒。要講本事啊，不是我過奬他，可掛拉棗兒有線限。」鄧九公在旁，呵呵的笑道：「姑奶奶你這是何苦來。」因合安老爺說道：「老弟，這一來你放了心了罷咧。再要不放心，我還有個人，我們那個大鐵鎚陸老大。老弟，你不也見過他嗎？你來的頭裏，我原說叫他同女婿兩人接你去。沒得去，你就來了。如今我還打發他倆送你回京，就叫他倆去替我給我們老賢姪道喜。這事也得合我們老賢姪商量商量。」說罷，就回頭吩咐他女婿道：「姑爺，這話你明白了。你別為我耽誤了事，你瞧不得老頭子慶了九十了。靠得住，老天還賞幾年子老米飯吃呢！你只管安心去你的。你出去，就把這話告訴陸老大罷。你們也別累贅，連夜趕著收拾收拾，馬上捎上個小包袱子，明日就跟了走了。到京裏瞧光景，是用得著你們用不著你們。果然用得著你們，再來取行李，多遠兒呢！大概也還有這工夫。就這麼辦咧。」褚一官平日在他泰山跟前，還有個東閃西挪。到了在他娘子跟前，卻是從來說一不二。如今兩下裏一擠，他響也不敢響，只有一句一答應的，儘著答應。便出去找陸葆安，收拾行李馬匹去了。不說這裏。安老爺見他一家這等個至誠向熱，心下十分不安。覺得有褚、陸這等兩個人跟去，也像略為放心。一時倒覺不好推卻，只得應允。轉向他父女道謝了一番，當下合鄧九公吃了幾盃。因是明日起早，飯罷，便各各安置。褚大娘子去照料了褚一官一番，又囑咐了他許多話，回到上房，合他家那位姨奶奶，兩個張羅了這宗，又打點那項，整忙了一夜，不曾得睡。次早纔交五鼓，安老爺合鄧九公都早起來。褚一官、陸葆安兩個，已經遍體行裝的上來伺候。鄧九公一見他兩個，便道：「可是我昨日，還落了囑咐一句要緊的話。你倆這一去，見著少大爺，不比從前，可就得上臺唱起戲來了。見面得跳倒爬起，說話得嚥兒喳兒，還得照著督府衙門那些戈甚的排場兒，稱他大人，你們自己稱是小的，那纔是話呢。別說靠著我這個面子兒，合你們兩腦袋上鈕子大的那個金頂兒，合人家套交情去。這齣戲可就唱啞了。」二人聽了，只有連連答應。當下安老爺忙忙的一面吃東西，一面催齊車馬，便辭了大家帶同小程師爺、褚陸兩個，並眾家丁上路。鄧九公一直送到岔道口，纔合安老爺洒淚而別。

按下這話不表，如今話分兩頭。單表安公子自從他家老爺前往山東去後，那一向適值國子監衙門有幾件應奏的事。他連次赴園，都蒙召見。接著吏兵等部共有兩次奏派驗看揀選的差使，也都派得有他。因此，就把這位小爺，熱得十分高興。恰巧那個當兒，正出了個內閣學士缺。祭酒的名次，題本裏例得開列在前，他自己心裏的算計，下次御門這個缺，八成兒可望。過了幾日，恰好衙門裏封送了一件某日御門辦事的鈔來。他算了算，這日正是國子監值日。因是御門的時刻，比尋常較早。他先一日，便到海淀住下。次日上去伺候御門事畢，一時一班卿相，各歸朝房。早聽得大家在那裏紛紛議論說：「某缺放了某人，某缺放了某人，只這回的閣學缺，放了乾清門翰詹班。又過了一個缺了。」他這纔知道這個缺，不曾放著他。得失之常，一時心裏，倒也不覺怎的。候了一刻，奏事的也下來了，叫起見的單子也下來了，他見不曾叫著，便同了一眾同寅散值。回到外朝房吃飯，將吃完飯，只見一個軍機蘇拉進來向他說：「烏大人打發蘇拉出來叫回大人，吃完了飯別散，請到烏大人園子裏去，有話說。」原來那時烏克齋已經進了軍機。安公子聽得老師叫，便忙忙的催著家人吃了飯辭了諸同寅，到老師園子而來。將進門，恰好烏大人也散朝回來。一見他便滿臉是笑，卻又皺著雙眉說了句：「恭喜。放了這等一個美缺。」安公子還只當是今日這個閣學缺，到底放的是他，先笑盈盈的答應了一聲是。烏大人見他沒事人兒似的，便問說：「難道你沒得信麼？」他這纔問老師說：「門生沒得甚麼信？」烏大人道：「我的爺，你賞個頭等轄，放了烏里雅蘇臺的參贊了。」只這一句，安公子但覺頂門上轟的一聲，那個心不住的往上亂迸，要不是氣嗓擋住，險些兒不曾迸出口來。登時臉上的氣色大變，那神情兒，不止像在悅來店，見了十三妹的樣子，竟有些像在能仁寺撞著那個和尚的樣子。烏大人見他如此，說道：「你先別慌，咱們到裏頭去說。」說著一把拉住他進了兩重門，一路過假山，渡小橋，繞竹林，穿花徑，來到一處，三間小小的精緻書房裏坐下。早有家人送上茶來。這位爺，此時莫講想升閣學，連生日都嚇忘了。但聽他老師向他說道：「龍媒，昔人有云：『讀萬卷書，不可不行萬里路。』如你這等英年，正是為國宣力的時候，作這盪壯遊也好。只是這條路，你走著卻大不相宜，便怎麼好？雖然如此，聖人定有一番深意存焉。老賢弟，你倒不可亂了方寸，努力為之。」安公子這纔定了定神，問道：「只不知門生怎的忽然有這番意外的更調，不敢請示老師，上頭提到放門生這個缺，彼時是怎樣個神情？」烏大人道：「我要在跟前也好了。向來放個要緊些的缺，軍機見面時候，上頭總有個斟酌。今日烏里雅蘇臺這件四百里報缺的摺子，是軍機見面下來到的，也不曾叫第二回。不想摺子下來，就夾下個硃筆條子來，放了你了。」安公子聽了，便站起來說道：「這實是格外天恩。門生的家事，老師盡知。這個缺，門生怎的個去法？怎生還得求老師栽培門生，想個方法，挽回這事纔好。」說著，便淚如雨下。烏大人也太息一聲道：「龍媒，這個何消你說。但是此時已有成命，如何挽回得來。只好看機會罷！如今且自預備明日謝恩要緊。你的謝恩摺子，我已經叫我們軍機處的朋友們給你辦妥當了。明早並且就是他們替你遞。你可要給他們道乏。」

說著，便叫：「來個人兒呀！」當下見個小廝答應著進來。烏大人道：「你把大爺的帽子拿進去，告訴太太，找我從前戴過的亮藍頂兒，大約還有。就把我那個白玉喜字翎管兒解下來。再拿枝翎子，你就回太太：『無論叫那個姨奶奶，給拴好了，拿出來罷。』」那個小廝去了一刻，一時拴得停當，托出來。烏大人接過去，又給收拾了收拾，便叫安公子戴上。他謝了一謝，這纔想起見師母來。只見烏大人扭了扭頭，臉上帶著些煩煩兒的說道：「師母又犯了肝氣疼了。」當下，安公子只覺心裏還有許多話要說。無奈他只坐了這一刻的工夫，只見他老師那裏拿了部裏畫稿，便是那衙門請看摺子，纔得某營請示挑缺，又是某旗來文打到，接著便是造辦處請看交辦的活計樣子，翰林院來請閱撰文，還有某老師交題的手卷，某同年求寫的對聯。此外並說有三五起門生故舊，從清早就來了，卻在外書房等著求見。安公子見老師實在公忙的很，不好再往下絮煩，只得告辭。一路回到下處，便忙著打發小廝回家，回明太太，並叫戴勤來，打發他上山東稟知老爺。忙了半天，次日起早上去謝恩，頭起兒就叫的是他。及至進去，磕頭謝了恩，聖人開口，第一句便說的是記得你是某科從第八名提到第三名，點的探花，跟著降了幾句溫諭，仍叫第二日遞牌子。一時軍機大人下來，他迎上去見，大家又給他道喜說：「你見面甚妥，有旨意賞加了副都統銜了。等降下旨來，換了頂子，明日還得預備謝恩。」這位爺經這等一提，又提的有些熱起來。列公，你看人生在世，不過如此。無非是被名利賺，被聲色賺，被玩好賺。否則便是被詩書賺，被林泉賺，被佛老賺。自己卻又把好勝好高好奇一切心，去受一切賺。一直賺到鞠躬盡瘁，死而後已。只當不起一切不來賺他，他便想上賺，也無可上那處，便熱不來了。安公子此時，纔遇著些小的一個釘子碰碰，此後正有偌大的一把棗兒嚼嚼，你叫他怎得不熱？閒話休提。話轉三，又趕回來，再講安太太。講到安太太這面，這件事真好比風中攪雪。這回書又不免節外生枝。列公便好留心，看那燕北閒人怎生替他安家，止風掃雪，逗節成枝，出那身臭汗了。

卻說安公子赴園這日，太太見老爺、公子都不在家。恰好那兩日，張親家太太又在家裏害暴發火眼。那個長姐兒又犯了他月月肚子疼的那個病。太太吃過早飯無事，便合舅太太帶了兩個媳婦四家鬥牌。看看鬪到晌午以後，忽見張進寶帶公子一個跟班的小廝，叫四喜兒，進來回說：「奴才大爺，從園子裏打發人來，回太太說：奴才大爺賞了頭等轄，放了烏里雅蘇臺的參贊大臣了。」安太太聽了，只嚇得扔下牌，啊了一聲。舅太太接著，也道：「噯喲，這是怎麼說？」金玉姐妹兩個裏頭，那何玉鳳聽了烏里雅蘇臺五個字，耳朵裏還許有個影子，只在那裏愣愣兒的聽。到了張金鳳更不知那是山南海北，還道怎麼也沒個報喜的來呀！安太太此時是已經嚇得懵住了。只問著舅太太說：「這烏里雅蘇臺，可是那兒呀？」舅太太道：「咻，姑太太你怎麼忘了呢！家裏四太爺，當日不是到過這個地方兒嗎？」安太太這纔想起來說道：「噯喲，天爺。怎麼把我的孩子，弄到這個地方兒去了呢！再說他好好兒的，作著個文官兒，怎麼又給個轄呢？這不頂發了他了嗎？這可坑死我了。」說著，便眼淚婆娑的抽噎起來。金玉姐妹見婆婆這個樣子，也由不得跟著要哭。舅太太忙勸道：「你們娘兒三個，且別儘管哭哇！到底問問那個小子怎麼就會出了這麼個岔兒？再外甥打發他來，還有甚麼說的呀？」他只管是這等勸著，他卻也在那裏拿著小手巾兒擦眼淚。安太太這纔詳細問了問那個小廝。他便把公子叫他回太太，今日怎的在海淀辦摺子，預備明日謝恩不得回來。並叫戴勤去，吩咐他到山東去見老爺。以至大爺還叫告訴二位奶奶再打點幾件衣裳，叫他帶回海淀去的話，回了一遍。太太一面吩咐去傳戴勤，一面便叫金玉姐妹兩個回房去打點衣裳。一時戴勷來了。四喜兒取的衣裳包袱也領下來了。太太便吩咐他兩個快去罷。併說，告訴大爺，明日謝恩下來沒事，務必就回家來見見我。二人領命去後。金玉姐妹兩個，依就過上房來。安太太見他姐妹，一個哭的眼睛紅紅兒的，一個還不住的在那裏擦眼淚，自己不禁又傷起心來。舅太太又說道：「姑太太你別儘著這麼著，外甥是說是出口，到底算升了一步，兩三年的工夫也就回來了。再說大喜的事，這麼哭眼擦淚的，是為甚麼呢？」安太太未曾說話，先長吁一口氣說道：「噯，大姐姐，你那裏知道我這心裏的苦楚。你沒見你妹夫，是作了一任芝麻大的外官兒，把個心傷透了。平日我們說起閒話兒來，我只說了句咱們就這等跟著小子到外頭享福去罷！你聽他這麼話頭，一句就是那可斷斷使不得。他說：『一個人教子成名是自己的事，到了教得兒子成了名了，出力報國，是兒子的事，這不是老子跟在裏頭攪得的。一跟出去，到了外頭，憑是自己怎麼謹慎，只衙門多著個老太爺，便帶累的了兒子的官聲。』大姐姐，你只聽這話，別說是烏里雅蘇臺，無論甚麼地方，還想他肯跟小子出去嗎？他一個不出去，我自然不好出去。我不出去，這個玉格我倒捨得。甚麼原故呢？一則小子也這麼大了，再說既是皇上家的奴才，敢說不給皇上家出苦力嗎。就只我這兩媳婦兒，熱廝嘭喇兒的，一時都離開我，我倒有點兒怪捨不得的。」說著又哭了。招的兩個媳婦，益發哭個不住。舅太太是個爽快人，看了這樣子，便道：「你們娘兒倒不是這麼也鬧法兒。你們家這不現放著倆媳婦兒呢嗎？留一個，去一個，一樁事不就結了。也有娘兒三個，儘著這麼圍著哭的，難道哭會子就算不上烏里雅蘇臺了罷。」安太太那片疼兒女的心腸，是既不願意自己離開兩個媳婦兒，又不願意倆媳婦之中，有一個離開兒子。聽了這話，只是搖頭。不想這話，倒正合了金玉姐妹兩個的意思。你道為何？原來他兩個這陣為難，一層為著不忍看著夫婿遠行，一層也正為著不忍離開婆婆左右。並且兩個人肚子裏，還各各的有一樁說不出口來的事。一時聽了舅太太這話，那何小姐性急口快，便道：「娘這話也說的是。那麼著我就在家裏服侍婆婆，叫我妹子跟了他去。」張姑娘道：「自然還是姐姐跟了他去。好姐姐，到底比我有點本事兒。道兒上走著，還便利些兒。這麼大遠的道兒，再帶上這麼個我，越發叫他受了累了。」何小姐聽她這話，說得有理，一時找不出句話來駁他，急的肚子裏的那句話，可就裝不住了。只見他把臉一紅，低著頭說道：「瞧這妹妹，你難道不知道，我坐不得車嗎？」安太太聽了這話，明白是何小姐有了喜了，自己有信兒抱孫子了，纔覺有些歡喜。將要問他，張姑娘肚子裏的那句話，也裝不住了，說：「姐姐這話，姐姐坐不得車，難道我又坐得車嗎？」列公，你看這等一個扛七個打八個的何玉鳳，你有來言，我有去語的張金鳳，這麼句嫁而後養的話，會鬧得嘴裏受了窘，直挨到這個分際，還是繞了這半天的灣兒，借你口中言，傳我心腹事。話擠話，兩下裏對擠，纔把句話擠出來。安太太聽得倆媳婦一時都有了喜，滿心歡喜。只悔知道得晚了。便說道：「你瞧瞧你們這倆人，也有這麼個大喜的信兒，會彆著不早告訴我一聲兒。直到這時候彆得十分十沿兒了，纔說出來的。」說著，這纔問多少日子了。一面又抱怨倆嬤嬤說，這個老東西，怎麼也不先透給我個信兒呢！當下便要叫來，發作他兩個幾句。何小姐是怕他兩個得不是，忙說：「他們上日，就要上來回婆婆的。我合妹妹商量，想著知道是不是呢就吵吵，索性等過些日子再說罷。誰知這個月，兩人又都……」，說到這裏，臉上一紅，只瞅著張姑娘笑。張姑娘也只剩了羞的扭過臉去暗笑。安太太此時，樂得只不錯眼珠兒的望著他兩個。又囑咐說：「這可得小心點兒。第一不許冷的熱的胡吃，輕的重的混動。走道兒總叫個人招護著點兒，倒得常活動活動。」正囑咐著，只聽舅太太合他兩個說道：「怪事，你們兩個有甚麼事兒，從沒瞞過我，怎麼這件事，兩人都嚴密的這個分兒上呢。」安太太也說道：「倆媳婦兒呢！還罷了，還說臉上有個下不來。我只可笑我們玉格，這個傻哥兒，眼看著這就要作哥兒的爹了，也這麼傻頭傻腦的，不言語一聲。」正在一頭笑著。忽然又把眉一皺，就說：「站住，先別樂大發了。這一來咱們娘兒們，不是都去不成了麼？把我們這個傻哥兒一個人兒，扔在口外去，可交給誰呀？這事情可不是更累贅了嗎？」說罷，只皺眉。歪著頭兒，在那裏獃想。獃了半日，忽然說道：「這可也就講不得了，只好我跟了他去罷！只求大姐姐合張親家母在家裏，好好的給我招護著我這倆媳婦兒。」金玉姐妹兩個，聽得依然得離開婆婆，更是不願意。纔要說話，早聽舅太太嚷起來了，說道：「咻，姑太太你這是甚麼話呀！你把我留在你家，招護著外姐姐使得，你叫我合你們那個老爺，怎麼過得到一塊子呀。」他婆媳一想，這話果然行不去。一為難，重新又哭起來。這一哭，可把舅太太哭急了，說：「姑太太，你們娘兒三個，這哭的可實在揉人的腸子。這麼著，我合姑太太倒個過兒，姑太太在家裏招護媳婦，我跟了外甥去。這放心不放心呢！」安太太道：「也有這麼大遠的道兒，怪冷的地方兒，叫大姐姐你跟了他去受罪，我們倒在家裏舒服的！」舅太太道：「這也叫作沒法兒了哇！」安太太見他一副正經面孔，便問：「大姐姐，你這說的是真話嗎？」舅太太道：「可不是真話。姑太太只想你我這樣兒的骨肉至親，誰沒用著誰的地方兒。再說這個孩子，我也疼他。講到我了，又是個一身無罣礙的人，別說烏里雅蘇臺呀，就叫我照唐僧那麼個模樣兒，到西天五印度去求取大藏真經，我也去了。這又有甚麼要緊的。」安太太見他這等關切，說：「真要這麼著，我就先給姐姐磕頭。這不但是疼孩子，直是疼我了。」說著，站起來，跪下就要行禮。倆媳婦一見，連忙也跟著婆婆跪下。慌得個舅太太連忙也跪下，攙住安太太說：「妹妹，你這是怎麼著？」他也哭了。列公，你看只安太太這一拜，叫普天下作兒女的看著，好不難過。纔知老家兒待兒女這條心，真真不是視膳問安，昏定晨省，就答報得來的。

卻說舅太太攙住安太太，又忙著拉起金玉姐妹來。他姑嫂兩個，一齊歸坐。安太太的心裏這纔略略的放寬了些。叫丫頭裝了袋煙來吃。吃著煙兒，忽然的又自言自語的說：「這還不妥當。」因合舅太太道：「這一來玉格他這個外場兒，我算放了心了。他那貼身兒的事情，可叫我怎麼好呢？」舅太太問道：「姑太太說的，怎麼叫個外場兒？又怎麼叫個貼身兒呀？」安太太道：「例如他到了衙門裏，過起日子來，凡是出入的銀錢，嚴謹個裏外，甚麼穿件衣裳的厚薄，吃個東西的冷熱，這些事情，都算個外場兒。如今我們娘兒們既不能去，有大姐姐你替我辛苦這一場，好極了，我也不說甚麼了。到他貼身兒的事，倆媳婦現既不能去，就說等分娩了，隨後再打發一個去，這也不是甚麼一個月半個月的事。玉格到了那裏，就拿每日早起，給他梳梳辮子，以至他夏天擦擦洗洗，夜裏掖掖蓋蓋這些事，無論大姐姐，你這麼疼他，這也不是驚動得舅母的。難道說一個娶了媳婦兒的人了，還叫他那個嬤嬤跟在屋裏服侍他不成。你說這可不是叫人沒法兒的事嗎？」這話舅太太卻不好出主意了，只說了句：「有兒子呢，罷咧。也只好慢慢的商量。」這個當兒，這老姑嫂兩個，只顧在這邊兒悄悄兒的說。那小姐妹兩個，卻在那邊兒靜靜兒的聽。聽來聽去，也不知那句話，碰在他兩個心坎兒上了。只見何小姐兩眼一積伶，便笑著在張姑娘的耳邊，喊喳了兩句。不聽得張姑娘說些甚麼，卻只見他不住的點著頭兒笑。恰好安太太合舅太太說完了這話，又回過頭來，問著他兩個說：「你們倆想想我這話，慮的是不是？」不承望這一回頭，一眼正看見兩人在那裏打梯己❶的神情兒，因說道：「你們倆有甚麼主意，也只管說出來，咱們娘兒們大家商量商量不好嗎？」何小姐聽婆婆如此說，將要說話，又望著張姑娘向外間努著了個嘴兒。那光景像是叫他瞧瞧外間兒，有人沒人。緊接著張姑娘走到屋門旁邊兒，探著身子望外瞧了瞧，回頭只笑著合何小姐擺手兒。那神情像是告訴他外間兒沒人。你道，安太太家許多丫鬟僕婦，外間兒怎得會一時沒人呢？原來他安家的規矩，凡是婆兒媳婦們無事，都在廊下聽差。其餘的丫頭們，一個都不在上屋裏，早一邊兒說笑的說笑，淘氣的淘氣去了。因此一時無人，金玉姐妹見沒人在外間，他兩個這纔走到婆婆跟前，悄悄兒的回道：「媳婦們卻有個主意，這話倒不因著玉郎今日要出外去纔說起，自從今年來見他的差使，漸漸兒的多起來了。往往一進城去，就得十日半月的住著。媳婦兩個，又不好怪厭氣的，一遢一遢的，只是跟著來回的跑。原想回回婆婆，給他弄個服侍的人，總沒得這個機會。如今他既出外，媳婦們兩個，又一時不能同去。請示婆婆，趁這個當兒，給他弄個人跟了去。外頭又有舅母調理管教。這麼著使得使不得？」安太太聽了，先點了點頭兒，又搖了搖頭兒，沉吟了一刻，纔說道：「你們這麼年輕輕兒的，心裏就肯送到這件事上頭，難為你倆。但是你們只知道說弄個人，卻不知道這弄人的難講究。外頭叫媒人帶去，不知道個根底。只圖一時有個人使，腥的臭的弄到家來，那時候調理，是別想調理的出來，打發是不好打發出去。不但你倆得跟著糟心，連玉格可也就受了大累了。那可斷乎使不得。這個樣兒的我看得多了。要說就咱們家裏，這幾個女孩子裏頭，給他挑一個罷。你們屋裏那兩個，還是兩個糊塗小孩子呢。我這兒的幾個裏頭，不成個材料兒的，不成材料兒，像個人兒的呢，又不合式。你們倆說，這會子，可叫我忙忙叨叨的那兒給他現抓人去？」何小姐道：「媳婦們兩個心裏，可倒瞧準了一個，只沒敢

❶ 打梯己：說知心話。「梯己」即「體己」。

合婆婆提到這裏。」太太想了想，說道：「哦，我猜著了。你們準是瞧上跟舅母那個丫頭的模樣兒了。敢是好，只是人家早有了婆婆家了。」兩人還沒及答言，舅太太先搖頭兒說：「不是，倆外外姐姐知道他有人家兒了。」安太太納悶兒道：「這可罷了我了。他們瞧準了的，這個可是誰呢？」何小姐見問，又往外看了一眼，纔到婆婆耳邊，悄悄兒的回道：「媳婦兩個纔說相準了的這個人，不是別人，就是伺候婆婆的長姐兒姑娘。這個人要講他那點兒本事兒活計兒，眼睛裏的那點積伶兒，心裏的那點遲急兒，以至他那個穩重，那個乾淨，都是婆婆這些年調理出來的，不用講了。最難得的，是他那個性情兒。只婆婆止這麼一個得力的人，別的都是小事，第一伺候婆婆梳這個頭，是個要緊的。再他又在上屋，當了這些年差了。可還不知媳婦們合婆婆討得討不得。因此心裏只管想準了，嘴裏總沒敢提。」太太纔聽完這話，就笑道：「敢是你們倆想的也是他呀。這件事在我心裏，也不知想過多少過兒了。你們倆方纔慮的那個兩層，倒都不要緊。如今我這兒拿拿放放的，都是你們倆。真要到了沒人兒了，就叫你們倆打發我梳梳頭，又有甚麼使不得的呢！再者，還有張進寶的那個孫女兒招兒，合晉升的丫頭老兒，這倆如今也學著幹上來了。到了別的事，我一總兒合你們就這麼句話罷，這丫頭自從十二歲上要到上屋裏來，只那年你公公碰著，還支使支使他。到了第二年，他留了頭了，連個溺盆子都不肯叫他拿。甚至洗個腳，都不叫他在跟前。說他究竟是從小兒跟過孩子的丫頭。你就知道你這位公公，拘泥到甚麼分兒上。別的話更不用深分講了。至於你們方纔說的他那幾宗兒好處，倒也不是假話。這件事照這麼辦，我心裏也儘有。只我心裏還有好些為難。這個人得這麼個歸著，也算我不委屈他。只是我這位梅香，他還有他娘的多少累贅。不然，我方纔為甚麼說家裏挑不出個合式的來呢？這話咱們娘兒們，還得從長商量。頭一件，我覺著他，只得說還大大方方兒的，不貪不下流。只是到底是個分賞罪人的孩子。第二件，他空有那麼個模樣兒、身段兒，我只說他那肉皮兒太黑翠兒似的，可怎麼配得上我那個白小子呢。第三件，他比玉格兒大著好兩歲呢，要開了臉，顯著像個嬷嬷嫂子似的。這是我心裏三宗不足處。就讓都合式，沒這三宗不足，你們只說這件事要合你公公這麼一商量，能行不能行？」舅太太接口就說：「姑太太，你纔說的那三層，依我說，都沒甚麼的。眼下只要外甥兒出去，有個得力的人服侍他，苗點兒就苗點兒，黑點兒就黑點兒，大點兒就大點兒，那都不打緊。說一定要等著合你們老爺商量，他那個脾氣兒，只怕吃個雞蛋，還得挑四楞兒的呢！那可怎麼行得去呀？」安太太道：「這句話，究竟還說可以想方法兒，商量著碰去，你還不知道呢！我們這個長姐兒，是在我跟前告了老，永遠不出嫁的了。他說，他等著服侍我歸了西，他還給我當女童兒去呢。你說這時候要合他說這個，怎麼說得清楚啊！」舅太太道：「這是多早晚的事，我怎樣不知這個影兒啊！」張姑娘道：「就是我過來那年，舅母跟我姐姐在園裏住的，那一程子的事麼！那時候，還有他媽呢！我婆婆一進城，就說他大了，叫他媽上緊給他找個人家兒。後來說了一家子，他媽不是還帶了那個小子來，請我婆婆相看來著麼？」張姑娘說到這裏，安太太說：「是有個對證在跟前兒。不然，叫你這一擀文兒，倒像我這兒照著說評書也似的，現抓了這麼句話，造的謠言。」因接著張姑娘方纔的話說道：「我還記得他媽說那個小子，是給那一個鹽政鈔官坐京的一個家人，叫作甚麼東西的個兒子，家裏很過得。我瞧了瞧那小子，倒也長得渾頭渾腦的，就只臉上有點子麻子。我想著一個小子罷咧，怕甚麼呢！就告訴他媽，等定個日子，叫他們相看丫頭來罷。誰知他媽給他說這個人家兒，沒合他提過。他這天知道了，合他媽叨叨了倒有幾車話。只說他媽怎麼沒良心了，又是怎麼主兒打毛團子似的，掇弄到這麼大，也不管主兒跟前，有人使，沒人使。這會子你們只圖找財主親戚，就硬把我塞出去了。連數落帶發作的就哭鬧成一處，把他媽鬧得沒法兒了，說：『你就不肯出去，也讓我回太太一句去呀！』他也不理他媽，就跑了來，跪在我跟前，一行鼻子，兩行淚的，哭個不了。就說了方纔我講的他那套糊塗話。還說這一輩子，刀擱在脖子上都使得，也別想他離開我咧。大姐姐，你說這是她娘的苗子不是？」舅太太聽了，只抿著嘴兒笑，說道：「姑太太，我可多不得這件事呀！我只說句公道話。這固然是這丫頭的良心，也是你素來待他的恩典。你可得知道，你們那個丫鬟何等心高志大呀？素來就講究個拿身分，好體面，愛鬧個酸款兒。你安知他不是跟著你，這麼女孩兒似的養活慣的，不肯低三下四的，跟了那個蠢頭笨腦的奴才小子去呢！」金玉姐妹聽了這話，齊說：「舅母這話，說得是極了。再還有一說，人第一難得是彼此個性情兒知道。他又正是從小兒合玉郎一塊兒混大了的。」舅太太說：「好哇，就是這話了。這話我可是白說，主意還得姑太太自己拿定。」這位老太太心裏本正在又是疼兒子，怕他沒人。又是疼丫頭，怕他失所。一時聽了這套有成無破的話，想著這件一舉三得的事，就把他們那位老爺，是怎麼個難說話也忘了。不由得說道：「你們娘兒三個，這話也說得是。就是這麼著。」纔說了這句，下文還沒說出來。金玉姐妹兩個，見婆婆應了，樂得忙著跪下就磕頭。安太太笑道：「咻，你們先別磕頭啊！知道我這個媒人作得成作不成呢！」這裏正說得熱鬧，何小姐積伶一閃身子，早從玻璃裏看見那個長姐兒，一步挪不了三指，出了東遊廊門，從臺堦底下，慢慢兒的往上屋走了來。何小姐便合太太擺手兒，太太看見，悄悄兒道：「別提了，看他聽見。」又合金玉姐妹道：「這話就只咱們娘兒四個知道，別人跟前一個字兒別露。就是玉格兒回來，也先不用告訴他。」當下大家便將這話掩住不提。

且住，長姐兒他既是犯了肚子疼在屋裏養病，怎的又得出來。既得出來，大爺這麼個驚天動地的人，出了這麼的驚天動地的岔兒，遍地又都是他的耳報神，他豈有不知道之理，怎的又直到此時纔出來呢！其中有個原故。原來他方纔正合著桃仁杏花引子，服了一丸子烏金丸，躺在他屋裏，就睡著了。他這一睡著，那班小丫頭子，誰也不敢驚動他。直等他一覺睡醒了，還是那個小喜兒，跑了去告訴他說：「長姑娘，大爺要出外了。」只這一句，他也不及問，究竟是上那兒去，立刻就嚇了一身冷汗。緊按了肚子，擰著一陣疼，不想氣隨著汗一開化，血隨著氣一流通，行動了行動，肚子疼倒好了些。轉念想到大爺這一出去，老爺、太太自然斷沒不同出去的。果然太太出去，太太走到那兒，還怕我不跟到那兒嗎！心裏又一鬆快，便想起多少事由兒。扎掙著出來，將進門，安太太還生恐他聽見些甚麼，跑了來了，便先問：「你好了嗎？怎麼又跑出來了？」他道：「奴才聽說大爺要出外了，奴才想起來，太太從前走長道兒的，那些薄底兒鞋呀、風領兒斗篷呵，還都得早些兒拿出來瞧瞧呢！再還有小煙袋兒咧、吃食盒兒咧，以至那個關防盆兒，這些東西，也還不記得在那兒擱著呢！趁著老爺沒回來，明兒趁個早兒，慢慢兒的找找，也省得臨期忙。」安太太道：「那兒呢，咱們走還早呢！你先裝袋煙我吃罷！」他便去裝煙。到了次日，安太太從吃早飯起，就盼公子，不見回來。忽然聽得門上一陣吵鬧，便有家人來回說：「大爺賞加了副都統銜了。」安太太聽得兒子換上紅頂兒了，略有喜色。只想著他明日還得謝恩，今日自然又不得回來了。那知安公子豈止次日不得回來，自從那日起，便一連召見了八九次。這纔有旨意，賞了假，叫他回家收拾。他當日歸著了歸著，次日起了個大早，纔回到莊園。合太太一見面兒，娘兒倆先哭了個事不有餘。大家勸住，他便忙著到祠堂行禮。纔把家庭這點兒禮節完了，外頭便回，吳侍郎來拜。又是位老師，不好不見。接著就是三四起人來，安公子一一送走了。纔回到自己房裏，換了換衣裳。一切沒得閒談，只見上屋裏一個小丫頭跑來說：「太太叫大爺。戴勤回來了。」公子合金玉姐妹連忙過去。見戴勤正在那裏回太太話，說：「老爺昨日住長新店，叫奴才連夜趕回來，告訴大爺不必遠接，只在家候著。老爺今日走得早，大約晌午前後，就可到家。」公子聽了，重新去冠帶好了，去到外面伺候。遲了一刻，便見隨緣兒先趕回來，回說：「老爺快到了。」少時，老爺來到家門。公子迎了幾步，便在車旁跪接。老爺在車上見他頭上頂嵌珊瑚，冠飄翡翠，面上卻也喜歡，心裏卻不免十分難過。你看這老頭兒好扎掙勁，先在車裏點頭，說了句起來，下了車，便說道：「不想你竟也巴結到個二品大員，趕上爺爺了。比我強，這纔不枉我教養你一場。有話到裏頭說去罷。」公子也明知這是他父親安慰他的話，只得陪笑答應。這種笑，那臉上的神氣，卻比哭還疼。這個當兒，便見褚一官、陸葆安兩個過來謁見。他兩個果然就照著鄧九公的話，立刻跪倒請安，口稱大人。安公子雖說一時不好直受不辭，但是一個欽命二品大員，正合著三命而不齒。禮制所在，也不便過於合他兩個紆尊降貴。只含笑拱了拱手，說了句路上辛苦，便隨了老爺一路進來。一時在家的家人，叩接老爺。跟去的家人，又叩見公子。正亂著，張親家老爺，合老程師爺也迎出來。老爺應酬了兩句，就託他二位管待褚、陸兩個。自己進了二門，便見太太帶了兩個媳婦，接到當院子裏來。倆媳婦迎著請過安。安老夫妻兩個，還用著那老年的舊牌子兒，彼此拉了個手兒。那班僕婦丫頭，卻遠遠的排在那邊跪。安老爺都不及招呼，見舅太太在廊下候著，便忙著上前，彼此問過好，談了兩句一路風塵的話。又問：「親家太太，怎的不見？」張姑娘代說明了原故。老爺一路進房坐下。當下公子行過禮，媳婦便倒上茶來。此時自安太太以下，都道老爺這一到家，為著公子出口，定有一番傷感。大家都提著全副精神，應酬老爺。看了看老爺，依舊是平日那個安詳樣子，只不過問了問公子奏對的光景，毫不露些張皇煩惱。公子此刻，卻是有些耐不得了。原來他自放下來那日起，凡是此番該是從家裏怎的起身？到那裏怎的辦事？這些事一時且不能打算到此。只他那點家事，幾個親丁，心裏盤算了，迨有萬轉千迴，總盤不出個定見來。第一件為難的，是這等遠路，不好請著父母同行。待說把他兩個夫人留在家下，替自己奉養，又慮到任上，內裏無人，不成個局面。否則兩個之中，酌量留下一個，偏又兩個一齊有了喜了，不便遠行。便是他兩個有喜的這節，也還不曾稟過父母。他好容易盼到今日回家，正想把這話，合金玉姐妹，私下計議一番。先討太太個示下，然後等老爺回家再定。不想一進門，不曾消停一刻。纔得消停，恰巧老爺早回來了。他此時見了老爺，只覺千言萬語，不知從何說起。想了想只得回道：「兒子受父母的教養，正想巴結個升途，奉了父母出去，安享幾年。不想忽然走了這條意外的岔路，實在不得主意。」說著，又行了個家庭禮兒，屈了一膝，說：「請父親教導。」他那眼淚，卻是撐不住了。只聽安老爺吼了一聲，說道：「怎的叫個走了這條意外的岔路？我以為正是意中之事。你所謂意外者，只不過覺得你從祭酒得了個侍衛，不曾放得試差學政耳。卻不道這等地方，不用世家旗人去，卻用甚麼人去？不用你這等年輕新進，又用甚麼人去？且無論文章華國，戎馬防邊，其為報效一也。便說不然，太君代天司命，君命即是天命，天命所在，便是條意外的岔路，順天聽命，安知非福。你說討我的教導，我平日合你講起話來，言必稱周、孔。不知者鮮不以為我立論過迂，課子過嚴。可知為子為臣，立身植品的大經，都不外此。那烏里雅蘇臺雖是個邊地，參贊大臣雖是個遠臣，大約也出不了周、孔的道理。至於你此行，我家現有的是錢，用多少儘你用，只不可看得銀錢如土。有的是人，帶那個儘你帶，只不必鬧得僕從如雲。講到眷口，兩個媳婦，不消說是合你同行了。太太果然要母子姑媳一時難離，也不妨同去。只留我在家，替你們作個守門的老叟，料想還不會誤事。」安老爺只管講了這半日的這段話，卻是拈著幾根鬍子，閉著一雙眼睛講的。何以故呢？他要一睜眼，那副眼淚也就撐不住了。舅太太見安老爺這樣子，便點點頭，悄合安太太道：「這個家，可就當成個家模樣兒了。」便聽安太太合老爺說道：「依我想，這件事，不必定忙在這一時。玉格起身，儘有日子呢！老爺今日纔到家，且歇息兒，索性等稍停了斟酌斟酌，究竟是誰該去，誰不該去。誰能去呀，誰不能去呀！且定規不遲。要說請老爺一個人兒在家裏，我就跟他們出去，也斷沒那麼個理。我不出去，又怕這倆媳婦兒萬一在外頭，一時有個甚麼喜信兒呢，沒個正經人兒招呼他們。我的意思，還是請大姐姐，替我們辛苦這盪。」老爺還沒聽完這話，便道：「啊，一個何家媳婦，已經勞舅太太辛苦那場。此時這等遠行，卻怎的好又去勞動。」舅太太說：「噯呀，不用姑老爺這麼操心了。姑太太早合我說明白了，我左右是個沒事的人，樂得跟他們出去逛逛呢。」老爺見舅太太這等爽快向熱，心下大悅。連忙打一躬，說：「這個全仗舅母格外費心。」舅太太被安老爺累贅的不耐煩。他便站起身來，也學老爺那個至誠樣子，還了他一躬。口裏說道：「這個愚嫂當得效力的。」他打完了這躬，又望著大家道：「你們瞧這樣兒，犯得上鬧得這步田地。」惹得大家無不掩口而笑。

卻說安公子方纔聽老爺那等吩咐，正想把金玉姐妹現在有喜，並自己打算不帶家眷，留他兩人在家侍奉的話回明。聽太太說了句：「老爺纔得到家，先請歇息兒，便不好只管煩瑣。」如今卻又見他母親給請了舅母同去，心裏一想，這一來弄得一家不一家，兩家不兩家，益發不便了。登時方寸的章法大亂。他卻那裏曉得人家娘兒三個，早已計議得妥妥當當了呢。偏是這個當兒，老爺又吩咐他鄧九公差褚、陸兩個來的意思，要跟他出去的那段話。就叫他出去定奪行止。他無法，只得且去作這件事。安老爺這裏便合大家說了說路上的光景，講了講鄧九公那裏的情由。緊接著行李車也到了，眾小廝忙著往裏交東西。有的交帶去的衣箱的，有的點交路上的用賬的，都在那裏等著見長姐兒姑娘。此時只不見了長姐兒姑娘。你道他此刻又往那裏去了？這本書裏交代過的，他原想著是大爺這番出外，大爺走到那兒，太太跟到那兒，太太走到那兒，他跟到那兒定了。不想方纔聽得老爺一個不去，連累太太也不去了。眼下太太合公子竟要母子分飛，他也謝三兒的窩窩剩下了。登時心火上攻，急了個紅頭漲臉，又犯了那年公子鄉試等榜，他等不著喜信兒，頭暈的那個病了。連忙三步兩步跑到院子裏，扶著柱子，定了會兒神。立刻覺得自己身上穿的那件衣裳的腰背，肥了就有四指。那個領盤兒，大了就有一圈兒。不差甚麼，連腰圍兒，都要脫落下來了。他便合別的丫頭說道：「我怪不舒服的，屋裏躺躺兒去。太太要問我，就答應我作甚麼去了。」說著，一路低著腦袋，來到他屋裏，抓了個小枕頭兒，支著耳跟臺子躺下。只把條小手巾兒，蓋了臉暗暗的垂淚。他偏又頭兩天，一時高興，作了個抽繫兒的大紅氈子小煙荷包兒。這日早起，又託隨緣兒媳婦兒，找人給安了根玉嘴兒、湘妃竹桿兒的小煙袋兒。為的是上了路隨帶著上車下店，使著方便。事有湊巧，恰恰的這麼個當兒，隨緣兒媳婦給他送了來。一進門兒，見靜悄悄的沒個人聲兒。便叫了一聲大姐姐。他聽見有人叫他，這纔扎掙著起來，問：「是誰呀？」隨緣兒媳婦，一見她這個樣兒。便問說：「大姐姐，你好好兒的這是怎麼了？哭的這麼著。」他歎了口氣說道：「好妹妹，你那兒知道我心裏的難受，你坐下，等我告訴你。你瞧自從大爺這麼一放下來，我就念佛說：『這可好了，我們太太要跟了大爺、大奶奶去享福了。』誰知道這位老爺子，這麼一拆，給拆了個稀呼腦子爛。你說這娘兒四位這一分手，大爺、大奶奶心裏該怎麼難受，太太心裏該怎麼難受。叫咱們作奴才的，旁邊瞧著，肉跳不肉跳呢！再者二位大奶奶，素來待我的恩典，我們娘兒們怎麼離得開？」說著，又把嘴撇的瓢兒似的。隨緣兒媳婦明鏡兒也似的，知道他姑娘合張姑娘有喜，不能出去。只因何小姐吩咐的嚴，叫且不許聲張。此時是不敢合他露一個字，只說了句：「那兒呢！還有些日子呢！知道誰去誰不去呢！就先把你哭的這個樣兒。」說完了，放下煙袋去了。他把那根煙袋，扔在一邊兒，躺下又睡。卻又睡不著。只一個人兒在屋裏坐著發愣。上屋裏只管一群人，等著他交代東西給那班丫頭。聽他方纔說了那句話，又不敢去叫他。恰好二位大奶奶都在上屋裏，便著人一件件往裏收。舅太太見這裏亂烘烘，他也回西耳房去了。安老爺見舅太太走了，這纔要脫去行裝，換上便服。安老爺的拘泥雖換件衣裳，換雙靴子，都要迴避媳婦進套間兒去換的。只這個當兒，老爺一面換著衣裳，一面合太太提起閒話兒來，說：「難得舅太太這等向熱，不辭辛苦，他小夫妻三個得這個人同去照應，你我也就大可放心了。」安太太彆著一肚子的話，此時原不要忙著就說，因見老爺這句話是個機會，再看了看左右無人，只得兩個小丫頭子，便把那兩個小丫頭子也支使開。先給老爺一個高帽兒戴上，說道：「可不是，他自然也是看著老爺平日待他的好處。只是如今他只管肯去了，兩個媳婦究竟好去不好去，倒得斟酌斟酌。為甚麼我方纔說，等慢慢兒商量呢！」老爺忙問道：「他兩個怎的不好去？」太太滿面含春說道：「好叫老爺得知，倆媳婦兒都有了喜了，老爺說可樂不可樂？」老爺聽了大喜，說道：「這等說，你我眼前，就要弄孫了，有趣有趣。」

我安水心再要得教出兩個孫兒來著，使他成人，益可上對祖父矣。」太太道：「老爺只這麼說，世間的事，可就難得兩全。老爺只想倆媳婦這有了喜，自然暫且不能跟了小子出去。叫他一個人兒，在衙門裏怎麼個著落兒呀。」老爺道：「然則有舅太太去，正好了。」太太道：「老爺這話又來了。他舅母去，也只好照管個大面皮兒呀，到了小子自己身上的零碎事兒，怎麼好驚動長輩兒去呢！所以我同媳婦兒為這件事，為了這幾天難，總商量不出個妥當主意來。依倆媳婦的意思，是想求我給他買個人帶了去。」老爺聽到這句，纔要繃臉。太太便忙著說道：「老爺想玉格這麼年輕輕兒的哥兒，屋裏現放著倆媳婦，如今又買上個人，這不顯著太早些兒嗎？我就說：『斷斷乎使不得。就打著我這時候，依了你們這話，要一回你公公，你公公也必定不准。』老爺說，這話是不是？」老爺道：「是啊！太太這話是極。所以叫作惟識性者，可以同居。太太其深知我者也。常講的夫妻一倫，恩義至重，非五十無子，斷斷不可無端置妾。何況玉格正在年輕，媳婦又都有了生子的信息，此刻怎的講得到買人這句話？」太太見老爺的話上，沒一點活動氣兒，便說道：「老爺不是說我說的是嗎。我說只可管這麼說了。想了想真也沒法兒。老爺想一個人家兒過日子，在京在外，是一個理。第一件，裏外的這道門檻兒，得分得清楚。玉格兒這一出去，衙門裏自然得有幾個丫頭女人。就是他舅母，也得帶兩個人去。倆媳婦呢，少說也得一年的光景，纔能去呢。這一年的光景，他就這麼師爺也似的一個人兒住著，那班大些兒的女孩子，合年輕的小媳婦子們，例如拾掇拾掇屋子，以至拿拿放放，出來進去的，可不覺得怪不方便的嗎？老爺是最講究這些的，老爺你想想。」太太說到這裏，只見老爺臉上，按著五官，都添了一團正氣，說：「噯呀，太太你這一層，慮的尤其深遠。這倒不可不給他籌畫出個道理來。卻是怎樣纔好？」太太聽這話，有些意思了。接著說道：「倆媳婦兒不放心的，也是這個。見我不准他買人，就請示我，說：『要不就在家裏的女孩子們裏頭，挑一個服侍他罷。』我說：『你們倆瞧家裏這幾個丫頭，那兒還挑得出個像樣兒的來。』誰知他們倆說這句話，敢則心裏早有了人了。」老爺道：「他兩個心裏，這人是誰？」太太笑道：「照這麼看起來，倆人到底還是倆小孩子。只見得到一面兒，兩人只一個勁兒的，磨著我求我，替他們合老爺說說，要咱們上屋裏的這個長姐兒。老爺想這個長姐兒，怎麼能給他們。我只說，這一個不能給你們哪。你公公跟前沒人兒啊。」老爺一聽這句話，只急得局促不安，說道：「啊，太太，你這句話，卻講得大謬不然了。」太太道：「我想著打頭呢，那丫頭是個分賞罪人的孩子，又那麼漆黑的個臉蛋子，比小子倒大著好幾歲，可怎麼給他呢？再咱們這上屋裏，也真離不開了他。就拿老爺的衣裳帽子講，向來是不准女人們，合那一起子小丫頭子們著手的。如今有他經管著，就省著我一半子。所以我就那麼回覆了倆媳婦兒了。」老爺道：「嗨，此皆太太不讀書之過也。要講他的歲數兒，豈不聞妻者，齊也。明其齊於夫也。妾者，接也，側也。雖接於夫而實側於妻也。太太你怎的把他同夫妻一倫講起嫁娶的庚申來。況且女子四德，婦德、婦言之後，纔講得到婦容。何以論到面目的黑白上。」太太道：「這麼說，他是個貴州苗子，也沒甚麼的？」老爺道：「太太你就不讀書，難道連『舜東夷之人也，文王西夷之人也』這兩句，也不曾聽得講究過。如今你不要給兒子納妾，倒也罷了。既要作這樁事，自然要個年紀長些的，纔好責成他，抱衾聽雞視夜。況且我看長姐兒那個妮子，雖說相貌差些，還不失性情之正。便是分賞罪人之子，何傷？又豈不聞罪人不孥乎？這話還都是末節而又末節者也。太太，你方纔這話，講的還有一層大不通處。你卻不想這長姐兒，原是自幼伺候玉格的。從十二歲就在上房當差，現在摽梅已過，如今兩個媳婦，既這等求你向我說。我要苦苦的不給他，卻叫他兩個心裏，把我這個公公，怎生战敠？此中關係甚大，太太你怎的倒合他們說，我跟前沒人起來，豈不大謬？」安太太未曾合老爺提這件事，本就揑著一把汗兒，心裏卻也把老爺甚麼樣兒的左縫眼兒的話，都想到了，卻斷沒想到老爺會往這麼一左。這一左倒誤打誤撞的把件事左成了。一時喜出望外，雖然暗笑老爺迂腐的可憐，卻也深服老爺正派的可敬。再想想又怕夜長夢多，遲一刻兒不定，老爺想起孔夫子的那句話，合這件事，不對岔口兒來，又是塊糟。連忙說道：「老爺說的關係不關係，這些話別說老爺的為人講不到這兒，就是倆媳婦兒，也斷不那麼想。總是老爺疼他們，既是老爺這麼說，等閒了我告訴他們就是了。」老爺道：「太太你怎的這等不知緩急，這句話既說定了，那長姐兒怎的還好叫他在上房等得一刻。」太太笑道：「老爺這又來了。那兒就至於忙得這麼著呢！再者玉格那孩子，那個噶牛脾氣，這句話還得我先告訴明白了他。就是那個丫頭，也是他娘的個拐婢子。」太太這裏話還沒說完，老爺就攔頭說道：「呵，太太說那裏話，這事怎由得他兩個。待我此刻就出去幫太太辦起來。」說著出了屋子，就叫人去叫大爺、大奶奶。

　且住，照這段書聽起來，這位安老孺人，不是竟在那裏玩弄他家老爺麼！這還講得是那家性情。不然也。世間的婦女，要諸事都肯照安太太這樣玩弄他家老爺，那就算那個老爺修積著了。這話卻不專在給兒子納妾一端上講。此正所謂情之偽，性之真也。且自擱起老生常談，切莫耽誤大家好事。卻說安太太見老爺立刻就要叫了兒子媳婦來，吩咐方纔的話。一時慮到兒子，已經算個死心眼兒的了。他那個丫鬟，又是有個沖撞性兒，儻然老爺合他一說，他依然說出刀擱在脖子上，也不離開太太那句話來，卻怎麼好？便暗地裏叫人去請舅太太來，預備作個和事姥。恰好舅太太正在東院裏，合金玉姐妹說話，聽得來請。便合他姐妹說道：「莫不是那事兒發作了。」他娘兒三個，便一同過來。安太太一見，便合舅太太說：「大姐姐來得正好，那句話，我合你妹夫說明白了。」回頭便告訴倆媳婦說：「你公公竟把他賞了你們了。快給你公公磕頭。」金玉姐妹兩個，連忙給老爺、太太磕了頭，站起來，只說得句，這實在是公公、婆婆疼我們。便見公子從二門外進來。安老爺見了公子，先露著望之儼然的一臉嚴霜凜凜。不提別話，第一句便問他道：「你可知子事父母合婦事舅姑，這樁事是不得相提並論的。」公子聽了，一時摸不著這話從那裏說起，只得含糊答應了個是。這纔聽他父親說道：「兩個媳婦遇了喜，他自己自然不好合我說。怎的這等宗祧所關的一樁大事，你也不曉得預先稟我一句，這也罷了。只是他兩個此刻既不便遠行，你這番出去倒得……」說到這句，又頓住了。安太太大家聽這話頭兒底下這一轉，自然就要轉到長姐兒身上了。都測靜的聽著，要聽老爺怎麼個說法。誰知老爺從這句話一岔，就咕喇咕喇合他說了一套滿洲話。公子此時，夢也夢不到老人家叫了來，吩咐這麼一段話。躊躇了會子，也翻著滿洲話回了一套。一邊向安老爺說，卻又一邊望著太太臉上看那神情。好像說的是，這個人，是母親使著得力。如今自己不能在家侍奉，怎的倒把母親一個得力的人，帶去服侍自己呢！彷彿是在那裏心裏不安，口裏苦辭的話。卻又聽不出他說的果是這麼段話不是？只見老爺沉著臉，說了句「阿那他喇博」。公子聽了，仍在絮叨。老爺早有些怒意了。只哷了一聲，就把漢話急出來了。說：「你這話，好不糊塗。我倒問你怎的叫個長者賜，少者賤者不敢辭？」太太這纔明白，果然是他父子在那裏對鑿起四方眼兒來了。便說道：「玉格這孩子真個的怎麼這麼擰啊！你父親既這麼吩咐，心裏自然有個道理。你就遵著你父親的話就是了。且先鬧這些累贅。」公子看母親也這麼說，只急得滿臉為難，說兒子怎麼敢擰。其如兒子心裏過不去何！安老爺聽了，益發不然起來。便厲聲道：「這話更謬。然則以父母之心為心的這句朱註，是怎的個講法？不信你這參贊大臣，連心都比聖賢高一層。」公子一看，老人家這神情是翻了。嚇得一聲兒不敢言語。這個當兒，再沒舅太太那麼會湊趣兒的了，說道：「我瞧著他，也不是擰，也不是這些個那些個的，共總啊，哥兒還是臉皮兒薄，拉不下臉來，磕這個頭。還是我來罷。」說著坐在那裏，一探身子，拉著公子的胳膊說：「不用說了，快給你們老爺、太太磕頭罷。」公子被舅母這一拉，心裏暗想：「這要再苦苦的一打墜咕碌兒，可就不是話了。」只得跪下，謝了老爺。老爺這纔有了些笑容兒，說道：「這便纔是。」公子站起來，又給太太磕了頭。老爺又道：「難道舅母跟前還不值得拜他一拜麼？」太太也說：「這可是該的。底下仗著舅母的地方兒多著的呢！」公子此時見人還沒收成，且先滿地這一路拜四方，一直拜到舅母家去了，好不為難。只是迫於嚴命，不敢不遵。只得又給舅母磕了個頭。便聽老爺拿著條沉顛顛的正官調嗓子，叫了聲：「長姐兒呢？」外間早有許多丫頭女人們接聲兒答應說叫去。

按下這裏不表。再說長姐兒在他那間屋裏坐著，發了會子愣。只覺一陣陣面紅耳熱，躺著不是，坐著不是，一時無聊之極。想拿起方纔安的那根小煙袋兒來抽了抽，其通非常。又把作的那個大紅氈子抽絲兒的小煙荷包兒，裝上煙拿小火鐮兒打了個火點著了，刁著煙袋兒，靠著屋門兒，一隻腳跐在門檻兒上，只向半空裏閒望。正望著，忽見一個喜鵲飛了來，落在房簷上，對著他撅著尾巴，喳喳喳的叫了三聲，就往東南飛了去了。他此時一肚皮沒好氣，衝著那喜鵲呸的吐了一口說：「瞎叫的是你媽的甚麼呢！」正說著，又覺一個東西從廊簷上直掛下來，搭在他額腦蓋兒上。嚇得他連忙一把抓下來一看，卻是個喜蛛兒。正看著，又是那個小喜兒跑來，說道：「姑姑哇！你瞧了不得了。老爺那兒咦嘚哇喇的，翻著滿洲話，合大爺生氣。大爺直橛橛的跪著，給老爺磕頭陪不是呢。」他聽了這話，心裏轟的一聲，立刻連手腳都軟了。連忙擱下煙袋，拿起半碗兒涼茶來，漱了漱口，待上去打聽打聽。只見一個女人迎頭跑來一疊連聲兒的說：「老爺叫！」他此刻正因老爺耽誤了他的事，心裏有些不大耐煩。聽得老爺叫他，一面嘮叨說：「老爺好好兒的，又叫我作甚麼呢？」一面便梗著個脖子，往上屋裏來。將走到上屋，只見舅太太合老爺、太太一處坐著。大爺、二位奶奶都在跟前侍立。幾個大小丫頭，也一溜兒伺候著。外間還有許多女人們在那裏聽差，黑壓壓的擠了半屋子。他將進屋門兒，太太就告訴他說：「老爺這兒叫你，有話吩咐你呢！」聽著，他又往前走了兩步。便聽老爺吩咐道：「大爺現在出外，你二位大奶奶，同時遇喜，不便坐車遠行。大爺身邊一時無人伺候，你二位大奶奶，在我跟前，討你去給大爺作個身邊人。我因平日看你，也還穩重，再又是自幼兒伺候過大爺的。如今就給你開了臉，叫你服侍了他去。此後你卻要知你二位奶奶的恩典，聽你二位奶奶的教訓，刻刻知足自愛。不然，你可知道子妾合兒媳不同，我是有家法的。」安太太一旁聽了這話，又怕決撒了事情，又怕委屈了丫頭。正要把老爺方纔這話從頭兒款款兒的說一遍給他聽。只見他也不說長，也不問短，也不磕頭，也不禮拜，只把身子一扭，搭靠在一扇槅扇跟前，拿絹子握了臉，就嗚兒嗚兒的，放聲大哭起來了。安太太生怕老爺見怪，忙道：「丫頭，不許，這是怎麼說？老爺這兒吩咐你話麼，怎麼不知道好好答應呢。無論你心裏怎麼委屈，也要等老爺吩咐完了，慢慢兒的再回呀。也有就這麼長號兒，短號兒，哭起來的。這可不像樣兒了。」金玉姐妹，素日本就待他最好，此刻見是他們屋裏的人了，越覺多番親熱。兩人只圍著他，悄悄兒的勸他，呱咕說：「你瞧老爺、太太這個樣兒的恩典，又是這麼大喜的事，你還有甚麼委屈的地方兒呢？有甚麼話，只好好的說，快別哭了。」他娘兒三個，當下就這等一遞一句的，勸了個不耐煩，問了個不耐煩。無奈這裏只管說破脣皮，萬轉千迴，不住口兒的問他。那裏只咬定牙根，一個字兒沒有，不住聲兒的哭。

列公，你道這一哭，可不哭得來沒些情理麼？卻不道其中竟自有些情理。豈不聞語云：「人各有志，不可相強。」便是婦人女子的志向，也有個不同。有的講究個女貌郎才，不辭非鴉非鳳的。有的講究穿衣吃飯，只圖一馬一鞍的。何況這長姐兒，還是從前因為他媽給他擇婿，決意不嫁。說過這一輩子，刀擱在脖子上，也休想他離開太太。甚至太太日後歸西，他還要跟了當女童兒去的個人呢！要據他這番志向而論，莫講是安老爺吩咐，要把公子安龍媒，給他作乘龍婿。便是佛旨綸音，要把他送到龍宮去，作個龍女，也許是萬兩黃金，買不動他那不字兒。話雖這等說，但是他果然是鼻子底下帶著嘴，此時正不妨大庭廣眾，侃侃而談。請老爺看看他這個心，是何等的白日青天。聽聽他這段話，是何等的光風霽月。便是老爺，又其奈他何！怎的就委屈到一個字兒沒有，只不住聲的哭呢？這個情理，又在那裏呢？噫嘻，原來他這副眼淚，不是委屈出來的，正是感激出來的。你道感激，怎的倒會感激的哭起來？列公，如果不信，只看在朝的那班大臣，偶然遇著朝廷施恩，放個好缺，那謝恩摺子裏，必要用「感激涕零」這四個字。這長姐兒心裏想，這個缺他想了也不是一天半天兒了，怕的是想不到手。待說仗著上頭平日待他的那點分兒，就因著自告奮勇求個恩典。說奴才情願巴結這個缺，其實不是個甚麼巴結得的缺，一時又求不出口。不想正在個想不到手，求不出口的當兒，夢也夢不到，老爺忽然出其不意的，當著合家大眾，冠冕堂皇，這麼一破格施恩，恰恰的放著這個缺，正是他平日想不到手求不出口的那個好缺。人誰沒個天良？這有個不感激到二十四分的嗎！感激的過了頭兒了，那涕零自然也就過了頭兒了。所以他就嗚兒嗚兒嗚兒的，放聲大哭起來了。這正是個天理人情。人家心裏，正在那裏一團的天理人情，感激還感激不過來呢！旁邊兒的人，只一個勁兒的問他，說有甚麼委屈？這句話卻叫他怎的個答應法？所以只急得他心裏好像十五個吊桶打水，七上八下，一時越著急，越沒話，越沒話，越要哭。只是安老爺那個方正脾氣，那裏弄得來這些勾當。見他這樣，當時勃然大怒，把桌子一拍，喝道：「呔，你這妮子，怎的這等不中抬舉？我倒問你，你這委屈安在？」他見老爺動了氣了，當下從著急之中，未免又有點害怕，心下暗想說：「這一來倒不好了。別的都是小事，老爺那個天性，倘然這一翻臉，要眼睜睜兒的，把隻煮熟了的鴨子，給鬧飛了，那個怎麼好？俗語說的，過了這個村，沒那個店兒。我這一輩子，可那兒照這模樣兒再找這麼個雪白粉嫩的大河鴨子去。」他想罷，便連忙跑到老爺跟前，雙膝跪倒說：「求老爺先別生氣，容奴才慢慢兒的回。聖明不過老爺，老爺替奴才想想。老爺施的這事，甚麼樣兒天高地厚的恩，奴才打那頭兒說的上委屈來。就算老爺委屈了奴才罷，主兒就是一層天，天牌壓地牌的事，奴才就委屈，又敢說甚麼。」安老爺還在那裏瞪著雙眼睛，問他說：「然則你哭著何來呢？」他被老爺這一問，越說不出來個所以然了。只偷眼瞧瞧太太。瞧了半日，這纔抽抽噎噎的說道：「奴才想著是這一跟出去，別的沒甚麼，奴才怪捨不得奴才太太。」吼！你瞧人家原來是為捨不得太太，所以如此。至於那層兒，敢則是不勞老爺費心，他心裏早打算到這一跟出去上頭了。只是這句話，人心隔肚皮，旁人怎猜得透。倒累老爺發了這場大怒，太太枉著了會子乾急。好在他老夫妻兩位的性情，都吃這個。老爺聽了這話，立刻怒氣全消，倒點了點頭，望著太太說道：「照這等看起來，他這副眼淚，竟是從天性中來的！倒也難得。」太太這個當兒，是聽他說了句捨不得太太，早已眼淚汪汪的，那手從袖口兒裏，掏小手巾兒擦眼淚。一面又要手紙擤鼻子。聽老爺這等說，便勉強笑道：「甚麼天性啊，竟是他娘的在這兒糊塗，蠻纏騷攪呢！」因又望著他說：「這一去不是纔如了你的願，一輩子不離開我了嗎？可還哭起，是他娘的甚麼呢！」卻說長姐兒，此時是好容易在老爺跟前，把這一肚子話倒出來了，不哭了。及方纔見太太這一哭，又惹得他重新哭起來。你道他這一哭，又為甚麼？原來他心裏，正想到他家二位大奶奶，只管是這麼討了，老爺只管是這麼賞了，我的話，也只管這麼說了。可還不知我們這位老佛爺，捨得放我，捨不得放我呢？及至見太太一哭，他只道果然是捨不得放他，覺得這事還不大把穩，又急得哭起來。緊接著聽太太後來這兩句話，他纔知敢是太太也有這番恩典。心裏一痛快，不覺收了眼淚，嗤的一笑，立刻頭就不暈了。心廣體胖，週身的衣裳，也合了折兒了。金玉姐妹兩個，見了滿心歡喜，便叫他站起來，帶他給老爺、太太磕了頭。他這一樂，樂得忙中有錯，爬起來慌慌張張的也給舅太太磕了個頭。舅太太說道：「喲，你這孩子，可是迷了頭了。這又與我甚麼相干兒呀？」他一面磕著頭，嘴著還說：「都是一個樣兒的主子。」舅太太聽了，好不歡喜。那知他這個頭，磕的一點兒不迷頭。他想此時早想到此番跟了舅太太出去，是個耳鬢廝磨，先打了個小大姐兒裁席子，閒時置下，忙時用的主意呢。

話休饒舌。卻說安太太見他給舅太太磕個頭，便叫他給公子磕頭。他答應了一聲，早花飛蝶舞一般，過去朝著公子插燭也似的磕下頭去。公子此時一來心裏不安，二來有些發赸，三來也未免動了點兒賢賢易色，滿臉週身，鬧了個為難的神情兒。共總沒得甚麼話。那長姐兒早磕完了頭，站起來。他此時也用不著老爺、太太再說了，便忙過去，給二位大奶奶磕頭。他姐妹兩個受完了，就一個人拉著他一隻手，說道：「這可是老爺、太太的恩典。你往後可得好好兒幫著我們孝順老爺、太太。這一出去，再好好兒的服侍大爺，老爺、太太就更喜歡了。」當下安老爺便望著兩個媳婦，指著長姐兒說道：「這妮子從此便是你們屋裏的人了，你兩個就此帶他去罷。」太太一聽老爺這話，急了忙說：「老爺這是甚麼話呀？到底也讓我給他刷洗刷洗，扎裹扎裹，再者也得瞧個好日子，也有就這麼個樣兒帶了去的。」無奈老爺此時只說，這個丫鬟，既然給了兒子，立刻就算有了名分了，在此不便。太太急得沒法兒，又不好無端的倒把他攆到下屋裏去，正在為難。便聽舅太太笑道：「這麼著罷，叫他先跟了我去罷。連沐浴，帶更衣，連裝扮，帶開臉，這些零碎事兒，索性都交給我，不用姑太太管了。你們那天要人，那天現成。」因指著何小姐笑道：「不信瞧我們那麼大的件事，走馬成親，一天也辦完了。這算了事了。」說著，就把煙袋遞給長姐兒，站起來望著他道：「走哇，跟了我去。」長姐兒一瞧這光景，心下大喜，暗說：「再不想方纔我誤打誤撞的，錯磕了一個頭，果然就行下了秋風，望下了雨。真是人家說的：『有棗兒也得一竿子，沒棗兒也得一竿子。』❷這話再不錯。」他心裏只顧這等想著，也不曾聽得太太怎樣吩咐。只趁接煙袋這機會，搭趔著伸手攙上舅太太，就跟過西邊去了。金玉姐妹自從那日探明婆婆口氣之後，暗中早把他家那位新人，一應粧新的東西辦妥。如今見事成了，閒中便把這話回了婆婆。把個安太太樂的說道：「你瞧你們倆這個性急法兒，這要我那天一說，萬一你公公有個不准，這可怎麼好？」列公，你看這位老孺人這句話，說的好不獃氣。這樁事那安水心先生怎的會有個不准。假如他果然不准，別的莫講，長姐兒那副急淚，可不枉流了。燕北閒人這身臭汗，可不枉出了。閒話少敘。卻說過了兩日，擇定吉期。舅太太早把長姐兒妝扮好了，叫金玉姐妹帶過來，謁老爺、太太。只見他戴著滿頭簪子鈿子，穿

❷ 有棗兒也得一竿子二句：譬喻做一件事，不管自己有沒有希望，總要試一試。

一件紗綠地景兒襯衣兒，套一件藕色絳絲氅衣兒，罩一件石青繡花大坎肩兒，還帶了些手串兒、懷鏡兒等等。衣衿上又帶著對成對兒的荷包。鬢釵寒索，手釧鏗鏘的站在那裏。安太太看了半日，便合老爺說道：「老爺瞧，他打扮起來，也還像個樣兒呀。」老爺只點點頭。金玉姐妹兩個，只要討公婆喜歡，又附和著太太問老爺道：「公公白瞧他這一開臉，瞧著也還不算黑不是？」偏遇著他這樣的心眼兒的公公，素日說話，一字一字都要拋磚落地的。便道：「黑怎說得不黑，不過在德不在色罷了。這黑白分明上，卻是含混不得。」說話間，舅太太也過來了。恰好這日，張親家太太眼睛好了，也出來了。都給安老夫妻道過喜，大家歸坐。金玉姐妹便叫人鋪下紅氈子，帶新人給老爺、太太行禮。太太先說：「孩兒啊，我今兒個可只好先受你個空頭兒了。我有些東西要給你，現在忙叨叨的，等有了起身的日子，再說罷。如今先把這個活兒給你。」說著，便叫「喜兒呢？」只見那小丫頭也擦了一臉的怪粉，戴著一腦袋通草花兒，換了件新紅布襖，笑嘻嘻的跑過來。太太便望著長姐兒道：「我想看你這一過去，手下要個人兒，撥弄著使，你招呼了他一場，就叫他跟了你罷！」長姐兒更不想到此時水長船高，不曾吃盡苦中苦，怎得修成人上人，一時好不興致，連忙又給太太磕了個頭。太太因滿臉陪笑，望著老爺說：「難道老爺就不給人家點兒甚麼嗎？」老爺說：「有在那裏。吾夫子有云：『必也正名乎，名不正，則言不順。』他這一跟玉格出去，進了衙門，須要存些體統，卻不便只管這等長姐兒長姐兒的叫他了。我如今看他素日這穩重上，賞他個名字，就叫他作烏珍。烏珍者，便是滿洲話的個重字。」因合他說道：「你從此益發該處處曉得自重纔是。」太太聽了，更加歡喜。便吩咐大家：「此後都稱他作珍姑娘。」這一句話傳下去，那些男女大小家人，便都湊齊上來，給老爺、太太、大爺、奶奶叩喜。叩完了喜，並說請見見珍姑娘。珍姑娘這一見，除了那幾個陳些的家人，只嘴裏說聲姑娘大喜之外，其餘如平日趕著他叫姑姑的那些丫頭小廝不用講了，還有等雖不叫他姑姑，卻又不敢合他公然敘姐妹，更不敢官稱兒叫聲大姑娘。只指著孩子們，也叫聲姑姑的。那班小媳婦子、老婆兒們，一個個都立刻上前，跪倒請安。內中便有幾個有點分兒，不須如此的，不禁不由的，也要搭赸著蹲蹲腿兒。大家沒見他以前，只說主兒素來待他那個分兒，今日又是大爺的姨奶奶了。這一見不知他又大到甚麼分兒上去呢！那知他不然，人家照舊是嬸子長，大娘短，姐姐親，妹子熱的不離口，並且比向來倒格外加了些親熱和氣。到了兩個嬤嬤跟前，前兩天，還不過一例兒的叫聲戴嬸子、華太太。今日這一見，甚至立刻自己就矬了一輩子，改了字兒，一口一個嬤嬤奶奶、嬤嬤老老了。這裏禮節已畢，金玉姐妹兩個，便回明婆婆，要帶他到舅太太那邊行了禮，還要過張親家太太那裏去。舅太太先攔說：「使不得。先把你們家這點禮兒完了著。」張太太也說：「二位姑奶奶罷呀，這只望他後來也會那紅紙二房也似價的咧，再說咧。你姐兒倆還這麼賢良呢！也有我大夥兒，倒合他黑母雞一窩兒，白母雞一窩兒。」安太太聽親家太太這套話，可實在費解到了頭兒了。生怕又惹出舅太太的頑笑話兒來。便說：「這話也說的是，恭敬不如從命，索性等過了今日，再叫他過去磕頭。倒是趁這個好時辰，你們帶他家去受頭去罷。」說著，便派了兩個齊全女人，又叫了華、戴兩個嬤嬤來，招護著他，跟舅太太的人也幫著照應他的隨身東西。那個小喜就張羅他們珍姑娘的煙袋荷包。金玉姐妹又叫他見見老爺、太太再走。他這一見卻不由的一陣心酸，早望著太太含了兩胞眼淚，卻真是捨不得太太了。不可埋沒了人家的眼淚。當下二位大婦前行，一個小星隨後，後面還圍著一大群僕婦丫頭，簇擁著他望東院而去。這一走不但那班有些知識的大丫頭，看了他如成佛昇仙。還有安太太當日的兩個老陪房，此時早已就白頭蹀躞的了，也在那裏望著他點頭咂嘴兒說道：「嘖，嘖，噯，你瞧人家，這纔叫修了來的哪。」

話休饒舌。卻說一時到了東院，安公子夫妻，歸坐受禮。他三個自然各有一番教導勉勵的正經話，都不須煩瑣。一時珍姑娘磕了頭起來，見公子那頭摘帽子，他便過去接帽子，撣帽子，架帽子，蓋帽子。又張羅給二位奶奶裝煙倒茶，打發換衣裳，服侍洗手。一進門兒，把眼前的這點兒差使地陀羅兒似的，當了個風雨不透，還帶著當的沒比那麼擱當兒起勁兒。二位奶奶此時看著，已是心滿意足了。那知人家還有過節兒的。只見他來到外間兒，在他那隨身包袱裏，拿出個小紅包兒來，打開鼓搗了，又向花鈴兒、柳條兒兩個叫了聲：「好姑娘，你給我找倆托盤兒來呢。」那兩個人答應著，就忙給他拿了倆匣屜兒來。他便把那分東西擺好了，兩手托著進來，走到二位奶奶跟前跪下說：「這是奴才給二位奶奶預備了點兒糙活計。」金玉姐妹接過來一看。只見一盤兒裏，托著是一雙大紅緞子，平金釘花線兒，卍字錦地，扣百蝠流雲，三寸半底兒的滿幫繡著旗裝雙臉兒鞋，合一雙魚白標布襪子。並一個大紅氈子，堆瓜瓞緜緜花樣的，大底兒煙荷包。那一盤兒裏是一雙大紅緞子，掐金拉雙線鎖子如意錦的，加四季長春，過橋高底兒的漢裝小鞋兒，合一副月白緞子鑲沿褲腿兒。並一個絳色滿填帶子。夔龍獻壽花樣，天蓋地起牆兒的檳榔盒兒一只。這件活計，大約是他特為東屋裏大奶奶不會吃煙，想空了心，纔彆出來的個西洋法子兒。此外還有一件挑胡椒眼兒，上加喜相逢的扣花兒雞心荷包，卻是一對兒。分在兩盤兒擺著。當下就把他姐妹兩個樂得笑吟吟的說道：「你瞧，你何必還費這個事呢？」因又一樣一樣，拿起來細看。何小姐便合張姑娘笑道：「活計兒是不用說了，我納悶兒，他跟著婆婆，一天到晚，不得個閒空兒，還甚麼工夫給你我作這些針線。」他聽了便笑嘻嘻的說道：「這點兒糙活計，實在算不得個甚麼？奴才想著二位奶奶，待奴才這番恩典，奴才有多大造化，怎麼配？所以纔親手兒作了兩雙鞋。二位奶奶穿著，就算踹著奴才呢！也省得奴才自己折了福去。」列公，想世間的人說話，要都照這麼個說法兒，對面兒那個聽話的聽著，心裏有個不受用的嗎？這怎麼會得罪了人！只是替這位珍姑娘算算，他的紅鸞星纔動了沒兩天兒，這幾件活計，他是甚麼工夫作的？便說他平日好用個心兒，會行個事兒，早就作下預備著的。請教連影兒都沒夢見的事，他心裏是從甚麼時候，怎麼一下子，就會送到這上頭了？其理卻不可解，這要律以春秋之筆，此中就大費推敲！只是不過幾句閒人夢話，何須這等推敲他去。如今剪斷殘言，言歸正傳。卻說金玉姐妹，當晚便在自己屋裏，給公子備下一席小酌。公子本在個染指點金金滴液，投懷倚玉玉生香的溫柔鄉中，忽然眼前又添了這麼一個俏丫鬟，雖說不得白人之白，也猶白馬之白。恰是他個髫年伴侶，也算一段閨房佳話。只見他此時一心的怕上烏里雅蘇臺，那有閒情到此。因此，酒在肚裏，事在心裏，不肯多飲。只吃了幾盃，便叫收拾過了。當下金玉姐妹，便一個扶著傅粉郎君，一個攜了堆鴉俏婢，送他二人雙雙就寢。這段書交代到這裏，要按小說中正不知該有多少如膠似漆，似水如魚的討厭話講出來。這部兒女英雄傳卻從來不著這等污穢筆墨，只替他兩個點竄删改了前人兩聯舊句，安公子這邊是：「除卻金丹不羨仙，曾經玉液難為水。」珍姑娘那邊便是：「但能容妾銷魂日，便算逢郎未娶時。」如斯而已。這話且自按下不表。卻說安公子好端端的一個翰苑清班，忽然改換頭銜，要到邊庭遠戍。他這番不得意，且無論頭上那個花紅頂兒，解不動他的牢騷，就眼前這個黑玉人兒，也提不起他的興致。只是無論他怎的不得意，也卻不了那些老師同年，以至至戚相好的話別餞行。這班人自從他見面賞下假來，那日早已紛紛具帖來請。這其中，也有在戲莊子上公餞的，也有在家裏單約的。安公子也只得強整精神，一一的應酬周到。偶然在家空閒兩日，又得分撥家事，整理行囊，再加上人來客往，道乏辭行，轉眼間早已假期將滿。安老爺便叫他看個吉日，先請安陛辭。陛辭的頭一天，公子因要赴園子去住，好預備第二天遞摺子。便換上行裝，上來謁見父母。老夫妻一向，只那等忙碌碌的張羅兒子起身。心頭口頭，時刻有樁事兒混著，倒也罷了。如今見他這一著行衣，就未免覺得離緒滿懷。安太太望著他，先自有些難過。老爺因他次日還要預備召見，便催著，「你就去罷。有甚麼話，都等陛辭下來，再說不遲。」公子也明白他老人家這番意思，只得答應一聲，無精打彩，告辭而去。這裏安太太隔著玻璃，望著他的後影兒，早不覺滴下淚來。安老爺浩歎一聲，勉強勸道：「太太，消長盈虛，天地之至理。離合聚散，人事之常情。世間那有個百年廝守的人家，一步不跌的道路。太太你怎的這等不達。」太太聽了，只含淚點頭不語。此刻正用著媳婦說話，解勸公婆了。無如金玉姐妹兩個，心裏那種難過，也正合他公婆相同。再加見了公婆這等樣子，他兩個心裏，更加難過。怎的還能相勸？舅太太只管是個善談的，只看著這個最合式的小姑兒，合兩個最親熱外甥媳婦，眼前就要離別，也就夠難過了。自然也不能相勸。此外張親家太太，是個不善辭令的，那位珍姑娘，雖然一向有個正經事兒，也跟在裏頭嘚啵兩句兒，又無如這樁事，他一開口總覺得像是抱著個不哭的大白鴨子，只說現成兒話。因此，只管一屋子人，只大家對愣著，如木雕泥塑，不則一聲兒。正在靜悄悄的，忽聽得珍姑娘嗳了一聲，說大爺怎麼又跑回來了。大家聽了，連忙望外一看，果見公子忙兜的從二門外跑進來。忙著跑的，把枝翎子也丟掉了。又見他後面還跟了一群小廝，緊接著見張親家老爺，也跟進來。只在後面叫說姑爺站住，翎子甩掉了，快戴上。他便道不要了。安老爺見這樣子，隔著牕戶就高聲問道：「怎麼了，忙到如此？落下甚麼了？」他道：「沒落下甚麼。回父親，我不上烏里雅蘇臺了。」老爺便問道：「不上烏里雅蘇臺去，卻上那裏去？」他又道：「上山東。」老爺問：「上山東作甚麼？」公子早趕進屋裏來。一時忙得連話都不及回，只從懷裏掏出一封信來，呈給老爺說：「請父親看這封信就明白了。」安老爺百忙裏也不及招呼張親家老爺，只一面伸手接信，一面問道：「又是甚麼信？」安太太聽了，只覷著雙眼，皺著個眉，夾在裏頭，說道：「哎呀，佛爺！怎麼又上山東呢？你瞧瞧這到底都是些甚麼事情呀！」說著，便站起來。跟著舅太太、張太太，也站起來。連金玉姐妹合珍姑娘，以至他家那班有些頭臉的婆兒媳婦，合幾個大些的女孩子，一時上上下下，亂亂轟轟，擠了一屋子人。裏三層，外三層，把老爺合公子圍了個風雨不透，都擠著要聽聽這到底是怎麼一樁事。這一擠，擠得張親家老爺沒地方兒站。沒法兒，一個人兒溜出去了。你看此時可再沒比安水心先生那麼安詳的了，他接過那封信去，且自不看。先拿眼鏡兒，又擦眼鏡兒，然後這纔戴上眼鏡兒。好容易戴上眼鏡兒了，且不急急的抽出那封信來看。先自細看那封信信面上的字。他見那信封，是高麗紙裱得極嚴密的一個小小硬封，籤子上寫道是：「伴瓣室主人密啟」。下手是另有一行字，寫著：「靈鵲書屋手緘」。轉過背面看了看，又見圖書密密，花押重重。老爺是個走方步的人，從不曾見過這等鬼鬼祟祟、藏頭露尾的頑意兒。只問道：「這是甚麼人給你的信？怎的這等個體裁。」說著，這纔把那封信抽出來看。先見那信的蓋面一篇，只一個梅紅名帖。名帖上印著個名字是陸學機三個字。老爺這纔明白了說：「這不是那個軍機章京陸露峰麼？」公子答道：「正是。我方纔將要上車，他專人送到的。」老爺把那名帖揭過去見底下那篇信，是張虛白齋寸牋，上面寫著絕小的蠅頭行楷。老爺從頭至尾，看了一遍。便一手摘下眼鏡兒來，那隻手還拿了那篇子信，呆著個臉兒問著公子道：「這話又從何說起？」安太太在旁，是急於要知道信上說些甚麼，見老爺這等安詳說法。便道：「噯喲，真真的我們這位老爺，可怎麼好呢？老爺只瞧瞧，這一地人圍著，都是要聽聽這個信兒的。老爺看明了到底也這麼念出來，叫大家知道知道是怎麼件事啊！怎麼一個人兒，肚子裏明白了就算了呢！」老爺這纔又重新戴上眼鏡兒，一字一板的念道：

飛啟者，頃閣下已蒙恩升授內閣學士，兼禮部侍郎，簡放山左督學使者。並特旨欽加右副都御史銜，作為觀風整俗使。凡此皆不足為公榮，所喜免此萬里長征，洵為眼前一大快事。此中斡旋，皆克翁力也。此刻旨意尚未發下，先祈密之。此啟。餘不多及。閱後乞付丙丁。

兩渾❸。即日。

安老爺一時念完，太太合大家聽了會子，又不大懂得那信裏的文法兒。急得說道：「這到底說的都是些甚麼呀？只這麼之乎者也，使啊使的呀！」何小姐插嘴道：「聽著像是放了山東學臺了。」安太太道：「這麼著罷！老爺簡直的拿白話說，說是怎樣件事罷！」安老爺此時是一天愁早已撇在九霄雲外去了。聽太太這等說，便滿臉精神，先拈著幾根鬍子，望著太太說道：「太太，信乎世事如蒼狗白雲之變幻無定也。這樁事，纔叫作天外飛來，夢想不到。」他正待要往下說，旁邊早又慪急了一位比安太太還性急的，便是那位舅太太。他被安老爺這半日累贅得不耐煩，早不容分說，一把手從老爺手裏，把那篇子信

---

❸ 兩渾：猶「兩略」。書信有防泄漏祕密，不寫受信人的稱號及寫信人的姓名者，而末寫「兩渾」或「兩略」。

搶過去，說：「算了罷！我的叔叔。你饒了我罷！要這麼慪會子人，只怕明白不了，那信上是甚麼使，還叫你把人的屎慪出來呢！」

說著，便把信遞給公子說：「好阿哥，你說說罷！你可千萬別像你老人家那麼慪人。」公子也不覺好笑。便同他母親並望著他舅母、岳母合金玉姐妹說道：「我受恩典，升了閣學，放了山東學臺，作為觀風整俗使的欽差。又加了右副都御史銜。如今是不上烏里雅蘇臺了。」安太太又問他說：「那信裏還有句甚麼空啊空啊的，那是甚麼話呀？」公子再沒想他令堂百忙裏又把克翁兩個字，給串到韻學裏的反切上去了。因笑道：「那便提的是我那位烏克齋老師。看這樁事，我老師頗有個盡力的地方在裏頭。」大家聽了，這纔一時都滿臉堆笑起來。安太太先念了一聲佛。他此刻且顧不得別的，立刻就叫金玉姐妹兩個到佛堂去上香許願。許的是下月初一，先在家堂佛前，上滿堂香供。等看了好日子，還要到菩薩廟裏裝金掛袍，懸旛獻供。金玉姐妹兩個，答應一聲，忙著去淨了手，便到佛堂去燒香許願。一時來回婆婆話，並說：「媳婦們也隨著婆婆在佛前許了個願心，願繡一軸觀音大士像，寫一百部心經，答謝菩薩的慈悲。並祝公婆的百年康健。」太太說：「很好，這纔是你們的孝順功德呢！」張太太便說：「嗳，瞧著你們娘兒們，這纔叫那公修公德，婆修婆德，各人修的各人得咧。阿彌陀佛。」安老爺本是位不信佛的，再加上他此刻，正有一肚子話，要合公子說。被大家這一路虔誠虔誠的，他搭不上話。便說道：「太太，玉格這番更調，正是出自天恩君命，卻與菩薩何干？此時忙碌碌的，你大家且自作這些不著緊的事。」安太太忙道：「老爺，可不許這麼說了。這要不仗著佛菩薩的慈悲，小子怎麼脫的了這場大難啊！」安老爺只搖著頭道：「愚哉，愚哉！這樣弄法，豈非誤會吾夫子攻乎異端，斯害也已兩句話的本旨了？」舅太太道：「姑老爺先不用合我們姑太太抬槓，依我說，這會子算老天的保佑也罷，算皇上的恩典也罷，算菩薩的慈悲也罷，連說是孔夫子的好處，我都依。只要不上烏里雅蘇臺了，就是大家的造化。今日之下，我說句實話罷，烏里雅蘇臺那個地方兒去得嗎？沒見我們四太爺，講究只沿道兒這一走，就膩得死人。一出口，連個住處沒有。一天二百里，好容易盼到站了，得住那個惡臭的蒙古包。巴到了任，就那麼破破爛爛的幾間房子。早飯是麻姑炒羊肉，晚飯要掉個樣兒，就是羊肉炒麻姑。想要吃第三樣兒，也沒有了。一交八月，就是屯門的大雪。到了冬天，吐口唾沫，到不了地，就凍成冰疙疸兒了。就我們娘兒三個，這一到那兒，怕不凍成青腿牙疳嗎？如今這一來，甚麼叫調任哪，直算逃出命來了。可夠了我的了。」安老爺向來，是經舅太太一嘈嘈，就不得話的。何況舅太太這番嘈嘈，嘈嘈得大是近理。便說道：「如今且自把這些閒話擱起了，我們先叫玉格到園子去要緊。」說著，便吩咐公子，叫他趕緊到園子去，張羅明日的謝恩摺子，並去叩謝他老師這番斡旋的大力。就便便好詳細問問他，怎得便有這番調動？公子此時，是樂得忘其所以。聽老爺這等吩咐，答應一聲，就待要走。老爺又叫道：「你回來，你那枝翎子，只管不要了，那個翎管兒，還不摘下來嗎？愛當轄呀，相公！」老爺這一句話，纔把大家提醒。一時間積伶兒都來了。何小姐更忙著過去，接公子的帽子，給他解那個翎管兒、翎繩兒、翎墊兒。一分東西，他手裏一面解著，嘴裏還在那裏自言自語，說道：「都好，我就只怪捨不得這枝翎子的。」說著，忽又回頭合公子道：「你再請示公公，既說明日謝恩，不是還得換上長襟衣裳嗎？」老爺聽了，纔說了句「是呀」。張姑娘那裏就說：「那麼說，還得換上長飄帶手巾呢！」珍姑娘接著就說：「那麼，還得叫他們把數珠兒袱子戴上呢！」說著，他便過東院去，打點這些東西。你看他真是積伶，去了沒一刻的工夫，早都打點齊了。一手拿著衣裳，一手拿著數珠兒袱子，胳膊上還搭著兩條荷包手巾。一進門兒便笑嘻嘻的同二位奶奶說道：「奴才纔還想起件事來，既穿長襟兒衣裳，這個月小建，明兒就是初一，還是個穿補子的日子呢？這褂子上釘的可是獅子補子，不是武二品嗎？大爺這一轉，按著文官的二品補子，別該是錦雞。」舅太太聽到這裏，連忙就說是錦雞不錯的，好孩子你可千萬的別商量了。不想舅太太只管這等橫攔豎擋的說著，他一積伶，到底把底下那個字兒商量出來了。及至說出口來，他纔喲了一聲，把小臉兒漲了個漆紫，登時連公子的臉都照得通紅的了，惹得滿屋子的人無不大笑。只安老爺合張親家太太，繃的連一絲兒笑容也沒有。在張親家太太的不笑，真聽不出那是怎麼句話來。安老爺卻分明聽出來了，覺得自己又是公公，又是家主，這如何笑得。只眼觀鼻，鼻觀心的，滿臉一團正氣。大家看他那臉上，一陣陣紅，竟比公子臉上紅的還紅，紫的竟比珍姑娘臉上紫的還紫。這個當兒，幸得張親家太太，問了珍姑娘一句，說：「姑爺他明兒個這一上殿見皇上，只穿補褂，不用把那滾龍袍，也給他戴上喂。」又惹得大家一陣笑，打把珍姑娘這句玉兔金絲，險的笑話兒，給抹過去了。當下老爺便合張親家太太說道：「我夫子當日的吉月必朝服而朝。此古禮也。我清的制度，卻是朔望，只穿補褂的。」正亂著，外頭報喜的也來了。接著便是烏大人差人送那道恩旨來，給安老爺、安太太道喜。並說，請大爺即刻到園子裏。去這個當兒，太太還要忙叫人抬箱子，找二品文補子。說是有當日老太爺戴過的，現成兒的。倒是公子看看不早了，說：「這件東西，到了園子，總借得出來的。」便在上屋外間，匆匆的換了長襟兒衣裳，赴園子去了不提。

且住。這回書只管交代到這個場中，請教安公子好端端一個國子監祭酒，究竟怎的就會賞了頭等轄，加了副都統銜，放了烏里雅蘇臺參贊大臣。怎的纔放下來，不曾起身，卻又從頭等轄轉了閣學，從烏里雅蘇臺參贊調了山東學政？從副都統銜，換了右副都御史銜？再說這個右副都御史，正是各省巡撫的兼銜，又與學政何干？怎的既說放了他學政，又道放了他觀風整俗使？這觀風整俗使，就翻遍了縉紳簿，也翻不著這個官銜。這些不經之談，端的都從何說起？難道偌大個官場，真個便同優孟衣冠，傀儡兒戲一樣？還是著書的那個燕北閒人在那裏因心造象，信口胡說謅！皆非也。這場公案，真個說也話長。列公若不嫌絮煩，待說書的從頭慢慢說起。如今先講這位安驥安大人他原是從金殿傳臚那日便蒙帝心簡在。從前十本裏第八名，提到第三名，特點了探花及第的個人，及至他得了講官，大考起來，漸次升到國子監祭酒。便累蒙召對，聖人因見他氣宇凝重，風度高華，見識深沉，心地純正，早知他是個不凡之器，有用之才，便想大用起來。只因他年輕資淺，想要叫他到邊疆上磨礪幾年，閱歷些困苦艱難，然後再加恩重用，便好造就他成個人物。這正是大聖人代天宣化，因材而篤的一番深意。話雖這等說，假使安公子果然從此上了烏里雅蘇臺，滿了北路，再調南路，滿了南路，再調西路，三年不回，便是六年。六年不回，便是九年。弄得他家父子不相見，兄弟妻子離散。無論安水心先生那等的德門，安龍媒那樣的天性，斷斷不得遭這些孽障。便算夢幻無常，請教這部天理人情的兒女英雄傳，後首該怎的歸著？因此天理人情上早已暗中給他安排了一個烏克齋在那裏。這烏克齋正是安老爺的受業門生，又正是安公子的會試老師。讀書人看得師生一門，情義最重。況他又在當道。一時不忍看著他這位恩師，日暮倚閭，這個高弟，天涯陟岵。心裏早想從中為些力，把這樁事斡旋轉來。只是旨意已下，怎的斡旋得轉？他也正在十分作難。不想正在這個分際，恰好就穿插出朝廷設立觀風整俗使的這等個好機會來。列公，你道這觀風整俗使，端的是怎生一個來歷？這話說來，越發遶了遠兒了。卻說我大清聖祖康熙佛爺在位，臨御六十一年。厚澤深仁，普被寰宇，真個是萬民有福，四海同春。那些百姓，如果要守分安常，鑿井耕田，納有限太平租稅，又何等快活自在。無如眾生賢愚不等，也就如五穀良莠不齊。見國家承平日久，法令從寬，人心就未免有些靜極思動。其中有膀子蠻力的，不去靠弓馬幹功名，偏喜作個山闖子，流為強盜。有等會兩句酸文的，不去向詩書求道理，偏喜弄個筆頭兒，造些是非，甚至有畫符念咒，傳徒習教的。有等養蛇種蠱，惑眾害人的。這大約總由於人心不淳，因之風俗不厚。康熙佛爺在位之日，也曾降了皇皇聖諭，告天下兵民。後來佛爺神馭賓天，雍正皇帝龍飛在位。這代聖人，正是唐虞再見，聖聖相傳。因此，一登大寶，便親製聖諭廣訓十六條，頒發各省學宮，責成那班學官，按著朔望，傳齊大眾，明白講解。無如積重難返，不惟地方上不見些起色，久而久之，連那些地方官，也就視為具文。那時如湖南便弄成彌天重犯那等大案，浙江便弄成名教罪人那等大案，甘肅便有兵變的案，山東便有搶糧的案。朝廷也曾屢次差了廉明公正大臣出去查辦，奈法無三日嚴，草是年年長。當朝聖人，早照見欲化風俗，先正人心。欲正人心，先端人望。便在朝中那班真正有些經濟學問的儒臣中，密簡了幾員，要差往各省，責成整綱飭紀，易俗移風。因此，特特的命了這樣一個銜名，叫作觀風整俗使。只是這班人出去，雖有職任，沒得衙門，便有衙門，還須牙爪。這些，都不是一時趕辦得來的。當下便又有旨，交廷臣會議。廷臣議得，查各省學政，本有個教士之責。士習果端，民風自正。且有現成的衙門，額設的吏役。便請由各該省學差上，兼充了這個觀風整俗使的欽差，責成他去整頓地方。奏上時，朝廷准奏有旨。不但地方上的風俗責成他整頓，便那省的文武大小官員，但有不守官箴，不惜民瘼的，一並准他一體奏參。這樁事，但凡記得些老年舊事兒的，想都深知，須不是燕北閒人扯謊。那時自設立了這個觀風整俗使之後，一向如浙江、甘肅、湖南幾省，都放得有人。止有山東這省，因前任學政不曾任滿，尚在不曾放人。恰好一日山東巡撫，奏報該省學政，因病出缺。聖意正因山東地方，連年盜賊出沒，騷擾地方，想要用一個輕年壯志的旗員，去振作一番，卻又一時不得其人。因烏大人是個掌院大臣，便命他在翰詹班裏說幾個人來。烏大人想了想，自己素日深知的幾個裏頭，不是年紀過大，便是人地不宜。一念便想到由國子監祭酒，新放烏里雅蘇臺參贊大臣的這個安驥身上。當下便把這話奏明，還申說了一句，說：「這安驥已有成命，放了他烏里雅蘇臺參贊了，只恐更改不便。請旨定奪。」他奏了這句，靜聽旨意。卻見聖人默然不語。只降旨道：「再說罷！」烏大人只道這話奏的不合聖意，倒著實有些害怕。那知天下事，無巧不成話。只這個灣兒裏，當下就套出個灣兒來。原來那個當兒，正有一位內廷行走的勳舊近信大臣，因合他家東牀一時口角，翁婿兩個，竟弄到彼此上摺子，對參起來。這位大員，便是當日安老爺要到南河以前，那位卜德成，卜三爺。來給公子提親的，那個隆府上。他家這個姑爺，便是上次御門放了閣學，那個乾清門侍衛。彼時聖上見內廷近臣，這等不知大體，龍顏大怒，登時把他翁婿兩個，逐出內廷。又開了許多緊要管項，仍將兩個人交部嚴加議處。這事只在烏大人保奏安公子的前兩天。隔了沒兩日，部議上去，朝廷便把那位大員，降了個頭等轄，放了烏里雅蘇臺參贊。他家那位姑爺，革去閣學，賞了個藍翎侍衛，在大門上行走。又一道旨意，便把這閣學缺放了安驥，就放他山東學政兼觀風整俗使，一體欽加了副都御史銜。列公，請看這場因果，若不是他安家一家的德門積慶，和氣致祥，怎的有這般意想不到的天人扶湊。卻不道只這等一番穿插，倒正應了安公子中舉那年張親家太太說的那句怯話兒，真個他就作了八府巡按了。此時他一家是怎的個樂法，自不待言。大概而論，怎的個樂法，總樂不過他家那位新人珍姑娘。你道這話怎講？假如安公子依然當他那個國子監祭酒，安老爺怎的就准他納妾。便是放了山東學政，金玉姐妹，一時不能同行，轉眼之間，分娩了也就去了，安老爺又怎的准他納妾。不想朝廷無端的先放了他個烏里雅蘇臺。烏里雅蘇臺，在安公子既不便作個孤身客遠行，金玉姐妹，又不能撐著大肚子同去，只這等個天月二德，就把這位珍姑娘的件好事，給湊合成了。及至湊合成了，安公子可不上烏里雅蘇臺，改了上山東了。這個當兒，珍姑娘的頭是磕了，臉是開了，生米是作成熟飯了，大白鴨子是飛不到那兒去了。安老爺憑是怎的個方正，難道還背得出第二部四書來不成？你看這可不叫作運氣來了，崑崙山也擋不住麼！還合他講甚麼城牆不城牆呢！只是可憐他只知感激二位奶奶、老爺、太太，甚至感激烏大人，感激萬歲爺。如今剪斷殘言，言歸正傳。卻說安公子這日離了莊園，早到海淀。一時到了烏大人園子門首。門上一時回進去，裏面連忙道請。烏大人見了公子，給他道了喜。便說：「我的爺，可夠了我的了。幸而天從人願，不然，叫我怎麼見老師、師母。」公子說：「實在是老師栽培。」說著，一路進了書房，便拜下去。烏大人忙道：「使不得，你還沒謝恩呢！這豈不叫作受爵公庭，拜恩私室了麼？」因一面還了個半禮，一面拉起他來說道：「這究竟是出自天恩，也是老師的蔭庇。你的官運，所謂天也，非人力之所能為也。」坐下，便把上項事，詳細合他說了一遍。不消說，謝恩摺子又是老師給辦妥當了。安公子此時，是只感激得一面答應，一面垂淚。這便叫作除感激涕零而外，不能再置一詞了。當下談了幾句，便要進去叩謝師母。烏大人陪他來到上房，原來烏大人那位太太，相貌雖是不見怎的，本領卻是極其來得。雖烏大人那樣的精明強幹，也竟是有些豎心旁的。安公子見了師母，先請了安，跪倒便拜。他那位師母的架子，本就來得比老師沉著些，更兼又是個大胖子，並且現在也懷了身孕，門生在那裏磕頭，他只微欠了欠身，虛伸了伸手說：「起來罷。」公子拜罷起來，他纔站起身來，問了老師、師母的安，便又坐下，這纔讓公子坐，問兩個門生媳婦好。因說道：「你老師為你這件事，只急得幾夜沒睡著。這一來可好了，就只你們這一走，我知道老師、師母，一定是不肯同你們出外的。難道倆奶奶都去，不留一個在家裏伺候老人嗎？」公子連忙站起來，把倆媳婦現在都有喜，不能上路的話說了。烏大人說：「然則你一個出去不成？」公子沒及回話，便聽師母說道：「一個人兒出去，又有甚麼使不得的。這可講不得呀！再說一個人兒在外頭，借此操練操練身子，纔正好給萬歲爺出力呢！」烏大人便不敢言語。公子是向來有甚麼事，從不敢瞞老師、師母的。見老師這等關切，便說：「門生父母也慮到門生此去沒人，賞了個丫頭叫帶了去。」烏大人合安老爺是個通家，他家那班侍婢，一個個都見過的，便問：「是那一個？」公子只得答說：「就是那個名字叫長姐兒的。」烏大人聽了，心下暗想，這一個白的白似雪，一個黑的黑似鐵，卻怎生鬧得到一家子？因是個師生，一時不好合他戲言，只說了句：「倒也罷了。」烏太太便說：「這個女孩兒，我也見過。可倒大大方方兒的，只是你這個歲數兒，倆奶奶都遇了喜了。老師、師母，可又忙著給你放個人作甚麼呢？」說著，便把嘴向烏大人一努，合公子道：「你諸事都跟你老師學使得，獨這條兒可別跟他學。你瞧這不是嗎？新近又弄了倆小的兒了。前前後後，這倒有了八個，夠一桌了。若說是為沒兒子起見，也得他們有那個造化生長啊！我也不懂得，怎麼叫個糟糠之妻不下堂？又怎麼叫個寡慾多男子？你們爺兒們的書，也不知都念到那兒去了。」說完了，還嘖嘖的在那裏咂嘴兒。一片話，把公子嚇得一聲兒不敢響，只望著老師。老師此時也覺不是勁兒，只得皮著個臉兒，向公子說道：「我為今年是你師母的正壽，所以又弄了倆人，合上個八仙慶壽的意思。你師母還只說我不寡慾，卻不道九個人裏，只有你師母遇了喜了，可不算得個『雖有不存焉者，寡矣』了？」這裏只管說話。公子卻見那一帶碧紗櫥後面，有許多釵光鬢影，粉膩脂香的，在那裏窺探。心裏暗想道：「看這光景，我走後，管保又有場吵翻。」便不敢多言，談了幾句閒話，起身告辭。到了下處，歇了一晚，次日上去謝恩，一連見了三回，聽了許多教導的密旨。上意因是山東地方要緊，便催他即日陛辭。公子陛辭下來，在海淀拜了兩天客，次日又由內城一帶辭了行，便趕回莊園來。安老爺此時見了他，不是前番那等閉著眼睛的神氣了。便先問了他，這番調動的詳細。公子一一回明。提到見面的話，因是旨意交代得嚴密，便用滿洲話說。安老爺色勃如也的聽完了，便合他說道：「額扐基孫霍窩扐搏烏布烏杭哦烏摩什鄂雍窩孤倫寡依扎喀得噁齋齋得圖於木布烏棲鄂珠喇窩庫。」公子也滿臉敬慎的答應了一聲，「依是箸。」那時候的風氣，如安太太、舅太太也還懂得眼面前幾句滿洲話兒，都在那裏靜靜的聽著。又聽老爺吩咐公子道：「你這幾日不在家，一切的事情，我都給你計算在這裏了。你的盤費帶得自有敷餘。人要不夠使，也還可以再帶兩個去。眷口不消說，自然仍是請你舅母帶了烏珍先去，等兩個媳婦分娩了，隨後啟程。那褚一官、陸葆安，想是九公怕他兩個沒工夫回去，又打發了兩個，叫作甚麼趙飛腿、鐵肩膀的，來給他們送行李來。我倒見了見這兩個人，那個趙飛腿高裏下裏，只書房那個屋門，他便進不來。那個鐵肩膀，也壯大非常。細問了問褚、陸兩個，據他們說起，纔知原來那趙飛腿，叫作甚麼趙飛鵬。因他腿上有兩撮毫毛，一日能行三百餘里。這人跟著鄧九公，各路走了十幾年，算他名長行轎夫。那個鐵肩膀，姓馮名叫小江。是九公水路保鏢的個隨身伴當。說他兩臂有千斤之力。一年鄧九公保著貨船，天晚船擱了淺。船上眾人，只弄不起。他生恐失事，立刻跳下水去，只一肩膀便擯得那船行動了，因此，得了這個綽號。九公如今歇了業，便把他兩個留在莊上，吃碗現成茶飯。連他兩個的家眷，也在莊上。我方纔聽你的話，只怕此去，這等人正用得著。究竟一起來，這些事，尚是小焉者也。我以為現在第一樁要緊事，你得請一位認真有些心胸見識的幕友去纔好。這樁事卻倒大難。我們家裏的程氏喬梓，自然非其選也。便是親友薦個人來，姑無論他人品學問如何，到了那裏，且自人地情形不熟。至於外省那班作幕的，真真叫作牛鬼蛇神，無般不有。這都是我領教過的。」公子便回道：「這話正要回知父親。我克齋老師，也替我慮到這裏。說了兩個人，一個姓顧名綮號肯堂，浙江紹興人。據說這人是從前紀大將軍的業師。他原要幫紀大將軍作一番事業，因見他不可與圖，便隱在天台、雁宕一帶。這個大概未必肯出山了。」老爺點了點頭，便問那一個呢？公子回道：「那個便是那個顧肯堂的同學師兄弟，也在紀大將軍幕中處過。姓李名應龍，號素堂，別號子雲山人。是唐李鄴侯嫡派後人。據說這人，天文地理，無所不通。遁甲奇門，無所不曉，以至醫卜星相皆能。只是為人卻高自位置的很，等閒的人，也入不得他的眼，其學問便可知了。聽新近山東撫臺，勉強請了他去。相處了沒幾天，便辭館出來，說：『此非我居停也。』並說這人無家無業，只在茌平一帶，不知一座甚麼山裏住著，學那嚴君平的垂簾賣卜。偶然也出來捨藥濟人。有時偶然到滕縣李家鎮來，探望親戚。便在那裏住。一向作個市隱。我老師囑咐我，沿路留心去訪這人，只不知訪的著訪不著？想著此去，正從鄧九公莊上經過，詳細問問九公，一定曉得。」安老爺又點了點頭說：「這人果是白衣山人之後，不消講，一定也是忠孝神仙一流人物。你倘得這等個人相助為理，吾無憂矣。或者有緣遇著，也未可知。但是外省地方，照這等浪得虛名，慣說大話的人也儘有。

你此去訪他，卻要自己訪個真切，不可以耳為目，請個不三不四的人來，那卻受累不淺。」安大人在家安排了幾日，便商定自己按著驛站，由旱路先行。家眷順著運河，由水路後去。跟安大人先走的，是晉升、葉通、隨緣兒、四喜兒合褚、陸、馮、趙四個後撥兒。跟家眷去的，便是華忠、戴勤、趕露兒，還有新置的兩窩子家人，一名來升、一名進祿。又有舅太太家兩個陳人，一名馮祥、一名俞吉。因安大人升了外任，又聽見舅太太同去，也投奔了來。安老爺便在這四個裏頭，派了來升跟公子去。俞吉跟家眷去。留下進祿、馮祥兩個，同著張進寶、梁材等在家照料。分派已定，看看行期將近，公子著實在他父母膝前親近了幾天。這其間不必講安太太合兒子自然有一番絮話，合金玉姐妹夫婦自然有無限離情，公子依依堂上，睠睠閨中，自然更有一番說不出來的別懷離緒。便是舅太太、珍姑娘合安太太並金玉姐妹，骨肉主婢之間，也有許多的難分難捨。但是他家前番經了那番要上烏里雅蘇臺的那場離別，如今再經這場離別，彼此也就排遣了許多。到了長行這日，公子便拜別家祠，叩辭父母，帶了一行人等，先行赴任。過了兩日，催齊了船，便是家眷起行。內裏跟去的是：晉升女人、隨緣兒、四喜兒的兩個媳婦，並跟舅太太的人，合珍姑娘的喜兒。何小姐還道珍姑娘沒個體己的人照應，那知他不知甚麼空兒，早認了戴嬤嬤作乾娘了。何小姐又添派了戴嬤嬤跟了他去。其餘的便是兩個粗使的老婆兒、小丫頭子。舅太太合珍姑娘這一走，安太太合金玉姐妹自然也有一番託付交代，不待煩言。至於這班人走後，安老夫妻在家自有金玉姐妹婦代子職。侍奉家事，自然依舊還是他兩個掌管。這些事也不消煩瑣了。此書為十三妹而作到如今書中所敘，十三妹大仇已報，母親去世，孤仃一人，無處歸著，幸遇鄧、褚等幾位，替安公子玉成其事，這就是此書初名金玉緣的本旨。後來安公子改為學政，陛辭後，即後赴任。辦了些疑難大案，政聲載道，位極人臣，不能盡述。金玉姐妹，各生一子。安老夫妻，壽登期頤。子貴孫榮，至今書者不斷。這也是安老爺一生正直所感。這燕北閒人，守著一盞殘燈，拈了一枝禿筆，不知為這部書出了幾身臭汗，好不寃枉。列公，說書的話，交代到這裏，算通前澈後，交代過了。做個收場，豈不妙哉！

專家校注考訂　古典小說戲曲大觀

世俗人情類

紅樓夢　饒彬校注
脂評本紅樓夢　馬美信校注
金瓶梅　劉本棟校注
老殘遊記　田素蘭校注
平山冷燕　張國風校注
品花寶鑑　徐德明校注
野叟曝言　黃珅校注
綠野仙踪　葉經柱校注
禪真逸史　黃珅校注
海上花列傳　姜漢椿校注
九尾龜　楊子堅校注
醒世姻緣傳　袁世碩、鄒宗良校注
三門街　嚴文儒校注

花月痕　趙乃增校注
孽海花　葉經柱校注
魯男子　黃珅校注
遊仙窟　玉梨魂（合刊）　黃瑚、黃珅校注
筆生花　黃明校注
浮生六記　陶恂若校注
玉嬌梨　石昌渝校注
好逑傳　石昌渝校注
啼笑因緣　束忱校注
歧路燈　侯忠義校注

公案俠義類

水滸傳　繆天華校注
兒女英雄傳　繆天華校注

三俠五義　張虹校注
七俠五義　楊宗瑩校注
小五義　李宗為校注
續小五義　文斌校注
蕩寇志　侯忠義校注
綠牡丹　劉倩校注
羅通掃北　劉倩校注
楊家將演義　楊子堅校注
萬花樓演義　陳大康校注
粉妝樓全傳　陳大康校注
七劍十三俠　張建一校注
包公案　顧宏義校注
海公大紅袍全傳　楊同甫校注
施公案　黃珅校注
乾隆下江南　姜榮剛校注

歷史演義類

三國演義　饒彬校注
東周列國志　劉本棟校注
東西漢演義　朱恒夫校注
隋唐演義　嚴文儒校注
說岳全傳　平慧善校注
大明英烈傳　楊宗瑩校注

神魔志怪類

西遊記　繆天華校注
封神演義　楊宗瑩校注
濟公傳　楊宗瑩校注
三遂平妖傳　楊東方校注
南海觀音全傳　達磨出身傳燈傳（合刊）　沈傳鳳校注

諷刺譴責類

儒林外史　繆天華校注
官場現形記　張素貞校注
文明小史　張素貞校注
鏡花緣　尤信雄校注
二十年目睹之怪現狀　石昌渝校注
何典　斬鬼傳　唐鍾馗平鬼傳（合刊）　鄔國平校注

擬話本類

拍案驚奇　劉本棟校注
二刻拍案驚奇　徐文助校注
喻世明言　徐文助校注
警世通言　徐文助校注
醒世恒言　廖吉郎校注
今古奇觀　李平校注
豆棚閒話　照世盃（合刊）　陳大康校注
石點頭　李忠明校注
十二樓　陶恂若校注
西湖佳話　陳美林、喬光輝校注
西湖二集　陳美林校注
型世言　侯忠義校注

著名戲曲選

竇娥冤　王星琦校注
漢宮秋　王星琦校注
梧桐雨　王星琦校注
琵琶記　江巨榮校注
第六才子書西廂記　張建一校注
牡丹亭　邵海清校注
荊釵記　趙山林校注
荔鏡記　趙山林、趙婷婷校注
長生殿　樓含松、江興祐校注
桃花扇　陳美林、皋于厚校注
雷峰塔　俞為民校注
倩女離魂　王星琦校注

施公案

清・無名氏/編撰　黃珅/校注

《施公案》描寫清代多謀善斷的施公清正為官，懲治貪官汙吏、土豪惡霸，專替弱勢百姓申冤的故事。主角施公與俠士黃天霸的性格塑造鮮明，正義無私的形象符合百姓期待，口語化的語言且富於生活氣息，故而大受歡迎，問世後便吸引眾多寫手一續再續，衍成五百三十八回之巨著。本書以善本相校，完整收錄正續集，注釋詳盡，讀者切不可錯過。

國家圖書館出版品預行編目資料

兒女英雄傳／文康撰;饒彬標點;繆天華校注.－－七版一刷.－－臺北市：三民，2020
面；　公分.－－(中國古典名著)

ISBN 978-957-14-6799-3（平裝）

857.44　　109004076

中國古典名著

兒女英雄傳

作　　者	文　康
標 點 者	饒　彬
校 注 者	繆天華
封面繪圖	潘薏心
發 行 人	劉振強
出 版 者	三民書局股份有限公司
地　　址	臺北市復興北路 386 號 (復北門市) 臺北市重慶南路一段 61 號 (重南門市)
電　　話	(02)25006600
網　　址	三民網路書店 https://www.sanmin.com.tw
出版日期	初版一刷 1976 年 5 月 六版一刷 2017 年 3 月 七版一刷 2020 年 5 月
書籍編號	S851760
I S B N	978-957-14-6799-3